延慶本平家物語全注釈

第六本（巻十一）

延慶本注釈の会 編

汲古書院

凡　例

巻冊について

本書は、延慶本本文全体の翻刻・注解を目指し、原本の一帖（冊）ごとに一冊として刊行する。延慶本『平家物語』は、本来の六巻構成を残した十二帖（冊）から成っている。各帖、内題（首題・尾題）には「第一本」以下の六巻構成の名残を残すと見られる名称を用いているが、表紙の題簽には「一」「二」…「十二」と、十二巻構成の番号がある。両者を対照すると、次のようになる。

第一本（第一帖）……………一
第一末（第二帖）……………二
第二本（第三帖）……………三
第二中（第四帖）……………四
第二末（第五帖）……………五
第三本（第六帖）……………六
第三末（第七帖）……………七
第四　（第八帖）……………八
第五本（第九帖）……………九
第五末（第十帖）……………十

第六本（第十一帖）……………十一
第六末（第十二帖）……………十二

各巻の呼称には十二巻構成の番号が用いられることも多く、十二巻構成の他本との対照にはその方が便利な面があるが、本書では基本的に、原本の内題に従って六巻構成の名称を用いた。ただし、「第四」のようにわかりにくい表現になる場合には、混乱を避けるために「第四（巻八）」などと表記した場合もある。

段落について

原本は巻頭に目録があり、目録の番号に対応する数字が、多くの場合、本文に書き込まれている。本書では基本的にこの番号により、章段を区分した。ただし、本文中に数字が書き込まれていない場合は、目録に対応する区分を内容的に判断した。また、目録による章段区分では一段が長すぎて読みにくい場合は、章段内を私意に区分して節を設け、内容によって適宜題名をつけた。

（例）「二一　得長寿院供養事　付導師山門中堂ノ薬師之事」は原本の目録による章段名だが、「1　導師の抽選」は私意に区分した節の題名である。

本文と注解の構成について

本書では、延慶本『平家物語』の読解のために、次の五つの欄を設けた。

（一）〔本　文〕……………延慶本本文の正確な翻刻を目指し、本文を原本通りの改行で掲載する。
（二）〔本文注〕……………〔本文〕欄の翻刻に関する問題点を注記する。
（三）〔釈　文〕……………本文を読みやすく書き直したものを掲載する。

（四）〔注　解〕……………………〔本文〕欄に基づいて、内容的な注解を加える。
（五）〔引用研究文献〕（巻末）……〔注解〕欄などに引用した研究文献を挙げる。

各欄について

（一）〔本　文〕

○原本の字体は基本的に現在通行の字体に置き換えたが、その他は、改行を含め、原本に忠実な翻刻を目指した。字体について、判読の上で問題がある場合は〔本文注〕欄に注したが、そうした場合以外は注記しないので、厳密な判定が必要な場合は影印版を参照されたい。なお、字体によって識別しにくい場合、内容によって判断した場合がある。（「計」と「斗」、「斎」と「斉」、「卒」と「率」、「府」と「符」、「郷」と「卿」など）。異体字の解読にあたっては、山田勝美監修『異体字解読字典』（柏書房一九八七・四）、菅原義三編『国字の字典』（東京堂一九九三・七）、山本真吾『『平家物語』の異体字』（『漢字百科大事典』明治書院一九九六・一）、その他、多くの書を参考とした。また、文字鏡研究会の許諾を得て、今昔文字鏡フォントを使用させていただいた。記して御礼申し上げる。

○内容的に見て明らかな誤字と見られるものも、基本的に原本どおりに翻刻し、〔注解〕欄に注記した。

○校訂者の判断による句読点などはつけない。但し、原本に稀にある読点のような墨点は、「、」として表記する（第一本・九オ5「秦《シン》〈平〉ノ趙《テウ》〈去〉―高、漢《カン》ノ王莽《マウ》、」、六九ウ5「松、鶴」、八一ウ3「一ツ物、」など）。また、朱点及び朱引がある場合は、〔本文注〕欄に注記した。

○原本には仮名に大小の書き分けがあるので、それを書き分けるように努めた。ただし、大小いずれか判断しにくいものも多い。その場合、字の位置が右に寄せられているかどうかを重視したが、厳密な判断基準があるわけではない。

○割注は原文の通りに表記したが、本行に対する字の大きさなど、なお厳密ではない。

○音読符・訓読符は、原本に記された位置に従って、「-」、「乚」等で表記した。

○声点は、平声は「〈平〉」、上声は「〈上〉」、去声は「〈去〉」、入声は「〈入〉」と、該当の字の下に注記した。濁音の場合は、「〈平濁〉」、「〈去濁〉」などとした。なお、声点の判読については、〈北原・小川版〉や、高松政雄「延慶本平家物語における声点」（『岐阜大学研究報告』二〇号、一九七一・一二）等を参考とした。

○虫損などによって判読しにくい字は、〔　〕に入れて表記した。

○異本注記や訂正注記などがある場合、できるだけ原文に近い形で示したが、欄外注記など、表記しにくい場合は、（　）に入れて示した（次項・次々項も同様）。

（例）「如五岳〔互角歟〕ノニ」（第一本・八五オ6）

（例）「阪間《スマ》（須磨異本）」（第二末・二〇ウ3。「須磨異本」は行頭欄外に記される）

○見せ消ち訂正がある場合は、底本の形を「教化」のように示し、注記は前項に準じて示した。

（例）「教化〔啓白〕詞云」（第一本・八〇ウ2）

（例）「稟《ウケ》（享《ウケ》）」（第一本・六二ウ7。「享《ウケ》」は行頭欄外に記される）

○補入がある場合、補入符（補入位置を示す「○」）を「・」で表現し、補入される文は前々項に準じて示した。

（例）「給テ・孤《ミナシコ》ニ」（第一本・二一ウ6）

○原本に転倒符など、本文の一部を入れ替える指示がある場合は、補入符（補入する位置を示す「○」や「／」「〃」印）を「・」で示し、移すべき部分を《　》で囲み、注解で注記した。

（例）「・上皇山ノ大衆ニ仰テ平中納言清盛ヲ追討スヘキ故ニ衆徒都ヘ入ト《何者ノ云出タリケルニヤ》」（第一本・五〇オ2～4。「何者ノ云出タリケルニヤ」を「上皇」の前に移す意）

(二)〔本文注〕

○本文の翻刻について、異体字や、汚損・虫損などによる難読文字など、文字の解読レベルの問題、また、傍記や注記、重ね書き、摺り消しその他、〔本文〕欄では表現できない問題について注記した。

○「この字はAという字か、Bという字か」という類の問題は、この欄で扱ったが、「字の解読としては明らかにAという字だが、内容的にはBとあるべきだ」という類の問題は、〔注解〕欄に注記した。

○左記の書を引く場合は、略号によって示した。

〈吉沢版〉…………吉澤義則『応永書写延慶本平家物語』（白帝社一九三五）

〈北原・小川版〉…北原保雄・小川栄一『延慶本平家物語　本文篇上下』（勉誠社一九九〇初版。引用は一九九九再版本による）

〈判読一覧〉………『延慶本平家物語（一～六）』影印版各巻末付載「判読一覧表」（汲古書院一九八二～一九八三）

〈汲古校訂版〉……栃木・谷口・高山・櫻井・松尾・小番・久保・原田・清水『校訂延慶本平家物語（一～十二）』（汲古書院二〇〇〇～二〇〇九）

(三)〔釈　文〕

○〔本文〕欄は原本通りの翻刻を目指す関係上、読みやすいものにはならないので、できるだけ読みやすい形の釈文を別に提示した。釈文は一種の注解（参考資料）として、校注者の判断を示すものである。

○釈文では、原本の片仮名を平仮名に代え、仮名の大小を区別せず、声点・音読符・訓読符や、注記・補入・判読しにくい文字などの記号は消去した。

○原本の丁数は、「▼《一オ》」のような形で文中に注記した。

○現代的表記に準じて送り仮名をつけ、必要に応じて助詞も補った（「此」→「此の」など）。また、句読点・濁点・引用符などを付けた。
○仮名遣いは標準的な歴史的仮名遣いに改めた（「オワシマス」→「おはします」など）。
○漢文的表記は書き下した。
○原本にある振仮名は、疑問のあるものも含め、そのまま片仮名で残す（ただし、必要に応じて濁点のみ補った）。また、原本にない振仮名を補う場合は、平仮名で示した。
○明らかな誤字や当て字は、適宜読みやすく訂正した。
（例）「大政大臣」→「太政大臣」　「猿程ニ」→「さる程に」。

（四）〔注　解〕

○見出しに引く本文は、基本的に〔本文〕欄の一部をそのまま引く。
○従来の注釈書で常識化している点については詳しく触れない。
○異本については、基本的に左記の諸本を参照し、私意に濁点・句読点などを付して引用した。

〈長〉……長門本　『長門本平家物語（一～四）』翻刻（勉誠出版二〇〇四～二〇〇六）
〈盛〉……源平盛衰記　『源平盛衰記慶長古活字版（一～六）』影印版（勉誠社一九七七～七八）
〈四〉……四部合戦状本　『四部合戦状本平家物語（上・下・別冊）』影印版（大安・汲古書院一九六七）
〈闘〉……源平闘諍録　『内閣文庫蔵源平闘諍録』影印版（和泉書院一九八〇）
〈南〉……南都本　『南都本・南都異本平家物語（一・二）』影印版（汲古書院一九七二）
〈南異〉…南都異本　同右。
〈松〉……松雲本　弓削繁「大東急記念文庫蔵松雲本平家物語巻十一（翻刻）」（『岐阜大学教育学部研究報告』四七巻一号、一九九八・一〇）による。読み本系近似本文を含む、冒頭から五三オ（〈延〉十七「安徳天皇事付生虜共京上事」四四オ５該当部）までを比較対象とした。それ以下は〈覚〉類似本文。

〈大〉……大島本　北川忠彦・西浦甲佐子「天理図書館蔵大島本平家物語巻十二（翻刻）」（『ビブリア』七九号、一九八二・一〇）による。この本の巻十二は、壇浦合戦後の「平家生虜男女注奉返入三種神器事」（〈延〉十七「安徳天皇事付生虜共京上事」四三ウ10以下に該当）から現存するので、その部分以下を比較対象とした。

〈長門切〉……古筆断簡。平家切とも。特徴的な異同が見られる場合に引用した。本文は、主に松尾葦江『軍記物語論究』五章三節（若草書房一九九六・六）の翻刻により、同書に付された番号を注記した。また、それ以外の場合は特記した。

〈屋〉……屋代本　『屋代本平家物語（貴重古典籍叢刊9）』影印版（角川書店一九七三）

〈覚〉……覚一本　『日本古典文学大系・平家物語（上・下）』（岩波書店一九六〇）

〈中〉……中院本　『校訂中院本平家物語（上・下）』（三弥井書店二〇一〇〜一一）

なお、第六本・第六末の建礼門院関係記事については、〈四・覚〉に灌頂巻があり、〈長・盛〉にも灌頂巻に相当する部分がある。また、〈長・盛・四〉には、灌頂巻とそれ以前の巻に記事の重複が見られる。そのため、両者を区別する必要のある章段では、灌頂巻相当部分の記事を〈長灌〉〈盛灌〉〈四灌〉と表記し、それ以前の巻の記事と区別する。詳しくは第六本・廿二「建礼門院吉田ヘ入セ給事」五五ウ1〜注解参照。

○その他、注解文中では、左記のように、略号を多く用いた。延慶本本文関係の略号については、〔本文注〕欄を参照されたい。

①辞典類

〈日国〉………………『日本国語大辞典』（小学館　第二版二〇〇〇〜二〇〇二）

〈時代別室町〉…………『時代別国語大辞典・室町時代編』（三省堂一九八五〜二〇〇一）

〈角川古語〉…………『角川古語大辞典』（角川書店一九八二〜一九九九）

〈大漢和〉……………諸橋轍治『大漢和辞典』（大修館一九五五〜一九六〇）

〈国史〉……………『国史大辞典』(吉川弘文館一九七九〜一九九七)
〈日本史〉…………『日本史大辞典』(平凡社一九九二〜一九九四)
〈平安時代史〉……『平安時代史事典』(角川書店一九九四)
〈仏教語〉…………中村元『仏教語大辞典』(東京書籍一九七五)
〈望月仏教〉………望月『仏教大辞典』(世界聖典刊行協会一九五四〜一九五七)
〈織田仏教〉………織田得能『仏教大辞典』(大倉書店一九二八)
〈吉田地名〉………吉田東伍『大日本地名辞書』(冨山房一九〇七)
〈地名大系〉………『日本歴史地名大系』(平凡社一九七九〜二〇〇四)
〈角川地名〉………『地名大辞典』(角川書店一九七八〜一九九一)
〈研究事典〉………市古貞次編『平家物語研究事典』(明治書院一九七八)
〈大事典〉…………大津・日下・佐伯・櫻井編『平家物語大事典』(東京書籍二〇一〇)

②古辞書類

〈名義抄〉…………『類聚名義抄』観智院本影印(風間書房一九七八)
〈倭名抄〉…………『倭名類聚抄』元和版影印(臨川書店一九六八)
〈日葡〉……………『日葡辞書』(『邦訳日葡辞書』岩波書店一九八〇)

③『平家物語』諸本の注釈書

〈略解〉……………御橋悳言『平家物語略解』(宝文館一九二九　芸林舎再刊)
〈旧大系〉…………高木・小沢・渥美・金田一『日本古典文学大系・平家物語(上・下)』(前掲〈覚〉)
〈評講〉……………佐々木八郎『平家物語評講(上・下)』(明治書院一九六三)
〈全注釈〉…………冨倉徳次郎『平家物語全注釈(全四冊)』(角川書店一九六六〜八)
〈全集〉……………市古貞次『日本古典文学全集・平家物語(上・下)』(小学館一九七五)

〈集成〉………………水原一『日本古典集成・平家物語（上・中・下）』（新潮社一九七九〜八一）
〈全訳注〉……………杉本圭三郎『全訳注平家物語（全一二冊）』（講談社学術文庫一九七九〜九一）
〈新大系〉……………梶原・山下『新日本古典文学大系・平家物語（上・下）』（岩波書店一九九一〜三）
〈三弥井文庫〉………佐伯真一『三弥井古典文庫・平家物語（上・下）』（三弥井書店一九九三〜二〇〇〇）
〈麻原長門本〉………麻原美子・名波弘彰『長門本平家物語の総合研究校注篇（上・下）』（勉誠社・勉誠出版一九九八〜九九）
〈三弥井盛衰記〉……久保田・松尾・黒田・美濃部『源平盛衰記（一〜八）』（三弥井書店「中世の文学」一九九一〜）
〈四部本評釈〉………早川・佐伯・生形『四部合戦状本平家物語評釈（一〜九）』（（一〜四）は『名古屋学院大学研究論集』一九八四・一〜一九八五・五、（五）以下は私家版）
〈四部本全釈〉………早川・佐伯・生形『四部合戦状本平家物語全釈』（和泉書院二〇〇〇〜）
〈学術文庫闘諍録〉…福田豊彦・服部幸造『源平闘諍録（上・下）』（講談社学術文庫一九九九〜二〇〇〇）

（五）**〔引用研究文献〕**（巻末に一括して掲載）

○〔注解〕欄などに研究文献を引用する場合、右の略号を設定した諸書を除き、多くは人名のみを記し、研究文献の書誌的事項をこの欄に記した。

○章段ごとに（節に分けてある場合は章段に統合）、著者名五〇音順で配列した。

○同一章段の中に同一著者の複数の論文を区別して引用する場合は、初出年次の西暦年数（下二桁）を添えて区別した。

（例）**＊渥美かをる67**「説話形成についての一考察―平家物語長門本の得長寿院供養譚をめぐって―」（『文

芸研究』四二集、一九六七・九↓『軍記物語と説話』一〇、笠間書院一九七九・五)

＊渥美かをる74「延慶本平家物語の特殊な性格—ぬきさしならぬ重要な説話の存在について—」(『説林』二三号、一九七四・一二↓『軍記物語と説話』七＝同前)

さらに、同一著者の、同一年に発表された複数の論文を区別して引用する場合は、「渥美かをる74a」「渥美かをる74b」等とした。

本書の作成について

○本書は、延慶本注釈の会の共同作業によって成ったものである。

○第六本(巻十一)の原稿は、当初、二〇一〇年五月から、二〇一一年七月にかけての研究会で作成された。当初の原稿作成に関与したのは、次のメンバーである(五〇音順)。

大橋　直義　川鶴　進一　久保　勇　小井土守敏　佐伯　真一　徐　萍
杉山　和也　園部真奈美　高橋亜紀子　高橋　悠介　田村　睦美　鶴巻　由美
菱沼　一憲　平藤　幸　藤野　圭子　牧野　淳司　牧野　和夫　横井　孝
渡瀬　淳子　渡辺　達郎

その後、二〇一六年五月から二〇一七年五月にかけて、次のメンバーが加わって原稿の内容を検討し、改訂を行った。

阿部　亮太　呉　章娣　朴　知恵　目黒　将史　安松　拓真

その後、さらに、佐伯真一が中心となって原稿の加筆・整理などを行った。従って、内容については、基本的に佐伯が責任を有する。

最後に、小井土守敏が編集を担当し、佐伯真一と協力して最終的な形態を整えた。

目次

平家物語 十一

目録

（一オ）

廿一　平氏生虜共入洛事
廿二　建礼門院吉田ヘ入セ給事　（一ウ）
廿三　頼朝従二位シ給事
廿四　内侍所温明殿入セ給事
廿五　内侍所由来事
廿六　時忠卿判官ヲ聟ニ取事
廿七　建礼門院御出家事
廿八　重衡卿北方事
廿九　大臣殿若君ニ見参之事
三十　大臣殿父子関東ヘ下給事
卅一　判官女院ニ能当奉事
卅二　頼朝判官ニ心置給事
卅三　兵衛佐大臣殿ニ問答スル事
卅四　大臣殿父子并重衡卿京ヘ帰上事　付宗盛等被切事
卅五　重衡卿日野ノ北方ノ許ニ行事
卅六　重衡卿被切事
卅七　北方重衡ノ教養シ給事
卅八　宗盛父子ノ首被渡ラ一被懸事
卅九　経正ノ北方出家事　付等身投給事

〔本文注〕

○一オ4　押奇　「寄」、〈吉沢版〉〈汲古校訂版〉〈北原・小川版〉「寄」。「寄」とあるべきところ。六ウ7・九ウ4などにも同様の例あり。逆に「騎」の旁を「寄」とする例もあり（一〇五本文注参照）、本巻では「奇」と「寄」が交錯する。

○一ウ2　従二位シ給事　「シ」、〈吉沢版〉〈北原・小川版〉同。〈汲古校訂版〉「之」。
○一ウ9　教養シ給事　「シ」、〈吉沢版〉〈北原・小川版〉同。〈汲古校訂版〉「之」。

一　判官為平家追討ニ西国ヘ下事

1　義経出陣

平家物語第六本
元暦二年正月十日九郎大夫判官義経平家追討《ツイタウ》ノタメニ
西国ヘ下向ス先院御所ヘ参テ大蔵卿泰経朝臣ヲ以テ申
ケルハ平家ハ宿報尽テ神明仏天ニモ棄《ステ》ラレ奉テ都ヲ出
浪ノ上ニ漂フ零人ヲ此三ケ年之間今マテ不討落二而
多ノ国々塞タル事ハ心憂《ウキ》事ニテ候ヘハ今度ハ不可知人ヲハ一

（二オ）

義経ヲキキテハ平氏ヲ不責落者永ク不可帰王城ニ鬼界

高麗天竺振旦マテモ義経有命之程ハ可責之由ヲ

申スユヽシクソ聞ヘシ法皇聞召テ御感アテ義経カ度々ノ

忠感思召ニ余アリ早朝敵ヲ追討シテ逆鱗ヲ休メ奉レトソ

被仰ケル義経院御所ヲ罷出打立ケル所ニテ国々源

氏並ニ大名小名院ニモ申ツルカ如ク少モ後足ヲモ踏ミ

命ヲモ惜給ワン人々ハ是ヨリ鎌倉ヘ下給ヘ義経ハ鎌倉殿

ノ御代官ニテ勅宣ヲ奉リタレハカクハ申ソ陸ハ馬ノ足ノ及

ハムホト海ハロカヒノ立所マテ責ムスル也夫ヲ無益也命ヲ

大切ニ妻子ヲ悲ト思ム人々ハトクヽ被帰ヨ悪気ミヘテ義

経ニ讒言セラレ給ナト見廻シテ申ケル屋嶋ニハ隙行

駒ノ足早クシテ正月モ立ヌ二月ニナリヌ春ハ花ニアク

カルヽ昔ヲ思出シテ日ヲクラシ秋ハ吹カワル風ノ音夜寒ニヨハル

虫ノ音ニ明シクラシツヽ船中波上指テ何ヲ思定ル方ナケレ（三オ）トモカヤウニ春秋ヲ送リ迎三年セニモ成ヌ東国ノ軍兵来〔ト〕聞ヘケレハ又イカヽ有ムスラントテ国母ヲ奉始一北政所女房達賎キシツノメシツノヲ〔二〕至マテ頭ヲ指ツトヒテ只泣ヨリ外ノ事ソナキ内大臣宣ケルハ都ヲ出テ三年セノ程浦伝嶋伝シテ明シ晩スハ事ノ数ナラス入道世ヲ譲テ福原ヘヲワシシ手合ニ高倉宮ヲ取逃シ奉リタリシホト心憂カリシ事コソ無リシカト宣ケレハ新中納言宣ケルハ都ヲ出シ日ヨリ少モ足引ヘシトハ思ハサリキ東国北国ノ奴原モ随分重恩ヲコソ蒙リタリシカトモ恩ヲ忘契ヲ変而皆頼朝ニ語ハレテ西国トテモサコソ有ムスラメト思シカハ只都ニテ打（三ウ）死ニモシテ館ニ火ヲ係テ塵灰トモナラ〔ン〕ト思シヲ我身一ノ事

ナラネハ人並々ニ心弱クアクカ〔レ〕出テカヽル憂目ヲミルコソ
トテ涙クミ給ケニモト覚テ哀也

〔本文注〕

○二オ4　棄《ステ》　「棄」は「奇」と区別しがたい字体だが、異体字「弃」と見た。
○三オ1　三年セ　捨仮名「セ」は別筆の可能性あり。
○三オ1　軍兵　「軍」字、字体やや不審（ワカンムリが略形）。本巻ではこの字体が多いが、以下注記しない。
○三オ5　晩《スハ》　「ハ」は重ね書き訂正。訂正された字は不明。
○三オ5　ヲワシ　「シ」の上に若干の空白あり。行末を揃えたものか。本巻では全体にこうした例が目立つ。この後、三ウ10、五ウ1、一二四ウ3などにも見られ、さらに、三二オ・同ウ、三四オ・同ウ、三七ウ、五〇オから五四オなどには多く見られる。一方で字が詰まった行もあるので、あるいは親本の行数を変えないように写そうとする意識があったのかもしれない。

〔釈文〕

▼二オ平家物語第六本
一（判官平家追討の為に西国へ下る事）
元暦二年正月十日、九郎大夫判官義経、平家追討《ツイタウ》のために西国へ下向す。先づ院御所へ参りて、大蔵卿泰経朝臣を以て申しけるは、「平家は宿報尽きて神明仏天にも棄《す》てられ奉りて、都を出で、浪の上に漂ふ。零人《おちうど》を、此の三ヶ年の間、今まで討ち落とさずして、多くの国々塞ぎたる事は、心憂《う》き事にて候へば、今度は人をば知るべからず、義経におきては、平氏を責め落とさずは永く王城に帰るべからず。鬼界・高麗・天竺・振旦までも、義経命有る程は責むべき」由を申す。ゆゆしくぞ聞こえし。法皇聞こし召して御感あつて、「義経が度々の忠、感じ思し召すに余りあり。早く朝敵を追討して逆鱗を休め奉れ」とぞ▼《二ウ》仰せられける。

義経、院御所を罷り出でて打ち立ちける所にても、国々の源氏並びに大名小名にも、院にて申しつるが如く、「少しも後足をも踏み、命をも惜しみ給はん人々は、是より鎌倉へ下り給へ。義経は、鎌倉殿の御代官にて勅宣を奉りたれば、かくは申すぞ。陸《くが》は馬の足の及ばむほど、海はろかいの立たむ所まで責めむずる也。夫《それ》を無益《むやく》也、命を大切、妻子を悲しと思はむ人々は、とくとく帰られよ。悪気《わるぎ》みえて義経に讒言せられ給ふな」と、見廻してぞ申しける。

屋嶋には、隙《ひま》行く駒の足早くして、正月も立ちぬ、二月にもなりぬ。春は花にあくがるる昔を思ひ出だして日をくらし、秋は吹きかはる風の音、夜寒によはる虫の音に明かしくらしつつ、船の中、波の上、指して何《いづ》れを思ひ定むる方なけれ▼《三オ》ども、かやうに春秋を送り迎へ、三年《みとせ》にも成りぬ。「東国の軍兵来る」と聞こえければ、「又いかが有らむずらん」とて、国母を始め奉り、北政所、女房達、賎しきしづのめ・しづのをに至るまで、頭《かしら》指しつどひて、只泣くより外の事ぞなき。

内大臣宣ひけるは、「都を出でて三年《みとせ》の程、浦伝ひ嶋伝ひして明かし晩《くら》すは事の数ならず。入道世を譲りて福原へおはしし手合《てあはせ》に、高倉宮を取り逃がし奉りたりしほど、心憂かりし事こそ無かりしか」と宣ひければ、新中納言宣ひけるは、「都を出でし日より、少しも足引くべしとは思はざりき。東国北国の奴原も、随分重恩をこそ蒙りたりしかども、恩を忘れ契を変じて、皆頼朝に語らはれて、西国とてもさこそ有らむずらめと思ひしかば、只都にて打ち▼《三ウ》死にもして、館に火を係《か》けて塵灰ともならんと思ひしを、我身一つの事ならねば、人並々に心弱くあくがれ出でて、かかる憂目をみるこそ」とて、涙ぐみ給ふ。げにもと覚えて哀れ也。

〔注解〕

○二オ2　元暦二年正月十日九郎大夫判官義経平家追討《ツイタウ》ノタメニ西国ヘ下向ス　巻十一巻頭を元暦二年（一一八五。八月十四日改元、文治元年）正月記事から始める点は、〈松・四・屋・覚・中〉同様。〈長〉巻一八も同様だが、〈盛〉は巻四一の途中、〈南〉は巻一一の途中。〈闘・南異〉は該当部現存せず。義経出陣（院参）の日付「十日」は、〈盛・松・南・屋・覚・中〉同。〈長〉十六日、〈四〉十九日。また、以下の記事と併せ、〈延・盛・四・松〉は、十日または十九日に「西国下向」した義経が、下向の前に院に参ったと読める。一方、〈長〉「元暦二年正月十六日、九郎大夫判官義経、院の御所へまいりて」は、この日に院に参ったと読める（〈南・屋・覚・中〉同様）。実際には、『吉記』正月八日条に、義経が四国下向の意向を院に伝えており、郎従の派遣にとどめるべきだとの意見もあったが、経房は義経自身の下向に賛成した旨の記事が見える。また、『吉記』十日条には、「大夫判官義経発二向西国一云々」とあり、『百練抄』同日条にも同趣の記事がある。この後見るように、船出は二月のことであり、この「発向」は形式的なことであったと考えられるが、義経が十日に「発向」したこと、それ以前に院に下向の意向を伝えていたことは確認できる。菱沼一憲は、元暦元年末から翌年正月にかけて、義経が河内・和泉・紀伊などで兵糧米の徴収・免除にあたっていたと指摘し、京都を出陣した正月十日から渡海する二月十六日までの間は、出兵にあたっての兵士・兵糧の補充、及び範頼軍を含めた全体の戦況を睨んでの戦略上の準備期間であったと見る。なお、義経がこの時期に発向したことは、頼朝が義経に命じたのであると見るのが一般的だが、笠栄治や宮田敬三は、頼朝が義経に追討を命じた徴証は見られないとして、義経自身あるいは後白河院周辺の意志によるものと見る。元木泰雄は、頼朝の構想の中で義経の出撃がどう位置づけられるのか不明確であるという点は認めつつ、義経と入れ替わるように中原久経・近藤国平が上洛したことや、頼朝に無断で出立したとしても頼朝が察知しないはずはないことなどから、「義経の行動が頼朝に無断であったとは考え難い」とする。また、次項に見るように、高階泰経が義経自身の出陣を制止している点には注意する必要があろうか。

○二オ３　先院御所ヘ参テ大蔵卿泰経朝臣ヲ以テ申ケルハ

「先」（まづ）とあり、下向に先だって院に参ったと読める点は〈盛・四・松〉同。〈長・南・屋・覚・中〉は「先」なし（前項注解参照）。泰経を以て伝えたとする点は諸本同様。高階泰経は後白河院側近で伝奏を務めていた。『吉記』正月八日条でも、義経奏上の内容は泰経から示されている。なお、『玉葉』『吾妻鏡』二月十六日条には、出航直前の義経の宿所に泰経が赴き、義経自身の出陣を制止したが、義経はこれを拒否したとの記事が見える。『玉葉』によれば、京中の武士がなくなり、警護が手薄になることを恐れたもので、兼実は、公卿たる泰経がこうした用件で義経のもとに赴くのは見苦しいと批判している。

○二オ4　平家ハ宿報尽テ神明仏天ニモ棄《ステ》ラレ奉テ都ヲ出浪ノ上ニ漂フ零人ヲ　〈長・松・南〉ほぼ同。これらは、「平家ハ…浪ノ上ニ漂フ」で文を切り、「零人ヲ」と読むか。但し、〈屋・覚・中〉もほぼ同文だが、「平家は…浪のうへにただよふおちうどとなれり。しかるを」（〈覚〉）などとあり、これによれば、「…零人ナルヲ」などと補って解することも可能か。〈盛〉は、「平家ハ…西国ニ漂ヒ、此三箇年ガ間、多クノ国々ヲ塞ギ、正税官物ヲ押領シ、人民百姓ヲ悩乱ス。是西戎ノ賊徒ニアラズヤ」と、独自の文脈。

○二オ5　此三ヶ年之間今マテ不討落一而　「三ヶ年」、〈盛・松・南・覚〉同。〈長・屋〉「二三年」、〈中〉「両三か年」。〈四〉は「二箇年」に「三」と傍書。寿永二年（一一八三）七月の都落ちから元暦二年正月まで、足かけ三年、満一年半。

○二オ6　今度ハ不可知人一ヲハ義経ニヲキテハ　「不可知人ヲハ一」は、〈長・盛・四〉同様、〈松・南・屋・覚・中〉なし。義経の範頼を意識した表現ともとれる。諸本において、義経の範頼に対する直接的な批判はあまり描かれないが、第五末・一三ウ9では、重衡の身柄を範頼に引き渡したことに対して、「物ノ用ニモ立ヌ蒲殿カ見参ニ入ル事コソ心得ネ」と、厳しい批判があった（〈長・南異〉同様、〈南・覚〉では「腰越」にある言葉）。

○二オ7　平氏ヲ不責落一者永ク不可帰王城一　「不責落一者」に相当する語が、〈長〉「平家一人もありときかば」、〈盛〉「彼輩ヲ悉不二討捕一者」など小異はあるが、この前後の詞章は諸本概ね同様。二オ3注解でふれた『吾妻鏡』二月十六日条で、義経が泰経に答えた言葉には、「殊有二存念一、於二一陣一欲レ棄レ命」とあり、平家追討への強い決意を述べる点は類似する面がある。

○二オ7　鬼界高麗天竺振旦マテモ　〈屋・覚・中〉同。〈四〉ほぼ同。〈長〉「新羅、高麗、荊丹、百済」、〈盛・松〉「鬼界、高麗、新羅、百済」、〈南〉「鬼海、高麗、天竺、震旦、新羅、百済」。いずれも観念的な異国及び境界領域の表現。高麗などについては、第二中・一二三オ2注解等参照。

○二オ8　ユヽシクソ聞ヘシ　語り手の批評。〈盛・四・松〉同。〈南・覚〉は、批評はないが、義経の言葉を「たのもしげに申」したと描く。〈長・屋・中〉なし。

○二オ9　義経カ度々ノ忠感思召ニ余アリ早朝敵ヲ追討［シ］テ逆鱗ヲ休メ奉レ　法皇が感じ入ったとする点は、〈長・四・松・南・覚〉同様、〈盛・屋・中〉なし。法皇の言葉で、これまでの「度々ノ忠」にふれるのは〈延〉のみ。〈長・四〉は三種の神器にふれ、〈南・覚〉は夜を日についで勝負を決せよと述べたとする。

○二ウ1　義経院御所ヲ罷出テ打立ケル所ニ(テ)モ　〈松〉同。「打立ケル所」は、西国へ向けて出発した場所の意か。出陣の儀礼などがあったように読めるが、具体的には未詳。〈長・覚〉「宿所に帰て」、〈盛〉「西国へ下ケルニモ」、〈四〉「自打出」、〈南・屋・中〉なし。

○二ウ1　国々源氏並ニ大名小名ニモ　〈四・松〉同様。その他諸本は「源氏」なし。〈長〉「国々大名小名、家子郎等」、〈盛・屋〉「国々ノ兵共」、〈南・覚〉「東国の軍兵ども」（〈覚〉）、〈中〉「国々のさぶらひ共」。

○二ウ2　少モ後足ヲモ踏ミ命ヲモ惜給ワン人々ハ是ヨリ鎌倉ヘ下給ヘ

以下の義経の言葉の基本的な趣旨は諸本同様だが、冒頭のこの句は、〈盛・四・松〉は後に置き、〈長・南・屋・覚・中〉なし。「後足を踏む」の語について、〈日国〉は、「シリアシを踏む」（後退り、尻込み、躊躇う意）と、「ウシロアシを踏む」（踵を返して逃げようとする意）とを区別する。「シリアシ」「ウシロアシ」の読みによって語義が異なるかどうかは未詳。「ウシロアシ」の類例は、陽明本『平治物語』上「少も後ろ足をふまん人々は、戦場にてにげんは見ぐるしかるべし、こゝよりいとま申て留れ」などあり。

○二ウ4　陸ハ馬ノ足ノ及ハムホト海ハロカヒノ立ム所マテ責ムスル也　〈長・四・松・南・屋・覚・中〉同様、〈盛〉なし。「ロカヒ」は艪と櫂。陸ならば馬でゆけるところ、海ならば船で行けるところ。なお、室町時代の河野氏の家記『予章記』に「東ハ駒ノ蹄《ヒヅメ》ノ届《イタル》ホド、西ハ櫓械ノ及ホド、賀茂ノ御領ニアラズト云事ナシ」と、類句が見られる。この句について、網野善彦は、「鴨脚《いちょう》秀文文書」により、賀茂及び鴨（下鴨）神社の供祭人がしばしば主張した漁撈、交通上の特権の表現であると指摘する。

○二ウ5　夫ヲ無益也命ヲ大切妻子ヲ悲ト思ム人々ハトク〳〵被帰ヨ　〈屋・中〉同様。〈長〉「すこしも命をおしみ、名をもおしまざらん人は」、〈南・覚〉「すこしもふた心あらん人々は」（〈覚〉）。〈盛・四・松〉は「後足ヲモ踏、命ヲモ惜ト思ハン人々ハ是ヨリ返下リ給へ」（〈盛〉）のように、二ウ2該当句をこの位置に置く。

○二ウ6　悪気ミヘテ義経ニ讒言セラレ給ナト見廻シテツ申ケル　「悪気」云々は他本なし。「見廻シテツ申ケル」も独自の表現。「悪気」は、「わろげ」と読み、臆病な様子の意であろう。「穴賢東国ノ奴原ニ悪クテ見ユナ」（三一ウ2）などと類似の「悪」の用法であろう。

○二ウ7　屋嶋ニハ隙行駒ノ足早クシテ正月モ立ヌ二月ニモナリヌ　以下、目を屋島の平家に転じる。類似の叙述は諸本にあるが、異同が多い。〈盛〉は義経勢の名寄の後にこの記事を置くが、二月になったとは記さない。〈四〉は「二月八日」としてこの記事を記すが、日付を限定する理由は不明。〈松〉は、「屋島ニハ金烏飛去テ年改リ、玉兎旋転シテ三月ニモ成ヌ。憂キ春秋ヲ送迎へ、已ニ三ヶ年ニモ成ニケリ」と「三月」とするが、その後、義経の発向は「二月」とあり、整合しない（なお、〈四・松〉の日付構成については三ウ3注解参照）。「隙行駒」は、馬の走るのを、ものの隙間から見たようだという比喩で、歳月の過ぎるのが早いことをいう。『荘子』知北遊篇「人生㆓天地之間㆒、若㆓白駒之過㆑郤、忽然而已」。この「白駒」については、『和漢朗詠集』「九月尽」の「文峯案轡白駒景、詞海艤舟紅葉色」について「白駒者日名也」（内閣文庫蔵本『和漢朗詠集私注』）という注釈が見え、馬が日（時間）の譬喩として理解されていたことが確認できる。なお、屋島で日を送る平家の歎きは、第五末・六一オ3以下にも、都落ちから一周年を迎えた日の記事として描かれていた。

○二ウ8　春ハ花ニアクカルヽ昔ヲ思出シテ日ヲクラシ秋ハ吹カワル風ノ音夜寒ニヨハル虫ノ音ニ明シクラシツヽ…　〈長・南・屋・覚・中〉は、〈長〉「春草かれて、秋風におとろへ、秋かぜやみて、冬もすぎ」、〈覚〉「春の草くれて、秋の風におどろき、秋の風やんで、春の草になれり」などとある。江文通「恨賦」（『文選』巻八）によりつつ、季節の変化を追ったもの。〈四〉「春影晩驚キ秋風々々罷《ヤン》テ成リヌ春草モ」も同様。〈盛〉は、「春ハ賎ガ軒端ニ匂フ梅、庭ノ桜モ散ヌレバ…」と、四季の描写を長く続ける。〈松〉は前項参照。〈延〉の場合、春は昔の宮中の生活の記憶、秋は屋島での現実の描写を対置していると読める。

○三オ1　カヤウニ春秋ヲ送リ迎三年セニモ成ヌ　諸本同様。「三年セ」については、二オ5注解参照。

○三オ1　東国ノ軍兵来〔ト〕聞ヘケレハ又イカヽ有ムスラントテ　〈長・盛・四・松・南・屋・覚〉同様。但し、〈覚〉はこの後に、「鎮西より臼杵・戸次・松浦党同心してをしわたるとも申あへり」とあり、それを受けて「かれをきゝ、是を聞にも…」と恐れる形なので、特に具体的な敵勢の情報を言うわけではないと読める。〈中〉なし。〈延・長・盛・四・南・屋〉の場合、「東国ノ軍兵」は、この後に発向を描かれる義経勢・範頼勢を指すとも読めるが、屋島合戦の描写では、平家が東国勢の来襲を予期していた様子は特に見えない。東国勢来襲への漠然とした不安と解するべきか。

○三オ2　国母ヲ奉始北政所女房達賎キシツノメシツノヲ〔二〕至マテ頭ラ指ツトヒテ只泣ヨリ外ノ事ソナキ　嘆いたのを単に「女房達」とする点、〈長・盛・四・松・南〉同様。〈覚〉「女房たちは女院・二位殿をはじめまいらせて」。〈屋〉「男女ノ公達」。〈中〉該当句なし。なお、〈盛〉は、小宰相のように身を投げるまでのことはないが、と加える。〈延〉では、第五末・六一オ2にも、「女房達ハ女院二位殿ヲ奉〔始〕指聚《ツトイ》テ只泣ヨリ外ノ事ソ無リケル」とあった。北政所は基通室の完子。

○三オ4　内大臣宣ケルハ都ヲ出テ三年セノ程浦伝嶋伝シテ明シ晩スハ事ノ数ナラス　以下、宗盛と知盛の言葉。宗盛の言葉は、〈長・盛・四〉同様、〈松・南・屋・覚・中〉なし。このうち〈屋・中〉は、本段末尾までを欠く。

○三オ5　入道世ヲ譲テ福原ヘヲワシシ手合ニ高倉宮ヲ取逃シ奉リタリシホト心憂カリシ事コソ無リシカ　〈長・盛・四〉同様。「手合」は、〈長・四〉同、〈盛〉「其跡」。第二中・三一オ8以下に、「大政入道ノ嫡子小松内大臣重盛去年八月ニ失給ニシカハ次男前右大将宗盛ニワク方ナク世間ノ事譲テ入道福原ヘ下給タリシ手合セニ大将不覚シテ宮ヲ逃シマイラセタル事口惜トソ人申ケル」とあった（〈長・四〉同、〈盛〉も類似）。清盛が福原に隠退した直後、世を譲られた宗盛が最初に出会った事件で大きな失敗をした意であり、第二中と呼応している。但し、水原一は、これを単なる第二中の記事の繰り返しではなく、元暦二年に及んで、なお以仁王追捕失敗を悔しがる宗盛の述懐には、以仁王生存の風説が平家を追い詰める結果となったことが投影されていると見る。一方、武久堅は、この呼応を、宗盛への否定的な評価の表れと読む。

○三オ7　新中納言宣ケルハ都ヲ出シ日ヨリ少モ足引ヘシトハ思ハサリキ　以下、知盛の言葉。〈長・盛・四・松〉同様（〈四〉は一ノ谷で知章と共に死ななかったことを悔やむ言葉あり）。〈南・覚〉は本項該当部を欠き、次項以下に該当する文を有する。〈屋・中〉なし。「足引ヘシ」は、〈長〉「うしろあしをもふみ、命をもおしむべし」。戦いを避け、逃げる意。

○三オ8　東国北国ノ奴原モ随分重恩ヲコソ蒙リタリシカトモ恩ヲ忘契ヲ変而皆頼朝ニ語ハレテ西国トテモサコソ有ムスラメト思シカハ　以下の言葉、〈長・盛・四・松・南・覚〉同様（「頼朝」は、〈南・覚〉「頼朝・義仲」）。〈屋・中〉なし。次項参照。

○三オ10　只都ニテ打死ニモシテ館ニ火ヲ係テ塵灰トモナラ〔ン〕ト思シヲ　〈長・盛・四・松・南・覚〉基本的に同様。〈延〉

では第三末・七六オ2以下に、都を落ちようとする宗盛に対する貞能の発言として、「アナ心ウヤ是ハイツチヘトテワタラセ給ソヤ都ニテコソ塵灰ニモナラセ給ワメ西国ヘ落サセ給タラハ遁サセ給ヘキカ」云々とあり、知盛もそれに同意するように「大臣殿ノ方ヲニラマヘテ誠ニ心ウケニ思給ヘリ」（七六オ9）とあった（該当部は〈長〉も同様）。なお、このように武士が没落する際に自宅を焼き払う「自焼(じやき)」については、第三末・八八オ9注解参照。

○三ウ1　我身一ノ事ナラネハ人並々ニ心弱クアクカ〔レ〕出テカヽル憂目ヲミルコソ　〈盛・四・南・覚〉同様、〈長・松〉は「我身一ノ事ナラネハ」を欠く。前項に見た第三末の都落ち場面では、宗盛の言葉の中に、「各カ身一ナラハイカヽセム女院二位殿ヲ始奉テ女房共アマタアリ忽ニウキ目ヲミセム事モ無慚ナレハ一マトモヤト思フソカシ」(七六ウ2)、知盛の言葉の中に「我身一ノ事ナラネハスミナレシ旧里ヲ出ヌル心ウサヨ」（七三オ8）とあった（後者は前後に文の混乱あり。該当部注解参照）。

2　源氏勢名寄せ

（三ウ）

十三日九郎大夫判
官ハ淀ヲ立テ渡辺ヘ向相従輩者
伊豆守信綱　佐土守重行　遠江守義定

斎院次官親能　大内冠者惟義　畠山庄司次郎重忠
土肥次郎実平　土屋三郎宗遠　後藤兵衛実基
子息新兵衛基清　小川小次郎資能　河越太郎重頼
子息小太郎重房　三浦新介義澄　同男平六義村
三浦十郎義連　和田小太郎義盛　同次郎　義茂

（四オ）

同三郎宗実　同四郎義胤　大多和次郎義成
多々良五郎義春　佐々木四郎高綱　梶原平三景時
同源太景季　同平次景高　同三郎景義
比良佐古太郎為重　伊勢三郎能盛　椎名六郎胤平
渋谷庄司重国　子息馬允重助　横山太郎時兼
金子十郎家忠　同余一家員　金平六則綱
大河戸太郎　同三郎　中条藤次家長
熊谷次郎直実　子息小次郎直家　平山武者所季重

小川太郎重成　片岡八郎為春　原三郎清益
庄三郎　同五郎　美尾野四郎
（四ウ）
同藤七　二宇次郎　木曽仲次
武蔵房弁慶ナムトヲ初トシテ其勢五万余騎参川守
範頼ハ神崎ヘ向テ長門国ヘ渡ラントス相従フ輩ハ
足利蔵人義兼　北条小四郎義時　武田兵衛有義
千葉介常胤　八田四郎武者朝家　子息太郎朝重
葛西三郎清重　小山小四郎朝政　同中沼五郎家政
佐々木三郎盛縄　比企藤内朝家　同藤四郎能員
安西三郎景益　同小次郎時景　宮藤左衛門資経
同三郎資茂　天野藤内遠景　大胡太郎実秀
小栗十郎重成　伊佐小次郎朝正　一品房昌寛
（五オ）

土佐房昌俊以下其勢三万余騎

1

〔本文注〕

○三ウ10　**次郎　義茂**　「義」の上に一字分空白あり。行末を揃えたものか。
○四オ6　**家員**　「員」、〈吉沢版〉〈汲古校訂版〉同。〈北原・小川版〉「貞」。
○四ウ5　**子息太郎朝重**　擦り消しの上に書くか。抹消された字は不明だが、最初の字は「同」か。
○四ウ6　**中沼五郎**　「沼」は「治」にも見える字体。〈吉沢版〉〈北原・小川版〉〈汲古校訂版〉「沼」。

〔釈文〕

　十三日、九郎大夫判官は淀を立ちて渡辺へ向かふ。相従ふ輩は、伊豆守信綱、佐土守重行、遠江守義定、斎院次官親能、大内冠者惟義、畠山庄司次郎重忠、土肥次郎実平、土屋三郎宗遠、後藤兵衛実基、子息新兵衛基清、小川小次郎資能、河越太郎重頼、子息小太郎重房、三浦新介義澄、同男平六義村、三浦十郎義連、和田小太郎義盛、同次郎、義茂、▼《四オ》同三郎宗実、同四郎義胤、大多和次郎義成、多々良五郎義春、佐々木四郎高綱、梶原平三景時、同源太景季、同平次景高、同三郎景義、比良佐古太郎為重、伊勢三郎能盛、椎名六郎胤平、渋谷庄司重国、子息馬允重助、横山太郎時兼、金子十郎家忠、同余一家員、金平六則綱、大河戸太郎、同三郎、中条藤次家長、熊谷次郎直実、子息小次郎直家、平山武者所季重、小川太郎重成、片岡八郎為春、原三郎清益、庄三郎、同五郎、美尾野四郎、▼《四ウ》同藤七、二宇次郎、木曽仲次、武蔵房弁慶なむどを初めとして其の勢五万余騎。

　参川守範頼は、神崎へ向かひて長門国へ渡らんとす。相従ふ輩は、足利蔵人義兼、北条小四郎義時、武田兵衛有義、千葉介常胤、八田四郎武者朝家、子息太郎朝重、葛西三郎清重、小山小四郎朝政、同中沼五郎家政、佐々木三郎盛縄、比企藤内朝家、同藤四郎能員、安西三郎景益、同小次郎時景、宮藤左衛門資経、同三郎資茂、天野藤内遠景、大胡太郎実秀、小栗十郎重成、伊佐小次郎朝正、一品房昌寛、▼五オ土佐房昌俊以下、其の勢三万余騎。

〔注解〕

○三ウ3　十三日九郎大夫判官ハ淀ヲ立テ渡辺へ向　「十三日」は、二ウ7以下に「屋嶋ニハ隙行駒ノ足早クシテ正月モ立ヌ二月ニモナリヌ」とあったことや、この後の屋島合戦への展開からも、元暦二年二月と読める。〈盛〉は、正月十日の記事に続けて「同十三日」とあるので、正月十三日に渡辺下向と読める。その後に屋島の記事（〈延〉二ウ7以下に該当）を置くが、二月になったとは記さず、そのまま「同十五日」に西国へ船出とする。しかし、この後の記事との整合性から見て、西国への船出が正月であったと読むことは難しい。編集上の誤りか。〈四〉は、屋島記事（二月八日とする）、奉幣使記事（〈延〉次段に該当）の後に、「二月十八日」に渡辺下向とする。〈松〉は二ウ7該当記事に「三月」としていたが、ここでは「二月□□」とする（「□□」は欠字）。〈南・覚〉は屋島記事の後に、「二月三日」に、〈南〉は淀、〈覚〉は都を発ち、渡辺で船揃をしたとする。〈長・屋・中〉は、渡辺下向を記さないまま、船出の記事に至る。二オ2注解に見たように、義経は正月十日に「発二向西国一」（『吉記』同日条）したようだが、その後、二月の船出までの具体的な行動については未詳。

○三ウ4　相従輩者　以下、義経勢の名寄せは、〈盛・四・松・南〉も同位置に記す。〈盛〉では、逆櫓論争の後、巻四一末尾にも多少異なる名寄せを記す。〈長・屋・覚・中〉なし。〈闘〉は巻八之下の末尾に、前年十一月末、義経を大将として西国へ下向するよう、鎌倉から遣わされた武士の名を列挙するが、内容的には〈延〉などの範頼勢に該当する人名であり、その転用か（早川厚一指摘。なお、範頼勢の名寄せについては、四ウ2「参川守範頼…」注解参照）。まず、人名の有無と表記について、〈盛・四・松・南〉と対照する。〈盛〉では、巻四一末尾にも名寄せがあるが、そこにも名が記される者は、＊で示した（その部分にあって本段該当部にはない者については、七ウ8注解参照）。番号は該当の本における掲出順序（〈南〉は1～7を「相随兵」、8以下を「侍大将」とする）。表記が〈延〉と一致する場合は○印、該当人名がない場合は×、表記に異同がある場合は相違点がわかるように示した。

〈延〉	〈盛〉	〈四〉	〈松〉	〈南〉
1 伊豆守信綱	3 田代冠者信綱	1 田代官者信綱	1 田代官者信綱	5 田代冠者信綱
2 佐土守重行	1 佐渡守義定？	2 ○（佐渡）	2 ○（佐渡）	2 ○（佐渡）
3 遠江守義定	1 佐渡守義定？	3 ○	3 ○（近江）	1 ○
4 斎院次官親能	×	×	4 同二郎親義	×
5 大内冠者惟義	2 大内太郎維義	4 ○	5 ○（三郎）	3 ○
6 畠山庄司次郎重忠	4 ○ ＊	×	6 ○	×
7 土肥次郎実平	× ＊	×	8 ○	×
8 土屋三郎宗遠	×	5 （土谷）	9 ○	×
9 後藤兵衛実基	×	6 ○	10 ○	15 ○
10 子息新兵衛基清	×	7 ○	11 ○	16 ○
11 小川小次郎資能	×	8 小河小太郎資義	×	×
12 河越太郎重頼	×	9 ○	12 ○	13 ○
13 子息小太郎重房	×	10 ○	×	14 ○
14 三浦新介義澄	×	×	×	×
15 同男平六義村	×	×	×	×
16 三浦十郎義連	7 ○（能連）	20 ○	27 ○	10 ○
17 和田小太郎義盛	8 ○ ＊	21 ○	28 ○	11 ○
18 同次郎義茂	×	×	×	×
19 同三郎宗実	9 ○	22 ○	29 ○	12 ○
20 同四郎義胤	10 ○（能胤）	×	30 ○	×
21 大多和次郎義成	×	×	×	×
22 多々良五郎義春	11 ○（能春）	×	×	×
23 佐々木四郎高綱	5 ○ ＊	31 ○	7 ○	×
24 梶原平三景時	12 ○	×	15 ○	7 ○
25 同源太景季	13 子息源太景季	×	16 ○	8 嫡子源太景末
26 同平次景高	14 ○	×	17 ○	9 次男平二景高

27 同三郎景義	15 ○（景能）	×	18 ○（景能）	×
28 比良佐古太郎為重	16 ○	25 ○（平佐近）	×	34 平佐古太郎重実
29 伊勢三郎能盛	17 ○（義盛）＊	×	41 ○	37 ○（義盛）
30 椎名六郎胤平	20 ○	12 椎名五郎胤光	14 椎名五郎胤平	17 椎名五郎有種
31 渋谷庄司重国	× ＊	13 ○	19 ○	18 ○
32 子息馬允重助	× ＊	14 ○	20 ○	19 ○
33 横山太郎時兼	21 ○	15 ○	21 ○	21 ○
34 金子十郎家忠	× ＊	16 ○	22 ○	22 ○
35 同余一家員	×	17 同与一近則	23 同与一近則	23 同余一親範
36 金平六則綱	×	18 猪俣近平六則綱	24 近平六則綱	28 猪俣金平六範綱
37 大河戸太郎	×	19 大河戸太郎広行	25 大河辺太郎広行	30 大河戸太郎広行
38 同三郎	×	20 同三郎忠行	×	31 同三郎広重
39 中条藤次家長	×	21 ○（仲条）	26 ○	27 ○
40 熊谷次郎直実	× ＊	23 ○	×	24 ○
41 子息小次郎直家	×	×	×	25 ○
42 平山武者所季重	6 平山武者季重＊	24 ○	32 ○	26 平山武者季重
43 小川太郎重成	×	×	×	×
44 片岡八郎為春	22 ○ ＊	×	×	×
45 原三郎清益	×	27 ○（小次郎）	34 ○	33 原太郎清益
46 庄三郎	18 庄太郎家永	28 庄三郎忠家	35 庄四郎忠家	29 庄三郎忠家
47 同五郎	19 同五郎弘方	29 同五郎広方	36 同五郎広方	×
48 美尾野四郎	×	×	45 ○	×
49 同藤七	×	×	46 ○	×
50 二宇次郎	×	×	47 二宇四郎	×
51 木曽仲次	×	×	48 木曽中次	42 ○
52 武蔵房弁慶	24 ○ ＊	×	44 ○	41 ○
×	23 鎌田藤次光政＊	×	×	×
×	×	11 師岳兵衛尉重澄	13 師岳兵衛重経	20 諸岡兵衛重綱

×	×	×	×	×	×	×	×	×	×	×	×	×
×	×	×	×	×	×	×	×	×	×	×	×	×
26 山田太郎重澄	30 佐々木三郎盛綱	31 同五郎義清	×	×	×	×	×	×	×	×	×	×
×	×	×	31 糟屋藤次有季	33 山名三郎義範	37 堀弥太郎	38 熊井太郎	39 江田源三	40 源八広綱	42 佐藤三郎兵衛次信	43 同四郎兵衛忠信	×	×
35 山田太郎重澄	×	×	×	4 山名三郎義行	36 堀弥太郎親家	40 熊井太郎	39 枝源三	38 源八広綱	×	×	6 浅利余一義盛	32 天野二郎直経

○三ウ5　伊豆守信綱　田代信綱。〈盛・四・松・南〉も同人を挙げる。系譜については第二末・六三ウ9、第五本・四七オ3注解等参照。第五本・四七オ9では「九郎カ副将軍」として頼朝から遣わされたとあった。〈延〉ではこの後の合戦には登場しないが、屋島での活躍は、『吾妻鏡』元暦二年二月十九日条にも記される。以下、多くの人名は既出であり、ここで義経勢として登場することの是非を中心に注解を加える。

○三ウ5　佐土守重行　「佐土」は〈盛・四・松・南〉の「佐渡」がよい。〈盛〉「佐渡守義定」は次項の安田義定との混乱か。重行は、〈延〉では他に登場せず。清和源氏満政流、八嶋冠者・佐渡源太を称した重実の子孫か。『尊卑分脈』によれば、葦敷二郎重頼の甥または子に佐渡守を称する重隆（重高）があり、その子に重行がある（重隆の子には「正治二年被誅」、重高の子には「葦敷三郎」と注記あり）。

○三ウ5　遠江守義定　〈四・松・南〉も挙げる（〈松〉は「近江守」と誤る）。〈盛〉は前項注解参照。安田三郎義定。甲斐源氏、武田義清の四男（『吾妻鏡』建久五年八月十九日条）。遠江守補任については、第四（巻八）七オ7に記されていた（同巻・三ウ3注解をも参照）。〈延〉ではこの後の合戦には登場しない。

○三ウ6　斎院次官親能　〈松〉は前項の義定に続き「同二郎親義」とするが、誤りがあるか。〈盛・四・南〉なし。中原親能。第四（巻八）三二ウ2注解参照。〈延〉では、三草勢揃でも義経勢に所見（第五本・四五ウ4）、この後、壇ノ浦合戦でも活躍する（三三ウ7以下）。但し、〈盛・覚〉では範頼勢の中に見える。『吾妻鏡』元暦二年正月二十六日条では範頼と共に豊後国へ向かった勢の中、同年二月十六日条や三月十一日条では、範頼勢の人々に頼朝が書状を送った記事の中に名が見える。実際には範頼勢の中にいたと考えられよう。

○三ウ6　大内冠者惟義　〈盛・四・松・南〉同様。信濃源氏。第五本の宇治川合戦（一一ウ2）や三草勢揃（四五ウ4）でも、義経の勢に名が見えていた。

○三ウ6　畠山庄司次郎重忠　〈盛・松〉同。〈四・南〉なし。〈延〉では、宇治川合戦後、義経と共に後白河院御所に駆けつけ（第五本・二四ウ3）、一ノ谷合戦でも義経と共に坂落をしたと描かれ（同・六四オ7以下）、この後、逆櫓論争（六ウ2以下）や、屋島合戦（一一ウ7、一五ウ3以下）にも登場、義経のもとでの活躍が目立つ。他本でも屋島合戦に登場することは多いが、『吾妻鏡』ではこの間の動静は見えない。

○三ウ7　土肥次郎実平　〈松〉同様、〈盛・四・南〉なし。〈延〉ではこの後、逆櫓論争（七オ10）にも登場、屋島への船出（八ウ9）にも名が見えるが、屋島などで具体的な活躍は見せない。一方、前年の範頼勢発向においては、〈四〉では範頼に次ぐ副将軍とし、〈盛・南・屋・覚・中〉でも範頼勢の一人とする。〈延〉も藤戸合戦に名を見せる（第五末・六二オ4）。『吾妻鏡』によれば、実平は元暦元年四月二十九日、親能について上洛、同十二月十六日の時点では備前国にいた（いずれも同日条。なお、『玉葉』同年六月十六日条に、実平の男・早川太郎が備後で平家に負けた由の記述あり）。元暦二年正月二十六日条の、豊後に渡った範頼勢の中には名が無いが、同年二月十四日条では、頼朝が範頼に「令レ談二于土肥二郎、梶原平三一、可レ召二九国勢一」と言い送ったとあり、義経と共にいたとするのは疑問。

○三ウ7　土屋三郎宗遠　〈松〉同。〈四〉は「土谷」とする。〈盛・南〉なし。中村庄司宗平の子、実平の兄弟。

この後、屋島に遅れて到着した勢の中に所見（一八オ7）。

○三ウ7　**後藤兵衛実基　子息新兵衛基清**　〈四・松・南〉同。〈盛〉なし。藤原氏秀郷流、実遠―実基―基清―基綱。実基は、保元・平治の乱でも義朝のもとで戦っていた。この後、屋島合戦に登場（一六オ5、一九オ9）。屋島での活躍は、『吾妻鏡』元暦二年二月十九日条にも記される。

○三ウ8　**小川小次郎資能**　〈四〉「小河小太郎資義」。〈盛・松・南〉なし。西党か。三草勢揃（第五本・四六オ1）では、義経勢の中に「小川小次郎助義」とあった。〈延〉では名寄せ以外には名が見えない。『吾妻鏡』元暦元年（一一八四）二月五日条所見の小河小次郎祐義と同一人物か（『吾妻鏡人名総覧』）。『姓氏家系大辞典』は、『新編武蔵国風土記稿』多摩郡条に「小川村小川氏、祖先小川小次郎助義、治承の頃戦功ありし」云々と見え、『平家物語』にも「小河次郎助義」と見えると指摘する。

○三ウ8　**河越太郎重頼　子息小太郎重房**　〈四・南〉同様。〈松〉は重頼のみ。〈盛〉なし。重頼は、葛貫別当能隆（〈延〉巻頭付載系図、第一本・三ウでは良高）の男。桓武平氏秩父一族。〈延〉では、宇治川合戦後、義経と共に後白河院御所に駆けつける（第五本・二四ウ6）など、義経と共に行動。重頼の娘が義経に嫁いだことは、『吾妻鏡』元暦元年九月十四日条所見。〈延〉ではこの後、五九ウ3以下にも見える。

○三ウ9　**三浦新介義澄　同男平六義村**　〈盛・四・松・南〉なし。以下、三浦一族。義澄は大介義明の次男。義澄は、この後、逆櫓論争場面や屋島に遅れて到着した勢の中にも所見、しかし、義澄・義村は、前年に範頼と共に西国へ向かった勢の中に記す本も多い（一八オ6注解参照）。『吾妻鏡』元暦元年八月八日条、同二年正月二十六日条でも、範頼勢の中に名が見える。

○三ウ10　**三浦十郎義連**　〈盛・四・南〉同、〈松〉なし。佐原義連。三浦義明の男、義澄の弟。一ノ谷合戦で、義経と共に坂落を主導した（第五本・六三ウ2以下）。この後、屋島に遅れて到着した勢の中にも所見（一八オ6）。

○三ウ10　**和田小太郎義盛**　〈盛・四・松・南〉同。三浦（杉本）義宗の男。〈延〉ではこの後、義経と共に屋島を襲ったとされる（一一ウ8）。しかし、『吾妻鏡』元暦元年八月八日条や同二年正月二十六日条では、範頼勢の中に所見、また、同二年三月九日条では、豊後で苦戦する範頼勢の中にあって、「和田太郎兄弟」等が帰参を望んでいるとある。さらに、同年四月二十一日条では、義盛を範頼、梶原景時を義経につけたとある。〈南・屋〉も範頼勢に記す。

実際には範頼勢の中にいたと見るべきか。

○三ウ10　同次郎　義茂　〈盛・四・松・南〉なし。三浦（杉本）義宗の男、義盛の弟。小坪合戦で活躍（第二末・六六ウ5以下）。また、坂落では義経勢の中に名が見えた（第五本・六四オ2）。『吾妻鏡』では前項で見た三月九日条の「和田太郎兄弟」に含まれるか。

○四オ1　同三郎宗実　同四郎義胤　宗実は〈盛・四・松・南〉同。義胤は〈盛・松〉あり、〈四・南〉なし。義盛の弟。『吾妻鏡』元暦元年八月八日条や同二年正月二十六日条の範頼勢名寄せの中に、義盛と共に所見。

○四オ1　大多和次郎義成　〈盛・四・松・南〉なし。三浦義明の三男義久の男。この後、屋島に遅れて到着した勢の中にも記されるが（一八ウ1）、〈長・盛・四〉では範頼勢に記される。『吾妻鏡』元暦元年八月八日条、同二年正月二十六日条、同年三月九日条で、範頼勢の中に、義盛と共に記される。

○四オ2　多々良五郎義春　〈盛〉同様、〈四・松・南〉なし。三浦義明の男。坂落でも義経勢の中に見えたが、〈延〉ではこの後、逆櫓の場面にわずかに登場するのみ。

○四オ2　佐々木四郎高綱　〈盛・四・松〉同。〈南〉なし。〈延〉では、宇治川合戦で活躍の後、義経と共に後白河院御所に駆けつける（第五本・二五オ2）など、義経と共に行動。この後、義経と共に船出（八ウ9）、屋島を襲ったとされる（一一ウ8）。『吾妻鏡』にはこの間の動静は見えない。

○四オ2　梶原平三景時　同源太景季　同平次景高　同三郎景義　〈盛・松・南〉類同、〈四〉なし。景季は、〈延〉では、宇治川合戦で活躍の後、義経と共に後白河院御所に駆けつけたが（第五本・二四ウ10）、一ノ谷合戦では範頼の勢に属した。三郎「景義」は、〈盛〉「景能」、〈南〉なし。〈延〉七オ7には「景茂」とあり、この方が一般的な表記。この後、景時が逆櫓論争を展開することは著名。景時は、三ウ7「土肥実平」注解に見たように、『吾妻鏡』元暦二年二月十四日条によれば、範頼が九州勢を集めるための相談相手として、実平と共に名を挙げられているが、同月二十二日条では、百四十余艘を率いて屋島に着いたとあり、また、四月二十一日条では、西海に発遣する際、和田義盛を範頼に、景時を義経に付けたとあることや、同日条所載の景時自身の書状の中で、義経の非拠を諫めたところ、かえって害されそうになったとあることなどから、義経にある程度近い位置にいたことは認められよう。上横手雅敬は、一ノ谷・屋島両合戦の時期が、義経と景時の接触の最も多い時期であったと見る。

○四オ4　比良佐古太郎為重　〈盛・四・南〉同様、〈松〉なし。三草勢揃では義経勢（第五本・四五ウ10）。他に、石橋山合戦でも名が見えた（第二末・五三オ10）。相模国三浦郡平佐古の住人か。

○四オ4　伊勢三郎能盛　〈盛・松・南〉同様、〈四〉なし。〈延〉では「義盛」の表記もないではないが（第六本では二六オ3）、「能盛」が多い。義経の著名な郎等。第五本・三七オ7注解参照。屋島合戦前後では、諸本で大いに活躍する。

○四オ4　椎名六郎胤平　〈盛〉同、〈四〉「五郎胤光」、〈松〉「五郎胤平」、〈南〉「五郎有種」。千葉氏。徳島本『千葉系図』によれば椎名胤光の子。三草勢揃で義経勢に見えた「椎名小次郎有胤」（第五本・四六オ4）の弟か。但し、『吾妻鏡』元暦二年三月十一日条によれば、千葉常胤は範頼に属していたと見られる。

○四オ5　渋谷庄司重国　子息馬允重助　〈四・松・南〉同。〈盛〉なし。重国は、〈延〉では、宇治川合戦後、義経と共に後白河院御所に駆けつけていたが（第五本・二四ウ8）、一ノ谷合戦では範頼勢（同・四五オ5）。『吾妻鏡』元暦二年正月二十六日条、範頼と共に豊後へ向かった勢の中に所見。

○四オ5　横山太郎時兼　〈盛・四・松・南〉同。横山党。横山時広の男（『吾妻鏡』文治五年九月六日条、建暦三年〈一二一三〉五月四日条、『武蔵七党系図』）。和田合戦で和田義盛に与し、滅亡。〈延〉では他に登場せず。

○四オ6　金子十郎家忠　同余一家員　〈四〉同様、「家員」は〈松・南〉「近則」。〈盛〉なし。村山党。いずれも金子家範の男（『武蔵七党系図』など）。衣笠合戦では、「金子十郎同与一」（第二末・七二ウ6）、三草勢揃（第五本・四六オ2）では、義経勢の中に「金子十郎家忠、同余一家員」とある（該当部の与一の名は〈長〉同、〈盛〉「近範」）。『武蔵七党系図』（続群本・系図綜覧）村山党に、金子家範の男として見え、与一は「近範」とあるが「本家元」と注記される。〈延〉ではこの後、屋島合戦の二日目に名が見える（二四ウ4、同7）。

○四オ6　金平六則綱　〈四・松・南〉あり、〈盛〉なし。猪俣則綱。第五本・廿一「越中前司盛俊被討事」で、盛俊を討った。〈延〉ではこの後登場しない。

○四オ7　大河戸太郎　同三郎　太郎は〈四・松・南〉では「広行」、〈盛〉なし。三郎は〈四〉「忠行」、〈南〉「広重」、〈盛・松〉なし。〈延〉では他に登場せず。藤原氏秀郷流、武蔵国の住人か。〈長・盛〉では前年発向の範頼勢に記し、『吾妻鏡』元暦元年八月八日条や元暦二年正月二十六日条でも、範頼勢の中に見える。

○四オ7　中条藤次家長　〈四・松・南〉同様、〈盛〉なし。『尊卑分脈』では八田知家の男としつつ、「義勝法印子也。擬＝祖父子＝」と注記。もとは横山党小野氏、成尋（盛尋）の男か（内閣文庫蔵『諸家系図纂』党家系図・横山党、系図綜覧本『武蔵七党系図』、続群本『小野氏系図』など）。一ノ谷合戦では範頼勢（第五本・四五オ10）。〈延〉ではこの後登場しない。『吾妻鏡』元暦元年八月八日条や同二年正月二十六日条で、範頼勢の中に所見。

○四オ8　熊谷次郎直実　子息小次郎直家　〈四・南〉同、〈盛・松〉なし。直実は、〈延〉ではこの後、義経と共に屋島を襲ったとされる（一一ウ9）。

○四オ8　平山武者所季重　〈盛・四・松・南〉同様。〈延〉ではこの後、義経と共に屋島を襲ったとされる（一一ウ8）。

○四オ9　小川太郎重成　〈盛・四・松・南〉なし。〈延〉では他に登場せず、未詳。西党の小川氏か。

○四オ9　片岡八郎為春　〈盛〉同。〈四・松・南〉なし。義経の郎等。千葉氏一族、常陸国の住人か。片岡太郎経春の名が、三草勢揃（第五本・四六オ5）に見え、この後、壇ノ浦の海上から神璽を拾い上げた（四六ウ9）とされるが、経春が惣領、為春は庶子の兄弟か（野口実）。この後、逆櫓論争場面に登場（六ウ10）。

○四オ9　原三郎清益　〈松〉同、〈四・南〉小異、〈盛〉なし。藤原南家、遠江国の住人か。三草勢揃でも義経勢（第五本・四六オ2）。該当部注解参照。〈延〉ではこの後登場しない。

○四オ10　庄三郎　同五郎　「三郎」は〈盛〉「太郎家永」、〈四・南〉「三郎忠家」、〈松〉「四郎忠家」。「五郎」は〈盛・四・松〉「弘（広）方」、〈南〉なし。児玉党。義経に付いた庄三郎が、義仲に付いていた弟の四郎を生け捕り、助けたことが、第五本・十「樋口次郎成降人事」に見えていた。また、重衡生け捕りを庄一族の功名とする諸本もある（第五本・六九ウ6注解参照）。〈延〉ではこの後登場しない。

○四オ10　美尾野四郎　同藤七　〈松〉同、〈盛・四・南〉なし。以下、四ウ1まで、屋島合戦の錣引き場面の人名に関わるか。〈延〉は、景清と戦おうとした源氏勢を、「武蔵国住人丹生屋十郎同四郎上野国住人ミヲノヤノ四郎信乃国住人木曽仲太弥中太」（一一ウ5～6）とするが、〈覚〉では、「武蔵国の住人、みをの屋の四郎・同藤七・同十郎・上野国の住人丹生の四郎、信濃国の住人木曽の中次」とする。諸本に異同が多く、安定しないが、〈延〉はむしろ〈覚〉の「みをの屋の四郎・同藤七」に近い。武蔵国三尾谷（三保谷。現埼玉県比企郡川島町）の住人か。

○**四ウ１　二宇次郎**　〈松〉同、〈盛・四・南〉なし。未詳。前項で見た「丹生屋」「丹生」に関わるか。「丹生」は上野国甘楽郡の地名。

○**四ウ１　木曽仲次**　〈松・南〉同様、〈盛・四〉なし。系譜未詳。木曽の中原氏の一族か。前々項に見た源氏勢のうち、「信乃国住人木曽仲太弥中太」と見える人物に関わるか（該当部、〈南・屋・中〉「木曽中太」、〈覚〉「木曽の中次」）。〈盛〉巻二七では、横田河原合戦の義仲方の名寄に「木曽中大、弥中大」とある。また、半井本『保元物語』上巻の義朝勢名寄に「信乃国ニハ（中略）木曽中太、弥中太」、金刀比羅本『平治物語』上巻の義朝勢名寄にも「信濃国には（中略）木曽中太、弥中太」と見える。

○**四ウ２　武蔵房弁慶**　〈盛・松・南〉同。〈四〉なし。〈延〉ではこの後、屋島合戦の前後で活躍する。

○**四ウ２　其勢五万余騎**　〈盛〉「十万余騎」、〈松〉「二万余騎、三百五十艘」、〈南〉「三百余艘」。〈四〉なし。

○**四ウ２　参川守範頼ハ神崎へ向テ長門国へ渡ラントス**　範頼がこの時、西国に下向したとする記事は諸本にある。〈長・盛〉は二月十五日に神崎を船出、〈四〉は二月十八日に神崎へ下向、〈松〉は欠字だが、義経の渡部着と同日に神崎へ下向とする。〈南〉は二月三日神崎へ下向、〈屋・中〉は二月十四日神崎から船出、〈覚〉は二月三日神崎から船出。しかし、〈全注釈〉等が指摘するように、この時期の範頼の発向は史実とも違い、また、既に藤戸合戦などで西国で戦っている範頼を描いていたこととも矛盾する。〈延〉の場合、第五末・六一ウ５以下で、元暦元年九月二十一日の範頼発向を簡単に記し、その後、藤戸合戦を描いていた。その後、六三ウ６以下では長門へ赴き、さらに豊後へ渡ったとも記し、範頼の行動を事実に比較的近い形で描いてもいた。他本も、〈闘〉の三月を除き、概ね九月の発向を記す。このように、『平家物語』の文脈からは、範頼の発向をこの時期に記す理由は見出しがたい。また、『吾妻鏡』等によれば、範頼は実際には九月初め頃に京都を発ったようで（第五末・六一ウ８注解参照）、『吾妻鏡』には、その後も範頼の動静の記事が多く、西国で戦っていたことは疑いない。従って、この時期の範頼の船出を記す記録などがあったとも考えにくい（範頼が義経と同時期に出発したとする記事は、『保暦間記』や慈光寺本『承久記』にも見出せるが、いずれも『平家物語』によったものか）。強いて言えば、義経発向の記事に、範頼の発向記事をも取り込んでしまったために、矛盾が生じたものか。平田俊春は、「語りのために義経を語る際に範頼のことも一言するという ことか、あるいは範頼の消息が不明のためかによって作為されたものであろう」とする。『徒然草』二二六段にも記されるように、『平家物語』諸本の記述が範頼について不正確であるのは全体的傾向（第五末・六一ウ8注解参照）。

○四ウ3　相従ヮ輩ハ　以下の名寄せは、〈延〉ではこの後、屋島に遅れて到着したとして、一八オ5以下に列挙される人名と多く重なる。また、〈長・盛・四・南・屋・覚・中〉では、巻十末尾該当部に元暦元年九月頃の範頼出発に際して記される。〈松〉では、この位置に義経勢の名寄せ直前に記される。また、〈闘〉では、巻八之下末尾に、義経の西国発向の援軍として鎌倉から派遣された勢の名寄せに重なる（他本で範頼勢名寄せの転用か―三ウ4注解参照）。〈南異〉該当部にはなし。さらに、『吾妻鏡』では、元暦元年八月八日条に、範頼が西海追討使として鎌倉を出発する際の名寄せ、同二年正月二十六日条には範頼と共に豊後に渡った勢の名寄せがあり、これらも重なるものが少なくない。次頁に、それらと対照する。「本段」は〈延〉本段、「八嶋」は〈延〉一八オ5以下に記される、屋島に遅れて到着した者の名寄せ。「吾1」は『吾妻鏡』元暦元年八月八日条、「吾2」は同二年正月二十六日条。○印は表記に異同が少なく、疑いなく同人と見られるもの。△印は表記に注意すべき異同があるが、同人と判断できるもの。

○四ウ4　足利蔵人義兼　八「八嶋ニ押寄合戦スル事」の、遅れて到着した者の名寄せ（一八オ。以下、〈八嶋名寄〉と略）にも登場。諸本同様、『吾妻鏡』も範頼勢に数える。足利義康の男。〈延〉ではこの二箇所以外に登場せず。

○四ウ4　北条小四郎義時　〈松・南・屋・覚・中〉も範頼勢として記し（江馬小四郎などとも表記）、『吾妻鏡』も同様。〈闘〉義経勢。一方、〈八嶋名寄〉や〈長・盛・四〉では時政を挙げ、義時を挙げない。義時は、〈延〉では頼朝挙兵譚（第二末・四九ウ3など）に名を挙げられて以来の登場で、これ以降は登場しない。なお、『吾妻鏡』元暦元年十二月三日条の、帰洛する園城寺専当に時政が書を託したとの記事などによれば、この時、時政は従軍していなかったと見るのが穏当か。

○四ウ4　武田兵衛有義　〈八嶋名寄〉にもあり、〈長・盛・四・松〉、『吾妻鏡』でも範頼勢。〈闘〉なし。武田信義の男。一ノ谷合戦でも範頼勢の中に名が見えた（第五本・

	延本	八嶋	長	盛	四	闘	松	南	屋	覚	中	語1	語2
足利義兼	○	○	○	○	○	○	○	○	○	○	○	○	○
北条義時	○	×	×	×	×	○	○	○	○	○	○	○	○
北条時政	×	○	○	○	○	×	×	×	×	×	×	×	×
武田有義	○	○	○	○	○	×	○	×	×	×	×	○	○
板垣兼信	×	×	×	○	×	×	×	×	×	×	×	×	×
安田義定	×	×	△	○	×	×	×	×	×	×	×	×	×
同小太郎	×	×	○	×	×	×	×	×	×	×	×	×	×
鏡美長清	×	×	×	×	×	×	×	×	×	○	×	×	×
千葉常胤	○	×	○	○	○	○	○	×	×	×	×	○	○
千葉胤将	×	×	×	×	×	○	×	×	×	×	×	×	×
大須加胤信	×	×	×	×	×	○	×	×	×	×	×	×	×
千葉成胤	×	×	×	×	×	○	×	×	×	×	×	×	×
酒井経秀	×	○	○	△	○	○	○	×	×	×	×	○	○
武石胤重	×	×	×	×	×	○	×	×	×	×	×	×	×
八田朝家	○	×	△	△	○	○	○	×	×	○	×	○	○
八田朝重	○	△	△	△	○	○	○	×	×	×	×	○	○
葛西清重	○	○	△	△	○	○	○	×	×	×	×	○	○
小山朝政	○	○	○	○	○	○	○	×	×	○	×	×	○
小山朝光	×	×	○	○	×	△	○	×	×	×	×	○	○
中沼家政	○	△	△	△	△	△	△	×	×	△	×	△	△
佐々木盛綱	○	○	○	○	○	×	×	○	○	○	×	×	×
比企朝家	○	○	△	△	△	×	△	×	×	△	×	△	△
比企能員	○	○	○	○	○	○	×	○	○	○	×	○	○
安西景益	○	△	△	△	○	○	×	×	×	△	×	○	○
安西時景	○	△	△	△	△	△	×	×	×	×	×	△	△
宮藤資経	○	×	○	○	○	○	×	×	×	×	×	○	○
宮藤資茂	○	×	△	△	○	○	×	×	×	×	×	○	○
宇佐美助義	×	×	○	○	×	×	×	×	×	×	×	×	×
天野遠景	○	×	○	○	○	△	△	○	○	○	×	○	○

四五オ1）。〈延〉ではこの後登場しない。

○四ウ5　千葉介常胤　〈長・盛・四・松〉、『吾妻鏡』でも範頼勢。〈闘〉義経勢。〈延〉では「経胤」「胤経」の表記が多い。千葉氏の棟梁。常重の男。頼朝挙兵譚では活躍を描かれたが（第二末・七八オ10以下など）、それ以後は、一ノ谷合戦の名寄せ（範頼勢。第五本・四五オ2）と本段のみ。『吾妻鏡』元暦二年三月十一日条では、頼朝から範頼に宛てた書状の中で、常胤が「不レ顧二老骨一堪二忍旅泊一之条、殊神妙」と賞されており、範頼勢として従軍していたことが確実である。なお、〈八嶋名寄〉では子息の酒井経秀の名が見える。〈闘〉は千葉一族の名を列挙する。

○四ウ5　八田四郎武者朝家　子息太郎朝重　〈四・闘・松・覚〉や『吾妻鏡』にも「八田」とあるが、〈長・盛〉には「宇都宮四郎武者知家、子息太郎朝重」（〈長〉）などとあり、〈八嶋名寄〉にも「宇津宮四郎武者朝重」（一八オ9）とある。藤原道兼の子孫、八田宗綱の男の八田知家と、その子の知重（知家は『尊卑分脈』に「号二八田四郎一。実者下野守源義朝子」と注記あり）。兄の朝綱は八田とも宇都宮とも号し、その子孫が宇都宮氏となった。

○四ウ6　葛西三郎清重　〈八嶋名寄〉〈四・闘・松〉『吾妻鏡』同様。〈長・盛〉は名を「重清」とする。清重は、

大胡実秀	○	○	△	△	○	×	○	×	×	○	×	×	×
小栗重成	○	○	○	○	○	×	×	×	×	×	×	×	×
伊佐朝正	○	○	○	○	○	×	×	×	×	×	×	×	×
一品房昌寛	○	○	○	○	○	○	△	○	○	○	○	○	○
土佐房昌俊	○	○	○	○	○	○	○	○	○	○	○	○	○
三浦義澄	×	○	×	○	○	○	○	○	×	○	×	○	○
三浦義連	×	○	×	×	×	×	×	×	○	×	×	×	×
三浦義村	×	×	×	○	○	○	○	○	×	○	×	○	○
和田義盛	×	×	×	×	×	○	×	○	○	×	×	○	○
同　宗実	×	×	×	×	×	○	×	×	×	×	×	○	○
同　義胤	×	×	×	×	×	○	×	×	×	×	×	○	○
大多和義成	×	○	○	○	○	○	×	×	×	×	×	○	○
土肥実平	×	×	×	○	×	×	×	○	○	○	○	×	×
土肥遠平	×	×	×	△	×	×	×	○	○	○	×	×	×
土屋宗遠	×	○	×	○	×	×	×	×	×	○	×	×	×
畠山重忠	×	×	×	×	○	×	×	×	×	○	×	×	×
稲毛重成	×	○	○	○	○	×	△	×	×	○	×	×	×
稲毛重朝	×	○	△	△	△	×	×	×	×	○	×	×	×
稲毛行重	×	○	×	×	×	×	×	×	×	○	×	×	×
長野重清	×	×	○	○	○	×	×	×	×	○	×	×	×
中条家長	×	×	○	○	×	×	×	×	×	○	×	○	○
斎院親義	×	×	×	○	×	×	×	×	×	○	×	×	○
渋谷重国	×	×	×	○	×	×	×	×	×	×	×	×	○
渋谷高重	×	×	×	×	×	×	×	×	×	×	×	×	○
浅沼弘綱	×	×	○	○	×	×	○	×	×	×	×	△	○
大河戸広行	×	×	○	○	×	×	×	×	×	×	×	○	○
大河戸広政	×	×	○	○	×	×	×	×	×	×	×	△	△
小野寺道綱	×	×	○	○	×	×	×	×	×	×	×	○	○
下河辺行平	×	×	×	×	×	×	×	×	×	×	×	×	○
下河辺政能	×	×	×	×	×	×	×	×	×	×	×	×	○
加藤次景廉	×	×	×	×	×	×	×	×	×	×	×	×	○

豊島権守清元の男。第二末・八一オ2注解参照。

○四ウ6　小山小四郎朝政　同中沼五郎家政　朝政は、〈長・盛・四・闘・松・覚〉『吾妻鏡』元暦二年正月二十六日条も同様。家政は、〈八嶋名寄〉（一八オ9）や〈長・盛・四・闘・松・覚〉『吾妻鏡』に「宗政（正）」とあるのがよい（「中沼」は〈闘・覚〉「長沼」）。〈延〉も〈八嶋名寄〉の他、宇治・勢多合戦の名寄（第五本・一一オ9。範頼勢）でも「宗政」とする。藤原氏秀郷流、小山政光の男・朝政と、その弟・中沼宗政。〈長・盛・四・闘・松〉『吾妻鏡』では、さらにその弟にあたる小山（結城）朝光の名もある。小山一族は有力な武士団であり、小山政光が熊谷直家を、「郎従がいないから自ら戦わねばならないのだ」と冷笑したという逸話は著名（『吾妻鏡』文治五年七月二十五日条）。しかし、〈延〉では富士川合戦前に頼朝側に付いたこと（第二本・九六ウ7）、宇治・勢多合戦の名寄など、わずかに名が見えるのみ。

○四ウ7　佐々木三郎盛縄　「盛縄」は、第五末・六二オ6、第六本・一八オ9などでは「盛綱」。〈八嶋名寄〉〈長・盛・四・南・屋・覚・中〉同様。〈闘・松・中〉『吾妻鏡』なし。〈闘〉に名がないのは義経勢の名寄せであるためか。藤戸合戦での活躍が著名であり、諸本が範頼勢として名を挙げるのはそのためか。〈延〉がここで西海へ出発したと記すのは、第五末の藤戸合戦の記述とは矛盾する。実際には、元暦元年の西海下向は鎌倉からの進発ではなく、途中で合流したものか。

○四ウ7　比企藤内朝家　同藤四郎能員　「朝家」は〈八嶋名寄〉も同様だが、〈長・盛・松・覚〉『吾妻鏡』の「朝宗」がよい（〈四〉「知宗」）。能員は、諸本・『吾妻鏡』同様（〈四〉「義貞」）。比企氏は系譜未詳、武蔵国住人。朝宗の父は遠宗、母は比企尼（頼朝の乳母）か。能員はその養子となって比企氏を継いだ〈国史〉。頼朝との関係などにより、初期鎌倉幕府において重要な位置を占めたが、〈延〉では、能員が、第四（巻八）・三二オ3以下でいわゆる征夷将軍院宣を迎え、また、重衡・頼朝対面場面（第五末・一九ウ9）で、鎌倉を舞台とした叙述に登場するのみ。

○四ウ8　安西三郎景益　同小次郎時景　「景益」は、〈四・闘〉『吾妻鏡』同、〈八嶋名寄〉や〈長・盛・覚〉では「秋益」。「時景」は、〈八嶋名寄〉や〈長・盛〉では「秋景」、〈四・闘〉『吾妻鏡』では「明景」。第二末・五三ウ2では「明益」。安房国住人、三浦一族か。あるいは平群氏の末裔とも（『姓氏家系大辞典』）。〈延〉ではこれらの名寄にのみ登場。

○四ウ8　宮藤左衛門資経　同三郎資茂　工藤祐経兄弟。姓は〈長・四・闘〉『吾妻鏡』「工藤」、〈盛〉「公藤」。名は、資経が〈長〉同、〈盛・闘〉『吾妻鏡』「祐経」、〈四〉「助経」。資茂は、〈四・闘〉『吾妻鏡』「祐茂」。〈長・盛〉は、〈長〉「同三郎秋義」、〈盛〉「同三郎秋茂」とするが、その他に「宇佐美三郎助義（祐能）」と記すのも、同人を指すか。『尊卑分脈』（藤原南家乙麿流）では、工藤祐次の子として「祐経」「祐茂」を記し、後者に「宇佐美三郎」と注記。資経は頼朝の側近で、曽我兄弟に討たれたことで知られる。〈延〉では資経が、第四（巻八）・三二ウ3以下で、いわゆる征夷将軍院宣の使者の接待と、第五末・五六オ10以下で、一条忠頼の誅殺の役割を果たすのみ。

○四ウ9　天野藤内遠景　〈長・盛・四・南・屋・覚〉『吾妻鏡』同様。〈闘〉「伊豆藤内遠景」、〈松〉「矢野藤内遠景」。遠景は藤原南家乙麿流。〈延〉では第三末・一三ウ6以下で、義仲への使者の役割を果たしている。

○四ウ9　大胡太郎実秀　〈八嶋名寄〉〈四・松・覚〉も同様だが、〈長・盛〉「大野太郎実秀」。『吾妻鏡』の名寄にはなし。〈延〉では他に登場せず。大胡は藤原氏秀郷流、上野国住人。『姓氏家系大辞典』所引『上野国志』に、大胡成家の弟・成近から、隆義―実秀と続く系譜を記す。『法然上人絵伝』（四十八巻伝）第二五には、上野国の御家人大胡小四郎隆義の子息・大胡太郎実秀が、自らが尋ねた念仏安心の疑問について詳細に返答した法然の手紙を大事にし、寛元四年（一二四六）に往生を遂げたことが描かれている。

○四ウ10　小栗十郎重成　〈八嶋名寄〉〈長・盛・四〉同様。『吾妻鏡』では、前記の名寄にはないが、野木宮合戦（治承五年閏二月二十三日条）などに登場、常陸国住人という（元暦元年四月二十三日条）。〈延〉では他に登場せず。

○四ウ10　伊佐小次郎朝正　〈八嶋名寄〉〈長・盛・四〉同様。常陸国住人か。常陸の伊佐氏は、藤原山陰の子孫と伝えられるが、実は平氏かという（『姓氏家系大辞典』）。

○四ウ10　一品房昌寛　諸本・『吾妻鏡』同様（表記は「一法房」、「性賢」「章玄」「正元」などさまざま）。頼朝挙兵の当初より仕え、初期幕府の右筆奉行人的な役割を果たした人物。第二中・一四二オ4以下では、「伊法々師」の名で頼朝夢合せ説話に登場。該当部注解参照。

○五オ1　土佐房昌俊　諸本・『吾妻鏡』同様（表記は「正俊」「性俊」なども）。義経への刺客として著名（第六末・九「土佐房昌俊判官許へ寄事」参照）。

○五オ1　其勢三万余騎　〈延〉は、第五末・六一ウ5の発向場面では、「数万騎」としていた。その該当場面で、〈長〉「三万余騎の軍兵数千艘」、〈盛〉「其勢十万余騎、軍船千余艘」、〈屋・覚〉「三万余騎」、〈南・中〉二万余騎。〈四〉「数百艘」。〈闘〉不記。『吾妻鏡』元暦元年八月八日条は、鎌倉を出発した勢を一千余騎とする。

二　大神宮等ヘ奉弊使被立ニ事

二

十四日伊勢大神宮石清水賀茂ニ院ヨリ奉弊使ヲ立ラル（五オ）
平家追討并三種神器事故ナク都ヘ返入セ給ヘキヨシヲ
祈申サル上卿ハ堀川ノ大納言忠親卿也神祇官人諸社々
司本宮本社ニテ調伏法ヲ行ヘキヨシ同被仰下ル一参河守大
夫判官已下ノ追討使日来渡辺神崎両所ニテ船ソロヘ
シケルカ今日既ニ纜ヲ解テ西国ヘ下ルヘシト聞ユ十五日範
頼ハ神崎ヲ出テ山陽道ヨリ長門国ヘ趣海上ニ船ノ浮ヘル
事幾千万ト云事ナシ大海ニ充満シタリ

〔本文注〕

○五オ4　諸社々司　「々」、〈汲古校訂版〉同。〈吉沢版〉〈北原・小川版〉「之」。

〔釈文〕

二（大神宮等へ奉幣使を立てらるる事）

十四日、伊勢大神宮・石清水・賀茂に、院より奉幣使を立てらる。平家追討并びに三種神器、事故なく都へ返し入らせ給ふべきよしを祈り申さる。上卿は、堀川の大納言忠親卿也。神祇官人、諸社の社司、本宮本社にて調伏法を行ふべきよし、同じく仰せ下さる。

参河守・大夫判官已下の追討使、日来《ひごろ》渡辺・神崎両所にて船ぞろへしけるが、今日既に纜《ともづな》を解きて西国へ下るべしと聞こゆ。

十五日、範頼は神崎を出でて、山陽道より長門国へ趣く。海上に船の浮かべる事、幾千万と云ふ事なし。大海に充満したり。

〔注解〕

○五オ2　十四日伊勢大神宮石清水賀茂ニ院ヨリ奉弊使ヲ立ラル

「奉弊」は「奉幣」がよい。「十四日」、〈盛・四・松〉同。但し、〈延・四〉は二月十四日と読めるが、〈盛〉は正月十四日と読める（三ウ3注解参照）。〈南・屋・覚・中〉は「十三日」。〈長〉はこの記事を欠く。また、「伊勢大神宮石清水賀茂」は、〈盛・四〉同。〈南・覚〉は春日を加える。〈屋・中〉「廿二社」。『山槐記』からの抄出とされる『達幸故実鈔』第三に、「文治元二十二。三社奉幣定。（中略）又召二外記一仰云、奉二幣伊勢石清水賀茂社一之例文硯持参レ」云々とあり、奉幣の正確な日付はわからないが、諸本の日付がおそらく概ね史実に近いこと、奉幣先は、〈延・盛・四〉の伊勢・石清水・賀茂が正しいことがわかる。

○五オ3　平家追討并三種神器事故ナク都ヘ返入セ給ヘキヨシヲ祈申サル　〈盛・四・松・南・屋・覚・中〉も同様の文あり。但し、〈屋・覚・中〉は「平家追討」を欠く。この時の祈祷の具体的内容は不明だが、『吉記』元暦二年正月八日条に「御祈祷微々、不便無レ極事也。雖レ無二其用途一、尤可レ被レ仰二諸社諸寺一也。三種宝物事、能々可レ被レ運レ籌之由申レ之」とあり、三種の神器のことで祈祷がなされたのは事実である可能性が高い。

○五オ4　上卿ハ堀川ノ大納言忠親卿也　〈盛・松〉同。

〈四・南・屋・覚・中〉なし。前々項に見た『達幸故実鈔』から、この奉幣について忠親が中心的な役割を果たしていたことが見て取れる。上卿であったことも事実か。

○五オ4　神祇官人諸社々司本宮本社ニテ調伏法ヲ行ヘキヨシ同被仰下ル　〈盛・四・南・覚〉近似。但し、〈四・南・覚〉は、祈祷の内容を調伏とは明記しない。一方、〈盛〉は延暦寺・園城寺・東寺・仁和寺で秘法の調伏を始めたとも記す。〈長・松・屋・中〉なし。

○五オ5　参河守大夫判官已下ノ追討使日来渡辺神崎両所ニテ船ソロヘシケルカ今日既ニ纜ヲ解テ西国ヘ下ルヘシト聞ユ

「今日」は十四日と読めるが、次項では範頼が十五日船出とある。区分して記す理由は不明。〈長〉は本項該当記事がなく、範頼の船出を二月十五日とする。〈盛・松〉は〈延〉本項と類似の文脈で、範頼・義経の船出を十五日とする。〈四〉は二月十八日に義経が渡辺へ、範頼が神崎へ下向したと記した後、日付なしに義経の船出を記し、範頼の船出については明記しない。〈南〉は二月三日に義経・範頼が渡辺・神崎に下向、十六日に船出しようとしたが嵐によって延期。〈屋〉は二月十四日に範頼が神崎から、義経が渡辺から船出したと記した直後に、十六日には渡辺・神崎で「此日来揃ツル船ノ纜」を解いたとし、さらに嵐のために延期とあって、わかりにくい。この点、〈中〉も類似の記事だが、「十六日」の日付がなく、「此日比そろへつるふねのともづな」を解いたのは十四日のことであると読める。〈覚〉は十六日に渡辺・神崎双方で船出しようとしたが、嵐のために延期とする。範頼がこの時西国へ下向したとする記事の不合理については、四ウ2注解参照。

○五オ7　十五日範頼ハ神崎ヲ出テ山陽道ヨリ長門国ヘ趣

〈長〉同様。〈盛・松〉も十五日。前項注解参照。

○五オ8　海上ニ船ノ浮ヘル事幾千万ト云事ナシ大海ニ充満シタリ　他本なし。範頼の兵船を、〈四〉は数千艘、〈南〉は五百余艘、〈屋・中〉は七百余艘とするが、〈長・盛・松・覚〉なし。

三　判官与梶原ニ逆櫓立論事

(五オ)
三義経ハ南海道ヲ〔経〕テ四国ヘ渡〔ラ〕ントテ大物浜ニテ淀江内
(五ウ)
忠利ト〔云〕者ヲ案内者ニテ船ソロヘシ〔テ〕軍ノ談義シケルニ　梶
原平三景時此御舟共〔三〕逆櫓ヲ立候ハヤト申ケレハ判官
逆櫓トハナンソト宣ヘハ船ノ舳ノ方向テ又櫓ヲ立候也其故ハ
陸ノ軍ハ早走ノ逸物ノ曲進退ナル馬ニ乗テ蒐ト思ヘハカケ引
ト思ヘハ引ク弓手ヘモ妻手ヘモマワレ安キ事ニテ候船軍ハヲシ
ハヤメ候ツル後ハ押モトスハユヽシキ大事ニテ候ヘハ舳ノ方ニモ櫓ヲ
立テ敵ツヨラハ舳ナル櫓ヲ以テ押モトシ敵ヨハラハ本ノ如ク艫ノ
櫓ヲ以テ押候ヘシト申ケレハ判官大ニ咲テ宣ケルハ軍ト云ハ面ヲ返
サシ後ヲミセシ一引モ引シト人コトニ思タル上ニ大将軍後ニ引ヘテ

係ヨ責ヨト勧ルタニモ時ニヨリ折ニ随テ引退ハ軍兵ノ習也

（六オ）

マシテ兼テヨリ逃支度ヲシタラムニハナニカヨカルヘキト宣ケレハ
梶原重テ申ケルハ軍ノ習身ヲ全シテ敵ヲ亡ヲモテ謀
ヨキ大将軍トハ申也向敵ヲ皆打取テ命ノ失ヲ不顧当
リヲ破ル兵ヲハ猪武者トテアフナキ事ニテ候判官イサ
猪ノ事ハ不知ヤウモナク義経ハ敵ニ打勝タルソ心地ハヨキ
弓矢取者ノ習後代ノ名モ惜クカタヘノ目モ恥シケレハ一引モ
引シト思スラ指当テハ時ニ臨テ後ヲミスル習アリ詮ハ立
タカラン船ニハ逆櫓トカヤ千帳万帳モ立ヨカシ義経ハ一
帳モ立マシ名字ヲタニモ聞タカラス抑又立テヨカラムスルカ
畠山殿イカニト問給ケレハ和田小太郎平山ノ武者所熊

（六ウ）

谷次郎佐々木四郎渋谷庄司金子十郎究竟ノ

者共六十余人並居タルニ畠山進出テ申ケルハ此レ承レ
侍共大将軍ノ仰ハ今一重面白候物哉誠ニ弓矢取者ノ
習一引モ引シトハ人コトニ思候又引候マシ後代ノ名モ惜クカ
タヘノ目モ恥ク候恥カ先ヲハ係ル習也梶原殿カ支度ノ
過テ申候コソ候メルナトノ梶原殿ト申ケレハ若者共ハ片方ニ
奇合テ目引鼻引咲ヒケリ梶原由ナキ事申出シテ
ト思テ赤面シテソ有ケル判官宣ケルハ抑梶原カ義経ヲ
猪ニタトヘツルコソ奇怪ナレ若党ハナキカ景時取テ引落
セト宣ヘハ伊勢三郎能盛武蔵房弁慶片岡八郎為春

（七オ）

ナト云者共判官ノ前ニ進ミ出テ折塞テ只今取テ引張
ヘキ気色ニナリタレハ梶原申ケルハ軍ノ談義評定ノ時軍
兵等心々ニ存スル所一義ヲ申スハ兵ノ常ノ習也何ニモシテ平
家ヲ可亡ニ謀ヲコソ申タルニ還テ鎌倉殿ノ御為不忠ノ御事

ニコソ候ヘ但《シ》主ハ一人トコソ思タルニ又有ケル不思議サヨトテ
腰刀《ニ》手打カケテ打シサリテ居タリケリ梶原《カ》嫡男
源太景季次男平次景高三男三郎景茂兄弟
三人進出《タリ》判官弥《ヨ》腹《ヲ》立《テ》ナキナタヲ取テ向《フ》処《ニ》
三浦別当義澄是ヲミテ判官《ヲ》懐止《ム》梶原《ヲハ》畠
山庄〔司〕次郎重忠懐《タリ》源太《ヲ》〔八〕土肥次郎実平懐《タリ》

（七ウ）

三郎《ヲ》〔八〕多々良五郎義春懐《テ》引居《ヘタリ》殿原各申
ケルハ御《ト〔シ〕》方軍セサセ給《テ》平家《ニ》聞ヘ候ハム事无詮一御事《ナリ》
又鎌倉殿《ノ》聞食サレ候ハム事其恐少ナカラス設《ヒ》
日来《ノ》御意趣候《トモ》此《ノ》御大事《ヲ》前《ニ》アテヽ返々シ
カラス何況当座《ノ》言失聞召シトカムル《ニ》与ハスト面々《ニ》制《シ》
申ケレハ判官《モ》由ナシトヤ思給ケンシツマリ給《ニ》ケリ此《ヲ》コ
ソ梶原カ深《キ》遺恨トハ思ケレ判官敵《ニ》会《テ》軍セムント思

ハム人々ハ義経ニ付ヤト云ケレハ畠山ヲ初トシテ一人当千ノ棟トノ者共六十余人判官ニ付ニケリ梶原ハナヲ鬱ヲ含テ判官ノ手ニ付テ軍セシトテ参川守ニ付テ長門国ヘソ渡ニケル

〔本文注〕

○五ウ1　**シケルニ　梶**　「梶」の上、一字分程度の空白。行末を揃えたものか。三オ5本文注参照。

○五ウ2　**此**　〈吉沢版〉〈北原・小川版〉〈汲古校訂版〉「此ノ」だが、「ノ」は「此」字の最終画が虫損で一部切断されたため、「ノ」のように見えるもの。

○五ウ3　**船ノ**　「船」（舩）字の旁（「公」）、重ね書き訂正か。訂正された字は不明。

○五ウ7　**艫ノ**　「艫」の旁は「盧」ではなく「唐」に見える字体。

○六ウ7　**奇合テ**　「奇」、〈吉沢版〉「寄」。〈北原・小川版〉〈汲古校訂版〉は、底本の「奇」を「寄」に訂正したと注記。一オ4本文注参照。

○七オ1　**引張**　「張」、〈吉沢版〉〈北原・小川版〉同。〈汲古校訂版〉は底本の「帳」を「張」に訂正したと注記するが、「張」の異体字か。

○七オ2　**色ニナリ**　薄紅色の汚れあり。不明。

○七ウ3　**其恐**　「恐」、やや簡略な字体で不審。〈吉沢版〉〈北原・小川版〉〈汲古校訂版〉「恐」。

○七ウ5　**何況**　「況」は偏の部分に重ね書き訂正があるか。訂正された字画は不明。

○七ウ6　**思給ケン**　「ケ」は重ね書き訂正があるか。訂正された字は不明。

○七ウ10　**渡ニケル**　「ル」の左下に「一」字のような墨付きあり。不明。

○七ウ10　上欄外左端に「四」の字が左右逆に見える。次丁冒頭の章段番号注記が写ったもの。章段番号が後から書き込まれたことがわかる。一二ウ10欄外にも同様に「七」が写っている。

〔釈文〕

三（判官と梶原と逆櫓立て論の事）

義経は南海道を経て四国へ渡らんとて、大物浜にて、淀江内▼〔五ウ〕忠利と云ふ者を案内者にて、船ぞろへして軍《いくさ》の談義しけるに、梶原平三景時、「此の御舟共に逆櫓を立て候はばや」と申しければ、判官「逆櫓とはなんぞ」と宣へば、「船の艫《へ》の方に向かひて、又櫓を立て候ふ也。其の故は、陸《くが》の軍《いくさ》は、早走りの逸物《いちもつ》の曲進退《きょくしんだい》なる馬に乗りて、蒐《か》けむと思へばかけ、引かむと思へば引く。弓手《ゆんで》へも妻手《めて》へもまはれ、安き事にて候ふ。船軍《ふないくさ》は、おしはやめ候ひつる後は、押しもどすはゆゆしき大事にて候へば、艫《へ》の方にも櫓を立てて、敵《かたき》つよらば艫《へ》なる櫓を以て押しもどし、敵《かたき》よはらば本の如く艫《とも》の櫓を以て押し候ふべし」と申しければ、判官大いに咲《わら》ひて宣ひけるは、「軍《いくさ》と云ふは、『面を返さじ、後をみせじ、一引きも引かじ』と人ごとに思ひたる上に、大将軍後に引かへて『係《か》けよ、責めよ』と勧むるだにも、時により折に随ひて、引き退くは軍兵の習ひ也。▼〔六オ〕まして、兼ねてより逃げ支度をしたらむには、なにかよかるべき」と宣ひければ、梶原重ねて申しけるは、「軍《いくさ》の習ひ、身を全くして敵を亡ぼすをもつて、謀《はかりこと》よき大将軍とは申す也。向かふ敵《かたき》を皆打ち取りて、命の失するを顧みず、当たりを破る兵をば、猪武者とて、あぶなき事にて候ふ」。判官、「いさ猪の事は知らず、やうもなく義経は敵に打ち勝ちたるぞ心地はよき。弓矢取る者の習ひ、後代の名も惜しく、かたへの目も恥づかしければ、一引きも引かじと思ふすら、指し当たりては、時に臨みて後をみする習ひあり。詮は、立てたからん船には、逆櫓とかや千帳万帳も立てよかし。義経は一帳も立つまじ。名字をだにも聞きたからず。抑《そもそ》も又、立ててよからむずるか、畠山殿いかに」と問ひ給ければ、和田小太郎、平山の武者所、熊▼〔六ウ〕谷次郎、佐々木四郎、渋谷庄司、金子十郎、究竟の者共六十余人並み居たるに、畠山進み出でて申しけるは、「此れ承れ、侍共。大将軍の仰せは今一重面白く候ふ物哉。誠に弓矢取る者の習ひ、一引きも引かじとは人ごとに思ひ候ふ。又、引き候ふまじ。後代の名も惜しく、かたへの目も恥づかしく候ふ。恥が先をば係《か》くる習ひ也。梶原殿が支度の過ぎて申し候ふにこそ候める。な、との、梶原殿」と申しければ、若者共は片方に寄り合ひて、目引き鼻引き咲《わら》ひけり。梶原、「由なき事申し出だして」と思ひて、赤面してぞ有りける。

判官宣ひけるは、「抑《そもそ》も梶原が義経を猪にたとへつるこそ奇怪なれ。若党はなきか。景時取りて引き落とせ」と宣へば、伊勢三郎能盛・武蔵房弁慶・片岡八郎為春▼七オなど云ふ者共、判官の前に進み出でて、折り塞ぎて、只今取りて引き張るべき気色になりたれば、梶原申しけるは、「軍の談義評定の時、軍兵等心々に存ずる所一義を申すは、兵の常の習ひ也。何《いか》にもして平家を亡ぼすべき謀をこそ申したるに、還りて鎌倉殿の御為不忠の御事にこそ候へ。但し、主は一人とこそ思ひたるに、又有りける不思議さよ」とて、腰刀に手打ちかけて、打ちしさりて居たりけり。梶原が嫡男源太景季、次男平次景高、三男三郎景茂、兄弟三人進み出でたり。判官弥《いよい》よ腹を立て、なぎなたを取りて向かふ処に、三浦別当義澄、是をみて判官を懐き止《とど》む。梶原をば、畠山庄司次郎重忠、懐《いだ》きたり。源太をば、土肥次郎実平、懐《いだ》きたり。▼七ウ三郎をば、多々良五郎義春、懐《いだ》きて引き居ゑたり。殿原 各《おのおの》申しけるは、「御方軍《ドシいくさ》せさせ給ひて平家に聞こえ候はむ事、詮无《せんな》き御事なり。又、鎌倉殿の聞こし食され候はむ事、其の恐れ少なからず。設《たと》ひ日来《ひごろ》の御意趣候ふとも、此の御大事を前にあてて、返す返すしからず。何《いか》に況《い》はんや、当座の言失《ごんしつ》聞こし召しとがむるに与《あた》はず」と、面々に制し申しければ、判官も由なしとや思ひ給けん、しづまり給ひにけり。此をこそ、梶原が深き遺恨とは思ひけれ。

判官、「敵《かたき》に会ひて軍《いくさ》せむと思はむ人々は義経に付けや」と云ひければ、畠山を初めとして、一人当千の棟《むね》との者共六十余人、判官に付きにけり。梶原は、なほ鬱《いきどほ》りを含みて、「判官の手に付きて軍《いくさ》せじ」とて、参川守に付きて長門国へぞ渡りにける。

〔注解〕

○五オ10～（判官与梶原逆櫓立論事） いわゆる「逆櫓」の段。諸本にあるが、文脈や場の設定は微妙に異なる。〈延・盛〉では、大物の浜（浦）で船揃をしている時として、日付なし。〈長・松〉では神崎・渡辺で船揃をしている時で、日付はないが「けふすでに纜をとく」（〈長〉）とあり、二月十五日のことと読める。以上のように、〈延・長・盛・松〉が嵐の記事を逆櫓の後に置くのに対し、〈四〉では、二月十八日以降、渡辺で船揃をして発向しようとしたが、嵐によって延期した、その日のことと読める。〈南・屋・覚・中〉も、渡辺から船出しようとしたが嵐に遭って延期している間の議論と読める。日付は〈南・屋・覚〉十六日、〈中〉十四日（五オ5注解参照）。また、〈延・盛・四〉では、義経と景時が直接激論する場面は本段だけだが、〈長・松・南・屋・覚・中〉では、壇ノ浦合戦直前にも、先陣をめぐって口論がある。〈延〉本段後半は、むしろその場面に近い。この二つの形について、〈全注釈〉は、「語りもの系」について、逆櫓の場面には景時が義経を恨んだとの記述はなく、壇ノ浦合戦直前の先陣争い場面では「それよりしてぞ梶原、判官を憎みそめたてまつて」云々とあるが、巻一二で頼朝義経不和を記す場面では、逆櫓論争を遺恨の始まりとしているという齟齬を指摘し、「読みもの系」の形を本来とする（七ウ6注解参照）。なお、逆櫓論争事件の史実性は不明。〈評講〉はあり得たことと見るが、〈全注釈〉は虚構と見る。上横手雅敬は、義経と景時の対立がこの頃から始まったという時期的設定は正しいと見る。この時期に景時が義経と近い位置にあったと見られることは、四オ2注解参照。さらに、佐藤和夫は景時が源氏の水軍を組織したと想定するが、もしそうした想定に立つとすれば、水軍の指揮をめぐって義経と景時が対立することもあり得たと考えられようか。山本幸司も佐藤の研究によりつつ、梶原氏と水軍の関係が古代末期までさかのぼるとすれば、東国武者の景時が逆櫓についての知識を持っていたことも説明できるとする。一方、川合康は、梶原景時は、当時、義経軍には参加していなかったと見て、渡海前の義経と高階泰経のやり取りなどが、のちに「義経と景時の対立を象徴的に示す逆櫓論争として説話化されたもの」と推測する。

○五オ10　義経ハ南海道ヲ〔経〕テ四国ヘ渡〔ラ〕ントテ大物浜ニテ　逆櫓論の場を大物浜とする点、〈盛〉同。〈四・南・屋・覚・中〉渡辺。〈長〉「神崎、渡辺両所」は、範頼のことが混入した誤りか。〈松〉は場所を明記しない。大物の浜は現尼崎市内。先に、「十三日九郎大夫判官ハ淀ヲ立テ渡辺ヘ向」（三ウ3）、「参河守大夫判官已下ノ追討使日来渡辺神崎両所ニテ船ソロヘシケルカ」（五オ5）とあったので、義経は渡辺（現大阪市内）にいたと解されるにもかかわらず、ここで突然大物の浜とされる理由は不明（〈盛〉も同様）。但し、〈延〉ではこの後、九オ2以下でも「大物ノ浜」から船出したとある。該当部注解参照。また、ここでは渡辺とする〈四〉も、後に船出を「立二河尻安麻崎《リアマカサキ》」と描く。「大物」は摂津国河辺郡。平安末期写「摂津職河辺郡猪名所地図」（東大寺文書）に東から「杭瀬浜・渚浜・大物浜」が東から順に記されるのが初例。現兵庫県尼崎市東大物町東半分と杭瀬南新町西半分の地域。浅瀬の多い尼崎沖の中でかなり大型船が入港できる入江であった。平安末期以後、鴨御祖社（下賀茂社）領であったが、断続的に東大寺と所領争論が行なわれている（以上〈角川地名・兵庫県〉）。また大物遺跡の発掘調査では、十二世紀初頭から十三世紀前半にかけての中国製の青磁・白磁が大量に出土しており、当地は物資流通の重要拠点であった〈地名大系・兵庫県〉。平安京と福原を往来する際の通過地であったことは『玉葉』治承四年六月二日条・同十四日条などからうかがえる他、『平家物語』では配流される成親が立ち寄っており（〈延〉第一末・廿一「成親卿流罪事」）、また、義経は、後に都を落ちる際にも大物浦から船出する（第六末・二二オ1）。なお、〈角川地名・兵庫県〉は、中世中後期以後には「大物浦」が広く「難波浦」（現大阪湾）を表すような地名として理解されていた可能性について指摘する。〈延〉などについては、そうした意味での「大物浦」である可能性も考えられようか。

○五オ10　淀江内忠利ト云者ヲ案内者ニ　「淀江内忠利」、〈長・盛・松〉同様（「淀」は〈盛〉「大淀」）。〈四・南・屋・覚・中〉はここでは記さないが、〈長・南・屋・覚・中〉では、嵐の中を屋島に漕ぎ出した五艘の船の一つが、忠利の乗った船であったとする。忠利は系譜等未詳。〈松〉は、「鳥羽院御時ヨリ、御船ノ奉行淀ノ江内《ガウナイ》忠利ヲ以テ船汰シケルニ」とする。菱沼一憲は、淀津が古来より西国・京間の海運の要衝だったことを指摘した上で、「おそらく大江姓で内裏の宿衛や行幸の警護を職務とした内舎人に任じられていたために、略して江内と称したのであろうが、内舎人には平安末期には武士も多く任命されている。淀忠俊は淀津を拠点とした武士的人物と想定される」とした。

○五ウ1　船ソロヘシ〔テ〕軍ノ談義シケルニ　「軍ノ談義」、〈盛〉同。〈長〉「軍の談義、評定」。〈南・屋・覚・中〉「評定」。〈四・松〉該当句なし。この後、梶原の言葉にも、「軍ノ談義評定ノ時軍兵等心々ニ存スル所一義ヲ申スハ兵ノ常ノ習也」（七オ2）とあり、軍兵を集めてこうした会議を行うことは通例であったものか。〈南・屋・覚・中〉では、「抑ふないくさの様は未だ調練せず」（〈覚〉）という理由で談義が始められたとする。

○五ウ1　梶原平三景時此御舟共〔三〕逆櫓ヲ立候ハヤト申ケレハ　梶原の提案は基本的に諸本同様。梶原が義経勢にいたことについては、三ウ7（土肥実平）、四オ2注解参照。

「逆櫓」は、〈日葡〉に、「Sacaro　船を後ろの方に進めるために、反対に取り付けた櫓。ただ一回だけFeiqe（平家）の中にこの語が使われている」とある。〈日葡〉は『平家物語』に拠った記述だが、『太平記』巻一七、同巻二二にも例があることを指摘している。そのうち、『太平記』巻二二「義助朝臣病死事付鞆軍事」の例は、「伊予・土佐ノ舟ハ皆小舟ナレバ、逆櫓ヲ立テ縦横ニ相当ル」と見えるもの。この例によれば、「逆櫓」は実際に船戦で用いられたものかと見られるが、未詳。山本幸司はタキトゥス『年代記』に見えるゲルマニアの例から、その現実性を考える。なお、「逆櫓」の語は、「逆櫓おす立石崎の白波は悪しきしほにもかゝりけるかな」（『聞書集』雑歌・一九六）のようにも用いられるが、これは船の前後に櫓を付けた意ではなく、「櫓を押すのに逆らって、水勢・波が櫓を押し戻すこと」〈角川古語〉、あるいは「転覆を避けるため逆に櫓を押す漕ぎ方か」（『和歌文学大系　山家集／聞書集／残集』）などといわれる。

○五ウ2　判官逆櫓トハナンソト宣ヘハ　〈盛・四・松・南・屋・覚・中〉も、義経が問い返す形。〈長〉は梶原が逆櫓の必要性から説き始め、逆櫓とは何かの問答なし。

○五ウ3　船ノ舳ノ方向テ又櫓ヲ立候也　〈盛〉「船ノ舳ニ艫ヘ向テ櫓ヲ立候」、〈松〉「舳ノ方ニモ梶ヲ立、櫓ヲ数多立テ」、〈南〉「トモヘニカヂヲ立テ、トモヘモヘエモヤスウ押様ニ艫ヲヒシト立テ乗ント思候」、〈屋〉「艫舳ニ櫓ヲ立テ、左右ニ櫓ヲ立並ベテ、艫ヘモ舳ヘモ、推サセ候ゾヤ」（〈中〉同）、〈覚〉「ともへに櫓をたてちがへ、わいかぢをいれて、どなたへもやすうをすやうにし候ばや」。〈四〉「艫へ方モ立枱候ハヤ」は誤りのようにも見えるが、あるいは「ともへの方にも」と読み、艫と舳の双方に、の意か。櫓（艪）は、艫《とも》（船尾）にあって船を前進させるものだが、それを舳へ（船首）にも付け、後退を可能にしようとする案。〈延〉はこの後、五ウ6以下で、その操作についてさらに詳しく説明する。なお、〈屋・覚・中〉では左右に舵を置くことにも言及している。

○五ウ4　陸ノ軍ハ早走ノ逸物ノ曲進退ナル馬ニ乗テ蒐ト思ヘハカケ引ト思ヘハ引ク弓手ヘモ妻手ヘモマワレ安キ事ニテ候　〈長〉「陸の軍には、弓手へまはすも、めてへまはすも、よるもひくもしんたいなれ」、〈覚〉「馬はかけんとおもへば弓手へも馬手へもまはしやすし」など、諸本とも大意は同様で、馬は前後左右に自在に動けることをいう。「逸物」はすぐれた馬。「曲進退」は、「軽快に前後へ自在に動くこと」〈日国〉。

○五ウ6　舳ノ方ニモ櫓ヲ立テ敵ツヨラハ舳ナル櫓ヲ以テ押モトシ敵ヨハラハ本ノ如ク艫ノ櫓ヲ以テ押候ヘシ　〈盛〉同。〈長・四・松・南・屋・覚・中〉なし。敵の勢いの強弱により、前進後退を判断するという。

○五ウ8　軍トニハ面ヲ返サシ後ヲミセシ一引モ引シト人コトニ思タル上ニ大将軍後ニ引ヘテ係ヨ責ヨト勧ルタニモ…　以下、義経の言葉。①誰も皆、逃げないつもりではいても、②大将軍が後ろから命じても、状況次第では逃げてしまうという。〈長・四・松・南・屋・覚・中〉は①のみ、〈盛〉は②のみあり。

○六オ2　軍ノ習身ヲ全シテ敵ヲ亡ヲモテ謀ヨキ大将軍トハ申也

〈盛〉同様。〈盛〉では、この後、猪武者発言を咎められた場面でも、景時が同様の発言をする。〈長〉は該当句を欠き、「武者の能と申は、かくべき所をば懸、ひくべき所をばひき候こそよき、と申候へ」とする。〈四・松・南・覚〉は〈延・盛〉と〈長〉の双方の要素あり。一方、〈屋〉は、〈長〉に似るが、「余リニ大将軍ノ、可レ懸処、可レ引所ヲ知ラセ給ハヌヲバ、猪武者ト申テ…」と、猪武者云々につなぐ。〈中〉は〈延・盛〉と類同の句に加えて、〈屋〉に類する句を置く。なお、「身ヲ全シテ敵ヲ亡」は、後代の資料ながら、『太平記評判秘伝理尽鈔』巻三三に、「味方ヲ不レ損、身ヲ全シテ敵ヲ亡ヲ以テ善謀トスルナメリ」と見える。また、この句にやや類似する「身ヲ全シテ君ニ仕ヨ」の句が、第一本・一七オ1に見えるが（典拠は『雲州往来』が挙げられている）、この句は、〈長〉ではこの後、義経に強風の中の船出を強いられた水手梶取の言葉として、また、〈闘〉では巻八之下の生田森合戦で、景時の言葉として所見。その他、〈四〉巻七「真守最期」で、実盛に対する宗盛の言葉にも、「軍者法依レリ事随レ躰進退勇士賢キ習、相構ヘ全クシレ身救ケレ命可シトレ見此御有様」とある。なお、山本幸司は、『吾妻鏡』元暦二年正月六日条や、『渋柿』に引かれる頼朝書状などによって、当時の武士が暴勇に走るのみではなく、慎重な配慮を重視したと指摘し、逆櫓論争に見える景時の態度も、そうした常識に近いものであったと見る。

○六オ3　向敵ヲ皆打取テ命ノ失ヲ不顧当リヲ破ル兵ヲハ猪武者トテアフナキ事ニテ候　「猪武者」の表記、〈四〉は「猪鹿武者」とするが、語義からは疑問。あるいはこの後の義経の言葉に引かれた誤りか。その内容について、〈盛〉は「前後ヲカヘリミズ、向フ敵バカリヲ打取ントテ鐘ヲ知ヌ」と、

〈延〉にやや近い。〈長〉「かけあしばかりをしりて、ひきあしをしらざる」。〈四・南・覚〉は、「(かくべきところをかけ、引くべき所を引くことを知らず)かたおもむき」であることとする。〈松〉「片向ナルハ猪武者トテ…」。〈屋・中〉は前項参照。また、〈延〉では、この「猪武者」発言に対し、義経が反論した後、畠山の意見を求めた上で、改めて「抑梶原ヵ義経ヲ猪ニタトヘツルコソ奇怪ナレ」(六ウ8)と咎めて緊迫するが、この展開は独自。〈盛〉は畠山の意見がなく、すぐに猪武者発言を咎める。一方、〈長・四・南・屋・覚・中〉では、義経の「かのしゝ猪はしらず…」(〈長〉)に類する発言により、基本的に問答は終わりとなる。なお、「猪武者」の用例としては、〈延〉では、信連を評した「ソハヒラミスノ猪武者」(第二中・二七オ6)、景廉を評した「クラキリナキ甲ノ者ソハヒラミスノ猪武者」(第二末・五〇オ2)があり、その他、半井本『保元物語』巻中の、山田小三郎是行を評した「限モナク甲ノ者、ソバヒラ見ズノ猪武者、方カヲナキ若者」などがあるが、いずれも、必ずしも否定的形象ではない。

○六オ4　判官イサ猪ノ事ハ不知レヤウモナク義経ハ敵ニ打勝タルソ心地ハヨキ　〈長〉「かのしゝ猪はしらず、いくさには、いくたびもひらぜめにせめて、かちたるぞ心地はよき」。〈盛〉「猪鹿ハ知ズ、義経ハ只敵ニ打勝タルゾ心地ハヨキ」など、諸本類同だが、〈延〉以外は「鹿」を加え、「猪だか鹿だか知らないが」といった語勢。〈長・盛・四・覚〉では、この言葉を含む義経の発言を聞いた人々が笑ったとあるが(六ウ6注解参照)、特に〈四〉では、一旦緊迫した状況の後、義経がこの言葉を吐くと、「皆人入レ興」とあり、笑いを誘う言葉という面もあろうか。

○六オ6　弓矢取者ノ習後代ノ名モ惜クカタヘノ目モ恥シケレハ一引モ引シト思スラ指当テハ時ニ臨テ後ヲミスル習アリ　武士は名誉を気にして全く引くまいと思っていても、いざとなると逃げてしまうことがあるものだ、の意。〈長・四・松・南・屋・覚・中〉も類似の内容。〈盛〉は、そうした「習」ではなく、「軍ト云ハ家ヲ出シ日ヨリ敵ニ組テ死ナントコソ存ズル事ナレ。身ヲ全セン、命ヲ死ナジト思ハンニハ、本ヨリ軍場ニ出ヌニハ不レ如。敵ニ組テ死スルハ武者ノ本ン、命ヲ惜テ逃ハ人ナラズ」と、命を惜しむ武士を非難する独自の内容だが、これは〈長門切〉(『古筆学大成・二四』「鹿やらんは」。松尾葦江・29)にほぼ一致する。

○六オ7　詮ハ立タカラン船ニハ逆櫓トカヤ千帳万帳モ立ヨカシ義経ハ一帳モ立マシ名字ヲタニモ聞タカラス　諸本、基本的に同様。「詮ハ」は、「つまるところ」「結局」の意。〈盛〉

はこの後、畠山の発言はないが、義経が景時の「猪武者」発言を咎める展開は〈延〉と同様。〈長〉はこの言葉によって人々が笑い、景時が赤面して問答が終わる。〈四・松・南・屋・覚・中〉では、この言葉に対して景時の「猪武者」発言がある。〈四〉の場合、それによって義経が血相を変えたが、和田・畠山がいたので事なきを得たとし、義経の「不知猪鹿」発言によってこの場面を終える。〈南・屋・覚・中〉も、義経の反論によってこの場面を終える。この後の対立場面に類似する記事は、〈長・松・南・屋・覚・中〉では、壇ノ浦合戦直前の先陣争い場面にある（但し、〈南・覚〉は逆櫓場面の終わりに、危うく同士討ちに発展しそうであったと記す）。

○六オ9　抑又立テヨカラムスルカ畠山殿イカニト問給ケレハ　ここで義経が畠山重忠に意見を求めるのは、〈延〉独自。三ウ6にも見たように、〈延〉では、畠山重忠を、義経と共に行動していたと描く傾向が強い。〈盛〉では重忠の発言はないが、この後、乱闘寸前の場面で景時を抱き留めたのを重忠とする。〈四〉も、和田・畠山がいたために事なきを得たとする。〈長・松・南・屋・覚・中〉では、壇ノ浦合戦直前の場面でも、重忠を登場させない。武久堅は、逆櫓から屋島合戦に至る畠山重忠関係の叙述は、独自の伝承に依拠しつつ、景時と重忠の対立を意識して再構成された物語群であるとする。

○六オ10　和田小太郎平山ノ武者所熊谷次郎佐々木四郎渋谷庄司金子十郎　この場面での人名列挙は、他本になし。いずれも、義経勢として前出。和田小太郎は義盛（三ウ10注解参照）。平山ノ武者所は季重（四オ8注解参照）。熊谷次郎は直実（四オ8注解参照）。佐々木四郎は高綱（四オ2注解参照）。渋谷庄司は重国（四オ5注解参照）。金子十郎は家忠（四オ6注解参照）。

○六ウ2　此レ承レ侍共大将軍ノ仰ハ今一重面白候物哉　以下、畠山重忠の言葉は〈延〉独自。内容的には義経の言葉を支持し、臆病者の烙印を押されることを恥とする心が、武士の戦いの原動力だとするもの。このように、武士らしい論理によって場をまとめてゆく有力武将としての畠山重忠の描出については、『曽我物語』などとの共通性を見ることもできよう。そうした重忠像が広く流布する理由については諸説あるが、源健一郎などが整理している。

○六ウ5　恥カ先ヲハ係ル習也　「先陣を遂げるのは恥を恐れる心によるものだ」の意。

○六ウ5　梶原殿カ支度ノ過テ申候コソ候メルナトノ梶原殿
「梶原殿は、いささか工夫をこらしすぎて、あのようにおっしゃったのですな」と、最後は梶原に向かって確認する言葉。

○六ウ6　**若者共ハ片方ニ奇合テ目引鼻引咲ヒケリ**　「奇合」は「寄合」の誤り。「目引鼻引」は、「声を出さないで、目くばせしたり鼻を動かしたりして合図を送り、意を通じさせること」〈日国〉。〈松・南・覚〉は、〈松・南〉「目引鼻引ギヽメキアヘリ」、〈覚〉「目ひきはなひききらめきあへり」とする（但し、〈南・覚〉は梶原に恐れて高くは笑わなかったとする）。また、〈南〉では笑われた景時がさらに「猪武者」発言をし、義経に「猪鹿ハシラズ」云々と言われて、「侍共又ギヽメキケリ」とする。〈長〉「満座とよみて皤《いさみ》笑けり」、〈盛〉「一度ニドヽ笑フ」は、満座の嘲笑。〈四〉「皆人入レ興」（六オ4注解参照）。〈屋・中〉なし。

○六ウ7　**梶原由ナキ事申出シテト思テ赤面シテゾ有ケル**　梶原の赤面を描く点、〈長・盛・松〉同様。〈四〉は梶原が「無本意気」（本意無げ）に思ったとする。〈屋〉は梶原が「天性此殿ニ付テ軍セジ」と思ったとする。〈南・覚・中〉なし。嘲笑によるもの。

○六ウ8　**抑梶原カ義経ヲ猪ニタトヘツルコソ奇怪ナレ若党ハナキカ景時取テ引落セ**　「猪武者」発言に対して、義経がこのように反応したと記すのは、他に〈盛〉のみ。〈四〉では義経が血相を変えたものの、和田や畠山がいたので、事なきを得たとする。

○六ウ10　**伊勢三郎能盛武蔵房弁慶片岡八郎為春**　〈盛〉は義盛・片岡・弁慶の順だが同様。〈長・松・南・屋・覚・中〉の壇ノ浦合戦直前場面では、〈長〉は義盛・弁慶・佐藤忠信、〈松〉は佐藤忠信・江田源三・熊井太郎・源八広綱・義盛・弁慶、〈南〉は義盛・江田源三・佐藤忠信・弁慶、〈覚〉は佐藤忠信・義盛・源八広綱・江田源三・熊井太郎・弁慶、〈中〉は義盛・佐藤忠信・弁慶。〈屋〉なし。いずれも義経の手郎等の代表的存在。

○七オ1　**判官ノ前ニ進ミ出テ折塞テ**　「折塞」は「打塞」の誤りか。

○七オ2　**軍ノ談義評定ノ時軍兵等心々ニ存スル所一義ヲ申スハ兵ノ常ノ習也…**　〈盛・松〉も同様で、この後、「能義ニハ同ジ、悪キヲバ棄。イカニモ身ヲ全シテ平家ヲ亡スベキ謀ヲ申景時ニ恥ヲ与ヘント宣ヘバ、返テ殿ハ鎌倉殿ノ御為ニハ不忠ノ人ヤ」（〈盛〉）と続く。軍評定においては思った通りのことを述べる習慣であり、良くない案は不採用にすればよいのであって、咎めるのは不当だとする。

○七オ5　**但シ主ハ一人トコソ思タルニ又有ケル不思議サヨトテ**　〈盛〉も同様の文あり。「自分の主君は鎌倉殿だけだと思っていたのに、もう一人、主君であるかのように振る舞う者が出てきた」と、義経を批判する。〈長・松・南・屋・覚・中〉では、壇ノ浦合戦直前の場面に、「鎌倉殿の外に主をもたぬ物を」（〈覚〉）などとあるのが近い。〈松〉本段該当部では、「必シモ判官ニ付奉レト鎌倉殿ノ仰ヲ蒙タル事モナシ。所詮ハ心ノ侭ナリ」と、手勢を連れて範頼勢の方に移ったとするが、その後、壇ノ浦合戦直前に義経と口論をしたとある点、矛盾（七ウ9注解参照）。〈四〉なし。

○七オ6　腰刀ニ手打カケテ打シサリテ居タリケリ　〈盛〉「矢サシクハセテ判官ニ向フ」。〈長・松・南・屋・覚・中〉の壇ノ浦合戦直前の場面では、〈長〉が矢、〈松・南・屋・覚・中〉が太刀だが、〈延・盛〉と異なり、いずれも義経が先に手をかけたとする。「シサリ」は後じさり。やや後退して身構え、戦闘の姿勢を取った。

○七オ6　梶原カ嫡男源太景季次男平次景高三男三郎景茂兄弟三人進出タリ　〈盛〉も基本的に同様。壇ノ浦合戦直前の場面では、〈長・松・南・覚〉も同様に記す。〈中〉「子共三人」も同様。〈屋〉なし。少し後退した父を守るように、息子達が進み出た。なお、三郎の名は、四オ2には「景義」とあった。

○七オ8　判官弥ヨ腹ヲ立テナキナタヲ取テ向ッ処ニ　「ナキナタ」を、〈盛〉「喬刀」（蓬左本は「ケウトウ」と訓）とするが未詳。あるいは薙刀の誤りか。

○七オ9　三浦別当義澄是ヲミテ判官ヲ懐止ム　〈盛〉や〈南・屋・覚・中〉（壇ノ浦）も、義澄が義経を止めたとする。〈長・松〉（壇ノ浦）は、義澄と土肥実平。義澄については三ウ9注解参照。この後、屋島に遅れて到着したとも記されるが、義経勢にいたことは疑問。ここでの登場は、東国武士の大物、信頼される老練な武士といったイメージによるところが大きいか。

○七オ9　梶原ヲハ畠山庄〔司〕次郎重忠懐タリ　〈盛〉同。景時をとめたのは、〈南・屋・覚・中〉では土肥実平（壇ノ浦）。〈長・松〉は不記。〈延〉では義経勢において重忠が目立つ位置を占めること、三オ6、六オ9注解参照。

○七オ10　源太ヲ〔ハ〕土肥次郎実平懐タリ　〈盛〉同。〈長・松・南・屋・覚・中〉は景季をとめた人物を記さないが、〈南・屋・覚・中〉では実平が景時をとめたことは前項参照。実平については、三ウ7注解参照。義経勢の中にいたことはきわめて疑問。ここでの登場は、義澄と同様、東国武士の大物などといったイメージによるところが大きいか。

○七ウ1　三郎ヲ〔ハ〕多々良五郎義春懐テ引居ヘタリ　〈盛〉同。

〈長・松・南・屋・覚・中〉〈壇ノ浦〉不記。義春については、四オ2注解参照。

〇七ウ1　殿原各申ケルハ　〈盛〉は「殿原」の語を欠くが同様。「殿原」は、義経と梶原父子をとめた人々を指す。

〇七ウ2　御方ト〔シ〕軍セサセ給テ平家ニ聞ヘ候ハム事无詮ー御事ナリ　以下、義経に対する言葉の内容は、概ね四点。①同士討ちが平家に知れるとよくない。③日頃の意趣があったとしても、大事な時期には控えるべきである。④まして失言などを咎めてもしかたがない。②頼朝への聞こえも良くない。〈盛〉は①②④、〈長・南・屋・覚・中〉〈壇ノ浦〉は①②、〈松〉〈壇ノ浦〉は①に近い内容あり。次項参照。

〇七ウ3　設ヒ日来ノ御意趣候トモ此ノ御大事ヲ前ニアテヽ返々シカラス　前項に見たように、〈延〉独自の記述。但し、〈盛〉もこの後「梶原ニハ弥讒セラレケル」（七ウ6注解参照）とあり、「弥」の語からは、他にも讒言の要因があったと読むことも可能か。〈長・松・南・屋・覚・中〉では、逆櫓論争または壇ノ浦先陣争いを遺恨の始まりとする（本段冒頭五オ10～注解及び七ウ6注解参照）。それに対して、〈延〉では既に「日来ノ御意趣」があったと解される。義経と景時の間の「意趣」について、これ以前には明確に描かれないが、第五末・一三ウ5以下には、生け捕った重衡の身柄を範頼が預かったことを義経が怒り、土肥・梶原が仲裁したとの記述があった（〈長・南異〉共通、その他諸本なし）。その中の義経の言葉は、〈覚〉では巻一一「腰越」における梶原の讒言の内容として所見（〈南〉も〈覚〉と同様）。また、同・五八オ5以下には、義経が梶原の「讒」を負い、陳謝のために関東に下ったという記事があった（〈盛〉類同）。各々の該当部注解参照。なお、重衡を捕らえたのは、〈延・長・四・闘・南〉の重衡生捕場面では梶原景時（但し〈盛・覚・中〉では庄三郎または庄四郎とされる）。これらは、義経と景時の間の意趣を直接に描くものではないが、既に何らかの対立があったことを窺わせる記述であるとはいえようか。

〇七ウ5　何況当座ノ言失聞召シトカムルニ与ハス　〈盛〉「当座ノ興言クルシミ有ベカラズ」。他本なし。「猪武者」発言を指すものであろう。

〇七ウ6　判官モ由ナシトヤ思給ケンシツマリ給ニケリ　〈延〉は梶原側の反応を記さないが、〈盛〉は「梶原モ勝ニ乗ニ及バズ」と加える。〈長・松・南・屋・覚・中〉の壇ノ浦合戦直前の場面では、「梶原すゝむに及ばず」（〈覚〉）など。

〇七ウ6　此ヲコソ梶原カ深キ遺恨トハ思ケレ　〈盛〉「此意趣ヲ結テゾ、判官終ニ梶原ニハ弥讒セラレケル」。〈長〉

「それより、はうぐはんをにくみはじめて、つゐに讒しうしなひてけり」。〈南〉も〈長〉に近い。一方、〈松・屋・覚・中〉は、壇ノ浦合戦直前の場面に、「それよりして梶原、判官をにくみそめて、つゐに讒言してうしなひけるとぞきこえし」（〈覚〉）などと記す。〈松・屋・覚・中〉の形の問題点については、本段冒頭五オ10～注解参照。〈延〉の場合、これが初めての対立であるとは記さず七ウ3注解参照）、また、それによって讒言したとも記さないが、第六末・一四オ7以下では、梶原が逆櫓論争を遺恨として讒言したと記す。

○七ウ7　敵ニ会テ軍セムント思ハム人々ハ義経ニ付ヤ　「セムント」は「セムト」（セント）の誤りか。あるいは、「セムナント」（せむなんど）の「ナ」の脱落か（〈汲古校訂版〉指摘）。〈盛〉は、「都ヲ出シ時モ申シヽ様ニ、少モ命惜ト思ハン人々ハ是ヨリ返リ上リ給へ。敵ニ組テ死ント思ハン人々ハ義経ニ付」と、戦いの覚悟を強調する。〈長・松・四・南・屋・覚・中〉なし。

○七ウ8　畠山ヲ初トシテ一人当千ノ棟トノ者共六十余人判官ニ付ニケリ　〈盛〉は「六十余人」とはせず、ここに再び義経勢の名寄を記す（三ウ4注解の対照表に記した＊印の者の他、土肥遠平、渡辺眤、佐藤継信・忠信の名あり）。

○七ウ9　梶原ハナヲ鬱ヲ含テ判官ノ手ニ付テ軍セシトテ参川守ニ付テ長門国へソ渡ニケル　〈盛・松〉に同様の文あり（〈盛〉）は義経勢の名寄の後）。〈盛・松〉では、梶原が屋島合戦に遅れて義経勢に合流した記事があり、矛盾（二八オ6注解参照）。〈松〉ではさらに、壇ノ浦合戦直前に義経と口論をした記事もある（七オ5注解参照）。〈四〉は義経の船出の後に、梶原は留まったと記す。〈長・南・屋・覚・中〉は、ここでは梶原の動向を記さないが、屋島合戦の後、梶原勢が遅れて到着し、「会にあはぬ花」と笑われたと描かれ、さらに壇ノ浦合戦の先陣争いを展開するので、依然として義経勢の中にいたとされる。〈四〉も、屋島に遅れて着いたとの記事はあり、同様に読める。一方、〈延〉はそれらの記事がなく、梶原はもはや義経の手から離れたと見て問題ない。四オ2注解に見たように、『吾妻鏡』における景時と義経・範頼の関係は微妙な面もあるが、元暦二年二月二十二日条には屋島遅着の記事があるなど、範頼勢に属したとは解しにくい。

四　判官勝浦《ニ》付《テ》合戦《スル》事

1　解纜

（八オ）

四 同十六日北風俄《ニ》吹ケレハ判官《ノ》船《ヲ》初《ト》シテ兵船共南《ヲ》サシテハセケル程《ニ》俄《ニ》又南風ハケシク吹《テ》船七八十艘渚《ニ》吹上ラレテ散々《ニ》打破《タリ》破舟共修理セムトテ今日ハ留《ヌ》風《ヤ》ナヲルト待ホトニ三《ケ》日マテ風ナヲラス三日ト云寅剋計《ニ》村雨ソヽキテ南風シツマリテ北風又ハケシカリケリ判《官》風ハ既ナヲリタリトク〳〵此舟共出セト宣ケレハ水手梶取共申ケルハ此程《ノ》大風《ニハ》争《カ》出シ候ヘキ風スコシヨワリ候ハヽヤカテ出シ候ヘシ判官向タル風ニ出セト云ハヽコソ義経《カ》僻事《ニテ》モアラメ是程ノ負手《ノ》風《ニ》出サルヘキ様ヤアル其上日ヨリモヨク海上《モ》静ナラハ

今日〔コソ〕源氏渡ラメトテ平家用〔心〕ヲ〔モ〕シ勢ヲモソロエテ

待所ヘ渡付テハ是程ノ小勢ニテハ争カ渡ルヘキカヽル大風ニハ
ヨモ渡ラシ船モ通ハシナムト思テ平家不寄思ニ所ヘスルリト
渡テコソ敵ヲ打ムスレ火ニ入業水ニ溺モ業ト云事ノアルソ
トウヽ此船出セ出サヌ物ナラハ一々ニ射殺切殺セトノヽシリ給ヒ
ケレハ伊勢三郎能盛片手矢ハケテ走廻テ水手梶取共ヲ射
殺シケレハナニトシテモ同死コサムナレサラハ出シテハセ死
ネヤトテ二月十八日寅時計ニ判官ノ船ヲ出ス百五十艘ノ船
之内只五艘出テ走ラカス残ノ船ハ皆留リニケリ一番判官ノ船
二番畠山三番土肥次郎四番伊勢三郎五番佐々木四郎
已上五艘ッ出タリケル余ノ船ニハカヽリ火トホスヘカラス義経カ
船ハカリニハトホスヘシ是ヲ本船トシテ走ラカセ敵ノ船ノ数シ

ラストテ大物ノ浜ヨリ帆引係テ南ヘ向テ走ラカス判官ノ
船ニハ究竟ノ梶取共乗タリケリ其中ノ梶取ニヲヒテハ四
国九国ノ間ニハ四国ヲ以テ先トス中ニハ土佐国ヲ以テ最トス
当国一宮ノ梶取赤次郎大夫ヲ被召具一ケリ大物ノ浦ヨリ
三日ニ走ル所ヲ只二一時ニ阿波国蜂間尼子ノ浦ニツ付ニ
ケル船五艘ニ兵五十余人馬五十疋ツ乗タリケル

〔本文注〕

○八オ５　判官　「判」の右下に「官」と傍書。書き落として補ったものか。

○八ウ２　不寄思二所　「寄」の左下に返点「二」のように見える墨付きがあるが、汚れか。

〔釈文〕

四（判官勝浦に付きて合戦する事）

八オ▼同十六日、北風俄かに吹きければ、判官の船を初めとして、兵船共南をさしてはせける程に、俄かに又南風はげしく吹きて、船七八十艘、渚に吹き上げられて、散々に打ち破れたり。破舟《われぶね》共修理せむとて、今日は留まりぬ。風やなほると待つほどに、三ヶ日まで風なほらず。三日と云ふ寅の剋計《ばか》りに村雨そそきて、南風しづまりて、北風又はげしかりけり。判官、「風は既になほりたり。とくとく此の舟共、出だせ」と宣ひければ、水手梶取共申しけるは、「此れ程の大風には争《いか》でか出だし候ふべき。風すこしよはり候はば、やがて出だし候ふべし」。判官「向かひたる風に出だせと云はばこそ、義経が僻事にてもあらめ。是程の追ひ手の風に出ださざるべき様やある。其の上、日よりもよく、海上も静かならば、『今日こそ源氏渡らめ』とて平家用心をもし、勢をもそろへて▼八ウ待たむ所へ渡り付きては、是程の小勢にては争《いか》でか渡るべき。『かかる大風にはよも渡らじ。船も通はじ』なむど思ひて、平家思ひ寄らざる所へするりと渡りてこそ、敵をば打たむずれ。『火に入るも業、水に溺るるも業』と云ふ事のあるぞ。とうとう此の船出だせ。出ださぬ物ならば、一々に射殺し切り殺せ』とののしり給ひければ、伊勢三郎能盛片手矢はげて走り廻りて、水手梶取共を射殺さむとしければ、『なにとしても同じ死ござむなれ。さらば出だして、はせ死にに死ねや』とて、二月十八日寅の時計りに、判官の船を出だす。

百五十艘の船の内、只五艘出だして走らかす。残りの船は皆留まりにけり。一番、判官の船。二番、畠山。三番、土肥次郎。四番、伊勢三郎。五番、佐々木四郎。已上五艘ぞ出だしたりけり。『余の船にはかがり火とぼすべからず。義経が▼九オ船ばかりにとぼすべし。是を本船として走らかせ。敵に船の数しらすな』とて、大物の浜より帆引き係けて、南へ向けて走らかす。判官の船には究竟《くつきやう》の梶取共乗りたりけり。其の中の梶取においては、四国九国の間には四国を以つて先とす。中には土佐国を以つて最とす。当国一宮の梶取、赤次郎大夫を召し具されけり。大物の浦より三日に走る所を、只二時に阿波国蜂間尼子の浦にぞ付きにける。船五艘に兵五十余人、馬五十疋ぞ乗りたりけり。

〔注解〕

○八オ1　同十六日…　諸本いずれも、大風によって兵船が損傷をうけ出航が延期されたとする。ただし、〈四・南・屋・覚・中〉は逆櫓論争の直前にこの記事を配置し、出航延期で待機している間に逆櫓論争があったと読める。この出航延期の原因となった大風記事を「十六日」とするのは〈延・長・盛・松・南・屋・覚〉。このうち〈盛・松〉は「十六日午刻」、〈南・屋〉「十六日卯剋」。〈四〉「十八日」、〈中〉「十四日」。五オ5注解参照。また『吾妻鏡』文治元年二月十八日条には「昨日自二渡部一欲二渡海一之処、暴風俄起、舟船多破損」とあり、十七日に出航予定であった。

○八オ1　北風俄ニ吹ケレハ判官ノ船ヲ初トシテ兵船共南ヲサシテハセケル程ニ俄ニ又南風ハケシク吹テ船七八十艘渚ニ吹上ラレテ散々ニ打破タリ　屋島への追い風となる北風に乗って一旦は出航したものの、向かい風が激しく吹いてきたために兵船が損傷し、十六日当日は出航を延期したとする。これに最も近いのは〈盛・松〉。出航した際の北風に言及しない点は異なるが、「判官既ニ纜ヲ解テ船ヲ出ス。南風俄ニ吹来テ兵船渚々ニ吹上テ、七八十艘打破。其ヲ繕トテ今日ハ逗留」（〈盛〉）と、近似。〈長〉「大南はげしくふきて、船どもあまたはそんしたりければ、其日は船どもしゆりして」は、この日に出航したとは読みにくい（「大南」は南風を指すか）。〈四〉も〈長〉に類同。この点、〈南・屋・覚・中〉は「俄ニ北風木ヲ折テ、ヲビタヽシク吹ケレバ、大浪ニ舟共散々吹損ゼラレテ出ニ及バズ」（〈南〉）などとし、出航しなかったことが明確。

○八オ3　破舟共修理セムトテ今日ハ留ヌ　「破舟」の語は他本に見えない。〈北原・小川版〉は「やぶれぶね」、〈汲古校訂版〉は「ハセン」と読むが、「われぶね」（破損した舟〈日国〉）か。『伊勢集』「なみ高みうらべによらぬわれぶねはこちてふ風や吹くとこそまで」（一九五）等、和歌でよく用いられる語。

○八オ3　風ャナヲルト待ホトニ三ヶ日マテ風ナヲラス三日ト云寅剋計ニ村雨ソヽキテ南風シツマリテ北風又ハケシカリケリ　〈四・南・屋・覚・中〉該当文なし。これらの諸本は前項までの兵船破損記事を逆櫓論争以前に配していた。〈延〉の場合、南風が吹き始めたのが十六日、そして「三日ト云寅剋計」に北風が激しく吹き始めたとする。この「三日ト云寅剋計」は八ウ6「二月十八日寅時計」、強風の中の出航に対応する。〈長〉は十六日に出航しようとしたが破損により延引、「翌日十七日、出さんとしけるに、きのふのかへしの風、大地、木をおりてぞ吹たりける」とし、さらに後に「十七日のとらのこく」に出航と記す。〈盛〉は十六日午刻に出航したが南風により兵船破損、風は「二日二夜」吹き、「十七日ノ夜ノ寅時」に、風向きが変わって「北風烈ク吹出タリ」とし、さらに「寅卯間」に出航と記す。〈松〉も十六日午刻に出航失敗、その後「二日二夜」大雨・大風、「十七日暁」に南風が北風に変わり、「丑刻」に出航とする。〈延〉「三ヶ日」「三日ト云寅剋計」は十六・十七・十八日の足掛け三日、〈盛・松〉「二日二夜」は十六・十七日の意と解される。八ウ7注解参照。

○八オ5　判官風ハ…　以下の水手・梶取への下知の場面は、諸本にあり。〈延・盛・四〉では、義経の下知に対して船乗り達が反論した後に、嵐の中で出航する利点（敵の油断を突く）を説明して出航を促し、もしも船を出さないのならば船乗り達を殺せと脅す。〈松・南・屋・覚・中〉では、反論に怒った義経が船乗り達を殺せと郎等に下知する形で、〈延〉等のような説明がない（ただし〈南・覚〉

には出港後に同様の発話がある）。〈長〉では、義経の下知、船乗り達の反論、義経の説明のあと、再び船乗り達が反論したために義経が怒って郎等達に殺させようとする。

○八オ５　**既ナヲリタリトク〳〵此舟共出セト宣ケレハ**　〈延・長・盛・四・松〉では風向きが追い風に変わったために出航を急がせたとする。一方、〈南・屋・覚・中〉は、破損した兵船の修理が終わったので出航しようとしたと描き、「舟の修理してあたらしうな(ツ)たるに、をの〳〵一種一瓶していはひ給へ、殿原」（〈覚〉）と、酒宴の用意をするように見せながら、船に武具・兵糧米や馬を積み込んだとする一文を持つ。

○八オ６　**水手梶取共申ケルハ此程ノ大風ニハ争カ出シ候ヘキ風スコシヨワリ候ハヽヤカテ出シ候ヘシ**　船乗り達の反論。〈延・長・盛・屋・中〉では、ここでは風向きに触れないが、〈松・南・覚〉では、「順風ニテハ候ヘドモ強ク候。奥ハサコソ候ラメ」（〈松〉）などと、追い風とはいえ風が強すぎるという。〈延・長・盛〉でも、前後の文脈からは追い風（北風）が吹いているものと読める。〈四〉も風向きについて触れるが、追い風ではなく「向風候」とし、次項の文言と矛盾する。

○八オ７　**向タル風ニ出セト云ハヽコソ義経カ僻事ニテモアラメ是程ノ負手ノ風ニ出サルヘキ様ヤアル**　義経の言葉。同様の本文を持つのは〈盛・四・松・南・覚〉。ただし〈四〉は、前項で見たように船乗り達の弁で向かい風が吹いていることとなり、ここでの義経の発言と齟齬する。また〈南・覚〉はここでの発言に続けて、船を出さないのなら殺してしまえとの下知あり。〈長〉は「ほうぐはんの給けるは、野のすゑ、山のおくにてしぬるも、海河に入て死も、しかしながらぜんせの宿業なり」としたあと、次項の内容を記す。〈屋・中〉は、義経の下知に背くとは朝敵である、とした後で、右の〈長〉に類同の本文を記し、船乗りを殺害せよとの下知につながる。なお、〈覚〉でも高野本などには〈長・屋・中〉と同文あり（旧大系校異補記巻十一・18参照）。

○八オ９　**其上日ヨリモヨク海上モ静ナラハ今日〔コソ〕源氏渡ラメトテ平家用〔心〕ヲ〔モ〕シ勢ヲモソロエテ待ム所ヘ渡付テハ是程ノ小勢ニテハ争カ渡ルヘキ**　義経の言葉。穏やかな天候では敵に警戒されるので、この程度の小勢では渡れないという。〈盛〉ほぼ同。〈長・四〉はそれぞれに簡略だが同じく平家軍の油断を突く策であることを語る。〈南・覚〉は出港後に同内容の義経の発話がある。〈松・屋・中〉なし。

○八ウ2　平家不寄思ニ所ヘスルリト渡テコソ敵ヲハ打ムスレ
　「スルリト」は〈盛〉同。その他諸本なし。擬態語。この後、一六オ8にも、「(教経が)小船ニ乗テスルリト指寄テ」とある。また、第三本・七三オ7にも、「烏森ト云所ヲスルリト渡シテ」とあった。いずれも水上を軽快に渡るさま。「スルリト」は中世の語か。藤原定家仮託『愚秘抄』「打詠ずるに、まろ々とするりときこゆる様によみなすべし」などの例があるが、平安以前の用例未詳。

○八ウ3　火ニ入モ業水ニ溺モ業ト云事ノアルソ　〈四〉同。他本なし。八オ7注解でみた〈長・屋・中〉「野のするゑ、山のおくにてしぬるも、海河に入て死も、しかしながらぜんせの宿業なり」と同様に、「どのような死に方をするかは、前世からの因縁によって決まっていることである」の意とするべきだろう。『法然上人伝』(四十八巻伝)巻二三に、「前業のがれがたくて、太刀・かたなにて命をうしなひ、火にやけ、水におぼれて、いのちをほろぼすたぐひ多候へば…」とあるのは参考になろう(『拾遺黒谷語燈録』巻下・大正八三・二六六c、思想大系『法然・一遍』消息文・二八八頁も同文)。

○八ウ4　トウ〳〵此船出セ出サヌ物ナラハ一々ニ射殺切殺セ　船を出さないなら船乗りを射殺せという義経の下知。〈南・屋・覚・中〉類同。「舟つかまつらずは、一々にしやつばら射ころせ」(〈覚〉)など。〈盛・松〉も類同だが、船乗り達を「朝敵」とする句あり。〈長〉は八オ9注解で見たような義経の説明に対して、「水手、梶取ども、身をまたうして、君につかへよと申事こそ候へ。ふつとかなふまじく候」と再反論。それに対して義経が怒り、「かまくら殿の御代官として、ちよくせんをうけ給はるよしつねが下知を、たび〳〵かへすは、をのれらこそ朝敵なれ。きやつばらがくびをきりて、いくさ神にまつれや」と郎等に下知する。この義経の言葉の内容は、八オ7注解で見た〈屋・中〉における義経の言葉と類同。〈四〉はこうした下知がなく、伊勢三郎が自らの判断で船乗りを脅したと読める。

○八ウ5　伊勢三郎能盛片手矢ハケテ走廻テ水手梶取共ヲ射殺ムトシケレハ　〈長・盛・四・南〉は、〈延〉と同じく伊勢三郎義盛の名のみをあげる。〈長〉「伊勢三郎義盛、いころさんとしければ」、〈盛・松〉「伊勢三郎、大ノ中指打クハセテ射殺サント馳廻ケレバ」(〈盛〉)、〈四〉「伊勢三郎義盛進出、差シニ咬《ハケ》片手矢、中ャ矢死《シ》ヌヘキカ出《キカ》レ船云」、〈南〉「伊勢三郎義盛、カタ手矢ハゲテスヽミ出テ、トク仕レトネメマワシケレバ」。〈屋〉「奥州ノ佐藤三郎兵衛、四郎兵衛、武蔵房弁慶ナド申者」、〈覚〉「奥州の佐藤三郎兵衛嗣信、伊勢三郎義盛」、〈中〉「あふしうのさいとう三郎びやうゑつぎのぶ、同じき四郎びやうゑたゞのぶ、伊勢の三郎よしもり、むさし房弁慶、以下のつはもの共」とし一定しない。伊勢三郎能盛については第五本・三七オ7注解参照。

○八ウ6　ナニトシテモ同死コサムナレサラハ出シテハセ死ニ死ネヤトテ　暴風のなか船を出しても今射殺されても同じことなら船を出して死のう、の意。諸本、表現は異なるが同内容。

○八ウ7　二月十八日寅時計ニ判官ノ船ヲ出ス　出航の日時をこの箇所に記すのは〈延・盛・松〉。〈盛〉は「十七日ノ夜ノ寅時」、〈松〉は「十七日暁」に風が変わり、その後「丑ノ刻」に出航とする。〈松〉の場合、「暁」の後に「丑ノ刻」を記すのがわかりにくい。〈盛・松〉は共に「十六日午刻」から「二日二夜」風雨が激しかったとするので、翌朝に天候が変わったとするのは矛盾であり、〈盛〉が記すように十七日の夜遅く（現代の表現では十八日未明）に風向きが変わったとあるべきだろう。「十七日暁」に風が変わったという記事さえなければ、十七日の「丑ノ刻」（現代の表現では十八日午前二時前後）に出航したと読んで問題ない（但し〈盛〉は、巻四三では、田内左衛門をだます言葉に「十七日阿波勝浦ノ軍」、田内左衛門生け捕り後の総括記事でも「二月十七日は阿波勝浦ノ軍」とする齟齬がある。二八オ4注解参照）。〈長〉は十六日に出航しようとしたが延引、「翌日十七日」はなお強風で延引したが、「十七日のとらのこく」に出航と記す（以上、八オ3「風ャナヲルト待ホトニ…」注解参照）。小林賢章は、当時の日付変更時刻は、①亥刻と子刻の間（午前〇時）、②丑刻と寅刻の間（午前五時以前）、③夜明けと分類でき、〈延・長・盛〉の日付変更時刻基準が③に基づいて記されているのに対し〈覚〉は②を基準としていることを明らかにした。この検証に基づけば、〈延・長・盛〉の右の記事に示される「寅刻」は当時の日付変更時刻以前の時間帯であり、①と同様に午前〇時に日付を変更する現代の基準によれば、〈延〉「十八日寅時計」は十九日、〈長・盛〉「十七日のとら」は十八日にあたる。〈松〉は〈盛〉と同様の本文に基づきつつ、混乱したものか。一方、〈覚〉では、「十六日」の風雨で出航を延期したものの、「二月十六日の丑の剋」に出航したとあり、小林のいう②の基準で、現代の表現では十七日未明の出航となる。〈南・屋・中〉は〈覚〉に同。〈四〉は「十八日」の出航を延期したと記すものの、出航の日付を明記せず、単に「丑剋」に出発、「卯刻」に到着とする。現代の表現でいう十九日未明に出航したと解するべきか。『玉葉』元暦二年三月四日条では「十六日」出航、「十七日」到着。『吾妻鏡』同年三月八日条では「十七日」に出航したとし、二月十八日条には「丑剋」に出航したとする。二月十八日条には、「昨日」暴風により出航延期、卯刻に阿波に到着したとするので、「十七日」の出航とは当日深夜の意味であり、現代の表現では十八日未明にあたるだろう。以上をまとめて、出航の日付を一覧しておく。「現代的表現」は、午前〇時に日付を変更する現代の基準による日付。（ ）内は読解により補う注記。

	本文中の表記	現代的表現
〈延〉	十八日寅	十九日未明
〈長〉	十七日のとら	十八日未明
〈盛〉	十七日寅卯間	十八日未明
〈四〉	丑剋（十八日か）	十九日未明か
〈松〉	丑ノ刻（十七日か）	十七日未明（十八日未明の誤りか）
〈南・屋・覚・中〉	十六日丑時	十七日
玉葉	十六日	十六日か
吾妻鏡	十七日	十八日未明

平田俊春は、渡辺出航から屋島合戦開戦までの史実上の日時を、十六日丑刻（十七日未明）に解纜、十七日卯刻（十七日朝）阿波到着、十八日屋島合戦開戦を史実と見る。なお、日付の問題については、〈延〉については一二オ2〜注解、諸本については一三ウ4注解参照。

〇八ウ7　百五十艘ノ船之内只五艘出テ走ラカス残ノ船ハ皆留リニケリ　〈四〉は〈延〉「残ノ船ハ皆留リニケリ」に対応する文言を持たないが類同。ただし直後に梶原が留まったことも記す。〈長〉「六千余騎が船、百五拾艘なり。其中に船五艘ぞ出しける」。〈盛〉「兵船ハ数千艘有ケレ共、如法夥シキ大風ナレバ舟ヲ出ス者ナカリケルニ、只五艘ヲ出ス」。〈長門切〉（『古筆手鑑・高窠帖』「判官の船を」。松尾葦江・31）もこれに近い。〈南・覚〉は「二百余艘ノ舟ノ中ニ只五艘出テゾ走リケル。残ノ舟ハ、風ニ恐テカ、又梶原ニヲヅルカシテ、皆留リヌ」とし八オ9以下と対応する本文を置く。〈屋・中〉は「二百余艘ノ舟ノ中ヨリ、只五艘ヲゾ出シケル」とし、次項に対応する名寄を記したあと、〈屋〉「残ノ舟ハ風ニ恐テ不レ出サ」、〈中〉「のこりの舟どもは、あるひは風にをそれ、あるひは、かぢはらがめいにしたがひていださず」と記す。なお『吾妻鏡』二月十八日条にも「五艘」で出航したとある。

〇八ウ8　一番判官ノ船二番畠山三番土肥次郎四番伊勢三郎五番佐々木四郎已上五艘ツ出タリケル　〈四〉を除く諸本に当該記事あり。ただし、一艘目を義経の船とする以外は人名に異同が多い。義経は省略し、二艘目以降を列記する。なお、〈延〉のように「一番…二番…」と数字を記すのは他に〈盛〉のみ。人名表記は統一。

〈延〉②畠山重忠 ③土肥実平 ④伊勢三郎義盛 ⑤佐々木高綱

〈長〉②佐藤嗣信 ③佐藤忠信 ④伊勢三郎義盛 ⑤淀江内忠俊

〈盛〉②畠山重忠 ③土肥実平 ④和田義盛 ⑤佐々木高綱

〈松〉②畠山重忠 ③佐藤嗣信・忠信兄弟 ④伊勢三郎義盛 ⑤淀江内忠俊

〈南〉②田代信綱 ③後藤実基 ④金子家忠 ⑤淀江内忠俊

〈屋〉②田代信綱 ③後藤実基 ④佐藤嗣信・忠信兄弟 ⑤淀江内忠俊

〈覚〉②田代信綱 ③後藤実基・基清父子 ④金子家忠・親範兄弟 ⑤淀江内忠俊

〈中〉②田代信綱 ③後藤実基 ④佐藤嗣信・忠信兄弟 ⑤淀江内忠俊

〈延〉が名を挙げる四人はいずれも三ウ3以下の名寄せに名が挙がる。同様の箇所に名寄せを載せるのは〈盛・四・松・南〉であり、これらの諸本がここで挙げる人名は、いずれも該当部の名寄せに名の見えた人物（該当部注解の対照表参照）。佐藤嗣信・忠信については、〈松〉は名寄せでも本段でも記し、〈延・盛・四・南〉ではどちらにも記さない。他に本段で佐藤兄弟を記す〈長・屋・覚・中〉は、該当部の名寄せなし。また、ここで名の見える淀江内忠俊は、名寄せには見えなかったが、船奉行であり、他の武士とは区別されたものであろう（忠俊については五オ10「淀江内忠利…」注解参照）。なお、〈南・覚〉は「先判官ノ舟、田代冠者信綱、後藤兵衛実基、金子十郎家只、淀ノ江内忠俊トテ舟ノ奉行ガ乗タル舟ナリ」（〈南〉）とあり、田代信綱以下を「舟ノ奉行」としているようにも見えるが、「舟ノ奉行」は忠俊のみにかかるものだろう。〈屋・中〉は「忠俊ハ舟ノ大奉行也」（〈屋〉）とあり、明確。〈長〉は奉行云々について不記。

〇八ウ10　余ノ船ニハカヽリ火トホスヘカラス義経ヵ船ハカリニハトホスヘシ是ヲ本船トシテ走ラカセ敵ニ船ノ数シラスナ

義経の発話。表現は異なるが諸本とも同様の内容を記す。〈長・盛〉はこの一文に先だって、宗徒のものの乗船、馬・具足などを積載する様子を記す。なお、「本船」は、〈日葡〉に「motobune　下級幹部の乗って行く船に対して、上級の、重立った船」とあるが、〈覚〉「ほん舟」など、「ほんぶね」の訓みもある。

○九オ2　大物ノ浜ヨリ帆引係テ南ヘ向テ走ラカス　出航地を「大物」とするのは〈延〉の他、〈長門切〉（松尾葦江・31）「大物が浦より帆ひきかけて南へむけてぞはせたりける」のみ。但し、〈四〉「河尻《リ》・安麻崎《アマカサキ》」も、現尼崎市付近を指し、地理的には大物浜に近い。〈長〉「渡辺富嶋」、〈盛〉「渡辺嶋」、〈南・屋・覚・中〉「渡辺福嶋」。『吾妻鏡』二月十八日条「渡部」。〈延〉三ウ3・五オ5注解で見たように、義経はこのとき渡辺（現大阪市内）にいたと考えられ、史実に近いのは〈長・盛・南・屋・覚・中〉か。大物は、この後、義経が頼朝と決裂して都落する際に出航した地ともされており（〈延〉第六末・二二オ1、『吾妻鏡』文治元年十一月六日・十一日条参照）、あるいはそれとの混同とも見られなくはない。しかし、〈延〉では船揃え・逆櫓論争が行なわれた地を「大物浜」（五オ10）としており、それ以降では一貫している。それに対して、〈盛〉は船揃え・逆櫓論争の場を大物浦としていたのに出航は渡辺からとする点、〈四〉は逆に渡辺での船揃を記していたのに出航は「河尻《リ》・安麻崎《アマカサキ》」とする点に、齟齬を抱えている（五オ10注解参照）。あるいは、五オ10注解にも見たように、「大物」を広く「難波浦」（現大阪湾）を表すような地名として見る可能性も考慮すべきだろうか。

○九オ2　判官ノ船ニハ究竟ノ梶取共乗タリケリ其中ノ梶取ニヲヒテハ四国九国ノ間ニハ四国ヲ以テ先トス土佐国ヲ以テ最トス当国一宮ノ梶取赤次郎大夫ヲ被召具ケリ　〈延〉独自記事。〈盛〉は暴風の中を奮闘する「究竟ノ者共」を具体的に描写するが、「土佐国」「赤次郎大夫」等とは記さず、全く異なる本文（なお、〈盛〉の本文は一部〈長門切〉松尾葦江・31に近い）。土佐一宮は土佐神社（土佐坐神社・高賀茂神社）。祭神は味鉏高彦根命・一言主神。両神ともに賀茂氏の祖先神で、賀茂氏が土佐国造に任ぜられて以後、同じく賀茂氏の影響が強かった葛城地方の一言主神鎮座説が形成されたと推定される（須藤茂樹）。「赤次郎大夫」については未詳。土佐国出身者の参戦については、壇ノ浦合戦で教経に挑んだ安芸太郎兄弟が、〈四・南・屋・覚・中〉では土佐国の住人とされる。しかし、この人物は、〈延〉では阿波国住人とされる（四〇オ7注解参照）。

○九オ5　大物ノ浦ヨリ三日ニ走ル所ヲ只二時ニ　三日の航路を二時（四時間）で到着したとするのは〈延・長〉。〈盛・四・南・屋・覚・中〉は三時（六時間）とする。〈四・南・屋・覚・中〉は、丑刻出航・卯刻到着とも記しており、丑刻から卯刻まで、丑・寅・卯の三時とするものであろう。〈盛〉の場合、出航は「寅卯ノ間」。到着時刻は明記されないが、〈四・南・屋・覚・中〉の表現を考慮すれば辰巳の間となろうか。〈長門切〉は、「寅の一点」に出て「辰巳時」に着いたとする。〈延〉では「二月十八日寅」（前節・八ウ7。現代の時刻制度では十九日未明）に出航し、「二時」で阿波国に到着したことになる。従って、〈延〉における現在は「二月十九日卯刻」（以上は〈長〉も同様）。〈延〉二八オ4には「二月十九日勝浦ノ戦」とあって矛盾はない。史実は十七日卯刻か（現代の時刻制度でも十七日。平田俊春参照）。『玉葉』元暦二年三月四日条「十七日着二阿波国一」。八オ3・八ウ7注解参照。『吾妻鏡』二月十八日条は、同日「丑剋」に出航、「卯剋」に阿波国到着とする（八ウ7注解参照）。基本的に〈四・南・屋・覚・中〉と同様だが、「二時」「三時」にあたる表現はなし。いずれにせよ、本来は三日かかるところを数時間で渡ったとする点は諸本及び『吾妻鏡』同様。平田俊春は史実と見る（八ウ7注解参照）。佐藤和夫もこれに近い見解を示す。一方、安田元久は現実的には不可能と考える。「大物」及び義経の出航地については九オ2注解参照。

○九オ6　阿波国蜂間尼子ノ浦ニツ付ニケル　義経の到着地は、〈長〉「阿波国八間浦、尼子が津」、〈盛〉「阿波国ハチマアマコノ浦」、〈四〉「阿波国鉢麻浦」、〈松〉「阿波国ノ八幡ノ尼子ノ浦」、〈長門切〉「阿波国八ちまあまこの浦」。以上は「はちま」や「あまこ」とするが（一四オ3にも同様の記事あり）、〈屋・中〉は「阿波ノ勝浦」（〈屋〉）。〈南・覚〉は阿波国とするのみ。『吾妻鏡』二月十八日条は、国史大系本文では「阿波国椿浦」とするが（底本は北条本）、「椿浦」は不明。現阿南市椿町の海岸を指すと見た場合、やや南方に寄っていて、『平家物語』諸本の記述とは合わない。国史大系頭注によれば、「椿浦」は吉川本では「桂浦」。「桂」ならば、「勝浦」に通う「カツラ」の音を表すかと見られるが、続く文中に「於二路次桂浦一、攻二桜庭介良遠一」とあるため、文脈に齟齬をきたす点、疑問が残る。「蜂間」は阿波国以西郡のうちにある「八万」。現徳島市八万町付近（旧名東郡八万村）、吉野川南岸（〈角川地名・徳島県〉。「尼子ノ浦」は、〈倭名抄〉にいう「余戸郷《あまこ》」か。〈吉田地名〉「和名抄、勝浦郡余戸郷。今小松島村の小松島浦。…中世は尼子浦と云ふ」によれば、現小松島湾の地名。しかし、「余戸郷」の位置については説が分かれ、〈地名大系・徳島県〉は、鳴門市撫養町・里浦町地区かとする。もし、この鳴門市の地名だとすると、『平家物語』諸本の記す勝浦合戦の地よりは吉野川を越えて北方にあたり、物語の文脈には合わない。原水民樹は、「あまこ」の所在地は不明だが、〈延・長・盛〉の書きぶりによれば勝浦郡ではなく八万郷の一部（現徳島市八万町周辺）と見るべきであるとし、事実の報告といった感のある「はちまあまこ」説に対して、「勝浦」説は地名の縁起の良さに対する説話的な興味を核として形成されたもので、本来別の説として発生したものだと考える。

○九オ7　船五艘ニ兵五十余人馬五十疋ッ乗タリケル　この箇所に該当本文を置く諸本はない。ただし〈長・盛・松〉は、〈延〉八ウ8「一番判官ノ船二番畠山三番土肥次郎四番伊勢三郎五番佐々木四郎已上五艘ッ出タリケル」に対応する本文に続けて、〈長・松〉「これらの船五艘に、むねとのもの五十余人ぞのりたりける。乗かへ、ぐそくするにおよばず、馬一疋、とねり一人づゝぞぐしたりける」（〈長〉）、〈盛〉「五艘ノ舟ニ馬ノセ兵糧米積、夫ニ随フ下部歩走リナンド乗ケレバ一百余騎ニハ過ズ。此等ハ上下皆一人当千ノ兵也」との本文を置く。兵馬の数という面では〈延・長・松〉が同等だが、〈長・松〉は、〈延〉が記さない舎人の存在に触れている。〈四・南・屋・覚・中〉は次節の上陸場面で五十騎ほどとする。『吾妻鏡』二月十八日条には「百五十余騎」を率いて上陸したとある。

2　勝浦合戦

（九オ）

7 汀ヨリ五

8 六丁計上テ阿波民部大夫成良ヵ叔父桜間外記ノ大夫良

遠ト云者大将軍ニテ三百余騎カ赤旗卅流計捧テ
打立タリ判官是ヲ〔ミ〕テコヽニ敵ハ有ナル〔ハ〕物具セヨヤ殿原

（九ウ）

浪ニユラレ風ニ吹レテ立スクミタル馬無左右一下シテアヤマチ
スナ息ヨリ追ヲロセ船ニ付テヲヨカセヨ馬ノ足トツカハ船ヨリ鞍
ハヲケ其間ニ鎧具足ハ取付テ船ヨリ馬ノ足トツカハ浪ノ上
ニテ弓引ナ射向ノ袖ヲマカウニ当テ忩キ汀ヘ馳寄セヨ敵ヨ
スレハトテ騒ヘカラス今日ノ矢一筋ハ敵百人ト思ヘシ穴賢アタヤ
射ルナトソ下地シケル礒五六丁ヨリ息ニテ馬共追下シ船ニ引
付〱游セタリ馬足トツキケレハ船ヨリ馬ニ乗移リ五十余騎ノ
兵共射向ノ袖ヲマカフニアテヽ汀ヘサツト馳上タリ判官マサキニ
歩マセ出テ音ニモ聞今ハ目ニモミルラム清和天皇ヨリ
十代ノ孫鎌倉ノ前右兵衛佐源頼朝カ舎弟九郎大夫判

（一〇オ）

官義経也大将軍ハ誰人ソ名乗レ〱ト責ケレトモ外記大夫義遠有ケレトモ音モセス三百余騎クツハミヲ並ヘテヲメイテカク判官是ヲミテキヤツハラハ可然一者ニテハ無リケリ一々ニ頸切懸テ軍神ニ祭レヤトテ五十余騎ノ兵者共平家ノ三百余騎ノ中ヘ叫テ蒐入ケレハ中ヲアケテソ通ケル源氏ノ軍兵取返シテ立サマ横サマニ散々ニ係タリケレハ三百余騎ノ兵共一コラヘモセス四方ヘ退散ス強ル者ヲハ頸ヲ切ヨワル者ヲハ生取ニシケレハ大将軍外記ノ大夫モ生虜レニケリ判官軍ニ打勝テ悦ノ時作テ抑此浦ヲ何クト云ソト問レケレハ浦ノ長次郎大夫ト云者申ケルハ勝浦ト申候判官宣ケルハ義経カ

（一〇ウ）

只今軍ニ勝タレハトテ色代ニ申カ其儀ニテハ候ハス是ハ仁和寺ノ御室御領五ヶ庄ノ内ニテ候文字勝浦ト書テ候ナルヲ下﨟ハ申ヤスキニ付テカツラト申候ト申タリケレハ判

官義経カ軍ノ門出ニ勝浦ト云処ニ着テ先軍ニ勝タル
ウレシサヨ末モ憑シナ殿原トソ宣ケル

〔本文注〕

○九ウ4　馳奇セヨ　「奇」は異体字（「﨑」の旁）。〈吉沢版〉〈北原・小川版〉「寄」。〈汲古校訂版〉は底本「奇」と注記。一オ4本文注参照。

○一〇オ5　余騎　「騎」の旁は「寄」。一オ4本文注に見たように、本巻では「奇」と「寄」が交錯する。

○一〇ウ3　申候ト申タリケレハ　「候ト申」は擦り消しの上に書く。抹消された字は不明。

〔釈文〕

汀より五六丁計《ばか》り上がりて、阿波民部大夫成良が叔父、桜間外記の大夫良遠と云ふ者、大将軍にて、三百余騎が赤旗、卅流れ計《ばか》り捧げて打ち立ちたり。判官、是をみて、「ここに敵は有るなるは。物の具せよや、殿原。▼[九ウ]浪にゆられ風に吹かれて立ちすくみたる馬、左右《さう》無く下ろしてあやまちすな。息《おき》より追ひおろせ。船に付けておよがせよ。馬の足とづかば船より鞍はおけ。其の間に鎧具足は取り付けて、船より馬の足とづかば浪の上にて弓引くな。射向けの袖をまかうに当てて汀《みぎは》へ馳せ寄せよ。敵よすればとて騒ぐべからず。今日の矢一筋は敵百人と思ふべし。あなかしこ、あだや射るな」とぞ下知しける。礒五六丁より息にて馬共追ひ下ろし、船引き付け引き付け游がせたり。馬の足とづきければ船より馬に乗り移り、五十余騎の兵共、射向けの袖をまかうにあてて、汀へさつと馳せ上がりたり。

判官、まさきに歩ませ出でて、「音にも聞け、今は目にもみるらむ。清和天皇より十代の孫、鎌倉の前右兵衛佐源頼朝が舎弟、九郎大夫判▼[一〇オ]官義経なり。大将軍は誰れ人ぞ。名乗れ名乗れ」と責めけれども、外記大夫義遠、有りけれども音もせず。三百余騎くつばみを並べて、をめいてかく。判官、是をみて、「きやつばらは然るべき者にては無かりけり。

一々に頸切り懸けて軍神《いくさがみ》に祭れや」とて、五十余騎の兵者共、平家の三百余騎の中へ叫びて蒐《か》け入りければ、中をあけてぞ通しける。源氏の軍兵取り返して、立《たて》ざま横ざまに散々に係《か》けたりければ、三百余騎の兵共、一こらへもせず四方へ退散す。強る者をば頸を切り、よはる者をば生け取りにしければ、大将軍外記の大夫も生け虜《ど》られにけり。

判官、軍に打ち勝ちて、悦びの時作りて、「抑《そもそ》も、此の浦を何《いづ》くと云ふぞ」と問はれければ、浦の長《おさ》次郎大夫と云ふ者申しけるは、「勝浦と申し候ふ」。判官、宣ひけるは、「義経が▼一〇ウ只今軍に勝ちたればとて色代に申すか」。「其の儀にては候はず。是は仁和寺の御室御領、五ヶ庄の内にて候ふ。文字『勝浦』と書きて候ふなるを、下﨟は申しやすきに付けて『かつら』と申し候ふ」と申したりければ、判官「義経が軍の門出に勝浦と云ふ処に着きて、先づ軍に勝ちたるうれしさよ。末も憑もしな、殿原」とぞ宣ひける。

〔注解〕

○九オ7　汀ヨリ五六丁計上テ　義経を迎え撃とうとした敵の所在。〈盛〉では「汀ヨリ五六町上テ岡ノ上ニ」とする（〈盛〉では、そこに「城」を構えていたとする—一〇オ4注解参照）。〈松〉は距離を記さず、「浜ヲ少シ引上テ岡ノ上ニ赤旗見エケリ」とする。一丁（町）は約一〇九メートル。〈長・四・南・屋・覚・中〉では、〈長〉「なぎさのかたに」、〈四〉「汀方」、〈覚〉「なぎさに」などとある程度で、敵勢（次項注解に見るように近藤親家）の位置を具体的に描かない。

○九オ8　阿波民部大夫成良カ叔父桜間外記ノ大夫良遠ト云者大将軍ニテ　〈延〉では、義経勢の上陸直後に「桜間外記ノ大夫良遠」（一〇オ2では「義遠」）と戦い、その後、次段で近藤六親家を召し捕り、屋島に向かったとする。〈盛〉も、上陸直後に「阿波民部太輔成良ガ伯父、桜間ノ外記大夫良連」の軍勢と戦ったとする点は〈延〉と同様だが、〈盛〉の場合、桜間良連との合戦の後、そこで生け捕った者から「阿波民部大夫ノ弟ニ桜間介良遠」が三十余町離れたところに陣を張るのを聞いて攻め寄せたとし、「桜間」との合戦を二つ描いた後、近藤親家との出会いを描く（桜間との二つの合戦の間には備前の情勢などの記事を挟む）。一方、〈長・四・松・南・屋・覚・中〉は、上陸直後に近藤六親家との合戦を記し、親家から桜間の所在を聞いてから桜間と戦ったとする。『吾妻鏡』二月十八日条は、上陸後まず

「近藤七親家」を召して「仕承」とした後、屋島への途上で「桜庭介良遠」を攻めたとあるので、〈長・四・南・屋・覚・中〉に近い。こうした構成の相違について、〈延〉と〈覚〉を比較して、全体を有機的につなげようとする配慮に乏しい〈延〉に古態を見る長谷川隆の論もあるが、原田敦史が指摘するように、他諸本の形を〈延〉からの派生として説明するのは難しい面もあろう。「桜間外記ノ大夫良遠」については、〈長〉「阿波民部が伯父、桜馬助良遠」、〈四〉「阿波民部舎弟桜間介良遠」、〈松〉「阿波ノ民部ガ弟ニ桜場介良近」、〈南〉「阿波民部ガ舎弟桜葉ノ介良遠」、〈屋〉「成能ガ弟ニ桜場介能遠」、〈覚〉「阿波民部重能がおとゝ、桜間の介能遠」、〈中〉「しげのうがおとゝに、さくらばのすけよしとを」とある。『吾妻鏡』「桜庭介良遠〈散位成良弟〉」。〈盛〉が前述のように「良連」、〈松〉が「良近」とするのを除き、義経軍と戦った「桜間」は「良遠」。但し、「良遠」を阿波民部成良の甥とするのは〈延・長〉のみ。〈四・南・屋・覚・中〉及び『吾妻鏡』では、いずれも成良の弟。〈盛〉は一度目の合戦相手の「良連」は成良の甥、二度目の相手の「良遠」は成良の弟とする。なお、「外記大夫」とするのは〈延〉と〈盛〉の「良連」のみで、多くは「桜間介（助）」。〈延〉は、第五本・六七オ3では、「阿波民部大夫成良ヵ甥ニ桜葉外記大夫良遠」と、成良の甥としており、さらに、この後、第六本・二六ウ7では「叔父ノ桜間ノ外記大夫」とするが、これはむしろ成直（成良の子）の叔父と読め、だとすれば成良には弟にあたることになり、甥・叔父・弟の三説が併存していることになり、混乱している（第五本・六七オ3及び第五末・六〇ウ10注解参照）。なお、角田文衛は『古城諸将記』（『阿波徴古雑抄』所収）により、成良の伯父である桜間外記大夫良連に子がなく、甥の良遠を養子に迎えていたのであるとしている。阿波民部成良については、第二末・一〇九オ4、第四（巻八）・二八ウ3注解参照。その甥あるいは弟の良遠・良連については伝未詳。角田文衛は、『阿波国徴古雑抄』所引「古城諸将記」に「桜間外記大夫良連」が見えることを指摘、五味文彦は、『外記補任』治承四年条に見える「粟田良連」を比定する。原田敦史は、「古城諸将記」が伝える情報は〈延〉以外の読み本系諸本に近く、〈延〉「外記ノ大夫良遠」に混乱があると見る。「桜間」の地名は、現徳島県名西郡石井町や徳島市国府町に残り、名西郡石井町高川原桜間には、桜間城跡の伝承地がある。ここには、阿波民部成良がいたという伝承があるが、遺構は室町・戦国時代のものと見られ、田口氏の館と桜間城を結び付ける根拠はない〈地名大系・徳島県〉。

○九オ9　三百余騎カ赤旗卅流計捧テ打立タリ　〈盛〉「汀ヨリ五、六町上テ岡ノ上ニ、赤旗余多立並テ、敵籠レリト見ユ」。「籠レリ」は城郭のような施設を意識するか（一〇オ4注解参照）。前項注解に見たように、〈延・盛〉では桜間の軍勢。一方、〈長・四・松・南・屋・覚・中〉では該当部では近藤親家の軍勢を描く。〈長〉「なぎさのかたにあかはたさして、五十騎ばかりにてかこめたり」。〈四〉は「汀方」に「赤旗」が見えたとするのみで、その後、敵兵は五十騎ほどとする。〈松〉は岡の上から「百余騎バカリ叫テ下《ヲリ》ケリ」とする。〈南・覚〉は、該当部で「なぎさに赤旗少々ひらめいたり」とした後、「なぎさに百騎ばかりありける物ども」（〈覚〉）とする。〈屋・中〉も〈覚〉と同様だが、兵数は五十騎ほどとする。但し、その後の記事における桜間良遠の軍勢は、〈長〉「八十余騎」、〈四〉「五十騎計」。〈南・屋・覚・中〉は良遠の兵数を記さず、義経勢が取った首を二十余とする。『吾妻鏡』二月十八日条には、赤旗云々や敵勢の数の記述はない。

○九オ10　コヽニ敵ハ有ナル〔ハ〕物具セヨヤ殿原　義経の言葉。〈盛〉「平家此浦ヲ固タリ、各物具シ給ヘ」とし類同。〈松〉は「コヽニ敵ハ有ナル〔ハ〕」にあたる句を欠く。〈長・四・南・屋・覚・中〉は〈長〉「あはや、かたきのかためたは」、〈南〉「アハヤ我等ガマウケハシタリケルハ」といった表現で、「物具セヨヤ殿原」を欠く。次項以下、軍勢に向けた義経の下知。諸本ともに同種の記事をここに置くが、その内容に異同がある。〈延・盛〉では、①船の上で立ちっぱなしになっていた馬にすぐ乗るのではなく、まず沖で船から降ろして泳がせよ、②馬の足が海底に届いたら船上から鞍を置き、その間に鎧具足を身につけよ、③船から馬に乗り移っても、海上では応戦せず、矢を防ぎながら急いで汀に向かえ、④敵軍が迫ってきてもあわてず、無駄な矢を射るな、との内容（〈延〉は一部誤脱か―九ウ2注解参照）。〈南・屋・覚・中〉は①③のみ。〈長・四〉は①のみ。〈松〉は①②のみで、③は下知ではなく、武士たちが実際にそう行動したと描く。

○九ウ1　浪ニユラレ風ニ吹レテ立スクミタル馬無左右ニ下シテアヤマチスナ息ヨリ追ヲロセ船ニ付テヲヨカセヨ　「息」は「おき」（沖）。〈盛・松〉は「息」を「沖」とするが同様。〈長・四・南・屋・覚・中〉も海上で馬を降ろすように下知するが、その理由は〈延・盛・松〉とは異なり、〈長〉「なぎさについてむまおろさば、さん〲にいられんずるに」、〈覚〉「船ひらづけにつけ、ふみかたぶけて馬おろさんとせば、敵の的にな（ッ）てゐられんず」など、敵軍の一方的攻撃を避けるため。〈覚〉等の「ふみかたぶけて」は船の縁を踏みつけて船を傾けて、の意。

○九ウ2　馬《ノ》足トツカハ船《ヨリ》鞍ハヲケ其間《ニ》鎧具足《ハ》取付《テ》

〈盛〉同。「トツカハ」の「トヅク」は「届く」の古形（『岩波古語辞典』）。ここでは海底に馬の足が届き、足が立つ意。第二中・五九ウ6に「馬ノ足ノトツカム程《ハ》手縄《ヲ》クレテ歩マセヨ」（足利又太郎の渡河下知）とあった。〈長〉は馬を船から降ろす際に「鞍をきてをひおろせ」とし、〈延・盛〉とは異なる。〈四・松・南・覚・中〉では次項に対応する一文で「馬の足だち、鞍づめひたる程にならば」（〈覚〉）などとあり、鞍は船から降ろす段階で付けているように読める。〈屋〉は、この下知の中で鞍に言及しない。

○九ウ3　船《ヨリ》馬ノ足トツカハ浪《ノ》上ニテ弓引《ナ》射向《ノ》袖《ヲ》マカウ《ニ》当テ忩《キ》汀《ヘ》馳寄《セヨ》

〈延〉「船ヨリ馬ノ足トツカハ」の文意が取りにくい。〈汲古校訂版〉や原田敦史は脱落を想定する。〈盛〉は「船ヨリ馬<u>ニハ乗移レ。敵寄ト見ナラバ、平家ハ汀ニ下立テ、水ヨリ上ジト射ズラン</u>。浪ノ上ニテ相引シテ、脇壺内甲射サスナ。射向ノ袖ヲ末額ニアテ、、急汀へ馳寄ヨ」とあるが、傍線部に対応する本文が〈延〉では脱落したか。前項の「馬ノ足トツカハ」との目移りがあったとも考えられる。〈長〉「あしたつならば、をの〳〵ひたと乗て、かけよ」、〈四・南・覚・中〉「馬の足だち、鞍づめひたる程にならば、ひた〳〵との(ッ)てかけよ、物ども」（〈覚〉）、〈屋〉「馬足立程ニナラバ、打乗テ懸ヨ」。なお、〈延・盛〉の文は、第二中・五九ウ8以下の「我等渡スト見ルナラハ敵矢フスマ《ヲ》作テ射〔ン〕スラム射《ル》トモ手向ナセソ射向ノ袖ヲカタキ《ニ》当テ向矢《ヲ》防《カ》セヨ」（足利又太郎の渡河下知）や、第五本・一八ウ6以下の「敵《ハ》イルトモ河中《ニテ》答《ノ》矢イムトテ不覚《スナ》射向《ノ》袖《ヲ》顔《ニ》アテ、シコロヲチトカタムケヨ」（佐々木高綱の渡河下知）に類似する。また「射向《ノ》袖」云々は、第五本・五六ウ4にも熊谷直実の子息直家への教訓として所見。顔は正面に向けて左腰を前に捻り、左肩の射向の袖で前方から射掛けられる矢を防ぐ態勢をいう（近藤好和）。

○九ウ4　敵《ヨ》スレハトテ騒ヘカラス今日《ノ》矢一筋ハ敵百人《ト》思ヘシ穴賢アタヤ射《ル》ナ

〈盛〉は「透間ヲカズヘテ弓ヲ引」との下知を加えるが他は類同。〈延・盛〉「敵《ヨ》スレハトテ騒ヘカラス」は前項でも見た熊谷直実の教訓「敵寄レハトテサワクナ」（第五本・五六ウ4）に類似する。また、「アタヤ」は無駄な矢。第二末・六九ウ2「アタヤヲイシト矢ヲハケナカラ矢ヲタハイ給ヘシ」はいわゆる真光故実の一節。

○九ウ6　礒五六丁ヨリ息ニテ馬共追下シ船ニ引付〳〵游セタリ　以下、諸本いずれも義経の下知に忠実に上陸する様が描かれる。海上で馬を降ろした地点と汀の距離は、〈延・盛〉同、〈屋〉「三町計リ」。その他諸本は言及せず。

○九ウ7　五十余騎ノ兵共　〈盛〉「一百五十余騎ノ兵共」。〈長・松〉はここでは言及しないが、そもそも出航したのが五十騎程度。前節末尾・九オ7「船五艘ニ兵五十余人…」注解参照。〈四・南・屋・覚・中〉はここで五十騎程度の軍勢と記す。

○九ウ8　判官マサキニ歩マセ出テ…　〈盛〉「判官先陣ニ進」。九オ8注解に見たように、〈延・盛〉では、以下、桜間外記大夫義遠（九オ8「良遠」。〈盛〉「良連」）との合戦。一〇オ4注解に見るように、〈盛〉では桜間が城を構えていたとする。〈長・四・松・南・屋・覚・中〉の該当部では、近藤六親家勢と遭遇したわけだが、いずれの諸本でも戦闘らしい戦闘は行なわれず、伊勢三郎を遣して親家を従えるという展開で、次段に見る〈延・盛〉の親家との遭遇に近い。特に〈長〉では義経の軍勢を見た親家勢が「一箭もいずして」引いたと描く。〈延〉と同様に、義経が阿波上陸直後に「桜間外記」と戦ったとするのは〈盛〉のみなので、以下、一〇オ8「大将軍外記ノ大夫モ生虜レニケリ」までは、基本的に〈盛〉のみを比較対象とし、その他諸本は適宜参照するにとどめる。

○九ウ9　音ニモ聞今ハ目ニモミルラム清和天皇ヨリ十代ノ孫鎌倉ノ前右兵衛佐源頼朝カ舎弟九郎大夫判官義経也　義経の名乗り。〈盛〉なし。他本における桜間良遠や親家との合戦でも義経の名乗りは描かない。

○一〇オ1　大将軍ハ誰人ツ名乗レ〳〵ト責ケレトモ外記大夫義遠有ケレトモ音モセス三百余騎クツハミヲ並ヘテヲメイテカク　桜間は名乗らずに攻めかかったとする。〈盛〉では、「此浦固タル大将ハ誰人ゾヤ。名乗々々ト攻ケレ共、答ル者ナシ。此浦ヲバ阿波民部太輔成良ガ伯父桜間ノ外記大夫良連軍将トシテ三百余騎ニテ固タリケレ共、何トカ思ケン、不二名乗一ケレバ」とあり、桜間が攻めてきたとは記さず、義経の攻撃に対する迎撃を描くのみである。

○一〇オ3　キヤツハラハ可然一者ニテハ無リケリ　義経の言葉。桜間が名乗らなかったために「可然一者」ではないと見たとするか。〈盛〉は前項所引「…不二名乗一ケレバ」に続けて、「判官ハ、『此奴原ハ近国ノ歩兵ニコソ有メレ…』」。〈長〉では、一矢も射ずに引いた近藤六親家の軍勢を見て、義経が「きやつばらは、無下の下らうどもにてありけるぞ」と、伊勢三郎義盛に語る。

○一〇オ3　一々ニ頸切懸テ軍神ニ祭レヤ　〈盛〉「若者共責入テ一々ニ首切懸テ軍神ニ奉レ」。「軍神ニ祭レヤ」と同様の表現は〈盛〉にも見える。さらに、敵の首を実際に軍神に祭ったとの表現が、〈四・松・南・屋・覚・中〉の桜間との合戦記事に見え、〈盛〉では「桜間良連」「桜間良遠」との合戦記事に各々見える。〈盛〉では本項該当部を入れてこの前後で合計三度「軍神」に言及していることになる。〈長〉ではこの前後の合戦記事にはないが、巻一八「勝浦着給事」で、船乗りを叱咤する義経の言葉に見られる。「軍神」は〈延〉では孤例だが、〈盛〉では右の三例の他、巻三五「巴関東下向事」で、巴が内田三郎家吉に出会い、「シヤ首ネヂ切テ軍神ニ祭ン」と思ったとの記述や、巻三七「義経落二鵯越一」で、一谷の背後、篠ガ谷で敵に出会った義経が「一々ニ搦捕テ頸ヲ切、軍神ニ祭レ」と言う場面がある。〈覚〉では右記の他に二例、巻九「宇治川先陣」で、畠山重忠が「けふのいくさ神いはゝん」と言って敵の首を取る場面、巻一二「判官都落」で、都を落ちた義経が敵の首を切って「戦神にまつ」る場面がある。『平家物語』以外の古い用例には、『梁塵秘抄』巻二・二四八「関より東の軍神、鹿島・香取・諏訪の宮…」(以下略)、同・二四九「関より西なる軍神、一品中山安芸なる厳島…」(以下略)の、東西軍神の列挙がある。また、中世後半には兵法書などに用例が多い。黒田日出男は、古くは緒戦に討ち取った敵の生首を、八幡・鹿島・香取・諏訪を始めとする諸「軍神」に「生贄」として捧げる習俗が存在したのではないかと考えた。一方、佐伯真一は、軍記物語などに見える生首を捧げる対象とされる「軍神」と、『梁塵秘抄』に見える個々の著名な神格としての「軍神」、それに兵法書に見える戦勝祈願などの対象としての「軍神」は、各々性格が異なり、区別して考える必要があるとする。

○一〇オ4　五十余騎ノ兵者共平家ノ三百余騎ノ中へ叫テ蒐入ケレハ中ヨアケテソ通ケル　〈盛〉は「河越小太郎茂房・堀弥太郎親弘・熊井太郎忠元・江田源三弘基・源八広綱五騎」が攻めこんだところ、「城中ヨリハ鏃ヲソロヘテ散々ニ射」たとし、それでも義経勢の「五騎ノ者共、郎等乗替相具シテ三十余騎」がなおも攻めこんだところ、桜間勢は「三百余騎モ不レ堪シテ、サト開テ通シケリ」とする。〈延〉では、桜間良遠の三百余騎は「汀ヨリ五六丁」(九オ7)のあたりに待機していただけだが、〈盛〉では、桜間良連は「汀ヨリ五六町上テ岡ノ上ニ」(九オ9注解参照)、「城」を構えていたとするわけである。もちろん、想定されている「城」は簡単な交通遮断施設程度のものであり、だからこそ「サト開テ通」すことも可能であるわけだろうが、〈盛〉ではそれなりに防御を固めていたと読める。また、〈盛〉の良遠との合戦（二度目の桜間合戦）では、「大堀々テ水ヲ湛、岸ニ管植、櫓掻テ待受タリ」と、良遠は本格的な城郭を構えて待ち受けたとする。〈長〉では、良遠が「たち」（館）にいたところを襲ったとする。〈四〉では、良遠は堀を掘り、逆茂木を引いた「城」を構えていたとする。〈松〉では、良近は「大堀ヲホリ」、岸ニ帋楯・櫓を築いていたとする。〈南・屋・覚・中〉では、桜間良遠の城は「三方は沼、一方は堀」であったとする。いずれも、九オ8注解に見た「桜間城跡」との関係は未詳。〈延〉では、義経勢が敵勢三百余騎の間を駆け破ったという、一般的な合戦描写。

○一〇オ6　取返シテ立サマ横サマニ散々ニ係タリケレハ三百余騎ノ兵共一コラヘモセス四方へ退散ス　〈盛〉「取テ返シテ竪ザマ横ザマ、オモノ射ニ射ケレバ、木葉ヲ風ノ吹ガ如ク四方ヘサト逃走ケルヲ駆立ツ、」。敵勢の間を一旦駆け抜けた義経勢が、もう一度引き返して敵勢を追い散らす様子。

○一〇オ7　強ル者ヲハ頸ヲ切ヨワル者ヲハ生取ニシケレハ

〈盛〉ほぼ同。「強ル者」は、戦意のある者、なおも戦う者。

○一〇オ8　大将軍外記ノ大夫モ生虜レニケリ　〈盛〉「大将軍外記大夫モ禦兼、鞭ヲ揚テ逃ケレ共、不ニ延遣一シテ虜レケリ」。〈盛〉の「良遠」との合戦（二度目の桜間合戦）では、良遠を逃そうと家子郎等三十余騎が奮戦するが、「一々搦捕レテ忽ニ被レ刎レ首」とあるのみで、その中に良遠が含まれていたかははっきりしない。〈長・四・南・屋・覚・中〉の良遠との戦いでは、良遠は落ちのびたとし、〈四・南・屋・覚・中〉では、逃げ延びた理由を良遠が名馬を持っていたためとする。『吾妻鏡』二月十八日条には「良遠辞レ城、逐電云々」とある。

○一〇オ8　判官軍ニ打勝テ悦ノ時作テ　〈盛〉「頸ドモ四五十切懸テ奉ニ軍神一、悦ノ時二度造リ」。「軍神」については一〇オ3注解参照。なお、〈盛〉は「西国ノ軍ノ手合也、物能〳〵」と義経勢が勇みあったとして「良連」との合戦記事を終えるが、その後、前年の備前国の情勢や屋島の状況に関する記事を置く。その後、「良連」との合戦で生け捕った者に問うて、「良遠」が陣を張っていると知り、押し寄せたとして、二度目の桜間合戦を描く。

○一〇オ9　抑此浦ヲ何クト云ソト問レケレハ浦ノ長次郎大夫ト云者申ケルハ…　以下、「勝浦」の地名をめぐる対話。諸本に同様の記事があるが、記事の位置や話者（〈延〉では「浦ノ長次郎大夫」）に異同がある。まず〈盛〉は、「桜間良遠」との合戦（二度目の桜間合戦）の後、「浦人」を召して問うたとする。〈延・盛〉では、この段階で親家を召し捕ってはいない。次に〈長・四〉は、近藤親家召捕の後に桜間良遠との合戦があり、その後にこの記事がある。話者は明示しない。しかし、〈長・四〉の場合、親家を召し捕った後、平家の軍勢の状況や桜間良遠の所在などを親家との問答によって知ったと読めるので、この対話も親家と義経との間でなされたものと読むのが自然か。〈南・屋・覚・中〉では、上陸直後に近藤六親家を召し捕った後、義経と親家との対話の中で触れられる。一一オ7注解参照。

○一〇オ10　勝浦ト申候　諸本同様だが、〈延〉では上陸地を「蜂間尼子ノ浦」（九オ6）としており、その近く（九オ7「汀ヨリ五六丁計」）にいた桜間勢と戦ったばかりなので、「勝浦」は「蜂間尼子ノ浦」とほぼ同じ地を指すことになる点、不審。一〇ウ4注解参照。〈長・盛・四・松〉も、上陸地点は〈延〉と類同だが、その後、桜間を攻めるために移動していたので、〈延〉のような問題はない。〈盛〉では二度目の桜間合戦の後にこの記事があり、その末尾で「義経軍ノ門出ニハチマアマコノ浦ニテ軍ニ勝テ、又勝浦ニ着テ敵ヲ亡ス、末憑」と義経が喜んだとし、上陸地「ハチマアマコ」と勝浦を異なる場所であると明記している。但し、「勝浦」は、勝浦川河口付近の西岸に存したと推定される勝浦荘（現徳島市勝占町付近）と見られ、〈延・長・盛・四・松〉で上陸地点とされる「蜂間」（現徳島市八万町付近）よりも南に位置する。蜂間に上陸した義経が、わざわざ南下したとする点、背後から襲われないように敵を掃討したと読めば一応矛盾はないが、若干の不審は残るか。また、〈四・松〉では、桜間が勝浦にいることを近藤六親家から聞き知った上で勝浦を攻めているにもかかわらず、そこで勝った後に改めて地名を尋ねる矛盾を見せる〈四部本全釈〉。〈屋・中〉は上陸地点も「勝浦」としており、〈南・覚〉は「阿波国」に上陸したとするのみで地名不記。〈南・屋・覚・中〉も、本項と矛盾はない。『吾妻鏡』二月十八日条は、上陸地を「椿浦」（または「桂浦」）、「桜庭介良遠」と合戦した地を「桂浦」とする。九オ6注解参照。

○一〇オ10　義経カ只今軍ニ勝タレハトテ色代ニ申カ　「勝浦」という縁起の良い地名は、お世辞で言っているのか、の意。義経が「色代」と発言する点は諸本同様だが、〈南・屋・覚〉では義経が笑って「色代な」と言うのに対して、〈盛〉では義経が怒り、斬首を命じるほどだったが、浦人が必死で陳弁したと述べる。

○一〇ウ1　是ハ仁和寺ノ御室御領五ヶ庄ノ内ニテ候　〈長・盛・松〉同様。勝浦庄が、平安末期には仁和寺御室領となっていたことは、「御室御所高野山御参籠日記」〈高野山文書〉久安三年（一一四七）五月二十日条、『玉葉』建久二年（一一九一）七月十五日条などで確認できる〈地名大系・徳島県〉。また、室町期と推定される年未詳四月二十六日方融書状〈地蔵院文書〉には「阿波国勝浦五ヶ庄所務職事」と見え、〈角川地名・徳島県〉では、勝浦本荘・同新荘・同荘方上郷・同荘多奈保・同荘江田郷を包括した広義の勝浦荘を「勝浦五ヶ庄」と称したものと想定する。

○一〇ウ2　文字勝浦ト書テ候ナルヲ下﨟ハ申ヤスキニ付テカツラト申候　諸本類同。なお、この一文に続けて〈長〉は崇道天皇（早良親王）が「異賊をたひらげ給しに、軍かち給しよりして、勝浦と申ったへたり」との地名起源を記す。また、〈盛〉は壬申の乱のとき、大海人皇子が琵琶湖東岸の地にたどりつき、その地名を尋ねたところ、勝浦と分かり、即位の後に「月上寺」なる寺をそこに造営したとする伝承を義経に語らせる。いずれの説も未詳。

○一〇ウ4　義経カ軍ノ門出ニ勝浦ト云処ニ着テ先軍ニ勝タルウレシサヨ末モ憑シナ殿原　義経の言葉。「蜂間尼子ノ浦」に上陸したという記述との齟齬については、一〇オ10注解参照。〈盛・松〉「義経軍ノ門出ニハチマアマコノ浦ニテ軍ニ勝チ、又勝浦ニ着テ敵ヲ亡ス。末憑トゾ悦ケル」（〈盛〉）。〈長・四・南・屋・覚・中〉は、〈長〉「いくさしにきたるよしつねが、かつらにつきたるふしぎさよ」のように、「勝浦」の地名のみを挙げ、めでたさを語る。

五　伊勢三郎近藤六ヲ召取事

五

サテ是ヨリ屋嶋へ向ムトスル処ニ武者百騎計ニテ歩向タリ

（一〇ウ）

6

判官是ヲミテコハイカニ旗モサヽス笠シルシモナシ源氏ノ軍
兵ニテモナシ平家ノ軍兵トモミヘス何者ソ能盛馳向テ尋ヨ
ト宣ケレハ伊勢三郎十五騎ニテ行向テ何トカシタリケム齢
四十計ナル男ノ黒革威ノ鎧キタルヲ甲ヲヌカセテ弓ヲハツ

（一一オ）

サセテ具テ参タリ判官汝ハナニ者ソ源氏ノ軍兵カ平氏ノ
御方カト被問一ケレハ源氏平氏ノ軍兵ニテモ候ハス当国住人
坂西近藤六親家ト申者ニテ候当時日本国ノ乱ニテ安緒
シカタク候之間参リ候源氏テテモ渡セ給ヘ平氏ニテモ渡ラセ
給ヘ世ヲ討取セ給テ我国ノ主トナラセ給ム人ヲ主ト憑進セ
候ヘシト申ケレハ尤可然一サラハ当国ノ案内者仕ヘシサルニテモ大
将軍ノ物具ヲハ脱セヨトテ物具ヌカセテ召具タリ判官親
家ニ被問ケルハ抑屋嶋ニ当時勢イカホト有ナム千騎計ニハ
ヨモ過候ワシ九国住人等臼杵経続松浦党緒方三郎マテ

皆平家《ヲ》背奉《テ》候間能登守殿小松殿《ノ》君達《ヲ》大

（一一ウ）

将軍《ト》シテ所々ヘ打手《ニ》指向ラレテ〔候〕其上阿波讃岐《ノ》
浦々嶋々〔三〕四五十騎七八十騎百騎二百騎ツヽ分置レテ候間
今日明日《ハ》勢《モ》候ワヌヨシ承候ト申ケレハサテハ吉隙コサナレ
屋嶋《ヨリ》コナタニ平家《ノ》家人ハ無《カ》此ヨリ一里計罷候《テ》
新八幡《ト》申宮候其ヨリアナタ勝《ノ》宮《ト》申所《ニ》阿波民部
大夫《カ》子息田内左衛門成直《ト》申者ソ三千余騎《ニテ》陣《ヲ》取
テ候也《ト》申ケレハ判官ヨカンナルハ打ヤ殿原《トテ》畠山庄司次郎
重忠和田小太郎義盛佐々木四郎高綱平山武者季
重熊谷次郎真実奥州佐藤三郎兵衛継信同舎
弟佐藤四郎忠信究竟《ノ》兵者已上七騎早走《ノ》進退

（一二オ）

ナルニ乗《テ》歩セツアカヽセツ屋嶋《ノ》館《ヘツ》馳行《ケル》

〔本文注〕

〇一〇ウ10　ハツサセテ　「サ」、字形やや不審。

〇一一ウ6　一二オ4　初テ　「初」、字形やや不審。

〇一一ウ9　熊谷次郎真実　「真」、〈汲古校訂版〉も同様に読み、「直」に訂する。〈吉沢版〉〈北原・小川版〉「直」。

〔釈文〕

五（伊勢三郎、近藤六を召し取る事）

さて是より屋嶋へ向かはむとする処に、武者百騎計《ばか》りにて歩み向かひたり。判官、是をみて、「こはいかに。旗もささず、笠じるしもなし。源氏の軍兵にてもなし、平家の軍兵ともみえず。何者ぞ。能盛、馳せ向ひて尋ねよ」と宣ひければ、伊勢三郎、十五騎にて行き向かひて、何とかしたりけむ、齢四十計《ばか》りなる男の黒革《くろかは》威《をどし》の鎧きたるを、甲をぬがせて、弓をはづ▼[一一オ]させて具して参りたり。判官、「汝はなに者ぞ。源氏の軍兵か。平氏の御方か」と問はれければ、「源氏平氏の軍兵にても候はず。当国の住人、坂西の近藤六親家と申す者にて候ふ。当時、日本国の乱れにて安堵しがたく候ふの間、参り候ふ。源氏にても渡らせ給へ。平氏にても渡らせ給へ。世を討ち取らせ給ひて、我が国の主とならせ給はむ人を主と憑《たの》み進《まゐ》らせ候ふべし」と申しければ、「尤も然るべし。さらば当国の案内者、仕るべし。さるにても大将軍の物の具をば脱がせよ」とて、物の具ぬがせて召し具したり。

判官、親家に問はれけるは、「抑《そもそ》も、屋嶋に当時、勢いかほど有りなむ」。「千騎計《ばか》りにはよも過ぎ候はじ。九国の住人等、臼杵・経続・松浦党、緒方三郎まで皆平家を背き奉りて候ふ間、能登守殿、小松殿の君達を大▼[一一ウ]将軍として、所々へ打手に指し向けられて候ふ。其の上、阿波讃岐の浦々嶋々に四五十騎、七八十騎、百騎二百騎づつ分け置かれて候ふ間、今日明日は勢も候はぬよし承り候ふ」と申しければ、「さては吉き隙《ひま》ごさむなれ。屋嶋よりこなたに平家の家人は無きか」。「此より一里計《ばか》り罷り候ひて、新八幡と申す宮候ふ。其よりあなた、勝の宮と申す所に、阿波民部大夫が子息、田内左衛門成直と申す者ぞ、三千余騎にて陣を取りて候ふなり」と申しければ、判官「よかんなるは。打てや、殿原」

とて、畠山庄司次郎重忠・和田小太郎義盛・佐々木四郎高綱・平山武者季重・熊谷次郎直実・奥州佐藤三郎兵衛継信・同舎弟佐藤四郎忠信、究竟《くつきやう》の兵者、已上七騎、早走りの進退▼〔一二オ〕なるに乗りて歩ませつあがかせつ、屋嶋の館へぞ馳せ行きける。

〔注解〕

○一〇ウ6　（伊勢三郎近藤六ヲ召取事）　本段は、義経が伊勢三郎の交渉によって近藤六親家を従えたとする記事。〈盛〉も二度にわたる桜間との合戦の後に記すが、〈長・四・松・南・屋・覚・中〉では、義経の阿波上陸後、最初に戦った相手が近藤六親家で、その後に桜間と戦う。前段九オ8注解等参照。

○一〇ウ6　サテ是ヨリ屋嶋へ向ムトスル処ニ　「是」は、前段一〇オ10に見た「勝浦」を指す。「蜂間尼子ノ浦」（九オ6）に上陸後、緒戦に勝った義経が、勝浦から屋島へ向かおうとした意。以下、勝浦付近でたまたま出会った近藤六親家に、屋島への道案内をさせることになる。〈盛〉も類似の文脈だが、上陸地点（ハチマアマコ）から勝浦への間に二度の桜間合戦を経て移動している。〈長・四・松〉では、上陸地点（「八間浦、尼子が津」など）で親家を従えた義経が、その案内で屋島に向かう途中、桜間を倒した地点が勝浦。〈南・屋・覚・中〉では、勝浦に上陸して親家を従えた義経が、その案内で屋島に向かい、桜間を倒して進む。

○一〇ウ6　武者百騎計ニテ歩向タリ　親家の騎数、〈盛〉同。その他諸本で、勝浦で義経を迎撃しようとした親家の勢は、〈長・四・屋・中〉五十騎、〈松・南・覚〉百騎ほど。なお、義経勢は、〈延〉では五十騎程度であった（九ウ7注解参照）。

○一〇ウ7　旗モサヽス笠シルシモナシ源氏ノ軍兵ニテモナシ平家ノ軍兵トモミヘス何者ソ　義経の言葉。〈盛〉も類同だが、「旗モサヽス笠シルシモナシ」に対応する文言は地の文とする。義経上陸後の最初の敵を親家とする〈長・四・松・南・屋・覚・中〉では、親家は赤旗をさして待ちかまえていたと描く。但し、旗幟鮮明であった親家が、その後、〈延・盛〉と同様にあっさり義経に従うことになる点は、〈延・盛〉と比べるとやや不審にも見える。

○一〇ウ8　能盛馳向テ尋ヨ　不審に思って伊勢三郎義盛を遣わすのは〈盛〉も同様。ただし、平家軍の謀略かと疑っている。〈長・四・松・南・屋・覚・中〉でも、義盛が使者として親家勢に遣わされる点は同様。

〇一〇ウ9　伊勢三郎十五騎ニテ行向テ　〈盛〉同。〈長・南・屋・覚・中〉「義盛たゞ一騎」。〈四・松〉はこの際の兵数不記。

〇一〇ウ9　齢四十計ナル男ノ黒革威ノ鎧キタルヲ甲ヲヌカセテ弓ヲハツサセテ　〈盛〉不記。〈長・四・松・南・屋・覚・中〉も、〈長〉「褐衣よろひひたたれに、黒かはおどしのよろひに、鹿毛なる馬に乗て、よはひ五十余なるもの」、〈四〉「着タレ赤革鬼鎧者」、〈松〉「齢四十計ナル男ノ黒革威ノ鎧著タルガ、騧ナル馬ニ乗テ」などと、描写あり。年齢は四十ほどとするのが〈延・松・南・屋・覚・中〉、五十ほどとするのが〈長〉。鎧は黒革威とするのが〈延・長・松・南・屋・覚・中〉、赤革鬼とするのが〈四〉。

〇一一オ1　汝ハナニ者ソ源氏ノ軍兵カ平氏ノ御方カ　親家に対する義経の問。〈盛〉「汝ハ何者ゾ。源平何レ共不見」。〈長・四・松・南・屋・覚・中〉は何者かと問うのみ。

〇一一オ2　源氏平氏ノ軍兵ニテモ候ハス　〈盛・四・松・南・屋・覚・中〉なし。〈長〉では、親家は源平どちらの味方かと尋問ねられていないにもかかわらず、「もとより源氏の御かたに心ざしをおもひまいらせ候。幸に今、まいりあひまいらせたり」と返答したとする。ただし〈長〉における義経上陸時の描写では、〈四・南・屋・覚・中〉と同様に赤旗をさしていた。次々項注解参照。

〇一一オ2　当国住人坂西近藤六親家　〈松・南・屋・覚〉同。〈中〉は「当国」を「東国」と誤る。〈長〉「阿波国坂西のおく、臼井の近藤六親家」、〈四〉「阿波国住人、坂西近藤六近家」。〈盛〉「阿波国住人臼井近藤六親家」、『吾妻鏡』二月十八日条「当国住人近藤七親家」。「坂西」は板西がよい。現徳島県板野郡板西。平安期には板東・板西が分割されておらず「板野郡」と呼称されていたが、鎌倉期以降は「板東郡」「板西郡」に分割された。近世の段階では、両郡の境界線を現板野町の金泉寺（次段注解参照）門前道としていた（以上〈角川地名・徳島県〉）。〈長・盛〉の「臼井」は未詳。『阿波志』巻三に、「藤原親家　居板西称近藤六師光第六子」と、西光（師光）の子とする伝承が記される。〈覚〉巻一「俊寛沙汰　鵜川軍」に、「師光は阿波国の在庁」とあり、一般に西光（師光）は阿波出身で、本姓は近藤とされる。角田文衛はこれを事実と見、山下知之も事実である可能性は強いと見る。後白河院勢力と結びついた近藤氏の勢力に対抗するために、田口成良もまた、平氏と関係を結ぶことになったものか（山下知之、元木泰雄）。なお、現徳島県板野郡板野町に、近藤六親家の城跡と伝承される坂西城跡が残る〈地名大系・徳島県〉。

○一一オ3　当時日本国ノ乱ニテ安緒シカタク候之間参リ候源氏テテモ渡セ給ヘ平氏ニテモ渡ラセ給ヘ世ヲ討取セ給テ我国ノ主トナラセ給ム人ヲ主ト憑進セ候ヘシ　親家の言葉。「源氏テテモ」は「源氏ニテモ」とあるべき。〈盛〉も同内容で、主君は源氏でも平家でもかまわないという。〈長〉は、前々項で見たように源氏に仕えるつもりであったと述べる。また、〈松〉では、次項にあたる義経の言葉に対して、「身モ心ナラズ平家ノ御方ヘ駈ラレテコソ候ヘ。代ヲ取ラセ給タルヲコソ我君ニハセンズレ」と述べる。一方、〈四・南・屋・覚・中〉ではこうした言葉がなく、親家は強制的に屋島への案内をさせられたと読める。

○一一オ6　尤可然ニサラハ当国ノ案内者仕ヘシサルニテモ大将軍ノ物具ヲハ脱セヨ　〈長・盛〉でも、義経は親家の返答に満足して案内を命じるが、武装は解かせたとする。一方、〈松・南・屋・覚・中〉では武装を解かせない。〈松〉では、前項のような親家の言葉の前に、義経が「弓張リ甲著テ屋島ノ案内ニ祇候仕レ」と命じている。〈南・屋・覚・中〉では、義経は「やがて八嶋の案内者に具せんずるぞ。其男に目はなつな。にげてゆかば射ころせ」（〈覚〉）と命じつつ、「物の具なぬがせそ」と命じる。〈四〉は武装について触れないことを除けば〈南〉等と同様の対処。

○一一オ8　抑屋嶋ニ当時勢イカホト有ナム　義経の質問。諸本同様。〈南・屋・覚・中〉はこの質問の前に「勝浦」の地名を尋ねる対話をはさむ（一〇オ9・10注解参照）。

○一一オ8　千騎計ニハヨモ過候ワシ　以下、親家の答え。〈盛・四・南・屋・覚・中〉同様。但し、〈盛〉は、本来は五千騎いるが、九州などに派遣しているため、千騎ほどなのだとする。〈長〉は河野攻めに三千騎を派遣して、残りは一二千騎とする。〈松〉も三千騎の派遣は記すが、残りの兵数の記述なし。

○一一オ9九国住人等臼杵経続松浦党緒方三郎マテ皆平家ヲ背奉テ候間能登守殿小松殿ノ君達ヲ大将軍トシテ所々ヘ打手ニ指向ラレテ〔候〕　〈盛〉同様。「臼杵経続松浦党緒方三郎」の表記は異なるが、順序は同じ。臼杵・経続（戸槻）は緒方一族で、松浦党を挟んで「緒方三郎」を別に記すのは不審。松浦党は緒方とは別の武士団だが、緒方一族や菊池・原田と一括して記述されることが多い。第三本・三一ウ9注解参照。〈延・盛〉では、屋島の平家勢が少ない理由として、九州攻めに派遣したことを挙げる。一方、〈長・四・松・南・屋・覚・中〉は、田内左衛門成直が大将として、河野通信を攻めるために三千余騎が伊予へ向かっていると述べる。次々項注解参照。

○一一ウ1　其上阿波讃岐ノ浦々嶋々〔三〕四五十騎七八十騎百騎二百騎ツヽ分置レテ候間今日明日ハ勢《モ》候ワヌヨシ承候　屋嶋に兵が少ないのは、前項の理由に加え、各地に兵を分散して配置していたためだという。この点は、諸本同様に記す。

○一一ウ4　此ヨリ一里計罷候《テ》新八幡《ト》申宮候其ヨリアナタ勝《ノ》宮《ト》申所《ニ》阿波民部大夫《カ》子息田内左衛門成直《ト》申者ソ三千余騎《ニテ》陳《ヲ》取テ候也　「陳」は「陣」の誤り。〈盛〉も「今卅町計罷テ、勝宮ト云社アリ」と類似の記述があり、そこに成直が三千余騎で陣を取っていたとするが、「此間河野四郎通信ヲセメントテ伊予国へ越タリト聞ユ」と、成直はもはやそこにはいないとする。前々項注解に見たように、〈長・四・松・南・屋・覚・中〉でも、成直は河野攻めに向かっているとする（「成直」は、〈四・松・南・屋・覚・中〉では「則良」「範良」「教能」「範能」など「のりよし」）。成直の河野攻めについては、〈延〉も一三ウ6以下や二六オ3以下で述べており、物語展開上、重要な記事である。おそらく、〈盛〉に見る「此間河野四郎通信ヲ…」のような記事を脱落させたものであろう（原田敦史）。〈盛〉ではその後、実際に「勝宮」（勝社とも）を攻め、敵を蹴散らすと共に、「新八幡」に参詣したと述べる。「勝《ノ》宮」は勝占神社の古名か。現徳島市勝占町中山に鎮座する延喜式内社（小社）。「新八幡」は未詳だが、小松島市に残る建島女姐命神社（現小松島市中田町字広見）には西八幡神社が合祀されている。また、旧板東郡（現鳴門市大麻町）に「八幡」の地名が残る。

○一一ウ7　畠山庄司次郎重忠和田小太郎義盛佐々木四郎高綱平山武者季重熊谷次郎真実奥州佐藤三郎兵衛継信同舎弟佐藤四郎忠信究竟《ノ》兵者已上七騎早走《ノ》進退ナルニ乗《テ》　「真実」は「直実」の誤り。〈盛〉は類同の記事を置くが、〈延〉が畠山重忠・和田義盛・佐々木高綱・平山季重・熊谷直実・佐藤嗣信・佐藤忠信の「七騎」とするのに対し、これに「鎌田藤次光政等」と追加した上で騎数を記さないという異同がある。

○一二オ1　歩セツアカヽセツ屋嶋《ノ》館《ヘソ》馳行《ケル》　〈盛〉類同。〈長・四・南・屋・覚・中〉では桜間良遠との合戦、「勝浦」の地名についての問答の後、大坂越の直前に本項と類似する本文を配する。〈松〉では金仙寺観音講（次段に該当）の後。

六　判官金仙寺ノ講衆追散事

中山ノ道ヨリ二丁計入タル竹ノ内ニ栗守后ノ御願金仙寺ト云堂アリ彼堂ニテ在地人等集テ毎月十八日ニ観音講ヲ初行ケルカ大饗盛備既ニ行ムトテトヽメキケル判官聞給コヽニコソ敵ハ有ムナレトテ時ヲ作ヘト押寄タリケレハ在地人等百姓太郎共時ノ音ヲ聞取物ヲ取アヘス山ノ奥谷ノ底ヘ逃隠ニケリ判官堂ニ馳入見給ヘハ饗膳イクラモスエナラヘタリ大ナル桶ニ酒入置タリテ我等ニ儲ハシタリケルソヤハヤ殿原講之座ニ着給ヘヤトテ判官横座ニ着ㇾタレハ伊勢三郎忩ヨテユヽシケナル饗膳判官ノ前ニ居タリ人々ハセツカレタリケレ〔八〕我劣ラシト行ケリ飯酒共ニヨク行テ後判官

（一二オ）

2
3
4
5
6
7
8
9
10

（一二ウ）

ステニ行ッ争カ式ヨマテ可有㆒講式ヨメ殿原ト宣ケレハ武蔵房承リヌトテ黒革綴ノ大荒目ノ鎧ニ小具足シテ黒ツハノ矢ヲヒ太刀ハキナカラ甲ヲヌイテ仏前ヘヨテミレハスヽケタル巻物一巻アリ観音講式也弁慶大ナル音ヲ上テ堂響計高声ニ読タリヨミ終テ後吉読タリ読スマヒタリ但講師御房ノスカタコソ怖シケレトテ判官咲レケレハ人々モハト咲ヒケリ

サテ彼ノ講衆等ヲ召テ太刀袋ヨリ沙金三十両ヲ取出サセテ給タリケレハ彼等悦申テ哀月毎ニカヽル悦ニアワハヤトソ申ケル

〔本文注〕

○一二オ4　**初テ**　「初」、字形やや不審。

○一二ウ5　**一巻**　「巻」は異体字。

○一二ウ10　**申ケル**　上欄外左端に「七」の字が左右逆に見える。次丁冒頭の章段番号注記が写ったもの。章段番号が後から書き込まれたことがわかる。七ウ10欄外にも同様に「四」が写っている。

〔釈文〕

六（判官金仙寺の講衆追ひ散らす事）

中山の道より、一丁計《ばか》り入りたる竹の内に、栗守《クリモリ》后の御願、金仙寺と云ふ堂あり。彼の堂にて、在地人等集まりて、毎月十八日に観音講を初めて行ひけるが、大饗盛り備へて、既に行はむとて、どどめきけるを、判官聞き給ひて、「ここにこそ敵は有んなれ」とて、時を作りて、はつと押し寄せたりければ、在地人等百姓太郎共、時の音《こゑ》を聞きて、取る物も取りあへず、山の奥、谷の底へ逃げ隠れにけり。

判官、堂に馳せ入り見給へば、饗膳いくらもすゑならべたり。大きなる桶に酒入れて置きたり。「我れ等が儲《まう》けはしたりけるぞや。はや殿原、講の座に着き給へや」とて、判官、横座に着かれたれば、伊勢三郎、忩《いそ》ぎよつて、ゆゆしげなる饗膳、判官の前に居ゑたり。人々▼一二ウはせつかれたりければ、我劣らじと行ひけり。飯酒共によく行ひて後、判官「すでに行ひつ。争《いか》でか式よまで有るべき。講式よめ、殿原」と宣ひければ、武蔵房「承りぬ」とて、黒革縅の大荒目の鎧に小具足して、黒つばの矢おひ、太刀はきながら、甲《かぶと》をぬいで仏前へよつてみれば、すすけたる巻物一巻あり。観音講式なり。弁慶、大きなる音《こゑ》を上げて、堂響く計《ばか》り高声に読みたり。よみ終はりて後、「吉《よ》く読みたり。読みすまいたり。但し、講師御房のすがたこそ怖ろしけれ」とて、判官咲《わら》はれければ、人々も、はと咲《わら》ひけり。さて、彼の講衆等を召して、太刀袋より沙金三十両を取り出ださせて、給はりたりければ、彼等悦び申して、「哀れ、月毎《つきごと》にかかる悦びにあはばや」とぞ申しける。

〔注解〕

○一二オ2～　（判官金仙寺ノ講衆追散事）　本段の記事を持つのは〈延・長・盛・松〉及び八坂系の東寺執行本（以下〈東寺〉。彰考館蔵）、城方本（以下〈城方〉。国民文庫による）など。〈長・盛・松・東寺〉は、〈延〉と同様、勝浦出発後、京よりの使者を捕縛する記事の前にこれを置く。〈城方〉は使者捕縛記事の後に置く。描写には諸本各々で異同が多い。この説話の舞台となった「金仙寺」の位置は、〈延〉の場合、阿波国と讃岐国の境界である大坂越を次段末尾（一三ウ4）で越えるため、阿波国内、大坂越以南。

同じく阿波国とするのが〈盛・松〉。一方、〈長〉は、「阿波と讃岐のさかひなる、中山」を越え、「中山の北の口より、一町ばかり入りたる竹内に…」とするので、大坂越以北の讃岐国を舞台としていることになる。これと同じく讃岐国のこととするのが〈東寺・城方〉。特に〈東寺〉は「引田ト言所へ打出テ馬ノ足ヲ休メラレケルニ、大道ヨリ一町計リ入テ、大ナル森ノ中ニ御堂ト覚シキ所ニ」とし、讃岐国引田（一三ウ6注解参照）近辺の「御堂」と限定する。また、〈長〉以外の諸本はこの記事を「十八日」の出来事とするが、〈長〉は「十九日」の出来事とし、さらにこの記事の末尾に「昨日、十八日のくはんをん講にてありけるを、大風にやみて、けふ十九日にぞのびたりける」との独自文を置いている。ここで〈延〉の屋島合戦に至る日時に関わる記述を周辺の記事とあわせて抽出してみると次のようになる（他諸本の記述については八オ4・八ウ7・九ウ7注解参照）。

①大物出航…（八ウ7）「十八日寅時計《ニ》判官《ノ》船《ヲ》出《ス》」

②阿波到着…（九オ6）「只二時《ニ》阿波国蜂間尼子ノ浦《ニツ》付《ニ》ケル」

③金仙寺観音講…(一二オ3)「十八日《ニ》観音講《ヲ》初《テ》行《ケルカ》」

④大坂越前夜…（一三ウ4）「其日《ハ》(中略)阿波《ト》讃岐《ノ》境《ナル》中山《ノ》コナタノ山口《ニ》陣《ヲ》取《ル》」

⑤屋島攻め…（一三ウ5）「次日《ハ》引浦丹生社高松郷打過《テ》屋嶋《ノ》城《ヘ》押寄《タリ》」

⑥那須与一…（一九ウ7）「比《ハ》二月《ノ》中《ノ》十日《ノ》事ナレハ」

⑦屋島合戦総括…（二八オ4）「二月十九日勝浦《ノ》戦廿日屋嶋軍廿一日志度《ノ》戦《ニ》討勝テ」

「十八日」に行なわれたとされる③観音講を起点に考えると、④の「其日」は十八日、⑤の「次日」は十九日と解されるが、だとすると、⑥⑦で屋島合戦を二月二十日としていることと齟齬する。一方、①大物出航の「十八日寅時」を、夜明けを日付変更時刻とする基準で読めば（八ウ7注解参照）、出航時は十八日深夜（現代の基準でいう十九日未明）となり、十九日に②阿波到着、勝浦合戦となる。その前提で、③観音講を無視して④以下に接続すれば、④の「其日」は十九日、⑤「次日」は二十日となって、⑥⑦と整合する。つまり、③観音講記事さえなければ、〈延〉は屋島合戦を二十日とする姿勢で一貫していると読めるのである（但し史実上の屋島合戦は十八日か。『玉葉』元暦二年三月四日条）。この現象を指摘した大橋直義は、〈延〉の義経進軍記事は本来［夜明け＝日付変更］を基準として記されていたものであったが、その記事群を［寅刻＝日付変更」の基準で誤読することにより、本来は十八日の位置ではない箇所に「十八日」の観音講説話が増補されることになったと論じ、この説話を『義経記』等に先立つ最初期の「弁慶物」的様相を備えた、『平家物語』の外縁に位置していた説話であると位置づけた。

○一二オ2　中山ノ道ヨリ一丁計入タル竹ノ内ニ　この場所は諸本ともに大坂越の前後だが、前項注解に見たように、〈延・盛・松〉は阿波国国内、〈長・東寺・城方〉は讃岐国国内とし、特に〈東寺〉は讃岐国引田浦近辺とする。

○一二オ2　栗守后ノ御願金仙寺ト云堂アリ　「栗守后」は、〈長〉「栗守庄」、〈盛・松〉「栗守后」、〈東寺・城方〉不記。「金仙寺」は、〈盛〉同、〈長・松〉「金山寺」、〈東寺・城方〉不記。「金仙寺」なる寺名と大坂越にいたる途上という立地を勘案すれば四国八十八箇所霊場の一つ、第三番金泉寺（現徳島県板野郡板野町）が想起される。しかし、大橋直義は、同寺の寺伝には義経・弁慶伝承が希薄であり、かつ観音講説話も現存していないこと、一方、大山寺（板野郡上板町）の略縁起『阿波国板野郡仏王山大山寺私記』（〈盛〉に類似）、正徳四年（一七一四）写『四国遍路日記』八栗寺（現香川県木田郡牟礼町）条に「金仙寺」とは関わらない観音講説話が存在することを指摘し、この説話が本来は金泉寺に関わって形成されたものではないと推定した（『大山寺私記』を開版した大山寺は、大坂越以西にある大山越の途上にある寺院）。さらに、高野山正智院の住僧、道範が末寺の伝法院炎上の際、渦中に巻き込まれ讃岐国に配流となったおりの紀行文『南海流浪記』（『群書類従』一八）に「阿波国坂東郡大寺」とある寺院が金泉寺であることから、この説話が増補される段階で高野山真言圏内でよく知られていた寺院名があてられた可能性があるとした。〈延〉「栗守后」は金泉寺の寺伝には見えないが、〈吉田地名〉は、金泉寺が栗凡直国継により施入された阿波国板野郡庄（『西大寺流記資材帳』）に建立されたものと推測する。一方、「栗」に関していえば、観音講説話が残る讃岐国八栗寺の縁起説では弘法大師の将来した栗が重要な位置をしめている。いずれとも決しがたいが、大橋はむしろこのような状況から、この説話がどの寺院においても利用され得たと指摘している。

○一二オ3　在地人等集テ毎月十八日ニ観音講　「十八日」は〈松・東寺・城方〉同。〈長〉十九日。〈盛〉は「月次ノ講」として日付不記。本段冒頭注解参照。観音の縁日が十八日であることは『本朝法華験記』下・一一四等に見える。〈長〉は前後の記事の日付によって誤ったものか。なお、

「在地人」にあたる語は、〈長〉「百姓太郎」、〈盛〉「所ノ名主・百姓」、〈東寺〉「里ノ者共」、〈城方〉「在地の者」。次々項注解参照。

○一二オ4　大饗盛備テ既ニ行ムトテテトヽメキケルヲ判官聞給テコヽニコソ敵ハ有ムナレトテ時ヲ作テハト押寄タリケレハ　〈長・盛・松・東寺〉同内容。〈城方〉では、義経がまず偵察を出して様子を伺い、敵ではないと確かめてから乱入したとする。

○一二オ6　在地人等百姓太郎共時ノ音ヲ聞テ取物モ取アヘス山ノ奥谷ノ底ヘ逃隠ニケリ　「百姓太郎」は、〈長〉にも前々項の位置に見える語。〈日国〉は「百姓を卑しめていう語」とし、『四河入海』の用例を掲げるが、〈角川古語〉は「百姓を通名としていったもの。名もなき一介の百姓の意」とし、『丁丑版三躰詩抄』の用例を掲げる。いずれも〈延・長〉よりは時代の降るものと見られよう。なお、〈東寺〉は講衆たちが逃げ散ったあと、弁慶が「今度ノ軍ニ打勝テ高ノ座ノ《ママ》ニコソ著テ候へ。入ラセ玉テ面々ニ行ハセ玉へ」と述べ、皆が堂内に入ったとする。

○一二オ8　我等カ儲ハシタリケルソヤ　〈長・松〉にほぼ同文あり。〈盛・東寺・城方〉なし。〈四・南・屋・覚・中〉では、阿波に着いて近藤六親家の赤旗を見つけた時の義経の言葉が、〈覚〉「あはや我等がまうけはしたりけるは」などとほぼ同文である。

○一二オ9　判官横座ニ着レタレハ　「横座」は、〈長〉「座」、〈盛・松〉「座上」、〈東寺・城方〉なし。「畳、敷物などを横ざまに敷いてある正座（しょうざ）、上席」〈日国〉。

○一二オ9　伊勢三郎忩キヨテユヽシケナル饗膳判官ノ前ニ居タリ　ここで伊勢三郎義盛が義経の前に饗膳を置いたとするのは〈延〉のみ。〈盛〉弁慶、〈松〉嗣信、〈長・東寺・城方〉不記。「ユヽシケナル饗膳」は、〈長〉「講の師の御房の料とおぼしくて、ことに大きなる大響を三本立にぞとりすへたる」。〈松〉も「三本立」とあり、〈盛〉は「五本立」。〈東寺・城方〉なし。「饗膳」について『貞丈雑記』巻六には「饗の膳と云は飯に饗を立る故の名也。饗は饗立（キヤウダテ）也。則甲立の事也。甲立は紙にて折形をして付る也」とある。〈長・盛・松〉の「三本立」「五本立」は、饗立を施した椀が膳にいくつ載っているのかを指すものと考えられる。なお、このあと〈盛〉は、弁慶が「今月ノ講ハ随分尋常ニ営出シテ覚候。来頭ハ誰人ゾ。此定候ゾヨト云」と述べ、それに対し、義経が「実ニ此講目出シ。来頭ハ義経営ミ侍ベシ」と答え、兵が皆笑ったとする。〈松〉も弁慶の発問についてはふれないが、義経が来月の観音講の座長もやろうといぅと皆おおいに笑ったとするのは同様。『大山寺私記』にも同様の描写があり、〈盛〉の影響下にある略縁起と推定される（大橋直義）。〈城方〉は弁慶が講式を読んだあと、「来頭」についての義経の言及がある。〈延・長・東寺〉なし。

○一二ウ2　講式ヨメ殿原ト宣ケレハ武蔵房承リヌトテ　義経が講式を読めと言うと弁慶が読んだとする点、〈盛・松・東寺・城方〉同様。〈盛〉は、何の講であるかを土地の老翁に尋ね、観音講だと聞いて弁慶が読む。〈東寺〉は弁慶が「幼少ヨリ天台山ニ候シカドモ、学問スル事ハ思寄ラズ候。太刀刀ノ鍔ヲ取リ、狩漁ヨリ外ニ営ム事モ候ハズ。僧モ僧ニ依リ、俗モ俗ニ依ル事ニテ候。此中ニ児立ノ人読玉へ」と述べると、一同大笑いをしたとする。この「児立ノ人」とは義経、あるいは伊勢三郎を指すか。〈長〉は弁慶ではなく、伊勢三郎が、日光育ちの児なので指名されたとする。講式は源信の二十五三昧会以後、数多く作られるようになった日本独自の仏教儀礼に関わる書物。本文は漢文で記されているが、それを音曲にあわせて和文で語る。〈延〉では、一二ウ4以下に「ス丶ケタル巻物一巻アリ観音講式也」とあり、仏前にあった観音講式の巻物を弁慶が読み上げたとする。

○一二ウ3　黒革縅ノ大荒目ノ鎧ニ小具足シテ黒ツハノ矢ヲヒ太刀ハキナカラ甲ヲヌイテ　弁慶の姿。武装したままであったとする点は、伊勢三郎が「矢おひながら」礼盤に上ったと描く〈長〉も含め同様。

○一二ウ5　弁慶大ナル音ヲ上テ堂響計高声ニ読タリ

〈盛・松〉類同。〈長〉は伊勢三郎が「花机なる式をよみすましたり」。〈城方〉は、義経に指名されて弁慶が読もうとするが、「もとよりふる山法師なりければ、観音講の式をばうちわすれ、山王講の式をぞようだりける」と描く。

○一二ウ6　吉読タリ読スマヒタリ但講師御房ノスカタコソ怖シケレトテ判官咲レケレハ人々モハト咲ヒケリ　講式を読んだ弁慶（〈長〉は義盛）の姿をからかって大笑いするという記述は〈延・長・盛・松〉。〈東寺〉は前々項注解で見た弁慶の機知に対する笑い。〈城方〉も弁慶の機知をほめ、義経が「来頭」について言及する。笑いが起こったと直接は記さないが、笑いを呼ぶ場面といえよう。〈盛・松〉は「来頭」の件についても笑いが生じたとする。諸本の異同は多いが、いずれも笑いの要素があり、次項でも見るように、本段はこれらの笑いによって祝言的側面が打ち出されている説話といえよう。〈盛・松〉は、阿波で最初に「勝浦」に着き、今また講の座に着いたことを吉兆として勇み合ったと描く（〈盛〉は「勝社」にもふれる。勝宮か。一一ウ4注解参照）。「勝浦」の地名同様、源氏の戦勝を予祝する記事となっているといえよう。

〇一二ウ8　サテ彼ノ講衆等ヲ召テ太刀袋ヨリ沙金三十両ヲ取出サセテ給タリケレハ彼等悦申テ哀月毎ニカヽル悦ニアワハヤトソ申ケル　〈延〉独自の一文。原水民樹は「沙金三十両」が講衆に与えられることに〈延〉の原初性が暗示されており、そういった結末を見るこの説話には「土地と英雄義経を結び付けようとする意図が明瞭」であるとして、延慶本のかたちが他の諸本にくらべて、より本来の姿をとどめていると述べた。それに対して大橋直義は、あくまでも『平家物語』諸本における観音講説話の最も古い形として〈延〉が位置づけられるが、この説話が「金仙寺」のものとなったのはその系譜上、比較的新しいと考えた。なお、〈長・盛・松〉は、義経が、奥州合戦で義家が兵を剛（甲）・臆の座に分けた話を引き、今日は皆「講（かう）の座」に着いたのだから平家を滅ぼす事は疑いないと言ったという笑話をも記す（〈松〉は一部を余白に補記）。『奥州後三年記』に見える逸話を引き、「甲の座」と「講の座」を掛けた笑話。また、〈長〉は本段冒頭注解で引いた観音講延引の記事を置き、さらに〈延〉一四オ2〜5に対応する本文を配置する。当該注解参照。

七　判官八嶋ヘ遣ス京ノ使縛付事

（一三オ）

七　彼堂ヨリ三丁計打出タリケル所ニテ貲《サヨミ》直垂ニ立烏帽子
キタル下種男ノ京ヨリ下ルトヲホシクテ立文一持テ判官ノ先ニ

行ケルヲ判官彼ノ男ヲ呼留テイツクヨリイツクヘ行人ソト問給
ケレハ此男判官トモシラテ国人カト思是ハ京ヨリ屋嶋
御所ヘ参候也ト云ケレハ判官是モ屋嶋ノ御所ヘ参ル道ノ案
内不知サラハツレ申サン京ヨリハ何ナル人ノ御許ヨリソト重テ
問給ヘハ六条摂政殿ノ北政所ノ御文ニテ屋嶋ニ渡セ給大臣
殿ヘ申サセ給ヘキ事候テ進セサセ給御使ニテ候ト申セハ其御
文ニハ何事ヲ被仰タルヤラム別ノ子細ニテ候ワス源氏九郎判
官既ニ都ヲ立候此破風シツマリ候ナハ一定渡候ヌト覚候御
用意候ヘシト申サセ給御文候ト有[之]マヽニ申タリケレハ判
官其文進セヨト宣フマヽニ文引チキリテ水ニ投入テ男ヲハ無慚
ケニ命ヲハナ殺シソトテ山ノ中ナル木ニ縛付テ通リニケリサテ
其日ハ阿波国坂東坂西打過テ阿波讃岐ノ境ナル中山ノ
コナタノ山口ニ陣ヲ取ル

（一三ウ）

3 4 5 6 7 8 9 10　　1 2 3 4 5

〔本文注〕

○一三オ2　先ニ　「先」は「光」とも読める字体〈汲古校訂版〉。

〔釈文〕

七（判官、八嶋へ遣はす京の使縛り付くる事）

一三オ▼彼の堂より三丁計《ばか》り打ち出でたりける所にて、旹直垂《サヨミのひたたれ》に立烏帽子《たてえぼし》きたる下種《げす》男の、京より下るとおぼしくて、立文一つ持ちて、判官の先に行きけるを、判官、彼の男を呼び留めて、「いづくよりいづくへ行く人ぞ」と問ひ給ひければ、此の男、判官ともしらで、国人かと思ひて、「是は京より屋嶋御所へ参り候ふなり」と云ひければ、判官、「是も屋嶋の御所へ参るが、道の案内も知らず」。「さらばつれ申さん」。「京よりは何なる人の御許《おんもと》よりぞ」と重ねて問ひ給へば、六条摂政殿の北の政所の御文にて、屋嶋に渡らせ給ふ大臣殿へ申させ給ふべき事候ひて、進《まゐ》らせさせ給ふ御使にて候ふなり」と申せば、「其の御文には何事を仰せられたるやらむ」。「別の子細にて候はず。『源氏九郎判官、既に都を立ち候ふ。此の波風しづまり候ひなば、一定、渡り候ひぬと覚え候ふ。御▼一三ウ用意候ふべし』と申させ給ふ御文にて候ふ」と有りのままに申したりければ、判官「其の文進《まゐ》らせよ」と宣ふままに、文引きちぎりて水に投げ入れて、男をば「無慚《むざん》げに命をば、な殺しそ」とて、山の中なる木に縛り付けて通りにけり。

さて其の日は、阿波国板東・板西打ち過ぎて、阿波と讃岐の境なる中山のこなたの山口に陣を取る。

〔注解〕

○一三オ1～（判官八嶋ヘ遣ス京ノ使縛付事）　本段の記事内容は諸本にあり。〈延・盛・松〉では、前段の金仙寺記事を受けて、義経勢の位置は大坂越以南の阿波国。一方、〈長〉は阿波と讃岐の境を越えたところに金仙寺を位置づけていたので、本段は讃岐国に入った辺りでの出来事。金仙寺記事を持たない諸本では、中山を越え、讃岐国に入ったところとするのが〈四・南・屋・中〉。特に〈屋・中〉では「高松」を過ぎた所でのこととするが、これでは屋島に近すぎて、〈屋〉のように「山中」でのこととするには無理がある。〈覚〉は、大坂越を夜もすがら越えた時の「夜半ばかり」のこととする。前段冒頭一二オ2〜注解及び一三ウ4注解参照。

○一三オ1　彼堂ヨリ三丁計打出タリケル所ニテ　「彼堂」は前段に見た「金仙寺」の記事を指す。前段の記事を持つ〈長・盛・松〉も〈延〉のような表現はとらず、〈長〉「判官、うてや、とのばらとて、馬をはやめ、道をすゝめてうつほどに」、〈盛〉「其ヨリ屋嶋へ打程ニ中山路ノ道ノ末ニ」、〈松〉「其ヨリ係足ニ成ツ歩ツ…」などとするのみ。

○一三オ1　貲《サヨミ》直垂ニ立烏帽子キタル下種男ノ京ヨリ下ルトホシクテ立文一持テ判官ノ先ニ行ケルヲ　〈盛〉類同。〈長〉「げすおとこ一人、宣下とおぼえて、ふしぞめのひたたれに、たてえぼし」、〈松〉「カキノヒタヽレニ折烏帽子」、〈屋〉「蓑笠背負タル男一人」、〈中〉「みのかさ、らうれう、ふみども、せうしたゝめもちたるおとこ三人」。〈四・南・覚〉は使いの男の装束等の描写なし。「貲」は上質の麻布。「さよみ」は「狭読み」で、糸が細く織目が細かい意。古代には「貲布」の表記が多い。奈良時代は上総国望陀郡付近の特産の布の称だったとみられるが、平安時代以降は各地に普及した。後に「さいみ」と訛るようにもなり、近世には太い糸で織った粗布をも「さよみ」「さいみ」と呼んで、民間の衣料・漉布・暖簾・風呂敷などに広く用いられるようになった（以上〈国史〉「貲布《さよみのぬの》」項）。『太平記』巻三五には、青砥左衛門について「数十箇所ノ所領ヲ知行シテ、財宝豊ナリケレ共、衣装ニハ細布《サイミ》ノ直垂、布ノ大口、飯ノ菜ニハ焼タル塩、干タル魚一ツヨリ外ハセザリケリ」とあるが、当該部の「貲直垂」も「下種男」の質素な出で立ちを指すものか。「立文」は「立紙（たてがみ）」に書いた書状。たつぶみ」〈日国〉。第三本・四四ウ1「タテフミ」注解参照。守覚『消息耳底秘抄』によれば、立文には立紙の枚数に関わらず、別にそれを包むための礼紙が必要であり、貴人にあてる場合は礼紙の上に封〆をするのが礼儀で、上の方を短く、下の方を長く捻るのが故実（男性用の手紙）とされた。なお『貞丈雑記』は立文と捻文を同一視するが、『消息耳底秘抄』では両者を別個の形式として扱っている（小松茂美）。

○一三オ3　判官彼ノ男ヲ呼留テイツクヨリイツクヘ行人ソト問給ケレハ　〈長・盛・松・屋・中〉類同。〈四・南・覚〉は使者の持つ文が誰宛てなのかをたずねる。以下、応答の回数や発問の順序は異なるが、屋島の宗盛にあてた京からの書状であり、義経は使者を懐柔しながら、その書状の内容が、すでに義経は都を進発し、暴風で足止めをくっているが風がおさまりしだい屋島に侵攻するであろうというものであることを聞きだす点では同様。

○一三オ4　此男判官トモシラテ国人カト思テ　〈盛〉類同。〈覚〉は「みかたの兵共」と思ったとする。次項注解参照。

○一三オ5　判官是モ屋嶋ノ御所へ参ヵ道ノ案内モ不知サラハツレ申サン　義経が自分の正体を隠して使者を懐柔しようとする点は、諸本同様。屋島への道を知らないと言って案内を頼むのは〈長・松・覚・中〉同。他に、〈長・盛・屋・中〉では食事を与え、〈盛〉では義経の噂話もしている。なお、〈長・盛・松〉では、義経が屋島の様子を尋ね、「無下にあさまに候ぞ。敵がしらでこそ申候へ。しほのみちたるときこそ、嶋になり候て、船なくてかよふべくも候はね。しほひ候ぬれば、西にそひて、馬のふとばらもつからず候ぞ。かれにそひておとさんには、何も候まじ」（〈長〉）と答えさせている。〈盛〉はさらに詳細で、牟礼・高松への放火や「塩花蹴立テ」多勢に見せることなど、実際の屋島合戦を先取りするように、この男に具体的な攻略方法まで語らせるのは、いささか不自然な感もある。〈屋・覚・中〉では、屋島の情報を近藤六親家が語っている。

○一三オ7　六条摂政殿ノ北政所　〈長・盛・松〉同。〈南・屋・覚・中〉は単に京に住む女房とするのみ。〈四〉は該当の問答なし。六条摂政殿は近衛基実。基実室となった白河殿盛子（清盛息女）はすでに故人（治承三年死去）。基実息の基通の室も清盛息女の完子だが、屋嶋で避難した者達（一四ウ1）や壇浦合戦の捕虜（四二ウ6）の中にも「北政所」が見えており、『玉葉』元暦元年八月二十一日条に「当時摂政棄二置平妻一留レ洛」ともあって、平氏一門に同行していたことは疑いない。訛伝か。あるいは平信範女で基実室となった人か〈集成〉。〈盛〉では「北政所」と宗盛とは「兄弟」としている。

○一三オ9　別ノ子細ニテ候ワス…　以下、使者が文の内容を語る。男が問われてすぐに語る点は、〈松・南・覚〉も同様。〈盛・四・屋・中〉では、男は文の内容を知らないと答えるが、〈盛〉では口頭の伝言を聞き出したとし、〈屋・中〉では干し飯を食わせて聞き出したとする。〈中〉では、義経の人相についての知識をも尋ねるなど詳細。〈長〉では文の内容を尋ねるくだりがなく、文を奪って読む。

○一三オ10　此破風シツマリ候ナハ一定渡候ヌト覚候　「破風」は「波風」とあるべき。〈松〉「浪風静ニ成リ候ハヾ」。〈長〉は、「此大かぜ吹候とも、定てよせんずらんとおぼえ候」と、文にあったとする。

○一三ウ1　判官其文進セヨト宣フマヽニ文引チキリテ水ニ投

入テ〈盛・四〉は、「引チギリテ」とはしないが、海に投げ入れるのは同様。一方、〈長・松・南・屋・覚・中〉では、奪いとった文を大事に保存する。保存する理由は、〈南・屋・覚・中〉では、頼朝に見せるためとする。〈長・松〉は理由不記。

○一三ウ3　山ノ中ナル木ニ縛付テ　〈盛・四・松・南・屋・覚〉類同。〈長〉「みちのつじのそとばにしばりつけて」、〈中〉「大きなる松の木にしめつけて」。本段冒頭、一三オ1～注解に見たように、〈長・四・南・屋・中〉、特に〈中〉ではこれは山中を通り過ぎた後の出来事と読める。

○一三ウ4　サテ其日ハ阿波国坂東坂西打過テ阿波ト讃岐ノ境ナル中山ノコナタノ山口ニ陣ヲ取ル　「其日」は十九日と読むべきか。前段冒頭一二オ2～注解参照。「坂東」「坂西」はそれぞれ「板東」「板西」がよい。大坂越の南側（阿波国側）の入口に陣をとった。このあたりに陣を取ったことを記すのは、他に〈長・盛・四〉。但し、〈四〉は十九日の申酉刻に勝浦を出発して、終夜大坂越を通過したとするにもかかわらず、「翌日廿日」の寅刻に「南山口」に布陣したとして、地理的に矛盾する。さらに混乱しているのが〈松〉で、大坂越の後、引田・丹生社・高松をも過ぎて「屋島ノ城へ押寄ケリ」とした後、「十九日ノ寅ノ刻ニ南ノ山口ニ馳上テ陣ヲ取テ、馬ノ息ヲ休メケル」とするが、屋島に攻め寄せてから「南ノ山口」での布陣を記すのは全く意味をなさない。〈四・松〉は、「南山口」が大坂越の南側の入口であ

表I

〈延〉	〈長〉	〈盛〉	〈四〉	〈松〉	〈南・覚〉	〈屋〉	〈中〉
勝浦出発	勝浦出発	勝浦出発	勝浦出発	勝浦出発	勝浦出発	勝浦出発	勝浦出発
観音講	大坂南布陣	新八幡参詣	大坂越	観音講	桜間合戦	桜間合戦	桜間合戦
京使捕縛	大坂越	観音講	京使捕縛	大坂越	大坂越	大坂越	大坂越
大坂南布陣	観音講	京使捕縛	南山口布陣？	京使捕縛	京使捕縛	引田通過	引田休息
大坂越	京使捕縛	大坂南布陣	屋島	屋島	引田休息	京使捕縛	京使捕縛
引田通過	引田通過	大坂越		南山口布陣？	屋島	屋島	屋島
屋島	屋島	引田通過					
		屋島					

ることがわからなくなり、混乱したものであろう。一方、〈南・覚・中〉は、夜もすがら大坂越を越えた後、讃岐国に入って引田で休息をとったとする。〈屋〉は、大坂越の南・引田周辺のいずれでも布陣・休息を記さない。大坂越前後、屋島に至るまでの、諸本における記事配列を、表Ⅰに示しておく。「?」は疑問のある記事。また、諸本の日付関連記事を整理し、表Ⅱに示しておく。「↓19」などの数字は、それぞれの異本の日付変更時刻基準を勘案して、現代の基準による日付に換算したもの。〈延・長・盛・松〉は夜明け、〈四・南・屋・覚・中〉は丑刻と寅刻の間が日付変更時刻であると見た（八ウ7注解参照）。〈延〉の日付については一二オ2～注解参照。「※前出」「※後出」は、

表Ⅱ

	〈延〉	〈長〉	〈盛〉	〈四〉	〈松〉	〈南〉	〈屋〉	〈覚〉	〈中〉	玉葉	吾妻鏡
渡辺出航	十八日寅 ↓19未明	十七日寅 ↓18未明	十七日寅卯 ↓18未明	十八日丑 ↓19未明	十七日丑 ↓18未明	十六日丑 ↓17未明	十六日丑 ↓17未明	十六日丑 ↓17未明	十六日丑 ↓17未明	十六日 ↓17未明	十八日丑 ↓18未明
勝浦着	二時後 ↓19朝	二時後 ↓18朝	三時後 ↓18朝	三時後 ↓19朝	三時後 ↓18朝	三時後 ↓17朝	三時後 ↓17朝	三時後 ↓17朝	三時後 ↓17朝	十七日 ↓17朝	十八日卯 ↓18朝
布陣休息	大坂越南 「其日」 ↓19夕刻	大坂越南 ↓18夕刻	大坂越南 ↓18夕刻	南山口？ 廿日寅 ↓20未明	南山口？ 十九日寅 ※後出	讃岐引田 十八日卯 ↓18早朝	（なし）	讃岐引田 十八日寅 ↓18早朝	讃岐引田 十八日朝 ↓18早朝		
大坂越	↓20未明	十九日夜 ↓19未明	↓19未明	十九終夜 ※前出 ↓19終夜	終夜 ↓19未明	終夜 ※前出 ↓18未明	終夜 ※前出 ↓18未明	終夜 ※前出 ↓18未明	終夜 ※前出 ↓18未明		終夜 ↓19未明
屋島攻め	「次日」 ↓20日	「其日」・ 廿日寅 ↓20日？	「翌日」・ 廿日卯 ↓20日？	辰剋 ↓20日	十九日卯 ↓19日	十八日 ↓18日	十八日 ↓18日	十八日 ↓18日	十八日 ↓18日	十八日 ↓18日	十九日 ↓19日

記事配列上、該当記事が表の中の位置よりも前あるいは後の位置に記されている意（表Ⅰ参照）。また、『玉葉』元暦二年三月四日条には「十六日解纜、十七日着二阿波国一、十八日寄二屋島一」とあり、大坂越は十七日夜。『吾妻鏡』二月十八日・三月八日条はいずれも十八日朝に阿波国到着、十九日屋島攻撃とあるので大坂越は十八日夜。以上の日付の対照を表Ⅱに示しておく。屋島攻めの日付については、次段・一三ウ6「次日ハ」注解参照。なお、〈盛・松〉は、合戦後に屋島合戦を総括して日付を列挙するが、この表とは必ずしも整合しない。二八オ4注解参照。

八　八嶋ニ押寄合戦スル事

1　義経来襲・平家船へ

（一三ウ）

八
次日ハ引浦丹生社高松郷打過テ屋嶋ノ城ヘ押寄タリ
屋嶋ニハ阿波民部大夫成良カ子息田内左衛門成直ヲ大将
軍トシテ三千余騎ニテ河野四郎通信ヲ責ニ伊与喜多郡
ノ城エ向タリケルカ河野ヲハ討逃シテ河野カ伯父福浦新三

郎以下ノ輩百六十余人ガ首ヲ取テ屋嶋ヘ献リタリケルヲ

（一四オ）

内裏ニハ首ノ実検カワシトテ大臣殿御所ニテ実検有ケリ
大臣殿ハ小博士清基ヲ召テ御使ニテ能登守殿ノ方ヘ被仰
リケルハ源九郎義経既ニ阿波ノ蜂間尼子浦ニ着タル由聞ヘ候
サル者ニテ候ナレハ定終夜中山ヲ越候ヌラント覚候御用意
アルヘシトソ有ケル猿程ニ夜ノアケホノニ塩干潟一ッヘタテヽムレ
高松ト云処ニ焼亡アリアワヤ焼亡ヨト云モハテネハ成良申ケル
ハ今ノ焼亡ハアヤマチニテハ候ワシ源氏ノ勢既ニ近付所々ニ
火係焼払テ覚候定大勢ニテソ候ランイカサマニモ怠キ
此御所ヲ出サセ給テ御舟ニメサレ候ヘシト申ケレハ尤サルヘシト
テ先帝ヲ初進セテ女院北政所大臣殿以下ノ人々屋嶋ノ

（一四ウ）

御所ノ惣門ノ渚ヨリ御船ニメス去年ノ春一谷ニテ打漏サレ

シ人々平中納言教盛新中納言知盛修理大夫経盛新三位中将資盛讃岐中将時実小松新小将有盛同侍従忠房能登守教経此人々《ハ》皆船《ニ》乗給《フ》大臣殿父子ハ一《ツ》御船《ニ》乗給《ヘリ》右衛門督《モ》鎧キテ打立タムトセラレケルヲ大臣殿大ニセイシ給テ手ヲ取テ例《ノ》女房達《ノ》中《ニ》オワシケルソ憑《シ》ケナク大将軍カラモシタマワサル残ノ人々モ是《ヲ》見給《テ》ナキサ〳〵ニヨセヲイタル儲舟共《ニ》我先《ニト》諍乗《テ》或《ハ》七八丁計或一丁計息ヘ指出シテソオワシケル

〔本文注〕

○一三ウ6　**丹生**　「丹」、〈吉沢版〉〈北原・小川版〉同。〈汲古校訂版〉は「舟」と解読した上で「丹」に訂するが、「丹」の異体字か。二一ウ5、同8にも例あり。

○一三ウ8　**軍《ト》シテ～献リタリケルヲ**　一三ウ8冒頭から同10末尾まで、周辺の字体と筆勢が異なるように見える。〈汲古校訂版〉は「三千余騎」以降のおよそ三行を別筆かとする。

○一三ウ8　**通信《ヲ》責《ニ》**　「信《ヲ》責」の三文字、擦り消しの上に記す。抹消された字は不明。

○一四オ5　**ムレ**　「レ」は「シ」を重ね書き訂正したか。

○一四オ6　**焼亡**　「亡」は「巳」のようにも見える字体。

○一四オ9　出サセ　擦り消しがあるようにも見えるが、裏うつり。

〔釈文〕

八（八嶋に押し寄せ合戦する事）

次の日は、引田浦・丹生社・高松郷打ち過ぎて、屋嶋の城へ押し寄せたり。屋嶋には阿波民部大夫成良が子息、田内左衛門成直を大将軍として、三千余騎にて、河野四郎通信を責めに伊与喜多郡の城へ向かひたりけるが、河野をば討ち逃して、河野が伯父福浦新三郎以下の輩、百六十余人が首を取りて、屋嶋へ献りたりけるを、▼一四オ内裏には首の実検かなはじとて、大臣殿御所にて実検有りけり。

大臣殿は小博士清基を召して、御使にて能登守殿の方へ仰せられたりけるは、「源九郎義経、既に阿波の蜂間・尼子浦に着きたる由、聞こえ候ふ。さる者にて候ふなれば、定めて終夜《よもすがら》中山をば越え候ひぬらんと覚え候ふ。御用意あるべし」とぞ有りける。

さる程に夜のあけぼのに、塩干潟一つへだてて、むれ・高松と云ふ処に焼亡あり。「あはや焼亡よ」と云ひもはてねば、成良申しけるは、「今の焼亡はあやまちにては候はじ。源氏の勢、既に近付きて所々に火係《か》けて焼き払ふと覚え候ふ。定めて大勢にてぞ候ふらん。いかさまにも忩《いそ》ぎ此の御所を出でさせ給ひて、御舟にめされ候ふべし」と申しければ、「尤もさるべし」とて、先帝を初め進《まゐ》らせて、女院・北政所・大臣殿以下の人々、屋嶋の▼一四ウ御所の惣門の渚より、御船にめす。

去年の春、一谷にて打ち漏らされし人々、平中納言教盛・新中納言知盛・修理大夫経盛・新三位中将資盛・讃岐中将時実・小松新小将有盛・同侍従忠房・能登守教経、此の人々は皆船に乗り給ふ。大臣殿父子は一つ御船に乗り給へり。右衛門督も鎧きて打立たむとせられけるを、大臣殿、大きにせいし給ひて、手を取りて、例の女房達の中におはしけるぞ憑もしげなく、大将軍がらもしたまはざる。残りの人々も、是を見給ひて、なぎさなぎさによせおいたる儲け舟共に我先にと諍《あらそ》ひ乗りて、或いは七八丁計《ばか》り、或いは一丁計《ばか》り、息《おき》へ指し出だしてぞおはしける。

〔注解〕

○一三ウ6～（八嶋ニ押奇合戦スル事）　章段名（目録）の「押奇」は「押寄」の誤り。本段は、屋島合戦の前半、継信最期までを記す。諸本の屋島合戦記事には異同が多く、構成はまちまちである。たとえば、〈延・長・盛・松〉では夜の休戦を挟んで二日間の戦いとし、二日目に湛増が源氏に加勢したことで源氏の優勢が明らかになり、平家が逃亡したと描く。特に〈長〉では多くのエピソードを二日目に配置する。また、〈四〉では、那須与一や錣引、弓流を志度合戦の時のこととする、独自の構成。さらに、〈盛・松〉では逸話が多く、盛嗣錣引や大胡小橋太など、他本に見えない要素もある。それらをごく大まかに対照すると、左のようになる。北川忠彦は、諸本の不安定さから、屋島合戦物語自体が新しい創作的な物語であると見たが、佐伯真一98は、話材の過剰さを屋島合戦の特色と考え、本来実際の屋島合戦に由来するとは限らないさまざまな話題が多く取り入れられた結果、諸本の多様な形が生まれたと考えた。また、屋島合戦については、折口信夫の「八島語り」論を受けて、幸若舞曲「八島」や能「八島」「摂待」など、あるいは西浦田楽などの民俗芸能を視野に入れて、屋島合戦に関する独立的な語り物の存在を考える論が多く出た（大森亮尚・島津忠夫・天野文雄など）。だが、屋島合戦を扱う芸能などの基盤としては、『平家物語』から抄出したテキストやそうしたものに基づく絵本など

〈延〉	〈長〉	〈盛〉	〈四〉	〈松〉	〈南・覚〉	〈屋〉	〈中〉
義経来襲	義経来襲	義経来襲	義経来襲	義経来襲	義経来襲	義経来襲	義経来襲
継信最期	内裏焼払	詞戦	内裏焼払	内裏焼払	内裏焼払	内裏焼払	内裏焼払
那須与一	詞戦	在家焼払	詞戦	詞戦	詞戦	詞戦	詞戦
景清錣引	継信最期	那須与一	継信最期	継信最期	継信最期	継信最期	継信最期
弓流し	（夜休戦）	景清活躍	（夜休戦）	那須与一	那須与一	那須与一	那須与一
（夜休戦）	那須与一	大胡小橋太	志度合戦	大胡小橋太	景清錣引	景清錣引	景清錣引
詞戦	景清錣引	弓流し	那須与一	景清錣引	弓流し	弓流し	弓流し
湛増加勢	弓流し	盛嗣錣引	景清錣引	（夜休戦）	（夜休戦）	（夜休戦）	平家志度へ
平家逃亡	湛増加勢	継信最期	弓流し	弓流し	志度合戦	平家志度へ	（夜休戦）
	平家逃亡	（夜休戦）		盛嗣錣引			
		湛増加勢		湛増加勢			
		平家逃亡		平家逃亡			

の存在を重視する麻原美子の見解もあり、独立的な「八島語り」を『平家物語』が取り入れたという見方は、現在あまり有力ではない。佐伯真一98は、屋島合戦が壮大化されたのは、独立的な語り物ではなく『平家物語』においてであり、「八島語り」の想定は、直接体験者の語りという枠組みにおいて屋島合戦が多く語られたことに意味があると見た。

○一三ウ6　次日ハ　「次日」は、〈長〉「其日」、〈盛〉「翌日」。〈四・松・南・屋・覚・中〉該当句なし。〈延〉の場合、この「次日」の解釈には問題もあるが、二月二十日と解するのが穏当だろう（一二オ2～注解、一三ウ4注解参照）。〈長〉は「其日は引田浦、白鳥、丹生の社、牟礼、高松郷をうちすぎて、同廿日の寅剋には屋嶋の城にぞをしよせける」とある。「廿日の寅剋」は、夜明けを日付変更時刻としてきたこれまでの記述からは、現代の基準でいう二十一日未明を指すことになるはずだが（八ウ7注解参照）、前段末尾・一三ウ4注解の対照表Ⅱに見たようなこれまでの記述の流れや、この後、屋島合戦二日目（右表「夜休戦」の後）に「明る廿一日のいまだあけざるに」とあることからは、現代いう二十日早朝を指すことになろう。〈盛〉の「翌日」は、やはりこれまでの流れからは十九日と読めるものの、この後、焼亡の知らせによる平家の避難を描いてから「同廿日卯時ニ、源氏五十余騎ニテ屋嶋ノ館ノ後ヨリ責寄テ…」とあり、那須与一の記事にも「二月廿日ノ事ナルニ」、合戦後（右表「夜休戦」）にも「廿日夜モ既ニ暁ニ成ヌ」とあって、やはり屋島合戦を二十日と位置づけていると見られる。〈四・松〉の記事構成や日付に混乱があることは、前段末尾・一三ウ4注解に見たとおりだが、一応、〈四〉は二十日、〈松〉は十九日に屋島合戦と解される。〈南・屋・覚・中〉は十八日。なお、大森亮尚や島津忠夫は、『平家物語』諸本に見られる日付が、謡曲「八島」や西浦田楽「やしまだんのうら」、幸若舞曲「那須与一」などの「三月十八日」や、幸若舞曲「八島」や謡曲「景清」の三月下旬と食い違うことを、「八島語り」の芸能が『平家物語』と並行して独立的に存在したことを示す根拠の一つとする（前項注解参照）。

○一三ウ6　引浦丹生社高松郷打過テ屋嶋ノ城ヘ押寄タリ　「引浦」は、〈長・盛・松〉「引田浦」がよい。これらの地名列挙は、〈長・盛・松・南・屋・覚・中〉に見える。〈四〉なし。なお、一三ウ4注解の対照表に見たように、〈南・覚・中〉では引田で休息を取ったとする。「引田」・「丹生」及び〈長・屋・覚・中〉が記す「白鳥」は、いずれも現香川県東かがわ市に存する地名で、志度街道（国道一一号）沿いにある。「丹生社」は〈長・松・南〉同、〈盛・屋〉「入野」、〈覚〉「丹生屋」、〈中〉「にゐのや」。現在「入野山八幡」とも称する石清水八幡神社（現東かがわ市入野山）。「高松」は、現高松市の古高松。高松平野の東端部。当時は島だった屋島に海を隔てて向かい合うあたり。

○一三ウ7　屋嶋ニハ…　以下、〈延〉では、①大臣殿御所での首実検、②小博士清基を教経に遣わす、③牟礼・高松での焼亡、④平家避難の順で、平家側の視点から叙述する。〈盛・四・松〉も同様。〈南・屋・覚・中〉は①③④同様、②なし。〈長〉は、②を観音講記事（六「判官金仙寺ノ講衆追散事」に該当）の直後に置き、①③なし。

○一三ウ7　阿波民部大夫成良カ子息田内左衛門成直ヲ大将軍トシテ三千余騎ニテ河野四郎通信ヲ責ニ伊与喜多郡ノ城ェ向タリケルカ　この時、田内左衛門成直が河野攻めに向かっていたことは、〈盛・四・松・南・屋・覚・中〉に見える。〈長〉本段はこれを欠くが、近藤六親家による情報や、屋島合戦の後に成直が生け捕られる場面ではこれを記す。諸本とも、近藤六親家による情報などの形で記していたことである（一一オ9注解参照）。〈延〉はこれ以前にこのことを記していなかったが、一一ウ4注解に見たように、脱落があろう。「三千余騎」は、本段該当部では必ずしも記さないが、この前後の記事を含めれば、諸本に概ね共通。成良とその周辺の系譜については九オ8注解参照。河野通信は伊予の豪族。一貫して反平氏の立場で戦った。第三本・三三ウ7注解、第五本・四〇オ9注解等参照。喜多郡は愛媛県に現在も残る郡名。愛媛県中西部、現大洲市などを含む地域。〈地名大系・愛媛県〉によれば、治承年間には古田（現五十崎町）の竜王城が築かれ、河野氏一族の居城であったという。『予章記』では、通信の人生を振り返る記述の中で、田内左衛門と「喜多郡比志ノ城」で戦ったとする（但し、元暦二年正月二十五日から五日間の合戦とするが、時期が合わない）。

○一三ウ7　河野ヲハ討逃シテ河野カ伯父福浦新三郎以下ノ輩百六十余人カ首ヲ取テ屋嶋ヘ献リタリケルヲ　〈盛・松〉同様。〈四〉も類同だが、「福浦新三郎」を「吹ク浦三郎」とする。〈南・屋・覚・中〉は、「家子郎等百五十人」（〈南〉）などとするのみで人名不記。「福浦新三郎」未詳。

○一四オ1　内裏ニハ首ノ実検カワシトテ大臣殿御所ニテ実検有ケリ　内裏での首実検を憚り、宗盛の御所で行ったとする点、〈盛・四・松・南・屋・覚・中〉同様。他本で「カワシ」に類する語としては、〈盛〉「内裏デ首実験カワユシ」

がある。「見るに忍びない」意〈三弥井盛衰記〉。〈延〉は「カワユシ」の誤りか。あるいは「カナワシ」の誤りの可能性もあろうか。

○一四オ2　大臣殿ハ小博士清基ヲ召テ御使ニテ能登守殿ノ方ヘ被仰タリケルハ　ここで「小博士清基」が宗盛の使者として登場するのは、他に〈長・盛〉。但し〈長〉は観音講記事の直後に記す。〈松〉「小博士清信」。〈四〉は「小博士」のみで名を記さない。〈南・屋・覚・中〉記事なし。「小博士」は未詳だが、陰陽博士であろう。第五本・七二オ4注解参照。〈延〉では壇浦合戦でイルカの吉凶を占ったのも「小博士清基」（三五ウ3）としており、そこでは他本も「小博士」を登場させるが、「清基」とはしない（該当部注解参照）。「清基」は安倍氏の系図に見え、安倍晴明から八代目の後裔とされるが、時代が合わない〈大事典〉。

○一四オ3　源九郎義経既ニ阿波ノ蜂間尼子浦ニ着タル由聞ヘ候　以下、宗盛からの伝言。〈長・盛・四・松〉同様。但し、「蜂間尼子浦」は、〈長〉ほぼ同、〈盛〉「アマコノ浦」、〈四〉「鉢麻浦」、〈松〉「八幡」。九オ6注解参照。

○一四オ4　サル者ニテ候ナレハ定終夜中山ヲハ越候ヌラント覚候御用意アルヘシ　「サル者ニテ候ナレハ」は、〈四〉「放逸者候ナレ」、〈長・盛・松〉なし。前段該当部の文使いの持っていた文に、〈長〉では「さるすゝどきおとこにて」云々、〈盛〉では義仲を滅ぼした「恐シ《ママ》者」との義経評があった。

○一四オ5　猿程ニ夜ノアケホノニ　義経の急襲を明け方のこととする。〈盛〉も小博士清基の伝言を記した後、「去程ニ夜モ明ヌ」として牟礼・高松の焼亡を記す。〈松〉も小博士清基の伝言の後、義経が「武例高松ノ山口ニ馳著テ、明ケレバ浦ノ在家ニ火ヲ係ケタリ」とする。〈延・盛・松〉の場合、記事の順序からは、首実検が夜明け前に行われていたことになる点は不審。〈長〉の場合、首実検記事などはないが、義経の急襲を「廿日の寅剋」とするので、夜明け頃である点は同様。一方、〈四・南〉は、焼亡の発生を〈四〉「辰剋」、〈南〉「未ノ時」とする。〈覚〉も昼のことと読める（一四オ6注解参照）。首実検を記す以上は〈四・南・覚〉のように昼のこととするのが穏当か。

○一四オ5　塩干瀆一ッヘタテヽ　「塩干瀆」は、〈盛・松〉「塩干潟」。〈延〉一八ウ7および第五末・一八ウ1に「塩干瀆」として「瀆」字を用い、後者には「瀆」に「潟」と傍記されるが不明（化粧断あり）。「瀆」は〈名義抄〉に「盥」の俗字として見える。「盥」は「タラヒ」や「テアラヒ」の意〈名義抄〉。また「瀆」は前田本『字鏡集』には「盟」

の俗字として載り、「メイ」との音が付されている。「潟」の誤字から「瀆」と記されるようになったと見るべきか。

○一四オ5　**ムレ高松ト云処ニ焼亡アリ**　「ムレ」は牟礼。火災が起こった場所を牟礼・高松とするのは、他に〈盛・四・松・南〉。〈覚〉「高松」。また、〈長〉は、一三ウ6該当部で「丹生の社、牟礼、高松郷をうちすぎて」とする。牟礼は、現高松市牟礼町牟礼。高松と共に現高松市北東部。「高松」は、一三ウ6「引浦…」注解参照。『吾妻鏡』元暦二年二月十九日条に「（義経が）今日辰剋、到二于屋嶋内裏之向浦一、焼二払牟礼・高松民屋一」と、ほぼ同内容が見える。

○一四オ6　**成良申ケルハ今ノ焼亡ハアヤマチニテハ候ワシ源氏ノ勢既ニ近付テ所々ニ火係テ焼払ト覚候定大勢ニテソ候ラン**　〈盛・松・南〉も同様に成良の発言を記すが、敵を大勢とする部分は、〈盛・松〉は「六万余騎」とし、〈南〉は不記。「アヤマチ」（失火）ではなく敵の放火だという発言は、他に〈四・覚〉にも見え、〈屋・中〉「焼亡ニテハ無リケリ。アハヤ、敵ノ既ニ寄候ゾヤ」（〈屋〉）も同内容といえよう。但し、これら諸本は、話者を〈四〉では「老キ軍兵共」とし、〈屋・覚・中〉は不記。また、失火ではないと判断した理由は、〈四・南・覚〉では既に夜が明け、あるいは昼だからというものだが、〈延・盛・松・屋・中〉では記されない（一四オ5「猿程ニ夜ノアケホノニ」注解で見たように、義経の急襲は夜明け頃のことである）。この焼亡記事を欠く〈長〉は、平家が避難した理由は、屋島に押し寄せた義経勢の騎馬が蹴上げる「塩花」（波しぶき）を大軍と見誤ったこととする。〈屋・中〉も焼亡の記事の前に同種の記事を記すが、焼亡との関係はわかりにくい。あるいは、波しぶきを見たことと焼亡の双方によって敵の来襲を判断したと読むべきだろうか。〈盛〉では、前段該当部で、山中で捕らえた文使いが「塩花」に言及していた（一三オ5注解参照）。〈松・南・覚〉では、平家が避難を始めた後で、波しぶきや白旗によって多勢と錯覚したことを記し、平家の運の尽きであったとする。〈延〉では一八ウ7に類似の描写があるが、こうした重要な位置を与えられていない。

○一四オ10　**先帝ヲ初進セテ女院北政所大臣殿以下ノ人々**　安徳天皇に付き添う女性として、建礼門院・北政所完子（基通室、清盛息女。一三オ7注解参照）を挙げる。〈盛〉「女院・二位殿」、〈四・松・南・屋・覚・中〉「女院・二位殿・北政所」（〈四〉）。〈長〉は「主上をはじめまいらせて、をの〳〵みな、めされにけり」とするのみ。大臣殿宗盛を女房達に続けて記す点は、「女院二位殿北政所以下女房達モ奉乗大臣殿父子同《ク》乗《リ下》」と記す〈四〉も類似。宗盛については、一四ウ4注解参照。

○一四オ10　屋嶋ノ御所《ノ》惣門ノ渚《ヨリ》御船《ニ》メス　「惣門ノ渚」は、〈盛・松〉同。〈長・四・南・覚〉「惣門の前の渚」（〈長〉）と同義だろう。屋島内裏の正門の前が海岸で、そこに船が多く泊めてあったとする。

○一四ウ1　去年《ノ》春一谷《ニテ》打漏サレシ人々平中納言教盛新中納言知盛修理大夫経盛新三位中将資盛讃岐中将時実小松新小将有盛同侍従忠房能登守教経此人々《ハ》皆船《ニ》乗給《フ》　船に乗った平家の人々（男性）の名を列挙するのは、他に〈盛・南・屋・中〉だが、〈南〉は時忠・知盛のみ、〈屋・中〉は時忠・教盛・経盛・知盛のみ。一方、〈盛〉は、宗盛・教盛・知盛・経盛・清宗が船に乗り、有盛・教経・忠房や侍達は城中に籠もったとして、独自。『平家物語』の屋島合戦は、基本的に義経が平家を屋島の拠点から追い出した戦いであり、合戦の初めに御所に火を放った源氏が陸を制し、海に逃げた平家と対峙する海陸の構図をとるが、〈盛〉では、詞戦の後の焼き払い（一三ウ6～注解対照表の「在家焼払」）までは、平家も城郭に拠った戦いを展開する、独自の形。

○一四ウ4　大臣殿父子ハ一《ッ》御船《ニ》乗給《ヘリ》　ほぼ同文は、〈盛・松・南・屋・覚・中〉に見られる。〈延〉の場合、一四オ10「先帝《ヲ》初進《セテ》女院北政所大臣殿以下ノ人々」とあったので、宗盛に関する記述が重複する。一四オ10と本項を合わせれば、宗盛と清宗が女房達と同じ船に乗ったことになろう。

○一四ウ5　右衛門督《モ》鎧キテ打立タムトセラレケルヲ大臣殿大ニセイシ給テ手ヲ取テ例《ノ》女房達《ノ》中《ニ》オワシケルソ憑《シ》ケナク大将軍カラモシタマワサル　類似記事は〈盛・松〉にあり。但し、「憑《シ》ケナク」以下は「イツマデト無慙ナレ」（〈盛〉）とあるのみで、「大将軍カラモシタマワサル」（大将軍らしさもなかった）の句はなし。〈盛〉の場合、前々項に見たように、小松家の公達や教経が城中に籠もったという独自記事に続くので、「右衛門督モ」の「モ」は、彼等と同様に清宗も城中で戦おうとした意ととれる。一方、〈延〉の場合、城中の戦いは描かないので、「右衛門督《モ》」の「モ」が何との並列を表現しているのかわかりにくい。原田敦史は、〈延〉と〈盛〉を比較し、〈盛〉の形でなければ意味が通じないとする。但し、城中の戦いを描くのは諸本中で〈盛〉のみなので、〈延〉が〈盛〉のような形からの派生と考えるには慎重さが必要だろう。この点、〈松〉も〈延〉と同様、城中の戦いは描かず、「右衛門督モ鎧着テ打出ントシ給ケルヲ」とある点は注意すべきである。〈松〉の場合、具体的に戦う人々の姿を描くわけではないが、人々に乗船を勧める成良の言葉（〈延〉一四オ9「御舟《ニ》メサレ候ヘシ」該当部）が、「急ギ御船ニ召、敵ノ勢ニ随テ舟ヲ差寄々々御合戦有ベシ」とあったので、そうした状況を受けて清宗も戦おうとしたと解することもできよう。〈延〉の形はやや不審だが、それが〈盛〉の形を前提としたものとは即断できない。

○一四ウ7　残ノ人々モ是《ヲ》見給《テ》ナキサ〳〵ニヨセヲイタル儲舟共《ニ》我先《ニト》諍乗《テ》或《ハ》七八丁計或一丁計息ヘ指出シテソオワシケル　類似の文は、〈四・松・南・屋・覚・中〉にあり。〈四〉「爾余人々我先乗或一町或七八段或四五段押《シ》出《シ》…」、〈松〉「其外ノ人々ハ思々ニ漕連テ、一町計押出シタル舟モ有リ、七八段、四五段、漕出タル舟モアリ」、〈覚〉「其外の人々おもひ〳〵にとりの（ッ）て、或は七八段、五六段などこぎいだしたる…」など。但し、「是《ヲ》見給《テ》」にあたる言葉はなし。〈延〉の場合、「是」が指す内容は、一四オ10以下の先帝をはじめとした人々の乗船、一四ウ1以下の主立った公達の乗船、前項の宗盛のふがいない有様など、種々に解し得るが、それら全体を指すと見ておくのが穏当か。また、〈延〉の「七八丁計或一丁計」は、右に引いた〈四・松〉などと比べるといささか奇異であり、「七八段計或一丁計」の誤りか。一町は約一〇九メートル、一段は約一一メートル。

2　義経勢の名乗と戦い

御舟《ニ》メサレツル惣門《ノ》前《ノ》　（一四ウ）9

渚ニ武者七騎馳来ル舟々ヨリ是ヲ見テアワヤ敵ヨセタリト

（一五オ）

訇ルメリ一番ニ進ミケル武者ヲミレハ赤地錦ノ直垂ニ紫スソコノ鎧ニ鍬形打タル白星ノ甲ニ濃《アツ》紅ノ布呂懸テ廿四指タル小中黒ノ矢ニ金作ノ太刀ハイテ滋藤ノ弓ノマ中取テ黒馬ノ太呈キニ白覆輪ノ鞍置乗テ打出タリ判官船方ヲマホラエテ一院御使鎌倉兵衛佐頼朝カ舎弟九郎大夫判官源義経ト名乗係テ波打際ニ馬ノ太腹ムナカヒツクシマテ打ヒテヽ大将軍ニ目ヲ係テ返セヤ〳〵トソ叫係タリケル大臣殿判官カ名乗係ヲ聞給テ此武者ハ聞ユル九郎ニテ有ケルソヤ僅ニ七騎ニテ有ケル物ヲ分取ニモ足サリケリ今暫モアリセハ打テシ物ヲ能登殿上リテ軍シ給ヘト宣ケレハ能登殿承

（一五ウ）

候ヌトテ三十余艘ニテ船ノ舳ニカヒタテカキテヲセヤコケヤトテ

押寄タリ判官船ニ向テ戦ケリ畠山庄司次郎重忠進出テ申ケルハ音ニモキケ今ハ目ニモミルラン武蔵国住人秩父ノ流畠山庄司次郎重忠ト云者ッ我ト思ワン者ハ出テ押並ヘテ組ヤト申テメイテ係ク同国住人能谷次郎直実同国住人平山武者季重一人ハ奥州住人佐藤三郎兵衛継信同舎弟佐藤四郎兵衛忠信一人ハ相模国住人三浦和田小太郎義盛一人ハ近江国住人佐々木四郎高綱七騎ノ者共我モ/\ト名乗係テ船ニ向歩出追物射ニ散々ニイル平家モヘヤカタニカヒタテカキテ　是モ散々ニ

〔イ〕ル七騎ノ人々馬ノ足ヲモヤスメ我身ノ息ヲモツカムトテハ渚ニヨセヲイタル舟ノカクレニ馳ヨテシハシ息ヲモ休メテケレハ又ハセ出シテ名乗係テ散々ニイル判官矢面ニ立テ我一人ト責戦ケレハ奥州住人佐藤三郎兵衛同舎弟四郎兵衛後

（一六オ）

2
3
4
5
6
7
8
9
10

1
2

藤兵衛実基同子息新兵衛基清等大将軍《ヲ》打セシトテ判官《ノ》面《ニ》立戦《ケリ》此《ニテ》常陸国住人鹿嶋六郎宗綱行方余一《ヲ》始《ト》シテ棟人《ノ》者共四十余人打レニケリ能登守ハ小船《ニ》乗《テ》スルリト指寄《テ》指ツメ〳〵射サセテ引退《ク》次《ニ》片岡兵衛経俊胸板《ノ》余《リヲ》射サセテ同引退《ク》次河村〔三〕郎能高内甲〔ヲ〕射サセテ矢《ト》共《ニ》落ニケリ

〔本文注〕

○一四ウ10　**是《ヲ》見《テ》アワヤ敵ヨセタリ**　「是《ヲ》見《テ》ア」は擦り消しの上に書く。「アワヤ敵」と書いて抹消したものか。

○一五ウ5　**能谷**　「能」、〈汲古校訂版〉も同様に読み、「熊」に訂する。〈吉沢版〉〈北原・小川版〉「熊」。

○一六オ5　**子息**　「子」は字体不審。

○一六オ10　**〔三〕**　「三」は虫損により「二」に見える。

〔釈文〕

御舟にめされつる惣門の前の渚に、武者七騎馳せ来たる。舟々より是を見て、「あはや、敵よせたり」と▼一五オ詈《ののし》るめり。一番に進みける武者をみれば、赤地錦の直垂に紫すそごの鎧に、鍬形打ちたる白星の甲に濃《アツ》紅の布《ほ》呂《ろ》懸けて、廿四指したる小中黒の矢に金作りの太刀はいて、滋藤の弓のま中取りて、黒馬の太く呈《たくま》しきに白覆輪の鞍置き乗りて、打ち出でたり。判官、船の方をまぼらへて、「一院の御使、鎌倉兵衛佐頼朝が舎弟、九郎大夫判官源義経」と名乗り係《か》けて、波打際に馬の太腹むながひづくしまで打ちひてて、大将軍に目を係《か》けて、「返せや返せや」とぞ叫び係《か》けたりける。大臣殿、判官が名乗り係《か》くるを聞き給ひて、「此の武者は聞こゆる九郎にて有りけるぞや。僅かに七騎にて有りける物を。分取りにも足らざりけり。今暫くもありせば、打ちてし物を。能登殿、上がりて軍《いくさ》し給へ」と宣ひければ、能登殿「承り▼一五ウ候ひぬ」とて、三十余艘にて、船の舳《へ》にかいだてかきて、「おせや、こげや」とて押し寄せたり。

判官船に向かひて戦ひけり。畠山庄司次郎重忠進み出でて申しけるは、「音にも聞け。今は目にも見るらん。武蔵国住人秩父の流れ、畠山庄司次郎重忠と云ふ者ぞ。我と思はん者は出でて押し並べて組めや」と申して、をめいて係《か》く。同国住人熊谷次郎直実、同国住人平山武者季重、一人は奥州佐藤三郎兵衛継信、同舎弟佐藤四郎兵衛忠信、一人は相模国住人三浦和田小太郎義盛、一人は近江国住人佐々木四郎高綱、七騎の者共、我も我もと名乗り係《か》けて、船に向かひて歩ませ出でて、追物射《おひものい》に散々に射る。平家も、舳・屋形に掻楯《かいだて》かきて、是も散々に▼一六オ射る。七騎の人々、馬の足をも休め、我が身の息をも継がむとては渚に寄せ、置いたる船の隠れに馳せ寄って、しばし息をも休めてければ、また馳せ出だして名乗り係《か》けて散々に射る。

判官矢面に立ちて我一人と責め戦ひければ、奥州住人佐藤三郎兵衛、同舎弟四郎兵衛、後藤兵衛実基、同子息新兵衛基清等、大将軍を打たせじとて、判官の面《おもて》に立ち戦ひけり。此にて常陸国住人鹿嶋六郎宗綱、行方余一を始めとして、棟人の者共四十余人打たれにけり。能登守は小船に乗りてするりと指し寄せて、指しつめ指しつめ射させて引き退く。次に片岡兵衛経俊、胸板の余りを射させて同じく引き退く。次に河村三郎能高、内甲《うちかぶと》を射させて、矢と共に落ちにけり。

〔注解〕

○一四ウ9　御舟ニメサレツル惣門ノ前ノ渚ニ武者七騎馳来ル

この「渚」は、一四オ10「屋嶋ノ御所ノ惣門ノ渚ヨリ御船ニメス」とあった、御所の惣門の前の海岸。平家の多くの船が沖に出て行った後、その海岸に義経勢が到着した。「七騎」は〈松〉同。〈長〉「一騎」、〈盛〉「五十騎」、〈四〉「五騎」、〈屋〉「六騎」。一方、〈南・覚〉は、「判官かたきに小勢と見せじと、五六騎、七八騎、十騎ばかりうちむれ〳〵いできたり」（〈覚〉）のように多数を描く。〈中〉「百きばかりにてをしよせたり。其中にむしや五きすゝみたり」。

ここでは義経を含めて「七騎」と読めるが、一五ウ２「畠山庄司次郎重忠進出テ…」以下では、義経の他に七名を挙げる。一五ウ２注解参照。

○一四ウ10　舟々ヨリ是ヲ見テアワヤ敵ヨセタリト訇ルメリ
　義経勢の来襲に対する平家の反応。〈盛〉では、「館ノ後ヨリ責寄」せた義経勢に対して「平家モ声ヲ合テ戦」とあるが、これは船に乗った人々ではなく、〈盛〉独自の記述である、城中に籠もった人々の応戦を描くものと読める（一四ウ１注解参照）。〈長・四・松・南・屋・覚・中〉は、この段階では平家のこうした反応を描かない。〈長・松・南・覚〉では、波しぶきや白旗によって敵を多勢と錯覚したことを、このあたりに記す（一四オ６注解参照）。

○一五オ１　一番ニ進ミケル武者ヲミレハ　以下に見るように義経を指す。義経が先頭を切ったとするのは、他に〈長・盛・四・松・屋・中〉。〈南・覚〉では、前々項に見たように「うちむれ〳〵」やって来た勢の一人とする。

○一五オ１　赤地錦ノ直垂ニ紫スソコノ鎧ニ鍬形打タル白星ノ甲ニ濃《アツ》紅ノ布呂懸テ廿四指タル小中黒ノ矢ニ金作ノ太刀ハイテ滋藤ノ弓ノマ中取テ　義経の装束。全体に〈盛・松〉が近似。以下、比較的近い異本のみ言及する。「赤地錦ノ直垂」は〈長・四・松・南・屋・覚・中〉同様だが、〈盛〉「紺地ノ錦直垂」。「紫スソコ」（紫裾濃）の鎧は、〈盛・四・松・覚・中〉、〈長〉「唐紅裾滋」、〈南・屋〉は「紅スソゴ」（〈南〉）。「鍬形打タル白星ノ甲」は、〈盛・松〉同。〈四・南〉は「白星」なし。白星は兜に打った釘の頭を銀で包んだもの。「濃《アツ》紅ノ布呂」は、〈盛・松〉ほぼ同。ホロ（母衣）は、背にかける大形の布帛。第五本・五五ウ４注解参照。「小中黒ノ矢」は〈盛〉同。矢羽の上下は白く、中央に小さく黒い部分があるもの。「金作ノ太刀」は〈盛・松・南・屋・覚・中〉同。「滋藤ノ弓」は〈盛・松・南・覚〉同。〈屋・中〉「塗籠籐」。全体に大将軍らしい装束といえよう。なお、『吾妻鏡』元暦二年二月十九日条も、「廷尉」（義経）に対する割注で、「著ニ赤地錦直垂・紅下濃鎧ニ」とする。

○一五オ３　黒馬ノ太逞キニ白覆輪ノ鞍置乗テ打出タリ　〈盛〉同。〈四・南・屋・中〉も同様だが鞍は「黄覆輪」。〈長〉「烏黒なる馬六寸ばかりなるに、金ぶくりんのくら」、〈松〉「黒馬ノ七寸ニハヅミ太ク逞キニ黄覆輪ノ鞍」。〈覚〉なし。『吾妻鏡』（前項に同）も「黒馬」とする。この黒馬は、後に継信の供養のために布施として僧に与える「大夫黒」（薄墨）であろう。一七ウ３以下の注解参照。

○一五オ５　一院御使鎌倉兵衛佐頼朝カ舎弟九郎大夫判官源義経　義経の名乗り。「一院御使」と名乗る点は、〈長・

四・松・南・屋・覚・中〉同。〈盛〉では義経自身は名乗らず、武蔵三郎左衛門有国の問に伊勢三郎義盛が「清和帝ノ十代ノ後胤八幡太郎義家ニ四代ノ孫、鎌倉右兵衛権佐殿御弟、九郎大夫判官殿」と答えて、詞戦に展開する。「鎌倉兵衛佐頼朝ヵ舎弟」は、この〈盛〉のみに共通。諸本、「一院御使」という意識が強いといえよう。宮田敬三は、義経の西海出陣には「院使」としての性格が強かったと見るが、そうした側面に関わるものと見ることもできようか。なお、〈長・四・松・南・覚〉では、この後に続いて源氏の武士たちが名乗ったとする。

〇一五オ6　波打際ニ馬ノ太腹ムナカヒツクシマテ打ヒテヽ大将軍ニ目ヲ係テ返セヤ〳〵トソ叫係タリケル　義経の描写。やや近いものに、〈四〉「昔音モ聞ッ今目《メ》モ見ヨヤ喚懸」があるが、名乗りの直後に、義経自身が海中に進んで行く様子は諸本に描かれない。「打ヒテヽ」は、水につかったさま。馬の太腹や胸まで水につかるほど、平家を追って海に入って行く様子。

〇一五オ8　此武者ハ聞ユル九郎ニテ有ケルソヤ僅ニ七騎ニテ有ケル物ヲ分取ニモ足サリケリ今暫モアリセハ打テシ物ヲ　宗盛の言葉。義経勢が少数だったのに、多数と見誤って逃げたことを悔やむ。平家の後悔を描く類似の記述は諸本に多いが、異同が目立つ。〈長〉では義経が五騎で現れて名乗った段階で、大将軍と知った平家の「あれ、うてや」という言葉はあるが、後悔が語られるのは、義経勢が四十余騎と描かれ、詞戦が交わされた後、教経の言葉。〈四〉では義経等が五騎で現れ、名乗った直後に平家の人々が「哀レ不トコツ討後悔」、その後、遅れ馳せの義経勢が四五十騎加わり、内裏を焼払った後、宗盛が「僅見《ミレ》二四五十騎トコツ口惜キ事哉」と後悔したとする。〈松〉では義経が七騎で名乗った後、「残リ四十余騎」も加わり、内裏焼払の後、宗盛の言葉。〈南・屋・覚・中〉では、内裏焼払の後、宗盛の言葉。このうち〈南・覚〉では、敵勢を「七八十騎」と知っての後悔だが、〈屋・中〉では少数だったと知ったとするのみで、兵数は不記。〈盛〉にはこうした後悔の言葉はない。〈延〉の場合、この段階でたった七騎の敵に反撃するのであれば、義経を討ち取る事も十分可能に見える点、文脈にやや無理があろうか。〈長・四・松・南・覚〉では、敵勢が少数だと気づいた時には、既に四十〜八十騎程度に増加していたので、簡単には討ち取れなかったと読める（この点は〈屋・中〉も基本的に同様）。また、〈長・四・松・南・屋・覚・中〉では、既に内裏が焼き払われていたとされる点も重要だろう。〈延〉ではこのあたりの記述に内裏焼払を記さないが、この後、一日目の戦いが終わったところで、「平家《ハ》御所《ハ》焼《レヌ》何《クニ》留ルヘシトモナケレハ焼内裏《ノ》前《ニ》陣《ヲ》トル」（二三オ8）とする。その後、伊勢三郎の言葉の中にも、虚構の報告ではあるが、「昨日屋嶋《ノ》御所落サレテ内裏焼払《テ》」（二六ウ9）とある。やはり内裏は焼かれていたわけであり、内裏焼払は屋島合戦の重要なポイントだったはずで、〈延〉には誤脱があるか（二三オ8注解参照）。〈覚〉「あはてゝ船にの《ツ》て、内裏をやかせつる事こそやすからね」のように、内裏を焼かせたことを後悔するのであれば、合理的な文脈といえよう。諸本の記事構成については、次項注解の対照表参照。

○一五オ10　能登殿上《リテ》軍《シ》給《ヘ》　教経に戦いを命ずる、宗盛の下知。〈四・松・南・屋・覚〉中〉も、これに近い位置に同様の下知を記すが、内裏焼払の後のこととする（前項注解参照）。一方、〈長〉は、詞戦の後、後悔した教経が自ら出陣したと描く。また、〈盛〉は該当の記述がなく、はるかに後の場面で、義経を討ち取れなかったことを残念がり、「相構テ九郎冠者ヲ目ニカケ給へ」と教経に命ずる記事があるが、文脈は大きく異なる記事といえよう。

　ここで、前項と本項に関わる諸本の記事を対照しておく（便宜的に継信最期までを記した）。「宗盛後悔」が前項、「宗盛下知」が本項にあたる記事。＊をつけて記したのは、義経勢の兵数に関わる記事（地の文の場合も平家の発話の場合もあるが、区別していない）。〈盛〉では、五十余騎で

〈延〉	〈長〉	〈盛〉	〈四〉	〈松〉	〈南・覚〉	〈屋・中〉
＊七騎	義経名乗	義経来襲	義経名乗	義経来襲	義経来襲	義経来襲
義経名乗	＊五騎	＊五十余騎	**平家後悔**	＊七騎	矢戦	矢戦
宗盛後悔	内裏焼払	詞戦	矢戦	矢戦	内裏焼払	内裏焼払
宗盛下知	＊四十余騎	矢戦	＊五騎	＊四十余騎	＊七八十騎	**宗盛後悔**
矢戦	矢戦	内裏焼払	＊四五十騎	内裏焼払	**宗盛後悔**	**宗盛下知**
継信最期	詞戦	源氏名乗	内裏焼払	＊四五十騎	**宗盛下知**	詞戦
	教経後悔	＊七騎	**宗盛後悔**	**宗盛後悔**	詞戦	継信最期
	継信最期	源氏遅着	**宗盛下知**	**宗盛下知**	継信最期	
		那須与一	詞戦	＊五十余騎		
		景清錣引	継信最期	詞戦		
		弓流		継信最期		
		盛嗣錣引				
		宗盛下知				
		継信最期				

攻め寄せたと記してから詞戦などの多くの記事を挟んだ後に義経以下七騎の名乗りを記す、錯雑した構成。

○一五オ10　能登殿承候ヌトテ三十余艘ニテ船ノ舳ニカヒタテカキテヲセヤコケヤトテ押寄タリ　教経が船で義経勢に攻めかかったとする記事は諸本に共有される。但し、前項に見たように、〈長〉は宗盛の下知によるとせず、〈盛〉ははるか後の位置に置き、性格が異なる記事。伴った軍勢を「三十余艘」とする点、〈盛・松〉「三十余人」、〈中〉「小舟百そう」がやや似るか。〈四〉「五百余騎」、〈南〉「五百余人」、〈屋〉「二百余人」。〈長・覚〉なし。

○一五ウ2　判官船ニ向テ戦ケリ　以下、義経側の攻撃を中心に、源平の戦いを描く。前々項注解の対照表では「矢戦」。〈盛〉は、「義経来襲」で義経の装束を描いた後、詞戦を挟んで「東国之輩、九郎判官ヲ先トシテ、土屋小次郎義清…」と義経勢を列挙する。

○一五ウ2　畠山庄司次郎重忠進出テ申ケルハ…　義経は七騎で現れたとあった（一四ウ9注解参照）。以下はその七騎にあたるはずだが、畠山重忠・熊谷直実・平山季重・佐藤継信・佐藤忠信・和田義盛・佐々木高綱と七名が記され、義経を入れると八騎となる。これに近い名を記すのは〈盛〉。〈盛〉の場合、前掲対照表の「詞戦」と「矢戦」の間に、土屋義清・後藤実基・後藤基清・小河資能・諸身能行・椎名胤平と、独自性の強い人名を列挙するが（後藤実基のみ〈屋・覚・中〉にも見える）、その後、「内裏焼払」の後に「源氏名乗」記事、即ち畠山重忠・熊谷直実・平山季重・土肥実平・和田義盛・佐々木高綱の名乗りを記す。後者は〈延〉の挙げる佐藤兄弟に代わって土肥実平を入れた形である。〈延〉の場合、佐藤兄弟を除いて、三ウ4以下に義経勢名寄せとして記されていた者達の範囲内であり、その意味で矛盾はない。〈盛〉の場合も、該当の名寄せで土肥実平や熊谷直実を欠いていたが基本的に同様のことがいえる。しかし、むしろ義経の側近である佐藤兄弟の名を挙げるのは自然だが、畠山重忠や和田義盛のような大武士団の棟梁がたった一騎で行動しているのは不自然であり、熊谷直実・平山季重・佐々木高綱は、著名な武士を挙げているだけのようにも見える。個々の人名については、以下で注解を加える。

　また、〈長・四・松・南・屋・覚・中〉も、この前後で四、五名の名を記すが、畠山重忠を挙げるのは〈松〉のみであり、熊谷直実・平山季重・佐藤継信・佐藤忠信・和田義盛・佐々木高綱の名は見えない。これら諸本が挙げるのは、次のような者達である。

・鹿島六郎惟明…〈長〉。〈四〉「家綱」、〈松〉「宗綱」。
・金子十郎家忠…〈四・松・南・屋・覚・中〉。〈長〉「家貞」。
・金子与一親範（近則）…〈四・松・南・屋・覚・中〉。〈長〉「家忠」。
・伊勢三郎義盛…〈長・四・松・南・屋・覚・中〉。
・後藤兵衛実基…〈屋・覚・中〉。

これらの名の一部は、〈延〉では、この後に記す。後藤実基は義経の矢面に立って戦ったとあり（一六オ4）、鹿島六郎は討たれたとある（一六オ6）。

○**一五ウ3　武蔵国住人秩父ノ流畠山庄司次郎重忠**　前項注解のように、ここでは他に〈盛・松〉が記す。重忠については三ウ6注解参照。

○**一五ウ5　能谷次郎直実**　「能」は「熊」とあるべき。〈盛〉にも見える。名寄せにも見えていたが（四オ8注解参照）、屋島合戦では他に具体的な活躍は描かれない。

○**一五ウ6　平山武者季重**　〈盛〉にも見える。名寄せにも見えていたが（四オ8注解参照）、屋島合戦では他に具体的な活躍は描かれない。

○**一五ウ6　奥州佐藤三郎兵衛継信同舎弟佐藤四郎兵衛忠信**　ここでは他本に見えず、〈延〉の名寄せにも見えなかったが、義経の側近であり、継信はこの直後に義経の身代わりになって討たれるので、ここに名があることは不自然ではない。

○**一五ウ7　三浦和田小太郎義盛**　〈盛〉にも見える。名寄せにも見えていたが（三ウ10「和田小太郎義盛」）、『吾妻鏡』元暦元年八月八日条や同二年正月二十六日条、三月九日条などにより、実際には範頼勢の中にいたと見られる。三ウ10注解参照。

○**一五ウ8　佐々木四郎高綱**　〈盛〉にも見える。名寄せにも見えていたが（四オ2注解参照）、屋島合戦では他に具体的な活躍は描かれない。

○**一五ウ10　平家モヘヤカタニカヒタテカキテ**　「ヘヤカタ」は、船の「舳、屋形」即ち船の舳先と船上の屋形部分。一五ウ1「船ノ舳ニカヒタテカキテ」と重複気味。〈盛〉では、右の重忠らの名乗りの前に、「平家ハ兼テ海上ニ舟ヲ浮べ、舳屋形ニ垣楯掻タリケレバ」とある。

○**一六オ3　判官矢面ニ立テ我一人ト責戦ケレハ**　義経が先頭を切って攻め寄せたとする記事は多くの本に見えるが（一五オ1注解参照）、ここで再び「我一人ト責戦」姿を描くのは〈延〉のみ。

○**一六オ4　奥州住人佐藤三郎兵衛同舎弟四郎兵衛後藤兵衛実基同子息新兵衛基清等大将軍ヲ打セシトテ判官ノ面ニ立**

戦ケリ　類似記事は〈長・四・松〉に見える。〈長〉では、内裏焼払の後、一五オ10対照表に「＊四十余騎」とした位置に、「残の兵」として、後藤実基父子・佐藤兄弟に加えて「片岡兵衛経忠」の五騎の名乗りを記し、「四十余騎の兵ども、我おとらじとぞかけたりける」とする。〈四〉では、義経等五騎の名乗りの後、「＊四五十騎」とした位置に、「送レ馳勢四五十騎出来ル」として、佐藤兄弟と後藤父子の名乗りを記し、内裏焼払へと続く。〈松〉では、義経等七騎の名乗りの後、矢戦を挟んで、「残リ四十余騎モ馳著タリ」として、佐藤兄弟と後藤父子の名乗りを記し、内裏焼払へと続く。〈四・松〉のように、先の五〜七騎の名乗りの後に遅れて着いた勢として記せばわかりやすいが、〈延〉の場合、そうした説明がなく、先の名乗りの中にはいなかった後藤父子が突然登場する点、わかりにくい。その問題は、次項以降の鹿嶋六郎等も同様である。なお、後藤兵衛実基・基清については、三ウ7注解参照。後藤実基父子は、〈盛〉では詞戦の後で名乗る六騎のうちに登場。〈南・覚〉では、実基が内裏を焼き払う古兵として描かれる（〈屋・中〉では最初に攻め寄せた兵の一人）。

○一六オ6　此ニテ常陸国住人鹿嶋六郎宗綱行方余一ヲ始トシテ棟人ノ者共四十余人打レニケリ　「鹿嶋六郎」は、〈長・四・松〉では、義経と共に名乗った者の一人。「宗綱」は〈松〉同。〈長〉「惟明」、〈四〉「家綱」。〈盛〉は巻四二後半、那須与一などの話題が終わった後、継信最期の直前に、源平の激戦を描く中で、「常陸国住人鹿嶋六郎宗綱、行方六郎、鎌田藤次光政ヲ始トシテ十余人ハ討レニケリ」と、位置は大きく異なるものの〈延〉に類似する記事がある。〈盛〉では、巻三五冒頭の義仲攻めの東国勢名寄でも、義経勢の中に「鹿島六郎維明」の名がある。『吾妻鏡』では、文治五年八月十二日条以下に、「鹿島六郎」の名が見えるが、この人物は建久二年十二月二十六日条では鹿島社に神馬を送る役を仰せつかっているので、討死はしていない。坂東平氏、常陸大掾維幹の子孫の鹿島氏か。なお、〈延〉では第五本・一六オ9以下に「佐々木郎等ニ鹿嶋与一ト云天下一ノ潜ノ上手」が登場していたが、これは佐々木の郎等なので別人か。また、「行方余一」は、〈長・四・松〉には見えないが、右記〈盛〉巻四二後半記事の「行方六郎」にあたるか。未詳だが、常陸国行方郡（現茨城県東南部）の住人か。

○一六オ7　能登守ハ小船ニ乗テスルリト指寄テ指ツメ〳〵射サセテ引退ク　教経が奮戦する展開は諸本に見られる。〈四・松・南・屋・覚・中〉では基本的に同様の展開だが、〈長〉では宗盛下知ではなく、教経自身が後悔して戦う点や、〈盛〉では該当記事がはるかに後の位置にある（一五オ10注解対照表の「宗盛下知」の後）。なお、〈長〉では教経が「船いくさはやうあるものぞ」と言いながら「なぎさに飛おりて」戦う点は不審であり、また、教経の主な活躍は、むしろ継信最期の後に描かれる点は独自（なお、「船いくさはやうあるものぞ」は、〈四・南・屋・覚・中〉では海戦に適した軽装を描く記述に続く）。一方、〈延〉の場合、「能登守」が「引退ク」とするのは独自であり、また、「指ツメ〳〵」の後に「射サセテ」（「射られて」の意）とあるのは不審。誤脱があろう。比較的近い本文として、〈盛〉「能登守ハ心モ甲ニ力モ強ク、精兵ノ手聞ナリ。（中略）指詰々々射ケル矢ニ、武蔵国住人河越三郎宗頼、目ノ前被レ射テ引退。次ニ片岡兵衛経俊、胸板イラレテ引退ク」があり、〈延〉は、この傍線部を脱落させたものである可能性が強い（原田敦史指摘）。なお、擬態語「スルリト」については、八ウ2注解参照。

〇一六オ9　次ニ片岡兵衛経俊胸板ノ余リヲ射サセテ同引退ク次河村〔三〕郎能高内甲〔ヲ〕射サセテ矢ト共ニ落ニケリ

〈長〉は継信最期の後で、片岡兵衛経忠・新兵衛基清など「くきやうのもの五六騎」が教経の矢で射落とされたとし、「其日、判官、いくさにまけて引退けり」と結ぶ。教経の活躍は諸本に描かれるが、それによって義経が「いくさにまけ」たと描く点は独自（但し〈松〉は義経が七騎に討ちなされたと描き、多少類似する面がある）。川鶴進一は、〈長〉にはこの後、平家夜討の中止を屈折点として優劣が入れ替わる独自の構図があると指摘する。〈盛〉は、前項注解にも見たように、巻四二後半の記事で、河越宗頼、片岡経俊、河村能高、大田重綱が教経に射られて引退く。〈松〉では、継信最期の後に「武蔵国住人片岡ノ兵衛経俊」、「同国住人河越三郎宗頼」が、教経に射落とされる記事がある。〈四・南・屋・覚・中〉では、教経に射落とされた者を描く中に片岡経俊・河村能高に該当する人物は見当たらない。「片岡兵衛経俊」は未詳だが、片岡経春の一族か。片岡氏は千葉氏一族で、常陸国鹿島郡片岡（現茨城県石岡市）を本拠とする。前々項の鹿嶋六郎等と共に、このあたりでは常陸国の武士の登場が目立つ。河村三郎能高も未詳だが、石橋山合戦で平家方についていた「川村三郎」か。第二末・五六ウ6注解参照。藤原秀郷流波多野氏。相模国足柄上郡河村郷を本拠地とする。

3 継信最期

其時奥(一六オ)

(一六ウ)
州ノ佐藤三郎〔兵〕衛継信ハ黒革縅ノ鎧ニ黒ツハノ征矢ヲ
ウテ黒鴾毛ナル馬ニ乗テ蒐出タリケルカ頸ノ骨ヲ射サ
セテマ逆ニ落ニケリ能登殿ノ童ニ菊王丸トテ大力ノ早
者ニテ有ケルカ元ハ能登守ノ兄越前ノ三位ノ召仕ケルカ三
位湊川ニテ打レ給テ能登守ニ付タリケリ萌黄ノ腹巻ニ
左右ノ小手指シテ三枚甲ノ緒ヲシメテ大刀ヲヌキ船ヨリ
飛下テ佐藤三郎兵衛カ頸ヲ取ントテ打カヽル所ヲ弟
佐藤四郎兵衛ヨリハアワテ立留テヨ引テ射箭ニ菊王
丸カ腹巻ノ引合ヲツト射ヌク一足モ引スウツフシニ倒レニケリ

能登守是ヲ見テ太刀ヲヌキテ船ヨリ飛下テ童カカ

（一七オ）

〔イ〕ナヲムスト取テ船ヘ投入給ケレハ童ハ船ノ内ニテ死ニケリ佐藤三郎兵衛継信ハ僅ニ目許ハタラキケルヲ肩ニ引カケテ判官ノオワスル所ヘ来ル判官継信カ枕上ニ近ヨテ義経ハコヽニ有ソ何事カ思置事アル一所ニテトコソ契タリシニ汝ヲ先ニ立ツルコソ口惜ケレ義経若イキ残リタラハ後世ヲハイカニモ訪ワンスルソ心安ク思ヘト宣ケレハ継信ヨニ苦シケニテ気吹出シテ弓矢ヲ取男ノ敵ノ矢ニ中テ死ル事ハ存儲タル事ニ候全ク恨ト存候ワス但奥州ヨリ付進セ候ツルニ君ノ平家ヲ責落給テ日本国ヲ手ニニキラセ給今ハカウト思食シ候ワンヲ見進テ候ハヽイカニウレシク候ワン今ハ夫ノミソ心ニ係リ

（一七ウ）

テ覚候ヘト〔申〕ケレハ判官聞給テ涙ヲ浮テ誠ニサコソ思ラメ

ト宣ケルホトニ継信ハヤカテ息タヘニケリ奥州ヨリ判官上給ケル時秀衡カ献リタリケル貞信カヲキ墨ノ朱ト申黒馬ノスコシチヒサカリケルカ名ヲハ薄墨ト申テ早走ノ逸物也一ノ谷ヲモ此馬ニテ落シ軍コトニ此馬ニ乗テ一度モ不覚シ給ハサリケレハ吉例トモ名付ラレタリ判官ノ五位ノ尉ニ成給ケル時モ此馬ニ乗給ヘリケレハ余リニ秘蔵シテ大夫黒トモ名付ラレタリ身モハナタシト思給ケレトモ佐藤三郎兵衛カ悲クオホサレタリケル余ニ此馬ニ黄覆輪ノ鞍ヲ置テ近キ所ヨリ僧ヲ請シテ志計ハイカニトオホセトモカヽル軍場ナレハ不力及㆒

（一八オ）

コヽニテ一日経ヲ書テ佐藤三郎兵衛カ後生能々訪給ヘト宣ケレハ是ヲ見聞ケル兵共皆涙ヲ流テ此殿ノ為ニハ命ヲ捨ル事不惜㆒トソ各ノ申合ケル

【本文注】

○一七ウ2　ホトニ　「ホ」は字体不審だが、書き損じて訂正したものか。

〔釈文〕

其の時奥▼[一六ウ]州の佐藤三郎兵衛継信は、黒革綴の鎧に黒つばの征矢おうて、黒鴇毛《くろつきげ》なる馬に乗りて蒐《か》け出でたりけるが、頸の骨を射させて、ま逆《さかさま》に落ちにけり。能登殿の童に菊王丸とて、大力の早者にて有りけるが、元は能登守の兄、越前の三位の召し仕ひけるが、三位湊川にて打たれ給ひて、能登守に付きたりけり。萌黄の腹巻に左右の小手指して、三枚甲の緒をしめて、太刀をぬき、船より飛び下りて、佐藤三郎兵衛が頸を取らんとて打ちかかる所を、弟佐藤四郎兵衛、よりはあはで立ち留まりて、よつ引いて射る箭に、菊王丸が腹巻の引合をつと射ぬく。一足も引かず、うつぶしに倒れにけり。能登守是を見て、太刀をぬきて船より飛び下りて、童がか▼[一七オ]いなをむずと取りて、船へ投げ入れ給ひければ、童は船の内にて死にけり。

佐藤三郎兵衛継信は、僅かに目許《ばか》りはたらきけるを、肩に引きかけて判官のおはする所へ来る。判官、継信が枕上に近よつて、「義経はここに有るぞ。何事か思ひ置く事ある。一所にてとこそ契りたりしに、汝を先に立つるこそ口惜しけれ。義経若《も》しいき残りたらば、後世をばいかにも訪《とぶら》はんずるぞ。心安く思へ」と宣ひければ、継信よに苦しげにて気吹《いき》き出だして、「弓矢を取る男の、敵の矢に中《あた》りて死ぬる事は、存じ儲けたる事に候ふ。全く恨みと存じ候はず。但し奥州より付き進せ候ひつるに、君の平家を責め落とし給ひて、日本国を手ににぎらせ給ひ、今はかうと思し食し候はんを見進《まゐ》らせて候はば、いかにうれしく候はん。今は夫《それ》のみぞ心に係り▼[一七ウ]て覚え候へ」と申しければ、判官聞き給ひて、涙を浮かべて、「誠にさこそ思ふらめ」と宣ひけるほどに、継信はやがて息たえにけり。

奥州より判官上り給ひける時、秀衡が献りたりける、貞信が「をき墨の朱」と申す黒馬の、すこしちひさかりけるが、名をば「薄墨」と申して、早走りの逸物也。一の谷をも此の馬にて落とし、軍ごとに此の馬に乗りて、一度も不覚し給はざりければ、「吉例」とも名付けられたり。判官の五位の尉に成り給ひける時も、此の馬に乗り給へりければ、余りに秘蔵して「大夫黒」とも名付けられたり。身もはなたじと思ひ給ひけれども、佐藤三郎兵衛が悲しくおぼされたりける余りに、此の馬に黄覆輪の鞍を置きて、近き所より僧を請じて、「志《こころざし》計《ばか》りはいかにとおぼせども、かかる軍《いくさ》場《ば》なれば力及ばず。一八オ▼ここにて一日経を書きて、佐藤三郎兵衛が後生能々《よくよく》訪ひ給へ」と宣ひければ、是を見聞ける兵共、皆涙を流して、「此の殿の為には命を捨つる事惜しからず」とぞ各の申し合ひける。

〔注解〕

○一六オ10　其時奥州ノ佐藤三郎〔兵〕衛継信ハ…　以下、本節は継信最期。諸本に基本的に共通し、屋島合戦の中で比較的早い位置に置かれることが多いが、〈長・四〉では詞戦の後、〈盛〉では一日目の戦いの最後に置かれる（本段冒頭一三ウ6～注解及び一五オ10注解の対照表参照）。継信最期は、いわゆる「八島語り」（一三ウ6～注解参照）の中でも中核的な位置を占める話題であり、謡曲「摂待」や幸若舞曲「八島」をはじめ、義経一行（特に弁慶など）が、継信の最期をその老母の尼公に語って聞かせる趣向の物語は多く、『義経記』や『義経東下り物語』『義経北国落絵巻』の類にも取り入れられている。室町時代に、体験者が合戦物語を語るという物語の枠組みで盛んに語られたと見られる。本話は同時に、奥州佐藤一族の後裔の僧（名は「信空」「空信」など）が、屋島の継信の墓を訪ね、墓の中の継信と歌の付け合いをするという伝承を伴った形でも、『屋島壇浦合戦縁起』（後藤丹治・井川昌文、紹介・翻刻）や番外謡曲「屋島寺」、「屋島軍断簡」（武久堅紹介）、『讃州府史』、『金毘羅参詣名所図絵』などに見られる。この形態も奥州佐藤一族にまつわる中世の伝承として、「八島語り」に関わると見られた時期もあった。だが、岩崎雅彦は、『屋島壇浦合戦縁起』は慶長十六年（一六一一）から始まった屋島寺の勧進に利用するために作成されたものであり、墓前の付け合いは、石屋和尚（曹洞宗の石屋真梁）と継信霊の和歌贈答とする『月庵酔醒記』に見られる形が本来のものであると指摘、『月庵酔醒記』のような伝承が改作されたものと推定した。その後、大橋直義は、中世の屋島寺が西大寺流の律院であったことから、「信空」には、一四世紀最初期に讃岐国に西大寺流の教線拡大に努めた西大寺二世長老慈道房信空の名が想起されていた可能性が高いとし、また、『屋島壇浦合戦縁起』において贈答が行われたとする至徳元年（一三八四）は、芸能の八島ものにおいて合戦が行われたとする元暦元年（一一八四）の二百年後にあたる年でもあり、この時に屋島寺において西大寺流による勧進活動が実際に行われた可能性もあるとした。

〇一六ウ2　黒鴾毛ナル馬ニ乗テ蒐出タリケルカ　継信は、前節一六オ6では、「判官ノ面ニ立戦ケリ」とされていた。その状態は、〈覚〉に「(郎等達が) 大将軍の矢おもてにふさがりければ、(教経は) ちから及び給はず、「矢おもての雑人原、そこのき候へ」とて…」とあるように、義経の前に立ちふさがっていたと解されるものだが、ここでは、そこから前方に駆けだしたとするようである。〈長〉では、「佐藤三郎兵衛次信とて、かゝりけるを」とあり、義経を守ろうとしたのではなく、教経に向かって突進して射られたと読める。〈盛〉でも、義経勢の河越宗頼・片岡経俊・河村能高・大田重綱らが、次々に突撃しては教経に射られて引き退いたと描かれる中で、継信も射られたもので、義経をかばって静止した状態で射られたわけではない。〈長・盛〉のような描き方の方が合理的な面があり、この後、菊王丸が継信の首を取りに来る記述とのつながりからは、継信は義経からある程度離れた所にいたと考える方が自然であろう。継信が、多くの武士達と共に義経のすぐ近くにいたとすれば、菊王丸が単身でその首を取りに来るのは、無謀すぎる行動となるからである。〈四・松・南・屋・覚・中〉では、教経の矢から義経を守ろうとして立ちふさがっていたと読め、菊王丸の行動には不審が残る。後代では、継信は義経の身代わりとなって討たれたとするのが一般的。幸若舞曲「八島」では、教経と対峙した義経の前に、継信がただ一騎で立ちふさがり、「能登殿の大矢を真直中に受けとめて、死んで閻魔の庁にて訴へにせん」と呼びかけ、討たれる。謡曲「摂待」では、継信が教経の前で「義経これにありや」と名乗って討たれたと、話が発展している。屋島寺蔵『屋島檀浦合戦縁起』(前項注解参照) は、基本的には〈盛〉に依拠して作られたものだが、この場面では継信は「能登殿ノ大箭ヲ胸板ニ請ケ留メ名ヲ後代ニ残サン」と呼ばわり、義経の身代わりとなったと描く。幸若舞曲の影響であろう。その他、番外謡曲「次信」、同「屋島寺」などでも、次信は義経の身代わりとなったとされる。

〇一六ウ2　頸ノ骨ヲ射サセテマ逆ニ落ニケリ　継信が射られた箇所、〈盛〉同様。〈長〉「弓手のわきをめてへつといさせて」、〈四・松・南・覚〉「弓手ノ肩ヲ妻手ノ脇ヘツト射トヲス」(〈南〉)。〈屋〉「胸板後ヘ被二射出一テ」、〈中〉「よろひのひきあはせ、うしろへつとい出されて」。〈四・松・南・覚〉や〈屋・中〉では、教経の強弓ぶりがより強調されているといえようか。なお、〈屋〉のように「胸板」とする点は、幸若舞曲「八島」などに似る。幸若舞曲「八島」

は、胸板から鎧の背の押付に射通されたとし、謡曲「摂待」では、鎧の胸板に当たった矢が、背を抜けて、後ろに射た義経の鎧の草摺に当たったとする（一人を射通した矢がもう一人に当たるという空想的な描写は、『保元物語』で為朝の放った矢が、弟伊藤六郎を貫通し、後にいた兄伊藤五郎の鎧の袖に当たって止まったという記述を想起させる）。

○一六ウ3　能登殿ノ童ニ菊王丸トテ大力ノ早者ニテ有ケルカ　以下、菊王丸が継信の首を取ろうとして駆け寄り、忠信に射られる展開は、諸本同様。「早者」は〈長・四・松・南・覚〉「かうのもの」（〈長〉）。「甲者」の誤りだろう。〈盛・屋・中〉該当句なし。また、〈南・屋・覚・中〉は生年十八歳とする（〈覚〉は菊王丸の死後に記す）。なお、幸若舞曲「八島」、謡曲「摂待」「次信」「屋島寺」、『屋島檀浦合戦縁起』なども菊王丸を登場させる。幸若舞曲・謡曲などは、菊王丸の剛勇にはあまり触れないが、幸若舞曲「八島」及び『屋島檀浦合戦縁起』では、義経の命に代わろうとする継信を殊勝と見て討つのをためらう教経に、佐藤兄弟は剛の者であるから討てと進言するのが菊王丸。

○一六ウ4　元ハ能登守ノ兄越前ノ三位ノ召仕ケルカ三位湊川ニテ打レ給テ能登守ニ付タリケリ　〈盛・四・松・南・覚・中〉に同様の記述あり（〈南・覚・中〉は菊王丸の死後に記す）。〈長・屋〉なし。「越前ノ三位」は通盛。なお、第五本・廿七「越前三位通盛被討給事」に菊王丸は登場しない。

○一六ウ5　萌黄ノ腹巻ニ左右ノ小手指シテ三枚甲ノ緒ヲシメテ大刀ヲヌキ　「萌黄ノ腹巻」は、〈盛・四・松・南・屋・覚・中〉ほぼ同。〈長〉「あさぎ糸をどしのはらまき」。「左右ノ小手」は、〈盛・松〉同様、〈長・四・南・屋・覚・中〉なし。「三枚甲」は〈盛・四・松・南・覚・中〉同様、〈屋〉「甲」のみ、〈長〉なし。三枚下がりの錣が付いている兜〈日国〉。「大刀」は、〈盛・松〉「太刀」、〈四〉「大太刀」、〈南〉「長太刀」。〈屋・覚〉「長刀」、〈中〉「大長刀」。

○一六ウ8　菊王丸カ腹巻ノ引合ヲツト射ヌク　「腹巻ノ引合」を射たとする点、〈長・盛・四・松・南・屋・覚・中〉同。但し、京師本・葉子十行本・流布本などは「草摺のはづれ」を射られたとし、相沢浩通によれば、八坂系二類本A種の彰考館本・秘閣粘葉本も「草摺のはづれ」。幸若舞曲「八島」、謡曲「屋島寺」は「膝口」、「摂待」は「真中」、「次信」は「弓手の脇より目ての脇」。「腹巻の引合」を、〈評講〉などは背中の合わせ目とする。しかし、本来「腹巻」は右脇引合せ構造であったが、鎌倉時代末期により簡便な背面引合せ構造の鎧が出現し、それが「腹巻」と呼ばれるようになると、本来の腹巻は「胴丸」と呼ばれるようになり、「腹巻」は背面引合せ構造のものをいうと理解されるようになった。すると前方から走り懸かる菊王丸に対して、忠信は、背面にある引合せを射たこととなり、極めて不自然なことになるため、「ひざの口」や「草摺のはづれ」などへと改変されたのであろう（相沢浩通）。

○一六ウ10　能登守是ヲ見テ太刀ヲヌキテ船ヨリ飛下テ童カカ〔イ〕ナヲムスト取テ船ヘ投入給ケレハ童ハ船ノ内ニテ死ニケリ　菊王丸を船に投げ入れたとする点、〈長・盛・四・松・南・覚〉同様。〈屋・中〉は投げたとはせず、「菊王ヲ提テ船ヘ乗給フ」（〈屋〉）とする。〈四・南・覚〉や〈屋・中〉では、死因は矢傷であると読め、〈延〉や〈松〉「舟ヘ投入給ヘバ、童ハ即死ニケリ」も、同様に読むのが穏当か。しかし、〈長〉「かたきにくびをばとられねども、いたでをひたるものをつよくなげられて、なじかはたすかるべき、やがて船のそこにてしにゝけり」、〈盛〉「暫シハ生ベクヤ有ケンニ、余強被レ抛テ、後言モセズ死ニケリ」では、矢傷もさることながら、教経に強く投げられたことが直接の死因であるように読める。謡曲「次信」の「いた手は負たり。大力に投られて」も、〈長・盛〉に近い。幸若舞曲「八島」では、「この手にて看病するならば、死ぬまじかりつる者なれども、大力に船の船枻《せがい》にしたゝかに投げ付けられて、頭微塵に砕けて、遂にはかなく成つたりけり」と、投げられたために頭が砕けたとまでいう。〈延・松〉も、これらに類似の読み方をする可能性もあるか。なお、〈南・屋・覚・中〉は、菊王丸を討たれたために教経が戦意を喪失したと描き、教経の菊王丸に対する強い愛情を感じさせる。佐伯真一17は男色を描いた箇所と見る。

○一七オ1　佐藤三郎兵衛継信ハ僅ニ目許ハタラキケルヲ肩ニ引カケテ判官ノオワスル所ヘ来ル　〈延〉は誰が継信を「肩ニ引カケ」たのか、わかりにくい。〈盛〉は「忠信ハ此間ニ、兄ノ継信ヲ肩ニ引懸、泣々陣ノ中ヘ負入タリ」と、弟の忠信の所為とする。〈四・松・南・屋・覚・中〉は、義経が郎等に命じて、継信を陣中に運び入れさせたと読める。〈長〉この記述なし。

○一七オ7　弓矢ヲ取男ノ敵ノ矢ニ中テ死ル事ハ存儲タル事ニ候…

以下、継信の遺言。〈延〉では、①武士として戦場で落命することの覚悟、②主君の栄光を目にできない心残りを語る。〈長〉では、③この死は末代までの名誉であると語った後、②を語る。〈盛〉では、①の後、④故郷の老母を案ずる思いと②をからめて語る（次項注解参照）。〈松〉は①③②、〈四・南・覚〉は②①③、〈屋・中〉は④②を語る。④の故郷の老母を思いやる言葉について、渥美かをる、〈全注釈〉〈集成〉などは、主として〈屋〉と〈覚〉との相違の問題ととらえ、〈屋〉のような素朴な人情味のある記述を、武人的英雄化を図って書き変えたのが〈覚〉であると見た。〈集成〉は、そこから能「摂待」などへの展開も想定する。一方、島津忠夫は、「摂待」や幸若舞曲「八島」など、継信の老母の物語から「尼公に語るという形の一つの語り」の存在を想定し、「その語りとの交わり」によって、老母への思いを語る『平家物語』諸本が作られたと見た。また、麻原美子は、文治五年の奥州攻めの際に捕縛された佐藤兄弟の父・佐藤基治（『吾妻鏡』同年十月二日条に赦免記事あり）の助命嘆願のために嘆願書が提出され、それが佐藤兄弟の母をめぐる物語の原型となった可能性を想定した。

〇一七オ8　**奥州ヨリ付進セ候ツルニ**　〈盛〉は、「老タル母ヲモ捨置、親キ者共ニモ別テ、遥ニ奥州ヨリ付奉シ志ハ…」と、主君の栄光を目にできない心残りにつなげる。〈長・四・松・南・屋・覚・中〉では、奥州に言及しない。『吾妻鏡』治承四年十月二十一日条、義経が初めて頼朝に参じた記事に、「秀衡失二悋惜之術一、追而奉レ付二継信・忠信兄弟之勇士一云々」と見える。

〇一七ウ1　**判官聞給テ涙ヲ浮テ誠ニサコソ思ラメト宣ケルホトニ**　〈延〉では継信の遺言に対する義経の言葉はごく簡略。〈長・四・南・屋・覚・中〉は、義経の言葉を記さない。一方、〈盛〉では、「敵ヲ亡サン事ハ不レ可レ経二年月一。義経世ニアラバ、汝兄弟ヲコソ左右ニ立ント思ツルニ」と述べて手を取り合って泣き、継信は「穴嬉」と言って亡くなったとする。〈松〉も〈盛〉と同様の展開だが、義経の言葉がより詳しく、「後世ヲバ能々訪申ベシ。冥途ノ旅心安フ思ハレヨ」を加えている。

〇一七ウ2　**継信ハヤカテ息タヘニケリ**　継信の享年について、〈延・長・盛・四・松・南・覚〉は記さないが、〈屋・中〉に「廿八」とある。

〇一七ウ3　**貞信カヲキ墨ノ朱ト申黒馬ノスコシチヒサカリケルカ名ヲハ薄墨ト申テ早走ノ逸物也**　「貞信カヲキ墨ノ朱」はわかりにくいが、〈盛〉「貞任ガヲキ墨ノ末トテ、墨キ馬ノ少シチイサカリケルガ」、〈松〉「貞任ガ息墨ノ末ニ、薄墨トテ黒キ馬ノ七寸ニ余リ」によれば、安倍貞任が乗っていた「ヲキ墨」という馬の子孫の意か。「薄墨」の名は〈盛・松〉にも見える。〈延〉では、佐々木高綱のイケズキと宇治川先陣を争った梶原景季の馬と同じ名（他本はスルスミ。第五本・四オ6注解参照）。「貞信」（貞任）云々は、〈長・四・南・屋・覚・中〉なし。但し、〈長〉は「するすみとて、黒馬の六寸にはづむて、ふとくたくましかりける」と、義経の馬を「するすみ」として、これも梶原景季の馬と同名。義経が黒馬に乗っていることは、一五オ3に見えていた。

○一七ウ4　一ノ谷ヲモ此馬ニテ落シ軍コトニ此馬ニ乗テ一度モ不覚シ給ハサリケレハ吉例トモ名付ラレタリ　〈盛・松〉もほぼ同様だが、宇治川をも渡したと加える。また、〈長門切〉（『国文学古筆切入門』紹介「覚し給はさ」。松尾葦江・37）にも「吉例」の名が見える。一谷の坂落をこの馬で遂げたことは、諸本に見えるが、「吉例」の名は〈長・四・南・屋・覚・中〉なし。

○一七ウ6　判官ノ五位ノ尉ニ成給ケル時モ此馬ニ乗給ヘリケレハ余リニ秘蔵シテ大夫黒トモ名付ラレタリ　「大夫黒」の名は諸本同様だが、「五位ノ尉ニ成給ケル時モ此馬ニ乗給ヘリケレハ」は、〈盛〉「五位尉ニ成ケルニ、此馬ニ乗タリケレバ、私ニハ大夫トモ呼ケリ」に近い。五位尉任官に際してこの馬に乗った意か。〈長・四・南・覚〉「我五位尉に成給けるとき五位になして、大夫黒と名付て」（〈長〉）、〈松〉「判官ニ成テハ大夫黒ト云テ秘蔵ノ馬ナリ」、〈屋・中〉「余リニ秘蔵シテ、我五位尉ヲバ此馬ニ譲也」（〈屋〉）など小異。『吾妻鏡』文治元年二月十九日条に、「廷尉家人継信、被二射取一畢。廷尉大悲歎、屈二一口衲衣一、葬二千株松本一。以二秘蔵名馬一〈号二大夫黒一、元院御厩御馬也。行幸供奉時、自二仙洞一給レ之。毎レ向二戦場一、駕レ之〉賜二件僧一。是撫二戦士一之計也。莫レ不二美談一云々」と見える。なお、幸若舞曲「八島」は、秀衡が「大黒」「小黒」という二頭の名馬を持っていたが、その「大黒」がこの「大夫黒」であり、「青海波」の別名もあったこと、生前、継信が所望していたことなどを詳細に語る。

○一八オ1　コヽニテ一日経ヲ書テ佐藤三郎兵衛カ後生能々訪給ヘト宣　「一日経」は〈南・屋・覚・中〉同様、〈盛〉「卒兜婆経」。〈長・四・松〉は「孝養」などとするのみ。「一日経」は、追善供養のため、大勢が集まって、一部の経文、おもに『法華経』を一日で写し終えること。頓写〈日国〉。なお、幸若舞曲「八島」では、生前、次信が所望していた馬であったため、義経自ら継信の回りを引き回した後に忠信に賜ったとして、僧に与えたとは語らない。

○一八オ2　是ヲ見聞ケル兵共皆涙ヲ流テ此殿ノ為ニハ命ヲ捨ル事不惜一トソ各ノ申合ケル　諸本基本的に同様。〈長〉はこれに続けて唐の太宗が戦死した兵卒の遺骸を葬った故事を引く。〈盛・南・屋・覚・中〉ほぼ同だが、〈松・南〉は「弟ノ四郎兵衛ヲ始トシテ」を加え、〈中〉は「諸国のさぶらひども…みなよろひの袖をぞぬらしける」とするなど、小異。

4　後陣合流・後藤範忠のこと

サルホトニ勝浦ニテ戦ツル源氏ノ　（一八オ）
軍兵共ヲクレハセニ馳テ追付タリ
足利蔵人義兼　北条四郎時政　武田兵衛　有義
酒井平次経秀　三浦介義澄　同十郎　義連
土屋三郎宗遠　稲毛三郎重成　同四郎　重朝
同五郎行重　葛西三郎清重　小山四郎　朝政
中沼五郎宗政　宇津宮四郎武者朝重　佐々木三郎盛綱
安西三郎明益　同〔小〕太郎明景　比丘《企》藤内　朝家
（一八ウ）
同四郎能員　大〔多〕和三郎義成　大〔胡〕太郎実秀
小栗十郎重成　伊佐小次郎朝正　一品房昌寛

士佐房昌俊《春》等《ヲ》始《ト》シテ四十余人《ニテ》馳加《ル》此外《ノ》武者七騎
馳来《ル》判官何者《ソト》問《レ》ケレハ故八満太郎殿乳人子《ニ》雲上《ノ》
後藤内範朝《カ》三代孫藤次兵衛尉範忠《ト》申者也年来《ハ》
山林《ニ》逃隠《テ》有ケルカ源氏《ノ》方ツヨルト聞《テ》走参タリケリ
判官イトヽ力付《テ》昔《ノ》好《ミ》被思遣《テ》哀《ニツ》被思《ケル》塩
干潰《ノ》塩末《タ》ヒヌホトナレハ馬《ノ》カラスカシラ太腹ナント《ニ》立ケル
ニ馬人ケチラサレテ霞《ニ》交リテ見ケレハ平家《ノ》大勢《ニモ》不劣《ラ》
〔ソ〕ミヘケル判官此物共ヲ先《ト》シテ平家《ノ》軍兵《ニ》指向《テ》

（一九オ）

数剋戦ハセケルホトニ平家《ノ》軍兵引退《テ》シハシタメラヒ
ケルトコロ《ニ》

〔本文注〕

○一八オ5　武田兵衛　有義…　以下、一八オ10「比企藤内朝家」まで、実名の前に一〜二文字分程度の空白を設け、行末を揃える。ただし、一八ウ1および2の「大胡太郎実秀」「一品房昌寛」については行末を揃えていない。

○一八オ6　**酒井**　「酒」に汚れ。一九ウ5行頭「ノ矢」部分の汚れが浸み通ったもの。一八ウ5・一九オ6行頭も同様。
○一八オ10　**比丘《企》藤内**　「丘」の右に「企」と傍書。「企」は別筆の可能性あり。
○一八ウ1〜3　このあたりの筆跡は、一八ウ4以下とは異なる印象あり。
○一八ウ3　**昌俊《春》**　「俊」の右に「春」と傍書。「春」は別筆の可能性あり。
○一九オ2　**ケルトコロニ**　以下、行を改め空白。

〔釈文〕

さるほどに勝浦にて戦ひつる源氏の軍兵共、おくればせに馳せて追ひ付きたり。足利蔵人義兼、北条四郎時政、武田兵衛有義、酒井平次経秀、三浦介義澄、同十郎義連、土屋三郎宗遠、稲毛三郎重成、同四郎重朝、同五郎行重、葛西三郎清重、小山四郎朝政、中沼五郎宗政、宇津宮四郎武者朝重、佐々木三郎盛綱、安西三郎明益、同小太郎明景、比企藤内朝家、▼《一八ウ》同四郎能員、大多和三郎義成、大胡太郎実秀、小栗十郎重成、伊佐小次郎朝正、一品房昌寛、土佐房昌春等を始めとして、四十余人にて馳せ加はる。

此の外の武者七騎馳せ来たる。判官、「何者ぞ」と問はれければ、「故八幡太郎殿乳人子に雲上の後藤内範朝が三代孫、藤次兵衛尉範忠と申す者也。年来は山林に逃げ隠れて有りけるが、源氏の方つよると聞きて走り参りたりけり」。判官いとど力付きて、昔の好み思ひ遣られて、哀れにぞ思はれける。

塩干潟の塩、未だひぬほどなれば、馬のからすがしら、太腹なんどに立ちけるに、馬人けちらされて霞に交はりて見えければ、平家の大勢にも劣らずぞみえける。判官、此の物共を先として、平家の軍兵に指し向かひて▼《一九オ》数剋戦はせけるほどに、平家の軍兵引き退きて、しばしためらひけるところに、

〔注解〕

○一八オ3　**サルホトニ勝浦ニテ戦ツル源氏ノ軍兵共ヲクレハセニ馳テ追付タリ**　ごく少数で屋島を襲った義経等に遅れて、源氏の軍兵が到着したと記す点は、多くの諸本に見え

る。まず、一六オ4注解に見たように、〈長・四・松〉では内裏焼払の前後に四五十騎の到着を記していた。だが、これらの本文は義経に若干遅れての到着を記すもので、義経等の本格的な戦いを描いた後に位置する〈延〉本項とは異なる。また、〈長・四・松・南・屋・覚・中〉では、継信最期の後に、阿波・讃岐で平家にそむき、源氏に味方する輩があちこちの山や谷から集まって、義経の勢は三百余騎となったとする記事がある。〈長・四・松〉では合戦一日目の終わりにあたる位置。〈延〉では錣引きの後、二二オ8「コヽカシコヨリ二三十騎四五十騎ツヽ馳集リニケレハ其勢三百余騎ニ成ニケリ」とある記事が該当するか（該当部注解参照）。これは四国の在地勢力と読めるので、勝浦で義経と共に戦った者達とは性格が異なる。〈延〉本項に最も近いのは、〈盛〉が、内裏焼払の後、義経勢が七騎で名乗りを上げて戦っているところに、「勝浦ニテ軍シケル輩、屋島浦ノ煙ヲ見テ、軍既ニ始レリ、判官殿ハ無勢ニオハシツルソ急々トテ、追継々々馳加ル」と記す記事であろう。これは、その後「此外武者七騎出来レリ」として後藤内範忠の記事に続く点でも〈延〉に一致する（一八ウ3注解参照）。しかし、いずれにせよ、既に激戦が展開された後の位置に、遅れて来た者達を名寄せの形式で記すのは〈延〉のみ。（左表参照）

〈延〉	〈長〉	〈盛〉	〈四〉	〈松〉	〈南・屋・覚・中〉
義経名乗	義経名乗	義経来襲	義経名乗	義経来襲	義経来襲
矢戦	内裏焼払	詞戦	矢戦	矢戦	矢戦
継信最期	**四十余騎着**	矢戦	**四五十騎着**	**四十余騎着**	内裏焼払
勝浦から到着（本項）	矢戦	内裏焼払	内裏焼払	内裏焼払	詞戦
後藤内範忠	詞戦	源氏名乗	詞戦	詞戦	継信最期
那須与一	継信最期	**勝浦から到着**	継信最期	継信最期	**在地勢参戦**
錣引	（夜休戦）	**後藤内範忠**	**在地勢参戦**	那須与一	那須与一
コヽカシコヨリ加勢	夜討失敗	那須与一	（夜休戦）	景清錣引	
	在地勢参戦			**在地勢参戦**	
	後藤内範忠			（夜休戦）	

○一八オ5　足利蔵人義兼…　足利義兼は足利義康の男。源氏勢名寄せでは範頼勢に見える。四ウ4注解参照。以下の人名は、第六本・一「判官為平家追討ニ西国ヘ下事」の源氏勢名寄せのうち、範頼に従って長門国へ向かう勢に列挙された人名と多く重なる（四ウ3注解参照）。本段に見える人名の一覧は、四ウ3注解所載の対照表に「八嶋」として掲載した。範頼勢として掲載された人名が、勝浦で義経と共に戦った者達として挙げられるのは、大きな矛盾であり、杜撰な編集と言わざるを得ない。なお、以下の人名の中で、先の名寄せで義経勢（三ウ4以下）として記されていたのは、三浦介義澄、同十郎義連、土屋三郎宗遠、大多和三郎義成の四名。義経勢、範頼勢いずれにも見えなかったのは、酒井平次経秀、稲毛三郎重成、同四郎重朝、同五郎行重、宇津宮四郎武者朝重、比企藤内朝家、同四郎能定の七名。

○一八オ5　北条四郎時政　桓武平氏維時流。『尊卑分脈』などでは時方の男とするが、〈延〉巻頭付載系図などでは時家の男（第一本・三オ）、中条家本『桓武平氏庶流系図』では時兼の男とする。伊豆国田方郷北条の領主。政子の父。源氏勢名寄せでは「小四郎義時」が範頼勢に見える。四ウ4注解参照。

○一八オ5　武田兵衛有義　武田信義の男。源氏勢名寄せでは範頼勢に見える。四ウ4注解参照。

○一八オ6　酒井平次経秀　千葉介常胤の男胤正の二男常秀。上総国（千葉県）武射郡境村を領した。『吾妻鏡』元暦元年八月八日条に「境平次常秀」と見える。源氏名寄せに見えず。

○一八オ6　三浦介義澄　大介義明の次男。源氏名寄せでは義経勢に見える。三ウ9注解参照。

○一八オ6　同十郎義連　大介義明の男、義澄の弟、佐原義連。源氏名寄せでは兄義澄とともに義経勢に見える。三ウ10注解参照。

○一八オ7　土屋三郎宗遠　中村庄司宗平の男、土肥次郎実平の弟。源氏名寄せでは義経勢に見える。三ウ7注解参照。

○一八オ7　稲毛三郎重成同四郎重朝同五郎行重　重成は、畠山重能の弟・小山田有重の男（畠山重忠の従兄弟）。武蔵国橘樹郡稲毛庄（現神奈川県川崎市高津区）の住人。第二中・一二〇オ8には「大山田三郎重成」の名で既出。重朝は、重成の弟、飯谷（半替・榛谷・榡谷などとも）四郎重朝。行重は、重成・重朝の弟、森五郎行重。第五本・七「兵衛佐ノ軍兵等付宇治勢田事」で、勢多に今井四郎兼平を下している。第五本・一一オ8、二一オ2注解参照。なお、この三名は源氏名寄せに見えない。

○一八オ8　**葛西三郎清重**　源氏勢名寄せでは範頼勢に見える。四ウ6注解、第二末・八一オ2注解参照。

○一八オ8　**小山四郎朝政　中沼五郎宗政**　藤原氏秀郷流、小山政光の男・朝政とその弟・宗政。宗政は源氏名寄せでは「家政」とするが、「宗政」が正しい。源氏勢名寄せでは範頼勢に見える。四ウ6注解参照。

○一八オ9　**宇津宮四郎武者朝重**　源氏勢名寄せでは範頼勢に「八田四郎武者朝家　子息太郎朝重」（四ウ5）と見える。二名の混同が生じているか。朝家・朝重は、藤原道兼の子孫、八田知（朝）家と子息知（朝）重。兄の朝綱は宇都宮を名乗る。四ウ5注解参照。

○一八オ9　**佐々木三郎盛綱**　源氏勢名寄せでは範頼勢に見える（「盛縄」）。佐々木源三秀義の男、定綱・経高・高綱らの兄弟。四ウ7注解参照。

○一八オ10　**安西三郎明益　同〔小〕太郎明景**　源氏勢名寄せでは範頼勢に「安西三郎景益　同小次郎時景」と見える。安房国住人。三浦一族か。四ウ8注解参照。

○一八オ10　**比丘《企》藤内朝家　同四郎能員**　源氏勢名寄せでは範頼勢に見える。武蔵国住人。系譜未詳。四ウ7注解参照。

○一八ウ1　**大〔多〕和三郎義成**　三浦大介義明の三男義久の男。源氏勢名寄せでは義経勢に見える。四オ1注解参照。

○一八ウ1　**大〔胡〕太郎実秀**　源氏勢名寄せでは範頼勢に見える。上野国住人。四ウ9注解参照。

○一八ウ2　**小栗十郎重成**　源氏勢名寄せでは範頼勢に見える。常陸国住人か。四ウ10注解参照。

○一八ウ2　**伊佐小次郎朝正**　源氏勢名寄せでは範頼勢に見える。常陸国住人か。四ウ10注解参照。

○一八ウ2　**一品房昌寛**　源氏勢名寄せでは範頼勢に見える。四ウ10注解参照。

○一八ウ3　**土佐房昌俊《春》**　「春」の傍書については本文注参照。源氏勢名寄せでは範頼勢に「昌俊」とある。五オ1注解参照。いわゆる額打論場面では「昌春」（第一本・四八オ2）。

○一八ウ3　**四十余人ニテ馳加ル**　足利義兼から昌俊まで十九名の武士を記して、「四十余人」とまとめるが、名寄せには足利・三浦・小山など大武士団の棟梁格を多く含んでいて、これらが率いて「四十余人」はいかにも少ない。この後、二二オ8には「源氏始ハ百四五十騎計有ケルカ」とあるが、それとの関連も不明瞭。ともあれ、この軍勢の加勢により、義経軍は平家に対抗できる兵力を確保したという文脈ではあろう。

〇一八ウ3　此外ノ武者七騎馳来ル　以下の後藤内範忠の記事を記すのは、他に〈長・盛〉。〈長〉では、一日目の合戦を終え、平家の夜討失敗を描いた後に、「阿波と讃岐とに、平家をそむきて源氏にこゝろざしをおもふともがら」の参戦に続けて記す。在地の親源氏勢力の参戦は、〈四・松・南・屋・覚・中〉にも記されるが（一八オ3注解参照）、それに続けて後藤内範忠の記事を記すのは〈長〉のみ。また、〈盛〉は、内裏焼払の後の戦闘場面に、勝浦で戦った者達が遅れて到着したと記した後、この記事があり、その部分では〈延〉の文脈に最も近い（一八オ3注解参照）。だが、後藤内範忠が、以下に語られるように「年来ハ山林ニ逃隠テ」いたのだとすれば、〈長〉のように阿波・讃岐に隠れていた在地の親源氏勢力に近い存在といえよう。「七騎」については一八ウ7「判官イト丶力付テ…」注解参照。

〇一八ウ4　故八満太郎殿乳人子ニ雲上ノ後藤内範朝カ三代孫藤次兵衛尉範忠ト申者也　「八満」は「八幡」の当て字。八幡太郎源義家。「範朝」を〈長・盛〉「範明」、「藤次兵衛尉」を〈長・盛〉「後藤兵衛」とする。後藤内範明は、『陸奥話記』の黄海の合戦で頼義の従兵が「所レ残纔有二六騎一」となった中に「藤原範季、同則明」と見える「則明」。藤原氏利仁流。『尊卑分脈』時長孫に、藤原則経の子として「則明〈頼義朝臣郎等七騎内也、猛将、後藤太、内舎人、号後藤内〉」と見える。『古事談』四・二二（三二五話）や『十訓抄』六・一七に、白河院の前で合戦の物語を語った逸話がある。だが、その末裔の「範忠」は未詳。則（範）明の末裔には後藤兵衛実基（三ウ7注解参照）等がいる。

〇一八ウ7　判官イト丶力付テ昔ノ好ミ被思遣テ哀ニソ被思ケル　〈長・盛〉同様。「昔ノ好ミ」は先祖の義家以来の縁をいう。なお、範忠が七騎で登場した点には、前項注解に見たように、範（則）明が黄海の合戦で七騎の中に残ったこと、義経が屋島を最初は七騎で襲ったとあること（一四ウ9）との連想が働いていよう。〈松〉では、義経が七騎に討ちなされ、義家や頼朝の七騎落ちを想起したとする（そこに在地の勢が参戦し、勢を回復したところで夜に入り休戦）。

〇一八ウ7　塩干潰ノ塩未タヒヌホトナレハ馬ノカラスカシラ太腹ナントニ立ケルニ馬人ケチラサレテ霞ニ交リテ見ケレハ平家ノ大勢ニモ不劣ラ〔ソ〕ミヘケル　浅瀬を渡って波しぶきが上がったために、義経勢が大軍に見えたという描写は、一四オ6注解に見たように、他本ではこの合戦の冒頭に置かれることが多く、義経勢の勝因ともされる重要な位置を与えられているが、〈延〉では重視されていない。〈長・屋・中〉は、この記事を義経屋島急襲の最初に置き、〈長〉では平家が海に避難した理由とする。〈松・南・覚〉では、平家が避難を始めた後に置くが、これが平家の運の尽きであったとする。〈盛〉では、山中で捕らえた文使いが「塩花」に言及していた（一三オ5注解参照）。〈四〉なし。なお、「カラスカシラ」（烏頭）は、馬の後足の外部に向かった関節。くわゆき〈日国〉。

九　余一助高扇射事

1　扇の的

（一九オ）

九

平家ノ方ヨリ船一艘進ミ来ル師船カト見ルホトニ兵一人モ不乗ケリ渚近ク押寄テ一丁余ニユラレタリ暫ク有テ船中ヨリ齢廿計モヤ有ラントオホシテ女房ノ柳裏ニ紅ノ袴キタルカ皆紅ノ扇ノ月出シタルヲハサミテ船ノ舳ニ立テ、

（一九ウ）

是ヲ射オホシクテ源氏ノ方ヲ招キ持タル扇ニ指ヲサシテ扇ヲセカヒニ立入ニケリ源氏ノ軍兵是ヲミテ誰ヲ以カイサスヘキト評定有ケルニ後藤兵衛実基カ申ケルハ此勢ノ中ニハ少シ小兵ニテコソ候ヘトモ下野国住人那須太郎資宗カ子息那須余一資高コソ候ラメソレコソ係取三度ニ二射取者ニテ候ヘト申ケレハサラハ召セトテ余一ヲ召判官アノ扇仕レト宣ケレハ資高辞ルニ不及ニ承候ヌトテ渚ノ方ヘソ歩セケル余一ハ褐衣ノ鎧直垂紫スソニノ鎧ニ大切文フノ矢ニ二所籐ノ弓持テ黒鵄毛ナル馬ニ白覆輪ノ鞍置テソ乗タリケル海ノ面一段計歩出シテ馬ノムナカヒツクシマテ打ヒテヽ中七段計ニテ馬ヒカヘテ見レハニ月ノ十日ノ事ナレハ余寒猶ハケシキ上ケサヨリ北風吹アレテ海上静ナラス波ハイトヽ立マサル船ハ浮ヌ沈ヌ漂ヘハ立タル扇ヒラメイテ座ニモタマ

7 8 9 10
1 2 3 4 5 6 7 8 9

ラスクルメキケリイツクヲ何ニ射ヘシトモ射ツホ更ニ覚ヘネハ余

（二〇オ）

一目ヲフサキ心ヲ静メテ祈念ス願ハ西海ノ鎮守宇佐八幡大菩薩殊ニハ氏ウフスナ日光権現宇津宮大明神今一度本国ヘ迎サセ給ヘキナラハ弓矢ニ立ソヒ守リ給ヘ若此矢ヲ射ハツシヌル物ナラハ永ク本国ヘ不可返ル腹カイキリテ此海ニ入テ毒龍ノ眷属ト成ヘシト祈念シテ目ヲ見アケテ見ケレハ風少シ静テ扇座席ニ静リタリ此ニ余一心少シイサハシクシテ心ノ中ニ案シケルハサスカニ物ノ射ニクハ夏山ノ峯緑ノ木ノ間ヨリホノカニ見ユル小鳥ヲ殺サテ射ルコソ大事ナレ是ハ波ノ上ノ扇ナレハタヤスカルヘシトモ息ノ船ニハ主上建礼門院ヲ始奉テ二位殿北政所月卿雲客屋形ヲ並ヘテ目ヲスマシテ是ヲミル

（二〇ウ）

汀ノ源氏ハ九郎大夫判官ヲ初トシテ東国北国ノ大名小名

小馬ヲ静メ肩ヲ並ヘテ見物彼ヲ見此ヲ案スルニ何モ晴ナ
ラスト云事ナシサレハ怯（平）猿（平）ノ芸ヲ施シケル養由飛雁ノ声ヲ
射ケル更（平）羸（平）モ胸シヌヘクソオホヘケルト海一鏑取テハケテ十二束
二伏ヲ引テシハシカタメテ兵ト射タリ浦ヒヽケト海ノ面遠
鳴シテ五六段射渡シ扇ノ蚊目ハタトイテニサトソサケヽケル一ハ
海入波ニユラル一ハ一丈計空ヘ上ル折節嵐吹テ地ニヲトサスソ
ラ吹上舞遊フ平家ノ方ニハ是ヲ見船ハタヲ叩キ船屋形
ヲ叩キ感ケリ源氏ノ方ニハ前ッ輪ヲ叩エヒラヲ叩トヽメキケ
リ夕日ニカヽヤキテ波ノ上ニ落ケルハ秋ノ嵐ニ龍田川ニ紅葉ノ
チリシクカトソ覚ヘケル敵（モ）御方是ヲ見テ一同ニアトソ云
合ケル余リ感ニ不絶ニサニヤ平家ノ船ノ中ヨリ年五十余リ
ナル武者ノ黒革威ノ鎧キテ大擲刀持タルカ扇立ツルセカヒノ
上ニテ舞ケリ源氏ノ方ヨリ是ヲミテアレヲ射ヨト云ケルニ或又

（二一オ）

若射ハツイツル物ナラハ先《ニ》扇《ヲ》射タリツル事《モ》気味有マシナイソト云者《モ》アリ只トク射《ヨト》云者モアリ余一射《ト》云時《ニハ》矢ヲサシハケナ射ソト云ヲリハ矢ヲサシハツシケルホト《ニ》ナイソト云者《ハ》少《ク》只射ヨト云者《ハ》多リケレハ余一今度《ハ》中指《ヲ》取《テ》番《テ》又ヨ引《テ》射タリケレハ舞ケル武者《ノ》内甲《ヲ》後ヘツト射出《タリ》ケレハ男ハシハシモタマラスマ逆《ニ》海ヘカフト入《ニ》ケル其度《ハ》船中

（二一ウ）

ハニカリヲトモセス源氏《ノ》方《ニハ》アイタリ〱ト云者《モ》アリ又無情射タリト云者《モ》アリ

〔本文注〕

〇一九オ3　**師船**　「師」、〈吉沢版〉同。〈北原・小川版〉〈汲古校訂版〉「浦」。旁は「甫」にも見えるが、偏は「氵」（サンズイ）には見えない。注解参照。

〇一九オ9　**評定**　「定」は書き損じて重ね書き訂正したか。

〇一九ウ5　**ノ矢**　汚れあり。一八オ6本文注参照。

〇二〇ウ5　**海**　「海」は字体不審。書き損じがあるか。

○二〇ウ10　夕日　「夕日」と思われる文字を擦り消して「夕日」と傍書。

○二一オ8　射ヨト　「ヨ」は重ね書き訂正か。「タ」を書きかけて訂正した可能性あり。

〔釈文〕

九（余一助高扇を射る事）

平家の方より船一艘進み来たる。師船《いくさぶね》かと見るほどに、兵一人も乗らざりけり。渚近く押し寄せて、一丁余りにゆられたり。暫く有りて、船中より齢《よはひ》廿《はたち》計《ばか》りもや有るらんとおぼして、女房の柳裏に紅の袴きたるが、皆紅の扇の月出だしたるをはさみて、船の舳《へ》に立てて、是を射よとおぼしくて、源氏の方を招きて、持ちたる扇に指をさして、扇をせがひに立てて、入りにけり。源氏の軍兵、是をみて、「誰を以てか、いさすべき」と評定有りけるに、後藤兵衛実基が申しけるは、「此の勢の中には、少し小兵にてこそ候へども、下野国住人那須▼[一九ウ]太郎資宗が子息、那須余一資高こそ候ふらめ。それこそ係取《かけどり》を三度に二つ射て取る者にて候へ」と申しければ、「さらば召せ」とて、余一を召す。判官「あの扇仕《つかまつ》れ」と宣ひければ、資高辞するに及ばず、「承り候ひぬ」とて、渚の方へぞ歩ませける。

余一は褐衣《かちん》の鎧直垂に、紫すそごの鎧に、大切文《おほぎりフ》の矢に二所籐の弓持ちて、黒鴾毛なる馬に白覆輪の鞍置きてぞ乗りたりける。海の面一段計《ばか》り歩み出だして、馬のむながひづくしまで打ちひてて、中七段計《ばか》りにて馬ひかへて見れば、比《ころ》は二月の中の十日の事なれば、余寒猶はげしき上、けさより北風吹きあれて、海上静かならず。波はいとど立ちまさる。船は浮きぬ沈みぬ漂へば、立てたる扇ひらめいて、座にもたまらずくるめきけり。いづくを何《いか》に射るべしとも、射つぼ更に覚えねば、余▼[二〇オ]一目をふさぎ心を静めて祈念す。「願はくは西海の鎮守宇佐八幡大菩薩、殊《こと》には氏うぶすな日光権現、宇津宮大明神、今一度本国へ迎へさせ給ふべきならば、弓矢に立ちそひ守り給へ。若《も》し此の矢を射はづしぬる物ならば、永く本国へ返るべからず。腹かいきりて此の海に入りて、毒龍の眷属と成るべし」と祈念して、目を見あげて見ければ、風少し静まりて、扇座席に静まりたり。此に余一、心少しいさばしくして、心の中に案じけるは、「さすがに物の射にく（き）は、夏山の峯、緑の木の間より、ほのかに見ゆる小鳥を殺さで射るこそ大事なれ。是は波の上の扇なればたやすかるべしとも、息《おき》の船には、主上、建礼門院を始め奉りて、二位殿、北政所、月卿雲客、屋形を並べて目をすまして是をみる。▼[二〇ウ]汀の源氏は九郎大夫判官を初めとして、東国北国の大名小名、小馬を静め、肩を並べて見物す。彼を見、此を案ずるに、何《いづ》れも晴れならずと云ふ事なし」。されば怯猿《けふゑん》の芸を施しける養由、飛雁の声を射ける更嬴《かうえい》も、胸しぬべくぞおぼえける。

余一鏑取りてはげて、十二束二伏をよつ引いて、しばしかためて兵《ひやう》ど射たり。浦ひびけと海の面を遠鳴りして、五六段を射渡し、扇の蚊目《かなめ》はたといて、二つにさつとぞさけにける。一つは海に入りて波にゆらる。一つは一丈計《ばか》り空へ上がる。折節嵐吹きて地にもおとさず、そらに吹き上げて舞ひ遊ぶ。平家の方には是を見て、船ばたを叩き、船屋形を叩き感じけり。源氏の方には前つ輪を叩き、えびらを叩きてどめきけり。夕日にかかやきて波の上に落ちけるは、秋の嵐に龍田川に紅葉の▼[二一オ]ちりしくかとぞ覚えける。敵も御方も是を見て、一同にあつとぞ云ひ合ひける。

余り感に絶えざるにや、平家の船の中より、年五十余りなる武者の、黒革威の鎧きて大擲刀《おほなぎなた》持ちたるが、扇立つるせがひの上にて舞ひけり。源氏の方より是をみて、「あれを射よ」と云ひけるに、或いは又、「若《も》し射はづいつる物ならば、先に扇を射たりつる事も気味有るまじ。ないそ」と云ふ者もあり。「只とく射よ」と云ふ者もあり。余一、「射よ」と云ふ時には矢をさしはげ、「な射そ」と云ふをりは矢をさしはづしけるほどに、「ないそ」と云ふ者は少なく、「只射よ」と云ふ者は多かりければ、余一、今度は中指《なかざし》を取りて番《つが》へて、又よつ引いて射たりければ、舞ひける武者の内甲を、後ろへつと射出だしたりければ、男はしばしもたまらず、ま逆さまに海へがぶと入りにける。其度は船中▼[二一ウ]はにがり、おともせず。源氏の方には「あ、いたりいたり」と云ふ者もあり、又「情無く射たり」と云ふ者もあり。

〔注解〕

〇一九オ3～（余一助高扇射事） 那須余一（与一）の話は諸本基本的に共通で、屋島合戦を代表する著名な話題〈延〉では「余一」だが、他本に合わせて、以下、基本的に「与一」と記す）。但し、〈四〉はこれを志度合戦でのこととする。〈長・南・屋・覚・中〉では、夕暮れになってからのことであると明記する。但し、〈長〉では一夜を置いて夜が明けないうちから戦ったとしながら、ほとんど具体的な合戦記述なしに「さる程に、日もくれほどに成て…」と、夕暮れの那須与一記事へと続く、不自然な展開（川鶴進一）。また、〈南・屋・覚・中〉では、夕暮れになって戦闘を中断しようと思ったところで扇の的が登場するが、その後も戦闘が再開され、錣引きや弓流しなどの話題が続く点はやや不合理。〈延〉ではここで夕暮れと明記しないが、一九オ1「数剋戦ハセケルホトニ」、二〇ウ10「夕日」などから考えて、やはり夕暮れを意識するか。〈盛・松〉も夕暮れと明記しないが「夕日」の語あり。以上のような記事の位置について確認するために、前段冒頭一三ウ6～注解に掲げた対照表を、那須与一に焦点を合わせて右に再掲する。なお、扇の的は、一般に、那須与一の悲壮な決意を描くと共に平家の衰運を美しい描写の中で暗示したものと解されるが、〈長・松〉は扇の的を平家側の策略としてとらえる。〈長〉の場合、この記事の終盤に、船中に義経を狙って教経をはじめ屈強の射手を隠していたという平家の謀を明かし、蘇武を捕らえた胡国の策と同じだったと付記する。また、〈松〉の場合、義経を狙っていたという平家の策を最初に記す。一方、〈盛〉には、この扇は「此ヲ源氏射弛タラバ当家軍ニ勝ベシ。射負セタラバ源氏ガ得利ナルベシトテ軍ノ占形ニゾ被立タル」とする記事があり（一九オ6「皆紅ノ扇ノ…」注解

〈延〉	〈長〉	〈盛〉	〈四〉	〈松〉	〈南・覚〉	〈屋〉	〈中〉
義経来襲	義経来襲	義経来襲	義経来襲	義経来襲	義経来襲	義経来襲	義経来襲
継信最期	内裏焼払	詞戦	内裏焼払	内裏焼払	内裏焼払	内裏焼払	内裏焼払
那須与一	詞戦	在家焼払	詞戦	詞戦	詞戦	詞戦	詞戦
景清錣引	継信最期	**那須与一**	継信最期	継信最期	継信最期	継信最期	継信最期
弓流し	（夜休戦）	景清活躍	（夜休戦）	**那須与一**	**那須与一**	**那須与一**	**那須与一**
（夜休戦）	**那須与一**	大胡小橋太	志度合戦	大胡小橋太	景清錣引	景清錣引	景清錣引
詞戦	景清錣引	弓流し	**那須与一**	景清錣引	弓流し	弓流し	弓流し
湛増加勢	弓流し	盛嗣錣引	景清錣引	（夜休戦）	（夜休戦）	（夜休戦）	平家志度へ
平家逃亡	湛増加勢	継信最期	弓流し	弓流し	志度合戦	平家志度へ	（夜休戦）
	平家逃亡	（夜休戦）		盛嗣錣引			
		湛増加勢		湛増加勢			
		平家逃亡		平家逃亡			

参照）、村松剛や石井紫郎は、卜占としての意味を強調する。また、鈴木正彦や本田安次は、宮城県栗原郡津久毛の小迫祭の中で、「馬乗渡し」と称して与一が扇の的を射る場面が演じられることを紹介したが、徳江元正は、それを、本来は年占の神事だったところに、武将が導入されたものと見る。弓で的を射る弓神事は占いと結び付くと解される（たとえば弘文堂『日本民俗事典』「弓神事」項参照）。徳江元正が指摘するように、扇の的は、風流の作り物や懸物などの形で好んで享受された（『看聞日記』応永二十三年〈一四一六〉三月一日条、『多聞院日記』天正十七年〈一五九〇〉七月八日条、『桂地蔵記』〈桂川地蔵記〉、尊経閣文庫蔵『祭礼絵草紙』など）。それは、そうした民俗芸能との関連が潜在的基盤となっている可能性も考えられよう。また、那須与一の話は、能狂言では、番外曲「延年那須与一」や、間狂言「那須与一」（「那須」「奈須与市語」などとも）が知られる。

○一九オ3　平家ノ方ヨリ船一艘進ミ来ル師船カト見ルホトニ兵一人モ不乗ケリ　「師船」については本文注参照。「浦船」とする翻刻もあるが、今井正之助が指摘するように、「浦船かと思ったのに兵が乗っていない」では文意が通じにくく、「師船（いくさぶね）即ち軍事用の船かと思ったのに兵が乗っていない」の意であろう。「師」を「いくさ」と訓むことについては、第一末・九八オ6注解参照。この船の描写としては、〈長〉「じんじやうにかざりたる船」、〈盛〉「荘タル舟」、〈四〉「最イ無キレ大モ船新シキ尋常装束シ」など。〈松・南・屋・覚・中〉も〈長〉に近く、要するに美しく装飾した船である。〈延〉は装飾に関する記述を欠く。兵が乗っていないとするが、余一を讃えて舞った男は、この船に乗っていたと見られる。二一オ3注解参照。

○一九オ4　渚近ク押寄テ一丁余ニユラレタリ　〈長〉「なぎさにむかひて船を平付になをす」、〈松〉「海ノ面一町バカリ漕寄テ、舟ヲ押エタリ」、〈南・覚〉「磯へ七八段斗ニ成レバ船ヲヨコサマニ成ス」（〈南〉）、〈屋・中〉「渚一丁計隔テ船ヲ横様ニナス」（〈屋〉）。〈盛〉は「渚向テ漕寄」のみ。〈四〉「何無シ安堵仕態ヤ船成横様マ」は、「何《い》かなる安堵《あど》無しの仕態《しわざ》にや、船を横様《よこざま》に成す」と読み、横腹を見せるようにして船を泊めたのを、「あどなし」（馬鹿者）の所業と見た意であろう〈四部本全釈〉。一丁（一町）は六十間、約一〇九メートル。〈南・覚〉の「七八段」は、八〇～九〇メートル（一段は六間、約一一メートル）。

○一九オ5　齢廿計モヤ有ラントオホシテ女房ノ柳裏ニ紅ノ袴キタルカ　「オホシテ」は、「オボエテ」あるいは「オボシクテ」の誤りか〈汲古校訂版〉。〈長〉は与一が平家の武者を射た後に、「かのあふぎたてたる女ばう」として建春門院の雑仕「玉むし」の名を挙げ、「当時は平大納言時忠卿の、中愛の前」という「天下に聞こえたる美女」と紹介する。〈盛〉は「此女房ト云ハ建礼門院ノ后立ノ御時、千人ノ中ヨリ撰出セル雑司ニ、玉虫前共云、又ハ舞前共申。今年十九ニゾ成ケル」。〈南・屋〉は「柳ノイツヽギヌ」と「紅ノハカマ」の組み合わせの装束、〈覚・中〉はその装束に加え「まことにゆうにうつくしき」容姿（〈覚〉）に、〈覚〉「よはひ十八九ばかり」、〈四・中〉「十七八に見え」（〈中〉）と年齢情報も加える。〈長門切〉（鶴見大学図書館蔵「けり又舞前」。松尾葦江・33）は、この女房の名を「舞前とも云者也」としており、この前に別の名を記していたものと推定される。また、〈長門切〉（『新平家物語古美術展図録』紹介「源氏あやし」。松尾葦江・34）では、この女房を「齢十七八計なる女房の柳の五重に紅の袴着て袖笠かづき」と描く。幸若舞曲「那須与一」でも、女の名は「玉虫」。

○一九オ6　皆紅ノ扇ノ月出シタル　「皆紅」は扇の地を紅色で塗りつぶす意。「紅」とする点は諸本同様。「月」は、〈四・松・長門切〉同。〈盛・南・屋・覚・中〉「日」。〈長〉日月不記。菊地仁は、平安時代には扇に月を描いたとする例が多いと指摘する。一方、玉蟲敏子は、鎌倉時代以降の絵画資料に、日月を描いた軍扇などが多く見出されると指摘する。なお、〈延〉などでは扇の絵柄はここで語られるのみだが、〈南・屋・覚〉では、与一が扇を射た後、夕陽に照らされて「みな紅の扇の日いだしたるが」、白波の上に漂うと描く。村上學はこの繰り返し表現を語りの技法と見る。なお、〈盛〉は、この扇は高倉院が厳島御幸の際に三十本奉納したものであり、それを神主の佐伯景広が「サレバ此扇ヲ持セ給タラバ、敵ノ矢モ還テ其身ニアタリ候ベシ」と祝言して進上したので、「軍ノ占形」に立てたのだとする。扇の的の意味づけについては、本節冒頭・一九オ3～注解参照。

○一九オ6　船ノ舳ニ立テ、是ヲ射ヨトオホシクテ源氏ノ方ヲ招テ持タル扇ニ指ヲサシテ扇ヲセカヒニ立テ入ニケリ　〈延〉は、扇を船の「舳」に立てたとした後で、「セガヒ」に立てたとも記す。混乱があるか。「舳《へ》」は船首、「せがい」は「船の両側のふなばたに渡した板。漕いだり棹をさしたりするところ」〈角川古語〉。舳に立てたものとして、〈長〉「舟の舳前にさしあげて」、〈盛〉「杭ニ挟テ船ノ舳頭ニ立テ」、〈松〉「舟ノ舳ニ挟ミ立テヽ」、〈長門切〉「船の舳頭に立て」。一方、〈南・覚・中〉は、船のせがいに立てたとし、〈屋〉は「舷」（ふなばた）に立てたとする。〈四〉は船の艫の屋形に出た女が扇を挟み立てたとする。一九ウ7「比ハ二月ノ…」注解にも見るように、〈延〉には〈覚〉的本文の影響を考える余地もあるか。

○一九オ8　源氏ノ軍兵是ヲミテ誰ヲ以カイサスヘキト評定有ケルニ　源氏側の評定として、〈延〉では射手に誰が適切かを論ずるのみ。〈四〉も同様に、射手の選択に話題が移る。〈長門切〉も、扇の的を見て伊勢三郎義盛を召し、誰が適任かを問う。一方、〈盛〉では義経が、「義経ハ女ニメヅル者ト平家ニ云ナルガ角構ヘタラバ、定テ進出テ奥ニ入ン処ヲヨキ射手ヲ用意シテ真中サシ当テ射落サントタバカリ事ト心得タリ」と平家の策を推察した上で、畠山重忠に「アノ扇被レ射ナンヤ」と問う。〈松〉では、松浦太郎重俊や教経が義経を狙っていることを先に地の文で書いており、義経もそれを察知した上で、伊勢三郎らに協議させる。〈南・屋・覚・中〉では、後藤兵衛実基が、平家のそうした策を察知しながらも射るべきであると進言する。〈長門切〉（鶴見大学図書館蔵。松尾葦江・33）も、この前に、「九郎は傾城にめづる者にてあんなれば、ちかづく事もあらむず。便宜よくは射てとれとて、弓の上手を一人のせられけり」とする（源氏の協議場面でこの可能性に触れていたかどうかは、現存部分が断片的であるため不明）。〈長〉は、ここでは「射ざらんも無下なるべし。いはづしたらんもふかくなり。射つべきものや有」と、射るべきか否かをまず論じ、続いて射手を選ぶが、義経を狙う策略であったことは最後に明かす（一九オ3～注解参照）。この中では、扇の的が義経を狙う策略である可能性に触れないのは、〈延・四〉のみであるといえようか。

○一九オ9　後藤兵衛実基カ申ケルハ　後藤兵衛実基がこの評定を主導し、あるいは義経の諮問を受ける点、〈長・南・屋・覚・中〉同様。〈盛〉では義経が畠山重忠に意向を問うが、重忠は辞退して那須助宗の子の十郎兄弟を推し、十郎が弟の与一を推薦したとする。〈松〉もこれに近く、まず「伊勢三郎ヲ始トシテ」評定が行われ、最初に畠山重忠に意向を問うが、重忠は辞退して那須太郎父子を推し、太郎が子の与一を推薦したとする。〈四〉では、まず弁慶が和田義盛を推したが、金子十郎が、小さい的を射るには和田義盛よりも那須与一が適任であると述べ、与一に決まったとする。

○一九オ10　下野国住人那須太郎資宗カ子息那須余一資高　父の「太郎資宗」は、〈盛・屋〉「太郎助宗」。〈長〉「太郎助高」、〈四〉「庄司重隆」、〈南〉「太郎宗高」、〈覚〉「太郎資高」、〈中〉「太郎すけた〻」。〈松〉は最初「太郎助信」と記しながら、その後「助宗」とも記す。「余一資高」は、〈南〉「余一助高」、〈屋〉「与一助孝」。〈長〉「与一惟宗」、〈四〉「与一宗隆」、〈覚〉「与一宗高」、〈中〉「与一すけむね」、〈盛・松〉「与一」。〈長門切〉（鶴見大学図書館蔵「ゑ仕候まじ」）には「助宗」。続群本『那須系図』の一本は、「宗資〈那須武者所〉—資隆〈那須太郎〉—宗隆〈与一後改名資隆〉」とし（続群六上—三三七～三三八頁）、また、もう一本は、「宗資〈武者所〉—資高〈那須太郎〉—宗隆〈那須与一資隆改名〉」とする（同前—三四一頁）。山本隆志は、江戸期の那須家系図は史料として利用するには慎重でなければならないとし、「那須家に関わる系図で、戦国以前に作成されたもの」として、『山内首藤家文書』所収の山内首藤氏系図、『玉燭宝典』紙背文書所収那須系図の二つを指摘する。前者は、大日本古文書『山内首藤家文書』五六八「山内首藤氏系図」で、「資房〈号那須十郎、住下野国〉—為通〈瀧口〉—助高〈那須太郎与一云〉」とする。後者は、『玉燭宝典』紙背文書・巻七—11、「資隆〈□須太郎〉—資頼〈肥前守〉—（三代略）—資忠〈越後権守〉」（今江廣道による）と、系図を提出した南北朝期の資忠に至る系図であり、「資隆〈□須太郎〉」が与一にあたるか。

○一九ウ1　係取ヲ三度ニ二射テ取者ニテ候ヘ　「係取」は、〈長・南・覚・中〉「かけ鳥」（〈長〉）、〈盛・松・屋〉「懸鳥」。〈四〉なし。「翔鳥」の意で、飛んでいる鳥を射ること〈日国〉。『太平記』巻一九「本間孫四郎遠矢事」に、「（鶚《みさご》が魚をつかんで）澳ノ方へ飛行ケル処ヲ、本間小松原ノ中ヨリ馬ヲ懸出シ、追様ニ成テ、カケ鳥ニゾ射タリケル」の例がある。

○一九ウ4　褐衣ノ鎧直垂ニ紫スソコノ鎧ニ　「褐衣」（かちん。濃い藍色）の直垂は、〈長〉同。〈盛・松〉「紺村子」（〈松〉）。〈南・屋・覚・中〉「かちに、あか地の錦をも（ツ）ておほくびはた袖いろえたる直垂」（〈覚〉）。「紫スソコ」（紫裾濃）の鎧は、他本なし。〈長〉「くろかはをどし」、〈盛〉「緋威」、〈松〉「洗皮」、〈南〉「火威」、〈屋・中〉「萌黄匂」、〈覚〉「萌黄おどし」と、多様。〈四〉は装束・武装の描写無し。

○一九ウ4　大切文フノ矢ニ二所籐ノ弓持テ　「大切文フ」は、「大切斑（おおきりふ）」の意で、「フ」は捨て仮名。〈南・覚〉「きりふ」（〈覚〉）。〈盛・松〉「小中黒」、〈屋・中〉「中黒」。〈南・屋・覚・中〉は、「ぬた目の鏑」（〈覚〉）を差し添えていると加えるが、それも〈覚〉「うすぎりふに鷹の羽はぎまぜたる」などとする。「切斑」は矢羽で鷹の羽の斑が黒白の層をなしているもの〈日国〉。「二所籐ノ弓」は、〈長・屋・中〉同。〈盛・松・南・覚〉「滋藤ノ弓」（〈盛〉）。〈長・四・松〉は弓矢についての記述なし。

○一九ウ5　黒鴾毛ナル馬ニ白覆輪ノ鞍置テソ乗タリケル
馬の「黒鴾毛」は、〈長〉「きかはらげ」、〈盛・松〉「宿鴾毛」（〈松〉。さびつきげ）、〈南〉「鴾毛ムチ」。〈四・屋・覚・中〉は馬の毛色不記。「鴾《ツキ》毛」（月毛）は、葦毛でやや赤みを帯びて見えるもの〈日国〉。熊谷直実・直家父子の旗指しが、「黒鴾毛ナル馬」に乗っていた。第五本・五五ウ10注解参照。「白覆輪ノ鞍」は、〈南〉同。前輪と後輪に銀の覆輪を施した鞍橋。〈盛・松〉「洲崎ニ千鳥ノ飛散タル貝鞍」（〈盛〉）。〈長・四・屋・覚・中〉は鞍の記述なし。

○一九ウ6　馬ノムナカヒツクシマテ打ヒテヽ　〈長・屋・中〉「馬のふとばらつかるまで、うち入て」（〈長〉）、〈盛〉「鞍爪・鎧ノ菱縫板ノ浸マデ打入タレ」、〈松〉「馬ノ太腹、冑ノ菱縫ノ板浸ルマデ打入タリ」。海に一段ばかり馬をうち入れたとするのが〈四・南・覚〉。「鞅尽」（むながいづくし）は、鞅が馬の胸に付くところ。「ヒテヽ」は「漬てて」。水にひたること。ここは馬の胸まで水にひたる意。一五オ6にも「馬ノ太腹ムナカヒツクシマテ打ヒテヽ」とあった。馬を泳がせずに水中に入る限界か。

○一九ウ7　中七段計ニテ馬ヒカヘテ見レハ　扇までの距離が七段ほどあったとする点、〈長・盛・南・覚〉同様。〈四・松〉は「七八段計」、〈屋・中〉は「六七段計」。一段は六間で約一一メートル。波打ち際から一一メートルほど海へ進み出た与一と扇との間には、なお八〇メートル弱の距離があったことになる。なお、一段を九尺とする説もあるが、それでは扇の的まで二〇メートル程度になってしまう。ここは、一段九尺説が明らかに成り立たない箇所の一つだろう（徳竹由明）。八〇メートル先の扇の的を射るのは困難だろうが、困難であるが故に妙技として評価されるという文脈である。

○一九ウ7　比ハ二月ノ中ノ十日ノ事ナレハ余寒猶ハケシキ上
ここで日付を改めて確認する点、〈覚〉「比は二月十八日の酉の剋ばかりの事なるに、おりふし北風はげしくて、磯うつ浪もたかかりけり」に類似。〈長・盛・四・松・南・屋・中〉なし。〈四〉が本段冒頭で「二月廿日比事」と、あまり文脈に関わりなく日付を確認する例もあるので、判断は難しいが、〈延〉には、あるいは〈覚〉的本文との関連を考える余地もあるか（一九オ6注解参照）。平曲では、三重甲で語る聞かせどころ（『平家正節』）。梶原正昭は、英雄の活躍に先立ってその状況の苛烈さを強調し、英雄の活躍を際立たせるのは、合戦記によく用いられる手法であると指摘し、また〈覚〉では、ここでは北風であるのに対し、首尾良く扇を射た後の描写では「春風」になっている点、感情移入が見られるとする。

○一九ウ8　ケサヨリ北風吹アレテ海上静ナラス　風が強かったとする点は諸本同様。「北風」は、〈南・覚〉同（〈覚〉は前項注解参照）。〈松〉「西ノ風烈シクテ」。風は、〈四・南・屋・覚・中〉では、「折節」吹いたものとするが、〈四〉「折節風劇《シ》此程大風波《モ》未《タ》閑《ラ》」と、「此程大風」によって波が高かったとする。義経が渡海する際は北風が激しかったことは諸本に見えるが（八オ3注解参照）、〈延〉では、その強風がこの日も吹いていたと読めるか。幸若舞曲「那須与一」「昨日吹たる西の風、いまだ波こそ鎮まらね」。

○一九ウ9　座《ニモ》タマラスクルメキケリ　扇がくるくると動いたという描写は、諸本にあり。「座《ニモ》タマラス」に近いのは、〈長〉「座敷にたまらず」、〈屋〉「座敷ニモ定マラズ」。なお、〈松〉は、この後の与一の祈りに、「扇ヲ座席ニツケ」云々とある。「座」は定まった位置。〈盛〉「扇杭ニモタマラネバ」、〈松〉「串ニモタマラズ」、〈南・覚〉「くしにさだまらずひらめいたり」（〈覚〉）。

○一九ウ10　イツクヲ何《ニ》射ヘシトモ射ツホ更《ニ》覚《ヘ》ネハ　〈盛・四・松〉「何所ヲ射ヘシ共覚ズ」（〈盛〉）。〈中〉「矢つぼさだまらず、ひらめきたり」。〈長・南・屋・覚〉該当句なし。「射ツホ」は「矢つぼ」に同。矢を射る時に、ねらう目標。的。矢どころ。

○二〇オ1　願ハ西海ノ鎮守宇佐八幡大菩薩殊ニハ氏ウフスナ日光権現宇津宮大明神　与一が祈る対象は、日光権現の他に、八幡大菩薩・宇都宮大明神・那須（湯泉）大明神など。それらを、諸本の表記を尊重しつつ挙げると、左のようになる（各本の仮名書きは漢字に直した。「×」は不記。参考として幸若舞曲「那須与一」を加えた）。諸本の挙げる神名は、八幡を除き、与一の出身地である下野の神々。「氏ウフスナ」は、「氏産士《うぶすな》」で、生まれた土地を守護する神。すなわち、与一の生国下野国の神である。八幡は、〈盛・松・南・屋・覚・中〉では全国的な信仰対象としての八幡神と読めるが、〈延〉では「西海ノ鎮守宇佐八幡大菩薩」であり、〈集成〉は、瀬戸内海を支配する海神としての宇佐八幡への信仰であると指摘する。日下力は、与一が自分の地元の神を挙げることに注目、八幡を挙げることも源氏の氏神としてではないとする。佐伯真一14は、「軍記物語における武士達の祈りは、自らの氏神など出身地に関わる神や、さもなければ戦場周辺に支配力を有する神に捧げられている」とする。「日光権現」は下野国（栃木県）上都賀郡日光町にある二荒山三所権現。延暦七年僧勝道が示現を得て創建したと伝える。本宮（男体）・中宮（女体）・新宮を三所という。「宇都宮大明神」は下野国河内郡、現宇都宮市馬場町にある、下野一の宮二荒山神社。『続古事談』四に「宇都宮は権現（日光）の別宮なり」と見える。なお、菅原信海は、平安末期の日光山では、那須氏出身の禅雲と常陸国の豪族大方氏出身の隆宣との激しい座主争いがあったことを指摘、那須一族である与一の二荒山権現への信心は殊の外深かったのではないかとする。

	八幡	日光権現	宇都宮大明神	那須(湯泉)大明神
〈延〉	宇佐八幡大菩薩	日光権現	宇都宮大明神	×
〈長〉	×	日光権現	宇都宮大明神	×
〈盛〉	八幡大菩薩	日光	宇都宮	氏御神那須大明神
〈四〉	×	日光権現	×	×
〈松〉	八幡大菩薩	日光権現	×	那須ノ大明神
〈南〉	八幡大菩薩	日光権現	宇佐（ママ）ノ宮	那須ノ湯泉（ユセン）大明神
〈屋〉	正八幡大菩薩	日光権現	宇都宮大明神	×
〈覚〉	八幡大菩薩	日光権現	宇都宮	那須の湯泉大明神
〈中〉	正八幡大菩薩	日光権現	宇都宮の大明神	氏神那須の湯泉大菩薩
幸若	正八幡大菩薩	×	×	那須野の竜神

○二〇オ3　若此矢ヲ射ハツシヌル物ナラハ永ク本国へ不可返ル腹カイキリテ此海ニ入テ毒龍ノ眷属ト成ヘシ　射損じたら海に沈んで毒龍の眷属になろうという点、〈屋・中〉も類似。但し、「毒龍」は「大竜」（〈屋〉）とし、「永ク武士ノアタト成ンズル候」（同）と言う。海に沈むとする点は、〈長・四・南〉も同様。〈盛〉は、当たらぬならば矢を放たぬ前に海に沈めよとする。〈覚〉は「弓きりおり自害して、人に二たび面をむかふべからず」として、「海に沈む」とは言わない。〈松〉は、扇を射やすくしてほしいと祈るのみで、失敗した場合のことを言わない。なお、『常山紀談』巻一・二話の、天徳寺了伯が平家語りを聞いて落涙した著名な逸話では、「もし射損じなば味方の名折たるべし。馬上にて腹かき切て海に入ん」と思った与一の心情を思いやったとする。「海に入ん」にあたる語は、一方系語り本には見当

たらず、〈四・延・長・南・屋・中〉の他、東寺執行本・国民文庫本・両足院本などの八坂系や、百二十句斯道本・同平仮名本・鎌倉本・平松家本・竹柏園本などのいわゆる覚一系周辺本文に見られるものである。

○二〇オ6　余一心少シイサハシクシテ　該当句は他諸本なし。「イサハシクシテ」は、「勇ばしくして」。動詞「いさぶ」は、感動詞「いさ」から出た動詞で、「いさむ」と同根〈角川古語〉。

○二〇オ7　サスカニ物ノ射ニクハ夏山ノ峯緑ノ木ノ間ヨリホノカニ見ユル小鳥ヲ殺サテ射ルコソ大事ナレ　与一の心中描写。〈盛・松〉同内容。「物ノ射ニクハ」は、〈盛〉「射ニクキハ」がよいか。〈長・四・松・南・屋・覚・中〉なし。幸若舞曲「那須与一」では、曲の冒頭で射手に指名された与一が、味方の武士たちの前で「それ、物の面白きは、夏山や青葉まじりの木下に、鶸《ひわ》と小雀《こがら》と鶯と、そんぢやうその木の枝に、幾声鳴くと目には見ずして声ばかり、どんちにかけ、命も殺さず羽も散らさず、是を蟇目の目のたちに、射込ふで取るぞ大事なる」と言って、からから笑う場面がある。困難な射芸のたとえ。

○二〇オ8　是ハ波ノ上ノ扇ナレハタヤスカルヘシトモ　「タヤスカルヘシトモ」は、「タヤスカルベケレドモ」とあるべき。前項の本文を共有する〈盛・松〉は、「挟テ立タル扇也、神力既指副タリ、手ノ下ナリト思ツヽ」（〈盛〉による。〈松〉は「神力」云々なし）として、ここでは困難さを述べない（敵味方の注視の中にあるという点は先出。次項注解参照）。

○二〇オ9　息ノ船ニハ主上建礼門院ヲ始奉テ二位殿北政所月卿雲客屋形ヲ並ヘテ目ヲスマシテ是ヲミル　「息」は「おき」（沖）。九ウ1にも見えた。「北政所」は基通室の完子（一三オ7注解参照）。〈盛〉は与一が波打ち際に出た場面（一九ウ6相当）に類似文あり。「弓手ノ沖」に主上、建礼門院、北政所を初めとした女房たちを配し、「妻手ノ沖」に宗盛を初め平家の武将たちの名を連ねた長大な描写。〈松〉もこれに近い場面に、「海上ニハ先帝ヲ始メ…」「前ニハ内大臣宗盛卿父子…」として、〈盛〉よりは簡略ながら、多くの名を連ねた記事あり。〈南・屋・覚・中〉は、〈延〉本項に近い場面に、「おきには平家船を一面にならべて見物す」（〈覚〉）とあり。〈長・四〉なし。

○二〇ウ1　汀ノ源氏ハ九郎大夫判官ヲ初トシテ東国北国ノ大名小名小馬ヲ静メ肩ヲ並テ見物ス　〈長・四・南・屋・覚・中〉なし。〈盛〉は前項に続き、「後ノ陸ヲ顧レハ、源氏ノ大将軍、大夫判官ヲ始テ」、畠山重忠、土肥実平ら十四名の人名を列挙し、「源氏大勢ニテ轡ヲ並テ是ヲ見」とする。〈松〉「陸ニハ大将軍九郎大夫判官ヲ始トシテ、轡ヲ並テ是ヲ見ル。源氏ノ軍兵、各手ヲ挙リ堅津《カタツ》ニ咽テ礬ヘタリ」。

〇二〇ウ3　怯猿ノ芸ヲ施シケル養由飛雁ノ声ヲ射ケル更嬴モ胸シヌヘクソオホヘケル　諸本になし。「養由」「更嬴」ともに、春秋時代の弓の名人。「怯猿ノ芸ヲ施シケル」とは、飛んでくる矢を掴んで戯れる猿が、養由に弓を構えられただけで怯えたという『淮南子』説山訓に見える故事。「飛雁ノ声ヲ射ケル」は未詳だが、『戦国策』楚巻第五孝烈王の条に見える、更嬴に矢傷を負わされた雁が、更嬴の弓音だけで落ちてきたという故事に関わるか。第二中・九〇ウ2には、「昔ノ養由射《ヰキ》二雲ノ外ノ雁ヲ一」とあったが、これも典拠未詳。『三教指帰』巻上「翫レ射、則落鳥・哭猿之術、羿・養・更・蒲、絶レ弦含レ歎」。『八幡愚童訓』甲本「養由弓ヲ取シカバ猿悲テ木ヨリ落チ、更嬴弓ヲ引シカバ雁連テ地ニ羽掻」。

〇二〇ウ4　十二束二伏ヲヨ引テシハシカタメテ兵ト射タリ

「十二束二伏」は、〈盛・南・屋・中〉同。〈長〉「十二そく」、〈四〉「十一束二伏」、〈松・覚〉「十二束三伏」。なお、〈南・屋・覚・中〉は「小兵といふぢやう」（〈覚〉）の語を伴う。この「ぢやう」は、〈旧大系〉などは逆接ととるが、〈全注釈〉が順接の意であるとして以来、これに従う注が多い。だが、〈日国〉「じょう【定】」項や〈角川古語〉「ぢやう【定】」項が当該箇所を引いて逆接の意と解するように、やはり逆接と取る方が順当であろう。ちなみに、那須与一奉納と伝承される鏑矢が、那須温泉《ゆぜん》神社（栃木県那須郡那須町湯本）に現存する（近藤好和）。

〇二〇ウ6　扇ノ蚊目ハタトイテニニサトソサケニケル

「蚊目」はかなめ。〈松〉も同表記。書言字考『節用集』に「蚊ノ目」とあり。扇の要を射たとする点は諸本同様。但し、〈屋・覚・中〉は「金目ヨリ上一寸計置テ」（〈屋〉）などと、要ぎわよりも一寸ほど上を射たとする。但し、〈盛〉は「扇ノ紙ニハ日ヲ出シタレバ恐アリ」という理由で要を狙ったとし、〈松〉は、与一が振り返り、「ヤ、扇ハイヅクヲ射候ベキ」と尋ねると、伊勢三郎が「扇ハ蚊ノ目ヨ」と答えたので、要を狙ったとして、いずれも与一の余裕ある態度を描く。扇が二つに裂けたとする点は次項注解参照。

〇二〇ウ6　一ハ海ニ入テ波ニユラル一ハ一丈計空ヘ上ル折節嵐吹テ地ニモヲトサスソラニ吹上テ舞遊フ　要を射られて二つに裂けた扇の、一方はすぐに海に落ちたが、もう一方は空に舞い上がり、風に吹かれて空中を舞ったとする。この記述は他本に見えない。但し、〈松・中〉は、扇が三つに裂けたとする。また、扇が空中を舞った（ひらめいた）とする点は、〈長・盛・松・南・屋・覚・中〉同様。扇が単に海に落ちたとするのは、〈四〉のみ。

○二〇ウ8　是ヲ見テ船ハタヲ叩キ船屋形ヲ叩キ感ケリ源氏ノ方ニハ前ッ輪ヲ叩キエヒラヲ叩テト丶メキケリ　源平双方の喝采を描く点は諸本同様。但し、〈長・盛・南・屋・覚・中〉では、次項の扇の美しさを描いた後。また、源氏が箙を叩いたとする点は諸本同様だが、鞍の「前ッ輪」をも挙げる点は、〈盛〉のみ同様。

○二〇ウ10　夕日ニカ丶ヤキテ波ノ上ニ落ケルハ秋ノ嵐ニ龍田川ニ紅葉ノチリシクカトソ覚ヘケル　海面に落ちた扇が、夕日に照らされながら波に揺られる美しさを描く点は、〈長・盛・四・南・屋・覚・中〉同様、〈松〉なし。龍田川の紅葉に喩える点は、〈長・盛〉同様（〈盛〉「龍田山ノ秋ノ晩、河瀬ノ紅葉ニ似タリケリ」）。〈四・松・南・屋・覚・中〉なし。なお、〈盛〉では、人々の喝采の後、玉虫が「時ナラヌ花ヤ紅葉ヲミツル哉芳野初瀬ノ麓ナラネド」の歌を詠んだとする。

○二一オ2　余リ感ニ不絶ﾆサニヤ　「余り感にたえざるにや」と読むべきところで、「サ」は衍字もしくは「ル」の誤りか。以下、平家の武者が一人、感動に耐えられずに舞ったが、与一に射られたことを述べる。〈長・南・屋・覚・中〉は、〈長〉「此興に入て」、〈覚〉「あまりの面白さに、感にたへざるにやとおぼしくて」等の言葉でこの記事を始めるが、こうした言葉で記事を接続しない〈盛・四・松〉も、この男の心情は同様と読める。

○二一オ2　平家ノ船ノ中ヨリ年五十余リナル武者ノ　「平家ノ船」とは扇を立てた船か（次々項注解参照）。「五十余リナル武者」、〈長・四・覚〉同様。〈屋・中〉は年齢不記。これらが名を記さないのに対して、〈盛〉は「伊賀平内左衛門尉ガ弟ニ十郎兵衛尉家員」（〈松〉も同様）、〈南〉は「鎮西ノ住人松浦ノ太郎重俊」とする（〈南〉は男が射殺された後に記す）。伊賀平内左衛門尉家長は、知盛の郎等。家員は未詳。また、松浦太郎重俊は、西光の拷問や斬首などを務めたとされる人物（第一末・一八オ7注解参照）。〈松〉では、小舟に乗った女と共に、義経を射るために、「射手ニハ九国ノ住人松浦太郎重俊ト云ケル強弓ノ精兵手垂レ、同ジ舟ニ乗ケリ」と、義経を狙う射手だったと記されるが、〈南〉ではそうした記述はない。

○二一オ3　黒革威ノ鎧キテ大擲刀持タルカ　「黒革威ノ鎧」は、〈長・四・松・覚〉同様。〈四〉は「繁目結直垂」「白星甲」も描く。〈南・屋〉は「節縄目ノ腹巻」（〈南〉）、〈中〉「ふしなはめのよろひ」。〈四〉以外の諸本は兜を描かないが、

〈延〉の場合、この後、余一が「舞ケル武者ノ内甲」を射抜いたとするので、やはり兜を着けていたことになろうか（二一オ9注解参照）。「大擲刀」については、〈盛・四〉「長刀」（〈盛〉）、〈松〉「小長刀」、〈屋・覚〉「白柄長刀」、〈中〉「しらえの大長刀」。〈南〉「長太刀」。〈長〉なし。長刀を持っていたとする本が多いのは、〈盛〉が長刀で「水車ヲ廻シ」たとするように、長刀が舞の小道具に使われやすいものだったためか。

○二一オ3　扇立ツルセカヒノ上ニテ舞ケリ　扇を「せがひ」（ふなばた）に立てたことについては、一九オ6「船ノ舳ニ立テ、…」注解参照。この男が舞った場所について、類似の記述は、〈長〉「あふぎたてたる所にさし出て」、〈盛〉「扇ノ散タル所ニテ」、〈覚〉「扇たてたりける処にた(ッ)て」。以上は、扇を立てていた船の上で舞ったと読める。一方、〈四〉「船艫屋形上シ」、〈松〉「舟ノセガイヘ出テ」、〈南〉「船端ニ立出テ」、〈屋・中〉「船ノ中」（〈屋〉）は、手がかりがない。しかし、安徳天皇や宗盛をはじめ、平家の人々が乗った多くの船は、矢の届かない沖にいたはずなので、与一によって射倒されることは考えにくい。おそらく、諸本を通じて、この男は扇を立てた船に乗っていたと読むべきだろう。この点を指摘した今井正之助は、この男は本来は義経を狙う射手だったと読む。一九オ8注解で見たように、〈長・盛・南・屋・覚・中〉では、扇の的自体が義経を狙う平家の策略であった可能性に触れている。〈延・四〉ではそうした記述はないが、今井は、〈延〉一九オ3「兵一人モ不乗一ケリ」とありながら、その船にこの男が乗っていたことを、狙撃手であるために隠れていたものと解する。

○二一オ6　アレヲ射ヨト云ケルニ或又若射ハツイツル物ナラハ先ニ扇ヲ射タリツル事モ気味有マシナイソト云者モアリ只トク射ヨト云者モアリ　この武者を射るべきかどうかの議論を載せるのは、他に〈盛〉。〈盛〉はより詳細で、「是程ニ感ズル者ヲバ如何無レ情可レ射。扇ヲダニモイル程ノ弓ノ上手ナレバ、増テ人ヲバ可レ弛トハヨモ思ハジナレバ、ナイソ」という者と、『扇ヲバ射タレ共、武者ヲバエイズ、サレバ狐矢ニコソアレ』トイハンモ本意ナケレバ、只イヨ」という者があったが、結局、「情ハ一旦ノ事ゾ。今一人モ敵ヲ取タランハ大切也」との意見によって射ることに決めたとする。〈屋・中〉は、伊勢三郎が、「憎ヒ奴ノ二ノ舞哉」（〈屋〉）という義経の言葉を伝えて射させる。〈南・覚〉も、伊勢三郎が義経の命令を伝えたとするが、射る理由は記さない。〈四・長・松〉では、与一がこの男を射たと描くのみで、射たのは与一の判断であったと読めるが、射る理由については何も記さない。以上の諸本からは、与一がこの男を射る理由として、三点が抽出できよう。第一に、〈延〉及び〈盛〉の途中までの議論からは、扇の的を射当てたのがまぐれではなかったこと、与一の腕前が確かであることを証明するという目的が窺えよう（逆にいえば、源氏の武士の中には、この男の舞を、そうした技術の確かさを問いかける挑発と見る者がいたとも解せようか）。与一がこの男を射たことに対する評価として、〈長〉に「手全くいたり」とあり、〈盛〉に「二度ノ高名」とあるのも、弓射の技術を評価したものであろう。第二に、〈盛〉の結論を決めた「今一人モ敵ヲ取タランハ大切也」という言葉には、特にこの男を射るというよりも、戦場では一人でも多くの敵を殺すべきだという論理がある。石井紫郎はこの論理に注目し、国家の敵を滅ぼすためには手段を選ばないという公戦の論理が、戦場に慣習的に存したルールを破壊する例として、一騎打ちルールの崩壊やだまし討ちの横行と類似の現象ととらえた。第三に、〈屋・中〉からは、この男の舞が何らかの理由で義経を不快にさせたことが窺える。津本信博や今井正之助はこの点に注目し、特に今井は、この男の我が物顔の舞いは、「部外者が晴れの舞台を舞によって占拠した」ものとして、義経や与一の不快を呼んだのだと考えた。〈四・松〉は、男が「喜《シャ》水」と舞ったとするが、「うれしや水」などの乱舞は、時に「一種の示威行為」、あるいは「自分たちを鼓舞する」激しさを持っていたともいわれる（沖本幸子）。そうした舞が目障りに感じられたという理解もあり得ようか。但し、今井はこうした読みが〈覚〉などにも適用できるとするが、義経が射殺を命じたと描く語り本に関する論であり、〈延・盛〉などに適用しようとしたものではない。また、二一オ10「其度ハ…」注解に見るように、〈屋・中〉の本文が諸本の中でやや特殊な傾向を見せることは考慮すべきであり、〈屋・中〉による解釈をその他の本文に適用することには慎重さも求められよう。なお、今成元昭は、この男の舞を「貴族精神に基づいた陶酔」ととらえ、それが「粗野で残忍な源氏方の行為によってたちまちに破られた」のがこの場面であり、語り本系においては「人間不在の行為に対する侮蔑の筆づかい」がなされているという読解を示している。

○二一オ6　余一射ト云時ニハ矢ヲサシハケナ射ソト云ヲリハ矢ヲサシハツシケルホトニナイソト云者ハ少ク只射ヨト云者ハ多リケレハ　「ナ射ソ」「ナイソ」は「射るな」の意。「射ヨ」「ナ射ソ」の声に応じて、余一が矢をつがえたり外したりする描写は他本なし。〈盛〉は、扇を射て一旦陸に戻ってきた与一が、再び海に入って射たとする。

○二一オ8　余一今度ハ中指ヲ取テ番テ又ヨ引テ射タリケレハ
矢を「中指」とする点、〈長・松・南・屋・覚・中〉同。〈盛〉「征矢」。〈四〉不記。「中指《なかざし》」（中差）と「征矢」はほぼ同義で、軍陣用の矢を言う。扇を射た鏑矢とは異なり、殺害を目的としたもの。

○二一オ9　舞ケル武者ノ内甲ヲ後ヘツト射出タリケレハ
「内甲」を射たとするのは、〈延〉のみ。〈長・盛・四・松・南・屋・覚・中〉は「頸ノ骨」（〈盛〉）とする。また、この男が兜を着けていたと描くのは他に〈四〉のみで（二一オ3注解参照）、〈盛・松〉は、〈盛〉「黒糸威ノ冑ニ甲ヲバ不著、引立烏帽子」のように、兜を着けていなかったとする。兜を着けたまま舞った例としては、法住寺合戦における鼓判官知康の例があるが、これは鎧を着ず、兜のみを着けて舞った異様な姿（第四〈巻八〉・五四オ6注解参照）。

○二一オ10　男ハシハシモタマラスマ逆ニ海ヘカフト入ニケル　「カフト」は、「がぶと」。水中に陥る擬声語。〈松〉「海中ヘダブト落ス」。〈長・盛・四〉も海へ落ちたとするが、擬声語なし。〈南・屋・覚・中〉は海に落ちず、船内で倒れた描写。

○二一オ10　其度ハ船中ハニカリヲトモセス源氏ノ方ニハアイタリ〳〵ト云者モアリ又無情射タリト云者モアリ　船中（平家）は苦り、声もなかったのに対して、源氏の側は賛否が分かれたとする。この男を射たことに対して肯定・否定双方の反応があったことは、諸本に見えるが、その描き方はさまざまである。〈長〉は、源平を区別せず「こんどはにがりてをともせず。色もなういたり」といふ人もあり、手全くいたりといふものも有」とする。〈盛〉は、平家は音もせず、源氏は賛否が分かれたとする点は〈延〉と同様だが、義経は大いに感じ入って鞍置馬を与えたとする。〈四・南〉は、源平を区別せず、賛否双方の反応を記す。〈松〉は源平を区別せずに賛否両論を記し、「人ノ心区ナリ」とした後、「源氏ノ方ニハ箙ヲタヽイテ咲ケリ。舟ノ内ニハ音モセズ」と、源平の反応を対照的にも描き、さらに、義経が鞍置馬を与えたとする。〈覚〉は、平家は音もせず、源氏は喜んだとした後、源平を区別せずに賛否双方の反応を記す。〈屋・中〉は、源氏は喜び、平家は音もせずと、源平を描き分ける。特に〈中〉の場合、「源氏のつはものどもは、一度にどゝわらひけり。平家のかたには、めんぼくなければ音もせず」と源平をはっきり描き分けている。諸本の多くは、源氏の中にも与一に否定的な反応があったと記すが、〈屋・中〉はそれを記さず、特に〈中〉は、平家がこの顛末を「面目ない」ことと感じていたとするわけである。与一の行為を「無情」とする反応は、〈盛〉の「是程ニ感ズル者ヲバ如何無レ情可レ射」という言葉に見るように、敵味方を越えて与一の射芸に感動している者を殺すとは情けないという感情を示すものであろう。この男の舞を「憎ヒ奴」（〈屋〉。二一オ6注解参照）と感じたという反応は、やはり必ずしも一般的ではないといえようか。

2 錣引

（二一ウ）

平家ノ方ヨリ弓矢一人楯ツキ一人打物持タル者三人小船ニ乗テ陸ニ押寄テ船ヨリ飛下テ楯ヲツキ向テ寄ヨヤ〳〵トソ招ケル判官是ヲ見テ若者共係出テケチラセヤト宣ケレハ武蔵国住人丹生屋十郎同四郎上野国住人ミヲノヤノ四郎信乃国住人木曽仲太弥中太五騎ヲメイテ馳向フ平家ノ方ヨリ十五束ノヌリノニ鷲羽鷹羽鶴

本白破合《セニ》ハイタリケル矢《ヲ》以《テ》射タリケルニ丹生屋十郎《カ》
馬草別《ヲ》羽フサマテ射貫《レテ》馬《ハ》屏風《ヲ》返《ス》如《クニ》ノケサ
マニ倒《レニ》ケリ十郎《ハ》足《ヲ》コシテ女手《ノ》方《ヘ》落立《ヌ》平家方

（二一オ）

ヨリ打物持《タル》者十郎《ニ》寄合《タリ》十郎イカヽ思《ケン》カイフヒテ
逃《ル》処《ヲ》追カヽリテ十郎《カ》甲《ノ》シコロ《ニ》カナクリツク身命《ヲ》捨《テ》
サシウツフキテ引タリケレハ甲《ノ》緒《ヲ》フツト引チキリテ取ラレ《ニ》ケ
リ十郎逃延《テ》馬《ノ》影《ニ》息ツキ居タリ敵長刀《ヲ》ツカヘテ扇開
ツカフテ今日近来京童部マテモ沙汰スナル平家ノ御方《ニ》越
中前司盛俊《カ》次男上総悪七兵衛景清《ト》名乗《テ》船《ニソ》乗
ニケル平家《ノ》方《ニハ》是《ニソ》少《シ》心地ナヲリテ思《ケル》

〔本文注〕

○二一ウ5　**丹生屋**　「丹」は異体字か。一三ウ6本文注参照。二一ウ8も同。

○二一ウ7　**鷹羽**　字体やや不審。

〔釈文〕

平家の方より弓矢一人、楯つき一人、打ち物持ちたる者三人、小船に乗りて陸に押し寄せて、船より飛び下りて楯をつき向かひて、「寄せよや寄せよや」とぞ招きける。判官是を見て、「若者共、係《か》け出でてけちらせや」と宣ひければ、武蔵国住人丹生屋十郎、同四郎、上野国住人みをのやの四郎、信乃国住人木曽仲太、弥中太、五騎をめいて馳せ向かふ。平家の方より、十五束のぬりのに、鷲羽《わしのは》、鷹羽《たかのは》、鶴本白《つるのもとじろ》、破合《わりあ》はせにはいだりける矢を以て射たりけるに、丹生屋十郎が馬の草別を羽ぶさまで射貫かれて、馬は屏風を返す如くに、のけざまに倒れにけり。十郎は足をこして女手《めて》の方へ落ち立ちぬ。平家方二二オ▼より打ち物持ちたる者、十郎に寄り合ひたり。十郎いかが思ひけん、かいふいて逃ぐる処を、追ひかかりて十郎が甲のしころにかなぐりつく。身命を捨て、さしうつぶきて引きたりければ、甲の緒をふつと引きちぎりて取られにけり。十郎逃げ延びて、馬の影に息つぎ居たり。敵長刀をつかへて扇開きつかふて、「今日近来京童部までも沙汰すなる、平家の御方に越中前司盛俊が次男、上総悪七兵衛景清」と名乗りて、船にぞ乗りにける。平家の方には、是にぞ少し心地なほりて思ひける。

〔注解〕

○二一ウ2　平家ノ方ヨリ弓矢一人楯ツキ一人打物持タル者三人小船ニ乗テ陸ニ押寄テ…　以下、錣引きの逸話に展開する。那須与一の話の後に景清の錣引きを置く点、〈長・四・南・屋・覚・中〉同様。一方、〈盛〉は、景清と丹生屋十郎との戦い（錣引きなし）を描いた後、弓流しをはさんで、盛嗣と小林宗行の錣引きを記す（本段冒頭・一九オ3〜注解の対照表参照）。また、〈松〉は、那須与一記事の後、大胡小橘太の水練の話（〈盛〉にもあり）を記し、その後に景清錣引きを記す。〈松〉には盛次の錣引きもあり、二つの錣引きが記される。錣引きという行為については、二二オ3注解参照。なお、本段冒頭一九オ3〜注解に見たように、那須与一の話は、〈四〉以外の諸本では夕暮れのことと描かれており、〈南・屋・覚・中〉では、日が暮れてもはや勝負を決しがたいとも語るのだが、その後に、再び錣引き・弓流しなどの活発な合戦が展開されることになる点は、やや不合理か。佐伯真一98は、屋島合戦に話材が過剰であるために生じた現象と見る。

〈延〉	〈長〉	〈盛〉	〈四〉	〈松〉	〈南・屋・覚・中〉
1武蔵国住人 丹生屋十郎 2同四郎 3上野国住人 ミヲノヤノ四郎 4信乃国住人 木曽仲太 5弥中太	1常陸国住人 水保屋十郎 2同弥藤次 3同三郎 4武蔵国住人 金子十郎 5同余一	1武蔵国住人 丹生屋十郎 2同四郎	1武蔵国住人 見尾屋四郎 2同藤七 3同十郎 4信濃国住人 木曽仲太	1奥州ノ住人 丹生屋ノ四郎 2同与一 3弥藤次 4同三郎 5武蔵国住人 金子ノ金一	1武蔵国住人 ミヲノ屋四郎 2同藤七 （同七郎〈屋〉） 3同十郎 4上野国住人 ニウノ四郎 （につたの四郎〈中〉） 5信乃国住人木曽中太

○二一ウ4　判官是ヲ見テ若者共係出テケチラセヤト宣ケレハ　義経の命に応じて戦った者の名、人数の諸本間の異同は右の通り。

○二一ウ5　武蔵国住人丹生屋十郎同四郎上野国住人ミヲノヤノ四郎　諸本、「ニュウ」「ニュウノヤ」「ミヲノヤ」などの名が入り乱れ、また、出身地の表記もさまざま。「丹生」は、〈南・屋・覚・中〉に見るように上野国甘楽郡新屋郷（現群馬県甘楽郡甘楽町）の住人か。また、「ミヲノヤ」は、〈四・南・屋・覚・中〉のように武蔵国（埼玉県）比企郡川島村三保谷の住人であろう。『吾妻鏡』では、文治元年十月十七日条に、土佐房昌俊に従って義経を襲った「水尾谷十郎」、同二年六月十八日条には頼盛弔問の使節となった「水尾谷藤七」、同五年七月十九日条には、奥州攻めに進発した武士の中に「三尾谷十郎」の名が見える。菱沼一憲によれば、水尾谷氏は、近江など京都に近い場所に所領を持っていたか、あるいは京都を活動拠点としていた御家人であったかとする。また、「にう」（丹生）は、上野国甘楽郡丹生郷（現群馬県富岡市上丹生《かみにゅう》・下丹生）にあたるか。四オ10・四ウ1注解参照。

○二一ウ7　信乃国住人木曽仲太弥中太　系譜未詳。源氏名寄せに見える「木曽仲次」に関わるか。四ウ1「木曽仲次」注解参照。

○二一ウ7　十五束ノヌリノニ鷲羽鷹羽鶴本白破合セニハイタリケル矢ヲ以テ射タリケル　「十五束」とする点、〈盛〉同。〈長〉十二束三伏、〈松〉十三束三伏、〈南・屋・覚・中〉は単に「大矢」とする。〈四〉不記。この矢を射た平家武士の名は諸本とも記さないが、十五束もの大矢を射たのは名のある者と見られ、この後に名乗る景清である可能性が強いか。矢羽については、〈盛〉ほぼ同。〈長〉「くろつばのそや」、〈南〉「黒塗ノ、ニ黒ホロハギタル」など。

○二一ウ8　丹生屋十郎カ馬草別ヲ羽フサマテ射貫レテ馬ハ屏風ヲ返ス如クニノケサマニ倒レニケリ　射られた人物は、〈盛〉同。〈長〉「水保屋十郎」、〈四〉「見尾屋十郎」、〈松〉「丹生屋ノ四郎」、〈南・屋・覚・中〉「ミヲノ屋ノ十郎」（〈南〉）。〈延・盛・松〉の「ニユウノヤ」、〈長・四・南・屋・覚・中〉の「ミヲノヤ」と整理できよう。〈盛〉以外の諸本では、これが景清鏃引きの相手。この矢が深く刺さって馬が倒れたとする点は諸本同様。

○二一ウ10　十郎ハ足ヲコシテ女手ノ方ヘ落立ヌ　〈長・盛・松・南・屋・覚・中〉基本的に同様。〈長〉「あしをこして、ひらとたつ」、〈屋〉「主ハ馬手ノ足ヲコシ馬ノ頭ニユラト立テ」など。〈四〉は「落チ立」のみ。跨がっていた馬から「足を越し」て飛び降り、倒れる馬の右側に降り立った。第二末「石橋山合戦事」六三オ6「馬ハネテ乗タマラス足ヲ越テヲリタチヌ」、第三本「沼賀入道与河野ノ合戦事」三二ウ8「馬ノ頸ヨリ足ヲ越シテ」等。

○二一ウ10　平家方ヨリ打物持タル者十郎ニ寄合タリ　平家の武士が打物を持って襲いかかる点、諸本同様であり、他諸本では打物は長刀（大長刀）。〈延〉もおそらく長刀であろう（二二オ4「敵長刀ヲツカヘテ」）。但し、〈四〉では、先ず見尾屋が太刀を抜いて飛び懸かったが、敵が長刀で打ち合おうとしたので逃げたとする。〈南・屋・覚・中〉も、見尾屋が太刀を抜いたことを先に記す。諸本いずれも、この段階では平家武士の名を記さないが、二二オ6で明らかになるように景清である。

○二二オ1　十郎イカヽ思ケンカイフヒテ逃ル処ヲ　「カイフヒテ」は「かき伏して」の音便。体をかがめ、体勢を低くした意。伏せて逃げたとする点は、諸本同様。逃げた理由は、〈盛・松〉「不レ叶ト思テ」（〈盛〉）、〈長〉「大なぎなたにかなはじとやおもひけん」、〈南〉「此太刀ニテハ叶ハジトヤ思ヒケン」、〈屋・覚〉「小太刀、長刀にかなはじとや思けん」（〈覚〉）など。太刀と長刀の対決では、長刀の方が有利であったと見られる。

○二二オ2　十郎カ甲ノシコロニカナクリツク　〈長〉「右の

手をさしのべて、水保屋がかぶとのしころをつかまん〳〵とするが、二三度とりはづしけるが、追懸て、むずととらへて、えいとひく」。右手を伸ばしたとあるが、左手には長刀を持っていたと読める。〈南・屋・覚〉は、大長刀を左脇に挟み、空いた右手で三度錣を掴もうとするも失敗し、四度目に捕らえる様子を描く。〈四・松・中〉も基本的に同様。〈盛・松〉に見える盛嗣と小林宗行の錣引きは、盛嗣が小林宗行の兜に熊手をかけて引いたもの。

○二二オ3　甲ノ緒ヲフツト引チキリテ取ラレニケリ　〈長・中〉では錣が、〈四・松・南・屋・覚〉及び〈盛〉の盛嗣・小林宗行の錣引きでは、鉢付けの板がちぎれたとするが、鉢付けの板は、兜の鉢に付ける、錣の一枚目の板なので、内容は同じ。これらでは、錣の部分だけが敵に奪われたことになる。一方、〈延〉では兜ごと奪われたことになる。絵画では、景清が、引きちぎった錣を持ったり（林原本絵巻）、あるいは錣を長刀の先に貫いて誇る（永青文庫本『屋島・一ノ谷合戦図屏風』）などの場面がしばしば描かれており、一般的には錣を引きちぎったと理解されている場面といえよう。なお、丹生屋は逃げたわけであり、この後の名乗りなどから見ても、勝者は景清であるというべきだろうが、錣や兜の緒を引きちぎったのは丹生屋の首の力でもある（〈盛・松〉の小林宗行も同様）。現在では首の力を競う競技というものはないため、ややわかりにくいが、中世には狂言「首引」などで知られる「首引き」の遊びもあり、〈盛・闘・南〉の一谷合戦では、業盛が首の力で敵の郎等を振り倒すという場面もある（第五本・七八ウ３注解参照）。つまり、この場面は景清の腕力と見尾屋の首の力が競い合い、どちらも並大抵ではなかったために、錣や兜の緒がちぎれるという結果を生んだものであろう。盛嗣と小林宗行の錣引きは、〈盛〉では「金剛力士ノ頸引」、〈松〉では「金剛密迹ノ二人ノ頸引」と評される。このように、錣引きは、必ずしも景清の専売特許ではなかったのかもしれないが、謡曲「景清」でも語られるように、景清のこととして著名である（逆に言えば、景清が『平家物語』の合戦場面で活躍する場面は少なく、景清の活躍としてはこれが代表的な場面である）。北川忠彦は、〈盛〉巻三五の畠山重忠が巴の袖を引く例、謡曲「一来法師」で一来が浄妙房の錣を引く例、『吾妻鏡』建暦三年（一二一三）五月二日条で朝比奈義秀が足利義氏の袖を引く例、仮名本『曽我物語』や幸若舞曲「和田酒盛」における曽我五郎と朝比奈の草摺引きなどの例を挙げて、こうした「引く」話は諸豪傑の話として伝わっていたとしても不思議はないものだが、「いちはやく錣引の立役者としての位置を獲得したのが景清であった」と見る。さらにその背後の問題としては、服部幸雄が歌舞伎の「象引」から「引き合う芸能史」の存在を考え、その起源は、たとえば綱引きなどのような年占、つまり「民間の呪術宗教的儀礼」に遡ると想定したように、民俗的な神事に関わる芸能を考えることができよう。

○二二オ4　越中前司盛俊ヵ次男上総悪七兵衛景清ト名乗テ

　景清が越中前司盛俊の子と名乗る点は、〈延〉独自。他本では系譜を言わず、〈覚〉「是こそ京わらんべのよぶなる上総の悪七兵衛よ」などと名乗る。景清の出自を示す史料は乏しいが、例えば〈延〉第三末・一七ウ5以下に「上総守忠清　同子息五郎兵衛忠光　七郎兵衛景清」と記されるように、名寄せの紹介では忠清の男と読める場合が多く、「上総悪七兵衛」の名も、父の官名によると見るのが自然であろう。『系図纂要』にも、忠清の男、忠綱・忠光の弟として「景清〈伊東志知兵衛〉」を記す。さらに、『山槐記』治承四年十一月四日条で、忠清によって信濃守・追討使に推挙されていることも、忠清の男であることを推測させよう（以上、〈大事典〉「藤原景清」項参照）。但し、佐々木紀一は、景清が、忠綱・忠光を差し置いて信濃守に推薦される点から、忠清の末子とするのは無理で、忠清の弟か、叔父である可能性を指摘する。盛俊の男とするのは、平家の侍大将としてしばしば並称される盛嗣との混同があるか。

○二二オ7　平家ノ方ニハ是ニツ少シ心地ナヲリテ思ケル　類似の記述は〈長・松・南・覚〉にあり。〈盛・四・屋・中〉にはないが、〈四・屋・中〉も、内裏を焼かれた上に扇の的で意気消沈していた平家軍の士気がやや上がったという文脈ではあろう。〈盛〉は種々の戦いを描き、混戦と読める。

3 弓流

平家ノ方ヨリ

二百余騎楯廿枚モタセテ岡ニ上テ散々ニ戦フ源氏始ハ百四
五十騎計有ケルカコヽカシコヨリ二三十騎四五十騎ツヽ馳集リニ
ケレハ其勢三百余騎ニ成ケリ判官勝ニ乗馬ノ太腹マテ

（二二オ）

海ヘ打入テ責付タリ船ヨリ熊手ヲ以判官ノ甲ニ係ラントスルヲ判
官ハ弓ヲハ左ノ脇ニ挟ミ右手ニテ太刀抜テ熊手ヲ打ノケヽヽ
スルホトニイカヽシタリケン弓ヲトリツシテ海ヘ落シ入タリケルヲ敵
熊手ニテ係フヽヽトスルヲハシラス馬ノ下腹ニ乗下リテ指ウツフキ
テ此弓ヲトラン〳〵トシケレトモ波ニユラレテ取ラレサリケレハ岡ヨリ
是ヲ見テ其御弓捨サセ給ヘヤアレハイカニ〳〵ト音々ニ訇リケレト

（二二ウ）

7
8
9
10

1
2
3
4

モ聞給ワストカクシテ鞭《ニテ》カキヨセテ遂《ニ》弓ヲ取《テ》上給タリケレハ兵口々《ニ》申ケルハ銀金ヲ丸メテ作《タル》弓ナリトモ争御命《ニハ》替サセ給ヘキ穴浅狼《ノ》御心ノツレナサヤト申ケレハ判官ヤ殿原義経《カ》弓《ト》云ハヽ三人ハリ五人ハリニテモアラハコソ聞ユル源

（二三オ）

氏大将軍ノ弓ノツヨサト云沙汰セラレテ義経《カ》面目《ニテモ》アラメソレタニモ義経《コソ》平家《ノ》郎等共《ニ》責付ラレテ不絶シテ弓《ヲ》落《シ》タリツルヲ取タル此ミヨヤ弓《ノ》ヨハサスカタノヲロカサヨナント云《テ》披露セン事《ノ》口惜サト云又鎌倉《ニ》聞給《テ》無下ナリケル者ヨト思給ワンモ心ウカルヘレハ命《ニ》カヘテ取タリツルナリト宣ヘハ人々是《ヲ》聞《テ》穴怖《ノ》御心中ヤト申《テ》舌《ヲ》振《テ》感《シ》アヘリ

〔本文注〕

○二二ウ3　トリツ《ハ》シテ　「ハ」は「リ」と「ツ」の間に傍書。

○二三オ5　心ウカルヘレハ　「レ」は字体不審。「シ」を重ね書き訂正した可能性があるか。

〔釈文〕

平家の方より二百余騎、楯廿枚もたせて、岡に上がりて散々に戦ふ。源氏、始めは百四五十騎計《ばか》り有りけるが、ここかしこより二三十騎、四五十騎づつ馳せ集まりにければ、其の勢三百余騎に成りにけり。

判官勝に乗りて、馬の太腹まで▼二二ウ海へ打ち入れて責め付けたり。船より熊手を以て判官の甲《かぶと》に係《か》けんとするを、判官は弓をば左の脇に挟みて、右手にては太刀を抜きて、熊手を打ちのけ打ちのけするほどに、いかがしたりけん、弓をとりはづして海へ落とし入れたりけるを、敵熊手にて係《か》けう係《か》けうとするをばしらず、馬の下腹に乗り下がりて、指しうつぶきて、此弓をとらんとらんとしけれども、波にゆられて取られざりければ、岡より是を見て「其御弓捨てさせ給へや。あれはいかにいかに」と音々《こゑごゑ》に訇《ののし》りけれども聞き給はず。とかくして鞭にてかきよせて、遂に弓を取りて上がり給ひたりければ、兵、口々に申しけるは、「銀金を丸めて作りたる弓なりとも、争《いか》でか御命には替へさせ給ふべき。あな浅狼《あさまし》の御心のつれなさや」と申しければ、判官、「や、殿原、義経が弓と云はば、三人ばかり五人ばかりにてもあらばこそ、聞こゆる源▼二三オ氏大将軍の弓のつよさと云ひ沙汰せられて、義経が面目にてもあらめ。それだにも、『義経こそ平家の郎等共に責め付けられて、絶えずして弓を落としたりつるを取りたる。此みよや。弓のよはさ、すがたのおろかさよ』なんど云ひて、披露せん事の口惜《くちを》しさと云ひ、又鎌倉に聞き給ひて、『無下《むげ》なりける者よ』と思ひ給はんも心うかるべければ、命にかへて取りたりつるなり」と宣へば、人々是を聞きて、「あな怖しの御心中や」と申して、舌を振りて感じあへり。

〔注解〕

○二二オ7　平家ノ方ヨリ二百余騎楯廿枚モタセテ岡ニ上テ散々ニ戦フ　前節末尾で士気が上がったと語られていた平家が、上陸して戦ったと描く。他本は、同位置に〈長〉「平家、勝に乗て、船三十余艘をなぎさにをしよせて、つはもの二三百人おりたちて源氏をいる」、〈松〉「勝ニ乗テ、船三十余艘押寄テ、陸ニ上リテ散々ニ源氏ヲ射ル」、〈南〉「平家楯百枚計ツカセテヒタ甲二百余人陸ヘアガル」、〈覚〉「二百余人なぎさにあがり、楯をめん鳥羽につきならべて、「敵よせよ」とぞまねひたる」などとする。〈四・屋・中〉も、兵数などに相違はあるが基本的に同様。〈盛〉は、大胡小橋太の水練の話の後に、「平家二百余人船十艘ニ乗楯二十枚ツカセテ漕向ヘテ鏃ヲソロヘテ散々ニイル」とある。〈延〉本項はいくつかの問題を抱える。まず、「二百余騎」とあるが、右記の〈長・覚〉や〈盛〉など、いずれの諸本も「二三百人」「二百余人」などと、単位は「人」。義経の急襲にあわてて海上に逃げた平家は、馬を十分に船に乗せられなかったはずであり、二百余もの馬での反撃は文脈に合わない。また二百余騎もの騎馬勢が楯を二十枚持っていたというのも中途半端であり、楯は他本のように歩兵が持つ方がふさわしいだろう。さらに、船で反撃した平家が「岡《ニ》上《テ》」戦ったとする点も疑問で、渚で戦ったとする〈長・覚〉などがわかりやすい。この後の、二二一オ10「判官勝《ニ》乗《テ》馬ノ太腹《マテ》海《ヘ》打入《テ》責付タリ」への接続もよくない。但し、この点については、右記〈松・南〉のように「陸」に上ったとする本文もある。〈延〉では二二一ウ5にも「岡《ヨリ》是《ヲ》見《テ》」とあるので、「岡」はさほど高いところではなく、海岸に上陸した程度と読むべきなのだろう。

○二二一オ8　源氏始《ハ》百四五十騎計有ケルカコヽカシコヨリ二三十騎四五十騎ツヽ馳集《リニ》ケレハ其勢三百余騎《ニ》成《ニ》ケリ　「コヽカシコヨリ」は不明瞭だが、義経と共に大物を発った勢が遅れて着いたわけではなく、近在の親源氏（反平家）勢力が、合戦を聞きつけて集まってきた意か。一八オ3注解に見たように、〈長・四・松・南・屋・覚・中〉では、継信最期の後に、阿波・讃岐の親源氏勢力があちこちから集まって、義経の勢は三百余騎となったとする記事がある。〈延〉本項の記事は内容的にそれに近い。たとえば、〈長〉「阿波と讃岐とに、平家をそむきて源氏にこゝろざしをおもふともがら、あそこの山のはざま、谷のそこより、かくれ居てありけるが、こゝかしこよりはせあつまりて、判官の勢、三百余騎にぞ成にける」は、「こゝかしこより」集まるという状況をわかりやすく伝えるものといえよう。この記事の位置については一八オ3注解対照表の「在地勢参戦」参照。〈長・四・松〉では合戦一日目の終わりに位置する。また、「源氏始《ハ》百四五十騎計有ケルカ」とあるが、〈延〉の場合、最初に七騎で登場して以降、後藤実基などが突然現れるという問題もあり（一六オ4注解参照）、これ以前の義経勢の数は不明瞭。一応、一八ウ3で「四十余人」が加わったとあるのを含めて、義経率いる勢が、遅れて着いた兵も含めて百四五十騎あり、ここで在地勢力を加えて三百余騎になったと読むべきか。しかし、〈延〉の構成には種々の問題があり、そうした過程を整合的に読み解くのは難しい。

○二二一オ10　判官勝《ニ》乗《テ》馬ノ太腹《マテ》海《ヘ》打入《テ》責付タリ　以

下、弓流しの逸話に展開する。錣引きから続く記事構成は、〈長・四・松・南・屋・覚・中〉基本的に同様。しかし、〈長・松〉の場合、義経ではなく、平家が「かつに乗て」攻め寄せたという文脈であったことは前々項注解参照。〈四・南・屋・覚・中〉では、景清の活躍によって気を取り直した平家が攻めてきたのを、「やすからぬ事」（〈覚〉）と思った義経が反撃したという文脈（〈四〉は志度合戦での話とする）。〈盛〉は景清活躍・大胡小橋太と盛嗣錣引の間に弓流しを配する（一九オ3～注解の対照表参照）。最初に「判官勝ニ乗テ馬ノ太腹マテ打入テ戦ケリ」とあるのは、大胡小橋太の水練による活躍の逸話を受けたもの。〈延〉の場合、義経が「勝ニ乗」ったのは、前項に見た在地勢の参戦によるものであろう。とはいえ、義経が海に攻め込んだとする点、二二オ7「平家ノ方ヨリ二百余騎楯廿枚モタセテ岡ニ上テ散々ニ戦フ」からの接続はあまり良くない。弓流しが、義経が海に入って戦った際の逸話であることは当然で、諸本同様。なお、弓流しの話の後世への展開はそれほど顕著ではないが、たとえば、万里集九『梅花無尽蔵』第四には、「取レ弓判官画賛二十韻」があり、おそらく屋島合戦を描く絵画の賛の中で、「逆潮追レ北。脱二弓波瀾一。全非二誤落一。挑二敵窺看一」云々と義経を称えている。

○二二ウ1　船ヨリ熊手ヲ以テ判官ノ甲ニ係ントスルヲ　海中に攻め込んだ義経に対して、平家の武士が熊手で兜を狙ったとする点は、〈長・盛・四・松・南・覚〉同様。義経を狙った人物を〈四〉は景清、〈松〉は盛嗣とする。〈中〉は義経が深入りして戦ううちに弓を落としたとするのみで、簡略。なお、合戦における熊手の使用については、第三末・七二オ4注解参照。

○二二ウ1　判官ハ弓ヲハ左ノ脇ニ挟テ右手ニテハ太刀ヲ抜テ熊手ヲ打ノケ〳〵スルホトニ　義経が自ら熊手を払いのけて戦ったとする点、〈盛・松〉同。〈南・屋・覚〉は源氏の兵達が払いのけたとする。〈長・四・中〉は該当文なし。

○二二ウ3　イカヽシタリケン弓ヲトリツ《ハ》シテ海ヘ落シ入タリケルヲ　平家と戦ううちに、義経が弓を取り落としたとする。〈盛〉「脇ニ挟タル弓ヲ海ニゾ落シケル」も同様。〈長・四・松・南・屋・覚〉は弓を「かけおとされ」（〈長〉）たとする。熊手で弓を引っかけられ、落としたとするのだろう。〈四〉「自船以悪七兵衛景清熊《クマ》手判官甲錣唐里々々懸却シ三度マ懸却ケレ弓海ヘ懸ケ被下ヌ入レ」は、兜に引っかけようとして外れた熊手が弓に引っかかったと読める。

○二二ウ4　馬ノ下腹ニ乗下リテ指ウツフキテ　〈松〉も「馬ノ腹ニ乗下テ指覆テ」と、ほぼ同。〈長・四・南・屋・覚〉

は「うつぶして」（〈長〉）のみ。〈盛・中〉該当句なし。「下腹」は「太腹」に同じ。馬にぶら下がるように体勢を低くして、弓を拾い上げようとした。

〇二二ウ5　岡《ヨリ》是《ヲ》見《テ》其御弓捨サセ給ヘヤアレハイカニ〳〵ト音々《ニ》訇《リ》ケレトモ聞給ワス　「岡」は、ここでは陸上の意か（二二オ7注解参照）。声をかけた源氏の軍兵は、義経からはかなり離れていたことになり、義経が孤立していたようにも読める。〈長〉「兵ども、うしろにひかへて…」では近くにいたと読める。〈四〉では、源氏の兵が防ぎ矢を射ながら声をかけたとする。〈南・屋・覚〉では、源氏の兵は熊手を払いのけていたとするので（二二ウ1注解参照）、義経と至近の位置にいたと読める。〈中〉は、伊勢三郎や弁慶が敵の熊手を打ち払ったとする。

〇二二ウ8　銀金ヲ丸メテ作《タル》弓ナリトモ　非常に重要、高価なものを喩える。〈盛・松〉「縦金銀ヲノヘタル弓也共」（〈盛〉）とほぼ同。〈南・屋・覚・中〉も、「たとひ千疋万疋にかへさせ給べき御たらしなりとも」（〈覚〉）などとして近似。〈長〉「たとへいかなる御弓にて候とも」。〈四〉なし。

〇二二ウ9　御心ノツレナサヤ　諫めを聞かない義経の強情さを非難した言葉。〈長・四〉「口おしき事候」（〈長〉）、〈盛・松〉「浅増々々」、〈南・屋・覚・中〉なし。

〇二二ウ4　三人ハリ五人ハリニテモアラハコソ　〈盛・四〉類同。〈長〉「五人十人しても、はらばこそあらめ」。〈覚〉「二人してもはり、若は三人してもはり、おぢの為朝が弓の様ならば、わざともおとしてとらすべし」。〈南・屋・中〉は、為朝のようであれば、とするのみ。「三人張、五人張」は、三人もしくは五人がかりでなければ弦を張ることができないほどの強い弓。「二人張」で、すでに強い弓を表す。

〇二三オ2　ソレタニモ義経《コソ》平家《ノ》郎等共《ニ》責付ラレテ不絶シテ弓《ヲ》落《シ》タリツルヲ取タル…　以下、義経が恐れたこととして、三点を挙げる。①（仮に強弓だったとしても）弓を取り落とし、敵に取られたと言われること自体の恥辱。②弓の弱さを嘲られること。③頼朝に聞かれて軽蔑されること。〈盛〉同様。〈松〉は①と読める。〈長・四・南・屋・覚・中〉は②のみ。〈南・屋・覚・中〉では、前項注解に見た「わざともおとしてとらすべし」（〈覚〉）に類する言葉があり、弓を取られること自体は恥と意識していないようである。

4 夜討失敗

（一三オ）

其日《ハ》一日

戦クラシテ源氏《ハ》夜《ニ》入《テ》当国《ノ》中芝山ムレタカマツト云毛無山《ニ》陣《ヲ》取平家《ハ》御所《ハ》焼《レヌ》何《クニ》留ルヘシトモナケレハ焼内裏《ノ》前《ニ》陣《ヲ》トル中三十余丁《ヲ》隔タリ源氏《ハ》軍《ニ》シツカレテ兵共物具脱捨《テ》休《ミ》ケリ平家其夜ヨセテ源氏《ヲ》

（一三ウ）

夜討《ニ》セハナニモ有マシカリケルニ越中次郎兵衛盛次《ト》美作国住人江見太郎時直《ト》先陣《ヲ》諍ケルホトニ其夜《モ》明《ニ》ケリ源氏《ノ》勢中《ニハ》伊勢三郎能盛計《ソ》夜討《モソ》ヨスルトテ鎧小具足取付《テ》弓杖アソココヽニ立終夜立明シタリケル寅剋許《ニ》判官宣ケルハシハシト思ツルニ軍《ニハ》ヨクツカレニケル物哉イサ

殿原ヨセムトテ六十余騎甲ノ緒シメテ平家ノ陣ヘ押寄テ 6
時ヲ作ル平家モ周章タリケレトモ音ヲ合テケリ 7

〔釈文〕

其の日は一日戦ひくらして、源氏は夜に入りて、当国の中、芝山、むれ、たかまつと云ふ毛無山に陣を取る。平家は、御所は焼かれぬ、何《いづ》くに留まるべしともなければ、焼け内裏の前に陣をとる。中三十余丁を隔てたり。源氏は軍にしつかれて、兵共、物具脱ぎ捨てて休みけり。平家其の夜よせて、源氏を▼二三ウ夜討ちにせば、なにも有るまじかりけるに、越中次郎兵衛盛次と美作国住人江見太郎時直と先陣を諍《あらそ》ひけるほどに、其の夜も明けにけり。源氏の勢の中には、伊勢三郎能盛計《ばか》りぞ、「夜討ともぞよする」とて、鎧、小具足取り付けて、弓杖あそここに立て、終夜立ち明かしたりける。寅剋許に判官宣ひけるは、「しばしと思ひつるに、軍にはよくつかれにける物哉。いざ殿原、よせむ」とて、六十余騎、甲《かぶと》の緒しめて、平家の陣へ押し寄せて時を作る。平家も周章《あわて》たりけれども、音《こゑ》を合せてけり。

〔注解〕

○二三オ6　其日ハ一日戦クラシテ…　〈延〉では、ここで一日目が終わり、翌日も屋島合戦。屋島合戦が二日にわたったとする点は、〈長・松〉も同様だが、一日目と二日目の内容は各々異なり、休戦に入る様相もさまざまである。〈長〉は継信最期の後、教経の奮戦を描いて、「其日判官いくさにまけて引退けり」と、源氏方の敗北を明記して一日目を終える。川鶴進一は、この後に那須与一の逸話を配置することで、源氏方が劣勢を転じていくという記事再構成を指摘する。但し、一日目に義経が負けたという認識に近い記述は、〈松〉にも見られる。〈松〉では、景清錣引きの後、平家の攻勢により、源氏の軍兵が多く討たれ、僅かに七騎になったとして、義経が七騎落ちの先例を説いて兵を励ましているところに、在地勢が加わり、源氏が勢を回復したところで休戦となる（一八オ3、一八ウ7、二二オ3注解参照）。〈盛〉は翌日も屋島で戦ったとはするが、ほとんどの逸話を一日目に語り、翌日の屋島合戦記事は比較的簡略。〈四〉は、屋島合戦は一日のみで翌日は志度合戦とするが、那須与一など、一般に屋島合戦とされる内容を志度合戦に繰り込む。〈南・屋・覚・中〉では屋島合戦は一日で終わり、翌日、志度合戦の記事を簡単に記す。諸本全体の記事構成の概略については、一三ウ6〜注解、一九オ3〜注解参照。

○二三オ7　当国ノ中芝山ムレタカマツト云毛無山　源氏の宿営地。比較的近いのは、〈四〉「武礼ノ高松中毛無山」。その他、〈長・南〉「牟礼高松のさかひなる野山」（〈長〉）、〈盛〉「武例高松ト云柴山」、〈覚〉「むれ高松のなかなる野山」、〈中〉「むれ高松のさかいなるのはら」。〈松〉は「高松」、〈屋〉は「牟礼高松」のみ。「ムレタカマツ」（牟礼・高松）は、屋島の南の対岸。一四オ5注解参照。〈延・四〉に見える「毛無山」は未詳。固有の地名ではなく、草木の生えていない山を言うか。

○二三オ8　平家ハ御所ハ焼レヌ何クニ留ルヘシトモナケレハ焼内裏ノ前ニ陣ヲトル　〈延〉はここで御所（内裏）が焼かれていたと記すが、これ以前に内裏を焼く記述はない（原田敦史指摘。一五オ8注解参照）。他本はいずれも、義経の屋島来襲直後に内裏を焼いたことを記す。一五オ8・同10注解参照。内裏を焼いたことは、平家を、寿永二年以来拠点としてきた屋島から追い出すという重要な戦略的意味があったはずで、〈延〉がそれを欠くことは理解しがたい。屋島合戦前半部の記事に誤脱があるか。なお、この夜、平家が船ではなく地上に陣を取ったと記すのは、他に〈盛〉「平家ハ屋島焼内裏ニ陣ヲ取」、〈松〉「平家ハ屋島ノ渚ニ夜ヲ明ス」。〈長・四・南・屋・覚・中〉は平家の陣について触れない。〈長〉は翌朝の義経の攻撃に対して、「平家は、きのふより船に乗ゐて」とし、〈四〉は翌日すぐに志度に移ったとするので、やはり船上で過ごしたと読める。〈南・屋・覚・中〉も船上で過ごしたと読めそうだが、二三オ7注解に見たように、源氏が牟礼・高松（屋島の対岸）まで引いて陣を取ったのだとすれば、平家の戦闘部隊は、屋島の地上で陣を取ることも十分に可能だったはずである。

○二三オ8　中三十余丁ヲ隔タリ　〈盛〉同。〈長・四・松・南・屋・覚・中〉なし。源平双方の陣の距離は、約三・三キロメートルということになる。

○二三オ10　平家其夜ヨセテ源氏ヲ夜討ニセハナニモ有マシカリケルニ　以下、先陣争いのために平家軍が絶好の機会を逸したとするのは諸本同様。〈長〉はこれに先立ち、葛原又太郎・嶋尾次郎が敵陣を偵察に行ったとし、教経を大将軍、盛嗣・景清・恵毘次郎を副将軍として寄せるはずだったとする。また、〈盛〉も一千余騎で夜討しようという評定を記す。〈松〉は、教経を大将に、盛嗣・景清・恵美次郎ら「三十《ママ》人」で出立ったとする。〈南・屋・覚・中〉は教経を大将軍として五百余騎で夜討するはずだったとする。〈中〉は大将に知盛も加える。

○二三ウ1　越中次郎兵衛盛次ト美作国住人江見太郎時直ト先陣ヲ諍ケルホトニ其夜モ明ニケリ　夜討失敗の原因を、盛嗣と江見太郎（次郎とも）の先陣争いとする点、諸本同様。「江見」（エミ）の表記は、〈長・松〉「恵美」、〈盛・屋〉「江見」、〈四〉「江美」、〈南・覚〉「海老」といった異同があり、名は〈盛〉「太郎守方」、〈松〉「太郎宗方」。〈南・屋〉「次郎盛方」、〈覚〉「次郎守方」。〈長・四〉は単に「次郎」。「美作国住人」とする点は、〈盛・四・松・南・屋〉同、〈長〉は「美濃国住人」とするが、誤りか。〈覚・中〉不記。第五本・三八ウ8に「美作国ニハ江見入道」、同・四六ウ4に「江見太郎清平」が見える。美作国英田郡江見荘（現岡山県英田郡作東町）の住人か。

○二三ウ3　伊勢三郎能盛計ソ夜討モソヨスルトテ鎧小具足取付テ弓杖アソコヽニ立終夜立明シタリケル　夜討ちに備えて起きていたのが伊勢三郎のみだったとする点、〈盛・四〉同。〈長〉は義経・片岡経春・伊勢三郎の三人、〈松〉は伊勢三郎・片岡経春の二人、〈南・屋・覚・中〉は義経と伊勢三郎。

○二三ウ4　寅剋許ニ判官宣ケルハ…　〈延〉は、戦闘再開の時刻を午前四時頃とする。〈長〉「明る廿一日のいまだあけざるに」、〈盛〉「廿日夜モ既ニ暁ニ成ヌ」。〈四・松・南・屋・覚・中〉は夜が明けた後とする。

○二三ウ5　シハシト思ツル二軍ニハヨクツカレニケル物哉　義経の言葉。〈盛〉「軍ニハヨク疲ニケリ。暫シト思タレバ早明ニケリ」。少し休んだだけだと思ったが、戦に疲れていたためによく寝てしまった意。その他諸本にはないが、〈松〉「判官モ能ク休テ明ニケレバ」も同様の状況を描く。〈南・屋・覚・中〉では寝なかった義経だが、〈延・盛・松〉ではよく休んだとする。

○二三ウ6　六十余騎甲ノ緒シメテ平家ノ陣ヘ押寄テ時ヲ作ル　〈盛・松〉も類同だが、兵数は〈盛〉「七十余騎」、〈松〉「三百余騎」。〈長・四・南・屋・覚・中〉は該当記事なし。これらは、平家が陣を構えてはいなかったとするのだろう。二三オ8注解参照。

○二三ウ7　平家ノ陣ヘ押寄テ時ヲ作ル平家モ周章タリケレトモ音ヲ合テケリ　〈盛・松〉は「平家モ期シタリケレバ声ヲ

合セ」（〈盛〉）とする。夜討を考えるほどであれば、敵襲　は不審。
は十分に予想のつくことで、「周章」（あわて）たとするの

十　盛次与能盛詞戦事

十

（二三ウ）
越中次郎兵衛盛次進出申ケルハ抑源氏《ノ》方《ヨリ》昨日名乗給トハ聞シカトモ海上遥《ニ》隔《テ》浪《ニ》マキレテ慥《ニモ》聞ワカス今日《ノ》大将軍誰ソヤ名乗《レト》申ケレハ伊勢三郎能盛歩出《テ》

（二四オ）
申ケルハアラ事《モ》愚ヤ汝《ハ》不知ヤ吾君《ハ》清和天皇《ヨリハ》十代御孫八幡太郎義家朝臣《ニハ》四代鎌倉殿御弟九郎大夫判官殿ニテ渡《ラセ》給《ツ》カシ盛次聞アヘス申ケルハ誠《ニ》サル事有ラン鞍馬ヘ月詣セシ三条《ノ》橘次ト云シ金商人カ蓑笠糧料セヲウテ陸

奥へ具《テ》下タリシ童名舎那王《ト》云シ者《ノ》事コサンナレ能盛又申ケルハカウ申ハ越中国砥並山《ノ》軍《ニ》山《ヘ》追入ラレテカラキ命生《テ》乞食シテ京へ上タリケル者ナ掛《モ》忝《ク》舌ノ和ナルマヽニ判官殿御事ナ申サレソイトヽ冥加尽ナンス甲斐ナキ命《ノ》惜カランスレハ助サセ給《ヘ》トコソ申サンスラメ盛次又イワセモハテス若《ヨリ》君《ノ》御恩《ニテ》衣食《ニ》乏カラスナ《ニ》トテカ我身乞

（二四ウ）

食スヘキアワレ盛次《カ》武蔵国《ヲ》賜《テ》下タリシニハ東国ノ大名小名党《モ》高家《モ》ハイヒサマツヰテコソ有シカ汝ハ盗《ヲ》シテ妻子《ヲ》養ケルトコソ聞シカ夫ハエアラカワシ物ヲト云　ケ　レ　ハ金子十郎家忠進出《テ》殿原雑言無益也我モ人《モ》劣《シ》負シト空事云付《テ》ソヽロ事云ンニハ誰カハ劣《ル》ヘキロノ聞タランニハヨルマシキ物《ヲ》サラハ打出テヨカシ去年ノ春一谷《ニテ》武蔵相模《ノ》殿原《ノ》手ナミハ見ケン物ヲト申セハ同弟《ノ》与一《カ》立並

タリケルカヨク引《テ》放タリケル矢盛次《カ》鎧《ノ》胸板《ニ》シタヽカ《ニ》当
リタリケレハ盛次矢風負《テ》音モセス其後敵《モ》御方《モ》一同《ニ》ハト
咲《テ》詞戦ハ留リニケリ東国ノ輩九郎判官ヲ始《ト》シテ身

（二五オ）

々《ノ》䲻《ヲ》云レテ不安《一ト》思《テ》我先ヲ係《ト》進ケレトモ平家
方《ニモ》越中次郎兵衛盛次上総五郎兵衛忠光同悪七兵衛
景清飛騨三郎左衛門景経同四郎兵衛景俊　後藤内
貞綱以下ノハヤリヲノ若者共命ヲ不惜《一》防《キ》戦ケル上能登
守《ノ》矢前《ニ》廻《ル》者一人《モ》命生ハ無リケリサレハ時《ヲ》移《シ》ケル
程《ニ》源氏ノ軍兵多打レニケリサル程《ニ》夜《モ》明《ニ》ケリ

〔本文注〕

○二四オ10　ナ《ニ》トテカ　「ニ」を右側にずらして書く。「ト」の上に補入符があるようにも見える。

○二四ウ3　云ケレハ　字間があいている。行末を揃えるためか。類似の例は、五ウ1などにも見られた。この後、二六オ3などにも見られ、三二オ・同ウ、三四オ・同ウなどには多く見られる。

○二四ウ5　シト　「ト」、〈吉沢版〉〈汲古校訂版〉同。〈北原・小川版〉なし。

○二五オ5　守　右側に墨跡があるようにも見えるが、紙が一部薄くなっているための裏写りか。

〔釈文〕

十（盛次と能盛と詞戦ひの事）

越中次郎兵衛盛次、進み出でて申しけるは、「抑《そもそ》も、源氏の方より昨日名乗り給ふとは聞きしかども、海上遥かに隔たりて、浪にまぎれて慥《たし》かにも聞きわかず。今日の大将軍誰《た》そや。名乗れ」と申しければ、伊勢三郎能盛歩み出でて▼二四オ申しけるは、「あら、事も愚かや。汝は知らずや。吾が君は、清和天皇よりは十代の御孫、八幡太郎義家朝臣には四代、鎌倉殿の御弟九郎大夫判官殿《たいふのはうぐわんどの》にて渡らせ給ふぞかし」。盛次聞きあへず申しけるは、「誠にさる事有るらん。鞍馬へ月詣《つきまうで》せし三条の橘次と云ひし金商人《こがねあきびと》が蓑笠糧料《みのかさらうれう》せおうて、陸奥へ具して下りたりし童名舎那王《しやなわう》と云ひし者の事ごさんなれ」。能盛又申しけるは、「かう申すは、越中国砥並山の軍に、山へ追ひ入れられて、からき命生きて、乞食《こつじき》して京へ上りたりける者な。掛けまくも忝《かたじけな》く舌の和《やはら》かなるままに、判官殿の御事な申されそ。いとど冥加《みやうが》尽きなんず。甲斐なき命の惜しからんずれば、助けさせ給へとこそ申さんずらめ」。盛次又いはせもはてず、「若くより君の御恩にて衣食に乏しからず。なにとてか我が身乞《こつ》▼二四ウ食《じき》すべき。あはれ、盛次が武蔵国を賜りて下りたりしには、東国の大名小名、党も高家も、はひひざまづいてこそ有りしか。汝は盗みをして妻子を養ひけるとこそ聞きしか。夫《それ》はえあらがはじ物を」と云ひければ、金子十郎家忠進み出でて、「殿原雑言無益《むやく》也。我も人も劣らじ負けじと、空事《そらごと》云ひ付けてそゞろ事云はんには、誰かは劣るべき。口の聞きたらんにはよるまじき物を。さらば打ち出でよかし。去年《こぞ》の春、一谷にて、武蔵、相模の殿原の手なみは見けん物を」と申せば、同じき弟の与一が立ち並びたりけるが、よく引きて放ちたりける矢、盛次が鎧の胸板にしたたかに当たりたりければ、盛次矢風負ひて音もせず。其の後、敵も御方も一同にはと咲《わら》ひて、詞戦《ことばだたかひ》は留まりにけり。

東国の輩、九郎判官を始めとして、身《み》▼二五オ々《み》の讎《あた》を云はれて安からずと思ひて、我先を係《か》けんと進みけれども、平家方にも、越中次郎兵衛盛次、上総五郎兵衛忠光、同悪七兵衛景清、飛騨三郎左衛門景経、同四郎兵衛景俊、後藤内貞綱以下のはやりをの若者共、命を惜しまず防き戦ひける上、能登守の矢前に廻る者、一人も命生くるは無かりけり。されば時を移しける程に、源氏の軍兵《ぐんぴやう》多く打たれにけり。さる程に夜も明けにけり。

〔注解〕

○二三ウ8〜　（盛次与能盛詞戦事）　詞戦いを、合戦二日目の開始時点の出来事とするのは〈延〉のみ。他の異本は合戦の最初、内裏焼払の前後のこととする。諸本の屋島合戦記事の構成については、一三ウ6〜注解、一九オ3〜注解参照。詞戦いを、合戦開始に当たってその成否を占い、あるいは合戦前にくりひろげる悪態により勝利を自軍に呼び込もうとするものと見る北川忠彦は、詞戦いを二日目に置く〈延〉本段の不自然さを指摘した。但し、義経が奇襲をかけた直後に詞戦を置く〈盛〉の場合も、小勢で奇襲をかけた義経勢が最初に長々と詞戦いを展開するのは、平家があわてて海へ逃れるという展開にもうまくつながっておらず、文脈上、自然な展開とはいえない。その他の諸本は内裏焼き払いの後として、比較的自然といえよう。なお、詞戦いについては、藤木久志や小此木敏明の研究がある。〈延〉では、「詞戦」の語は一谷合戦（第五本・五八オ8）が初出だが、石橋山合戦（第二末・五七オ8以下）にも、詞戦いの描写があった。各々の該当部注解参照。

○二三ウ8　越中次郎兵衛盛次進出申ケルハ　詞戦いをする平家方の人物を盛次とする点は、〈長・四・松・南・屋・覚・中〉同。〈盛〉のみ「武蔵三郎左衛門有国」とする。但し、『参考源平盛衰記』が指摘するように、〈盛〉の有国は、巻三〇の北陸合戦と巻三八の一ノ谷合戦で二度も死を記されている。盛次は、一ノ谷合戦でも、熊谷父子との詞戦いをしたことが見える（第五本・五八オ2以下）。

○二三ウ8　抑源氏ノ方ヨリ昨日名乗給トハ聞シカトモ海上遥ニ隔テ浪ニマキレテ慥ニモ聞ワカス　詞戦いを「昨日の名乗はよく聞こえなかった」と始めるのは、これを合戦二日目に記す〈延〉独自のもの。但し、類似の言葉は、〈長〉「名乗つれども、海上はるかにへだたりて、分明にうけ給らず」のように、〈長・四・松・南・屋・覚・中〉にも見える。義経の奇襲により、急いで海に逃げた平家側が、改めて敵将の名を確かめた形。〈盛〉は該当句なし。

○二三ウ10　伊勢三郎能盛歩出テ申ケルハ　源氏側から伊勢三郎が出てくる点は、諸本同。一〇ウ8以下では近藤六親家を従え、この後、二六オ3以下では田内左衛門成直を生け捕るように、弁舌に優れた者としての造型であろう。

○二四オ1　吾君ハ清和天皇ヨリハ十代御孫八幡太郎義家朝臣

二八 **四代鎌倉殿御弟九郎大夫判官殿**　〈長・盛・四・松・南〉同様。〈屋・覚・中〉は八幡太郎義家に触れない。〈延〉は、桜間良遠との合戦（九ウ9以下）でも、「清和天皇ヨリ十代ノ孫鎌倉ノ前右兵衛佐源頼朝ヵ舎弟」と名乗っていた。なお、屋島に奇襲を掛けた時の義経は、「一院御使鎌倉兵衛佐頼朝ヵ舎弟」（一五オ5）と名乗っていた。

○二四オ3　鞍馬へ月詣セシ三条ノ橘次ト云シ金商人カ蓑笠糧料セヲウテ陸奥へ具テ下タリシ　義経が少年時代、金商人の供をして奥州に下ったとする点、諸本基本的には同様。〈延・盛〉では、壇ノ浦合戦でも家長が「金商人」の従者が源氏の大将軍として安徳天皇に弓を引くことを嘆いている（三二オ7注解参照）。だが、本項該当部に諸本の異同は多い。金商人の名を「三条ノ橘次」とする点は〈延〉独自。義経を伴って奥州へ行った金商人の名は、〈盛〉巻四六「義経始終有様事」や、一類本『平治物語』巻下「牛若奥州下りの事」などでは、「金商人」とあるのみで、名なし。古活字本『平治物語』は「吉次」とし、後の名を堀弥太郎とする。『剣巻』「五条ノ橘次末春」、田中本『義経記』巻一「吉次宗高」、古活字本『義経記』「吉次信高」。幸若舞曲「烏帽子折」は「吉次」で、「吉内、吉六」という兄弟がいたとも記す。幸若舞曲「鞍馬出」は「吉次」。義経が金商人に伴われて奥州に赴いたことは、鎌倉時代から語られていたことであり、事実である可能性もあろう。五味文彦は、金売り吉次は、院の御厩の舎人であったかと見て、京と奥州とを馬で往来しながら取引を行う金商人かとする。しかし、柳田國男が炭焼長者伝説との関連を考えるように、多分に伝承的な人物であり、「吉次」の名が定着したのはやや遅い時期と見られようか。なお、ここで平治の乱の結末に触れる異本が多く、〈長〉は、「平治の乱に義朝うたれて後、九条院雑仕常葉が抱きてまいりたりし二歳子か」と言い、〈屋・中〉は常盤が大和・山城を迷い歩いたことや、清盛が「ヲサナケレバ不便也トテ被二捨置一」（〈屋〉）といった経緯をも語る。

○二四オ5　童名舎那王ト云シ者　義経の童名は〈長〉「舎那王丸」。〈盛・四・松・南・屋・覚・中〉不記。「舎那王」（遮那王・沙那王）の名は、一類本・古活字本『平治物語』や『義経記』諸本等々に見える。また、他本は義経の鞍馬での立場を、〈長〉「小童」、〈南・屋・覚〉「稚児」と表現し、〈屋〉は十五、六歳まで鞍馬にいたとする。

○二四オ6　越中国砥並山ノ軍ニ山へ追入ラレテカラキ命生テ乞食シテ京へ上タリケル者ナ　伊勢三郎の言葉。倶梨迦羅合戦後の平家の惨状を語る点、諸本基本的に同様。盛次の北国戦従軍は、平家軍名寄せ（第三末・一七ウ5）などに見える。また、平家軍全体の北陸合戦の惨状は、第三末・三八ウ10以下に総括されている。なお、『玉葉』寿永二年六月五日条は、その敗走を「盛俊・景家・忠経等〈已上三人、彼家第一之勇士也〉、各小帷ニ前ヲ結テ、本鳥ヲ引クタシテ逃去、希有雖ニ存命一、不レ伴ニ僕従一人一」と記している。

〇二四ウ1　アワレ盛次カ武蔵国ヲ賜テ下タリシニハ東国ノ大名小名党モ高家モハイヒサマツヰテコソ有シカ　〈長・盛・四・松〉に類句があるが、「盛次カ武蔵国ヲ賜テ下タリシニハ」はなし。また、「東国ノ大名小名党モ高家モ」は、〈長〉「さ申人どもゝ」、〈盛・松〉「東国ノ者共ハ党モ高家モ」（〈盛〉）、〈四〉「東国者共」とする。〈南・屋・覚・中〉なし。盛次に武蔵守などの経歴は確認できないが、武蔵国は当時、平知盛の知行国であり、平家家人が下向していたため、盛継が在国した可能性もあるか（野口実04b）。

〇二四ウ2　汝ハ盗ヲシテ妻子ヲ養ケルトコソ聞シカ夫ハエアラカワシ物ヲ　伊勢三郎の経歴を言う。〈四〉ほぼ同。〈長〉は「なんぢらは、高瀬両村の辺にて、山賊してさいしをやしなひけるとこそきけ」、〈盛〉は「伊勢国鈴鹿関ニテ、朝夕山立シテ、年貢正税追落、在々所々ニ打入、殺賊強盗シテ妻子ヲ養トコソ聞ケ」として、その後に「夫ハエアラカワシ物ヲ」の類句を置く。〈松〉は〈盛〉に近似。〈南・屋・覚・中〉も、〈南〉「和人共コソ鈴香山ニテ山ダチシテ身ヲモ助カリ妻子ヲモヤシナフトハ聞シカ」などとし、〈屋・中〉はその後に「其ヲモヨシ諍ハシ物ヲ」とする。東海道の要所であった鈴鹿峠周辺に、盗人・山賊がいたことは、『今昔物語集』二九・三六などに見える。伊勢三郎もそうした山賊であったとする説は著名だが、野口実04aはその出自を侍階層に属する武士と見る。第五本・三七オ7注解参照。

〇二四ウ4　金子十郎家忠進出テ　金子十郎の言葉が詞戦いを終結に導く点は諸本同様。金子については四オ6注解参照。北川忠彦は、保元の乱にも参戦した古強者であるため、この役割をする人物に適うと指摘する。

〇二四ウ4　雑言無益也我モ人モ劣シ負シト空事云付テソヘロ事云ンニハ誰カハ劣ルヘキロノ聞タランニハヨルマシキ物ヲ　〈長・四・南・屋・覚・中〉も類似の内容を記すが、〈盛・松〉は、「雑言無益也。合戦ノ法ハ利口ニ依ズ、勇心ヲ先トス」（〈盛〉）と、やや趣が異なる。「空事」は、それに対する事実のないことば、うそ、いつわり。「云付」は、ことさらに言いなす、言いふらす〈角川古語〉。「ソヘロ事」は、つまらないこと、あてもないこと、また、とりとめのない話〈日国〉。また〈長〉は、無駄口をたたいていては「たがひに夜ぞあけ、日ぞくれんずる」とする。これと類似の表現は〈屋・中〉に見られる。

○二四ウ7　同弟ノ与一カ立並タリケルカヨク引テ放タリケル矢　金子与一が詞戦いを終わらせる矢を放つ点は、諸本同。金子与一については四オ6注解参照。この矢について、〈南〉は「十三束三ブセ」、〈覚〉は「十二束二ぶせ」とする。

○二四ウ9　盛次矢風負テ音モセス其後敵モ御方モ一同ニハト咲テ詞戦ハ留リニケリ　盛次が「矢風」を負ったとする点は、〈盛・松〉同様（但し〈盛〉では有国）、〈長・四・南・屋・覚・中〉なし。また、「敵モ御方モ一同ニハト咲テ」は〈延〉独自。「矢風」は「矢風邪」で、矢を受けた痛みや衝撃によって元気がなくなる意であろう。

○二四ウ10　東国ノ輩九郎判官ヲ始トシテ身々ノ讎ヲ云レテ不安二トレ思テ我先ヲ係ト進ケレトモ　詞戦いへの反応。義経自身と武士たちが立腹して進んだとする。〈四〉は、「判官盛次被悪口セ真先懸《キ》ケ為《シ》下ヘ手取セント」と、義経が立腹して進もうとしたが、佐藤兄弟等の郎等が制止したとする。〈松〉は、「判官罵立セラレテ、安カラヌ事ニ思テ係出進給ヘバ」、金子兄弟・佐藤兄弟・後藤実基父子が義経の前に立ちふさがったとして、そのまま継信最期に続く。〈長・四・南・屋・覚・中〉では、教経の奮戦を描いて継信最期に続く。〈盛〉では、内裏を在家もろとも焼き払う記事に続く。

○二五オ1　平家方ニモ越中次郎兵衛盛次上総五郎兵衛忠光同悪七兵衛景清飛騨三郎左衛門景経同四郎兵衛景俊　後藤内貞綱以下ノハヤリヲノ若者共命ヲ不惜ニ防キ戦ケル上　平家方の侍大将の名寄せ。〈盛〉もここで源平各々の名寄せを記し、平家については盛次・忠光・景清は一致、その後、「矢野右馬允家村・同七郎高村」を記す。〈延〉の一ノ谷合戦、第五本・五七ウ6以下の名寄せでも、まず盛次・忠光・景清が記され、次いで飛騨三郎左衛門景経・後藤内兵衛定綱が記されていた。

○二五オ4　能登守ノ矢前ニ廻ル者一人モ命生ハ無リケリ　教経の奮戦と射芸は、他諸本でも詞戦いの後に語られる。〈延〉本項と類似の表現は、〈四・南・覚〉に、〈覚〉「王城一のつよ弓せい兵にておはせしかば、矢さきにまはる物、いとをされずといふ事なし」などと見られる。

○二五オ5　サレハ時ヲ移シケル程ニ源氏ノ軍兵多打レニケリ　詞戦いの後に類似表現があるのは、〈盛〉「時ヲ移シ日ヲ重ケリ」のみ。〈盛〉では合戦が始まったばかりの段階。また、屋島合戦が終局に近い段階で「源氏ノ軍兵多打レニケリ」とするのは〈延〉独自。但し、〈長〉は屋島合戦の一日目を「判官、いくさにまけて引退けり」とまとめ、〈松〉も、源氏の軍兵が多く討たれ、僅かに七騎になったところに、在地勢が加わったとして一日目を終える（二三オ6注解参照）。〈延〉本項も、〈長・松〉に共通するような、一時期源氏が劣勢に陥ったという認識を踏まえている可能性があろう。しかし、義経の勝利に終わる屋島合戦の終盤にそうした記述を持ち込むのは、編集として成功しているとはいえず、次項との関連から見て、本来は合戦一日目の終わりを描く記事だった可能性もあろうか。

○二五オ6　サル程ニ夜モ明ニケリ　ここに夜明けを記すのは〈延〉独自であり、〈延〉では二三ウ2にも「其夜モ明ニケリ」と描いていたので、明らかに混乱している。北川忠彦は、詞戦い記事を後の挿入と考え、それを本文に補入しようとした際の不手際と見る。但し、前項注解に見たような〈長・松〉との共通性を考えれば、古い段階の本文で一日目に源氏が危機に陥ったとする記事があり、〈延〉前項・本項もそれを受けているといった可能性も考えられようか。

十一　源氏ニ勢付事　付平家八嶋被追落事

十一

（二五オ）

7 夜明ニケレハ風止ヌ風止ケレハ浦々嶋々ニ吹付ラレタル源氏共船

8 漕来テ判官ニ付ケリ又熊野別当堪増ハ鎌倉兵衛佐ノ

9 外戚ノ姨母聟ニテ有ケ〔ル〕カ源氏軍兵四国ヘ渡由ヲ聞テ

思ケルハ此事余所ニ聞テ有ヘキ身ニアラス但今日マテモ平
家ノ祈ヲスル者カイツシカ源氏ニ加ラン事世ノ謗モサル事ニテ
神慮モ又難量ーシカシ只神ニ任セ奉ムトテ若王子ノ御前ニ参
テ孔子ヲ取テ白鶏赤鶏ヲ合セテ勝負ニ随イツチヘモ付
ヘシト思定テ鳥合ヲシテミルニ白鳥勝ケリサテハ源氏ノ打
勝有コサムナレトテ三百余艘ノ兵船ヲ率テ紀伊国田ノ
部湊ヨリ漕来テ源氏ニ加ル河野四郎通信モ千余騎
ノ軍兵ヲ率テ伊与国ヨリ馳来テ同源氏ニ加リケリカ、
リケレハ九郎判官イトヽ力付テ荒手ノ兵入替々々戦ケレハ
平家遂ニ責落サレテ第二日ノ巳剋ニハ屋嶋ヲ漕出テ塩
ニ引ー風ニ随テイツクヲ指テ行トモナクユラレ行コソ悲シ
ケレ判官ハ軍ニ打勝テ三ヶ日屋嶋ニ逗留シテ四国ノ勢

ヲソ招ケル　2

〔本文注〕

○二五ウ2　御前　〈汲古校訂版〉同。〈吉沢版〉〈北原・小川版〉「御所」。

○二五ウ7　率テ　「率」は字体やや不審。

〔釈文〕

十一（源氏に勢付く事、付けたり平家八嶋を追ひ落とさるる事）

夜明けにければ、風止みぬ。風止みければ浦々嶋々に吹き付けられたる源氏共、船漕ぎ来たりて判官に付きけり。又熊野別当堪増は、鎌倉兵衛佐の外戚《ぐわいせき》の姨母聟《をばむこ》にて有りけるが、源氏の軍兵四国へ渡る由を聞きて思ひけるは、「此の事余所《よそ》に聞きて有るべき身にあらず。但し、今日までも平▼〔二五ウ〕家の祈りをする者が、いつしか源氏に加はらん事、世の誇りもさる事にて、神慮も又量らひ難し。しかじ只神に任せ奉らむ」とて、若王子《にやくわうじ》の御前に参りて孔子《くじ》を取りて、白鶏・赤鶏を合はせて、勝負に随ひていづちへも付くべしと思ひ定めて、鳥合《とりあはせ》をしてみるに、白鳥勝ちにけり。「さては源氏の打ち勝つにて有るごさむなれ」とて、三百余艘の兵船《ひやうせん》を率ゐて、紀伊国田部湊《たノべのみなと》より漕ぎ来りて源氏に加はる。河野四郎通信も、千余騎の軍兵を率ゐて、伊与国より馳せ来りて同じく源氏に加はりにけり。かかりければ、九郎判官いとど力付きて、荒手の兵入れ替へ入れ替へ戦ひければ、平家遂に責め落とされて、第二日の巳剋には屋嶋を漕ぎ出でて、塩に引かれ風に随ひて、いづくを指して行くともなくゆられ行くこそ悲し▼〔二六オ〕けれ。判官は軍に打ち勝ちて、三ヶ日屋嶋に逗留して、四国の勢をぞ招きける。

〔注解〕

○二五オ7～　（源氏ニ勢付事付平家八嶋被追落事）　本

段は、屋島合戦の末尾に当たる。前段末尾で「源氏ノ軍兵多打レニケリ」とあり、必ずしも優勢ではなかった源氏が、あちこちに漂着していた源氏勢の到着・熊野別当湛増・河野通信の加勢により勢いを盛り返し、平家がついに屋島を撤退したとする。同様に、湛増・通信の加勢によって源氏の屋島合戦勝利が決まったとするのは、他に〈長・盛・松〉（但し、〈長・盛・松〉ではそれによって平家は志度に逃げたとするが、〈延〉はそれを記さない―二五ウ九注解、二七オ1「余党僅ニ…」注解参照）。湛増・通信の加勢は、〈四・屋・中〉では田内左衛門生捕の後。〈南・覚〉では、平家の長門国到着後、壇浦合戦直前。

〇二五オ7　夜明ニケレハ風止ヌ風止ケレハ浦々嶋々ニ吹付ラレタル源氏共船漕来テ判官ニ付ケリ　「夜明ニケレハ」については、前段末尾・二五オ6注解参照。「浦々嶋々ニ吹付ラレタル」とは、義経を追って出航したが、強風によってあちこちに漂着した船をいうか。出航場面に「百五十艘ノ船之内只五艘出テ走ラカス残ノ船ハ皆留リニケリ」（八ウ7）とあった「残ノ船」と解することは可能だが、これ以前にそれらの船が出航したのかどうかは全く記されておらず、唐突な記事。但し、〈盛〉では、二日目の合戦が展開される中で、「去程ニ大風ニ恐テ留タリケル軍兵、跡目ニ付テ屋嶋ノ浦ニ馳来ル也」として巻四二を結び、巻四三の巻頭に湛増・通信の加勢を記す。〈延〉と類似の展開といえよう。その他諸本は該当記事なし。

〇二五オ8　又熊野別当堪増ハ鎌倉兵衛佐ノ外戚ノ姨母聟ニテ有ケ〔ル〕カ　堪増の系譜、〈盛〉同。〈長・四・松・南・屋・覚・中〉なし。湛増は熊野別当湛快の男。ここで頼朝の姨母とされるのは、鳥居禅尼か。鳥居禅尼は、『吾妻鏡』承久四年（一二二二）四月二十七日条に、為義の妹・頼朝の姨母とするが、為義の妹ならば義朝の叔母、頼朝の大叔母となる。だが、同・建久五年九月二十三日条には「故左典厩姉公（婦公―北条本）」とあり、為義女・頼朝の伯母と見るのが穏当か（以上、第二中・二四ウ3注解参照）。阪本敏行04・源健一郎は、湛増が実際にこの鳥居禅尼の娘婿であった可能性を考える。熊野別当と源氏女系との繋がりは、『剣巻』をはじめとして、熊野関係系図類にも散見される（第二中・二四ウ3注解参照）。『尊卑分脈』では、湛増に「実源為義子」と注記する。

〇二五オ10　但今日マテモ平家ノ祈ヲスル者カイツシカ源氏ニ加ラン事世ノ謗モサル事ニテ神慮モ又難量シ　以下、いわゆる「鶏合」の逸話。鶏合にあたる内容は、〈長・盛・松・南・覚〉が載せ、〈四・屋・中〉は欠く。湛増がこれまで「平家ノ祈」

をしてきたという点、〈盛・松〉同。〈長・南・覚〉は「源氏のかたへやまいるべき、平氏のかたへや参べき」（〈長〉）と、去就を逡巡したとする。〈延〉は、第三本・三四ウ6で「熊野別当田部法印湛増以下吉野十津河ノ悪党等マテモ花洛ヲ背キ東夷ニ属ル由聞ユ」としていたのと矛盾する（〈盛〉も同様）。〈覚〉の場合、巻四で、湛増は以仁王挙兵を六波羅に通報した平家方の人物としていたが、巻六ではやはり湛増が平家に叛いたとしていた。ここで湛増が源氏に加勢した時期については、本段冒頭・二一五オ7～注解に見たように、屋島合戦から壇浦合戦直前まで、諸本に幅があるが、いずれにせよ、湛増は治承四年の挙兵以来、一貫して反平家の立場を取っていたものと見られ、この時期に源平いずれにつくかを迷っていたという記述には疑問が持たれる（小山靖憲・高橋修）。一方、阪本敏行89は、『僧綱補任』によって湛増の熊野別当補任が元暦元年十月であったと考証し、当時は親平氏派の行命も未だ別当の地位にあったため、複雑な利害関係が湛増の政治的行動を規制したと見て、闘鶏の逸話も「案外本音にもとづかれていたものであったかもしれない」とする（その後、『僧綱補任』の考証は阪本敏行94・09によって補強されている）。

○二一五ウ2　若王子ノ御前ニ参テ孔子ヲ取テ白鶏赤鶏ヲ合セテ勝負ニ随テイツチヘモ付ヘシト思定テ　湛増が神意を尋ねた方法、〈長・盛・松・南・覚〉は、まず田辺で神楽をして白旗に付けと託宣を受けたが、さらに鶏合をしたとする。（「田辺」は、〈長・盛・松〉「田辺の新宮」（〈長〉）、〈南・覚〉「田なべの新熊野」（〈覚〉））。〈延〉の「若王子」は、本宮・新宮・那智に各々祀られる若一王子であろう。第一末・九〇ウ7注解参照。〈延〉の場合、「孔子」（くじ）を引いたことは、他本の神楽にあたるか。しかし、くじの結果は書かれていない（神意を問う方法を定めるためにくじを引いたというわけではあるまい）。

○二一五ウ3　鳥合ヲシテミルニ白鳥勝ニケリサテハ源氏ノ打勝ニテ有コサムナレトテ　湛増が源氏加勢を決定した鶏合の顛末。〈長・盛・松・南・覚〉は、「赤鶏七、白鶏七とりあはせて、白は源氏のかた、赤鶏は平家のかたとて、社頭にてあはせけるに、赤鶏は一つがひもつがはずまけにけり」（〈長〉）のように、勝負を七番とするなどやや詳細。「鳥合」は、雄の鶏を持ち寄り、闘わせて勝負を争う遊び。わが国では二月から五月にかけて、中世以後は三月三日に行われることが多く、年中行事の絵にも描かれる〈角川古語〉。『日本書紀』雄略天皇七年八月条は日本における初例で、占いないし呪術と見られる。

○二五ウ5　三百余艘ノ兵船ヲ率テ紀伊国田ノ部湊ヨリ漕来テ源氏ニ加ル　〈長・盛・松・南・覚〉は、「三百余艘」を「二百余艘」とし、船の様子を詳しく描く。〈長〉「若宮王子の御正体おろし奉て、榊の枝につけたてまつりて、旗文には、金剛童子、倶利加羅明王をかきたてまつり」、〈盛・松〉「若一王子ノ御正体ヲ奉レ下、榊枝ニ飾付、日月山端ヲ出ルガ如シ。旗紋楯面ニハ、金剛童子ヲ画ニ顕ス。見ニ身毛モ竪ケリ」（〈盛〉）、〈南・覚〉「若王子の御正体を船にのせまいらせ、旗のよこがみには、金剛童子を書きたてま（ツ）て」（〈覚〉）。また、〈盛・南・覚〉は兵士の情報を記し、〈盛〉「熊野三山、金峯、吉野、十津河、死生不レ知ノ兵共ヲ語集」、〈南・覚〉「一門の物どもあひもよをし、都合其勢二千余人」（〈覚〉）と述べ、〈南〉は「浄湛法眼」などの名も記す。鶏合譚を載せない〈四・屋・中〉は、熊野勢「五十艘」（〈四〉）程とし、〈中〉はその兵数に湯浅宗光の勢を含める。『吾妻鏡』元暦二年二月二十一日条に、「義経主既渡ニ阿波国一。熊野別当湛増為レ合ニ力源氏一同渡之由。今日風ニ聞洛中一云々」と、湛増参戦の模様を伝える。

○二五ウ6　河野四郎通信モ千余騎ノ軍兵ヲ率テ伊与国ヨリ馳来テ同源氏ニ加リニケリ　〈長・盛・松・南〉ほぼ同じだが、〈南〉は「百余艘ノ船ニ乗リ」と付記。〈四〉「三十艘」、〈屋〉「五百ヨ騎」、〈覚〉「百五十艘」、〈中〉「三百余騎」とする。『吾妻鏡』元暦二年二月二十一日条に、「河野四郎通信粧ニ三十艘之兵船一参加矣」とある（源氏勢に合流した場所は明確ではないが、志度か）。『予章記』は、「平家物語ニ云」として、「三十艘ノ兵船ニテ勝浦ヘ参リタリトアリ」とするが、「勝浦」とするのは誤解だろう。「三十艘」は〈四〉的本文によるか。河野通信は、伊予の豪族。一貫して源氏方で戦った。一三ウ7注解参照。

○二五ウ7　カヽリケレハ九郎判官イトヽカ付テ荒手ノ兵入替々々戦ケレハ　湛増・河野通信が屋島の戦闘に加わったとするのは、他に〈長・盛・松〉。〈四・南・屋・覚・中〉では源氏勢への合流を描くのみで、直ちに戦闘はしない。二五オ7～注解参照。

○二五ウ9　平家遂ニ責落サレテ第二日ノ巳剋ニハ屋嶋ヲ漕出テ塩ニ引レ風ニ随テイツクヲ指テ行トモナクユラレ行コソ悲シケレ　〈盛〉ほぼ同。但し、〈盛〉は該当文に続けて、「先帝ヲ奉始テ女院二位殿女房男方ムネトノ人々ハ讃岐志度ヘゾオハシケル」とする。〈長・松〉は、平家の志度への移動を記し、「塩ニ引レ風ニ随テ…」云々に類する文は、〈松〉では志度合戦の後に「塩ニ引レ風ニ任セテ、イヅクトモナク流行ク。只中有ノ旅トゾ覚タル」と記す。〈長〉では志度合戦は記さず、田内左衛門生捕の後に、それを聞いた平家が「しどの浦をもをし出し、浪にゆられ、風にしたがひてぞただよひける」とする。〈四・南・屋・覚・中〉は、屋島合戦の後、平家は志度へ行ったとする。「塩ニ引レ風ニ随テ…」云々に類する文は、〈四〉では志度合戦の最初に記すが、編集上の誤りがあるか。〈屋〉は〈長〉と類似の形。〈中〉は神功皇后説話の後に「平家は九国の内へはいれられず、さぬきの八島をもをひいだされ、なみにたゞよひ、風にまかせて」云々と記す。〈南・覚〉は該当文なし。志度については、二七オ1「余党僅ニ…」注解、二八オ4注解参照。

なお、屋島合戦の「二日目」は、〈延〉では二月二十一日。日付については、一三ウ4注解の対照表Ⅱ参照。

〇二六オ1　判官八軍ニ打勝テ三ケ日屋嶋〔三〕逗留シテ四国ノ勢ヲソ招ケル　同内容は〈盛〉のみ記す。〈盛〉の場合、平家の「ムネトノ人々」が志度へ移ったとするが、源氏の志度への追撃は記さず、義経は屋島に逗留したとする。〈延〉も後に志度合戦に触れるものの、大まかには〈盛〉に類する展開か。

十二　能盛内左衛門ヲ生虜事

十二

（二六オ）

判官伊勢三郎義盛ヲ召テ阿波民部成良カ嫡子田内左衛門成直カ大将軍トシテ三千余騎ニテ伊与国へ押渡テ河野ヲ責ニ寄ケルト聞能盛罷向テ成直召具テ参ト

宣ケレハ能盛承候ヌ御旗ヲ給ヘシトテ旗一流申請テ僅ニ十
五騎ノ勢ニテ馳向アレホトノ大勢ニテ田内左衛門カ三千余
騎ノ勢ヲハイカニシテ生取ニセムソ誠シカラスト者共咲アヘ
リ成直ハ河野館ニ押寄テ責ケレトモ河野先立テ　落
ニケレハ家子郎等アマタ生取ニシテ館ニ火係テ屋嶋ヘ参

（二六ウ）

ケル道ニテ能盛行合タリ白旗赤旗ノアヒタ二丁計ニソ近
付ケル赤旗引ヘタリケレハ白旗モ又引ヘタリ能盛使者立ヲテ
申ケルハアレハ阿波民部大夫成良ノ嫡子田内左衛門成直ノ
オワスルトミ申ハ僻事カ且ハ聞モシ給ラン鎌倉ノ兵衛佐殿ノ
御弟九郎大夫判官殿院宣ヲ蒙セ給テ西国ノ討手ノ　大
将軍ニ向ワセ給ヘリカウ申ハ伊勢三郎能盛ト云者也一　昨日十
九日阿波勝浦ニテ和殿ノ父民部大夫モ降人ニ参リヌ又叔父
ノ桜間ノ外記大夫モ生取ニテ能盛カ預テ糸惜シテ置タリ

昨日屋嶋ノ御所落サレテ内裏焼払テ大臣殿父子生取
レ給ヌ能登殿ハ自害セラレツ小松殿君達以下或ハ討死或ハ海
ニ入給ヒヌ余党僅ニ有ツルハ志度浦ニテ皆討レヌ和君モ今
一度父ニモミヘ父ノ生タル貝ヲモ故郷ヘモ帰ラント思ハヽ降人ニ参
テ能盛ニ付給ヘ判官殿ニ申命計ハ生申サンカク申ヲ用スハ
通申スマシキソトイワセタリケレハ田内左衛門是ヲ聞テ此事
粗聞ツルニ不違一日ノ命惜父ノ行ヘヲ知ムトナリ況軍ニヲヒ
テヲヤ平家既ニ生取ラレ給ケリ父又降人ニ成ケル上ハ成
直ニ向テ軍スヘキト思サラハ降人ニ参ルニテコソ候ハメトテ
甲ヲヌキ弓ヲハツシテ郎従ニモタス大将軍カクスレハ家子
郎等モ甲ヲヌク能盛スカシオホセツト思テ成直ヲ先ニ立テ
判官ノ許ヘキテ参ル神妙ナリトテ成直カ物具ヲ召テ其

(二七オ)
(二七ウ)

身ヲバ能盛ニ被預ヌ残兵共是ヲ見テコレハ国々ノ駈武者ニテ

誰ヲカ誰トカ思進セ候ヘキ只草木ノ風ニ靡ヘシ我国ノ

主タラン君ヲ可奉仰トロ々ニ申ケレハサラハサニコソアンナレ

トテ皆召具ラル能盛僅ニ十五騎ノ勢ニテ成直カ三千余騎ヲ

生虜ニシテセラレヌト聞ケレハ浦々嶋々泊々ニ着タレトモ肝心モ

身ニソワテ我子ノ行ヘソ悲シカリケル四国ノ輩此ヲ見テ所々ノ

軍スヽマサリケリ平家方ニハ民部大夫成良ヲ副将軍

○参ケルコソユヽシケレ民部大夫成良ハ田内左衛門生虜ニ

ト被憑タリケレトモ四国ノ輩不進ケレハ漸ウシロ次第ニスキ

テ危クツミヘラレケル成良モ此ノ三ヶ年之間平家ニ忠ヲ尽

テ度々ノ軍ニモ父子共ニ命ヲ不惜戦ケルカ事ノ有様叶〔マ〕

シト思ケル上田内左衛門生虜レニケル間忽ニ九郎判官ニ心

ヲ通シテ阿波国ヘ渡シテケレハ当国住人皆源氏ニ随ニケ

(二八八オ)

1
2
3
4
5
6
7
8
9
10

1

リ人ノ心无慚ノ物也是モ平家ノ運ノ尽ヌル故也　判官ハ二
月十九日勝浦ノ戦廿日屋嶋軍廿一日志度ノ戦ニ討勝
テケレハ四国ノ兵半過テ付従ニケリ先ッ事ノ瑞相コソ
不思議ナレ源氏ハ阿波国勝浦ニツキ軍勝チ平家ハ白
鳥丹生社ヲスキ長門国引嶋ニ付キ何カ有ヘカルランオホ
ツカナ平家ノ行末イカニモ〲シカラシナント人ノ口昔今
サマ〲ナリケルホトニ引嶋ヲモ漕出テ浦伝嶋伝シテ筑前国
箐崎ノ津ニ着給ヌ九国ノ輩モサナカラ源氏ニ心ヲ通シテ箐
崎ノ津ヘ寄ヘシト聞ヘケレハ箐崎ノ津ヲモ出給ヌ何クヲ定テ
落着給ヘシトモナケレハ海上ニ漂ヒテ涙ト共ニ落給ケルコソ
無慚ナレ

（二八ウ）

4　5　6　7　8　9　10　　1　2　3　4

【本文注】
〇二六オ5　成直
　「直」は擦り消しの上に書くか。訂正された字は不明。

○二六オ7　**ニテ馳向アレホトノ大勢ニテ田内左衛門カ三千**　この箇所擦り消しの上に書く。「勢」の目移りで次行の本文「ヲハイカニシテ…」以下を書いてしまい、訂正したものか。

○二六ウ7　**叔父**　擦り消しの上に書く。抹消された字は不明。

○二七オ1　**余党**　「余」の字形不審。「金」にも見える。

○二七オ3　**能盛**　「能」字に赤い汚れあり。

○二七ウ5　**生虜ニシテ○**　「テ」の左下に圏点があり、そこから左上方に線を伸ばす（転倒符）。三行後の二七ウ8には、冒頭に右上圏点、行末には左下圏点があり、この一行分（「参リケルコソ〜田内左衛門生虜ニ」）を、ここに挿入することを指示する。「生虜」の目移りにより一行分書き落としたことによる処置と考えられる。次項・次々項本文注参照。

○二七ウ8　**°参リケル**　「参」の右上に圏点があり、そこから右方向に線を伸ばす。以下の一行分を、三行前の二七ウ5「生虜ニシテ○」の圏点の位置に挿入することを示す。前項・次項本文注参照。

○二七ウ8　**生虜ニ○**　「虜」の左下に圏点があり、ここまで一行分を二七ウ5「生虜ニシテ」の圏点の位置に挿入すべきことを示す。前項・前々項本文注参照。

○二七ウ10　**ミヘラレ**　「ラ」は字体不審。「ケ」を重ね書き訂正したか。

〔釈文〕

十二（能盛内左衛門を生け虜る事）

判官、伊勢三郎義盛を召して、「阿波民部成良が嫡子田内左衛門成直が大将軍として、三千余騎にて伊与国へ押し渡りて、河野を責めに寄せけると聞く。能盛罷り向かひて、成直召し具して参れ」と宣ひければ、能盛「承り候ひぬ。御旗を給ふべし」とて、旗一流れ申し請けて、僅に十五騎の勢にて馳せ向かふ。「あれほどの大勢にて、田内左衛門が三千余騎の勢をばいかにして生け取りにせむぞ、誠しからず」と者共咲《わら》ひあへり。成直は河野館に押し寄せて責めけれども、河野先立ちて落ちにければ、家子郎等あまた生け取りにして、館に火係《か》けて屋嶋へ参り▼[二六ウ]ける道にて、能盛行き合ひたり。白旗・赤旗のあひだ二丁計《ばか》りにぞ近付きける。赤旗引かへたりければ、白旗も又引かへたり。能盛、使者を立てて申しけるは、「あれは阿波民部大夫成良の嫡子、田内左衛門成直のおはするとみ申すは僻事《ひがごと》か。且《かつう》は聞きもし給ふらん。鎌倉の兵衛佐殿の御弟、九郎大夫判官殿、院宣を蒙らせ給ひて、西国の討手の大将軍に向かはせ給へり。かう申すは伊勢三郎能盛と云ふ者也。一昨日十九日、阿波勝浦にて、和殿の父民部大夫も降人に参りぬ。又叔父の桜間の外記大夫も生け取りにて、能盛が預りて糸惜《いとほ》しくして置きたり。昨日、屋嶋の御所落とされて、内裏焼き払ひて、大臣殿父子生け取られ給ひぬ。能登殿は自害せられつ。小松殿の君達以下、或いは討ち死に、或いは海▼[二七オ]に入り給ひぬ。余党僅かに有りつるは、志度浦にて皆討たれぬ。和君も今一度、父にもみえ、父の生きたる皃《かほ》をもみ、故郷へも帰らんと思はば、降人に参りて、能盛に付き給へ。判官殿に申して、命計《ばか》りは生け申さん。かく申すを用ゐずは、通し申すまじきぞ」といはせたりければ、田内左衛門是を聞きて、「此の事粗《あらあら》聞きつるに違はず。一日の命の惜しきも、父の行へを知らむとなり。況《いはむ》や、軍においてをや。平家既に生け取られ給ひにけり。父又降人に成りにける上は、成直誰に向かひて軍をすべき」と思ひて、「さらば降人に参るにてこそ候はめ」とて甲をぬぎ、弓をはづして、郎従にもたす。大将軍かくすれば、家の子郎等も甲をぬぐ。能盛すかしおほせつと思ひて、成直を先に立てて、判官の許《もと》へゐて参る。「神妙なり」とて、成直が物具を召して、其の▼[二七ウ]身をば能盛に預けられぬ。残りの兵共是を見て、「これは国々の駈武者《かりむしや》にて候ふ。誰を誰とか思ひ進《まゐ》らせ候ふべき。只草木の風に靡くが如くにて候ふべし。我が国の主たらんを、君と仰ぎ奉るべし」と口々に申しければ、「さらばさにこそあんなれ」とて、皆召し具せらる。能盛、僅かに十五騎の勢にて、成直が三千余騎を生虜《いけどり》にして参りけるこそゆゆしけれ。

　民部大夫成良は、田内左衛門生虜《いけどり》にせられぬと聞きければ、浦々嶋々泊々に着きたれども、肝心も身にそはで、我が子の行《ゆく》へぞ悲しかりける。四国の輩も此を見て、所々の軍にもすすまざりけり。平家方には、民部大夫成良を副将軍と憑《たの》まれたりけれども、四国の輩進まざりければ、漸《やうや》くうしろ次第にすきて、危くぞみえられける。成良も此の三ヶ年の間、平家に忠を尽くし▼[二八オ]て、度々の軍にも父子共に命を惜しまず戦ひけるが、事の有り様叶ふまじと思ひける上、田内左衛門生虜《いけど》られにける間、忽ちに九郎判官に心を通はして阿波国へ渡してければ、当国の住人皆源氏に随ひにけり。人の心は無慚の物也。是れも平家の運の尽きぬる故也。

判官は、二月十九日勝浦の戦、廿日屋嶋軍、廿一日志度の戦に討ち勝ちてければ、四国の兵半ばに過ぎて付き従ひにけり。「先づ事の瑞相こそ不思議なれ。源氏は阿波国勝浦につき、軍に勝ち、平家は白鳥、丹生社をすぎ、長門国引嶋に付く。何《いか》が有るべかるらん。おぼつかな。平家の行く末、いかにもいかにもはかばかしからじ」なんど、人の口、昔も今もさまざまなりけるほどに、引嶋をも漕ぎ出でて、浦伝ひ嶋伝ひして、筑前国▼二八ウ筥崎の津に着き給ひぬ。九国の輩もさながら源氏に心を通はして、筥崎の津へ寄すべしと聞こえければ、筥崎の津をも出で給ひぬ。何《いづ》くを定めて落ち着き給ふべしともなければ、海上に漂ひて、涙と共に落ち給ひけるこそ無慚なれ。

〔注解〕

○二六オ3～（能盛内左衛門ヲ生虜事）　章段名の「内左衛門」は「田内左衛門」がよい。本段は諸本にあるが、前後の記事構成と義経の所在には異同あり。〈延〉では前段末に、平家を追い落とした義経が屋島に逗留していたとある。志度への追撃を記さない〈長・盛・屋・中〉も同様に読める。一方、〈四・松・南・覚〉は志度に逃げた平家を義経が追撃した記事に続くので、義経は志度にいたと読める（〈松〉では田内左衛門を志度にいた義経のもとに連行したと明記する）。『吾妻鏡』元暦二年二月二十一日条は、義経勢が平家を志度に追う記事に続けて、「平氏家人田内左衛門尉帰二伏于廷尉一」と記すので、〈四・南・覚〉に近い。また、二五ウ9注解に見たように、平家が「塩ニ引レ風ニ随テ…」云々とさまよい出たのは、〈延・盛・松〉では屋島合戦に敗れた結果だが、〈長・屋・中〉では田内左衛門生捕の後で、この生捕が死命を制したとも解し得る形。なお、田内左衛門生捕の日付を明示するのは〈屋〉「十九日」のみ。屋島合戦に二日かかったとする〈延・長・盛・松〉では、合戦二日目のことと読むべきか（二日目の合戦の夕暮れに那須与一を描く〈長〉では、その日の内のことと読むのは苦しいが）。だとすれば、〈延・長・盛〉では二月二十一日、〈松〉では同二十日となる。また、屋島合戦を一日のこととし、平家は翌日志度に移ったとする〈四・南・屋・覚・中〉では、屋島合戦の翌日または志度合戦の当日か。〈屋〉が「十九日」とするのは屋島合戦の翌日であり、〈南・覚・中〉も同様に読めようか。〈四〉では志度合戦当日が二十一日となる。日付については、一三ウ4注解の対照表Ⅱ参照。

○二六オ3　阿波民部成良カ嫡子　田内左衛門成直カ大将軍トシテ三千余騎ニテ伊与国へ押渡テ河野ヲ責ニ寄ケルト聞　諸本同様に記すが、「田内左衛門成直」には異同あり。「田内」は、〈盛〉「伝内」。「左衛門」は、〈盛・四〉「左衛門尉」。「成直」は、〈四・松〉「則良」、〈南〉「範良」、〈屋〉「教能」〈覚〉「範能」、〈中〉「のりよし」とする。田内左衛門が伊予に向かっていたことは、〈延〉では屋島合戦の冒頭に記されていたが、他本の形から見れば、それ以前に記しておくべきものであり、義経が屋島へ向かう記事の途中に脱落があると見られる。一一ウ4、一三ウ7注解参照。

○二六オ6　御旗ヲ給ヘシトテ旗一流申請テ　伊勢三郎が白旗を賜ったとするのは、他に〈四・南・屋・覚・中〉。〈長・盛・松〉なし。田内左衛門の多勢と戦わなくてすむように、義経の使者であることを示すために必要とされたものであろう。

○二六オ6　僅ニ十五騎ノ勢ニテ馳向　「十五騎」は、〈長・四・松〉同。〈盛〉「十七騎」、〈南・屋・覚・中〉「十六騎」。なお、〈南・屋・覚・中〉は、義盛勢が「白装束」だったとする。この「白装束」は、非武装の意か〈三弥井古典文庫〉。〈中〉巻五で、南都に下された妹尾兼康等が、「はかり事に、『なんぢら物の具もすべからず、弓矢うち物もたいすべからず』との給へば、うけたまはりて、五百余騎にてむかひけるが、みなしらしやうぞくなり」の例がある。なお、〈盛・松〉は、下﨟男を一人先発させ、平家敗北の噂を伝える策を記す。

○二六オ7　アレホトノ大勢ニテ田内左衛門カ三千余騎ノ勢ヲハイカニシテ生取ニセムソ誠シカラスト者共咲アヘリ　この小勢で三千余騎を生け捕るなど無理だと人々が笑った、あるいは不審に思ったとする点は、〈盛・四・南・屋・中〉同様、〈長・覚〉なし。「大勢」を、〈北原・小川版〉は「小勢」が適当とし、〈汲古校訂版〉も「勢」か「小勢」がよいとするが、皮肉の表現ともとれようか。

○二六オ9　成直ハ河野館ニ押寄テ責ケレトモ河野先立テ落ニケレハ家子郎等アマタ生取ニシテ館ニ火係テ　成直の河野攻めの合戦の結果。〈長・盛・四〉同様、〈松・南・屋・覚・中〉なし。〈長〉は河野の伯父「福茂新次郎」らの首をとった件も記す。〈延〉では「福浦新三郎」として、一三ウ7に既出。該当部注解参照。取った首は、成直自身よりも先に屋島へ送り、首実検をしていたもの。
○二六オ10　屋嶋へ参ケル道ニテ能盛行合タリ　出会いの場所を伊予から屋島への道という以上には記さない点、〈長・四・南・屋・覚・中〉同様。〈盛・松〉は「讃岐国三木郡琴造ノ宮」（〈盛〉）、〈中〉は伊与・土佐・讃岐の境とする。なお、この出会いの前に、田内左衛門は、〈盛・松〉では伊勢三郎が遣した下臈男の虚言を聞いている。〈屋・中〉も「屋島ニ軍有ト聞テ馳参ル」（〈屋〉）途中だったとする。
○二六ウ1　白旗赤旗ノアヒタ二丁計ニソ近付ケル赤旗引ヘタリケレハ白旗モ又引ヘタリ　両者が「二丁計」で向かい合ったとする点、〈南・覚〉同様、〈四・松〉「一町」。〈長・盛・屋・中〉なし。〈長〉は「はなつき」に出会ったとする。「はなつき」は、「ばったりと出会うこと。であいがしらに、また、真正面にぶつかること。向き合うこと」〈日国〉。
○二六ウ2　能盛使者ヲ立テ申ケルハアレハ阿波民部大夫成良ノ嫡子田内左衛門成直ノオワスルトミ申ハ僻事カ　「アレハ阿波民部…」以下、二七オ4「通シ申スマシキソ」まで、使者の口上。伊勢三郎が使者を立てた件は、〈四・南・覚・中〉も記すが、その口上は〈四・南〉ではやや簡略、〈覚・中〉では義経の使者を名乗る前口上のみで、屋島合戦の結果などは伊勢三郎自身が語る。〈長・盛・松・屋〉では使者は登場せず、最初から伊勢三郎が語る。
○二六ウ4　且ハ聞モシ給ラン鎌倉ノ兵衛佐殿ノ御弟九郎大夫判官殿院宣ヲ蒙セ給テ西国ノ討手ノ大将軍ニ向ワセ給ヘリ　使者の口上で義経の到来を伝え、あるいは自分が義経の身内であると伝える点は、〈四・南・覚・中〉同様。〈松・屋〉では伊勢三郎の言葉。〈盛〉は「源氏ノ郎等ニ伊勢三郎義盛」と名乗るのみだが、義経の来襲については事前に下臈男が情報を流していたとする。〈長〉では伊勢三郎が、「いかに、わとのは、いづくへとましますぞ」と話しかけたとして、自身の名乗りも記さない。
○二六ウ6　一昨日十九日阿波勝浦ニテ和殿ノ父民部大夫モ降人ニ参リヌ又叔父ノ桜間ノ外記大夫モ生取ニテ能盛カ預テ糸惜シテ置タリ　以下、虚構の合戦報告。まず勝浦合戦。日付は、〈四・屋・覚・中〉「一昨日」、〈南〉「十七日」。〈盛〉は事前に下臈男の話の中で「十七日」とする。〈松〉は日付不記。〈長〉は勝浦合戦に触れない。一三ウ4注解の対照表に見たように、これまでの記述では、勝浦合戦の日付は〈延・四〉では十九日、〈長・盛・松〉では十八日、〈南・屋・覚・中〉では十七日と解される。〈盛〉は巻四三ではこの後も「十七日」とするが、齟齬というべきか（二八オ4「判官ハ…」注解参照）。また、勝浦合戦の結果、阿波民部が降人となったとするが、〈長・盛・松・屋・中〉では屋島合戦の結果とし、〈四・松・南・覚〉は場所を示さない（志度と判断すべきか）。但し、〈盛・松〉で先行した下﨟男の話の中では、桜間が勝浦で捕らえられたことに続いて阿波民部も生捕と記すので、阿波民部も勝浦で捕らえられたように読める。しかし、屋島にいたはずの阿波民部が、勝浦で敗れたとするのは不自然か。また、桜間生捕については、〈盛〉同様、〈四・南・屋・覚〉は討死とする。〈松〉「桜場介良近ハ死罪ヲ歎キ遁ル」は生け捕られて出家した意か。〈延〉は、阿波民部・桜間共に伊勢三郎が預かっていると読めよう。〈盛〉も同様。阿波民部を義盛が預かっているとする点は、〈長・屋・覚・中〉も同様。〈四・南〉不記。

○二六ウ9　昨日屋嶋ノ御所落サレテ内裏焼払テ大臣殿父子生取レ給ヌ能登殿ハ自害セラレツ小松殿君達以下或ハ討死或ハ海ニ入給ヒヌ　屋島合戦について伝える。「昨日」は、〈四・南・屋・覚・中〉同。〈松〉「福良信三郎殿ノ頸実検ノ日」。〈長・盛〉なし。合戦の結果について、内裏焼払を記す点は、〈長・盛・四・松・南・屋・覚〉同様、〈中〉なし。一五オ8、同10、一三オ8注解参照。宗盛父子の生捕を語る点は、〈盛・四・松・南・屋・覚〉同様。〈長〉は「大臣殿はいけどられ、左衛門尉殿はうち死」とするが、「左衛門尉」は「左衛門督」の誤りで、清宗のことか。〈中〉不記。教経の死を記す点は諸本同様。〈長・盛・屋・中〉は、〈盛〉「能登殿コソユヽシク振舞タリシカ」などと立派な最期を讃える文言で、〈盛〉は教経に佐藤継信などが討たれたことも語り、〈長・屋・中〉は〈長〉「新中納言殿、能登殿こそ、いしかりつれ」などと、知盛も加える。小松殿公達については、〈盛・松〉も生け捕りと伝えるが、〈長・四・南・屋・覚・中〉は不記。北川忠彦は、壇浦合戦の結末がそっくり先取りされていると指摘し、屋島合戦の話題が、壇浦合戦譚成立より後出であるとの見方を示した。但し、物語の成立が壇浦合戦以後であることは自明であり、現存本における壇浦合戦との一致は、原話の成立時期を考える材料とは言い難いだろう。

○二七オ1　余党僅ニ有ツルハ志度浦ニテ皆討レヌ　志度で合戦があったと義盛が告げる点、〈四・南・覚〉も同様。また、実際に志度合戦の描写があるのは〈四・松・南・覚〉。志度は、現香川県さぬき市志度。屋島から五剣山を隔てた東側にあたる。志度道場の名で知られる志度寺がある。二五ウ9注解に見たように、〈長・盛・四・松・南・屋・覚・中〉は、平家が実際に屋島から志度に向かったとする。但し、〈長・盛・屋・中〉は、平家（〈盛〉では「ムネトノ人々」）が志度に移った、あるいは志度道場に籠もったとするのみで、合戦を記さない。〈中〉の場合、日暮れの後に平家が「しどのだうじやうにこもられければ」とするが、平家がその夜のうちに源氏を夜討にしようとしたと記し、矛盾。志度道場（志度寺）の位置を理解していない記述だろう。一方、〈四・松・南・覚〉は、志度に退却した平氏を義経が追って戦い、平家を四国から追い落としたとする。但し、〈松・南・覚〉が小規模の合戦を描くのみであるのに対して、〈四〉は、源氏の攻撃によって、「大勢連ク船込ミ乗被引塩随風被レ涌《ユ》ラ行クッ于何ッ覚ヘ哀レ」と、平家が志度をも落ちたように描いた後、那須与一・錣引・弓流といった屋島合戦の主要な話材を語り、これらが志度合戦におけるできごとだったように読める点、独自（『保暦間記』が簡略ながら類似の構成をとる）。志度合戦は、『吾妻鏡』元暦二年二月二十一日条にも、「平家籠二于讃岐国志度道場一。廷尉引二八十騎兵一追到二彼所一」とある。〈延〉の場合、本項の記述のみであれば、伊勢三郎が事実無根のことを述べていると読めないこともないが、この後、二八オ4では、「判官ハ二月十九日勝浦ノ戦廿日屋嶋軍廿一日志度ノ戦ニ討勝テケレハ」と、やはり志度合戦があったとするので、本来は志度に関して何らかの記述があったものと考えるべきだろう。このように、志度合戦の記述は諸本さまざまであり、実態はわかりにくい。北川忠彦は、諸本のこのような様態や、屋島から東方の志度に戻る不思議さなどを挙げて、志度合戦は幻ではないかと考えた。しかし、〈三弥井古典文庫〉が指摘したように、義経はこの時、屋島を急襲しただけで、辺り一帯を制圧したわけではないので、東側への避難を異とするのは当たらないだろう。〈盛〉が「先帝ヲ奉始テ、女院・二位殿・女房・男方、ムネトノ人々ハ讃岐志渡ヘゾオハシケル」とするように、安徳天皇をはじめとする貴人を多く抱えた平家が、屋島の御所を焼かれた後、とりあえず立派な建物のある志度道場に行き場を求めたとしても不思議ではない。〈長〉「当国のうち、しどの道場にこもりて、伊与の国の勢をぞあひまちける」に見るように、もし、四国の武士達に対する平家の支配力がなお保たれていれば、志度を拠点に義経勢を追い出し、四国の支配を復活させる可能性も全くなかったとはいえまい。しかし、長らく拠点としてきた屋島の陥落によって権威を失った平家は、もはや現地で兵力を集めることはできず、志度をもすぐに撤退せざるを得なかったものと推測されよう。おそらく、平家が一旦志度に赴いたことは事実である可能性が強いが、合戦らしい合戦はなかったのかもしれない。

○二七オ1　和君モ今一度父ニモミヘ父ノ生タル貞ヲモミ故郷へモ帰ラント思ハヽ降人ニ参テ能盛ニ付給へ　田内左衛門に投降を勧告する点は諸本同様。「父ノ生タル貞ヲモミ故郷へモ帰ラント思ハヽ」の部分は、〈盛〉同様。生きて父に会いたいならば投降せよ、という内容は〈四・松・南・屋・覚・中〉に共通するが、表現は多様。〈長〉は「父に会いたければ」といった直接的表現を欠き、「げんじの世には平家を射、平氏の代には源氏を射る、今にはじめざる事ぞ。なにかくるしかるべき」と述べる。また、〈屋・覚〉は、阿波民部が、息子が敗戦を知らずに戦って討ち死にするのを嘆いたため、義盛が説得に来たとする。

○二七オ3　判官殿ニ申テ命計ハ生申サン　伊勢三郎が義経に、田内左衛門の命乞いをしてやろうという申し出。〈長・盛・松〉も同様の言葉あり。〈松〉では「(阿波民部が)様々歎キ申サルル間、能盛が御恩ニ申代ント存ズ」と、自分の勲功に代えて命を助けようとまで言う。〈四・南・屋・覚・中〉なし。

○二七オ3　カク申ヲ用スハ通シ申スマシキソ　〈盛〉同様、その他諸本なし。わずかな勢でありながら、かさにかかった脅迫。〈覚・中〉は、父に会うのもいくさで死ぬのも田内左衛門次第であると述べて結ぶ。

○二七オ4　田内左衛門是ヲ聞テ此事粗聞ツルニ不違　田内左衛門が、あらかじめ何らかの情報に接していたこともあって、伊勢三郎の言葉を信じたとする点、〈四・南・屋・覚〉同様。〈盛・松〉では、伊勢三郎が先発させた下臈男の情報と同様だったとする。〈中〉は父生捕の報に、「平家のうんのかたぶきやううたがひなし、さぞあるらん」と思って信じたとする。〈長〉は類似表現がなく、平家側の敗北を聞いた駆武者の軍勢が離散し、残った二三十騎の者達に説得され降伏する(次々項注解参照)。

○二七オ5　一日ノ命ノ惜モ父ノ行ヘヲ知ムトナリ況軍ニヲヒテヲヤ平家既ニ生取ラレ給ニケリ父又降人ニ成ニケル上ハ成直誰ニ向テ軍ヲスヘキト思テサラハ降人ニ参ルニテコソ候ハメ　田内左衛門の心中。他諸本ではあまり描かれず、〈盛・松〉が、下臈男の情報との一致を前提に「父左様ニ参ケル上ハ成直以テ同事トテ」(〈盛〉)と決意したとする程度。〈中〉については前項注解参照。

○二七オ8　甲ヲヌキ弓ヲハツシテ郎従ニモタス大将軍カクスレハ　家子郎等モ甲ヲヌク　田内左衛門の降伏により、郎等も降伏したとする点、〈四・松・南・屋・覚・中〉同様。〈長〉は、義盛が平家敗北を伝えると、「三千余騎の兵ども、国々よりはせあつまられたる夷なれば、我さきにとぞおちにける。としごろのもの二三十騎ぞ残たれども、かれら申けるは、『しかるべき事にてこそ候らめ。大殿も、あれにわたらせ給候なるに、たゞとくかぶとをぬぎ、弓をはづしてまいらせ給へ』と申せども、『いくさせむ。おもひきる』といふもの一人もなし」とし、多くの軍勢は離散して、ここで降参したのは田内左衛門と配下の三十騎ほどと読める。〈盛〉は、義盛が、降人が軍兵を引率するのは不審だと言い、田内左衛門が郎等に暇を出し、「散々ニ返」したとする。なお、田内左衛門のその後について、『鎌倉大日記』では、建久八年(一一九七)十月に誅されたとする。「十月阿波民部成良子田口範能、和田被ニ仰付一三浦浜被レ誅」。事実関係は未詳。

○二七オ9　能盛スカシオホセツト思テ　〈盛・松〉は地の文で「義盛謀リ澄テ」と記す。〈長・四・南・屋・覚・中〉なし。〈長〉は、田内左衛門の降伏を記した後、義盛が連行して帰還する記事を欠き、平家が田内左衛門の生捕を聞いたために志度を出て、波風に任せて漂ったとし、阿波民部の動揺に接続する(漂う描写は二五ウ9注解参照。阿波民部の動揺は二七ウ4注解参照)。

○二七オ10　神妙ナリトテ　義経の褒め言葉、〈盛〉同。〈松〉「去コソト感給テ」。〈南〉「義盛ガ計ユ、シカリケリ。判官モ感ジ給ケリ」。〈覚〉も〈南〉とほぼ同文だが、「義盛がはかりことまことにゆゝしかりけり」を義経の発言とする。〈長・四・屋・中〉なし。

○二七オ10　成直カ物具ヲ召テ其身ヲハ能盛ニ被預ヌ一　〈四・松・屋・南・覚・中〉も同様だが、「能盛」を、〈四・屋〉は「人」、〈松〉は「人々」とする。〈盛〉はこの一文を欠き、義経が田内左衛門に、父に降伏を勧める手紙を書くよう命じ、田内左衛門はそれに従ったと描く。

○二七ウ1　コレハ国々ノ駈武者ニテ候誰ヲ誰トカ思進セ候ヘキ只草木ノ風ニ靡カ如ニテ候ヘシ我国ノ主タランヲ君ト可奉仰一　田内左衛門配下の軍兵の言葉。この兵達が源氏に加わる記事は、〈四・松・南・屋・覚・中〉にもあるが、その理由を「駈武者」ゆえと明記するのは、〈延・四・南〉で、中でも〈延〉の記述が最も詳細。〈長〉は兵の大半が逃走し、古参の二三十騎だけが残ったとし、〈盛〉は投降した田内が郎等に暇を与えて帰したとするので、多くの軍勢が義経に従ったわけではない。「駈武者」は、一般に、平家側の、また、国衙に動員された武士を指すと認識されていることが多いが、〈延〉の用例は、必ずしもそう言えない。むしろ、「日常的に主従関係にはなく、戦争に際して臨時に動員される武士」(高橋典幸)といった表現が適当か(第四

〈巻八〉・四四オ6、五〇ウ7注解、第五本・一六オ5注解参照)。川合康は、〈延〉当該部の兵達の発言を、内乱期の駆武者の政治的動向を率直に表明したものと見る。

○二七ウ4　能盛僅《ニ》十五騎《ノ》勢《ニテ》成直《カ》三千余騎《ヲ》生虜《ニ》シテ。参《リ》ケルコソユヽシケレ　「参《リ》ケルコソユヽシケレ」は、誤って二七ウ8の位置に書かれている。本文注参照。伊勢三郎を地の文で称賛する文は、〈盛・松〉にもあり、〈盛〉は「古今無類」、〈松〉は「古今ニ類ナシ」とする。〈南・覚〉では、義経による称賛を描いていた(二七オ10「神妙《ナリ》トテ」注解参照)。

○二七ウ4　民部大夫成良《ハ》田内左衛門生虜《ニ》。セラレヌト聞ケレハ浦々嶋々泊々《ニ》着タレトモ肝心《モ》身ニソワテ我子《ノ》行ヘソ悲《シ》カリケル　「民部大夫成良《ハ》田内左衛門生虜《ニ》」は、誤って二七ウ8の位置に書かれている。本文注参照。本項以下、二七ウ10「危《クツ》ミヘラレケル」まで、〈長〉にも「…うら〳〵しまぐ〳〵につきたれども、きもこゝろも身にそはず、我が子のゆくゑをぞかなしみける」と、類似の文があるが、〈長〉では阿波民部の心中をそれ以上は描かない。一方、〈延〉はその後、二八オ1以下で、成良の裏切りを明確に描くが、それに類する記述は〈盛〉に見られる。〈盛〉は、〈延〉本項から二七ウ10のような描写はないが、二七オ10「成直カ…」注解に見た田内左衛門の手紙に続けて、〈延〉二七ウ10以下に類似する記事を置く。即ち、阿波民部はもはや平家は勝てそうもないと見て源氏に心をかけていたが、田内左衛門が生け捕られたと聞いて、「判官ニ通ジテ阿波国へ渡ヌ」とする。一方、〈四・松・南・屋・覚・中〉では、この段階では阿波民部の心変わりを記さない。〈四・南・屋・覚・中〉は、壇ノ浦合戦の開戦後に突如裏切ったと描く。〈松〉は、壇浦合戦冒頭、知盛に裏切りを疑われた場面で、「子息則良ヲ生捕ニセラレテ、生タル顔ヲ今一度見ントオ思ケル」と、裏切りを明記する。阿波民部成良は、第六本では九オ8に既出。第二末・一〇九オ4、第四(巻八)・二八ウ3注解等参照。小林美和は、〈延〉では成良の平家への忠誠をここまで用意周到に描いており、その積み重ねの上に裏切の記述があるとする。

○二七ウ6　四国《ノ》輩《モ》此《ヲ》見《テ》所々《ノ》軍《ニモ》スヽマサリケリ　〈長〉類似文あり(次項注解参照)。その他諸本なし。なお、壇浦合戦では、四国の勢は阿波民部率いる百余艘(三三オ1)であり、他は九州勢と平家公達の船であったと描かれる。

○二七ウ7　平家方《ニハ》民部大夫成良《ヲ》副将軍ト被憑タリケレトモ　「副将軍」と「ト被憑タリケレトモ」の間に、

誤って二七ウ8「参《リ》ケルコソ…田内左衛門生虜《ニ》」の一行が入っていることは、本文注参照。本項は〈長〉も同様だが、〈長〉では本項該当文の後に前項に該当する「四国のともがらすゝまねば、次第にすいてぞ見えたりける」を置いて文を終えており、次項以下に該当する本文はない。その他諸本なし。

○二七ウ10　成良《モ》此《ノ》三ヶ年之間平家《ニ》忠《ヲ》尽テ度々《ノ》軍《ニモ》父子共《ニ》命《ヲ》不惜《ニ》戦ケルカ　本項以下、〈長〉のこの場面にはなく、〈盛〉に類似記事あり。二七ウ4注解参照。但し、〈盛〉は田内左衛門の手紙とそれによる心変わりを先に記し、阿波民部がこれまで忠を尽くしてきたことはその後に記す。また、〈長・南・屋・覚・中〉では類似の文を壇浦での裏切り場面（知盛船掃除直前）に置く。〈松〉では壇浦合戦冒頭。〈四〉は壇浦でも類似文なし。

○二八オ1　事《ノ》有様叶〔マ〕シト思ケル上田内左衛門生虜レニケル間忽《ニ》九郎判官《ニ》心ヲ通《シテ》阿波国へ渡《シテ》ケレハ当国住人皆源氏《ニ》随《ニ》ケリ　〈盛〉のみ類似記事あり。その他諸本なし。「阿波国へ渡《シテ》ケレハ」は、〈盛〉「判官ニ通ジテ阿波国ヘ渡ヌ」。阿波民部自身が平家から離れて阿波国へ渡ってしまい、阿波の軍兵もろとも源氏側に寝返った意か。しかし、この後、阿波民部は再び平家方で壇浦に登場する。心中ひそかに裏切りを決めたというような描写であればともかく、阿波国に渡って源氏に従ったと描くのは、壇浦合戦記事とは矛盾するといえよう。この点、〈長〉は、この段階では阿波民部の寝返りを明確には描かず、壇浦合戦の土壇場での寝返りとの間に矛盾がない。阿波民部が壇浦で生け捕られたことは、『醍醐雑事記』巻一〇や『吾妻鏡』元暦二年四月十一日条にも見えるので、阿波に渡って源氏に従ったという記事の史実性は疑わしい。

○二八オ3　人《ノ》心《ハ》無慚《ノ》物也　〈盛〉は阿波民部の心変わりを描いた後、「平家運尽トハイヒナガラ無慙ナリ」と結ぶ。〈長〉は、壇浦合戦での阿波民部返忠記事の箇所で、阿波民部がこれまで平家に尽くしてきたことなど、二七ウ10以下の類似文の後に「人の心はむざんなれ。これも、平家のうんのつきぬるゆへなり」と記す。〈四・松・南・屋・覚・中〉は、壇浦の記事にもなし。小林美和は、「無慚」の語が、生け捕り後の宗盛の描写（五五オ2）や、阿波民部の処刑場面（第六末・一二オ4「無懺」）にも使われていることに注目し、作者の関心の表れと見る。

○二八オ4　是《モ》平家《ノ》運《ノ》尽ヌル故也　〈長・盛〉については前項注解参照。〈南・中〉では、田内左衛門配下の軍兵が源氏に味方したことを述べた後に類似表現を記す。

〈四・松・屋・覚〉なし。

○二八オ4　判官ハ二月十九日勝浦ノ戦廿日屋嶋軍廿一日志度ノ戦ニ討勝テケレハ　屋島合戦を総括するような日付列挙記事。他に〈盛・四・松〉にあり。〈四〉の日付は〈延〉に同。〈盛〉は十七日勝浦合戦、「二十一日ニハ屋嶋ヲ責落シ、二十二日ニハ讃岐志度ヲ被攻ケリ」。〈松〉は十八日勝浦合戦、「廿日屋島ヲ攻メ、廿一日ニ追落ス」。〈延〉の場合、志度合戦を描いていないにもかかわらず、ここでは「志度ノ軍」を記す矛盾がある。二七オ1「余党僅ニ…」注解参照。また、〈盛〉が勝浦合戦を十七日とするのは、伊勢三郎の遣わした下﨟男の弁でも同様だったが（二六ウ6注解参照）、勝浦合戦の勝利後、屋島に攻め寄せるまでに三日もかかったことになり、迅速な進撃を描く記述と整合しない（なお、二十一日に屋島を攻め落としたとの記述は、屋島に攻め寄せたのは二十日であったことを意味する）。しかも、渡辺出航の際の記述とも整合しないので、勝浦合戦は十八日とあるべきだろう。あるいは出航前後の記述を誤解したものか。八ウ7注解、一三ウ4注解参照。〈盛〉にはさらに、平家が志度へ移ったことは記しても、志度合戦自体は描いていなかったという問題もある（二五ウ9、二七オ1注解参照）。また、〈松〉は、屋島合戦の冒頭に、十九日の寅の刻に屋島近くで休憩、卯の刻に屋島を攻めたとあって、本項該当部の「廿日屋島ヲ攻メ」とは矛盾する。一三ウ4注解参照。

○二八オ6　四国ノ兵半ニ過テ従《付》ニケリ　諸本なし。〈盛・四・松〉は前項該当の記事に続け、梶原景時の遅参を記す。〈盛〉「二十三日ニ梶原以下ノ兵、屋嶋ノ渚ニ着ク。諍終ノチギリキノ風情也トテ、人皆口ヲスクム」など。この梶原遅参は、〈長・南・屋・覚・中〉及び『吾妻鏡』元暦二年二月二十二日条も記す。〈延〉では、逆櫓記事の末尾に「梶原ハナヲ鬱ヲ含テ判官ノ手ニ付テ軍セシトテ参川守ニ付テ長門国ヘソ渡ニケル」（七ウ9）とあったので、ここに記さないのは整合しているが、その〈延〉の記事を共有していた〈盛・松〉が、ここで遅着を記すのは矛盾。なお、『吾妻鏡』における景時の動向については、四オ2注解参照。

○二八オ6　先ツ事ノ瑞相コソ不思議ナレ源氏ハ阿波国勝浦ニツキ軍ニ勝チ平家ハ白鳥丹生社ヲスキ長門国引嶋ニ付ク何カ有ヘカルランオホツカナ　「勝浦」「引島」の地名を源氏勝利と平家敗北の兆とする。〈盛〉はこの位置で「引島」のみ記す。〈長・四・松・南・覚〉では、壇浦合戦直前に、「勝浦」「引島」双方を記し、〈南・覚〉は源氏の「追津」着も記す。〈屋・中〉は壇浦合戦直前に「引島」到着を記すものの、勝利の兆とは関連づけない。以上については、三〇オ4〜注解参照。また、平家が白鳥・丹生社を通過したとする記述は〈盛〉にもあり。〈長・四・松・南・屋・覚・中〉なし。白鳥は讃岐国大内郡白鳥郷、丹生社は讃岐国大内郡入野郷。いずれも現香川県東かがわ市内で、この際の平家の経路としては疑問（〈盛〉は長門の引島から白鳥・丹生社を過ぎて筑前筥崎に着いたとして、より奇妙）。義経の屋島攻めの進路として見える地名であり、〈延〉でも一三ウ6に「丹生社」が見えていた。「引嶋」は、現下関市の彦島。関門海峡の西口にあり、周囲一五キロ余、面積八・五平方キロ〈地名大系・山口県〉。早く、『日本書紀』仲哀天皇八年条に、「穴門引嶋」として所見、『散木奇歌集』七九五歌にも、「たつ波のひくしまにすむあまだにもまだたひらかにありけるものを」と詠まれる。〈延〉では第五末・六三ウ6に「コ丶ヲハ地体ハ引嶋トソ申ケル」と見えていた。『吾妻鏡』元暦二年二月十六日条に、「新中納言〈知盛〉相二具九国官兵一。固二門司関一。以二彦島一定レ営。相二待追討使一云々」とあり、知盛を中心とした平家勢が、ここを拠点としていたと見られる。

〇二八オ9　平家ノ行末イカニモ〳〵ハカ〳〵シカラシナント人ノ口昔《モ》今《モ》サマ〳〵ナリケルホトニ　地名を勝敗の兆とする記述を「人ノ口」の言葉とする点、〈延〉独自。前項に見た〈長・盛・四・松・南・覚〉では地の文。〈四〉は「名詮字姓」（名詮字性）であるとする。

〇二八オ10　引嶋ヲモ漕出テ浦伝嶋伝シテ筑前国筥崎ノ津ニ着給ヌ九国ノ輩モサナカラ源氏ニ心ヲ通シテ筥崎ノ津ヘ寄ヘシト聞ヘケレハ筥崎ノ津ヲモ出給ヌ何クヲ定テ落着給ヘシトモナケレハ海上ニ漂ヒテ涙ト共ニ落給ケルコソ無慚ナレ　〈盛〉にも類似記事あり。〈長・四・松・南・屋・覚・中〉なし。前々項注解に見たように、彦島は平家の重要拠点であり、そこを離れ筑前筥崎へ向かった事実があったかどうかは未詳。但し、この後、三〇オ7に「平家ハ屋嶋ヲハ落レヌ九国ヘハ不被入一寄方ナクテアクカレテ」云々とあり、この記述は〈盛・四・松・中〉に近似文あり。『吾妻鏡』二月一日条によれば、範頼勢は、平家方の原田氏と「葦屋浦」で戦ったという。北九州には平家方がいたが、平家が安住できる状況ではなかったということは認められよう。

十三　住吉大明神事　付神宮皇后宮事

十三

三月十九日住吉神主長盛院ニ参テ申ケルハ去十六日子剋(二八ウ)ニ第三ノ神殿ヨリ鏑矢ノ声出テ西ヲ指テ行ヌト奏聞シケレハ法皇大ニ悦ヒ思召シテ御剣以下色々弊帛并ニ種々神宝ヲ神主長盛ニ付献ラル昔神功皇后新羅ヲ責給シ時伊勢大神宮二人ノ荒ミサキヲ差副奉ルカノ二人ノ御神御船ノ艫舳ニ立テ守給ケレハ即新羅ヲ誅平テ帰給ヘリ一神ハ摂津国住吉

(二九オ)

郡ニ留給フ即住吉大明神ト申ス此明神〔八〕治レル世〔ヲ〕守シカ為ニ武梁ノ塵ニ交リテ齢白髪ニ傾カセ給ヘル老人ノ翁ニテソ渡セ給ケル一神ハ信乃国諏方郡ニ御宮造モ神サヒテ行合ノ間ノ霜ヲ厭給フ崇奉ル即諏方大明神ト申ス是也昔開成王子ノ金泥ノ

大般若経ヲ書写シ給シニ西天竺白路池ノ水ヲ汲テ書セ給シモ此明神トソ承ル御体ハ一丈九尺ノ赤キ鬼神ニテ渡セ給トカヤサレハ昔ノ征伐ノ事ヲ忘レ給ワス朝ノ怨敵ヲ滅給ヘキニヤト法皇憑クソ被思召一ケル神功皇后ト申 ハ開化天皇ノ曽孫仲哀天皇ノ后也仲哀ノ御敵ヲ討カ為ニ辛亥歳十月二日嬢妊ノ御姿十月ト申ケルニ異国ヲ責ントテ筑紫ノ博

（二一九ウ）

多津ニ御幸ナリテ御船ソロヘ有ケル時皇子既ニ生レ給ワントテ動キ給ケレハ皇后宣生給テ日域ノ主トシテ位ヲ保給ヘキ君ナラハ異国ヲ討テ後生レ給ヘ只今生レ給ナハ忽ニ海中ノ鱗ノ食ト成給ヘシト胎内ノ皇子ニ向奉テ宣命ヲ含給シカハ皇子静リ給テウミカ月ヲソ延給于時皇后土ノ体ニ成給テ御妹ノ豊姫ヲ具奉テ父釈迦羅龍王ノ御手ヨリ干珠満珠ト云二ノ宝珠ヲ得給テ跡礒等ニ振取セ異国ヘ渡給テ三韓トテ新羅

高麗百済三ヶ国《ヲ》誅靡《シ》給《テ》同十一月廿八日博多津《ニ》
還御ナテ十二月二日《ニ》皇子誕生成《ニ》ケリ其時《ヨリ》彼所《ヲハ》産
ノ宮トソ名付ケル仲哀《ノ》御敵《ヲ》討セ給《テ》皇子誕生ノ後代《ヲ》

（三〇オ）

治給事六十九年《ト》申シ己丑歳御歳百一《ニ》シテ崩御成《ニ》ケ
リ彼皇子《ト》申ハ応神天皇《ニテ》渡《ラセ》給今《ノ》八幡大菩薩《ト》申《スハ》
即是也

〔本文注〕

〇二八ウ7　悦《ヒ》　「悦」字形不審。
〇二八ウ8　神功皇后　「功」は旁が「力」ではなく「刀」に見える。以下同。
〇二九オ4　諏方大明神　「方」は擦り消しの上に書く。抹消された字は不明。
〇二九オ8　申ハ　「申」と「ハ」の間に一字分弱の空白あり。行末を揃えたものか。

〔釈文〕

十三（住吉大明神の事、付けたり神宮皇后宮の事）

三月十九日、住吉神主長盛、院に参りて申しけるは、「去る十六日子剋に、第三の神殿より鏑矢の声出でて、西を指して行きぬ」と奏聞しければ、法皇大いに悦び思し召して、御剣以下、色々幣帛并びに種々神宝を神主長盛に付けて献ぜらる。

昔、神功皇后新羅を責め給ひし時、伊勢大神宮二人の荒みさきを差し副《そ》へ奉る。かの二人の御神、御船の艫舳《ともへ》に立ちて守り給ひければ、即ち新羅を誅《う》ち平げて帰り給へり。一神は、摂津国住吉▼[二九オ]郡に留まり給ふ。即ち住吉大明神と申す。此の明神は治まれる世を守らんが為に武梁の塵に交はりて、齢白髪に傾かせ給へる老人の翁にてぞ渡らせ給ひける。一神は、信乃国諏方郡《すはのこほり》に御宮造も神さびて、行合《ゆきあひ》の間の霜を厭ひ給ふ、崇め奉る。即ち諏方《すはの》大明神と申す是也。昔、開成王子の金泥の大般若経を書写し給ひしに、西天竺白路池の水を汲みて書かせ給ひしも、此の明神とぞ承る。御体は一丈九尺の赤き鬼神にて渡らせ給ふとかや。されば昔の征伐の事を忘れ給はず、朝の怨敵を滅ぼし給ふべきにやと、法皇憑《たのも》しくぞ思し召されける。

神功皇后と申すは開化天皇の曽孫、仲哀天皇の后也。仲哀の御敵を討たんが為に、辛亥歳十月二日、孃妊の御姿十月と申しけるに、異国を責めんとて、筑紫の博▼[二九ウ]多津に御幸なりて、御船ぞろへ有りける時、皇子既に生まれ給はんとて動き給ひければ、皇后宣はく、「生まれ給ひて日域の主として位を保ち給ふべき君ならば、異国を討ちて後、生まれ給へ。只今生まれ給ひなば、忽ちに海中の鱗の食と成り給ふべし」と、胎内の皇子に向かひ奉りて宣命を含め給ひしかば、皇子静まり給ひて、うみが月をぞ延べ給ふ。時に皇后、士の体に成り給ひて、御妹の豊姫を具し奉りて、父釈迦羅龍王の御手より、干珠・満珠と云ふ二つの宝珠を得給ひて、跡礒等に振り取らせ、異国へ渡り給ひて、三韓とて新羅・高麗・百済三ヶ国を誅《う》ち靡かし給ひて、同十一月廿八日博多津に還御なつて、十二月二日に皇子誕生成りにけり。其の時より彼の所をば産《うみ》の宮とぞ名付けける。仲哀の御敵を討たせ給ひて、皇子誕生の後、代を▼[三〇オ]治め給ふ事六十九年と申しし己丑歳、御歳百一にして崩御成りにけり。彼の皇子と申すは応神天皇にて渡らせ給ふ。今の八幡大菩薩と申すは即ち是也。

〔注解〕

○二八ウ5　三月十九日　〈松〉同。〈四〉「同十九日」は二月十九日と読める。〈中〉「同じき十九日」は二月とも三月とも読める。〈長〉「三月十七日」、〈盛〉「二月十六日」。〈南〉「去十三日判官都ヲ立レケル後」は、二月十三日か。〈屋〉「其比」は、「廿二日」（二月と読める）の梶原屋島着の後で、二月下旬か。〈覚〉「判官都をたちたまひて後」。『玉葉』元暦二年（一一八五）二月二十日条、『百練抄』二月十九日条、『吾妻鏡』同日条などによれば、二月十九日とするのが良い。住吉社が自社の神威として報告したのは、屋島合戦直後であることに意味があったわけだが、〈延・長・松〉などは壇の浦合戦(三月二十四日)の直前のことと解したか。

○二八ウ5　住吉神主長盛院ニ参テ申ケルハ　〈長・四・松・屋・中〉ほぼ同。〈覚〉は院参した長盛が「大蔵卿泰経朝臣をも(ッ)て奏聞しけるは」。〈盛〉は「神主長盛並権祝有遠奏状ヲ進スル」。長盛は津守国盛の男、続群本『住吉社神主並一族系図』によれば保元三年（一一五八）十一月に権神主、治承二年（一一七八）十月に神主となり同四年六月、御祈賞として従五位上に叙され（『系図纂要』は「従四位上」とするが『後白河院北面歴名』も「従五位上」として記載）、承久二年四月六日に八十二歳で没した（加地宏江紹介「津守氏古系図」も同様）。歌人で笛と方磬の名手であったという。後白河院北面でもあった（佐々木紀一）。半井本『保元物語』下「為義最後ノ事」には、為義は「住吉神主」と「熊野別当」を「婿ニ取」っていたとの記述があるが、〈大事典〉「津守長盛」項（日下力執筆）は、この婿は国盛の可能性があるとし、「長盛の母が為義の娘となれば、彼が源氏に肩入れしたのも首肯できよう」と記す。平家は神主家を瀬戸内海支配の補完勢力と見、厚遇したと考えられるが、源氏の勝利後、同社は頼朝の帰依も受け、特に平家与党としての追及を受けず、長盛は神主職を嫡孫に伝えることができたという(佐々木紀一)。なお、『吉記』寿永二年（一一八三）六月二十二日条には、「或者云、住吉社辺多二白鷺一、而近日無二一羽一、大明神依二源氏方一、各遣了之義、彼社辺者等令レ称云々」との記事を載せ、この頃には住吉社が「源氏方」を称していたことが窺える。武久堅は〈延〉における後白河法皇と住吉大明神の関係を終始一貫する趣向として捉え、この記事もその一つと見る。

○二八ウ5　去十六日子剋第三ノ神殿ヨリ鏑矢ノ声出テ西ヲ指テ行ヌ　「子剋」、〈盛・四・松・南・中〉同、〈長・屋・覚〉「丑刻」。〈屋・覚〉の場合、義経の出航を十六日の丑刻としており（八ウ7注解参照）、この記事と同時刻となる。実際、『玉葉』二月二十七日条「九郎去十六日解纜、無為着二阿波国一了云々。件日住吉神鏑鳴日也」によれば、この報告は最初から義経の屋島への出航と戦勝を意識したものだったようだが、〈屋・覚〉が義経出航と住吉社の鏑矢を同日同時刻とするのは、後次的な整理によるか〈四部本全釈〉。『玉葉』二月二十日条は「自二住吉社一進二奏状一云、去十六日自二宝殿一神鏑指二西方一飛去了」とした後、将門征討の時に住吉大明神が合力したことを思い合わせている。また『百練抄』同年二月十九日条「住吉社司言上云。去十六日子刻、自二第三神殿一流鏑指二西方一出了者、即付レ使被レ献二御剣已下宝物一了。諸社又如レ此」、『吾妻鏡』同年二月二十日条「住吉神主津守長盛参洛。経二奏聞一称。去十六日、当社行二恒例御神楽一之間、及二子刻一、鳴鏑出レ自二第三神殿一、指二西方一行云々。此間奉二仕追討御祈一、霊験掲焉歟」とある。なお、平田俊春は、義経の渡海には、「渡辺惣官」として渡辺に支配力を振るい、住吉社の別宮住江殿の守衛の兵士役であった渡辺氏が関与したかとする。

○二八ウ7　法皇大ニ悦ヒ思召シテ御剣以下色々弊帛并ニ種々神宝ヲ神主長盛ニ付献ラル　「弊帛」は〈長・盛〉「幣帛」がよい。神宝を献上したことは、諸本基本的に同様。

○二八ウ8　昔神功皇后新羅ヲ責給シ時…　以下、神功皇后三韓出兵説話。諸本にあるが、〈盛〉は特に詳しい。〈延〉は、津守長盛の奏上によって登場した住吉明神から神功皇后説話を想起、神功皇后を助けたとされる住吉・諏訪両神の神格について記述し、諏訪明神の関連で開成皇子説話(二九オ4以下)をも引いた後、改めて神功皇后説話を語る。〈長〉は住吉・諏訪両神の記述(二九オ1〜2)のみあり。〈盛〉は、まず神功皇后の出兵を語り、その後、住吉・諏訪両神について開成皇子説話を含めて語り、全体に非常に詳細である。〈松〉は住吉・諏訪両神については詳述せず、応神天皇の出生を中心に神功皇后説話を語る。〈四・南・屋・覚・中〉は住吉・諏訪両神が神功皇后を助けたことを語るのみ。それらの記事の注解で頻出する書名については、以下、略号で表記する。

〈書紀〉…『日本書紀』(岩波旧大系)。特に断らない限り、神功皇后摂政前紀による。

〈縁事抄〉…『宮寺縁事抄』(『神道大系・神社編七　石清水』)。特に断らない限り、第三所収の「八幡大菩薩御因位本縁起」及びその直後に引かれる「或説」による。

なお、「八幡大菩薩御因位本縁起」は、同題で同文に近いものが、口不足本『諸縁起』や『八幡大菩薩示現記』(いずれも『石清水八幡宮史料叢書・二』(石清水八幡宮社務所一九七六年九月所収)にも収められている。

〈巡拝記〉…『八幡宮巡拝記』(京都大学本・臨川書店影印)特に断らない限り第三条「香椎宮事」による。

〈金玉〉…『金玉要集』第八「八幡大菩薩事」(『磯馴帖・

村雨篇』和泉書院）
〈託宣集〉…『八幡宇佐宮御託宣集』（現代思潮社翻刻）。引用は特に断らない限り第一五「人王代部」。なお、第一五「霊行部」の「聖母大菩薩因縁記」は〈縁事抄〉第三「八幡大菩薩御因位本縁起」にほぼ同。
〈弘仁伝〉…『仏法最初弘仁伝』太子二十歳条（『真福寺善本叢刊・五　聖徳太子伝集』）
〈寛文伝〉…寛文版『聖徳太子伝』太子二十歳条（『伝承文学資料集成1　聖徳太子伝記』）
〈八幡縁起・甲類〉…天理図書館蔵『八幡大菩薩御縁起』（『室町時代物語大成・一〇』）による。他に『八幡宮縁起（衣奈八幡宮縁起）』（『神道大系・神社編四一紀伊・淡路』）、サンフランシスコ・アジア美術館蔵『八幡大菩薩御縁起』（角川『新修絵巻物全集・別巻二・在外篇』）等も参照。
〈八幡縁起・乙類〉…大念仏寺本『八幡宮縁起』（『古典文庫・中世神仏説話』）による。他に誉田八幡宮本『神功皇后縁起絵巻』（羽曳野市『絵巻物集』）、赤木文庫本『八幡宮御縁起』（『室町時代物語集・一』）、同『八幡本地』（奈良絵本。同前所収）、同『八まんの本地』（奈良絵本。同前所収）、『八幡の御本地』（丹緑本。同前所収）、『由原八幡縁起』（続群三下）なども参照。

神功皇后説話は、『古事記』『日本書紀』をはじめ諸書に見られる。多田圭子は、中世の神祇書や八幡縁起など多くの資料と説話の構成要素について比較検討し、〈延〉は〈縁事抄〉等に収拾された八幡社の古縁起に近似しているとした。また、筒井大祐は、『聖徳太子伝』諸本のうち〈寛文伝〉が〈延〉に近いと指摘、〈延〉の本話は、〈寛文伝〉の本文を遡る〈弘仁伝〉や養寿寺本の系統の『聖徳太子伝』に依拠したものとする。以下に見るように、〈弘仁伝・寛文伝〉は、住吉・諏訪両神に関する記述（二九オ7「トカヤ」まで）では〈延〉に最も近いが、二九オ8「神功皇后ト申ハ」以下の神功皇后説話はない。〈延〉は〈弘仁伝・寛文伝〉に類する『聖徳太子伝』に近い記事と、多田の言う「八幡社の古縁起」あるいは鶴巻由美の言う「八幡神祇書」に類する記事を継ぎ合わせた可能性が強く、その接合の跡を明瞭に見せている（二九オ7注解参照）。

○二八ウ9　伊勢大神宮二人ノ荒ミサキヲ差副奉ル　「荒ミサキ」、〈盛〉同、〈長〉「荒御前」、〈四〉「荒神崎」、〈松〉「荒人神」、〈南〉「荒御魂」、〈屋〉「荒御崎」、〈覚・中〉「あらみさき」。「あらみさき」（荒御前・荒御裂）は「（軍の先頭に立つ）勇武な神。神功皇后の征韓の際の乗船に現われたという住吉大神の荒御魂（あらみたま）」〈日国〉。ただし、平安時代には「人の仲、特に男女の仲を裂く神。あらみかげ。あらみさきひめ」〈日国〉の意で用いられた（『能因歌枕』「あらみさきとは、人の中をさくる神を云ふ、さくる神とも」）。〈書紀〉では当該箇所を、「和魂服二王身一而守二寿命一。荒御魂為三先鋒而導二師船一」とし、「和魂」と「荒御魂」に「にぎみたま」「あらみたま」と割注を付す。『古事記』では新羅征服後、「墨江大神之荒御魂」を「国守神」としたとする。『平家物語』諸本では、神功皇后の出兵を二神が助けたとする意に用いられる。神功皇后説話に住吉明神が登場するのは記紀以来であり、〈縁事抄〉などにも登場するが、その他の神が神功皇后を助けて征討に加わったとする伝承は、中世に見られるものである。以下、この二神を住吉と諏訪の二神とする点、諸本同様。他書には、この形の他に、住吉と日吉、住吉と高良など、さまざまな形がある。多田圭子・阪口光太郎・源健一郎・清水由美子・松本真輔・鶴巻由美・筒井大祐及び〈四部本全釈〉の指摘を参考にしつつ、一覧しておく。

（A）住吉・諏訪…『平家物語』諸本と同様に住吉と諏訪とし、同時に「荒ミサキ」に類する表現を見せるのは、〈託宣集・金玉・弘仁伝・寛文伝〉。「荒ミサキ」は、〈託宣集〉「荒御前」、〈金玉〉「荒御神」、〈弘仁伝・寛文伝〉「荒神」。他に『熱田の神秘』も挙げられるが、「こんはく（魂魄）といふ二人のあらみさき」という表現で、『平家物語』とはやや異なる。また、住吉と諏訪を挙げつつ、「あらみさき」のような表現をとらないものに、『諏訪大明神画詞』、『太平記』巻三九、『住吉縁起』下（『室町時代物語大成・八』）、『宝剣御事』（『神道大系・神社編一九・熱田』）、『類聚既験抄』「諏訪并住吉大明神」（続群三上・八二頁）、『榻鴫暁筆』巻二一・一三などがある。

（B）住吉・日吉…最も一般的な形か。顕昭『古今集注』巻一七、『袖中抄』第九、『古事談』巻五・一七、『続古事談』巻四・四、『野守鏡』巻下、『耀天記』四〇「大宮事」、『正法輪蔵』太子三歳条、『類聚既験抄』「神明以法味増威光事」（続群三上・八六頁）、『題未詳書（断簡）』（『金沢文庫の中世神道資料』金沢文庫一九九六・八）など。

なお、この二神の出征は天慶の乱についても語られる（正副将軍の組み合わせが三韓出兵とは逆とされることが多い）。〈延〉第一本・卅一「後二条関白滅給事」にも見えた。第一本・九一ウ4注解参照。なお、阪口光太郎は、これらの資料から、中世には二神が王威を助力する説話が好んで説かれたと指摘する。

（C）住吉・高良…八幡関係の諸書に見える形（高良神社は石清水八幡の摂社の一つ）。〈巡拝記〉、『八幡愚童訓』甲本（宝満大菩薩・河上大明神・諏訪・熱田・三島・宗像・厳島の神の参戦をも記す）、〈八幡縁起・甲類〉。〈八幡縁起・乙類〉も、誉田八幡宮本『神功皇后縁起絵巻』や赤木文庫本『八まんの本地』、丹緑本『八幡本地』などはこの形。他に〈託宣集〉第十五「霊行部」の「旧本記」、『神祇霊応記』「常宮権現縁起」（続々群書・一）など。

（D）その他…さまざまな形がある。『水鏡』前田家本・上巻には、春日明神が諏訪・住吉両神を具したとし、他に香椎・河上両神も登場する。『八幡愚童訓』乙本・下四「仏法事」には、諏訪の神を単独で大将軍とする説が見える。『神明鏡』上巻は、「鹿島・諏訪・住吉ノ威験」とする。〈八幡縁起・乙類本〉では、大念仏寺本『八幡宮縁起』、赤木文庫本『八幡宮御縁起』、同『八幡本地』、『由原八幡縁起』などは大将軍として高良のみを挙げる（鹿島・春日・諏訪・熱田・三島の神の参戦をも記す）。また、『武家繁昌』（『室町時代物語大成・一一』）は、鹿島・香取明神がともへに立ち、住吉明神が「あらみさき」となったとする。さらに、『宝物集』巻四は、「安倍の氏をもて大将軍とせり」とする。

〇二八ウ9　カノ二人ノ御神御船ノ艫舳ニ立テ守給ケレハ即新羅ヲ誅平テ帰給ヘリ　「艫舳」、〈盛・松・屋・覚〉同、〈長・南・中〉「ともへ」、〈四〉「舳艫」。住吉と諏訪が「艫舳」に立ったとするのは、〈託宣集・金玉・弘仁伝・寛文伝〉及び『類聚既験抄』。このうち〈託宣集〉は「舳艫」で〈四〉に一致。「艫舳」は「船のともと、へさき。船尾と船首」〈日国〉。漢語としては「舳艫」（じくろ）を用いる（『続日本紀』天平宝字三年九月丁卯「頃年新羅帰レ化舳艫不レ絶」）。但し、「艫」は「とも」、「舳」は「へ」と読むことが多いが、必ずしも一定せず、〈名義抄〉では、「艫」にも「舳」にも「トモ」「ヘ」両様の訓がある。『日本書紀私記丙本』神武天皇条では、「舳艫」に「止毛倍」（トモヘ）の訓を付す。

〇二八ウ10　一神ハ摂津国住吉郡ニ留給ヲ即住吉大明神ト申ス　諸本同様（〈盛・松〉では神功皇后説話を語った後に置く。また、〈中〉は「つの国なには」とする）。〈託宣集・弘仁伝・寛文伝〉同様。〈金玉〉は新羅征服の様子を詳しく描いた後に同様の文あり。〈書紀〉では、征服後に「表筒男・中筒男・底筒男神」の三神の名を明かす。

〇二九オ1　此明神〔ハ〕治レル世ヲ守ンカ為ニ武梁ノ塵ニ交リテ齢白髪ニ傾カセ給ヘル老人ノ翁ニテソ渡セ給ケル　〈長・盛〉に類似文あり。〈長〉「此大明神は、苦海のちりにまじはり給て、利生をほどこし給ふ事、とし久し。社は千木のかたそぎ神さびて、行合のまの霜をいとひ、御かほは、よはひ八じゆんにましますす老人とぞうけ給はる」。〈盛〉「巨海ノ浪ニ交テハ水畜ヲ利益シ、禁闕ノ窓ニ臨デハ玉体ヲ守護セリ。社ハ千木ノ片殺神寂、松ノ緑生替、形ハ皤々タル老翁也」。〈弘仁伝〉「此御神ハ、治世ルレ□□□風雨齢傾白髪一給ヘリ。即老人翁にて御座〔木々ノ梢モ神〕編《サヒテ》払セ一行合ノ霜給也」。〈寛文伝〉「この神は世をおさむるまもりたり。風雨にまじはつてよはひ白髪にかたぶき給へり。老人の翁にてまし〳〵ける。御宮造木々の梢も神編《さび》て行合の霜をはらひ給ふ也」。〈四・松・南・屋・覚・中〉及び〈託宣集・金玉〉なし。〈延〉は〈弘仁伝・寛文伝〉の両太子伝との近似が目立つ。住吉明神を老翁と形象するのは一般的で、ここでも天理本『八幡大菩薩御縁起』「白髪の老翁」、赤木文庫本『八幡宮御縁起』「白髪の老人」など多い。〈延〉では第二本・四六ウ3で「齢ヒ八十有余ナル老翁白髪ヲイタヽイテ」と描く例がある。該当部注解参照。

○二九オ3　一神ハ信乃国諏方郡ニ御宮造モ神サヒテ行合ノ間ノ霜ヲ厭給フ崇奉ル即諏方大明神ト申ス是也　以下、二九オ8「法皇憑クソ被思召一ケル」まで、諏訪明神関係記事。「霜ヲ厭給フ」から「崇奉ル」への接続がおかしい。「神サヒテ行合ノ間ノ霜ヲ厭」は、前項注解に見たように、〈長〉や〈弘仁伝・寛文伝〉では、ほぼ同文を住吉社の形容とする。〈盛〉も長に類似する文を住吉社の形容とする。「行合ノ間ノ霜」とは、黒田彰が指摘するように、住吉神詠とされる「夜や寒き衣やうすきかたそぎのゆきあひのまより霜やおくらむ」（新古今・神祇、一八五五。『古今和歌六帖』や『俊頼髄脳』に類歌所載）をふまえたもので、住吉社の形容とするべき語句である。〈延〉はそれを諏訪社に転用しているといってもよいが、文がうまく接続していないところから見て、誤りによる竄入か。〈弘仁伝・寛文伝〉「二人御神ハ信濃国諏防郡崇奉」（〈弘仁伝〉）。諏訪神は軍神として著名（浅見和彦など参照）。本話への登場は、そうした性格から考えることもできようが、〈延・盛〉や〈弘仁伝・寛文太子伝〉では、次項注解に見るように、開成王子譚に接続する点からも考える必要があろう。

○二九オ4　昔開成王子ノ金泥ノ大般若経ヲ書写シ給シニ西天竺白路池ノ水ヲ汲テ書セ給シモ此明神トソ承ル　諏訪明神が開成王子の金泥大般若経書写を助けた話。〈盛〉はやや詳しく記す。〈長・四・松・南・屋・覚〉なし。〈寛文伝〉「むかし開成王子金泥の般若を書たてまつり給ひしに、西天竺白鷺池の水をくみて御硯水としてみづから書たてまつりたまひけるは、此御神とぞうけたまはるなり」（〈弘仁伝〉は欠字があるがほぼ同文）。「開成王子」は、〈盛〉では「柏原天皇皇子」とする。『拾遺往生伝』巻上「柏原天皇之子也。〈天皇在藩之時、密合二于下女一所レ生云々〉」など、桓武の皇子とする書が多いが、『元亨釈書』は「光仁帝子、桓武之兄也」とする（天平神護元年に宮を出て勝尾寺に入るならば、桓武天皇が春宮の時の子とするのは無理で、光仁の皇子とする方が合理的）。また、「白路池」は、〈盛〉「白鷺池」がよい。王舎城の竹林園にあった池。〈延〉では第二本・二九オ6にも「白路池」とあった（同・二九オ5、同6注解参照）。類話は、『勝尾寺縁起』としては、『勝尾寺古流記』二種（『箕面市史　史料編一』「勝尾寺文書」一号・一六二号〈寛元元年（一二四三）沙弥心空筆〉）、醍醐寺本『諸寺縁起集』（『校刊美術史料・寺院篇・上』）、『阿娑縛抄諸寺略記』（同前）、護国寺本『諸寺縁起集』（同前）に見える他、『拾遺往生伝』上・二、『宝物集』第二種七巻本巻五、『言泉集』（『安居院唱導集・上』六五～六六頁）、〈巡拝記〉第一一条「勝尾寺縁起」、『八幡愚童訓』乙本・下四、『元亨釈書』巻一五、『諏訪大明神画詞』上、〈託宣集〉巻八、『神祇秘伝　八幡』（『金沢文庫の中世神道資料』）、釼阿手沢本『八幡略縁起』一三「開成王子大般若」（後欠。同前書所収）など多くの書に見られ、八幡関係話として中世の神祇書にも取り入れられていたようである。小島瓔禮は、諏訪・住吉の三韓征伐先導説話は、この開成皇子説話と共通基盤を持っていたとして、住吉と関係の深い摂津広田社には古来諏訪明神が祀られていたなどの問題を考える。また、源健一郎は、住吉・諏訪二神の協働する神宮皇后説話や開成皇子説話の話材を関東に伝え、あるいは広めたのは、「勝尾寺とゆかりの深かった安居院のごとき唱導のネットワークであった」とする。本話における諏訪神の登場を、こうした角度から考えることもできよう。

〇二九オ6　御体ハ一丈九尺ノ赤キ鬼神ニテ渡セ給トカヤ　諏訪明神の姿。〈盛〉は説話の中で「形夜叉ノ如シテ」と描くが、同文はない。〈弘仁伝〉「御姿一丈九尺ニシテ赤鬼神ニテ見給梟」（「梟」は「鳧《けり》」の誤りか）。〈寛文伝〉も同文。開成王子譚における諏訪明神の姿は、「夜叉」「天婆夜叉」などと記されることが多いが、「一丈九尺の赤い鬼神」の類例は見当たらない。『勝尾寺古流記』や『諏訪大明神画詞』では、諏訪明神の話の後、写経中の王子の霊夢の中に、料紙を破り散らす悪鬼が登場し、「長一丈余八面八臂鬼神」（『古流記』勝尾寺文書一六二号）などと描かれるが、これは「荒神」であって明神ではない。また、『諏訪大明神画詞』は、神功皇后出兵に伴った諏訪・住吉二神の姿を「其ノ勇メル顔色鬼神ノ如シ」と描くが、開成王子譚ではない。

○二九オ7　昔ノ征伐ノ事ヲ忘レ給ワス朝ノ怨敵ヲ滅給ヘキニヤト法皇憑クソ被思召ケル　諸本に同様の文があるが、いずれも神功皇后説話を語り終えてから、話末に置く。〈延〉は、住吉・諏訪両明神に関する記事を終えたところにこの文を置き、その後、次項以下で改めて神功皇后説話を語る、独自の形であり、〈弘仁伝・寛文伝〉に近似する本項までの記事と、次項以下の神功皇后記事を接合した様相をはっきり見せている（二八ウ8注解参照）。〈寛文伝〉「しかればむかしの征夷の事を思召出し給ひて、崇峻天皇異国の御軍を思召立給ひける也」（〈弘仁伝〉も欠字があるが同様）は、崇峻天皇が神功皇后の故事を想起して出兵したという文脈だが、やや類似。

○二九オ8　神宮皇后ト申　ハ開化天皇ノ曽孫仲哀天皇ノ后也
以下、改めて神功皇后説話を語る。該当記事は〈盛・松〉にあり、〈長・四・南・屋・覚・中〉なし。〈盛〉は住吉・諏訪両神の神格よりも先に神功皇后説話を詳細に語っていた。〈松〉は住吉・諏訪両明神に関する記事（二九オ1〜7に該当）なしに、以下の記事を記す（記事は応神天皇出産が中心で、やや簡略）。また、前々項まで〈延〉に最も近かった〈弘仁伝・寛文伝〉は、以下の記事なし。神功皇后の紹介を、〈盛・松〉は仲哀天皇の后とするのみで、「開化天皇ノ曽孫」なし。〈託宣集〉「開化天皇曽孫」、〈金玉〉「一説云、開化天王五世孫々」。〈書紀〉では「稚日本根子彦大日々天皇之曾孫、気長宿禰王之女也」とあり、開化天皇の曽孫とする。『扶桑略記』なども同様。

○二九オ9　仲哀ノ御敵ヲ討カ為ニ　〈盛〉「新羅ノ西戎、我国ヲ背ク由聞エケレバ」。〈長・四・松・南・屋・覚・中〉は、最初に神功皇后について述べたところで（二八ウ8該当部）、「新羅をせめ給し時」（〈長〉）のように簡単に述べ、出征の理由は記さない。神功皇后の出征理由は、〈書紀〉では、財宝に富んだ国である新羅を攻めよという神託に背いた仲哀天皇が早世、代わって神功皇后が出征したとする（但し、仲哀天皇の死因については、仲哀紀の一書に、熊襲との戦いで流矢に当たったとの説あり）。一方、『八幡愚童訓』甲本や〈八幡縁起・乙類〉では、まず異国から塵輪という八頭の怪物が襲来、それと戦って亡くなった仲哀天皇の敵討として、神功皇后の出征が語られる。村井章介は、『八幡愚童訓』甲本では皇后が大盤石に「新羅国ノ大王は日本ノ犬也」と書き付ける話もあることなどをふまえて、朝鮮に対する露骨な蔑視が見られるようになることを蒙古襲来以降の変化と見る。また、清水由美子は〈延〉と『八幡愚童訓』甲本の類似を指摘、蒙古襲来以降の加筆の可能性を考える。しかし、多田圭子も指摘するように、鎌倉初期成立とされる〈縁事抄〉巻一三所引の住吉縁起（神道大系一六三頁「仲哀天皇四年…」記事）には、仲哀天皇が新羅征討を試みたが新羅によって討たれ、「皇及諸兵乱戦死也」とされる。また、蒙古襲来にふれず、文永五年（一二六八）以前の成立と推定されている〈巡拝記〉にも、仲哀天皇の死について「或云、親ノアタリ異国ノ矢ニアタツテ崩ジタマフ」とある。これらには敵討ちという言葉は見えないが、仲哀天皇の敵討ちという認識の発生を蒙古襲来以降には限定できないことがわかる（なお、新羅の王を「日本の犬」とする文言も〈縁事抄〉〈巡拝記〉に見える—金光哲・佐伯真一。新羅を敵視する言説が古くから見えることについては金光哲・松本真輔の指摘あり）。なお、〈八幡縁起・甲類〉では、新羅の軍兵が攻めてきた時期に仲哀天皇が亡くなったとするが、殺されたとは記さない。

○二九オ9　辛亥歳十月二日懐妊ノ御姿十月ト申ケルニ異国ヲ責ントテ筑紫ノ博多津ニ御幸ナリテ御船ソロヘ有ケル時

〈盛〉は「皇后可レ責二異賊一旨、天照大神ニ被レ申（中略）皇后懐胎月満テ産月也」と異文。「辛亥歳」は未詳。〈書紀〉神功皇后摂政前紀では、仲哀天皇九年十月に和珥津（対馬の鰐浦か）を出発したとし、この年を、応神天皇即位前紀では「庚辰」とする。〈託宣集〉〈八幡縁起・甲類〉も同様。『扶桑略記』が応神天皇誕生翌年、『愚管抄』が神功皇后元年を「辛巳」とするのは、これと同じ認識であろう。一方、〈八幡縁起・乙類〉では、新羅から軍兵が攻め寄せたのを「仲哀天皇の御宇二年癸酉歳」とする。いずれも〈延〉とは一致しない。また、胎内の子に誕生を遅らせるように言い聞かせた場所は、〈書紀〉では、筑紫「伊覩縣」の地でのことと読める（次項注解参照）。〈託宣集〉も同様。〈巡拝記〉や『八幡愚童訓』甲本、〈八幡縁起・甲類、乙類〉などでは対馬とする。また、〈巡拝記〉や『八幡愚童訓』甲本では、船を作った場所を豊前国宇佐郡とする。『諏訪大明神画詞』では「松浦ノ縣リ」で船を揃えたと読める。なお、「懐妊ノ御姿十月」は懐妊後十月、産月に当たる時期だった意だろう。

○二九ウ2　日域ノ主トシテ位ヲ保給ヘキ君ナラハ異国ヲ討テ後生レ給ヘ只今生レ給ナハ忽ニ海中ノ鱗ノ食ト成給ヘシ　神功皇后の言葉。〈盛・松〉「胎内王子慥聞シメセ。為レ守レ妾、本朝新羅ノ異賊ヲ責ントテ、遥ニ海上ニ浮。若今生レ給ハヽ必水中ノ鱗ト成給ベシ。君我国ノ主ト成テ百王ノ位ニ即給フベクハ、異賊ヲ随ヘ本朝ニ帰テ誕生シ給ヘ」（〈盛〉古活字版による。傍線部は蓬左写本「妾本朝を守　為《マモランタメ》」、〈松〉「和国守護ノ為ニ」）。〈書紀〉では、皇后は「事竟還日、産二於茲土一」と言い聞かせたとし、十二月条で筑紫に帰り、そこで生んだとする（出産を抑えるために腰に挟んだ石は、その後「伊覩縣道辺」にあるという）。『水鏡』前田家本や〈託宣集〉もこれに近い。また、〈巡拝記〉は「腹ノ中ノ太子、日本ノ主ト成タマフベクハ、今一月生レタマフ事ナカレ」とする。『八幡愚童訓』甲本も〈巡拝記〉に近いが、それに対して胎内の王子から承諾の返事があったとする。〈金玉〉「我女体也云トモ、憑二太子威徳一、趣二遥異国一、必怨敵事故ナク打取セ給テ、其後、帰二本朝一、御誕生ナルベシ」。その他、これに類する記述は多いが、「海中ノ鱗」云々の類例は未詳。

〇二九ウ5　于時皇后土ノ体ニ成給テ　〈盛・松〉なし。「土ノ体」の「土」は「士（おのこ・おとこ）」の誤りないし通用か。〈名義抄〉「士　ヲノコ、ヲトコ」。神功皇后が出征にあたって男装したことは、〈書紀〉仲哀九年四月条に「暫仮二男貌一」、同十二月条一書に「則皇后為二男束装一、征二新羅一」と見える。〈金玉〉「忽成男帝ノ形ニ」、〈託宣集〉「暫仮二男形一、強起二雄略一」、天理本〈八幡縁起〉「忽に男の姿となり給て」、赤木文庫本『八幡宮御縁起』「忽に男子の姿となり給」。

〇二九ウ5　御妹ノ豊姫ヲ具奉テ　〈盛・松〉なし。「豊姫」は〈書紀〉に見えない。〈縁事抄〉の「八幡大菩薩御因位本縁起」では、「肥前国佐賀郡御座河上大明神、御名豊比咩」が龍宮から干珠・満珠をもたらしたとし、その後に付された「或説」では、住吉明神が神功皇后に「君沙伽羅龍王之女也（中略）龍宮于玉可二申請一也」と述べたとする（但し「或説」には「不審説也、不可用歟」と注記がある）。〈巡拝記〉も同様だが、「河上ノ大明神」に「豊姫」の名はない。豊姫を神宮皇后の妹としてこの説話に登場させるのは、『八幡愚童訓』甲本、〈八幡縁起・乙類〉、『宗像大菩薩御縁起』など。また、金沢文庫蔵『神祇秘伝　八幡』（『金沢文庫の中世神道資料』）は、本話とは別に、娑竭羅龍王の五人の娘のうち、第三を神功皇后、第四を河上明神として「豊姫是也」と注記する。同『八幡大菩薩口決』甲本も「豊姫」の名はないが同様。これらを指摘した鶴巻由美は、〈延〉は八幡神祇書を参照したかと考える。〈託宣集〉巻二にも同様の説が引かれる。この河上明神は、現佐賀市大和町の河上神社（現在は与止日女神社、淀姫神社とも）か。『肥前風土記』佐嘉郡の条に載る世田姫が、『延喜式』神名帳の与止日女神社と同一と推測されている。

○二九ウ6　**父釈迦羅龍王ノ御手ヨリ**　〈盛・松〉〈書紀〉なし。神宮皇后を龍王の娘とする説は、前項注解に見たように、〈縁事抄〉、〈託宣集〉巻二、金沢文庫蔵『神祇秘伝八幡』、『宗像大菩薩御縁起』などに見える。また、『宝剣御事』にも「彼神功皇后ハ沙竭羅龍王」と見え、金沢文庫蔵『竈門山宝満大菩薩縁起』では娑竭羅龍王第三の、金沢文庫蔵『八幡大菩薩口決』甲本では、第二の娘を神功皇后とする。さらに、多田圭子によれば彰考館蔵本『正八幡記文』、同『金玉要集』（この二冊は合冊）にも見えるという（内閣文庫蔵〈金玉〉では龍女としない）。また、多田圭子は、磯良と干珠満珠の二つの要素を介して皇后と龍宮のつながりを保ち、異界との関係において捉えようとする点が、八幡縁起類の神功皇后説話の特色であるとする。

○二九ウ6　**干珠満珠ト云二ノ宝珠ヲ得給テ**　〈盛・松〉〈書紀〉なし。但し、〈書紀〉では、仲哀紀七年七月条に、神功皇后が長門国豊浦津で海中から「如意珠」を得たとあり、卜部兼方『釈日本紀』巻八に、「満瓊・涸瓊」が宇佐宮にあること、神功皇后が三韓を征伐するときに用いたのはこの瓊であったと考えられるが、確かな所見はないこと、皇后が「如意宝珠」を得たのは「彼皇后紀」に見えることを記す。「干珠満珠」は本来、〈書紀〉神代紀の彦火火出見尊神話（海幸・山幸）に見られる「潮満瓊・潮涸瓊」によるものだろうが、神功皇后説話と結びつけるのは、〈縁事抄〉が早い。前々項注解に見たように、「河上大明神、御名豊比咩」が、龍宮から「青色波号溢珠、白色者号旱珠」の二つの玉をもたらし、これを操って勝利を収めたとする。〈巡拝記〉も同様。〈託宣集〉は、巻一五「霊行部」の「聖母大菩薩因縁記」はそれらと同様、巻二では志賀明神を遣わして「竜宮乃宝珠字《ナヅクル》ニ乾珠満珠ニ」を得たとする。『八幡愚童訓』甲本や〈八幡縁起・甲類、乙類〉など、八幡関係の諸書には頻出。その他、宴曲「鶴岡霊威」（『玉林苑』上）に「息長足姫の御代に、干珠満珠の霊威を施し、高麗百済新羅三の韓国随へて」とあり、『住吉縁起』などにも見える。多田圭子は、「干珠満珠」と次項の「磯良」の二つの要素を、「八幡縁起類を基盤とする討征説話特有の要素」とする。

○二九ウ7　**跡議等ニ振取セ**　〈盛〉〈書紀〉なし。「跡議等」は、八幡に関わる神功皇后説話に多く見える「安曇磯良」であろう。「跡」（アト）は、「安曇」の音読み「アンドン・アド」の仮名表記を介して生じて生じた宛字か（鶴巻由美）。「振取セ」は解しにくいが、干珠満珠を用いて潮を操った意か。但し、神功皇后説話では、磯良の役割は龍宮への使者や梶取である場合が多い。〈縁事抄〉は、第三「御因位本縁起」では、梶取が「鹿嶋明神。其姓安曇、名吉丸」だったとする。また、その後の「或説」では、「安曇イソラ」（礒等）が、龍宮へ珠を請いに行く使いとなったとする。〈巡拝記〉「梶取ハ鹿嶋ノ明神、姓ハ安曇名ハキヨマロナリ」。『八幡愚童訓』甲本では、神々の神楽によって「安曇磯良」を召し、磯良は駆けつけて細男《せいのう》の舞を舞い、豊姫・高良大明神と共に竜宮へ赴いたとする。礒良は「筑前国ニテハ鹿《シカノ》嶋大明神、常陸国ニテハ鹿嶋大明神、大和国ニテハ春日大明神」であるとされる。〈託宣集〉巻一五「霊行部」所引「旧本記」では、志賀島の住人「安曇磯良丸」即ち「志賀明神」が「沙竭羅龍王御梶取」であったとする。〈八幡縁起・甲類、乙類〉では、細男の舞によって磯良を招き、龍宮へ珠を借りに行かせる。名は「安曇礒童」（天理本縁起、大念仏寺本縁起）、「安曇の磯良」（赤木文庫本『八幡宮御縁起』）、「あとへのいそら」（赤木文庫本『八幡本地』）、「アムドムノ磯童」（アジア美術館本縁起）、「あんどんのいそら」（丹緑本『八幡の御本地』）など。『高良玉垂宮縁起』や『宗像大菩薩御縁起』でも、神楽により「安曇磯良丸」を召し、梶取とする（後者では磯良丸は「志賀嶋明神」で、「水陸自在之賢人」であったとする）。その他、宴曲『拾菓抄』・上「同摩尼勝地」では「あんどんみのうた丸」。金沢文庫蔵『八幡大菩薩口決』甲本では「安曇礒等」に「アントンイソマクラ」と振仮名あり。安曇連は、〈書紀〉神代上・第五段に伊弉諾命が筑紫で禊をした際に生じた「底津少童命・中津少童命・表津少童命」（住吉神）を祭るが、「安曇磯良」については記紀に記載はなく、安曇連との関連は不明。西田長男は『先代旧事本紀』「天神本紀」で、饒速日尊の天降の際の供奉神とされる船長「跡部首等祖天津羽原」、梶取「阿刀造等祖大麻良」を「阿度部礒良」「安曇儀良」に当たるのではないかとする。

〇二九ウ8　同十一月廿八日博多津ニ還御ナテ十二月二日ニ皇子誕生成ニケリ其時ヨリ彼所ヲハ産ノ宮トソ名付ケル　〈盛・松〉「日本帰、筑前国ニシテ御産アリ。其ヨリシテ其所ヲ宇美庄ト云。即宮ヲ造テ、宇美明神ト名ク」（〈盛〉）。〈書紀〉「十二月戊戌朔辛亥（十四日）、生ニ誉田天皇於筑紫一故、時人号ニ其産所一曰ニ宇瀰一也」。〈縁事抄〉「然後帰ヿ給筑前国那珂郡一、而産ヿ生八幡大菩薩ニ」。〈巡拝記〉「聖母帰リ給テ十日ト申ニ、筑前ノ国ニシテ大菩サツヲ生給フ。今ノ宇美ノ宮コレナリ」。『八幡愚童訓』甲本「皇后帰朝ノ後、十日ト申シハ、仲哀天皇九年ノ十二月十四日也。此日、筑前国宇美宮ニテ御産平安、皇子誕生シ給テ」。〈託宣集〉「冬十二月、誕生皇子」。誕生日は、〈八幡縁起・甲類・乙類〉では十二月十四日とされる。「王子御誕生は、十二月十四日〈辛卯〉、寅の時也。其故に、卯の日、大菩薩の御縁日と申也」（天理本縁起）。「産ノ宮」は現福岡県糟屋郡宇美町にある宇美八幡宮。記紀に書かれた応神天皇誕生地と伝える。同様の信仰による宇美八幡宮が、神功皇后鎮懐伝説石に近い同県糸島郡前原町川付にもある〈国史〉。

○二九ウ10　皇子誕生ノ後代ヲ治給事六十九年ト申シ己丑歳御歳百一ニシテ崩御成ニケリ　〈松〉「御治世四十一年、御歳百十」。〈盛〉なし。〈書紀〉神功皇后摂政紀では、治世六十九年、年一百歳とする。『八幡愚童訓』甲本や〈託宣集〉〈八幡縁起・甲類、乙類〉も治天六十九年、一百歳。

○三〇オ2　彼皇子ト申ハ応神天皇ニテ渡ラセ給今ノ八幡大菩薩ト申スハ即是也　〈松〉「誉田天皇ト申ハ応神天皇是ナリ。神ト顕給テハ八幡大菩薩ト申」。〈盛〉なし。八幡信仰は、豊前国の宇佐神宮に始まった信仰だが、八世紀初め頃には応神天皇を祭神とするようになり、九世紀前半には応神八幡信仰が定着した〈国史〉。

十四　平家長門国檀浦ニ付事

（三〇オ）

十四

平家屋嶋ヲ落ヌト聞ヘケレハ定テ長門国ヘソ着ンスラントテ参川守範頼ハ相従所ノ棟ノ軍兵卅余人ヲ相具テ安芸周防ヲ靡テ長門地ニテ待懸タリ緒方三郎惟栄ハ九国ノ者

共駈具テ数千艘ノ船ヲ浮テ唐地ヲソ塞キケル　平家ハ屋嶋ヲハ落レヌ九国ヘハ不被入一寄方ナクテアクカレテ長門国檀浦門司関ニテ浪上ニ漂ヒ船中ニテ日ヲ送ル白鴎《ヲウ》《カモメ》ノ群居ヲ見テハ夷旗ヲ上ルカト疑レイサリノ火ノ影ヲ見テモ

（三〇ウ）

夜討ノ寄ルカト驚テ各ノ今ハ思切テ檀浦ノ波トキヘ門司関ニ名ヲ留ムトソ被申ケル新中納言知盛宣ケルハアヤシノ鳥獣モ恩ヲ報シ徳ヲ報スル志シアムナリ度々ノ軍ニ九郎一人ニ被責落一ヌルコソ安カラネ今ハ運命尽ヌレハ軍ニ可勝一トハ思ワス何ニモシテ九郎一人ヲ取テ海ニ入ヨ唐船カラクリシツラヒテ可然人々ヲハ唐船ニ乗タル気色シテ大臣殿以下宗トノ人々ハ二百余艘ノ兵船ニ乗テ唐船ヲ押カコメテ指浮メテ待物ナラハ定彼ノ唐船ニソ大将軍ハ乗タルラント　九郎進寄ラン所ヲ後ヨリ押巻テ中ニ取籠テナシカハ九郎一人

可不討一ト宣ケレハ此議尤可然一トテ其定ニツ支度シケル 10

（三一オ）

源氏ハ阿波国勝浦ニ付テ軍ニ打勝〔テ〕平家ノ跡目ニ係テ 1

長門国赤間関興津辺津ト云所ニ着ニケリ平家ノ陣ヲ 2

去ル事三十余丁ツ有ケル 3

〔本文注〕

〇三〇オ9　白鴎《ヲウ》《カモメ》ノ　「ノ」の右に「ヲウ」、左に「カモメ」と記す。いずれも「鴎」に付された振仮名。

〔釈文〕

十四（平家長門国檀浦に付く事）

　平家、屋嶋を落ちぬと聞こえければ、「定めて長門国へぞ着かんずらん」とて、参川守範頼は、相従ふ所の棟《むね》との軍兵卅余人を相具して、安芸・周防を靡かして、長門の地にて待ち懸けたり。緒方三郎惟栄は、九国の者共駈り具して、数千艘の船を浮かべて、唐地《からぢ》をぞ塞ぎける。平家は、屋嶋をば落とされぬ、九国へは入れられず、寄る方なくてあくがれて、長門国檀浦、門司関にて、浪上に漂ひ、船中にて日を送る。白鴎《はくヲウ》の群れ居るを見ては、夷の旗を上ぐるかと疑はれ、いさりの火の影を見ても、▼三〇ウ夜討の寄するかと驚きて、各《おのおの》「今は思ひ切りて、檀浦の波ときえ、門司関に名を留めむ」とぞ申されける。新中納言知盛宣ひけるは、「あやしの鳥獣も恩を報じ、徳を報ずる志しあむなり。度々の軍《いくさ》に、九郎一人に責め落とされぬるこそ安からね。今は運命尽きぬれば、軍《いくさ》に勝つべしとは思はず。何《いか》にもして、九郎一人を取りて海に入れよ。唐船《たうせん》からくりしつらひて、然るべき人々をば唐船《たうせん》に乗せたる気色して、大臣殿以下宗との人々は、二百余艘の兵船に乗りて、唐船《たうせん》を押しかこめて指し浮かめて待つ物ならば、『定めて彼の唐船《たうせん》にぞ大将軍は乗りたるらん』と、九郎進み寄らん所を、後より押し巻きて中に取り籠めて、なじかは九郎一人討たざるべき」と宣ひければ、「此の議尤も然るべし」とて、其の定《ぢやう》にぞ支度《したく》しける。▼三一オ 源氏は、阿波国勝浦に付きて軍《いくさ》に打ち勝ちて、平家の跡目に係《か》けて、長門国赤間関、興津辺津と云ふ所に着きにけり。平家の陣を去る事、三十余丁ぞ有りけり。

〔注解〕

○三〇オ4～（平家長門国檀浦ニ付事） 神功皇后話の後、源平両軍の動向は、諸本で次のように語り出される。

〈長〉…源氏は三月十八日に「をいつ・へいつ」に布陣。平家は引島に布陣。

〈盛〉…平家は壇浦周辺に漂う。源氏は「於井津・部井津」に布陣。三月二十四日開戦。

〈四〉…平家は壇浦周辺に漂う。範頼は九州へ、義経は屋島を落とす。平家は引島へ。

〈松〉…平家は壇浦周辺に漂う。三月二十四日、義経は「於井津・郡井津」に布陣。範頼は九州へ。

〈南・覚〉…義経・範頼は周防で合流。平家は引島へ、源氏は追津へ。

〈屋〉…義経・範頼は周防で合流。平家は引島へ、源氏は赤間関へ。

〈中〉…平家は西海に漂う。三月二十四日、壇浦で矢合せ。義経・範頼は周防で合流。源氏は追津へ、平家は引島へ。

追い詰められて壇浦周辺に漂い、「引島」に着いた平家に対して、勝に乗る源氏が「追津」に着くという「名詮自性」的興味を交えて語ることが多い（〈延〉では二八オ6～9に類似の記述があった）。〈延〉は源氏の「赤間関興津辺津」着を本段最後に配し、それ以前に、平家の孤立した状況や知盛の決意を描く。内容的には、独自記事と、他本では壇浦合戦中に置く記事とが交錯する。なお、『玉葉』三月十六日条には、「伝聞、平家在二讃岐国シハク庄一、而九郎襲攻之間、不レ及二合戦一引退、著二安芸厳島一了云々、其時僅百艘許云々」とあり、翌十七日条には、「伝聞、平氏在二備前小島一或在二伊予五々島一云々、鎮西勢三百艘相加云々、但実否難レ知、近日異説非レ一」とある。「シハク庄」は讃岐国那珂郡塩飽諸島の内広島、本島の塩飽庄（現在丸亀市に属する）。これによれば、平家はなお瀬戸内海のある程度広い範囲に勢力を保っていたようでもあるが、次第に瀬戸内海の西端に追い詰められていったものか。

○三〇オ4　平家屋嶋ヲ落ヌト聞ヘケレハ定テ長門国ヘソ着ンスラントテ参川守範頼ハ相従所ノ棟ノ軍兵卅余人ヲ相具テ安芸周防ヲ靡テ長門地ニテ待懸タリ　「長門地」は「長門路」、長門への道の意。「安芸周防ヲ靡テ」とあるので、陸路の山陽道について、長門の東側を固めた意であろう。該当記事は他本に見えない。範頼の動向について、〈盛〉は、千葉介常胤以下十三名の配下の軍勢三万余騎で九国につき、退路を塞いだとする（前項に摘記した記事の直後）。〈四・松〉も九州へ渡ったとする。〈南・屋・覚・中〉は、周防で義経と合流したとする。『吾妻鏡』元暦二年正月二十六日条によれば、範頼は多くの勢を率いて豊後に渡ったが、周防は重要な地点なので、ここを抑えよという頼朝の命により、三浦義澄を周防に置いたとする（三月二十二日条では、その義澄が義経に協力して壇浦へ先導したとする）。範頼は、その後、二月一日条にも豊後に渡ったとあるが、二月十四日条には、範頼が長門に渡ったものの、また周防に引き退いたとの書状が届いたとする。三月九日条では、豊後に渡ったが兵糧が不足し、和田義盛などが帰国を申し出ているとの記事もある。範頼自身は九州へ渡っていたが、範頼勢の一部は周防にあり、義経勢に加わっていたようで、その意味では範頼と義経の協力は認められよう（菱沼一憲）。なお、〈延〉の場合、第五末・三十一「参河守平家ノ討手ニ向事」には、緒方三郎惟義の協力により範頼軍がすでに九州に渡ったとあったが、第六本冒頭では、再び神崎からの西国発向を記しており、範頼に関する記述は混乱している。この混乱は、諸本に見られるものである。第五末・六一ウ5、同・六三ウ5注解、第六本・四ウ2注解等参照。

○三〇オ6　緒方三郎惟栄ハ九国ノ者共駈具テ数千艘ノ船ヲ浮テ唐地ヲソ塞キケル　「駈り具す」は、駆り集めて引き連れる〈日国〉。平家が完全に包囲されたとする記事は、〈盛・松〉が、範頼が九州に着いたことで「九国ノ地ニ著、前ヲキル。籠中ノ鳥出難ク、網代鮒免レンヤ」（〈盛〉）とするなど、いくつか見られるが、「唐地」を塞いだとするのは〈延〉独自。「唐地」は「唐路」即ち中国への航路。益田勝実が指摘したように、平家が大陸に亡命を図る可能性を想定し、それを阻止したとする記述。最近では上川通夫も指摘するように、『平家物語』には、平家が国外に逃亡する可能性に触れた記事が、たとえば、宗盛の請文に「零チ行御《マシマス》新羅高麗百済鶏旦ニ可シ」（第五末・六ウ2）など、いくつも見える。その多くは観念的表現と見なされるが、ある程度の現実的可能性を有することだったと見ることも可能か。木下順二「子午線の祀り」では、合戦の最中に緒方氏の船団が早鞆の瀬戸をふさぎ、玄界灘から大陸への脱出を阻止したと描く。但し、〈延〉では合戦開始以前の記述であり、緒方氏が壇ノ浦の西側に回り込んだとするのはやや不自然か。緒方氏の根拠地が豊後であり、当時の中国への航路が南島経由を中心としていたことを考えれば、周防灘から南方への海路を封鎖した意とも解し得ようか。

〇三〇オ7　平家ハ屋嶋ヲハ落レヌ九国ヘハ不被入寄方ナクテアクカレテ長門国檀浦門司関ニテ浪上ニ漂ヒ船中ニテ日ヲ送ル

平家が拠点を失い、漂っていたという表現は、〈盛・四・松・中〉に共通。また、九州に入れられなかったことについては、二八オ10にも見えていた。「長門国檀浦門司関」は、〈長〉「門司の関、だんのうら、引嶋」、〈盛・松〉「長門壇浦、赤間、文字関、引嶋」（〈盛〉）、〈四〉「長門国壇浦、筑前国門司赤間」、〈南・屋・覚・中〉「長門国引嶋」（〈屋〉）とする。他本の記す「引島」は、〈延〉では二八オ6に見えて居た。該当部注解参照。「檀浦」は現下関市檀之浦で、関門海峡東口の北岸、早鞆瀬戸から満珠島に至る沿岸。「門司関」は現福岡県北九州市門司区で、関門海峡の西口。

〇三〇オ9　白鴎《ヲウ》《カモメ》ノ群居ヲ見テハ夷旗ヲ上ルカト疑レイサリノ火ノ影ヲ見テモ夜討ノ寄ルカト驚テ　他本なし。但し、建礼門院の六道語りに同様の表現がある。〈延〉では第六末・六五ウ1に「奥ニ釣スル船ヲ見テハ敵ノヨスルカト怖恐レ礒ニ群居ル白鷺ヲ見テハ敵ノ向旗カト驚キ騒クイサリノ火ノホノメク影ヲ見テモ源氏ノ近付ニヤト肝ヲ失ヒ魂ヲケス」とあり、ここでは他本にも類似表現あり（該当部注解参照）。「イサリ」は、漁をすること、また、夜の漁〈日国〉。

〇三〇ウ1　各ノ今ハ思切テ檀浦ノ波トキヘ門司関ニ名ヲ留ムトソ被申ケル　滅亡を覚悟した平家の人々の言葉。他本にはなく、強いて言えば次項以下に該当する知盛の言葉から窺われるといえよう。〈延〉では、次項以下の知盛の言葉も含めて、滅亡への覚悟を強く見せている。

〇三〇ウ2　アヤシノ鳥獣モ恩ヲ報シ徳ヲ報スル志シアムナリ

以下、三〇ウ10「可不討」まで、知盛の言葉。次段三一オ9以下の船上からの下知と若干重複気味。他本では次段に該当する位置にのみ知盛の言葉を記し、次項以下の内容は共通するものもあるが、鳥獣の報恩に関わる言葉はなし。第二中・一一二オ2に「アヤシノ鳥獣モ恩ヲ報シ徳ヲ酬《ムクウ》トコソ聞ケ」と、ほぼ同句あり。

○三〇ウ3　度々《ノ》軍《ニ》九郎一人《ニ》被責落ヌルコソ安カラネ　「度々ノ軍」は三草山・一谷の合戦と屋島合戦を指すか。義経一人に敗れたという表現は、義経の活躍を特に大きく捉える物語の性格を示すとも考えられようか。〈延〉における知盛は、壇浦を最後の合戦と捉えるが、諦念に向かうのではなく、義経を討つことに執念を燃やす。生形貴重は「義経への執拗な怨念」を、謡曲「舟弁慶」等に展開する、怨霊としての知盛像に通じると指摘し、物語の古層に「新中納言物語」の存在を想定する。

○三〇ウ4　今ハ運命尽ヌレハ軍《ニ》可勝トハ思ワス　次段・三一オ9以下にも、「軍ハ今日ソ限《リ》各少《モ》退《ク》心アルヘカラス」云々と、平家の「運命」は尽きているという認識が示され、それは他本にも共通だが、もはや勝てるとは思わないという認識を端的に示すのは〈延〉独自。

○三〇ウ5　何《ニモ》シテ九郎一人ヲ取テ海《ニ》入《ヨ》　次段・三一ウ3にも、「何ニモシテ九郎冠者《ヲ》取《テ》海《ニ》入《ヨ》」とある。該当部注解参照。

○三〇ウ5　唐船カラクリシツラヒテ可然人々ヲハ唐船《ニ》乗タル気色シテ大臣殿以下宗トノ人々ハ二百余艘ノ兵船《ニ》乗《テ》…　唐船を用いた計略は、次段・三四オ9以下にその失敗が語られており、他本ではその位置にのみ記し、より簡略。但し、次段では、〈延〉も他本も義経を狙う策とは明記しない。「唐船」は、中国製の船、また、中国風に造った大船〈角川古語〉。「カラクリ」は、工夫をこらして物事を仕組むこと、細工、計略、たくらみ〈日国〉。平家が唐船を所有していたことは、『山槐記』治承三年六月二十二日条や『高倉院厳島御幸記』などにも見える（黒田彰）。

○三〇ウ7　唐船《ヲ》押カコメテ指浮メテ待物ナラハ定彼《ノ》唐船《ニツ》大将軍《ハ》乗タルラント　九郎進寄ラン所《ヲ》後ヨリ押巻《テ》中《ニ》取籠《テ》ナシカハ九郎一人可不討《ト》　ここまで知盛の言葉。前項注解にも見たように、本段では義経一人を狙うための策とされる。「押カコメ」は、すきまなくとりかこむ、ぐるっとまわりをとりかこむ〈日国〉。

○三一オ1　源氏《ハ》阿波国勝浦《ニ》付《テ》軍《ニ》打勝〔テ〕平家《ノ》跡目《ニ》係テ長門国赤間関興津辺津《ト》云所《ニ》着《ニ》ケリ　源氏が壇浦合戦の直前に布陣した地名の、諸本における表記については、本段冒頭三〇オ4～注解参照。「赤間関」は、現山口県下関市赤間町で、関門海峡の北、門司の対岸にあたり、「興津辺津」は、現下関市長府の東、海上にある干珠・満珠の二島で、「興津」が満珠島、「辺津」が干珠島とされる。今川了俊『道ゆきぶり』に、「その東の海の中に十余町ばかりへだてゝ島二むかへり、古への満珠干珠なるべし、今はおいつ・へいつとかや申めり」とある。『吾妻鏡』文治元年三月二十二日条に、義経軍と合流した三浦義澄が「進到二于壇浦奥津辺一。〈去二平家陣一卅余町也〉」とある。
〇三一オ2　平家ノ陣ヲ去ル事三十余丁ッ有ケル　両陣営の距離。〈長・四・覚〉同、〈盛〉「二十余町」、〈松〉「十余町」。〈南・屋・中〉不記。『吾妻鏡』も「卅余町」（前項注解参照）。なお、〈長・南・屋・覚・中〉では、壇浦合戦直前に義経と梶原の同士軍の記事を置く（〈松〉では開戦直後、知盛が阿波民部斬首を進言した後）。

十五　壇浦合戦事

1 知盛の下知・成良誅殺進言

（三一オ）

十五
三月廿四日源氏義経ヲ大将軍トシテ軍兵数万騎　三千余艘ニテ夜ノアケホノニ壇浦ヘソ寄タリケル平家モ待懸タル事ナレハ矢合シテ戦源平両氏ニ相従フ輩十万余騎ナリケレハ玄甲雲ヲナシ流矢雨ノ如シ互ニ時ヲ作ル

日ソ限リ各少モ退ク心アルヘカラス天竺振旦日本我朝ニモナ 10

ラヒナキ名将勇士トモ云トモ運命ノ尽ヌル上ハ今モ昔モカ 1
及ヌ事ナレトモ名コソ惜ケレ穴賢東国ノ奴原ニ悪クテ 2
見ユナイツノ料ニ命ヲ可惜ノ何ニモシテ九郎冠者ヲ取ッテ 3
海ニ入今ハ夫ノミソ思事ト宣ケレハ越中次郎兵衛盛次 4
近候ケルカ侍共仰承候ヘヤト下知シケレハ悪七兵衛景 5
清カ申ケルハ中坂東ノ者共ニ馬ノ上ニテソ口ハ聞候トモ船軍 6
ナントハイツカナレ候ヘキ魚ノ木ニ昇タルニテコソ候ワンスレ一 7
々ニ取テ海ニ漬候ナンス盛次カ申ケルハ九郎ハ諌手ニ上ルト 8
承候縁フレテ九郎カ有様ヲ委ク尋候シカハ九郎ハ色白 9
男ノ長ヒキヽカムカハノ殊ニ指出テシルカン〔ナ〕ル〔カ〕キト見知ル 10

（三一ウ）

（三一オ）

マシキ事ハ身《ヲ》ヤツシテ尋常ナル鎧ナムトモ着サンナリ昨日キル鎧《ヲハ》今日ハキス朝夕着鎧ヲハ日中ニハ着替ナリ直垂鎧ノ毛ヲ常《ニ》着替ナル時《ニ》遠矢《ニモ》射ラルマシカンナル ソ構テ組メトソ申ケル景清申ケルハ九郎ハ心コソ武《ク》トモ其小冠者何事《ノ》アランソ片脇《ニ》挟《ミテ》海ヘ入ナン物《ヲトソ》申ケル伊賀平内左衛門家長カ申ケルハ世ハ不思議《ノ》事哉金商人《カ》所従《ノ》源氏《ノ》大将軍シテ君《ニ》向奉《テ》弓《ヲ》引矢ヲ放ツ事《ヨ》御運《ノ》尽サセ給《ト》云ナカラ心憂《ク》安 カラ ヌ事哉トテハラ〳〵トソ泣ケル新中納言ハカク下知《シ》給《テ》大臣殿《ノ》御前ヘオワシテ今日《ノ》軍《ニハ》御方《ノ》兵共以外《ニ》事カラヨ

（三一ウ）

ケ《ニ》見ヘ候但成良コソ心替リシタルト覚ヘ候ヘキヤツヲ打候ハヤト宣ケレハ大臣殿ソモ一定《ヲ》聞定《テ》コソ若僻事 ニテ

モアラハ不便《ノ》事《ニテ》候ヘシ詳《トテ》《モ》宣《ハ》サリケレハ新中納言ハアワレ〱ト度々宣テ成良ヲ召《ス》木蘭地ノ直垂《ニ》洗革《ノ》鎧着《テ》御前《ニ》跪《テ》候《ヌ》大臣殿何《ニ》成良先々《ノ》様《ニ》軍《ノ》ヲキテハセヌソ四国ノ者共《ニ》軍ヨクセヨカシト云カシ己ハ臆《シ》タルカ今日コソ悪《ク》ミユレト宣ケレハナシカハ臆《シ》候ヘキト申《テ》立ニケリ哀サラハシヤ頸《ヲ》切ハヤト知盛思給ヘトモ大臣殿免《シ》給ネハ不力及《一》

〔本文注〕

○三二オ・三二ウ　この丁には、字間の空白が複数箇所に認められる。敬意対象語の直前の空白ではなく、行末を揃えるためと見られる。三オ5本文注参照。

○三二オ3　鎧ノ毛　「毛」、〈吉沢版〉〈汲古校訂版〉同。〈北原・小川版〉「無」。

○三二ウ3　候ヘシ詳《トテ》《モ》　「トテ」傍書補入。別筆の可能性があるか。

〔釈文〕

十五（檀浦合戦の事）

［三二オ］▼三月廿四日、源氏義経を大将軍として、軍兵数万騎、三千余艘にて夜のあけぼのに檀浦へぞ寄せたりける。平家も

待ち懸けたる事なれば、矢合《やあはせ》して戦ふ。源平両氏に相《あひ》従ふ輩十万余騎なりければ、玄甲雲《げんかふ》をなし、流矢《ながれや》雨の如し。互ひに時を作る声おびたたし。上は非相天《ひさうてん》までも聞こえ、下は海底龍宮までも驚くらんとぞ覚えし。

新中納言知盛、船の舳《へ》に立ち出でて宣ひけるは、「軍《いくさ》は今日ぞ限り。各《おのおの》少しも退く心あるべからず。天竺、震旦、日本我朝にもな▼らびなき名将勇士と云へども、運命の尽きぬる上は、今も昔も力及ばぬ事なれども、名こそ惜しけれ。穴賢《あなかしこ》、東国の奴原に悪《あ》しくて見ゆな。いつの料《れう》に命を惜しむべきぞ。何《いか》にもして九郎冠者を取りて海に入れよ。今は夫《それ》のみぞ思ふ事」と宣ひければ、越中次郎兵衛盛次近く候ひけるが、「侍共、此の仰せ承り候へや」と下知《げぢ》しければ、悪七兵衛景清が申しけるは、「中坂東《なかばんだう》の者共は馬の上にてぞ口は聞き候へども、船軍《ふないくさ》なんどはいつかなれ候ふべき。魚の木に昇りたるにてこそ候はんずれ。一々に取りて海に漬け候ひなんず」。盛次が申しけるは、「九郎は誅手《うつて》に上ると承りて、縁《えん》にふれて九郎が有様を委《くは》しく尋ね候ひしかば、九郎は色白き男の長《たけ》ひききが、むかばの殊に指し出でて、しるかんなるが、きと見知る▼まじき事は、身をやつして尋常なる鎧なむども着ざんなり。昨日きる鎧をば今日はきず、朝夕着る鎧をば日中《ひなか》には着替ふなり。直垂、鎧の毛を常に着替ふなる時に、遠矢《とほや》にも射らるまじかんなるぞ。構へて組め」とぞ申しける。景清申しけるは、「九郎は心こそ武《たけ》くとも、其の小冠者、何事のあらんぞ。片脇に挟みて海へ入れなん物を」とぞ申しける。伊賀平内左衛門家長が申しけるは、「世は不思議の事哉。金商人《こがねあきびと》が所従の源氏の大将軍して、君に向かひ奉りて、弓を引き矢を放つ事よ。御運の尽きさせ給ふと云ひながら、心憂く安からぬ事哉」とて、はらはらとぞ泣きける。

新中納言はかく下知し給ひて、大臣殿の御前へおはして、「今日の軍には御方の兵共、以外《もつてのほか》に事がらよ▼げに見え候ふ。但し成良《しげよし》こそ心替はりしたると覚え候へ。きやつを打ち候はばや」と宣ひければ、大臣殿、「そも一定《いちぢやう》を聞き定めてこそ。若《も》し僻事にてもあらば、不便の事にて候ふべし」とて、詳《つまびら》かにも宣はざりければ、新中納言は「あはれ、あはれ」と度々宣ひて、成良を召す。木蘭地《もくらんぢ》の直垂に洗革《あらひがは》の鎧着て、御前に跪きて候ひぬ。大臣殿、「何《いか》に成良、先々の様に軍《いくさ》のおきてはせぬぞ。四国の者共に『軍よくせよかし』と云へかし。己は臆したるか、今日こそ悪《わろ》くみゆれ」と宣ひければ、「なじかは臆し候ふべき」と申して立ちにけり。「哀れ、さらばしや頸を切らばや」と知盛思ひ給へども、大臣殿免《ゆる》し給はねば力及ばず。

〔注解〕

○三一オ4～　〈壇浦合戦事〉　壇浦合戦について、〈延〉は三月二十四日早朝の開戦から終戦までを一章段とする。最初に、本段に含まれる諸本の記事構成を、次頁に一覧表にしておく。記事を項目化し、〈延〉の配列によって番号を付した。〈延〉該当部にない記事は〈　〉に入れた。〈延〉では一連とされる記事が二つに分かれて記されている場合は、（　）内に入れて二箇所に記した。該当記事の〈延〉との相違点には傍線を付した。

　なお、壇浦合戦に関する史料は、『玉葉』元暦二年四月四日条、『吾妻鏡』同年三月二十四日条、『百練抄』文治元年三月二十四日条、『愚管抄』巻五、『醍醐雑事記』巻一〇、『六代勝事記』などがあるが、合戦の詳細は不明。潮流の変化が合戦の勝敗を決めたとする黒板勝美説は著名で、〈集成〉も支持するが、史料を根拠とする説ではない。強いて史料に近いものを挙げるとすれば、『平家物語』諸本のうち〈長・南・屋・覚・中〉が、合戦記事冒頭で（対照表の「〈潮流〉」）、「門司関だんのうらは、たぎりておつるしほはやなり。平家の舟は、塩にをひて出来けり。源氏の舟は、しほにむかひてをしおとされ」（〈長〉）などと描くことだが、この描写の直後には梶原の分取りを描いており、必ずしも平家の有利を描くものではない。また、流布本では、「平家の舟は、心ならず潮に向て押落とさる。源氏の舩は自ら潮に追てぞ出来る」と、源平の関係を逆に描く。〈延・盛・四・松〉にはこうした描写がなく、前段・三〇オ6注解に見たように、〈延・盛・松〉では、合戦以前に平家が完全に包囲された状況を描く（なお、〈松〉には「串崎ノ者ドモ」が満潮を見計らって攻めるように進言したという記事があるが、潮流の反転を記す記事ではない。三四ウ9注解参照）。黒板勝美の潮流説の根拠は史料ではなく、潮流の変化に関して明治期に作成されたデータだが、荒川秀俊・金指正三・赤木登・中本静暁等が指摘するように、そのデータ自体が信頼できない。また、石井謙二は、そもそも対水速度が問題となる海戦において、潮流は形勢には全く関係ないと指摘する。さらに、金指正三は、潮流説に代わって、水夫を射た義経の戦法を源氏の勝因に挙げるが、これも『平家物語』の記述には適合しない（三四ウ9注解参照）。石井謙二は、阿波民部重能の裏切りを決定的要因とする『平家物語』諸本の記述が史実に近いと見る。そもそも、黒板勝美の説は、源氏の勝因を義経の優れた戦法に見出そうという発想から生まれたものだが、それを継承して「勝因」を探す発想自体に問題があろう。『平家物語』

壇浦合戦諸本対照表

〈延〉	〈長〉	〈盛〉	〈四〉	〈松〉	〈南・覚〉	〈屋〉	〈中〉
24日矢合関声	24日曙関声	24日矢合関声	24日両軍接近	24日平家包囲	24日矢合	24日矢合	24日矢合
知盛下知	〈潮流〉	〈範頼勢〉	知盛下知	知盛下知	〈同士軍〉	〈同士軍〉	〈追津引島〉
東国勢を語る	〈梶原戦闘〉	知盛下知	東国勢を語る	東国勢を語る	〈潮流〉	〈卯刻関声〉	〈同士軍〉
義経を語る	斎院親能	東国勢を語る	義経を語る	義経を語る	〈梶原戦闘〉	〈潮流〉	〈卯刻関声〉
知盛進言	義盛遠矢	義経を語る	知盛進言	知盛進言	〈源平関声〉	〈梶原戦闘〉	〈潮流〉
平家の陣型	新居遠矢	知盛進言	平家の陣型	〈同士軍〉	知盛下知	知盛下知	〈梶原戦闘〉
九国勢の攻勢	知盛下知	九国勢の攻勢	平家の攻勢	平家の陣型	東国勢を語る	東国勢を語る	知盛下知
義盛遠矢	義経を語る	義経祈念	義盛遠矢	九国勢の攻勢	義経を語る	義経を語る	東国勢を語る
新居遠矢	東国勢を語る	白旗下る	新居遠矢	白旗下る	知盛進言	知盛進言	義経を語る
斎院親能	知盛進言	義盛遠矢	〈与一の遠矢〉	〈四国勢返忠〉	平家の陣型	平家の陣型	知盛進言
成良返忠	九国勢の攻勢	新居遠矢	白旗下る	義盛遠矢	九国勢の攻勢	九国勢の攻勢	平家の陣型
梶取殺害	鯨出現	〈与一遠矢〉	九国勢の攻勢	新居遠矢	義盛遠矢	義盛遠矢	九国勢の攻勢
知盛掃除戯言	小博士勘申	斎院親能	〈四国勢返忠〉	〈与一遠矢〉	新居遠矢	新居遠矢	義盛遠矢
義経祈念	白旗下る	成良返忠	鰒出現	斎院親能	〈与一遠矢〉	〈与一遠矢〉	新居遠矢
白旗下る	平家の陣型	梶取殺害	小博士勘申	海豚出現	白旗下る	白旗下る	〈与一遠矢〉
海豚出現	成良返忠	知盛掃除戯言	〈成良返忠〉	安部晴延勘申	海豚出現	海豚出現	〈四国勢返忠〉
小博士勘申	知盛掃除戯言	海豚出現	梶取殺害	〈成良返忠〉	小博士勘申	小博士勘申	白旗下る
知盛自害促す	時子入水決意	小博士勘申	知盛戯言	梶取殺害	成良返忠	成良返忠	海豚出現
時子入水決意	安徳帝入水	〈宗盛出生〉	時子入水決意	〈串崎者共〉	梶取殺害	梶取殺害	小博士勘申

安徳帝入水	時子歌詠	時子入水決意	時子歌詠	知盛掃除戯言	知盛掃除戯言	知盛掃除戯言	（成良返忠）
時子祈誓	先帝追悼評	安徳帝入水	先帝追悼評	時子入水決意	時子入水決意	時子入水決意	梶取殺害
時子歌詠	女院入水引揚	時子歌詠	〈時子歌異説〉	時子歌詠	安徳帝入水	安徳帝入水	知盛掃除戯言
先帝追悼評	〈大納言佐〉	先帝追悼評	安徳帝入水	先帝追悼評	先帝追悼評	先帝追悼評	時子入水決意
女院入水引揚	教盛経盛入水	女院入水引揚	女院入水引揚	女院入水引揚	女院入水引揚	女院入水引揚	安徳帝入水
帥佐入水失敗	内侍所霊験	帥佐入水失敗	昵女院保護	昵女院保護	〈大納言佐〉	〈大納言佐〉	先帝追悼評
昵女院保護	小松公達消息	昵女院保護	帥佐入水失敗	帥佐入水失敗	内侍所霊験	内侍所霊験	女院入水引揚
義経貴人保護	宗盛父子生捕	義経貴人保護	内侍所霊験	〈大納言佐〉	教盛経盛入水	教盛経盛入水	〈大納言佐〉
内侍所霊験	景経奮戦討死	内侍所霊験	教盛経盛入水	内侍所霊験	小松公達消息	小松公達消息	内侍所霊験
教盛経盛入水	教経奮戦	〈神璽回収〉	小松公達消息	教盛経盛入水	宗盛父子生捕	宗盛父子生捕	教盛経盛入水
小松公達消息	教経入水	〈行盛有盛〉	宗盛父子生捕	小松公達消息	景経奮戦討死	景経奮戦討死	小松公達消息
宗盛父子生捕	知盛家長入水	教経奮戦	景経奮戦討死	宗盛父子生捕	教経奮戦	教経奮戦	宗盛父子生捕
景経奮戦討死	〈重安父子〉	教経入水	教経奮戦	景経奮戦討死	教経入水	教経入水	景経奮戦討死
教経奮戦	戦後の海上	宗盛父子生捕	教経入水	教経奮戦	知盛家長入水	知盛家長入水	教経奮戦
教経入水		景経奮戦討死	知盛家長入水	教経入水	戦後の海上	戦後の海上	教経入水
知盛家長入水		〈経盛自害〉	戦後の海上	知盛家長入水			知盛家長入水
戦後の海上		教盛知盛自害		戦後の海上			戦後の海上
		〈異説〉		〈八代神主〉			
		戦後の海上					
		〈八代神主〉					
		〈猪俣等連歌〉					

諸本、とりわけ〈延〉の記述からは、知盛の言葉などによって、平家は既に絶望的な状況にあると読める（三〇ウ1注解等参照）。壇浦合戦は源平両勢力が対等の条件で臨んだ戦いではなく、源氏による包囲殲滅戦であり、圧倒的な不利に陥った平家勢力が瓦解してゆく戦いであったと理解される。なお、『玉葉』元暦二年四月四日条は「自二午正一至二晡時一、云三伐一取之二」と、昼から夕暮までの合戦、『吾妻鏡』同年三月二十四日条は「及二午剋一平氏終敗傾」と、午前中の戦闘であったと伝える。

○三一オ4　三月廿四日　壇浦合戦の日付は諸本同様で、『玉葉』元暦二年四月三日条、『吾妻鏡』同三月二十四日条、『愚管抄』巻五、『醍醐雑事記』等も同じ。但し、〈延〉ではこの日付と共に合戦当日の記述が始まると読めるが、対照表に見るように、〈松・南・屋・覚・中〉では、「三月廿四日の卯剋に、門司赤間の関にて源平矢合とぞさだめける」（〈覚〉）などとする記事は矢合せの時期の決定を示すものであり、この記事によって直ちに合戦が始まっているわけではなく、合戦前夜までのことと読める義経・梶原の同士軍の記事などが、この日付の後に配される。合戦当日の記事は、〈屋・中〉では対照表の「卯刻関声」記事、〈南・覚〉では「潮流」記事からであろう。〈松〉の場合、同士軍記事の前に、〈延〉三一オ9から本節末尾にあたる成良誅殺進言までを記す。これらをすべて開戦以前の記事とする点は異色だが、こうした配置も、内容的には全く無理なものとはいえまい。

○三一オ4　源氏義経ヲ大将軍トシテ軍兵数万騎三千余艘ニテ

源氏の兵船は、〈四・南・屋・覚・中〉も三千余艘とするが、「数万騎」なし。〈長〉は本項の位置には「数万艘」とするが、同士軍記事の前には三千余艘としていた。〈盛〉「七百余艘」、〈松〉「千八百余艘」、いずれも騎馬の数は不記（次々項注解参照）。『吾妻鏡』三月二十四日条は源氏の兵数にはふれない。なお、平家の兵数は、〈延〉では次節冒頭・三二ウ9に「七百余艘」とある（諸本異同は該当部注解参照）。

○三一オ5　夜ノアケホノニ檀浦ヘソ寄タリケル　〈長・盛〉同内容。〈屋・中〉は卯刻に両軍が関の声を上げたとし、〈南・覚〉も矢合せを卯刻と定めたとしていた。〈四・松〉は時刻にふれない。本段冒頭・三一オ4〜注解に見たように、『玉葉』四月四日条は昼からの合戦、『吾妻鏡』三月二十四日条は昼までの合戦と伝える。四一ウ10注解参照。

○三一オ6　源平両氏ニ相従フ輩十万余騎　〈盛・松〉も同様だが「十万余人」。〈長〉「平家の軍兵十万余人」。〈四・

南・屋・覚・中〉なし。なお、〈松〉は範頼の勢を「三万余騎」としていた。〈延〉の場合、前々項には源氏を「数万騎」としており、関連がわかりにくい。また、海戦なので、他本に見られない「〇〇騎」との表記は疑問（〈松〉の記す範頼勢は陸上にいたとするのだろう）。なお、前々項注解に見たように、船の数では源氏が平家の四倍以上とするわけで、両軍合計「十万余」の多くは源氏方ということになろう。

〇三一オ7　玄甲雲ヲナシ流矢雨ノ如シ　他本なし。「玄甲」は黒い鎧。『後漢書』巻二三・竇憲列伝第一三に、多数の軍勢を「玄甲耀レ日、朱旗絳レ天」と描く例があり、『陸奥話記』には「玄甲如レ雲、白刃耀レ日」とある。また「流矢雨ノ如シ」は、『陸奥話記』「賊衆二百余騎、張左右翼囲攻。飛矢如レ雨」の例あり。大量の矢を雨に喩える例は〈延〉三五オ2にも見えるなど、常套表現といえよう。

〇三一オ8　上ハ悲相天マテモ聞ヘ下ハ海底龍宮マテモ驚ラントソ覚シ　「悲相天」は「非相天」が良い。両軍の発する声に、天上世界から海底まで驚いた意。〈長〉同様、〈盛・屋・覚〉にも類似句あり。〈松〉「天ヲ響シ地ヲ動ス」。〈四・南・中〉なし。

〇三一オ9　新中納言知盛船ノ舳ニ立出テ宣ケルハ　以下、味方を鼓舞する知盛の下知。諸本で合戦の冒頭に近い位置に記されるが、〈長〉では遠矢の後。知盛が「船ノ舳」に出たとする点は、〈盛・松〉同。〈長・覚〉は船の屋形、〈四・屋〉は船の艫、〈南〉は「舟ノ面」。〈中〉は「たちいでゝ」のみ。

〇三一オ9　軍ハ今日ソ限リ各少モ退ク心アルヘカラス　〈盛・松・南・屋・覚・中〉同様。〈長・四〉なし。この合戦を最後に滅亡する覚悟を固めている表現。〈延〉では、三〇ウ4「今ハ運命尽ヌレハ軍ニ可勝一トハ思ワス」に呼応する。

〇三一オ10　天竺振旦日本我朝ニモナラヒナキ名将勇士ト云トモ運命ノ尽ヌル上ハ今モ昔モ力及ヌ事ナレトモ名コソ惜ケレ　〈長・四・南・屋・覚・中〉同。もはや勝利は望めないが、名誉を守れと説く。〈盛〉「自昔至今マデ、軍敗、運尽ヌレバ、名将勇士モ或路人ノ為ニ被レ獲、或ハ為二行客一囚。是皆去難キ死ヲ遁ント思故也。各命ヲ此時ニ失テ、必名ヲ後世ニ留ヨ」。〈松〉なし。「振旦」は「震旦」に同。

〇三一ウ2　穴賢東国ノ奴原ニ悪クテ見ユナ　諸本同様だが、「悪クテ」は、〈長・南・屋・覚・中〉「よはげ」、〈盛〉「ワルビレテ」、〈松〉「悪気」。〈四〉は「随ク」に「陋」と傍書するが、「陋」で「わる(ろ)く」と訓むべきか〈四部本全釈〉。諸本とも、臆病さ、ひるんだ様子を敵に見せるな、の意。
〇三一ウ3　イツノ料ニ命ヲ可二惜一ソ　〈盛・四・松・南・屋・覚・中〉基本的に同様。〈長〉なし。三一オ9「軍ハ今日ソ限リ」を受け、これが最後の合戦である意。
〇三一ウ3　何ニモシテ九郎冠者ヲ取テ海ニ入ヨ今ハ夫ノミソ思事　〈盛・四・松〉同内容。〈長・南・屋・覚・中〉なし。但し、義経を討とうという話題は、この後、侍大将達の会話の中で展開され、〈長〉の場合、知盛の下知を聞いた者が「あはれ、おなじくは大将軍九郎義経にくまばや」と受けるので、知盛の下知を義経を討てと受け止めたように読める（次々項参照）。前項までに見てきた名誉への執着は、〈延・盛・四・松〉では、義経を討つことにつながるわけであり、とりわけ〈延〉では、前段末・三〇ウ3以下にも見たように、義経への執念が強く描かれる。以倉紘平は、運命の洞察者としての像が完成する以前の知盛像を〈四〉に見たが、生形貴重88ａは、「義経への執拗な怨念」を描く〈延〉を古い形と見た。
〇三一ウ4　越中次郎兵衛盛次近候ケルカ侍共此仰承候ヘヤト下知シケレハ　〈長・四〉同。盛次の役割は、〈盛〉「武蔵三郎左衛門有国」、〈松・南・屋・覚〉「飛騨三郎左衛門景経」、〈中〉「ひだの三郎左衛門のぜうかげつな」。
〇三一ウ5　悪七兵衛　景清カ申ケルハ　続いて景清が坂東武者について発言する点、〈盛・松・南・屋・覚〉同様。〈四〉は景経、〈中〉盛次。〈長〉は話者を明記せず（侍の一人であろう）、坂東の武士たちへの言葉よりも前に「義経に組もう」との発言を記す。
〇三一ウ6　中坂東ノ者共ハ馬ノ上ニテソロハ聞候トモ船軍ナントハイツカナレ候ヘキ魚ノ木ニ昇タルニテコソ候ワンスレ一々ニ取テ海ニ漬候ナンス　諸本ほぼ同内容（〈長〉では後出の話者不明の言葉）。〈盛〉は「必失二寸歩一、可レ抛二弓箭一」を加える。「ロハ聞候トモ」を、〈松〉「ガラメクトモ」とする。「中坂東」は、〈長・盛・四・松・屋・中〉同、〈南・覚〉「坂東武者」。「中坂東」は、「坂東」と同様、関東地方を指すようである。〈闘〉巻八下に、坂東武者一般を指して「中坂東ノ奴原カ馬上ニハ達者ナリ」、また、河原兄弟を指して「穴《ナ》勇中坂東ノ者心ノ武サヤ」の二例があり、〈南〉巻一〇の木曽最期場面で、坂東武者に対して今井兼平が、「サリトモ中坂東ノ殿原ハ日来ハ音ニモキヽツラン」と名乗る例がある。また、金刀比羅本『保元物語』中「為義降参の事」に、東国へ下って再起しようと説く為朝の言葉に、「三浦介義明・畠山庄司重能・小山田別当有重なんどを召寄て仰合られ、中坂東に城墎をかまへ、足柄・箱根をうちふさぎ」

云々とある。該当部に、『新編日本古典文学全集』は「関東の中央」と注する。以上、「中坂東」については〈四部本全釈〉参照。なお、「海《ニ》漬候ナンス」は、海に放り込む意。甲冑を着た武者が海に放り込まれれば、それだけで命に関わるわけであろう。

○三一ウ8　盛次《カ》申ケルハ　盛次が義経の容姿などについて発言する点は〈長・盛・四・松・南・屋・覚〉同様。〈中〉は景清の言葉。

○三一ウ8　九郎《ハ》誅手《ニ》上ルト承《テ》縁《ニ》フレテ九郎《カ》有様《ヲ》委《ク》尋候シカハ九郎《ハ》色白男《ノ》長ヒキヽカムカハノ殊《ニ》指出《テ》シルカン〔ナ〕ル　〈長・四・松・南・屋・覚・中〉も義経の容貌はほぼ同じだが、「九郎《ハ》誅手《ニ》上ルト…」云々という、その容貌を知り得た理由は不記。〈盛〉「九郎冠者ガ軍将トシテ上ル…面長シテ、身短、色白シテ、歯出タリ」。また、〈南〉では次々項の「片脇《ニ》挟《ミテ》海へ入ナン物《ヲ》」との順序が逆。なお、義経の歯については、幸若舞曲「富樫」や「笈捜」に、「向歯反つて、猿眼」とあるのが著名。『平家物語』諸本の本項のような記事が戯画的な方向に発展したものと言えようか。

○三一ウ10　キト見知《ル》マシキ事《ハ》身《ヲ》ヤツシテ尋常ナル鎧ナムトモ着サンナリ昨日キル鎧《ヲハ》今日ハキス朝夕着鎧ヲハ日中《ニハ》着替《ナリ》直垂鎧ノ毛ヲ常《ニ》着替ナル時《ニ》遠矢《ニモ》射ラルマシカンナル ソ　義経は立派な鎧を着ず、また、常に鎧を着替えて、自分を見つけにくくしているという。〈延〉では四〇オ9にも地の文で記される。ここでは、〈長・盛・松〉同内容。〈四〉は立派な鎧を着ないことのみ。〈南・覚〉は着替えることのみ。〈屋・中〉なし。「鎧ノ毛」は、鎧の縅の糸、縅毛（おどしげ）。合戦の場において、鎧の縅毛などによって人物を識別することを「毛付け」と呼んだ（美濃部重克）。義経とは逆に、美麗な鎧によって目標とされ、討たれたのが佐奈多与一である（第二末・六〇オ6注解参照）。

○三二オ4　景清申ケルハ　景清が、小兵の義経を海に放り込もうと発言する点、〈四・南・覚・中〉同。〈盛・松〉は「人々」の言葉とする。〈屋〉は盛次の三一ウ8の言葉に続ける。〈長〉は話者不記で、三一ウ6の言葉に続ける。

○三二オ4　九郎ハ心コソ武《ク》トモ其小冠者何事《ノ》アランソ片脇《ニ》挟《ミテ》海へ入ナン物《ヲ》　諸本同内容。但し、〈四〉は景経が東国勢を語る後に位置しやや唐突。〈南〉は三一ウ8該当の義経の容姿の発言の前にあるので「其小冠者」が唐突。

○三二オ6　伊賀平内左衛門家長《カ》申ケルハ世ハ不思議《ノ》事哉金商人《カ》所従《ノ》源氏《ノ》大将軍シテ君《ニ》向奉《テ》弓《ヲ》引矢ヲ放《ッ》事

ヨ　〈盛〉も「金商人ガ従者シテ奥州ヘ下タリケル者ガ…」とする。〈長・四・松・南・屋・覚・中〉なし。「金商人」云々については、屋島合戦の詞戦でもふれられていた。二四オ3注解参照。

○三二オ9　新中納言ハカク下知シ給テ大臣殿ノ御前ヘオワシテ…　以下、阿波民部成良に返忠の疑いがあるので誅殺せよという知盛の進言。〈盛・四・南・屋・覚・中〉は〈延〉と同様の位置に置くが、〈長〉は遠矢の後、〈松〉は開戦以前。

○三二オ10　今日ノ軍ニハ御方ノ兵共以外ニ事カラヨケニ見ヘ候　諸本基本的に同内容。「事カラヨケ」は「事柄良げ」で、士気が高い様子。〈長〉「御方の兵ども、いくさよくしつ」、〈盛〉「兵ノ景気勇アリテ見候」、〈四〉「殊吉ク勇シ気ニ見ヘ候」、〈南〉「ユ、シク侍共ノ気色ヨク見ヘ候」など。

○三二ウ1　但成良コソ心替リシタルト覚ヘ候ヘキヤツヲ打候ハヤ　知盛の言葉。阿波民部成良の返忠と、それを見抜けなかった宗盛の愚鈍さが平家の決定的な敗因であったと描く点は、諸本基本的に共通（但し、知盛がそれに気づいた理由は諸本とも記されない）。三一オ4〜注解に見たように、石井謙二はそれを史実に近いと見る。但し、金指正三は、『平家物語』諸本や『吾妻鏡』元暦二年四月十一日条では成良が生け捕られたとしていることにより、史実性を疑う。『醍醐雑事記』巻一〇も、「生取」に成良を挙げる。だが、〈延〉では成良が鎌倉へ送られ、返忠の「不当仁」として火あぶりにされたと描かれるように（第六末・一二オ1以下）、返忠の者が「生捕」とされることは（裏切りを明確にした時期にもよるが）、特に矛盾ではないと考えられようか。なお、〈延〉では先に、成良は既に変心して阿波に渡ってしまったとあったが、本段とは矛盾する。二八オ1注解参照。

○三二ウ2　ソモ一定ヲ聞定テコソ若僻事ニテモアラハ不便ノ事ニテ候ヘシ詳《トテ》モ宣ハサリケレハ　宗盛の反応。〈盛・松〉もほぼ同様。「詳モ宣ハサリケレハ」は、〈盛〉「不詳ケレバ」、〈松〉「物モ宣ハズ」。まともに取り合わなかった意であろう。〈延・盛・松〉では、それに対して知盛が何度も申し入れて、ようやく成良を召すことができたとする（次項注解参照）。〈長・四・南・屋・覚〉では、「ただ今、見えたる事もなきに、いかゞさうなくきらんずるぞ」（〈長〉）などと誅殺には反対しつつも、成良を召す。〈中〉はさしたる反対もなく成良を召す。〈延・盛・松〉では、状況判断にすぐれた知盛と愚鈍な宗盛の対照が、より鮮明に描かれているといえよう。

○三二ウ3　新中納言ハアワレ／＼ト度々宣テ　〈盛〉「度

々被二諫申一」、〈松〉「度々陳申サル」。一方、〈四〉は、自分の主張が宗盛に聞き入れられなかった後、「哀レ々トツ被仰」と、慨嘆する知盛を描くのに「哀レ々」の語を用いる。

○三二ウ4　木蘭地ノ直垂ニ洗革ノ鎧着テ御前ニ跪テ候ヌ　成良の鎧は、〈盛・四・松・南・屋・覚・中〉同様。〈長〉「あかおどしのよろひ」。「木蘭地」は、梅谷渋に明礬をまぜて染めた狩衣・直垂などの地。赤みのある黄を帯びた茶色〈日国〉。「洗革」は、白いなめし皮の表面を削って、もんで柔らかにしたもの〈日国〉。

○三二ウ8　哀サラハシヤ頸ヲ切ハヤト知盛思給ヘトモ大臣殿免シ給ネハ不力及一　〈長・盛・松・南・屋・覚・中〉基本的に同様。〈盛・松・覚〉は太刀の柄に手をかける知盛を描く。〈四〉は該当文がなく、「哀レ々トツ被仰」とある（前々項注解参照）。

2　遠矢・親能の活躍

平家ハ七百余艘ノ兵船ヲ四手ニ　（三二ウ）
作ル山鹿平藤次秀遠カ一党二百余艘ニテ一陣ニ漕
（三三オ）
向フ阿波民部成良ヲ先トシテ四国者共百余艘ニテ二陣

ニ漕続ク平家ノ公達三百余艘ニテ三陣ニ引ヘタリ九国住人菊池原田カ一党百余艘ニテ四陣ニ支ヘタリ一陣ニ漕向ヘタル秀遠カ一党筑紫武者ノ精兵ヲソロヱテ舟ノ舳ニ立テ舳ヲ並テ矢サキヲ調テ散々ニ射サセケレハ源氏ノ軍兵射白マサレテ兵船ヲ指退ケレハ御方勝ヌトテ攻鼓ヲ打テ訇リケル程ニ源氏ツヨ弓精兵ノ矢継早ノ手全共ヲソロヘテ射サセケル中ニ山鶏ノ羽ヲ以テハキタリケルカ本巻ノ上一寸計置テ三浦平太郎義盛ト漆ニテ書タリケルソ物ニモツヨクタチアタ矢モ無リケルサテハ可然矢無リケリ平家是ヲ

（三三ウ）

ミテ大矢皆止テ伊与国新井四郎家長ヲ以テ射サセタリ手ツ少シアハラナリケレトモ四国ノ内ニハ第一ト聞ヘタリ三浦平太郎カ射タリケル遠矢ニ今三段計射増タリケリ其後源氏モ平氏モ遠矢ハ止ニケリ三浦平太郎遠矢ヲ射劣タリトヤ思

ケンアキマ算ノ手呉ニテ有ケレハ小船ニ乗テ漕廻テ面ニ立者ヲ指ツメ〱射伏ケリ都テ矢先ニマワル者射取スト云事ナシ斎院次官親能ハ矢面ニ立テ訇リ懸テ散々ニ戦ケリ平家方ヨリ誰トハ不知武者一人立出テ親能ハ右筆ノ道計ソ知タルラン弓矢ノ方ヲハ知シ物ヲト申タリケレハ敵モ御方モ一同ニハトソ咲タリケル親能申ケルハ文武ノ二道ハ即定恵ノ二法ナ

（三四オ）

ルヘシ文独仁儀ノ礼〔ヲ〕知トモ武又逆徳〔ヲ〕静メスハ争カ国士ヲ可改二一モ闕テハアルヘカラス鳥ノ二ノ翅ノ如シト云ヘリ　親能ハ文武二道ノ達者也所見ナシトソ申ケル是ヲ聞モアヘス　イサトヨ詞ニハニスヤ有ラン手ナミヲミハヤトソ云ケル親能申ケルハ幼少ノ昔ヨリ長大ノ今ニ至マテ顕ニ五常ヲタシナミ内ニ武勇ヲ懸タリキ尾籠カマシケナルシレ者ニ手ナミ見セムトテ兵ト射ルアヤマタス頸骨射サセトウト倒　ル　面　目

モナキ事ナレハ平氏ノ方ニハ音モセス御方ハ一同ニホメタリ
ケリ是ヲ始トシテ源氏ノ軍兵我劣シト責戦フ

〔本文注〕

○三三オ3　一陣　「陣」は「陳」にも見える字体。

○三三ウ5　手呉　「呉」、〈吉沢版〉「逞」、〈北原・小川版〉「呈」、〈汲古校訂版〉は「呉」と解読しつつ、誤りと見て「手足」と訂する。注解参照。

○三三ウ3　今三段計　「三」は字体やや不審。中央の線はなぞり書きか。

○三四オ・三四ウ　この丁には、字間の空白が複数箇所に認められる。行末を揃えるためと見られる。三三オ・同ウ本文注参照。

○三四オ1　仁儀　「儀」、〈吉沢版〉〈汲古校訂版〉同。〈北原・小川版〉「義」。

○三四オ2　二ノ翅　「翅」、〈吉沢版〉〈北原・小川版〉「翅」、〈汲古校訂版〉は「翅」を注記訂正して「翅」。

○三四オ8　ホメタリ　「メ」は重ね書き訂正があるか。

〔釈文〕

平家は七百余艘の兵船を四手《よて》に作る。山鹿平藤次秀遠が一党、二百余艘にて一陣に漕ぎ▼（三三オ）向かふ。阿波民部成良を先として、四国の者共百余艘にて二陣に漕ぎ続く。平家の公達、三百余艘にて三陣に引かへたり。九国の住人菊池・原田が一党、百余艘にて四陣に支へたり。一陣に漕ぎ向かへたる秀遠が一党、筑紫武者の精兵をそろえて舟の舳に立てて、舳を並べて矢さきを調《そろ》へて散々に射させければ、源氏の軍兵、射白《いしら》まされて兵船を指し退《しりぞ》けければ、「御方勝ちぬ」とて、攻鼓《せめつづみ》を打ちて訇《ののし》りける程に、源氏、つよ弓精兵の矢継早の手全《てきき》共をそろへて射させける中に、山鶏の羽を以《もつ》てはぎたりけるが、本巻《もとまき》の上一寸計り置きて、「三浦平太郎義盛」と漆にて書きたりけるぞ、物にもつよくたち、あだ矢も無かりける。さては然かるべき矢無かりけり。

平家是を▼三三ウみて、大矢皆止めて、伊与国新井四郎家長を以て射させたり。手ぞ少しあばらなりけれども、四国の内には第一と聞こえたり。三浦平太郎が射たりける遠矢に、今二段計《ばか》り射増さりたりけり。其の後源氏も平氏も遠矢は止みにけり。三浦平太郎、遠矢を射劣りたりとや思ひけん、あきま算《かぞへ》の手呉《てきき》にて有りければ、小船に乗りて漕ぎ廻りて、面に立つ者を指しつめ指しつめ射伏せけり。都《すべ》て矢先にまわる者、射取らずと云ふ事なし。

斎院次官親能は矢面に立ちて訇《ののし》り懸けて、散々に戦ひけり。平家方より誰とは知らず、武者一人立ち出でて、「親能は右筆《いうひつ》の道計《ばか》りぞ知りたるらん。弓矢の方をば知らじ物を」と申したりければ、敵も御方も一同に「は」とぞ咲《わら》ひたりける。親能申しけるは、「文武の二道は即ち定恵《ぢやうゑ》の二法な▼三四オるべし。文独《ぶんひと》り仁義の礼を知るとも、武また逆徳《ぎやくとく》を静めずは争《いかで》か国土を改むべき。一つも闕《か》けてはあるべからず。鳥の二《ふたつ》の翅《つばさ》の如しと云へり。親能は文武二道の達者也。所見なし」とぞ申しける。是を聞きもあへず、「いさとよ、詞にはにずや有るらん。手なみをみばや」とぞ云ひける。親能申しけるは、「幼少の昔より長大の今に至るまで、顕に五常をたしなみ、内に武勇を懸けたりき。尾籠《をこ》がましげなるしれ者に手なみ見せむ」とて兵《ひやう》ど射る。あやまたず頸の骨射させ、どうど倒る。面目もなき事なれば、平氏の方には音もせず。御方は一同にほめたりけり。是を始めとして、源氏の軍兵、我劣らじと責め戦ふ。

〔注解〕

○三二ウ9　平家ハ七百余艘ノ兵船ヲ四手ニ作ル…　以下、平家軍の陣立てを述べる。〈盛〉は陣立てをまとめて示さないが、各所に記された記事を摘記（記事の所在を前掲三一オ4～注解の対照表に記した項目名で示す）。なお〈盛・南〉は各勢の合計と総数が合わない。

〈延〉総数七百余艘。一陣山鹿勢二百余艘、二陣成良勢百余艘、三陣平家一門三百余艘、四陣菊池・原田勢百余艘

〈長〉総数五百余艘。松浦党百余艘、山鹿勢三百余艘、平家一門百余艘

〈盛〉総数五百余艘（矢合関声）。菊池・原田勢三百余艘（九国勢の攻勢）、成良勢三百余艘（成良返忠）

〈四〉総数五百余艘。先陣山鹿勢三百余艘、二陣松浦党百余艘、平家一門百余艘
〈松〉総数七百余艘。先陣山鹿勢三百余艘、二陣成良二百余艘、三陣平家君達三百余艘
〈南〉総数千余艘。先陣山鹿勢五百余艘、二陣松浦党三百余艘、後陣平家公達三百余艘
〈屋・覚・中〉総数千余艘。先陣山鹿勢五百余艘、二陣松浦党三百余艘、後陣平家公達二百余艘

なお、『吾妻鏡』元暦二年三月二十四日条は、総数五百余艘を三手に分かち、山峨兵藤次秀遠・松浦党を大将軍としたとする。〈延〉は松浦党を記さない。

○三二ウ10　山鹿平藤次秀遠カ一党二百余艘ニテ一陣ニ漕向フ　前項注解に見たように、山鹿勢が第一陣を務め、兵数も多かったとする点は、〈四・松・南・屋・覚・中〉に共通。山鹿を記さないのは〈盛〉のみ。『吾妻鏡』も山鹿秀遠が大将だったとする。山鹿秀遠は粥田経遠の男。藤原隆家を祖と称し、菊池氏と同族。山鹿庄（現北九州市若松区から遠賀川下流域）を領し、都落ちした平家を山鹿城に迎え入れた。第四（巻八）・二六オ9注解参照。

○三三オ2　九国住人菊池原田カ一党百余艘ニテ四陣ニ支ヘタリ　菊池・原田の参戦は、〈盛〉及び〈長〉も菊池を記す。〈盛〉は菊池高直・原田種直が三百余艘で奮戦、緒戦の平家攻勢を担ったと描く。他本が山鹿に宛てる役割を菊池・原田に担わせるわけである。また、〈長〉は、前々項注解に見た陣立てには記さないが、菊池孝康が山鹿と共に緒戦の攻勢を担ったとする（次項注解参照）。菊池氏は肥後の武士、藤原姓（前項注解参照）。養和元年から二年頃、平家と戦ったが、貞能に降伏して平家に従ったようである（第三末・七ウ4注解参照）。一方、原田氏は一貫して平家方であったと見られる（原田氏は大蔵姓。筑前の住人）。菊池・原田の動向については、第三本・三一ウ9注解、第四（巻八）・八オ1注解参照。『吾妻鏡』には参戦が記されないが、『醍醐雑事記』巻一〇には、殺害された交名中に「菊池二郎」が見える。また、『玉葉』文治元年十二月二十七日条所収の十二月六日頼朝書状に「種直・隆直・種遠・秀遠之所領者、依レ為二没官之所一」とあり、原田種直や菊池高直等の所領は没官領となっている。平家与同の罪を問われたものであろう。なお、〈延〉では第六末・十一「原田大夫高直被誅事」を記す。「原田大夫高直」は、おそらく原田種直・菊池高直の名を誤ったものであろう。該当部注解参照。

○三三オ3　一陣ニ漕向ヘタル秀遠カ一党筑紫武者ノ精兵ヲソ

ロヱテ舟ノ舳ニ立テ舳ヲ並テ矢サキヲ調テ散々ニ射サセケレハ…　緒戦に平家側が猛攻撃をかけ、源氏をひるませたとする点、諸本同様。その担い手を、山鹿秀遠とするのは、〈延〉の他に〈松・南・屋・覚・中〉。〈長〉は山鹿秀遠と菊池三郎孝康、〈盛〉は菊池高直・原田種直とする。〈四〉は本項該当部では誰の勢とも記さないが、先陣を担った「九国第一精兵」の山鹿勢と読むのが自然であり、さらに白旗の奇瑞の後にも「平家方山鹿兵藤次秀遠名乗漕キ廻リ射間源氏引ヘタル船平家見之勝ヌ矢合打大鼓作ル喜時」と本項前後によく似た文があり、構成の混乱があるものの、山鹿の活躍を描いていることは疑いない。

○三三オ6　御方勝ヌトテ攻鼓ヲ打テ訇リケル　〈長・松・南・屋・覚・中〉同様。〈盛〉「平家ハ勝ヌトテ、阿波国住人新居紀三郎行俊、唐鼓ノ上ニ昇テ、責鼓ヲ打テ訇ケリ」。〈四〉は前項注解に見たように、白旗奇瑞の後に太鼓を打った記事あり。黒田彰は〈盛〉の唐鼓について、「吉備大臣入唐絵巻などに見られる、唐船の艫の櫓に置かれた大鼓」のことかとし、唐船の高殿の屋上に設置された大鼓を打って、平氏の船団に進軍の合図を送ったと解する。今井正之助は『八幡愚童訓』甲本にも蒙古軍の「逃鼓・責鼓」が見えることを指摘しつつ、本項の鼓の音も唐船からのものとする。なお、〈盛〉ではここで「判官軍負色ニ見エケレバ」とし、〈松〉も義経が「今度ノ軍イカヾ有ベキト思ハレケルニ」と、源氏の不利を明記する。次項注解参照。

○三三オ7　源氏ツヨ弓精兵ノ矢継早ノ手全共ヲソロヘテ射サセケル中ニ　九国勢の攻勢への応戦から、以下、遠矢の記事に移る。遠矢記事は、〈四・南・屋・覚・中〉では、同様に、平家の攻勢に対する源氏側の応戦・反撃という文脈で語られる。〈南〉「サレ共源氏ノ方ヨリ…」、〈中〉「されども源氏のかたには、ぐんにぬけてたゝかふものぞおほかりける」など。一方、〈長〉では、梶原の奮戦・斎院次官親能の戦いという源氏側の話題に続けて遠矢に移る。〈盛〉では、前項注解に見たように源氏が不利に陥った後、白旗の奇瑞によって源氏側が勢いを取り戻したとして、義盛の遠矢に続く。〈松〉では白旗の奇瑞・成良返忠の後で義盛の遠矢を描くが、個人技を競う遠矢の話題は、戦局が傾いた後にはややふさわしくない感がある。〈延〉の「手全」は「てきき」（手利き）だろうが、この表記については未詳。

○三三オ8　山鶏ノ羽ヲ以テハキタリケルカ本巻ノ上一寸計置テ三浦平太郎義盛ト漆ニテ書タリケル　和田義盛の矢。山鳥の矢羽は、〈盛〉同。〈南〉「白鳥」、〈屋〉「鴇」、〈中〉「くゞひ」の羽。〈長〉「鷹の羽、染羽、中ぐろ」、〈四〉「鵠《ク、》鴾鶴《タウツル》羽」、〈松〉「雁ノ本白、鵠ノ羽」、〈覚〉「鶴のもとじろ、こうのはね」の割合わせ。漆の署名は、〈南〉〈屋・覚・中〉同様、〈長・盛・四・松〉は焼印とする。「本巻」は、〈長・四・松・屋・覚〉「くつまき」（〈長〉）。〈南〉「箆巻」。「くつまき」（沓巻）は、「矢箆の先端で鏃をさしこんだ口もとを堅く糸で巻きしめてある部分」〈日国〉。「本巻」は未詳だが、「くつまき」に同じか。三浦平太郎義盛」は、和田義盛。〈長〉「和田左衛門尉が、いまだ和田太郎とてありけるが」。なお、〈延〉では義盛の矢の大きさを記さないが、〈長・四・松・南・屋〉十三束三伏、〈盛・覚・中〉十三束二伏とする。〈延〉はこの後、三三オ10「平家是ヲミテ大矢皆止テ」とするが、義盛の矢の大きさにふれないので、わかりにくい記述になっている。

○三三オ9　物ニモツヨクタチアタ矢モ無リケル　〈延〉では、義盛の矢が威力もあり正確であったとするだけで、義盛が平家を挑発する意図を持っていたとは記さない。〈長・四・松〉は、〈長〉「此矢ぞ、物にもつよくたちて、とをくも行ける」、〈四〉「遠クモ行キ物モ強ク立」、〈松〉「物ニ中ツテモ健ク、遠モ行ケル」と、〈延〉と類似の文を記すが、その後、義盛がその矢を射返せと挑発したとする。〈盛・南・屋・覚・中〉では、こうした類似文はなく、義盛は挑発のために遠矢を射たと読める。なお、〈延〉では義盛の矢の飛距離を記さないが、〈長〉は「二町あまり三町にをよびて」射たとし、〈四・南・覚〉は「三町がうちとのものははづさずつよういけり」（〈覚〉）とする。〈盛・松・屋〉は、陸から三町ほど沖に浮かんだ知盛の船の船端に矢が立ったとする。〈中〉は、一二町の範囲では「めにかゝる者をいとゞめずといふ事なし」、知盛の船には「三ちやうおもてをいわたし」て船の舳に射当てたとする。〈延〉はこの後、三三ウ2「三浦平太郎カ射タリケル遠矢ニ今三段計射増タリケリ」とするが、義盛の矢の飛距離を記さないので、わかりにくい記述になっている。また、〈長・盛・松・南・屋・覚・中〉では、和田義盛は陸上で馬に乗っていたとされる（〈四〉も後で小舟に乗ったとされる点からは同様か）。〈延〉ではその点も記されず、義盛は陸上にいたのか、乗船していたのかも不明。

○三三オ10　サテハ可然矢無ッケリ　他本になく、わかりにくい。あるいは〈延〉はこの前後に誤脱があろうか。義盛の大矢に対して、対抗できるような大矢を射る者が平家にはいなかったといった意だろうか。

○三三オ10　平家是ヲミテ大矢皆止テ　他本なし。前項注解に見たように、平家には義盛に対抗できる大矢を射る者がなく、大矢で対抗するのをあきらめた意か。この後、大矢では競わず、その代わりに遠矢を競ったと読める。他本では、この後、源平双方が大矢（矢の長さ）と遠矢（飛距離）の両面で競うことになる。

○三三ウ1　**伊与国新井四郎家長**　「伊与国」は、〈長・四・松・南・屋・覚・中〉同様、〈盛〉「阿波国住人」。「新井四郎家長」は、〈長〉「新紀四郎親家」、〈盛〉「新居紀四郎宗長」、〈四〉「新居《アライノ》紀四郎」、〈松〉「新居紀四郎近家」、〈南〉「二井ノ紀四郎近清」、〈屋・中〉「新居紀四郎親家」（〈屋〉）、〈覚〉「仁井紀四郎親清」。新居氏は伊予国越智郡を中心に平安末期から鎌倉期にかけて勢力を拡大し、源平合戦期には平家側について、反平家の河野氏と対立した（山内譲）。『予章記』に「平家物語十一巻ニ、長門国赤間関ニテ、平家方ヨリ、「伊与国ノ住人新居橘四郎」トテ、和田太郎義盛ガ矢ヲ射返ケルニ、義盛ガ矢道ニ三段計射越テ弓精ノ名ヲ挙タリケルトアリ」とある。なお、一谷合戦で平家陣にいて、山から落ちてきた鹿を射たとされる「武智武者所清章」（第五本・六三オ5）も同族であろう。

○三三ウ2　**手ッ少シアハラナリケレトモ四国ノ内ニハ第一ト聞ヘタリ**　〈盛・松〉類同。「アハラ」を〈盛〉「亭」、〈松〉「小兵」とする。〈名義抄〉では「亭」に類似の字体（「高」の下に「丁」）に「アバラ」の訓あり。〈松〉「手ハ少シ小兵」はわかりにくく、誤りがあるか。〈長・四・南・屋・覚・中〉なし。「アハラ」は「あばら」で、射撃の精度が高くない意であろう。〈盛〉巻四二では、扇の的の射手に推薦された畠山重忠が、「地体脚気ノ者ナル上ニ、此間馬ニフラレテ気分ヲサシ、手アバラニ覚エ侍リ」と辞退する場面がある。〈延〉では、家長は、的を射当てる正確さには欠けるが、遠矢においてはすぐれた射手とされている。

○三三ウ2　**三浦平太郎カ射タリケル遠矢ニ今三段計射増タリケリ**　義盛の矢を上回った距離を「三段」とする点、〈四・南・覚〉「一段」、〈中〉「二段」、〈盛・松〉「四段」。〈屋〉は、義盛とほぼ同距離だったと読める。〈長〉は該当の記述無し。〈延〉では和田義盛の矢の飛距離が記されていないので、「三段計」（約三三メートル）上回ったと記されても、全体でどれほどの飛距離であったのかわからない（三三オ9注解参照）。〈長・松〉「四町あまり」（〈長〉）、〈南・屋・覚・中〉「三町余」（〈覚〉）。〈盛・四〉は飛距離を記さないが、三三オ9注解に見たように、義盛は三町程度の遠矢を射ていたとするので、それを四段または一段上回ったことになろう。但し、義盛が三町程度、新居紀四郎がそれを四段上回ったとしつつ、新居の矢を「四町バカリ」とする〈松〉は計算が合わない。

○三三ウ3　其後源氏モ平氏モ遠矢ハ止ニケリ　新居紀四郎の矢で遠矢をやめたとするのは、〈延〉の他に〈長〉のみ。〈延・長〉では、遠矢では平家勢に軍配が上がったことになる。〈盛・四・松・南・屋・覚・中〉では、続いて源氏の阿佐里与一（義成）が登場し、新居紀四郎を上回る大矢・飛距離で、源氏側の勝ちになったと読める。〈盛・松〉では、阿佐里与一の後、「其後源平ノ遠矢ハナカリケリ」（〈盛〉）と、本項との類似文あり。

○三三ウ4　三浦平太郎遠矢ヲ射劣タリトヤ思ケンアキマ算ノ手呉ニテ有ケレハ小船ニ乗テ漕廻テ面ニ立者ヲ指ツメ〳〵射伏ケリ　「手呉」は、本文注に見たように、〈吉沢版〉は「手逞」、〈北原・小川版〉「手呈」（てきき）と読むが、〈汲古校訂版〉は「手呉」と翻字、「手足」（てだれ）の誤りかとする。三三オ7「手全」（てきき）と同表記を誤ったとも解し得るが、本項では、該当句、〈盛〉「手タリ」、〈松〉「手垂」を参考とすれば、「手だれ」（手だり）の誤りとも考えられる。「あきま算」（あきまかぞへ）は、「すきまかぞへ」に同じ。甲冑の隙を突き、正確に射る弓矢の上手。遠矢の争いで負け、恥をかいた義盛が小舟に乗って射て回ったとする点は、〈長・盛・松・南・屋・覚・中〉も同様（但し〈盛・松〉では阿佐里与一の遠矢の後）。〈延〉も同様に読めるか。〈四〉は義盛の恥を明記せず、阿佐里与一の遠矢の後、義盛は与一と共に射てまわったとする。

○三三ウ7　斎院次官親能ハ矢面ニ立テ訇リ懸テ　壇浦合戦に斎院次官親能を登場させるのは、他に〈長・盛・松〉。〈盛・松〉では〈延〉と同様の位置。〈長〉では、開戦後、梶原の戦闘に続いて登場。〈四・南・屋・覚・中〉なし。〈延〉では船に乗っているように読めるが、〈長〉では知盛の船に渚から声をかけたとする。〈松〉では、「新中納言ノ船ノ前ニ近付タリケルガ」とあり、乗船していたとするか。〈盛〉はこの点、不明瞭。また、〈延・長・盛〉では親能が自ら名乗ったとするが、〈松〉では平家の船に問われて名乗ったとする。親能は、三ウ6注解に見たように、実際には範頼勢の中にいたものか。親能の素姓については、第四（巻八）・二二ウ2注解参照。なお、歴博本『菅芥集』所収「掃部頭親能亡父〈広季〉四十九日法事願文」には、「（親能が）文儒の門を出て武将の家に入る」との句があり、また、『厳島文書』所収「厳嶋大明神宮居并神主職根本次第」には、神主初代として、「親能　左馬頭源義朝之養子　建久五年甲寅初入武家」とある（中川真弓）。

○三三ウ8　平家方ヨリ誰トハ不知武者一人立出テ　親能に声をかけ、あざ笑った武者の名は、〈長・盛・松〉にも記されない。但し、〈長・松〉では知盛の船と問答になり、知盛の船に乗っていた者が親能に、「東国のやつばらの、君の御かさじるし、見しりまいらせぬものやある。名のれ」（〈長〉）と問いかけ、名乗ったとする。

○三三ウ8　親能ハ右筆ノ道計ツ知タルラン弓矢ノ方ヲハ知シ物ヲ　〈長・盛・松〉同内容。但し〈長〉は「右筆」を「古筆」とするが、誤りか。親能は明法博士中原広季の男。『吾妻鏡』文治三年八月十九日条所載の頼朝の書状に「親能・広元雖二在京候一、元自非二武器一候」とある。

○三三ウ9　敵モ御方モ一同ニハトソ咲タリケル　〈長・盛・松〉も同様だが、〈長〉では親能の記事はここで終わり、〈盛・松〉「親能赤面シテゾ侍ケル」（〈盛〉）として、以下の部分はないので、本話は親能が嘲笑された話となっている。〈延〉では、逆に親能が反論の上、嘲笑した者を射倒し、名を上げる話となっている。

○三三ウ10　文武ノ二道ハ即定恵ノ二法ナルヘシ文独仁義ノ礼〔ヲ〕知トモ武又逆徳〔ヲ〕静メスハ争カ国土ヲ可改一一モ闕テハアルヘカラス鳥ノ二ノ翅ノ如シ　親能の言葉。以下、本節末まで他本なし。「文武ノ二道」について。文と武を等価とする考えは、漢籍においては『史記』巻四七・孔子世家に「有二文事一者必有二武備一。有二武事一者必有二文備一」とあり、また、「文武二道」の語は、『帝範』崇文第一二の「文武二途、捨レ一不可」が典拠とされる。『史記』の句は『明文抄』五・文事部に引かれる。〈延〉では第二中・一七ウ4「文武事異ナレ共通達旨同シ」、第三末・三一オ10「アワレ文武二道ノ達者ヤ」の例がある。その他、『愚管抄』五「文武ノ二道ニテ国主ハ世ヲオサムルニ」、『十訓抄』一〇・五五「朝家には文武二道をわきて、左右のつばさとせり。文事あれば、必ず武備はる謂なり」、『平治物語』上「いにしえより今にいたるまで、王者の人臣を賞ずるは、和漢両朝をとぶらふに、文武二道を先とせり」等。「定恵二法」は「仏語。禅定と智慧。この二つは鳥の両翼、車輪にたとえられ、たがいに助けあって仏道を成就させるものとされる」〈日国〉「定恵」項。しかし本項の文脈において仏道との関わりは薄く、単に相補的な二つの価値の意か。「鳥ノ二ノ翅ノ如シ」は、第二中・三五オ5「縦如鳥之左右翅」などの例がある。

○三四オ4　親能申ケルハ幼少ノ昔ヨリ長大ノ今ニ至マテ顕ニ五常ヲタシナミ内ニ武勇ヲ懸タリキ　他本なし。「五常」は、儒教で重視される五種の徳。仁・義・礼・智・信。ここでは、社会的には文官の道を進み、儒学（文）をたしなむ者であったが、実はひそかに武勇をたしなんでいた意。

○三四オ6　尾籠カマシケナルシレ者ニ手ナミ見セム　「尾籠カマシケ」は「おこがましげ」、「シレ者」は「痴れ者」。親能に対して「武の道は知るまい」と嘲った馬鹿者に対して、自分の腕前を見せてやろう、の意。

○三四オ9　是ヲ始トシテ源氏ノ軍兵我劣シト責戦フ　他本なし。〈延〉では、当初は九国勢の奮闘により平家が有利だったが、その後、義盛と家長の遠矢の応酬があり、さらに親能の活躍で源氏も盛り返すというように、源平各々の武士の戦いにより、ここまでは互角の戦いが進んだという流れの叙述か。次節では、成良の返忠などにより、形勢が一気に傾くことになる。

3　重能の裏切・平家敗北

（三四オ）

平家ハ

舟ヲ二三重ニコシラヘタリ唐船ニハ軍兵共ヲ乗セテ大臣殿以下

（三四ウ）

可然人々ハ兵船ニ召テ唐船ニハ〔大〕将軍乗給ヘル由ヲシテ唐船ヲ

責サセテ源氏ヲ中ニ取籠テ討ントハカリ給タリケルヲ阿波民

部成良忽ニ心替シテ返中シテンケレハ四国ノ軍兵百余艘進戦ワス船ヲ指退ク平家怪ヲナス所ニ成良申ケルハ唐船ニハ大将軍ハ乗給ワス兵船ニ召タルソヤ兵船ヲ責給ヘトテ民部大夫カ一類四国者共指合テ後ヨリ平家ノ大将軍ノ　船ヲソ責タリケル平家ノ軍兵周章乱レヌ哀レ新中納言ハ能宣ツル物ヲト大臣殿後悔シ給ヘトモ甲斐ナシ源氏ノ者共イトヽ力付テ平家ノ船ニ漕寄ス乗移〳〵責ケリカヽリケレハ平家ノ船ノ水手梶取櫓ヲ捨カヒヲステヽ船ヲナヲスニ不及一射

（三五オ）

伏ラレ切伏ラレテ船底ニアリ剣ノヒラメク事田《タ》一面《ツラ》ノ雷光ノ如シ虚空ヲ流矢ノ飛事ハ時雨ノ雨ニソ似リケル源氏ハ刀俎《タウソ》ノ如ニテ平家ハ魚肉ニ不異一カク散々ト成ニケレトモ新中納言ハ少モ周章タル気色モシ給ワス女院北政所ナムトノ御船ニ参リ給ヒタリケレハ女房達音々ニイカニ〳〵トアワテフタメキ問給ケレハ今ハトカク申ニ不及

軍ハ今ハカウ候夷共舟ニ乱入候ヌ只今東ノメツラシキ男共御覧候ワンスルコソ浦山敷候ヘ御所ノ御船ニモ見苦物候ハヽ能々取捨サセ給ヘトテ打咲給ヘハカホトノ義ニ成タルニノトカケナル気色ニテ何条ノ戯事ヲ宣ソトテ音ヲ調ヘテヲメキ叫給ヘリ猿程ニ源氏ノ大将軍九郎判官源氏ヨハクミヘテ平家カツニノル心ウク覚テ 八幡大菩薩ヲ

（三五ウ）

拝シ奉給フ其時判官ノ船ノヘノ上ニ俄〔三〕天ヨリ白雲クタル近付ヲミレハ白ハタナリ落付テハイルカト云魚ニナリテ海ノ面ニ〔ウ〕ケリ源氏是ヲミテ甲ヲヌキ信ヲイタシ 八幡大菩薩ヲ拝シ奉リケリ是併大菩薩ノ反化也カヽルホトニ彼ノイルカヲ始トシテ軍ノ最中ニ鮮《イルカ》ト云魚一ムレ飡テ平家ノ舟ニ向テ来タリ大臣殿小博士清基ヲ召テアレハ何ナルヘキソ勘申セト仰給ケレハ清基申ケルハ此鮮飡返リ候ハヽ源氏ノ方ニ疑アリ飡通リ候ハヽ君ノ御方危ク候ヘシト勘申ケルニ此鮮少モ飡返ラス平家ノ船ノ下ヲ通リニケレハ清基

今ハカフ候ソトソ申ケル此ヲ聞給ケル人々ノ御心ノ内押量レテ哀也サコソハ浅猿クモ心憂モ覚シアワレケメ新中納言ハ一門ノ

（三六オ）

人々侍共ノ最後ノ戦セラレケルヲ見給テ殿原ヤ侍共ニ　禁《〔フ〕セカ》セテトク〳〵自害シ給ヘ敵ニ取ラレテ憂名流給ナトソ宣ケル

〔本文注〕

○三四オ10　**乗セテ**　「テ」、「ヲ」にも見える。字形やや不自然。
○三五オ1　**田《タ》-面《ツラ》**　振仮名「タツラ」は別筆の可能性があるか。
○三五オ2　**刀俎《タウソ》**　振仮名「タウソ」は別筆の可能性があるか。なお、「俎」は「組」にも見える字体。
○三五オ10　**覚テ　八幡大菩薩ヲ**　「八」の上、一字分空白。
○三五ウ3　**イタシ　八幡大菩薩**　「八」の上、一字分空白。
○三五ウ4　**鯆《イルカ》**　振仮名「イルカ」は別筆の可能性があるか。
○三五ウ10　**新中納言ハ**　擦り消しの上に書く。抹消された字は不明。
○三六オ1　**禁《〔フ〕セカ》**　振仮名「〔フ〕セカ」は本文と同筆か。三五オ1、2、三五ウ4の振仮名とは印象が異なる。

〔釈文〕

平家は舟を二三重《にさんぢう》にこしらへたり。唐船には軍兵共を乗せて、大臣殿以下、▼三四ウ然るべき人々は兵船に召して、唐船には大将軍乗り給へる由をして、唐船を責めさせて源氏を中に取り籠めて討たんとはかり給ひたりけるを、阿波民部成良、忽ちに心替はりして返忠《かへりちう》してんげれば、四国の軍兵百余艘進み戦はず、船を指し退く。平家怪しみをなす所に、成良申しけるは、「唐船には大将軍は乗り給はず、兵船に召したるぞや。兵船を責め給へ」とて、民部大夫が一類、四国の者共指し合せて後《うしろ》より平家の大将軍の船をぞ責めたりける。平家の軍兵周章《あわて》乱れぬ。「哀れ、新中納言は能《よ》く宣ひつる物を」と、大臣殿後悔し給へども甲斐なし。

源氏の者共いとど力付きて、平家の船に漕ぎ寄す。乗り移り乗り移り責めけり。かかりければ、平家の船の水手《かこ》・梶取《かんどり》、櫓《ろ》を捨てかいをすてて、船をなほすに及ばず、射▼三五オ伏せられ切り伏せられて船底にあり。剣のひらめく事、田面《タツラ》の雷光の如し。虚空を流矢《ながれや》の飛ぶ事は、時雨の雨にぞ似たりける。源氏は刀俎《タウソ》の如くにて、平家は魚肉に異ならず。

かく散々と成りにければ、新中納言は少しも周章《あわて》たる気色もし給はず。女院、北政所なむどの御船に参り給ひたりければ、女房達音々《こゑごゑ》に「いかにいかに」と、あわてふためき問ひ給ひければ、「今はとかく申すに及ばず。軍は今はかう候ふ。夷共舟に乱れ入り候ひぬ。只今東《あづま》のめづらしき男共、御覧候はんずるこそ浦山敷《うらやまし》く候へ。御所の御船にも見苦しき物候はば、能々《よくよく》取り捨てさせ給へ」とて、打ち咲《わら》ひ給へば、「かほどの義に成りたるに、のどかげなる気色にて何条《なんでふ》の戯《ざ》れ事を宣ふぞ」とて、音《こゑ》を調《ととの》へてをめき叫び給へり。

さる程に、源氏の大将軍九郎判官、源氏よはくみへて平家かつにのる、心うく覚えて、八幡大菩薩を▼三五ウ拝し奉り給ふ。其時判官の船のへの上に、俄に天より白雲くだる。近付くをみれば白はたなり。落ち付きては、いるかと云ふ魚になりて、海の面にうけり。源氏是をみて、甲をぬぎ信をいたし、八幡大菩薩を拝し奉りけり。是しかしながら大菩薩の変化《へんげ》也。

かかるほどに、彼のいるかを始めとして、軍の最中に魣《イルカ》と云ふ魚一むれ湌《は》みて、平家の舟に向かひて来たり。大臣殿、小博士清基を召して、「あれは何《いか》なるべきぞ。勘《かんが》へ申せ」と仰せ給ひければ、清基申しけるは、「此魣湌《は》み返り候はば、源氏の方に疑ひあり。湌《は》み通り候はば、君の御方危ふく候ふべし」と勘《かんが》へ申しけるに、此魣少しも湌《は》み返らず、平家の船の下を通りにければ、清基、「今はかう候ふぞ」とぞ申しける。此を聞き給ひける人々の御心の内、押し量られて哀れ也。さここそは浅猿《あさまし》くも心憂くも覚しあはれけめ。

新中納言は一門の▼三六オ人々、侍共の最後の戦ひせられけるを見給ひて、「殿原や、侍共に禁《フセカ》せて、とくとく自害し給へ。敵に取られて憂名《うきな》流し給ふな」とぞ宣ひける。

〔注解〕

○三四オ9　平家ハ舟ヲ二三重ニコシラヘタリ　〈盛〉同（直前に、「源氏ハ大勢也。勝ニ乗テ攻戦。平家ハ小勢也。今日ヲ限ト振舞ケリ」云々とある）。〈長・四・松・南・屋・覚・中〉なし。貴人を乗せたと見せかけている唐船を内側に配し、それを取り囲むように兵船を配したとするか（実際には兵船の一部には貴人が乗り、安全なところに位置したものか）。

○三四オ10　唐船ニハ〔大〕将軍乗給ヘル由ヲシテ唐船ヲ責サセテ源氏ヲ中ニ取籠テ討ントト　唐船を用いた計略は、〈延〉では前段・三〇ウ5に、義経を討ち取るための作戦として、より詳しく記されていた。該当部注解参照。本段では、成良返忠によって暴露されたという形で諸本に記される。〈長〉「唐船には、けしかるものどもを武者につくりて、のせあつめて、兵船には、くきやうの兵をのせて」など、その詳細は〈延〉前段と同内容。記載位置は、〈延〉は比較的早く、互角だった戦いが、これによって一気に傾いたという印象が強いが、他本では白旗の奇瑞の後で記され、また、イルカ出現より後に記されることも多いので、そうした霊験・奇瑞の方が印象が強いといえようか。

○三四ウ2　阿波民部成良忽ニ心替シテ返中シテンケレハ四国ノ軍兵百余艘進戦ワス船ヲ指退ク　「返中」は「返忠」が良い。成良の返忠により、四国勢はまず退き、続いて逆に平家を攻めたとする（次々項）。成良の返忠は、〈延〉では、唐船の計略暴露と四国勢の反転とが一体となった形で語られるわけである。〈盛〉も同様で、四国勢は一旦「平家強ラバ源氏ヲイン、源氏勝色ナラバ平家ヲ射」という日和見的態度に変わった後、次々項該当部で明確に平家への攻撃に転換したとする。〈屋〉は、白旗・イルカの奇瑞の後に、「(成良は) 忽心替シテ赤録シ切捨テ、源氏ノ方ヘゾ付ニケル」と簡略に記すが、成良が軍兵と共に源氏に寝返ったと読めよう。一方、〈長〉では唐船の計略暴露のみで、四国勢の反転は記されない。また、〈四・松・中〉は、四国勢の反転と唐船の計略暴露を分けて記し、「白旗の奇瑞↓四国勢の反転↓イルカの奇瑞↓唐船の計略暴露」の順で記す。〈松〉の場合、四国勢の反転を記した後に遠矢の記事を置き、伊予の新居紀四郎が平家方で戦っている姿を描くのは不審。〈南・覚〉では、白旗・イルカの奇瑞の後に成良の変心と唐船の計略暴露を記し、その後、「さる程に、四国・鎮西の兵ども、みな平家をそむいて源氏につく」（〈覚〉）とする（この文は〈屋・中〉にもあり）。この場合、四国勢ではなく「四国・鎮西」とするため、成良返忠との関係は不分明で、白旗奇瑞以降の形勢を見て、平家方の兵がすべて裏切ったという記述に読める。壇浦合戦の形勢が、成良返忠によって決定したという読解は、〈延・盛〉において最も明確に成り立つというべきか。

○三四ウ4　成良申ケルハ唐船ニハ大将軍ハ乗給ワス兵船ニ召タルソヤ兵船ヲ責給へ　唐船計略の暴露を、成良自身の言葉として描く点、〈盛・屋・中〉も同様。〈盛〉では使者を立てて伝えたと、より具体的に記す。〈中〉では、成良が、「たうせんをないそ、矢だうなに、よき人ものらぬぞ、ひやうせんにかゝれ」と下知したとする。〈長・四・松・南・覚〉では、成良の返忠の結果、計略が露顕したとするのみ。

○三四ウ5　民部大夫カ一類四国者共指合テ後ヨリ平家ノ大将軍ノ　船ヲソ責タリケル　前々項注解に見たように、四国勢が反転して平家を攻めたとする記述は、〈延・盛・四・松・中〉にあり、〈南・屋・覚〉では曖昧、〈長〉なし。「後ヨリ」大将軍の船を攻めたとする点は、他本になし。〈盛〉「漕寄ツヽ、指合テ平家ヲ射」。〈延〉の場合、成良勢は第二陣、平家の公達は第三陣とされていた（三三オ1）。その意味では「後ヨリ」はやや不審だが、〈長〉「四国のものども、源氏と一になりて、平家を中にとりこめて、さん〴〵に射」も、類似の状況か。

○三四ウ7　哀レ新中納言ハ能宣ツル物ヲト大臣殿後悔シ給ヘトモ甲斐ナシ　宗盛の後悔を描く点、〈盛・四・松・覚〉同様（〈四・松〉は四国勢反転の後）。〈長〉は、後悔する主体を「人々」とする。〈南〉は知盛自身が後悔したとする。〈屋・中〉なし。

○三四ウ8　源氏ノ者共イトヽカ付テ平家ノ船ニ漕寄ス乗移〳〵責ケリ　源氏の軍兵が平家の船に乗り移ったという記述は、〈盛・四・松・覚〉同様。〈長・南・屋・中〉では、〈長〉「兵船にをしよせて、水手・梶取どもを射ふせ、切ふせければ、舟をなをすにをよばず」などとあるが、乗り移ったという点は明瞭ではない。

○三四ウ9　カヽリケレハ平家ノ船ノ水手梶取櫓ヲ捨カヒヲステヽ船ヲナヲスニ不及一射伏ラレ切伏ラレテ船底ニアリ　諸本基本的に同様。〈松〉は、この後に、「串崎ノ者ドモ」が、満潮を見計らって攻めるように進言し、十七艘の舟で案内を務め、平家の逃亡を防いだので、後に公事免除の下文を賜ったとする独自記事あり。「串崎」は、下関市長府、関門海峡の北東端にあたる岬。本段冒頭三一オ4～注解に見たように、金指正三は、「船舶の構造上、無防備のところにいた漕手をまず倒して、船の機動力を失わせ、戦列の混乱に乗じて攻撃した一種の奇襲戦法」を、源氏の勝因と想定する。しかし、水夫への攻撃は『平家物語』諸本のみに見えるが、『平家物語』諸本では、これは成良の返忠などによって源氏が圧倒的優勢になった結果であり、源氏勝利の原因として描かれているわけではない。さらに、「射伏ラレ切伏ラレテ」とはあるものの、前項注解に見たように、〈延・盛・四・松・覚〉では、源氏の軍兵が平家の船に乗り移って水手・梶取を殺害したとする。従って、「漕手をまず倒した」という想定自体、根拠のないものである。なお、海戦において、非戦闘員である水夫を攻撃しないというルールが存在したかどうかについては未詳。

○三五オ1　剣ノヒラメク事田《タ》面《ツラ》ノ雷光ノ如シ虚空ヲ流矢ノ飛事ハ時雨ノ雨ニツ似リケル　他本なし。「田面」の訓は「たのも」でも良いか。『名語記』巻九に「電光ニアタリテ、稲ハハ、クムト云」とあり、雷と稲田は結びつけられていた。「世の中を何にたとへむ秋の田をほのかにてらす宵の稲妻」（『順集』一二五、『宝物集』巻二）。なお、刀剣が光に反射するのを稲光に喩える事例は、『太平記』一七「京都両度軍事」の「五条河原ヨリ軍始テ、射ル矢ハ雨ノ如ク、剣戟電ノ如シ」、延宝本『梅松論』上「剣戟のひらめきけるは電りのごとし」など多い。大量の矢を雨に喩える例は、三一オ7にも見えた。

○三五オ2　源氏ハ刀俎《タウソ》ノ如ニテ平家ハ魚肉ニ不異一　他本なし。『史記』項羽本紀の鴻門の会で、樊噲が沛公に退出を勧める言葉「如今人方為二刀俎一、我為二魚肉一、何辞為」によるか。

○三五オ3　新中納言ハ少モ周章タル気色モシ給ワス　〈四・松・屋〉に同様の描写あり。〈長・盛・南・覚・中〉には該当文がないが、以下の記述から見て冷静な態度であることは同様だろう。

○三五オ5　今ハトカク申ニ不及軍ハ今ハカウ候夷共舟ニ乱入候ヌ只今東ノメツラシキ男共　御覧候ワンスルコソ浦山敷候へ　同様の言葉は諸本に見られるが、〈長・南・屋・覚・中〉は船掃除の件（次項注解参照）を先に記す。また、「浦山敷候へ」は、他本なし。「御覧候ワンスル」は、男女が会う、つまり情交を意味する言葉だろう。高木信は、「ここでは性的陵辱行為を指しているのだろう」と指摘する。特に〈延〉の場合、「浦山敷候へ」は、深刻な事態を男女の平和な色事と同じように言ってみせたきわどい冗談と解されよう。石母田正は、「平家物語の作者は、この知盛の笑い声に、運命を見とどけたものの爽快さを響かせている」としたが、「爽快」という理解には再考の余地があろう。大津雄一は、「女たちを恐れさせないための配慮、あるいは何もできなかったことへの自嘲、それとも重い責任感からの解放感」などの可能性を提示する。

○三五オ7　御所ノ御船ニモ見苦物候ハヽ能々取捨サセ給へ　いわゆる知盛船掃除は、〈長・盛・松・南・屋・覚・中〉あり、〈四〉なし。但し、〈延・長・屋〉では掃除ないし見苦しいものの廃棄を指示するだけだが、〈盛・南・覚・中〉は、〈盛〉「手自舟ノ掃除シテ」、〈覚〉「ともへにはしりまはり、はいたりのごうたり、塵ひろい、手づから掃除せられけり」のように、自ら掃除したとする。〈松〉は「艫舳ニ走回リ下知」したとあり、両者の中間的な形。記事の位置は、〈盛〉は〈延〉に同、〈長・松・南・屋・覚・中〉では前項の戯言の前。船掃除は、佐藤信彦によって「清浄な美しさを欲してゐる」ものとされ、石母田正も、運命を見届けた人としての知盛像を示すとする。だが、田村睦美は、知盛の行為には、自害や逃亡の前に自邸を焼き（自焼）、あるいは掃除をする武士達の一般的な行動と共通するものがあるととらえ、武士らしい名誉意識を読み取れると考える。あるいは、前項の「メツラシキ男共」を受け入れる準備という読み方もできようか。

○三五オ8　カホトノ義ニ成タルニノトカケナル気色ニテ何条ノ戯事ヲ宣ソトテ音ヲ調ヘテヲメキ叫給ヘリ　知盛に対する女房達ノ反応は、諸本基本的に同様。〈延・盛〉では直接的には前項の船掃除指示を受けると読めるが、「戯事」は、前々項の「メツラシキ男共」発言も含むと読むべきだろう。〈長・四・松・南・屋・覚・中〉では、直前に「男共」発言が位置する。

○三五オ9　猿程ニ源氏ノ大将軍九郎判官源氏ヨハクミヘテ平家カツニノル　類似の文は、〈長・盛・四・松〉に見られ、いずれも、白旗の奇瑞を語る記事に続く。〈長〉は、冒頭の九国勢の攻勢の後、イルカの記事に続けて「はうぐはんは、射しろまされて、いかゞあるべきとおもひわづらひ給けるに」とある。〈盛〉も、九国勢の攻勢の後に、義経が「軍負色ニ見エケレバ」、八幡大菩薩に祈ると、それに応えて白鳩が飛来し、白旗が下りてきたとする。〈松〉も〈盛〉に近い位置で、「判官ハ矢合ニ射白マサレテ、今度ノ軍イカヾ有ベキト思ハレケルニ」、鳩が飛来、白旗が下りてきたとする。〈長・盛・松〉では、開戦直後の平家の攻勢により源氏が不利に陥ったが、それを挽回するといった位置づけで白旗の奇瑞が語られ、その冒頭にこうした文がある（壇浦合戦全体における白旗奇瑞記事の位置については、本段冒頭・三一オ4〜注解の対照表参照）。また、〈四〉は遠矢の後、源氏の先陣が射白まされ、船が後退して「有ス如何カ」と思うところに、白旗が下りてきたとする。〈延〉も白旗・イルカの奇瑞に接続する点は同様だが、成良返忠の後、源氏の兵が平家の船に乗り移り、知盛の戯言まで語った後に「源氏ヨハクミヘテ平家カツニノル」とするのは不可解である。本来は、〈長・盛・松〉と同様の位置、三三オ7あたりに置いていた文と見られるが、改編の結果、拙劣な構成になったものか。なお、白旗奇瑞の冒頭は、〈南・覚〉では、遠矢の後、源平互角の状況を受けて、「されども、平家の方には、十善帝王、三種の神器を帯してわたらせ給へば、源氏いかゞあらんずらんとあぶなうおもひけるに」（〈覚〉）のように語られる。〈屋・中〉も同様の位置で、〈屋〉「サル程ニ、源平乱合テ数刻戦ニ…」、〈中〉「こゝに白雲一むら…」と、源氏の不利という認識は示さずに語られる。

○三五オ10　心ウク覚テ　八幡大菩薩ヲ拝シ奉給フ　白旗の奇瑞を義経の八幡大菩薩祈念の結果とするのは、他に〈盛〉「塩瀬ノ水ニ口ヲ漱、目ヲ塞テ合レ掌、八幡大菩薩ヲ祈念シ奉ル」。〈長・四・松・南・屋・覚・中〉では祈念はなく、突然白旗が舞い降りてきたと描く。

○三五ウ1　判官ノ船ノヘノ上ニ俄〔ニ〕天ヨリ白雲クタル近付ヲミレハ白ハタナリ　当初白雲かと見えたが、実は白旗であったとする点、〈長・四・松・南・屋・覚・中〉同様。但し、〈松〉では、まず白鳩二羽が飛来し、義経の船の旗に止まった後、白旗が下る。〈盛〉では、白鳩の飛来の後、黒雲がたなびき、雲の中から白旗が下りてくる。また、〈屋・中〉では、旗は再び空へ上がったとする。『吾妻鏡』元暦二年四月二十一日条所載の、鎮西からの梶原景時の書状に、「次白鳩二羽、翻二舞于船屋形上一、当二其時一平氏ノ宗ノ人々入二海底一。次周防国合戦之時、白旗一流出二現于中虚一。暫見二御方軍士眼前一ニ。終ニ収二雲膚一畢」とある。また、『八幡愚童訓』甲本に、「鎌倉ノ前右大将、平家ノ悪逆ヲ誅シ、仏神王民ヲ助ント、八幡大菩薩ヲ一心ニ憑マヒラセ給ケレバ、初度ノ打手ヲバ、水鳥ニ鳩交リテ追帰ス。結句ノ合戦ニハ、白旗天ヨリ下リ山鳩空ニ翔ケリ」と見える。弓削繁91は、これらの記述から、『平家物語』諸本が白旗の奇瑞しか記さないのに、鳩にも言及する『八幡愚童訓』の背景には、『吾妻鏡』や〈盛〉に近いテキストの存在が考えられると指摘する。また、鈴木彰は、弘安の役で、「柴ノ幡」が天上に翻ったとする延慶二年（一三〇九）六月付「肥前武雄社大宮司藤原国門申状案」（『鎌倉遺文』二三七二一）との類似を指摘する。

○三五ウ2　落付テハイルカト云魚ニナリテ海ノ面ニ〔ウ〕ケリ　旗がイルカになったとする記述は他本になし。また、『吾妻鏡』などにも見られない独自の形である。なお、イルカの記事は、〈延・南・屋・覚・中〉では白旗の奇瑞の直後にあるが、〈長・盛・四・松〉では白旗記事とは離れており、〈長〉では白旗の方が後に位置する(三一オ4～注解参照)。三五オ9注解に見たように、〈延〉では白旗奇瑞記事の位置にも改編があると考えられ、次に見るイルカの奇瑞と合併した独自の作為と見るのが妥当か。

○三五ウ2　源氏是ヲミテ甲ヲヌキ信ヲイタシ　八幡大菩薩ヲ拝シ奉リケリ是併大菩薩ノ反化也　「反化」は「変化」。源氏の軍兵がこれを拝したとする点は、基本的に同様。〈盛〉は合掌、〈四〉は奉幣、〈南・屋・覚〉は手水うがいをしたと記す。なお、名波弘彰は、この記事を、宗廟神たる八幡神が平家の擁する安徳天皇を見限ったことを意味すると読む。

○三五ウ4　カヽルホトニ彼ノイルカヲ始トシテ軍ノ最中ニ鯐《イルカ》ト云魚一ムレ飡テ平家ノ舟ニ向テ来タリ　「鯐」は、『伊京集』に「イルカ」の訓あり。「彼ノイルカ」は、前々項に見た、白旗の変化したイルカの意であろう。そのイルカが、他のイルカと共に群をなして来た意。「イルカ」は、〈南・覚・中〉同。〈長〉「鯨」、〈盛・松〉「海鹿」、〈四〉「云フ鰒《フカ》魚」、〈屋〉「鯆」（「イルワ」の振仮名があるが別筆か）。〈盛〉「海鹿ト云大魚、二三百モヤアルヤラン、塩フキ立テ食テ来ル」〈松〉は傍線部「荒塩立テ」という描写からは、鯨のようにも見える。〈四〉は「フカ」と付訓があるが、「フカ」〈鮫〉では、「喰ミ返リ」といった描写にはそぐわない〈四部本全釈〉。「飡」は〈名義抄〉に「ハム」の訓あり。「はむ」は、イルカなどが呼吸するために海面で口を開閉するさま。諸本は概ね、イルカまたは鯨と認識していると言って良いだろう。なお、数を、〈盛・松〉「二三百」、〈南・屋・覚〉「二千」、〈中〉「三千ばかり」とする。〈長・四〉不記。

○三五ウ5　小博士清基ヲ召テ　占いを任された人物を「小博士」とする点は、〈長・盛・四・南・覚・中〉同様。〈長〉は「小博士」のみだが、その他は名を記す。〈盛〉「安倍晴延」、〈四〉「信明」、〈南〉「晴延」、〈覚〉「晴信」、〈中〉「はるのぶ」。〈松〉「安部ノ晴延」、〈屋〉「晴延ト云陰陽師」。〈延〉

では一四オ2でも「小博士清基」を登場させていた。該当部注解参照。

○三五ウ6　此鯆飡返《リ》候ハヽ源氏《ノ》方《ニ》疑《アリ》飡通《リ》候ハヽ君《ノ》御方危《ク》候ヘシ　諸本基本的に同内容。〈長〉は結果を平家軍の視点から、「飡かへらば、御方御よろこびなり。飡通ぬるものならば御方御大事、たゞ今にあり」とする。「疑《アリ》」は〈盛〉同。「疑」は、怪しさ、不審、懸念などの意であろう。

○三五ウ8　此鯆少《モ》飡返ラス平家《ノ》船《ノ》下ヲ通リニケレハ　諸本基本的に同様。イルカのこうした動きが何故不吉なのかは未詳。山本唯一は、魚類が船の下を通るのは坤下乾上の否の卦で破滅の相であるという。

○三五ウ9　此《ヲ》聞給ケル人々《ノ》御心《ノ》内押量レテ哀也サコソハ浅猿《クモ》心憂《モ》覚《シ》アワレケメ　〈長〉やや簡略。〈盛〉「人々声ヲ立テゾオメキ給フ」。〈四・松・南・屋・覚〉は人々の反応を記さない。〈中〉は、これによって宗盛も知盛も今日を最期と知ったとする。

○三六オ1　殿原ヤ侍共《ニ》禁《〔フ〕セカ》セテトク〳〵自害シ給ヘ敵《ニ》取ラレテ憂名流給ナ　知盛の言葉。他本なし。知盛は最後まで家の名誉を重んじ、一門の人々には源氏に討たれる前に自害するよう勧奨する。小林美和95は、〈延〉の知盛は自らを武士として明瞭に位置づけていると指摘する。

4　先帝入水

（三六オ）

二位殿ハ

今ハカウト思ワレケレハネリハカマノソハ高挟《ミテ》先帝《ヲ》負奉《リ》

4 帯ニテ我御身ニ結合奉テ宝剣ヲハ腰ニサシ神璽ヲハ脇ニ

5 ハサミテ鈍色ノ二衣打カツキテ今ハ限ノ船ハタニソ臨マセ給ケル先

6 帝今年ハ八ニ成給ケルカ折シモ其日ハ山鳩色ノ御衣ヲ被召タリ

7 ケレハ海ノ上ヲ照シテミヘサセ給ケリ御年ノ程ヨリモネヒサセ給テ御

8 貝ウツクシク黒ッユラ／＼トシテ御肩ニスキテ御背ニフサ／＼トカ

9 ヽラセ玉ヘリ二位殿カクシタヽメテ御船ハタニ臨マレケレハアキレタル御気

10 色ニテ此ハイツチヘ行ムスルソト仰有ケレハ君ハ知食サスヤ穢土ハ心憂

1 所ニテ夷共カ御舟ヘ矢ヲ進ラセ候トキニ極楽トテヨニ目出キ所ヘ具シ進セ

2 候ソヨトテ王城ノ方ヲ伏拝給テクタカレケルコソ哀ナレ 南無

3 帰命頂礼天照大神正八幡宮慴ニ聞食セ吾君十善ノ戒行限

4 リ御坐セハ我国ノ主トナサセ給タレトモ未幼クオワシマセハ善悪ノ政

5 ヲ行給ワス何ノ御罪ニ依テカ百王鎮護ノ御誓漏サセ給ヘキ今カヽル

6 御事ニ成セ給ヌル事併ラ我等カ累葉一門万人ヲ軽シメ朝家ヲ忽

緒シ奉雅意ニ任テ自昇進ニ驕シ故也願ハ今生世俗ノ垂迹
三摩耶ノ神明達賞罰新ニオワシマサハ設今世ニハ此誠ニ沈ムトモ来
世ニハ大日遍照弥陀如来大悲方便廻シテ必ス引接シ玉ヘ
　今ソシルミモスソ川ノ流ニハ浪ノ下ニモ都アリトハ

（三七オ）

〔ト〕詠シ給テ最後ノ十念唱ツヽ波ノ底ヘソ被入一〔二〕ケル是ヲ見奉給テ
国母建礼門院ヲ始奉テ先帝ノ御乳母帥典侍大納言典侍以下ノ
女房達声ヲ調テヲメキ叫給ケレハ軍ヨハヒニモ不劣ケリ悲哉無常
ノ暴風花ノ貞ヲ散シ奉リ恨哉分段ノハケシキ波玉体ヲ奉沈メ一
事ヲ殿ヲハ長生ト名テ長キ栖ト定メ門ヲハ不老ト号シテ老セヌ門ト祝キ
河漢ノ星ヲ宝算ニ喩ヘ海浜ノ砂ヲ治世ニヨソヘ奉リシカトモ雲
上ノ龍降テ海底ノ鱗ト成給ニケル御身ノハテコソ悲ケレ十善帝王
之御果報申モ更ニ愚也大梵高台之閣ノ上釈提喜見ノ宮ノ中
古ヘハ槐門棘路ニ連テ九族ヲ営レ今ハ船中波底ニ御命ヲ一時ニ

失ヒ給フソ哀ナル二位殿ハ深ク沈テ不見給ハ一

〔本文注〕

○三六オ6　**山鳩色**　「色」は字体不審。重ね書き訂正があるか。

○三六ウ1　**夷共カ御舟ヘ**　「御舟」は書き損じて重ね書き訂正か。

○三六ウ2　**哀ナレ　南無帰命頂礼**　「南」の上、一字分程度空白。

○三七オ6　**宝算**　「算」、〈吉沢版〉〈汲古校訂版〉同、〈北原・小川版〉「籌」。

○三七オ9　**船中波底ニ**　「船」、旁の「公」の部分、書き損じて重ね書き訂正か。

〔釈文〕

二位殿は「今はかう」と思はれければ、ねりばかまのそば高く挟みて、先帝を負ひ奉り、帯にて我御身に結《ゆ》ひ合はせ奉りて、宝剣をば腰にさし、神璽をば脇にはさみて、鈍色《にぶいろ》の二衣《ふたつぎぬ》打かづきて、今は限りの船ばたにぞ臨ませ給ひける。

先帝、今年は八《やつ》に成らせ給ひけるが、折しも其日は山鳩色の御衣を召されたりければ、海の上を照らしてみえさせ給ひけり。御年の程よりもねびさせ給ひて、御皃《かほ》うつくしく、黒くゆらゆらとして御肩にすぎて、御背にふさふさとかからせたまへり。二位殿かくしたためて、船ばたに臨まれければ、あきれたる御気色にて、「此はいづちへ行かむずるぞ」と仰せ有りければ、「君は知食《しろしめ》さずや、穢土《ゑど》は心憂き▼[三六ウ]所にて夷共が御舟へ矢を進《まゐ》らせ候ふ。ときに極楽とて、よに目出《めで》たき所へ具し進《まゐ》らせ候ふぞよ」とて、王城の方を伏し拝み給ひて、くだかれけるこそ哀れなれ。「南無帰命頂礼、天照大神、正八幡宮、慥《たし》かに聞こし食せ。吾が君十善の戒行限り御坐せば、我国の主《あるじ》と生まれさせ給ひたれども、未だ幼くおはしませば、善悪の政《まつりごと》を行ひ給はず。何の御罪に依つてか、百王鎮護の御誓ひに漏れさせ給ふべき。今かかる御事に成らせ給ひぬる事、しかしながら我等が累葉一門、万人を軽しめ、朝家を忽緒《こつしょ》し奉り、雅意に任せて自ら昇進に驕りし故也。願はくは今生世俗の垂迹、三摩耶の神明達、賞罰新たにおはしまさば、設《たと》ひ今世には此の誡めに沈むとも、来世には大日遍照弥陀如来、大悲方便廻《めぐ》らして必ず引接《いんぜふ》し玉へ。

　今ぞしるみもすそ川の流れには浪の下にも都ありとは

三七オ▼と詠じ給ひて、最後の十念唱へつつ、波の底へぞ入られにける。

是を見奉り給ひて、国母建礼門院を始め奉りて、先帝の御乳母・帥典侍、大納言典侍以下の女房達、声を調《ととの》へてをめき叫び給ひければ、軍よばひにも劣らざりけり。悲しき哉《かな》、無常の暴風、花の皃《かんばせ》を散らし奉り、恨めしき哉《かな》、分段のはげしき波、玉体を沈め奉る事を。殿をば「長生」と名づけて長き栖と定め、門をば「不老」と号して老いせぬ門と祝ひき。河漢の星を宝算に喩《たと》へ、海浜の砂を治世によそへ奉りしかども、雲上の龍降りて海底の鱗《いろくづ》と成り給ひにける、御身のはてこそ悲しけれ。十善帝王の御果報、申すも更に愚か也。大梵高台の閣の上、釈提喜見《しやくだいきけん》の宮の中、古《いにしえ》は槐門棘路《くわいもんきよくろ》に連なりて九族を営まれ、今は船中波底に御命を一時に失ひ給ふぞ哀れなる。二位殿は深く沈みて見え給はず。

〔注解〕

○三六オ2　二位殿ハ今ハカウト思ワレケレハ…　二位殿時子が入水を決意する場面は諸本に見られるが、決意のきっかけは、〈延・長・四・松・南・屋・覚・中〉では知盛の発言（但し、〈延〉以外の諸本では船掃除と戯言だが、〈延〉では前節末・三六オ1の自害を促す言葉）。一方、〈盛〉では、イルカの出現に対する小博士の判断の直後に置き、二位殿は、宗盛が清盛の実子ではなく、唐笠法橋の子であると告白した後、入水に向かう。以下、本節は、先帝入水場面。〈延〉では、大原御幸場面における建礼門院の回想による語り（第六末・七二オ7以下）と重なる面がある。但し、第六末該当部は、建礼門院が二位殿の命により生きのびたとする点で、本段とは重要な相違を含む。本段の記述と建礼門院の語りの重複は、他諸本にも見られるが、〈覚〉の巻一一と灌頂巻「六道之沙汰」における地獄道の語りとの間で、特に顕著である。生形貴重88ｂは、二つの場面の記事を、本来同一の素材に基づいたものと考え、「先帝入水伝承」の存在を想定した。一方、佐伯真一96は、建礼門院の語りについて、〈延〉や〈覚〉の女院回想記事は『閑居友』下・八と重なる「安徳天皇追憶の語り」に淵源があると見た。第六末・七二オ7以下の注解参照。

○三六オ3　ネリハカマノソハ高挟ミテ先帝ヲ負奉リ帯ニテ我御身ニ結合奉テ　二位殿の姿は、諸本基本的に同様。「ネリハカマ」（練袴）は、〈四・松・南・屋・覚・中〉同。練絹で作った袴。生袴（きのはかま）に対していう〈日国〉。〈長〉「鈍色の二衣に、はかまのそばとりてはさみ」、〈盛〉「練色ノ二衣引纏、白袴ノソバ高ク挟テ」。また、先帝を「負」ったとする点、他諸本は抱いたとする。帯で我が身に結びつけたとする点は、〈長・盛・四・松・屋・中〉同。〈南・覚〉はこれを欠くが、次項のように宝剣・神璽をも持ったとすると、先帝は体に結びつけたとするのが自然か。なお、時子が先帝を抱いて入水したとする記述は、『愚管抄』巻五や『六代勝事記』、『百練抄』文治元年三月二十四日条、『東寺長者補任』文治元年条などにも見られるが、『吾妻鏡』元暦二年三月二十四日条には、「二品禅尼持二宝剣一、按察局奉レ抱二先帝一〈春秋八歳〉。共以没二海底一」とあり、按察局が先帝を抱いたとする点は、『保暦間記』も同様。按察局は、教盛の妻であったかとされる（角田文衞）。真相は不明だが、角田文衞は、『愚管抄』や『平家物語』が信憑性のある情報を伝えていると見る。一方、栗山圭子14は、『平家物語』には、平家のゴッドマザーとしての時子の存在を印象的に描き出そうとする意図があるかとする。

○三六オ4　宝剣ヲハ腰ニサシ神璽ヲハ脇ニハサミテ　時子が宝剣・神璽を伴って入水したとする点は、諸本同様。『愚管抄』や『保暦間記』も同様であり、『吾妻鏡』は宝剣を持って入水したとする（前項注解参照）。

○三六オ5　鈍色ノ二衣打カツキテ　〈四・長・南・屋・覚・中〉同様。〈盛〉は「練色」（薄い黄色）、〈松〉は「緑色」の二衣とする。「鈍色」は濃い灰色。「二衣」は「袿を二枚重ねたもの」〈日国〉で、「貴人の女性の褻の装束として、尊貴・上臈の袿姿」（斎藤慎一74）とされる。

○三六オ5　先帝今年ハ八ニ成セ給ケルカ　諸本同様。安徳天皇は治承二年（一一七八）生。なお、八歳という年齢は、後の記事で八岐大蛇に関連づけられる（五一ウ1以下参照）。

○三六オ6　折シモ其日ハ山鳩色ノ御衣ヲ被召タリケレハ海ノ上ヲ照シテミヘサセ給ケリ　「山鳩色」の御衣は、〈南・覚〉同様、〈松〉「鳩《ヤマバト》色」。〈長・盛・四・屋・中〉なし。山鳩色は「黄色に青味のかかった色。麹塵《きくじん》」〈日国〉。『閑居友』下・八話は「青色の御衣」とする。近藤好和07によれば、天皇の日常の袍の色であり、ブルーではなく、紫根と刈安という黄色の染料を混ぜて染めた黄緑に近い色であるという。

○三六オ7　御年ノ程ヨリモネヒサセ給テ御皃ウツクシク　安徳天皇が年齢よりも大人びて美しいと行った描写は、〈盛・四・南・覚〉同様。〈長〉は女院の入水失敗などを記した後で、「先帝、御年のほどよりも、おとなしくこびさせ給ひて」と描く。〈松〉は「御歳ノ程ヨリモ幼クアテヤカニ厳ク」とするが、「幼ク」は不審。〈屋・中〉「御歳ノ程ヨリモ遙ニヲトナシク」（〈屋〉）。

○三六オ8　黒クユラ〳〵トシテ御肩ニスキテ御背ニフサ〳〵トカヽラセ玉ヘリ　「黒ク」の上に「御髪」の脱があろう。〈四〉「御髪黒クシ由良々々トシテ過キ御肩御背中《セカ》懸リ房々《サ》」が最も近いか。〈盛〉「御髪黒クフサヤカニシテ、御背ニ懸給ヘル」。〈松・屋・覚・中〉もこれらに近い。〈南〉「御髪《グシ》黒クチウ〳〵トシテ」の「チウ〳〵」は、漢語で垂れ下がる様をあらわす擬態語「沖沖」か。〈長〉は女院の入水失敗などを記した後に、「御すがたいつくしく、御すがたかみも、ゆら〳〵として御かたすぎ、せなかにふさ〳〵とかゝらせ給たり」と記す。〈覚〉の場合、この後に「びんづらゆはせ給て」とあることとの関係が問題とされる。「びんづら」は「みづら」。「頭の中央から髪を左右に分け、耳のあたりで輪になるように緒で結び耳の前に垂らしたもの」〈角川古語〉。〈全注釈〉は、「びんづら」を結ったとしながら髪が背にかかるというのは矛盾であると指摘したが、斎藤慎一77は、京都栗棘庵の童子八幡神像を、「豊かな髪を、両耳の辺りでわけ」る「みづら」姿でありながら、「優優として御せなかをすぎる」姿であるとして、この場面の安徳天皇の姿を髣髴させるものとする。同時に、「みづら」姿は神仏の化現を象徴すると見る。一方、生形貴重78は、矛盾とする点については〈全注釈〉説を採りつつ、神仏化現の姿という点では斎藤説を採って、『平家物語』は日常性を越えた芸術性を獲得しているとする。『閑居友』下・八話では、「今上は何心もなく、振り分け髪にみづら結ひて」と語られる。これによれば、安徳天皇は「振り分け髪」で「みづら」も結っていたわけで、後ろ髪が背にかかっていたとしても、特におかしくはないだろう。

○三六オ9　二位殿カクシタヽメテ船ハタニ臨マレケレハ　「船ハタニ臨マレ」は三六オ5と重複。〈四〉も「二位殿是ク摚《シタヽ》メ臨ミ下ヘ船艫」と、ほぼ同文があるが、このあたり、構成が混乱している。〈長・盛・南・屋・覚・中〉は、「カクシタヽメテ」の該当語はなし。「カクシタヽメテ」の内容は、安徳天皇を体に結びつけ、宝剣を差し、神璽を脇に挟むなどをいうのだろう。

○三六オ9　アキレタル御気色ニテ　状況が把握できずに茫

然とする安徳帝の姿。〈四・松・南・屋・覚〉同。〈盛〉「御心迷タル御気色ニテ」。〈長・中〉なし。

〇三六オ10　此《ハ》イツチへ行ムスルソ　諸本ほぼ同様。作品中に記される安徳天皇の言葉はこれが唯一か。

〇三六オ10　君《ハ》知食《サスヤ》穢土《ハ》心憂所《ニテ》夷共《カ》御舟《ヘ》矢《ヲ》進ラセ候トキニ極楽トテヨニ目出《キ》所へ具《シ》進《セ》候ソヨ　〈盛〉も、敵兵が矢を射かけることに触れるが、「兵共ガ御舟ニ矢ヲ進候ヘバ、別ノ御船へ行幸ナシ進セ候」とする。〈南・覚・中〉は、「この国は心うきさかゐにてさぶらへば」（〈覚〉）という理由で浄土へ行くとする（〈南・覚〉はさらにその前に記事あり―次項注解参照）。〈長・四・松・屋〉は極楽浄土へ行くと言うのみ。なお、〈延〉の「進ラセ候トキニ」は、原因・理由を示す「トキニ」の用法。

〇三六ウ2　王城《ノ》方《ヲ》伏拝給《テ》　〈南・覚〉は、東に向って伊勢大神宮を拝し、西方浄土を望んで西に手を合わせたとする。また、〈覚〉は前世の果報が尽きたことなども述べ、詳細（次項注解参照）。〈長・盛・四・松・屋・中〉なし。

〇三六ウ2　南無帰命頂礼天照大神正八幡宮慥《ニ》聞食《セ》…　以下、三六ウ9「大悲方便廻シテ必ス引接シ玉へ」まで、〈延〉独自記事。但し、〈覚〉には「先世の十善戒行の御ちからによ(ッ)て、今万乗のあるじと生れさせ給へども、悪縁にひかれて、御運既につきさせ給ひぬ」との言葉があり、次項に多少類似するが、安徳天皇に言い聞かせるものであり、神に問いかけて自答する〈延〉の言葉とは別のものといえよう。「天照大神正八幡宮」に呼びかけることについて、名波弘彰は、八幡と天照大神を二所宗廟神とする観念が見られると指摘する。

〇三六ウ3　吾君十善《ノ》戒行限リ御坐セハ我国《ノ》主《ト》生サセ給タレトモ未幼《ク》オワシマセハ善悪《ノ》政ヲ行給ワス何《ノ》御罪《ニ》依《テカ》百王鎮護《ノ》御誓《ニ》漏サセ給へキ　〈延〉独自記事（前項注解参照）。大原御幸における建礼門院の語りにも、「先帝《ハ》神武八十代之正流《ヲ》受《テ》十善万機《ノ》位《ヲ》践給ナカラ齢未幼少《ニ》マシ〳〵シカハ天下ヲ自治《ル》事モナシ何《ノ》罪《ニ》依テカ忽《ニ》百皇鎮護《ノ》御誓《ニ》漏《レ》給《ヌル》ニヤ」（第六末・七三オ10～七三ウ3）とあり、本項と重なる。「十善《ノ》戒行」は、前世で十の戒を完全に守ったことにより、現世で帝王に生まれた果報の意。「百王」は、本来は百という実数ではなく、多数の王をいう語だったが、末法思想の流行と共に「百」という限定的な数を意味する百王思想が流行するようになった（第二本・五オ6、第三末・四七オ3注解参照）。ここでは、神が代々の天皇を守る意で、どちらとも断定できない。生形貴重83は、「一門の滅びを物語る」ことが同時に「安徳帝には何の罪もない」という主張であることを、「廃帝物語の構想」と呼ぶ。名波弘彰は、八幡大菩薩が安徳帝の「御罪」をとがめ「百王鎮護ノ御誓」から排除するという神意発動があったと解すると共に、「八幡大菩薩百王鎮護の本誓を体現する源頼朝像」が慈円の内部に理想像としてあり、頼朝寿祝型に向かう〈延〉の終局部構想に、慈円による「武士大将軍」の思想が影響していると主張する。

〇三六ウ5　今カヽル御事ニ成セ給ヌル事併ラ我等カ累葉一門万人ヲ軽シメ朝家ヲ忽緒シ奉雅意ニ任テ自昇進ニ驕シ故也　安徳天皇の悲運の原因を平家一門の悪行に求める論理。前項注解に見たように、〈延〉では建礼門院の語りの中で、前項注解所引部に続いて、平家の滅亡を「是即我等カ一門只官位俸禄身ニ余リ国家ヲ煩スノミニアラス天子ヲ蔑如シ奉リ神明仏陀ヲ滅シ悪業所感之故也」（第六末・七三ウ3～5）と説明しており、本項と語句は一致しないものの、論理は類似する。佐伯真一07は、本項を『平家物語』の「おごり」批判の脈絡としてとらえつつ、次々項注解に見る牧野和夫の指摘を考慮して、〈延〉の最終段階における加筆である可能性が強いと見た。一方、建礼門院の語りの該当部について、小林美和80は、「敗者の代表たる建礼門院」が、「その敗北の因を自らに帰せしめる懺悔」として、「御霊の発動を鎮めんとする」文芸構造を表すものと指摘した。佐伯真一15なども、これに賛意を表する。この両記事を物語の成立過程の中にどう位置づけるか、問題であろう。

〇三六ウ7　願ハ今生世俗ノ垂迹三摩耶ノ神明達賞罰新ニオワシマサハ　『白氏文集』巻七〇「香山寺白氏洛中集記」（3608）及び『和漢朗詠集』下・仏事などに見える「願以二今生世俗文字之業、狂言綺語之過一、転為二将来世世讃仏乗之因、転法輪之縁一」の句を踏まえたもの（第一末・七八ウ5注解参照）。しかし、「願ハ今生世俗」の句が一致する以外は、次項にかけて神仏に救済を祈る語調に類似が見られる程度で、もとの句を生かした利用とは言いにくい。

〇三六ウ8　設今世ニハ此誡ニ沈ムトモ来世ニハ大日遍照弥陀如来大悲方便廻シテ必ス引接シ玉へ　「大日遍照弥陀如来」について、牧野和夫は、覚鑁の教義を踏まえた言葉で、伝法院方の加筆であることを示すと指摘した。源健一郎は、〈覚〉では、皇統の護持は天照大神一神の神慮によって保証されるという継体観が見られるのに対し、〈延〉には、天照大神即大日、八幡即弥陀という中世の神仏習合的な体系のもとに王権の安泰が願われているとする。

〇三六ウ10　今ソシルミモスソ川ノ流ニハ浪ノ下ニモ都アリトハ

時子の歌。他に〈長・盛・松〉にあり。歌句は、〈盛〉同。第三句、〈長〉「御ながれ」、〈松〉「流ニテ」。〈南・屋・覚・中〉なし。〈覚〉は「浪のしたにも都のさぶらうぞ」という言葉を記す。〈四〉は、該当部を空白表記とするが、佐々木紀一01・09は、〈四〉的本文の『平家物語』を引用する『王年代記』『神明鏡』によって、本来はこの歌があったものと指摘する。なお、この歌を時子の歌とする点、佐々木紀一05は、外祖母の時子の歌としては僭越であるとし、謡曲「大原御幸」「先帝」や『塵荊鈔』に詠者を安徳帝とする記述があることを指摘、本来は安徳帝の歌とする伝承があったと想定する。ちなみに、〈四〉は安徳入水の後に実定の秀歌の逸話を記し、その部分の歌も空白表記とするが、これは実定の「なごの海の霞のまよりながむれば入る日をあらふ沖つ白浪」（新古今・春上、三五）を指すことが、『平家打聞』からわかる（早川厚一）。

○三七オ１　最後ノ十念唱ツヽ波ノ底ヘソ被入一ケル　最期の念仏を描くのは他に〈南・覚〉。但し〈南・覚〉は、安徳天皇が合掌し、東西に向かって祈る姿を描くもの。〈延〉では念仏を唱えたのは時子であろう。また、〈盛〉はこの直後に「八条殿同ツヾキテ入給ニケリ」とし、その後さらに、「二位殿モ八条殿モ深ク沈テ不二見給一」との文もあるが、「八条殿」は時子の異称か。不審。

○三七オ２　国母建礼門院ヲ始奉テ先帝ノ御乳母帥典侍大納言典侍以下ノ女房達声ヲ調テヲメキ叫給ケレハ　〈盛・四〉同様。〈松〉は次項以下の安徳帝追悼の句の後に類似の文を記す。〈長・南・屋・覚・中〉なし。但し、〈覚〉は灌頂巻の六道語りにおいて、「残とゞまる人々のおめき叫びし声」が、叫喚地獄のようであったとして、この場面を地獄道に位置づける。

○三七オ３　悲哉無常ノ暴風花ノ皃ヲ散シ奉リ恨哉分段ノハケシキ波玉躰ヲ奉沈メ一事ヲ　類似の文は諸本にあり。〈長・四・南・屋・覚・中〉は基本的に同様。但し、「暴風」を、〈長〉「風」、〈四〉「劇シキ風」、〈南・屋・覚・中〉「春風」（〈屋〉）とし、「恨哉」を、〈長〉「いたはしきかなや」、〈四・南〉「心憂キ哉」（〈四〉）、〈覚・中〉「なさけなきかな」（〈覚〉）とするなどの異同あり。また、〈盛・松〉は、「哀哉、花ニ喩シ十善ノ御粧、無常ノ風ニ匂ヒヲ失。悲哉、月ニ瑩シ万乗ノ玉体、蒼海ノ浪ニ影ヲ沈御座事ヲ」（〈盛〉）と異文。『六代勝事記』の後白河院崩御の条「分段の秋の霧、玉体ををかして、無常の春の風、花のすがたをさそひき」によりつつ作り替えたものか（冨倉徳次郎）。『六代勝事記』の「秋の霧」「春の風」の対句を、安徳帝入水の時期に合わせて「春風」「荒キ浪」（〈屋〉）などの対句に変える配慮がなされている（弓削繁76）。なお、「無常」「分段」の対句的表現は、『本朝文粋』巻一四「朱雀院周忌御願文」（天暦七年〈九五三〉八月七日、大江朝綱）に、「娑婆電泡之国。誰免ニ無常之悲一。分段生死之郷、難レ緩ニ有涯之刻一」とある。「分段」は「分段同居」の略で「六道輪廻の衆生である凡夫も聖人もともに住んでいる世界。娑婆世界」〈日国〉。

○三七オ5　殿ヲハ長生ト名テ長キ栖ト定メ門ヲハ不老ト号シテ老セヌ門ト祝キ　諸本基本的に同様。「長キ栖ト定メ」「老セヌ門ト祝キ」は、〈南・覚〉同様だが、〈長・盛・四・屋・中〉はこれを欠き、〈長〉「長生と名付…不老とがうせしかども」などとするのみ。〈松〉「殿ヲバ長生ト祝ヒ、門ヲバ不老ト名ケテ老セヌ宿ト祈シニ」は、後半の「老セヌ…」のみ共通。『和漢朗詠集』雑・祝、慶滋保胤「長生殿裏春秋富不老門前日月遅」（七七五）による。〈南・屋・覚・中〉は、この後、「いまだ十歳のうちにして、底のみくづとならせ給ふ」（〈覚〉）。とあり。

○三七オ6　河漢ノ星ヲ宝算ニ喩ヘ海浜ノ砂ヲ治世ニヨソヘ奉リシカトモ　他本になし。「河漢」は天の川。天皇の寿命が、天の川の星や海浜の砂のように数え切れないほど多くの年を重ねるように祈った意。典拠未詳。

○三七オ6　雲上ノ龍降テ海底ノ鱗ト成給ニケル御身ノハテコソ悲ケレ　〈盛・四・松・南・屋・覚・中〉類同。〈長〉「雲上の栄花つきはて給て、海底にしづみ給ふ」。天皇の譬喩として用いられる龍が、天から降って海底の魚となったとする。安徳天皇が入水したことの暗喩的表現。

○三七オ7　十善帝王之御果報申モ更ニ愚也　〈松・南・覚〉同様。〈長・盛・四・屋・中〉なし。但し、「十善」の句は、〈盛・松〉では「花ニ喩シ十善ノ御粧」（〈盛〉）。三七オ3注解参照）の形で引かれる。三六ウ3注解参照。

○三七オ8　大梵高台之閣ノ上釈提喜見ノ宮ノ中　〈南・覚・中〉同。〈長・盛・四・松・屋〉なし。「大梵高台」は、大梵天王の住む宮殿、「釈提喜見」は帝釈天の住む喜見城で、いずれも天上道の世界。安徳天皇が暮らした雲上の世界を天上世界に喩えたもの。

○三七オ9　古ヘハ槐門棘路ニ連テ九族ヲ営レ今ハ船中波底ニ御命ヲ一時ニ失ヒ給フ　〈南・覚・中〉同様。〈長・盛・四・松・屋〉なし。「槐門」は大臣、「棘路」は公卿の異称。「九族」は親族全体を広くいう語。かつての栄華と一門滅亡の現状を対比する。

5 建礼門院生捕・内侍所霊験・公達入水

（三七オ）

女院ハ御焼石ト御硯

（三七ウ）

箱トヲ左右ノ御袖ニ入サセ給テ海ニ入セ給ニケルヲ渡辺源五
右馬允番カ子ニ源兵衛尉昵ト云者忿キ踊入テカツキ上奉
タリケルヲ父源五右馬允番熊手ヲ以テ御クシヲカラマキテ
船ヘ引上奉ニケリ比ハ三月ノ末ノ事ナレハ藤重ノ十二単
ヲソ被召ケル美翠ノ御クシヨリ始テ玉体ヌレヌ所モ無リ
ケリ帥佐殿モ後レ奉ラシト飛入給ケルヲ御袴ト衣ノ
スソトヲ船ハタニ被射付テ一沈ミ給ハサリケルヲ是モ昵カ取
上奉テケリ女院ハ取上ラ《レサ》セ給テシヲ〱トシテ渡セ給ケルヲ
昵ヨロヒ唐櫃ノ中ヨリ白小袖一重取出シテ進セテ御祚ヲ

此《ニ》被召替一候ヘシト申《テ》君《ハ》女院《ニテ》渡セオワシマシ候カ

（三八オ）

〔ト〕申タリケレハ御詞〔ヲ〕ハ出サセ給ハテ二度ウツフカセ給タリケ
ルニソ女院トハ知進《セ》タリケル女院《ハ》昵《カ》船《ニ》入《ラセ》給タル由申
タリケレハ御所《ノ》御舟ヘ渡《シ》進ヨトテ渡奉《テ》守護《シ》奉《ル》
近衛殿北政所《モ》飛入セ給ハントシ給ケルヲ兵共参《テ》取留奉
ル判官伊勢三郎能盛《ヲ》召《テ》海《ニハ》大事《ノ》人々《ノ》入給タンナ
ルソ取上奉タラン人々ニハ狼籍仕《ル》ナト下知セヨト宣ケレハ能
盛小船《ニ》乗《テ》此由《ヲ》フレマワル猿程《ニ》兵共御船《ニ》乱入《ヌ》兵
内侍所《ノ》渡セ給フ御舟《ニ》乗移《テ》御唐櫃鎖ネチ破《テ》取
出奉ムトテ御箱ノカラケ緒切テ蓋ヲアケナントシケレハ忽
目モクレ鼻血垂ケリ平大納言ノ近ク候給ケルカアレハ

（三八ウ）

内侍所トテ神《ニテ》渡セ給ソ凡夫《ノ》見進ヘキニテハナキソ遠ク

ノキ候ヘト宣ケレハ兵奉捨《一》ハウ〱ノキ《ニ》ケリ判官是ヲ見給《テ》
平大納言《ニ》仰《テ》元《ノ》如《ク》御唐櫃《ニ》納メ奉《ニ》ケリ世ノ末ナレ
トモカク霊験《ノ》オワシマスコソ目出ケレ平中納言教盛修理
大夫経盛二人ハ敵《ノ》船《ニ》乗移《リ》ケルヲ打払《テ》被立《一》タリケルカ
主上既《ニ》海《ヘ》入《セ》給ヌト訇《リ》ケレハイサ御共セムトテ鎧《ノ》上《ニ》碇
ヲ置《テ》手《ヲ》取組テ海《ヘ》被入《一》《ニ》ケリ小松内大臣《ノ》御公達ハアシコ
コヽニテ失給ヌ今三人オワシツルカ末《ノ》御子丹後侍従忠房
ハ屋嶋《ノ》軍《ヨリ》イツチカ落給ケン行方ヲ不知新三位中将
資盛ハ敵《ニ》被取籠ケル所ニテ自害シテ失給ヌ弟小将有

（三九オ）

盛人々海へ入給《ヲ》〔見〕給《テ》ツヽキテ海へ入ラレ《ニ》ケリ

〔本文注〕

○三七ウ　この丁には、字間の空白が複数箇所に認められる。行末を揃えるためと見られる。三一オ・同ウ本文注参照。

○三七ウ8　**取上ラセ《レサ》**　「レサ」傍書補入。同筆か。

○三七ウ9　御祚ヲ　「祚」、〈吉沢版〉〈北原・小川版〉同。〈汲古校訂版〉「作」。
○三八ウ8　丹後侍従忠房　「後」、〈吉沢版〉〈汲古校訂版〉同、〈北原・小川版〉「波」。

〔釈文〕

女院は御焼石と御硯▼三七ウ箱とを左右の御袖に入れさせ給ひて、海に入らせ給ひにけるを、渡辺源五右馬允番《つがふ》が子に源兵衛尉昵《むつる》と云ふ者、忩《いそ》ぎ踊り入りてかづき上げ奉りたりけるを、父源五右馬允番《つがふ》、熊手を以て御ぐしをからまきて、船へ引き上げ奉りにけり。比《ころ》は三月の末の事なれば、藤重《ふぢがさね》の十二単をぞ召されける。翡翠の御ぐしより始めて、玉体ぬれぬ所も無かりけり。

帥佐殿も「後れ奉らじ」と飛び入り給ひけるを、御袴と衣のすそとを船ばたに射付けられて、沈み給はざりけるを、是も昵《むつる》が取り上げ奉りてけり。女院は取り上られさせ給ひて、しほしほとして渡らせ給ひけるを、昵《むつる》、よろひ唐櫃《からうと》の中より白き小袖一重取り出だして進《まゐ》らせて、「御祚を此に召し替へられ候ふべし」と申して、「君は女院にて渡らせおはしまし候ふか」▼三八オと申したりければ、御詞をば出ださせ給はで、二度うつぶかせ給ひたりけるにぞ、女院とは知り進《まゐ》らせたりける。女院は昵《むつる》が船に入らせ給ひたる由、申したりければ「御所の御舟へ渡し進《まゐ》らせよ」とて、渡し奉りて守護し奉る。近衛殿北政所も飛び入らせ給はんとし給ひけるを、兵共参りて取り留め奉る。判官、伊勢三郎能盛を召して、「海には大事の人々の入り給ひたんなるぞ。『取り上げ奉りたらん人々には狼籍仕《つかまつ》るな』と下知せよ」と宣ひければ、能盛小船に乗りて此の由をふれまはる。

さる程に、兵共御船に乱れ入りぬ。兵、内侍所の渡らせ給ふ御舟に乗り移りて、御唐櫃の鎖《じやう》ねぢ破りて、取り出だし奉らむとて、御箱のからげ緒切りて、蓋をあけなんとしければ、忽《たちま》ち目もくれ鼻血垂りけり。平大納言の近く候ひ給ひけるが、「あれは、▼三八ウ内侍所とて、神にて渡らせ給ふぞ。凡夫の見進《まゐ》らすべきにてはなきぞ。遠くのき候へ」と宣ひければ、兵捨て奉り、はうはうのきにけり。判官是を見給ひて、平大納言に仰せて、元の如く御唐櫃に納め奉りにけり。世の末なれども、かく霊験のおはしますこそ目出たけれ。

平中納言教盛、修理大夫経盛二人は、敵《かたき》の船に乗り移りけるを、打ち払ひて立たれたりけるが、「主上、既に海へ入らせ給ひぬ」と罵《ののし》りければ、「いざ御共せむ」とて、鎧の上に碇《いかり》を置きて、手を取り組みて海へ入られにけり。小松の内大臣の御公達は、あしこここにて失せ給ひぬ。今三人おはしつるが、末の御子丹波侍従忠房は、屋嶋の軍よりいづちか落ち給ひけん、行方を知らず。新三位中将資盛は、敵に取り籠められける所にて、自害して失せ給ひぬ。弟小将有▼三九オ盛、人々海へ入り給ふを見給ひて、つづきて海へ入られにけり。

〔注解〕

○三七オ10　女院ハ御焼石ト御硯箱トヲ左右ノ御袖ニ入サセ給テ海ニ入セ給ニケル　〈長・盛・南・覚〉基本的に同様。〈松〉は「焼石」なし。〈四・屋・中〉は重りとしての焼石・硯にふれない。女院の入水は、この場面では諸本同様に語られるが、三六オ2注解にも見たように、大原御幸場面における女院の回想では、女院は二位殿の命により生きのびたとも語られ、『閑居友』下・八と重なる。第六末・七二オ7以下の注解参照。

○三七ウ1　渡辺源五右馬允番カ子ニ源兵衛尉昵　〈延〉は「昵」が海に飛び込んで女院を救出、父の「番」が熊手で引き上げたとする。他本はこうした父子の協力を記さず（但し〈盛〉は「昵ガ郎等熊手ヲ下シテ…」と郎等の協力を記す）、「昵」「番」のどちらか一人が助けたとし、表記もさまざまである。〈長〉「渡辺右馬允昵」、〈盛〉「渡辺源次兵衛尉番ガ子ニ源五馬允昵」、〈松〉「源五右馬允昵《ムツ》」、〈四〉「渡辺源次馬允」、〈南〉「源五馬允馴《ムツフ》ガ子ニ番《ツカウ》」、〈屋・中〉「源五右馬允番」、〈覚〉「源五馬允むつる」。『吾妻鏡』元暦二年三月二十四日条「建礼門院〈藤重御衣〉入水御之処、渡部党源五馬允以二熊手一奉レ取レ之」。渡辺党の「昵」と「番」については、『尊卑分脈』や『渡辺系図』、さらに『古今著聞集』三四〇話、同三四八話、六九五話などに種々の系譜や伝があり、「昵」の訓も「ムツル」「ムツブ」の他、『尊卑分脈』には「シタシ」とするなど、錯綜する。「シタシ」の訓は、系図類で「番」の父ともされる「親」にも付されるので、整理が難しい。佐々木紀一02は、『玉葉』治承三年正月十九日条に「内舎人正六位上源朝臣昵」と見え、大阪府立図書館蔵禅通寺本『渡辺系図』甲本に「親《ムツル》―番《ツカウ》〈馬允惣官〉」とあること、また、「番」は『吉記』養和元年九月二十三日条に成功で右馬少允に任じられていることが見える点などを指摘する。〈延・松〉が「右馬允番」とするのは、その点で妥当であろう。さらに、佐々木によれば、東京大学史料編纂所蔵『古系図集』所収系図や禅通寺本『渡辺系図』によれば、「番」は「親（むつる）」の子で、「後源次馬允」とするのが良いという。なお、『東大寺文書』一二五一「玉井荘下司職重書案」によれば、「源昵」は同荘の下司職に補任されている。いずれにせよ、海の戦いに慣れた渡辺党の武士が壇浦合戦で活躍したことは想像しやすい。

○三七ウ4　藤重ノ十二単ヲソ被召ケル　〈盛〉同。〈長・四・南・屋・覚・中〉なし。藤重とする点は、前項注解所引『吾妻鏡』三月二十四日条に確認できる。近藤好和07によれば、ここに見る「十二単」とは女房装束のことではなく、単《ひとえ》に袿《うちき》十二枚を重ねた重ね袿姿であり、日常着であるという。

○三七ウ5　美翠ノ御クシヨリ始テ玉躰ヌレヌ所モ無リケリ　「美翠」は「翡翠」が良い。〈盛〉「翡翠御髪ヨリ始テ、皆塩垂御座ゾ御痛敷」。〈長・四・南・覚〉なし。〈屋・中〉は御衣が濡れたことに触れ、〈延〉と同じく着替えを促す。

○三七ウ6　帥佐殿モ後レ奉ラシト飛入給ケルヲ御袴ト衣ノスソトヲ船ハタニ被射付テ沈ミ給ハサリケルヲ是モ昵カ取上奉テケリ　帥佐の入水失敗については、〈盛・松〉同様。〈四〉では船の艫で留められ、入水できなかったとする。〈南・屋〉は「北政所、廊ノ御方、帥典侍以下ノ女房達皆捕レ給ケリ」（〈屋〉）のように簡単に触れる。〈長・覚・中〉不記。帥佐（帥典侍）は、時忠の北の方。藤原顕時の女、領子。なお、〈長・南・屋・覚・中〉は、大納言典侍が内侍所と共に入水しようとしたと描くが（三八オ7注解参照）、栗山圭子09は、大納言典侍も安徳天皇の乳母ではあったものの、第一の乳母の立場にあったのは帥佐であり、安徳天皇の入水に従ったのは帥佐の方がより蓋然性が高いとする。

○三七ウ8　女院ハ取上ラセ《レサ》給テシヲ〳〵トシテ渡セ給ケルヲ昵ヨロヒ唐櫃ノ中ヨリ白小袖一重取出シテ進セテ御衵ヲ此ニ被召替ニ候ヘシト申テ　「シヲ〳〵ト」は濡れそぼった様子。前々項注解に見たように、〈盛〉は「塩垂御座」さまを描き、〈屋〉は「塩垂給タル御衣」を着替えさせたとする。昵（〈屋・中〉では番）が女院に小袖を提供したことは、〈盛・四・松・屋・中〉も記す。「衵」字は未詳。衣の意か。

○三七ウ10　君ハ女院ニテ渡セオワシマシ候カ〔ト〕申タリケレハ御詞〔ヲ〕ハ出サセ給ハテニ度ウツフカセ給タリケルニソ女院トハ知進セタリケル　〈盛・松〉に類似の記述あり。〈南・屋・覚・中〉は、周囲の女房たちの言葉で女院と判明したとする。〈長・四〉なし。

○三八オ2　女院ハ昵カ船ニ入ラセ給タル由申タリケレハ御所ノ御舟へ渡シ進ヨトテ渡奉テ守護シ奉ル　御所の船に渡せと命令したのは義経であろう。〈南・覚・中〉では女房達が「あれは女院にてわたらせ給ぞ」（〈覚〉）と言ったため、「判官に申て」御所の船に渡したとする。〈長・盛・四・松・屋〉なし。〈延〉では、義経の貴人に対する配慮を次々項でも記し、また、女院に対する気遣いは、卅一「判官女院ニ能当奉事」でも描く。

○三八オ4　近衛殿北政所モ飛入セ給ハントシ給ケルヲ兵共参テ取留奉ル　〈盛・四・松〉同内容（〈四〉は「普賢寺殿北政所」とする）。〈南・屋〉は三七ウ6注解に見たように簡単に触れる。〈長・覚・中〉なし。近衛殿・普賢寺殿は共に藤原基通のこと。北政所は基通室、清盛息女の完子。

○三八オ5　海ニハ大事ノ人々ノ入給タンナルソ取上奉タラン人々ニハ狼籍仕ルナ　義経の言葉。貴人に対する丁重な扱いを全軍に指示したとする。〈盛〉同様。〈長・四・松・南・屋・覚・中〉なし。前々項注解参照。

○三八オ7　兵内侍所ノ渡セ給フ御舟ニ乗移テ　以下、内侍所の霊験を描く。兵が内侍所のあった船に乗り移るところから述べる点、〈盛・四・松〉同様。〈盛・松〉「兵共、先帝ノ御船へ乱入テ」（〈盛〉）、〈四〉「夷ス共乱入リヌ御船ニ」。〈長・南・屋・覚・中〉は、大納言典侍が内侍所の唐櫃を持って入水しようとしたところ、袴の裾を射られて留まったとする（〈松〉も大納言典侍の入水失敗は記すが、内侍所とは関連づけない）。〈延〉は大納言典侍が生け捕られた経緯を記さないが、生捕の名寄せの中には記す（四二ウ7）。

○三八オ8　御唐櫃鏁ネシ破テ取出奉ムトテ御箱ノカラケ緒切テ蓋ヲアケナントシケレハ　諸本基本的に同様。〈長〉は「内侍所の入せ給ひたる御からびつのくさりかなぐり、からげをきりて」とするが、「くさり」は錠・鍵を意味する「鏁」などの誤解か。〈延〉はややわかりにくいが、〈盛〉「大ナル唐櫃ノ鏁ネヂ破、中ナル箱ヲ取出シ、箱ノカラゲ緒切解テ蓋ヲアケン〱トシケレバ」のように、正確には、唐櫃の錠をねじ切り、内侍所（鏡）の入った箱を取り出し、その箱のからげ緒を切って、中を確かめようとしたものであろう。〈南・屋・中〉は、「御唐櫃ノジヤウヲネヂキテ、御蓋開カントスレバ」（〈屋〉）。これは、唐櫃を開けようとしただけだったと読める。〈覚〉「内侍所のじやうねぢき(ッ)て、既に御ふたをひらかんとすれば」は何を開こうとしたのか不明な形。斎藤英喜によれば、長久元年（一〇四〇）の火災で、鏡が灰燼に帰した時には、数粒の破片を集めて錦の布で包み、新造の箱に入れ、その上を緋の細縄で十文字に結んで安置した上で儀礼を行い、新しい唐櫃に納めたという（『春記』同年九月九日条）。

○三八オ9　忽目モクレ鼻血垂ケリ　諸本同様。また、『吾妻鏡』四月二十一日条にも、「其後軍士等乱二入御船一。或者欲レ奉レ開二賢所一。于レ時両眼忽暗而神心惘然。平大納言時忠加二制止一之間、彼等退去訖。是尊神別体。朝家惣持也」とある。内侍所の霊験は、廿五「内侍所由来事」にも描かれる。

○三八オ10　アレハ内侍所トテ神ニテ渡セ給ソ　時忠の言葉。内侍所を「神」と表現するのは、他に〈中〉。〈長〉では、「（時忠が）『あれは、内侍所のわたらせ給ふものを』との給ひければ、九郎判官、『あらかたじけなの御事や。そこのき候へ』との給へば…」とする。〈盛〉も同様で、〈長・盛〉では、内侍所というものを理解していたのは義経だったと読める。一方、〈四・松〉では、「（時忠が）『アレハ内侍所ニテ御座ニヤ』ト宣ケレバ、武士ドモハラ〳〵ト退《ノキ》ニケリ」（〈松〉）と、「内侍所である」と言われただけで武士たちが退いたとする。〈南・屋・覚・中〉では、〈覚〉「あれは内侍所のわたらせ給ふぞ。凡夫は見たてまつらぬ事ぞ」と、時忠が「凡夫」の狼藉を戒める。

○三八ウ2　判官是ヲ見給テ平大納言二仰テ元ノ如ク御唐櫃二納メ奉二ケリ　諸本基本的に同様。〈中〉は元通りに納めた上で、時忠に預けたとする。

○三八ウ4　平中納言教盛修理大夫経盛二人ハ敵ノ船二乗移リケルヲ打払テ被立一タリケルカ　教盛・経盛二人が共に入水したとする点では、〈長・四・松・南・屋・覚〉同様。但し、〈四〉は時忠を加えて三人で入水したとするが、時忠の入水は前後の文脈からは不可解で、誤解があるか〈四部本全釈〉。また、〈中〉は「かどわきの中納言たゞもりのきやう」が経盛と共に入水したとするが、「たゞもり」は明らかに「のりもり」の誤りである。〈盛〉では、小松公達の入水や教経の最期、宗盛父子生捕などを描いた後、経盛は船から遁れて「南山」に入り、自害したとする（その後に乗せる義経の「注進状」にも、「前修理大夫経盛卿〈登山自害堀埋〉」とある）。また、教盛は、知盛とともに船上で自害したとした後、「一説云」として、知盛と手を組んで入水したとの説を載せる。『吾妻鏡』三月二十四日条には、教盛と経盛は、「前中納言〈教盛。号二門脇一〉入水。前参議〈経盛〉出二戦場一、至二陸地一出家。立還又沈二波底一」とあり、経盛については〈盛〉と重なる面がある。また、『醍醐雑事記』は、「自害」に「中納言教盛」の名を記し、

「不知行方人」に「修理大夫経盛」の名を記す。それ以上は不明だが、教盛・経盛が共に入水したという所伝の事実性は、必ずしも確認できない。日下力87は、〈覚〉のこの部分の話が、子を失った教盛・経盛の入水を、父子健在であるが故に死にきれぬ宗盛父子と対照的に扱ったものと読む。

○三八ウ6　主上既ニ海ヘ入セ給ヌト訇リケレハイサ御共セムトテ鎧ノ上ニ碇ヲ置テ手ヲ取組テ海ヘ被入ニケリ　この二人の入水を、安徳帝の入水を確かめた上でのこととする点は、〈延〉独自（但し、〈盛〉は前項注解に見たように、教盛と知盛が、安徳帝をはじめとした人々の入水を確かめてから自害したとする）。また、「碇ヲ置テ」は「碇ヲ負テ」が良いか。碇を負ったとする点は、〈長・四・南・屋・覚・中〉同様。〈松〉「石ヲ負テ」。八坂系四類の大前神社本などや謡曲「碇潜《いかりかづき》」では、知盛が碇を負って入水したとする。

○三八ウ7　小松内大臣ノ御公達ハアシココヽニテ失給ヌ今三人オワシツルカ　以下、小松家の公達について述べる。もともと六人いた小松の公達が、あちこちで亡くなって三人になっていたとする点は、〈四・松・南〉同様。〈延〉では、第六末・八三オ1でも、「小松殿子息六人オハ〔セ〕シモ此ヨ彼ヨニテ被失ケル中ニ…」として、忠房について語る。既に亡くなっていた三人とは、維盛・清経・師盛。なお、以下に語られる忠房・清経・師盛（いずれも重盛の男）の他、〈盛・松・南・屋・覚・中〉では、行盛（重盛の同母弟・基盛の男）も、これらの公達と共に語られ、〈盛〉では提婆品を読んでの最期が詳述される。

○三八ウ8　末ノ御子丹波侍従忠房ハ屋嶋ノ軍ヨリイツチカ落給ケン行方ヲ不知　忠房が屋島で離脱とする点、〈四・松・南〉同様。〈長〉はここで「かきけすやうにうせ給ぬ」とし、壇浦から逃亡したと読める。〈盛・屋・覚・中〉は、ここでは忠房の動向を記さない。『平家物語』諸本では、巻九の三草山合戦で敗れた小松家の公達のうち、資盛などは福原へも行かずに淡路へ落ちたとされていた。〈延〉では資盛のみを記すが、第五本・四七ウ9注解に見たように、〈覚・中〉では有盛・忠房も資盛と共に逃げたとしていた。忠房は、この後、第六末・卅二（三十四）「小松侍従忠房被誅給事」で、湯浅城に籠もって戦った後、投降し、誅殺されたと記される。〈盛〉は、忠房は「前左兵衛尉実元」に預けられていたが、文治元年十二月十七日に斬首されたとする（巻四六）。

○三八ウ9　新三位中将資盛ハ敵ニ被取籠ケル所ニテ自害シテ失給ヌ　資盛が一人で自害したとする点、〈四〉も同様（切腹とする）。〈長・松〉は有盛と二人で、〈南・屋・覚・

中〉は、有盛・行盛と三人で入水したとする。〈盛〉はここでは触れないが、屋島合戦の前、資盛と清経は豊後武士に討たれたとする独自の記事を記す（巻四三）。〈盛〉の説は、『玉葉』寿永三年二月十九日条「又聞、資盛・貞能等為二豊後住人等一乍レ生被レ取了云々。此説日来雖二風聞一、人不二信受一之処、事已実説云々」に近い。資盛は、『吾妻鏡』三月二十四日条では入水とされる。『醍醐雑事記』では不記。

○三八ウ10　弟小将有盛人々海へ入給ヲ〔見〕給テツヽキテ海へ入ラレニケリ　有盛は、〈四〉でも簡略ながら単独での入水とされるが、〈長・松〉では資盛と共に入水、〈南・屋・覚・中〉では、資盛・行盛と共に三人で入水とする。〈盛〉は、行盛・有盛が共に奮戦、討死したと述べるが、行盛については提婆品を読んでの最期を詳述するものの、有盛についてはそうした逸話はない。有盛は、『吾妻鏡』三月二十四日条では入水とされる。『醍醐雑事記』では、行盛・有盛を「殺人」（討死）に数える。

6　宗盛父子生捕

（三九オ）

大臣殿父子ハ
御命惜ケニテ海ヘモ入得給ハス船ノトモヘニアチコチ違ヒ行給
ケルヲ侍共余ノニクサニ心ヲ合テ通様ニ逆ニツキ入奉ル子息右
衛門督ハ父ノツキ入ラレ給ヲ見給テヤカテ海ヘ入ニケリ皆人ハ

重キ鎧ノ上ニ重キ物ヲ負タリ懐タリシテ入レハコソ沈ケレ是ハ父子共ニスワタニテ而モ究竟ノ水練ニテオワシケレハ大臣殿沈モヤラセ給ハス右衛門督ハ父沈給ハ、清宗モ沈ム父助リ給ハ、我モ助ント思テ波ニ浮テオワシケリ大臣殿ハ此子死ハ我モ死ン生ハ共ニ生ント思召テ互ニ目ヲ見合テ沈ヤリ給ハス淤アリキ給ケルヲ伊勢三郎能盛船ヲ押ヨセテ先右衛門督ヲ熊手

（三九ウ）

ニ係テ引上奉ケルヲ大臣殿見給ケル上ハイト、心細クテ沈モヤリ給ワス能盛カ船ハタヘ淤ヨテ取上ラレ給ニケリ大臣殿被取㆒給ヲ御乳人子ノ飛騨三郎左衛門景経カ見テ何者ナレハ君ヲハ取奉ルソト云テ打テ懸ケルヲ伊勢三郎カ童中ニ隔タリテ戦ケル程ニ甲ノ鉢ヲシタ、カニ被打テ甲落ニケリ二ノ刀ニ首ヲ打落シツ能盛既ニ被打㆒ヘカリケルヲ堀弥太郎寄合テ立留テ射タリケルニ内甲ニ中テヒルミケル所ヲ弥太郎弓ヲ

捨テ懐タリケリ上ニナリ下ニナリシケル程ニ弥太郎カ郎等
景経カ鎧ノ草摺ヲ引上テ指タリケレハ内甲モ痛手ニテヨ
ワリタリケル上ニカク〔サ□レ〕テハタラカサリケレハ頸ヲカヒテケリ
（四〇オ）
大臣殿取上ラレテ目ノ前ニテ景経カカク成ヲ見給ケ〔リ〕何
計ノ事ヲカ思食ケムト無慚也

〔本文注〕

○三九オ7　父助リ給ハヽ　「父」、〈吉沢版〉〈汲古校訂版〉同。〈北原・小川版〉「又」。

○三九オ9　淤アリキ　「淤」、〈吉沢版〉〈北原・小川版〉〈汲古校訂版〉「游」。三九ウ2「淤ヨテ」も同様。注解参照。

○三九ウ10　〔サ□レ〕テ　「サ□レ」、虫損。□部分、墨付きはあるが判読不能。〈判読一覧〉〈吉沢版〉〈北原・小川版〉〈汲古校訂版〉「サヽレテ」。

○四〇オ1　見給ケ〔リ〕　「リ」、虫損。〈判読一覧〉による。

○四〇オ2　無慚　「慚」は底本「慙」。「慚」の異体字と判断した。

〔釈文〕

大臣殿父子は、御命惜《を》しげにて、海へも入り得《え》給はず。船のともへにあちこち違ひ行《あり》き給けるを、侍共余りのにくさに、心を合はせて通様《とほりさま》に逆さまにつき入れ奉る。子息右衛門督は父のつき入れられ給ふを見給ひて、やがて海へ入りにけり。皆人は重き鎧の上に、重き物を負ひたり懐《いだ》きたりして入ればこそ沈みけれ、是は父子共にすはだにて、而《しか》も究竟の水練にておはしければ、大臣殿沈みもやらせ給はず。右衛門督は、「父沈み給はば清宗も沈まむ。父助かり給はば我も助からん」と思ひて、波に浮びておはしけり。大臣殿は、「此の子死なば我も死なん。生きば共に生きん」と思し召して、互ひに目を見合せて、沈みやり給はず、游《およ》ぎありき給ひけるを、伊勢三郎能盛船を押しよせて、先づ右衛門督を熊手▼三九ウに係《か》けて引き上げ奉りけるを、大臣殿見給ひける上は、いとど心細くて沈みもやり給はず。能盛が船ばたへ游ぎよつて、取り上げられ給ひにけり。

　大臣殿取られ給ふを、御乳人子の飛騨三郎左衛門景経が見て、「何者なれば君をば取り奉るぞ」と云ひて、打ちて懸りけるを、伊勢三郎が童、中に隔たりて戦ひける程に、甲《かぶと》の鉢をしたたかに打たれて、甲落ちにけり。二の刀に首を打ち落としつ。能盛既に打たるべかりけるを、堀弥太郎、寄り合はで立ち留まりて射たりけるに、内甲《うちかぶと》に中《あた》りてひるみける所を、弥太郎弓を捨てて懐きたりけり。上になり下になりしける程に、弥太郎が郎等、景経が鎧の草摺を引き上げて指したりければ、内甲も痛手にてよわりたりける上に、かくさされてはたらかざりければ、頸をかいてけり。▼四〇オ大臣殿取り上げられて、目の前にて景経がかく成るを見給ひけり。何計《いかばか》りの事をか思し食しけむと無慚也。

〔注解〕

○三九オ1　大臣殿父子ハ御命惜ケニテ海ヘモ入得給ハス
本節は宗盛父子生捕。宗盛が入水を躊躇する様子を描くのは諸本同様。清宗も同様だったとする点は、〈盛・南・覚〉も同様だが、〈長・四・松・屋・中〉は宗盛の様子だけを記す。〈盛〉本段では、宗盛と清宗を同様に扱う傾向があるが（三九オ3注解参照）、諸本全体としては、清宗は宗盛とは異なり、若いが名誉を重んずる人物として描かれる。日下力87は、〈覚〉の構成について、息子を失った父（教盛・経盛）と、父を亡くした息子（資盛・有盛・行盛）の入水の後に、いまだ互いに健在で、それゆえにかえって親子の情にほだされて死にきれない宗盛父子の物語が位置すると読む。

○三九オ2　船ノトモヘニアチコチ違ヒ行給ケルヲ　〈盛〉「船中ヲ兎違角違ヒ行給ケレバ」、〈松〉「舻舳ニ走アルキ給ヲ」も、同様に落ち着かない宗盛を描く。一方、〈長〉「ふなばたにたちて四方を見まはしておはしけるを」（〈南・中〉も同様）、〈屋〉「被レ立タル所ヲ」、〈覚〉は「ふなばたに立いでて四方みめぐらし、あきれたる様にておはしけるを」は、呆然と立っていたとする。〈四〉なし。山下宏明は、〈覚〉の「あきれたる様」に着目し、神器と主上が失われて茫然自失した宗盛は、これ以後一個人として生き延びをはかることになったと読む。高橋昌明は、宗盛には一門の総帥として最期まで見届ける責任があったが、『平家物語』はそれを卑怯未練と見たのだととらえる。

○三九オ2　侍共余ノニクサニ心ヲ合テ通様ニ逆ニツキ入奉ル

「侍共」が「心ヲ合テ」とする点は、〈四・松〉同様。〈盛・南・屋・覚・中〉はこの語を欠くが、「侍共」とするので、多くの武士の意志と読める。〈長〉は一人の侍の行動と読める。また、「余ノニクサニ」は、〈長・屋〉同、〈盛〉「余ニ悪思テ」も同様か。〈南・覚・中〉「余ノ心憂サニ」（〈南〉）、〈四〉なし。また、「通様ニ」宗盛を突いたとする点、〈長・盛・覚・中〉同様、〈四・松・南〉なし。さらに、「逆ニ」とする点は、〈四〉のみ同様。〈延〉の場合、「通様ニ逆ニツキ入」たとは、複数の武士が通りがかりに偶然を装って体当たりなどをして突き落とした結果、宗盛は頭から落ちた意か。手をかけて海へ放り込んだというわけではあるまい。

○三九オ3　子息右衛門督ハ父ノツキ入ラレ給ヲ見給テヤカテ海へ入ニケリ　〈長・四・松・南・屋・覚・中〉同様。〈盛〉はこの一文を欠くため、清宗も宗盛と一緒に侍共に海へ突き入れられたように読める。三九オ1注解参照。

○三九オ4　皆人ハ重キ鎧ノ上ニ重キ物ヲ負タリ懐タリシテ入レハコソ沈ケレ　〈長・松・南・覚〉同様（但し、〈長〉は後出）。〈盛〉は類同だが、鎧の上に負った「重キ物」を「碇」や「鎧」と明記する。〈四・屋・中〉なし。碇を負って入水した人物として、〈延〉では教盛・経盛を描いていた。三八ウ6注解参照。

○三九オ5　是ハ父子共ニスワタニテ而モ究竟ノ水練ニテオワシケレハ大臣殿沈モヤラセ給ハス　〈長・盛〉同様。〈松〉は「スハダ」の件のみ、〈四・南・覚〉は「究竟ノ水練」の件のみ記す。〈屋・中〉はどちらもなし。「スワタ」は「スハタ」（素肌）の意。甲冑を身に着けないこと〈角川古語〉。「究竟ノ水練」は、水泳の達人の意。〈長・盛〉〈四〉は、〈長〉「たちおよぎにしつ、抜手およぎにしつ、犬掻游して」、〈盛〉「竪サマ、横サマ、立チ游、犬游シテ」、〈四〉「種々遊」と、具体的に描く。宗盛が水練の達者だったことは、『愚管抄』巻五にも見える（三九ウ1注解参照）。なお、〈角川古語〉が指摘するように、『八幡愚童訓』甲本（群書類従本）下に、後鳥羽院の好んだものとして「早態・飛越・水練・相撲」と見えるように、水練は武芸の一つであり、『明月記』建暦二年（一二一二）十二月三日条にも、「称二上皇之厳訓一、偏好二弓馬、又水練・角力一」と見えるが、ここでは宗盛の行状が、命を惜しむ、武士にあるまじきものとされていることは諸本同様。

○三九オ7　右衛門督ハ父沈給ハヽ清宗モ沈ム父助リ給ハヽ我モ助ント思テ波ニ浮テオワシケリ大臣殿ハ此子死ハ我モ死ン生ハ共ニ生ント思召テ互ニ目ヲ見合テ沈ヤリ給ハス淤アリキ給ケルヲ　「淤」は「游」がよいか。「游」は〈名義抄〉に「オヨグ」。当該部の記述は諸本に小異があり、〈延〉が最も詳細。心中描写を清宗―宗盛の順とするのは〈延・盛・南〉、宗盛―清宗の順とするのが〈長・四・松・屋・覚・中〉。「父助リ給ハヽ我モ助ン」「生ハ共ニ生ン」のように助かった場合にも言及するのは〈延・長・南・覚〉。〈四・松〉はお互いに「不審」「オボツカナク」、相手がどうなるか気遣ったとする。宗盛と清宗が互いに見つめ合う描写は、五四ウ6にも見られる。櫻井陽子は、「己の〝生きる〟執念の為に生きのびたというよりは、子供にひかれて〝死ねなかった〟ところに、宗盛の〝弱さ〟が決定づけられ」ていると読む。佐倉由泰は、物語の中で宗盛は「初めて他から存在価値を認められている」と読む。

○三九オ9　伊勢三郎能盛船ヲ押ヨセテ先右衛門督ヲ熊手ニ係テ引上奉ケルヲ　義盛がまず清宗を熊手で捕らえ、その後に宗盛を捕らえたとするのは諸本同様。『吾妻鏡』三月二十四日条も、「前内府〈宗盛〉、右衛門督〈清宗〉等者、為二伊勢三郎能盛一被二生虜一」とする。

○三九ウ1　大臣殿見給ケル上ハイトヽ心細クテ沈モヤリ給ワス能盛カ船ハタヘ淤ヨテ取上ラレ給ニケリ　「淤」は前々項注解参照。「能盛カ船ハタヘ淤ヨテ」と、宗盛が自分から泳ぎ寄ったとする点は、〈長・盛〉同。〈松〉「手ヲ捧テ浮ミ泳給ケル」は、船に近寄らないまでも、降伏の意思を表したか。〈四〉は「心弱ク覚ケレハ浮ヒ御在」、〈南・屋・覚・中〉は「弥沈ミモヤリ給ハネバ」（〈南〉）と、沈まなかったとするのみ。『愚管抄』巻五では、壇ノ浦での宗盛入水を「内大臣宗盛以下カズヲツクシテ入海シテケル程ニ、宗盛ハ水練ヲスル者ニテ、ウキアガリ〳〵シテ、イカント思フ心ツキニケリ。サテイケドリニセラレヌ」と記す。鈴木則郎は、『平家物語』の都落ち以降の宗盛の姿は、『愚管抄』の「イカント思フ心」の具体的な形象化にほかならないとし、自らの意志で生け捕られたと明示する〈延〉当該部の宗盛は、「イカント思フ心」に完全に貫かれた宗盛像が一層明確であると指摘する。

○三九ウ2　大臣殿被取一給ヲ御乳人子ノ飛騨三郎左衛門景経カ見テ何者ナレハ君ヲハ取奉ルソト云テ打テ懸ケルヲ　諸本ほぼ同様だが、〈南・覚〉は景経が小船を寄せて義盛の船に乗り移ったとする。飛騨三郎左衛門景経は、平家の有力家人である藤原（伊藤）景家の息。第五本・五七ウ6注解参照。なお、『吾妻鏡』元暦二年四月十一日条では、壇浦合戦で生け捕りになった人物の中に「飛騨左衛門尉経景」を記し、同年五月十六日条でも、宗盛の鎌倉入りに従った郎等の中に経景を記す。『参考源平盛衰記』巻四三は、『吾妻鏡』の「経景」と同一人物と見て、「按景経。東鑑作二飛騨左衛門尉経景一而載在二生虜中一本書諸平家共云二戦死一可レ疑」と、『平家物語』諸本の「景経」討死の史実性を疑っている。

○三九ウ4　伊勢三郎カ童中ニ隔タリテ戦ケル程ニ甲ノ鉢ヲシタヽカニ被打テ甲落ニケリ二ノ刀ニ首ヲ打落シツ　義盛の童が甲を打ち落とされたとするのは〈長・盛・四・南〉も同様。〈覚〉は「甲のま(ツ)かううちわられ」とし、〈屋・中〉は一度で首を打ち落としたとする。「二ノ刀ニ首ヲ打落シツ」、〈盛・四・南・覚〉同。〈長〉「次の刀に頭を二《ふたつ》にきりわりぬ」。近藤好和97は、太刀は「打撃用」の攻撃具、「打物」であり、「注目すべき太刀の使用法として、敵の兜の鉢を打つことがあげられ」るとして、この場面などを引く。

○三九ウ6　能盛既ニ被打一ヘカリケルヲ堀弥太郎寄合テ立留テ射タリケルニ内甲ニ中テヒルミケル所ヲ弥太郎弓ヲ捨テ懐タリケリ　「寄合テ」を、〈北原・小川版〉は「よせあはせて」、〈汲古校訂版〉は「よりあひて」と読むが、〈長〉「堀弥太郎、ちかくはよらで、たちとゞまりて、よくひきてはなつ矢に…」を参照すれば、「寄合デ」（よりあはで）と読み、「堀弥太郎は近くには寄らず、もといた位置に立ち止まったままで弓を射た」と解するべきであろう。〈四〉「堀弥太郎立チ重《カ》打内甲」は組み打ちのようにも見えるが、その後、弓を捨てる点は同様なので、やはり弓で射た意でなければならない。「立チ重《カ》」は「立留テ」に類する本文の誤りか。〈盛・松・南・屋・覚・中〉は、「寄合テ立留テ」の該当語はなく、〈南・屋・覚・中〉は、堀弥太郎が並びの船から矢を射た後、景経の船に乗り移ったとする。「堀弥太郎」、〈延・長・四・屋・中〉は実名不記。〈盛〉「堀弥太郎親弘」、〈南・覚〉「堀弥太郎親経」。系譜未詳の義経配下の武士。〈盛〉巻四十二に、義経軍の勝浦上陸時の先駆けの一人として登場。宗盛斬首場面では清宗の斬手を務める（〈延〉は堀弥三郎、七七オ1注解参照）。また、『吾妻鏡』元暦二年六月二十一日条は「堀弥太郎景光」が清宗を斬ったとする。『吾妻鏡』文治元年十一月三日条では義経の都落に同行した者の中に「堀弥太郎」が見える。また、『玉葉』文治二年九月二十日〜二十二日条や、同年十月十八日・二十八日条にも「義行郎従」の「堀弥太郎景光」が生け捕られ、義経の動向を白状したことが見え、このことは、『吾妻鏡』同月二十二日条にも「与州家人堀弥太郎景光」として所見。『平家物語』諸本に見える「堀弥太郎」と同一人物であろう。『義経記』では義経の側近として登場、流布本『平治物語』巻下では「堀弥太郎と申すは金商人なり」と、金売り吉次を景光の前身とするが、信じ難い。野口実は、堀弥太郎が義経と藤原範季の連絡役を務めていたと見られることに注目している。

○三九ウ8　上ニナリ下ニナリシケル程ニ弥太郎カ郎等景経カ鎧ノ草摺ヲ引上テ指タリケレハ内甲モ痛手ニテヨワリタリケル上ニカク〔サロレ〕テハタラカサリケレハ頸ヲカヒテケリ

堀弥太郎の郎等の参戦を記すのは、他に〈盛・南・屋・覚・中〉（〈南〉は「下人」とする）。景経の鎧の草摺を引き上げて刺したとするのは、他に〈四・南・屋・覚〉。〈長〉は「引組て投まるばして、をさへて、くびをぞとりてける」と簡略。

○四〇オ1　大臣殿取上ラレテ目ノ前ニテ景経カカク成ヲ見給ケ〔リ〕何計ノ事ヲカ思食ケムト無慚也　自らは生捕りの身となった上に、乳母子景経の討死を目の当たりにしたという宗盛の状況を記す点は諸本同様。「無慚也」と、批判的な言葉で結ぶ点、〈長・盛〉も類同（「無慚」については二八オ3注解参照）。〈長〉「いかなる御心地し給けんと、おもふぞあさましき」、〈盛〉「サコソ悲ク覚シケメ。前内大臣宗盛ハ、苟モ為ニ征夷之将一忽囚ニ匹夫之手一永懸ニ訕於万人之脣一独残ニ恥於累祖之跡一。無慙ト云モ疎也」。一方、〈四・松・南・屋・覚〉は、〈四〉「思《玉ヒケン》何計事」、〈松〉「サコソハ悲ク思ハレケメ」、〈覚〉「いかなる心地かせられけん」、〈中〉「いとせんかたなうこそおもはれけれ」のように、宗盛の心中を思いやるにとどめる。但し、〈覚〉の形について、池田敬子は「厳しい非難を浴びせているとしか読めない」とし、日下力87は、「はたして景経の悲痛な思いが本当に通じたのかどうなのか、そんな問いかけ」と「主君の側の精神的背信」を読む。さらに、辻本恭子は、宗盛と景経、知盛と家長、重衡と盛長と、清盛の子の三兄弟とその乳母子との有様を三者三様に描き分けていると読む。

7 教経最期

（四〇オ）

能登守ハ今ハカウト思給ケレハ敵責係リケレトモ少モ飜ラス戦給矢比ニ廻ル者ヲハ悉ク射伏セ近付者ヲハ寄合ツヽ引サケテ海ヘ投入ケレハ面ヲ向ル者無リケリ新中納言宣ケルハ能登殿イタク罪ナ作リ給ツシヤツハラケシカル者共トコソミレ無詮一トヨサリトテ吉敵カハト宣ケレハ能登殿ハ大童ニ成テ我生取ニセラレテ鎌倉ヘ下ラント云志アリ寄合ヤ者共トレヤ者共トテ判官ノ船ニ乗移ラレニケリ判官サル人ニテ心得テ鎧ヲ着替身ヲヤツシテ尋常ナル鎧モキ給ワスアチヽカヒコチヽカヒツマル事無リケルカイカヽシ

（四〇ウ）

タリケム追ツメラレテ今ハカウト思ヒ小ナキナタ脇ニ挟ムテツイ

鎧《ヒ》イカヽセント思ワレケル処《ニ》小船一艘通リケルカ中二丈計有ケルニ飛移《リ》給ケレハ能登殿是ヲミテ判官《ノ》鎧《ノ》シサリ《ノ》袖《ヲ》ツカマヘテ引給ケレトモ引チキリテ隣《ノ》船《ニ》飛付テナキナタヲマ手《ニ》取ナヲシテ力コソ強クトモ早態ハ義経ニハ及ヒ給ワヌナト云テアサ咲《テ》被立タリ能登守力不及一コナタノ船《ニ》留《リニ》ケリ能登守今日ヲ限《ト》戦ワル判官ノ郎等《ニ》安芸太郎光実《ト》云者アリ此《ハ》安芸国住人ニテモナシ安芸守《ノ》子ニテモナシ阿波国住人安《キ》大領《ト》云者カ子也大力《ノ》甲者三十人《カ》力持リ〔ト〕聞《ル》死生不知ノ兵也郎等二人同力ト聞ユ我等三人組タ

（四一オ）

ラン〔二〕何ナル鬼神《ニモ》組マケシ物ヲイサウレ能登殿《ニ》組ムトテ三人シコロヲ傾《テ》打係《リ》ケルヲ能登守先《ニ》進男ノシヤ膝《ノ》節《ヲ》ケ給タリケレハ海《ニ》逆《ニ》入《ニ》ケリ残二人シコロヲカタフケテツト寄ケルヲ左右ノ脇《ニ》カヒハサミテ暫シメテ見給

フニ手当叶マシトヤ被思ケン少シノヒ上テサラハイサウレト
テ海ヘツト入レニケリ

〔本文注〕
○四〇ウ2　鎧ヒ　「鎧」、字形不審。
○四〇ウ3　能登殿　「殿」の右に「守」と書いて擦り消したか（〈汲古校訂版〉指摘）。
○四一オ1　ラン〔ニ〕何ナル　「ニ」、虫損。〈判読一覧〉は「最終画の「丶」のみ見ゆ。「ニ」か。「ニハ」とあるべきところ」と指摘する。
○四一オ4　ツト寄ケルヲ　「ケ」は、書き損じて重ね書き訂正か。

〔釈文〕
能登守は、今はかうと思ひ給ひければ、敵責め係《か》かりけれども、少しも翻《ひるがへ》らず戦ひ給ふ。矢比《やごろ》に廻る者をば悉く射伏せ、近付く者をば寄り合ひつつ、引つさげて海へ投げ入れければ、面を向くる者無かりけり。新中納言宣ひけるは、「能登殿、いたく罪な作り給ひそ。しやつばらけしかる者共とこそみれ。詮無しとよ。さりとて吉《よ》き敵かは」と宣ひければ、能登殿は大童《おほわらは》に成りて、「我生け取りにせられて、鎌倉へ下らんと云ふ志あり。寄り合へや者共、とれや者共」とて、判官の船に乗り移られにけり。
判官さる人にて、心得て、鎧を着替《きか》へ、身をやつして、尋常なる鎧もき給はず。あちちがひ、こちちがひ、つまる事無かりけるが、いかがし▼四〇ウたりけむ、追ひつめられて、今はかうと思ひ、小なぎなた脇に挟むでつい鎧ひ、いかがせんと思はれける処に、小船一艘通りけるが、中二丈計《ばか》り有りけるに飛び移り給ひければ、能登殿是をみて、判官の鎧のしざりの袖をつかまへて引き給ひけれども、引きちぎりて隣の船に飛び付きて、なぎなたをま手に取りなほして、「力こそ強くとも、早態《はやわざ》は義経には及び給はぬな」と云ひて、あざ咲《わら》ひて立たれたり。能登守力及ばず、こなたの船に留まりにけり。
　能登守、今日を限りと戦はる。判官の郎等に安芸太郎光実と云ふ者あり。此は安芸国住人にてもなし、安芸守の子にてもなし、阿波国住人、安《あ》き大領と云ふ者が子也。大力の甲《かう》の者、三十人が力持ちたりと聞こゆる死生不知の兵也。郎等二人、同じ力と聞こゆ。「我等三人組みた▼四一オらんに、何《いか》なる鬼神にも組みまけじ物を。いざうれ能登殿に組まむ」とて、三人しころを傾《かたぶ》けて打ち係《か》かりけるを、能登守、先に進む男のしや膝の節をけ給ひたりければ、海に逆さまに入りにけり。残る二人しころをかたぶけて、つと寄りけるを、左右の脇にかひはさみて、暫《しばら》くしめて見給ふに、手当叶ふまじとや思はれけん、少しのび上がりて、「さらば、いざうれ」とて、海へつと入られにけり。

〔注解〕

○四〇オ2　能登守ハ今ハカウト思給ケレハ敵責係リケレトモ少モ飜ラス戦給　以下、教経最期譚。〈盛〉のみ、宗盛父子生捕記事の前に教経最期記事を置くが、他本は概ね〈延〉と同様の位置。その冒頭部分は、諸本の異同が多い。〈延〉は教経が「今ハカウ」と覚悟する心境から書き起こすが、これに類するのは、「矢種皆射尽シ、今ハ最後」と思う〈屋〉、「けふをさいご」と思う〈中〉。〈南・覚〉は「凡能登殿ノ矢前ニマハル者コソ無リケレ」（〈南〉）との一文の後、〈屋〉と同様の一文へと繋ぐ。一方、〈長・四・松〉は教経の素姓や年齢、大力の強弓精兵であること、〈盛〉は「元来心甲《こう》ニ身健ニシテ有二進事一無二退事一」といった紹介から書き起こす。続いて、〈盛・四・松〉は〈延〉等に見られる決死の覚悟を記すが、〈長〉は不記。

○四〇オ3　矢比ニ廻ル者ヲハ悉ク射伏セ近付者ヲハ寄合ツヽ引サケテ海へ投入ケレハ面ヲ向ル者無リケリ　教経奮戦の記述も異同が多い。射程内の者をすべて射倒し、近付く者を海へ投げ入れたとするのは〈延・盛〉。太刀や長刀で次々と切り伏せたとするのが〈南・屋・覚・中〉。〈四〉では、矢を射尽くし、打物も折れた後は、「力」（刀か）で戦い、さらに分捕りも行った上に、近付く者を海に投げ入れる。〈長〉は、矢・打物を駆使し、足で敵を踏み倒して分捕りを行い、胴と丸鞘の太刀だけの姿で敵を挑発するなど最も詳細で、奮戦する教経を助けて源氏の大将に迎えたいと語る義経の賛辞まで加えるが、生形貴重88ａは、これを現実離れした本文の変容と指摘する。鈴木淳一は、強弓精兵ぶりがうたわれ、その比類ない弓勢の強さも語られる教経には、『保元物語』の為朝や、『平治物語』の義平とも共通する、軍記物語の典型的な英雄像が形象されていると指摘する。

○四〇オ5　新中納言宣ケルハ…　以下の知盛の言葉を、〈南・屋・覚・中〉では、〈覚〉「新中納言使者をたてて…」のように、使者による伝言とする。〈延・長・盛・四・松〉ではそう明記しないが、同様に読む可能性もあろう。なお、生形貴重88aは、〈延〉で繰り返される「新中納言宣ケルハ…ト宣ケレハ」の形式に、「新中納言物語」が存在した可能性を考える。

○四〇オ5　能登殿イタク罪ナ作リ給ソシヤツハラケシカル者共トコソミレ無ㇾ詮トヨサリトテ吉敵カハト宣ケレハ

「ケシカル」は、異様なさま。えたいの知れないさま。変な、粗末な、見苦しい、話にならない、など非難の意を込めて用いる（〈角川古語〉「けしかる」①）。〈延〉の知盛の言葉は、①そんなにひどく罪作りな殺生をなさるな、②そいつらは得体の知れない者たちと見える、③（そんな者たちを殺しても）無益だ、④それにしても、敵とするに足る身分の相手でもあるまいに、の意。〈長・四・松・南・屋・覚・中〉には①と④に相当する語句あり。また、〈屋〉には「無ㇾ全能登殿ノ仕態哉」という、③に相当する一文（＝教経の行動を明確に否定する一文）があり、これは〈延・屋〉のみの共通点である。〈盛〉は「由ナキ事シ給者哉。此輩ハ皆歩兵ニコソ侍メル。強ニ目ニタテ給ベキニアラズ。自害ヲモシ給ヘカシ」と、異文。①②にあたる内容は認められるが、傍線部は独自。また、こうした知盛の言葉に対して、〈延〉は教経の理解を記さないが、他本では記す。次項注解参照。

○四〇オ7　能登殿ハ…　〈延〉では、知盛の言葉を教経がどう受け止めたかを記さないまま次項以下の行動を描くが、〈長・盛・四・松・南・屋・覚・中〉では、〈長〉「あれ、これは大将軍九郎にくめとの給ふごさんなれ」、〈盛〉「偖ハ九郎冠者ニ組トニコソ」、〈覚〉「さては大将軍にくめごさんなれ」などと解したとする。〈盛〉の場合、前項注解に見た知盛の言葉にはそぐわず、知盛の言葉を誤解ないし曲解したと読める。知盛と教経のやりとりについては、教経は知盛の言葉を誤解したのだとする読解と、知盛の意図を察したのだとする読解の二つの方向がある。前者の例として、〈全注釈〉は、知盛は「殺生をやめよ」と言ったのに、教経はかえって闘志を燃やしたとし、梶原正昭は、知盛の真意はこれ以上無益な殺生を重ねることをいましめたものだったが、教経は相手が良い敵ではないという詰問だと受け取ったのだとする。一方、後者の例として、長野甞一は、教経は「知盛の意中をすぐに察して行動を変え」たと読む。刑部久84は、知盛の言葉は戦闘を停める潮時であることを示すと同時に、最期の一華を教経に求めるニュアンスももたせた言葉で、教経もその言葉の意味をよく理解して死んでいったと読む。また、刑部久96は、前項注解の③のない〈覚〉の叙述において、知盛の伝言は教経の戦闘続行を制止する言とは限定できず、むしろ教経の義経追撃を希い、ほのめかしたのだと解釈できると指摘した。多くの本文で、知盛の言葉は両様に解釈できようが、「自害ヲモシ給ヘカシ」と言った知盛に対して、教経が「偖ハ九郎冠者ニ組トニコソ」と反応したという〈盛〉の記述は、教経の誤解ないし曲解と読めよう。しかし、〈延〉の場合、生形貴重88ａなどが注目するように、知盛はこれまで、義経を討ちたいと繰り返し発言してきた（三〇ウ5、三一ウ3）。その延長上には、ここでも、雑兵ではなく義経を討てという意志を読み取ることが可能であり、それをまっすぐ受け止めた教経が、次項以下の行動の記述に移ると読めよう。さらに、佐々木紀一09が紹介するように、『神明鏡』では、この問答が「新中納言宣ケルハ、『能登殿、哀、九郎ヲ取テ入海ニバヤ』ト有ケレバ、『教常モ角コソ存候ヘ』トテ」とある。知盛が義経を討てと言い、教経が承知したと明瞭に描くものである。石母田正などによって作られた冷静な知将としての知盛像とは異なるが、こうした理解が中世に存在したことは確かである。

○四〇オ7　大童ニ成テ我生取ニセラレテ鎌倉へ下ラント云志アリ寄合ヤ者共トレヤ者共トテ判官ノ船ニ乗移ラレニケリ

知盛の言葉を受けた教経の行動。〈長〉では、知盛の言葉の前に、教経は既に鎧の袖も草摺も捨てて大童になり、「所知しらんとおもはんものは、我をいけどりにして、鎌倉に行て、頼朝にいふべき事あり、たいめんせさせよ」と呼ばわり、奮戦していたが、知盛の言葉を受けて義経を探し、船を乗り移ったとする。〈盛〉では、大童になって船を乗り移り、義経を探したとする。知盛の言葉を受けて義経を捜し回ったとする点は、〈四・松・南・屋・覚・中〉も同様だが、大童になる記述は、〈四・松〉にはなし。また、生け捕りにせよとの言葉は、〈盛・四・松〉なし。〈南・屋・覚・中〉では、義経に逃げられた後、鎧の胴ばかりを着て大童になり、「われとおもはん物どもは、よ(ッ)て教経に組でいけどりにせよ。鎌倉へくだ(ッ)て、頼朝にあふて、物ひと詞いはんとおもふぞ」（〈覚〉）と叫んだと、〈延〉本項に近い文を最期の場面に用いる。〈南・屋・覚・中〉では、大童になって叫んだのは、敵を挑発して、最期の道連れを求めたものと読める。一方、〈延・盛〉では、大童になった（兜を脱いだ）のは、義経を探そうと視界を広くし、また、身軽になって義経を追いかけようとしたものと読める。生捕にせよという呼びかけは、義経に向けたものと解せようか。しかし、大童になるのはともかく、生捕云々の挑発は、多くの軍兵に寄ってこられては義経との組み打ちがしにくくなるはずである点、不審。石井由紀夫は、〈覚〉の方が合理的であると見て、〈延〉は「編纂時の混乱ではなかろうか」と見る。

○四〇オ９　判官サル人ニテ心得テ鎧ヲ着替身ヲヤツシテ尋常ナル鎧モキ給ワスアチヘカヒコチヘカヒツマル事無リケルカ　義経が鎧を常に着替え、また立派な鎧を着ないことは、三一ウ10に盛次の言葉として既出。〈延〉の義経は、こうした配慮の上で俊敏に動き回り、巧みに教経を避けたとする。「ツマル」は、行きづまって先へ進めなくなる、追いつめられて逃げ場がなくなる〈日国〉。他本は、ここでは鎧を着替えたことは記さず、〈盛〉「兎角違テ組《くま》ジ〳〵ト紛行」、〈四〉「判官兼被ケレ用意立ッ面様進《マスレ》ニ郎等共ニ兎角違《チカヒ》不被レ下組」、〈松〉「判官モ兼テ心得タル事ナレバ、組ベキ様モナシ」、〈南・覚〉「判官もさきに心えて、おもてにたつ様にはしけれども、とかく「ちがひて能登殿にはくまれず」（〈覚〉）などとする。〈長・屋・中〉なし。

○四〇オ10　イカヽシタリケム追ツメラレテ今ハカウト思ヒ　〈延〉は詳しい状況がわかりにくいが、〈南〉「何ガシタリケン、能登守判官ノ舟ニ乗当テ、アハヤト目ヲカケテ飛デカヽルニ」とあり（〈屋・覚〉も同様）、同様に考えられようか。〈盛〉「判官ノ舟ト能登守ノ舟トスリ合セテ通ケリ」。教経が義経を見つけて船を乗り移ったきっかけ、あるいは教経が義経をそれと見分けた根拠は、諸本とも、教経が探し回っているうちに偶然見つけ、義経と判断したという以上には説明されない。

○四〇ウ１　小ナキナタ脇ニ挟ムテツイ鎧ヒイカヽセント思ワレケル処ニ小船一艘通リケルカ中ニ丈計有ケルニ飛移リ給ケレハ　〈延〉の「ツイ鎧ヒ」は文意不通。あるいは「鎧」字に誤りがあるか。本来の形としては「ツイ立チ」「立尽シ」などが考えられるが、不明。〈長〉「はうぐはん、長刀わきにかいはさみて、そばなる船の、八尺あまり一丈ばかりのきたるに、ゆらと飛給ふ」、〈盛〉「小長刀ヲ脇ニ挟、サシクヽリテ、弓長二ツバカリナル隣ノ舟ヘツト飛移、長刀取直テ、舷ニ莞尓笑テ立タリ」、〈四〉「早態勇キ人間弓杖三町計船ヘ鎧乍レ着飛ヒ還入リ和下ヌ田船ヘ」（早態の勇しき人なれば、間弓杖三町ばかりの船へ、鎧を着ながら飛びて、和田の船へ還り入りたまひぬ）、〈松〉「小長刀ヲ脇ニ掻挟テ、傍ナル舟ノ一丈計ナルニ、曳ヤトテユラリト飛入ケレバ、舟踏レテ二丈バカリサト退ク」、〈南・屋・覚・中〉は「長太刀脇ニカイハサミ、御方ノ舟ノ二丈計ノキタルニ、ユラト飛乗リ給ヌ」（〈南〉）などとし、隣の舟との距離は〈屋〉「一丈計」。なお、〈四〉の「弓杖三町」は「弓杖三杖（三挺）」などの誤りで、弓の長さ三つ分か（弓の長さ一つ分は七尺五寸が標準とされる）。飛んだ距離は、〈長〉八尺から一丈、〈松・屋〉一丈前後、〈延・南・覚・中〉二丈、〈盛〉弓長二つ、〈四〉弓長三つとなる。全体として、二メートル半から七メートル足らずといったところだろう。揺れる船の上で、鎧を着たまま二メートル半も飛べば「早態」といえようし、〈延・四・南・覚・中〉では六メートル以上飛ぶ、超人的な技を見せている。なお、〈長〉は「かゝる事、二度ありけり」とするが、その他諸本は義経が一度飛んだだけで、いわゆる「八艘飛び」はしていない。次々に舟を飛び移る「八艘飛び」が語られるようになるのは、近世のことと見られる（但し、「八艘飛び」は何度も飛ぶことではなく、八艘分の距離を飛んだのが原義かともいう（島津久基）。

〇四〇ウ3　能登殿是ヲミテ判官ノ鎧ノシサリノ袖ヲツカマヘテ引給ケレトモ引チキリテ　他本なし。「鎧ノシサリノ袖」はわかりにくい。「しさり」は、うしろにさがること。退くこと〈日国〉。逃げようとした義経の体の後ろに残った袖の意か。袖を引きちぎったとするのは、袖引き、草摺引きの類型といえよう（二二オ3注解参照）。但し、袖を引きちぎりながら二丈も離れた舟に飛び移ったとするのは、現実感にやや欠ける。

〇四〇ウ4　隣ノ船ニ飛付テナキナタヲマ手ニ取ナヲシテカコソ強クトモ早態ハ義経ニハ及ヒ給ワヌナト云テアサ咲テ被立タリ　他本なし。「マ手」は「真手」。左右そろった手。両手。もろて〈日国〉。「早態」は、人並みを超えて迅速敏捷な身のこなしを行う技。また、その技をする人。武芸の一つに数えられ、『八幡愚童訓』甲本に「早態・飛越・水練・相撲」と見える（〈角川古語〉。なお、三九オ5注解参照）。「早態」の表記は〈盛・四〉にも所見。『太平記』巻六「赤坂合戦事」にも「如何ナル大力早態ナリトモ、輙ク可レ責様ゾナキ」とある。義経が笑う描写としてやや類似するのは〈四〉で、教経が義経の跳躍に感心したのに対して、「今ヲ始事《カヤトソ》《カトフ》」（今を始めたる事かや）と笑ったとある。また、八坂系四類本の米沢本などに「イカニヤ能登殿、是迄ハ大事カヨ」との挑発がある（佐々木紀一09指摘）。〈盛〉に「長刀取直テ、舳ニ莞爾笑テ立タリ」があるが、これは余裕の微笑で、性格が異なろう。

○四〇ウ6　能登守力不及ニコナタノ船ニ留リニケリ　〈長〉「能登殿、はやわざや、をとり給ひけん、つゞいて飛給はず」とあり、〈南・屋・覚・中〉も類同。〈盛〉「能登守ハ力コソ勝タリケレ共、早態ハ判官ニ及バネバ、力ナクシテ船ニ留、ア丶飛タリ／＼ト嘆《ほむ》」とあり、教経が義経を賞賛する。〈四〉でも、戦いを止めた教経が義経賞賛の発言を漏らし、義経が笑ってそれに応えたとある（前項注解参照）。

○四〇ウ7　能登守今日ヲ限ト戦ワル　義経を逃がした後の教経の行動。〈盛〉も同様に、引き続き戦うさまを描く。〈松〉は義経を逃がした悔しさに立ち尽くす教経を「イカナル鬼神モカクコソト怖シカリケリ」と描く。〈長・四〉は教経の行動は描かないまま、安芸兄弟の話題に移る。〈南・屋・覚・中〉は、大童になって鎧の胴のみを着けた教経が両手を広げ、源氏軍を挑発するさまを描き、〈延〉四〇オ7に類似する。該当部注解参照。

○四〇ウ7　判官ノ郎等ニ安芸太郎光実ト云者アリ此ハ安芸国住人ニテモナシ安芸守ノ子ニテモナシ阿波国住人安キ大領ト云者カ子也　「安芸太郎光実」は、〈長〉「安芸太郎真光」、〈盛〉「安芸太郎時家」、〈南〉「安城ノ太郎実光」、〈松・屋・覚〉「安芸太郎実光」（〈屋〉）、〈中〉「太郎実光」（「次郎秀光」も記す）、〈四〉は「安芸大領子」とするのみで名を不記。安芸太郎とその父を「阿波国住人」とするのは〈盛〉同。〈四・松・南・屋・覚・中〉は安芸大領を土佐国の住人とし、その名を〈松・南〉「実泰」、〈覚〉「実康」、〈中〉「すけみつ」とする（〈四・屋〉は不記）。安芸大領は伝未詳。中世、安芸一帯を領した安芸氏の一族。現高知県安芸市土居に居城跡がある。延慶元年（一三〇八）安芸氏が村域の北、安芸川西岸の丘に安芸城を築城（あるいは修築）して以来、その城下として栄えた〈地名大系・高知県〉。安芸は阿波国に隣接する地域だが、〈延・盛〉の「阿波国住人」は疑問。「大領」は、令制で、郡司の長官。在地の有力豪族を任用する〈日国〉。

○四〇ウ9　大力ノ甲者三十人カ力持リ〔ト〕聞ル死生不知ノ兵也　安芸太郎を三十人力とする点、〈盛・南・屋・覚・中〉も同。〈長・四・松〉は「大力のかうのもの」（〈長〉）とのみ記す。

○四〇ウ10　郎等二人同力ト聞ユ　安芸太郎と同力の郎等二人が行動を共にするのは〈盛・松〉も同様。〈長〉は「我身にをとらぬしたゝかもの二人」を語らったとする。〈南〉は、同力の郎等一人と「普通ノ者ニ勝タルシタヽカ者」の弟「安城ノ次郎」（〈屋・覚・中〉も〈南〉と同様）。

○四〇ウ10　我等三人組タラン〔二〕何ナル鬼神ニモ組マケシ物ヲイサウレ能登殿ニ組ムトテ三人シコロヲ傾テ打係リケルヲ　「何ナル鬼神」は、〈盛・松〉「鬼神」、〈長〉「たけ十丈の鬼神」、〈四・南・屋・覚・中〉「長十丈鬼」（〈四〉）。「三人シコロヲ傾テ打係リケルヲ」は、〈盛・南・屋・覚〉同様。なお〈屋〉では、戦闘に入る前に安芸太郎が義経の前に参じ、郷里にいる二歳の子を案じる旨を伝えると、義経が勲功を保証するという場面を描く。この一節は百二十句本などにも見られ、〈集成〉は、「ここでは教経最後談が同時に安芸兄弟の追悼談でもあるわけで、この話題の出所は案外安芸の遺族の間からであったかもしれない」とする。また刑部久96は、教経最期談の背景に忠快のいくさ語りの存在を想定しつつ、安芸兄弟の戦場譚を採用しない〈覚〉に表現の錬磨を見る。

○四一オ2　能登守先ニ進男ノシヤ膝ノ節ヲケ給タリケレハ海ニ逆ニ入ニケリ　「シヤ膝」の「シヤ」は、体・衣服・調度などに関する名詞等に付いて、侮蔑の気持ちを込める接頭語〈日国〉。教経が一人目を海に蹴り入れたとするのは、他本同様。膝の節を蹴ったとするのは〈延・四〉。〈南・屋・覚・中〉は裾を合わせて蹴ったとする。〈松〉は胸板を蹴ったとする。

○四一オ3　残二人シコロヲカタフケテツト寄ケルヲ左右ノ脇ニカヒハサミテ暫シメテ見給フニ　「暫シメテ見給フニ」は、〈長・盛・松・南・屋・覚〉「一しめしめて」（〈長〉）、〈中〉「二しめ三しめしめられけるが」、〈四〉なし。「一しめ」は、一度締めること、一気に締めること〈日国〉。

○四一オ5　手当叶マシトヤ被思ケン　〈長〉「すこしこはしとやおもはれけん」、〈盛・四・松・南・屋・覚・中〉なし。「手当」はてだて、方法、手段〈日国〉。〈延・長〉の場合、相手は手強く、簡単に片づけられないと見た意か。〈南・屋・覚・中〉では、最初から敵兵を道連れにするつもりで挑発したと読めるが、〈延・長〉では、安芸兄弟を倒したら、さらにまた別の敵と戦うつもりだったが、中々手強いので、これを最後にしようと思った、というように読める。

○四一オ5　少シノヒ上テサラハイサウレトテ海ヘツト入レニケリ　「少シノヒ上テ」、他本なし。「サラハイサウレ」は、〈長〉「いざうれ、さらば、をのれら」、〈盛〉「イザ、ヲノレラ、教経ガ御伴申セ。南無阿弥陀仏〳〵」、〈四〉「去《イザ》将《ウレ》」、〈松〉「己等御供ニ」、〈南〉「イザウレ、サラバヲノレ等、四鉄山三途河ノ共セヨ」、〈屋〉「イザウレ。サラバ汝等死手ノ山ノ共セヨ」（〈覚・中〉もほぼ同）。〈南・屋・覚・中〉は、教経が「生年廿六」で没したことも触れる。また、〈盛〉は「異説ニハ自害云云」との一文を加える。『醍醐雑事記』巻一〇は、教盛・知盛・教経の三名を「自害」とするが、同書には「入水」「入海」の項目はなく、入水を含めて「自害」としているように読める。〈盛〉が意識する「異説」の内容は未詳だが、〈盛〉の場合、船上での切腹などを「自害」として、入水と区別しているように読める（四一ウ3注解）。なお、『吾妻鏡』では、教経は一谷合戦で首を取られたとされており（寿永三年二月七日条）、壇浦合戦には登場しないが、寿永三年二月七日条は誤報を収載したものであろう。第五本・六四ウ4注解参照。

8 知盛最期

新中納言是ヲ見給テ哀レ無由一事　（四一オ）

シツル者哉キヤツハラハケシカル者共ニコソアムメレ見ルヘキ程ノ事ハミツ今ハカウコサンナレトテ被立タリケルニ中納言ノ御命ニモ替奉ムト云契シ侍五六人アリケル中ニ伊賀平内左

衛門家長大臣殿《モ》右衛門督殿モ既《ニ》被取サセ給ヌト

（四一ウ）

申テツト近ク寄タリケレハ穴心憂ヤ何《ニ》家長《ト》宣ケレハ
日来《ノ》御約束タカヘ進セ候マシトテ中納言《ニ》鎧二両キセ奉
我身《モ》二両キテ手《ニ》手《ヲ》取組《テ》一度《ニ》海《ニ》入《ニ》ケリ侍六人
同クツヽキテ入《ニ》ケリ海上《ニ》赤旗赤シルシチキリテステカナクリ
ステヽ蓁《ヲ》嵐ノ吹散タルカ如シ海水血《ニ》変《シテ》渚《ニ》寄《ル》白
波《モ》薄紅ニソ似《リ》ケル空《キ》舟風《ニ》随《テ》何《クヲ》指トモナクユ
ラレ行《ツ》無慚ナル

〔本文注〕

○四一ウ3　一度《ニ》　「ニ」は字形不審。中央が切れている。筆勢によるか。

○四一ウ5　蓁　〈北原・小川版〉による。〈吉沢版〉〈汲古校訂版〉は「蓁」とするが、「蓁」の異体字。

〔釈文〕

新中納言是を見給ひて、「哀れ、由無《よし》き事しつる者哉。きやつばらは、けしかる者共にこそあむめれ。見るべき程の事はみつ。今はかうごさんなれ」とて立たれたりけるに、「中納言の御命にも替はり奉らむ」と云ひ契りし侍五六人ありける中に、伊賀平内左衛門家長、「大臣殿も右衛門督殿も既に取られさせ給ひぬ」と▼（四一ウ）申して、つと近く寄りたりければ、「あな心憂や、何《いか》に家長」と宣ひければ、「日来の御約束たがへ進《まゐ》らせ候ふまじ」とて、中納言に鎧二両きせ奉り、我身も二両きて、手に手を取り組みて、一度に海に入りにけり。侍六人同じくつづきて入りにけり。

海上に赤旗赤じるし、ちぎりてすて、かなぐりすてて、蒙《もみぢ》を嵐の吹き散らしたるが如し。海水血に変じて、渚に寄する白波も、薄紅にぞ似たりける。空しき舟、風に随ひて、何《いづ》くを指すともなく、ゆられ行くぞ無慚なる。

〔注解〕

○四一オ6　新中納言是ヲ見給テ哀レ無由ニ事シツル者哉キヤツハラハケシカル者共ニコソアムメレ　「キヤツハラ」は、前節で教経に道連れにされた安芸兄弟を指す。同様の発言は、〈長・四〉あり、〈盛・松・南・屋・覚・中〉なし（〈盛〉では本節の前に宗盛父子生捕を記しており、教経最期と本節が直接つながらない）。〈延〉では、四〇オ5にも「シヤツハラケシカル者共トコソミレ」とあり、「ケシカル者」を繰り返している。石井由紀夫は同じ言葉を繰り返して使う〈延〉の性格と捉える。

○四一オ7　見ルヘキ程ノ事ハミツ今ハカウコサンナレ　知盛の言葉。「見ルヘキ程ノ事ハミツ」は諸本類同。「今ハカウコサンナレ」に類する言葉は、〈長〉「いまはさてこそあらめ」、〈四〉「今為セン何」、〈南〉「今ハ海ヘ入ラン」、〈屋〉「此後有トテモ、何事ヲカ見ベキ」、〈覚〉「いまは自害せん」など。〈松・中〉は該当語なく、家長に入水の意志を問う。これらは前節の教経最期に続くもの。〈盛〉の場合、直前に位置するのは宗盛生捕であり、その報告を受け、「穴心憂。ナド深ハ沈給ハザリケルゾト二度宣テ、涙ヲハラ〳〵ト流テ、今ハ何ヲカ可ニ見聞一。家長、日比ノ約束ハイカニ」と続く。この言葉は、〈延・長・四〉では前項の教経最期に対する感想に続いており、教経の死により義経を討つことをあきらめた言葉と読める。その点、梶原正昭が、「文脈の上では教経の最期のさまに直接関連して述べられたものである」と指摘した通りだろう。〈延・四〉の場合、この言葉を発した時点で、知盛は未だ宗盛生捕を知らず、必ずしも合戦全体を見届けたわけではない（次々項注解参照）。だが、〈松・南・屋・覚・中〉では、教経最期の場面に続くものの、必ずしも義経を討ち損ねたことへの反応ではなく、合戦全体の結果を捉え返した言葉とも読めるし、〈盛〉では、教経最期場面と切り離されているわけである。従来は、〈覚〉の「見るべき程の事は見つ」に基づく議論が多い。佐藤信彦は、知盛を洞察と諦観の二つを兼ね備えた哲人と評した。石母田正は、この言葉を発した知盛が見たものが『平家物語』の語った全体であるとし、知盛を作者の運命観を語る分身と捉え、圧倒的影響力を持った。一方、以倉紘平は、〈四〉の知盛像に、〈覚〉に基づいた石母田の知盛像とは異なる、現世に対する怨恨や後悔を抱く苦悶する軍人の姿を見る。石井由紀夫は、〈延・長・盛・四〉での「見るべき事」とは教経による義経への攻撃を指すとし、教経と知盛は共通の敵意を義経に向けており、それが挫折した時点で彼らは入水したと見る。板坂耀子は、〈覚〉前半部は清盛対重盛、後半部は宗盛対知盛の構図があり、石母田論が説いた魅力ある知盛像は、作中で彼が背負わされた役割から生じたものと指摘する。また、〈延〉の知盛のこの言葉について、小林美和95、生形貴重88ａの論がある。小林は、自らが最後に全てを賭けた義経討滅作戦が阿波民部成良の裏切りによって水泡に帰し、それを見届けた絶望の叫びと捉える。生形は、義経を討ち取らんとする知盛の執念が果たされずに終わったことを、悔恨の情とともに言い捨てた言葉と読む。

○四一オ8　中納言ノ御命ニモ替奉ムト云契シ侍五六人アリケル中ニ伊賀平内左衛門家長　「侍五六人」は他本なし。〈延〉では四一ウ3「侍六人」に呼応するが、他本では知盛の問いかけによって家長が登場するのみで、家長を含め、自ら主人知盛の下へ駆け寄る姿は描かれない。「伊賀平内左衛門家長」は、〈盛・四・屋〉同様、〈長・南・覚〉「乳母子の伊賀平内左衛門家長」（〈長〉）、〈中〉「さぶらひ伊賀左衛門のぜう家仲」。家長は第四（巻八）・四六オ7に既出。〈覚〉などにより知盛の乳母子とされることが多いが、石井由紀夫はこれに疑問を呈し、辻本恭子は、家長は知盛配下の武士ではあっても乳母子ではなく、知盛の死を乳母子との一所の死という理想の死として描こうとした〈覚〉の造形が影響を与えたものと指摘する。なお、家長の素姓は未詳。「伊賀」とあるので、伊賀にあった平氏一族か。『系図纂要』では、家貞の子に「家長」を記し、「平内左衛門仕二知盛卿一」と注する。『尊卑分脈脱漏』には家貞の子に「家長〈平六〉」があるが、これは「薩摩平六」と通称される家長か。

○四一オ10　大臣殿モ右衛門督殿モ既ニ被取サセ給ヌ　家長

が宗盛父子生捕りの件を報告する点、〈盛・四〉同様。前々項注解に見たように、〈盛〉ではその報告を聞いた知盛が「今ハ何ヲカ可㆓見聞㆒」と言ったわけだが、〈延・四〉の場合、知盛は「見ルヘキ程ノ事ハミツ」と言った時点では未だ宗盛父子の生捕を知らなかったわけである。この点、「全てを見届けた知盛」といった読解にとって一考を要する点であろう。

○四一ウ1　穴心憂ヤ何ニ家長　知盛の言葉。〈盛〉は「穴心憂。ナド深ク沈給ハザリケル」と二度言ったとする。〈四〉も「阿那心憂々々ャ」と宗盛父子生捕りに対する嘆きがある。〈延・盛・四〉の場合、知盛の入水は宗盛を反面教師的に意識し、対照的な死に様を見せたものと読めよう。

○四一ウ2　日来ノ御約束タカヘ進セ候マシ　家長の言葉。家長から「日来ノ御約束」を言う点、〈四・屋〉も同様。なお、〈四〉では、知盛の「今為《セン》何々《カニ》家長」という言葉に対して、家長が「契不マシ違ヘ進候」と言った上で宗盛生捕を報告し、前項に該当する知盛の嘆きを導く。一方、〈長・盛・南・覚・中〉は、知盛から家長に対して日頃の約束の件を問うている。

○四一ウ3　中納言ニ鎧二両キセ奉我身モ二両キテ手ニ手ヲ取組テ一度ニ海ニ入ニケリ　〈長・南・屋・覚・中〉ほぼ同。〈四・松〉は鎧二両着用の件なし。〈盛〉は、知盛が教盛とともに西に念仏を唱えて「自害」し、有国等の侍八人が「同枕ニ自害シテ伏ヌ」とする。この「自害」は切腹など自刃をいうか。その後、「一説云」として知盛・教盛と侍八人が「入水」したとする（次項参照）。『吾妻鏡』四月十一日条は、教盛・知盛を含む六名を「入レ海人々」とし、『醍醐雑事記』は教盛・知盛・教経の三名を「自害」とする。

○四一ウ3　侍六人同クツヽキテ入ニケリ　四一オ8の「侍五六人」に呼応する。共に入水した侍の数、〈四〉は六人、〈松〉は八人、〈南・屋・覚・中〉は廿余人とする。これらは家長を含まない数と読めるが、〈盛〉は有国・家長を含めた侍八人が共に「自害」したとする。〈長〉なし。なお〈盛〉は、当該部以降、知盛・教盛の追悼評を記した後、「一説云」として、一字下げ記事を記す。そこでは、知盛・教盛が入水した後、侍八人が後を追ったという他本に似た記事の後、武装した「年三十計ノ男」が、知盛は浮かび上がってこないと見届けてから入水したとし、源氏の兵が賞賛したと描く。

○四一ウ4　海上ニ赤旗赤シルシチキリテステカナクリステヽ蓁ヲ嵐ノ吹散タルカ如シ　「蓁」の訓みは「ショウ」「ゾウ」、意味は「草の名」〈大漢和〉。〈吉沢版〉〈汲古校訂版〉

の「蘰」は「蕠」の異体字。いずれにせよ、「もみぢ」の訓は確認できない。〈名義抄〉で「モミヂ」と訓む字は「蒙」（僧上一八）、「蒙」（僧上五九）で、いずれも〈大漢和〉にはない。平家の赤旗などが海上に散乱したと描く点は他本も基本的に同様だが、〈盛〉「チキリテステカナクリステヽ」を〈盛〉「充満テ」、「蘰ヲ…」を〈南・覚〉「龍田川ニ紅葉ヲ…」（〈南〉）、〈屋〉「竜田山ノ紅葉ヲ…」、〈中〉「立田川にあらねども、紅葉ばながるといひつべし」などといった小異あり。また、知盛入水の後、この描写の前に、〈長〉では八代の大夫重安が泳いで助かった記事あり。〈盛・松〉では、赤旗描写などの後に「豊後国八代宮ノ神主ニ七郎兵衛尉某」（〈盛〉）として、より詳しく語る。〈盛〉では、さらにその後に、猪俣則綱と八田知家が船に流れ着いた臼を詠んだ秀句の記事がある。いずれも笑いを含む記事で、叙述が平家滅亡の悲劇に集約していかない感がある。また、〈南・覚〉では、知盛入水と赤旗描写の間に、盛嗣・忠光・景清等の逃亡を記す記事あり。〈延・屋〉では、巻十二の知忠挙兵の際に彼等が馳せ参じたとして、そこで壇浦からの逃亡を記す（〈延〉第六末・八一ウ5以下）。

○四一ウ5　海水血ニ変シテ渚ニ寄ル白波モ薄紅ニソ似リケル
〈盛〉ほぼ同。〈長〉「水、ちに変じて、なぎさによる波も紅なり」。〈松〉は「潮漳而《ミナギリテ》一ニ変ジテ…」以下同様だが、「一」は「血」の誤りか。一方、〈四〉「海変シ寄渚波モ皆紅」、〈南・屋・覚・中〉「ナギサニ寄ル白波モ薄クレナヒニゾ見ヘタリケル」（〈南〉）は、「紅」とはあるが、直接的には「血」の語なし。生形貴重88ａは、海峡を血に染めた凄惨な風景から、平氏一門の怨霊の物語が壇ノ浦・瀬戸内の海域にいち早く発生したと想定する。

○四一ウ6　空キ舟風ニ随テ何クヲ指トモナクユラレ行ツ無慚ナル
〈長・四・南・屋・覚・中〉基本的に同様。但し、「無慚ナル」は、〈四〉「悲シキ」、〈南・覚〉「カナシケレ」（〈南〉）、〈長・屋・中〉なし。〈盛〉は「主ヲ失ヘル船ハ、風ニ随塩ニ引レテ、越路ノ雁連ヲ乱レルガ如ク」云々と、文飾が大きく異なる。〈松〉該当文なし。

十六　平家男女多被生虜事

（四一ウ）

十六
九郎判官ハ赤地錦《ノ》直垂《ニ》紫スソコノ鎧前《ニ》置《テ》金作《ノ》太刀膝《ノ》下《ニ》置《テ》生取《ノ》男女《ノ》交名注サセテ居給タリアワレ大将軍〔ヤト〕ソ見ヘケル日ノ入程《ニ》船共渚《ニ》漕寄

（四二オ）

海際《ニハ》兵船間ナク引並《テ》夷共乗ヲルメリ陸〔ニ〕《ハ》楯〔ヲ〕ツキ〔テ〕烈居タル弓ノホコ竹林《ヲ》見カ如シ其中《ニ》生虜《ノ》女房達ヲハ屋形《ヲ》作《テ》籠スヘタリ訇《ル》声無絶《ル》事我《モ》人《モ》云事ヲハ聞別《ス》元暦二年ノ春《ノ》暮何《ナル》年月ナレハ一人海中《ニ》沈給《ヒ》百官波上《ニ》浮ラン一門《ノ》名将ハ千万ノ軍俗《ニ》囚レ国母菜女《ハ》東夷西戎《ノ》手《ニ》懸《テ》各《ノ》故郷へ被帰《一》ケン心《ノ》中コソ悲シケレ買〈去濁〉臣カ故郷ニハ錦袴ヲキヌ

事ヲ歎キ照君カ旧里ニハ再帰ラン事ヲ喜フ思合ラレテ
哀也生虜ニハ　前内大臣公宗盛公　子息右衛門督清宗
平大納言時忠　子息讃岐中将時実　蔵頭信基

（四二ウ）

兵部小輔尹明　僧綱ニハ二位僧都全親　中納言僧都印弘
法勝寺執行能円　熊野別当行明　中納言律師忠快
経誦房阿闍梨祐円侍ニハ藤内左衛門信康橘内左衛門秀康
有官無官ノ者三十八人トソ聞ヘシ源大夫判官季貞
摂津判官盛澄阿波民部大夫成良是等ハ首ヲ延テ
降人ニ参ル女房ニハ建礼門院北政所ヲ奉始テ㆒帥典侍
大納言典侍冷泉殿人々ノ北方上臈中臈惣テ廿三人也
一目モ見馴サルアラケナキ者ノ武ノ手ニカヽリテ都ヘ帰リ給シハ
王照君カ夷ノ手ニ被渡テ㆒胡国ヘ行ケン悲モ此ニハ過シト
〔ソ〕覚シ船底ニ臥沈テ声ヲ調テヲメキ叫給モ理トソ覚

ルサレトモ二位殿ノ外ハ身投海ニ入給人モナシ

（四三オ）　1

〔本文注〕

○四一ウ9　交名　「交」、〈吉沢版〉〈北原・小川版〉〈汲古校訂版〉「夾」（〈汲古校訂版〉は「「交」の当て字」とする）。「交」の異体字と判断した。

○四二オ1　陸〔ニ〕ハ楯〔ヲ〕ツキ〔テ〕　「ニ」「ヲ」「テ」は虫損のため難読。

○四二オ7　錦袴ヲキヌ事　「ヌ」、字形不審。「又」のようにも見える。

○四二オ9　前内大臣公宗盛公　底本のママ。「前内大臣公」の「公」は衍字。

○四二ウ3　経誦房阿闍梨祐円　「祐」、「祐」あるいは「祜」に見える。書き誤りか。

○四二ウ9　胡国　「胡」、重ね書き訂正。「故」を訂したか。

〔釈文〕

十六（平家の男女多く生け虜らるる事）

九郎判官は、赤地錦の直垂に、紫すそごの鎧、前に置きて、金作《こがねづく》りの太刀、膝の下に置きて、生け取りの男女の交名注《けふみやうしる》させて居給ひたり。あはれ大将軍やとぞ見えける。日の入る程に船共渚に漕ぎ寄す。▼四二オ海際には兵船間《ひま》なく引き並べて、夷《ゑびす》共乗りをるめり。陸《くが》には楯をつきて、列なり居たる弓のほこ、竹林を見るが如し。其の中に生虜の女房達をば、屋形を作りて籠めするゐたり。詈《ののし》る声絶ゆる事無く、我も人も云ふ事をば聞き別かず。

元暦二年の春の暮、何《いか》なる年月なれば、一人海中に沈み給ひ、百官波上に浮かぶらん。一門の名将は千万の軍俗に囚《とら》はれ、国母采女《さいぢよ》は東夷西戎の手に懸かりて、各《おのおの》故郷へ帰られけん、心の中こそ悲しけれ。買臣が故郷には錦袴をきぬ事を歎き、照君が旧里には再び帰らん事を喜ぶ。思ひ合はせられて哀れ也。

生虜には、前内大臣公宗盛公、子息右衛門督清宗、平大納言時忠、子息讃岐中将時実、蔵頭信基、▼四二ウ兵部小輔尹明、僧綱には二位僧都全親、中納言僧都印弘、法勝寺執行能円、熊野別当行明、中納言律師忠快、経誦房阿闍梨祐円、侍には藤内左衛門信康、橘内左衛門秀康、有官無官の者三十八人とぞ聞こえし。源大夫判官季貞、摂津判官盛澄、阿波民部大夫成良、是等は首を延べて降人に参る。女房には建礼門院、北政所を始め奉りて、帥典侍、大納言典侍、冷泉殿、人々の北方、上﨟、中﨟惣じて廿三人也。一目も見馴れざるあらけなき者武《もののふ》の手にかかりて都へ帰り給ひしは、王照君が夷の手に渡されて、胡国へ行きけん悲しみも、此には過ぎじとぞ覚えし。船底に臥し沈みて、声を調《ととの》へて、をめき叫び給ふも、理《ことわり》とぞ覚ゆ▼四三オる。されども二位殿の外は、身を投げ、海に入り給ふ人もなし。

〔注解〕

○四一ウ8　九郎判官ハ赤地錦ノ直垂ニ紫スソコノ鎧前ニ置テ金作ノ太刀膝ノ下ニ置テ生取ノ男女ノ交名注サセテ居給タリアワレ大将軍〔ヤト〕ソ見ヘケル　以下、四二オ4「云事ヲハ聞別ス」まで、他本なし。他本も生捕名寄せは載せるが、それを義経が記したさまは描かない。なお、『吾妻鏡』元暦二年四月十一日条に、義経が進上した合戦報告「一巻記〈中原信泰書レ之云々〉」が載り、「入海人々」「生虜人々」などの交名が見える。

○四一ウ10　日ノ入程ニ船共渚ニ漕寄　日暮れまでに源氏の船が海岸に戻ってきたとする。合戦終了の時刻は明らかではないが、日の高いうちに決着がつき、それ以後は重要人物や宝物の捜索などをしていたが、日が暮れて海岸に戻ったと読めようか。合戦の時間帯は、三一オ4～注解に見たように、『玉葉』四月四日条では「自二午正一至二晡時一」（正午から午後四時頃まで）、『吾妻鏡』三月二十四日条では「及二午剋一平氏終敗傾」とし（同四月十一日条「午剋逆党敗北」）、昼頃には勝敗が決していたとする。この点について、宮田尚は、午刻に勝敗を決定づける大きな軍事衝突があり、この時に義経が勝利宣言を前倒しし、その報告を直接踏まえたのが『吾妻鏡』、使者の判断を加味したのが『玉葉』と推測する。なお、三一オ5注解に見たように、〈延・長・盛〉は合戦の開始を「夜ノアケホノ」（〈延〉）とし、〈南・屋・覚・中〉は卯刻に鬨の声または矢合せとしていた。

○四二オ1　海際ニハ兵船間ナク引並テ夷共乗ヲルメリ陸〔ニ〕ハ楯〔ヲ〕ツキ〔テ〕烈居タル弓ノホコ竹林ヲ見カ如シ　「間」は「ヒマ」と訓むか。〈名義抄〉では「間」（ヒマ）の俗字とする。「夷共」は東国の荒々しい武士たち、「弓ノホコ」は、弓幹《ゆがら》の先端部分の称（〈角川古語〉「ほこ」②）。

○四二オ2　其中ニ生虜ノ女房達ヲハ屋形ヲ作テ籠スヘタリ訇ル声無絶ル事我モ人モ云事ヲハ聞別ス　生捕の女房たちが屋形に籠められた件は〈延〉独自記事。女房達の泣き叫ぶ声が激しく、声を聞き分けることができなかったという。集団的なレイプの記述と読むべきか。第五本・十二「義仲等頸渡事」で、降人となって助命されたかに見えた樋口兼光が、法住寺合戦の際に「御所ノ可然女房ヲ取奉リテ衣装ヲハキ取リ兼光宿所ニ五六日マテ籠置奉リタリケル」（三六オ3）という行為によって、女房達に訴えられ、結局処刑されたとの記述が見える。該当部注解参照。ここでも、合戦の後、女性を捕らえて「籠スヘ」たとあるのは、同様の状況を描いたものであろう。

○四二オ4　元暦二年ノ春ノ暮何ナル年月ナレハ一人海中ニ沈給ヒ百官波上ニ浮ラン　類似の文、〈盛〉は合戦後の海上描写の末尾に一字下げで記す。〈南・屋・覚・中〉は、生捕名寄せの直後（〈南〉ではこれが巻一一冒頭）。〈四〉は次段に該当する安徳帝記事の冒頭、〈長〉はその末尾に記す。「元暦二年」は、〈四〉「元暦二年乙巳」。「何ナル年月ナレハ」は、〈松〉なし（次項該当文は生捕り名寄せの直後にあり）。「元暦二年」は、〈四〉「元暦二年乙巳」。「何ナル年月ナレハ」は、〈盛〉「元暦二年ノ春ノ暮、如何ナル年、如何ナル日ゾ」。〈延〉では、第六末・七七ウ1「寿永元暦歟二年ハ何ナル年ソヤ天子翠体悉ク西海波下ニ流ケム三月下旬ハ何ナル月ソヤ月卿雲客併ラ関路ノ湖底ニ朽ニケム」の類例があり、第二中・六六ウ3「木津河イカナル流ソヤ頼政カ党類皆ミシカ夜ノ夢ニ同シ光明山ハウラメシキ所哉《ロ》藩籬《ハンリ》ノ貴種長キ闇ミニ趣カセ給フ」も類似表現。追悼供養の表白文の類型か。「一人」は天皇を指し、「百官」との対。〈四〉「主上」。「百官波上ニ浮ラン」は、〈盛〉「百官水泡ト消ユ」。「百官」は文武百官。

○四二オ5　一門ノ名将ハ千万ノ軍俗ニ囚レ国母菜女ハ東夷西戎ノ手ニ懸テ各ノ故郷へ被帰ケン心ノ中コソ悲シケレ　〈松・南・屋・覚・中〉に類似の一文あり。〈南・屋・覚・中〉は「国母菜女ハ…」の一節を先にし、「一門ノ名将ハ…」の一節を「臣下卿相ハ…」（〈南〉）などとする。〈長・盛・四〉なし（次項及び四二ウ8注解参照）。「軍俗」は未詳だが、「軍侶」の誤りか。〈南・屋〉「数万ノ軍侶」（〈南〉）。「軍侶」は「軍旅」に同じで、軍勢の意〈角川古語〉。「菜女」は「采女《さいぢょ》」がよい。宮中に奉仕する女官〈日国〉。「東夷西戎」は、ここでは東国と四国・九州の武士をいうか。『六代勝事記』に「名将は千万の軍旅にとらはれ、国母官女は夷の手にしたがひて旧里に帰り」とある。〈全注釈〉は『平家物語』との交渉の可能性を留保するが、弓削繁は「この語句は『平家物語』に影響を与えている」と指摘する。

○四二オ7　買〈去濁〉臣カ故郷ニハ錦袴ヲキヌ事ヲ歎キ照君カ旧里ニハ再帰ラン事ヲ喜フ思合ラレテ哀也　前項に続けて朱買臣と王昭君の故事を引く点、〈南・屋・覚・中〉も同様。また、〈延〉は四二ウ9でも王昭君の故事を引き、本項と重複するが、〈長・盛・四〉は四二ウ9該当文のみあり。〈松〉は前項に続けて王昭君のみ記し、〈南・屋・覚・中〉にも似るが、本項は〈長・盛・四〉と同様と見るべきか。四二ウ8注解参照。朱買臣の故事については、第三末・三八ウ5注解参照。日本では「故郷に錦を飾る」話として受容された。ここでは朱買臣の喜びの帰郷に対して、「一門ノ名将」が捕らわれの身として悲しみの帰郷を遂げたと対照する。なお、「錦袴ヲキヌ」は、〈南・屋・覚〉「錦ヲ着ザル」。〈中〉「にしきをきて、こきやうにかへりけん事をうらやみ」。「袴」とする理由は不明だが、〈延〉は第三末・三八ウ5でも「錦ノ袴ヲ着ヨ」としていた。また、王昭君の故事については、第一末・九六オ4注解参照。〈延〉本項では、「照君カ旧里ニハ再帰ラン事ヲ喜フ」とあり、王昭君が漢の地に戻ったと読める。王昭君説話は故郷に帰れなかったとするのが本来かつ一般的であり、〈延〉も第一末では帰郷は描いていない。本項の〈南・屋・覚・中〉も「王昭君ガ胡国へ趣シ恨モカクヤトゾ悲ミ給ヒケル」(〈南〉)として、帰郷には触れない。しかし、趙恩馡は、王昭君が帰郷したとする記述が〈延〉の女院の回想の中にも「王照君カ王宮ヲ出テ胡国ニ趣テ十九年マテ歎ケムモ我身ニテコソ思知ラレ侍レ」(第六末・七五オ3)と見えることを指摘すると共に、平安期の歌学書『柿本朝臣人麻呂勘文』にも「或書曰、昭君後帰二漢地一云々」とあることを指摘、こうした所伝が歌を中心に広まっていたと推測する。ここでは、王昭君の喜びの帰郷に対して、「国母采女」が悲しみの帰郷を遂げたと描き、朱買臣と同様、喜びと悲しみの対照とする独自の記述。

○四二オ9　生虜ニハ…　以下の生捕名寄せは他本にもあり。〈盛〉は四月四日に義経から院へ奏上された注進状の形を取る。生け捕りの交名は、『吾妻鏡』四月十一日条所載の合戦注進書や(四一ウ8注解参照)、『醍醐雑事記』巻一〇にも見える。また、『玉葉』四月四日条には、壇浦合戦の第一報として、主な生捕の名が記される。梶原正昭は、壇浦合戦の経緯を伝えた当時の記録や史書の記事として、『玉葉』、『吾妻鏡』、『醍醐雑事記』、『愚管抄』、『慈鎮和尚夢記』、『六代勝事記』、『皇帝紀抄』、『百練抄』、『鎌倉年代記・裏書』、『保暦間記』、『東寺長者補任』、『一代要記』、『神皇正統記』の十三の記録・史書の記事を通観し、記事は大筋において共通し、『平家物語』に描かれたことがほぼ事実であったと推測する。右下に、諸本及び『吾妻鏡』『醍醐雑事記』『玉葉』の記す生捕の人名を対照する。まず一門の俗人。＊を付した人物は、役職名や通称等で記されていることを示す。

○四二オ9　前内大臣公宗盛公　「前内大臣公」の「公」は衍字。「宗盛公」とするのは〈延・長・覚〉。〈盛・松〉『吾妻鏡』『玉葉』「前内大臣」、〈四・南・屋・中〉「前内大臣宗盛」（〈四〉）、『醍醐雑事記』「内大臣宗盛」。なお、『吾妻

〈延・松〉	〈長〉	〈盛〉	〈四〉	〈南・屋・覚〉	〈中〉	吾妻鏡	雑事記	玉葉
宗盛	宗盛	※1	宗盛	宗盛	宗盛	※2	宗盛	宗盛＊
清宗	清宗	宗盛	時忠	時忠	時忠	宗盛＊	清宗	清宗
時忠	能宗＊	時忠	清宗	清宗	清宗	時忠	時忠	時忠
時実	時忠	清宗	時実	信基	のぶもと	清宗	時実	
信基	信基	信基	信基	時実	時実	信基	信基＊	
尹明	時実	時実	尹明	尹明		時実		
	尹明	尹明				尹明		
		親房				能宗＊		

※1＝先ず建礼門院・若宮（守貞親王）・冷泉局・大納言典侍・帥典侍の五名を列記。
※2＝先ず「入海人々」七名（二位尼・教盛・知盛・経盛・資盛・有盛・行盛）、続いて「若宮并建礼門院無為奉㆑取㆑之」と記した後、「生虜人々」を列記。

鏡』三月二十四日条には「前内府宗盛、右衛門督清宗等者、為㆓伊勢三郎能盛㆒被㆓生虜㆒」とある。

○四二オ9　子息右衛門督清宗　「右衛門督清宗」、〈長・四・南・屋・覚〉・『吾妻鏡』『醍醐雑事記』『玉葉』同様。〈盛〉「前右衛門督清宗卿」、〈中〉「さゑもんのかみ清宗」。なお〈長〉は、「御子右衛門督清宗」とし、次に「八歳若公童名副将軍殿」を加える。

○四二オ10　平大納言時忠　〈長・四・松・南・屋・覚・

中〉『吾妻鏡』『醍醐雑事記』『玉葉』同様。〈盛〉「平大納言時忠卿」。後に能登国に流されたことは、第六末・七「平大納言時忠之事」に描かれる。

○四二オ10　子息讃岐中将時実　「讃岐中将時実」、〈盛〉「左中将時実朝臣」、『吾妻鏡』「左中将〈時実／同上〉」。平時忠の長男。〈延〉では寿永二年の平家一門解官に名を連ねる。第四（巻八）・四オ9注解参照。壇浦で生捕られた時、負傷していた（『吾妻鏡』四月二十六日条）。配流については第六末・七ウ2注解参照。

○四二オ10　蔵頭信基　「蔵頭」は「内蔵頭」がよい。〈長・四・松・屋・覚・中〉「内蔵頭信基」、〈盛〉『吾妻鏡』「前内蔵頭信基朝臣」、『醍醐雑事記』「内蔵頭」。〈南〉「蔵人守信基」。但し、〈長〉が時忠に続けて「同子息内蔵頭信基」とするのは誤りで、平信範の男（〈長〉は時実との混乱か）。〈延〉では寿永二年の平家一門解官に名を連ねる。第四（巻八）・四オ9注解参照。壇浦で生捕られた時、負傷していた（『吾妻鏡』四月二十六日条）。配流については、第六末・七ウ2注解参照。

○四二ウ1　兵部小輔尹明　「兵部小輔」は、〈長〉「兵部大輔」、〈盛〉「前兵部少輔」、〈四・松・南・屋・覚〉『吾妻鏡』「兵部少輔」。「兵部少輔」がよい。「尹明」は、〈長・盛・四・松・屋〉同。〈南〉「政明」、〈覚〉「雅明」。〈中〉『醍醐雑事記』には記載なし。尹明は東宮学士知通の息。〈延〉では寿永二年の福原除目で五位蔵人となり、「蔵人ノ少輔」と称したとあった。第五本・四二ウ1注解参照。配流については第六末・七ウ3注解参照。

○四二ウ1　僧綱ニハ…　諸本及び『吾妻鏡』『醍醐雑事記』の記す生捕の僧は次のとおり。なお、『玉葉』四月四日条では「全真僧都」のみ記す。

〈延〉	〈長〉	〈盛〉	〈四・南〉	〈松〉	〈屋〉	〈覚〉	〈中〉	吾妻鏡	雑事記
全親	全親	全親	全親	全親	能円	全真	全真	公真	全真
印弘	忠快	能円	能円	能円	還真	能円	ちうくわい	忠快	能円
能円	祐円		忠快	忠快	忠快	仲快	のうゑん	能円	
行明			祐円	有円	融円	融円	ゆうゑん	行明	
忠快									
祐円									

○四二ウ1　二位僧都全親　〈長・四・松・南〉同。〈盛〉

「全親僧都」、〈屋〉「二位僧都還真」、〈覚・中〉『醍醐雑事記』「二位僧都全真」、『吾妻鏡』「僧都公真」、『玉葉』四月四日条「全真僧都」。〈延〉は、第三末・七四ウ1では「全親」、第五本・四三ウでは「全真」とするが、「全真」がよい。藤原親隆の息、母は平時信の女。時子の甥。延暦寺僧。伯母の平時子の猶子となり、「権勢之人」と称されていた（『山槐記』治承三年正月十七日条）。第三末・七四ウ1注解参照。

○四二ウ1　中納言僧都印弘　他本なし。第六末・五「平家ノ生虜共被流事」七ウ6に「中納言僧都印弘ヲハ久世奉テ阿波国ヘ遣ス」とある（〈盛〉「中納言律師良弘」。他本なし）。『玉葉』元暦二年五月二十一日条は、壇ノ浦で生け捕られた僧俗の流罪者の中に、「良弘〈前大僧都、阿波〉」の名を挙げ、『吾妻鏡』同年六月二日条にも「法印大僧都良弘阿波」とある。〈延〉の「印弘」は、この良弘を指すと見られる。良弘は、真言宗小野流の醍醐寺・東寺僧で、従五位上能登権守藤原孝能の男（基俊の曾孫）。康治元年（一一四二）生（残欠本『僧綱補任』）。治承二年（一一七八）の中宮徳子着帯の際、北斗法を修した（『定長卿記』同年六月二十八日条〈『后宮御著帯部類』所引〉）。同四年五月の以仁王挙兵の際に祈祷を行って権大僧都となったことは、第二中・七一ウ3注解参照。同年九月には安徳天皇の護持僧となった（『山槐記』同月二十日条）。平家とは早くから親しく、おそらくこの関係から、都落ちした平家と行動を共にしていたのであろう（角田文衞）。なお、残欠本『僧綱補任』が元暦二年三月没（四十四歳）とするのは疑問。配流については、第六末・七ウ6注解参照。

○四二ウ2　法勝寺執行能円　〈四・松・南・覚〉『醍醐雑事記』同。〈盛〉「能円法師」、〈屋〉「法勝寺修行能円」、〈中〉「ほつしよう寺のしゆぎやうのうゑん」。〈長〉なし。能円は藤原顕憲の息、母は二条大宮半物。平時忠・時子の同母異父弟。第三末・七四ウ2注解参照。配流については、第六末・七ウ5注解参照。

○四二ウ2　熊野別当行明　『吾妻鏡』「法眼行明熊野別当」。他本及び『醍醐雑事記』なし。「行命」とも。『熊野別当系図』（続群書類従六下）によれば、熊野別当行範の息。生没年未詳。『玉葉』養和元年十月十一日条によれば、源氏方についた熊野勢力の中にあって、ただ一人平氏にくみしたが、郎従が討ち取られ、山中に逃亡した。行命はその後、後白河院政の下で平氏の推挙を受け、熊野別当に補任されたが、熊野三山の人々には認められなかった（角田文衞・阪本敏行）。配流については、第六末・七ウ4注解参照。

○四二ウ2　中納言律師忠快　〈長・四・松・南・屋〉同。〈覚〉「中納言律師仲快」、〈中〉「中納言のりつしちうくわい」、『吾妻鏡』「律師忠快」。〈盛〉『醍醐雑事記』なし。忠快は平教盛の息。残闕本『僧綱補任』元暦二年によれば、前律師、中納言、二十四歳。第三末・七四ウ2注解参照。また、第六末・九「阿波民部并中納言忠快之事」には、一度は斬首を考えた頼朝が、大日如来に叱責されて赦免したと描かれる。

○四二ウ3　経誦房阿闍梨祐円　〈長〉同、〈四〉「鏡誦坊阿闍梨」、〈松〉「経寿房阿闍梨有円」、〈南〉「経寿房阿闍梨祐円」、〈屋〉「経寿坊阿闍梨融円」、〈覚〉「経誦房阿闍梨融円」、〈中〉「きやうじゆばうのあじやりゆうゑん」、〈盛〉『吾妻鏡』なし。系譜未詳。平経盛の息（続群書類従本『桓武平氏系図』）とも、経盛の弟（〈略解〉）とも。〈延〉では当該部のみ登場。

○四二ウ3　侍ニハ…　諸本及び『吾妻鏡』『醍醐雑事記』の記す侍の名は次のとおり。〈延〉は二人しか挙げないが、この他、貞能・盛国といった代表的な郎等や、美濃守源則清などを記す本が多い。季貞・盛澄・成良等は、〈延〉では降人として後掲。

〈延〉	〈長〉	〈盛〉	〈四〉	〈松〉	〈南〉	〈屋〉	〈覚〉	〈中〉	吾妻鏡	雑事記
									※1	※2
信康	貞能	則清	信康	信康	季貞	季貞	季貞	すゑさだ	（則清）	（成良）
秀康	季貞	信康	季康	季康	盛澄	盛澄	盛澄	盛国	（成良）	（信康）
	盛澄	成良	公長	則良	成良父子	信泰	季康	もりずみ	（季貞）	（季定）
	季康			章清	秀康	季泰	信康	季康	（盛澄）	（盛澄）
				家村兄弟	信泰		重能父子	すへくに	（経景）	
									（信康）	
									（家村）	

※1＝「侍」の分類に相当する人名はすべて「此外」の項目に挙がる。
※2＝「侍」の分類なし。成良・信康は「生取」、季定・盛澄は「降人」として挙がる。

○四二ウ3　**藤内左衛門信康**　「藤内左衛門」は、〈南・屋・覚〉『醍醐雑事記』同。〈盛〉「左衛門尉」、〈四〉「藤内左衛門尉」、『吾妻鏡』「後藤内左衛門尉」。「信康」は、〈盛・四・覚〉『吾妻鏡』『醍醐雑事記』同。〈南・屋〉「信泰」。〈長・中〉該当名なし。『参考源平盛衰記』巻四三は、藤原信広の男「信安」とする。『尊卑分脈』に、藤原氏良門流の信広の男「信安左衛門尉」あり。「信康」は、『吾妻鏡』元暦二年五月十六日条に、平宗盛父子や則清・盛国・季貞・盛澄・経景・家村等と共に鎌倉入りしたことが見える。建仁元年（一二〇一）九月十五日条に名が見え、幕府に仕えたようである。〈延〉では当該部のみ登場。

○四二ウ3　**橘内左衛門秀康**　「橘内左衛門」は諸本ほぼ同様。「秀康」は、〈南〉同だが、〈長・四・松・覚・中〉「季康」、〈屋〉「季泰」。〈盛〉『吾妻鏡』『醍醐雑事記』は該当名なし。橘季康（秀康）は系譜未詳。平家都落ち直前に行方をくらました後白河院の動静を平宗盛に注進した人物であろう。第三末・六三オ3注解参照。佐々木紀一は、橘定康・橘行康（いずれも『後白河院北面歴名』に所見）が改名した可能性もないとは言えないと指摘する。

○四二ウ3　**有官無官ノ者三十八人トソ聞ヘシ**　〈四〉ほぼ同。〈松・南・覚〉も、「降人」を記す前に、副将も含めて三十八人とする。「三十八人」は降人を除く生捕の数というべきか。一方、「降人」を区別しない〈長・屋・中〉も、生捕の数を〈長・屋〉三十八人、〈中〉「三十よ人」とする。〈盛〉と『吾妻鏡』は合計数を示さないが、計二十四名の生捕の名を記す。『醍醐雑事記』も合計数を記さず、計十一人の「生取」の名を記す。

○四二ウ4　**源大夫判官季貞摂津判官盛澄阿波民部大夫成良是等ハ首ヲ延テ降人ニ参ル**　「降人」を、前項までの生捕と区別して記す点、〈盛・四・松・南・覚〉同様。このうち、〈松〉は降人の名もほぼ同。〈四〉も「田内左衛門尉則長」を加えるのみ。〈盛〉は前安芸守景弘（佐伯景弘）、民部大輔景信、雅楽助貞経、伝内左衛門尉則長、矢野家村・高村兄弟、熊代三郎家直を挙げる。〈南・覚〉は、菊地高直・原田種直が合戦以前に降人となったとする（季貞・盛澄・成良は生捕三十八人の中に含める）。一方、〈長・屋〉は「降人」を挙げず、生捕三十八人の中に季貞・盛澄を含む。〈中〉も「降人」は記さず、生捕りの中に季貞・盛国・盛澄・季康・季国を始めとする侍が百六十三人あったとする。『吾妻鏡』は「生虜人々」のうち、宗盛ほか六人とは別に「此外」七人の名を挙げ、この中に成良・季貞・盛澄の名を含める。『醍醐雑事記』は、降人として季貞・盛澄の二人の名を挙げる。季貞と盛澄は、後に宗盛父子とともに義経に伴われて入洛し、やがて鎌倉に護送された（『玉葉』四月二十六日条、『吾妻鏡』五月十六日条。後者については四二ウ３「藤内左衛門信康」注解参照）。

○四二ウ６　女房二八…　〈延〉での女房名と、他本および『吾妻鏡』『醍醐雑事記』との異同は右のとおり。なお、〈盛〉は、義経注進状の冒頭に若宮と共に女性達の名を記した後、地の文でもう一度女性たちの名を列挙する。この表では、前者を〈盛注〉、後者を〈盛地〉として区別した。〈南・屋・覚・中〉が記す廊御方は清盛の常葉腹の女（第一本・三〇オ７注解参照）、治部卿局は知盛北の方、『吾妻鏡』の記す帥局は時子の妹、按察局は藤原公通女、『吾妻鏡』では安徳天皇を抱いて入水したとされる。

〈延〉	〈延〉	〈長〉	〈盛注〉	〈盛地〉	〈四・松〉	〈南・屋・覚・中〉	吾妻鏡	雑事記
建礼門院	○	○	○	○	○	○	○	○
北政所	○	×	×	○	○	○	×	×
帥典侍	○	×	○	○	○	○	○	×
大納言典侍	○	○	○	○	○	○	○	×
冷泉殿	○	×	冷泉局	×	○	×	×	×
廊御方	×	×	×	×	×	○	×	×
治部卿局	×	×	×	×	×	○	×	×
帥局	×	×	×	×	×	×	○	×
按察局	×	×	×	×	×	×	○	×

○四二ウ６　建礼門院　〈盛〉『吾妻鏡』同。〈長・四・南・覚〉『醍醐雑事記』「女院」。〈屋・中〉「国母建礼門院」（〈屋〉）。入水失敗は三七オ10以下に描かれていた。

○四二ウ６　北政所　平完子。清盛の四女で、摂政藤原基通の北の方。入水を阻止されたことは、三八オ４以下に描かれていた。

○四二ウ６　帥典侍　藤原領子。権中納言藤原顕時の女。時忠の後妻。安徳帝の乳母。入水失敗は三七ウ６以下に描かれていた。

○四二ウ７　大納言典侍　藤原輔子。権大納言藤原邦綱の

女。重衡の妻。安徳帝の乳母。〈長〉は「重衡北政所大納言典侍」と記す。〈延〉では大納言典侍の捕らわれた経緯を記さないが、三八オ7注解に見たように、〈長・南・屋・覚・中〉は、大納言典侍が内侍所と共に入水しようとして失敗したことを記し、〈松〉も大納言典侍の入水失敗を記していた。

○四二ウ7　冷泉殿　未詳。〈四〉同。〈盛〉には「冷泉局」とあり、『参考源平盛衰記』は平時信の女に比定するが、時信女の「冷泉局」（建春門院平滋子の女房。滋子の姉）は治承四年八月十四日死去（『山槐記』）のため該当しない。「冷泉」は平安後期に多く名付けられた女房名で、一般に「冷泉局」「冷泉殿」と呼ばれたが、①建春門院女房（滋子姉）の「冷泉（院）局」、②平能宗乳母、③建春門院女房（藤原公隆女か。もと上西門院女房）の「冷泉殿」、④白川殿（清盛女の盛子。藤原基実室）女房の「冷泉局」（藤原邦綱室）がおり、さらに『玉葉』養和元年正月～二月条で、清盛女で厳島内侍腹の御子姫君が「冷泉局」と号したと記した後、誤報として打ち消すなど、きわめて錯綜しており、注意を要する（以上、〈平安時代史〉「冷泉」項・西井芳子執筆による）。

○四二ウ7　人々ノ北方上臈中臈惣テ廿三人也　〈長・四・松〉同様だが、「上臈中臈」は、〈四〉「上臈中臈下臈」、〈松〉「上臈下臈」、〈長〉は「上下女房」とする。〈南・屋・覚・中〉は生虜となった女房の人数を四十三人とする。〈盛〉は人数不記。角田文衞は、『平家物語』の記事を踏まえて建礼門院と共に壇ノ浦から引き揚げてきた女性たちは女院以下二、三十人いたらしいとし、このほか相当数の女童や雑仕女がいたであろうと指摘する。

○四二ウ8　一目モ見馴サルアラケナキ者ノ武ノ手ニカヘリテ都ヘ帰リ給シハ王照君カ夷ノ手ニ被渡テ胡国ヘ行ケン悲モ此ニハ過シト〔ソ〕覚シ　〈長・盛・四・松〉に類似の一文あり。平家方の女性たちの悲嘆を王昭君になぞらえる記述は、〈延〉では四二オ7と本項の二箇所にわたる。〈南・屋・覚・中〉は四二オ7、〈長・盛・四・松〉は本項に共通。本項は、王昭君が胡国へ送られた際の様子をいうもので、四二オ7とは異なり、一般的な記述。

○四二ウ10　船底ニ臥沈テ声ヲ調テヲメキ叫給モ理トソ覚ル
〈盛・四・松〉に類似の一文あり。〈延・四・松〉では次項に続く。

○四三オ1　サレトモ二位殿ノ外ハ身投海ニ入給人モナシ
〈長・松〉同内容。〈四〉は、二位殿の他に「越前三位北方」（小宰相）を加える。連想としては理解しやすいが、壇ノ浦合戦の記述としては不自然。〈盛・南・屋・覚・中〉なし。小宰相に対する「昔モ今モ夫ニヲクル、人多レトモサマナトカウルハ世ノ常ノ事也忽ニ身ヲ投ルマテノ事ハタメシ少クソ覚ル」（第五本・九一オ5。諸本類同）という批評や、「思ニ身ヲ投ル女性」を「日本ノ不思議也シ事共」に加えた半井本『保元物語』の末文と同様、女性が悲しみに入水することはめったにないという認識に立つ文だろうが、ここでは、女性達の悲しみの深さを疑うような口吻を読み取る可能性もあろうか。

十七　安徳天皇事　付生虜共京上事

1　安徳帝時代の天変地異

十七（四三オ）

抑此帝ヲハ安徳天皇ト申ス受禅ノ日様々ノ怪異在ケリ昼ノ御座ノ御茵ノ縁ニ犬ノケカシヲシ夜ノ御殿ノ御帳ノ内ニ山鳩入籠リ御即位ノ日高御座《タカミサ》ノ後ニ女房頓ニ絶入御禊ノ日百千ノ帳ノ前ニ夫男上居リ御在位三ヶ年之間天変地妖

打連テ諸社諸寺ヨリ怪ヲ奏ル事頻也春夏ハ旱魃洪水秋冬ハ大風蝗損五月無雨一シテ冷風起青苗枯乾黄麦不秀九月降霜一シテ秋早寒万草萎傾禾《クワ》《ホ》〈平〉穂《ケイ》不熟一サレハ天下ノ人民餓死ニ及纔ニ命計生ル者モ譜代相伝ノ所ヲ捨テ境ヲ越家ヲ失テ山野ニ交リ海渚ニ騁フ

（四三ウ）

浪人衢ニ倒臥シ愁ノ声郷ニ満リ道々関々ニハ山賊浦々嶋々ニハ海賊東国北国謀叛騒動天行時行飢饉疫癘　大兵乱大焼亡三災七難一トシテ残ル事無リキ貞観ノ旱永祚ノ風上代ニモ有ケレトモ此御代程ノ事ハ未タ無シトソ聞ヘシ秦始皇ハ荘襄王カ子ニアラス呂不韋カ子ナリシカトモ天下ヲ持事三十八年アリキト云ケレハ或人又申ケルハ異国ニハ多ク如此一重花ト申シ帝ハ民間ヨリ出タリキ　高祖モ大公カ子ナリシカトモ位ニ即備キ吾朝ニハ人臣ノ子トシテ

位ニ践事未タ無トソ承ル此ハ正キ御裳濯川ノ御流カヽルヘシ
ヤトソ人申ケル

〔本文注〕

○四三オ3　**茵**　字体不審。国構えの中は「木」か。〈吉沢版〉〈北原・小川版〉〈汲古校訂版〉「茵」。〈汲古校訂版〉は「菌」に見えると注記。

○四三オ4　**禊**　示偏は別筆か。

○四三オ6　**諸寺**　「諸」は「言」（ごんべん）を書き損じて重ね書き訂正か。

○四三オ7　**無雨シテ**　「雨」は「留」にも見える字体だが、異体字と判断した。

○四三ウ2　**癘**　**大**　二文字の間に、一字ほどの空間あり。

○四三ウ6　**天**　書き損じて重ね書き訂正したか。

○四三ウ7　**キ**　**高**　二文字の間に、一字ほどの空間あり。

○四三ウ10　**ヤ**　汚れあり。

〔釈文〕

十七（安徳天皇の事、付けたり生け虜り共京へ上る事）

抑《そもそも》此の帝をば安徳天皇と申す。受禅の日、様々の怪異在りけり。昼《ひ》の御座《おまし》の御茵《おんしとね》の縁に犬のけがしをし、夜の御殿《おとど》の御帳の内に山鳩入り籠もり、御即位の日、高御座《タカミザ》の後に女房頓《にはか》に絶入、御禊の日、百千の帳の前に夫男《ぶをとこ》上り居り。御在位三ヶ年の間、天変地妖打連《うちつづ》きて、諸社諸寺より怪を奏する事頻り也。春夏は旱魃、洪水、秋冬は大風、蝗損。五月留まること無くして、冷風起こり、青苗枯れ乾き、黄麦秀《ひい》でず。九月霜を降らして、秋早く寒し。万草萎え傾き、禾穂《クワすい》熟せず。されば天下の人民餓死に及び、纔かに命計《ばか》り生くる者も、譜代相伝の所を捨て、境を越え、家を失ひて、山野に交はり海渚に騁《したが》ふ。▼四三ウ浪人衢《ちまた》に倒れ臥し、愁ひの声郷に満てり。道々関々には山賊、浦々嶋々には海賊、東国北国の謀叛騒動、天行時行、飢饉疫癘、大兵乱、大焼亡、三災七難、一つとして残る事無かりき。貞観の旱《ひでり》、永祚の風、上代にも有りけれども、此の御代程の事は未だ無しとぞ聞こえし。「秦の始皇は荘襄王が子にあらず、呂不韋が子なりしかども、天下を持《たも》つ事三十八年ありき」と云ひければ、或る人又申しけるは、「異国には多く此くの如し。重花と申し帝は民間より出でたりき。高祖も大公が子なりしかども、位に即《つ》き備はりき。吾が朝には人臣の子として位に践《つ》く事、未だ無しとぞ承る。此は正しき御裳濯川の御流、かかるべしや」とぞ人申しける。

〔注解〕

○四三オ2～　（安徳天皇事）　本段を三節に分ける。まず安徳天皇の時代には天変地異が多く、不吉な帝であったとする本節（四三オ2～四三ウ10）、次に義経の院への報告と宝剣出現を祈る宇佐願書の第二節（四三ウ10～四五オ8）、最後に都へ連行される女性達の悲しみを描く第三節（四五オ8～四六ウ2）である。本節の記事は、〈長・盛・四・松〉あり、〈南・屋・覚・中〉なし。まず、〈延〉と〈長・盛・四・松〉の内容を次頁に対照しておく。○は〈延〉とほぼ同文の記事、△は類似の記事、×は無し、矢印は記事の位置を示す。なお、便宜上本文を①から⑬まで分割した。本節は「怪異」（①～④）、「災害」（⑤～⑧）、「血統」（⑨～⑬）、という三つの話題群に整理できる。〈盛〉は災害記事を最初に記し、構成が大きく異なる（次項注解参照）。〈四・松〉は災害記事が簡略であり、さらに〈松〉は血統記事の⑨～⑫を欠く。⑬の記事（四三ウ9）は、〈盛・四〉では血統記事の前にあり、〈長〉は欠く。本節の記事について、生形貴重は、天変地妖や不吉話は、「安徳帝を疎外し、鎮めねばならぬ帝であるという廃帝物語の構想による」ものだとした。武久堅は、〈盛〉を重視し、帝徳の欠如と清盛の悪行の報いによって平家が滅びたと語る物語構築の一環ととらえた。一方、名波弘彰は、〈盛〉の帝徳論は「唐土（古代中国）流の天道論・帝徳論の影響」であり、南北朝期の思想によるものであるのに対して、〈延〉における安徳天皇批判の論理は、清盛による宗廟信仰の侵犯を問題としたものだと考えた。それに対して、徐萍は、董仲舒な

		〈延〉	〈長〉	〈盛〉	〈四〉	〈松〉
怪異	①	受禅の日、御座の茵に犬の穢れ（四三オ3）	△	△	△	△
	②	受禅の日、御帳に山鳩飛入（四三オ3）	○	○	○	○
	③	即位の日、女房絶入（四三オ4）	○	○	○	○
	④	御禊の日、百子帳の前に男居り（四三オ4）	○	○	○	○
災害	⑤	在位三年間、天変と天候不順（四三オ5）	○	△	△	△
	⑥	不作による人々の餓死・流離（四三オ9）	○	△	△	△
	⑦	山賊・海賊など三災七難（四三ウ1）	○	○	○	○
	⑧	貞観の旱、永祚の風（四三ウ3）	○	○	○	×
血統	⑨	臣下の子の始皇帝が天下を保つ（四三ウ5）	○	○	○	×
	⑩	民間から出た重花も天下を保つ（四三ウ7）	○	○	○	×
	⑪	漢高祖も大公の子で天子となる（四三ウ7）	○	○	○	×
	⑫	日本では人臣の子の即位なし（四三ウ8）	○	○	○	×
	⑬	「此ハ正キ御裳濯川ノ流…」（四三ウ9）	×	○	○	○

どによって唱えられた中国の天人相関思想は、日本にも古代から受容されていたことを指摘し、〈延〉の記述も天人相関思想によって帝徳の欠如を示唆し、安徳天皇の死を説明したものと考えた。高村圭子も、〈延〉には「「天」の思想」が見られると指摘、本段も天人相関思想による説明であるとする。災害などを安徳天皇の問題として論ずる点は〈四・延・長・盛・松〉の該当記事に共通しており、「帝徳」の語の有無にかかわらず、天人相関思想の影響を認めるべきだろう。但し、徐萍が指摘するように、天人相関思想は日本的に変容し、また、平安末期には重要性が低下していた。そうした中で、安徳天皇を本段のような形でとらえた、古い段階の『平家物語』作者の立場は、改めて問われねばなるまい。安徳天皇のとらえ方については、四三ウ8、同9注解参照。

○四三オ2　抑此帝ヲハ安徳天皇ト申ス　〈長・四・松〉も、本節該当記事を「此御門」（〈長〉）と始めるが、「安徳天皇ト申ス」はなし。一方、〈盛〉は前項の表⑤～⑦に該当する記事を先に「抑依二諸国七道合戦一、公家モ武家モ…」と記すが、その後に「此帝ヲハ安徳天皇ト申テ…」として、表①該当記事に続ける。

○四三オ2　受禅ノ日様々ノ怪異在ケリ昼ノ御座ノ御茵ノ縁ニ

犬ノケカシヲシ　〈四・長・盛・松〉も類同だが、「昼ノ御座ノ御茵」は〈長・盛〉同、〈四〉「御座茵《ヘウ》」、〈松〉「昼ノ御座ノ筵」。「犬ノケカシヲシ」は、〈長〉「犬くひやぶり」、〈盛・松〉「犬食損」、〈四〉「犬喰《クヒ》」。「昼御座」（ひのおまし。日御座とも）は、「天皇が日中に出御する平敷の御座。清涼殿の東廂に畳二枚を敷き、上に茵《しとね》を置いて、天皇が日中いるところとした」（〈日国〉）。〈四・長・盛・松〉では、犬がそのしとねを食い破った意だが、〈延〉は犬が糞をした意だろう（『日葡辞書』「Qegaxi　ケガシ（穢し）犬の糞」）。安徳天皇の受禅は、治承四年二月二十一日のことだが（『玉葉』『山槐記』同日条その他）、該当の事件は『山槐記』同年三月十四日条に、「今日辰時、昼御座茵為レ犬被二喰損一。無《甚カ》怪異也。可レ有二御卜一云々」と見える。この件を、受禅当日のことのように虚構したものか。内容は、昼御座の茵を食い損じたとする点で、〈長・盛・松〉の記述に近い。

〇四三オ3　夜ノ御殿ノ御帳ノ内ニ山鳩入籠リ　〈長・盛・四・松〉類同だが、「山鳩」は、〈長・盛・松〉「鳩」、〈四〉「鵠《ハト》」。〈名義抄〉「鵠　イヘハト　ヤマハト」。「御帳」は、貴人の御座所のとばり、几帳。受禅の日に鳩の怪異があったことは知られないが、鳩が飛び込んだ怪異によって卜占などが行われた例が、『中右記』長治元年（一一〇四）八月二十五日条や『殿暦』天仁二年（一一〇九）六月二十一日条などに見え、「鳩入」が凶兆と考えられていたことが推測できる（徐萍）。『中右記』嘉保二年（一〇九五）八月十四日条に引く承保の例、『殿暦』天仁二年（一一〇九）六月二十一日条も同様。

〇四三オ4　御即位ノ日高御座《タカミサ》ノ後ニ女房頓ニ絶入　〈長・盛・四・松〉ほぼ同。事実関係未詳。「高御座《たかみくら》」は、「即位や朝賀などの大儀に、大極殿または紫宸殿の中央に飾る浜《はま》床《ゆか》の上に御帳をめぐらした天皇の玉座」〈日国〉。「絶入」は、「気絶すること。一時息の絶えること」〈日国〉。安徳天皇の即位当日（治承四年四月二十二日）には、このような事件は確認できない。だが、『中右記』承徳二年（一〇九八）九月七日条「巳時許女房俄以絶入、不レ知二東西一、立二種々願一、修二所所諷誦一、経二一時一落居。（中略）近曽家中怪異頻呈、卜筮不レ軽」、同嘉承元年（一一〇六）十月十九日条「女房俄絶入、是邪気者。（中略）立二種々願一企（念イ）、一々祈頗無二其験一」などに見るように、女房の絶入（気絶）は、卜筮や祈祷を行うべき怪異と認識されていた（徐萍）。

〇四三オ5　御禊ノ日百千ノ帳ノ前ニ夫男上居リ　〈長・盛・四・松〉ほぼ同。「百千ノ帳」は、〈長・盛・四〉「百子帳」

〈盛〉）がよい。「百子帳」は、「檳榔で頂上を覆い、四方に帳をかけ、中に毯《たん》を敷いて大床子をたてたもの。前後を開いて出入する」〈日国〉。安徳天皇が入御する百子帳の辺に下人が上がりこんでいた意か。「御禊」は、大嘗会などの前に天皇が行う禊。安徳天皇の大嘗会は、遷都や高倉院崩御などで延引し、寿永元年に行われた（第三本・卅「依諒闇ニ大嘗会延引事」及び第三末・九ウ4注解参照）。この事件については未詳。

○四三オ5　御在位三ヶ年之間天変地妖打連テ諸社諸寺ヨリ怪ヲ奏ル事頻也　〈長・盛・四・松〉同様。「地妖」は、〈松〉同。〈長・四〉「地夭」、〈盛〉「地震」。「地夭」「地妖」は、「地上に起こる怪しい変異。地上に生じるふしぎなわざわい。天変に対していう」〈日国〉。この「天変地妖」が具体的に何を意識するかは未詳だが、たとえば、天文関係では、第三末・三オ4以下に見える太白犯昴星（『玉葉』養和二年二月二十三日条、『吉記』同年三月二十八日条などに記事あり）があり、また、第二本・十九「辻風荒吹事」、第二中・三「京中ニ旋風吹事」に記される辻風（史実は治承四年四月二十九日のこと。『玉葉』『明月記』『山槐記』『百練抄』同日条や『方丈記』などに記事あり）も、「サルベキ物ノ諭《サトシ》」（『方丈記』）と意識された。次項に記される旱魃も一種の天変であろう。第二末・八九オ5に、高倉院厳島御幸の理由の一つとして、「天変頻ニ示シ地夭常ニアテ」とあり、また、『玉葉』治承四年十一月二十六日条が、福原遷都を非難して、「神不レ降レ福、人皆称レ禍、依ニ彼不可一致ニ此災異一、所謂天変地妖之難、旱水風虫之損、厳神霊社之怪、関東鎮西之乱等是也」と述べるように、不安定な世相の中で、「天変地妖」が多いと意識されたことは事実であったといえようか。なお、この期間内の軒廊御卜の記事に、『山槐記』治承四年五月十四日条、『吉記』治承五年六月二十二日条、同養和二年二月十七日条、『玉葉』寿永二年五月三日条などがあり、いわゆる「地妖」に類する怪異の例が確認できる。

○四三オ6　春夏ハ旱魃洪水秋冬ハ大風蝗損　〈長・盛・四・松〉も類似するが、〈長・盛・松〉「春夏は旱魃、秋冬は大風・洪水」、〈四〉「春夏旱颰秋冬大風」と小異。なお、〈盛〉の該当文は本節該当記事の冒頭にあるが、その後、〈延〉四三ウ2相当部にも「大風・洪水」とあり、重複している。冒頭部の文に近いのが、〈長門切〉（鶴見大学図書館蔵「道の合戦諸」。松尾葦江・39）。第三本・七九オ6に、養和の飢饉を「春夏ノ炎旱ヲヒタヽシク秋冬大風洪水打連僅ニ雖致ト東作之勤ヲ西収ノ業《ワカ》如シ無カ」と描いていた。その記事は『方丈記』「或ハ春夏ヒデリ、或ハ秋大風洪水ナドヨカラヌ事ドモウチ続キテ、五穀事〳〵ク生ラズ。夏植フルイトナミアリテ、秋刈リ冬収ムルソメキハナシ」によったものであろう。本段もおそらくその延長上に、〈長〉のように「春夏は旱魃、秋冬は大風・洪水」と記した形が本来か。養和の飢饉の主因は旱魃と見られるが、治承四年秋・冬には大風や大雨もあった。とりわけ、治承四年十月二十九日には、近畿地方が暴風雨に襲われたようで、『玉葉』同日条「未刻許俄天陰、大雨・大風・雷鳴、是天変歟。可レ悲々々」、『山槐記』同日条「午剋天陰、雷鳴風烈雹降〈其勢如二大角豆一〉、積レ地不レ消。頃レ之休止。後聞、淀河船等漂転、多溺死者云云」、『吉記』十一月一日条「昨日暴風之間、於二川尻並淀川一漂倒舟已多」などの記録がある。その他、『山槐記』八月二十六日条には「大雨大風、晩頭風雨止」、『玉葉』十一月二十六日条には「昨日大風之間、雑船多以入海」など、「大風」に関する記録がある。前項に見た『玉葉』治承四年十一月二十六日条にも「旱水風虫之損」とある。

○四三オ7　五月無雨一シテ冷風起青苗枯乾黄麦不秀九月降霜一シテ秋早寒万草萎傾禾《クワ》《ホ》〈平〉穂ケイ不熟一　〈長・盛〉類同だが、「五月」は「三月」とする。〈松〉なし。『新楽府』「杜陵叟」「三月無レ雨、旱風起。麦苗不レ秀、多黄死。九月降レ霜、秋早寒。禾穂未レ熟、皆青乾」によるもので、「五月」は「三月」がよい。

○四三オ9　サレハ天下ノ人民餓死ニ及纔ニ命計生ル者モ譜代相伝ノ所ヲ捨テ境ヲ越家ヲ失テ山野ニ交リ海渚ニ騁フ浪人衢ニ倒臥シ愁ノ声郷ニ満リ　〈長〉ほぼ同。〈盛〉も類同だが、「兵乱打ツヾキテ口中ノ食ヲ奪取バ、天下ノ人民及二餓死一」などとしてやや詳細。前々項注解に見た第三本・七九オ6以下の飢饉記事でも、餓死者や疫病による死者に触れていたが、『方丈記』による都中心の描写で、農村の逃散に類する描写はなかった。

○四三ウ1　道々関々ニハ山賊浦々嶋々ニハ海賊東国北国謀叛騒動　〈長・四・松〉基本的に同様。〈盛〉も次々項に続く文に「山賊・海賊・闘諍・合戦…」とある。「東国・北国には謀叛騒動」は、平家を倒した頼朝や義仲等の戦いを、海賊・山賊と並べて「謀叛騒動」と表現したことになる点、注意される。

○四三ウ2　天行時行飢饉疫癘　大兵乱大焼亡　〈長・四・松〉ほぼ同。〈盛〉も次項に続く文に「天行・飢饉・疾病・焼亡」とある。「時行」は、〈四〉同、〈長〉「時」、〈松〉「地行」、〈盛〉なし。「天行・時行」は流行病。『三代実録』

貞観五年（八六三）三月十五日条「検二卜筮一、今茲可レ有二天行之疫一。預能修レ善、可レ防二将来一者」。『御堂関白記』長和二年（一〇一三）五月十九日条「有二御悩気一。似二時行一」。

○四三ウ3　三災七難一トシテ残ル事無リキ　〈長・盛・四・松〉同様。「三災」「七難」は仏教語。「三災」は、「世界が壊滅する劫末のときに起こるという三つの災害。減劫の終わりに起こる刀兵災・疾疫災・飢饉災を小三災といい、壊劫の終わりに起こる火災・水災・風災を大三災という」〈日国〉。『阿毘達磨倶舎論』巻一二「此小三災中劫末起。三災者。一刀兵。二疾疫。三飢饉」（大正二九・六五c）。「七難」の内容は経典によって異なるが、『仁王般若経』受持品では、日月失レ度・星宿失レ度・大火・大水・大風・天地国土亢陽・賊乱の難をいう（大正八・八三二c）。

○四三ウ3　貞観ノ旱永祚ノ風上代ニモ有ケレトモ此御代程ノ事ハ未タ無シトソ聞ヘシ　〈長・四〉同様。〈盛〉は「承平ノ煙塵・正暦ノ疾病」を加える。〈松〉は、以下、四三ウ8該当部までなし。〈盛〉の形は、『澄憲作文集』「我ガ朝ニハ貞元ノ旱《ヒテリ》　永《ヱイ》祚ノ風セ一　承《セウ》平《イ》ノ煙塵　正歴《リヤク》之《ノ》疾疫」に同。「貞観の日照り」は、貞観八年（八六六）の旱魃。『日本三代実録』同年六月二十八日条に、「是月。天下大旱。民多飢餓。」とある。「永祚の風」は、永祚元年（九八九）八月十三日の大風。『日本紀略』同日条に、「酉戌刻。大風。宮城門舎多以顚倒。承明門東西廊。建礼門（中略）左右京人家。顚倒破壊。不レ可二勝計一。又鴨河堤所々流損。（中略）天下大災。古今無レ比」などとある。その他、『扶桑略記』『百練抄』『帝王編年記』などに所見。〈盛〉の記す「正暦ノ疾病」は、正暦六年（九九五）の疾病。『日本紀略』同年二月九日条に「天下疾病」と見え、同二十二日条によれば長徳改元の原因ともなった。

○四三ウ5　秦始皇ハ荘襄王カ子ニアラス呂不韋カ子ナリシカトモ天下ヲ持事三十八年アリキ　以下の中国の先例は、〈長・盛・四〉にあり。但し、〈盛・四〉は前項までに該当する災害記事を「御裳濯河ノ御流懸ベシヤト人傾申ケル」（〈盛〉）のように結んだ後に置く。また、〈盛〉は高祖・始皇・舜（重花）の順。本項の語句は〈長・盛・四〉ほぼ同。但し、「三十八年」は、〈長・四〉「三十七年」、〈盛〉なし。『史記』秦始皇本紀の冒頭に「秦始皇帝者、秦荘襄王子也。荘襄王、為レ秦質二子於趙一。見二呂不韋姫一、悦而取レ之。生二始皇一」とする。だが、呂不韋列伝によれば、子楚（若き日の荘譲王）が趙に人質になっていた時、呂不韋はこれに近づき、子楚の望みに応じて邯鄲の美女を与えたが、彼女は既に孕んでいた。従って、生まれた子・政（始皇帝）は、実は呂不韋の子であるという。なお、始皇帝は秦王となって二十六年間で天下を統一し、始皇帝と号して十一年で崩じた（『史記』秦本紀）。その治世は三十七年とされる（『史記』秦始皇本紀）。但し、それは即位の翌年（紀元前二四六年）を元年としたものであり、現在の事典類では在位期間を紀元前二四七年～二一〇年とすることが多い。これなら足かけ三十八年間となる。

○四三ウ7　異国ニハ多ク如此一重花ト申シ帝ハ民間ヨリ出タリキ　〈長・四〉ほぼ同（「民間」は〈長〉「民家」）。〈盛〉は「異国ニハ多ク如此二」を欠き、「舜王ハ瞽瞍ガ息、堯王天下ヲ任タリ」とする。「重花」は舜帝。『史記』五帝本紀「虞舜者、名曰二重華一。重華父曰二瞽叟一」。

○四三ウ7　高祖モ大公カ子ナリシカトモ位ニ即備キ　〈長・四〉ほぼ同。〈盛〉「漢高祖ハ太公子、秦王ヲ討テ即位」。『史記』高祖本紀「高祖、沛豊邑中陽里人。姓劉氏、字季。父曰二太公一、母曰二劉媼一」。

○四三ウ8　吾朝ニハ人臣ノ子トシテ位ニ践事未タ無トソ承ル　〈長・盛・四〉ほぼ同。但し、〈長・四〉ではこの句で本節該当記事を終えるのに対して、〈盛〉はこの後、清盛が私欲によって安徳天皇を強引に帝位に就けたことが、世の乱れた理由だったと説明する文を置く。〈松〉なし。〈延〉では、第六末・七三オ8以下に、建礼門院の言葉として、「誠ニ振旦高麗ニハ賢ヲエラヒ智ヲ尊ヒテ其氏ナラネトモ天子ノ位ヲ践トカヤ我朝ニハ御裳濯川ノ御流之外ハ此国ヲ治メ給ハス」と、類似の文が見える。『愚管抄』巻七に「日本国ノナラヒハ、国王種姓ノ人ナラヌスヂヲ国王ニハスマジト、神ノ代ヨリサダメタル国ナリ」ともある。〈延〉では次に「此ハ正キ御裳濯川ノ御流」と続き、〈盛〉も、「此帝、高倉院ノ后立ノ皇子ト申ナガラ…」と続くので、安徳天皇の血統上の正統性は認めた上で、その滅亡の原因を考えようとする文と読める。但し、〈長・四〉の場合、この一文で本節該当記事を終えるため（〈長〉は「元暦二年の春の暮…」と、〈延〉四二オ4該当文に続く）、血統の確認がなされず、安徳天皇が「人臣の子」として即位したと批判しているかのようにも読める文脈となっているといえようか。

○四三ウ9　此ハ正キ御裳濯川ノ御流カヽルヘシヤトソ人申ケル　〈盛・四〉は、「秦始皇ハ荘襄王カ子ニアラス」云々の前にこの一文を置く。〈盛〉はその後に中国の例を引き、前項注解に見たような説明を加える。〈松〉は、「秦始皇」以下の中国の先例記事を欠き、この文で記事を結ぶ。〈長〉なし。「御裳濯川」とは伊勢神宮の内宮神域内を流れる五十鈴川の別名で、皇統のたとえ〈日国〉。生形貴重は、前項注解に見たような〈四〉の形により、平氏が「皇統譜を犯す一族として観念されていた」と見た。一方、武久堅・名波弘彰・徐萍は、〈延〉においては安徳天皇の正統性は疑われていないと解する。本段冒頭四三オ2〜注解参照。

2 義経、院への報告・宇佐願書

（四三ウ）

四月三日巳剋計ニ九郎大夫判官使ヲ院へ

（四四オ）

進〔セ〕テ申ケルハ去三月廿四日長門国門司関ニテ平家ヲ政落テ大将軍前内大臣宗盛以下生虜ニシテ三種ノ神祇事故ナク都ヘ帰リ入セ給ヘシト申タリケレハ上下悦アヘリ御使ハ源八広綱トソ聞ヘシ広綱ヲ御坪ニ召テ合戦ノ次第悉《委》ク御尋アリ御感ノ余ニ左衛門尉ニ被召仰一猶御不

審之間五日北面ノ下臈藤判官信盛ヲ西国へ下遣ハサル
宿所へモ不返一鞭ヲ上テ馳下リニケリ　十二日　宝剣ノ
事為被祈申二宇佐宮へ被奉願書一其状云
敬白所願事
右宝剣者吾朝之重宝三種之其一也自神代迄于聖代ニ一

（四四ウ）

継位ヲ一之主シ伝之二守ル基一之君持之一爰去シ寿永年中ニ奸臣前ノ内
相府出洛陽赴海西ニ一之日三種ノ宝物先帝后妃倫ニ奉舡艎遥
浮遊波濤ニ而度々追討不遂前途ヲ一而空ク帰リ国之乱行不顧後悔ヲ一
而尤甚シ仍今年二月十五日ニ忝奉　綸言ヲ一試ニ企ツ征伐ヲ一是レ非憑武威ヲ一只
奉任セ神明一然ル間以去三月廿四日ヲ一於長州門司之関ノ外ニ一討ツ謀叛奸臣之
党類ヲ一依ル冥鑑ニ一令ルニ然ラ一知ヌ思慮无違コト一所闕タル一者只彼ノ神剣也仍以
海人ヲ一観尋捜之此事以人力一非可励一誠知祈神道ニ可令シム待一伝聞宇
佐宮ノ霊神者ハ大菩薩之別宮以有マス百王守護之誓願一何不守我朝

宝物《ヲ》一専一心邈篤之祈念一豈不垂神之尚響一哉如是一欣求如願

伝牓者令申下　宣旨一可令寄進神位吾心元赴神又捨

（四五オ）

諸敬白

元暦二年四月十二日従五位下行右衛門権小副源朝臣　敬白

申剋自戦場一令《メ》帰付《カ》舟津一給《フ》召《テ》安芸先司景弘朝臣《ヲ》一厳島神主

被仰二云《ク》以長門周防安芸等海人一可尋捜一《ル》彼宝剣之由被仰畢又

命海人二云汝等雖為一《ト》卑賤者一《ノ》争《カ》不思知二《ラ》此事一哉若捜出之輩

者非唯思一《ノミニ》今世之恩賞一《ニ》又非《ス》当生之善因一哉早十ヶ日《ノ》間任《テ》

景弘之下知可奉捜之一仍十ヶ日舎卅之賜畢申一点解纜一

令出門司一終夜揚悦

〔本文注〕

○四四オ5　悉《委》ク　「悉」の右に「委」と傍書。傍書は別筆か。

○四四ウ2　⿰舟主艎　「⿰舟主」、〈吉沢版〉同。〈北原・小川版〉「艅」。〈汲古校訂版〉は底本「⿰舟主」を「艅」に改めたと注記。

注解参照。

○四四ウ5　**奸臣**　「奸」、重ね書き訂正。訂正された字は不明。

○四四ウ6　**思慮**　「慮」、「盧」を重ね書き訂正。

○四四ウ9　**邈篤**　「邈」、底本「邈」。「邈」は「邈」の異体字（〈名義抄〉、尊経閣本『字鏡集』、『篇目次第』）。但し、「邈篤」は「懇篤」がよい。

○四四ウ10　**又**　〈吉沢版〉〈判読一覧〉同。〈北原・小川版〉〈汲古校訂版〉は「一人」とするが、四五オ6の「又」と同様の字形か。

〔釈文〕

四月三日巳の剋計《ばか》りに、九郎大夫判官、使を院へ進《まゐ》らせて申しけるは、「去んぬる三月廿四日、長門国門司関にて平家を攻め落として、大将軍前内大臣宗盛以下生虜にして、三種の神器事故《ことゆゑ》なく都へ帰り入らせ給ふべし」と申したりければ、上下悦《よろこ》びあへり。御使は源八広綱とぞ聞こえし。広綱を御坪に召して、合戦の次第悉く御尋ねあり。御感の余りに左衛門尉に召し仰せらるる。猶《なほ》御不審の間、五日、北面の下﨟、藤判官信盛を西国へ下し遣はさる。宿所へも返らず、鞭を上げて馳せ下りにけり。

十二日、宝剣の事祈り申されむが為、宇佐の宮へ願書を奉らる。其の状に云はく、

敬白所願の事

右宝剣は、吾が朝の重宝三種の其の一也。神代より聖代まで、▼（四四ウ）位を継ぐ主之《あるジこれ》を伝へ、基《もとゐ》を守る君之を持《たも》つ。爰《ここ》に去《い》んじ寿永年中に、奸臣前《さき》の内相府、洛陽を出でて海西に赴く日、三種の宝物、先の帝、后妃、偸《ひそ》かに艅艎《よくわう》に奉り、遥かに波濤に浮遊す。而《しか》るに度々の追討、前途を遂げずして空しく帰り、国の乱行、後悔を顧みずして尤《もつと》も甚し。仍りて今年二月十五日に、忝くも綸言を奉り、試みに征伐を企つ。是れ武威を憑むに非ず、只神明に任せ奉る。然《しか》る間、去んじ三月廿四日を以て、長州門司之関の外に於て、謀叛奸臣の党類を討つ。冥鑑に依りて然らしむるに、思慮違ふ

こと无きを知りぬ。闕けたる所は、只彼の神剣也。仍りて海人を以て之を捜し尋ね観るに、此の事人力を以て励むべきに非ず。誠に知る、神道に祈り、待たしむべしと。伝へ聞く、宇佐の宮の霊神は、大菩薩の別宮、百王守護の誓願有《まし》ますを以て、何ぞ我が朝の宝物を守らざらんや。一心懇篤の祈念を専らにして、豈に神の尚饗《しやうきやう》を垂れざらんや。是《かく》の如く欣求《ごんぐ》し、願ひの如く伝榜せば、宣旨を申し下さしめ、神位を寄進せしむべし。吾が心元より神に赴く。又、▼四五オ諸《もろもろ》を捨てて敬《うやま》ひ白《まう》す。

元暦二年四月十二日　従五位下行右衛門権小副源朝臣　敬白

申《さる》の尅戦場より舟津へ帰り付かしめ給ふ。安芸先司景弘朝臣〈厳嶋神主〉を召して、仰せられて云はく、「長門・周防・安芸等の海人《あま》を以て彼の宝剣を尋ね捜《さぐ》るべき」由、仰せられ畢《をは》んぬ。又、海人に命じて云はく、「汝等卑賤の者《もノ》たりと雖《いへど》も、争《いか》でか此の事を思ひ知らざらん哉《や》。若《も》し捜《さが》し出《い》だす輩《ともがら》は、唯今世《ただこんぜ》の恩賞に思ふのみに非ず、又当生《たうしやう》の善因に非ず哉《や》。早く十ケ日の間に景弘の下知に任せて、之を捜し奉るべし」。仍りて十ケ日の舎卅《や》、之《これ》を賜り畢《を》はんぬ。申の二点纜《ともづな》を解き、門司を出《い》ださしむ。終夜悦《よろこ》びを揚《あ》ぐ。

〔注解〕

○四三ウ10　四月三日巳剋計㆓九郎大夫判官使ヲ院へ進〔セ〕テ申ケルハ　本節以下、大島本巻一二が現存する。〈大〉の略称で引用する。凡例参照。義経から院への合戦報告の使者が、四月三日に着いたとする点、〈長・四・松・大・南・屋・覚・中〉同様。「巳剋」は、〈長・松〉「未剋」、〈四・大・南・屋・覚・中〉なし。〈屋・中〉は「西国ノ早馬」（〈屋〉）として、義経を明記しない。〈盛〉は、四月四日に合戦の注進状を送ったとして、その本文を載せる。『玉葉』元暦二年四月四日条によれば、兼実は四日の「早旦」に「人告」によって「於㆓長門国㆒誅‐伐平氏㆒等了云々」との情報を得ており、同日未刻には大蔵卿泰経から「義経伐㆓平家㆒了由言上」との知らせを受け、続いて後白河院の使者であった頭弁光雅から、「追討大将軍義経、去夜進㆓飛脚㆒〈相‐副札㆓〉申㆓云」として、三月二十四日の壇ノ浦合戦の詳しい情報を得ている。また、『吾妻鏡』同日条には、「去夜源廷尉〈義経〉使馳申㆓京都㆒。今日又以㆓源兵衛尉弘綱㆒註㆓傷死生虜之交名㆒奉㆓仙洞㆒云々」とある。『百練抄』

同日条は「今日、追二討平氏一之由言上」。『玉葉』『吾妻鏡』からは、義経からの飛脚は、三日夜に京都に到着したと考えられる。

○四四オ1　去三月廿四日長門国門司関ニテ平家ヲ政落テ

「政落テ」は「攻落テ」に通用。〈長・四・松・大・南・屋・覚・中〉も基本的に同様。〈盛〉は前項注解に見た注進状で平家を「悉討取」とする。なお、「長門国門司関」は、四四ウ5「長州門司之関」と同様。正しくは「豊前国門司関」だが、〈長〉も「長門国だんのうら門司関」とし、〈四・大〉も「長門国壇浦、筑前国門司関」（〈四〉）。〈松〉は「長門国壇ノ浦」のみ、〈南・屋・覚〉は「長門国壇浦赤間関、豊前国田ノ浦門司関」（〈南〉）などとして正しい。但し、『愚管抄』巻五「長門ノ門司関ダンノ浦」、『百練抄』文治元年三月二十四日条「於二長門門司関一」など、不正確な記述は多い。なお、『吾妻鏡』文治元年三月二十四日条は、「於二長門国赤間関壇浦海上一」と記す。須田牧子によれば、「あかま」（赤間・赤馬）の呼称は古くからあるが、「赤間関」の初見は『吾妻鏡』元暦二年正月十二日条で、関門海峡の長門側に置かれた関を「赤間関」と呼称するようになったのは鎌倉期に入ってからではないかと推測する。ちなみに「門司」の初見は、延暦十五年（七九六）の太政官符。

○四四オ2　大将軍前内大臣宗盛以下生虜ニシテ三種ノ神祇事故ナク都ヘ帰リ入セ給ヘシ

「三種ノ神祇」は「三種神器」の表記の一つ（鶴巻由美）。〈四・松〉同様。〈大〉は先に「御方の忠、敵生虜リ注て、三種宝物還リ入せ給よし」を院へ申したとし、その後、源八広綱に尋ねて、本項のような内容が判明したとする。〈長・南・覚〉は宗盛生捕りの件を欠く。また、〈屋・中〉は「三種の神器」ではなく、神璽・内侍所が帰るとする。〈盛〉は前々項注解に見た注進状で同様の内容を記すが、三種の神器については「神璽・内侍所」は確保したものの、宝剣は佐伯景弘に命じて捜索中であるとする。〈延〉の場合、三種の神器が無事に入洛すると伝わったと記す点、この直後の記事（失われた宝剣の発見を宇佐八幡に祈る願書）と齟齬するが、この点は〈長・四・松・大・南・覚〉も大同小異。『玉葉』四月四日条によれば、都に伝わった当初の情報では、「宝物等御坐之由」と伝えられていたが、兼実は院に対して、「追討之条雖レ無レ疑、三種宝物事、猶以有二不審一〈是脚力申状不二分明一之由、光雅所レ申也〉」と、神器の安否については不審だとしている。その後、八日条には「神鏡神璽帰御之間事、可三注二申子細一」、十一日条には「大外記頼業持二来神鏡神璽帰御之間勘草一」とあり、無事に回収できたのが「神鏡神璽」のみであることが意識されていると見られる。

○四四オ４　御使ハ源八広綱トソ聞ヘシ　使者を源八広綱とする点、〈長・四・松・大・南・屋・覚・中〉同様。〈四〉「源八兵衛広綱」。『吾妻鏡』元暦二年四月四日条では、「平家悉以討滅之由。去夜源廷尉義経。使馳申二京都一。今日又以二源兵衛尉弘綱一。註二傷死生虜之交名一。奉二仙洞一云々」とある。広綱は伝未詳だが、『大夫尉義経畏申記』（群書七）に、義経の元暦元年十月十一日の「畏申」（検非違使任命の礼）の際、義経に付き従った兵（「御共衛府」）の一人に「（源八兵衛）左兵衛尉藤弘綱」がいる。これによれば、広綱（弘綱）は藤姓。野口実は、義経に付き従った広綱を初めとする武士達の多くは、もともと中央の武官であったかとする。

○四四オ４　広綱ヲ御坪ニ召テ合戦ノ次第委悉ク御尋アリ　〈長・四・松・大・南・覚〉同様、〈中〉簡略。〈盛・屋〉なし。「御坪」は御所の中庭。

○四四オ５　御感ノ余ニ左衛門尉ニ被召仰一　〈長・四・松・大・南・覚・中〉も同様だが、「左衛門尉」は〈四・南〉同、〈長・盛・松・大・覚〉「左兵衛尉」、〈中〉「ひやうゑ」。〈盛・屋〉なし。前々項に引いた『大夫尉義経畏申記』によれば、これ以前に左兵衛尉であったか。『吾妻鏡』四月四日条にも「源兵衛尉弘綱」として登場する。

○四四オ５　猶御不審之間五日北面ノ下﨟藤判官信盛ヲ西国ヘ下遣ハサル宿所ヘモ不返一鞭ヲ上テ馳下リニケリ　〈長・盛・四・松・南・屋・覚・中〉基本的に同様。〈大〉なし。但し、〈屋・中〉は日付の「五日」を欠き、〈覚〉は、「御不審之間」を、「一定かへりいらせ給ふか見てまいれとて」とする。〈松〉は「猶御不審ニテ、北面ノ下﨟藤判官信盛西国ヘ下サル」と簡略（なお、〈松〉はこの後に維盛の北の方が平家の人々の様子を聞いて、維盛が入水したのは賢い判断だったと思ったという一節を記す。この記事は〈盛〉巻四三、義経注進状直後に見える記事に似るが、〈松〉が〈盛〉などに類似する本文を見せるのはここまで。その後は〈覚〉近似本文となるので、本書の注解では参照しない。凡例参照）。〈延・長・盛・四・松・南・屋・中〉の「不審」や〈覚〉の「一定かへりいらせ給ふか」は、主に三種の神器の安否に関する不安と読めよう。この点、『吾妻鏡』四月五日条「大夫尉信盛為二勅使一赴二長門国一。征伐已顕二武威一。大功之至殊所二感思召一也。又宝物等無為可レ奉レ入之由、依レ被レ仰二義経朝臣一也」からは、信盛の派遣は、必ずしも「御不審」によるものとは読めない。しかし、その後、『吾妻鏡』四月十一日条によれば、この日に鎌倉に届いた義経の「一巻記」には、「内侍所・神璽雖二御坐一、宝剣紛失。愚慮之所レ覃奉レ捜二求之一」とある。また、『玉葉』四月四日条には信盛の派遣は記さないが、「追討之条雖レ無レ疑、三種宝物事、猶以有二不審一〈是脚力申状不二分明一之由、光雅所レ申也〉」と、三種の神器が無事かどうかを「不審」としている。なお、「藤判官信盛」は、大和守藤原盛景の猶子で、後白河院北面（第三末・六二オ6注解参照）。

○四四オ7　十二日　宝剣ノ事為被祈申二宇佐宮ヘ被奉願書一其状云　以下、四五オ2までの「宇佐願書」は〈延〉のみが載せる。義経が宝剣の出現を願って宇佐神宮に奉った願書とするが、史実性は未詳。

○四四オ9　敬白所願事　以下の事柄をお願い申し上げる、の意。

○四四オ10　右宝剣者吾朝之重宝三種之其一也　「吾朝之重宝三種」は三種の神器を指す。平家の興亡の時代には「三種の神器」の呼称は未だあまり用いられず、「三種宝物」などの語が用いられていた（鶴巻由美）。

○四四オ10　自神代迄于聖代一ニ継位一ヲ之主シ伝之一守ル基一之君持之一　「聖代」は、聖天子が治める世。すぐれた天子が治めるめでたい代。また、その治世を尊んでいう語〈日国〉。ここでは当今の御代（現在）をいう。神代から当今の御世に至るまで、天皇の位を継ぐ主君は三種の神器を伝え、国家の根本を司る主君がこれを保持してきた、の意。

○四四ウ1　爰去シ寿永年中ニ奸臣前ノ内相府出洛陽赴海西一ニ之日　「奸臣」は悪心を抱く家臣。奸悪な家来〈日国〉。「前ノ内相府」は内大臣宗盛を指す。奸臣宗盛が寿永二年七月に都を落ちて西国へ向かった時に、の意。

○四四ウ2　三種ノ宝物先帝后妃偸ニ奉舡艎遥浮遊波濤一　「舡」字は未詳。「艅」の誤りか。「艅艎」は美しく飾った船〈大漢和〉。「后妃」は建礼門院を指す。「偸ニ」は、〈名義抄〉「偸　ヒソカニ」。「波濤」は波をへだてたかなた。はるかに遠いところ〈日国〉。三種の神器は、安徳帝や建礼門院が、美しく飾った船に密かにお乗せして、都から遥か遠く波をへだてた西海に浮かびただよった、の意。

○四四ウ3　而度々追討不遂前途一ヲ而空ク帰リ国之乱行不顧後悔一ヲ而尤甚シ　「度々追討」は、寿永二年七月の都落ち以降の平家追討を指す。「前途《せんど》を遂ぐ」は目的を果たす、「乱行」は品行が乱れているさま〈日国〉。度々に及んだ平家追討も、目的を果たさないまま空しく帰る結果となり、国内の治安の乱れは、後にその悪行を悔いることになることも顧みず、甚大であった、の意。

○四四ウ4　仍今年二月十五日ニ忝奉　綸言一ヲ試ニ企ツ征伐一ヲ

そこで私（義経）は、今年（元暦二年）の二月十五日におそれ多くも（平家追討の）綸言を頂戴し、平家追討を企てた、の意。しかし、第六本冒頭では、義経は「元暦二年正月十日」（二オ2）に院御所に参り、平家追討の決意を述べて院のお言葉を賜り、出陣したと記していた。該当部注解に見たように、諸本に小異はあるが基本的には同様で、それ以後、「二月十五日」に「綸言」を賜ったというような記事はない。また、正月十日に出陣したことは、『吉記』『百練抄』同日条にも見える。二月十五日といえば、義経は、大物浜あるいは渡辺から船出する直前であった（五オ10、八オ1、八ウ7等注解参照）。この頃、後白河院の側近である高階泰経が義経のもとを訪ねたようだが、それはむしろ義経の発向を留めようとしたものであった（二オ3注解参照）。従って、二月十五日に平家討伐の綸言を賜ったとするのは、『平家物語』諸本の記事とは齟齬するし、史実としても疑わしい。誤りがあるか、あるいは何らかの根拠があるのか、未詳。

○四四ウ4　**是レ非憑武威ヲ只奉任セ神明**　これは自らの武力の威勢を頼みにするものではなく、ただ神のご威光に従い申し上げたまでである、の意。なお、「武威」の語は、近世には「武家を主体とする政治意識・国家意識」を示す重要な語彙だが、中世では単なる暴力の意とされることが多く（池内敏）、〈延〉においては否定的に用いられることも多い（佐伯真一）。

○四四ウ5　**然ル間以去三月廿四日ヲ於長州門司之関ノ外ニ討ツ謀叛奸臣之党類ヲ**　それゆえ、去る三月二十四日に、長門国の門司関の外において、君主に叛く悪心を抱いた臣下を討ったのである、の意。壇ノ浦合戦を指す。「長州門司之関」は「長州赤間之関」「豊州門司之関」などとあるべきところ。四四オ1注解参照。

○四四ウ6　**依ル冥鑑令ルニ然ラ知ヌ思慮无違コト所闕タル者只彼ノ神剣也**　「依ル」は「依テ」がよいか。「冥鑑《みょうかん》」は仏語。人々が知らないうちに神仏が衆生を見ていること〈日国〉。「神剣」は三種の神器の宝剣をいう。神の照覧によってこのようなことになったので、私の考えが間違っていないことを知った。足りないものはただあの宝剣だけだ、の意。

○四四ウ6　**仍以海人ヲ観尋捜之此事以人力非可励誠知祈神道ニ可令待シム**　そこで、海人に宝剣を捜し尋ねさせたところ、これは人間の力で努めるべきものではない。神に祈って（宝剣が見つかる結果を）待たせるのがよいと、本当に思い知った、の意。「神道」は神。天の神。地の神。神祇〈日国〉。

○四四ウ7　伝聞宇佐宮《ノ》霊神者《ハ》大菩薩之別宮以有《マス》百王守護之誓願二何不守我朝宝物一ヲ　「宇佐宮」は現大分県宇佐市南宇佐にある宇佐神宮。八幡信仰発祥の地で、八幡宮の総本社。「別宮」とするのは不審だが、八幡信仰がこの地に始まることを忘れ、石清水を本宮と考えた表現か。「百王守護」は宗廟神としての八幡が、代々の天皇を守る意。行家が伊勢神宮に捧げた願書にも、「百皇守護之盟《チカヒ》」（第三本・七七ウ7）の語が見えていた。百王思想については、第二本・五オ6、第三末・四七オ3注解参照。伝え聞くところでは、宇佐宮の霊験あらたかな神は八幡大菩薩の別宮で、百王守護の誓願がおありだという。どうして我が国の宝物を守らないことがあろうか、の意。

○四四ウ9　専一心邈篤之祈念二豈不垂神之尚響一哉　「邈篤」は「懇篤」がよい。「懇篤」は親切で手厚いこと〈日国〉。「尚響」未詳。〈北原・小川版〉〈汲古校訂版〉は「尚饗」かとするが、「尚饗」は、こいねがわくはうけよの意で、祭文の文末に用いる語〈日国〉。「納受」「慈悲」等々、神の肯定的反応（反響）を示す語があるべきところ。手厚い祈念を一心に行なっているのだから、どうして聞き入れていただけないことがあろうか、といった意か。

○四四ウ9　如是二欣求如願伝嫎者令申下　宣旨二可令寄進神位　「嫎」字未詳。このように心からの願いにつき、その通りに叶えていただけたら、宣旨を申請して拝領し、神位を寄進するつもりです、の意であろう。

○四四ウ10　吾心元赴神又捨諸敬白　「又」は、本文注参照。〈北原・小川版〉〈汲古校訂版〉は「一人」とする。私の心は初めから神のもとにあります。また、諸々のことを捨てて、ひたすら敬い申し上げます、といった意か。

○四五オ2　元暦二年四月十二日従五位下行右衛門権小副源朝臣　敬白　「行」は、位階が官職より高すぎる場合に、位階と官職名の間に挿入する語〈日国〉。「右衛門権小副」は、「右衛門府」の「権少副」の意だろうが、衛門府の四等官は「督《かみ》・佐《すけ》・尉《じょう》・志《さかん》」であり、「右衛門権小副」は誤り（「権少副《ごんのしょう》」は神祇官の二等官で正六位上相当）。元暦二年四月当時、義経の位階は従五位下、官職は左衛門尉であった（第五末・六一ウ2・3注解参照）。従五位下は、衛門府では衛門佐に相当する位階であり、従五位下左衛門尉に「行」の表記は妥当。「敬白」は願文や手紙の末尾に用いる挨拶のことば〈日国〉。

○四五オ3　申剋自戦場二令《メ》帰付《カ》舟津一給フ　以下、四五オ7まで他本なし。義経が佐伯景弘に宝剣探索を命じたことなどを記す。「申剋」は唐突で、何日を指すか不明。「自戦場ニ令メ帰付カ舟津」とは、義経軍が戦場から船着場に帰った意で、壇浦合戦当日の夕刻に話を戻したものと読める。四一ウ10には、「日ノ入程ニ船共渚ニ漕寄」とあった。また、この後、四五オ7に「終夜揚悦」とあるのは、合戦当日の興奮状態にふさわしい。但し、「申剋」は四一ウ10に見た「日ノ入程」には少し早い。あるいは、右の願書の日付である「四月十二日」の「申剋」と解する可能性もあろうか（もっとも、それでは「戦場」から帰るという文脈がわかりにくい）。

○四五オ3　召テ安芸先司景弘朝臣ヲ厳島神主一被仰二云ク以長門周防安芸等海人ニ可尋捜ル一彼宝剣之由被仰畢　「安芸前司景弘」は佐伯景弘。「被仰ニ云ク」の主語は義経だろう。景弘の安芸守在任期間は、寿永元年（一一八四）三月頃（厳島文書。『平安遺文』四〇二六）から翌二年八月（『玉葉』同月二十五日条、〈延〉第四〈巻八〉・四オ10）。その後、壇ノ浦合戦では平家方として参戦し、平家滅亡後は宝剣の探索に当たった（『吾妻鏡』文治三年六月三日条、『玉葉』・『百練抄』同年七月二十日条）。第四（巻八）・四オ10注解参照。このうち『百練抄』には「前安芸守佐伯景弘、去比下向。景弘合戦之時在ニ彼国ニ、存ニ知宝剣沈没之所ニ云々」とある。また、『吾妻鏡』には、景弘から宝剣探索にあたる海人に支給すべき糧米の要求があったため、糧米の調達を西海の地頭に命ずるように宣下があり、幕府がその沙汰を行ったことが見える。松岡久人は、『玉葉』文治二年三月四日条に景弘が宝剣探索の使として朝廷に書状を提出している記事が見えることから、景弘に宝剣探索の命が下ったのはこれ以前のことと指摘する。景弘に朝廷の命が下った時期はともかく、宝剣喪失が明らかになった直後から探索が行われたことは想像に難くない。但し、〈延〉当該部では、壇浦合戦直後に、義経が景弘に命じていたと読めるが、そうした事実の有無については未詳。五一オ4注解参照。

○四五オ4　又命海人ニ云汝等雖為ト一卑賤者ノ一争カ不思知ラ二此事ニ哉若捜出之輩者非唯思ノミニ一今世之恩賞ニ一又非ス当生之善因ニ一哉早十ヶ日ノ間任テ景弘之下知可奉捜之ニ　景弘が海人たちに命じた内容を具体的に記す。「今世」は現世、「当生」は来世（なお、「当生」は「当来世」に同。〈日国〉が今生の意とするのは誤り。〈仏教語〉が「次の生涯」とするのがよい）。十日間での宝剣探索を命じているが、五一オ3にも「水練ニ長セル者ヲ召テカツキ求レトモ見ヘ給ワス」とあるように、結局発見には至らなかった。『愚管抄』巻五には「宝剣ノ沙汰ヤウ／＼ニアリシカド、終ニヱアマモカヅキシカネテ出デコズ」とある。なお記録類では、景弘は少なくとも文治二年三月から翌三年九月まで宝剣探索を行っており、さらに文治五年段階まで探索が続く（『百練抄』文治五年六月二十六日条、『玉葉』同年十二月六日条）が、そこに景弘の名は見えない（松岡久人）。

○四五オ7　仍十ヶ日舎卅之賜畢　「十ヶ日舎卅」は、宝剣を探す海人が十日間住むための仮屋三十軒の意か。事実関係未詳。

○四五オ7　申二点解纜令出門司終夜揚悦　申二点（午後三時半頃）に義経軍が門司を出航し、一晩中、喜びの声（勝鬨などか）を上げていたという。こうした喜びぶりは合戦当日の晩にふさわしいが、その日の「申剋」に「舟津」に帰り（四五オ3）、申二点に門司を出るという記述はわかりにくいし、あわただしく門司を出航して、どこへ向かったのかもわかりにくい。四月十二日に宇佐願書を出したとある点や、次節に、四月十六日に明石に着いたとあることからは、義経は四月上旬頃までは壇浦周辺に留まっていたように読める。次節冒頭に十六日に明石に着いたとあることからは、宇佐願書を出した十二日、あるいはその翌日ぐらいに門司を出て、凱旋を喜びつつ都へ向かった意ともとれようか。

3　帰洛の女房の悲傷

（四五オ）

8　十六日九郎判官生虜ノ人々相具テ
9　上リケルカ幡磨国明石浦ニ宿リケルニ名ヲ得タル浦ナレハ夜ノ深行

マヽ二月クマナク秋《ノ》空《ニモ》不劣《一》ケリ女房達指ツトヒテ忍音ニ
（四五ウ）
テ泣ツヽ鼻打カミナントシケル中《ニ》帥典侍ツク〳〵ト詠給《テ》
ナカムレハヌルヽタモトニ宿ケリ月《ヨ》雲井ノ物語セヨ
雲《ノ》上《ニ》ミシニカワラヌ月カケハスムニ付テモ物ソ悲キ
是《ヲ》聞給《テ》大納言典侍
我ラコソ明石《ノ》浦《ニ》タヒネセメヲナシ水ニモヤトル月カナ
昔北野天神《ノ》時平《ノ》大臣ノ讒《ニ》依《テ》大宰府《ニ》移給トテ
《名《ニ》シホフ明石《ノ》浦《ノ》月ナレト都ヨリ猶クモル袖カナ》
此所《ニ》留《リ》給タリケルニ○
〔ト〕詠給ケル御心内モカクヤト覚テ哀也サレトモソレハ御身
一ノ恨ナリ此《ハ》サシモムツマシカリシ人々ハ底ノミクツト成ハテヌ故
（四六オ）
郷〔□〕帰リタリトテモ空《キ》跡ノミ涙《ニ》咽ム事モ心憂只コヽニ

〔テ〕イカニモナリナハヤトソ思食ケルサルマヽニハ月ヨ雲居《ノ》物語セヨト取カヘシ〳〵ロスサミ給ケリケニサコソハ昔《モ》恋《ク》物《モ》悲《ク》思給ラメト折シモ哀《ニ》聞ヘケレハ九郎判官ハ東夷ナレトモ優《ニ》艶ケル《アル》心シテ物メテシケル人ナレハ身《ニ》シミテ哀レトソ被思ケル実《ニ》物《ヲ》不思一《ハ》シテ都ヘ上ランソラ海上《ノ》旅船ノ内《ノ》スマヒハ物ウカルヘシ漁舟《ノ》火《ノ》影《ヲ》燈《ニ》タノミ玉《ノ》台《ト》スマヒシ海人苫屋《モ》スミマウク渚《ヲ》洗フ浪《ノ》音《モ》折カラ殊《ニ》哀也都《モ》近《ク》ナルマヽニウカリシ波《ノ》上ノ古里雲居《ノ》ヨソ《ニ》ナリハテヽソコハカトモミヘワカス新中納言《ノ》今ワノ時タワフレテ宣

（四六ウ）

シ事サヘ思出ラレテ悲カラスト云事ナシサルマヽニハ無甲斐一御涙ノミツキセサリケリ

〔本文注〕

○四五オ8　十六日　「十」の上に一字分程度の空白あり。

○四五ウ７　《名ニシホフ明石ノ浦ノ月ナレト都ヨリ猶クモル袖カナ》此所ニ留リ給タリケルニ。「名」の上に左上に伸びる線があり、「ケルニ」の下の線と圏点（補入符）に対応する。「名ニシホフ」の歌を「此所ニ留リ給タリケルニ」の後に移し、四五オ６から８にかけて、「…大宰府ニ移給トテ此所ニ留リ給タリケルニ　名ニシホフ…」に訂する意。

○四五ウ10　ムツマシ　「シ」は字体不審。あるいは重ね書き訂正か。

○四六オ１　郷〔□〕　「□」は虫損で判読不能。〈判読一覧〉は「「郷」の下、虫くい、「ニ」か「ヘ」か」と指摘する。〈吉沢版〉〈北原・小川版〉〈汲古校訂版〉「ヘ」。

○四六オ５　艶ケル《アル》　〈判読一覧〉は「「アル」汚染せるため右に「アル」と傍書」とする。〈北原・小川版〉も同様の注記あり。〈汲古校訂版〉は「「ケル」を摺り消したように見える」とする。擦り消された本行の文字は「ケル」だろう。

○四六オ８　苔屋　「苔」、〈吉沢版〉〈北原・小川版〉「苫」。〈汲古校訂版〉は「苔」を「苫」に訂したと注記する。

〔釈文〕

十六日、九郎判官、生虜の人々相具して上りけるが、幡磨国明石浦に宿りけるに、名を得たる浦なれば、夜の深行《ふけゆ》くままに月くまなく、秋の空にも劣らざりけり。女房達指《さし》つどひて忍び音《ね》に▼四五ウて泣きつつ、鼻打ちかみなんどしける中に、帥典侍つくづくと詠《なが》め給ひて、

　ながむればぬるるたもとに宿りけり月よ雲井の物語せよ

　雲の上にみしにかはらぬ月かげはすむに付けても物ぞ悲しき

是を聞き給ひて、大納言典侍、

　我らこそ明石の浦にたびねせめおなじ水にもやどる月かな

昔、北野天神の、時平の大臣の讒に依りて、大宰府に移り給ふとて、此の所に留まり給ひたりけるに、

名にしおふ明石の浦の月なれど都より猶《なほ》くもる袖かな

と詠《なが》め給ひける御心内も、かくやと覚えて哀れ也。されどもそれは御身一つの恨みなり。此はさしもむつまじかりし人々は、底のみくづと成りはてぬ。故▼[四六オ]郷へ帰りたりとても、空しき跡のみ涙に咽《むせ》ばむ事も心憂し。只ここにていかにもなりなばやとぞ思《おぼ》し食《め》しける。さるままには、「月よ雲居の物語せよ」と、取りかへし取りかへし口ずさみ給ひけり。「げにさこそは昔も恋しく、物も悲しく思ひ給ふらめ」と、折しも哀れに聞こえければ、九郎判官は東夷なれども、優に艶ある心して、物めでしける人なれば、身にしみて哀れとぞ思はれける。実《まこと》に物を思はずして都へ上らんそら、海の上の旅、船の内のすまひは物うかるべし。漁舟の火《ほ》の影を燈《ともしび》にたのみ、玉の台《うてな》とすまひし海人《あま》の苫屋もすみまうく、渚を洗ふ浪の音も、折から殊に哀れ也。都も近くなるままに、うかりし波の上の古里、雲居のよそになりはてて、そこはかともみえわかず。新中納言の今はの時、たはぶれて宣ひ▼[四六ウ]し事さへ思ひ出でられて、悲しからずと云ふ事なし。さるままには甲斐無き御涙のみ、つきせざりけり。

〔注解〕

○四五オ8　十六日九郎判官生虜ノ人々相具テ上リケルカ

諸本同内容の文あり。「十六日」は、元暦二年（一一八五）四月十六日。三月二十四日の壇浦合戦の後、〈延〉では前節に宇佐願書の日付として「四月十二日」（四五オ2）とあった。次項に見るように、明石に着いた日付。『吾妻鏡』四月十二日条には、範頼はしばらく九州で没官領などの処理にあたり、義経は生捕等を連れて上洛することが定められたとある。また、『玉葉』四月二十日条には、「神鏡等已着二御渡辺一之由、義経自レ路進二飛脚一〈去夜到来云々〉」とあるので、義経は十九日までに渡辺に到着したものと見られる。十二日を過ぎた頃に義経が壇浦近辺から都へ出発、十六日には明石に着くという経過は、概ね史実に近いものだろう。

○四五オ9　幡磨国明石浦ニ宿リケルニ名ヲ得タル浦ナレハ夜ノ深行マヽニ月クマナク秋ノ空ニモ不劣ケリ　〈盛・南・覚〉同様。〈長・四・大・屋〉は「名ヲ得タル浦ナレハ」の一節を欠く。〈中〉「その夜しも、月ことにさえておもしろかりければ」。明石は歌枕で、同時に、月の名所ともされる。第三本・六二オ8、同10参照。

もある。岡田三津子は、明石浦は、都に近づいたことを意識する故に、帰洛後に自分たちを待ち受けているものへの不安を抱く場所でもあったと指摘する。

○四五オ10　女房達指ツトヒテ忍音ニテ泣ツヽ鼻打カミナントシケル中ニ　女房達が集まり忍び音に泣いたとする点、〈長・盛・四・大・南・覚〉も同様。〈中〉も、月を見てなぐさんだとする。〈盛〉は眠れないことなどを描き、詳細。〈大・屋〉は、「昔ハ名ニノミ聞シ明石ノ月」（〈屋〉）とするが、〈南・覚〉は「一とせ是をとをりしには、かゝるべしとはおもはざりき」（〈覚〉）と回想する（〈旧大系〉〈全注釈〉〈新大系〉は、これを一谷合戦直前に福原に進出した時のこととするが、むしろ都落の時のことと考えるべきか―〈三弥井文庫〉〈四部本全釈〉）。なお、「鼻打カミナントシケル」の一節があるのは〈延〉のみ。

○四五ウ1　帥典侍ツク〳〵ト詠給テ　帥典侍（時忠の北の方。四二ウ6注解参照）の歌詠を記す点は、諸本同様。〈長・盛・四・南・覚〉は、「いとおぼしめしのこす事なかりければ、枕もうかぶばかりにて」（〈長〉）などと詳細。〈屋〉「古歌思出テ」、〈中〉「なく〳〵かくぞよまれける」、〈大〉「これぞ思連ける」と小異。

○四五ウ2　ナカムレハヌルヽタモトニ宿ケリ月ヨ雲井ノ物語セヨ　〈長・盛・大・南・屋・覚・中〉同（但し〈盛〉は次項の「雲ノ上ニ…」歌を先に記し、本項の「詠レバ…」については、この歌を夫の時忠に贈ったところ、「我思人ハ波路ヲ隔テツヽ心イク度浦ツタフラン」との返歌があったとする独自の記事構成）。〈四〉は和歌を空白表記とする（本来は、本項か次項のどちらかが記されていたものか）。「物思いにふけっていると涙で濡れた袖に月が宿るように映った。月よ、かつての宮中の昔話をしておくれ」の意。この歌は、『治承三十六人歌合』（一六一）には「蔵人おりて、月を見て」の詞書で、『玄玉集』（天地歌下・一五四）には「蔵人おりてのちの秋、月を見てよめる」の詞書で、いずれも源仲綱の作とする。前項注解に見たように、〈屋〉は古歌とする。さほど古い歌ではないが、帥典侍自身の作歌ではない。

○四五ウ3　雲ノ上ニミシニカワラヌ月カケハスムニ付テモ物ソ悲キ　〈長・南〉同。〈盛・覚〉第三句「月カゲノ」（〈盛〉）。〈大・屋・中〉なし。〈四〉は前項注解参照。「宮中で見たときと変わらずに澄んでいる月の光を見るにつけても、変わり果ててしまった身の上が悲しい」の意。「雲ノ上」は宮中を指す。なお、〈盛〉は、帥典侍の詠んだ本歌に対し、義経が「都ニテ見シニ替ヌ月影ノ明石浦ニ旅ネヲゾスル」と詠んだとする。

○四五ウ4　是ヲ聞給テ大納言典侍　大納言典侍（重衡の北の方。四二ウ7注解参照）の歌を記す点、〈長・南・覚〉同様、〈盛・四・大・屋・中〉なし。

○四五ウ5　我ラコソ明石ノ浦ニタヒネセメヲナシ水ニモヤトル月カナ　初句〈長・覚〉「我身こそ」、第三句〈南〉「旅ネセン」、第四句〈南・覚〉「同ジ波ニモ」（〈南〉）、第五句〈長・南〉「やどる月影」（〈長〉）。「私たちの身は明石の浦で旅寝をするが、月も同じようにこの浦の水に宿っていることだ」の意。「われこそはあかしのせとにたびねせめおなじみづにもやどる月かな」（金葉二度本・秋部、春宮大夫公忠。一七九）によるもの。

○四五ウ6　昔北野天神ノ時平ノ大臣ノ讒ニ依テ大宰府ニ移給トテ《名ニシホフ明石ノ浦ノ月ナレト都ヨリ猶クモル袖カナ》此所ニ留リ給タリケルニ・〔ト〕詠給ケル御心内モカクヤト覚テ哀也　本文注参照。書写の誤りを補入符によって「昔北野天神ノ時平ノ大臣ノ讒ニ依テ大宰府ニ移給トテ此所ニ留リ給タリケルニ　名ニシホフ明石ノ浦ノ月ナレト都ヨリ猶クモル袖カナ〔ト〕詠給ケル御心内モカクヤト覚テ哀也」に訂する。〈長・盛〉も引くが、「時平ノ大臣ノ讒ニ依テ」を欠き、和歌の第五句を「くもる空かな」（〈長〉）とする。〈四・大・南・屋・覚・中〉なし。〈延〉では「名に「明かし」という言葉を含む明石の浦ではあるが、都よりもさらに、涙で曇る袖であることよ」の意となり、〈長・盛〉では下句が「都よりもいっそう曇る空であるよ」の意となる。道真仮託歌集に見られる歌。武井和人の資料紹介によれば、国会図書館蔵『聖廟御詠』（武井の分類では歌集B系統）一五七に、「名にしおふ明石の浦の月なれど都よりなをくもる袖かな」、宮内庁書陵部蔵『菅家御集』（同E系統）六四に「名にしおふあかしの浦の月なれど都より猶くもる空かな」等とある。

○四五ウ9　サレトモソレハ御身一ノ恨ナリ此ハサシモムツマシカリシ人々ハ底ノミクツト成ハテヌ　〈長〉ほぼ同。〈盛〉は「サシモムツマシカリシ人々…」以下はあるが、道真との対比ではない。〈延・長〉では、道真の場合は、自分が左遷された恨みだけだったが、平家一門の場合は、親しかった人々が海の底に沈んでしまった（従って、その悲しみははるかに深い）の意。

○四五ウ10　故郷〔ヘ〕帰リタリトテモ空キ跡ノミ涙ニ咽ム事モ心憂只コヽニ〔テ〕イカニモナリナハヤトソ思食ケル　〈長〉同様。〈盛〉類似文あり。〈四・大・屋・覚・中〉なし。前項に続き、故郷に帰っても、かつての生活の場は空しく残るだけであり、そこで嘆き悲しむぐらいなら、いっそここで死んでしまいたい、の意。岡田三津子は、「空キ跡」が人の亡き跡を表す歌語であると同時に、廃墟の描写でもあるとして、かつてのような生活はもはやそこにないと嘆く女房達の思いを読み取る。

○四六オ2　サルマヽニハ月ヨ雲居ノ物語セヨト取カヘシ〳〵ロスサミ給ケリ　〈長〉同様。〈盛〉類似文あり。〈四・大・南・屋・覚・中〉なし。但し、〈四・屋〉は帥典侍の歌の後、〈南〉は大納言典侍の歌の後に、「泣々ロズサミ給ヘバ」（〈屋〉）といった句があるが、これは歌を詠じた本人が口ずさんだ意。〈延・長・盛〉は、人々が帥典侍の歌の「月ヨ雲井ノ物語セヨ」の句に共感し、繰り返し口ずさんだとするもので、月に託して、かつての華やかな宮中生活を回想しつつ、変わり果てた身を嘆く思いを共有したとする。

○四六オ3　ケニサコソハ昔モ恋ク物モ悲ク思給ラメト折シモ哀ニ聞ヘケレハ　〈四〉同、〈南〉類似文あり。〈覚〉では義経が「さこそ物がなしう、昔恋しうもおはしけめ」と思ったとする。〈長・盛・大・屋・中〉なし。

○四六オ4　九郎判官ハ東夷ナレトモ優ニ艶ケル《アル》心シテ物メテシケル人ナレハ身ニシミテ哀レトソ被思ケル　諸本に類似文あり。「東夷」は、〈長・四・大・中〉「東人」（〈長〉）、〈盛・屋〉「東男」、〈南・覚〉「物のふ」（〈覚〉）。「優ニ艶ケル《アル》心シテ」は、〈長〉「優にゑんある心地して」、〈四〉「優ニ有《ユウ》ル情ケ気シテ色」、〈屋〉「優ニ縁アル心チシテ」、〈中〉「いうにたへなる心ちして」、〈盛・大・南・覚〉なし。「物メテシケル人」は、〈長〉同。〈盛〉「物メデシ情アル人」。〈四〉は「物翫カリ人」（物めでたかりし人）と誤る。〈大・南・覚・中〉は、〈覚〉「なさけあるおのこ」、〈中〉「なさけをしれる人」などと、「情け」を用いた表現。〈屋〉なし。〈延〉は、「義経は、東夷ながら人情の機微を解し、ものごとに強く心を動かされる人だったので、女性達の悲しみに深く同情した」意となろうか。義経をこうした人物として描く点は、この後も一貫する。五九オ1「判官ハ大方モ情アル者ニテ…」、七一オ8「九郎判官ハ事ニフレテ情深人ニテ…」、七一ウ10「判官ハアヤシノ人ノタメマテモ情ヲ当ケル人ナレハ…」など。

○四六オ6　実ニ物ヲ不思ハシテ都ヘ上ランソラ海上ノ旅船ノ内ノスマヒハ物ウカルヘシ　以下、四六ウ1「サルマヽニハ無甲斐御涙ノミツキセサリケリ」まで〈延〉の独自文。岡田三津子は、この場面で平氏一門の女房たちの述懐に重点を置いているのは〈延〉だけで、他本は義経の感動を描写してこの場面を締め括っていると指摘する。

○四六オ7　漁舟ノ火ノ影ヲ燈ニタノミ玉ノ台トスマヒシ海人苫屋モスミマウク渚ヲ洗フ浪ノ音モ折カラ殊ニ哀也　「苫屋」は「苫屋」がよい。「海人苫屋」は、苫で屋根をふいたり周囲をかこったりした、粗末な漁夫の家〈日国〉。
○四六オ9　都モ近クナルマヽニウカリシ波ノ上ノ古里雲居ノヨソニナリハテヽソコハカトモミヘワカス　一行は都に近づくのだが、それは同時に、安徳天皇を擁した船上の御所（雲居）での生活から遠ざかることでもあるという。都に近づくことが「雲居（都）」から遠ざかるという逆説的表現となっている（岡田三津子）。
○四六オ10　新中納言ノ今ワノ時タワフレテ宣シ事サヘ思出ラレテ悲カラスト云事ナシ　三五オ6「只今東ノメツラシキ男共御覧候ワンスルコソ浦山敷候へ」などの知盛の発言を踏まえる。角田文衞は、壇浦における知盛の言動を見ていたのは、帥典侍や治部卿局などの女性達であり、彼女たちがその様子を都に語り伝えたと想定する。

十八　内侍所神璽官庁入御事

十八
（四六ウ）
廿四日内侍所神璽鳥羽ニ着セ給タリケレハ勘解由小路中
納言経房高倉宰相中将泰通権右弁兼忠蔵人左衛
門権佐親雅榎並中将公時但馬小将範能御迎ニ被参
御共ノ武士ニ九郎大夫判官義経石川判官代義兼伊豆蔵

7 人大夫頼兼同左衛門尉有綱トソ聞ヘシ子剋ニ先大政官
8 庁ヘ入セ給ヌ内侍所神璽ノ御箱ノ返入セ給事ハ目出ケレ
9 〔ト〕モ宝剣ハ失ニケリ神璽ハ海上ニ浮タリケルヲ常陸国住
10 人片岡太郎経春取上奉リタリケルトソ聞ヘシ

〔本文注〕

〇四六ウ7　大政官　「大」は「太」のようにも見えるが、書き癖か。四九オ4、同6、同9、五〇オ8、五二オ6などにも類似の例あり。

〔釈文〕

十八（内侍所、神璽、官庁へ入御の事）

廿四日、内侍所・神璽、鳥羽に着かせ給ひたりければ、勘解由小路中納言経房・高倉宰相中将泰通・権右弁兼忠・蔵人左衛門権佐親雅・榎並中将公時・但馬小将範能、御迎に参らる。御共の武士に、九郎大夫判官義経・石川判官代義兼・伊豆蔵人大夫頼兼・同左衛門尉有綱とぞ聞こえし。子剋に先づ太政官庁へ入らせ給ひぬ。内侍所・神璽の御箱の返り入らせ給ふ事は目出たけれども、宝剣は失せにけり。神璽は海上に浮かびたりけるを、常陸国住人片岡太郎経春、取り上げ奉りたりけるとぞ聞こえし。

〔注解〕

〇四六ウ3　廿四日内侍所神璽鳥羽ニ着セ給タリ　〈長・四・大・南・屋・覚・中〉「廿五日」。〈盛〉は巻四三末尾に神鏡神璽還幸に関する議定（二十一日）を記し、巻四四冒頭に二十五日の入御を記す（鳥羽参着は記さず、内裏入御までの道筋を記す）。この内侍所・神璽の還御については『玉葉』に詳しい。四月四日、後白河院は右大臣九条兼実へ、壇ノ浦の合戦の結果を伝えるとともに、「三種宝物帰来事」について下問している（同日条）。この後、再三の下問・上奏を経て、同二十一日、院御所において「璽・鏡入御事」の議定が催され、同二十三日には、御迎の日時、迎えに参じる上卿以下の人員、受け取り方法などの決定が院より関係者へ通達された。この翌日二十四日には、頭弁源兼忠が、太政官庁の朝所《あいたんどころ》の新造廊に造作を加えて神殿とし、内侍所・神璽を迎え入れる準備をしている（同二十五日条）。還御当日の二十五日の朝、太政官の史生・官掌が幄幔を用意して草津（桂川と鴨川の合流付近。『吾妻鏡』同日条にいう「今津」は草津の異称）へ出発し、御迎の人々は、酉初（午後六～七時頃）に高畠（桂川左岸、桂川船から陸上交通への乗り換地として利用されていた）に到着し、まもなくそこへ、内侍所・神璽の船も着岸した。その岸の北方の幄の仮屋には、上卿吉田経房・参議左中将藤原泰通・右中弁源兼忠、東方の幄の仮屋には蔵人頭源通資・蔵人藤原親雅・左中将藤原公時・右少将藤原範能が入り、秉燭（日没）の後、蔵人が船に参入して賢所を大蔵省の辛櫃に移し、続いて参議泰通が同じく神璽を辛櫃に移して運び出し、駕輿丁等に担がせて朝所に安んじ奉った（以上、二十五日条）。従って、鳥羽着は二十四日、内裏入御は二十五日とするのが史実に即している。

○四六ウ3　勘解由小路中納言経房　〈長・四・大・南・屋・覚・中〉同、〈盛〉「中納言経房」。経房は藤原氏勧修寺流、光房の息。『公卿補任』によると、当時正三位権中納言、神器を迎える上卿であった（『玉葉』元暦二年四月二十五日条）。なお、経房自身の日記である『吉記』は、この時期の部分が現存しないが、『有職抄』三に引用される「権大納言経房ノ記」に、四月二十五日、「今日神鏡神璽等西海ヨリ入洛有ベシ。予上卿トシテ参向」云々と見えるのは、『吉記』によるものであろう（該当部分は『古事類苑・帝王部』三・神器下に引用される）。

○四六ウ4　高倉宰相中将泰通　〈四・覚〉同。「泰通」は、〈長〉「泰道」、〈大〉「基通」、〈屋〉「安通」。〈盛〉「高倉」なし。〈南〉「土御門宰相中将泰通卿」、〈中〉「土御門宰相中将みちちか」と「たかくら中将やすみち」。泰通は藤原氏坊門流、大納言成通の息。『公卿補任』によると、当時従三位参議左中将。

○四六ウ4　権右弁兼忠　〈長・四・大・屋・覚〉「権右

中弁兼忠」、〈盛〉「左少弁兼忠」、〈南〉「右中弁兼忠」、〈中〉「権左中弁かねみつ」。『玉葉』にあるように、「権右中弁兼忠」がよい。兼忠は村上源氏、中納言雅頼の息、母は中納言家成の女。『玉葉』同二十四・二十五日条によると、行事弁である兼忠に教示するため父雅頼も密かに参向した。

○四六ウ4　蔵人左衛門権佐親雅　〈長・盛・四・南〉同（〈盛〉は「職事」と加える）。〈大〉は「左衛門」を「右衛門」とする。〈覚〉「蔵人」なし、〈中〉「親正」。〈屋〉なし。親雅は藤原親隆の息、母は平知信の女。『公卿補任』建久四年条によれば、寿永元年十二月、蔵人左衛門権佐。

○四六ウ5　榎並中将公時　〈長・南〉同。「榎並」は、〈四〉「榎木並《エノキナミ》」、〈大・屋〉「江波」、〈覚〉「江浪」、〈盛〉不記。「公時」、は、〈四〉「公時《明イ》」、〈屋〉「公明」、〈中〉「公有」。公時は藤原氏三条滋野井流、権大納言実国の息、母は中納言家成の女。『公卿補任』文治五年条によれば、寿永二年十一月、正四位下左中将。

○四六ウ5　但馬小将範能　〈長・南〉「少将」、〈盛〉なし、〈四〉「中将」、〈屋〉「範義」、〈覚〉「教能」、〈中〉同。範能は藤原信西の孫、修範の息。『公卿補任』建久元年条によれば、寿永元年右少将、同二年但馬守、元暦元年従四位下。

○四六ウ6　御共ノ武士ニ九郎大夫判官義経　〈長・大・中〉同、〈四〉類同。〈盛〉「大夫尉義経郎等三百騎ヲ相具シテ前行ス」。〈南・屋・覚〉なし。以下、護衛の武士たちの名は記録類に見えない。

○四六ウ6　石川判官代義兼　〈長・四・大・南・屋・覚〉類同、〈中〉「あしかゞの蔵人よしかぬ」。〈盛〉なし。義兼は河内源氏源義基の子。第三本・三一オ6注解参照。

○四六ウ6　伊豆蔵人大夫頼兼　〈長・四・大・南・屋・覚〉類同、〈盛・中〉なし（〈中〉はこの位置に「どひの二郎実平」とあり）。頼兼は源三位頼政の子、仲綱・兼綱の弟。

○四六ウ7　左衛門尉有綱　〈長・大・南・屋・覚〉同。〈四〉「右衛門尉有綱」、〈中〉「ありたね」。〈盛〉なし。有綱は源三位頼政の孫、仲綱の子。

○四六ウ7　子剋ニ先大政官庁ヘ入セ給ヌ　〈長・四・大・南・覚〉同。〈屋〉は「太政官相丹所」とするが、「太政官朝所」の誤り。〈盛〉「入御待賢門ニ、在著御朝所」（時刻不記）。〈中〉なし。『玉葉』四月二十五日条「自待賢門官東門入御、奉安朝所」。『百練抄』同日条「戌時、神鏡神璽自二鳥羽一入御坐二朝所一」。四六ウ3注解参照。

○四六ウ8　内侍所神璽ノ御箱ノ返入セ給事ハ目出ケレ〔ト〕モ宝剣ハ失ニケリ　〈長・四・大・南〉同、〈盛〉も類似するが「目出ケレ〔ト〕モ」なし。〈屋・覚・中〉は宝剣が失われたことのみ記す。

○四六ウ9　神璽ハ海上ニ浮タリケルヲ常陸国住人片岡太郎経春取上奉リタリケル　諸本類同。但し「経春」は、〈屋〉「親経」、〈中〉「ちかつね」。〈盛〉は壇浦合戦場面（巻四三）にも同文あり。また、〈盛〉は「神璽ヲバ注ノ御箱ト申、国ノ手璽也。王者ノ印ナリ。有習云々」、〈屋〉は「神璽ヲバ注ノ御箱トモ申ス」と、神璽の解説を記す。神璽を武士が取り上げたことは、『愚管抄』巻五に、「宝剣ハ海ニシヅミヌ。ソノシルシノ御ハコハウキテ有ケルヲ、武者トリテ尹明ガムスメノ内侍ニテアリケルニミセナンドシタリケリ」と見える。片岡太郎経春は、四オ9に見えた「片岡八郎為春」の兄か。第五本・四六オ5注解参照。

十九　霊剣等事

1　素盞烏尊の八岐大蛇退治

十九　（四七オ）

神代ヨリ伝タリケル霊剣三アリ所謂草薙天蠅斫
剣取柄剣是也取柄剣ハ大和国礒上布留社ニ被奉籠メ
天蠅斫剣ト申ハ本名ハ羽々斬剣ト申ケルトカヤ此剣ノ刃ノ

上ニ居ル蝿自ラ斫スト云事ナシ故ニ利剣ト号ス爾ヨリ蝿斫トハ
名ラレタリ此剣ハ尾張国熱田社ニ有リ草薙剣ハ大内ニ安
セラル代々ノ帝ノ御守也昔素盞烏尊出雲国へ被流
給タリケルニ其国ノ簸河上ノ山ニ至リ給ニ哭泣スル音不絶
音ニ付テ尋行テ見給ニ一人ノ老翁一人ノ老嫗アリ中ニ小女ヲ置
テカキ撫ナク尊汝等ハ何ナル事ヲ歎テ泣ソト問給ケレハ老
翁答云我ハ昔此国神門郡ニアリシ長者也今ハ国津神ト

（四七ウ）

成テ年久其名ヲ脚摩乳ト云妻ヲハ手摩乳ト号ス此ノ小
女ハ即我女子也奇稲《キヌタ》姫ト名ク又ハ曽波姫トモ申ス此山ノ奥
ニ八岐羽々ト云大蛇アリ年々ニ人ヲ飲親ヲ被飲一者ハ子悲ミ子
ヲ被飲一者ハ親悲故ニ村南村北ニ哭スル音不絶我ニ八人ノ女
アリキ年々ニ被飲一テ只此女一人残レリ今又被飲ナント云テ始
ノ如ク又哭尊哀ト思食テ此女ヲ我ニ奉ラハ其難ヲ休ヘシト

宣ケレハ老翁老嫗泣々悦テ手ヲ合テ尊ヲ奉礼テ彼女ヲ尊ニ奉リヌ尊乍立彼ノ女ヲ湯津《ユツノ》〈平濁〉爪櫛《ツマクシ》ニ取ナシテ御髻ニサシ給テ奇稲姫ノ形ヲ作給テ錦ノ装束ヲキセテ大蛇ノ栖ケル岡ノ上ニ八坂ト云所ニ立テ八船ニ醍醐ヲ湛ヘテ其影ヲ酒船ニ

（四八オ）

移テ八ノ口ニ当テ待給ニ即大蛇来レリ尾頭共ニ八有眼〔□〕日月ノ光ノ如シテ天ヲ耀シ背ニハ霊草異木生滋テ山岳ヲ見ニ似リ八ノ頭八ノ尾八ノ岳八ノ谷ニ這渡リ酒ノ香ヲカキ酒ノ船ニ移レル影ヲミテ女ヲ飲ト飲程ニ残リ少クスイホシテ酔臥タリ其時尊帯給ヘル取柄剣ヲ抜給テ大蛇ヲ寸々ニ切給一ノ尾ニ至テ不切一レ剣ノ刃少シ折タリ相構テ即其尾ヲ割テ見給ヘハ尾ノ中ニ一ノ剣アリ是神剣也尊是ヲ取テ我何カ私ニ安セムトテ天照大神ニ献給天照大神是ヲ得給テ此剣ハ我高天原ニ有シ時今ノ近江国伊吹山ノ上ニテ落タリシ剣也

是天宮《アメノ》御宝ナリトテ豊葦原ノ中津国ノ主トテ天〈平〉孫〈平〉ヲ

（四八ウ）

降奉給シ時此剣ヲ御鏡ニ副テ献リ給ケリ爾ヨリ以来代々ノ帝ノ御守トシテ大内ニ崇奉レタリ此剣大蛇ノ尾中ニ有ケル時黒雲常ニ覆ヘリ故ニ天叢雲剣ト名ク彼大蛇ト申ハ今ノ伊吹大明神是也湯津爪櫛ト云事ハ昔如何ナル人ニテカ有ケン夜ル鬼神ニ追レテ遁去ヘキ方無リケルニ懐ヨリ爪櫛ト云物ヲ取出シテ鬼神ニ投懸タリケレハ鬼神怖テ失ニケリカヽル由緒有ケル事ナレハニヤ素盞烏尊モ少女ヲ湯津爪櫛ニ取ナシ給ケルナルヘシ尊其後同国素鵞里ニ宮造シ給ケル時其所ニハ色ノ雲常ニ聳ケレハ尊御覧シテカクソ詠シ給ケル

（四九オ）

八雲立出雲八重垣ツマコメテ八重垣造ル苑ノ八重垣〔ヲ〕

此ッ大和哥ノ卅一字ノ始ナル国ヲ出雲ト号スルモ其故トソ承ル
彼尊ト申ハ出雲国杵築大社是也

〔本文注〕

○四七オ3　**羽々斬剣**　「斬」、〈吉沢版〉〈汲古校訂版〉同。〈北原・小川版〉「斫」。

○四七オ5　**尾張国**　「張」は「帳」に見える字体だが、異体字と見た。七オ1本文注参照。五〇オ9・五〇ウ2も同様。

○四七オ9　**老**　擦り消しの上に書くか。抹消された字は不明。

○四七ウ8　**乍立**　「乍」は字体不審。

○四七ウ10　上欄外に付箋紙らしき紙片が残る。

○四七ウ10　**醍醐**　「醐」字は〈吉沢版〉同。〈北原・小川版〉「醐」、〈汲古校訂版〉「醐」。注解参照。

○四八オ1　**眼**〔□〕　「□」は虫損により判読不能。〈判読一覧〉〈吉沢版〉〈北原・小川版〉〈汲古校訂版〉「ハ」。

○四八オ3　**八ノ岳**　「岳」の右上部に擦り消しがあるか。あるいは単なる手ずれか。

○四八オ8　**得給テ**　「得」、字体不審。示偏に見える。

○四八オ9　**近江国**　「近江」は擦り消しの上に書くか。抹消された字は不明。

○四八ウ3　**覆ヘリ**　「覆」字形不審。

○四八ウ6　**鬼神怖テ**　「鬼神」の右側に朱の傍書あり。判読困難だが「□歟」か。

○四八ウ7　**素盞烏尊**　「素」は「索」にもみえる。五一ウ1も同様。

○四八ウ9　**給ケル時**　「時」は重ね書き訂正があるか。

〔釈文〕

十九（霊剣等の事）

▼[四七オ]神代より伝はりたりける霊剣三つあり。所謂草薙・天蝿斫《あまのはは きりのつるぎ》剣・取柄《とつかのつるぎ》剣、是也。取柄《とつかのつるぎ》剣は、大和国礒上布留社《いそのかみふるのやしろ》に籠め奉らる。天蝿斫《あまのははきりのつるぎ》剣と申すは、本名は羽々斬《ははきりのつるぎ》剣と申しけるとかや。此剣の刃の上に居る蝿、自ら斫《き》れずと云ふ事なし。故に利剣と号す。爾《それ》より蝿斫《ははきり》とは名づけられたり。此の剣は尾張国熱田社に有り。草薙剣は大内に安ぜらる。代々の帝の御守也。

昔、素盞烏尊、出雲国へ流され給ひたりけるに、其の国の簸河上《ひのかはかみ》の山に至り給ふに、哭泣《こくきう》する音《こゑ》絶えず。音《こゑ》に付きて尋ね行きて見給ふに、一人の老翁、一人の老嫗《らうう》あり。中に小女を置きてかき撫でなく。尊、「汝等は何なる事を歎きて泣くぞ」と問ひ給ひければ、老翁答へて云はく、「我は昔、此の国神門郡《かむどのこほり》にありし長者也。今は国津神と▼[四七ウ]成りて年久し。其の名を脚摩乳《あしなづち》と云ふ。妻をば手摩乳《てなづち》と号す。此の小女は即ち我が女子也。奇稲《キヌタ》姫と名づく。又は曽波姫《そはのひめ》とも申す。此の山の奥に八岐《やまたの》羽々《はは》と云ふ大蛇あり。年々に人を飲み、親を飲まるる者は子悲しみ、子を飲まるる者は親悲しむ。故に村南村北に哭《こく》する音《こゑ》絶えず。我に八人の女ありき。年々に飲まれて、只此の女一人残れり。今又飲まれなん」と云ひて、始めの如く又哭《な》く。尊哀れと思し食して、「此の女を我に奉らば、其の難を休むべし」と宣ひければ、老翁老嫗泣く泣く悦びて、手を合はせて尊を礼《をが》み奉りて、彼の女を尊に奉りぬ。

尊、立ちながら彼の女を湯津《ユツ》の爪櫛《ツマグシ》に取りなして、御髻《もとどり》にさし給ひて、奇稲姫《きぬたひめ》の形を作り給ひて、錦の装束をきせて、大蛇の栖《す》みける岡の上に八坂と云ふ所に立てて、八船に醍醐を湛《たた》へて、其の影を酒船に▼[四八オ]移して、八の口に当てて待ち給ふに、即ち大蛇来たれり。尾頭共に八つ有り。眼は日月の光の如くして天を耀かし、背には霊草異木生ひ滋《しげ》りて、山岳を見るに似たり。八の頭、八の尾、八の岳、八の谷に這ひ渡り、酒の香をかぎ、酒の船に移れる影をみて、女を飲まんと飲む程に、残り少なくすひほして、酔ひ臥したり。其の時、尊帯《は》き給へる取柄剣を抜き給ひて大蛇を寸々《つだつだ》に切り給ふ。一の尾に至りて切れず、剣の刃少し折れたり。相構へて即ち其の尾を割《さ》きて見給へば、尾の中に一の剣あり。是神剣也。尊是を取りて、「我何《いか》が私に安んぜむ」とて、天照大神に献じ給ふ。天照大神是を得給ひて、「此の剣は我高天原に有りし時、今の近江国伊吹山の上にて落したりし剣也。是天《アメノ》宮御宝なり」とて、豊葦原の中津国の主とて、天孫を▼[四八ウ]

降し奉り給ひし時、此の剣を御鏡に副へて献り給ひけり。爾《それ》より以来、代々の帝の御守として、大内に崇め奉られたり。此の剣大蛇の尾の中に有りける時、黒雲常に覆へり。故に天叢雲剣《あめのむらくものつるぎ》と名づく。彼の大蛇と申すは、今の伊吹大明神是也。湯津爪櫛と云ふ事は、昔如何なる人にてか有りけん、夜、鬼に追はれて遁《に》げ去るべき方無かりけるに、懐より爪櫛と云ふ物を取り出だして、鬼神に投げ懸けたりければ、鬼神怖れて失せにけり。かかる由緒有りける事なればにや、素盞烏尊も少女を湯津爪櫛に取りなし給ひけるなるべし。

尊、其の後、同国素鵞里《そがのさと》に宮造りし給ひける時、其の所には色の雲常に聳《たなび》きければ、尊御覧じて、かくぞ詠じ給ひける。

▼四九オ 八雲立つ出雲八重垣つまごめて八重垣造る苑《そ》の八重垣を

此ぞ大和歌《やまとうた》の卅一字《みそひともじ》の始めなる。国を出雲と号するも其の故とぞ承はる。

彼の尊と申すは、出雲国杵築大社是也。

〔注解〕

○四七オ1～（霊剣等事） 本段は、壇ノ浦に沈んだ宝剣の由来を語り、諸本に基本的に共通するが、〈延・長・盛〉などが詳細であるのに対して、〈四・大・屋・中〉は簡略。また、百二十句本は、この位置（第百七・百八句）に、いわゆる『剣巻』（平家剣巻）の内容を収める。これは、〈屋〉や〈盛〉板本・『太平記』板本などでは付録（別冊）とするものであり、また、独立作品としての『剣巻』も伝存する（田中本・長禄本などの写本や板本、さらには奈良絵本や絵巻などがある）。これらを含め、宝剣説話に関わる書物は、記紀以来、きわめて多数にのぼり、特に中世には多様な記事を生んだ。伊藤正義72が、『太平記』において卜部兼員の説として語られる宝剣の由来説話をきっかけに、「中世日本紀」と呼ぶべき「中世的教養」のあり方を説いて以来、多種多様な関連文献の存在が明らかにされている。そのすべてを参照することはとうていできないが、『平家物語』諸本の他に、主な文献を比較して注解に引用する。左記がその作品名・依拠テキストの一覧（及び必要に応じて簡単な紹介）だが、成立年代不明の書が多いので、まず八岐大蛇から宝剣を得た説話記事を含む文献を、書物の性格によって便宜的に（A）から（E）に分類し、その中で年代を考慮して並べることとした。但し、性格の近いものを一括する便宜上、必ずしも年代によらずに配列した場合もある（D6百二十句本など）。さらに、宝剣に関する記事はあるが八岐大蛇退治などの説話を欠くものを、（F）として参考に掲げた。注解の中では適宜略称を用いる。これらの中で、〈延〉に比較的近いものとしては、『日本書紀』を別とすれば、B2『奥義抄』などが目立つが、相違点も多く、依拠資料は特定できない。

〔八岐大蛇退治説話関連資料一覧〕

（A） 記紀及び神代史、『日本書紀』注釈書とその派生書

A1 『古事記』上巻…岩波旧大系
A2 『日本書紀』神代上巻第八段…岩波旧大系・上
A3 『古語拾遺』…『新撰日本古典文庫・四　古語拾遺・高橋氏文』
A4 『先代旧事本紀』巻三…『新訂増補国史大系・七』
A5 『信西日本紀鈔』第七六・一三二・一三三項（中村啓信『信西日本紀鈔とその研究』）
A6 『神代巻取意文』…伊藤正義75翻刻（伊藤正義蔵本）
A7 『神代巻私見聞』…阿部泰郎・佐伯真一翻刻（高野山持明院蔵本）

（B） 歌学書・古今集注釈

B1 『和歌童蒙抄』第六…『歌学大系・別巻一』
B2 『奥義抄』第一八項…『歌学大系・一』
B3 『勝命序注』…新井栄蔵「影印　陽明文庫蔵古今和歌集序注解説」
B4 『古今和歌集教長注』…竹岡正夫『古今和歌集全評釈・上』
B5 『顕昭古今集注』…『歌学大系・別巻四』（『日本書紀』及び『古語拾遺』の引用の後、「今案云」として「教長卿所〻注古今序」「公任卿注」などを引く。ここでは主に「今案云」以下の部分を引く）
B6 『袖中抄』第七…橋本不美男・後藤祥子『袖中抄校本と研究』
B7 『和歌色葉』中巻第八六項…『歌学大系・三』
B8 『古今序聞書三流抄』…『中世古今集注釈書解題・二』
B9 『古今和歌集頓阿序注』…『中世古今集注釈書解題・二』
B10 『古今集・為相註』（大江広貞注）…『古今集註京都大学蔵』（京都大学国語国文資料叢書四八）
B11 『六巻抄』古今聞書第一…『中世古今集注釈書解題・三下』
B12 『毘沙門堂本古今集注』巻一…『毘沙門堂本古今集

注』（八木書店影印）
B13　『玉伝深秘』（玉伝深秘巻）…『中世古今集注釈書解題・五』
（C）熱田縁起・神道物語
C1　『尾張国熱田太神宮縁起』…『神道大系・神社編一九・熱田』（本段関連部分は『日本書紀』とほぼ同文）
C2　『熱田宮秘釈見聞』…『神道大系・神社編一九・熱田』（真福寺蔵本。南北朝頃写―神道大系解説。神剣に関する断片的な記述。C3『百録』との関係については阿部泰郎98参照）
C3　『熱田太神宮秘密百録』…『神道大系・神社編一九・熱田』（室町時代成立―神道大系解説）
C4　『三種神祇并神道秘密』…『真福寺善本叢刊・第一期・七　中世日本紀集』（天文十一年〈一五四二〉写本）
C5　『神祇官』…伊藤正義82翻刻（中世末～近世初期の写本三種あり）
C6　『神道由来の事』…『室町時代物語大成・七』（C3『神祇官』と内容的に重なる。本来は『熱田の深秘』と一体の書―伊藤正義80・同82）
C7　『神祇陰陽秘書抄』別伝…伊藤正義82（天理図書館吉田文庫本。大永二年〈一五二二〉の異筆の年記あり）
C8　『住吉縁起』…慶應義塾図書館蔵写本。『室町時代物語大成・八』
（D）宝剣説話の独立作品
D1　『宝剣御事』…『神道大系・神社編一九・熱田』熱田神宮本。応永四年〈一三九七〉写―神道大系解説）
D2　屋代本別冊「平家剣巻」下
D3　塩竈神社本『剣巻』…同系本文の田中本による（高橋貞一67翻刻）
D4　長禄本『剣巻』…『完訳日本の古典　平家物語・四』
D5　『太平記』（慶長十五年古活字本）付冊『剣巻』…黒田彰・角田美穂翻刻
D6　百二十句本巻十一（第百七句）…斯道文庫片仮名本影印版
D7　『平家物語補闕剣巻』…黒田彰99ａ翻刻
D8　『雲州樋河上天淵記』…『群書類従・二』
（E）その他の諸書に引かれる記事
E1　『醍醐雑事記』巻十…醍醐寺刊限定版
E2　『秋津島物語』巻一…沼沢龍雄（建保六年〈一二一八〉成立か）
E3　『元亨釈書』巻二一・資治表二・天智天皇七年条…『新訂増補国史大系・三一』

E4　『神皇正統記』「大日孁尊」…岩波旧大系
E5　玄玖本『太平記』巻二六「自㆓伊勢㆒進㆓宝剣㆒之事」…勉誠社影印版（なお、この部分の『太平記』本文は、西源院本・流布本などと玄玖本・南都本などの二系統に大別され、神田本はその混態かとされる—石井由紀夫）
E6　流布本『太平記』巻二五「自㆓伊勢㆒進㆓宝剣㆒事」…岩波旧大系
E7　『三国伝記』巻一・六…三弥井中世の文学
E8　『伊吹山酒典童子』（赤木文庫旧蔵本）…『室町時代物語大成・二』

（F）宝剣に関する記事（八岐大蛇退治などの説話を欠くもの）
F1　『熱田明神講式』…『神道大系・神社編一九・熱田』（二条天皇時代の撰述か—神道大系解説）
F2　『禁秘抄』上・宝剣神璽条…『群書類従』二六
F3　『水鏡』流布本・上・神武天皇条…『新訂増補国史大系・二一上』
F4　『神道集』巻一・一「神道由来之事」…『神道大系・文学編一・神道集』

（補記）

※D類の『剣巻』前半部に類する資料として、三千院円融蔵『三種神器大事』がある—阿部泰郎85・同93。

※『宝物集』巻五に、伊弉諾、伊弉冉の娘が大蛇に怖じて泣くので「杵築の宮」が退治したという、特異でごく短い話がある。

※『壒嚢抄』巻五—四六「三種ノ神器トハ何事ゾ」は、『太平記』の引用—高橋貞一59・小秋元段）。

※『神道雑々集』坤巻・三八「慈恵大師物忌事」付載「霊剣」記事は、〈南〉に近い—西脇哲夫・牧野和夫・内田康99指摘。『神道雑々集』は坤巻・二〇などにも宝剣関連記事あり。

○四七オ1　神代ヨリ伝タリケル霊剣三アリ　三つの「霊剣」から説き起こす点は、『平家物語』諸本同様。右の諸文献では、（D）とした宝剣説話の独立作品に類似する形。D1『宝剣御事』は、冒頭に「吾朝ニ自㆓神代㆒伝給フ霊剣三有、一ハ草薙剣、一ハ天ノ蠅斫《ハヘキリノ》剣、十束《ツカノ》剣是也」とする。D7『補闕剣巻』は、文章や剣の名が異なるが、やはり三種の剣を記す。D8『天淵記』は該当記事なし。一方、D2〜D6の『剣巻』は、いずれも「霊剣」を二つとする（『剣巻』が霊剣を二つとするのは、源家の宝剣を二つとすることに対応するものかと考えられる——高橋貞一43・馬目泰宏。

この点、E1『醍醐雑事記』も宝剣を二種とするが、その理由は異なるだろう――次項及び四七オ6注解参照）。その他、C4『三種神祇并神道秘密』は、宝剣説話の後に「三ノ霊剣」を記す（次項注解参照）。しかし、A～Eの諸文献の多くは、素盞烏命の八岐大蛇退治を語るにあたって、このように三種または二種の宝剣について記す形を取らない。それらがこの説話を語る目的を必ずしも宝剣の由来に置くわけではないのに対して、『平家物語』諸本やD類の宝剣説話は、関心の中心が剣そのものにある形である。但し、三つの霊剣（宝剣）の存在を語ることは、八岐大蛇退治を伴わないF類の文献にも見える（次項注解参照）。

○四七オ1　所謂草薙天蝿斫剣取柄剣是也　〈長・四・大・南・屋・覚・中〉は、表記や順序に異同はあるが、「草薙」「天蝿斫」「取柄《とつか》」の三つの剣を挙げる点は同様。表記の異同については次項以下の注解参照。〈盛〉は、草薙剣と天蝿斫剣を欠き、「天十握剣・天藂雲剣・布流剣」の三つとする（その後、日本武尊の物語で、「草薙剣」と「天藂雲剣」を同一の剣とする）。また、D1『宝剣御事』は、前項に見たように、冒頭では『平家物語』諸本と同様だが、大蛇退治の後で、天村雲剣と天蝿切剣を同じ剣とする。『剣巻』のD2～D5は、霊剣として、まず天村雲剣、天蝿切剣の二つを挙げ、天蝿切剣は十握剣と同じ剣であるとする（その後、天村雲剣は草薙剣と同一の剣とする）。D6は「十束剣・雨村雲剣」の二つを挙げるが、「十束剣」は「雨蛟《ハエ》切剣」と同じとするので、D2～D5と同様となる。D7は「布都御魂剣」「天羽々斬剣」「草薙八握剣」の三つとする。剣の名をめぐっては異説がきわめて多い。たとえば、A6『取意文』は、「十束剣」と「天蝿切剣」「草薙剣」は同じものでこれが宝剣、他に「天村雲剣」、「焼鎌剣」の二つがあったとする。C4『三種神祇』は、「我朝ニ三ノ霊剣アリ。一ニハ天《アメ》ノハ《(ママ)》ユキリ剣。一ニハ南留河剣。一ニハ村雲剣、是也」とし、日本武尊はこの三剣を持って東征したが、村雲剣を草薙に用いたので、これが草薙剣となったとする。E1『醍醐雑事記』は、宝剣には二種あるとして、「一ヲバ大和国石上布瑠大神ニ奉レ崇、一ヲバ尾張国熱田大神ニ奉レ崇」とするが、各々の名を明記せず、大蛇の尾の中から出てきた剣が「村雲」であり、それが「草那義」と改められたとする。『太平記』では、E5玄玖本は、大蛇を斬ったのが十握剣、大蛇の尾から出たのが天村雲剣で、後者が後の草薙剣であるという一般的な説を記すが、E6流布本は、「草薙ノ剣」「天ノ群雲ノ剣」「十束ノ剣」を、すべて八岐大蛇の尾の中から出た剣の異称とする。各々の剣については、以下の注解参照。また、三つの宝剣を記す点は、大蛇退治を記さないF類にも共通。F2『禁秘抄』は、「神代ニ有二三剣一其一也。子細雖レ多ト不レ能レ注」と、内裏に伝わる剣を三剣の一つとしつつ、その詳細を記さないが、F1『熱田明神講式』・F3『水鏡』・F4『神道集』は、三剣の所在地を、内裏・石上・熱田とする（剣の名は記さない）。『神道集』は、これらを天孫降臨に際して天下った「三腰ノ剣」であるとする。内田康99は、『水鏡』が三剣及び三鏡を記すことから、その原拠である『扶桑略記』にもその記事が存在したものと考え（『扶桑略記』の現存抄出本には三剣の記事が存在しないものの、原『扶桑略記』には存在したと推定）、こうした説は原『扶桑略記』が成立した堀河天皇の時代まで遡り得るものと見る。

〇四七オ2　取柄剣ハ大和国礒上布留社ニ被奉籠一メ　「取柄」の表記は、〈長・盛・南〉「十握」（〈盛〉は「十把」とも）、〈四〉「戸束」、〈大〉「十欛」、〈屋〉「十束」、〈覚・中〉「十つか」。「十握」がA2『日本書紀』及びA3・A4・A5・B3・B5・D5・D8・E3・E4・E5などに見える他、「十拳」がA1・C1～C3、「十束」がA6・D1・D6・E6、「十柄」がB10・C4・D3などに見える。「十握剣」は、記紀以来、素盞鳥尊が八岐大蛇を斬ったとされる剣の名（四八オ5注解参照）。また、それ以前に、『日本書紀』神代上第五段第六の一書や『古事記』上巻などでは、イザナミの死後、イザナキがカグツチを斬った剣とされている。本来、「つか」は握ったときの、人差指から小指までの長さ〈日国〉。「とつか」の原義は、A5『信西日本紀鈔』一三三項が「トツカトハ、トニギリト云也」（B3も同様）とするように、十握りの大きさ、大刀の意。B10『為相註』は「十柄剣は十拳ありければ、十握とかきて十柄と云也」と、右の三種の表記を見せつつ説明する。これが「布流の社」（布留社）にあるとする点は、『平家物語』諸本で基本的に同様だが、〈盛〉は、「十把剣」の別名を「羽々斬剣」「蝿斬剣」とし、これが「石上ノ宮」にあるとした後、草薙剣に触れ、さらにその後、「布留剣ハ即大和国添上郡礒上布留明神是也」として、布留河の上流から剣が流れてきて、洗濯していた女の布で留まったという布留社の縁起譚を記す。黒田彰98は、〈盛〉が諸本の中でやや異色の形を取り、D類の『剣巻』や『平家物語補闕剣巻』などにも類似する点に注意する。なお、布留社の縁起は、『袖中抄』第一三や『色葉和難集』巻一、『古今集・為相註』などにも所見、能（廃曲）「布留」『和州布留大明神御縁記』などが残る（小林健二）。さて、剣が石上にあるという説の起源は、『日本書紀』第八段第二の一書の、「其断レ蛇剣、号曰二蛇之麁正一。此今在二石上一也」との記述にあり、A3・A4、B2・B3・B7、D1~D6等々に引き継がれている。B5『顕昭注』は、十握剣＝草薙剣が熱田神宮にあるとする説と、大蛇を斬った剣が石上にあるとする説を並記する。また、D7『補闕剣巻』は、「布都御魂剣」が「石上布留神宮」にあるとする（現在の石上神宮の社伝に同）。布留社は現奈良県天理市の石上神宮。

○四七オ3　天蝿斫剣ト申ハ本名ハ羽々斬剣ト申ケルトカヤ

「天蝿斫」の表記は、諸本類同。〈長〉は「蝿斫」「蚆斫」両様に記す。〈覚・中〉「あまのはやきりの剣」（〈覚〉）。〈盛〉では「十把剣」の別名（前項注解参照）。「羽々」は本来、蛇の意か。次項及び四七ウ2注解参照。なお、〈長〉「蚆斫」の「蚆」については次項注解参照。

○四七オ3　此剣ノ刃ノ上ニ居ル蝿自ラ斫スト云事ナシ故ニ利剣ト号ス爾ヨリ蝿斫トハ名ラレタリ　〈長・盛〉に類似記事あり。〈長〉は基本的に同文だが、「蝿」を「蚆」（岡山大学本「蛇」）とする。「蚆」は、〈大漢和〉では貝の意とする。寛元本『字鏡集』などにも字義として「カヒ」などと記されているが、米沢文庫本『倭玉篇』や『拾篇目録』には「蚆」に似た字体の「虵」に「ヘヒ」（へび）という字義の記された例がある。〈盛〉は、蝿を切ったとする点は同様だが、その前に「羽々トハ大蛇ノ名也。此剣大蛇ヲ斬バ也」、後に「素盞烏尊ノ天ヨリ降給ケルニ、帯給ヘル剣也」と加える。〈盛〉ではこれを素盞烏尊が八岐大蛇を斬った「十把剣」の別名とするわけである。蝿が自然に切れたとする記述はB3「勝命序注」にも見えるが、「勝命序注」も「天蝿斫之剣」を、素盞烏尊が出雲国で「ヒトヲノムヲロチ」を切った剣であるとする。「ハハキリ」は、本来は「蛇斬り」の意であり、「ハハ＝蛇＝八岐大蛇」を斬った意の名と見られる。A3『古語拾遺』が、「天十握剣」に注して、「其名天羽斬、今在二石上神宮一、古語大蛇謂二之羽一、言斬レ蛇也」とするように、「ハハ」は古く蛇を言ったようである。〈延〉もこの後、四七ウ2で八岐大蛇を「八岐羽々」と呼ぶ。B2『奥義抄』にも、「尊の天のとつかの剣をば天羽々斬と云ふ。大蛇をはゞといふゆゑなり」とある（B7『和歌色葉』同文。B5『顕昭注』も同内容）。『日本書紀』の第四の一書では、八岐大蛇を斬った剣を「天蝿斫剣」とする。また、A6『取意文』に、「此ヲ素盞烏尊所持シ、大蛇ヲ切リ玉フ。彼ノ大蛇ヲ天ノ蝿ト名ク（中略）故ニ天蝿切剣ト申」とある。八岐大蛇を斬った剣、即ち十握剣と天蝿切剣は同じ剣だという説明は、『古語拾遺』

や〈盛〉をはじめ、A6『取意文』やB2『奥義抄』及び『剣巻』(D2~D6)など、多く見られる。しかし、〈延・長・四・南・屋・覚・中〉及びD1『宝剣御事』はその説を採らず、十握剣は布留社、天蝿切剣は熱田に収められたとして、両者を区別する。次項注解参照。

○四七オ5　此剣ハ尾張国熱田社ニ有リ　天蝿斫剣が熱田社にあるとする点、〈長・四・大・南・屋・覚・中〉同様。前項注解参照。一方、〈盛〉は、「十把(握)剣」(前項)の別名が「羽々斬剣」「蝿斬剣」であり、これが「石上ノ宮」にとどまったとする点、A3『古語拾遺』等に近い。但し、それとは別に「大和国添上郡礒上布留明神」に収められた「布留剣」があったとするのは不審。前項に見たように「石上ノ宮」と「布留明神」は同一のはずである。四七オ3「此剣ノ刃ノ上ニ居ル蝿…」注解参照。「尾張国熱田の宮」は、現名古屋市熱田区の熱田神宮。なお、F1『熱田明神講式』は、大蛇の尾から出た剣は「八剣大明神」であるとする。

○四七オ5　草薙剣ハ大内ニ安セラル代々ノ帝ノ御守也　「草薙」〈長・大・南〉同。〈四〉「草投」、〈屋〉「草苅」、〈覚〉「草なぎ」、〈中〉「くさなぎ」。〈盛〉不記。以下、これはもともと八岐大蛇の尾から出てきた「天村雲の剣」であるとされ、それが「草薙剣」と名付けられた由来は、次節五〇オ1以下に見るように、日本武尊が草を薙ぎ払って難を逃れたことによるとされる。これは一般的な説で、『日本書紀』本文以下、A3・A4・A7、B2・B5・B9・B10・B13、C1・C4、『剣巻』類(D1~D6)・D8、E3~E7等々、きわめて多くの書に見られる。但し、『日本書紀』も景行天皇四十年十月条では、倭姫命が日本武尊にこの剣を授ける段階で既に「草薙」の名を用いている。また、A1『古事記』は、大蛇の尾の中から出てきた段階で「草那芸之太刀」の名を用いており、ヤマトタケルがこの剣で草を薙ぎ払ったとは記すが、それを「草薙」の命名由来とするわけではない。佐竹昭広は、「クサナギ」とは本来は「臭蛇」であり、草を薙ぎ払ったために付けられた名とするのは民間語源説の所産であると考える。また、「草薙剣」を天村雲剣ではなく、大蛇を斬った「十握剣」と同一の剣とする異説もある。B4『教長注』は、素戔烏尊が出雲国で「クサシゲリテミチモナキトコロヲバ、コノ剣シテナギツヽ、ヲハシケレバ、コノ剣ヲバ、クサナギトナンナヅケヽル」と、八岐大蛇退治以前に「クサナギ」の名があり、素戔烏尊はこの剣で大蛇を斬ったとする。A6『取意文』「十束剣モ、命ノ草ヲ薙給シヨリ、草薙ノ剣ト申ケリ」

や、B5『顕昭注』が一説として記す「素戔烏尊下二向出雲一之間、薙レ草云々」も、教長注の所伝に近い。なお、E1『醍醐雑事記』は、坂東の野で焼け死にそうになった時、この剣をふるって免れたという話を「曽佐乃於」（スサノヲ）のこととして記す。また、八岐大蛇の尾から出てきた「天村雲剣」が、素戔烏尊から天照大神に献上され、天孫降臨によって地上に伝わり、朝廷に伝えられてきたと語る点は諸本同様であり、記紀以来の一般的な説である。但し、崇神天皇の代の模造の問題によって、二位尼・安徳天皇と共に海に沈んだのが本来の剣だったのか、模造された剣だったのかについては、記述が分かれる（次節四九オ3以下の注解参照）。

○四七オ6　昔素戔烏尊出雲国へ被流給タリケルニ　霊剣の概説から素戔鳴尊の八岐大蛇退治に続く点は、〈長・盛・四・大・屋〉同様。〈南・覚・中〉は、霊剣概説の後、「八雲立つ」歌を記してから八岐大蛇退治を語る（〈長〉は霊剣概説の前に「八雲立つ」歌を記す）。素戔烏尊が出雲に「流され」たという表現は、〈長・四・大・屋・中〉同。〈盛〉「天ヨリ出雲国へ降給ケルニ」。「降（下）る」という表現は、〈南・覚〉に共通。記紀では、素戔烏尊の乱行に驚いた天照大神が天石窟戸に隠れ、それを引き出した神々が素戔烏尊を追放したという文脈で、「是時、素戔烏尊、自レ天而降二到於出雲国簸之川上一」（『日本書紀』）などと語られる。B類では、B1『童蒙抄』「天より出雲簸之河上にくだります時に」といった表現が多いが、B8『三流抄』「ソサノオ独リニ成テ居所ナク迷ヒ行玉フニ」、B9『頓阿序注』「日神岩戸をいでさせ給て後、すさのをの尊さすらへありき給ふに」などは、追放された感覚を伝えるか。A6『取意文』「索《（ママ）》戔烏ノ命、雲州ニ流レテ、曽我ノ里ニ年ヲ経玉ウ」、C4『三種神祇』「雲州ニ流カサレ」、D2『屋代本剣巻』「出雲国ニ流サレ給ヒタリシガ」のように、「流される」という表現を用いるものもある。また、E2『秋津島物語』では、素戔烏尊が新羅国「曽戸茂梨《ソシモリ》」に赴いた後、船を作って「ひんがしのかた出雲国簸かわのほとり」に来たとする。A7『私見聞』は、まず新羅に下り、その後日本に渡ったとする説を「一説」として紹介、「播磨国広山」に降ってから出雲に至ったとする。なお、E1『醍醐雑事記』は、「天古耶根ノ御子」の八人の子の末弟「蘇佐乃於乃御子」が大蛇に食われそうになったが、八重雲に隠されて見えなくなっているところを、「天古耶根ノ御子」が天下って大蛇を斬り殺し、蛇の尾から出た剣「村雲」を「国王之護」として「曽《（蘇）》佐乃於乃御子」に奉ったという特異な所伝を見せ、「故少納言入道通憲之説云々」即ち信西の説であるとの注記を加える。この所伝について、近藤喜博は「全くの素朴な異伝的な神代物語の古態の伝承」と捉えた。小川豊生は「国王の護り」としての宝剣出現の根源を明かす「本説」としての位相を持つ「中世日本紀」の基本的属性を備えたものと見た。内田康02は、草薙剣を熱田の剣と語る点に注目する。

○四七オ7　其国ノ簸河上ノ山ニ至リ給ニ　「簸河上」（の山）に至ったとする点は諸本同様。「簸河上」は、『日本書紀』（前項注解参照）に同。多くの書に共通する。現島根県東部を流れる斐伊川を指す。但し、B2『奥義抄』・B4『教長注』・B8『三流抄』・B9『頓阿序注』・B12『毘沙門堂本』・C4『三種神祇』などは「簸河」を記さない。B8・B9・C4は、素戔烏尊が「そがの里」に住んだとし、また、B8・B9・B12やC8『住吉縁起』・E5・E6『太平記』は、素戔烏尊が海上を流れる島（B8「手摩嶋《テナデシマ》」）に住んだとする。『日本書紀』に、スサノヲが宮を建てた場所として記す『清地』（素鵝）によるか。B10『為相註』やE5・E6『太平記』などは、「そがの里」「簸川上」の双方を記す。

○四七オ8　哭泣スル音不絶音ニ付テ尋行テ見給ニ一人ノ老翁一人ノ老嫗アリ中ニ小女ヲ置テカキ撫ナク　以下、泣き声を尋ねて脚摩乳・手摩乳に会い、その娘の奇稲田姫が八岐大蛇に呑まれるのだと聞いて大蛇退治を企てる展開は、〈長・盛・南・覚〉も同様で、記紀以来の多くの文献に基本的に共通する。但し、〈長〉は「村南村北に哭するこゑたえず」（四七ウ4参照）とした後、老翁老婆を描く。〈南・覚〉は「足なづち」「手なづち」「ゐなだ姫」（〈覚〉）の名を記してから、彼らが泣いていた姿を描き、詞章は〈延・盛〉とは異なる。〈四・大・屋・中〉は、素戔烏尊が「簸河上」に至ったという記述から、直ちに八岐大蛇の記述に移る。〈四・大・屋〉では脚摩乳・手摩乳・奇稲田姫のいずれも登場せず、〈中〉では大蛇退治の準備に「みことの御さいあひの、いなだひめと申しんじよ」を登場させるが、大蛇退治以前に「いなだひめ」を「最愛」しているというのは明らかに原話と異なる。この物語は素戔烏尊が大蛇を退治して奇稲田姫との婚姻に展開するのが基本的な形であり、〈四・大・屋・中〉は原態と異なる略述型と考えるべきだろう。〈延〉などの形は、『日本書紀』「有ニ一老公與ニ老婆一、中間置ニ一少女一、撫而哭之」やB2『奥義抄』などに近い。脚摩乳等と出会う経緯に関する異伝として、A6『取意文』やC4『三種神祇』では、素戔烏尊が狩りをして、脚摩乳・

手摩乳に宿を借りたのが発端だったとする。B４『教長注』では、出雲国で草を薙ぎ払いつつ進むうちに「ヨキイヱ」を見つけたとする。B８『三流抄』・B９『頓阿序注』・B12『毘沙門堂本』・C８『住吉縁起』では、八色の雲が立つのを見て尋ねたとする。C５『神祇官』では、「出雲国山田」に「光物集テ山ヲナラス」ので、尋ねたとする（C６・C７も同様）。

○四七オ10　我ハ昔此国神門郡ニアリシ長者也　以下、素盞烏尊の問に対する老翁の答え。〈長〉は「美須の郡」の長者、〈盛〉は「飯石郡長者」とする（いずれも素戔嗚尊の求婚の後に記す）。〈南・覚〉なし。『日本書紀』などには見えない。D８『天淵記』は、「八頭坂麓長者原」で手摩乳等に出会い、手摩乳は「我是此地主也。已得二長者之称一」と述べたとする。神門郡は出雲国北西部、飯石郡は南西部で、共に『出雲国風土記』にも見える名。「美須郡」は未詳。なお、B４『教長注』では、一人で泣いていた姫が「ワレハコレ、長者ノヒトリムスメナリ」と名乗る。A６『取意文』は、姫を「須佐郡三杵臼ノ畑ト云所」に隠したとする。

○四七オ10　今ハ国津神ト成テ年久　「国津神」とする点、〈盛・南・覚〉同様。『日本書紀』「吾是国神」。B類では、B２『奥義抄』「我はこの国つかみなり」など、多く見られる表現。D１『宝剣御事』「国津神」。但し、〈延〉はより高い神格から国津神に成り下がったように読めるが、他本や右の諸書はいずれもそのようには読めない。この点、B８『三流抄』では、翁が「吾ハ天神国狭槌尊ノ末也（中略）神変衰ヘテ下位トナレリ」等と述べたとあり、類似の意識が読み取れようか。C５『神祇官』は「天照大神ニハヲイニテ候」とし、国つ神とはしない。D４長禄本『剣巻』「山ノ神」。「国津神」は、天津神に対する語。「天孫系の神々に対し、天孫降臨以前からこの国土に住み、その土地を守護する神」〈日国〉。

○四七ウ１　其名ヲ脚摩乳ト云妻ヲハ手摩乳ト号ス　〈盛・覚〉同様（但し、記事の位置は四七オ８注解参照）。〈南〉「手ナヅチ足ナヅチトテ婦神夫神」も同様か。〈長〉は逆に老翁を「手摩乳」、妻を「足摩乳」とする。『日本書紀』「号二脚摩乳一。我妻号二手摩乳一」やB２『奥義抄』「脚摩乳と号し、めは手摩乳と号す」では、夫が脚ナヅチ、妻が手ナヅチ。その他諸書も〈延・盛・覚〉や『日本書紀』と同様のものが多い。但し、B10『為相註』やC６『神道由来』・C７『神祇陰陽』・C８『住吉縁起』は、夫を手ナヅチ、妻を足ナヅチとする。B13『玉伝深秘』が「手摩乳・足摩乳」の順で記し、C5『神祇官』が老翁の名を記さず、妻を「足ナヅチ」とするのも同様の理解か。

○四七ウ1　此ノ小女ハ即我女子也奇稲《キヌタ》姫ト名ク又ハ曽波姫トモ申ス　〈長〉同様。〈盛〉もほぼ同様だが、「棄(弁)稲田姫」(慶長古活字本・蓬左写本)は、「奇稲田姫」の誤り(「弁」と「奇」の字体の類似によるか)。〈南・覚〉は、「奇稲《キヌタ》姫」を「稲田姫」「ゐなだ姫」などとし、「曽波姫」なし。〈中〉については四七オ8注解参照。『日本書紀』やB2『奥義抄』及びB1・B3・B5・B7、またE2『秋津島物語』などは「奇稲田姫」。「稲田(イナダ)姫」は、A6『取意文』・A7『私見聞』、B8『三流抄』・B9～B13、C4『三種神祇』・C5～C7、D1『宝剣御事』、E4『神皇正統記』・E5・E6『太平記』等々、やや時代の降る書に多く見られる。「キヌタ」の訓みは類例未詳。「曽波姫」も未詳だが、黒田彰94は「美人の眼の意の曽波か」とする。「曽波《そうは》」は美女の澄んだ瞳のたとえ〈日国〉。『和漢朗詠集』春・三月三日「夜雨偸湿、曽波之眼新嬌、暁風緩吹、不言之口先咲」。なお、姫の年齢を〈長〉は十三歳とする。A6『取意文』「十四五計」、B9『頓阿序注』・B10『為相註』「十二三ばかり」、D1『宝剣御事』「十二歳」、C8『住吉縁起』・D2～D5『剣巻』「八歳」など。

○四七ウ3　此山ノ奥ニ八岐羽々ト云大蛇アリ　〈長・四・大・南・屋・覚・中〉は大蛇の名なし。〈盛〉は四七ウ4該当部で「八岐ノ大蛇」とする。『日本書紀』「八岐大蛇」。B1『童蒙抄』・B2『奥義抄』などをはじめ、「八岐(の)大蛇」に類する表記が多い。変わったところでは、A6『取意文』「毒蛇」、B3『勝命序注』「ヤマカタヲロチ」、B4『教長注』「鬼」、B8『三流抄』「八頭ノ蛇」「龍」など。単に「大蛇」とするものも、A7『私見聞』・B9『頓阿序注』・D1『宝剣御事』など多い。〈延〉の「八岐羽々」は類例未詳だが、「羽々」(ハハ)は蛇の意(四七オ3注解参照)。B2『奥義抄』に「大蛇をはゞといふ」とあることは、四七オ3注解参照。『神道雑々集』坤巻・一二〇にも、「十柄剣」について「後ニハ号ルニ天羽々《アマノハヽ》斬御剣一ト也。彼八《ママ》蛇羽々ト云故也」とある。

○四七ウ3　年々ニ人ヲ飲親ヲ被飲一者ハ子悲ミ子ヲ被飲一者ハ親悲　〈盛〉同様。〈四・大・南・屋・覚・中〉にも同様の文があるが、次項と共に大蛇の描写の後に置く。〈長〉なし。『日本書紀』等では、脚摩乳・手摩乳の八人の娘達が年々に食われ、残るのが奇稲田姫のみであるとするのみで、こうした記述はなし。『平家物語』諸本の本項と近似の文を見せるのは、C5『神祇官』「親ヲ呑バ子悲ム。子ヲ呑バ親悲ム」（C6・C7も同様）など。他に、C8『住吉縁起』、D1『宝剣御事』、D2〜D6『剣巻』、E8『伊吹山酒典童子』などにもあり（なお、『伊吹山酒典童子』と『剣巻』『平家物語』などの類似を指摘した西脇哲夫は、これらは直接関係ではなく、宝剣にまつわる秘事・口伝が錯綜していたと想定する）。また、多数が被害を受けているとする点で類似するものに、B8『三流抄』「是多クノ人ヲ取ル」、B12『毘沙門堂本』「此アタリノ小神人ナムドヲ取クラヒテ」、E6流布本『太平記』「毎夜人ヲ以テ食トシ候間、野人村老皆食尽」などがある。

○四七ウ4　村南村北ニ哭スル音不絶　諸本同様（但し記事の位置は前後する。前項注解及び四七オ8注解参照）。『新楽府』「新豊折臂翁」の「村南村北哭声哀」に拠った表現。雲南遠征に多くの若者が駆り出されて亡くなり、嘆いているさま。第三末・四〇オ2にも「村南村北ニ哭スル声悲シ」とあり、よく知られた句。その他の資料では、C5『神祇官』、及びC6・C7、D1〜D6、E8に類句が見られる。黒田彰94は、持明院本『日本紀聞書』にも類例があると指摘する。

○四七ウ4　我ニ八人ノ女アリキ年々ニ被レ飲テ只此女一人残レリ　〈盛・南・覚〉同様。〈長〉は、十二人の娘のうち十二人が食われたとする。『日本書紀』「往時吾児有二八箇少女一。毎年為二八岐大蛇所一レ呑」、B2『奥義抄』「さきに我子八人ありし。としごとに八岐の大蛇のみてき」のように、本来は女子「八人」で、B1『童蒙抄』など、「八人」とするものが多い。但し、B10『為相註』は「男女子八人」。一方、A6『取意文』やC4『三種神祇』は「十二人」。D1『宝剣御事』「十三人」。また、E1『醍醐雑事記』は、「天古耶根ノ御子」に八人の男子があったが、大蛇がそれを次々に生け贄として食らい、「最末ノ曽佐乃於乃御子」が「出雲国立八重雲」に隠れて見えないうちに大蛇を退治したという異伝を記す。

○四七ウ6　尊哀ト思食テ此女ヲ我ニ奉ラハ其難ヲ休ヘシト宣ケレハ　〈長・盛〉類同。〈四・大・南・屋・覚・中〉は求婚の言葉がないため、素戔嗚尊がこの地の人々の惨状を哀れんで、八岐大蛇退治を決意したと読める。『日本書紀』に「若然者、汝当以レ女奉レ吾耶」とあるように、この物語は本来、英雄が龍蛇を退治して美女と結婚する、典型的な龍蛇退治の神話であり、奇稲田姫との結婚を抜きに、人々の惨状への哀れみから大蛇を退治したように読めるのは珍しい形といえよう。但し、D1『宝剣御事』も結婚の約諾を記さない。

○四七ウ8　尊乍立彼ノ女ヲ湯津《ユツノ》〈平濁〉爪櫛《ツマクシ》ニ取ナシテ御髻ニサシ給テ　姫を湯津爪（妻）櫛に化して髻に隠したとする点、〈南・覚〉も同様。〈長〉「しやうぞくせさせたてまつりて、湯津の妻櫛といふにとりなして、御もととりにさし給て」は、〈延〉と同様のようにも見えるが、その後、「后を、大蛇の居たるうへの山岡にたてたてまつりて」ともあり、不審（次項注解参照）。〈盛〉「小女湯津々々トハ祝浄詞也。女ヲ后ニ祝ヘバ也。浄櫛ヲ御髪ニサシ給。浄櫛トハ潔斎ノ義也」は、文意不鮮明だが、「湯津爪櫛」を結婚に関わる潔斎の意ととったものか。〈四・大・屋・中〉なし。『日本書紀』は「素戔嗚尊、立化ニ奇稲田姫一、為ニ湯津爪櫛一、而挿ニ於御髻一」とし、B類の歌学書は「湯津爪櫛」の注として本話を記すものが多い。B2『奥義抄』「尊たちながら、少女をゆつのつまぐしにとりなして、御髻にさしつ」は、〈延〉とほぼ同文。『奥義抄』はこの後、「女をつまぐしにとりなすこともおぼつかなし」と疑問を呈し、「日本紀にはかく見えたるに、或説には、かの老翁むすめを尊にながく奉るこゝろにて、きよきくしをさす也。女を櫛にとりなす事はしらず。ゆつのつまぐしと云ふは潔斎の義なり」云々と〈盛〉に近い説を記し、両論を並記した後、「くしにとりなして蛇に見せじとし給ひけるにや」を一応の答えとしている。難解な箇所で、同様の疑問はB6『袖中抄』にも見え、異伝を産む母胎となったことが想像される。『奥義抄』の結論は、A5『信西日本紀鈔』七六項が「ソサノヲ尊、クシイナダ姫ヲ髪ニコメテ、ユツノツマグシニシテ、髪サシ給テケリ」とするのと同様、素盞烏尊が奇稲田姫を櫛に変えて自分の髪に挿したとするものだろう。〈延〉も同様か。それは『日本書紀』の解釈としてまっとうなものであろうが、伊藤正義72や黒田彰94などが指摘するように、これとは異なる解釈を記す書も少なくない。B9『頓阿序注』「かの姫にゆづのつまぐしをとりそへて、たぶさの中へさしおさめ、ひめの影を八そうの酒の中へうつして待給へば」の場合、「ゆづのつまぐし」を具体的にどう用いたのかはわかりにくいが、その魔除けの力によって、現実の姫の姿は隠れ、姫の影が酒に映ったと読めようか。B10『為相註』「此いなだ姫を□りてひねりけんは、ゆつのつまぐしにひねりなして、髪もさしかくして」も類似するがわかりにくい。これに類似するものに、『剣巻』のうちD2屋代本「床ヲ高クカキテ、床ノ上ニ稲田姫ヲイト厳シフ出立セテ、髪ニ黄楊《ツゲ》ノ妻櫛ヲ指テ立テ」（D3～D5も同様だが、D6百二十句本は「黄楊ノ妻櫛」にふれない）や、E6流布本『太平記』の、湯津妻櫛を八つ作って姫の髻に差し、酒槽の上に棚を作って姫を置いたとする所伝がある。C8『住吉縁起』も湯津妻櫛を八つ作って姫の髻に差したとし、「つまぐしをさす事は、悪鬼をふせかんためなり」とする。E8『伊吹山酒典童子』は、稲田姫の髪に湯津爪櫛を挿して山に登らせ、酒槽に影を映したとする。これらは、湯津妻櫛を姫の髪に挿したとするもの。また、B8『三流抄』「湯津ノ爪櫛ヲ八ツ作テ姫ガ頭ニサス。是ハ海松ノ根ニテ削ルカウガヒ也（中略）八ノ串八ツノ龍ト成テ敵ノ龍ヲ段々ニクフ」も、姫の髪に櫛をさしたとするものだが、独自の展開を見せる。さらに、D1『宝剣御事』の、八つの酒槽に酒を入れて飲まそうとしたが大蛇が飲まないので、稲田姫を「湯津ノ妻櫛取成、御髪ニ指挟、山ノ峯ニ立給ケレバ、稲田姫ノ影船ノ酒ノ底ニ移テ見」とする記事や、E5玄玖本『太平記』「湯津妻櫛ヲ鬢ニ刺シ」、E7『三国伝記』「后ノ御装束ヲ荘リ、湯津妻櫛ト曰物ニ取成シ、御髪ニ指玉テ高丘ニ奉レ居」などは、「御髪」「鬢」が素盞烏尊の髪なのか奇稲田姫の髪なのかわかりにくく、いずれにしても文意が通じにくいが、おそらくは『剣巻』などに類似の所伝か。なお、「湯津爪櫛」については、四八ウ4でもふれる。

○四七ウ9　奇稲姫ノ形ヲ作給テ錦ノ装束ヲキセテ大蛇ノ栖ケル岡ノ上ニ八坂ト云所ニ立テ　〈延〉は、姫の人形を作って岡の上に立て、酒船に影を映したとする。〈覚〉「美女のすがたをつく(ッ)て」も、人形か。〈南〉は「美女」を高い山に、〈屋〉は「貟吉女」を選んで高い丘に立てたとする。〈長・盛〉は姫自身を大蛇のいた山の上に立たせたとするが、〈長〉の場合、奇稲田姫を湯津妻櫛にとりなしたとしていることとの整合性が不審（前項注解参照）。また、〈中〉は、「いなだひめと申しんじよ」を「ゆかのうへ」に立たせたとするが、突然「いなだひめ」を登場させる点は奇妙（四七オ8注解参照）。〈四・大〉は八つの船で酒を飲ませたとするのみで、こうした策は記さない。『日本書紀』やB2『奥義抄』等は、八つの船で大蛇に酒を飲ませたことは記すが、姫の姿を酒船に映して見せるという策は記さない。姫や美女、またはその人形を立たせたとするのは、奇稲田姫を湯津妻櫛にとりなしたという所伝から派生したものか（前項注解参照）。前項注解に見たもの以外に、次のようなものがある。A6『取意文』「一丈五尺ノ空ニ棚ヲカキ、貟吉女《ミメヨキ》ヲ八人作テ八人居テ」や、C2『三種神祇』は、棚の上に美女を八人据えて酒槽に姿を映したとする。C5『神祇官』は奇稲田姫を美しく着飾らせて峯に置き、姿を酒槽に映したとする（C6・C7も類似）。C8『住吉縁起』は奇稲田姫を美しく着飾らせて床の上に立たせたとする。

D8『天淵記』は、「艾偶女」（人形であろう）を作って山頂に置いたとする。その他、C4『三種神祇』は、垣を八重にして稲田姫を隠したとし、「八雲立つ」歌をここで記す。なお、〈延〉の「八坂」は地名だろうが、未詳。A6『取意文』も、「此ノ日ノ河上ニ、八坂ト云所」に大蛇がいたとする。黒田彰94は、『神道天地根本抄』にも見えると指摘する。

○四七ウ10　八船ニ醍頤ヲ湛ヘテ其影ヲ酒船ニ移テ八ノ口ニ当テ待給ニ　「醍頤」（本文注参照）は「醍醐」であろう。「頤」の旁「頁」は、「胡」の異体字「頶」の書き損じか。「醍醐」は酒の意。〈大漢和〉に「すんだ酒、清酒」の意を掲げ、『白氏文集』巻六四・将レ帰一絶（3066）「一瓮醍醐待ニ我帰一」を引く。「醍醐」の語は〈延〉独自だが、大蛇退治の策略として、八つの酒槽に酒をたたえて飲ませたとするのは諸本同様。『日本書紀』「醸ニ八醞酒一。并作ニ仮庋（割注略）八間一、各置ニ一口槽一、而盛酒以待之也」以下、諸書に見える。「其影ヲ酒船ニ移テ」は、前項に見た奇稲姫の姿を酒槽に映し、その中に姫がいるように見せた意。なお、『宝物集』巻五には、大蛇に「酒七船」を飲ませたという特異な記事あり。

○四八オ1　尾頭共ニ八有　以下、八岐大蛇の具体的描写。〈長・盛〉も同様に大蛇の出現場面に記すが、〈南・覚〉では、先の脚摩乳の言葉の中で語られる。脚摩乳等の記事を欠く〈四・屋・中〉では、本話冒頭近くにある。『日本書紀』は〈延・長・盛〉と同様に大蛇出現場面に置き、B2・B7・B13・C1・E2なども同様。一方、〈南・覚〉と同様、脚摩乳の言葉の中で語るものとしては、『古事記』をはじめ、A4・A6・B10・B12・C4・C8・D7・D8・E3・E7などがある。B9『頓阿序注』のように、「あしなづち」の言葉の中で「頭も八、尾も八ありて、身はひとつなり」、その後の出現場面で「眼は日月のごとく、口はくれなひにして、せなかには大木・古木生ひて」と、双方で記すものもある。E5・E6『太平記』も双方で記す。D1『宝剣御事』やD2〜D6の『剣巻』は、場面設定がわかりにくく、地の文での解説をはさんだものと読むべきか。なお、『頓阿序注』の頭・尾が八つ、身は一つという描き方は、D7『補闕剣巻』にも共通するが、黒田彰99bは、D7の問答部分はA4『先代旧事本紀』に拠っていると指摘する。

○四八オ1　眼〔ハ〕日月ノ光ノ如シテ天ヲ耀シ　眼を日月にたとえる描写は、諸本基本的に同様だが、小異あり。『日本書紀』は「日月」ではなく「眼如ニ赤酸醤一」とする。「赤酸醤《あかかがち》」

は、たとえば『釈日本紀』巻七に「其色如二赤血一也。其目耀絶猶如二赤血一也。（中略）是今保々都岐者也」とあるように、赤いホオヅキの意。A1『古事記』「赤加賀智」。A4『先代旧事本紀』、C1『熱田縁起』、D7『補闕剣巻』、E2『秋津島物語』も同様。一方、「日月の如し」の類例は、B9『頓阿序注』や、C8『住吉縁起』、D2〜D6『剣巻』、D8『雲州樋河上天淵記』、E6流布本『太平記』、E7『三国伝記』などに見出せる。E5玄玖本『太平記』「面上ノ眼ハ其高天ニ耀ケル百練ノ鏡ノ如ク」。「赤酸醤」がわかりにくく、次第に「日月の如し」などといった表現に置き換えられていったものか。

○四八オ2　背ニハ霊草異木生滋テ山岳ヲ見ニ似リ　「霊草異木」に類する語は、〈南〉「霊樹霊木」、〈覚〉「霊樹異木」。一方、〈長・盛・四・大・屋・中〉は、〈長〉「苔むして、もろ〳〵の木おひたり」、〈屋〉「背ニハ苔蒸テ、諸ノ草木生タリ」などといった描写。『日本書紀』「松柏生二於背上一」、『古事記』「其身生二蘿及檜榲一」、A4『先代旧事本紀』「其身生二蘿亦松柏榲檜於背上一」、『奥義抄』「松柏せなかにおひたり」。「松柏」はB2・B7・B13・C1・C8・D7・E2・E5・E6などに共通。〈長・盛・四・屋・中〉に近いものとして、B9『頓阿序注』「せなかには大木・古木生ひて」、D1『宝剣御事』「背ニハ草木生ヒ苔生《ムシ》」、D3田中本『剣巻』「背ニハ苔茂テ諸ノ草木生タリ」（D2〜D6同様）などがある。やや異なるのが、E7『三国伝記』「背ニハ旧苔ノ毛ハ針ヲ増シ、頂新樹角鉾を添タリ」。〈延〉「霊草異木」に近いものは、〈南・覚〉以外には見つけにくい。

○四八オ3　八ノ頭八ノ尾八ノ岳八ノ谷ニ這渡リ　諸本基本的に同様。『日本書紀』「蔓二延於八丘八谷之間一」、B2『奥義抄』「八岳八谷のあひだにはひわたれり」他、多くの書に同様の記事あり。「八」は上代の聖数で、本話では特に多用されるが、B12『毘沙門堂本』は「八ノ頭アル大蛇」としながら、「七ノ谷七ノ尾ニワタリテ」とする。

○四八オ3　酒ノ香ヲカキ酒ノ船ニ移レル影ヲミテ女ヲ飲ト飲程ニ残リ少クスイホシテ酔臥タリ　「影」は、四七ウ9「奇稲姫ノ形」の姿が酒槽の中に映ったもの。該当部注解に見たように、〈四・大〉を除く諸本は、女性の姿を映したとしていた（人形・姫とは別の美女・姫自身の三型あり）。大蛇がこの影を見て酒槽の中に女がいると思い、多くの酒を飲んで酔い臥したとする点は同様。四七ウ8・9注解参照。

○四八オ4　其時尊帯給ヘル取柄剣ヲ抜給テ　大蛇を斬ったのが取柄（十握）剣であったとする点は、〈長・盛・四・大・南・覚〉同。〈屋・中〉は、「佩給ヘル剣ヲ抜テ」（〈屋〉）

とするのみで、剣の名を記さない。「十握剣」を八岐大蛇を斬った剣とすることは、記紀以来の一般的な説。B2『奥義抄』「尊とつかの剣をぬきて」。大蛇を斬った剣とされるため、天蠅斫(切)剣と同一とされることもあるという点については、四七オ3「此剣ノ刃ノ上ニ…」注解参照。

○四八オ5　大蛇ヲ寸々ニ切給　「寸々」、〈長・盛・四・大〉同(〈四〉は「ツタ〳〵」の訓、〈大〉は「スン〳〵」「ツタ〳〵」の左右両訓あり)。〈南〉「散々」、〈屋〉「タン〳〵」、〈覚・中〉「つた〳〵」。『日本書紀』「寸斬二其蛇一」。『日本書紀私記』乙本に、「寸〈岐陀々々《ツダ》〉」とあり、「ツダツダ」が本来の訓であろう。但し、『日本書紀私記』乙本の「岐陀々々」は「キダキダ」とも訓めるか。〈名義抄〉「寸キダ〳〵　ツダ〳〵」。A4・C1・D7「寸」、C3・D1・D2・D5・D8・E5・E6・E7「寸々」、A6・B8・B12・D3・D6「段々」、B2・B7・B9・B13・E2・E4・E8「つた〳〵」、C4「すん〳〵」。なお、A7『私見聞』は、「大蛇ヲ寸々ニ斬ト者、円教ノ四十二品、断無明ノ意也」とする。

○四八オ6　一ノ尾ニ至テ不切レ剣ノ刃少シ折タリ相構テ即其尾ヲ割テ見給ヘハ尾ノ中ニ一ノ剣アリ　大蛇の尾の中から剣を取り出す点は、諸本共通。以下に見るように、この剣(天叢雲剣)が天照大神に献上され、天孫降臨を経て内裏に伝わり、さらに草薙剣となったとするのは、記紀以来の基本的な所伝である。大蛇の尾が一つだけ切れなかったとする点は、〈大・南・屋・覚・中〉同様。また、その尾を斬った剣(十握剣)の刃が少し折れたとする点は〈盛〉も同様で、記紀以来の所伝。B2『奥義抄』「尾にいたりて剣のはすこしかく。尾をさきて見るに中にひとつの剣あり」。

○四八オ7　是神剣也尊是ヲ取テ我何カ私ニ安セムトテ天照大神ニ献給　諸本基本的に同様だが、〈長・四・大・南・屋・覚・中〉は「我何カ私ニ安セム」なし。〈延〉では「是神剣也」は地の文と読めるが、〈盛〉では「素盞嗚尊是ヲ取テ、定テ是神剣ナラン、我私ニ安カンヤ」と、ここから素盞鳥尊の言葉。『日本書紀』「是神剣也。吾何敢私以安乎」、B2『奥義抄』「これは神剣なり。我いかゞわたくしに安ぜむ」などは、「是神剣也」から素盞鳥尊の言葉。この剣を天照大神に奉ったとする点は記紀以来の所伝で諸書に見え、宝剣説話の根幹をなす。

○四八オ8　天照大神是ヲ得給テ此剣ハ我高天原ニ有シ時今ノ近江国伊吹山ノ上ニテ落タリシ剣也　「我高天原ニ有シ時」は、〈南・覚・中〉同様、〈長・盛〉「我、天岩戸にとぢこもりたりし時」(〈長〉)。また、「近江国伊吹山」に落としたとする点は、〈長・盛〉同様、〈南・覚・中〉なし。〈四・大・屋〉なし。大蛇の尾から出た剣（天叢雲剣）が、本来は天照大神が持っていた剣であったとする点は、記紀には見えないが、A6、C4・C6・C8、D1・D8、E3・E5・E6・E7に共通し、中世には多く語られた所伝といえよう。伊吹山に落としたとするのは、この後、日本武尊が伊吹山の神によって病となり、亡くなったとされる点に関わる（四八ウ3注解、次節・五〇オ7注解参照）。なお、『剣巻』のうちD2〜D5は、この天村雲剣を、天蝿切剣・鏡と共に天照大神に献上したとする。一方、B4『教長注』は大蛇を斬った「クサナギノ剣」と大蛇の尾から出た「ムラクモ」の剣を天照大神に献上したとする。これに対してB5『顕昭古今集注』は、「叢雲剣」は天照大神に献上した剣であるのに対して、「草薙剣」は熱田明神であるという点など、いくつもの疑問を提示している。

○四八オ10　是天《アメノ》宮御宝ナリ　〈長・南・覚〉同様（「天宮」は、〈覚〉高野本「あめの御門」。高良本は「宮」に「御門」と傍書）。〈盛・四・大・屋・中〉なし。「天宮」（あめのみや）は、天上界にあるという想像上の宮殿〈日国〉。『神皇正統記』上・神代に「五十鈴の河上に霊物をまぼりおける所をしめし申ししに、かの天の逆矛、五十鈴、あめのみやの図形ありき」とある。『大和葛城宝山記』や北畠親房が参照した『類聚神祇本源』巻四・天宮篇（度会家行撰述）などにも皇祖神の居所としての「天宮」に関する記述が見られる。

○四八オ10　豊葦原ノ中津国ノ主トテ天〈平〉孫〈平〉ヲ降奉給シ時此剣ヲ御鏡ニ副テ献リ給ケリ　〈覚〉も同様に鏡に添えたと記す。一方、〈盛・四・屋・中〉は、天孫降臨の際に「三種神器」を授けた、その一つとする。〈長・南〉は、その双方の記述あり。天叢雲剣を、天照大神が、天孫降臨に際して授けたとする点は、宝剣説話の基本的な骨格。『日本書紀』は、神代下・第九段本文ではこのことを記さないが、その段の第一の一書で、「故天照大神、乃賜二天津彦彦火瓊瓊杵尊、八坂瓊曲玉及八咫鏡・草薙剣、三種宝物一」とし、また、第二の一書では、「宝鏡」を授けたとする。『古事記』上巻やA4『先代旧事本紀』は、『日本書紀』の第一の一書と同様に玉・剣・鏡を授けたとするが、『古事記』には「三種宝物」の語は見えない。一方、A3『古語拾遺』は、「即以二八咫鏡及薙草《（ママ）》剣二種神宝一、授二賜皇孫一、永為二天璽一」と、剣・鏡の「二種神宝」を授けたとする。その他、D1『宝剣御事』やD7『平家物語補闕剣巻』も、天孫降臨に際して、鏡と剣を授けたとする。津田左右吉は、「神宝の起源の話に於いては、初は鏡のみが語られ、次に鏡剣二種の物語が現はれた」と推定、「三種」とするのは「最後に世に現はれたもの」と見る。また、「三種の神器」の語の定着がさほど早いものではなかったことは、鶴巻由美が指摘するとおり。そうした意味では、「三種の神器」の語を用いずに剣と鏡をいう〈延・覚〉などの形が、ここではより古い伝承を反映している可能性があろうか。また、内田康02は、順徳院が、『禁秘抄』上では、神代伝来の「三剣のその一」が内裏にある宝剣であるとする一方、『八雲御抄』巻三では、「三のたから」の一つである「草なぎの剣」が「今熱田の宮に在り」とするところに注目、壇ノ浦での宝剣水没以降、「三種宝物」としての「草薙剣」と、「神代伝来の剣」としての「宝剣」という観念を結びつけることが困難になっていたとする。なお、前掲のA類ではA6『神代巻取意文』に「三ノ御宝」、E類では、E2『秋津島物語』に「三種のくにのたから」「三のたから」など、E3『元亨釈書』に「三神器」の語が見られ、E4『神皇正統記』、E5・6『太平記』、E7『三国伝記』に「三種神器」の語が見られる。

○四八ウ1　爾ヨリ以来代々ノ帝ノ御守トシテ大内ニ崇奉レタリ　〈長・南〉同様。〈盛〉「代々ノ帝ノ御宝ナレバ、宝剣ト云」。〈四・大・屋・覚・中〉には同文はないが、この後、崇神天皇以下の記事に続くので、宝剣が内裏に置かれたことはわかる。『日本書紀』では、草薙剣について、ニニギノ命への授与、倭姫命から日本武尊への授与、天武朝の内裏から伊勢への移送を記すが、天孫降臨以降、代々内裏に安置されていたと明記するわけではない。次節・四九オ3注解に見るように、A3『古語拾遺』では、崇神朝に剣を天照大神と共に倭の笠縫邑に祀らせたとあり、それまでは内裏にあったと読める。B9『頓阿序注』「大内の御たから物として、宝剣と是を名付給ふ也」。D1『宝剣御事』「代々帝王内裏ニ奉レ崇置給フ」。吉田研司は、草薙剣について、八岐大蛇から出た剣、天孫降臨の際に授けられた皇位の象徴の剣、日本武尊の東征の剣は本来それぞれ別の伝承であったが、後に同一の皇位の象徴の剣として統合されたと論ずる。

○四八ウ2　此剣大蛇ノ尾中ニ有ケル時黒雲常ニ覆ヘリ故ニ天叢雲剣ト名ク　諸本同様だが、「黒雲」は、〈南〉「五色ノ雲」、〈覚〉「村雲」。『日本書紀』は、この剣を「此所謂草薙剣也」とした後、割注で「一書云、本名天叢雲剣。蓋大蛇所居之上、常有ニ雲気一。故以名歟。至ニ日本武皇子一、改レ名曰ニ草薙剣一」とする。大蛇が雲に覆われていた故の名とする点、A3『古語拾遺』、A4『先代旧事本紀』の他、A

6、B2・B5・B7、C1・C5・C7・C8、D2〜D5・D7、E1・E2・E4・E6・E8なども同様。但し「黒雲」は、B8『三流抄』やB9『頓阿序注』、B12『毘沙門堂本古今集注』、C4『三種神祇并神道秘密』、C7『神祇陰陽秘書抄』やD6百二十句本では「八色ノ雲」、C6『神道由来の事』、E4『三国伝記』では「紫雲」、B10『為相註』では「色〳〵の雲」、D8『雲州樋河上天淵記』では「八雲」。『古事記』は「草那芸之大刀」とするのみで、雲に覆われていたとは記さない。異伝もいくつかある。A7『神代巻私見聞』は、この雲によって「八雲立つ」の歌が詠まれたとする。D1『宝剣御事』は、斬り殺された大蛇がこの剣を惜しんで雲が立ったとする。

○四八ウ3　彼大蛇ト申ハ今ノ伊吹大明神是也　〈長・盛・南〉同様。〈四・大・屋・覚・中〉なし。五〇オ7で、草薙剣を持って東征を果たした日本武尊が、伊吹山で倒れることに呼応する。八岐大蛇の本体は伊吹大明神だったとする説は、A6『神代巻取意文』、D2〜D5『剣巻』、E8『伊吹山酒典童子』などに見える（『剣巻』は、その正体を「風水竜王」とも記す）。また、C5『神祇官』は、「抑、此宝剣ト申ハ、美濃ノ国伊富貴大明神ノセキ（るいせき―異本）也」とする。なお、C6『熱田の神秘』には、八岐大蛇を熊野権現の化身とする説も見える。

○四八ウ4　湯津爪櫛ト云事ハ昔如何ナル人ニテカ有ケン夜ル鬼神ニ追レテ遁去ヘキ方無リケルニ懐ヨリ爪櫛ト云物ヲ取出シテ鬼神ニ投懸タリケレハ鬼神怖テ失ニケリ　〈長〉同、〈盛〉は一字下げとし、斎宮の忌櫛の話も含め詳細。〈四・大・南・屋・覚・中〉なし。四七ウ8注解に見た「湯津爪櫛」の補注的な記事。『日本書紀』神代上・第五段・一書第六で、伊弉諾尊が黄泉から逃げる際、追ってくる醜女に向かって黒鬘や湯津爪櫛を投げたとある。B2『奥義抄』では「日本紀」の説として、しこめに追われて湯津妻櫛を投げる話を記し、「しこめは鬼也」と注記する（『釈日本紀』も「醜女」の注に「或説、黄泉之鬼也」とする）。B6『袖中抄』は、この『奥義抄』の記事を引用する。同様の説は、B7『和歌色葉』やB13『玉伝深秘巻』にも初見。B10『為相註』は、景行天皇の時、明石でのこととして小異。黒田彰94は、〈盛〉の「湯津」の語義や一字下げの記述は『奥義抄』などの所説の引用と見る。

○四八ウ8　尊其後同国素鵞里ニ宮造シ給ケル時　〈長・南・覚・中〉類同（大蛇退治記事の前に記す）。「素鵞」は、〈南〉「索鵝」、〈覚〉「曽我」、〈中〉「そがのさとなつきのむら」。〈盛・四・大・屋〉は以下の「八雲立つ…」歌に関する記事なし。素戔嗚尊が稲田姫を得て宮作りし、「八雲立つ…」歌を詠む物語は、記紀以来のもので、『古今集』仮名序にも引かれるなど、和歌の起源としてきわめて著名。但し、A6『神代巻取意文』は、「八雲立つ…」歌を大蛇退治の前に姫を八重垣の中に隠した時の歌とする。「素鵞」は、『日本書紀』には「清地」とし、「清地、此云ニ素鵝ニ」と注する。『古事記』「須賀」。「そがの里」の地名は、B8『三流抄』、B9『頓阿序注』、D8『雲州樋河上天淵記』などにも見える。

○四八ウ9　其所ニハ色ノ雲常ニ聳ケレハ尊御覧シテカクソ詠シ給ケル　「色ノ雲」は、〈長・南・覚・中〉「八色の雲」がよいか。宮作りの時、八色の雲が立っていたとの記述は、『日本書紀』には見えない（『古事記』や『先代旧事本紀』は雲が立っていたとするが、「八色」とはしない）。しかし、『古今集』仮名序に「出雲の国に宮造りし給ふ時に、その所に八色の雲の立つを見て、詠み給へるなり」とあり、この記述を継承するのが一般的である。但し、B5『顕昭古今集注』には、「日本紀歌、夜句茂多菟トアレバ八色ト云、所ニ書顕一歟。公任卿序注ニハ、然注タレド本文難レ知歟」とあり、「八雲立つ…」歌は必ずしも「八色の雲」と解されたわけでもないようである。また、「八色の雲」は、B8『三流抄』B10『為相註』、B12『毘沙門堂本古今集注』、C4『三種神祇并神道秘密』、C7『神祇陰陽秘書抄』では、大蛇の尾から八色の雲が立っていた意で用いられる（四八ウ2注解参照）。B9『頓阿序注』では、簸河上を訪ねた時、大蛇の尾、宮作りの三度にわたって八色の雲を記す。その他、『宝物集』巻五は、「蛇をやき給ふ煙、八色にてのぼりければ」、それから「八雲たつ」と歌に詠むのだという。

○四九オ1　八雲立出雲八重垣ツマコメテ八重垣造ル苑ノ八重垣〔ヲ〕　第五句「苑ノ」は「その」と訓むか。〈長・南・覚・中〉第三句「つまごめに」。『日本書紀』「夜句茂多兎、伊弩毛夜覇餓岐、兎磨語味爾、夜覇餓枳都倶盧、贈廼夜覇餓岐廻」（や雲たつ出雲八重垣妻ごめに八重垣作るその八重垣ゑ）。『古今集』仮名序は第五句「八重垣を」。

○四九オ2　此ツ大和哥ノ卅一字ノ始ナル国ヲ出雲ト号スルモ其故トソ承ル　〈長・南・覚・中〉同様。これを和歌の始めとする説は、『古今集』仮名序以下、多くの歌学書等に見える。

○四九オ3　彼尊ト申ハ出雲国杵築大社是也　〈長・盛〉ほぼ同。〈四・大・南・屋・覚・中〉なし。「杵築大社」は現出雲大社。古来、杵築大社《きづきのおおやしろ》と呼ばれた。但し、素盞烏尊をここに祀ることは、記紀などには見えない。右に掲げた諸資料の中では、D2～D5『剣巻』が、宝剣関係記事の前に、「素盞嗚尊、出雲国ニ流サレ給ヒタリシガ、後ニ大社ト顕レ給ヘリ」（D2）のように記し、D6百二十句本剣巻も素戔嗚尊関係記事の末尾に「今ノ大社是也」とする。また、D8『雲州樋河上天淵記』、E6流布本『太平記』（大蛇退治記事の前）、E7『三国伝記』、E8『伊吹山酒典童子』なども、素戔嗚尊と「杵築大明神」「出雲ノ大社」「大社」などを関連づける。より早く、『先代旧事本紀』巻一・陰陽本紀には、素戔嗚尊について「坐二出雲国熊野杵築神宮一矣」とあり、『宝物集』巻五は素戔嗚尊を「杵築の宮」と呼んでいる。西村聡は、その他にも多くの例を指摘し、本来は大国主命（大穴牟遅命）を祭神としていたと見られる杵築大社だが、中世全般から近世初期には素戔嗚尊祭神説が支配的であったと考証する。

2　宝剣模造・日本武尊・道行

（四九オ）

第十代帝崇神天
皇ノ御宇六年神剣ノ霊威ニ怖テ天照大神豊鋤《スキ》入姫命ニ
授奉テ大和国笠縫村磯城《シキト》ヒホロキニ遷奉リ給タリシカトモ
猶霊威ニ怖給テ天照大神返シ副奉給彼御時石凝《イシコリ》姫ト

天目一箇《アメヒトツ》ノ二神ノ苗裔ニテ剣ヲ鋳替テ御守トシ給霊威本ノ剣ニ相劣ラス今ノ宝剣即是也草薙剣ハ崇《ソウ》神 天皇ヨリ景行天皇ニ至給マテ三代ハ天照大神ノ社檀ニ崇置レタリケルヲ巻向《マキムク》日代ノ 朝《ミカト》ノ御宇四十年東夷叛逆ノ間関

（四九ウ）

ヨリ東静ナラス依之時帝景行天皇第二ノ皇子日本武尊ノ御心モ武ク御力モ人ニ勝テオワシマシケレハ此皇子ヲ大将軍トシテ官軍ヲ相具テ平ラレシニ同年ノ冬十月ニ出給テ伊勢大神宮ヘ詣給テイツキノ宮大和姫命ヲシテ天皇ノ命ニ随テ東征ニ趣ク由ヲ申給タリケレハ慎テ忽怠事ナトテ崇神天皇ノ御時内裏ヨリ移置レタリケル天叢雲剣ヲ献給日本武尊是ヲ給テ東国ヘ趣給ニ駿河国浮嶋原ニテ其国ノ凶徒等申ケルハ此野ニハ鹿多候狩シテ遊給ヘト申ケレハ尊野ニ出テ遊給ケルニ草深シテ弓ノハス

ヲ隠ス計也凶徒共野ニ火ヲ放テ尊ヲ焼殺奉〔ラン〕トシケ（五〇オ）ルニ皇子ノハキ給ヘル天叢雲剣ヲ抜テ草ヲ薙給タリ ケレハ剣ハムケノ草三十余町薙伏テ火止ニケリ又尊ノ 方ヨリ火ヲ出給タリケレハ夷賊ノ方ヘ吹掩テ凶徒多ク焼死ニケリ其ヨリ此所ヲハ焼ツロト云フ天叢雲剣ヲハ是ヨリシテ草薙ノ剣ト名ク日本武尊是ヨリ奥ヘ入給テ国々 ノ凶徒ヲ誅平ケ所々ノ惣神ヲ鎮テ同四十二年癸巳十月ニ都ヘ上給ケル程ニ伊吹山ニテ山神ノ気毒ニ逢テ御悩重カリケレハ生虜ノ夷共ヲハ伊勢大神宮ヘ献リ給我彦ヲ都ヘ献給テ天皇ニ奏給フ尊ハ尾張国ヘ還給テ御器所ト云所ニテ薨シ給即白鳥トナリテ西ヲ指テ飛去給ヌ讃岐国白鳥明神（五〇ウ）ト申ハ此御事也御廟ハ御墓塚トテ今ニアリ草薙剣ハ尾

張国熱田社ニ納ラレヌ鋳改ラルヽ剣ハ内裏ニ安セラレテ霊威一早ク御座ケル程ニ天智天皇位ニ即セ給テ七年ト申ニ新羅ノ沙門道行此剣ヲ盗取テ我国ノ宝トセムト思テ蜜ニ船ニ隠シテ本国ヘ行ケル程ニ風荒ク浪動テ忽ニ海底ヘ沈ムトス是霊剣ノ崇ナリトテ即罪ヲ謝シテ前途ヲ遂ス天武天皇朱鳥元年ニ本国ヘ持帰テ如元一大内ニ奉返一テケリ

〔本文注〕

○四九オ８　**崇《ソウ》神**　振仮名「ソウ」は別筆か。

○四九ウ10　**野ニ**　「ニ」は「ヲ」を重ね書き訂正か。

○五〇オ　以下、五四オにかけて、行末を揃えるためと見られる空白が多い。本巻全体に多く見られるもの。三オ５本文注参照。

○五〇オ９　**尾張国**　「張」、〈吉沢版〉〈北原・小川版〉同。〈汲古校訂版〉は底本の「帳」を「張」に訂正したと注記するが、「張」の異体字か。

○五〇ウ１　**御墓塚**　「墓」〈北原・小川版〉同。〈吉沢版〉「基」。〈汲古校訂版〉は「基」を「墓」に訂したとする。

〔釈文〕

第十代帝崇神天皇の御宇六年、神剣の霊威に怖れて、天照大神、豊鋤入姫命《とよスキいりひめのみこと》に授け奉りて、大和国笠縫村磯城《シキト》ひぼろきに遷し奉り給ひたりしかども、猶《なほ》霊威に怖れ給ひて、天照大神返し副《そ》へ奉り給ふ。彼の御時、石凝《イシコリ》姫と天目《アメ》一箇《ヒトツ》の二神の苗裔《べうえい》にて、剣を鋳替へて御守りとし給ふ。霊威本の剣に相劣らず。今の宝剣即ち是也。

草薙剣は崇神《ソウじん》天皇より景行天皇に至り給ふまで三代は、天照大神の社檀に崇め置かれたりけるを、巻向《マキムク》日代の朝《ミカト》の御宇四十年、東夷叛逆の間、関▼四九ウより東静かならず。之《これ》により、時の帝景行天皇第二の皇子日本武尊の、御心も武く御力も人に勝《すぐ》れておはしましければ、此皇子を大将軍として、官軍を相具して平げられしに、同年の冬十月に出で給ひて、伊勢大神宮へ詣で給ひて、いつきの宮大和姫命をして、天皇の命に随ひて、東征に趣く由を申し給ひたりければ、「慎みて怠る事なかれ」とて、崇神天皇の御時、内裏より移し置かれたりける天叢雲剣を献り給ふ。

日本武尊是を給はりて東国へ趣き給ふに、駿河国浮嶋原にて、其の国の凶徒等申けるは、「此の野には鹿多く候ふ。狩して遊び給へ」と申しければ、尊野に出でて遊び給ひけるに、草深くして弓のはずを隠す計《ばか》り也。凶徒共野に火を放ちて尊を焼き殺し奉らんとしけ▼五〇オるに、皇子のはき給へる天叢雲剣《あめのむらくものつるぎ》を抜きて、草を薙ぎ給ひたりければ、剣はむけの草三十余町薙ぎ伏せて、火止《とど》まりにけり。又尊の方より火を出だし給ひたりければ、夷賊の方へ吹き掩《おほ》ひて、凶徒多く焼け死にけり。其より此の所をば焼つろと云ふ。天叢雲剣をば是よりして草薙の剣と名づく。

日本武尊、是より奥へ入り給ひて、国々の凶徒を誅《う》ち平げ、所々の惣神を鎮めて、同四十二年〈癸巳〉十月に都へ上り給ひける程に、伊吹山にて山神の気毒に逢ひて、御悩重かりければ、生虜の夷共をば伊勢大神宮へ献り給ふ。我彦を都へ献り給ひて天皇に奏し給ふ。尊は尾張国へ還り給ひて、御器所と云ふ所にて薨じ給ふ。即ち白鳥となりて西を指して飛び去り給ひぬ。讃岐国白鳥明神▼五〇ウと申すは此の御事也。御廟は御墓塚とて今にあり。草薙剣は尾張国熱田社に納められぬ。

鋳改めらるる剣は内裏に安んぜられて、霊威一早《いちはや》く御座しける程に、天智天皇位に即かせ給ひて七年と申すに、新羅の沙門道行、此の剣を盗み取りて、我が国の宝とせむと思ひて、密かに船に隠して本国へ行きける程に、風荒く浪動きて、忽ちに海底へ沈まむとす。是霊剣の祟りなりとて、即ち罪を謝して前途を遂げず。天武天皇朱鳥元年に本国へ持ち帰りて、元の如く大内に返し奉りてけり。

〔注解〕

〇四九オ３　**第十代帝崇神天皇ノ御宇六年**　宝剣を内裏から遷した年。「六年」は、〈長・南〉同様、〈盛・四・大・屋・覚・中〉なし。以下の件は『日本書紀』崇神天皇六年条に見える（次項注解参照）。以下、本節では、宝剣の模造、日本武尊東征、道行関係の記事を扱う。前節の〔八岐大蛇退治説話関連資料一覧〕と同様に、この部分に関わる諸作品を略号によって示すが、取り上げる作品には異同があり、前節と区別するために（a）～（e）の記号を用いることとする。

〔宝剣模造・日本武尊・道行説話関連資料一覧〕

（a）記紀及び神代史、『日本書紀』注釈書とその派生書

a１　『古事記』中巻…岩波旧大系

a２　『日本書紀』景行天皇四十年条…岩波旧大系・上

a３　『古語拾遺』…『新撰日本古典文庫・四　古語拾遺・高橋氏文』

a４　『神代巻取意文』…伊藤正義①「日本記一　神代巻取意文」

a５　『神代巻私見聞』…阿部泰郎・佐伯真一翻刻（高野山持明院蔵本）

a６　『日本書紀聞書』天理本…『神道大系・古典註釈編四・日本書紀註釈（下）』（吉田兼右講義聞書、永禄十年〈一五六七〉）

（b）歌学書・古今集注釈

b１　『奥義抄』第一八項…『歌学大系・一』

b２　『顕昭古今集注』…『歌学大系・別巻四』

b３　『和歌色葉』中巻第八六項…『歌学大系・三』

b４　『古今和歌集頓阿序注』…『中世古今集注釈書解題・二』

b５　『古今集・為相註』（大江広貞注）…『古今集註京都大学蔵』（京都大学国語国文資料叢書四八）

b６　『玉伝深秘』（玉伝深秘巻）…『中世古今集注釈書解題・五』

（c）熱田及び伊勢関係

c１　『尾張国熱田太神宮縁起』…『神道大系・神社編一九・熱田』

c２　『伊勢二所太神宮神名秘書』斎宮条…『神道大系・論説編五・伊勢神道（上）』（度会行忠。弘安八年〈一二八五〉）

c３　『熱田太神宮秘密百録』…『神道大系・神社編一九・熱田』

c４　『三種神祇并神道秘密』…『真福寺善本叢刊・第一

期・七　中世日本紀集』

c5　『神祇官』…伊藤正義82

c6　『熱田の神秘』…『室町時代物語大成・一』

c7　『神祇陰陽秘書抄』別伝…伊藤正義82

c8　『神道大事聞書』…黒田彰93

（d） 宝剣説話の独立作品

d1　『宝剣御事』…『神道大系・神社編一九・熱田』

d2　屋代本別冊「平家剣巻」下

d3　塩竈神社本『剣巻』…同系本文の田中本による（高橋貞一67翻刻）

d4　長禄本『剣巻』…市古貞次『完訳日本の古典　平家物語・四』

d5　『太平記』（慶長十五年古活字本）付冊『剣巻』…黒田彰・角田美穂

d6　百二十句本巻十一（第百七句）…斯道文庫片仮名本影印版

d7　『平家物語補闕剣巻』…黒田彰99ａ

d8　『雲州樋河上天淵記』…『群書類従・二』

（e）その他

e1　『元亨釈書』巻二一・資治表二・天智天皇七年条…『新訂増補国史大系・三一』

e2　『神皇正統記』景行天皇条…岩波旧大系

e3　玄玖本『太平記』巻二六「自㆓伊勢㆒進㆓宝剣㆒之事」…勉誠社影印版

e4　流布本『太平記』巻二五「自㆓伊勢㆒進㆓宝剣㆒事」…岩波旧大系・二

e5　『三国伝記』巻一―六…『三弥井中世の文学・三国伝記』上―五八〜六〇頁

e6　『兼邦百首歌抄』…『続群書類従・三下』（文明十八年〔一四八六〕成立―『和歌大辞典』）

e7　『武家繁昌』…『室町時代物語大成・一一』

e8　『塵荊鈔』…古典文庫・下

（補記）

※他に、ごく短い記事だが、『八雲御抄』巻三・雑物部に、「三のたから」の一つとして「草薙剣」に触れ、「日本武尊、東国会㆓野火㆒、草をなぎたる也。今在㆓熱田宮㆒。本名天村雲剣云々」（歌学大系別巻三―三四五〜三四六頁）と注する。

※日本武尊については、他に卜部兼倶『倭国軍記』があるが（佐伯真一）、『日本書紀』と全く同文なので比較対象とはしない。

○四九オ４　神剣ノ霊威ニ怖テ天照大神豊鋤《スキ》入姫命ニ授奉テ大

和国笠縫村磯城《シキト》ヒホロキニ遷奉リ給タリシカトモ　〈長・南〉も同様に、剣を天照大神と共に笠縫村に遷したとする。〈覚〉「霊威におそれて、天照大神を大和国笠ぬいの里、磯がきひろきにうつしたてまつり給ひし時、この剣をも天照大神の社壇にこめたてまつらせ給ひけり」も同様に読めるが、剣を「天照大神の社壇にこめ」たとは、その後の文脈から見て、伊勢に遷したことを言うようである（次項注解参照）。一方、〈四・大・屋・中〉は「豊鋤《スキ》入姫命ニ授奉テ大和国笠縫村磯城《シキト》ヒホロキニ」を欠き、剣を伊勢大神宮に遷した（〈四〉）、奉った（〈大〉）、あるいは返した（〈屋・中〉）とするが、これ以前に剣が伊勢にあったという記述はない。また、〈盛〉は、「崇神天皇御宇、恐二神威一御座、同殿不レ輙トテ、更ニ剣ヲ改、鏡ヲ鋳移シ、古ヲバ太神宮ニ奉二返送一、新鏡・新剣ヲ御守トス」と、天照大神の遷座には触れず、剣を模造して旧剣を伊勢に「返送」したと記すが、これ以前に剣が伊勢にあったと記されていない点は同様（次項注解参照）。『日本書紀』によれば、天照大神・倭大国魂の二神はもともと天皇と同殿に祀っていたが、崇神天皇六年、百姓の流離や反乱によってそれをやめ、天照大神は豊鍬入姫命に託けて倭笠縫邑に遷した。その後、垂仁天皇二十五年三月、天照大神を倭姫命に託けて伊勢国に遷し祀らせた。但し、『日本書紀』の記事は天照大神・倭大国魂の遷座をいうものであり、宝剣を遷したことは見えない。

〇四九オ6　猶霊威ニ怖給テ天照大神返シ副奉給　前項で剣を天照大神と共に笠縫に遷したとした上で、また霊威に怖れて神剣を天照大神に返し副える、とするのは不審だが、この後、四九オ8「草薙剣ハ崇《ソウ》神天皇ヨリ景行天皇ニ至給マテ三代ハ天照大神ノ社檀ニ崇置レタリケルヲ」とあるところから見て、本項は、剣を伊勢に送ったことを言うようである。他本該当記事無し。前項注解に見たように、〈長・南〉は、天照大神の遷座に伴って剣も笠縫に遷したとするが、その後、剣を伊勢に遷したという記事はなく、日本武尊の東征の際に、突然、伊勢にあったとされる。また、〈覚〉では前項注解に見たように天照大神を笠縫に遷した際、剣も笠縫に遷したように見えるが、実は剣は伊勢に遷したという文脈のようである。しかし、天照大神は笠縫へ、剣は伊勢へ遷すというのはわかりにくい。〈盛・四・大・屋・中〉にも剣を「伊勢」に「返」したとする表現がある。『日本書紀』では、天照大神を、崇神天皇の代に笠縫邑に遷し、さらに垂仁天皇の代に伊勢国に遷したとするが、〈延・長・南・覚〉は笠縫遷座のみで伊勢遷座を記さず、〈盛・四・大・屋・中〉は天照大神の遷座を全く記さないことが、こうした混乱の一因と考えられよう。

○四九オ6　彼御時石凝姫《イシコリ》ト天目一筒《アメヒトツ》ノ二神ノ苗裔ニテ剣ヲ鋳替テ御守トシ給　〈長・南〉同様。〈盛・四・大・覚・中〉「石凝姫《イシコリ》ト天目一筒《アメヒトツ》ノ二神ノ苗裔ニテ」なし。〈屋〉は「神威ニ恐レテ此剣ヲ伊勢大神宮ヘ奉レ返給ケリ」とするのみで、剣鏡の模造を記さない。なお、〈盛〉は、この後の一字下げ記事の中で、「疑崇神天皇御宇、恐ニ霊威一新鏡新剣ヲ移シテ、本ヲバ大神宮ニ被レ送トイヘリ。然者壇浦ノ海ニ入ハ新剣ナルベシ」とし、壇ノ浦に沈んだのはこの時模造された新剣であったとする（山本岳史は、本剣が現存すると明記するのは、『平家物語』諸本では〈盛〉だけであると指摘する）。また、〈盛・四〉は鏡も共に鋳替えたとする（鏡については五七ウ8注解参照）。「石凝姥命」は鏡作部の祖神。「天目一箇神」は鍛冶、金工の神とされる。剣の模造は、a3『古語拾遺』に、崇神天皇の代に神威を恐れて天皇との同殿をやめ、「令三斎部氏率二石凝姥神裔・天目一箇神裔二氏一、更鋳レ鏡、造レ剣、以為二護御璽一」と見えるのが、現存文献では最古（なお、『古語拾遺』では、その後、垂仁朝に天照大神を伊勢に遷したことも記す）。その他の資料では、d類・e類に類似記事あり。d1『宝剣御事』は、崇神天皇六年に剣・鏡を笠縫邑に遷し、「石凝姥姫両神ノ苗裔」が「蝿斫剣」の姿を写して作り、「宝剣」と号したとする。d7『平家物語補闕剣巻』は、崇神天皇六年九月に剣・鏡を笠縫邑に遷し、その後、伊勢に遷したが、「天目一箇命ノ裔」によって「天叢雲剣ヲ像シ造シメ」たとする。d2～d5『剣巻』やd8『雲州樋河上天淵記』も、剣の模造と、本来の剣を伊勢へ「返」し、あるいは「献」じたことを簡略に記す。但し、d6百二十句本は、剣を伊勢神宮へ遷したとして、剣の模造には触れない。この点は〈屋〉と同様であり、剣はその後も一本しかないことになる。e1『元亨釈書』は、崇神朝に剣の霊異を恐れて、新剣を作って内裏に留め、本来の剣は伊勢に遷したとする。e2『神皇正統記』は、崇神天皇六年に、石凝姥神の末裔に鏡を、天目一箇神の末裔に剣を造らせて笠縫で崇めたとする。e3玄玖本『太平記』は、崇神朝に石凝姥神と天目一箇神の末裔に鏡・剣を造らせて帝の護りとし、垂仁朝には伊勢大神宮に参らせたとする。e4流布本『太平記』は、崇神朝に剣を伊勢大神宮に奉ったとのみ記し、模造は記さない。e5『三国伝記』は、崇神朝に霊異に恐れて鏡・剣を模造して内裏に安置し、本来のものは「天照大神ヘ奉レ渡」とする。その他、鏡と共に遷したとする記事については、五七ウ8注解参照。この剣の模造（改鋳）説が、神道書の『倭姫世記』『伊勢二所皇太神御鎮座伝記』や『旧事本紀玄義』『瑚璉集』などに継承されてゆくことについては、内田康95や多田圭子などの指摘がある。『神皇正統記』後鳥羽院条が、「(神鏡は火事に遭ったが正体は無事であるように)宝剣モ正体ハ天ノ藂雲ノ剣〈後ニハ草薙ト云〉ト申ハ、熱田ノ神宮ニイワヒ奉ル。西海ニシヅミシハ崇神ノ御代ニオナジクツクリカヘラレシ剣也」と記すように、この説が中世にしばしば説かれた背景には、安徳天皇と共に海に沈んだ宝剣は模造されたものであり、本来の剣は沈んでいないという主張があるだろう。だが、内田康95は、そうした主張は伊勢神道家の間で作られたもので、『平家物語』の場合には、宝剣の模造は必ずしも王権の「王権の厳存」の主張に結びつけられていないとし、また、剣の模造が語られるその他のテキストにも、熱田における宝剣の現存の主張、あるいはそれによる王権の安泰など、いくつかの異なる主張が見られるとする。なお、剣の模造を記さない〈屋〉の場合、壇ノ浦に沈んだ剣は本来の宝剣だったことになるが、剣の模造を記す〈延・長・盛・四・大・南・覚・中〉の場合、壇ノ浦に沈んだ剣が本来の宝剣か、それとも崇神朝に模造された剣だったかという問題は、この後、五〇ウ3以下の道行説話の記述などによって左右されることとなる。五〇ウ6「天武天皇…」注解参照。

○四九オ7　霊威本ノ剣ニ相劣ラス今ノ宝剣即是也　〈長・盛・大・南・覚〉も同様に記すが、「今ノ宝剣即是也」は〈延〉のみ。〈四・屋・中〉なし。多田圭子は、内裏に置かれた新剣の霊威の強調は〈延〉の特徴であると指摘する。五〇ウ2注解参照。

○四九オ8　草薙剣ハ崇《ソウ》神　天皇ヨリ景行天皇ニ至給マテ三代ハ天照大神ノ社檀ニ崇置レタリケルヲ　〈長・南・覚〉同様、〈盛・四・大・屋・中〉なし。「天照大神ノ社檀」は伊勢神宮を指すが、剣が伊勢にあったことについて、諸本は説明不足である。四九オ4、同6注解参照。

○四九オ10　巻向《マキムク》日代ノ朝《ミカド》ノ御宇四十年東夷叛逆ノ間関ヨリ東静ナラス　景行天皇の代に東夷が背いたと記す点は諸本同様。天皇名の表記は〈長・南〉同様だが、〈南〉は「六月」と加える。〈盛・四・大・覚〉「景行天皇四十年夏六月」(〈盛〉)、〈屋〉「第十二代御門景行天皇四十年卜申ス六月」、〈中〉「第十二代の御門、けいかう天皇の御時」。『日本書紀』では、景行天皇四十年夏六月条に東夷の反逆が記され、七月条以下に日本武尊の東征が描かれる。その他、〈取意文〉「東国ノ夷起テ朝敵トナリ」、〈頓阿序注〉「東のゑびすをしたがへに下り給ふ時」、〈武家繁昌〉「東ごくのともがら、王命をそむきてしたがはず」等。

○四九ウ1　時帝景行天皇第二ノ皇子日本武尊　「第二ノ皇子」、〈南・屋・中〉同、〈長・盛・四・大・覚〉は「第二」なし。『日本書紀』景行天皇二年条によれば第二皇子。また、「日本武尊」の表記を、〈盛〉は「倭尊命」とする。『日本書紀』「日本武尊」、『古事記』「倭建命」、『古語拾遺』「日本武命」。その他、b1『奥義抄』・b2『顕昭注』・b3『和歌色葉』・b6『玉伝深秘』などに「倭武尊」、c4『三種神祇并神道秘密』・c7『神祇陰陽秘書抄』・c8『神道大事聞書』に「大和武尊」、c6『熱田の神秘』に「やまとたけの御こと」の表記も見られる。

○四九ウ2　御心モ武ク御力モ人ニ勝テオワシマシケレハ
〈長・南・屋・覚・中〉基本的に同様（〈中〉は「御力」以下を「御さいかくもゆゝしくわたらせ給ひし」とする）。〈盛・四・大〉なし。『日本書紀』景行天皇二年条「幼有二雄略之気一。及レ壮容貌魁偉。身長一丈、力能扛レ鼎焉」。その他、c5『神祇官』「御身モツヨク、御心モカウニヲワシマシケレバ」、d1『宝剣御事』「此尊ハ千人ガ力ヲ持、心武」など。

○四九ウ2　此皇子ヲ大将軍トシテ官軍ヲ相具テ平ラレシニ
「大将軍」の語は〈四・大〉同。軍兵を添えたことは〈盛・四・大・南・屋〉同（〈盛・南・屋〉は兵数を数万とする）。〈長・覚・中〉は日本武尊を遣わしたとするのみ。『日本書紀』では吉備武彦と大伴武日連を従わせ、また七掬脛を膳夫として遣わしたとし、兵数は記さない。d1『宝剣御事』は「十□〔万カ〕余騎ノ軍兵ヲ召具」とする。e7『武家繁昌』は、「やまとだけのみことをもつて、せいとう将軍にぶにんして、たけひのみことを、左右の副将軍として、東ごくにさしむけゝる」とし、「せいとう将軍」の名はこれから始まったとする。

○四九ウ3　同年ノ冬十月ニ出給テ　〈盛・四・大・屋〉同。〈長・南・覚・中〉なし。『日本書紀』では、景行天皇四十年冬十月出発とする。c1『熱田縁起』、d1『宝剣御事』、d2〜d6『剣巻』、e2『神皇正統記』なども十月出発とする。

○四九ウ3　伊勢大神宮ヘ詣給テイツキノ宮大和姫命ヲシテ
日本武尊が伊勢神宮に立ち寄ったとする点、諸本同様（伊勢神宮の表記は、〈覚〉「天照大神」、〈南〉「大神宮」、〈屋〉「伊勢」）。『日本書紀』「伊勢神宮」。伊勢に立ち寄り、倭姫から天村雲剣を受け取って東征したとするのが以下の話の前提であり、多くの書が伊勢に立ち寄り、あるいは倭姫から剣を受け取ったと記す。但し、a4『神代巻取意文』

「御妹ノ斉宮日本姫宮ヲモツテ、帝ノ御命ニ随テ東夷平ゲニ罷リ向ウ由、申給ヘバ、左大臣ヲ召テ、三ノ剣ト火打袋トヲ給リ、東国ヘト下向シ給」は、伊勢に立ち寄ったか否かが不分明。それに似るが、より簡略なのが、c4『三種神祇并神道秘密』「大和武《ヤマトタケ》尊、左右ノ大臣ヲ召テ、三ノ剣ト火打袋ヲ下シ給フ」。c5『神祇官』やc6『熱田の神秘』は、伊勢大神宮で「昔ヨリ大裏ニ納メ玉フ宝剣」（c5）を賜ったとする。c7『神祇陰陽秘書抄』は同様に、「昔内裡ヨリ納〔ママ〕玉へ十握剣」を賜ったとする。b4『頓阿序注』は、伊勢や倭姫にふれず、単に「此村雲剣をさづけ給ふ」とある。「大和姫命」は、〈長〉「和姫命」、〈盛〉「厳宮倭姫命」、〈四〉「斎院宮日本《ヤマト》姫命」、〈大〉「斎の宮和姫《ハヒメ》の命《ミコト》」。〈南・屋・覚・中〉は、〈南〉「御イモフト大和姫ノ尊」、〈屋〉「御妹ノ斎ノ宮日本姫宮」、〈覚〉「御いもうといつきの尊」のように、妹とする。『日本書紀』では「倭姫命」。垂仁天皇十五年八月条によれば景行天皇の妹で、日本武尊には叔母に当たる。同二十五年三月条に、倭姫命が天照大神を鎮める場所を探して伊勢に到り、祠を建て、斎宮を興したとある。『古事記』は「伊勢大御神宮」に参り、「其姨倭比売命」と語り合ったとする。a4『神代巻取意文』「御妹ノ斉宮日本姫ノ宮」（前項注解参照）。a5『神代巻私見聞』「日本姫ノ皇女ハ、伯母ニテ御座ス」。a6『日本書紀聞書』「日本武《ヤマトタケ》ニハ伯母《ヲバ》也」。c1『熱田縁起』「斎王倭姫命〈斎王者、倭武尊之姑也〉」。c2「倭姫命」。『剣巻』は、d2屋代本「イツキノ宮ウク《ヤウライ》姫」、d3田中本「斎宮大和姫」、d4長禄本「タケヒコノ尊」、d5『太平記』「ヤウラ姫ノ尊」、d6百二十句本「御妹ノ斎《イツキノ》宮日本姫ノ宮」と、表記が分かれる。b1〜b6、c3〜c7、d8、e1・e3・e4は、その名を記さない。なお、c5『神祇官』は、この位置で、日本武尊が「尾張ノ国マツコノ島、源大夫師介」の娘「ミヤズ姫」に心を移したと記し、c6・c7もそれに近い。「ミヤズ姫」は、『日本書紀』では日本武尊が東征の帰途に娶ったとする「尾張氏之女宮簀媛」によるものであろう。d2〜d6『剣巻』では、前記の伊勢斎宮とは別に、「源大夫」の娘「岩戸姫」として語られる。いわゆる「熱田源大夫」説話であり、原克昭97は、『神道集』などを含めて関連記事を精査し、「在地の縁起伝承から宝劔ゆかりの言説として滲透していく過程で、それがふたたび神代紀の文脈で捉え返されていく」と見る。

○四九ウ4　天皇ノ命ニ随テ東征ニ趣ク由ヲ申給タリケレハ

日本武尊の言葉。〈盛・四・大・南・屋・中〉も同内容。〈長・覚〉なし。『日本書紀』景行天皇四十年十月条「今被二天皇之命一、而東征将レ誅二諸叛者一」。a4『神代巻取意文』・c1『熱田縁起』やc2『神名秘書』、d2〜d6『剣巻』にも類似文がある。だが、『古事記』では倭建命が「天皇既所三以思二吾死一乎」と不満を訴えるところ。a3・a5・a6、b1〜6、c3〜7、d1・d8、e1〜e8には該当記事なし（c5〜c7は、直前の記事を受けて「此由申セバ」〔c5〕とし、c8「我レ今度逆徒ヲントス」、e4「事ノ由ヲ奏シ給ヒケルニ」、e5「御暇《イトマ》ヲ申シ玉シ時」とする）。次項も含め、〈延・盛・四〉は『日本書紀』に近い。

○四九ウ5　慎テ忽怠事一　倭姫の言葉。「忽」は「勿」がよい。〈盛・四・大・南・屋・覚・中〉同様だが、〈南・屋・覚・中〉は天照大神の言葉とする。〈長〉なし。『日本書紀』「慎之。莫怠也」。a3『古語拾遺』や、c2・c6・d1・d6・d7、e2〜e5も同様の記事あり。『古事記』及びc1『熱田縁起』では、火打袋を渡し、緊急の際にはその口を開くようにと言う。a4〜a6、b1〜b6、c3〜c8、d2〜d5・d8、e1・e6〜e8には該当記事なし。前項に続き、『日本書紀』に近い。

○四九ウ6　崇神天皇ノ御時内裏ヨリ移置レタリケル天叢雲剣ヲ献給　〈長・四・大・南・屋〉同様。〈盛・覚・中〉は「崇神天皇…移置レタリケル」を欠くが、直前に記した内容を繰り返していないだけで、同内容と読める。但し、〈盛〉は「藂雲剣ニ錦袋ヲ被レ付タリ」とする。「錦袋」は、次項以下に見る野火の難に際して向かい火を放つ火打石が入っていたもの。倭姫がこれを与えたことは、『日本書紀』では記さないが、『古事記』では、倭比売が剣と共に「御嚢」を与えたとする。a4・a5・a6、c1・c4、d1・d7も、これを記す（d7『補闕剣巻』の『古事記』との一致については、黒田彰99bに指摘あり）。五〇オ2注解参照。岡田精司は、伊勢神宮の霊験としては本来火打石の方が重要であったと見る。さて、日本武尊はここで賜った剣即ち「天村雲（叢雲・藂雲）剣」を用いて草を薙いで助かり、「草薙剣」と名づけたとするのは、諸書に一般的な説だが、前節四七オ5注解に見たように、『古事記』では、大蛇の尾の中から出てきた時、既に「草那芸之太刀」の名を用いており、『日本書紀』でも倭姫命が日本武尊に渡す段階で「草薙剣」の名を用いていて、「草薙」は必ずしも草を薙いだことによる命名とはいえないし、「天村雲剣」と「草薙剣」を同一としない異説もある。また、a4『神代巻取意文』やc4『三種神祇并神道秘密』では、ここで「三ノ剣」を賜ったとする。前節冒頭の三種の霊剣を言うか。未詳。

○四九ウ7　駿河国浮嶋原ニテ　〈長・盛〉同、〈四・大・南・屋・覚・中〉「浮嶋原」なし。「浮嶋原」は愛鷹山南麓の低湿地で、現富士市周辺。以下、駿河国で野火の難に遭ったとする点は諸本同様。『日本書紀』も同様で、多くの書が駿河国でのこととする（a4～a6、b5、c1・c2・c4、d1～d6・d8、e1・e7・e8）。このうち、地名をより詳しく記すのが、a4・c4「富士野」、d2～d5・e6・e7「富士ノスソ野」（d2）、a5・a6「焼山」、d7「焼津野」など。d1・d6・d8・e1は「浮島原」で、〈延・長・盛〉に共通。しかし、『古事記』は「相武」（相模）国とし、歌学書のb1～3・b6も相模国とする。また、両説を並記（注記）するのが、c8『神道大事聞書』「駿河国ニ下落シ、無レ程相模ノ国ノ世屋ト云所ニ、御陣ヲ召シ」、d7『平家物語補闕剣巻』「駿河〈或相模〉」、e2『神皇正統記』「駿河ニ〈駿河日本紀説、或相模古語拾遺説〉」。五〇オ4注解に見るように、これを「焼津」の地名起源説話とする点は、『日本書紀』『古事記』に共通であり、これを現静岡県焼津市とすれば駿河国となるが、岡田精司は、「はじめは相武のヤイヅについて語られていたのであろうが、物語の重点が火打袋から剣の方に移ると共に、クサナギ信仰のある駿河に舞台を移動したものであろう」と考える。〈延・長・盛〉のいう「浮嶋原」も、相模国ではないものの、現焼津市よりはずっと東側である。その他、e3・e4『太平記』（玄玖本・流布本）やe6『兼邦百首歌抄』は、「武蔵野」とする。b4・e5は国名不記。a3『古語拾遺』や、c3・c5～c7は野火の難を記さない。

○四九ウ8　其国ノ凶徒等申ケルハ此野ニハ鹿多候狩シテ遊給へ　敵が日本武尊を狩に誘った言葉。野に誘い出して火をつけたとする点も含め、諸本同様。『日本書紀』「其処賊、陽従之欺曰、是野也、麋鹿甚多。気如ニ朝霧一、足如ニ茂林一。臨而応レ狩」。狩に誘ったとする点は多くの書が同様。『古事記』では、大沼に住む「甚道速振《ちはやぶる》神」を見よと勧めたとする。前項該当部で、国名を相模国としていたb1～3・b6・e8は該当記事なし。a5『神代巻私見聞』は、狩に誘ったことを記さず、「火ノ夷ス、責来ル」とする。

○四九ウ9　尊野ニ出テ遊給ケルニ草深シテ弓ノハスヲ隠ス計也　〈長〉も類似するが、「草ふかくして、弓筈をかくす謀なり」とする。〈盛・四・大・南・屋・覚・中〉なし。『日本書紀』などには見えない記事。

○五〇オ1　皇子ノハキ給ヘル天叢雲剣ヲ抜テ草ヲ薙給タリケレハ剣ハムケノ草三十余町薙伏テ火止ニケリ　天村雲剣で

草を薙ぎ払い、火を止めたとする点は、基本的に諸本同様。〈盛・南・屋・覚・中〉「刃向草一里マデコソ切レタリケレ」（〈盛〉）。〈長・四〉なし。「三十余町」「一里」もの草が薙ぎ払われたという要素は、『日本書紀』『古事記』などにはないが、いくつかの書に見える（『日本書紀』については五〇オ4「天叢雲剣ヲハ…」注解参照）。a4『神代巻取意文』「一里ガ中ノ草木ニ付ケタル火ニ忽《ママ》ニ消ケリ」。b4『頓阿序注』「三里計の内、草木みななぎふして」。c4『三種神祇并神道秘密』「一里カ内ノ草木流テ、火モ即モエカヘリヌ」。c8『神道大事聞書』「四方三里カ程ノ草ヲ、一時ニカリタヲシ」。d1『宝剣御事』「四方一里宛ツヽ草ヲ薙伏給」。d2屋代本『剣巻』「剣ノハムケノ三十余町切伏ラル」（d3～d6も類同）。e1『元亨釈書』「四旁一里、草木芟夷《ヤリタイラゲテ》、其火自止」（d8『天淵記』も類同）。e3玄玖本『太平記』「刃ノ向方ニ三里ガ間草木悉ク被薙《ナキ》伏テ」（e4流布本も類同）。e6『兼邦百首歌抄』「方一里の草ことごとくなぎふせ給ぬ」。e8『塵荊鈔』「方一里ノ草薙除ヌ」。これらは剣の神秘的な力を語るものといえよう。神秘的な力としては、『日本書紀』の一書に「王所レ佩剣叢雲自抽レ之、薙二攘王之傍草一」という記述もある（c1『熱田縁起』、c2『神名秘書』、d7『補闕剣巻』、e8『塵荊鈔』も類同）。

〇五〇オ2　又尊ノ方ヨリ火ヲ出給タリケレハ　〈長・南・覚〉も同様で、火を付けた方法などは語らない。〈盛〉は火打石を出して火を付けたとし、この火打石の由来を天照大神の鋳造した鏡によると語る。〈四〉は剣から火が出たとする。〈大〉は剣で草を薙ぎ払うと、「火たちまちにもえ返て」とする。〈屋・中〉は、〈中〉「おりふし、風、いぞくのかたへふきおほいて」のように、火はその時の風向きによって敵の方に向かったとする。『日本書紀』は、前項注解に見たように、火打石を用いて向かい火を放ったとする（但し、四九ウ6注解に見たように、火打石は『古事記』では倭比売から与えられていたが、『日本書紀』では記されていなかった）。この点は、『日本書紀』『古事記』の他、a4・a6、c1・c4、d1・d7、e2にも見られる。a6『日本書紀聞書』は「火打袋」の起源とする。また、d2～d5『剣巻』は、尊が「火石・水石」という二つの石を持っており、水石を投げて火を消した後、火石を投げて敵を焼き殺したとする。

〇五〇オ4　其ヨリ此所ヲハ焼ツロト云フ　「焼ツロ」は、〈長〉「焼つほ」、〈盛〉「焼詰ノ里」、〈四〉「焼賊」、〈大〉「焼尽《セウシン》」。〈南・屋・覚・中〉なし。『日本書紀』「焼津」、『古事記』「焼遣」。a6「焼山」、c1『熱田縁起』・d7『補闕剣巻』も「焼津」とするが、c8『神道大事聞書』に「ヤキツメノ野」、d類では、d1『宝剣御事』「焼ツル野」、d2屋代本『剣巻』「天焼《アマノヤケ》ツ《ソ》メノ野」、d3田中本「天焼爪野」、d4長禄本「アマノ焼キツメノ」、d5太平記付冊「天ノ焼ソ〔ツ〕メ野」。地名起源がこの説話に伴って語られることは比較的少ないが、〈延・長・盛・四・大〉及びd類の表記の揺れは、いくつかの異伝があったことを示すものか。c1『熱田縁起』やd7『平家物語補闕剣巻』も、地名起源説話の形を残す。それ以外の諸書は、地名起源説話とはしない。「焼津」は現静岡県焼津市。四九ウ7注解参照。

〇五〇オ4　天叢雲剣ヲハ是ヨリシテ草薙ノ剣ト名ク　諸本同様。『日本書紀』では、本文で「則以レ燧出レ火之、向焼而得レ免」とした後、割注で「一云、王所レ佩剣叢雲自抽之、薙ニ攘王之傍草一。因レ是、得レ免。故号ニ其剣一曰ニ草薙一也」と、天叢雲剣（草薙剣）のことを注記する。『古事記』はこの改名を記さない。「クサナギノ剣」が、本来、日本武尊が草を薙いだことによる名とは必ずしも考えられないことは、前節四七オ5注解参照にも見たとおりで、佐竹昭広は「クサナギ」の語源を「臭蛇」と考える。また、吉田研司は草をうち払う場合に「薙」は用いられないことから、この話は本来「草薙剣」の命名由来譚ではなかったとする。しかし、この件により「草薙剣」の名がついたとする書は多い（a4、b1～b6、c1・c2・c4・c8、d1～d6、e1～e8）。

〇五〇オ5　日本武尊是ヨリ奥ヘ入給テ国々ノ凶徒ヲ誅平ケ所々ノ惣神ヲ鎮テ　〈長・盛・四〉に類似文あり。「惣神」は誤写で、〈長・盛・四〉「悪神」がよいか。〈長〉は奥州に入ったことを記さない。〈盛〉は、上総に渡る船で「御志深キ下女」（『日本書紀』の「弟橘媛」）が入水したことや「吾妻」の語源を語った後、「東夷ノ凶賊ヲ誅平、所々ノ悪神ヲ鎮給テ」とする。〈南・覚〉は、「尊、猶おくへ攻入ッて、三箇年があひだ、ところ〴〵の賊徒を討ちたいらげ」などとする。〈屋〉「角テ三ヶ年ノ中ニ東ヲ攻随ヘ、国々凶徒ヲ平ゲ」、〈中〉「かくて三か年に、とういをこと〴〵くせめしたがへ、いぞくらをいけどりて」。『日本書紀』では、相模から上総へ渡り、さらに陸奥に入って、「蝦夷賊首、島津神・国津神等」を従えて、「日高見国」から常陸に帰ったとする（c1『熱田縁起』もこれに近い）。『古事記』では、「荒夫琉蝦夷等」や「山河荒神等」を従えたとするが、「奥」にあたる地名はない。宝剣の由来としては草薙剣の命名までで十分なので、以下、日本武尊のその後に関する記事は記さない書も多い。a4『神代巻取意文』「武蔵ノ国ヲ通リ、上総《カツサ》ノ国訖《マデ》下リ、夷ヲ悉ク亡シ給テ」（c4も類同）。d1『宝剣御事』「鎮二所々凶徒等一、奥州迄有二御下一、向国々東夷帰伏、慎二悪神一」。d2～d5『剣巻』は、「尊ハ是ヨリ奥へ入リ給テ、国々ノ凶徒ヲ多ク平ラゲ、所々ノ悪事ヲ鎮メ」（d2屋代本による。傍線部「悪事」はd3田中本同、d4長禄本・d5太平記付冊「悪神」）と、〈四・延・長・盛〉に近い。他にe2『神皇正統記』に、「上総ニイタリ、転ジテ陸奥国ニイリ、日高見ノ国〈ソノ所異説アリ〉ニイタリ、悉蝦夷ヲ平ゲ給」とある。

○五〇オ6　同四十二年癸巳十月二都へ上給ケル程二　〈長〉「同四年癸丑」、〈盛〉「同四十三年癸丑」。〈四〉は「同四十三年癸丑」、〈大〉は「同三年癸丑」に「尾張国」に帰ったとする。〈南・屋・覚・中〉なし（前項注解に見たように三年で帰ったとする）。『日本書紀』では、帰途の年次を特に記さず、尾張国に戻って宮簀媛を娶り、しばらく滞在した後、伊勢に行き、能褒野で亡くなったとし、その年が景行天皇四十三年であったとする。「癸丑」は、景行天皇四十三年の干支として正しい（景行天皇元年条に「是年、太歳辛未」とあるのによれば、四十三年は癸丑となる）。『古事記』は年次を記さない。〈延・盛・四〉に近いのはd類。d1『宝剣御事』「同四十三年〈癸巳〉、尾張国帰給」。『剣巻』は、いずれも尾張国に帰った年として、d2屋代本・d4長禄本「同四十三年癸丑」（但し、d2は「四」に「五」と傍記）、d3田中本「同四十三年発己《(ママ)》」、d5太平記付冊「同五〔四〕十三年〈癸丑〉」、d6百二十句本「同四十三年癸未」とする。その他、e5『三国伝記』「同四十三年〈癸子〉、尾張国水田ト曰処マデ帰玉テ」。

○五〇オ7　伊吹山ニテ山神ノ気毒ニ逢テ御悩重カリケレハ　〈長〉ほぼ同（「気毒」は「毒気」とする）。〈盛〉では、「異賊ノ為ニ被二呪咀一給テ」発熱、近江国醒井で冷水にひたって熱を冷ましたものの、病が重くなったとする。〈南・屋・覚・中〉は帰りの道で、または尾張国で病になったとする。〈四・大〉なし。『日本書紀』では、尾張国滞在の後、伊吹山に行き、山神の毒気にあてられて病んだとする。伊吹山で病んだという記事は、c1・c2・c5・c6・c7、d1～d5、d7・d8、e2などに見える。e5『三国伝記』は磨針山でのこととする。四八オ8、四八ウ3注解に見たように、八岐大蛇が伊吹山に関連づけられるのは、この日本武尊の死によるものであろう。

○五〇オ8　生虜ノ夷共ヲハ伊勢大神宮へ献リ給我彦ヲ都へ献給テ天皇ニ奏給フ　「我彦」は「武彦」がよいか。該当文は諸本にあるが、〈四〉は武彦を使者として奏上した件なし。〈盛〉は草薙剣も「天神」（天照大神の意か）に返したとする（五〇ウ1注解参照）。『日本書紀』では、尊は伊勢に赴いて能褒野に至り、生け捕りの蝦夷を神宮に奉り、また、吉備武彦を使者として天皇に奏上したとする。『古事記』『古語拾遺』は該当記事なし。a4『神代巻取意文』やc4『三種神祇并神道秘密』は、「三ノ霊剣、火打袋ヲ都ヘ奉」ったとする。d1『宝剣御事』やd2〜d5『剣巻』も類似（但し、『剣巻』尊が尾張国から都へ向かう途中のこととする）。d6百二十句本は生け捕りを武彦に託して帝に奏ったとする。e2『神皇正統記』は、「武彦ノ命」による奏上は記すが、生け捕りには触れない。e5『三国伝記』は、生け捕りを大神宮に奉り、「御ン子ノ武彦」を都に送って奏上したとする。

〇五〇オ9　尊ハ尾張国ヘ還給テ御器所ト云所ニテ薨シ給　御器所（現名古屋市昭和区）で亡くなったとする点は〈延〉独自。〈長・盛・四〉は伊勢で亡くなったと読める。〈大〉は死とは記さず、「尾張国へ帰て、白鳥と成て西をさして飛さりぬ」とする。〈南・屋〉「尾張国」、〈覚〉「尾張国熱田のへん」、〈中〉「あつたの宮」。なお、〈南・覚〉は、「御とし卅と申七月」（〈覚〉）と、享年も記す。『日本書紀』では能褒野で亡くなり（享年三十歳）、能褒野の陵に葬ったが、白鳥となって大和国の琴弾原へ、さらに河内国の古市へ飛び去ったとする。『古事記』も同様だが、国思歌を歌って亡くなり、白鳥となって飛び去る様を詳しく描く。亡くなった地は、伊勢と読めるのがc1『熱田縁起』、d8『雲州樋河上天淵記』、e2『神皇正統記』。尾張と読めるのがa4『神代巻取意文』、c4『三種神祇并神道秘密』、d1『宝剣御事』、d6百二十句本『剣巻』、e8『塵荊鈔』。近江と読めるのがc5〜c7『熱田の神秘』類（c5・c6は近江の「千松原」、c7「松原」）、d2〜d5『剣巻』（d2・d4・d5「千松原」、d3「千本松原」）、e5『三国伝記』（「千松原」）。a5『神代巻私見聞』やa6『日本書紀聞書』も、明記しないが近江の醒井近くと読むのが自然か。また、白鳥となって飛び去ったことは、a4・a5、b5、c1・c3・c4〜c7、d1〜d6・d8、e2・e5・e8などに見えるが、異同が多い。a4『神代巻取意文』やc4『三種神祇并神道秘密』では尾張から讃岐へ、a5『神代巻私見聞』では醒井あたりから熱田へ（その後、大和・河内へ）、c1『尾張国熱田太神宮縁起』やe2『神皇正統記』・e8『塵荊鈔』は、伊勢から大和の琴弾原、河内の古市に飛び、それぞれに陵が作られたとし(『日本書紀』に同)、c5~c7『熱田の神秘』類では近江から熊野へ、d2~d5『剣巻』では近江から紀伊国名草郡へ、さらに尾張の松子島へ飛んだとする。d1『宝剣御事』の場合、熱田で亡くなり、「白鳥《ト》成《リ》、塚《ノ》上《ヨリ》西《ヲ》指《テ》飛去給《ケリ》。白鳥《ノ》塚将《トテ》熱田宮《ニ》在《レ》之」とするのは、飛び立った場所に関わる伝承である。また、行く先については、「何《ノ》国《ニ》落留給《ラム》」として、日本全国六十六ヶ国に一つずつ「白鳥宮」を作ったともいう。d8『雲州樋河上天淵記』は、「褒野原」で亡くなったあと、白鳥となって逍遙したとする。

〇五〇オ10　即白鳥《ト》ナリテ西《ヲ》指《テ》飛去給ヌ　〈長・大・南・屋・覚・中〉も、白鳥となったことを記す。〈南・覚〉は「其たましゐはしろき鳥とな《(ッ)》て天にあがりけるこそふしぎなれ」(〈覚〉)とする。〈盛〉は「白鶴」とする。〈四〉なし。白鳥となったことは、記紀などに見える。次項注解参照。

〇五〇オ10　讃岐国白鳥明神ト申ハ此御事也　〈長・盛・中〉同様。〈四・大・南・屋・覚〉なし。『日本書紀』では、尊が白鳥となって能褒野から倭国(大和)を指して飛び、倭の琴弾原に留まり、更に飛んで河内の古市邑に留まったとする。『古事記』では河内国の志幾に留まったとする。

c1『熱田縁起』も同様。讃岐国の白鳥明神となったとする記事は、c4『三種神祇并神道秘密』やe5『三国伝記』にも見える。現香川県大川郡白鳥町松原に日本武尊・二道入姫命・弟橘姫命を祀る白鳥神社がある。一方、c5『神祇官』は熊野を経て尾張の「松コノ嶋」に飛んだとし、また征東の際に差した旗の先に立って飛んだが、落ち着いた所を「旗屋」、また白鳥となって着いた所を「白鳥塚」と呼ぶとする。c6『熱田の神秘』、c7『神祇陰陽秘書抄』もこれに類似。d2~d5『剣巻』も類似するが、一度は紀伊国名草郡に留まった白鳥が東国に飛び帰ったとすること、頼朝が幡屋(旗屋)で生まれたとすることなど、小異あり。また、d1『宝剣御事』は、「白鳥塚」が熱田宮にあるとする。

〇五〇ウ1　御廟ハ御墓塚トテ今《ニ》アリ　他本なし。前項注解に見たように、c4~c7、d1~d5などに見える「白鳥塚」などの伝承に関わるか。

〇五〇ウ1　草薙剣《ハ》尾張国熱田社《ニ》納ラレヌ　〈盛〉は先に日本武尊が剣を熱田に納めたとしていた(五〇オ8注解参照)。〈延〉を含め、その他諸本も同様に読めようか。あるいは尊の死後、遺品を納めたとも読めるか。

〇五〇ウ2　鋳改ラルヽ剣《ハ》内裏《ニ》安セラレテ霊威一早《ク》御

座ケル　他本なし。多田圭子は、内裏に置かれた新剣の霊威の強調は〈延〉の特徴であると指摘する。四九オ7注解参照。

○五〇ウ3　天智天皇位ニ即セ給テ七年ト申ニ　〈長・盛・大・屋〉同様。〈南・覚〉「あめの御門の御宇七年」（〈覚〉）も同（天智天皇は「天命《あめみこと》開《ひらかす》別《わけの》天皇」）。〈中〉「天智天皇の御宇しゆてう元年」は、天武天皇の代の朱鳥元年（六八六）との混同。〈四〉は「天武天皇」と誤る。以下、道行説話。『日本書紀』天智天皇七年条「是歳、沙門道行、盗㆓草薙剣㆒、逃㆓向新羅㆒。而中路風雨、荒迷而帰」。この記事は簡略なもので、「草薙剣」をどこから盗んだとも書いていない。岡田精司は「草薙剣」はあちこちにあったという想定に基づき、住吉神社などの畿内の大社の神宝だったかと見る。しかし、これが後代のさまざまな伝承の起点となった。道行の宝剣略奪失敗譚は、a類では『日本書紀』以外には『古語拾遺』に「外賊偸逃不レ能レ出レ境」と、ごく簡単に見えるのみであり、b類にも見えないが、c1〜c7（c4を除く）、d1〜d8、e1・e8に見える他、e6『兼邦百首歌抄』では新羅僧「日羅」のこととして所見。その他、次項注解に見るように僧の名を記さない所伝など、関連する伝承が多くの書に見られる。ここでは、前掲a〜eの記号を継承しつつ、その他の書名を適宜補って述べてゆくこととする。まず、「天智天皇七年」は、c1『熱田縁起』、d1『宝剣御事』、d6百二十句本『剣巻』、d7『補闕剣巻』、e1『元亨釈書』同様（『元亨釈書』は、前節に見た素盞烏尊の八岐大蛇退治を含め、草薙剣の物語全体を天智天皇伝の七年条に記す）。c3『熱田秘密百録』「天智天皇ノ御代」、d8『雲州樋河上天淵記』「天智帝白鳳八年」。その他、道行説話を記す比較的古い資料と見られる『朱鳥官符』では、「白鳳廿（九イ）年七月十三日」とする（『神道大系・神社編一九・熱田』七三頁。平安末期〜南北朝頃の成立か—神道大系解説）。

○五〇ウ4　新羅ノ沙門道行　〈盛〉同様。〈長・四・屋〉「道鏡」、〈覚〉「道慶」。〈南〉「新羅ノ皇」が遣わした「沙門道行」、〈中〉「しんだん」の「しやもんだうぎやう」。次項注解に見るように新羅僧とするのがよい。

○五〇ウ4　此剣ヲ盗取テ我国ノ宝トセムト思テ蜜ニ船ニ隠シテ本国へ行ケル程ニ　「此剣」は内裏にあった新剣と読める。この点、〈延〉は独自の形。他諸本は熱田から盗まれたと読める。また、道行がこれを盗もうとした事情や経緯について「我国ノ宝トセムト思テ」程度にしか語らないが、〈長・四・大・屋・覚・中〉では、この説明もない。一方、〈盛〉

は「草薙剣ノ霊験ヲ聞テ熱田社ニ三七日籠テ剣ノ秘法ヲ行テ、社壇ニ入、盗出シテ」云々と詳しく語り、以下、五帖の袈裟に包んで出ようとしたところ、黒雲が剣を奪い返したので、さらに百日行を重ね、九帖の袈裟に包んで近江国蒲生郡大儀森（老蘇森か）まで行ったが、また黒雲に取り返され、さらに千日の行を重ね、二十五帖の袈裟に包んで筑紫から船出したと詳しく語る。また、〈南〉は、「新羅ノ皇、剣ヲ尋ラレケルニ、『自レ是東、葦原国ニコソ目出度剣ノ光ハサセ』トテ、沙門道行ト云者ヲ差遣シ、此剣ヲ盗取テ我国ノ宝トセント思テ」とする。〈盛〉の説に類似するものとして、c1『熱田縁起』は、最初は七条袈裟で盗んで伊勢まで行き、次は九条袈裟で包んで難波津から船に乗ったとする。d8『雲州樋河上天淵記』は、最初は「持誦一七日」で黒雲に奪い返され、次は「持誦五十日」で五条袈裟に包み、近江蒲生郡で奪い返され、三度目には「持念百日」で九条袈裟に包み、筑紫まで行ったが、天照大神・八幡両神に船を蹴破られたとする。e1『元亨釈書』もこれに近いが、「五条袈裟」は不記、三度目は「僧伽梨」に包んだとし、天照大神・八幡の名は不記、暴風によって失敗したとする。また、〈南〉の説に類似するものとして、c3『熱田秘密百録』は、道行が新羅から「遥ニ見二テ紫雲立一ヲ」来たとする。さらに、〈盛・南〉双方に類似する説として、c5『神祇官』は、剣の発する光はそれに当たる者を成仏させるもので、道行がそれを見つけ、新羅王の命令で盗もうとし、最初は五条の袈裟に包んで伊勢国日長まで、次は九条の袈裟に包んで筑紫の羽片（博多か）まで逃げたが、住吉明神に蹴殺されたとする。c6『熱田の神秘』、c7『神祇陰陽秘書抄』も同様。d2～d5『剣巻』は、道行が剣の光を見つけて新羅王の命令で盗もうとし、最初は五帖、二度目は七帖の袈裟で包んだが失敗、三度目は九帖の袈裟で包み、筑紫の博多まで逃げたが、住吉明神に殺され、奪い返されたとする（なお、d6百二十句本はこうした詳細な記述を欠くが、「生不動」が七本の剣を持って来たものの熱田明神に倒され、剣を奪われたとする八剣明神由来譚は共通）。これらの所伝に先行するかと思われる『朱鳥官符』（五〇ウ3注解参照）では、紫雲を見て道行が渡日、最初は伊勢国桑名まで、二度目は播磨印南野まで、三度目は「筑紫国墓方津《ハカタノツ》」まで行ったとする。また、独自の説を見せるのがd1『宝剣御事』で、神功皇后の新羅征討の際、討ち漏らされた太子が、もとは第二皇子であった道行に命じて、黒色の不動明王と共に渡日、神々を捕らえて水瓶に閉じ込め、草薙剣を奪ったとする。しかし、博多から船出したところ、風波が荒く、祈祷しているうちに、内裏で十二歳の女房に草薙剣の霊が憑いて託宣、「当初は五帖袈裟で包まれたのを蹴破ったが、七帖袈裟で包まれて他国へ渡されそうである」と述べる。そこで、貴僧百人に命じて難波津で大般若経を七日間読誦すると、剣は七帖袈裟を蹴破って道行の首を切り落としたとする。さて、大江匡房『筥崎宮記』にも、関連の所伝が見える。建保七年（一二一九）の奥書のある石清水八幡宮所蔵・口不足本『諸縁起』所収『筥崎宮紀』（『石清水八幡宮史料叢書・二』。『朝野群載』巻三所収本文にはないが、この部分も匡房作か—吉原浩人）では、かつて新羅僧が日本の神々を呪縛して瓶の中に閉じ込め、熱田明神は剣に変じて逃げようとしたが袈裟で覆って収め、宇佐八幡をも取り込めようとしたが失敗し、蹴り殺されてしまったとの話を加える。この説話は「道行」の名は記さないが、道行説話と類似点が多い。道行の名を記さない同類話には、a6『日本書紀聞書』の、「大唐玄宗皇帝」の使いとする八剣宮の由来譚がある。謡曲「八剣」が、「異国より草薙の剣を奪んと」「七武等将軍」が押し寄せたとするのも関連しよう。『日本書紀』の簡単な道行記事が、『筥崎宮記』などに見える所伝の影響をも受けつつ成長していったと考えられることは阿部泰郎92が指摘したが、その後、原克昭95は、諸書に見える道行説話を網羅的に検討し、〈八剣起源譚〉への展開、あるいは楊貴妃伝説との関わりなどについても検討している。また、松本真輔02は、新羅の皇子が日本の神々を水瓶に閉じ込める話が叡山文庫本『聖徳太子伝』や『宮寺縁事抄』『東大寺八幡験記集』『八幡宇佐宮御託宣集』『類聚既験抄』などにも見えることを指摘し、松本真輔12は、『筥崎宮紀』末尾の記事が、鎌倉前期の『天王寺秘決』（『四天王寺古文書・一』）では日羅の説話として展開することなどを指摘、新羅の脅威の喧伝を展望する（なお、新羅皇子が神々を水瓶に閉じ込める話は『八幡愚童訓』甲本にも見え、「日羅」とする形はe6『兼邦百首歌抄』にも見える）。この他、『熱田宮秘釈見聞』（『神道大系・神社編一九・熱田』）には、道行を弘法大師の化身とする道行説話も見え、c6『熱田の神秘』に継承される。原克昭97は、『神道雑々集』や彰考館蔵『神祇金五代日本記内示聞書』との関連を指摘する。e8『塵荊鈔』では、道行を大蛇が剣を取り返すために、新羅大王の皇子として生まれ変わったとする。

〇五〇ウ5　風荒ク浪動テ忽ニ海底ヘ沈ムトス是霊剣ノ崇ナリトテ即罪ヲ謝シテ前途ヲ遂ス　「崇」は「祟」がよい。嵐によって本望を遂げなかったとする点は〈長・四・大・南・

屋・覚・中〉も同様だが、〈長〉は嵐によって「是霊剣の祟なりとて、彼剣を海中に没つ。龍王是をのせて奉献す」とする。〈盛〉は、前項注解に見たように三度にわたる失敗を詳述した後、剣を海中に捨て、龍王が熱田社に送り届けたとする。『平家物語』諸本では道行の末路には触れず、d7『補闕剣巻』「亡迷テ、剣ヲバ棄テナン帰ケル」に近い描き方といえよう。一方、前掲諸書では殺されたとするものが多い。斬首されたとするc1、剣に殺されたとするc3・d1、神（住吉明神・八幡神など）に殺されたとするc5〜c7、d2〜d6、「没死」とするd8など。

○五〇ウ6　天武天皇朱鳥元年ニ本国へ持帰テ如元ニ大内ニ奉返テケリ　「天武天皇朱鳥元年」は、〈盛・四・大・南・屋・覚〉同様。〈長〉は「天智天皇朱鳥元年」と誤る。〈中〉なし。朱鳥元年（六八六）は、天武朝末期の元号。〈盛〉は本項該当文の後に一字下げ記事を置き、その中で、「（道行が天智天皇七年から三年かけて宝剣を盗んだのだとしても、それから）天武天皇朱鳥元年ハ十四年ヲ隔タリ」と指摘する。ここで、盗まれた剣とその行方については、諸本の記述が分かれる。〈延〉では、道行が盗んだのは崇神朝に改鋳した新剣（模造剣。四九オ3以下参照）であり、それが内裏に戻ったわけである。だが、道行説話は、前々項注解に見たように、一般的にはもっぱら熱田の神威との関係で語られるものであり、熱田が関与しないのは特異な形といえよう。一方、〈長・四・大・中〉では、熱田から盗まれた剣が熱田に返されたと読める。〈長〉の場合、「龍王」が日本に送り返した剣が、間もなく熱田に戻ったと読めるが、〈四・大・中〉の場合、天智天皇七年から朱鳥元年までの間に、道行から誰がどのように奪い返し、保管したのかは明らかではない。しかし、いずれにせよ、熱田から盗まれた剣が熱田に返されたとするのはわかりやすい。以上、〈延〉と〈長・四・大・中〉は、道行がどちらの剣を盗んだかという点で違いはあるが、熱田には本剣、内裏には新剣が置かれるという構図が維持されている点では同様。この構図はその他諸本にも多く共通するが、前節冒頭・四七オ5「（蝿斫）此剣ハ尾張国熱田社ニ有リ草薙剣ハ大内ニ安セラル」という記述との整合性は問題であろう。また、〈盛〉では、道行が盗んだ剣は熱田に戻るが、その後、朱鳥元年六月に「天皇病祟、草薙剣ヲ尾張国熱田社ニ被送置」とする。しかし、内裏にあった剣（新剣）を熱田に送ってしまったとすると、熱田社に新剣・本剣の双方が置かれ、内裏には剣がなくなってしまう点、疑問（なお、〈盛〉一字下げ記事の中では、崇神朝に本剣を熱田に送ったとする記事により、内裏にあって壇ノ浦に沈んだのは新剣だろうと指摘し、それを龍神が宝としたという記事に疑問を呈しているが、本項に該当する天武朝の記事には言及していない)。〈屋・覚〉では、「天武天皇朱鳥元年に、これを召して内裏にをかる」(〈覚〉)とする。道行の手から熱田社に戻った剣を、朱鳥元年に内裏に召し置いたとするわけである。しかし、〈覚〉の場合、内裏には崇神朝に作られた新剣があったはずで、〈盛〉とは逆に、内裏に新剣・本剣の双方が置かれたことになってしまう点、疑問。どちらも内裏にあったのだとすれば、壇ノ浦に沈んだのは本剣か新剣かわからないことになるが、その点に関する記述はない。本物の宝剣が失われたのだとすれば、それが物語の本来の形なのかどうか、意見が分かれるところか。〈屋〉の場合、剣の模造を記さず、宝剣は一本しかないとするので、矛盾はなく、前節冒頭の「草投の剣は内裏に留め」との整合性にも問題はないが、平家滅亡時には唯一の宝剣が海に沈んだことになる。熱田には宝剣が伝わらないことになる点は諸書との乖離が大きい。最後に〈南〉は、「其後内裏ニ置レタリケルヲ、天武天皇朱鳥元年ニ、又都ヨリ尾張国熱田社へ返シ入奉ル。作リ替ラルヽ剣ハ内裏ニ有リ。今ノ宝剣是ナリ」と、道行の手から熱田社に戻った剣を、その後内裏に置いたが、朱鳥元年に熱田社に戻したとするわけで、内裏に新剣、熱田に本剣が置かれたという〈延・長・四・大・中〉と同様の構図に落ち着くわけである(道行から熱田に返された剣を内裏に召した理由は特に記されない)。

『平家物語』以外の道行説話では、熱田から盗み、熱田に返されたとするものが多いが、d類では、d8を除き、その後の経過がやや詳しい。d1『宝剣御事』では、剣は一旦都に送られたが、内侍に霊が憑き、元通り熱田に帰りたいと託宣があったので熱田に送られたとする。d2〜d5『剣巻』は、住吉神が道行から剣を奪い返し、熱田に返したのが天武天皇朱鳥元年だったとする。従って、〈延・長・四・大・南・中〉と同様、本剣は熱田、新剣は内裏にあったと読め、壇ノ浦に沈んだのは新剣だったことになる。これらは、風水龍王が八岐大蛇となって素盞烏尊から奪われた剣を、新羅王となって奪い返そうとしたが果たさず、安徳天皇に生まれて取り返したのだとし、「本ノ剣ハ叶ハネバ、後ノ宝剣ヲ取持テ都ノ外ニ出テ、西海ノ波ノ底ニゾ沈ミケル」(d2屋代本)と説明する。一方、d6百二十句本『剣巻』は崇神朝の改鋳を記していなかったが(四九オ6注解参照)、ここでは熱田に戻った宝剣を、「天武天皇ノ御宇朱鳥元年ニ内裡ニ納奉リ玉ヒ、宝剣ト号《ナヅケ》ラル」とする。

つまり、同本では草薙剣は一本しかなく、〈屋〉と同様の経過をたどったことになる。d7『補闕剣巻』は、道行が捨てた剣を筑紫国造等が献上、しばらく温明殿に置かれたが、天武天皇朱鳥元年に熱田に移したとする。〈南〉と同様の経過となるが、剣が一旦内裏に置かれた事情はわかりやすい。以上、『平家物語』諸本及びd2～7の『剣巻』における宝剣の移動を図示すると、次のようになる。「(内裏)」「(熱田)」は、特に記述がないので、そのまま内裏や熱田に置かれていると読める意。このような諸本の展開について、〈全注釈・下一〉は、前節冒頭の〈天蠅切剣＝熱田〉〈草薙剣＝内裏〉という記述との整合性を重視し、〈屋〉の形が本来で、「読みもの系はそれを史実に忠実なものにするために書き改めた」と考えた。一方、多田圭子は、改鋳記事や道行による盗難事件などの経緯に注目、「水没した剣を草薙剣とする略本系、改鋳された新剣とする広本系とに区別でき、後者の中では特に延慶本がそれを強調している」とした上で、〈延〉の主張をより明確に示しているのが『剣巻』であるとする。高木信は、〈覚〉は「本物の剣が沈んだ」とする点に注目、それは大蛇に取り返されたのだという記述との照応により「支配の正当性が奪われることの正当性を立証してしまった」ものと読み、「構造的古態性・始源性が浮かびあがる」とする。内田康95は、崇神朝の「改鋳」を、「水没した宝剣は新剣であり、本剣は熱田に現存する」という主張に結びつけ、さらにそれを王権安泰の保証に結びつけていったのは、伊勢神道家、とりわけ慈遍などの所為であり、『平家物語』諸本にはそうした観念は見られないとして、むしろ、「神代以来伝えられてきた霊剣が失われてしまったと語るからこそ物語はインパクトを持つ」とする。いずれにせよ、諸本は非常に錯綜

〈延〉	本剣　熱田　──→（熱田）	新剣　内裏→盗難→内裏
〈四・長・中〉d2～d5『剣巻』	本剣　熱田→盗難→熱田	新剣　内裏　──→（内裏）
〈盛〉	本剣　熱田→盗難→熱田	新剣　内裏　──→　熱田
〈覚〉	本剣　熱田→盗難→熱田→内裏	新剣　内裏　──→（内裏）
〈屋〉d6百二十句本『剣巻』	本剣　熱田→盗難→熱田→内裏	
〈南〉d7『補闕剣巻』	本剣　熱田→盗難→内裏→熱田	新剣　内裏　──→　内裏

した形を見せるわけで、どれが本来の形であるかを判断することは難しい。前節冒頭の〈天蠅切剣＝熱田〉〈草薙剣＝内裏〉という記述との整合性と、本剣・新剣の関係の整合性を共に満足させることは至難であろう。これは、おそらく、日本紀由来の神話や熱田関係の説話など、性格の異なるいくつもの逸話をつなぎ合わせて織り上げたことによるものであり、『剣巻』は別として、『平家物語』諸本については、いずれの形も、何らかの意図のもとに練り上げられた形とは言いにくい。壇浦に没した剣を新剣とすることにより、本剣は失われていないのだという主張も『平家物語』諸本では明確ではなく、崇神朝の改鋳記事がそうした主張に関わるのかどうかも判断しにくい。一方、百二十句本を除く『剣巻』では、『神皇正統記』同様、本剣は失われていないのだという主張が明確になっていることは、多田圭子などが指摘するとおりである。但し、内田康11は、『剣巻』は天皇への「神器」の伝授を語らない点で『神皇正統記』ともズレがあると指摘し、源家大将軍の由緒来歴を語る物語であるとする。

3　宝剣の伝来と水没

（五〇ウ）

是ノミナラス陽成院狂病ニヲカサレマシ〱テ宝剣ヲ 抜セ
給ヘリケルニ夜ノヲトヽヒラ〱トシテ電光ニ異ナラス帝 怖
サセ給テ投捨サセ給タリケレハ自ラハタトナリテ鞘ニサヽレ〔サ〕セ

（五一オ）

給ニケリ上古中古マテハカクノミ渡ラセ給ケルニ設平家取テ
都ノ外ヘ出テ二位殿腰ニ指テ沈給トモ上古ナラマシ カ ハ
ナシカハ失ヘキ末代コソ心憂レトテ水練ニ長セル者ヲ召テ
カツキ求レトモ見ヘ給ワス天神地神ニ幣帛ヲ捧テ祈リ霊
仏霊社ニ僧侶ヲ籠テ大法秘法無所残一被行ケレトモ験
ナシ龍神是ヲ取テ龍宮ニ納テケレハ遂ニ失ニケルコソ浅猿
ケレカヽリケレハ時ノ有識ノ人々申合ケルハ 八幡大菩薩 百王
鎮護ノ御誓不浅石清水ノ御流尽セサル上ニ天照大神
月読ノ尊明ナル光未地ニ落給ワス末代尭季ナリト 云 ト
モサスカ帝運ノ極レル程ノ御事ハアラシカシト申合ケレハ

（五一ウ）

或儒士ノ申ケルハ昔出雲国ニシテ素盞烏尊ニ被切奉
タリシ大蛇霊剣ヲ惜ム執心深シテ八ノ頭八ノ尾ヲ標示トシテ

人王八十代ノ後八歳ノ帝ト成テ霊剣ヲ取返テ海底ニ入ニケリトソ申ケル九重ノ淵底ノ龍神ノ宝ト成ニケレハ再人間ニ帰ラサルモ理トコソ覚ケレ

〔本文注〕

○五〇ウ10　投捨　「投」は重ね書きか。訂正された字は不明。

○五〇ウ10　ハタト　「タ」は字形不審。

○五一オ6　ケルコソ　「コ」は重ね書きがあるか。「ケリ」を重ね書きで「ケルコ」に訂正した可能性あり。

○五一オ8　尽セサル　「セサ」は「サセ」を擦り消して直したか。

○五一オ10　帝運　「運」は字形不審。

○五一ウ1　素盞烏尊　「素」は「索」に近い字体。〈汲古校訂版〉は「索」と見る。

〔釈文〕

是のみならず、陽成院狂病にをかされましまして、宝剣を抜かせ給へりけるに、夜のおとどひらひらとして、電光に異ならず。帝怖れさせ給ひて投げ捨てさせ給ひたりければ、自らはたとなりて、鞘にさされさせ▼五一オ給ひにけり。

上古中古までは、かくのみ渡らせ給ひけるに、設《たと》ひ平家取りて都の外へ出だして、二位殿腰に指して沈み給ふとも、上古ならましかばなじかは失すべき。末代こそ心憂けれとて、水練に長ぜる者を召してかづき求むれども、見え給はず。天神地神に幣帛を捧げて祈り、霊仏霊社に僧侶を籠めて、大法秘法残る所無く行なはれけれども、験《しるし》なし。龍神是を取りて龍宮に納めてければ、遂に失せにけるこそ浅猿《あさま》しけれ。かかりければ、時の有識の人々申合ひけるは、「八幡大菩薩、百王鎮護の御誓ひ浅からず、石清水の御流れ尽きせざる上に、天照大神、月読の尊、明らかなる光未だ地に落ち給はず。末代尭季なりと云へども、さすが帝運の極まれる程の御事はあらじかし」と申し合はれければ、▼五一ウ 或る儒士の申しけるは、「昔出雲国にして、素盞烏尊に切られ奉りたりし大蛇、霊剣を惜しむ執心深くして、八の頭、八の尾を標示として、人王八十代の後、八歳の帝と成りて、霊剣を取り返して海底に入りにけり」とぞ申しける。九重の淵底の龍神の宝と成にければ、再び人間に帰らざるも理とこそ覚えけれ。

〔注解〕

○五〇ウ8　是ノミナラス陽成院狂病ニヲカサレマシ／＼テ宝剣ヲ抜セ給ヘリケルニ　以下の陽成院の話題は、〈長・南・覚〉同様、〈盛・四・大・屋・中〉なし。「狂病」は〈長・南〉同、〈覚〉「長病」（但し高野本などは「狂病」）。『富家語』一八三話、『古事談』一・四に同話あり。この両者では、まず神璽の箱を開けると白雲が起こったという話があり、それに続いて宝剣の話となる。「狂病」云々は、『古事談』「依二邪気一不二普通一御坐之時」（神璽の話の前）、『富家語』なし。なお、『玉葉』承安二年十一月二十日条には、「陽成院暴悪無双、二月祈年祭以前、自抜レ刀殺二害人一云々」と見える。

○五〇ウ9　夜ノヲトヽヒラ／＼トシテ電光ニ異ナラス　〈長・南・覚〉同様。「ヲトヽ」は「御殿」。『富家語』『古事談』も「ひら／＼とひらめきければ」（『富家語』）とする。雷光の表現か（新大系『古事談』脚注）。

○五〇ウ9　帝怖サセ給テ投捨サセ給タリケレハ自ラハタトナリテ鞘ニサヽレ〔サ〕セ給ニケリ　〈長・南・覚〉類同（〈長〉は「自ラハタトナリテ」を「白はたと成て」と誤る）。荒木浩は、雷鳴時に自ら抜けたという敦実親王の剣「坂上宝剣」（『富家語』一五七話、『古事談』一・九話）や、やはり自ら抜けたという草薙剣（五〇オ1注解参照）との「背中合わせの類似性」を指摘する。

○五一オ1　上古中古マテハカクノミ渡ラセ給ケルニ　比較的近いのは、〈南〉「上古カクコソアリケレ」、〈覚〉「上古にはかうこそめでたかりしか」。〈中〉は陽成院の逸話がないが、〈覚〉に近い文あり。〈長〉「世の世にてある程はかうこそ有けれ」。〈四・大・屋〉は、陽成院の逸話がないが、〈長〉に近い文あり。〈盛〉該当文なし。

○五一オ1　設平家取テ都ノ外ヘ出テ二位殿腰ニ指テ沈給トモ上

古ナラマシカハナシカハ失ヘキ末代コソ心憂レトテ　〈長・盛・四〉同様。〈大・屋・中〉では、「今ハ二位殿ノ腰ニ指テ海ニ沈ミ給シ後ハ…」と、実際に探したが見つからなかったという文脈に続く。〈南・覚〉では、「たとひ二位殿腰にさして海に沈み給ふとも、たやすう失すべからずとて、すぐれたるあまうどもを召して…」のように、海女による宝剣探索に望みを託す言葉。〈延・長・盛・四〉も次項の探索に続くが、「末代コソ心憂レ」に類する文があるため、宝剣が出現しないことを確認してから次項以下に続く感が強い。

○五一オ3　水練ニ長セル者ヲ召テカツキ求レトモ見ヘ給ワス　類似の内容は〈長・盛・四・大・南・屋・覚〉にあり、〈中〉なし。宝剣の探索については、『吾妻鏡』元暦二年五月五日条に、「可レ奉レ尋二宝剣一之由、以二雑色一為二飛脚一、下二知参州一給」とあり、実際に海女が捜索したことは、『愚管抄』巻五に、「宝剣ノ沙汰ヤウ／＼ニアリシカド、終ニヱアマモカヅキシカネテ出デコズ」と見えるが、それ以上の詳細は不明。

○五一オ4　天神地神ニ幣帛ヲ捧テ祈リ霊仏霊社ニ僧侶ヲ籠テ大法秘法無所残一被行ケレトモ験ナシ　類似の内容は〈長・盛・四・大・南・屋・覚〉にあり、〈中〉なし。宝剣出来祈願については、『玉葉』元暦二年五月六日条に、「此日被三発-遣廿二社奉幣一〈当日先有二定事一〉、被三報-賽追討成功二之由、兼又宝剣可二出来一之由、同被二祈申一也」とある。『吉記』同日条にはより詳しく、「今日為三報-賽平家追討事一、被レ行二廿二社奉幣一。宣命之趣、去三月廿四日、魁首以下生虜既多、神鏡・御璽安穏帰御、神々所レ致也。但又凶党、宝剣投二海底一訖。冥徳可二顕現一之子細等也」とある。その後、『吾妻鏡』文治三年六月三日条、『玉葉』・『百練抄』同年七月二十日条には、厳島神主佐伯景弘に命じて探索させたことが見える（四五オ3注解参照）。しかし、宝剣は遂に発見されなかった。

○五一オ6　龍神是ヲ取テ龍宮ニ納テケレハ遂ニ失ニケルコソ浅猿ケレ　類似の内容は諸本にあるが、〈四・大・屋・中〉が本項該当文のみで本話を終わるのに対して、〈延・長・南・覚〉は、次項以下でこの内容をより詳しく解説し、安徳天皇はこの「龍神」の化身であったとする。このうち、〈延・長・南〉では、龍神の宝となったので地上には帰らないと、末尾でもう一度繰り返す（〈延〉五一ウ4）。〈覚〉はその内容を末尾で述べるのみで、繰り返しはない。また、〈盛〉は、法皇が霊夢を得て、老松・若松という海女に宝剣を探させたところ、龍宮で大蛇に会い、宝剣は素盞烏尊に奪われたが、取り返したのだと語るのを聞くという物語を詳しく記す。

○五一オ7　カヽリケレハ時ノ有識ノ人々申合ケルハ　〈長・南・覚〉同様。〈盛・四・大・屋・中〉は以下の記事なし（但し〈盛〉は前項に見た老松・若松の物語の中で、類似の内容を説く）。「有識」は学問に精通していること。学識のあること。また、そのさまやその人〈日国〉。

○五一オ7　八幡大菩薩　百王鎮護ノ御誓不浅石清水ノ御流尽セサル上ニ　〈長・南・覚〉同様。八幡の「百王鎮護」に関する類似の表現は、三六ウ2以下や、四四ウ7にも見えていた。該当部注解参照。また、百王思想については、第二本・五オ6、第三末・四七オ3注解参照。名波弘彰は、八幡による百王鎮護の思想は〈延〉全体に一貫し、青侍の夢説話とも呼応していると読む。

○五一オ8　天照大神月読ノ尊明ナル光未地ニ落給ワス末代尭季ナリト云　トモサスカ帝運ノ極レル程ノ御事ハアラシカシ　〈長〉同様。〈南・覚〉は「月読尊」を欠く。月読尊は月神。『日本書紀』神代上第四段本文では、伊奘諾尊・伊奘冉尊から天照大神に次いで生まれたとされる。〈延〉では第五末・四四オ9に、「地主丹生明神ハ天照大神之妹月読ノ尊ノ御事也」と見えていた。本段では、天照大神との対で、日月を表現したものか。「尭季」は「澆季」がよい。末世の意。

○五一ウ1　或儒士ノ申ケルハ　〈長・覚〉同様。〈南〉は、以下の内容を、法皇が夢想によって知ったとする。「儒士」は儒者と同義で、儒学を修め、その教義を奉ずる学者をいう。しかし、ここで説かれる内容は儒学とは特に関係がない。

○五一ウ1　昔出雲国ニシテ素戔烏尊ニ被切奉タリシ大蛇霊剣ヲ惜ム執心深シテ八ノ頭八ノ尾ヲ標示トシテ人王八十代ノ後八歳ノ帝ト成テ霊剣ヲ取返テ海底ニ入ニケリトソ申ケル　〈長・南・覚〉同様。昔素戔烏尊が切った八岐大蛇が、「人王八十代」の「八歳ノ帝」、つまり安徳天皇となって霊剣を取り返して海底に帰ったとする。『愚管抄』巻五にも、「海ニシヅマセ給ヒヌルコトハ、コノ王ヲ平相国イノリ出シマイラスル事ハ、安芸ノイツクシマノ明神ノ利生ナリ。コノイツクシマト云フハ龍王ノムスメナリト申ツタヘタリ、コノ御神ノ、心ザシフカキニコタヘテ、我身ノコノ王ト成テムマレタリケルナリ、サテハテニハ海ヘカヘリヌル也トゾ、コノ子細シリタル人ハ申ケル。コノ事ハ誠ナラントヲボユ」と見える。安徳天皇を龍に関連づけるこうした発想を、素戔烏尊の大蛇退治から始まる宝剣神話に結びつけたのが、『平家物語』諸本の本段の基本的な骨格であるといえよう。

生形貴重は、安徳天皇のみならず、清盛も龍になって地震を起こした（『愚管抄』巻五）と語られることや、龍神を鎮めることが盲僧の役割と語られることと結びつけ、龍神の眷属の祟りを鎮めることを、『平家物語』の基本的な性格と考えた。

○五一ウ4　九重ノ淵底ノ龍神ノ宝ト成ニケレハ再人間ニ帰ラサルモ理トコソ覚ケレ　〈長・南・覚〉基本的に同内容。〈延〉では、五一オ6に述べたことの繰り返しであり、その点は〈長・南〉も同様。

二十　二宮京ェ帰入セ給事

（五一ウ）

二十

二宮今夜京へ入セ給フ院ヨリ御迎ニ御車被進一七条侍従　信
清御共ニ候ワレケリ御母儀ノ渡御ス七条坊城ナル所ヘソ入セ給
ケル是ハ当帝ノ御一腹ノ御兄ニテ渡セ給ケルヲ若ノ事モアラ
ハ儲ノ君ニトテ二位殿サカ〱シク具シマヒラセラレタリケルナリ
若シ渡セ御ハ此宮コソ位ニ即セ御ナマシ夫モ可然御事　ナ

（五二オ）

レトモ猶モ四宮ノ御運ノ目出ク渡セ給故トソ時人申ケル 御心ナラヌ旅ノ空ニ出サセ給テ浪ノ上ニ三年ヲ過サセ給ケレハ御母儀モ御乳人ノ持明院ノ宰相モ何ナル事ニ聞成給スラン ト穴倉恋ク被思食ケルニ安穏ニ帰リ入セ給タリケレハ是ヲ見奉テハ人々悦泣トモセラレケリ今年七歳ニ成セ給トソ聞ヘシ

〔釈文〕

二十（二宮京へ帰り入らせ給ふ事）

二宮今夜京へ入らせ給ふ。院より御迎へに御車進《まゐ》らせらる。七条侍従信清御共に候はれけり。御母儀の渡らせ御《おは》します七条坊城なる所へぞ入らせ給ひける。是は当帝の御一腹の御兄にて渡らせ給ひけるを、若《も》しの事もあらば儲《まう》けの君にとて、二位殿さかざかしく具しまひらせられたりけるなり。「若《も》し渡らせ御《おは》せば、此の宮こそ位に即かせ御《おは》しなまし。夫《それ》も然るべき御事な▼五二オれども、猶も四宮の御運の目出たく渡らせ給ふ故」とぞ時の人申しける。御心ならぬ旅の空に出でさせ給ひて、浪の上に三年を過ぎさせ給ひければ、御母儀も、御乳人の持明院の宰相も、何《い》かなる事に聞き成し給はむずらんと、穴倉《おぼつかな》く恋しく思し食《め》されけるに、安穏に帰り入らせ給ひたりければ、是を見奉りては、人々悦び泣きどもせられけり。今年七歳に成らせ給ふとぞ聞こえし。

〔注解〕

○五一ウ6　二宮今夜京へ入セ給フ　〈長・盛・四・大・屋・覚〉同様。〈南〉も同内容だが「同廿六日」と日付を付す。〈中〉「今夜」なし。〈延〉では四六ウ3「廿四日」

を受け、元暦二年四月二十四日のこととなるが、〈長・四・大・屋・覚〉では該当部に「廿五日」とあったので、ここも同二十五日のこととなる（四六ウ3注解参照）。『百練抄』四月二十五日条「大夫判官義経等奉レ相二具若宮一御入洛。侍従信清相二具院御車一奉レ迎云々」、『吾妻鏡』四月二十八日条「若宮〈今上兄〉御二坐船津一之間、侍従信清令二参向一奉レ迎レ之。奉レ入二七条坊門亭一云々」。『愚管抄』は、二十五日の神璽・内侍所入洛記事に続く形で、「二宮モトラレサセ給テ上西門院ニヤシナハレテヲハシケリ」とある。実際の入洛の日付は未詳。「二宮」は高倉院第二皇子守貞親王。諡号は後高倉院。母は七条院藤原殖子（五一ウ7注解参照）で、後鳥羽天皇の同母兄。治承三年（一一七九）～貞応二年（一二二三）。生後すぐに乳母の知盛夫妻に養育され、平家都落ちの際、西海へ同行させられていた（第三末・九五オ6注解、第四〈巻八〉・二オ2注解参照）。

○五一ウ6　院ヨリ御迎ニ御車被進一　〈長・盛・四・大・南・屋・覚〉同。〈中〉なし。迎えの車が院より遣わされたことは、前項所引『百練抄』に確認できる。

○五一ウ6　七条侍従　信清御共ニ候ワレケリ　〈長・盛・四〉同。〈南・屋〉は「紀伊守範光」を加える。〈覚・中〉なし。「七条侍従信清」は藤原信清。平治元年（一一五九）～建保四年（一二一六）。父は贈左大臣藤原信隆、母は大蔵卿藤原通基女。二宮（守貞親王）・後鳥羽天皇の母は同母姉。承安元年（一一七一）四月七日任侍従、元暦二年（一一八五）四月当時、正五位下侍従（『公卿補任』建久八年条）。法住寺合戦（第四〈巻八〉・五七ウ3以下）では、紀伊守範光と共に、後鳥羽天皇を守る姿が描かれる。なお、紀伊守範光（藤原範光）は、一一五四～一二一三。刑部卿従三位範兼男。

○五一ウ7　御母儀ノ渡御ス七条坊城ナル所ヘソ入セ給ケル　〈盛・四〉同様。〈長〉は、「七条坊城の御母儀のもとにわたらせ給けるを、もしの事あらば儲の君にとて…」と、次項の文に続けるが、誤脱（次項注解参照）。〈大・中〉は、「御母儀ノ渡御ス」を、〈大〉は不記、〈中〉は「女院の御所」とする。〈南・覚〉は該当文なし。「七条坊城」は、『吾妻鏡』四月二十八日条に「七条坊門亭」と見える。「御母儀」は二宮の母・七条院殖子。修理大夫藤原（坊門）信隆の女。建礼門院に仕え、二宮（後高倉院）・後鳥羽院を生む。七条坊城亭は、藤原信隆の邸宅で、殖子と後鳥羽天皇が御所として使用していた（『平安京提要』）。

○五一ウ8　是ハ当帝ノ御一腹ノ御兄ニテ渡セ給ケルヲ若ノ事モアラハ儲ノ君ニトテ二位殿サカ〳〵シク具シマヒラセラレ

タリケルナリ　〈盛・四・大〉同様。〈長〉は「是ハ当帝《ノ》御一腹《ノ》御兄《ニテ》」を欠くが、誤脱だろう（前項注解参照）。〈南・屋・覚・中〉該当文なし。二宮の母は後鳥羽天皇と同じ殖子（五一ウ6参照）。万一、安徳天皇が亡くなるようなことがあった場合、後を嗣がせようとして、二位殿時子の計らいで守貞親王を西国へお連れした意。第四（巻八）・二オ2には、「二宮《ヲハ》為奉儲君《ニシ》平家取奉《テ》西国《ニ》オワシマシケリ」とあった。

○五一ウ10　若《シ》渡セ御《ハ》此宮コソ位《ニ》即《セ》御ナマシ　〈長・盛・四・屋〉同様。〈南・覚〉なし。〈大〉は以下、本段の記事なし。「渡セ御《ハ》」は、〈長〉「都にましまさば」のように、「（平家に同行せず）都にいたならば（後鳥羽天皇の同母兄だから、当然天皇の位についていただろう」の意。

○五二オ1　夫《モ》可然御事　ナレトモ猶《モ》四宮ノ御運《ノ》目出ク渡《セ》給故《トゾ》時人申ケル　〈長・盛・四〉同様。〈屋〉は「可然御事ナレトモ」がなく、「是モ只四宮ノ御運ノ目出渡ラセ給ニヨテ也」とする。〈大・南・覚・中〉なし。「可然御事ナレトモ」は、「四宮（後鳥羽天皇）が即位するのは運命ではあったのだろうが」の意か。「二宮が即位したとしても自然なことではあったが」の意とも解せそうだが、都落直前に範光が四宮を連れ戻した場面では、第四（巻八）・三オ5「夫《モ》可然御事ナレトモ範光ユ、シキ奉公トコソ被申ケレ」とあり、「四宮が即位することになったのは運命ではあったのだろうが（とはいえ範光は大した奉公をしたものだ）」という意味で「夫《モ》可然御事ナレトモ」が用いられている。

○五二オ1　御心ナラヌ旅《ノ》空《ニ》出サセ給《テ》浪《ノ》上《ニ》三年ヲ過サセ給セレハ　〈長・盛・四・南・屋〉同様、〈大・覚・中〉なし。自分の意志ではなく都を落ち、西海をさすらった意。

○五二オ2　御母儀《モ》御乳人《ノ》持明院《ノ》宰相《モ》何ナル事ニ聞成給スラン　ト穴倉恋《ク》被思食ケルニ…　「御母儀」は殖子（五一ウ7注解参照）。「御乳人《ノ》持明院《ノ》宰相」は、〈盛・南〉同様、〈屋〉「御乳父持明院宰相」。〈長〉「御乳母の持明院の宰相」、〈四〉「御乳母侍明門院宰相」、〈覚・中〉「御めのと持明院の宰相」。「持明院《ノ》宰相」は藤原基家（道基の息）。妻の頼盛女が二宮（守貞親王）の乳母であった。〈長〉「御乳母の持明院の宰相」ならば基家の妻（頼盛女）を指すのだろうが、〈延・盛・南・屋〉「御乳人（父）」ならば基家を指すだろう。角田文衛は流布本本文によって基家の妻と解し、「彼女は都にとどまっていたことを指証するものである」とする。基家と頼盛女との間に生まれた陳子（北白河院）が、後に守貞親王と結婚し、後堀河天皇が生まれる。日下力は、『平家物語』諸本が、守貞親王の帰還時のこうした逸話を漏れなく共有していることは、持明院の派閥が幅を利かせていた『平家物語』成立当時の政治状況の投影と推察できるとする。

○五二オ5　今年七歳ニ成セ給トソ聞ヘシ　〈長・四〉同様、〈盛・大・南・屋・覚・中〉なし。二宮は治承三年（一一七九）生（本段冒頭五一ウ6注解参照）。

廿一　平氏生虜共入洛事

廿一

同廿六日前内大臣宗盛以下ノ平氏ノ生虜共京ヘ入ラル　八（五二オ）葉ノ車ニ乗セ奉テ前後ノスタレヲアケ左右ノ物見ヲ開ク　内大臣ハ浄衣ヲ着給ヘリ御子ノ右衛門督清宗年十七白直垂着テ車ノ尻ニ乗給ヘリ季貞盛澄馬ニテ御共ニアリ平大納言同ク遣ツヽク子息讃岐中将時実同車シテ可被渡（五二ウ）

ニテ有ケルカ現所労ナリケレハ不渡蔵頭信基ハ疵《ヲ》被タリケレハ閑道ヨリソ入《ニ》ケル軍兵前後左右《ニ》打囲《テ》幾千万《ト》云事ヲ不知雲霞《ノ》如《シ》内大臣ハ四方見廻シテイタク思沈タル気色ハオワセスサシモ花ヤカニ清ケナリシ人《ノ》非《ヌ》者《ニ》ヤセ衰ヘ給ヘルソ哀ナル右衛門督ハウツフシニテ目モ ミ上給ワス深思入給ヘル気色也是ヲ見奉人共貴賎上下都《ノ》内《ニモ》不限遠国近国山々寺々ヨリ老モ若《モ》来リ集《テ》鳥羽ノ南門作道四塚《ニ》ツヽキテ人ハ顧《ル》事《ヲ》エス車ハ巡《ス》事ヲエス仏《ノ》御智恵ナリトモ争カ是ヲカソヘ尽給ヘキトソ聞ヘシ去治承養和《ノ》飢饉東国北国ノ合戦《ニ》人《ハ》

（五三オ）

皆死失タルト思シニ猶残多カリケリトソ覚《シ》都《ヲ》落給《テ》中一年　無下《ニ》程近事ナレハ目出カリシ事共モ忘〔ラ〕レス今日ノ有様夢幻別カネタリサレハ物ノ　心ナキアヤシノシツ

ノ男シツノ妻ニ至マテ涙ヲ流シ袖ヲ絞ラヌハ無リケリ
マシテ近付詞ノツテニモ懸ケン人何計ノ事ヲカ思ケン年
比重恩ヲ蒙テ親祖父ノ時ヨリ伝タル輩モ《身ノ》ステ難サ
ニ多ク源氏ニ付タリシカトモ昔好ハ忽ニワスルヘキニ非ス
何計カハ悲カリケム被推量テ一無慚也サレハ袖ヲ顔ニ覆テ
目モ見揚ヌ者共モアリケルトカヤ今日大臣ノ車遣タリ
ケル牛童ハ木曽カ院参〔之〕時車遣テ出家シタリシ弥次

（五三ウ）

郎丸カ弟ノ小三郎丸ナリケリ西国ニテハ仮リニ男ニ成テ有ケル
カ今一度大臣殿ノ御車仕ラント思志深カリケレハ鳥羽ニテ九
郎判官ノ前ニ進出テ申ケルハ舎人牛童ナント申者ハ
下﨟ノハテニテ心有ヘキ者ニテハ候ハネトモ年来被生シ立一進
テ其御志不浅一サモ可然候ハヽ大臣殿ノ最後ノ御車ヲ仕リ候
ハヤト存候ト泣々申タリケレハ判官サル人ニテ哀カリテナニカ

ハ可苦㆒トテ免《テ》ケリ手ヲ合テ悦《テ》殊《ニ》尋常《ニ》取装束
テ大臣殿御車ヲソ遣タリケル道スカラモ此《ニ》遣留《テハ》涙《ヲ》流
彼《ニ》遣留テハ袖ヲ絞《リ》ケレハ見人哀《ミテ》皆袂《ヲ》ソウルヲシ
ケル法皇《モ》六条東洞院《ニ》御車ヲ立テ御覧〔セ〕ラ〔ル〕公卿

（五四オ）

殿上人車立並タリ法皇ハサシモ昵《ク》被召仕㆒ケレハ御心弱
哀ニソ被思食㆒ケル御共《ニ》候ワレケル人々モ只夢カトノミ〔ソ〕思ア
ワレケル如何《ニ》シテアノ人《ニ》目ヲモ被見懸㆒一言《ノ》ツテニモカヽラント
コソ思《シニ》今日カク見成スヘシトハ少モ不思寄㆒事ソカシトソ
申アワレケル一年《セ》大臣《ニ》成給《テ》拝賀セラレシ時《ノ》公卿《ニハ》
花山院大納言兼雅卿《ヲ》初トシテ十二人遣ツヽケ中納言《モ》四
人三位中将《モ》三人《ニテ》オワシキ殿上人《ニハ》蔵人頭右大弁
親宗以下十六人並駈シ給キ公卿《モ》殿上人《モ》今日《ヲ》晴《ト》
キラメキ給シカハ目出キ見物ニテコソ有シカヤカテ此《ノ》平大納

言モ其時ハ左衛門督トテオワシキ院御所ヲ始トシテ参《リ》

（五四ウ）

給所コトニ御前ヘ被召給《テ》一御引出物《ヲ》給《リ》モテナサレ給
シ儀式有様目出カリシ事ソカシカヽルヘシトハ誰《カ》思ヨリシ今
日ハ月卿雲客《ノ》前後《ニ》従ヘルモ一人《モ》見ヘス生虜タル侍一
両人馬《ニ》シメツケラレテ渡サル大路《ヲ》被渡《テ》一大臣殿父子《ヲハ》
九郎判官《ノ》宿所六条堀川ナル所《ニソ》居奉ラレケル物マヒラセタ
リケレトモ御箸モ立給ワス互《ニ》物ハ宣ネトモ父子目ヲ見合給テ
無隙一涙ヲソ被流ケル夜深人シツマレトモ装束ヲモクツロケ
給ワス御袖《ヲ》片敷《テ》臥給《ヘリ》右衛門督《モ》近《ク》ネ給タリケル
ヲ折節雨打降《テ》夜寒ナリケルニ大臣殿御袖《ヲ》打着給ケ
ルヲ源八兵衛隈井太郎江田源三ナント云預守護《シ》奉《リ》

（五五オ）

ケル者共是ヲ奉見一穴糸惜ヤアレ見給ヘヤ高〔モ〕賤〔モ〕親子《ノ》〔煩〕

観ヲナサス秋ノ象空ニチル会者定離ノ相ヲ表スレトモ尚シ生死流 4

転ノ道ヲハ【ノ】カレス愚哉五欲ノ餌ヲ貪ル趐ハ未タ三界ノ焚籠出テス悲 5

哉三毒ノ剣ヲ答ル鱗ハナヲ四生ノ苦海ニ沈ム日々ツマル命小水ノ魚ノ 6

ヒレフルニ似リ歩々ニ哀ル齢ヒ屠所ノ羊ヲ足ヲ早ルニ同シ無常転変ノ 7

ハカナサヲ閑ニ思トクコソ涙更トマラネ平家ノ栄花已ニツキ一門亡ヒハテヽ 8

元暦二年四月廿六日ニ平家ノ生捕共大路ヲ渡レケリ心アル者ハ高モ賎モ盛 9

者必衰ノ理眼ニ遮テ哀也サシモ花ヤカ【ナ】リシ御事共ツカシトソサヽヤキ相ケル 10

〔本文注〕

○五二オ6　前内大臣　「大」は「太」のようにも見えるが書き癖か。四六ウ7本文注参照。

○五二ウ3　云事ヲ不知　「ヲ不」、擦り消しの跡あり。抹消された字は不明。

○五二ウ3　見廻シテ　「廻」、書き損じて重ね書き訂正か。

○五二ウ5　ウツフシニテ目モミ上給ワス　「ニテ目モ」に薄い墨線あり。墨汚れか。〈汲古校訂版〉は「見せ消ちのような墨線がある」とする。

○五三オ2　**中一年**　この下、二字分の空白あり。不明。

○五三オ6　**輩モ身《ノ》ステ難サニ**　「身ノ」、本行の「モ」と「ス」の右に傍書。

○五三オ7　**源氏ニ付タリシカトモ**　「付」、擦り消しの跡あり。抹消された字は不明。

○五三オ10　**弥次郎丸**　「次」、擦り消しの跡あり。抹消された字は不明。

○五五オ4　**秋ノ象**　「象」は、〈北原・小川版〉同。〈吉沢版〉〈汲古校訂版〉「冢」。〈延〉第二中・九二ウ9、同・一三〇ウ7、第五本・五オ4や、〈名義抄〉仏下末二九、尊経閣本『字鏡集』、『拾篇目集』下などに見られる「象」と比較して、「象」の字と見られる。但し、第三末・九〇ウ1、第六本・四一ウ5、同七〇オ9に見られる「蒃」（モミチ）の略体か。また、第一本・二九オ6には、「菉《モミチ》」の例があった。「蒃」を「モミヂ」と訓む例は、『篇目次第』に見られ、〈名義抄〉僧上五九や尊経閣本『字鏡集』には、「荄」に「モミチ」の訓あり。なお、「蒃」字は「蒙」にも似ており、〈名義抄〉や尊経閣本『字鏡集』などでは「蒙」に「モミチ」の訓があるが、そこには同時に「カタチ」の訓も見られるので、「蒙」と「象」「蒃」は通用して用いられることがあったと考えられようか。

○五五オ5　**趐ハ**　「趐」、〈吉沢版〉〈汲古校訂版〉「翅」。〈北原・小川版〉は「趐」に「(翅)」と注記。

○五五オ6　**苦海**　「苦」と「海」の間に音読符があるようにも見えるが、「海」の旁の一画か。

○五五オ7　**屠所ノ羊ヲ足ヲ**　「足ヲ」の「ヲ」、汲古校訂版は「「ノ」に墨点を付したように見える」とする。

○五五オ9　**大路ヲ渡レケリ**　「レ」、〈吉沢版〉〈北原・小川版〉同。〈汲古校訂版〉「シ」。また、「ケリ」は擦り消しの跡あり。抹消された字は不明。

〔釈文〕

廿一（平氏の生虜共入洛の事）

同じき廿六日、前内大臣宗盛以下の平氏の生虜《いけどり》共、京へ入らる。八葉の車に乗せ奉りて、前後のすだれをあげ、左右の物見を開く。内大臣は浄衣を着給へり。御子の右衛門督清宗、年十七、白直垂着て、車の尻に乗り給へり。季貞・盛澄、馬にて御共にあり。平大納言、同じく遣りつづく。子息讃岐中将時実、同車して渡さるべき▼五二ウにて有りけるが、現所労なりければ、渡さず。蔵頭信基は疵を被《かうぶ》りたりければ、閑道よりぞ入りにける。軍兵前後左右に打ち囲みて、幾千万と云ふ事を知らず、雲霞の如し。内大臣は四方見廻して、いたく思ひ沈みたる気色はおはせず。さしも花やかに清げなりし人の、非《あら》ぬ者にやせ衰へ給へるぞ哀れなる。右衛門督はうつぶしにて目もみ上げ給はず。深く思ひ入り給へる気色なり。

是を見奉る人共、貴賤上下、都の内にも限らず、遠国近国山々寺々より、老いたるも若きも来たり集まりて、鳥羽の南門、作道、四塚につづきて、人は顧《かへりみ》る事をえず、車は巡らす事をえず。仏の御智恵なりとも争《いか》でか是をかぞへ尽くし給ふべきとぞ聞こえし。去る治承養和の飢饉東国北国の合戦に、人は▼五三オ皆死に失せたると思ひしに、猶残り多かりけりとぞ覚えし。都を落ち給ひて中一年、無下《むげ》に程近き事なれば、目出たかりし事共も忘れられず。今日の有様、夢幻、別《わ》きかねたり。されば物の心なき、あやしのしづの男、しづの妻《め》に至るまで、涙を流し、袖を絞らぬは無かりけり。まして、近付く詞のつてにも懸かりけん人、何計《いかばか》りの事をか思ひけん。年比《としごろ》重恩を蒙りて、親祖父《おやおほぢ》の時より伝はりたる輩も、身のすて難さに、多く源氏に付きたりしかども、昔の好みは忽ちにわするべきに非ず。何計《いかばか》りかは悲しかりけむ、推し量られて無慚なり。されば袖を顔に覆ひて、目も見揚げぬ者共もありけるとかや。

今日大臣の車遣《や》りたりける牛童は、木曽が院参の時、車遣《や》りて出家したりし弥次▼五三ウ郎丸が弟の、小三郎丸なりけり。西国にては仮りに男に成りて有りけるが、今一度大臣殿の御車仕《つかまつ》らんと思ふ志深かりければ、鳥羽にて九郎判官の前に進み出でて申しけるは、「舎人牛童なんど申す者は、下臈のはてにて、心有るべき者にては候はねども、年来生《おほ》し立てられ進《まゐ》らせて、其の御志浅からず。さも然《しか》るべく候はば、大臣殿の最後の御車を仕り候はばやと存じ候ふ」と、泣く泣く申したりければ、判官さる人にて哀れがりて、「なにかは苦しかるべき」とて免《ゆる》してけり。手を合はせて悦びて、殊に尋常に取り装束《しやうぞく》きて、大臣殿の御車をぞ遣りたりける。道すがらも、此に遣り留まりては涙を流し、彼《かしこ》に遣り留まりては袖を絞りければ、見る人哀れみて皆袂をぞうるほしける。

法皇も六条東洞院に御車を立てて御覧ぜらる。公卿▼[五四オ]殿上人、車立て並べたり。法皇はさしも睦《むつ》まじく召し仕はれければ、御心弱く、哀れにぞ思し食されける。御共に候はれける人々も、只夢かとのみぞ思ひあはれける。『如何にしてあの人に目をも見懸けられ、一言のつてにもかからん』とこそ思ひしに、今日かく見成すべしとは、少しも思ひ寄らざりし事ぞかし」とぞ申しあはれける。一年せ大臣に成り給ひて、拝賀せられし時の公卿には、花山院大納言兼雅卿を初めとして、十二人遣《や》りつづけ、中納言も四人、三位中将も三人にておはしき。殿上人には、蔵人頭右大弁親宗以下十六人、並駈《へいく》し給ひき。公卿も殿上人も、今日を晴れときらめき給ひしかば、目出《めで》たき見物にてこそ有りしか。やがて此の平大納言も、其の時は左衛門督とておはしき。院御所を始めとして、参り▼[五四ウ]給ふ所ごとに御前へ召され給ひて、御引出物を給はり、もてなされ給ひし儀式の有様、目出たかりし事ぞかし。かかるべしとは誰か思ひよりし。今日は月卿雲客の前後に従へるも一人も見えず。生虜《いけど》られたる侍一両人、馬にしめつけられて渡さる。

大路を渡されて、大臣殿父子をば九郎判官の宿所、六条堀川なる所にぞ居ゑ奉られける。物まゐらせたりけれども、御箸も立て給はず。互ひに物は宣ねども、父子目を見合はせ給ひて、隙無く涙をぞ流されける。夜深《よふ》け人しづまれども、装束をもくつろげ給はず。御袖を片敷きて臥し給へり。右衛門督も近くね給ひたりけるを、折節雨打ち降りて夜寒なりけるに、大臣殿御袖を打ち着せ給ひけるを、源八兵衛、隈井太郎、江田源三なんど云ふ、預り守護し奉り▼[五五オ]ける者共、是を見奉り、「穴糸惜《いとほ》しや。あれ見給へや。高きも賎しきも親子の煩悩計《ばか》り無慚なるものこそなけれ」とて、武き物武《もののふ》なれども涙をぞ流しける。

倩《つらつ》ら以《おもんみ》れば、春の花は地に落ちて生者必滅の理を示せども、未だ飛花落葉の観をなさず。秋の蒙《もみぢ》の空にちる、会者定離の相を表すれども、尚《なほ》し生死流転の道をばのがれず。愚かなる哉《かな》、五欲の餌を貪る翅《つばさ》は、未だ三界の樊籠《はんろう》を出でず。悲しき哉《かな》、三毒の剣を咎る鱗《いろくづ》は、なほ四生の苦海に沈む。日々につづまる命、小水の魚《うを》のひれふるに似たり。歩々に衰ふる齢ひ、屠所の羊を足を早むるに同じ。無常転変のはかなさを閑《しづ》かに思ひとくこそ、涙も更にとどまらね。平家の栄花已《すで》につき、一門亡びはてて、元暦二年四月廿六日に平家の生捕共、大路を渡しけり。心ある者は、高きも賎しきも、「盛者必衰の理、眼に遮りて哀れなり。さしも花やかなりし御事共ぞかし」とぞささやき相ひける。

〔注解〕

○五二オ6　同廿六日前内大臣宗盛以下ノ平氏ノ生虜共京へ入ラル　〈長・四〉同。〈盛〉は「申時」とし、「前内大臣・前平大納言時忠・前右衛門督清宗已下虜入洛」とする。〈大・南・屋・覚・中〉は「前内大臣宗盛以下ノ」なし（〈南〉「同日」は文脈から廿六日）。元暦二年（一一八五）四月二十六日に宗盛らが入京したことは、『玉葉』同日条「此日前内府幷時忠卿以下入洛云々」、『吾妻鏡』同日条「今日、前内府已下生虜、依レ召可二入洛一之間、法皇為レ御二覧其体一、密密被レ立二御車於六条坊城一云。申剋各入洛」から確認できる。後者によれば申刻であった。

○五二オ6　八葉ノ車ニ乗セ奉テ前後ノスタレヲアケ左右ノ物見ヲ開ク　〈長・盛・南・屋・覚〉同様。〈四〉は「小八葉車」（京師本や葉子十行本も同様）。〈大〉は「八葉の車」、〈中〉は「車」と後述する。『玉葉』四月二十六日条には、前項引用文に続けて「各々乗車、上二車簾一着二浄衣一云々」、『吾妻鏡』同日条には、前項引用文に続けて「前内府・平大納言〈各駕二八葉車一。上二前後簾一、開二物見一云々〉・右衛門督〈乗二父車後一、各浄衣、立烏帽子〉」、『百練抄』同日条は「内府浄衣駕レ車〈上レ簾。開二物見一〉、平大納言連軒著浄衣〈上二車簾一、開二物見二〉」とある。『吾妻鏡』によれば八葉の車。「八葉ノ車」は「網代車の一種。網代の車箱の表面を青地に黄で八葉（八曜）の丸の文様を散らしたもの。左右の窓である物見と切物見（物見の半分をふさぐ）とがあり、長物見は晴儀に使用し、切物見は略儀の使用とする。上皇はじめ摂関・公卿・僧正以下僧綱等に広く用いた。文様の大小により小八葉車、大八葉車ともいう」〈日国〉。『餝抄』に「八葉（付小八葉）大八葉五緒長物見。極位人大臣乗レ之。而近代多乗用不レ可レ然云々」、『海人藻芥』上巻に「大八葉車ハ、俗中大臣以下公卿。僧中ハ僧正已下僧綱用レ之。小八葉ハ、四位五位雲客、僧中有職非職等用レ之」とある。〈集成〉は「小八葉」を妥当とするが、〈四部本全釈〉は、多くの諸本や『吾妻鏡』が「八葉」とすることや、「小八葉」が四位・五位クラスの者が乗るとされることにより、「小八葉」の車が本当に相応しいのかどうかについては判断しがたいとする。

○五二オ7　内大臣ハ浄衣ヲ着給ヘリ　〈長・南・屋・覚〉同様。〈大・中〉後述。〈盛〉は「各々」が浄衣を着ていたとし、〈四〉は浄衣を着た主語を明示しない。前項所引『玉葉』『吾妻鏡』『百練抄』によれば、実際には浄衣を着ていたのは宗盛に限らなかったようである。浄衣は本来、祭祀・法会などに際して着用するものだが、流刑に処せられた罪人が着用する例もある（『山槐記』治承三年十一月十八日条に、資賢等の追却について、「追二大相国一看督長、今日〈翌日〉罷帰之間、按察相二具両少将一、各着二浄衣折烏帽一騎馬、逢二四宮河原一之由所レ申也」とある）。ここではそうした例に近いか。

○五二オ8　御子ノ右衛門督清宗年十七白直垂着テ車ノ尻ニ乗給ヘリ　〈長・四・大〉同様。〈南・屋・覚〉も類同だが年齢不記。〈盛〉は年齢不記、装束は浄衣と読める（前項注解参照）。〈中〉は清宗が宗盛と同車したとは記すが、年齢・装束は不記。清宗は、『公卿補任』養和元年（一一八一）条等によれば承安元年（一一七一）生で、元暦二年には十五歳だが、『玉葉』承安三年（一一八三）正月六日条、『たまきはる』等によれば嘉応二年（一一七〇）生、当時十六歳となる。〈延〉は第二中・七一ウ6では治承四年（一一八〇）当時の清宗の年齢を「十二」歳（嘉応元年〈一一六九〉生）とし、第五本・七九オ1では寿永三年（一一八四）当時の清宗の年齢を「十七」歳、本段では元暦二年（一一八五）当時「十七」歳（第六本・七五ウ6も同様）とするなど揺れがあるが、『玉葉』『たまきはる』に従って嘉応二年生とするのがよい（第二中・七一ウ6注解参照）。清宗が宗盛に同車していたことは、『玉葉』四月二十六日条に（前々項引用文に続けて）「清宗卿同二車前内府一云々」、『吾妻鏡』同日条前々項引用箇所から確認できる。前々項注解で見たように、実際には清宗も浄衣を着ていたようである。

○五二オ9　季貞盛澄馬ニテ御共ニアリ　〈四〉同様。〈長〉「季貞・成隆」。〈南・屋〉は季貞・盛澄が馬上に締め付けられて渡されたと後述する（〈屋〉は「守澄」）。〈盛・大・覚・中〉なし。五四ウ2注解参照。季貞・盛澄が宗盛らの入京の際に騎馬で供奉したことは、『玉葉』四月二十六日条に「盛隆〔澄イ〕・季貞以下生虜并帰降之輩、騎馬在二車後一」（「盛隆」は異本の「盛澄」がよい）とあることから確認できる。季貞は源大夫判官季貞（季遠男）、第一末・二二ウ9注解参照。盛澄は摂津判官平盛澄（盛国の孫、盛信男か）。第二中・二五オ7注解参照。両者とも、壇浦合戦後に捕えられたことが四二ウ4に記されており、『吾妻鏡』四月十一日条によっても確認できる。またこの後、宗盛・清宗と共に鎌倉へ下ったことは、六六ウ10以下に見え、『吾妻鏡』五月十六日条でも鎌倉入りを確認できる。該当部注解参照。

○五二オ9　平納言同ク遣ツヽク　宗盛・清宗に続いて時忠を記す点、諸本同様。『玉葉』四月二十六日条・『吾妻鏡』

同日条も、時忠を宗盛に続けて記す。

○五二オ10　子息讃岐中将時実同車シテ可被渡ニテ有ケルカ現所労ナリケレハ不渡　〈長・盛・四・大・南・屋・覚〉同様（「現所労」は、〈長〉「見所労」）。〈中〉は、信基は時忠に同車すべきだったが病ゆえに閑道から入京したとし、時実も負傷のために別の道から入京したとする（城方本等八坂系二類本も同）。時実と信基の混乱であろう。ただし、『吾妻鏡』四月二十六日条には「信基・時実等者、依レ被レ疵用二閑路一云々」とあり、時実・信基共に傷を負っていたため閑道を通ったことが知られる。「現所労」は「現在病気をしていること。病気中であること」〈日国〉。両者が生け捕られた時負傷していたことは、『吾妻鏡』四月十一日条にも確認できる。「生虜人々（中略）前内蔵頭信基〈被レ疵〉　左中将〈時実、同レ上〉」。

○五二ウ1　蔵頭信基ハ疵ヲ被タリケレハ閑道ヨリソ入ニケル　〈長・盛・南・屋・覚〉同。〈四〉も同だが、信基に「範輔祖父、親輔治部卿三位親父、時忠祖父舎弟」との注記がある。信基を範輔の祖父、親輔の父とするのは正しいが（但し親輔は養子で実父は同母弟信季）、「時忠祖父舎弟」は誤り。信基の父信範は時忠の父時信の弟で、信基と時忠は従兄弟にあたる。〈中〉については前項参照。〈大〉なし。この時、信基が傷を負っていたため閑道を通ったことは前項『吾妻鏡』四月二十六日条参照。『百練抄』同日条にも「信基朝臣被レ疵不被レ渡二大路一云々」と記される。

○五二ウ2　軍兵前後左右ニ打囲テ幾千万ト云事ヲ不知雲霞ノ如シ　〈長〉同。〈四・南・屋〉に類似の文があるが、〈南〉は牛飼童の話の後に記す。〈盛〉はここで「武士百余騎」の警固を記す他、癩人法師による雑言等（後述）の後に、宗盛の乗った車を「武士共雲霞ノ様ニ打囲テ」雑人を払ったと記す。〈大・覚・中〉なし（但し、〈覚〉は土肥実平が「随兵卅余騎」で車の先後を囲んだとの記事あり）。『玉葉』四月二十六日条には「武士等囲繞云々」、『吾妻鏡』同日条には「土肥二郎実平〈墨糸威鎧〉在二車前一、伊勢三郎能盛〈肩白赤威鎧〉在二同後一、其外勇士相二囲車一。又美濃前司〈源則清〉以下同相二具之一」とあり、「幾千万」「雲霞ノ如シ」という数はともかく、多くの武士に囲まれていたことは事実であろう。

○五二ウ3　内大臣ハ四方見廻シテイタク思沈タル気色ハオワセス　〈長・盛・四・南・屋・覚・中〉同様。〈大〉なし。次に描かれる清宗の深く思い沈む姿に対して、宗盛はさして思い沈むわけでもなかったとされる。佐倉由泰は「廉恥心の欠如」と評する。壇浦で互いに見合って沈まず、同じように捕らえられた時とは異なり、恥を知る清宗と恥を知らぬ宗盛が対比されているといえよう。この辺りから『平家物語』では、宗盛と清宗との対比描写が始まる。重盛・知盛、あるいは重衡との対比に続くものである（宇野陽美）。

○五二ウ4　サシモ花ヤカニ清ケナリシ人ノ非ヌ者ニヤセ衰ヘ給ヘルソ哀ナル　華やかで美しかった宗盛が、別人のように痩せ衰えていたとする点、〈長・盛・四・南・屋・覚〉類同（〈長〉「なさけなりし人の」は、「清け」を「情け」と誤ったものか。また、〈屋〉は、宗盛と清宗二人の様子として記す）。〈大・中〉なし。宗盛の美しさを描く例は少ないが、第五末・六四ウ6以下では、後鳥羽天皇の大嘗会御禊行幸に供奉した義経と対比して、安徳天皇の大嘗会御禊行幸における宗盛の美しさが回想されている。該当部注解参照。

○五二ウ5　右衛門督ハウツフシニテ目モ　ミ上給ワス深思入給ヘル気色也　〈長・盛・四・南・屋・覚・中〉類同。〈大〉なし。前々項注解に見たように宗盛と対比されている。

○五二ウ6　是ヲ見奉人共貴賤上下都ノ内ニモ不限遠国近国山々寺々ヨリ老モ若モ来リ集テ　〈長・盛・四・南・屋・覚〉同様。〈大〉「貴賤上下みる人数をしらず」。〈中〉「京中、ならびに、きんきやうより、きたりあつまる、上下諸人」。

○五二ウ8　鳥羽ノ南門作道四塚ニツヽキテ人ハ顧ル事ヲエス車ハ巡ス事ヲエス　〈長・四・覚〉ほぼ同。〈盛〉は「四塚」に続けて「東寺・洛中ニ充満タリ」とする。〈屋〉「鳥羽ノ南門ヨリ四塚マテ充満タリ」。〈南〉は「南門」を「北門」とする。〈中〉「鳥羽の北の門より、東寺の南の門まで」（以下略同）。「鳥羽ノ南門」は鳥羽離宮の南門。草津の船着き場に面していた。「作道」は朱雀大路から鳥羽に通じる道。「四塚」は朱雀大路の南端にあたる、羅城門があった所。鳥羽の船着場から京の入口に至るまでの道に人々が群集していた意。『百練抄』二十六日条には「見物輩成レ群云々」とある。「人ハ顧ル事ヲエス車ハ巡ス事ヲエス」は、『文選』班孟堅「西都賦」「人不レ得レ顧、車不レ得レ旋」による。

○五二ウ9　仏ノ御智恵ナリトモ争カ是ヲカソヘ尽給ヘキトソ聞ヘシ　〈長・四・屋・中〉同様。〈盛・大・南・覚〉なし。人々の数の多さを誇張した表現。

○五二ウ10　去治承養和ノ飢饉東国北国ノ合戦ニ人ハ皆死失タルト思シニ猶残多カリケリトソ覚シ　諸本に該当文あり。但し、「東国北国ノ合戦」は〈長・屋〉同、〈盛・四・大・南・覚〉「東国西国…」、〈中〉なし。「去治承養和ノ飢饉」は、治承四年（一一八〇）夏から養和二年（一一八二）にかけておこった大飢饉。その惨状は『方丈記』に詳しく、〈延〉も第三本・二十五「頼朝与隆義合戦事」に描いていた。「東国北国（西国）ノ合戦」で死んだ人々とは、五二ウ7に「遠国近国」とあるので、遠国の在地の人々ともとれるが、あるいは都から動員されて従軍した人々をいうか。〈延・長・屋〉が「北国」を言うのは、第三末・三九オ7以下に「平家今度シカルヘキ侍大略カスヲ尽シテ下サレニケルニカク残リ少ク誅ヌル上ハ云ハカリナシ流ヲツクシテ漁スル時ハ多ク魚ヲ得ト云トモ明年ニ魚ナシ…」と酷評された北陸派兵の大失敗を意識するように読める。

○五三オ1　都ヲ落給テ中一年　無下ニ程近事ナレハ目出カリシ事共モ忘〔ラ〕レス　「中一年」の下に空白。〈長〉は「なり」とある。〈四・南・屋・覚〉略同。〈盛〉は都を出てから「僅ニ三年」とする。〈大・中〉なし。「中一年」は、寿永二年（一一八三）七月の都落ちから、寿永三年（元暦元年）を置いて、元暦二年（一一八五）四月に入京した意。〈盛〉は足掛け三年の意。〈延〉も第六本冒頭では、二オ5「此三ヶ年之間」、三オ1「カヤウニ春秋ヲ送リ迎三年セニモ成ヌ」などと記していた。平家の全盛はごく最近のことだったので、まだ記憶が鮮明に残っている意。

○五三オ3　今日ノ有様夢幻別カネタリ　〈盛・四・南・覚〉同様の文あり。〈長〉は「今日のありさま、夢まぼろしとも分がたきものゝこゝろなき…」と次項に続けるが、誤脱があろう。〈大・屋・中〉なし。

○五三オ3　サレハ物ノ心ナキアヤシノシツノ男シツノ妻ニ至マテ涙ヲ流シ袖ヲ絞ラヌハ無リケリ　〈長・盛・四・南・覚〉同様の文あり。〈大・屋・中〉なし。卑しい身分の者まで同情の涙を流したという記述は、次項以下の、一定の身分のある者の悲しみや葛藤を描く前提でもあるが、さらにその後の牛飼・小三郎丸の話につながるともいえよう。

○五三オ5　マシテ近付詞ノツテニモ懸ケン人何計ノ事ヲカ思ケン　〈長・四・南〉同様。〈覚〉「なれちかづきける人々の、いかばかりの事をかおもひけん」。〈盛・大・屋・中〉なし。但し、類似の文が五四オ3「如何ニシテアノ人ニ目ヲモ被見懸一言ノツテニモカヽラントコソ思シニ」とあり、〈盛・屋〉はその該当文はあり。「詞ノツテニ懸」は、平家に近づいて、間接的にでも言葉をかけてもらった意。第三本・一四オ5「小督殿局前御簾ノ当リニ近付テアナタコナタへ行通ヒ給ヘトモ詞ノツテニテモカヽリ御サス」は、小督に近づこうとした隆房の描写。

○五三オ5　年比重恩ヲ蒙テ親祖父ノ時ヨリ伝タル輩モ身ノステ難サニ多ク源氏ニ付タリシカトモ昔好ハ忽ニワスルヘキニ非ス

〈長・盛・四・大・南・屋・覚〉同様。〈中〉なし。

○五三オ8　何計カハ悲カリケム被推量テ無慚也　〈長・

四・南・大〉同様。〈覚〉「さこそはかなしくおもひけめ」。〈盛・屋・中〉なし。

○五三オ8　サレハ袖ヲ顔ニ覆テ目モ見揚ヌ者共モアリケルトカヤ　〈長・盛・四・南・屋・覚〉同様。〈大・中〉なし。五三オ1「都ヲ落給テ…」からここまで、〈延〉は、都の人々の平家に対する同情的な心情を詳しく描く。その点は〈長・盛・四・南・覚〉も基本的に同様であり、当時の実情を伝えるものといえよう。〈延・長・盛〉は、この後の小三郎丸の話でも同情的な記述が多い。なお、〈盛〉はこの後、牛飼の話題の前に、乞者の癩人法師が安徳天皇の実父は宗盛であったなどと語る長大な独自異文を載せ、さらに法皇の見物と、大臣拝賀の回想記事（〈延〉五四オ5～五四ウ2に相当）を置く。

○五三オ9　今日大臣ノ車遣タリケル牛童ハ木曽カ院参【之】時車遣テ出家シタリシ弥次郎丸カ弟ノ小三郎丸ナリケリ　〈盛〉同（記事の位置は前項注解参照）。兄の「弥次郎丸」は、〈屋〉同、〈長・四〉「孫次郎丸」（ただし〈長〉は巻十五「木曽乗車院参事」では「次郎丸」）、〈南・覚〉「次郎丸」、〈中〉「いや二郎まろ」。『駿牛絵詞』には、牛飼「弥王丸」の子孫が繁昌したことが記され、「弥松丸」「弥一丸」など、「弥」のつく牛飼の名が多く見られる。〈四部本全釈〉。

また、それが出家したとする点、〈四・屋〉も同様に出家とするが、〈覚〉「きられにける」、〈中〉「法師になされ、ゆきがたしらず」とする。〈長〉は「門をいだしたりし」（後述）、〈南〉は「年来召仕ハレシ次郎丸」とするのみ。「小三郎丸」は、〈四〉同、〈長〉「小次郎丸」、〈南・覚・屋・中〉「三郎丸」。〈大〉は兄にふれず、「三郎丸」のみ記す。〈覚〉「きられにける」は、「次郎丸」が義仲の院参の時、車を遣り損じて斬られた意だが、巻八「猫間」では、「牛飼」は斬られてはいない（葉子十行本・下村本・京師本も同様）。流布本は巻八でも本段でも斬られたとして整合している。〈延〉第四（巻八）では、「大臣殿ノ二郎丸」（三八オ6）として登場、出家などは記されていない。〈長〉「木曽が院参の時、車やりて門をいだしたりし孫次郎丸」に注意すると、本来は、「義仲が外出する時に牛車を操った」の意だったものが、出家と誤解された可能性も考えられるか〈四部本全釈〉。水原一60は、こうした話題の錯綜の根源に、牛飼による語りを想定する。

○五三ウ1　西国ニテハ仮リニ男ニ成テ有ケルカ　〈長・盛・南・覚〉に同様の文あり。〈屋・中〉は「西国ニテハ」を欠くが、「カリ男」（〈屋〉）だったことを記す。〈四〉は「西国許《ユル》サレタル有ケル男」とするが、「西国にては仮男」→「西国にてばかり男」→「西国にて許男」の誤解を経た本文か〈四部本全釈〉。〈大〉なし。童形である牛飼が、平家都落に従って西国へ行き、そこでは仮に元服して成人男性の姿をとっていた意であろう。

○五三ウ3　舎人牛童ナント申者ハ下臈ノハテニテ心有ヘキ者ニテハ候ハネトモ…　以下、小三郎丸が宗盛の車を遣りたいと申し出、義経が許可するくだりは、諸本基本的に同様。池田敬子は、牛飼の申し出は、宗盛が牛飼に対しても丁寧な扱いをしていたこと、思いやり深い人間像を示すとする。〈三弥井文庫〉は、『陸奥話記』の阿倍貞任の下人に共通する「忠義な下人」の話柄とする。

○五三ウ7　手ヲ合テ悦テ殊ニ尋常ニ取装束テ大臣殿御車ヲソ遣タリケル　〈長・盛〉同。〈四・大・南・屋・覚〉略同。〈中〉なし。「取装束」は、「衣冠をとりよそうこと。衣服をとりつくろうこと」〈日国〉。「とりしやうぞきて」と動詞に用いたものだろう。なお、〈南・覚〉は「懐ヨリ縄取出シ付替テ」（〈南〉）とも加える。

○五三ウ8　道スカラモ此ニ遣留テハ涙ヲ流彼ニ遣留テハ袖ヲ絞リケレハ見人哀ミテ皆袂ヲソウルヲシケル　〈長・盛〉同様。〈四・屋〉やや簡略。〈南・覚・中〉は見物人の反応なし。〈大〉なし。

○五三ウ10　法皇モ六条東洞院ニ御車ヲ立テ御覧〔セ〕ラ〔ル〕公卿殿上人車立並タリ　〈長・四・屋・覚〉同。「六条東洞院」を、〈盛〉「六条朱雀」（癩人法師話の後）、〈南〉「東洞院」とする。〈大・中〉なし。五二オ6「同廿六日…」注解に引用した『吾妻鏡』四月二十六日条によれば、後白河法皇は六条坊城に車を立てて見物していたという。宗盛等がどのようなルートをたどったか、明確ではないが、鳥羽の作道から京都に入った一行が、朱雀大路を北上、六条を右折して、六条堀川の義経の宿所に入ったとすれば（五四ウ5）、「六条朱雀」や「六条坊城」は通るが、六条堀川よりも東にある「六条東洞院」では、一行を見物することができない。〈屋・覚〉のように、宗盛一行は六条大路を河原まで行ってから戻ったのだとすれば、地理的な不整合はないが、そもそも宗盛大路渡を法皇が見物したとする記事自体の史実性を疑う余地もあろう。『玉葉』の四月二十六日条によれば、「武士等囲繞云々。両人共安㆓置義経家㆒」とのみあって、宗盛等を法皇が見物したとは記されていない。一方、その前日に入洛した神器は朱雀大路を北行し、六条を右折し東に向かったのだが、法皇はそれを六条朱雀で見物したという（『玉葉』二十五日条「路自㆓作路㆒経㆓羅城門㆒、自㆓朱雀大路㆒北行、於㆓六条朱雀㆒、有㆓院御覧見物

〈御車〉二云々。自二六条一東行、自二宮城東大路一北行、自二待賢門官東門一入御、奉レ安二朝所一」。つまり、法皇が三種の神器入洛を見物したことは確かだが、宗盛入洛を見物したかどうかは不明であり、神器入洛の見物を、宗盛入洛の見物に置き換えたものである可能性も考えられよう。法皇が六条東洞院に車を立てて見物するという記事は、首渡を連想させる。義仲の首渡を、法皇は六条東洞院に車を立てて見物したとされていた（第五本・三五ウ7）。当時、法皇の御所は六条西洞院にあり（第四〈巻八〉・六九ウ3注解参照）、六条東洞院はそれに近かった。さらに、この後、宗盛の首渡では、やはり法皇が、「三条東洞院」に車を立てて見物したとある（八二ウ7）。首渡についても史実は不明だが、首を左獄に渡す時のコースは東洞院を経過することが多い（第三本・三一オ7、第五本・三五ウ9注解参照）。これら諸点から、法皇が六条東洞院に車を立てて宗盛入洛を見物したという記事は、前日の神器入洛やこの前後の首渡の見物をもとに創作された可能性も考えられよう（以上〈四部本全釈〉参照）。

○五四オ2　法皇ハサシモ眤ク被召仕一ケレハ御心弱哀ニソ被思食一ケル御共ニ候ワレケル人々モ只夢カトノミ〔ソ〕思アワレケル　〈長・盛・四・南・覚〉同様。〈盛〉は「御衣ノ袖ヲ龍顔ニアテサセ給」とも描く。〈大・屋・中〉なし。法皇とその側近（前項に見た「公卿・殿上人」）の平家に対する同情を描く。

○五四オ3　如何ニシテアノ人ニ目ヲモ被見懸二一言ノツテニモカヽラントコソ思シニ今日カク見成スヘシトハ少モ不思寄二事ソカシトソ申アワレケル　〈長・盛・四・南・屋・覚〉同様。〈大・中〉なし。〈延・長・四・南〉は、五三オ5でも、「マシテ近付詞ノツテニモ懸ケン人何計ノ事ヲカ思ケン」と描いており、「一言ノツテ」は、その「詞ノツテ」と類似。先には身分の低い人々の同情を描き、ここでは高貴な人々も同様の心情であったことを繰り返し描く。五三オ8にも見たように、〈延・長〉は平家への同情の描写が多い。

○五四オ5　一年セ大臣ニ成給テ拝賀セラレシ時ノ公卿ニハ花山院大納言兼雅卿ヲ初トシテ十二人遣ツヽケ　〈長・盛・四・南・覚〉略同。〈屋〉は「…花山院大納言」まであり、「兼雅卿」以下なし。〈中〉なし。宗盛の内大臣就任は寿永元年十月三日で、上臈五人を超えての就任であった（第三末・九オ1参照）。拝賀は同月十三日に行われた。第三末・九オ5「十三日賀申有キ当家他家ノ公卿十二人扈従セラル蔵人頭以下殿上人十六人前駈ス」と見えていた。この時宗盛に扈従した公卿が十二人、殿上人が十五人であったことは『玉葉』同日条にも見え、特に「三位中将頼実扈従、可二弾指一々々々」と、左大臣経宗男の扈従を非難している。兼雅は忠雅の男、養和二年三月八日、任権大納言。

○五四オ6　中納言モ四人三位中将モ三人ニテオワシキ　〈長・盛・南・覚〉同様、〈四〉は「中納言」を「大納言」とし、「中イ」と傍記。〈大・屋・中〉なし。「中納言モ四人」は時忠・頼盛（以上は宗盛と同日に任中納言）、教盛（権中納言）、知盛（宗盛と同日に任中納言）か。「三位中将モ三人」は、前項注解に引用した『玉葉』で非難されていた三位中将頼実の他に、重衡と維盛だろう（〈全注釈〉）。

○五四オ7　殿上人ニハ蔵人頭右大弁親宗以下十六人並駈シ給キ　〈長・盛・四・南・屋・覚〉同様。「殿上人十六人」は、第三末・九オ5にも記されていたが（前々項注解参照）、『玉葉』寿永元年十月十三日条によれば十五人であったとされる。親宗は時信男で、時忠の異母弟。

○五四オ8　公卿モ殿上人モ今日ヲ晴トキラメキ給シカハ目出キ見物ニテコソ有シカ　〈長・盛・四・南・屋・覚〉類似文あり。〈大・中〉なし。第三末・五「宗盛大納言ニ還成事」には、宗盛拝賀に扈従する者達の様子を、「我ヲトラシト面々ニキラメキ給シカハ目出見物ニテソ有ケル」と記しつつ、「東国北国ノ源氏如蜂ノ起合テ只今責上ラムトスルニ波ノ立ヤラム風ノ吹ヤラムシラサル体ニテ加様ニ花ヤカナル事ノミ有モ云甲斐ナクソ見ヘシ」と批判していた。

○五四オ9　ヤカテ此ノ平大納言モ其時ハ左衛門督トテオワシキ院御所ヲ始トシテ参リ給所コトニ御前ヘ被召給テ御引出物ヲ給リモテナサレ給シ儀式有様目出カリシ事ソカシ　〈長・盛・四・南・覚〉同様。〈屋〉は「聴テ此平大納言モ御坐キ」と簡略。〈大・中〉なし。時忠は寿永元年十月三日に中納言に任じ、同月七日に左衛門督に任じたので、宗盛の拝賀が行われた十三日には正二位中納言左衛門督（『公卿補任』）。

○五四ウ2　今日ハ月卿雲客ノ前後ニ従ヘルモ一人モ見ヘス生虜タル侍一両人馬ニシメツケラレテ渡サル　〈覚〉は類同だが、「生虜タル侍一両人」を「壇の浦にていけどりにせられたりし侍ども廿余人、しろき直垂きて」とする。〈南・屋〉は、「月卿雲客」云々の後、五二オ9注解に見たように、季貞・盛澄が馬上に締め付けられて渡されたとここで述べる。〈中〉は「月卿雲客」云々はなく、盛国を始め百六十三人が渡されたとする。〈長・四〉は「かゝるべしとはたれかはおもひし」（〈長〉）のみ。〈盛〉は〈長・四〉と同様の文の後に「天人五衰」などの評を加える。〈大〉なし。〈延〉では、かつての拝賀における前駆などの華やかな様子と対照して、侍が締め付けられて渡される様を描いたものので、一門に続いて有力な侍であった季貞・盛澄の消息を確認した五二オ9とは意味が異なる。しかし、他本はこれを五二オ9該当文との重複と見たようで、〈長・盛・四〉は本項該当部を簡略化し、〈南・屋・覚・中〉は逆に五二オ9部分を削除し、本項の文を、季貞・盛澄あるいは盛国の名を入れたり、人数を増やしたりしつつ生かしたものか。

〇五四ウ4　大路ヲ被渡一テ大臣殿父子ヲハ九郎判官ノ宿所六条堀川ナル所ニツ居奉ラレケル　諸本略同。「六条堀川」は為義や義朝の宿所もあった場所で、この時義経が都での邸宅としていた。『玉葉』四月二十六日条には「両人共安二置義経家一」とあり、「両人」宗盛父子を指すとみてよいか。『吾妻鏡』同日条「皆悉入二廷尉六条室町第一云々」は「六条室町」とし、宗盛父子以外の人々も義経邸に入れられたとする。『吾妻鏡』は、この日の他、元暦元年二月十八日、同二年七月十九日、十月十七日条等でも「六条室町」とするが、義経邸を六条堀川とすることは、『平家物語』諸本や『義経記』の他、『百練抄』文治元年十月十七日条等にも見え、「堀川夜討」の言葉もあって一般的である。また、『保元物語』や『平治物語』諸本では、為義邸や義朝邸が六条堀川にあったとされ、義経はそれを伝領したものとも言われる。なお、『愚管抄』巻五には、義仲が、「六条堀川ナル八条院ノハヽキ尼ガ家ヲ給リテ居タリケリ」とある。旧大系『愚管抄』補注五―一九八は、『歴代皇紀』に、「木曽以二六条西洞院信業之家一為二宿所一、渡二六条堀川伯耆局家元殿下御所一」とあることを指摘する。これによれば、六条堀川には、初めは美福門院乳母伯耆局の家があり、その後基通の御所があった。この六条堀川邸は、『山槐記』治承三年十一月二十六日条の「今夜関白自二近衛北室町東亭一被レ渡二六条北堀川西亭一〈故美福門院御乳母伯耆局室〉」によれば、六条北堀川西に位置していたことがわかる。一方、『中古京師内外地図』は、義経の六条堀川邸の位置を六条二坊十二町にあてている（『平安京提要』）。源頼義が、自邸の向かいにあたる「さめうじ西洞院」に「みのわ堂」を建てたという説話もあり（『発心集』三・三）、六条付近は源氏嫡流代々のゆかりの地であったと見られる。文治元年十二月に、頼朝によって若宮八幡社に寄進されたのは、義経の宿所となった六条室町と六条堀川の地であろう（木内正広）。この若宮八幡（六条八幡）は後代まで繁栄するが、頼朝による寄進の時期と、八幡の社地の範囲や社殿所在地に関しては、『吾妻鏡』の記事にも問題があるようで、『六条八幡宮文書』と対照しつつ、錯簡の可能性などが検討されている（福田豊彦）。以上、〈四部本全釈〉参照。

〇五四ウ5　物マヒラセタリケレトモ御箸モ立給ワス互ニ物ハ宣ネトモ父子目ヲ見合給テ無隙ニ涙ヲソ被流ケル　〈長・盛・四・南・屋・覚〉同様。〈大〉は涙を描かず、〈中〉は「互ニ物ハ宣ネトモ」以下を欠く。宗盛父子が互いに見つめ合う様子は、壇浦で生け捕りにされる場面にも、「互ニ目ヲ見合テ沈ヤリ給ハス」（三九オ9）と描かれていた。

〇五四ウ7　夜深人シツマレトモ装束ヲモクツロケ給ワス御袖ヲ片敷テ臥給ヘリ　他本基本的に同様だが、〈大・南〉は「浄衣」の御袖とし、〈中〉は「御袖ヲ片敷テ臥給ヘリ」なし。「片敷（く）」は、「腕や肘を枕にして独り寝する」こと〈日国〉。

〇五四ウ8　右衛門督モ近クネ給タリケルヲ折節雨打降テ夜寒ナリケルニ大臣殿御袖ヲ打着給ケルヲ　宗盛が清宗に袖を着せかけたと描く点は他本も同様だが、「雨打降テ夜寒」なし。〈盛〉は、暁方に板敷が音を立てたのを怪しんだ「預ノ兵」が幕の隙間から見ると、宗盛が清宗を「掻寄」て「浄衣」の袖を打ち着せたといい、十七歳の清宗の寒さを労ろうとしたためであるとする（清宗の年齢については五二オ8注解参照）。季節は四月下旬（初夏）であり、『玉葉』によれば、二十五日から二十九日の天候は晴れ。「雨打降テ夜寒」は脚色か。

〇五四ウ10　源八兵衛隈井太郎江田源三ナント云預守護シ奉リケル者共是ヲ奉見テ　「源八兵衛」、〈四・大・南・屋・覚・中〉同、〈長〉「源八」、〈盛〉なし。「隈井太郎」、〈盛・四・大・南・屋・覚〉「熊井太郎」、〈長〉「根井大郎」（〈麻原長門本〉「〔根〕」は「隈」の誤写か」）。「江田源三」、〈長・盛・四・南・屋・覚・中〉同、〈大〉「枝ノ源三」。〈南・覚〉は江田源三を熊井太郎の前におく。〈中〉は「かたをかの太郎親経、伊勢の三郎義盛、えだの源三、源八ひやうゑ」。いずれも義経の家人。「源八兵衛」は広綱。四四オ4注解参照。「隈井太郎」は「熊井太郎」が一般的。江田源三と共に義経の郎等とされるが伝未詳。屋島に発向した義経勢名寄せでは、〈松・南〉に名が見えていた（三ウ4注解参照）。

〇五五オ1　穴糸惜ヤアレ見給ヘヤ高〔モ〕賎〔モ〕親子ノ〔悩〕〔煩〕計無慚ナル者コソナケレトテ武キ物武ナレトモ涙ヲソ流シケル　「高〔モ〕賎〔モ〕」があるのは他に〈覚〉のみだが、諸本基本的に同様。「無慚ナル者コソナケレ」相当文の後に、〈盛〉は「アノ身トシテ単ナル袖ヲ打キセ給タラバ、イカ計ノ寒ヲ禦ベキゾヤ、責テノ志カナ」と続ける。（「袖ヲ…」以下、〈南・屋・覚・中〉略同）。〈覚〉等が「御袖をきせたてまつりたらば、いく程の事あるべきぞ」

とする点について水原一63は、囚舎の寒夜に虜囚の親が虜囚の子に己の片袖をうち着せた所で「いく程の事」もないという表現に、『発心集』五・一二で、斬首される罪人が棘を避けて通ったことに対する「今いく時あるべき身なれば、棘を踏まじと思ふらん」という評との類似を指摘、「追いつめられた人間の最後的な姿」の描写とする。宗盛に作者が同情のこもった眼を向ける代表的な例（櫻井陽子）、子への深い愛情を持った父としての形象（佐倉由泰）など、宗盛もここでは同情的に描かれているという読み方が一般的であろう。但し、〈延〉などが「煩悩」の語を用いることから、「宗盛の子への思いは否定的に理解すべきである」とする池田敬子の読解もある。

〇五五オ3　倩以レハ春ノ花ハ地ニ落テ生者必滅ノ理ヲ示セトモ未タ飛花落葉ノ観ヲナサス　以下、本段末（五五オ10）まで、〈延〉独自記事。典拠未詳の唱導的文章。「飛花落葉」は、「春散る花、秋落ちる木の葉という自然界の生滅変化のすがたを縁としてさとる、無常の理法をさす」〈仏教語〉。花が散って生者必滅の道理を示しても、人々は無常の理法を悟らない意。『宝物集』巻二「縄を結び、木を刻みし昔だにすら、心ある人は花のちり、木の葉のちるを見て、飛花落葉の観とて、生死の無常をさとり侍りけり」。

〇五五オ4　秋ノ象ノ空ニチル会者定離ノ相ヲ表スレトモ尚シ生死流転ノ道ヲハ〔ノ〕カレス　「象」は「蒃」（モミヂ）の誤り。本文注参照。秋の紅葉が空に散って会者定離の相を表しても、それを見た人々が生死流転の法則から逃れることはない意。「会者定離」については、第一末・一〇オ8注解参照。

〇五五オ5　愚哉五欲ノ餌ヲ貪ル翅ハ未タ三界ノ焚籠ヲ出テス　「五欲」は、眼・耳・舌・身・意の五官による五つの欲望。「三界」は、衆生が輪廻する欲界・色界・無色界の三つの世界。「焚籠」は、「樊籠」の誤り。「樊籠」（はんろう）は鳥籠。『言泉集』亡妻に「牽シテ一比翼之昔ノ契ニ一努力莫レ翔《カケルコト》二三界之樊籠ニ二」とあるように、欲望にとらわれて輪廻転生から逃れられない衆生を、籠の中の鳥に譬える。

〇五五オ5　悲哉三毒ノ剣ヲ答ル鱗ハナヲ四生ノ苦海ニ沈ム　「三毒」は、貪・瞋・癡の三つの煩悩。「答ル」は「呑ル」の誤りか。「四生」は、胎生・卵生・湿生・化生の四つで、あらゆる生き物をいう。煩悩を捨てられず、輪廻転生から逃れられない衆生を、海中の魚に譬える。

〇五五オ6　日々ニツヽマル命小水ノ魚ノヒレフルニ似リ　「小水（少水）の魚」の譬喩は、第四（巻八）・七〇オ5や、第五本・七九ウ7に類似表現が見えた。該当部注解に見たように、『出曜経』巻二（大正四・六一六b）、同巻三（同六二一b）に「是日已過、命則随減、如二少水魚一、斯有二何楽一」とあり、『往生要集』上・人道に引用される他、諸書に見える表現。「ヒレフル」を伴う例は未詳だが、覚性法親王『出観集』秋「よもすがらきよたき河にすむ月はひれふるうをの風をみよとや」（『私家集大成・2』八一・三七八）の例があり、また、『連珠合璧集』上・魚類に「魚とアラバ。ひれふる。いけのはちす。水に住。恋。あそぶ」とあるように、「魚」から「鰭振る」を連想するのは自然なことだったといえよう。

○五五オ7　歩々ニ衰ル齢ヒ屠所ノ羊ヲ足ヲ早ルニ同シ　「羊ヲ」は「羊ノ」がよいか。「屠所の羊」は仏典に、『大般涅槃経』巻三八・迦葉菩薩品「如二朝露一勢不二久停一。如二囚趣レ市歩近一レ死。如下牽二牛羊一詣中於屠所上」（大正一二・五八九c）、『大乗本生心地観経』巻五・無垢性品「是日已過命随減少。猶下如牽レ羊詣二彼屠所一。漸漸近上レ死無二所逃避一」（大正三・三一三a）、『摩訶摩耶経』巻上「譬如下旃陀羅　駆レ牛就二屠所一歩歩近中死地上　人命疾於是」（大正一二・一〇〇七c）などと見える。『摩訶摩耶経』の偈は、『往生要集』大文第一・五「人道・無常」や、『宝物集』巻二にも引かれるが、後者は「駆牛」を「駆羊」とする。寺尾美子が指摘するように、仏典では「牛」「羊」両様の例が見られるが、日本では「羊」とする例が多い。

○五五オ7　無常転変ノハカナサヲ閑ニ思トクコソ涙モ更ニトヽマラネ　平家滅亡を、前項までに見たような一般的な無常のはかない理法の現れであると、冷静に理解してみると、涙がとまらなくなる。

○五五オ8　平家ノ栄花已ニツキ一門亡ヒハテヽ元暦二年四月廿六日ニ平家ノ生捕共大路ヲ渡レケリ　年月日を記して無常を詠嘆する唱導的表現の類例としては、以仁王の死を記した「治承四年五月廿三日宇治ノ河瀬ニ水咽テ浅茅カ原ニ露キエヌ」（第二中・六六ウ2）云々がある。第六本・四二オ4「元暦二年ノ春ノ暮何ナル年月ナレハ一人海中ニ沈給ヒ百官波上ニ浮ラン」（類句は該当部注解参照）や、〈覚〉巻七「福原落」末尾の「寿永二年七月廿五日に平家都を落はてぬ」などにも、あるいはこうした表現との関連性を考える余地があろうか。

○五五オ9　心アル者ハ高モ賤モ盛者必衰ノ理眼ニ遮テ哀也サシモ花ヤカナリシ御事共ッカシトソサヽヤキ相ケル　〈北原・小川版〉は、「サシモ花ヤカナリシ御事共ッカシ」を会話文とするが、〈汲古校訂版〉のように、「盛者必衰」から「御事共ッカシ」までを会話文と見るべきか。身分の高低にかかわらず、心ある者は、「（平家の人々を見ていると）盛者必衰の理法を思い知らされて哀れである。（かつては）さぞかし華やかな御様子をなさっていただろうに」とささやき合ったとの意。

廿二　建礼門院門吉田ヘ入セ給事

廿二

（五五ウ）

サテモ女院ハ西国ノ浪上船中ノ御〔ス〕マヒ跡ナ〔キ〕御事ニナリハテサセマシ〳〵シカハ都ヘ上セマシ〳〵テ東山ノ麓吉田ノ辺ナル所ニソ立入セ給ケル中納言法橋慶恵ト申ケル奈良法師ノ坊ナリケリ栖荒シテ年久ナリニケレハ庭ニハ草深ク軒ニハツタシケリツヽ簾レ絶閨アラハニテ雨風タマルヘクモナシ花ハ色々ニ匂ヘトモ主トテ風ヲイトフ人モナケレハ心ノマヽニソ散ケル月ハヨナ〳〵モリクレトモ詠ムル人モナケレハ恨ヲ暁ノ雲ニノコサス金谷ニ花ヲ詠シ客南楼ニ月ヲ翫シ人今コソ思召シラレシカ垣ニ苔深ク庭ニ蓬シケリテ雉兎ノ栖トナリニケリ昔ハ玉ノ台ヲ瑩キ錦ノ帳ニ纏《マトハ》サレテコソ明シ闇シ給シニ今ハ有ト

有シ人々ハ皆別ハテヽ浅猿ケナル朽坊ニ只一人落着給ヘル御心ノ中何計ナリ
ケン道ノ程伴シ奉シ女房達モ皆是ヨリ散々ニ成給ニケレハ御心〔細〕ニイトヽ消

（五六オ）

入ヤウニソ被思召ケル誰哀奉《ミ》ヘシトモ不見ヘ一魚ノ陸ニ上〔タ〕ルカ〔如〕シ〔鳥〕ノ巣ヲ離
タルヨリモ猶悲シウカリシ浪ノ上船ノ中ノ御スマヒ今ハ恋クソ思召ケル〔同〕〔シ〕底ノ
ミクツト成ヘカリシヲ身ノ責ノ罪ノ報ヲヤ残留ナト思召トモ甲斐ソナキ天上ノ五
哀ノ悲ハ人間ニモ有ケル物ヲト被思召テ哀也イツクモ旅ノ空ハ物哀ニテ
モラヌ岩屋タニモナヲ露ケキ習ナレハ御涙ッ先立ケルソレニ付テモ
昔今ノ事思召ノコス事ナキマヽニハ
　ナケキコシミチノツユニモマサリケリフルサトコフルソテノナミタハ
ト王昭君カ胡国ニ旅立テ歌ケンモ理也トテ更ニ人ノ上トモ思召サヽリケリ蒼波
路遠シ寄セ思ヲ於西海千里ノ空一ニ亡屋苔深シ落《サセ》涙於東山一亭ノ月一ニ給ソ哀ナル
折ニフレ時ニ随テ哀ヲ催シ心ヲ傷スト云事ナシ風ニ任セ浪ニユラレテ

（五六ウ）

浦伝ツヽ日ヲ送セ給《シ》昔ハ三千世界《ハ》眼前《ニ》尽《ト》都良香竹生嶋《ニ》詣テヽ湖上《ノ》漫々タルニ向ツヽ詠《テ》暫《ク》次ノ句《ヲ》案《シ》ケルニ御帳《ノ》内ヨリケ高《キ》御音《ニテ》十二因縁《ハ》心中《ニ》空《ト》明神《ノ》付サセ給ケルニコソ感応忽《ニ》顕《シテ》身《ノ》毛《モ》イヨタチテ感涙押ヘカタク覚ヘケレ此《ハ》海漫々《ト》シテ眼雲路《ニ》疲《レハ》三界広《ト》云トモ安キ所《モ》ナク神明仏陀ノ恵《モ》ナケレハ哀《ト》云人《モ》ナシ曙《モ》晩《モ》肝《ヲ》ケシ心《ヲ》尽《ス》ヨリ外ノ事ナシサテシモイツシカ深山隠ノ喚子鳥音信ケレハカクマテ思召出サセ給ケリ

タニフカキイホリハ人目ハカリニテケニハ心ノスマヌナリケリ

〔本文注〕

○五五ウ4　**雨風タマルヘクモ**　「風」は擦り消しの上に書く。抹消された字は不明。

○五五ウ5　**匂**　「匂」の上に「艹」（クサカンムリ）のある字体。底本では、第一本・一二ウ8以下、しばしば見られる。

○五五ウ10　**伴《シ》奉《シ》**　「伴《シ》」、〈汲古校訂版〉同。〈吉沢版〉〈北原・小川版〉「伴《ヒ》」。

○五六オ1　**哀奉《ミ》ヘシ**　「哀奉《ミ》」の「ミ」を、〈汲古校訂版〉は後筆かと指摘。後筆であることは、右の丁（五五ウ）左欄外に墨写りがあることによって確認できる。

○五六オ3　**報ヲヤ**　「ヲ」の字体について、〈汲古校訂版〉は「「ノ」の左に「ニ」があるようにも見える」とする。

○五六オ10　**傷《スト》**　「ス」は重ね書き訂正あり。

〔釈文〕

廿二（建礼門院門吉田へ入らせ給ふ事）

さても女院は、西国の浪の上、船の中の御すまひ、跡なき御事になりはてさせまし〳〵しかば、都へ上らせまし〳〵て、東山の麓、吉田の辺りなる所にぞ立ち入らせ給ひける。中納言法橋慶恵と申しける、奈良法師の坊なりけり。栖《す》み荒して年久しくなりにければ、庭には草深く、軒にはつたしげりつつ、簾《すだれ》絶え、閨《ねや》あらはにて、雨風たまるべくもなし。花は色々に匂へども、主とて風をいとふ人もなければ、心のままにぞ散りける。月はよな〳〵もりくれども、詠《なが》むる人もなければ、恨みを暁の雲にのこさず。金谷に花を詠めし客、南楼に月を翫びし人、今こそ思し召ししられしか。垣に苔深く庭に蓬しげりて、雉兎《ちと》の栖《すみか》となりにけり。昔は玉の台《うてな》を瑩《みが》き、錦の帳に纏《マトハ》されてこそ明し闇《くら》し給ひしに、今は有りと有りし人々は皆別れはてて、浅猿《あさま》しげなる朽坊に只一人落ち着き給へる御心の中、何計《いかばか》りなりけん。道の程伴ひ奉りし女房達も皆、是より散々に成りにければ、御心細さにいとど消え▼五六オ入るやうにぞ思し召されける。誰哀れみ奉るべしとも見えず。魚の陸に上りたるが如し。鳥の巣を離れたるよりも猶《なほ》悲し。うかりし浪の上、船の中の御すまひ、今は恋しくぞ思し召しける。「同じ底のみくづと成るべかりしを。身の責めての罪の報をや残し留むる」など思し召せども、甲斐ぞなき。「天上の五衰の悲しみは、人間にも有りける物を」と思し召されて哀れなり。いづくも旅の空は物哀れにて、もらぬ岩屋だにもなほ露けき習ひなれば、御涙ぞ先立ちける。それに付けても昔今の事思し召しのこす事なきままには、

　なげきこしみちのつゆにもまさりけりふるさとこふるそでのなみだは

と、王昭君が胡国に旅立ちて歌ひけんも理なりとて、更に人の上とも思し召さざりけり。蒼波路遠し、思ひを西海千里の空に寄せ、亡屋苔深し、涙を東山一亭の月に落とさせ給ふぞ哀れなる。折にふれ時に随ひて、哀れを催し心を傷めずと云ふ事なし。風に任せ浪にゆられて、▼五六ウ浦伝ひつつ日を送らせ給ひし昔は、「三千世界は眼前に尽きぬ」と、都良香竹生嶋に詣でて、湖上の漫々たるに向かひつつ詠《なが》めて、暫く次の句を案じけるに、御帳の内よりけ高き御音《みこゑ》にて、「十二因縁は心中に空し」と明神の付けさせ給ひけるにこそ、感応忽ちに顕はして、身の毛もいよだちて、感涙押さへがたく覚えけれ。此は海漫々として、眼雲路に疲るれば、三界広しと云へども安き所もなく、神明仏陀の恵みもなければ、哀

れと云ふ人もなし。曙《あ》けても晩《く》れても肝をけし、心を尽くすより外の事なし。さてしもいつしか深山《みやま》隠れの喚子鳥《よぶこどり》音信《おとづ》れければ、かくまで思し召し出でさせ給ひけり。

たにふかきいほりは人目ばかりにてげには心のすまぬなりけり

〔注解〕

○五五ウ1～（建礼門院吉田ヘ入セ給事）　建礼門院の入洛と吉田入は、『吾妻鏡』元暦二年四月二十八日条には「建礼門院渡二御于吉田辺一〈律師実憲坊〉」とあるが、『玉葉』同月二十六日条に「泰経卿以二御教書一問云、明日、女院可レ有二入洛一、其儀如何。申云、不レ可レ及二威儀一。仰二付可レ然之人一人一、内々可レ有二其沙汰一者」とあり、元暦二年四月二十七日に入洛、吉田に入ったと推される。一方、『平家物語』諸本にはこの日付は記されない。当該部分を有するいずれの諸本も本段の記事を持つが、諸本によってはその収載位置が異なる。神鏡関連記事と前後して配置するのが〈延・長・盛・四・大・南・屋・中〉（〈長〉は巻一八、〈盛〉は巻四四。〈南・屋・中〉では神鏡関連記事や時忠義経聟取記事の後）。一方、灌頂巻冒頭にこの記事を置くのが〈覚〉。また、〈長・盛・四〉では、灌頂巻相当記事の冒頭にもこの記事があり、二箇所に重複して記している。なお、独立した灌頂巻を有するのは、比較対象としている諸本の中では〈四・覚〉のみだが、〈長〉は巻二〇末尾に章段名の形で「灌頂巻事」として女院関係記事を記し、〈盛〉は、巻四八が女院記事を集めた編成で、「灌頂巻」とは記さないものの、実質的に灌頂巻である。これらの諸本のうち、〈覚〉は巻一二までと灌頂巻における記事の重複がほとんど見られないが、〈長・盛・四〉では、灌頂巻相当部とそれ以前の巻の間に、記事の重複が見られる。特に〈長・盛〉は女院出家記事を含め、重複が多い。そのため、本段などの女院関係記事については、〈長〉巻二〇「灌頂巻事」の記事を〈長灌〉、〈盛〉巻四八の記事を〈盛灌〉、〈四〉灌頂巻を〈四灌〉と表記し、〈長〉（巻一八・一九）、〈盛〉（巻四四～四七）、〈四〉（巻一一）の記事と区別する。

○五五ウ1　サテモ女院ハ西国ノ浪上船中ノ御〔ス〕マヒ跡ナ〔キ〕御事ニナリハテサセマシ〳〵シカハ　〈長灌〉は「灌頂巻」冒頭に、「元暦二年四月十六日、平家は、物うかりし浪の上、船の中の御すまひ、あらぬことに成はてゝ」と、「平家」を主語とした類似文を置く。〈四灌〉は巻頭を建礼門院が入水に失敗して捕らえられて上洛したと簡単に述べ、類似文に続ける。〈盛灌〉は壇浦合戦の様相をやや具体的に記すが、本項類似文はなし。その他諸本では、この記事中にこれらの文言は記されない。

○五五ウ1　都ヘ上セマシ〳〵テ　〈長灌・盛灌・四灌〉に類似句あり。『玉葉』によれば、四月十九日には神鏡等とともに摂津国渡辺に宗盛・建礼門院らが到着（同月二十日条）、二十五日に神鏡等は入京する（同日条）。しかし、生虜は留め置かれ、宗盛らは二十六日に、建礼門院は二十七日に威儀整わぬまま入京する（二十六日条）。『吾妻鏡』二十八日条には「吉田辺」に渡ったとする記述があるが、『玉葉』には具体的地名はあらわれず、二十一日条において、泰経に建礼門院の処遇を尋ねられた兼実は、古来より女性に罪が科せられたことはなく、武士に預けてはならないとし、「可レ然片山里辺可レ被レ坐歟」と答えている。

○五五ウ2　東山ノ麓吉田ノ辺ナル所ニソ立入セ給ケル　諸本類同だが、〈長灌〉は「吉田のほとりなる野河の御所」。「野河の御所」は未詳。「吉田」は東山の北限に位置する神楽岡（吉田山）の西麓。現京都市左京区吉田神楽岡町。京における藤原氏の氏社、吉田神社が存する。

○五五ウ2　中納言法橋慶恵ト申ケル奈良法師ノ坊ナリケリ　諸本類同。僧の名は〈屋・覚〉「中納言法印慶恵」、〈中〉「中納言の法印きやうけん」。『吾妻鏡』元暦二年四月二十八日条は「律師実憲」。いずれも未詳。角田文衞は、実憲の坊とするのが正しいと指摘する。実憲は、東大寺僧、当時七十八歳（『僧綱補任残闕』文治元年条）。承安五年（一一七五）二月の「東大寺置文案」（『平安遺文』三六七四。東大寺東南院文書）には、既に「前権律師」とある。元暦二年には、高齢のため奈良に止住し、洛東の里坊は無住となっていたと見られ、また、同じ東大寺僧の明遍・勝賢らが信西入道の子で、阿波内侍の叔父であったため、明遍等を通じて、とりあえずの御所として里坊を借用した経緯が推測されるとする。

○五五ウ3　栖荒シテ年久ナリニケレハ庭ニハ草深ク軒ニハツタシケリツヽ簾レ絶閨アラハニテ雨風タマルヘクモナシ　〈四灌〉を除き、諸本類同。〈四灌〉は、この後すぐに大地震の記事に続き、本段末までの該当記事なし。〈長灌〉「栖あらして年ひさしく成にければ、軒には昔をしのぶおひしげり、いとゞ露けきやどゞなり」として次文に連続させ、「庭ニハ草深ク」「簾レ絶閨アラハニテ」に対応する文言は後出させる。「ツタ」は、〈長・長灌・盛灌・四・南・屋・覚〉「しのぶ」、〈盛〉「垣衣」（蓬左写本「しのぶ」）、〈中〉「あやめ」。〈大〉なし。つる性の落葉木であるツタと常緑のシダ植物であるノキシノブとでは異なるが、いずれも居宅の零落した様相を語る常套表現。

○五五ウ5　花ハ色々ニ匂ヘトモ主トテ風ヲイトフ人モナケレハ心ノマヽニソ散ケル月ハヨナ〳〵モリクレトモ詠ムル人モナケレハ恨ヲ暁ノ雲ニノコサス　〈長灌・南・屋・覚・中〉は「花は色々にほへども、あるじとたのむ人もなく、月はよな〳〵さしいれど、ながめてあかす主もなし」（〈覚〉）などとする。但し、〈長灌〉は「主」を「友」とする。住む人もいない居宅の形容。〈長・盛・盛灌・四・大〉なし。〈集成〉が「延慶本は朗詠の出典を引きつつ作文する」と指摘するように、次項注解に見る『和漢朗詠集』雑・懐旧の句によるが、〈覚〉などの方が本来の形で、〈延〉はそれをさらに作文したと見るべきだろう。

○五五ウ6　金谷ニ花ヲ詠シ客南楼ニ月ヲ翫シ人今コソ思召シラレシカ　〈延〉独自文。前文「花ハ色々ニ…」の出典である『本朝文粋』巻一四「為二レ謙徳公一報レ恩修レ善願文」、『和漢朗詠集』雑・懐旧・菅原文時「金谷酔レ花之地、花毎レ春匂而主不レ帰、南楼翫レ月之人、月与レ秋期而身何去」を示す。「金谷」は洛陽の西北の谷に、西晋の石崇（石苞の男。石季倫）が建てた金谷園（『晋書』巻三三・石苞伝）。「金谷酒数」の故事（李白「春夜宴従弟桃李園序」に「如詩不レ成、罰依二金谷酒数一」）で知られる。「南楼」は東晋の庾亮が、湖北省の武昌の南楼で秋月を賞詠した故事による（『晋書』巻七三・庾亮伝、『世説新語』容止）。著名な句で、これを出典とした句は、『高倉院昇遐記』、『六代勝事記』建久元年条、『十訓抄』一・一一、『保元物語』（半井本・金刀比羅本など）巻下、幸若舞曲「敦盛」などにも見える。

○五五ウ7　垣ニ苔深ク庭ニ蓬シケリテ雉兎ノ栖トナリニケリ　〈延〉独自文。居宅が荒れ果てている様。「雉兎ノ栖」の類例は、『平治物語』上「大内はひさしく修造せられざりしかば、殿舎傾危して楼閣荒廃せり。牛馬の牧・雉兎の臥所となりたりし」や、『東宝記』一「保元平治之年、寿永承久之比、寺家之為躰、堂舎傾危而難支雨露、墻壁頽落難禁牛馬、僧侶失止住之便、修学闕鑚仰之勤、只為雉兎之棲、徒成旅人之路、天下騒乱職而由斯、祖師記文宛如符契」等。

○五五ウ8　昔ハ玉ノ台ヲ螢キ錦ノ帳ニ纏《マトハ》サレテコソ明シ闇シ給シニ　「纏《マトハ》サレテ」の「サ」は衍字か。〈長・盛・盛灌・四・大・南・屋・覚・中〉ほぼ同。〈長灌〉はこの箇所に「庭には草たかくしげりて、荊棘みちをとざし、簾たえてねやあらはなれば、姑蘇台の露清くすみ」との一文を置く。

「姑蘇台」は第三末・六五オ2注解参照。

○五五ウ8　**今ハ有ト有シ人々ハ皆別ハテヽ浅猿ケナル朽坊ニ只一人落着給ヘル御心ノ中何計ナリケン**　〈長・盛灌・四〉同。〈盛・大・南・屋・覚・中〉も類同。但し、〈大・南・屋・覚〉は「只一人」なし。〈長灌〉該当文なし。

○五五ウ10　**道ノ程伴ヒ奉シ女房達モ皆是ヨリ散々ニ成給ニケレハ御心〔細〕ニイトヽ消入ヤウニソ被思召ケル**　〈長・盛・盛灌・四・大・南〉類同（〈盛〉は女房達が「一所ニ候べキ様モナケレバ」との句あり）。〈屋・中〉は「御心細」以下なし。〈覚〉該当文なし。〈長灌〉は「道のほど友なひ奉りし人々も、心々に立別て、あやしげなる朽坊の、其跡とも見えぬに落つかせ給へば、見なれさせ給ひつる人もなし。いま又、御心もきえいるやうにぞおぼしめす。露の御命、なにゝか懸て、ながらふべしとも思召わづらへる様なり」とし、部分的に本項・次項の二文と対応するが独自異文。

○五六オ1　**誰哀奉ミヘシトモ不見ヘ**　〈長〉「はぐゝみ奉べしとも見えず」。〈盛・盛灌・四・大〉は「誰憐誰可レ奉レ育トモ見エズ」（〈盛灌〉）のように、「哀れみ」「はぐくみ」の双方を記す。〈南・屋・覚・中〉なし。〈長灌〉は前項注解参照。孤独な女院を憐れみ、あるいは世話をする者も見あたらない意。

○五六オ1　**魚ノ陸ニ上〔タ〕ルカ〔如〕シ〔鳥〕ノ巣ヲ離タルヨリモ猶悲シ**　〈長・盛・盛灌・四・大・南・屋・覚・中〉類同。〈長灌〉なし。『江都督納言願文集』（山崎誠『江都督納言願文集注解』による）巻一・7「同院（堀河院）旧臣結縁経願文」に、「弟子等、如ニ魚鼈之居一レ陸、似ニ鳥雀之覆一レ巣」、同巻五・4「帥三位家子奉為堀河院千日講供養願文」に、「如ニ魚之失一レ水、如ニ鳥之離一レ巣」とあるのに似る。唱導文の類型か。

○五六オ2　**ウカリシ浪ノ上船ノ中ノ御スマヒ今ハ恋クソ思召ケル**　〈長・長灌・盛・盛灌・四・大・南・屋・覚・中〉類同。西海をさまよう生活はつらかったものの、多くの人々と共に暮らしたことが懐かしく思われる意。

○五六オ2　**〔同〕〔シ〕底ノミクツト成ヘカリシヲ身ノ責ノ罪ノ報ヲヤ残留ナト思召トモ甲斐ソナキ**　「報ヲヤ」は、「報ニヤ」がよいか。幼帝や一門と共に海中に没するはずであったのに、我が身に科せられた尋常ではない罪の報いのためであろうか、残り留まってしまったとの建礼門院の述懐。〈長・盛・盛灌・四・大・南・屋・中〉類同。〈長灌・覚〉はこの一文を記さず、前項該当文に続けて「蒼波路遠…」の句（〈延〉五六オ8）を記し、〈長灌〉はそれに続けて次項類似文を置く。また〈南〉は「蒼波路遠…」を前項と本項の間に置く。

○五六オ3　天上ノ五衰ノ悲ハ人間ニモ有ケル物ヲト被思召テ哀也　〈長・盛・盛灌・四・大・南・屋・中〉類同。〈長灌〉も「天上の五衰もかくやと思食しられて、あはれなり」と類似文あり（前項注解参照）。〈覚〉なし。「五衰」とは、天人命終のときにあらわれる五種の衰相。五種の内容は諸書によって定まらないが、『往生要集』大文第一・第六「天道」では、頭上の花鬘が萎み、着衣が垢で汚れ、脇の下から汗が出、目がくらみ、本居を楽しまなくなるとする。〈延〉第六末では、法皇が建礼門院の様子を「天人五衰ノ日ニアヘルラム」（六〇ウ9）と見、あるいは建礼門院が六道語りにおいて「快楽無窮ノ天人ノ五衰相現ノ悲トハ是ニヤ」（六四オ8）と回想する。なお、〈延〉以外の諸本は本項の一文によって建礼門院吉田入りの場面を終える。

○五六オ4　イツクモ旅ノ空ハ物哀ニテモラヌ岩屋タニモナヲ露ケキ習ナレハ御涙ツ先立ケル　〈延〉独自文。それがどこであっても旅は哀れを催すものであり、雨水が漏れてくるわけではない岩屋でも涙で濡れてしまうものだから、ましてこの悲しい境遇では涙が先立つ意。

○五六オ7　ナケキコシミチノツユニモマサリケリフルサトコフルソテノナミタハ　この歌の引用は〈延〉独自。赤染衛門歌。『赤染衛門集』五四九、詞書「王昭君が胡国にいきつきての思ひよみてと人のいひしに」。『後拾遺和歌集』雑・一〇一六には「王昭君をよめる」として入集。いずれも、第四句は「なれにしさとを」。『俊頼髄脳』や『宝物集』巻三・愛別離苦の条でも、王昭君の心情を詠んだ歌として引くが、歌句はほぼ同様で、第四句「フルサトコフル」に一致するのは、『宝物集』身延山久遠寺本。その点を指摘した武久堅は、『宝物集』同本に依拠した箇所が〈延〉の最終加筆記事である可能性を考えた。また、今井正之助は、〈延〉の『宝物集』依拠記事を独自依拠部分と〈四〉との共通部分に区分し、久遠寺本との顕著な一致は前者に見られる傾向であることを指摘して、武久説を補強した。王昭君については、第一末・九六オ4注解参照。〈延〉では第一末・卅二「漢王ノ使ニ蘇武ヲ胡国ヘ被遣事」の冒頭に王昭君説話を引く他、第六本・四二ウ9、第六末・七五オ3でも言及するが、王昭君に関わる和歌引用は、「見ル度ニ鏡ノカケノツラキカナカヽラサリセハカヽラマシヤハ」（第一末・九七オ1。該当部注解参照。後拾遺・一〇一八、懐円の歌）と本段のみ。なお、『唐物語』第二五話では、この懐円歌をふまえた「うき世ぞとかつはしる〳〵はかなくもかゞみのかげをたのみけるかな」が王昭君詠とされ、地の文では「ふるさとをこふる涙はみちの露にもまさり」云々と、「ナケキコシ」歌をふまえた表現あり。小峯和明は、「王昭君をよんだ歌をもとに王昭君の物語が叙述される構造」を指摘する。

○五六オ8　蒼波路遠シ寄セ思ヲ於西海千里ノ空一二亡屋苔深シ落《サセ》涙於東山一亭ノ月一二給ソ哀ナル　〈長瀧・南・覚〉にも同様の対句表現が見えるが、五六オ2「ウカリシ浪…」に続けてこの一文を置く（五六オ2「〔同〕〔シ〕底ノ…」注解参照）。また、〈長瀧・南・覚〉は、〈延〉「空」を「雲」、「亡屋」を「白屋」とする。この対句表現の出典は『和漢朗詠集』雑・行旅・橘直幹「蒼波路遠雲千里、白霧山深鳥一声」（この句は、〈延〉では第二本・九二ウ3でも引用しており、『古今著聞集』巻四〈一一一話〉にも逸話あり）。「蒼」・「白」の対句が保たれていることからも、〈長瀧・南・覚〉の「雲」「白屋」がよい。「白屋」は白い茅葺きの貧しい家の意。なお、「思ヲ於西海千里ノ空（雲）」は、大江朝綱「夏夜於二鴻臚館一餞二北客一」（『本朝文粋』第九。『和漢朗詠集』雑・餞別）の、「前途程遠、馳二思於雁山之暮雲一」を意識するか（〈三弥井文庫〉指摘。第三末・七九ウ2注解参照）。

○五六オ10　折ニフレ時ニ随テ哀ヲ催シ心ヲ傷ストヽ云事ナシ　以下、本段末まで〈延〉独自記事。本項はここまでのまとめで、西海流浪の生活も吉田での孤独な生活も、どちらも悲哀に満ちたものであったとする。

○五六オ10　風ニ任セ浪ニユラレテ浦伝ツヽ日ヲ送セ給シ昔ハ…　以下、西海流浪の生活を回想し、琵琶湖で神明の冥助を得た都良香とは異なり、平家の西海流浪は神仏の加護もなく、気持ちの安らぐこともなかったとする。

○五六ウ1　三千世界ハ眼前ニ尽ト都良香竹生嶋ニ詣テヽ湖上ノ漫々タルニ向ツヽ詠テ暫ク次ノ句ヲ案シケルニ　以下の話は本段では〈延〉独自だが、〈盛・南〉では経正竹生島詣に見える。〈盛〉巻二八「昔都良香ト云シ人、此島ニ詣ツヽ、湖水遥ニ見渡シテ、三千世界ハ眼ノ前ニ尽ヌト詠給タリケレバ、権現忽ニ、十二因縁ハ心中空ト付給タリケルモ、イチシルクゾ貴キ」、〈南〉巻七「先年都良香《トリヤウキヤウ》ト云シ人、彼嶋ニ参詣有テ眺望ヲ打詠、三千世界ハ眼ノ前ニ尽ヌトテ次ノ句ヲ案ジ給ケルニ、明神、扉ラヲ惟（「推」か）開カセ給テ、十二因縁ハ心ノ中ニ空シト付サセ給ケンモ今コソ思ヒ知レタレ」。「三千世界…」の句は、『和漢朗詠集』雑・山寺・都良香「三千世界眼前尽、十二因縁心裏空」による。「琵琶湖を臨むと宇宙さえも含む広大な世界の全てが目の前で見尽くすことができる。人間が生きることによって必ず生じる苦しみや悩みさえも、心のなかから消え去ってしまうようだ」の意。〈延〉及び〈盛・南〉と同様の説話が、『江談抄』巻四（二〇六）、『袋草紙』上、『撰集抄』八・二、『十訓抄』一〇・六、『古今著聞集』巻四（一一三話）、『太平記』巻二七「上杉畠山流罪死刑事」などや、『和漢朗詠集』注釈諸書（『朗詠江注』・国会図書館本『和漢朗詠注』・広島大学本『和漢朗詠集仮名注』・書陵部本『朗詠抄』・『和漢朗詠集永済注』・『和漢朗詠集和談抄』）に見える。また『申楽談儀』によって知られる散逸曲「とらうきやうの立合」もこの説話と関わる（香西精・松岡心平）。都良香（八三四〜八七九）は平安前期の文人。家集に『都氏文集』があり、『和漢朗詠集』『新撰朗詠集』に多く入集。「三千世界」は「三千大千世界」の略。我々の住む世界を天から大地の下の風輪までを含めて一世界とし、その千倍を小千世界、さらにその千倍を中千世界、さらにその千倍を大千世界とする（〈仏教語〉より取意）。

○五六ウ2　御帳ノ内ヨリケ高キ御音ニテ十二因縁ハ心中ニ空ト明神ノ付サセ給ケル　「十二因縁」は人間が生きている限り存在する苦しみ、悩みがいかにして成立するのかということの因果を十二の項目の系列を立てたもの。無明・行・識・名色・六処・触・受・愛・取・有・生・老死〈広説仏教語〉。前項に挙げた諸書のうち、『撰集抄』と広島大学本・書陵部本の朗詠注は、「神殿おびたゝしく動きて、殊にけだかき御声にて」（『撰集抄』）などのように神の声が聞こえたとしている点、〈延〉に近い（国会本「社頭ノ御戸ヲ挑テ弁才天付サセ給ケリ」）。一方、『袋草紙』『古今著聞集』および『江注』『永済注』は「その後の夢に」（『袋草紙』）のように夢中で託宣を受けたとしている。

○五六ウ4　此ハ海漫々トシテ眼雲路ニ疲レハ三界広ト云トモ安キ所モナク神明仏陀ノ恵モナケレハ哀ト云人モナシ　（漫々たる湖上の風景を詩に詠じて神の感応を得た都良香とは異なり）、平家の西海流浪は、『新楽府』「海漫々」の「海漫漫、風浩浩、眼穿不レ見ニ蓬莱島ニ」の句のように、漫々たる海を見ても心は安らぐことなく、神仏の恵みも同情してくれる人もなかったという。「三界」は欲界・色界・無色界。一切の衆生の生死輪廻する迷いの世界〈日国〉。

○五六ウ7　サテシモイツシカ深山隠ノ喚子鳥音信ケレハカクマテ思召出サセ給ケリ　ここで吉田の住まいに視点が戻る。誰も訪れて来ない深山のような孤独な住まいだが、人の呼び声に似た「よぶこどり」が鳴くので次のような和歌を思いつきなさった、という意。「よぶこどり」は、郭公《かっこう》の異称か。また、杜鵑《ほととぎす》のこともいう〈日国〉。

○五六ウ8　タニフカキイホリハ人目ハカリニテケニハ心

ノスマヌナリケリ　建礼門院の作中歌。典拠未詳。谷深い　実際には一人で心を澄ますこともできないのだな。とはいえ、この庵は（海の上とは違って）人目もあって、

廿三　頼朝従二位之給事

廿三
廿七日前右兵衛佐頼朝従二位シ給前内大臣宗盛以下ヲ追討ノ勧（五六ウ）賞トソ聞ヘシ越階トテ二階ヲスルコソユヽシケレ朝恩ニテ有〔二〕是〔八〕元正下ノ四位ナレハ既ニ三階也先例ナキ事也（五七オ）

〔釈文〕

廿三（頼朝従二位し給ふ事）

廿七日、前右兵衛佐頼朝従二位し給ふ。前内大臣宗盛以下を追討の勧賞とぞ聞こえし。越階とて二階をするこそゆゆしけれ。朝恩にて有るに、是は、元▼（五七オ）正下の四位なれば、既に三階なり。先例なき事なり。

〔注解〕

○五六ウ9　廿七日前右兵衛佐頼朝従二位シ給大臣宗盛以下ヲ追討ノ勧賞トソ聞ヘシ　〈長・四〉同。〈盛〉は、「同廿七日」として主上行幸、内侍所渡御や御神楽の記事を記した後、三条大納言実房が、頼朝の従二位への昇叙を内記に伝えるよう大外記頼業に命じたとする。宗盛らの追討の賞であることは記さない。〈南・屋・覚・中〉は「廿八日」とし、勧賞の理由は不記。〈大〉は女院出家の後に「同廿二日」（五月）として記し、義仲追討の賞とする。頼朝の従二位昇進は『玉葉』『吾妻鏡』『百練抄』によれば元暦二年四月二十七日。『百練抄』同日条「正四位下源頼朝朝臣依二追討賞一叙二従二位一」。『公卿補任』「召二進前内大臣平朝臣一賞。其身在二相模国一」。

○五六ウ10　越階トテ二階ヲスルコソユヽシケレ朝恩ニテ有〔二〕是〔八〕元正下ノ四位ナレハ既ニ三階也先例ナキ事也

〈長・四〉ほぼ同（〈四〉は「正下ノ四位」を「上下四位」とする）。〈盛〉は「勲功ノ越階常例也」とする。「ユヽシケレ」は、〈南・屋・覚〉「有難キ」。「先例ナキ事也」は、〈南・屋・覚〉「三位ヲコソシ給フベカリシニ平家ノシ給タリシヲ忌フテナリ」（〈南〉）。〈中〉は平家ではなく頼政の先例を避けたとする。〈屋〉は末尾に「自レ是シテゾ、鎌倉源二位殿トハ申ケル」をおく（〈中〉も略同）。〈大〉なし。当時、正四位下から正四位上を経ないで従三位になることは通例であったため、正四位上は数に入れなかった。よって、第二中・廿三「大将ノ子息三位ニ叙ル事」で清宗が従四位上から従三位になったことを、実際には三階上がっているわけだが、「二階」と言っている（第二中・七一ウ7注解参照）。頼朝の「三階」も、実際には正四位下から従二位に四階上がっているわけだが、正四位上を飛ばして考えるため、「三階」となる。『玉葉』四月二十六日条には、正三位への越階は清盛の先例が、従三位への越階は頼政の先例があるため、従二位への越階が検討された経緯が窺われる。諮問された兼実は、「被レ叙二二位一、有二何難一哉」と答申しつつも、「太為二過分一、只被レ叙二三位一、可レ被レ相二加官一也」との感想を記している。松薗斉は、兼実はこの時、頼朝に二位を与えてしまえば、次に与えるべき官職が限定され、対頼朝政策に影響が生じることを懸念したとし、非参議二位に達してしまった頼朝は、朝廷にとって極めて官職的に遇しにくい存在となってしまったはずであるとする。

廿四　内侍所温明殿入セ給事

（五七オ）

〔廿〕四
今夜内侍所大政官庁ヨリ温明殿ヘ入セ給行幸ナリテ三ケ夜ノ臨時ノ御神楽アリ長久元年九月永暦元年四月ノ例トソ聞ヘシ右近将監多好方別勅ヲ奉テ家ニ伝タル弓立客人ト云神楽ノ秘曲ヲ仕テ勧賞ヲ蒙コソヤサシケレ此哥ハ好方カ祖父八条判官資方ト申ケル舞人ノ外ハ未我朝ニ知レル者ナ

〔本文注〕

〇五七オ4　多好方　〈汲古校訂版〉同。〈吉沢版〉〈北原・小川版〉「ハタ好方」。水原一92は、熱田真字本などの例により、「ハタ」ではなく「多」と読むべきことを論証した。

〔釈文〕

廿四（内侍所温明殿へ入らせ給ふ事）

今夜内侍所、大政官庁より温明殿へ入らせ給ふ。行幸なりて三ケ夜の臨時の御神楽あり。長久元年九月、永暦元年四月の例とぞ聞こえし。右近将監多好方、別勅を奉《うけたまは》りて、家に伝はりたる「弓立《ゆだち》」「宮人」と云ふ神楽の秘曲を仕りて、勧賞を蒙るこそやさしけれ。此の哥は、好方が祖父、八条判官資方と申しける舞人の外《ほか》は、未だ我が朝に知れる者なし。彼の資方は堀川院に授け奉りて、子息の親方には伝へずして失せにけり。内侍所の御神楽行はれけるに、主上御すの内にて拍子を取らせ給ひつつ、子の親方には教へさせ給ひにけり。希代の面目、昔より未だ承り及ばず。父に習ひたらんは尋常の事也。賎しき孤子《みなしご》にて、かかる面目を施しけるこそ目出《めで》たけれ。「道を断たじと思し食めされたる御恵、忝き▼五七ウ御事哉」と、世人感涙をぞ流しける。今の好方は、親方が子にて伝はりたりける也。

〔注解〕

○五七オ2　今夜内侍所大政官庁ヨリ温明殿へ入セ給　「今夜」は前段の二十七日の夜（元暦二年四月）。〈長・四〉同。〈盛〉は、「同廿七日」として行幸を記した後、「内侍所神璽官庁ヨリ温明殿ニ被奉渡、上卿参議弁次将皆モトノ供奉人也ケリ」とする。〈南・覚・中〉「其夜ノ子剋ニ内侍所大政官ノ庁ヨリ温明殿ニ入セ給フ」（〈南〉）、〈屋〉「其夜ノ子剋ニ内侍所温明殿へ入セ給フ」。「其夜」はいずれも二十八日。〈大〉は本段の記事を欠き、次段の由来説話のみ記す。史実は二十七日。『玉葉』四月二十七日条「此日神鏡神璽自二朝所一入‐御大内一、先有二行幸一云々。子細可二尋記一レ之」、同二十八日条「神鏡入‐御温明殿一之後、奉レ移二元御辛櫃一云々、神璽同入‐御温明殿一。開二辛櫃蓋一、頭中将通資朝臣取レ之、持二参御殿一云々」。内侍所（神鏡）・神璽は、太政官の東北にある朝所《あいたんどころ》から内裏の温明殿に移された。温明殿は紫宸殿の北東に位置し、南側に賢所があった。

○五七オ2　行幸ナリテ三ヶ夜ノ臨時ノ御神楽アリ　〈長・四・南・屋・覚・中〉同様（〈四〉は「無《成イ》ク行幸」とあるが、「無ク」は誤り。また、〈四・中〉は「臨時ノ」なし）。〈盛〉は「三箇日」の神楽について、四月二十七日から始め、「二十九日国忌也ケレハ御神楽被レ止、五月一日ニ又被レ行ケル」と詳しい。この御神楽については、『玉葉』四月二十七日条に、前項所引部分に続いて「此日、神鏡神璽自二朝所一入二御大内一。先有二行幸一云々。今夜即、被レ行二内侍所御神楽一云々」とあり、『百練抄』同日条にも「自二閑院一行‐幸大内一。内侍所自二官朝所一、渡‐御温明殿一。自二今夜一三ヶ日、有二御神楽事一」とある。宮中では大嘗祭の時に清暑堂においても神楽が奏されたが、一条天皇の代に内侍所の前庭でも行われるようになった。『禁秘鈔』「自二一条院ノ御時一、十二月ニ有二御神楽一。但多ハ隔年行レ之ヲ。近代毎年有レ之。新所之時或被レ行。又有二臨時ノ御神楽ノ例一。寿永大乱之時御二西海一。経二三年一還洛シ玉之時、有二三夜ノ神楽一。是別ノ例也」。『江家次第』によると、十二月の吉日を選び、夜、天皇の出御を受けて行う。この十二月とは別に行う場合を臨時の御神楽と言うが、『建武年中行事』によると、名は臨時であるが、当時は恒例として秋に行われたという。内侍所御神楽は毎年十二月吉日をトし、天皇の臨御を仰ぎ、神鏡を奉斎する温明殿、つまり内侍所とその西側にある綾綺殿との間の庭で行われた（倉林正次、松前健）。

○五七オ３　長久元年九月永暦元年四月ノ例トソ聞ヘシ

〈長・四・南・屋〉同。〈盛・覚・中〉なし。長久元年（一〇四〇）九月二十八日・三十日・十月一日には、九月九日の内裏焼亡と神鏡損壊を受けて、三ヶ夜の内侍所御神楽が行われた（『春記』九月二十三日条他）。この際、神鏡の残骸が新造の辛櫃に収められ温明殿に安置されて神楽が行われたが、『春記』同年九月十四日条によれば、これは寛弘二年（一〇〇五）の内裏焼亡・神鏡破損の際、臨時に神楽を行い神鏡が光輝く奇瑞があった先例を意識したものであった。その後、長暦二年（一〇三八）以降、後朱雀天皇の強い意向のもと内侍所御神楽が恒例行事となるが、永暦元年（一一六〇）には、平治の乱に際して源師仲が持ち出した神鏡が温明殿に戻されたのに伴い、長久の先例に倣って四月二十九日から三ヶ夜の御神楽が行われた（『百練抄』同日条）。中本真人13は、長久元年の際は神鏡が辛櫃に収める日がたまたま御神楽の初日となったが、その後、これが先例となって永暦元年・元暦二年の例とも、神鏡を本来の温明殿に戻した日から三日にわたり神楽が行われ、臨時御神楽と神鏡の安置儀礼が一体のものと扱われるようになったと指摘する。

○五七オ３　右近将監多好方

「多」字については本文注参照。「右近将監」は、〈長・四・南・覚・中〉同、〈屋〉「左近将監」、〈盛〉なし。「多好方」は〈盛・南〉同、〈屋〉「ヲフノ義方」。〈長〉「はたの好方」、〈四〉「多田好《ヨシ》方」、〈覚〉「小家の能方」、〈中〉「おほいのよしかた」。多《おお》氏は近衛官人として右舞と神楽を相伝した。好方が建暦元年（一二一一）没（『楽所補任』）。中本真人13は、多好方がこの時期の内侍所御神楽に必ずといってよいほど奉仕しており、元暦二年の内侍所御神楽に奉仕した可能性も高いとする。

○五七オ４　別勅ヲ奉テ家ニ伝タル弓立客人ト云神楽ノ秘曲ヲ仕テ勧賞ヲ蒙コソヤサシケレ

諸本略同だが、「弓立客人」は、〈長・南・屋〉「湯立宮人」、〈盛〉「宮人」、〈四・覚〉「弓立宮人」。「弓立宮人」がよい。また、末尾は〈南〉「勧賞ヲ蒙ルコソイミジケレ」、〈覚〉「勧賞かうぶりけるこそ目出けれ」。「弓立」は神楽歌、星の中の一曲、「宮人」は神楽歌催馬楽の前張の大前張の中の一曲。『古事談』六・二八には、承元四年三月に賀茂の禰宜が祈祷のため臨時の御神楽で弓立・宮人を謡ってよいか後鳥羽院にうかがいをたてる話が見え「宮人は荒涼に唱はざる歌なり」とある。豊永聡美は、「宮人」は天皇の正統性にも関わる神鏡や宝剣と結びついた歌であったとする。また、中本真人09・同13は、「宮人」は特別な理由のある場合に限って多氏の楽人によって歌われた曲であり、多氏の楽人が歌う時に威力が最も発揮される曲と見られていたとする。

○五七オ5　此哥ハ好方カ祖父八条判官資方ト申ケル舞人ノ外ハ未我朝ニ知レル者ナシ　「資方」を、以下、〈長・盛・南・屋・覚〉は「資忠」、〈四〉は「資方《忠イ》」とし、「舞人」を、〈四〉は「才人」、〈南・覚〉は「伶人」とする。「未我朝ニ」は他本なし。多氏は京の地下楽家の一つで、その名を高めたのは堀河天皇の御神楽の師でもあった多資忠（一〇四六〜一一〇〇）であった。ところが康和二年（一一〇〇）六月、資忠と嫡男節方が、舞人である山村吉貞・正連父子に殺害されたため、これまで多氏が独占的に相伝していた楽と舞が断絶しかねない状況となった。この危機に対して、堀河天皇が、資忠の次男忠方と三男近方に楽と舞を習得させ、多氏の楽家としての命脈を守ったとされる。以下の説話はこの経緯を扱ったもので、『続古事談』五・三三に見える。中本真人10は、「宮人」を中心に検討しつつ、「弓立」も含めてこの説話が事実に近い可能性を認める。水原一79は、『続古事談』と『平家物語』との一致、とりわけ〈延・長〉本文の一致度の高さを指摘する。一方、武久堅は〈四〉が『続古事談』により近いとする。この部分、『続古事談』は、「ゆだち・みや人と云歌は、助忠がほかしる人なし」。なお、『体源抄』一〇ノ上も、「私談云」として、『続古事談』とほぼ同文を示す。

○五七オ6　彼資方ハ堀川院ニ授奉テ　〈盛・四〉同様。〈長〉は「彼資方」を「後に資忠」と誤る。〈南〉「堀河院御在位ノ時伝へ参テ死去シタリ」、〈屋・覚・中〉「堀河天皇御在位ノ時授奉テ死ニケリ」。『続古事談』「助忠かたじけなく君にさづけたてまつれり」。

○五七オ6　子息ノ親方ニハ不伝シテ失ニケリ　〈長・四〉同様（但し、以下、「親方」を「近方」とする）。〈南〉「子ノ親方ニハヲシヘズシテ」も同内容。〈盛〉は親方に教えなかったとは記さず、「資忠ハ山村政連カ為ニ被殺ケレバ、此曲永世ニ絶ナントシケルヲ」とする。〈屋・覚・中〉は

「資忠余ニ秘シテ子息親方ニモ不伝シテ」とするが、『続古事談』では、助忠は子の忠方・近方が「いまだいとけなき童にてありける」うちに殺されてしまったために伝えられなかったとする。水原一79は、〈覚〉が「あまりに秘して」伝授しなかったと加えるのは原拠から離れた、恣意の解釈であると見た。続群本『多氏系図』資忠の項に「康和二年六月十六日為山村正貫被殺害。五十五」、近方の項に「神楽典事被下堀川院勅説。父資忠被殺害之間此道依断絶也。（中略）仁平三年四月廿七日出家。同年五月四日死。六十五」とみえる。

○五七オ7　内侍所ノ御神楽被行ケルニ主上御スノ内ニテ拍子ヲ取セ給ツヽ子ノ親方ニハ教サセ給ニケリ　〈長・四・屋・中〉略同、〈盛〉「内侍所ノ御神楽被行トテ、堀河院、資忠ガ子息近方ヲ砌下ニ召置レテ、主上御簾ノ中ニシテ拍子ヲトラセ給ヒ、近方ニ被授下ケリ」。〈南〉「寛治ノ比ヲヒ内侍所ノ御神楽有シニ、主上御簾ノ内ニテ拍子ヲ順セ給ツヽ、忠賢ヲ召テ授サセヲハシマス」、〈覚〉「君親方にをしへさせ給ひけり」。『続古事談』「内侍所の御神楽の時、本拍子家俊朝臣、末拍子近方つかうまつれりけるに、主上、御簾のうちにおはしまして拍子をとりて、此歌を近方に教へ給けり」。この伝授の経緯について、『教訓抄』巻四・胡飲酒には、「古記云、堀河院御時、多資忠、為山村正貫、被殺害了。仍大旨道失了。仍聖主此道ノ絶事ヲ深ク依有御嘆間、彼資忠之子二人被尋出了。太郎ハ十五忠方、次郎十二近方。則令元服テ、以勅定道ヲ被教継也（中略）神楽ハ兄弟黒戸ニ召居テ、令勅下御出。秘事ハ二男近方下給タリ」とあり、。また『体源鈔』十ノ上には、「又、多近方ハ資忠ニハヲサナクテヲクレニケレバ、神楽ノ道ハ伝ヘザリケルヲ、堀川院資忠ガ手ヨリメデタク伝ヘメシタリケレバ、近方ヲ尋メシテ、召人ノ中ニ此道絶ナバ口惜カルベシトテ、近方ヲメシテ、近衛陣ニサブラワセテ、萩ノ戸ノ辺ニチカクメシテ、御ミヅカラゾヲシヘ給ケル」とある（以下略―院から直接の口移しではなく、師時が介在して教えたことなどを記す。萩ノ戸は清涼殿北庇の内側の常御所、黒戸は清涼殿北庇から北に伸びる廊）。

○五七オ8　希代ノ面目昔ヨリ未承及　〈長・四〉「希代の勝事、いまだ昔よりあらず」（〈長〉）。〈盛・南・屋・覚〉なし。『続古事談』「誠に希代の勝事、いまだ昔にもあらぬ事也」。

○五七オ9　父ニ習タランハ尋常ノ事也　〈長・盛・四・南・屋〉同様。〈覚〉なし。『続古事談』「父にならひつたへんは、よのつねの事也」。〈名義抄〉「尋常　ヨノツネ」。

○五七オ9　賎キ孤子ニテカヘル面目ヲ施シケルコソ目出ケレ　〈長・四・南・屋〉同様。但し〈南〉は末尾「有難ケレ」。〈盛〉「苟孤子トシテ父ニダニモ不習者ガ、懸面目ヲ施ス」。〈覚〉なし。『続古事談』「いやしきみなしごにて、かゝる面目をほどこす事」。武久堅は、〈延〉が第六末・卅九「右大将頼朝果報目出事」において、父母を失った頼朝の果報を強調することとの共通性に注意する。

○五七オ10　道ヲ断シト被思食タル御恵忝キ御事哉ト世人感涙ヲソ流ケル　〈長〉「道を正しとおぼしめしたる君の御はからひのかたじけなき事を…」(「正し」は「断たじ」の誤り)。〈盛〉「道ヲタヽジト思召絶タルヲ継興レ廃給ヘレバ」(「世人感涙…」なし)。〈四〉「不断シタ道被思食御計ヒ忝キ事…」(途中に衍字あり)。〈南・覚〉「道ヲ失ハジト思召ス御志…」(〈南〉)、〈屋・中〉「道ヲ断ジト思食タル君ノ御志ノ忝ナサニ…」(〈屋〉)。「世人感涙ヲソ流ケル」は〈長・四・南・屋・覚〉同様。〈中〉「たぐひなくぞきこえける」。『平家物語』諸本では感動の対象は堀河院の恵みの深さだが、『続古事談』は前項引用文に続けて「此道のたえざる事を、世の人感涙を流しけり」とし、世の人は、近方の面目と道が絶えなかったことに感動したとする。

○五七ウ1　今ノ好方ハ親方カ子ニテ伝タリケル也　〈長・四〉同様。〈盛〉「其ヨリ以来、今ニ伝彼家」。〈南・屋・覚・中〉なし。『続古事談』なし。武久堅が指摘するように、好方の没年は建暦元年（一二一一）六月五日、八十二歳と見られるが（『楽所補任』）、「今ノ」は物語中の「今」であり、直ちに物語の成立年代に結びつけるわけにはいかないだろう。

廿五　内侍所由来事

廿五

（五七ウ）

内侍所ト申ハ天照大神ノ天磐戸ニ御ワシマシヽ時如何ニモシテ我
御形ヲ移シ留ントテ鋳給ヘル御鏡也一ツ鋳給タリケルカ
是悪シトテ不用一シテ紀伊国日前国懸ト奉祝一又一ツ鋳給
ヘリ是ヲハ我子孫此鏡ヲ見テ我ヲ見カ如ニ思給ヘ同殿ニ祝床
ヲ一ニシ給ヘトテ御子ノ天《アマ》ノ忍《ヲシ》穂耳《ホミヽ》ノ尊ニ授奉リ給タリケルカ次
第ニ伝リテ人代ニ及ヒ第九代ノ帝開化天王ノ御時マテハ内侍所ト
帝トハ一御殿ニ御坐ケルカ第十代ノ帝崇神天皇ノ御宇ニ
及テ霊威ニ怖奉テ別ノ御殿ニ被奉祝一近来ヨリハ温明殿
ニソ御坐ケル遷都遷幸ノ後百六十年ヲ経テ邑上天皇ノ御宇

（五八オ）

天徳四年九月廿三日ノ子時ニ内裏中裏初テ焼亡在ケリ火ハ左衛

門陣ヨリ出タリケレハ内侍所御坐温明殿モ程近カリケル上如法
夜半ノ事ナリケレハ内侍モ女官モ参アワスシテ賢所ヲモ出シ奉ラス
小野宮殿忩キ参セ給テ内侍所既ニ焼サセ給ヌ世ハ今ハカウニコソ有ケレ
ト思食テ御涙ヲ流サセ給ケル程ニ南殿ノ桜木ノ梢ニ懸ラセ
給タリケリ光明赫奕トシテ朝日ノ山ノ葉ヨリ出タルカ如シ世ハ未
失サリケリト思食レケルニヤ悦ノ御涙カキアヘサセ給ワス右ノ
御膝ヲ地ニツキ左ノ御袖ヲヒロケテ申給ケルハ昔天照
大神百皇ヲ守ラント云御誓有ケリ其御誓アラタマリ
給ワスハ神鏡　実頼カ袖ニ宿ラセ給ヘト申サセ給　ケル

（五八ウ）

御詞モ未終ラ一ケルニ桜ノ梢ヨリ御袖ニ飛入セ給ニケリヤカテ
御袖ニ裏奉テ御先進セテ主上ノ御在所大政官ノ朝所《アイタン》ヘソ
渡シ奉ラセ給ケル此世ニハ請奉ムト思寄ヘキ人モ誰カハ
有ヘキ又御鏡モ入ラセ給マシ上古コソ目出ケレト承ルニ付

テモ身毛竪ツ　5

〔本文注〕
○五七ウ3　御形ヲ　「ヲ」は重ね書き訂正あり。訂正された字は不明。
○五八オ7　思食レ　「レ」は擦り消しの上に書く。抹消された字は「ケ」か。〈汲古校訂版〉は「ヒ」を擦り消したと見る。

〔釈文〕
廿五（内侍所由来の事）

内侍所と申すは、天照大神の天磐戸に御はしまし時、「如何にもして我御形を移し留めん」とて、鋳《い》給へる御鏡也。一つ鋳《い》給ひたりけるが、「是悪し」とて用ゐずして、紀伊国日前国懸と祝ひ奉る。又一つ鋳《い》給へり。是をば、「我が子孫、此の鏡を見て、我を見るが如くに思ひ給へ。同殿に祝ひ、床を一つにし給へ」とて、御子の天の忍穂耳の尊に授け奉り給ひたりけるが、次第に伝はりて人代に及び、第九代の帝開化天王の御時までは、内侍所と帝とは一つ御殿に御坐《おはしま》しけるが、第十代の帝崇神天皇の御宇に及びて、霊威に怖れ奉りて、別の御殿に祝ひ奉らる。近来よりは温明殿にぞ御坐《おはしま》しける。

遷都遷幸の後、百六十年を経て、邑上《むらかみ》天皇の御宇、▼五八オ天徳四年九月廿三日の子の時に、内裏中裏、初めて焼亡在りけり。火は左衛門陣より出でたりければ、内侍所御坐《おはしま》す温明殿も程近かりける上、如法夜半の事なりければ、内侍も女官も参りあはずして、賢所をも出だし奉らず。小野宮殿忩《いそ》ぎ参らせ給ひて、「内侍所既に焼させ給ぬ。世は今はかうにこそ有りけれ」と思食して、御涙を流させ給ひける程に、南殿の桜木の梢に懸からせ給ひたりけり。光明赫奕として、朝日の山の葉より出でたるが如し。世は未だ失せざりけりと思食《おぼしめ》されけるにや、悦びの御涙かきあへさせ給はず。右の御膝を地につき、左の御袖をひろげて申し給ひけるは、「昔天照大神百皇を守らんと云ふ御誓ひ有りけり。其御誓ひあらたまり給はずは、神鏡、実頼が袖に宿らせ給へ」と、申させ給ひける▼五八ウ御詞も未だ終はらざりけるに、桜の梢より御袖に飛び入らせ給ひにけり。やがて御袖に裹《つつ》み奉りて、御先進《まゐ》らせて、主上の御在所、太政官の朝所《アイタンどころ》へぞ渡し奉らせ給ひける。此の世には、請け奉らむと思ひ寄るべき人も誰かは有るべき。又御鏡も入らせ給ふまじ。上古こそ目出たけれと承るに付けても、身の毛竪《いよだ》つ。

〔注解〕

○五七ウ2～（内侍所由来事）　本段は神鏡由来説話。内侍所の温明殿入御に続いて本話を記す点は〈長・盛・四・南・屋・覚・中〉同様だが、〈大〉は温明殿入御を語らず、唐突に「抑内侍所と申者…」と本段の記事を始める。また、〈南・屋・覚・中〉は本段冒頭で天照大神の岩戸籠りを詳しく語る。但し、〈屋・中〉が岩戸籠りから語り始めるのに対して、〈南・覚〉はまず鏡の鋳造と天孫への授与（〈延〉五七ウ2～6に該当）を語った後、岩戸籠りを語る。

○五七ウ2　内侍所ト申ハ天照大神ノ天磐戸ニ御ワシマシヽ時如何ニモシテ我御形ヲ移シ留ツトテ鋳給ヘル御鏡也　諸本に同内容があるが、〈長・盛・四・大〉「如何ニモシテ」なし。また、〈屋・中〉は天照大神の岩戸籠りを語ってからこのことを記す（前項注解参照）。いずれも、岩戸に籠もることと鏡を作って自分の姿をとどめようとしたこととの関連は明確ではない。『日本書紀』の岩戸籠りの場面では、神代上・第七段の本文に、思兼命の深謀遠慮により、天児屋命等が天照大神を引き出そうと枝に懸けて祈った呪具の一つに「八咫鏡〈一云真経津鏡〉」があり、八咫鏡は、同段第一の一書では石凝姥が「日矛」を造ったとも、第二の一書では天糠戸が鏡を、第三の一書では石凝戸辺が鏡を作ったともいう（天孫降臨の場面については五七ウ5注解参照）。『古事記』上巻も『日本書紀』本文と類同。『古語拾遺』も類似で、思兼神の議により、石凝姥神が「日像之鏡」を鋳て天照大神を引き出すのに用いたとする（『先代旧事本紀』も同様）。「日像之鏡」には、天照大神の姿をかたどったという後世の所伝に近い意味も読み取れようか。この鏡をめぐって、中世にはさまざまの所伝が見られる。以下、四種類に整理してみる（以下に見る諸書の多くは、四七オ1～注解及び四九オ3注解で、宝剣説話に関連して引いたものに重なる。依拠テキストなどについては該当部注解をも参照)。(1) 岩戸籠りに際して鏡を作ったとするが、天照大神をかたどったとは記さないもの。良遍『神代巻私見聞』(応永三十一年〈一四二四〉講述。『神道大系・天台神道・上』)、『古今和歌集灌頂口伝』(片桐洋一翻刻)、八戸市立図書館本『古今和歌集見聞』上(佐伯真一翻刻)等。(2) 岩戸籠りの際に、天照大神をかたどって鏡を作ったとするもの。『頓阿序注』「日神の御顔のたけに鏡をゐて」、『古今序聞書三流抄』「天照太神ノ御形ヲ鋳奉ル」、『了誉序註』巻三(徳江元正翻刻)「日神ノ御体ヲ鋳タテマツラシム」等。忌部正通『神代巻口訣』(神道大系『日本書紀註釈・中』)が、前掲『日本書紀』第一の一書の「日矛」に「猶レ云二日体《ヒノミカタチト》一、奉レ鋳レ鏡也」と注するのも、これに近いだろう。『毘沙門堂本古今集註』巻一が、岩戸籠りの際に「天照大神ノ御方見」として鏡を作ったと記すのも、これに近いか。『榻鴫暁筆』一八・八も同様。(3) 岩戸籠りの前後に、天照大神が自分の姿を写して鏡に造れと命じたとするもの。『撰集抄』九・一「さらば我形を鋳写て日本の主と同殿にすへ奉れとて、神達御姿をうつしとゞめ給へりける」(天岩戸から出た時のこととする)、『剣巻』「天照大神ノ天ノ岩戸ニ閉籠ラセ給ヒシ時、我形ヲ移シ留ム。子孫ニ此鏡ヲ見テ、我ヲ見ルガ如ク思シ食トテ…」(屋代本剣巻)。(4) 岩戸隠れとの関連は記さないが、天照大神が自分の姿に似せて鏡を作らせたとするもの。『神代巻取意文』。また、単に天照大神の姿を写し留めたとするのが『三種神祇并神道秘密』。以上のうち、記紀以来の伝統的な説に近いのは(1)(2)だが、『平家物語』諸本は(3)、特に『剣巻』に近い。

○五七ウ3　一ッ鋳給タリケルカ是悪シトテ不用一シテ紀伊国日前国懸ト奉祝一又一ッ鋳給ヘリ　〈大〉「御意《コヽロ》に応ぜずとて又鋳奉リ給フ。さきの御鏡は紀伊国日前《ニチゼン》権現と祝給へり」。〈南・覚〉「是猶御心ニアハズシテ又イ替サセ給ヘリ。前ノ形見ハ紀伊国日前黒懸ノ社是ナリ」。〈中〉は、鏡を三つ作ったとするが、その行方は「一つは…日ぜんの宮」、「一つは、だいり」(下―二七六頁)として、二つしか記さない。〈長・盛・四・屋〉なし。初めに鋳た鏡が良くないのでもう一つ鋳たとする記事は記紀には見えず、『古語拾遺』が初出か。「初度所レ鋳少不レ合レ意〈是紀伊国日前神也〉。次度所レ鋳其状美麗〈是伊勢太神也〉」(『先代旧事本紀』も同様)。最初は失敗し、それが日前の神となったとする点は、『撰集抄』、『古今序聞書三流抄』、『毘沙門堂本古今集註』、『了誉序注』、八戸本『古今集見聞』、『神道集』巻五「御神楽事」、良遍『神代巻私見聞』、春瑜『日本書紀私見聞』、『榻鴫暁筆』などに共通。最初の鏡は鋳損じた、疵があったなどとするものが多いが、良遍『日本書紀私見聞』では、「初ニ一鋳タルハ無レ疵。是ハ諸神ノ心ニ不レ叶」として捨てたのが日前宮となったとし、次に鋳直した鏡を天照大神の神体としたとする。その他、『神代巻取意文』は、最初の鏡は「日ノ前《クマ》」、次は「国前住ノ社」、三番目が「火打」となり、最後に内侍所ができたとする。『三種神祇并神道秘密』もこれに類似。また、『剣巻』は、鏡は三つあったとして、一つは八岐大蛇退治を喜んだ手ナヅチが素盞烏尊に献上した「引出物ノ鏡」、あと二つは岩戸籠りの際に鋳造されたが、そのうち最初に鋳た鏡は少し小さいので鋳直し、最初の鏡は日前宮、二度目に鋳た鏡は伊勢の二見浦に祀られたとする。なお、『日本書紀』第七段第二の一書には、天照大神が岩戸から出てきた時、鏡を岩屋に入れたところ「小瑕」がつき、今も残っているとする。日前国懸社は紀伊国一宮（現和歌山市秋月）。『釈日本紀』には日前・国懸は同一神とする解釈が見える。日前は檜隈とも記すべき地名、国懸の懸はカカスと読みカガヤカスの意で、神威が国にあまねく及ぶとの意であり、本来両宮は「日前に坐ます国懸神社」とも呼ぶべき一神社で、二座の神であったと考えられる〈地名大系・和歌山県〉。

○五七ウ5　是ヲハ我子孫此鏡ヲ見テ我ヲ見カ如ニ思給へ同殿ニ祝床ヲ一ニシ給へトテ御子ノ天《アマ》ノ忍穂《ヲシホミ》耳ノ尊ニ授奉リ給タリケルカ　〈長・盛・四・屋〉類同。〈南・覚〉は「此鏡ヲ見テ我ヲ見カ如ニ思給へ」の句はなく、〈南・覚〉は「殿ヲ同クシテスミ給へト仰ラレケリ」（〈南〉）などとする。一方、〈中〉は、「同殿ニ祝床ヲ一ニシ給へ」以下を欠く。〈大〉「後の御鏡は内侍所と名づけられ、御子の天の穂耳尊《ヲシホミヽノミコト》譲奉せ給けり」。『日本書紀』の天孫降臨の場面では、神代下・第九段の第二の一書に、「是時、天照大神、手持ニ宝鏡一、授ニ天忍穂耳尊一、而祝之曰、吾児視ニ此宝鏡一、当レ猶レ視レ吾。可三与同レ床共レ殿、以為ニ斎鏡二」とある。但し、この鏡と岩戸籠りに際して造られた鏡の関係は記されない。『古事記』上巻や『古語拾遺』『先代旧事本紀』も類似の言葉がある。なお、『日本書紀』同段・第一の一書では天津彦彦火瓊瓊《ほのにに》杵尊《ぎのみこと》に、八坂瓊曲玉・八咫鏡・草薙剣の「三種宝物」を授けたとする（四八オ10注解参照）。『倭姫命世記』や『神祇秘抄』上「御鎮座事」（真福寺善本叢刊『中世日本紀集』）などは、「三種神財（神宝）」を皇孫に授ける場面で「我ヲ見カ如…」に類似の言葉を記す。天忍穂耳命《あめのおしほみみのみこと》は、天照大神が素盞男尊と誓約をした際に生まれた神で、地上に降臨した瓊瓊杵尊の父とされる。天岩戸と鏡の鋳造を語る前掲諸書は、天孫降臨場面に展開させないものが多いが、『撰集抄』は、岩戸から出てきた天照大神が、「さらば我形を鋳写て日本の主と同殿にすへ奉れ」と命じ、これが天皇家に伝えられたとして、『平家物語』諸本に近い。『榻鴫暁筆』も岩戸籠りに続けて天孫降臨を記すが、天照大神の言葉は天孫降臨の際のものとする。また、『剣巻』は、前項注解に見たように鏡は三つあったとするが、岩戸籠りの際に天照大神が「我形見ヲ移シ留ム。子孫ニ此鏡ヲ見テ、我ヲ見ルガ如ク思シ食」（屋代本剣巻）と命じて造った鏡は日前宮や二見浦に祀られたとし、内侍所は手ナヅチの「引出物ノ鏡」であったとする点、独自。

〇五七ウ6　次第ニ伝リテ人代ニ及ヒ第九代ノ帝開化天王ノ御時マテハ内侍所ト帝トハ一御殿ニ御坐ケルカ　諸本、基本的に同様。但し、〈盛〉は「次第ニ相伝テ、一御殿ニ有御座ケルヲ」と、開化天皇に言及しないが、次に「第十代帝崇神天皇御宇ニ及テ…」とするので、結果的には同じ。〈南・覚・中〉は「次第ニ伝リテ人代ニ及ヒ」がないため、岩戸籠りからの接続がややわかりにくい。鏡・剣を崇神天皇の代に遷したことについては次項注解参照。神鏡が九代までは天皇と同殿であったという記事は、兼倶本『日本書紀神代巻抄』巻二や宣賢本『神代巻抄』第九「天孫降迹事」にも見える。

〇五七ウ8　第十代ノ帝崇神天皇ノ御宇ニ及テ霊威ニ怖奉テ別ノ御殿ニ被奉祝一　諸本同様だが、「霊異」は〈四〉「神威」。また、末尾「被奉祝」は、〈長・盛・大・南・屋・覚・中〉「うつし奉る」（〈長〉）。四九オ3以下の宝剣記事では、崇神天皇の代に剣を笠縫村へ、続いて伊勢神宮に遷し、それに伴って剣を造り直したとしていた（〈盛・四〉はそこで鏡も鋳替えたとしていた—四九オ6注解参照）。四九オ4注解に見たように、『日本書紀』崇神天皇六年条に、天照大神・倭大国魂の二神はもともと天皇と同殿に祀っていたが、百姓の流離や反乱によってそれをやめ、天照大神は豊鍬入姫命に託けて倭笠縫邑に遷したとある。また、四九オ6注解に見たように、『古語拾遺』では、崇神天皇の代に剣・鏡を新たに鋳造し、もとの鏡・剣は倭笠縫邑に遷して豊鍬入姫命に斎わせたとあり、同様の記事は、『倭姫命世記』などにも見える。また、『撰集抄』は、『平家物語』諸本と同様、崇神天皇の代に鏡を別殿に移したとする。『榻鴫暁筆』は、鏡を鋳替え、古いものを伊勢大神宮に納めたとする。一方、『禁秘抄』上や『公事根源』（この両者については次項注解参照）、『江家次第』巻一一、『明文抄』一、『神宮雑例集』巻二、『年中行事秘抄』、『神祇秘抄』上などは、垂仁天皇の代に神器を別殿に奉じたとする。

○五七ウ9　近来ヨリハ温明殿ニソ御坐ケル　〈長・四・大・南・覚〉同様。〈盛・中〉も類似するが、「近来よりは」を、〈盛〉「後ニハ」、〈中〉「中ごろよりぞ」とする。〈屋〉なし。『撰集抄』『榻鴫暁筆』は、宇多天皇の代のこととする。『禁秘抄』上「垂仁天皇ノ御宇。始テ為ニ別殿ト御ス温明殿ニ」上は、垂仁天皇の代に移した「別殿」が即ち温明殿であったとする。『公事根源』も同様。一方、『古今著聞集』一・二には、「内侍所は、昔は清涼殿にさだめをきまいらせられたりけるを、をのづから無礼の事もあらば、其恐あるべしとて、温明殿にうつされにけり。此事いづれの御時の事にか、おぼつかなし」と、遷座の時期は不明ながら、清涼殿にあったのを「昔」とする。『平家物語』諸本と類似するといえようか。『体源鈔』十ノ上も同様。温明殿は大内裏の宣陽門内にあり、南側に神鏡を安置する賢所があった。「内侍所」は温明殿の別名ともされる。神鏡がいつから温明殿に安置されたかは不明だが、天慶元年（九三八）に温明殿の修理に伴い内侍所が後涼殿に移ったことが『貞信公記』同年七月十三日条に「地震、内侍所遷後涼殿、貴所等同遷」とあるのが確認でき、この「貴所」は『本朝世紀』同日条に「辛櫃ニ合〈件辛櫃、自往古時、号神明、在内侍所、相伝□、伊勢大神分身也〉」とあるように神鏡に相当する。なお、斎藤英喜は、温明殿とは一種の倉庫〈納殿〉であり、そこに祭られる納戸神としての鏡が、表側の宅神へと祭り上げられていったのが神鏡であると見る。

○五七ウ10　遷都遷幸ノ後百六十年ヲ経テ邑上天皇ノ御宇天徳四年九月廿三日ノ子時ニ　諸本基本的に同様。但し、「遷都遷幸」は、〈南・屋・覚〉同、〈長・四〉「遷幸」、〈盛・中〉「遷都」、〈大〉「都にうつり遷幸」。また、火災の日時「天徳四年九月廿三日ノ子時」は、〈四〉は「天徳二年」に「四イ」と傍書。天徳四年が良い（次項注解参照）。〈中〉は「子時」を「夜」とする。延暦十三年（七九四）の平安遷都から天徳四年（九六〇）まで、正確には百六十六年。「邑上天皇」は村上天皇。在位は天慶九年（九四六）から康保四年（九六七）まで。

○五八オ1　内裏中裏初テ焼亡在ケリ　「内裏中裏」は、〈長〉「内裏中宮」、〈盛〉「内裏」、〈四〉「大内中」、〈南〉「大内中ノ辺」、〈屋〉「大内ノナカノヘ」、〈覚〉「内裏なかのへ」。〈中〉は「だいり」とし、次文で「ひもとは大だいの中の衛」とする。〈大〉該当語なし。本来は「内裏中重《なかのへ》」か〈四部本全釈〉。「中重《なかのへ》」は、「内裏を囲む築地。宮垣。またそれに囲まれた内部。内裏。四方に門（東に建春門。南に建礼門のほか二門。西に宜秋門。北に朔平門、式乾門）があり、宮門と称し衛門府が警備する」〈日国〉。この火災については、『天暦御記』（村上御記）天徳四年九月二十四日条（『小右記』寛弘二年〈一〇〇五〉十一月十七日条所引「村上御記」、『扶桑略記』天徳四年九月二十三日条所引「御日記」）、『日本紀略』同九月二十四日条・十月三日条に詳しく、仁寿殿・宣陽殿・温明殿などが焼け、多くの宝物が失われたとされる。『扶桑略記』同日条や『愚管抄』巻二に、平安京遷都後初めての火災であったと記される。神鏡の焼損について、右記『天暦御記』によれば、鏡は「頭雖レ有二一破一、専無レ損二円規并帯等一」（『小右記』所引本文。『扶桑略記』所引本文では「一破」を「小瑕」とする）という状態だったという。『日本紀略』同日条では、鏡は焼けたものの「形質不レ変、甚為二神異一」という。これらは、鏡が飛び出したなどとはせず、比較的よく原形を保ったことを奇瑞とするわけである。一方、以下に見るような神鏡の奇瑞を描く説話は、『撰集抄』九・一や『直幹申文絵詞』と類似が注目されるが、その他、五七ウ8注解に見た『江家次第』巻一一、『明文抄』一、『禁秘抄』上、『神宮雑例集』巻二、『年中行事秘抄』や、『帝王編年記』、『神代巻取意文』、『体源鈔』十ノ上等々、多くの書に見られる。記録的記述と、鏡が飛び出したという説話とを併記する書も多い。『愚管抄』巻二は、記録に近い記事の後に、「或大葉椋木ニ飛出テカヽリ給フトモ云メリ。其日記ハタシカナラヌニヤ」と、説話的記事を否定的に引く。『古今著聞集』巻一・二は、説話を引いた後で、「されど此事おぼつかなし」として、「御記」（『天暦御記』）を引く。『公事根源』もこれに近い。『神皇正統記』村上天皇条は、『天暦御記』を引いた後で、この説話を引くが「ヒガ事」と否定する。『榻鴫暁筆』一八・八は、この説話を引いた後で、「或云」として、「只灰中を出給、損ぜずして円光明らかなり共いへり」とする。この説話の形成について、久保田淳は、以下の霊験譚について、『江家次第』に端緒が見出せることを指摘した。また、松本昭彦は、『古事談』五・一や『太神宮諸雑事記』第一（『神道大系・神宮編・一』）に見える、伊勢神宮の神鏡が火事の際に殿舎を自ら飛び出して木にかかったとの説話が先ず存在し、内侍所神鏡と対比される先例として語られていたが、やがて内侍所神鏡そのものが火中から飛び出したとする説話に変化したと指摘する。こうした多くの文献の中で、『平家物語』については、とりわけ『撰集抄』『直幹申文絵詞』との類似が問題とされてきた。〈全注釈〉や中村義雄は『直幹申文絵詞』が『平家物語』を抄出したと見たが、水原一は、『撰集抄』『直幹申文絵詞』の両作品は、『平家物語』によったわけではなく、独立した説話を各々採用したのだと考えた。しかし、これら多くの作品の中でも、『平家物語』とこの両作品の類似は際だっており、特に『撰集抄』については、先に見てきた神鏡由来記事についても顕著な類似を示す。しかも、『撰集抄』は六・一の仏跡興廃記事についても、木下資一によって『平家物語』依拠が指摘されており、本段についても『平家物語』に依拠した可能性は低くない。本項については、『撰集抄』「天暦の御世、天徳四年、なが月のすゑの比」（『撰集抄』校本篇による）、『直幹申文絵詞』「其後、天徳四年九月廿三日子刻に、大内火いできたりて」（絵巻大成による）。『直幹申文絵詞』が月日から時刻まで明記し一致するのに対し、『撰集抄』は朧化した形。

○五八オ1　火ハ左衛門陣ヨリ出タリケレハ内侍所御坐温明殿モ程近カリケル上　〈長・盛・四・屋・覚〉基本的に同様。〈大・南・中〉も同様だが、〈大・南〉「右衛門ノ陣」、〈中〉「さひやうゑのぢん」とする。『直幹申文絵詞』は〈延〉などに同。『撰集抄』は「左衛門の陣より火出きて、禁裏みなやけけるに、温明殿も程遠からぬ上に」とやや異文。『扶桑略記』所引『天暦御記』「少納言兼家奏云、火焼二左兵衛陣門一、非レ可二消救一」、『日本紀略』「火出レ自二宣用門内方北掖陣一不レ出二中隔外一」によれば、左兵衛陣がよいか。宣陽門の内側から出火したようだが、宣陽門の内側、すぐ西に位置するのが温明殿。また、門の北側が左兵衛督宿所であり、外側（東側）の左兵衛府も近い（『京城略図』）。〈延・長・盛・四・屋・覚〉と『直幹申文絵詞』『撰集抄』は誤りを共有するといえようか。

○五八オ3　如法夜半ノ事ナリケレハ内侍モ女官モ参アワスシテ賢所ヲモ出シ奉ラス　諸本基本的に同様だが、〈四・中〉は「おりふしないし所に、女くわんもさぶらひあはずして」（〈中〉）のように、「内侍」を女官の意味ではなく、場所としての内侍所（温明殿）とする。また、〈盛・南〉は「賢所」を「内侍所」とする。「賢所」は、ここでは神鏡と同義であろう。『日本紀略』天徳四年九月二十四日条には「昨夜鏡三〈和名加之古止古呂〉并太刀契不レ能二取出一」と見える。『直幹申文絵詞』は〈延〉に同。『撰集抄』も「誠の夜中にて侍りければ、内侍女官もまいらで、取出奉らざりければ」と、同内容。「如法」は全くの、の意。出火時刻は五八オ1に「子時」とあった。

○五八オ4　小野宮殿忩キ参セ給テ　〈長・盛・四・大・屋・覚〉同様。〈南〉「其時関白小野ノ宮殿」、〈中〉「関白殿」。

『直幹申文絵詞』「少野宮殿いそぎまいり賜て」。『撰集抄』「清慎公いそぎまいらせ給て」。小野宮は左大臣・藤原実頼（九〇〇～九七〇）。謚は清慎公。忠平の長男で故実に通じていた。天徳四年当時は正二位左大臣。実頼は、『水心記』（『清慎公記』とも。『小右記』寛弘二年十一月十七日条所引「故殿御日記」）に、「恐所雖レ在二火灰燼之中一、曽不二焼損一云々〈鏡三面中、伊勢太神、紀伊国日前・国縣云々〉」と記している。これによれば、三面の鏡が安置されていたことが確認できる（『日本紀略』天徳四年十月三日条には「一所鏡、件鏡雖在猛火上而不涌損、即云、伊勢大神云々」とあり、三面のうち、伊勢大神の鏡は無事だったとされている）。なお、『天暦御記』（『扶桑略記』所引「御日記」）は、焼亡により、村上天皇が右大臣（国史大系頭注によれば異本に「左大臣」とも）を召したとするが、松本昭彦は左大臣実頼を指すと見る。

○五八オ4　内侍所既ニ焼サセ給ヌ世ハ今ハカウニコソ有ケレトテ御涙ヲ流サセ給ケル程ニ　実頼の描写。〈長・四・南・屋・覚〉同様。〈盛〉はこの前に「温明殿ハ、ヤ焼ケリ」とあり。〈大〉は「世ハ今ハカウ…」なし。〈中〉「こはいかゞし奉るべきと、さはがせ給けるに」。『直幹申文絵詞』「内侍所をみたてまつらせたまうにわたらせ給はず」とあるが、「世ハ今ハカウ…」以下は同様。『撰集抄』「内侍所已に焼させおはしましぬ覧、世はかうぞとおぼしなげき、泪ぐんでいまそかりけるに」。

○五八オ5　南殿ノ桜木ノ梢ニ懸ラセ給タリケリ　〈長・四・大〉同様。〈盛〉「灰燼上ニシテ奉見出タリケルニ、木印一面、其文ニ天下太平ノ四字アリケリ」とした上で、類文あり。神鏡は灰燼の上で見出された後、桜の梢に飛んだことになろうか。〈南・屋・覚・中〉は、「内侍所はみづから炎のなかをとび出でさせ給ひ」（〈覚〉）などと、神鏡が自ら飛び出した様子を明記する。『直幹申文絵詞』『撰集抄』は〈延・長・四・大〉と同様。神鏡が自ら飛び出す表現は、『江家次第』「天徳焼亡飛出着ニ南殿前桜一」、『愚管抄』「大葉椋木ニ飛出テカヽリ給フトモ云メリ。其日記ハタシカナラヌニヤ」、『古今著聞集』「天徳内裏焼亡に、神鏡みづから飛出給て、南殿の桜木にかゝらせ給ひたりけるを（中略）…されど此事おぼつかなし」などと見られる。南殿は紫宸殿の異称で、前に右近の橘・左近の桜が植えられていた。但し、『古事談』六・一によれば、南殿の桜は、この天徳四年の内裏焼亡により焼失したという。『禁秘抄』上にも同様の記事あり。だとすれば、この火事の時に神鏡が南殿の桜の梢に懸かっていたということ自体、疑わしい。なお、火災により御神体の鏡が飛び出し木に掛かるという話の類例としては、五八オ1「内裏中裏…」注解に見た、『古事談』五・一話や『太神宮諸雑事記』第一所載の伊勢の神鏡の説話が著名だが、他に、『熊野権現金剛蔵王宝殿造功日記』には、「孝安天皇御時、丙子年八月八日、熊野新宮、竜落懸焼畢。三所御聖体鏡、飛出懸ニ榎枝ニ（真福寺善本叢刊『熊野金峯大峯縁起集』）と見える（以上、〈四部本全釈〉参照）。

○五八オ6　光明赫奕トシテ朝日ノ山ノ葉ヨリ出タルカ如シ　諸本同様だが、「山ノ葉」は「山の端」（〈長〉など）が正しい。また、〈屋〉は末尾「出サセ給ヘルニ不レ異」、〈覚〉も「いづるにことならず」と小異。『直幹申文絵詞』は「光明奕赫として朝の日の山のはをいづるがごとし」と、〈延・長〉などと同文だが、『撰集抄』は、「光赫奕として、あらたにましますこと、山のはをわけて出る日よりもなをあらたにていまそかりけるを」と強調表現あり。

○五八オ6　世ハ未失サリケリト思食レケルニヤ悦ノ御涙カキアヘサセ給ワス　〈長・盛・四・大・南・覚〉同様。〈屋・中〉なし。『直幹申文絵詞』「世はいまだうせざりけりとおぼしける。感涙をさへがたくて」。『撰集抄』は「悦の涙かきあへ給はず」のみ。

○五八オ7　右ノ御膝ヲ地ニツキ左ノ御袖ヲヒロケテ申給ケルハ　諸本類同だが、「申給ケルハ」に該当する句は、〈覚〉「泣々申させ給ひけるは」のみ。『直幹申文絵詞』「右の御膝をつきて左の御袖をひろげて申させ賜けるは」。『撰集抄』「いそぎ右の御ひざをつき、左の御袂をひろげて」と小異。『古今著聞集』「小野宮殿ひざまづきて、御目をふさぎて警蹕をたかく唱て、御うへの衣の袖をひろげて、うけまいらせられければ」。『神代巻取意文』「実頼ノ卿左右ノ袖ヲヒロゲ、蹉《ヒザマツ》キテ」。右の御膝をつき、左の袖を広げるのは、目上の者に敬意を表しながら何かを申し上げるときの所作。源頼政が鵺退治の褒美を受ける際、同じ所作をしている（第二中・八九ウ2）。

○五八オ8　昔天照大神百皇ヲ守ラント云御誓有ケリ　実頼の言葉。〈長・四・大・南・屋・覚〉同様。〈盛〉「昔天照大神為奉守百皇移留給ヘル御鏡也」。〈中〉「百王おうごの御ちかひ」。『直幹申文絵詞』『撰集抄』も類同。実頼の言葉は、『江家次第』では「小野宮大臣称レ警、神鏡下入ニ其袖ニ」、『古今著聞集』「警蹕をたかく唱て」のように、ごく簡単に記す。八幡大菩薩による「百王鎮護」の表現は、五一オ7にも見えていたが、ここは天照大神。『撰集抄』では、当該話の前に、「我百王を守らん。をの〳〵いかに」

という天照大神の言葉を描いていた。五七ウ5注解に見たように、『日本書紀』第九段の第一の一書では、火瓊瓊杵尊《ほのににぎのみこと》に「三種宝物」を授けたとするが、その際、「葦原千五百秋之瑞穂国、是吾子孫可レ王之地也。宜爾皇孫、就而治焉。行矣。宝祚之隆、当下与二天壌一無窮上者矣」と勅したとする。『神皇正統記』では、百王に関して「窮ナキヲ百トモ云リ」とした上で、この勅を引く。ここでも、「天照大神百皇ヲ守ラント云御誓」とは、これを意識する可能性がある。天照大神が百王を守るとする例は、『耀天記』にも、「天照大神伊勢国ニアトタレ給テ、内宮ヲバ皇大神宮ト申、外宮ヲバ豊受、光ヲ並ベテ遠クハ百王ヲマボリ」と見える。なお、百王思想は、三六ウ2、四四ウ7、五一オ7にも見えていた。該当部注解参照。また、第二本・五オ6、第三末・四七オ3注解参照。

〇五八オ9　其御誓アラタマリ給ワスハ神鏡実頼カ袖ニ宿ラセ給へ　実頼の言葉。諸本同様。『直幹申文絵詞』「そのむねあらたまらずは神鏡実頼がそでにやどり給へ」。『撰集抄』「その御誓実に改らずは、実頼が袖にうつらせ給ゑ」。

〇五八ウ1　御詞モ未終ラ一ケルニ桜ノ梢ヨリ御袖ニ飛入セ給ニケリ

諸本基本的に同様。但し、〈長・四〉「桜ノ梢ヨリ御袖ニ」は、〈長・四・南・覚〉なし。〈中〉は「左の御袖に」飛び移ったとするが、これは実頼が広げていたのが左の袖だったためだろう（五八オ7注解参照）。『直幹申文絵詞』「御詞いまだをはらざるにとびいり賜へり」。『撰集抄』「…と申給へるに、神鏡忽に袂にとび入せ給へりけり」。

〇五八ウ1　ヤカテ御袖ニ裏奉テ御先進セテ主上ノ御在所大政官ノ朝所《アイタン》へソ渡シ奉ラセ給ケル　〈長・盛〉同様。「御先進セテ」は、〈四・大・南・屋・覚〉なし。「さきばらいをする。先駆する。先を払う」（〈日国〉「さきを追う」）の意であろう。また、「主上ノ御在所大政官ノ朝所《アイタン》」は、〈四・大〉「太政官庁」、〈覚〉「太政官の朝所」。「朝所」は「あいたんどころ」。太政官の東北隅にある舎屋で、内裏焼亡や方違の時、一時仮の御所となることもあった〈国史〉。ここは、天皇が朝所に避難していた意であろう。『直幹申文絵詞』「御袖につゝみて、太政官の朝所へぞわたしたてまつられける」。『撰集抄』は「身づからみさきをまいらせさせ給て、大政官の賢所に渡奉給へり」とするが、「大政官の賢所」は不審。誤りがあるか。但し、撰集抄研究会『撰集抄全注釈』の、「神鏡の安置された所を賢所というと解すれば、「太政官の賢所」もあり得ることと思われる」という見解もある。

〇五八ウ3　此世ニハ請奉ムト思寄へキ人モ誰カハ有へキ

〈長・四・南・屋・覚〉同内容。〈盛〉「猛火ノ中ニシテ無二損失一ケルコソ霊験掲焉覚ユレ。イマノ代ニハ誰人カ請ジ奉ラント可二思寄一」。〈中〉「いにしへはかくこそめでたくおはしましけれ」。〈大〉なし。『直幹申文絵詞』「この世にはうけたてまつらんと思よる人もありがたく」。『撰集抄』「末の世には、請取まいらせんと思寄人も侍らじかし」。

○五八ウ４　又御鏡モ入ラセ給マシ　〈長・四・南・屋・覚〉同内容。〈盛〉「神鏡モ飛入セ給ハン事ヲモ知ズ」。〈中〉「今は世の末になりて、ないし所もとびうつらせ給ふまじ」。〈大〉なし。『直幹申文絵詞』「御鏡も入給まじ」。『撰集抄』「神鏡も又入せ給はじとぞ覚侍る」。

○五八ウ４　上古コソ目出ケレト承ルニ付テモ身毛竪ツ　〈長・四・南〉ほぼ同。〈盛〉「上代ハ目出カリケリト身毛竪テ貴カリケリ」。〈大〉「内侍所の御威光身毛竪てぞおぼえける」。〈屋〉「思ヘバ上古コソ目出ケレ」、〈覚〉「上代こそ猶も目出けれ」、〈中〉「たゞ上ここそありがたく、末代こそかなしけれ」。『直幹申文絵詞』「上代こそめでたく侍けれ」。『撰集抄』は「神は昔の神にてかはることいましまさゞれども、凡夫のやみの深くのみなりゆいて、すめる月のあらはれざると智べし」と全くの異文。武久堅は、上代を讃美し「今ノ世」の衰亡に「身毛竪ツ」とする評語を、「初出十二巻本編者」の「保守的志向」を示すものととらえる。

廿六　時忠卿判官ヲ聟ニ取事

（五八ウ）

廿六
平大納言時忠讃岐中将父子ハ九郎判官ノ宿所近クオワ
シケリ大納言ハ心武人ニテオワシケレハ今ハ世ノカク成ヌル上

ハトテモカクテモトコソ覚スヘキニ猶モ命ノ惜ク被思一ケルヤラン御子ノ中将ニ宣ケルハイカ丶セムスル散スマシキ大事ノ革籠ヲ一合判官ニ被取一タルソトヨ此文タニモ鎌倉ヘ見ヘナハ人モ多

（五九オ）

〔損〕シナンス我身モ生ラルマシト歎カレケレハ中将宣ケル〔八〕判官ハ大方モ情アル者ニテ候ナルト承ルマシテ女房ナムトノ打絶歎事ヲハ何ナル大事ヲモモテハナタレヌト申メリ何カハ苦候ヘキシタシクナラセ給ヘカシサラハナトカ露ノ情ヲモ不懸奉一ラヘキト被申ケレハ大納言我世ニ有シ時ハ娘共ヲハ皆女御后ニトコソ思シカナミ〳〵ナル人ニミセムトハカケテ思ハサリキトテハラ〳〵ト泣給ヘハ中将モ涙ヲ拭テ今ハ其事被仰一ニ不及一トテ当時ノ北方帥典侍殿ノ御腹ニ今年十八ニ成給ヘル姫君ノ斜ナラス厳クサカリナルカオワシケルヲト中将ハオホシケレトモ大納言尚モ其ヲハイタワシキ事ニ被思タリケレハ先北

（五九ウ）

方ノ御腹ニ廿二一ニ成給ヘル姫君ヲソ判官ニハミセラレケル年 ソ
少シヲトナシクオワシケレトモ清ケニホコラカニ手ウツクシク カ
キ色有花ヤカナル人ニテオワシケレハ判官難去一思ワレテ本
ノ上川越太郎重頼カ娘ハ有ケレトモ是ヲハ別ノ方尋常
ニ拵テスヘ奉テモテナサレケリ中将ノハカラヒ少モ不違大
方ノ情モサル事ニテ大納言御事斜ナラス憐ミ申サレケリ
彼皮籠封モトカス大納言ノ許ヘ奉返一ラレケリ大納言悦
給テ壺中ニテ忩キ被焼捨一ニケリ如何ナル文共ニテカ有
ケン穴倉シ

〔本文注〕

○五九オ３　モテハナタレヌ　「モ」は重ね書き訂正あり。訂正された字は「テ」の可能性あり。

〔釈文〕

廿六（時忠卿判官を聟に取る事）

平大納言時忠、讃岐中将父子は、九郎判官の宿所近くおはしけり。大納言は心武き人にておはしければ、今は世のかく成りぬる上は、とてもかくてもとこそ覚すべきに、猶《なほ》も命の惜しく思はれけるやらん、御子の中将に宣ひけるは、「いかがせむずる。散らすまじき大事の革籠《かはご》を一合、判官に取られたるぞとよ。此の文だにも鎌倉へ見えなば、人も多く▼（五九オ）損じなんず。我が身も生けらるまじ」と歎かれければ、中将宣ひけるは、「判官は大方も情けある者にて候ふなると承る。まして女房なむどの打ち絶え歎く事をば何なる大事をももてはなたれぬと申すめり。何かは苦しく候ふべき。したしくならせ給へかし。さらばなどか露の情けをも懸け奉らざるべき」と申しければ、大納言、「我が世に有りし時は、娘共をば皆、女御・后にとこそ思ひしか。なみなみなる人にみせむとはかけて思はざりき」とて、はらはらと泣き給へば、中将も涙を拭ひて、「今は其の事仰せらるるに及ばず」とて、「当時の北の方、帥典侍殿の御腹に、今年十八に成り給へる姫君の斜めならず厳《いつく》しくさかりなるがおはしけるを」と、中将はおぼしけれども、大納言尚も其れをばいたはしき事に思はれたりければ、先の北の▼（五九ウ）方の御腹に廿二に成り給へる姫君をぞ判官にはみせられける。年ぞ少しおとなしくおはしけれども、清げにほこらかに手うつくしくかき、色有る花やかなる人にておはしければ、判官去り難く思はれて、本の上、川越太郎重頼が娘は有りけれども、是をば別の方尋常に拵《こしら》へてすゑ奉りて、もてなされけり。中将のはからひ少しも違はず、大方の情けもさる事にて、大納言の御事斜めならず憐れみ申されけり。彼の皮籠《かはご》、封もとかず、大納言の許《もと》へ返し奉られけり。大納言悦《よろこ》び給ひて、壺の中にて忩《いそ》ぎ焼き捨てられにけり。如何なる文共にてか有りけん、穴倉《おぼつか》なし。

〔注解〕

○五八ウ6　**平大納言時忠讃岐中将父子ハ九郎判官ノ宿所近クオワシケリ**　〈長・盛・四・南・屋・覚・中〉同内容。但し〈盛〉は、この前に、時忠は減刑を願ったが、院使花方の鼻をそぐ（第五末・三オ5、第六末・八ウ5注解参照）などの「狼藉」のために流罪に定まったと記す（五八ウ8注解参照）。〈大〉は以下の時忠記事なし。「九郎判官ノ宿所」は、五四ウ4に見た六条堀川邸。「九郎判官ノ宿所近ク」とあるが、『玉葉』元暦二年四月二十六日条「此日前内府并時忠卿以下入洛云々。（中略）武士等囲繞云々。両人共安㆓置義経家㆒」や、『吾妻鏡』同日条「皆悉入㆓廷尉六条室町第㆒云々」によれば、宗盛・時忠などをはじめ、平家の人々は皆、六条堀川邸に監禁されたと見てよかろう。

○五八ウ7　大納言ハ心武人ニテオワシケレハ　〈長・四〉同様。〈盛〉は前項注解に見たように時忠のこれまでの振る舞いを描く。〈南・屋・覚・中〉なし。時忠のこうした造型は、第六末・六「平大納言時忠之事」で述べられる検非違使別当在任時に罪人の手を切った事件や、花方焼印事件（前項注解参照）など、あるいは第一本・二五オ5以下に見た「人非人」発言などに一貫したものといえよう。罪人の手を切ったり斬首したのは事実である（第六末・八ウ2注解参照）。また、平藤幸02が指摘するように、実務能力の自信に支えられて、時に恣意的ともいえる独自の判断をする面があったことなどが、こうした造型の基盤となったと見られよう。

○五八ウ7　今ハ世ノカク成ヌル上ハトテモカクテモトコソ覚スヘキニ　〈長・四・南・屋・覚〉同様。〈盛〉も近似文あり。〈中〉なし。前項に見たように時忠は心武き人なので、「（平家が滅亡してしまった）今となっては、命を失ってもしかたないと思うはずだったが」の意。

○五八ウ8　猶モ命ノ惜ク被思ケルヤラン　〈長・盛・四・南・屋・覚〉同様、〈中〉なし。『玉葉』元暦二年五月三日条によれば、時忠は、神鏡を守った功によって流刑を免じ、出家して深山に住むことを許してほしいと申し出たという。

○五八ウ9　イカヽセムスル散スマシキ大事ノ革籠ヲ一合判官ニ被取タルソトヨ此文タニモ鎌倉ヘ見ヘナハ人モ多〔損〕シナンス我身モ生ラルマシ　時忠の言葉。〈長〉同。〈盛〉は「散スマジキ状共ヲ入タル皮籠ヲ一合…」、〈南・屋・覚・中〉は「散スマジキ文共ヲ一合…」（〈南〉）とあり、以下同様。〈四〉は「一合」を「一ツニ合セタリツレトモ」とするが誤りか〈四部本全釈〉。「散スマジキ」とは、あちこちの人目に触れてはならない、機密文書の意だろう。鎌倉の手に渡れば自分の身も危うく、犠牲者が多く出るというので、時忠が関わった政治的交渉に関わるものだろうが、その内容は不明。五九ウ8注解参照。

○五九オ1　判官ハ大方モ情アル者ニテ候ナルト承ルマシテ女房ナムトノ打絶歎事ヲハ何ナル大事ヲモモテハナタレヌト申メリ　時実の言葉。〈長・盛・四・南・屋・覚・中〉同様。「義経は情けある者で、特に女房などがひたすら嘆いて訴えるようなことに対しては、どのような重大案件でも、決してむげに退けることはない」の意。義経の「情アル」人としての造型は、平家滅亡後、一貫している。四六オ4注解参照。

○五九オ3　何カハ苦候ヘキシタシクナラセ給ヘカシサラハナトカ露ノ情ヲモ不懸奉一ラヘキ　〈長・盛・四〉同様。〈南・屋・覚・中〉も「姫君達あまたまし〳〵候へば、一人見せさせ給ひ、したしうならせおはしまして後、仰らるべうや候らん」（〈覚〉）も同内容。「何の問題があるでしょうか、義経と縁戚関係になればよいではありませんか。そうすれば、義経が我々に少しも情けをかけてくれないなどということはないでしょう」の意。

○五九オ5　我世ニ有シ時ハ娘共ヲハ皆女御后ニトコソ思シカナミ〳〵ナル人ニミセムトハカケテ思ハサリキ　時忠の言葉。〈長・盛・四・南・屋・覚・中〉類同。時忠女には、藤原頼実室、藤原忠親室、後鳥羽天皇内侍の宣子、藤原道経室、藤原師家室などがあり、角田文衞・平藤幸11が各々について考証し、〈四部本全釈〉が諸書の記事を整理している（但し、その生母の判別には困難が多い）。「皆女御后ニ」は誇張表現としても、貴顕に嫁いでいることは事実といえよう。

○五九オ8　当時ノ北方帥典侍殿ノ御腹ニ今年十八ニ成給ヘル姫君ノ斜ナラス厳クサカリナルカオワシケルヲ　「帥典侍殿」は〈盛〉同。〈長〉「輔典侍殿」、〈四〉「帥内侍殿」は誤り。〈南・屋・覚・中〉は「当腹ノ」（〈南〉）とするのみで名を記さない。娘の年齢「十八」は、〈長・盛・四・南・覚〉同、〈屋・中〉「十七」。「厳クサカリナル」は、〈盛・四〉「不レ斜厳」（〈盛〉）、〈南・屋・覚・中〉なし。中将時実は、帥典侍腹の十八歳の美しい姫君を義経に嫁がせるのが良いと思った意。「帥典侍殿」は藤原顕時女で安徳天皇乳母の領子。安徳の東宮時代は「洞院局」と号した（『山槐記』治承二年十一月十二日条）。娘の年齢が「十八」だとすれば、仁安三年（一一六八）生。平藤幸11はこの記事から帥典侍の生年考証を試み、大治四年（一一二九）前後の生まれかとする。角田文衞は、「十八に成らせたまふ姫君」が、後鳥羽天皇内侍の宣子である可能性を指摘する。

○五九オ10　先北方ノ御腹ニ廿二ニ成給ヘル姫君ヲソ判官ニハミセラレケル　〈長〉娘の年齢、〈長・盛・四〉「廿八」、〈南・屋・覚・中〉「廿三」。この時期に義経が時忠女を娶ったことは『吾妻鏡』元暦二年九月二日条で確認でき、これにより義経は頼朝の怒りを買ったという。時忠の先妻が時家の母であることは、『吾妻鏡』養和二年正月二十三日条に見える。時実の母でもあろうが、その伝は未詳。義経妾となった女性についても不明。〈四部本全釈〉は、時実の年齢から、「前北方」が時忠の室となったのは、仁平元年または同二年（一一五一、二）以前と考証する。

〇五九ウ１　年ソ少シヲトナシクオワシケレトモ清ケニホコラカニ手ウツクシクカキ色有花ヤカナル人ニテオワシケレハ　〈長・盛・四・南・屋・覚〉基本的に同様。〈中〉なし。この姫君の年齢は前項注解参照。「二代后」の多子が「永暦応保ノ比ハ御年廿二三ニモヤ成ラセ給ケム御サカリモ少シ過サセ給ケレトモ」（第一本・四二ウ６）と描かれていた。「ホコラカ」は、〈長〉「誇かほにて」、〈盛〉「タハヤカニ」、〈四〉「誇《ホソカヤ》カニ」。〈南・屋・覚〉は該当語なく、〈南〉「ミメ形チ双ナクウツクシク」、〈屋〉「花声ニ優成」、〈覚〉「みめかたちうつくしう、心様ゆう」とする。「ホコラカ」は、「脹らか」で、「ふっくらとしたさま。肥えているさま。ふくよか。ふくらか」〈日国〉か。第二中・一二オ８「イト清ケナル御鬢茎ホコラカニ愛敬ツキテ」の例あり（高倉院の鬢がふくらんで魅力的なさま）。一方、〈盛〉の「タハヤカニ」は、〈日国〉「しなやかであるさま。きゃしゃなさま。たおやか」の意。〈長・四〉は誇り高い様子か。なお、〈四〉は、「誇《ホソカヤ》カニ弥気《ヤサシケ》ニ厳カリ又有レテ色花ヤカ族紅顔儀芙容眦リ不普《ナヒ》手ナラ見ヘ下ケレ」と美しさを詳細に描く。

〇五九ウ３　本ノ上川越太郎重頼カ娘ハ有ケレトモ是ヲハ別ノ方尋常ニ挊テスヘ奉テモテナサレケリ　〈長・南・屋・覚・中〉ほぼ同。〈盛〉は、義経が時忠女を重頼女と「別ノ方」に住まわせたことは記すが、「尋常ニ」「モテナサレケリ」とは記さない。但し、〈盛〉は後に義経が都を追われる際、この時忠女のもとへ行って最後の別れを惜しんだとする独自異文あり（巻四六）。〈四〉も「尋常ニ」はないが、別の方を構えて時忠女を「勧賞」したとし、また、「判官難クレ去リ思人自本非木石合傾城之色上ヘ不及子細」という独自異文もあって、義経の思いを強調している。「別ノ方」は、本宅とは別の家を構えた意だろうが、旧大系頭注が指摘するように、流布本や葉子十行本等は河越の娘を別の所に移して、その跡に時忠娘を据えたことになるが、これは文脈の誤解だろう。『吾妻鏡』元暦元年九月十四日条によれば、河越重頼女は、頼朝の命で義経に嫁ぐために上京していた。重頼女の母は頼朝の乳母であった比企尼の二女、河越尼であり（続群本『吉見系図』）、頼朝が自分に近い者に比企氏の女性を配し、一族の紐帯を深くしていたことについては、本郷和人・細川涼一などの指摘がある。なお、『吾妻鏡』文治五年四月三十日条によれば、義経は二十二歳の妻と娘を殺して自害しているが、この妻は河越重頼の娘である可能性が高い（下山忍）。

〇五九ウ５　中将ノハカラヒ少モ不違大方ノ情モサル事ニテ大納言御事斜ナラス憐ミ申サレケリ　〈長・四〉類同。〈盛〉

「中将ノ計少シモ不ㇾ違」のみあり。〈南・屋・覚・中〉なし。中将時実が予測した通り、義経は誰に対しても情け深かったこともあるが、時忠に対しては特に哀れみ、情け深く接したとの意。『吾妻鏡』文治元年九月二日条によれば、時忠の流罪執行が遅れているのは、義経を聟としたよしみによるものとして頼朝が怒ったという。時忠の能登配流は、結局、同年九月二十三日になって実行された（『吾妻鏡』同日条）。

○五九ウ7　彼皮籠封モトカス大納言ノ許ヘ奉返一ラレケリ　〈長〉同。〈盛・南・屋・覚・中〉も、時忠女が文のことを言い出したところ、義経は封を開かずに時忠へ返し送ったとして類似。〈四〉「彼文共被弁進セ」のみ。

○五九ウ8　大納言悦給テ壺中ニテ忿キ被焼捨一ニケリ　時忠が文を焼いたとする点は諸本同様。「壺」の中で焼いたとする点は〈長・盛〉同。「壺」は邸宅の中庭。

○五九ウ8　如何ナル文共ニテカ有ケン穴倉シ　〈四・南・屋・覚〉類同（但し、〈屋〉は「無二覚束一トゾ人申ケル」、〈覚〉は「をぼつかなうぞきこえし」と結ぶ）。〈中〉「平家のあくぎやうは、一から此人こうぎやうせられけるにや、さやうの事きせられたる物にや、おぼつかなしとぞ人申ける」。〈長〉「かゝるわるき事を、かきをき給けるか、日記にてぞありける」。〈盛〉「何事ニカ有ケン、悪事共ノ日記トゾ聞エシ」。この「文」に関する事実は不明。〈全注釈〉は、義仲生存中の往復文書かと推測する。〈長・盛〉は「日記」としており、時忠が日記の家の出身であったこと（松薗斉など参照）も考慮すれば、あるいは日記の類であった可能性も考えられようか。いずれにせよ、院などとの折衝や策謀の中心的役割を果たしたであろう時忠のもとに、機密文書の類があったことは想像に難くない。

廿七　建礼門院御出家事

廿七
五月一日建礼門院ハ憂世ヲ厭ヒ菩提ノ道ヲ尋ルナラハ此ノ〔ク〕ロカミヲ（五九ウ）
付テモナニヽカハセント思召テ御クシヲオロサセ給フ御戒ノ師ニハ長（六〇オ）
楽寺ノ阿称房上人印西ヲ被参一ケル御布施ニハ先帝ノ御直衣
トソ聞ヘシ上人是ヲ給リテナニト云詞モ出サネトモ涙ニ咽給テ墨
染ノ袖ヲソ被絞一ケル御志ノホト哀ニ悲クテ此御直衣ヲモテ
幡ヲ裁縫給テ長楽寺ノ常行堂ニ被係タリケリ同シキ
追善ト云ナカラ莫大ノ御善根ナリ縦ヒ蒼海ノ底ニ沈ミ御スト
モ此功徳ニ依テ修羅道ノ苦患ヲ免レ御テ安養ノ浄刹ニ御
往生疑ナシト憑クソ被思召一ケル聖人此ノ御布施ヲミテ出家ハ
是解脱ノ梯橙証果ノ初門也尸羅ハ是三毒ノ酔ヲ醒ス妙良

薬也是以一日ノ持戒ノ功徳ハ有為ノ苦海ヲ出テ无為ノ楽所ニ

（六〇ウ）

至ル物也ト戒ヲ授ケ奉テ菩提心ノ貴キ事ヲ讃メ奉ル世間ノ不
定ヲミルコトニ弥ヨ分段ノ悲キ事ヲ悟ル東閣ニ嵐サヒシキ暮
ニハ涙ヲ千行ニ流テ一生ノ晩ヌル事ヲ悲ミ西楼ニ月静ナル
暁ハ肝ヲ万端ニ砕テ二世ノ空ラン事ヲ歎ク沈旦蘭麝ノ匂ニ
身ヲ交ル閑ニ思ヒ吉ク案スレハ誠ニ水沫泡焔ノ如シ宮殿楼閣ノ栖ニ居所ヲ
トル譬ヲトリ物ニ寄レハ電光朝露ニ似タリ加之高臣大位ハ足手ニ
乱ルヽ登栄花重職ハ草葉ニスカル露也玉簾錦ノ茵《シトネ》夢ノ中ノモ
テナシ翠帳紅閨ハ眼前ノシツラヒシカレハ妻子珍宝ヲ相具テ行ク
人モナク朋友知識ハ留置テ独ノミサル爰以悉達太子ノ王宮
誕生ノ儲ノ君タリシ錦帳紫震ノ床ヲ振捨テ旦特ノ雲ニ身ヲ

（六一オ）

ヤツシ寛和聖主ノ射山紡陽ノ壊籙ニアタリシ厳粧金屋ノ

窓遁テ海ノ礒屋ニ悩給キ彼ヲキヽ是ヲミルニ誰ニ譲テカ歎カ
サラム何ツヲ期シテカ勤サラント深ク思召取テ真実報恩ノ道ニ
趣キ解脱幢相ノ衣ヲ染御ス実ニ善知識者大因縁也何事カ
コレニシカム就中ニ吾君ノ御遷化其ノ臨終ノ行儀ヲキヽ其ノ最
後ノ念相ヲ思フニ一眼早ク閉黄譲永ク隔タリヌ旧臣旧女ノ
情其ノ想ヒ豈ニ浅カラムヤ千行万端ノ愁更ニ无休時㆒三尊
来迎ノ道場ニ望メハ香煙ノミ空ニ聳テ公ハ何シカ去リ
マシマス花顔忍辱ノ御衣ヲミ奉ルタニモ十善ノ御姿眼ニ遮テ
涙紅也適マ柔和ノ御音ヲ聞タニモ一旦ノ別離耳ニ留テ

(六一ウ)

魂ヲ消ス伏以ハ昔シ鳩那羅太子十二因縁ノ聞法ノ涙良薬ト
成テ盲目ノ眼ヲ開キ今ノ禅定比丘尼ノ一実无作ノ随喜ノ涙法
水ト成テ煩悩ノ垢ヲスヽカサランヤ願ハ今日ノ持戒ノ功徳ニ依テ
一門一族三界ノ苦域ヲ出テヽ九品ノ蓮台ニ詫セシメ給ヘトナリ賢

愚異ナリトイヘトモ皆以法身常住ノ妙体也其中ニ一人往生ア
ラハ皆共仏道ヲ成セン重請今生ノ芳縁ニ依テ来世ノ善友ト
ナリ三僧祇ヲ経スシテ必ス一仏土ニ生スヘシサテモ御直衣ハ先帝
海ヘ入セ給シ其ノ期マテ奉タリシカハ御移香モ不尽御形見
ニトテ西国ヨリ持セ給タリケリ何ナラン世マテモ御身ヲ放シト
被思食ケレトモ御布施ニ成ヌヘキ物ナカリケル 〔上〕彼御

菩提ノ為ニトテ泣々取出サセ給ケルソ悲キ女院御年十五ニテ
内ヘ参リ給シカハヤカテ女御ノ宣旨被下テ十六ニテ后妃ノ位ニ
備リ君王ノ傍ニ候ハセ給テ朝ニハ朝政ヲ勧奉リ夜ハ夜ヲ専ニシ給フ廿二ニテ
皇子御誕生有キ皇子イツシカ太子ニ立セ給フ春宮位ニ即給ニシカハ
廿五ニテ院号アリテ建礼門院ト申キ入道ノ御娘ノ上天下ノ国母ニテマシ〳〵シ
カハ世ノ重クシ奉事斜ナラス今年ハ廿九ニニ成セ給ケル桃李ノ御粧猶
濃ニ芙蓉ノ御皃未タ哀サセ給ハネトモ今ハ翡翠ノ御釵付テモ何カハセ

(六二オ)

5
6
7
8
9
10

1
2
3
4
5

ムナレハ泣々剃落サセ給ケリ紅顔《ノ》春《ノ》花匂ヲト思面貌《ノ》秋《ノ》月光《リ》クモレ
ルカ如《シ》冷泉院二宮三条院一品宮《モ》未《タ》御年若《クテ》憍曇弥波提比丘
尼《ノ》跡《ヲ》追《テ》仏道《ヲ》求給ケリ法花経《ノ》六ノ巻《ノ》初《ニハ》我少出家得阿耨

（六二ウ）

タラ《ト》被仰一タリサレハ年少《ノ》出家ハ使《ヲ》エヌサキ《ニ》来《レル》人年老《ノ》出家《ハ》
使《ヲ》エテ後《ニ》来人《ト》譬タリシカレハ女院《モ》未タ御年若《クテ》御出家
アル事ハ弥《ヨ》後世ノ御事ハ憑クソ覚ユル上代《モ》タメシナキニモアラスマシ
テ此御有サマニハイカテカ思召シタヽサルヘキ今更驚クヘキ御事《ニ》
アラス憂《ヒ》代《世》ヲイトヒ実ノ道《ニ》入《セ》給ヘトモ御歎キハヤ《ス》マラセ
給事ナシ人々ノ今ハカキリトテ海《ニ》入給《シ》有様先帝ノ
御面影イカナラン世ニカ思食忘《レ》サセ給ヘキ露《ノ》命何《ニ》係
テカ今マテ消ヤラサルラント思食ツヽケサセ給テハ御涙ノミセ
キアヘス五月《ノ》短夜ナレトモ明《シ》カネツヽ自ラ打マトロマセ給御
事《モ》ナケレハ昔《ノ》事ヲ夢《ニ》タニモ御覧セス耿々タル残燈ノ

（六三オ）

壁ニ背ル影カスカニ蕭々タル暗キ雨ノ窓ヲ打音閑ナリ
上陽人ノ上陽宮ニ被閉一タリケンサ〔ヒ〕シサモ限リアレハ是ニハ過
サリケントソ思食知ラルヽ昔ヲ暴ッ妻トナレトテヤ本ノ主ノ
移殖タリケン軒近キ花橘ノ風ナツカシク香ヲリケル折シモ
時鳥ノ程近ク音信ケレハ御涙ヲ推拭ワセ給テ御硯ノ
蓋ニカクソ書スサマセ給ケル
　郭公花橘ノカヲトメテ鳴ハ昔ノ人ヤコヒシキ

〔本文注〕

○五九ウ10　**菩提**　「菩提」は合字。六〇ウ1・六二オ1も同。

○六〇オ7　**依テ**　「依」は重ね書き。訂正された字は「テ」か。

○六〇ウ6　**譬**　〈吉沢版〉〈北原・小川版〉〈汲古校訂版〉「例」。「譬」は「辟」に似た字体だが、「譬」字の略体と考えられる。第二本・五八オ4本文注参照。

○六〇ウ6　**加之**　「加」、重ね書きあり。訂正された字は不明。

○六〇ウ7　**乱ルヽ登**　「登」、〈吉沢版〉〈汲古校訂版〉同。〈北原・小川版〉「塵」。注解参照。

○六〇ウ9　**爰以**　「爰」、擦り消しの上に書く。抹消された字は不明。

○六一オ1　**聖主**　「主」、〈吉沢版〉〈汲古校訂版〉同。〈北原・小川版〉「王」。
○六一オ1　**瓌籙**　「籙」、〈吉沢版〉同。〈汲古校訂版〉〈北原小川版〉「籙」。
○六一オ2　**歎カ**　「歎」、擦り消しの上に書く。抹消された字は不明。
○六一オ8　**何《ンカ》**　「ン」、〈北原・小川版〉〈汲古校訂版〉同（〈汲古校訂版〉は「あるいは「レ」か」と注記）。〈吉沢版〉「レ」。
○六一ウ6　**来世ノ善友**　「ノ」は重ね書き訂正があるか。
○六一ウ7　**経スシテ**　「ス」重ね書き訂正があるか。
○六一ウ8　**不尽**　「尽」の字体、不審。「色」のようにも見える。
○六一ウ10　**〔上〕彼御**　「上」は虫損。「彼」の右上に「ヿ」のようにも見える墨付きあり。
○六二オ2　**被下テ**　「被」の左下に墨付があるが不明。汚れか。
○六二オ5　**国母《ニテ》**　「ニテ」は別筆か。
○六二オ7　**御剣**　「剣」、〈汲古校訂版〉同。〈吉沢版〉〈北原・小川版〉「釵」。「釵」と書くべきところ、誤って「剣」の異体字「釼」を書いてしまったもの。
○六二ウ2　**譬タリ**　「譬」、〈吉沢版〉〈北原・小川版〉〈汲古校訂版〉「例」。六〇ウ6本文注参照。
○六二ウ3　**覚ユル上代**　擦り消しの上に書く。抹消された字は不明。
○六二ウ5　**憂代《ヒ》《世》**　「代」の内側に「ヒ」を書いて見せ消ち、右に「世」と傍書。

〔釈文〕

廿七（建礼門院御出家の事）

五月一日、建礼門院は「憂世を厭ひ、菩提の道を尋ぬるならば此のくろかみを▼六〇オ付けてもなににかはせん」と思し召して、御ぐしおろさせ給ふ。御戒の師には長楽寺の阿称房上人印西を参らせられける。御布施には先帝の御直衣とぞ聞こえし。上人是を給はりてなにと云ふ詞も出ださねども涙に咽び給ひて墨染の袖をぞ絞られける。御志のほど哀れに悲しくて、此の御直衣をもちて幡を裁ち縫ひ給ひて、長楽寺の常行堂に係《か》けられたりけり。同じき追善と云ひながら莫大の御善根なり。「縦《たと》ひ蒼海の底に沈み御《おは》すとも、此の功徳に依りて、修羅道の苦患を免れ御《おは》しまして、安養の浄刹に御往生疑ひなし」と憑《たの》もしくぞ思し召されける。

聖人此の御布施をみて、「出家は是れ解脱の梯橙《ていとう》、証果の初門也。尸羅《しら》は是れ三毒の酔を醒ます妙良薬也。是を以て、一日の持戒の功徳は有為《うゐ》の苦海を出でて无為《むゐ》の楽所に▼六〇ウ至る物也」と、戒を授け奉りて、菩提心の貴き事を讃め奉る。世間の不定をみるごとに、弥《いよい》よ分段の悲しき事を悟る。東閣に嵐さびしき暮には、涙を千行に流して一生の晩《く》れぬる事を悲しみ、西楼に月静かなる暁は、肝を万端に砕きて二世の空しからん事を歎く。沈旦蘭麝の匂ひに身を交ふる、閑《しづ》かに思ひ吉《よ》く案ずれば、誠に水沫泡焔の如し。宮殿楼閣の栖に居所を卜《し》むる、譬へをとり物に寄すれば電光朝露に似たり。加《しかのみならず》之、高臣大位は足手に乱るる登、栄花重職は草葉にすがる露也。玉簾《たまのすだれ》錦の茵《シトネ》、夢の中のもてなし、翠帳紅閨は眼前のしつらひ。しかれば妻子珍宝を相ひ具して行く人もなく、朋友知識は留め置きて独りのみさる。

爰を以て、悉達太子の王宮誕生の儲《まうけ》の君たりし、錦帳紫震の床を振り捨てて旦特《だんどく》の雲に身を▼六一オやつし、寛和聖主の射山紡陽の壊籟にあたりし、厳粧金屋の窓を遁れて海の儀屋に悩まし給ひき。彼をきき是をみるに、「誰に譲りてか歎かざらむ。何《い》つを期してか勤めざらん」と深く思し召し取りて、真実報恩の道に趣き、解脱幢相の衣を染め御《おは》す、実に善知識は大因縁也。何事かこれにしかむ。

就中《なかんづく》に吾が君の御遷化、其の臨終の行儀をきき、其の最後の念相を思ふに一眼早く閉じ、黄譲永く隔たりぬ。旧臣旧女の情、其の想ひ豈《あニ》浅からむや。千行万端の愁、更に休む時无《な》し。三尊来迎の道場に望めば香煙のみ空に聳えて公は何《いつ》くんか去りましまます。花顔忍辱の御衣をみ奉るだにも十善の御姿眼に遮りて涙紅也。適《たまた》ま柔和の御音を聞くだにも一旦の別離耳に留りて▼六一ウ魂を消す。伏して以《おもんみ》れば、昔鳩那羅《むかシくなら》太子十二因縁の聞法の涙、良薬と成りて盲目の眼を開き、今の禅定比丘尼の一実无作の随喜の涙、法水と成りて煩悩の垢をすすがざらんや。願くは今日の持戒の功徳に依りて一門一族三界の苦域を出でて九品の蓮台に託せしめ給へとなり。賢愚異なりといへども皆以て法身常住の妙体也。其の中に一人往生あらば皆共に仏道を成ぜん。重ねて請ふ、今生の芳縁に依りて来世の善友となり、三僧祇を経ずして必ず一仏土に生ずべし。

さても御直衣は先帝海へ入らせ給ひし其の期まで奉りたりしかば、御移香《うつりが》も尽きず、御形見にとて西国より持たせ給ひたりけり。何《いか》ならん世までも御身を放たじと思し食されけれども、御布施に成りぬべき物なかりける上、彼の御▼六二オ菩提の為にとて泣く泣く取り出ださせ給ひけるぞ悲しき。

女院御年十五にて内へ参り給ひしかば、やがて女御の宣旨下されて十六にて后妃の位に備はり、君王の傍に候はせ給ひて朝には朝政を勧め奉り、夜は夜を専らにし給ふ。廿二にて皇子御誕生有りき。皇子いつしか太子に立たせ給ふ。春宮位に即《つ》き給ひにしかば、廿五にて院号ありて建礼門院と申しき。入道の御娘の上、天下の国母にてましましかば、世の重くし奉る事斜めならず。今年は廿九にぞ成らせ給ひける。桃李の御粧《おんよそほ》ひ猶濃《なほこまや》かに、芙蓉の御皃《おんかたち》未だ衰へさせ給はねども、今は翡翠の御釵《かんざし》付けても何かはせむなれば、泣く泣く剃り落させ給ひけり。紅顔の春の花の匂おとろへ、面貌の秋の月光りくもれるが如し。冷泉院二宮・三条院一品宮も未だ御年若くて憍曇弥波提比丘尼《けうどんみはだいびくに》の跡を追ひて仏道を求め給ひけり。法花経の六の巻の初めには、「我少出家得阿耨▼六二ウたら」と仰せられたり。されば、「年少の出家は使をえぬさきに来れる人、年老いての出家は使をえて後に来たる人」と譬へたり。しかれば女院も未だ御年若くて御出家ある事は、弥《いよい》よ後世の御事は憑《たの》もしくぞ覚ゆる。上代もためしなきにもあらず。まして此の御有りさまには、いかでか思し召したたざるべき。今更驚くべき御事にあらず。

憂き世をいとひ、実の道に入らせ給へども、御歎きはやすまらせ給ふ事なし。人々の今はかぎりとて海に入り給ひし有様、先帝の御面影、いかならん世にか思し食し忘れさせ給ふべき。露の命何に係《か》けてか今まで消えやらざるらんと思し食しつづけさせ給ひては、御涙のみせきあへず。五月の短夜なれども明かしかねつつ、自ら打ちまどろませ給ふ御事もなければ、昔の事を夢にだにも御覧ぜず。耿々たる残の燈の▼六三オ壁に背ける影かすかに、蕭々たる暗き雨の窓を打つ音閑《しづ》かなり。上陽人の上陽宮に閉ざされたりけんさびしさも、限りあれば是には過ぎざりけんとぞ思し食し知らるる。昔を慕ふ妻となれとてや、本の主の移し殖ゑたりけん、軒近き花橘の風なつかしく香をりける折しも、時鳥の程近く音信《おとづれ》ければ、御涙を推し拭はせ給ひて、御硯の蓋にかくぞ書きすさませ給ひける。

〔注解〕

○五九ウ10〜　（建礼門院御出家事）　本段は、内容的には、廿二「建礼門院吉田ヘ入セ給事」（吉田入）に続く建礼門院記事。吉田入と本段の間に、頼朝従二位・内侍所記事・時忠義経聟取（文之沙汰）を挿んだ構成は、〈長・四〉同（〈長〉は巻一八）。〈盛〉（巻四四）は、内侍所記事・時忠義経聟取・頼朝義経不和・副将被斬を挿む。〈大〉は、一門大路渡の後に吉田入・女院出家を続けて記し、その後、頼朝従二位・内侍所記事と続く。〈南・屋・中〉は時忠義経聟取の後に吉田入・女院出家を続けて記す。〈覚〉は、灌頂巻の冒頭で吉田入・女院出家を続けて記す。〈長灌・盛灌〉も同様。〈四灌〉は女院出家については記さない（「〈長灌・盛灌・四灌〉」については、凡例及び五五ウ1〜注解参照）。また、本段には〈延〉独自記事が多い。六〇オ8「聖人此ノ御布施ヲミテ」〜六一ウ7「必ス一仏土ニ生スヘシ」、六二オ8「紅顔ノ春ノ花」〜六二ウ4〜5「今更驚クヘキ御事ニアラス」が独自記事で、その前後も独自の構成が目立つ。該当部注解参照。なお、建礼門院の出家については、『吉記』元暦二年（一一八五）五月一日条に、「今日建礼門院有二御遁世一、戒師大原本成房云々」とある。

○五九ウ10　五月一日　〈長・長灌・盛灌・四・大・南・屋・覚・中〉同。元暦二年五月一日。〈盛〉「五月八日」。前項所引『吉記』によれば「一日」がよい。

○五九ウ10　憂世ヲ厭ヒ菩提ノ道ヲ尋ルナラハ此ノ〔ク〕ロカミヲ付テモナニヽカハセント思召テ　ここで建礼門院の心中に言及するのは〈延〉の他に〈長灌〉。但し、〈長灌〉は、建礼門院が二十九歳になり、やつれてはいるがなお美しいと述べた後、「しかれども、ひすいのかんざし御身につけても、かゝるうき世にはいまはなにかはせんなれば、翠黛紅顔もよしなくおぼしめつゝ」云々とするものだが、これは、〈延〉ではこの後、六二オ6以下に「桃李ノ御粧猶濃ニ芙蓉ノ御皃未タ衰サセ給ハネトモ今ハ翡翠ノ御剣付テモ何カハセムナレハ」とある文の位置を変えたものか（該当部には、〈長〉を含めて諸本類似文あり）。

○六〇オ1　御戒ノ師ニハ長楽寺ノ阿称房上人印西ヲ被参ケル　戒師を印西とする点は諸本同様（ただし、〈中〉は「あせう上人にんせい」）。「阿称房上人印西」の表記は、〈長・長灌・南〉同。〈盛・大・盛灌〉「阿証坊（房）」。長楽寺については八三ウ4注解参照。〈四〉は房号不記。〈屋〉「長楽寺別当阿証上人印西」。〈覚〉「阿証房の上人印誓」。印西は生没年未詳。阿勝房の表記もある。鎌倉時代後期に作成された『伝法灌頂師資相承血脈』には、理性院流の賢覚から伝授を受けた僧侶の一人として「印西」の名があり、「備後入道　中納言長実―」と注記がある。これによれば、父は藤原長実（一〇七五～一一三三）で、賢覚が没した保元元年（一一五六）以前には出家していた。ただし、実際の活動が古記録で確認できるのは、治承二年（一一七八）から建久七年（一一九六）の間に限られる。治承二年六月に、建礼門院懐妊に当り始行された祈祷で、愛染王法を担当している（『山槐記』）。ただし、密教修法の事績として確認できるのはこれのみで、他はほとんどが「戒師」としての活動である。当時、在家者に対して五戒・八戒などの簡易な戒を授けることがあった。特に病にかかった場合などに、邪気を追い払う効果が期待されたのであり（第一末・一〇ウ2注解参照）、印西は、そのような戒を授ける「戒師」として活躍した。治承五年（一一八一）正月に、高倉院の危篤に際して授戒し、臨終の善知識となっている（『玉葉』同年同月十二日条、『月詣和歌集』九八一・源通親歌詞書）。その他、藤原親忠後室（美福門院加賀の母）・後白河院京極局・頌子内親王・藤原兼実・宜秋門院藤原任子などに授戒している（村松清道）。このような院・女院、摂関家など上流公家の他、美福門院周辺人物（美福門院は長実女）との交流も確認できる。同時期に同じような活動をした僧として法然や仏厳房聖心、大原の本成房湛斅らの名を挙げることができる（なお、印西は法然とともに叡空から円頓戒を受けたとされている。四十八巻伝巻四などの『法然上人伝』で、印西は法然の弟子として登場する。また、聖心は印西とともに、賢覚の法脈に連なる）。建礼門院の出家戒師は、本段冒頭注解に引いた『吉記』によれば、実際は本成房湛斅であったと見られる。但し、『左記』には、「長楽寺聖人」（印西）が、「先帝御衣」を持っていたという記事があり、『平家物語』の所伝に類似する（〈略解〉指摘。次項注解参照）。五味文彦によって偽書かとされた『左記』の記事ではあるが、『平家物語』の所伝が全く根拠のないものではなかったことを示すとも考えられよう。印西と平家のつながりを示す資料としては、建礼門院右京大夫が、平資盛のために反故を漉き返して書写した経を印西のもとへ送って供養してもらっている（『建礼門院右京大夫集』）。また、青木淳は、法性寺遺仰院の阿弥陀如来像・像内納入品の結縁交名から、この像の背後には、顕真・湛斅・印西といった天台系の聖によるネットワークが想定されるとしているが、そこに結縁した人々の中には、平家一門の多くの人名に交じって、平家中宮（建礼門院）の名も見いだせる。なお、髑髏尼説話において、若君を弔う役割を果たす僧が、〈延〉では湛斅、〈盛〉や城一本では印西とされる（八三オ10注解参照）。また、『発心集』には、印西が乞食の姿をした遁世僧と交流を持ったことを伝える説話がある。印西と湛斅は説話化される中で、ともに慈悲深い聖人として記憶されたのであろう。渡辺貞麿は、印西も湛斅も融通念仏の聖であり、同じ「融通念仏すゝむる聖」として、すりかわり得るような体質があったと考える。

○六〇オ2　御布施ニハ先帝ノ御直衣　諸本同様。ただし、「御直衣」は、〈長灌〉「御直垂」、〈南〉「御衣」。『左記』に、「去比」（平家が滅亡した文治元年頃か）、「長楽寺聖人」が先帝の菩提を弔っているというので、結縁のために道場を訪れたところ、仏前に「奇佐箱一合」があったという。尋ねると、それは先帝の御衣で、印西は以前から先帝の加持をしていたので「夢中之夢」のような思いだと答えたという。『平家物語』の所伝とは微妙に異なるが、印西が先帝の衣を持っていたとする点では共通することになる。次々項注解参照。

○六〇オ3　上人是ヲ給リテナニト云詞モ出サネトモ涙ニ咽給テ墨染ノ袖ヲソ被絞ケル　御直衣を賜った上人が言葉もなく涙に咽んだと記すのは〈長・盛・盛灌・四・大・南・屋・覚・中〉。ただし、〈覚〉は、女院が思い出の尽きない直衣を泣く泣く布施にしたと語った後にこれを記し、上人はこれを賜って言葉もなく退出したという。〈長灌〉は、「流転三界中、恩愛不能断…」の偈を唱え、御願の旨趣は仏に通じるだろうとだけ申して涙を流したとする。

○六〇オ4　此御直衣ヲモテ幡ヲ裁縫給テ長楽寺ノ常行堂ニ被係タリケリ　布施の直衣を裁ち縫って幡を作ったとする記事は、〈長・盛・盛灌・南・屋・覚・中〉にもあるが、該当記事の前に、この直衣は先帝が最後まで着ていた衣を泣く泣く差し出したものだと説明する。〈延〉はその説明を切り離して後に置く点、独自（六一ウ7注解参照）。長楽寺の常行堂にかけたとする点は、〈長・盛・盛灌〉同（但し〈盛・盛灌〉は「十六流ノ幡」とする。また、〈盛〉はさらに「阿証坊ノ印西ト申ハ柔和ヲ性ニ受、慈悲ノ心深シ…」と印西を紹介し、世の人から「慈悲第一阿証坊」と言われたことを記す）。〈屋・中〉は「長楽寺ノ正面」、〈南・覚〉は「長楽寺の仏前」に懸けたとする。〈長灌・四・大〉は幡に関する記述なし。但し、〈大〉は、安徳帝の髪を錦の袋に入れていたものを、弥陀三尊に縫い直したという独自記事を後に記す（大原入り記事の直前。七二オ5注解参照）。長楽寺は京都市東山区円山町の寺院で、『阿娑縛抄』巻二〇〇によれば延喜年間の創建。当初天台宗であったが、鎌倉初期に浄土宗、一三八五年以降は時宗。長楽寺は融通念仏の中心地として説話を生む母体となったとする見解もある（渡辺貞麿）。当寺には現在も「安徳天皇御衣幡」が建礼門院ゆかりの遺宝として保管されている。

○六〇オ5　同シキ追善ト云ナカラ莫大ノ御善根ナリ　〈長〉同様。〈盛〉「同追善ト云ナガラ、先帝御事奉二深思入一、道場荘厳ノ旗ニ被懸ケリ」。その他諸本なし。

○六〇オ6　縦ヒ蒼海ノ底ニ沈ミ御ストモ此功徳ニ依テ修羅道ノ苦患ヲ免レ御テ安養ノ浄刹ニ御往生疑ナシト憑クソ被思召一ケル

〈長〉同。〈盛・盛灌〉にも類似の文あり。その他諸本なし。この追善により、海に沈んだ安徳天皇が修羅道の苦しみを免れて往生することは疑いないと、女院はお思いになったとする。「縦ヒ蒼海ノ底ニ沈ミ御ストモ」は、維盛入水場面の滝口の説法「御身ハ蒼海ノ底ニ沈トモ思食トモ紫雲ノ上ニ登給ヘシ」（第五末・五三ウ4）にやや類似。

○六〇オ8　聖人此ノ御布施ヲミテ　以下、六一ウ7まで、〈延〉独自記事。まず、六〇ウ1「讃メ奉ル」までは、印西が出家・持戒の功徳を説き、戒を授け、菩提心の尊さを讃え申し上げたとする。

○六〇オ8　出家ハ是解脱ノ梯橙証果ノ初門也　以下、次々項まで源信作『出家授戒作法』依拠（小林美和指摘）。『出家授戒作法』は「出家ハ。是解脱之梯橙証果之初門也。袈裟ハ。是レ摧ク二四魔ノ軍一ヲ法甲冑也。尸羅ハ。是レ醒ス二三毒ノ酔一ヲ妙薬也。是ヲ以テ一日授戒之報ハ。定メテ出テ二有為之苦海一。必ス昇ル二無為之楽処一ニ者也」。「梯隥」は、「低きより順次に高きに昇る階段」の意であり、「橙」は「いす」「ふみだい」などの意味がある〈大漢和〉。従って、「梯橙」も高きに昇る第一歩、踏み台といった意となろう。仏典では『中論疏記』「十八空者。蓋是涅槃之梯橙。解脱之初門」（大正六五・一四九a）などの用例がある。

○六〇オ9　尸羅ハ是三毒ノ酔ヲ醒ス妙良薬也　『出家授戒作法』による（前項注解参照）。「尸羅」は、戒のこと。「三毒」は、善根を害する三つの煩悩、貪・瞋・癡〈仏教語〉。

○六〇オ10　是以一日ノ持戒ノ功徳ハ有為ノ苦海ヲ出テ无為ノ楽所ニ至ル物也　『出家授戒作法』による（前々項注解参照）。

「有為」は因縁によってつくられた、生滅変化するものであるのに対して、「無為」は因果関係を離れている存在〈仏教語〉。

○六〇ウ1　戒《ヲ》授《ケ》奉テ菩提心ノ貴キ事ヲ讃《メ》奉ル　六〇オ8以下で引かれた文は『出家授戒作法』によれば、戒師の表白部のほぼ冒頭に当たる。曼殊院蔵『出家作法』によれば、出家の次第はおおよそ次のような流れ。灑水―三礼―如来唄―表白―神分―説偈―脱俗服、令着出家衣―説法―説出家功徳―以香湯灌頂―可令敬十方仏―出家者自□偈―剃頭―授与袈裟（説袈裟功徳）―授法号―出家者説偈―説自度偈。このうち、「説法」の箇所で、不浄かつ無常の肉体を捨て、分段輪廻・生死之郷を脱するために出家することが述べられている。

○六〇ウ1　世間ノ不定《ヲ》ミルコトニ弥《ヨ》分段《ノ》悲キ事ヲ悟《ル》　以下、印西の説法のようにも見えるが、地の文か。世間の無常を説き、それを悟って真実報恩の道に進んだことを讃える部分（六〇ウ1～六一オ5）、先帝の臨終行儀に思いを馳せ、一門一族の往生を願う部分（六一オ5～六一ウ7）まで〈延〉独自記事。その後、先帝の移り香が残る御直衣を布施に差し出した悲しみを述べ（六一ウ7～六二オ1）、女院の生涯を振り返った上で、その出家の様を述べる記事（六二オ1以降）へと続く。「分段」は「分段生死」で、限定された寿命・身体を与えられて輪廻すること〈仏教語〉。

○六〇ウ2　東閣《ニ》嵐サヒシキ暮ニハ涙《ヲ》千行《ニ》流《テ》一生ノ晩ヌル事ヲ悲《ミ》西楼《ニ》月静ナル暁《ハ》肝《ヲ》万端《ニ》砕《テ》二世《ノ》空ラン事ヲ歎《ク》　「東閣《ニ》…」以下と「西楼《ニ》…」以下が対句。以下、六〇ウ9「朋友知識ハ留置《テ》独ノミサル」まで、『澄憲作文集』と同文的表現（小林美和指摘）。『澄憲作文集』第四十「生死無常」に、「東閣《ニ》嵐サヒシキ暁《ハ》　流涙於千行　愁《ヘ》一生之早《ク》終《ルコト》　西楼《ニ》月静《ナル》暮《ハ》　砕《テ》肝於万端　悲《フ》二世速《ニ》虚《キコトヲ》」とある。第五末・五九ウ7以下でも、維盛北方の嘆きを「東閣《ニ》嵐冷《キ》暁《ニハ》涙《ヲ》流《テ》一生《ノ》早《ク》過《ム》事《ヲ》愁《ヘ》西楼《ニ》月《ノ》閑ナル夕ニハ肝砕シテ百年《ノ》速《ニ》近付ム事ヲ悲給シニ」と描いていた。該当部注解参照。「東方の小門に嵐が寂しく吹く夕暮には、多くの涙を流して、一生が早く終わってしまうことを悲しみ、西の高殿に月が静かな夕暮れには、肝を千々に砕いて現世も来世も空しく過ぎてしまうことを嘆く」の意。

○六〇ウ4　沈旦蘭麝《ノ》匂《ニ》身《ヲ》交《ル》閑《ニ》思《ヒ》吉《ク》案スレハ誠《ニ》水沫泡焔《ノ》如《シ》宮殿楼閣《ノ》栖《ニ》居所《ヲ》卜《ル》譬《ヲ》トリ物《ニ》寄レハ電光朝露《ニ》似タリ　「沈旦蘭麝」以下と「宮殿楼閣」以下が対句。『澄憲作文集』第四十「生死無常」「輪王之払《ヒ》怨敵於四域　国王之酬《タル》果報於十善　静《ニ》思《ヒ》能《ク》案《レハ》　実《ニ》如水沫泡焔《ノ》　沈檀蘭麝《ノ》薫《スルニ》交《ヘ》身《ヲ》　宮殿楼閣《ノ》楼《ニ》卜《シムルモ》居《ヰトコロヲ》取喩ヲ一寄レハレ物ニ　実トニ似電光朝露ニ二」。国王と后の地位も空しいものであることを述べた文から、国王について述べた部分を削って后に集約し、句を入れ替えて新たな対句を作っている。「沈檀」は沈香《じんこう》と白檀、「蘭麝」は蘭草（フジバカマ）と麝香《じゃこう》〈日国〉。いずれも芳香を放つ。「ぜいたくな芳香の中に身を置く生活も、よく考えてみれば、水しぶきや泡、炎のようにはかないものである。また、豪華な宮殿や楼閣の中に住むことも、たとえてみれば、いなびかりや朝露のようにはかないものである」の意。

○六〇ウ6　高臣大位ハ足手ニ乱ル、登栄花重職ハ草葉ニスカル露也　「高臣大位」以下と「栄花重職」以下が対句。『澄憲作文集』第四十「生死無常」「故ニ高官大臣ハ　著ル二手足ニ一塵　栄花重職ハ　置ケル二木草ニ一露」。「登」は、『澄憲作文集』のように「塵」がよい。「高い位や重臣の職、栄花などは手足に付いた塵や草葉においた露のようにつまらないものである」の意。

○六〇ウ7　玉簾錦ノ茵《シトネ》夢ノ中ノモテナシ翠帳紅閨ハ眼前ノシツラヒ　「玉簾」以下と「翠帳」以下が対句。『澄憲作文集』第四十「生死無常」に「厳粧金屋ハ　夢ノ内ノモテナシ　翠帳紅閨ハ　眼ノ間ノシツラヒナリ」とある。「玉簾」は玉で飾ったすだれ、「錦茵」はにしきのしとね〈大漢和〉。共に漢語で、「翠帳紅閨」（翠帳を垂れ、紅色に飾った寝室—〈日国〉）と共に、后妃の華麗な住居をいう。そうした住居も夢のようにはかなく、仮に目に見えているに過ぎない意。

○六〇ウ8　シカレハ妻子珍宝ヲ相具テ行ク人モナク朋友知識ハ留置テ独ノミサル　『澄憲作文集』第四十「生死無常」に「妻子珍宝　無ク二相具ノ行人一　朋友知識ハ　留置テ独リ去リヌ矣」とある。「妻子珍宝及王位、臨命終時無随者」（『大方等大集経』一六、大正一三—一〇九a。『往生要集』上・大文第一の七、『宝物集』巻二などに所引）などに基づく表現か。〈延〉第三本には、「摩訶止観ニハ冥々トシテ独リ行誰訪ハム是非ヲ一所有ノ財産徒ニ為ルト他ノ有ト一明シ」（三九ウ7）、「妻子王位財眷属　死去無一来相親　常随業鬼繋縛戒　受苦叫喚無辺際」（四八オ7）などの句もあった。「来世に行く時には、現世の妻子や珍宝を伴うことはできず、また、友や善知識も現世に留めて、一人で行かねばならない」の意。

○六〇ウ9　爰以悉達太子ノ王宮誕生ノ儲ノ君タリシ錦帳紫震ノ床ヲ振捨テ旦特ノ雲ニ身ヲヤツシ　本項・次項は、尊貴な身分にもかかわらず出離を果たした例として、悉達太子（釈迦）と寛和聖王（花山院）の説話を掲げたもので、六一オ2「誰ニ譲テカ歎カサラム何ツヲ期シテカ勤サラン」という建礼門院の決意を引き出す。本項は、「悉達太子は王宮に生まれた皇太子であったが、美しい王宮を捨てて旦特（檀特山）に入った」の意。悉達太子の出家は、『讃仏乗鈔』に、「悉達太子昔出浄飯大王ノ宮入檀徳寂寞ノ山、右手ニ執刀切鳥瑟御髪…」とあるように、出家の功徳を述べ立てるに際して用いられる著名な説話である（小林美和）。

〇六一オ1　寛和聖主ノ射山紡陽ノ壊鎮ニアタリシ厳粧金屋ノ窓遁テ海ノ礒屋ニ悩給キ　花山院が出家して修行したことをいう。「射山紡陽ノ壊鎮ニアタリシ」については出典未詳。「射山」は「姑射山」。「紡陽」は「汾陽」の誤写か。汾陽は汾水（黄河の支流）の北の意で、中国山西省の地名。『荘子』内篇・逍遥遊「堯治天下之民、平海内之政。往見四子藐姑射之山、汾水之陽、窅然喪其天下焉」によれば、堯帝は「汾水之陽」で天下のことを忘れてしまったという。時代は下るが、続群本『後妙華寺殿令聞書』に「汾陽ハ荘子ニアル事也。汾陽ハ所ノ名。昔尭ノ姑射ノ仙人ニマミヘテ。天下ノ事ヲ忘タル事ヲ云ヘリ。仙洞ノ古事也」とある。また、尊経閣文庫本『拾芥抄』中・官位唐名部第三・唐名大略「太上天皇」項に「仙院・仙洞……射山姑射・具茨山・蘇姑山。汾水・洛（左傍記「汾イ」）陽……」とある。従って、「射山・汾陽」で仙人の居場所、すなわち仙洞の意。「壊鎮」は、「壊」は「瑰」（美しい）、「鎮」は「籙」（文箱〈大漢和〉）であるとすれば、豪勢な調度品の具体例をいうか。だとすれば、「射山紡陽ノ壊鎮ニアタリシ厳粧金屋ノ窓遁テ」は、華やかな仙洞の生活を脱して、の意か。「厳粧金屋」は、六〇ウ7注解に引いた『澄憲作文集』第四十「生死無常」に「厳粧金屋ハ夢ノ内ノモテナシ」とあった。

〇六一オ2　誰ニ譲テカ歎カサラム何ツヲ期シテカ勤サラン　「誰ニ譲テカ」がわかりにくい。何らかの誤りがあるか。あるいは、「この悲しみを誰か他の者に転嫁することができようか、いやできない」といった意か。全体としては、「自分の運命を歎かずにはいられないが、時期を待つことはできず、直ちに仏道に励む以外に自分の道はない」といった意であろう。なお、六一ウ9「悉達太子…」から、本項の「…勤サラン」まで、建礼門院の心内語と見ることも可能だが、六一オ2「彼ヲキ、是ヲミルニ」までは地の文で、本項が心内語と読むのがより自然か。

〇六一オ3　真実報恩ノ道ニ趣キ解脱幢相ノ衣ヲ染御ス　小林美和は、「真実報恩」の句は、源信『出家授戒作法』の中で戒師表白の次に位置する「流転三界中　恩愛不能断　棄恩入無為　真実報恩者」の偈に通じ、「解脱幢相ノ衣ヲ染御ス」の句は、右の偈に続く「大哉解脱服　無上福田衣　被

服如戒行　広度諸衆生」の偈と関係するとした。さらに、「流転三界中…」の偈は、永久年中書写本『出家作法』（白土わか紹介）でも表白に続く神分に位置し、そこには「袈沙ハ是恒沙之仏ノ解脱幢相之衣也」との文言も含まれていることを指摘し、「延慶本の本文構成は、戒師表白から剃頂髪・袈裟着衣時における唱偈へと続く出家授戒作法の影響下にあると思われる」とした。

○六一オ4　実ニ善知識者大因縁也何事《カ》コレニシカム　以下、安徳天皇の死を悲しみつつも、それを善知識として仏道に励む女院を描く。

○六一オ5　就中《ニ》吾君《ノ》御遷化其《ノ》臨終《ノ》行儀《ヲ》キ、其《ノ》最後《ノ》念相《ヲ》思《フニ》一眼早《ク》閉黄譲永《ク》隔タリヌ　安徳天皇を「吾君」とし（六一オ5）、「御衣《ヲ》ミ奉ルタニモ」「御音ヲ聞タニモ」（六一オ9～10）など女院の動作に尊敬語がなく、「伏以《ハ》」（六一ウ1）などの謙辞が用いられている。女院の心内語のようにも見えるが、施主の立場になり代わる表白の文体か。「念相」は仏教語で、物の姿を心に思い浮かべること。ここでは、安徳天皇の最期の様子を回想した女院は眼を閉じ、現世と冥界に別れてしまったと改めて感じるといった意か。「黄譲」は「黄壌」（死者がおもむく場所。黄泉。冥土）がよいか。

○六一オ7　三尊来迎《ノ》道場《ニ》望メハ香煙ノミ空《ニ》聳《テ》公《ハ》何《ンカ》去《リ》マシマス　「三尊」は、ここでは阿弥陀・観音・勢至の弥陀三尊。「公」は安徳天皇を指す。仏に向かっても、香の煙を追って空を見れば、安徳天皇はどこへ行ったのかと面影を追い求めるばかりだと、悲しみが尽きない様子を描く。

○六一オ9　花顔忍辱《ノ》御衣《ヲ》ミ奉ルタニモ十善《ノ》御姿眼《ニ》遮《テ》涙紅也　次項と対句。「忍辱」は、耐えしのび、怒りの気持を起こさないこと。種々の苦難や迫害に耐え、安らぎの心を持つこと〈日国〉。安徳天皇の衣を見るだけでも、生前の姿を思い出して血の涙が流れるという。

○六一オ10　適《マ》柔和ノ御音ヲ聞タニモ一旦ノ別離耳《ニ》留《テ》魂《ヲ》消《ス》　前項と対句。たまたま少し安徳天皇のものやわらかな声を聞いたのでさえ、しばらく離ればなれになるとその御声が耳に残っていて深い悲しみにとらわれる、の意。まして常に天皇に近く慣れ親しんだ者が、永遠に別れてしまったとなれば、その苦しみはたとえようもないとの気持ちがこめられる。

○六一ウ1　昔シ鳩那羅太子十二因縁ノ聞法ノ涙良薬《ト》成テ盲目《ノ》眼ヲ開キ　次項と対句。鳩那羅太子は阿育王の男。美しさが災いして継母に讒言され、両眼を失うが、聞法の人々の涙によって快復したとされる。『阿育王経』巻四（大正五〇・一四四a以下）、『経律異相』巻三三（五三・一八〇b以下）、『法苑珠林』巻九一（大正五三・九五九a以下）、『大唐西域記』巻三（大正五一・八八五a以下）、『今昔物語集』四・四、『宝物集』巻五等々に見られ、著名。

○六一ウ2　今ノ禅定比丘尼ノ一実无作ノ随喜ノ涙法水ト成テ煩悩ノ垢ヲス丶カサランヤ　前項と対句。「一実」は真如の意、「無作」は人為的に作られないこと。つまり仏道の不変の真理。（人々の涙が鳩那羅太子の両眼を癒やしたように）、女院が仏道の真理に喜んで流す涙が、煩悩の垢をそそぎ、女院を救いに導くはずだという。小林美和は、女院を「禅定比丘尼」とする呼称は、永久年中書写本『出家作法』において、出家人を「禅定大夫人」と呼ぶのに軌を一にすると指摘する。

○六一ウ3　願ハ今日ノ持戒ノ功徳ニ依テ一門一族三界ノ苦域ヲ出テ丶九品ノ蓮台ニ詫セシメ給ヘトナリ　「詫」は「託」に通用させるか。以下、六一ウ7「必ス一仏土ニ生スヘシ」まで、女院の出家持戒の功徳により、一門の往生を願う。小林美和は、永久年中書写本『出家作法』に、施主の往生を確約する戒師の説法部があるのと内容的に響き合うとする。また、文体的には『澄憲作文集』四十一「三者後世」の文に近似するとする。

○六一ウ4　賢愚異ナリトイヘトモ皆以法身常住ノ妙体也其中ニ一人往生アラハ皆共仏道ヲ成セン　平家一門一族の中には賢者も愚者もさまざまな者がいるが、本来はすべて真理を内に備えた身なのだから、女院一人の仏道成就によって皆仏道を成就すると説く。小林美和は、源信『出家授戒作法』の結びに、一人の出家授戒の功徳を諸々の衆生に廻向して救済を祈願する文があること、また源信「横川首楞厳院二十五三昧起請」にも、念仏結衆中、一人往生あらば余人を浄土に引摂し、一人悪趣に堕せば余人がこれを救済するという相互契約が見られることを示し、「女院の出家授戒の功徳による往生結縁が一門一族全員の往生をもたらすという思想の背景には、夙く天台における念仏結社の信仰の影響があると思われる」とする。また、『言泉集』出家釈に「一子出家レハ七世父母皆得脱」とあるのにも通じるとする。

○六一ウ6　重請今生ノ芳縁ニ依テ来世ノ善友トナリ三僧祇ヲ経スシテ必ス一仏土ニ生スヘシ　「三僧祇」は「三阿僧祇劫」の略で、さとりを得るまでの無限に長い年月〈仏教語〉。女院の出家功徳により、一門の人々が来世で一仏土に往生するように、重ねて祈願したもの。

○六一ウ7　サテモ御直衣ハ先帝海へ入セ給シ其ノ期マテ奉タリシカハ御移香モ不尽御形見ニトテ西国ヨリ持セ給タリケリ　以下、六二オ1「悲キ」まで、先帝の移り香が残る形見の直衣を、布施として、また帝の菩提のため、泣く泣く差し出したことを描く。同内容の記事は〈長・盛・盛灌・南・屋・覚・中〉にもあるが、それら諸本では、該当記事を記した直後に、この直衣を裁縫して幡に仕立てたと記す。〈延〉の場合、幡に仕立てたことは先に六〇オ4に見えていた。直衣の由来とそれを幡に仕立てたこととを切り離し、しかも幡に仕立てたことを先に記すのは特異な形である（六〇オ4注解参照）。

○六二オ1　女院御年十五ニテ内へ参リ給シカハヤカテ女御ノ宣旨被下テ　以下、六二オ6「成セ給ケル」まで、女院の経歴を述べる。同内容の記事は、〈延〉では第六末・五一オ2以下にも「十五歳ニシテ后妃ノ位ニ備リ十六才ニシテ女御ノ宣旨ヲ下シ」とある。他本では〈長・盛・盛灌・四・南・屋・覚・中〉の女院出家記事にある。また、〈長灌・盛灌・大〉では女院の六道語り冒頭（天上道）にある。〈長〉では巻一八と巻二〇（〈長灌〉）で一回ずつ、〈盛〉では巻四四で一回、巻四八（〈盛灌〉）で二回、合計三回繰り返されるわけである。「十五歳」は右記の諸本に共通するが、〈盛・中〉は入内のみ、〈南・屋・覚〉は女御の宣旨のみ記す。徳子の入内は承安元年（一一七一）年十二月（『玉葉』同年同月二日条など参照）。第一本・六一オ6には、「大政入道第二ノ娘后立ノ御定アリ今年十五ニソ成給ケル」とあった（該当部注解参照）。これらによれば、徳子の生年は保元二年（一一五七）となり、『平家物語』諸本における徳子の年齢は、基本的にこの生年によって描かれている（但し、時に異同も見られることは〈四部本全釈〉参照）。しかし、徳子の生年は、『山槐記』治承二年（一一七八）六月二十八日条に二十四歳とあるのに基づいて、久寿二年（一一五五）とするのが通説であり、それによれば、入内当時は十七歳となる。

○六二オ2　十六ニテ后妃ノ位ニ備リ君王ノ傍ニ候ハセ給テ朝ニハ朝政ヲ勧奉リ夜ハ夜ヲ専ニシ給フ　〈長・盛灌・四・南・屋・覚・中〉同様。〈盛・大〉は后妃の位についたことのみ記す。徳子が中宮になったのは、承安二年（一一七二）二月（『玉葉』同年同月十日条等参照）。第一本・六三オ2注解参照。また、「朝ニハ朝政ヲ勧奉リ夜ハ夜ヲ専ニシ給フ」の句は、『長恨歌』「従レ此君王不二早朝一。承レ歓侍レ宴無二閑暇一、春従二春遊一夜専レ夜」による。第一本・四五ウ5にも、二代后・多子を描いて「朝政ヲ進メ申サセ給フ」とあった。

○六二オ3　廿二《ニテ》皇子御誕生有《キ》皇子イツシカ太子《ニ》立セ給《フ》　〈長・盛・盛灌・四・南・覚〉同。〈大〉は安徳立太子を記さない。治承二年（一一七八）十一月、安徳天皇誕生（第二本・三一オ10以下参照）、同年十二月、立太子（同前・三八オ1注解参照）。

○六二オ4　春宮位《ニ》即給ニシカハ廿五《ニテ》院号アリテ建礼門院《ト》申《キ》　〈長・盛灌・四・覚〉同。〈盛〉「建礼門院」という具体名を出さない。〈大・屋・中〉は即位を不記、〈南〉は二十五という年齢不記。治承四年（一一八〇）四月、安徳天皇即位（第二中・一四ウ1以下参照）。翌養和元年（一一八一）十一月、建礼門院院号宣下（第一本・二九ウ8に記されていた。『吉記』同年同月二十五日条等参照）。

○六二オ5　入道《ノ》御娘《ノ》上天下ノ国母《ニテ》マシ〳〵シカハ世《ノ》重《ク》シ奉事斜ナラス　〈長・四・盛灌・大・南・覚・中〉同。〈盛・屋〉は、表現は異なるが同内容。第一本・二九ウ9にも「大政入道娘天《下》・国母ニテ御坐シ上《ハ》トカク申《ニ》オヨハス」と、類似表現があった。

○六二オ6　今年《ハ》廿九《ニソ》成セ給ケル　〈長・盛・盛灌・四・大・南・屋・覚・中〉同。通説の一一五五年誕生説によれば、三十一歳（六二オ1注解参照）。

○六二オ6　桃李《ノ》御粧猶濃《ニ》芙蓉《ノ》御皃未《タ》衰サセ給ハネトモ今ハ翡翠《ノ》御剣付《テモ》何カハセムナレハ泣々剃落サセ給ケリ　〈長・盛・盛灌・四・大・南・屋・覚・中〉も概ね同様だが、〈盛〉は「今ハ」に代えて、高倉院・安徳天皇に遅れて歎きが続いたことを記す。〈延〉の「剣」は「釵」（かんざし）の誤りで（本文注参照）、諸本は〈長・盛・盛灌・四・大・屋〉「簪」、〈南・中〉「カンザシ」（〈南〉）、〈覚〉「かざし」。但し、「翡翠のかんざし」は、「翡翠（かわせみ）の羽のように、つややかで長く美しい髪」〈日国〉の意であり、髪につける簪ではない。

○六二オ8　紅顔《ノ》春《ノ》花匂ヲト思面貌《ノ》秋《ノ》月光《リ》クモレルカ如《シ》　以下、六二ウ5「…今更驚クヘキ御事《ニ》アラス」まで、〈延〉の独自記事。出家は悲しいことではあるが、若くして出家するのは先例もあり、後世のためにはとても良いことであると述べる。本項は、出家により建礼門院の美しさに悲しみの影がもたらされたという表現。「ヲト思」は文意不通。「ヲトロヘ」（衰へ）の誤りか。「紅顔」の「衰へ」を言う例は、第三末・九〇ウ9「翠黛紅顔《ノ》粧《ヒ》漸衰《ヘ》」、第六末・六八オ9「翠黛紅顔《ノ》粧漸《ク》衰へ」などがある。

○六二オ9　冷泉院二宮三条院一品宮《モ》未《タ》御年若《クテ》憍曇弥《ヲ》波提比丘尼《ノ》跡《ヲ》追《テ》仏道《ヲ》求給ケリ　以下、六二ウ2「…使《ヲ》エテ後《ニ》来人《ト》譬タリ」まで、第二種七巻本系『宝物集』

巻四依拠。特に古鈔本の最明寺本に近い。武久堅はこの点を指摘し、「恐らく身延山久遠寺本の親本も同様であったろう」とする。本項は、最明寺本に「冷泉院二宮、三条院一品の宮、いまだ御としわかくて、けうどむ比丘尼のあとをおひて、仏道をもとめ給けり」とある。「冷泉院二宮」は、冷泉天皇第二皇女、尊子内親王（九六六～九八五）。円融天皇の妃となり、承香殿女御と呼ばれたが、天元五年（九八二）四月剃髪、同五月薨去〈平安時代史〉。「三条院一品宮」は、三条天皇第一皇女、当子内親王（一〇〇〇～一〇二二）。斎院退下の後、寛仁元年（一〇一七）、藤原道雅との密通が露顕し、皇后宮に閉居、同年十一月病んで出家、治安二年（一〇二二）薨去〈平安時代史〉。「憍曇弥波提比丘尼」は、『宝物集』吉川本（新大系）では「憍曇弥比丘尼」（同巻二では「波提比丘尼」とも）。釈迦の母・摩耶夫人の妹で、夫人の死後、浄飯王の妃となって釈迦を養育したが、若くして出家したとされる。『宝物集』は、尊子内親王や当子内親王の出家を、憍曇弥比丘尼の跡を追ったと表現したもの。

○六二オ10　法花経ノ六ノ巻ノ初ニハ我少出家得阿耨タラト被仰一タリ　最明寺本『宝物集』巻四に、「法花経六巻のはじ（めに）も、我少出家得阿耨多羅とおほられたれバ、無上菩提をねがはむもの、かならずわかくて出家遁世すべきなり」とある。「法花経ノ六ノ巻ノ初」云々は、『妙法蓮華経』如来寿量品冒頭近くに、「如来。見下諸衆生楽二於小法一徳薄垢重者上。為二是人一説三我少出家得二阿耨多羅三藐三菩提一」（大正九・四二c）とある句を指す。「阿耨タラ」は「阿《あ》耨《のく》多《た》羅《ら》三《さん》藐《みやく》三《さん》菩《ぼ》提《だい》」の略。仏のさとりの智慧のことで、この上なくすぐれ、正しく平等円満である意〈仏教語〉。

○六二ウ1　サレハ年少ノ出家ハ使ヲエヌサキニ来レル人年老ノ出家ハ使ヲエテ後ニ来人ト譬タリ　最明寺本『宝物集』巻四、前項所引本文に続けて、「老後の出家ハ、つかひをえてきたる人のごとしといへり」とある。吉川本・吉田本などは「つかひをえてきたる」の箇所を「つかへおゐてきたり」と誤る（武久堅、新大系『宝物集』一六五頁脚注参照）。『宝物集』では、「老後の出家は使者に催促されて来た人のような者だ」というのみだが、〈延〉は、「若くして出家するのは、使者をよこす前に来た人のような者だ」と補ったものか。あるいは本来、〈延〉に見るような形の諺を『宝物集』が部分的に載せたものか。未詳。

○六二ウ2　シカレハ女院モ未タ御年若クテ御出家アル事ハ弥ヨ後世ノ御事ハ憑クソ覚ユル上代モタメシナキニモアラスマシテ此御有サマニハイカテカ思召シタヘサルヘキ今更驚

クヘキ御事《ニ》アラス　前項までに見たような、若年の出家を勧める文言を踏まえて、その後世は頼もしいことを述べ、さらに、建礼門院のような境遇になってみれば、出家も当然であると評する。ここまで〈延〉の独自記事。

○六二ウ5　憂侘《世》ヲイトヒ実ノ道《ニ》入《セ》給ヘトモ御歎キハヤ《ス》マラセ給事ナシ　以下、本段末まで、出家はしたものの、悲嘆の休まることはない女院の心境や暮らしぶりを描く。本項から六二ウ7～8「御涙ノミセキアヘス」まで、〈長・盛・盛灌・四・大・南・屋・覚・中〉同様、〈長灌・四灌〉なし。

○六二ウ6　人々ノ今ハカキリトテ海《ニ》入給《シ》有様先帝ノ御面影イカナラン世ニカ思食忘《レ》サセ給ヘキ　〈長・盛・盛灌・四・大・南・屋・覚・中〉ほぼ同。ただし、〈南・覚〉は二位殿の面影にも言及する。〈長灌・四灌〉なし。女院が安徳天皇入水の時の様子やその面影を忘れられない様子は、〈延〉では、後白河院との対面場面でも詳しく語られる（第六末・七二オ8以下）。また、『閑居友』下・八でも、女院は安徳天皇追憶を語る。

○六二ウ7　露《ノ》命何《ニ》係テカ今マテ消ヤラサルラント思食ツヽケサセ給テハ御涙ノミセキアヘス　〈長・盛・盛灌・四・大・南・屋・覚・中〉同様。〈長灌・四灌〉なし。「自分のはかない命がどうして消えてしまわないのか」と思い続ける意。

○六二ウ9　五月《ノ》短夜ナレトモ明《シ》カネツヽ自ラ打マトロマセ給御事《モ》ナケレハ昔《ノ》事ヲ夢《ニ》タニモ御覧セス　〈長・長灌・盛・盛灌・四・大・南・屋・覚・中〉同様。〈四灌〉なし。「郭公鳴くや五月の短夜もひとりし寝れば明かしかねつも」（拾遺・夏。よみ人しらず。一二五）による（〈全注釈〉など指摘）。以下、六三オ7の「郭公…」歌まで、吉田での夏の生活を描く。

○六二ウ10　耿々タル残燈ノ壁《ニ》背《ル》影カスカニ蕭々タル暗キ雨ノ窓ヲ打音閑ナリ　〈長〉ほぼ同。〈盛灌〉も類同だが、「耿々」を「遅々」とする。〈長灌・盛・四・大・南・屋・覚・中〉は、〈盛〉「壁ニ背タル影幽ニ、暗キ雨ノ窓ヲ打音モ閑ナリ」、〈四〉「背《タル》壁残灯景《ケ》幽《カニ》打窓暗《キ》雨《ラ》音《ト》閑」、〈覚〉「壁にそむける残の燈の影かすかに、夜もすがら窓うつくらき雨の音ぞさびしかりける」などのように、「耿々タル」「蕭々タル」を欠くが、「カスカニ」「閑ナリ」の該当句は有する。次項に「上陽人」の名が見えるように、『新楽府』「上陽白髪人」「秋《の》夜長《シ》、夜長《テ》無《レハ》睡《コト》天不明《アケ》、耿々《たる》残《の》燈《の》背《たる》壁《に》影、蕭々《たる》暗雨《の》打窓《を》声」（神田本）による。『和漢朗詠集』秋夜にもこの部分が採られる。『平家物語』諸本の文脈では夏だが、原詩は、秋の長夜を独り寝で明かしかねるさま。〈延〉では第二末・一五オ1以下で、盛遠の恋を描く中に「秋ノ夜長シ夜長シテ眠事ナシ耿々トホノカナル残ノ燈ノ壁ニ背ル影嘯々ト閑ナル闇雨ノ窓ヲ打音ノミ友トナリ」と、同じ部分を引用している。なお、本項の例について、水原一は、「カスカニ」や「閑ナリ」（しづかなり）は、「耿々」「蕭々」の訳語ではなく、訓読に伴う補訳（文選読みに発するもの）だが、〈四〉などは、その補訳部分を継承しつつ、原形を損じてしまったと指摘する。

○六三オ1　上陽人ノ上陽宮ニ被閉レタリケンサ〔ヒ〕シサモ限リアレハ是ニハ過サリケントソ思食知ラルヽ　前項注解参照。〈四灌〉以外の諸本は概ね同様だが、「被閉レタリケン」の該当句の後、〈長灌〉は「サ〔ヒ〕シサモ」に代えて「函谷年深して、白髪人といはれけんも」、〈四〉は「緑衣監使ハ守ルモ宮門」の句を挿入する。

○六三オ3　昔ヲ暴フ妻トナレトテヤ本ノ主ノ移殖タリケン軒近キ花橘ノ風ナツカシク香ヲリケル　〈長・長灌・盛・盛灌・四・南・屋・覚・中〉概ね同様。「暴フ」は、〈長〉などに「しのぶ」。「慕」の誤写か。〈北原・小川版〉〈汲古校訂版〉は、「暴」を「慕」に改め、〈名義抄〉で「慕」に「シノブ」の訓があることを指摘する。「妻」（つま）は「きっかけとなるいとぐち。てがかり」（〈日国〉）。次々項注解に引く「さつきまつ花たちばなの…」歌以来、橘の香りは昔を偲ぶよすがとされた。

○六三オ4　折シモ時鳥ノ程近ク音信ケレハ御涙ヲ推拭ワセ給テ御硯ノ蓋ニカクソ書スサマセ給ケル　時鳥の音を聞いて、建礼門院が硯の蓋に古歌（次項）を書き付けたとする。〈長・長灌・盛灌・四・南・屋・覚・中〉概ね同様。〈盛〉「折シモ郭公ノ鳴渡ケレバ、角ゾ思召ツヾケヽル」。また、〈延・長・長灌・盛・盛灌・四〉では、次項の歌を女院自身の歌とも読める形だが、〈南・屋・覚・中〉は、「古事」「古歌」「ふるき事」「ふるきことのは」等と明記する。

○六三オ7　郭公花橘ノカヲトメテ鳴ハ昔ノ人ヤコヒシキ　〈長・四・南・屋・覚・中〉同様。〈長灌〉は「いざゝらば涙くらべむほとゝぎす吾も雲ゐにねをのみぞなく」を加えて二首になっている。〈盛・盛灌〉は、大納言典侍の「猶モ又昔ヲカケテ忍ベトヤフリニシ軒ニカホルタチ花」の一首を加える。「ほととぎすよ、お前が橘の香を求めて鳴くのは、今はなきむかしなじみが恋しいのか。私もやはり死んだ平家の人々が恋しいのだよ」。『古今和歌六帖』六・ほととぎす・三五二六四、『和漢朗詠集』・夏・橘花、『新古今和歌集』夏・一四四に見える歌。「さつきまつ花たちばなの香をかげば昔の人の袖の香ぞする」（『古今和歌集』夏、よみ人しらず。一三九）や、「夏の夜に恋しき人の香をとめば花橘ぞしるべなりける」（『後撰和歌集』夏、よみ人しらず。一八八）等を踏まえる。久保田淳は、『平家物語』の場合には、「ほととぎすは蜀王望帝杜宇の化したものという伝説も背後に意識されている」とし、ほととぎすに安徳天皇の霊魂を見出したいという女院の心情を暗示しようと試みたと見る。また、西脇哲夫は、〈覚〉灌頂巻「女院死去」等に見える「いざさらばなみだくらべん時鳥われもうき世にねをのみぞ鳴」について、本項の「郭公…」歌との呼応を指摘しつつ、「ほととぎす」については、古今注（『鷹司本古今抄』、『毘沙門堂本古今集注』、『古今和歌集灌頂口伝』など）や、朗詠注（『和漢朗詠集私注』、身延文庫本『和漢朗詠註抄』、『和漢朗詠集永済注』など）に、「郭公」を、滅亡した「郭国」の公（きみ）とする理解があったことを指摘している。そして、これらの書に見られる「郭公もまた戦いの敗者であったとする理解」が、建礼門院の歌にも関わるのではないかとする。本段の歌の場合、夏の景物としての橘や時鳥の提示という基本的理解から外れる読み込みに、どこまで深く踏み込んで良いのか、判断の難しいところだが、朗詠注では、「花橘」にも、「花橘ヲ、必昔人ニヨソヘテ読事ハ、死人ノ焼香ノ必花橘ニウツルニ依也」（天理本『和漢朗詠集見聞』夏・花橘）といった理解があったことには、注意しておくべきではあろうか。なお、他諸本では、この後、帰洛した他の女房たちの有様を語る記事（〈延〉六三ウ6～六四オ1に対応）が続く。次段冒頭六三オ8～注解参照。

廿八　重衡卿北方事

(六三オ)

廿八

本三位中将重衡卿ノ北方ハ故五条大納言邦綱卿ノ御娘先帝ノ御乳母ニテ大納言典侍殿トソ申ケル重衡卿一谷ニテ生虜ニセラレテ都ヘ帰リ上給ニシカハ北方旅ノ空ニ

(六三ウ)

憑シキ人モナクテ明シ闇シ給ケルカ先帝檀浦ニテ失サセ給ニシカハ夷ニ被取テ西国ヨリ上テ姉ノ大夫三位ノ局ニ同宿シテ日野ト云処ニオワシケルカ三位中将露命草葉ノ末ニカヽリテ消ヤラスト聞給ケレハ何ニモシテ今一度ミモシミヘモセハヤト思ワレケレトモ叶ワス只泣ヨリ外ノナクサメソ無ケル其外ノ女房達生虜ニセラレテ都ヘ帰テ若モ老モ皆体ヲカヘ形ヲヤツシテ有ニモ非ヌ有様ニテ思モカケヌ

谷《ノ》底岩《ノ》迫《ニ》明《シ》晩《シ》給《フ》昔栖給シ宿《モ》煙《ト》昇《ニ》シカハ空キ跡ノミ残リテ滋《キ》野辺《ト》ナリツヽ見馴タリシ人《ノ》問来《モ》ナシ仙家《ヨリ》帰《リ》来《テ》七世ノ孫《ニ》会タリケンモカクヤ

（六四オ）

有ケントソ覚《シ》今ハ国々モ静《テ》人《ノ》往還《モ》煩ナシ都モ穏シケレハ九郎判官計《ノ》人コソナケレトテ京中《ノ》者共手《ヲ》スリ悦アヘリ鎌倉二位殿《ハ》何事カシ出タル高名アル是ハ法皇ノ御気色モヨシ只此人《ノ》世ニテアレカシナントテ京中《ニハ》沙汰アル由ヲ二位殿聞給《テ》宣ケルハコハイカニ頼朝カ謀《ヲ》廻《シ》兵ヲモ差上レハコソ平家ヲモ滅タレ九郎計ハ争カ世ヲモ可鎮《ム》一カク人《ノ》云《ニ》誇《テ》世《ヲ》我マヽニ思タルニコソ下テモ定《テ》過分ノ事共計ワンスラン人コソ多ケレイツシカ平大納言《ノ》聟《ニ》ナリテ大納言モチアツカフランモ不被請一又世ニモ不恐一大納言聟《ニ》取《モ》イワレナシナントソ宣ケル

〔釈文〕

廿八（重衡卿の北方の事）

本三位中将重衡卿の北方は故五条大納言邦綱卿の御娘、先帝の御乳母にて、大納言典侍殿とぞ申しける。重衡卿一谷にて生虜《いけどり》にせられて都へ帰り上り給ひにしかば、北方旅の空に▼六三ウ憑《たの》もしき人もなくて明かし闇《くら》し給ひけるが、先帝檀浦にて失せさせ給ひにしかば、夷に取られて西国より上りて、姉の大夫三位の局に同宿して、日野と云ふ処におはしけるが、三位中将、露の命草葉の末にかかりて消えやらずと聞き給ひければ、何にもして今一度みもしみえもせばやと思はれけれども叶はず。只《ただ》泣くより外《ほか》のなぐさめぞ無かりける。

其の外の女房達、生虜《いけどり》にせられて都へ帰りて、若きも老いたるも皆体《さま》をかへ形をやつして、有るにも非《あら》ぬ有様にて、思ひもかけぬ谷の底、岩の迫《はざま》に明かし晩《く》らし給ふ。昔栖《す》み給ひし宿も煙と昇りにしかば、空しき跡のみ残りて滋《しげ》き野辺となりつつ、見馴れたりし人の問ひ来るもなし。仙家より帰り来りて七世の孫に会ひたりけんも、かくや▼六四オ有りけんとぞ覚えし。

今は国々も静まりて、人の往還も煩ひなし。都も穏《おだ》しければ、「九郎判官計《ばか》りの人こそなけれ」とて、京中の者共手すり悦びあへり。「鎌倉二位殿は、何事かし出だしたる高名ある。是は法皇の御気色もよし。只《ただ》此の人の世にてあれかし」なんど、京中には沙汰ある由を、二位殿聞き給ひて宣ひけるは、「こはいかに。頼朝が謀を廻らし兵をも差し上すればこそ、平家をも滅ぼしたれ。九郎計《ばか》りは、争《いか》でか世をも鎮むべき。かく人の云ふに誇りて世を我がままに思ひたるにこそ。下りても定めて過分の事共計らはんずらん。人こそ多けれ、いつしか平大納言の聟になりて大納言もちあつかふらんも請けられず。又世にも恐れず、大納言聟に取るもいはれなし」なんどぞ宣ひける。

〔注解〕

〇六三オ8〜（重衡卿北方事） 本段の内容は、重衡北方の事（六三オ8〜六三ウ5）、帰洛した他の女房たちの有様（六三ウ6〜六四オ1）、義経への頼朝の不快（六四オ1〜六四オ10）に分けられる。〈長・四・屋・中〉も類似の構成だが、他の女房の有様を重衡北方よりも先に記す。

この点、その他諸本でも女院出家には他の女房の有様を続けるのが一般的である。〈盛〉は頼朝不快を文之沙汰（時忠義経聟取）の直後に記し、女院出家の後に他の女房・重衡北方の記事を配し、その後に忠清被斬を置いて巻四四を終える。〈大〉は、他の女房の有様をごく簡略に記すのみで、本段該当記事をほとんど記さない。〈南〉は、他の女房―頼朝不快の順に記し、重衡北方の事は後段の重衡被斬記事の中（重衡との対面場面直前）に置く。〈覚〉は、巻一一の該当部には頼朝不快のみ記し、重衡北方のことは〈南〉と同様に「重衡被斬」冒頭に、他の女房の有様は灌頂巻に記す。以上を整理すると右の対照表のようになる。ゴシック体は本段に該当する記事。〔後〕は後出の記事。（ ）内は簡略な記事。なお、〈長灌・盛灌・四灌〉は該当記事なし。

〈延〉	〈長・四・屋・中〉	〈盛〉	〈大〉	〈南〉	〈覚〉
女院出家	女院出家	文之沙汰	女院出家	女院出家	文之沙汰
重衡北方	**他の女房**	**頼朝不快**	（**他の女房**）	**他の女房**	**頼朝不快**
他の女房	**重衡北方**	副将被斬	頼朝従二位	**頼朝不快**	副将被斬
頼朝不快	**頼朝不快**	女院出家	内侍所の事	副将被斬	〔後〕**重衡北方**
副将被斬	副将被斬	**他の女房**	副将被斬	〔後〕**重衡北方**	〔灌頂巻〕女院出家
		重衡北方			**他の女房**
		忠清被斬			

○六三オ8　本三位中将重衡卿ノ北方ハ故五条大納言邦綱卿ノ御娘先帝ノ御乳母ニテ大納言典侍殿トソ申ケル　〈長・屋〉同様。〈盛・四・中〉も同内容だが、〈盛〉は「大納言佐」、〈四〉は「大納言内侍」、〈中〉は平仮名表記。〈南・覚〉は「鳥飼の中納言惟実のむすめ、五条大納言邦綱卿の養子、先帝の御めのと大納言佐殿と申ける」（〈覚〉による。傍線部〈南〉「大納言典侍」）。表記は「大納言典侍」がよい。第一本・七〇ウ6や第三本・六七オ1にも、邦綱が重衡を聟にしたと書かれていたように、大納言典侍は、邦綱女とするのが正しい。〈延〉ではこの後、第六本・七七ウ6でも大納言典侍の姉大夫三位を邦綱女と紹介する。しかし、大原御幸の場面では伊実女説を記す本が多い。〈延・盛・四・屋〉では出自が一致せず、本段などでは邦綱女、「大原御幸」相当箇所では伊実女とする（〈延〉では第六末・五九ウ5）。一方、〈覚〉では、どちらも伊実女とする。〈大〉は本段該当部には記事がなく、大原御幸場面

では伊実女。〈南〉は本段該当部では伊実女、大原御幸場面には出自の記述なし。〈中〉は本段該当部では邦綱女、大原御幸場面には出自の記述なし。〈長〉は、本段該当部（巻一八）では邦綱の娘とするが、〈長灌〉大原入場面では、大納言佐は邦綱娘としつつ、それとは別人の伊実娘も建礼門院に従ったとし、〈長灌〉大原御幸場面では伊実娘を登場させる。『尊卑分脈』では父は邦綱、母は壱岐守公俊女。大夫三位成子、別当三位邦子の次に「輔子」として、「典侍従三。三位中将平重衡室、安徳天皇御乳母、号二大納言典侍一」とある。また、『山槐記』治承四年三月八日条に、「輔子〈号二大納言局一、坊時号二五条一、御乳母也〉、蔵人頭重衡朝臣妻、前大納言邦綱卿三女〉」と見える。また、『愚管抄』巻五にも「邦綱ガヲトムスメニ大納言スケ」云々と所見。冨倉徳次郎は、右記のような諸本における大納言典侍の出自の記述の相違を指摘、建礼門院の吉田入・女院出家記事と大原御幸記事とが別個に成立したことを示すものであり、本来は大原御幸記事特有の誤りだったものが本段にも持ち込まれたものと見る。

○六三オ9　重衡卿一谷ニテ生虜ニセラレテ都へ帰リ上給ニシカハ北方旅ノ空ニ憑シキ人モナクテ明シ闇シ給ケルカ　重衡生捕後、北方が、流浪する平家一門の中で頼る人もなく暮らしてきたこと、〈長・盛・四・屋・覚〉同様の文あり。〈南〉は該当文に代えて、「（重衡生捕後は）先帝ニ付奉リテナグサム方モヲハセシガ」と記す。〈中〉なし。

○六三ウ1　先帝檀浦ニテ失サセ給ニシカハ夷ニ被取テ西国ヨリ上テ　他諸本は「夷ニ被取テ」なし。他の女房たちの有様を述べる六三ウ6該当部で、〈長〉「ものゝふのあらけなき手にとられ給て」のように、多くは「もののふ」に捕らわれたとする（該当句は〈盛・屋〉「武士」、〈大〉「兵」。六三ウ6「生虜ニセラレテ…」注解参照）。本来異民族を意味した「えびす」は、中世には、本来の語義を残しつつも田舎の武士といった意味で「もののふ」と重なる言葉になっていった（佐伯真一）。

○六三ウ2　姉ノ大夫三位ノ局ニ同宿シテ日野ト云処ニオワシケルカ　「日野」、〈長・四・南・屋・覚・中〉同。ただし、〈四〉の表記「氷野」。〈盛〉は、大納言典侍は建礼門院について暫くは吉田にいたが、その後、日野に移ったとする。その際、「姉ニテオハスル人、大夫三位ニ同宿シテ日野ト云所ニオハスルヲ憑テ移居給ヘリ」とするので、姉と「大夫三位」は別人のように読める。しかし、〈盛〉も七七ウ6該当部では大夫三位を大納言典侍の姉とする。七七ウ6注解参照。大夫三位は大納言典侍の同腹の姉、成子。『尊卑分脈』に邦綱の娘として、「号二大夫三位一。従三典侍。六条院御乳母、参議成頼室」とある。「日野」は現京都府伏見区日野。古くは天皇・公家の遊猟地で、藤原北家流の日野氏の伝領地があった〈地名大系・京都市〉。重衡が斬られる直前に、大納言典侍との再会を果たした場所も、この日野の宿所であろう(卅五「重衡卿日野ノ北方ノ許ニ行事一」)。『愚管抄』巻五に、重衡は、「邦綱ガヲトムスメ」の「大納言スケ」が「アネノ大夫三位ガ日野ト醍醐トノアハイニ家ツクリテ有リシニアイグシテ居タ」ため、そこに立ち寄ったと記される。但し、『醍醐雑事記』巻一〇には、「借二故行延寺主住房一。此月来所レ被レ住也。為三相二逢中将一自二西辻一還而被レ入二彼房一。見物之者、哀二歎之一」とある。角田文衞は、大納言典侍は日野の醍醐路沿いにあった行延の住坊を借り受け、そこで夫の通過を待ち受けたものと見て、姉成子と同宿していたとする『平家物語』諸本や『愚管抄』の記述に比べ、『醍醐雑事記』が最も正確な事実を伝えるとする。また、塩山貴奈は、『簡要類聚鈔』第一に、大納言典侍は大夫三位の死後、一乗院院主実信の乳母となって日野に住んだとあることから、重衡との再会当時は日野には住んでいなかったものと見る。しかし、『簡要類聚鈔』には「自二西海一帰洛之刻、姉ノ三品ニ被二眷顧一」とあって、帰洛後の大納言典侍が大夫三位に保護されていたことは確かであり、また、大夫三位は「日野ノ別業」「日野殿」に住んでいたともあるので、実信の乳母として居住する以前にも、大納言典侍は基本的には日野に滞在し、重衡を待つにあたって、より街道に近い行延の住坊を借り受けたと見るのが妥当か。七七オ10・七七ウ8注解参照。また、『簡要類聚鈔』本文は京都大学文学部国史研究室翻刻による。同書については大山喬平参照。

○六三ウ3　三位中将露命草葉ノ末ニカヽリテ消ヤラスト聞給ケレハ何ニモシテ今一度ミモシミヘモセハヤト思ワレケレトモ叶ワス　大納言典侍の思い。重衡もかろうじて命を保っていると聞き、会いたいと思ったが叶わない意。〈長・盛・四・南・屋・覚・中〉同内容。〈盛〉は「(重衡自身からは)風ノ便ノ言伝ヲダニ聞給ハネバ」との記述もあり。

○六三ウ5　只泣ヨリ外ノナクサメソ無ケル　〈長・盛・四・南・屋・覚・中〉同様。内容的には、この後、卅五「重衡卿日野ノ北方ノ許ニ行事」(七七オ4以下)に続く。

○六三ウ6　其外ノ女房達　以下、その他の女房たちの有様について述べる。〈長・盛・四・南・屋・覚・中〉に同内容の記事あり。〈大〉は「二位殿の外は、さのみ水にしづむ人もなければ、あらき兵の手にとられてきう里へかへり給けん御心の中、おしはかられて哀也」とあるのみで、ごく簡略。諸本の記事の位置については本段冒頭六三オ8～注解参照。

○六三ウ6　生虜ニセラレテ都ヘ帰テ　〈長〉は、「二位殿の外は、さのみ猛、水のそこにしづみ給はねば、もの〻ふのあらけなき手にとられ給て、ふるさとへかへり給ふ御心のうち、をしはかられてあはれなり」と、やや詳細。〈盛・四・大・南・屋・覚・中〉も〈長〉に近く、二位殿に言及する（〈覚〉は水の底に沈んだ人として、二位殿の他に小宰相も挙げる）。また、「もの〻ふのあらけなき手に」云々については、六三ウ1注解参照。

○六三ウ6　若モ老モ皆体ヲカヘ形ヲヤツシテ有ニモ非ヌ有様ニテ思モカケヌ谷ノ底岩ノ迫ニ明シ晩シ給フ　〈長・四・南・屋・覚・中〉同様。〈盛〉は次項・次々項に該当する「住馴シ宿モ煙ト昇シ後ハ空キ跡ノミ残テ」から「七世ノ孫」云々までを先に記す。〈大〉は以下の記事を欠く。「迫」は「はざま」。維盛入水を聞いて悲しむ北方に、乳母の女房が言った言葉「今ハ如何ナラム岩ノ迫ニテモ少クオワシマス人々ヲ生《ヲヽシ》立奉ラムト覚シ召セ」（第五末・六〇オ8）のように、山間などの厳しい住環境を言う。

○六三ウ8　昔栖給シ宿モ煙ト昇ニシカハ空キ跡ノミ残リテ滋キ野辺トナリツヽ見馴タリシ人ノ問来モナシ　〈長・四・南・屋・覚・中〉同様。〈盛〉は前項に見たように記事構成が異なり、また、この文の後、昔と今を対比し、蝉丸話を引くなど、独自異文あり。「昔栖給シ宿モ煙ト昇ニシカハ」は、都落の際に六波羅の邸宅を焼き払ったことをいう。重衡東下の冒頭に、「六波羅ノ辺ニテ夜曙ニケリ此当リニ平家ノ造営シタリシ家々皆焼失テ有リシ所トモ見ヘス」（第五末・一六ウ7）とあった。

○六三ウ10　仙家ヨリ帰リ来テ七世ノ孫ニ会タリケンモカクヤ有ケントソ覚シ　〈長・盛・四・南・屋・覚・中〉同様。但し〈盛〉は記事構成が異なる（前項・前々項注解参照）。仙家から帰って七世の孫に会ったとは、後漢の劉晨・阮肇が仙境に入り、故郷に帰った時には七代後の子孫の代になっていたという故事。第二本・五〇ウ8以下の注解参照。ここは、『本朝文粋』巻一〇・大江朝綱「落花乱二舞衣一詩序」から『和漢朗詠集』雑・仙家に引かれた「謬入二仙家一、雖レ為二半日之客一、恐帰二旧里一、纔逢二七世之孫一」によるものだろう。

○六四オ1　今ハ国々モ静テ人ノ往還モ煩ナシ都モ穏シケレハ　以下、義経の評判を頼朝が不快に思ったとする記事。〈長・盛・四・南・屋・覚・中〉にあり。記事の位置については本段冒頭六三オ8～注解の対照表参照。養和元年以降、内乱により平氏政権は東国・北陸・西海などの地方支配権を失い、たとえば、『養和二年記』養和二年二月二十五日条に、「(前年の)冬比北国謀反之輩発起、塞レ路之間、京中貴賤上下失二衣食一者也、云二東国一、云二北国一、一切人并消息不レ通、大体四夷起運上絶了」とあるように、京都は地方との往還が遮られて、都市としての機能を喪失している状態であった。

○六四オ2　九郎判官計ノ人コソナケレトテ京中ノ者共手ヲスリ悦アヘリ　〈長・四〉ほぼ同。〈盛〉は法皇も「九郎判官神妙也」と思ったとする記事も含む。〈南・屋・覚・中〉は「九郎判官計ノ人コソ無ケレ」(〈屋〉)などの文を次項の言葉に続ける。前項で見たような京都の状態を平家追討により最終的に解決したのが義経であり、洛中の治安を大きく改善していた。義経の西海出陣にあたって、高階泰経が摂津渡辺まで出向いて発向を止めようとしたことも(『玉葉』元暦二年二月十六日条。二オ3注解参照)、洛中の治安維持について、義経が頼りにされていたためであろう。

○六四オ3　鎌倉二位殿ハ何事カシ出タル高名ア　ル是ハ法皇ノ御気色モヨシ只此人ノ世ニテアレカシ　京中の人々の言葉。〈四〉同。〈南〉もほぼ同だが、「法皇ノ御気色召下シ」の「召下シ」は「メデタシ」の誤りか。〈屋・覚・中〉は法皇の御気色に触れないがほぼ同内容。〈長〉では京ではこう言っていると伝え聞いた頼朝の言葉の形をとる。〈盛〉は「哀此人ノ世ニテ侍レカシ」のみ。

○六四オ5　コハイカニ頼朝カ謀ヲ廻シ兵ヲモ差上レハコソ平家ヲモ滅タレ九郎計ハ争カ世ヲモ可鎮ム　頼朝の言葉。〈長・盛・四・南・屋・覚・中〉同様。平家を滅ぼすことができたのは、頼朝が全体を統率したためであって、義経一人で世を鎮めることができたはずもないという。『吾妻鏡』文治元年六月十三日条は、義経に与えた平家没官領を没収したことを語る中で、「凡謂二廷尉勲功一者、莫レ非二二品御代官一。不レ被三差二副御家人等一者、以二何神変一独可レ退二凶徒一哉。而偏為二一身大功一之由、廷尉自称」という。義経は代官に過ぎず、頼朝が御家人を遣わさなければ一人で平家を倒せたはずもないのに、独力で大功を遂げたかのように自称しているという批判は、『平家物語』諸本の本項と共通するところがあろう。なお、頼朝・義経の不和の原因は、この前年(元暦元年八～九月頃)の、左衛門尉任官をめぐる問題であったとするのが従来の通説といえようが、最近では、それを疑う見方も多い。義経に対する御家人達の反発がつのったと見る菱沼一憲、頼朝が意図的に義経を挑発したと見る近藤好和、義経の性急な平家攻撃が頼朝の戦後構想を破壊する行為だったと見る元木泰雄などの見解が出されている。

○六四オ7　カク人ノ云ニ誇テ世ヲ我マヽニ思タルニコソ　頼朝の言葉。義経は世評に誇って世を自分の思い通りにしようとしているのだろう、との意。〈長・盛・四・南・屋・覚・中〉にほぼ同内容の記述あり。但し、〈盛〉はこの前に「其ニ法皇ノ叡慮モ不二意得一」と、法皇の意向をも疑っている。なお、頼朝が義経を不快に思っているとする記述は、〈延〉ではここが初めて。但し、梶原景時との対立は第五末・一三ウ5以下に描かれ、同・五八オ5以下では、梶原の「讒」を負った義経が陳謝のために関東に下向したとあった。さらに、第六本・三「判官与梶原一逆櫓立論事」で逆櫓論争を描く中で、七ウ3では義経と梶原の間に「日来ノ御意趣」があるとされていた。しかし、ここではそうした梶原讒言には触れない。『平家物語』諸本は、義経と頼朝の対立の原因を梶原の讒言に求める傾向があり、とりわけ「腰越状」を有する諸本では、その印象が強い（腰越状の有無については七二ウ4〜注解参照）。しかし、腰越状がない〈延〉では義経は関東下向の際に頼朝と対面しており、頼朝の様子は「打解タル気色モナクテ詞スクナニテ」（七二ウ6）と描かれるものの、梶原の讒言によるものとは記されない。〈延〉では早くから梶原との対立を描くものの、頼朝・義経対立の原因をすべて梶原の讒言に帰してはいないといえようか。

○六四オ8　下テモ定テ過分ノ事共計ワンスラン　頼朝の言葉。「下テモ」とは、「義経は間もなく宗盛を連れて鎌倉に下るはずだが、その時も」の意。該当句、〈盛〉「鎌倉へ下テモ」、〈南〉「是へ下テモ」、〈屋・中〉「今度下テハ」（〈屋〉）。但し、〈四〉は「下テモ」なし。また、〈盛・南・屋・覚・中〉は本記事の末尾にこの文を置く。義経の東下りは、この後、三十「大臣殿父子関東へ下給事」に描かれ、卅二「頼朝判官ニ心置給事」では、義経に疎遠な態度を取る頼朝が描かれる。

○六四オ8　人コソ多ケレイツシカ平大納言ノ聟ニナリテ大納言モチアツカフランモ不被請一又世ニモ不恐一大納言聟ニ取モイワレナシ　頼朝の言葉。義経がよりにもよって時忠の聟になったのも承知できないし、また時忠も時忠だ、という。〈長・盛・四・南・屋・覚・中〉同内容。但し、〈長〉は「平大納言ノ聟ニナリテ」を欠く。また、〈屋・中〉は時忠を「朝敵平大納言」（〈屋〉）と呼ぶ。義経が時忠の娘をめとったことは、廿六「時忠卿判官ヲ聟ニ取事」参照。

廿九　大臣殿若君ニ見参之事

（六四ウ）

廿九
抑生虜三十人之内五歳《ノ》童《ト》注《シル》サレタリシハ大臣殿 ノ
乙子ノ若君也北方此《若》君ヲ産置給《テ》七日ト云シニ 失 セ
給《ニ》ケリ北方限《ニ》ナラレタリケル時宣ケルハ我ハカナク成ヌル
物ナラハ人《ハ》年若《ク》オワスレハイカナラン人《ニモ》馴給《テ》子ヲモウミ
給トモ此子ヲハ悪マテ我ヲ見ルト思召テ前《ニテ》ソタテ給ヘト
宣ケレハ右衛門督ニハ世ヲ譲此子ニハ副将軍ヲセサセムスレ
ハ名ヲハ副将ト付テ糸惜センスルソ心安《ク》思給ヘト大臣殿
宣ケレハヨ《北方》ニウレシケニ思給《テ》今ハ思置事ナシ死出山《ヲ》
ヲモ安《ク》越ナントテ七日ト云ケル〔ニ〕ハカナク成給ニケリカ〔ク〕云《ヲ》
キシ事ナレハトテ乳母《ノ》方ヘモ不遣給《一》朝夕前《ニテ》ソタテ給

（六五オ）

ケリ人ト成給マヽニ大臣殿ニ似給テミメウツクシク心サ〔マ〕モワリナカリケリ類ヒ無ク思召テ三歳〔ニ〕成給ニケレハ冠賜〔テ〕名ヲハ能宗トソ申ケル清宗ハ大将軍能宗ハ副将軍ト常ハ愛セラレテ西国ノ旅ニテモ夜昼立離給ハサリケルカ檀浦ニテ軍敗ニモ後ハ若君モ副給ワス若君ヲハ九郎判官ノ小舅川越小太郎重房カ預リタリケルヲ彼カ宿所ニスヘ奉テ乳母一人呵責ノ女房一人ソ付タリケル二人女房若君ヲ中ニスヘ奉テ明テモ晩テモ終ニ何ニ成ランスラムト泣悲アヘリ大臣殿モ斜ナラス恋クオホシケレトモエ見給ハサリケレハトニカクニ只御涙ノミソ乾クマモ無リケル猿程ニ九郎判官大臣殿以下

（六五ウ）

生虜共相具テ暁関東ヘ可下一ト聞ヘケレハサテハ近付ニケルコソ悲クオホヘテ九郎判官ノ許ヘ宣ケルハ此身トシテヲメタル申事ナレトモ明日関東ヘト聞ハ申也生虜之内ニ

五歳ノ童《ト》注サレテアムナル小童ハ未生テ候ヤラン恩愛
ノ道思切レヌ事ニテ恋ク候今生《ニテ》今一度ミハヤト宣タリ
ケレハ猿事候ヤラムトテ川越小太郎方《ヨリ》尋出《シテ》　乳
母懐《テ》渡《タリ》若君久《ク》大臣殿《ヲ》見給ハテウレシケ《ニ》思
テ悆キ乳母《ノ》手ヨリクツレ下テ大臣殿《ノ》御膝《ノ》上《ニ》居給《ヘリ》
御クシカキナテヽ大臣殿今更《ニ》御涙《ヲ》流《シ》給《フ》右衛門督《モ》
乳母《ノ》女房守護《ノ》武士《モ》石木ナラネハ此《ヲ》見《テ》皆袖《ヲ》〔ソ〕ヌラ

（六六オ）

シケル若君《モ》人々《ノ》顔《ヲ》見廻《シテ》浅猿ケニオホシテ顔打
赤メテ涙クミ給ソ糸惜キ良久有《テ》大臣殿宣ケルハ此子
カ母ナリシ者ノ此子《ヲ》産トテ難産シテ失ニキ子ヲハ平《ニ》
生《テ》形見《ニ》御覧セヨ是ヨリ後何ナル君達設タリトモ思
ヲトサテ糸惜シ給ヘト申シカ不便ナリシカハナクサメムトテ
右衛門督《ニハ》大将軍セサセムスレハ是ニハ副将軍《ヲ》セサセ

ムスルソトテ其時副将ト名ヲ付タリシカハヨニウレシケニ思テサシモ大事ニヤミシモノ其名ヲ呼ナントシテアヒ セシカハ七日ト云シニ遂ニハカナク成ニキ此子ヲミルタヒニアレカ母カ事ノ思出サレテ只今ノ様ニ覚テ不覚ノ涙ノコホ

（六六ウ）

ルヽナリトテ又サメ〴〵ト泣給ケレハ武士共是ヲ聞テイトヽ袖ヲソヌラシケル日モステニクレニケレハトク〴〵帰レウレシクモ見ト宣ケレトモ若君御浄衣ノ袖ニヒシト取付テ放給ネハ大臣殿ハ物モ宣ワス御涙ニ咽給ヘルソ哀ナル右衛門督今夜ハ是ニ見苦事ノアランスルソ帰リテ明日参ト宣ケレハ若君猶御袖ヲ放給ハサリケレトモ夜モイタクフケニケレハ乳母若君ヲ抱取奉テ泣々出ニケリ日来ノ恋サハ事ノ数ナラス有ケリトソ大臣殿ハ宣ケル

〔本文注〕

○六四ウ1　注《シル》サレタリシハ　「注」は上書き訂正があるか。〈汲古校訂版〉は「涶」に重ね書きしたかとする。また、振仮名「シル」は別筆か。
○六四ウ2　此《若》君　「若」は書き落として筆写者自身が補ったものか。
○六四ウ7　糸惜センスルソ　「セ」は、「サ」を上書き訂正か。
○六四ウ8　ヨ《北方》ニ　「北方」は書き落として筆写者自身が補ったものか。
○六四ウ9　云ケル〔ニ〕ハカナク　「〔ニ〕」は虫損。「ハカナク」は擦り消しの上に書く。抹消された字は不明。
○六五オ5　軍敗《ニモ》　「ニモ」、〈吉沢版〉同。〈汲古校訂版〉も「ニモ」と読むが、文意から「ニシ」と改める。〈北原・小川版〉「ニシ」。
○六五ウ3　ナレトモ　「レ」、上書き訂正あるか。
○六六ウ3　宣ケレトモ　「ト」は「ハ」を上書き訂正か。

〔釈文〕

廿九（大臣殿若君に見参の事）

抑も、生虜《いけどり》三十人の内、五歳の童と注《シル》されたりしは、大臣殿の乙子の若君也。北方、此の若君を産み置き給ひて七日と云ひしに失せ給ひにけり。北方、限りになられたりける時、宣ひけるは、「我はかなく成りぬる物ならば、人は年若くおはすれば、いかならん人にも馴れ給ひて子をもうみ給ふとも、此の子をば悪《にく》まで、我を見ると思し召して、前にてそだて給へ」と宣ひければ、「右衛門督には世を譲り、此の子には副将軍をせさせむずれば、名をば副将と付けて糸惜《いとほ》しくせんずるぞ。心安く思ひ給へ」と大臣殿宣ひければ、北方よにうれしげに思ひ給ひて、「今は思ひ置く事なし。死出山をも安く越えなん」とて、七日と云ひけるにはかなく成り給ひにけり。かく云ひおきし事なればとて、乳母の方へも遣《や》り給はず、朝夕前にてそだて給ひ▼《六五ウ》けり。人と成り給ふままに、大臣殿に似給ひて、みめうつくしく、心ざまもわりなかりけり。類ひ無く思し召して三歳に成り給ひにければ、冠賜はりて名をば能宗とぞ申しける。「清宗は大将軍、能宗は副将軍」と、常は愛せられて、西国の旅にても夜昼立ち離れ給はざりけるが、檀浦にて軍敗れにし後は、若君も副《そ》ひ給はず。

若君をば九郎判官の小舅川越小太郎重房が預りたりけるを、彼が宿所にすゑ奉りて、乳母一人、呵責《かいしやく》の女房一人ぞ付きたりける。二人女房若君を中にすゑ奉りて、明けても晩《く》れても、「終《つひ》に何《いか》に成らんずらむ」と泣き悲しみあへり。大臣殿も斜めならず恋しくおぼしけれども、え見え給はざりければ、とにかくに只御涙のみぞ乾くまも無かりける。

さる程に、九郎判官大臣殿以下▼[六五ウ]生虜ども相ひ具して暁関東へ下るべしと聞こえければ、さては近付きにけるこそ、悲しくおぼえて九郎判官の許《もと》へ宣ひけるは、「此の身としてをめたる申し事なれども、明日関東へと聞けば申す也。生虜《いけどり》の内に五歳の童と注されてあむなる小童は未だ生きて候ふやらん。恩愛の道思ひ切れぬ事にて恋しく候ふ。今生にて今一度みばや」と宣ひたりければ、「さる事候ふやらむ」とて川越小太郎方より尋ね出だして、乳母懐《いだ》きて渡りたり。

若君久しく大臣殿を見給はで、うれしげに思ひて、忩《いそ》ぎ乳母の手よりくづれ下りて大臣殿の御膝の上に居給へり。御ぐしかきなでて、大臣殿今更に御涙を流し給ふ。右衛門督も乳母の女房守護の武士も石木《いはき》ならねば、此を見て皆袖をぞぬら▼[六六オ]しける。若君も人々の顔を見廻して、あさましげにおぼして、顔打ち赤めて涙ぐみ給ふぞ糸惜《いとほ》しき。やや久しく有りて大臣殿宣ひけるは、「此の子が母なりし者の、此の子を産むとて難産して失せにき。子をば平《たひらか》に生みて、『形見に御覧ぜよ。是より後何《いか》なる君達設《まう》けたりとも、思ひおとさで糸惜《いとほ》しくし給へ』と申ししが不便なりしかば、なぐさめむとて、『右衛門督には大将軍せさせむずれば、是には副将軍をせさせむずるぞ』とて、其の時『副将』と名を付けたりしかば、よにうれしげに思ひて、さしも大事に、やみしもの其の名を呼びなんどしてあいせしかば、七日と云ひしに遂にはかなく成りにき。此の子をみるたびに、あれが母が事の思ひ出だされて、只今の様に覚えて不覚の涙のこぼ▼[六六ウ]るるなり」とて、又さめざめと泣き給ひければ、武士ども是を聞きて、いとど袖をぞぬらしける。日もすでにくれにければ、「とくとく帰れ。うれしくも見ゆ」と宣ひけれども、若君御浄衣の袖にひしと取り付きて放れ給はねば、大臣殿は物も宣はず。御涙に咽び給へるぞ哀れなる。右衛門督、「今夜は是に見苦しき事のあらんずるぞ。帰りて明日参れ」と宣ひければ、若君猶《なほ》御袖を放ち給はざりけれども、夜もいたくふけにければ、乳母若君を抱き取り奉りて泣く泣く出でにけり。「日来の恋しさは事の数ならず有りけり」とぞ大臣殿は宣ひける。

〔注解〕

○六四ウ1～　（大臣殿若君ニ見参之事）　「若君」は宗盛の次男、副将（能宗）のこと（以下の注解では「能宗」の呼称を用いる）。宗盛・能宗対面記事は〈長・盛・四・屋・覚・中〉は、〈延〉同様、頼朝不快記事に続く位置。〈大〉は、生虜女房たちのことに、頼朝従二位・内侍所記事を続けた後、本段に至る（六三オ8～注解参照）。〈延・長・四〉は能宗を地の文で紹介し、その母の臨終間際の言葉などを語った後、関東下向直前に実現した宗盛・能宗の対面を描き、〈延〉ではそこで宗盛の口からもう一度能宗の生い立ちを、〈長・四〉では冒頭の地の文のみ、〈盛・大・南・屋・覚・中〉では対面場面の中で宗盛の回想の言葉のみで語り、重複を避けている。〈延〉ではその他にも重複が目立つ。六四ウ1、同2、同3、同6注解等参照。

○六四ウ1　**抑生虜三十人之内五歳ノ童ト注《シル》サレタリシハ大臣殿ノ乙子ノ若君也**　以下の能宗（副将）の紹介記事は、〈長・四〉では〈延〉同様地の文だが、〈盛・大・南・屋・覚・中〉では能宗と対面した場面での宗盛の回想の言葉（前項注解参照）。〈延〉では六五ウ3でも、宗盛の言葉の中で「五歳ノ童」と繰り返す。能宗の年齢は、〈長・盛・大・南・屋・覚〉では八歳。〈四〉は「八歳」に「五イ」と傍書（『平家族伝抄』は八歳）。『吾妻鏡』元暦二年四月十一日条では、六歳とされる。八歳とする説は、能宗の母を治承二年に死去した宗盛北の方（時信女）と見るところから作られたものか（次項注解参照）。また、本段に描かれる能宗の姿は、父との対面を喜んで膝に乗ったり、危険を感じて乳母の懐に逃げ込むなど、八歳にしては幼さを感じさせる上、殺害方法の問題などもあり（六七オ3注解参照）、八歳説の史実性は、近年ではほぼ否定されている（角田文衞、〈集成〉、武久堅、佐伯真一、〈大事典〉「平能宗」項など）。元服の年との関連から見ても、〈延〉及び〈四〉の傍書にいう五歳が史実か。六五オ2注解参照。

○六四ウ2　**北方此若君ヲ産置給テ七日ト云シニ失セ給ニケリ**　宗盛北方が能宗を生んだ七日後に亡くなったことは、〈延〉ではこの後、六四ウ9でも地の文で語られ、さらに六六オ9では宗盛の言葉の中でもう一度語られる。こうした重複は〈延〉独自。本項の位置では、〈長・四〉ほぼ同。〈盛・大・南・屋・覚・中〉は対面場面の宗盛の回想の中で語るが、〈盛・覚・中〉も母は産後七日で亡くなったとする。〈大〉は出産後まもなく、〈南・屋〉は難産で死んだとするのみで日数を記さない。また、〈盛〉は、清宗母の死後に能宗母をめとったが、清宗が七歳になるまで子ができず、厳島に祈願して能宗が生まれたと語る。宗盛の北方としては、治承二年（一一七八）七月に死去した女性が知られる（『玉葉』『顕広王記』同年七月十六日条、『山槐記』同年六月二十八日条、閏六月十五日条。そのために宗盛が安徳天皇誕生の慶事の際に籠居していたことは、『平家物語』諸本にも記される。第二本・三七オ4注解参照）。この女性は平時信の女で、平清子とされる（角田文衛）。この女性が能宗を生んですぐに亡くなったのだとすれば、能宗は元暦二年（一一八五）には八歳になる。しかし、右の日記類には死因を二禁・腫物と記しており、難産による死とは認めにくい。前項に見た能宗の年齢の問題などからも、能宗の母は治承二年に亡くなった時信女ではあるまい。また、『尊卑分脈』には、教盛の女の一人に「内大臣宗盛公室」とあり、武久堅は、能宗の母が教盛女であった可能性は大きいとし、『系図纂要』では同様に「教子　内大臣宗盛公室」とあるところから、これが能宗の母かとする。但し、〈大事典〉「平能宗」項（櫻井陽子執筆）が指摘するように、教子は『尊卑分脈』に藤原範季室とあるのが正しいと見るべきだろう。『尊卑分脈』は教盛の女子を三人載せており、一人は通親室、一人は「内大臣宗盛公室」、一人が範季室・教子である。能宗の母が教盛女であるとすれば、教子ではなく、この「内大臣宗盛公室」ということになろう。

〇六四ウ3　我ハカナク成ヌル物ナラハ人《ハ》年若《ク》オワスレハイカナラン人《ニモ》馴給《テ》子ヲモウミ給トモ此子ヲハ悪マテ我ヲ見ルト思召テ前《ニテ》ソタテ給へ　能宗母の遺言。自分が死に、他の女性に子どもが生まれたとしても、生まれた子を自分を見ると思い、身近で育ててほしいという。〈長〉同。その他諸本も類似の内容だが、〈盛〉では、自分のための仏事よりも生まれた子を可愛がってほしいとするなど、宗盛との詳細な会話を記す。〈南・屋・覚・中〉では、「前《ニテ》ソタテ給へ」の部分がより詳しく、「さしはな《ツ》て、めのとな《ン》どのもとへつかはすな」（〈覚〉）と加える。〈四・大〉では「人《ハ》年若《ク》オワスレハ…子ヲモウミ給トモ」の部分なし。なお、〈延〉では六六オ4以下と重なる。

〇六四ウ6　右衛門督ニハ世ヲ譲此子ニハ副将軍ヲセサセムスレハ名ヲハ副将ト付テ糸惜センスルソ心安《ク》思給へ　能宗母に宗盛が言った言葉。能宗には副将軍をさせるので副将と名付け、大事にするという。〈長・大・南・屋・覚・中〉同内容（但し〈長〉は文意がとりにくい）。〈盛〉は三歳で着袴、五歳で元服させ、能宗と名づけて清宗と左右に置いて忘れ形見にすると語ったことや、副将と名付けた理由は、副将軍として西国を治めさせようとしてのことであったことなどを詳しく語る。〈四〉は本項該当部なし（能宗を副将と呼んだことは六五オ3該当部で述べる）。なお、〈延〉では六六オ5以下の宗盛の回想と重複する他、六五オ3とも重なる。

○六四ウ8　ヨ《北方》ニウレシケニ思給テ今ハ思置事ナシ死出山ヲヲモ安ク越ナントテ七日ト云ケル〔二〕ハカナク成給ニケリ　「死出山ヲヲモ」の「ヲ」は衍字。〈長〉類同だが、「七日ト云ケル〔二〕」はなく、「是をさいごにてうせ給にけり」とする。〈盛〉は能宗の成長を見届けてから死にたいと言ったとする。〈屋・覚・中〉は宗盛の言葉を喜び、副将の名を呼んでかわいがっていたが、七日目に死んでいったとする。〈大・南〉は喜んで死んでいったとするのみで簡略。〈四〉なし。なお、〈延〉では六六オ8以下（宗盛の回想）で、副将の名を呼んでかわいがっていたが、七日目に死んでいったとして、重複する。

○六四ウ10　乳母ノ方ヘモ不遣給ハ朝夕前ニテソタテ給ケリ　宗盛が能宗母との約束通り、能宗を傍に置いて育てたことは諸本に見えるが、〈長・四〉ではこの位置、〈盛・大〉では宗盛の言葉の中で、〈南・屋・覚・中〉では、親子の対面が終わった後に地の文で語られる。

○六五オ1　人ト成給マヽニ大臣殿ニ似給テミメウツクシク心サ〔マ〕モワリナカリケリ　〈長・四〉基本的に同様。但し「ミメウツクシク」がなく、〈四〉は「心サマ」を「志」とする。〈南・屋・覚・中〉も対面後に地の文で同内容を記す。〈盛・大〉なし。〈盛〉の場合、能宗の生い立ちは宗盛の言葉の中で詳細に語られるが、地の文による記述はほとんどないため、こうした賞賛は入れられなかったといえようか。

○六五オ2　三歳〔二〕成給ニケレハ冠賜〔テ〕名ヲハ能宗トソ申ケル　〈長・四〉同。〈南・屋・覚・中〉は親子の対面後に記す。〈南〉「茂宗」、〈屋・覚〉「義宗」。〈盛・大〉なし。（六四ウ6注解に見たように、〈盛〉は三歳で着袴、五歳で元服と能宗母に約束したことを語るが、本項該当記事はない）。能宗は、寿永二年（一一八三）、安徳天皇の朝覲行幸の賞で従五位上に叙されている（『玉葉』同年二月二十一日条）。角田文衛は、兄の清宗も三歳で元服して従五位下に叙されたので、能宗も同様に三歳で叙位されたであろうと指摘、『平家物語』諸本が三歳での初冠を記すこと（六五オ2注解参照）を、事実に近いと見る。この年三歳であったとすれば、元暦二年（一一八五）には五歳で、〈延〉の年齢記載通りとなる（六四ウ1注解参照）。

○六五オ３　清宗ハ大将軍能宗ハ副将軍ト常ハ愛セラレテ　清宗に世を譲り、能宗は副将にするという能宗母への約束（六四ウ６）の通り、「副将軍」と呼んでいたとする。〈長〉も同様。〈四〉は六四ウ６該当部がなく、本項は〈延〉と同様。〈盛・大・南・屋・覚・中〉は宗盛の約束のみを語る（〈盛〉については六四ウ６注解参照）。

○六五オ４　西国ノ旅ニテモ夜昼立離給ハサリケルカ　都落ちの後も、能宗をいつもそばに置いていたとする。〈長・四〉同様。〈南・屋・覚・中〉は、本項・次項を親子の対面後に記す。〈盛・大〉なし。

○六五オ４　檀浦ニテ軍敗ニモ後ハ若君モ副給ワス　「軍敗ニモ」は「軍敗ニシ」の誤りか。壇浦合戦以後は離ればなれになっていたこと、〈長・四〉同。〈屋・中〉は、敗戦後、四十余日を経てはじめて親子対面したと記す。〈大・南・覚〉は具体的日数を記さないが類同。〈盛〉は次項以下の該当文によって宗盛が能宗に会えなかったことはわかるが、本項該当文はなし。

○六五オ５　若君ヲハ九郎判官ノ小舅川越小太郎重房カ預リタリケルヲ　〈長〉同。〈盛・四・大・南・屋・覚・中〉も同内容。但し、「小舅」は、〈盛〉「兄公」、〈四〉「舅」、〈大・南・屋・覚・中〉なし。また、「川越小太郎重房」は、〈盛〉「河越小太郎茂房」、〈四〉「河越太郎」、〈屋〉「河越小太郎」。〈四〉の「舅河越太郎」は、重房の父重頼をいうか。川越（河越）重房は坂東平氏秩父氏の一族で重頼の嫡男。第五本・二三ウ４、四五ウ９注解参照。義経が重頼娘を妻としていたことは、五九ウ３に見えていた。該当部注解参照。

○六五オ６　彼カ宿所ニスヘ奉テ乳母一人呵責ノ女房一人ツ付タリケル　能宗に乳母と介錯（世話をする役。「呵責」は宛字）の女房が付いたとする点は、本項該当部では〈長・盛・四・南・屋・中〉同様。〈覚〉は単に「女房二人」とする。〈大〉は能宗殺害場面に記す。また、〈盛〉は「介錯ニ小納言殿、乳母ニ冷泉殿」と二人の名を記し、〈長〉は能宗の殺害場面で乳母の名を「少納言のつぼね」とするが、〈長・盛〉以外はこれらの女房の名を記さない。

○六五オ７　二人女房若君ヲ中ニスヘ奉テ明テモ晩テモ終ニ何ニ成ランスラムト泣悲アヘリ　ここで女房の歎きを記すのは、他に〈長・盛・四・屋・中〉。〈盛〉は幼い頃から育てたことなどを語り、詳細。〈延〉は本話を宗盛の視点から描く傾向が強いのに対して、〈盛〉では女房の視点から描く傾向が強い。

○六五オ８　大臣殿モ斜ナラス恋クオホシケレトモエ見給ハサリケレハトニカクニ只御涙ノミソ乾クマモ無リケル

〈長〉同様。〈四〉もやや簡略ながら、宗盛も恋しく思っていたと記す。〈盛・大・南・屋・覚・中〉なし。

○六五オ10　猿程ニ九郎判官大臣殿以下生虜共相具テ暁関東ヘ可下ト聞ヘケレハ　ここでは出発の日付を記さない点、〈長・四・屋〉同様。但し、〈延〉も次段冒頭・六六ウ9に「七日暁」に出発とあり、〈屋〉も同様。〈長〉は出発を十六日とする。〈四〉は義経東国下向以下の記事を欠くため、出発の日付は不明（六六ウ9〜注解参照）。〈盛・南・覚・中〉は、ここで下向を七日とする。〈大〉は下向を六日とする（六六ウ9該当部では七日とする。該当部注解参照）。いずれも元暦二年五月のこと。以下の宗盛・能宗対面は、前後の記述から、諸本とも関東下向出発の前夜のことと読める。つまり、〈延・盛・南・屋・覚・中〉では六日の夜となる。〈長〉は十五日の夜となる。一方、〈大〉は対面を「五日暮」と明記する。義経の東国への出発は、史実では七日。六六ウ9注解参照。

○六五ウ2　九郎判官ノ許へ宣ケルハ　鎌倉下向が近づいたのを悲しんで、宗盛が義経に息子との対面を希望する。諸本同様。〈延・長・四〉では能宗の生い立ちを語った後に対面記事となるが、〈盛・大・南・屋・覚・中〉は、義経の鎌倉下向が近いことを知って宗盛が対面を申し出る場面から本段を語る（六四ウ1注解参照）。

○六五ウ3　生虜之内ニ五歳ノ童ト注サレテアムナル小童　〈延〉では六四ウ1にも「生虜三十人之内五歳ノ童ト注《シル》サレタリシ」とあった。〈長・四〉は年齢を六四ウ1該当部に記していたが、ここでは記さない。〈盛・大・南・屋・覚・中〉八歳。能宗の年齢に関しては、六四ウ1注解参照。

○六五ウ4　恩愛ノ道思切レヌ事ニテ恋ク候今生ニテ今一度ミハヤ　ここまで宗盛の言葉。今一度見たいとする点は諸本基本的に同内容。

○六五ウ6　猿事候ヤラムトテ川越小太郎方ヨリ尋出シテ乳母懐テ渡タリ　「猿事候ヤラム」は義経の言葉。他本は義経が許可したと明記する。〈大〉は、「義経情ふかき人にて」と描く。〈南・覚〉は、「誰も恩愛はおもひきられぬ事にて候へば、誠にさこそおぼしめされ候らめ」（〈覚〉）といった義経の言葉を記す。また、〈盛〉は、義経の使者が来ると、二人の女房が処刑のための使者と思って騒ぎ、涙にくれる様子を描く。

○六五ウ8　忩キ乳母ノ手ヨリクツレ下テ大臣殿ノ御膝ノ上ニ居給ヘリ　久しぶりの対面を喜んだ能宗が、すぐ宗盛に近寄って膝に座る様を描いた。〈長・盛・四〉同様。〈屋・覚・中〉は宗盛が声をかけ、膝に乗せたとする。〈南〉も類似だが、膝に乗るとは描かない。〈大〉なし。〈盛〉巻二〇の八牧判官兼隆追善記事に、五歳の小児が、乳母の制止を振り切って、膝の上から「頽下」、高座の下に歩み寄って諷誦文を読んだ記事がある。

○六五ウ9　御クシカキナテヽ大臣殿今更《ニ》御涙《ヲ》流《シ》給《フ》　〈盛・南・屋・覚・中〉類同。〈長〉は髪をなでたとは描かない。〈四〉は「大臣殿御心中可《シ》推量《ル》」のみ。〈大〉なし。

○六五ウ9　右衛門督《モ》乳母《ノ》女房守護《ノ》武士《モ》石木ナラネハ此《ヲ》見《テ》皆袖《ヲ》〔ソ〕ヌラシケル　〈長・四〉同様。〈盛〉は清宗と女房たちが泣いたとする。〈大・南・屋・覚・中〉なし。但し、〈盛・大・南・屋・覚・中〉も、この後、宗盛が能宗の生い立ちを語ると、武士たちも泣いたとする。

○六六オ1　若君《モ》人々《ノ》顔《ヲ》見廻《シテ》浅猿ケニオホシテ顔打赤メテ涙クミ給ソ糸惜キ　〈四〉ほぼ同。〈長〉「若ぎみ、あさましげにおぼして、かひをつくり給ふぞいとおしき」。周囲の人々が泣くので意味もわからず涙ぐむ、幼い能宗の可憐さを描く。〈盛・大・南・屋・覚・中〉なし。但し、〈盛〉は、宗盛の語りを聞いて人々が泣くと、「ミロ〳〵トカイヲ造給」とする。〈長・盛〉の「かいをつくる」は、口をへの字に曲げて泣きだすこと〈日国〉。

○六六オ2　大臣殿宣ケルハ　以下、〈延〉では宗盛が、能宗の誕生とその母親の死をあらためて語る。その内容は、本段冒頭の六四ウ1～9で地の文で語られたものと重なる。こうした重複が〈延〉のみに見られることなどは、六四ウ1～注解参照。〈長・四〉では、この場面の宗盛の言葉は、対面後に「いまはとく〳〵帰れ。うれしく見つ」〈長〉と帰りを促すのみ。〈盛〉は、宗盛の回想が詳細（六四ウ2～8注解参照）。〈大・南・屋・覚・中〉も、以下の宗盛の回想の中で副将の生い立ちを語る。〈南・屋・覚・中〉の宗盛の回想は、以下の〈延〉に比較的近い。

○六六オ2　此子カ母ナリシ者ノ此子《ヲ》産トテ難産シテ失ニキ　能宗の母が難産して死んだことから語る点、〈南・屋・中〉同様。〈覚〉「是はをの〳〵きゝ給へ。母もなき者にてあるぞとよ」。

○六六オ3　子ヲハ平《ニ》生《テ》形見《ニ》御覧セヨ是ヨリ後何ナル君達設タリトモ思ヲトサテ糸惜シ給ヘト申シカ　「形見《ニ》御覧セヨ」以下は能宗母の言葉。六四ウ3以下と重なる。宗盛の回想としては、〈南・屋・覚・中〉に近似。

○六六オ6　右衛門督《ニハ》大将軍セサセムスレハ是ニハ副将軍《ヲ》セサセムスルソトテ其時副将《ト》名《ヲ》付タリシカハ　能宗母を慰めようとして言った宗盛の言葉。六四ウ6以下と重なる。宗盛の回想としては、〈大・南・屋・覚・中〉も同内容を記す。

○六六オ7　ヨニウレシケニ思テサシモ大事ニヤミシモノ其名ヲ呼ナントシテアヒ　セシカハ七日ト云シニ遂ニハカナク成ニキ　宗盛の言葉を聞いた能宗母は、病に弱りつつも喜んで子の名を呼んでいたが、七日目に亡くなったという。六四ウ8以下と重なる。宗盛の回想としては、〈屋・覚・中〉に近似。

○六六オ9　此子ヲミルタヒニアレカ母カ事ノ思出サレテ只今ノ様ニ覚テ不覚ノ涙ノコホル丶ナリトテ又サメ〴〵ト泣給ケレハ　能宗を見るたびにその母親を思い出して泣くという。〈南・覚・中〉などが、宗盛の言葉を「此子を見るたびごとには、その事がわすれがたくおぼゆるなり」（〈覚〉）と結ぶのに対応する表現。

○六六ウ1　武士共是ヲ聞テイト丶袖ヲソヌラシケル　宗盛の言葉を聞いて守護の武士も涙したと記す点、〈盛・大・南・屋・覚・中〉同。〈盛・南・屋・覚・中〉は清宗・二人の女房も泣いたとする。

○六六ウ2　日モステニクレニケレハトク〳〵帰レウレシクモ見ト宣ケレトモ　日が暮れて能宗に帰りを促す。〈長・盛・四・南・屋・覚・中〉同様。〈大〉は「其後大臣殿、夜も深ぬらん、人のおもふところも心なしとて返申されけり。心中こそ哀なれ」と、この部分の記述を結び、次項以下の記事なし。

○六六ウ3　若君御浄衣ノ袖ニヒシト取付テ放給ネハ大臣殿ハ物モ宣ワス御涙ニ咽給ヘルソ哀ナル　〈長・盛・四〉ほぼ同。〈屋・中〉は若君が袖に取りついて「イナヤ返ラジ」（〈屋〉）と泣いたとする。〈南・覚〉は、ここでは単に「若公かへり給はず」とするが、兄清宗の言葉を受けて、次々項該当部では〈屋・中〉と同様に泣く。宗盛の袖にとりついて離れない幼さは、八歳よりは五歳によりふさわしいか。

○六六ウ4　今夜ハ是ニ見苦事ノアランスルソ帰リテ明日参　清宗が若君をすかす言葉。〈長・盛・四・南・屋・覚・中〉同様。但し〈覚〉は「まらう人」が来るとし、〈南〉は「見苦キ事」と「客人」の二つの理由を挙げる。

○六六ウ5　若君猶御袖ヲ放給ハサリケレトモ夜モイタクフケニケレハ乳母若君ヲ抱取奉テ泣々出ニケリ　〈長〉同。〈盛〉は大臣殿の膝を離れなかったとするなどやや詳細。〈四〉は袖は離したものの、なお帰らずに泣いたとする。〈南・屋・覚・中〉も、繁簡の差はあるものの同内容。

○六六ウ7　日来ノ恋サハ事ノ数ナラス有ケリ　宗盛の言葉。〈長・盛・四・南・屋・覚・中〉同様。〈南・屋・覚・中〉はこの感慨の後に、母親の遺言通り、そば近くから離さずに育ててきたが、壇浦合戦の後は離れていたことなど、〈延〉六五オ3〜5に該当する内容を述べて対面場面を結ぶ。〈四〉は巻一一をここで終わる（次段冒頭六六ウ9〜注解参照）。

三十　大臣殿父子関東ヘ下給事

1　副将被斬

（六六ウ）
三十
七日暁九郎判官ハ平氏ノ生虜共相具テ六条堀川ノ宿所ヲ打出テ鎌倉ヘ下ラル右衛門督清宗源大
（六七オ）
夫判官季貞章清盛澄ナムトモ下ルトソ聞ヘシ大臣殿武士共ヲ呼給テ此少者ハ母モナキ者ソ殿原構テ不便ニシ給ヘト宣モアヘス御涙スヽミケリ若君ハ川越小太郎カ具奉テ桂川ニフシ

ツケ《ニ》スヘシトテクシ奉《ル》悲ナトハ愚也乳人呵責《ノ》女房マテモイカ《ニ》成給ハンマテモミハテ奉ムトテトヽメケレトモ付奉《ル》若公《ヲ》輿《ニ》ノセ奉ケレハ此《ハ》イツクヘソト宣《テ》輿《ニモ》ノラシトスマヒ給ヘハ武士父御前《ノ》御許ヘソトスカシケレハ悦《テ》乗給ケルコソ糸惜女房ヲモ輿《ニ》ノレト云ケレトモノラス涙《ヲ》ヲサヘテヲクレシト輿ノ尻《ニ》走ケリ武士申ケルハ心苦ナ思召《ソ》我等《モ》暁ハ罷下ムスレハサノミ少人《ヲ》トヲ〳〵トクシ奉候ヘキナラネハ鳥羽ナル僧房《ニ》ヤトシ置奉ヘシト云ケレトモ女房《ハ》トカク返事《モ》ナクテ只泣《ヨリ》外《ノ》事ナシ

（六七ウ）

ステニ桂川《モ》近《ク》成ケレハ女房達トク〳〵今ハ御返アレト云ケレトモキカスサリトテハサテアルヘキニアラネハ片淵《ノ》有ケル所《ニテ》輿《ヨリ》タキ出《シ》ケレハ若君乳人《ノ》女房《ヲ》ミ給《テ》我身《モ》サメ〳〵ト泣給《テ》父御前《ハ》イツク《ニ》オハシマスソトテ世間ヲミマワシ給ソ糸惜キステニ籠《ニ》石《ヲ》入ツヽシタヽメテ若公ヲコニ入奉《ム》トスレハコレハサレハナニソトヨスコシタル事《モ》ナキ物《ヲ》アラカナシヤトテ入ラシトスマヒ給ケルソ目モアテラレヌ有様ナル武士モ涙《ヲ》ナカシ哀《レ》ヨシナキ事

哉トソ申アヒケルマシテ乳人呵嘖《ノ》女房《ノ》心中押ハカルソ譬ヘン方ナ
キナニシニ此マテ来《テ》目《ノ》前《ニ》ミツラントテ足スリヲシテモタヘコカルカ
クシタヽメテ水ヘ投入ケレハ二人《ノ》女房ツヽキテ入ケルヲ武士共コレ
ヲトリトヽムシハシハカリアリテ武士取アケタリケレハナニトテカハ

（六八オ）

イクヘキハヤ此世ニモナキ人ナリ空《シキ》カラタヲ此女房イタ〔キ〕テ
奈良ノ法花寺《ト》云処《ニテ》骨ヲハホリ〔ウ〕ツミツヽ彼《ノ》尼寺《ニ》乳人《ノ》
女房シタシキ人有ケレハヤカテ二人ナカラ尼《ニ》ナリツヽ一向此《ノ》若
キミノ後生菩提ヲソ曙《モ》晩《モ》祈ケルカヤウニシテ殺《テ》ケルヲ
大臣殿是ヲ知給ハスシテ糸ヲシクセヨト宣ケルコソ哀ナレ
サレハ武士共目ヲ見合テ鎧ノ袖ヲソヌラシケル

〔本文注〕

○六七オ10　**ケレトモ**　「ト」は「ハ」と書いて上書き訂正か。

○六七オ10　**返事《モ》**　「モ」、重ね書き訂正があるか。

○六七ウ・六八オ　筆跡が前後とやや異なるか。六七ウは一行の文字数が多い。
○六七ウ3　オハシマス　「シ」、重ね書き訂正があるか。
○六七ウ6　有様　「有」、字体不審。書き癖か。〈汲古校訂版〉は重ね書きかとする。
○六七ウ7　押ハカルソ　「ソ」、重ね書き訂正があるか。
○六七ウ7　譬ヘン　「譬」、〈吉沢版〉〈北原・小川版〉〈汲古校訂版〉「例」。六〇ウ6本文注参照。
○六八オ4　曙モ　「モ」、重ね書き訂正があるか。
○六八オ5　是ヲ　「是」の字形不審。

〔釈文〕

三十（大臣殿父子関東へ下り給ふ事）

七日暁、九郎判官は、平氏の生虜《いけどり》ども相具して、六条堀川の宿所を打ち出でて鎌倉へ下らる。右衛門督清宗・源大▼六七オ夫判官季貞・章清・盛澄なむども下るとぞ聞えし。大臣殿武士どもを呼び給ひて、「此の少《をさな》き者は母もなき者ぞ。殿原構へて不便にし給へ」と宣ひもあへず、御涙すすみけり。

若君は川越小太郎が具し奉りて桂川にふしづけにすべしとて、ぐし奉る。悲しなどは愚か也。乳人《めのと》、呵責《かいしやく》の女房までも、「いかに成り給はんまでもみはて奉らむ」とて、とどめけれども付き奉る。若公を輿にのせ奉りければ、「此はいづくへぞ」と宣ひて、輿にものらじとすまひ給へば、武士、「父御前の御許《おんもと》へぞ」とすかしければ、悦びて乗り給ひけるこそ糸惜《いとほ》しき。女房をも「輿にのれ」と云ひけれどものらず。涙をおさへておくれじと輿の尻に走りけり。武士申しけるは「心苦しくな思し召しそ。我等も暁は罷り下らむずれば、さのみ少き人をとほとほとぐし奉り候ふべきならねば、鳥羽なる僧房にやどし置き奉るべし」と云ひけれども、女房はとかく返事もなくて、只《ただ》泣くより外《ほか》の事なし。

▼六七ウすでに桂川も近く成りければ、「女房達とくとく今は御返りあれ」と云ひけれどもきかず。さりとては、さてあるべきにあらねば、片淵の有りける所にて輿よりだき出だしければ、若君、乳人《めのと》の女房をみ給ひて、我が身もさめざめと

泣き給ひて、「父御前はいづくにおはしますぞ」とて、世間をみまはし給ふぞ糸惜《いとほ》しき。すでに籠に石を入れつしたためて、若公をこに入れ奉らむとすれば、「これはさればなにぞとよ。すごしたる事もなき物を。あらかなしや」とて入らじとすまひ給ひけるぞ、目もあてられぬ有様なる。武士も涙をながし、「哀れ、よしなき事哉」とぞ申しあひける。まして、乳人《めのと》、呵嘖《かいしやく》の女房の心中、押しはかるぞ譬へん方なき。「なにしに此まで来たりて目の前にみつらん」とて、足ずりをしてもだえこがる。かくしたためて水へ投げ入れにければ二人の女房つづきて入りけるを、武士どもこれをとりとどむ。しばしばかりありて武士取りあげたりければ、なにとてかは▼六八オいくべき。はや此の世にもなき人なり。
空しきからだを此の女房いだきて奈良の法花寺と云ふ処にて骨をばほりうづみつつ、彼の尼寺に、乳人《めのと》の女房したしき人有りければ、やがて二人ながら尼になりつつ、一向此の若ぎみの後生菩提をぞ、曙《あ》けても晩《く》れても祈りける。かやうにして殺してけるを、大臣殿是を知り給はずして「いとほしくせよ」と宣ひけるこそ哀れなれ。されば武士ども目を見合はせて鎧の袖をぞぬらしける。

〔注解〕

○六六ウ9～（大臣殿父子関東ヘ下給事） 本段は、前段に続き副将（能宗）殺害を述べた後（第1節）、宗盛父子の関東下向を描く（第2・3節）。前段の宗盛・副将対面に続いて副将殺害を述べる点は、〈長・盛・大・南・屋・覚・中〉同様。但し、〈延・長〉はここで義経・宗盛一行の出発をやや詳しく記してから（六六ウ9～六七オ1）、副将の話に戻るが、〈盛・大・南・屋・覚・中〉では出発の記事はここでは簡略または不記で、宗盛・副将対面からそのまま副将殺害へと展開する（〈覚〉は「副将被斬」の段に本節の内容を含む）。一方、〈四〉は前段で巻一一を終え、副将殺害や宗盛関東下向、宗盛・重衡の最期などの記事なし。意図的省略とする論もあるが、巻一一の末尾部分を欠脱させたものと見るべきだろう。但し、欠脱の理由は不明〈四部本全釈〉。なお、『平家族伝抄』には「十一巻分」として「宗盛卿父子最後事」があり、宗盛関東下向や最期、能宗（副将）の最期及び宗盛の出生に関する風評（〈盛〉巻四三の「宗盛取替子」にやや類似）を記す。また、第2・3節の宗盛関東下向を道行文で語るのは、他に〈長・盛・大〉。次節冒頭・六八オ6注解参照。

○六六ウ9　七日暁九郎判官ハ平氏ノ生虜共相具テ六条堀川ノ宿所ヲ打出テ鎌倉へ下ラル　この位置に「七日」の日付を記す点は、〈屋・中〉同様。〈長〉「十六日」。〈盛・南・覚・中〉は、前段冒頭・六五オ10該当部に七日とあった（〈中〉は重複。〈大〉は先には六日としていた。該当部注解参照）。また、〈大・屋・覚〉は次節冒頭六八オ6該当部で、改めて七日と記す。〈盛・覚〉は、ここで義経の出発を記す形をとらず、義経と河越重房が能宗の処分を相談する場面から副将殺害の記述に移るが、その後、改めて義経の出発を記す。次項・次々項注解参照。義経の関東下向出発は、元暦二年五月七日のこと。『玉葉』『吉記』『百練抄』同日条参照。なお、宗盛等が入洛した時には、五月四日頃出発かと噂されていたという（『玉葉』四月二十六日条）。

○六六ウ10　右衛門督清宗源大夫判官季貞章清盛澄ナムトモ下ルトソ聞ヘシ　義経が関東へ連行する人物の列挙。〈長〉同。〈盛〉は副将殺害を巻四四で述べた後、巻四五冒頭に「去七日ハ、九郎判官、角テ内大臣父子・美濃守則清以下相具シテ都ヲ立テ…」とする。〈大・南・屋・覚・中〉は宗盛父子以外の名を挙げない。『玉葉』元暦二年五月七日条「前内大臣父子、并郎従十余人」、『吉記』同日条「前内府乗張藍摺輿、并前右衛門督清宗騎馬、及生捕輩」、『百練抄』同日条「前内大臣已下生捕等」も宗盛・清宗以外の名はないが、『吾妻鏡』同月十六日条は宗盛等の鎌倉着を記して、「今日、前内府入鎌倉。観者如堵墻。内府用輿。金吾乗馬。家人則清・盛国入道・季貞〈以上前廷尉〉、盛澄・経景・信康・家村等、同騎馬相従之」（「金吾」は清宗）。〈延・長〉の記す「季貞」「盛澄」は『吾妻鏡』に見える。平家生け捕りの入洛場面でも、「季貞盛澄馬ニテ御共ニアリ」（五二オ9）と描かれていた。該当部注解参照。また、「章清」（のりきよ）は、〈盛〉『吾妻鏡』に「則清」と見える。『山槐記』治承三年十一月十八日条の除目に「美乃守源則清（中略）従五位下藤忠清、源則清」とある人物。『尊卑分脈』によれば源光遠の猶子で、実父は豊原章実。季貞から見て従兄弟（光遠）の子にあたる。則清の義弟（光遠の実子）には光行があり、歌人の側面を持つ家柄である。則清の子息則種も、幕府への奉公を嘆願した際、「歌仙」であるとして許されたという（『吾妻鏡』建保二年〈一二一四〉十二月十七日条）。角田文衞は、則清も宥免された可能性が強いとする。なお、則清については日下力の考証に詳しい。

○六七オ1　大臣殿武士共ヲ呼給テ此少者ハ母モナキ者ソ殿原構テ不便ニシ給ヘトモ宣モアヘス御涙スヽミケリ　出発の際に能宗のことを気にかける宗盛を描くのは、他に〈長・盛〉。

但し〈盛〉は巻四四末尾で既に副将殺害を描いた後、巻四五冒頭の記事。〈延〉では場面設定がわかりにくい。「此少者」は〈長〉同、〈盛〉「此ニ在シ小者」。〈盛〉では前夜対面した能宗の意と読めるが、〈延・長〉の「此少者…」という口ぶりは、目前に能宗がいるように読める。しかし、直前に関東下向出発の記事があるため、ここは対面の翌朝であるようにも読める点に不審が残る。能宗は宗盛との対面後、夜のうちにすぐ桂川に連れて行かれたとするのが本来の形であり（次項及び六七オ5注解参照）、本項の文は本来、対面直後、能宗との別れ際に武士たちに懇願する宗盛を描くものだったかもしれない。あるいは、本来一続きであった副将殺害の話題の間に、前々項・前項の関東下向出発を記す文が挿入された結果、つながりがわかりにくくなったとも考えられようか。

○六七オ3　若君ハ川越小太郎カ具奉テ桂川ニフシツケニスヘシトテクシ奉ル　〈延〉では次々項に見る「父御前ノ御許ヘソ」という武士たちの言葉から、対面の後に一度河越邸に帰った能宗を、翌朝、改めて桂川へ連れて行くように読める。しかし、前項の宗盛の言葉や、六七オ8「我等モ暁ハ罷下ムスレハ」によれば、これはまだ対面直後、夜のうちのことであるとも読める。この点、〈長〉は「大臣殿の御宿所」から車に乗せて連行したとするので、対面の後、六条河原に直行して殺害したと読める。〈盛〉は、対面の後、義経が「此小者ヲバ夜中ニ可レ失」と指示したとして、やはり対面直後の殺害と読める。〈屋〉は「六日夜」、義経に指示を仰いだ河越が、深夜に能宗を起こし、能宗は「昨日ノ様ニ」父の所へ行くのかと思って車に乗ったとする。対面後、一度河越邸に帰ったが、すぐまた深夜に出かけたとするわけである。〈中〉も〈屋〉に近いが「七日」のこととする。一方、〈南〉は夜明けの義経出発に際して指示を受けたように読め、能宗は「又昨日ノ所ヘカ」と言ったとするので、翌日、義経出発後の殺害と読むのが自然か。〈大・覚〉は時間経過が曖昧だが、やはり能宗はまた父の所へ行くのかと思い改めて車に乗ったとするので、対面からの帰路ではなく、翌朝の殺害か（あるいは〈屋〉と同様に深夜とも読めるか）。このように、諸本は、対面後すぐ殺害に向かったと読める〈長・盛〉、一度は河越邸に帰ったが夜のうちに殺害に向かったとする〈屋・中〉、翌朝に向かったと読める〈南〉及び〈大・覚〉の形に分かれ、〈延〉は齟齬をはらんで曖昧である。次々項注解参照。また、殺害場所は、〈長・盛・大・南・屋・覚・中〉では六条河原。これは殺害方法に関係するだろう（六条河原はしばしば斬首の場とされる)。殺害方法を「フシツケ」(ふし漬け)とするのは〈延〉のみ。他本は〈長〉「さしころしたてまつる」、〈覚〉「頸をぞかいて(ン)げる」などと、刀を用いたとする(なお、『平家族伝抄』は、能宗に酒を強いて、寝入ったところを首をかいたとする)。諸本の平家残党探索場面に、「少モヲトナシキヲハ首ヲ切指殺ス無下ニ少キヲハ圧殺水ニ沈メ穴ヲ掘テ埋ミナムトソシケル」(〈延〉第六末・二四ウ3)といった記述があるように、子供の殺害方法の選択には、年齢が関係したものか。〈延〉では、頼朝の子の千鶴が三歳の時にふし漬けにされているが(第二中・卅八「兵衛佐伊豆山ニ籠ル事」)、「髑髏尼」の子は六歳の時に首を刎ねられている(第六本・卅九「経正ノ北方出家事」)。その他、幼児のふし漬けとしては、『義経記』巻三で、弁慶が生まれた時、異様な風体に驚いた父が「水の底に柴漬にもし、深山に礫にもせよ」と命じたことが見える(但し、ふし漬けが幼児の殺害のみに用いられるわけではない。六七ウ4注解参照)。六四ウ1注解に見たように、能宗の年齢を〈延〉が五歳、他本がおおよそ八歳とする異同は、殺害方法の相違に対応しているようである(角田文衛・佐伯真一94)。但し、角田文衛は、都から隔たった桂川河畔までわざわざ連れ出した点を不審と見る。桂川へ行くのは、淵の深さのためか。幸若舞曲「しづか」に、「此の女、かつら河のふかき所を尋ねて、ふしづけにしたりけり」という例がある。なお、『尊卑分脈』や『系図纂要』が能宗に「自害大夫」と注記するが(続群本『尊卑分脈脱漏』には「自在大夫」)、これについては未詳。

○六七オ4　乳人呵責ノ女房マテモイカニ成給ハンマテモミハテ奉ムトテトヽメケレトモ付奉ル　乳母と呵責(介錯)の女房は留まるように言われたが、若君の最期を見届けるため付き従ったとの記述。〈延〉独自。〈盛〉は能宗を女房に抱かせて河原へ向かう。〈大〉「乳母かいしやくの女房は、あさまさ(ママ)しくて心も心ならず、泣々御とも申けり」。〈屋・中〉は、若君と共に寝ていたところ、河越に緒方のところへ移すと言われ、「ゲニゾ」と思い、若君を起こして車に乗せたとする。〈長・南・覚〉は、ここでは女房たちについて記さない。

○六七オ5　若公ヲ輿ニノセ奉ケレハ此ハイツクヘソト宣テ輿ニモノラシトスマヒ給ヘハ武士父御前ノ御許ヘソトスカシケレハ悦テ乗給ケルコソ糸惜　輿に乗るのをいやがる能宗を、宗盛のところへ連れて行くとだまして乗せたとの記述は、〈延〉独自(「すまふ」は争い抵抗する意)。〈大・南・屋・覚・中〉は、迎えの車に乗せられた能宗が、昨日のように父のところへ行くのかと思った（あるいはそう思って喜んで車に乗った）とする。〈長・盛〉は、宗盛との対面後、すぐに六条河原に向かったとして、能宗の抵抗や宗盛の所へ行くと思う記述なし（能宗を〈長〉は車に乗せたとし、〈盛〉は女房に抱かせたとする）。〈延・大・南・屋・覚・中〉では、宗盛との対面の後、一度は河越邸に帰った能宗をもう一度連れ出したと読めるが、そのうち〈延・大・南・覚〉では、連れ出した時間が曖昧なわけである。〈延〉の場合、六七オ8「我等《モ》暁ハ罷下ムスレハ」によれば、夜明け前のことだが、寝入ったところを起こされたとする〈屋・中〉のような記述もなく、翌朝のことのようにも読める。なお、父の所へ行くと聞いて幼い子が勘違いする描写は、六代が連行される時の妹（夜叉御前）にも見られる（〈覚〉巻一二「六代」）。

○六七オ7　女房ヲモ輿《ニ》ノレト云ケレトモノラス涙《ヲ》ヲサヘテヲクレシト輿ノ尻《ニ》走ケリ　他本なし。輿に乗らないのは、能宗を殺すために連れて行く武士たちの世話になるまいとする意志や、能宗と苦しみをわかちあいたいといった心情によるものか。六代御前が捕らわれて六波羅へ連行される場面で、斎藤五、六兄弟が北条の提供する馬に乗らず、輿の左右について走ったと描かれるが（第六末・二七オ9以下）、類似の場面というべきか。但し、女性が大路を走ってゆくのは異様な行動であり、悲嘆の強さが窺えよう。なお、後深草院二条は、後深草院の棺をはだしで追ったと記す（『とはずがたり』巻五）。若君を追って走る女性の姿としては、〈長・盛〉などの髑髏尼説話において若君の後を追う母や乳母にも共通（八三オ6注解参照）。

○六七オ8　心苦ナ思召《ツ》我等《モ》暁ハ罷下ムスレハサノミ少人《ヲ》トヲ〳〵トクシ奉候ヘキナラネハ鳥羽ナル僧房《ニ》ヤトシ置奉ヘシ　能宗の連行の目的をとりつくろった、武士たちの言葉。自分たちは関東へ下向するが、若君を関東へ連れて行くことはできないので、鳥羽にある僧房へお移しするのだと言う。「鳥羽ナル僧房」云々は〈延〉独自。「鳥羽」は、桂川への方角へ行くことをごまかすために仮に出した地名か。〈南・屋・覚〉は緒方三郎惟義のもとへ、〈中〉は菊池のもとへ行くと欺く。

○六七ウ1　ステニ桂川《モ》近《ク》成ケレハ女房達トク〳〵今ハ御返アレト云ケレトモキカス　〈延〉は武士たちに少しでも抵抗しようとする女房達の姿を描く。〈盛〉では、もと来た宿所とは違う方向へ行くので「今ハ奉レ失ベキニコソ」と恐れる様子を描く。〈覚〉では緒方の宿所へ向かうはずの車が六条を東へ進んでいくので、女房達が怪しみ恐れていると、「すこしひきさが(ツ)て、兵五六十騎が程河原へうちでたり」と緊迫した様子を描く。〈南〉も〈覚〉に類同。〈長・大・屋・中〉では、河原に着いてからの女房達の悲嘆を描く。

○六七ウ2　片淵ノ有ケル所ニテ輿ヨリタキ出シケレハ　片淵は、川の片方だけが深くなっている淵。川の片側にできている淵〈日国〉。

○六七ウ2　若君乳人ノ女房ヲミ給テ我身モサメ〳〵ト泣給テ父御前ハイツクニオハシマスソトテ世間ヲミマワシ給ソ糸惜キ　事態を察知して泣いている女房達を見て、理由はわからないながらも自分も泣き、しかし未だに父のもとに来たのだと思っている幼い能宗の姿を描く。類似の描写として、〈屋〉「アキレ給ヘル様ニテ、二人ノ女房共ノ泣ヲミテ、大臣殿ハ何クニ渡ラセ給ゾト宣フ」がある。〈南・中〉も父の姿を探す能宗を描く。河原に着いた段階では、〈長〉は「あやしげにおぼしたり」、〈覚〉は「よにあやしげにおぼして、我をばいづちへぐしてゆかんとするぞととひ給へば」と描くのみ。〈盛・大〉は該当の記述なし。

○六七ウ4　ステニ籠ニ石ヲ入ツヽシタヽメテ若公ヲコニ入奉ムトスレハ　ふし漬けを描く〈延〉独自記事。石を入れて準備を整えた籠に能宗を入れようとした。その籠に蓋をして出られないようにした上で、水中に放り込み、殺すのであろう。鼠取りで捕らえた鼠を殺す場合などと同様の方法か。「ふし漬け」(柴漬)は、本来、「冬期、束ねた柴などを水に沈めておき、そこに集まった魚を捕る仕掛け」〈時代別室町〉。転じて、類似した形状の私刑をいう。〈日葡〉は「Fuxizzuqe　頸に石をつけて、人を水の底に沈めること」とするが、これでは本来の形状に似ていないので、より古くは、本項の記述のように籠に入れたり、簀巻きにするなどして水に投げ込んだものであろう。〈盛〉巻四「京中焼失」で、成田兵衛為成が叡山衆徒に憎まれ、「唐崎ニ八付ニセン、罧ニセン」などと訴えられたとあり、「罧」はフシヅケと読む(蓬左写本、〈倭名抄〉『新撰字鏡』など)。その他、幸若舞曲「百合若大臣」、同「しづか」、『義残後覚』巻一では女性を、能「鵜飼」では漁師を、お伽草子『ささやき竹』では僧侶をふし漬けにするという表現がある。

○六七ウ5　コレハサレハナニソトヨスコシタル事モナキ物ヲアラカナシヤトテ入ラシトスマヒ給ケルソ　能宗が抵抗する様を描く。「スコシタル」(過ごしたる)は、過失を犯す意。『宇治拾遺物語』一一四話(伴大納言説話)の「左の大臣は、すぐしたる事もなきに、かゝるよこざまの罪にあたるを…」の例は、「過ぐす」の形だが類似。〈盛〉は、若君を抱いて離さない女房の手から武士が無理矢理奪い取ると、能宗は「冷泉殿ハナキカ、少納言殿ハナキカ、我ヲバ畏キ者ニ預テイヅクヘ行ヌルソ恐々」と叫び、敵の鎧の袖下に這い込み、抱きついたとする。〈大〉「若君一目御覧して、急敷皮を立て、助よやとて乳母の衣の下へかくれ給…」。〈南〉は、重房の郎等が太刀を見て、「我ヲバコヽニテ失ハンズルニテ有ケルゾヤ」と、袖を顔に押し当てて泣き、いよいよ乳母の膝を離れなかったとする。〈屋〉は、太刀を見て脅しているのだと思い、「イナヤ啼ジトテ、乳人ノ懐ヘ顔ヲ差入給ケル」とする。〈覚〉は太刀を見て、「いそぎめのとのふところのうちへぞ入給ふ」とする。〈中〉は太刀を恐れて、「めのとがふところに、かほさし入てぞなき給ふ」とする。〈長〉は該当記事なし。〈延〉以外の諸本は若君を八歳とするが、これらの描写にはより幼い面影が残っているとも感じられる（佐伯真一94）。

○六七ウ6　武士モ涙ヲナカシ哀レヨシナキ事哉トソ申アヒケル　他本でも武士たちが涙を流し、しばらく殺害をためらう様子が描かれる。〈長〉「武士ども、みな袖をぞしぼりける」。〈盛〉「余ニ悲ク思ケレバ、刀ノ立所モ不レ知ケリ」。〈大〉「武兵も目もくれ心も消にけれ」。〈覚〉「たけき物のふどももさすが岩木ならねば、皆涙をながしけり」など。

○六七ウ8　ナニシニ此マテ来テ目ノ前ニミツラントテ足スリヲシテモタヘコカル　乳母女房の歎きは諸本に描かれているが、「足ズリ」（足摺）したとするのは〈延〉のみ。「足摺」は、激情の表現。第二本・二五オ3注解参照。

○六七ウ8　カクシタヽメテ水ヘ投入ケレハ　ふし漬けによる殺害は〈延〉独自。他本では刀を用いたとする。〈長〉「少納言の局、ふところよりわかぎみを引出したてまつりて、さしころしたてまつる」。〈盛〉では若君を渡そうとしない女房から奪い取り、駿河次郎が刺し殺したとする。〈大〉は、衣の下から取り出して腰刀で頸をかく。〈南・屋・覚・中〉は乳母の懐に顔を差し入れたのを引き放して腰刀で殺し、頸をとったとする。なお、〈長・盛・南・屋・覚・中〉とも、当初は河原に敷皮を敷き、その上に座らせて首を切ろうとしたが、うまくいかなかったと描く。敷皮を敷くのは、六代が危うく斬られそうになる場面と同様（第六末・三五ウ7）。

○六八オ1　空シキカラタヲ此女房イタ〔キ〕テ奈良ノ法花寺ト云処ニテ骨ヲハホリ〔ウ〕ツミツヽ　〈長〉は若君の遺体、女房のその後について記述なし。〈盛〉は、河原に埋められた遺体を女房二人が掘り起こして川を下り、八条の末の深くなったところで冷泉殿が若君の遺体を我身に結び付け、少納言局と手を取り合って水に沈んだとする。〈大〉は、義経に引き渡された首を乳母が賜り、その後、乳母が首を、介錯の女房が骸を抱いて白河で入水したとする。〈南・覚〉は桂川とするが、二人がそれぞれ首と骸を抱いて入水したとする点は〈大〉と同様。〈屋・中〉も桂川として〈南・覚〉に近いが、介錯の女房が骸を抱いたことは不記。しかし、〈南・屋・覚・中〉とも、乳母はともかく、介錯の女房までが身を投げたことは有り難いことだと評している。法華寺については次項注解参照。

○六八オ2　彼ノ尼寺ニ乳人ノ女房シタシキ人有ケレハヤカテ二人ナカラ尼ニナリツヽ一向此ノ若キミノ後生菩提ヲソ曙モ晩モ祈ケル　女房達が法華寺で出家し、能宗の菩提を弔ったとする。〈延〉独自記事。他本は前項に見たように女房達は入水したとする。法華寺は、光明皇后を発願者として造営され、大和国分尼寺となる。平安期の状況は詳らかではないが、『扶桑略記』昌泰元年（八九八）十月二十三日条、『権記』長保元年（九九九）十月十五日条によれば荒廃していたと見られ、建久二年（一一九一）の『建久御巡礼記』にも荒廃ぶりが描かれる。状況が変わるのは建仁三年（一二〇三）で、重源によって堂宇再興がなされ（『南無阿弥陀仏作善集』）、法華寺再興後の第一の長老となった慈善比丘尼（春華門院新右衛門督）が入寺し（『法華滅罪寺縁起』）、続いて空如も法華寺に住している。空如とは八条院高倉であり、高松院の死後、八条院は高倉を藤原俊成に養育させつつ、後に八条院自身のもとに出仕させた（田中貴子）。細川涼一は、春華門院が八条院猶子として同居していたことから、慈善と空如は出家以前から知己の間柄にあり、法華寺の中世尼寺としての復興は、八条院周辺にあった女房達によって端緒がつけられたと指摘する。以上の経緯を踏まえると、元暦二年当時の法華寺は未だ荒廃した状況にあったと考えられ、この女房達が法華寺に入ったという所伝も、史実性には疑わしい面があろう。しかし、『平家物語』諸本では、俊寛の娘や横笛も法華寺に入ったという所伝がある（俊寛娘が法華寺に入ったとするのは〈屋・覚・中〉。第二本・六四オ2注解参照。横笛が法華寺に入ったとするのは〈南・覚・中〉。第五末・三七オ9注解参照）。樋口大祐は、これらの女性説話で法華寺が語られることを、復興後の法華寺の女性唱導者による語りに関わるものと見る。

○六八オ4　カヤウニシテ殺テケルヲ大臣殿是ヲ知給ハスシテ糸ヲシクセヨト宣ケルコソ哀ナレ　類似の評は、他に〈盛〉にあり。但し、〈延〉では宗盛の関東出発の際、副将を思いやる言葉（六七オ1）の後、副将殺害場面をはさんでこの評を置くが、〈盛〉では巻四四末尾で副将の殺害を描いた後、巻四五冒頭で宗盛の言葉を記した直後に「夜部六条川原ニテ失タルヲバ知給ハズ角宣ケリ。猛夷ナレ共、恩愛ノ道ハ哀也ト皆袖ヲゾ絞ケル」とする。六七オ1、同3、同5などの注解に見たように、能宗を殺害した時間の表現には諸本で揺れがあり、〈盛〉では明快だが、〈延〉ではやや曖昧である。本項の「カヤウニシテ殺《テ》ケルヲ…知給ハスシテ」という表現からは、〈盛〉と同様、宗盛が東国へ出発した時には、能宗は既に殺されていたと読むのが自然か。

2　宗盛東下り（都出発～池田着）

（六八オ）

大臣殿ハ都
ヲ出給《テ》会坂《ノ》関《ニ》カヽリ給《テ》東地《ヲ》今日ソ始《テ》フミソ
ムルトハル〱思遣給ケル御心《ノ》内コソ悲ケレ昔此ノ関ノ辺《ニ》
蝉丸《ト》云ケル世棄人ワラヤノ床《ヲ》結《テ》常ハ琵琶ヲ弾シテ
心ヲスマシテ詩謌《ヲ》詠《シテ》懐《ヲ》述ヘケリ彼蝉丸《ハ》延喜

（六八ウ）

第四ノ皇子ニテオワシケル故《ニ》此関ノアナタヲハ四宮川原《ト》
名タルトカヤ東三条院石山へ御幸成テ還御アリケル
ニ関ノ清水《ヲ》過サセ給トテ
　アマタヽヒ行相坂《ノ》関水《ヲ》今日ヲ限《ノ》影ソカナシキ
〔ト〕アソハサレケル是《モ》何ナリケル御心ノ内ナリケン我身ノミニ
ヤトオホシツヽケ給《テ》関山打過《キ》打出《ノ》浜《ニ》出給ヌレハ
粟津原《ト》聞給ケルニモ昔天智天皇《ノ》御宇大和国明
香《ノ》岡本《ノ》宮《ヨリ》近江国志賀郡《ニ》移ラセ給《テ》大津宮
ソ　　ケル所コサンナレトオホシ出給《テ》勢田《ノ》唐
橋打渡《リ》湖上ハルカニ見亘シテ野路篠原　ヲモ　打

（六九オ）

過鏡《ノ》宿ニモ至リヌレハ昔ナ七ノ翁《ノ》老《ヲ》厭《ヒテ》読ケル
哥《ノ》中《ニ》
　鏡山イサ立ヨリテ見《テ》行《ン》年経タル身ハ老ヤシタルト

小野スリハリヲモ打越醒貝ト云所ヲ通リ給ヘハ蔭暗キ木
下ノ岩根ヨリ流出ル水冷キマテスミ渡テイサキヨク見ニ
付テモ御心細カラスト云事ナシ美乃国不破関ニモカヽリヌレ
ハ細谷川ノ水ノ音モノスコク音信テ嵐シ梢ニハケシクテ
日影モ見ヘヌ木下道ニ関屋軒ノ坂庇年経ニケリト覚テ
杭瀬川ヲモ打渡リ下津萱津ヲモ打過テ尾張国熱田
宮ニモ被着一ニケリ此明神ハ昔シ景行天皇ノ御代ニ此

(六九ウ)

砌ニアト垂給ヘリ一条院御宇大江匡衡ト云博士長保ノ
末ニ当国守ニテ下タリケルニ大般若経書写シテ此宮
ニテ供養ヲ遂ケル願文ニ我願既満任限亦足欲帰故郷
其期不幾ト書タリケン事マテ思連ラレ給テ鳴海方
ニモ懸ヌレハ礒部ノ波袖ヲヌラシ友無千鳥音信ワタリ
テ二村山ヲモ打過参川国八橋渡リ給ニ在原ノ業平

カ杜若ノ歌ヲ読タリケルニ皆人干飯ノ上ニ涙ヲ落ケル
所ニコソト思合ラレ給フニモ尽ヌ物ハ御涙計也矢矯宿
宮路山ヲモ打過《越》テ赤坂ノ宿ト聞給ヘハ大江定基カ此宿
ノ巫女ノ故ニ世ヲ遁レ家ヲ出ケンモワリナカリケルタメ

（七〇オ）

シカナト被思食テ一高志山ヲモ打越遠江ノ橋本ノ宿ニ
モ付給ニケリ此所ハ眺望四方ニスクレタリ南ニハ海湖有漁
浪ニ浮フ　湖水アリ人家岸ニ烈レリ洲崎ニハ松キヒシク生
ツヽキテ嵐枝咽松ノヒヽキ波ノ音何レモワキカタシツク〳〵ト詠メ
給フ程ニ夕陽西ニ傾ヌレハ池田ノ宿ニ着給ヌ

〔本文注〕

○六八オ９　世棄人　「棄」、〈吉沢版〉同。〈北原・小川版〉〈汲古校訂版〉「奇」。「奇」と区別しがたいが、異体字「弃」か。第二本・一三オ５本文注参照。

○六八ウ９　ソ　ケル　四、五字分ほど空白。六八ウ８注解参照。なお、以下、類似の空白が七〇オ３にもあり。

○六八ウ10　篠原　ヲモ　打　「原」と「ヲ」、「モ」と「打」の間に半文字分ほどの空白。行末を揃えたものか。三オ５本文注参照。

○六九オ１　ナ七ノ翁　「ナ」、〈吉沢版〉同。〈北原・小川版〉〈汲古校訂版〉「十」。注解参照。

○六九オ10　被着二ケリ　「着」の下に返点「二」があるが、小さいためにわかりにくい。

○六九ウ５　懸ヌレハ　「ヌ」は上書き訂正か。訂正された字は「サ」または「ケ」か〈北原・小川版〉〈汲古校訂版〉。

○六九ウ９　打過[越]テ　「過」の右に「越」と傍書。傍書は別筆か。

○七〇オ３　浮フ　湖水　二、三字分ほど空白。注解参照。

〔釈文〕

大臣殿は都を出で給ひて、会坂の関にかかり給ひて、東地を今日ぞ始めてふみそむると、はるばる思ひ遣り給ける御心の内こそ悲しけれ。昔、此の関の辺りに蝉丸と云ひける世棄人、わらやの床を結びて、常は琵琶を弾じて、心をすまして詩歌を詠じて懐《おもひ》を述べけり。彼の蝉丸は、延喜▼[六八ウ]第四の皇子にておはしける故に、此の関のあなたをば四宮川原と名づけたるとかや。東三条院、石山へ御幸成りて還御ありけるに、関の清水を過ぎさせ給ふとて、

　あまたたび行き相坂の関水を今日を限の影ぞかなしき

とあそばされける。是も何《いか》なりける御心の内なりけん、我身のみにやとおぼしつづけ給ひて、関山打ち過ぎ、打出の浜に出で給ひぬれば、粟津原と聞き給ひけるにも、昔天智天皇の御宇、大和国明香の岡本の宮より近江国志賀郡に移らせ給ひて、大津宮ぞ（つくられ）ける所ごさんなれとおぼし出で給ひて、勢田の唐橋打ち渡り、湖上はるかに見亘《みわた》して、野路篠原をも打ち▼[六九オ]過ぎ、鏡の宿にも至りぬれば、昔七の翁の老を厭ひて読みける歌の中に、

　鏡山いざ立ちよりて見て行かん年経たる身は老いやしたると

小野すりはりをも打ち越え、醒貝と云ふ所を通り給へば、蔭暗き木下の岩根より流れ出づる水、冷《すず》しきまですみ渡りて、いさぎよく見るに付けても、御心細からずと云ふ事なし。

美乃国不破関にもかかりぬれば、細谷川の水の音ものすごく音信《おとづれ》て、嵐《あらシ》梢にはげしくて、日影も見えぬ木下道に、関

屋軒の板庇、年経にけりと覚えて、杭瀬川をも打ち渡り、下津・萱津をも打ち過ぎて、尾張国熱田宮にも着かれにけり。此の明神は昔《むかシ》景行天皇の御代に、此の▼（六九ウ）砌《みぎり》にあと垂れ給へり。一条院御宇、大江匡衡と云ふ博士、長保の末に当国守にて下《くダ》りけるに、大般若経書写して、此の宮にて供養を遂げける願文に、「我願既満、任限亦足、欲帰故郷、其期不幾」と書きたりけん事まで思ひ連《つづ》けられ給ひて、鳴海方にも懸かりぬれば、礒部の波袖をぬらし、友無し千鳥音信《おとづれ》わたりて二村山をも打ち過ぎ、参川国八橋渡り給ふに、在原の業平が杜若《かきつばた》の歌を読みたりけるに、皆人干飯の上に涙を落としける所にこそと思ひ合はせられ給ふにも、尽きせぬ物は御涙計《ばか》り也。

矢矧宿、宮路山をも打ち過ぎ（越え）て、赤坂の宿と聞こえ給へば、大江定基が此の宿の巫女の故に世を遁れ、家を出でけんも、わりなかりけるため▼（七〇オ）しかなと思食しめされて、高志山をも打ち越え、遠江の橋本の宿にも付き給ひにけり。此の所は眺望四方にすぐれたり。南には海湖有り、（北には）漁浪に浮かぶ湖水あり。人家岸に列なれり。洲崎には松きびしく生ひつづきて、嵐に枝咽ぶ松のひびき、波の音、何《いづ》れもわきがたし。つくづくと詠《なが》め給ふ程に、夕陽西に傾きぬれば、池田の宿に着き給ひぬ。

〔注解〕

○六八オ6　大臣殿ハ都ヲ出給テ会坂ノ関ニカヽリ給テ　〈延〉はここでは出発の日付を記さないが、六六ウ9に「七日」とあった（元暦二年五月。該当部注解参照）。〈大・屋・覚〉はここで改めて七日と記す。なお、〈屋〉はここから巻一二とする。以下、宗盛東下りを道行文で語るのは、〈延〉の他、〈長・盛・大〉。このうち、〈大〉は独自の形で、〈長・覚〉などの重衡東下りに近い。〈長・盛〉は〈延〉に近く、『東関紀行』に依拠したものと見られる。『東関紀行』に依拠した道行文は、師長東下り（第二本・八九ウ8以下）にも見られた。一方、〈南・屋・覚・中〉は道行文を欠き、道中の描写として、義経と宗盛の会話を共有する他、〈覚〉は関の清水での宗盛の歌、〈南・屋・中〉は浮島が原での宗盛・清宗の歌を記す。また、その他に、〈中〉は野間の内海において義朝の墓前に立ち寄ったとし（六九ウ4注解参照）、〈南〉は三島大明神における能因の歌の逸話（七一オ2以下注解参照）をも記す。〈四〉は本段該当記事なし（六六ウ9〜注解参照）。なお、『平家族伝抄』は、五月十八日に都を出、六月二日に鎌倉に着いたとのみ記す。以下、主に〈長・盛〉『東関紀行』と比較し、〈大〉の本段該当部や〈延〉の師長東下り・重衡東下りも必要に応じて参照する。さて、『東関紀行』との関係は、研究史上早くから注目され、野村八良は師長東下りについて、〈延・長・盛〉の『東関紀行』依拠を指摘した。高木武は宗盛東下りについても検討し、〈延・長・盛〉の中で〈延〉が先出であるとした。その後、〈全注釈〉は、宗盛東下りについて、本来は〈延・長・盛〉のような道行文があったと指摘、水原一は、師長東下りも同様であるとした。一方、武久堅は、『東関紀行』依拠を「旧延慶本」の段階と想定、『東関紀行』の影響の少ない〈四・南・屋〉等に古態を見たが、宗盛東下りについては、佐伯真一88の批判がある（七一オ1注解参照）。但し、本段では、〈延〉が〈長・盛〉に比べて特に『東関紀行』に近いとは言えない。なお、逢坂の関の記述については、〈長・盛〉同様。〈大〉なし。師長東下りでは、「合坂山ニ積ル雪ヨモノ梢モ白クシテ有アケ［ノ］月ホノカナリ」云々とあった。

○六八オ7　東地ヲ今日ソ始テフミソムルトハル〳〵思遣給ケル御心ノ内コソ悲ケレ　「東地」は東路の意。〈長・盛〉、東路に初めて赴くとの記述は同様。この前に、〈長〉「都のかたを見をくり給ふに、大内山はおもふことなく越たり」、〈盛〉「都ノ方ヲ顧給テ、イツシカ大内山モ隔ヌト」とあり。宗盛の東国下向経験については未詳。〈覚〉などの重衡東下りで語られる熊野《ゆや》説話では、宗盛がかつて池田に滞在し、熊野などと呼ばれる女性を寵愛したとされるが、宗盛は、平治元年（一一五九）十二月に任遠江守、翌年一月に淡路守に転じており（『公卿補任』）、当時十三、四歳。実際に遠江に下向したことはなかったと見るべきか。なお、熊野説話については、第五末・一八ウ5注解参照。

○六八オ8　昔此ノ関ノ辺ニ蝉丸ト云ケル世棄人…　以下、蝉丸に関する記述は、〈長・盛〉も基本的に同様。〈盛〉は「此ヤ此…」「世中ハ…」歌を引くなど、詳細。〈大〉なし。〈延〉は、蝉丸について師長東下りでも簡単にふれ、重衡東下りではより詳しく記していた（第五末・一七オ7以下。該当部注解参照）。本段では『東関紀行』によっている。『東関紀行』「むかし蝉丸といひける世捨人、此関のほとりに藁屋の床をむすびて、つねは琵琶を引て心をすまし、和歌を詠じて思を述けり。嵐の風はげしきをしゐつゝぞすぐしける」。

○六八オ10　彼蝉丸ハ延喜第四ノ皇子ニテオワシケル故ニ此関ノアナタヲハ四宮川原ト名タルトカヤ　〈長・盛〉同様

だが、「関ノアナタ」は「関のあたり」とする。〈大〉は「四ノ宮川原関山すぐれば大津の浜」とふれるのみ。〈延〉は重衡東下りでも、「四宮川原ニ懸テハ爰ハ延喜ノ第四ノ宮蝉丸ト云シ人」（第五末・一七オ7）云々と述べていた。『東関紀行』「有人のいはく、蝉丸は延喜第四の宮にておはしましけるゆへに、この関のあたりを四の宮河原と名付たりといへり」。四宮河原は、現京都市山科区四ノ宮。長等山から山科盆地を南流する四宮川の河原。京都から逢坂の関へ向かう手前であり、「関ノアナタ」を「四宮川原」と呼んだとする〈延〉の記述は誤り。「関のあたり」とする『東関紀行』や〈長・盛〉も、厳密には不正確といえようか。

○六八ウ2　東三条院石山へ御幸成テ還御アリケルニ関ノ清水ヲ過サセ給トテ　〈長・盛〉同様。『東関紀行』「東三条院、石山にまうでて還御有けるに、関の清水を過させたまふとてよませたまひける御歌に」。東三条院は藤原詮子。この石山寺参詣については、『権記』長保三年（一〇〇一）十月二十七日条、『栄花物語』巻七「とりべ野」、『石山寺縁起』巻三などに見える。『栄花物語』や『石山寺縁起』によれば、「あまたたび…」歌を詠んだのは往路であって、還御の際ではない。『東関紀行』の誤認か。

○六八ウ4　アマタヽヒ行相坂ノ関水ヲ今日ヲ限ノ影ソカナシキ　〈長〉第三句「関水の」。〈盛〉第五句「カゲゾ恋シキ」。『東関紀行』第三句「関水に」。『栄花物語』『石山寺縁起』は、第三句「関水に」、第四句「今は限りの」で、『千載和歌集』所収歌（雑中、一〇五七）に同。前項に見た参詣における詮子の歌。「関水」は、関の清水をいう。逢坂の関の近くにあった清水で、「相坂の関の清水に影見えて今や引くらん望月の駒」（拾遺・秋、貫之。一七〇）をはじめ、歌に多く詠まれる。「何度も往来してきた逢坂の関の清水に、自分の影を映すのもこれが最後かと思うと悲しいことだ」の意。なお、詮子は正暦三年（九九二）にも石山寺に参詣している。

○六八ウ5　是モ何ナリケル御心ノ内ナリケン我身ノミニヤトオホシツヽケ給テ　〈長・盛〉も同様だが、「我身ノミニヤ」は、〈長〉「我身のうへにや」、〈盛〉「我身ノ上トゾ」。『東関紀行』「いかなりける御心の物にかと、あはれに心ぼそけれ」。前項に見たような詮子の歌に託した心情を宗盛に重ねるので、〈盛〉のような形がよいか。

○六八ウ6　関山打過キ打出ノ浜ニ出給ヌレハ粟津原ト聞給ケルニモ　〈長〉ほぼ同。〈盛〉は「関山」に「関寺」を加える。『東関紀行』「関山越え過ぬれば、打出の浜、粟津の原なんど聞けども、いまだ夜のうちなれば、さだかにも見わかれず」。関山は逢坂山を指す。関寺は逢坂関に隣接して存在した寺。「打出浜」は逢坂を越えて琵琶湖のほとりに出たあたり。現在の馬場の湖岸に面した浜をいうか〈地名大系・滋賀県〉。粟津は琵琶湖の最南端部の瀬田川河口部西岸あたり。

○六八ウ7　昔天智天皇ノ御宇大和国明香ノ岡本ノ宮ヨリ近江国志賀郡ニ移ラセ給テ　〈長・盛〉は「天智天皇ノ御宇」を「天智天皇六年」とする。『東関紀行』「昔天智天皇の御代、大和国飛鳥の岡本の宮より、近江の志賀の郡にうつりありて」。『日本書紀』天智天皇六年三月条に、「遷二都近江一」とある。〈延〉の都遷先蹤記事にも、「天智天皇六年ニ又近江国ニ帰テ志賀郡ニ都ヲ立テ大津宮ニ坐ス」（第二中・一〇一ウ8）とあった。

○六八ウ8　大津宮ソ　ケル所コサンナレトオホシ出給テ　四、五字分空白。〈長〉「大津宮をつくられたりける所にや」、〈盛〉「大津宮ヲ被造ケル所ニヤ」、『東関紀行』「大津の宮をつくられけりと聞にも」。「ソ」は「ヲ」の誤りで、本来は「大津宮ヲツクラレケル所…」とあったものか。

○六八ウ9　勢田ノ唐橋打渡リ湖上ハルカニ見亘シテ　〈長〉「せたのからはしうちわたり、湖はるかにあらはれて」。〈盛〉「湖水遥ニ見渡セバ、跡定ナキ蛋小舟、世ニ憂我身ニタグヒツ、勢多長橋轟々ト打渡シ」。『東関紀行』「明ぼのの空になりて、瀬田の長橋打渡るほどに、湖はるかにあらはれて」（以下、満誓の歌を引く）。勢多の唐橋は、瀬田川に古くからかけられていた橋。〈延・長〉は、『東関紀行』の「長橋」を「唐橋」と改めたか。この点、重衡東下りの第五末・一七ウ6も同様か。但し、「唐橋」の呼称が新しいものといえるかどうかについては検討の余地があろう。第五末・一七ウ6注解参照。

○六八ウ10　野路篠原ヲモ打過　〈長〉同。〈盛〉「野路篠原ヲ分行テ」（この後、野洲の川原から三上嵩を見たとして、三上明神について述べる）。『東関紀行』は、「野路といふ所にいたりぬ」として「東路の…」歌を詠み、次に「篠原といふ所を見れば」として、「東へはるかに長き堤あり」云々と、情景描写を展開する。〈延〉師長東下り（第二本・九〇オ7以下）では、『東関紀行』に多く依拠した記述を展開していた。該当部注解参照。野路は現滋賀県草津市野路町。篠原は現滋賀県野洲市大篠原あたり。

○六九オ1　鏡ノ宿ニモ至リヌレハ昔ナ七ノ翁ノ老ヲ厭ヒテ読ケル歌ノ中ニ　〈長〉も同様だが、「ナ七ノ翁」を「奈良の叟」とする。〈盛〉「今日ハ鏡ニ著給。昔七翁ノ老ヲ厭テ」。〈大〉「霞にくもる鏡山」。『東関紀行』「鏡の宿に至りぬれば、昔七の翁の寄合つゝ、老をいとひて読ける歌の中に」。「ナ七ノ翁」は「七翁」がよい。「ナ七」は仮名書を介した誤りか。次項の「鏡山…」歌が、『俊頼髄脳』に、「あさましく老いたる翁の七人なみゐて、おのおの詠める歌」の一つとして載るように、尚歯会の歌とされた。〈延〉師長東下りでは、「昔《シ》翁ノ給合《テ》」云々とあった（第二本・九〇ウ5）。

○六九オ3　鏡山イサ立ヨリテ見《テ》行《ン》年経タル身ハ老ヤシタルト　〈長・盛〉及び『東関紀行』は、下句「年へぬる身は老やしぬると」（表記は『東関紀行』）。『古今集』では、仮名序には黒主の歌とし、雑上・八九九には読人しらずとしつつ左注に黒主説を掲げる。後、尚歯会の歌とされ、承安二年（一一七二）三月に清輔が主催した尚歯会のことが、『暮春白河尚歯会和歌并序』や『古今著聞集』二〇三話に記される。

○六九オ4　小野スリハリヲモ打越　〈長〉『東関紀行』なし。〈盛〉「小野細道露払」。〈延〉は、師長東下りでは触れないが、重衡東下りでは、「磨針山《ヲ》打越テ小野ノ古路踏別テ」（第五末・一八オ3）としていた。道行文として触れるべき地名という意識があったか。「小野」は現滋賀県彦根市小野町あたり。「磨針山」は彦根市の摺針峠。なお、この位置で〈長〉は武佐寺、〈盛〉は武佐寺・老蘇の森に言及する。いずれも、『東関紀行』に記述があり、〈延〉も師長東下りではふれていた。

○六九オ4　醒貝《ト》云所《ヲ》通《リ》給ヘハ蔭暗《キ》木下ノ岩根ヨリ流出《ル》水冷《キ》マテスミ渡《テ》イサキヨク見《ニ》付テモ御心細カラスト云事ナシ　〈長〉類同。〈盛〉「醒井ノ宿ヲ見給ヘバ、木影涼シキ岩根ヨリ流ルヽ清水冷ヤ。何事ニ付テモ心細クゾ被思ケル」。『東関紀行』「音に聞し醒が井を見れば、蔭暗き木の下岩ねより流れ出る清水、あまり涼しきまですみわたりて、誠に身にしむばかりなり」。師長東下りにも、「オトニキコヘシサメカヒノ闇《キ》岩根《ニ》出《ル》水《ッ》水辺《ハ》氷《キ》《リ》〔ア〕ツクシテ実《ニ》身《ニ》シム計《ナリ》」（第二本・九〇ウ10）とあった。醒ヶ井は現滋賀県米原市。清水の名所。

○六九オ6　美乃国不破関ニモカヽリヌレハ　〈長・盛〉は「不破関」を「関山」とする。『東関紀行』「柏原と云所を立て、美濃国関山にもかかりぬ」。関山は不破の関のあった山の意。現岐阜県不破郡。

○六九オ7　細谷川《ノ》水《ノ》音モノスコク音信《テ》嵐《シ》梢《ニ》ハケシクテ日影《モ》見ヘヌ木下道《ニ》　〈長〉は「梢《ニ》ハケシクテ」を、「松の木ずゑにしぐれつゝ」。〈盛〉は「音信テ嵐《シ》梢《ニ》ハケシクテ」を、「松吹風ニ時雨ツヽ」。『東関紀行』「谷川霧のそこにをとづれ、山風松の声に時雨わたりて、日影も見えぬ木の下道、哀に心ぼそく」。「細谷川」は〈延・長・盛〉共通だが、美濃の地名としては未詳。一般名詞として、細い谷川を言ったものか。〈延〉師長東下りでは、「谷(入)川(平)雪ノ底ニ音ムセヒ嶺(上)嵐(平)松ノ梢ニシクレテ」とあった。

○六九オ8　関屋軒ノ坂庇年経ニケリト覚テ　「坂庇」は「板庇」の誤り。その点を除き、〈長・盛〉同様。〈大〉「荒て中々艶《ヤサシキ》は不破の関屋の板庇」は、〈延〉重衡東下り（第五末・一八オ4）と同様。『東関紀行』「越果ぬれば不破の関屋なり。板庇年へにけりと見ゆるにも、後京極摂政殿の、『荒にし後はたゞ秋の風』とよませ給へる歌、思出られて…」。「人住まぬ不破の関屋の板庇荒れにし後はたゞ秋の風」（新古今・雑中・藤原良経。一六〇一）。不破の関は上代に設置されたが、延暦八年（七八九）停廃、次第にさびれ、平安末期頃から荒廃ぶりを歌に詠まれた。

○六九オ9　杭瀬川ヲモ打渡リ　〈長・盛〉同様。『東関紀行』「株瀬川といふ所に泊りて、夜更る程に川ばたに立出てみれば、秋の最中の晴の空、清き川瀬にうつろひて、照月なみも数見ゆ計すみわたり」。杭瀬川は、岐阜県揖斐郡池田町西方の池田山から発し、現在は養老郡養老町大野付近で牧田川にそそぐが、当時の流路は、現池田町杉野付近から南流し、横曽根で現揖斐川の流路に入っていたとされる。杭瀬川の宿は、赤坂付近にあった〈地名大系・岐阜県〉。

○六九オ9　下津萱津ヲモ打過テ　〈長・盛〉「下津」なし。『東関紀行』「萱津の東宿の前を過れば」。「下津」はオリツ。現愛知県稲沢市下津町。東海道の大駅で、「折津」「折戸」とも表記し、オリドとも呼ばれた。『十六夜日記』には「廿日、尾張国下戸といふ駅を行く」とあり、阿仏尼はこの後に熱田神宮へ参詣する。その他、梵舜本『沙石集』六・一八「袈裟徳事」に「尾張国折津ノ宿」、同八・五「馬カヘタル事」に「下津ノ市」、同二・四「薬師観音利益事」には、承久の乱時に「関東ヘ下ル武士」が「下津河」付近を通った記事がある。萱津は現愛知県あま市上萱津（旧海部郡甚目寺町）。『とはずがたり』四や『街道記』に「萱津の宿」と見える。『覧富士記』や『春の深山路』では、下津→萱津の経路を辿って熱田神宮へ参詣する。

○六九オ9　尾張国熱田宮ニモ被着ニケリ　〈長・盛〉同様。『東関紀行』「尾張国熱田の宮に至りぬ」。熱田神宮。現名古屋市熱田区。

○六九オ10　此明神ハ昔シ景行天皇ノ御代ニ此砌ニアト垂給ヘリ　〈長・盛〉同様。『東関紀行』「有人のいはく、此宮は素盞烏尊也。はじめ出雲国に宮作り有けり。『八雲立』といへる大和言の葉も、是よりぞはじまれる。其後景行天皇の御代に、この砌に跡をたれ給へりといへり。又いはく、この宮の本体は、草薙と号し奉る神剣也（以下略―剣の由来）」。熱田神宮は、『釈日本紀』巻七所引『尾張国風土記』逸文や『尾張国熱田太神宮縁起』等々では、草薙剣を祀ったものとされるが、『釈日本紀』は、『風土記』引用の後、「先師説云。熱田社者。日本武尊留二其形影天藂雲剣一。為二此神体一。可レ謂二日本武尊垂跡一」と、剣をヤマトタケルの垂迹とする。『延喜式神名帳頭註』等も同様。なお、『東関紀行』の素盞烏尊説は、『熱田の深秘』などに見える。草薙剣の由来については十九「霊剣等事」、その内裏と熱田への伝来をめぐる諸説については、五〇ウ6注解参照。

○六九ウ1　一条院御宇大江匡衡ト云博士長保ノ末ニ当国守ニテ下タリケルニ　〈長〉同。〈盛〉も類同。『東関紀行』「一条院の御時、大江匡衡と云博士有けり。長保の末にあたりて、当国の守にて下りたりけるに」。大江匡衡は、天暦四年（九五二）～長和元年（一〇一二）。長保三年（一〇〇一）、尾張権守（『中古歌仙三十六人伝』）。

○六九ウ2　大般若経書写シテ此宮ニテ供養ヲ遂ケル願文ニ我願既満任限亦足欲帰故郷其期不幾ト書タリケン事マテ思連ラレ給テ　〈長・盛〉も同様だが、願文は書き下す。〈長〉「此願、すでに満ぬ。任又満たり。故郷へかへらんとするに、其期いくほどならず」。〈盛〉「我願既満、任限亦満タリ。故郷ニ還登、其期不レ幾」。『東関紀行』「大般若を書てこの宮にて供養をとげたりける願文に、『わが願すでに満ちぬ。任限又満ちたり。ふるさとへ帰らんとする期、いまだいくばくならず』と書たるこそ、あはれに心ぼそくきこゆれ」。『本朝文粋』巻一三「於二尾張国熱田神社一供二養大般若経一願文」（大江匡衡・寛弘元年〔一〇〇四〕十月十四日）に、「我願已満、任限亦満。欲レ帰二故郷一之期、今不レ幾」とある。

○六九ウ4　鳴海方ニモ懸ヌレハ礒部ノ波袖ヲヌラシ友無千鳥音信ワタリテ　〈長〉も同様だが、「袖ヲヌラシ」以下は、「袖をひたし、友なし千鳥、時々をとづれわたり」。〈盛〉「鳴海潟塩路遙ニ詠レバ、礒打浪ニ袖ヲ湿シ、友ナシ千鳥音信レリ」。〈大〉「いかに鳴海の塩干潟、泪に袖はしほれつゝ」。『東関紀行』「此宮を立て浜路にをもむくほど、有明の月影更て、友なし千鳥時々をとづれわたり」。鳴海は現名古屋市緑区あたりにあった入江、干潟で、歌枕。なお、〈中〉は、野間の内海に至り、義朝の墓の前で宗盛父子を引き回したとするが、東海道を下る道筋として、知多半島の先端に近い内海に立ち寄るのは不自然であり、また、義経の情け深い人物造型とも齟齬する。七四ウ10注解参照。

○六九ウ6　二村山ヲモ打過　〈長・盛〉同様。『東関紀行』「やがて夜の内に二村山にかゝりて」。「二村山」は、現愛知県豊明市沓掛町にある小山。東海道筋の歌枕として著名。重衡東下りにも、「二村山ヲ過ヌレハ又国越ル堺川」（第五末・一八ウ1）とあった。

○六九ウ6　参川国八橋渡リ給ニ在原ノ業平カ杜若ノ歌ヲ読タリケルニ皆人干飯ノ上ニ涙ヲ落ケル所ニコソ　〈長〉ほぼ同。〈盛〉も同様だが、「干飯ノ上ニ」を「袖ノ上ニ」とする。〈大〉も「唐衣…」歌を引く。『東関紀行』「ゆき〳〵て三河国八橋のわたりを見れば、在原の業平が杜若の歌よみたりけるに、みな人かれいゐの上に涙おとしける所よと思出られて、そのあたりを見れども、かの草とおぼしき物はなくて、稲のみぞ多く見ゆる」。八橋は現愛知県知立市八橋町。『伊勢物語』九段で、東に下った男が「唐衣きつつなれにしつましあればはるばるきぬる旅をしぞ思ふ」（古今集では羇旅・在原業平、四一〇）と詠んだことで著名。

○六九ウ8　矢矯宿宮路山ヲモ打過《越》テ赤坂ノ宿ト聞給ヘハ　〈長・盛〉ほぼ同。『東関紀行』「矢矧といふ所を立て、宮路山越え過るほどに、赤坂と云宿有」。矢矯（矢矧・矢作）宿は、現愛知県岡崎市明大寺町。宮路山と赤坂宿は、現豊川市赤坂町。宮路山は赤坂宿の西にある標高三六一メートルの山〈地名大系・愛知県〉。第二本・九二ウ2以下では、流謫の師長が宮路山で琵琶を弾奏し、鬼神に出会う物語が記されていた。

○六九ウ9　大江定基カ此宿ノ巫女ノ故ニ世ヲ遁レ家ヲ出ケンモワリナカリケルタメシカナト被思食テ　〈長〉「参河守大江定基が、此宿の遊君の故に、家を出けんもことはりにおぼしめししられて」、〈盛〉「参河入道大江定基ガ、此宿ノ遊君力寿ト云ニ後テ真ノ道ニ入事モアラマホシクヤ思召ケン」。『東関紀行』「愛に有ける女ゆへに、大江定基が家を出けるもあはれ也」。大江定基（寂照）が、愛した女性を失って出家したことは多くの書に見える。女の名を、〈盛〉は巻七「近江石塔寺」でも「赤坂ノ遊君力寿」と記しており、これは『三国伝記』一一・二四も同様。「力寿御前」の名は、『恨之介』の美女の列挙にも見える。また、『往因類聚抄』下・一三では「ヤハギノ宿ノケイセイ」とする。しかし、『今昔物語集』一九・二、『宇治拾遺物語』五九話、『発心集』二・四及び『今鏡』九では、若い美女を三河に連れて下ったとあり、これによれば女は三河の者ではない。『続本朝往生伝』三三話では単に「妻」とする。〈延〉の「巫女」との所伝は未詳。

○七〇オ1　高志山ヲモ打越　〈長・盛〉同様。『東関紀行』

「参川、遠江のさかひに、高師山と聞ゆるあり」。高師山は、現愛知県豊橋市東南部。歌枕。

○七〇オ1　遠江ノ橋本ノ宿ニモ付給ニケリ此所ハ眺望四方ニスクレタリ　〈盛〉は「四方」を「殊ニ」とするが同様。〈長〉は「此所ハ眺望…」以下を欠く。『東関紀行』「橋本といふ所に行つきぬれば、聞渡りしかひ有て、景気いと心すごし」。橋本は、現静岡県湖西市新居町。以下、浜名湖の南側から、南北に海と湖水を見渡す眺望を述べる。

○七〇オ2　南ニハ海湖有漁浪ニ浮フ　湖水アリ人家岸ニ烈レリ　空白（本文注参照）には、「北ニハ」とあるべきか。〈長〉「南は海湖あり、漁舟浪にうかぶ。北は湖有、人家岸に連れり」。〈盛〉「南ハ巨海漫々トシテ、蚕船浪ニ浮。北ハ湖水茫々トシテ、人屋岸ニ列レリ」。『東関紀行』「南には海潮あり、漁舟波にうかぶ。北には湖水あり、人家岸につらなれり」。

○七〇オ3　洲崎ニハ松キヒシク生ツヽキテ嵐枝咽松ノヒヽキ波ノ音何レモワキカタシ　〈長〉は、「嵐枝咽」を「嵐頻に咽」とするなど小異。〈盛〉は、「礒打浪繁レバ、群居ル鳥モ声忩シ。松吹風高ケレバ、旅客睡覚易」と、異文。『東関紀行』「其間に洲崎遠く指出て、松きびしく生ひつゞき、嵐しきりにむせぶ。松のひゞき、波の音、いづれも聞きわきがたし」は、〈延・長〉、特に〈長〉にほぼ一致。

○七〇オ5　池田ノ宿ニ着給ヌ　〈長・盛〉は、池田で遊君「侍従」が添臥をし、宗盛と「東路の…」「故郷も…」歌を読み交わしたとする。また〈盛〉はさらに、この侍従は「湯谷」の娘であったとして、湯谷が「モロ共ニ…」歌を詠み、宗盛が「東路ニ…」歌、清宗が「ミトセヘシ…」歌を詠んだとする。「侍従」は、重衡東下りでは、〈延〉などで重衡と歌を詠み交わしたとされる遊女の名。重衡の相手を熊野《ゆや》とする伝もあり、諸説が錯綜する。第五末・一八ウ5～6注解参照。池田の宿は、現静岡県磐田市池田。東海道の著名な宿駅だが、『東関紀行』は池田について記さない。

3　宗盛東下り（池田～鎌倉着）

（七〇オ）明ニケレハ池田宿ヲモ立給テ天龍ノ渡ヲシ給ヘハ水マサレハ船覆ト聞給ニ付テモ彼ノ巫浹ノ水我命ノ危タメシニヤト思ツヽケ給テ佐野中山ニカヽリテ見給ヘハ南ハ野山谷ヨリ嶺ニ移ル雲路ニ分入心地シテ菊河ヲモ打過大井川ヲ渡リ給ケルニ蓁乱テ流ケン瀧田川モオホシ出テ哀ナリ宇津山ヲモ打過清見（七〇ウ）関ニモ打出給ヌ昔朱雀院御宇将門追討ノ為ニ宇治民部卿忠文奥州ヘ下リケル時此関ニ留リテ唐謌ヲ詠ケルトコロニコソト哀レニオホヘテ多胡浦ニテ富士ノ高根ヲ見給ヘリ時シラヌ雪ナレトモ皆白妙ニミヘ亘テ浮嶋原ニモ至リヌ南

ニハ蒼海漫々タルヲ望北ニハ翠嶺ノ峨々タルヲ顧ルイツクヨリモ心スミテ山ノ緑リ影ヲヒタシ礒ノ浪耳ニミテリ葦苅小舟所々ニ棹テ群居ル鳥モソヽロニ物サワカシク孤嶋ニ眼遮リ遠帆ニ　烈テ眺望何モ取々也原ニハ塩屋ノ煙リ絶々ニ立昇リ　風松ノ梢ニハケシク昔シ此山海上ニ浮テ蓬莱ノ三嶋ノ如ニ有ケルニヨテ此原ヲハ浮嶋原ト名付タリ

（七一オ）

ケルトカヤ千本松原ヲモ打過伊豆国三嶋ノ社ニモ着給ヌ此社ハ伊与国三嶋大明神ヲ移奉ルト聞給ニモ能因法師伊与守実綱カ命ニヨリテ哥ヨミテ奉リタリケルニ炎旱天ヨリ雨俄降テ枯タル稲葉忽ニ緑ニ成リタリケル荒人神ノ御遺リナレハユウタスキカケテモ末タノモシクホホシテ筥根山ヲモ歎越テ湯本宿ニ着給ヌレハ谷川漲流テ岩瀬ノ波ニ咽ヲト源氏ノ物語ニ涙催ス瀧ノ音

カナト云ヘル事サヘオホシ出ラレテ哀也九郎判官ハ事ニ
フレテ情深人ニテ道スカラモイタワリナクサメ申サレケレハ
大臣殿何ニモシテ　宗盛父子カ命申請給へ法師ニ成テ

（七一ウ）

心閑ニ念仏申テ後生助ラント宣ケレハ御命計ハサリトモトコ
ソ存候へ定奥ノ方へソ流シ奉ラレ候ワンスラン義経カ勲功ノ
賞ニハ両所ノ御命ヲ申請候ヘシト憑ケニ被申一ケレハ大臣殿
ヨニウレシケニオホシテサルニ付テモ御涙ヲ流給何ナルアク
ロツカロツホノ石フミ夷カ栖ナル千嶋ナリトモ甲斐ナキ命タ
ニモアラハト思給ツセメテノ事トオホヘテ糸惜キ国々関々
打過々々漸日数モ積リケレハ都ニテ聞シ大儀小礒唐原
トカミカ原腰越稲村打過テ鎌倉ニモ入給ヌ

〔本文注〕

〇七〇オ7　巫浹　「浹」、〈汲古校訂版〉同。〈吉沢版〉〈北原・小川版〉「峡」。

○七〇オ9　**蒃**　〈吉沢版〉〈汲古校訂版〉「蒙」、〈北原・小川版〉「蒃」。類似の字は、第三末・九〇ウ1、第六本・四一ウ5にも見られた。第三末・九〇ウ1、第六本・五五オ4本文注参照。

○七〇ウ8　**遠帆ニ　烈テ**　一字分ほど空白。注解参照。

○七〇ウ9　**立昇リ　風松ノ梢ニ**　二、三字分ほど空白。注解参照。

○七一オ6　**湯本宿ニ**　「宿ニ」は擦り消しの上に書くか。抹消された字は不明。

〔釈文〕

明けにければ、池田宿をも立ち給ひて、天龍の渡をし給へば、「水まされば船覆す」と聞き給ふに付けても、「彼の巫峡の水、我が命の危きためしにや」と思ひつづけ給ひて、佐野中山にかかりて見給へば、南は野山、谷より嶺に移る。雲路に分け入る心地して、菊河をも打ち過ぎ、大井川を渡り給ひけるに、蒃《もみぢ》乱れて流れけん、龍田川もおぼし出でて哀れなり。宇津山をも打ち過ぎ、清見▼《七〇ウ》関にも打ち出で給ひぬ。「昔、朱雀院御宇、将門追討の為に、宇治民部卿忠文、奥州へ下りける時、此の関に留まりて唐詞を詠じけるところにこそ」と、哀れにおぼえて、多胡浦にて富士の高根を見給へり。時しらぬ雪なれども、皆白妙にみえ亘《わた》りて、浮嶋原にも至りぬ。南には蒼海漫々たるを望み、北には翠嶺の峨々たるを顧みる。いづくよりも心すみて、山の緑り影をひたし、礒の浪耳にみてり。葦苅小舟所々に棹さして、群居る鳥もそぞろに物さわがしく、孤嶋に眼遮り、遠帆（空）に列なりて、眺望何《いづ》れも取々也。原には塩屋の煙り絶々に立ち昇り、（浦吹く）風松の梢にはげしく、昔《むかシ》此の山海上に浮かびて、蓬莱の三嶋の如くに有りけるによりて、此の原をば浮嶋原と名付けたり▼《七一オ》けるとかや。

千本松原をも打ち過ぎ、伊豆国三嶋の社にも着き給ひぬ。此の社は、伊与国三嶋大明神を移し奉ると聞き給ふにも、能因法師、伊与守実綱が命によりて、哥よみて奉りたりけるに、炎旱の天より雨俄かに降りて、枯れたる稲葉忽ちに緑に成りたりける、荒人神の御遺《なご》りなれば、ゆふだすきかけても末たのもしくおぼして、筥根山をも歎き越えて、湯本宿に着き給ひぬれば、谷川漲《みなぎ》り流れて、岩瀬の波に咽ぶおと、源氏の物語に、「涙催す瀧の音かな」と云へる事さへおぼし出でられて哀れ也。

九郎判官は、事にふれて情深き人にて、道すがらもいたはりなぐさめ申されければ、大臣殿、「何《いか》にもして、宗盛父子が命申し請け給へ。法師に成りて、▼七一ウ心閑《しづ》かに念仏申して後生助からん」と宣ひければ、「御命計《ばか》りは、さりともとこそ存じ候へ。定めて奥の方へぞ流し奉られ候はんずらん。義経が勲功の賞には、両所の御命を申し請け候ふべし」と、憑《たの》もしげに申されければ、大臣殿よにうれしげにおぼして、さるに付けても御涙を流し給ふ。「何《いか》なるあくろ、つがろ、つぼの石ぶみ、夷《えぞ》が栖《すみか》なる千嶋なりとも、甲斐なき命だにもあらば」と思ひ給ふぞ、せめての事とおぼえて糸惜《いとほ》しき。国々関々打ち過ぎ打ち過ぎ、漸《やうや》く日数も積もりければ、都にて聞きし大礒、小礒、唐原《もろこしがはら》、とがみが原、腰越、稲村、打ち過ぎて、鎌倉にも入り給ひぬ。

〔注解〕

○七〇オ6　天龍ノ渡ヲシ給ヘハ水マサレハ船覆ト聞給ニ付テモ彼ノ巫峡ノ水我命ノ危タメシニヤト思ツヽケ給テ　〈長〉は、「…聞給ニ付テモ」まで同様だが、それ以下を、「西国の浪のうへの御すまひもおぼしめし出られける。かのふかうのながれ、我が身の危きこゝろにや、とおぼしめしつゞけて」とする。〈盛〉も〈長〉に近い。『東関紀行』「天流と名付たる渡りあり。川深く流れけはしきと見ゆる（中略）この川増れる時は、舟などもをのづからくつ帰て、底のみくづとなるたぐひ多かりと聞くこそ、彼巫峡の水の流れ思ひよせられて、いと危うき心ちすれ。しかはあれども、人の心にくらぶれば、しづかなる流ぞかしと思ふにも（以下略）」。「天龍」は天竜川。「巫峡」は、中国四川省の東端、巫山県の東にある峡谷の名。絶壁が続くことで知られる。『東関紀行』は『新楽府』「太行路」「巫峡之水能覆レ舟、若比ニ人心一是安流」によっているが、〈延〉では単なる急流の危うさの表現としており、さらに〈長・盛〉では、そこから西海流浪の生活を連想している。

○七〇オ7　佐野中山ニカヽリテ見給ヘハ南ハ野山谷ヨリ嶺ニ移ル雲路ニ分入心地シテ　〈盛〉同様。〈長〉は「南ハ野山」の前に「嵐厳しく」とあり。〈大〉は「又越べしとおもはねば」と、西行歌を引く。『東関紀行』「小夜の中山は、（中略）北は太山にて松杉嵐はげしく、南は野山にて秋の華露しげく、谷より峰にうつる白雲に分入心地して」。〈延・盛〉

は「北は太山にて松杉嵐はげしく」を脱し、〈長〉はその中から「嵐はげしく」のみを取り入れた形。小夜の中山は現静岡県掛川市佐夜鹿《さよしか》にある峠。東海道の難所の一つで、歌枕。

○七〇オ9　菊河ヲモ打過大井川ヲ渡リ給ケルニ蒹乱テ流ケン瀧田川モオホシ出テ哀ナリ　「瀧田川」は「龍田川」がよい。その点を除き、〈長〉同様。〈盛〉「菊川宿打過テ、大井河ヲ渡ツ、」のみ。『東関紀行』は、菊川で藤原宗行が詩を書き付けた家を訪ねたが既に焼けていたとし、大井川を見渡して、川瀬の様子が洲流しに似ていることに興趣を覚え、「彼紅葉みだれて流れけん竜田川ならねども、しばしやすらはる」とする。菊川は現静岡県島田市菊川。

○七〇オ10　宇津山ヲモ打過　〈長・盛〉は、宇津の山で、「業平が、都鳥に事とひけん」（〈長〉）ことを想起したとする。〈大〉「宇津の山べのつたの道」。『東関紀行』は宇津の山で、「業平が修行者にことづてしけん程、いづくなるらむ」と探し、僧の独居する草庵を訪ねたとする。『伊勢物語』九段で、宇津の山で修行者に会って手紙を預けた記述を想起したもの。〈長・盛〉は、『伊勢物語』九段の隅田川における「名にしおはばいざこと問はむ都鳥…」の歌と混同した記述だが、『東関紀行』がここで業平に触れることに誘発されたものか。従って、それを欠く〈延〉が本来の形とは言い切れない。宇津の山は、現静岡市駿河区と藤枝市岡部町の境にある宇都ノ谷峠。歌枕。

○七〇オ10　清見関ニモ打出給ヌ昔朱雀院御宇将門追討ノ為ニ宇治民部卿忠文奥州へ下リケル時此関ニ留リテ唐詞ヲ詠ケルトコロニコソト哀レニオホヘテ　〈長〉同様。〈盛〉は「宇治民部卿」以下を、「平将軍貞盛ガ奥州ヘ下シニ、民部卿忠文ガ、漁舟火影寒焼波、駅路鈴声夜過山ト云ヘリ。唐歌ヲ詠ジケル昔跡ゾ床敷」。〈大〉「清見が関もすぎぬれば」。『東関紀行』「清見が関も過うくてしばし休らへば（中略）昔朱雀天皇の御時、将門といふ者、東にて謀反をこしける。是をたいらげんために、宇治民部卿忠文をつかはしける、此関に至りてとゞまりけるが、清原滋藤といふもの、民部卿ともなひて、軍監といふ司にて行けるが、『漁舟の火の影は寒くして波を焼く、駅路の鈴の音はよる山を過ぐ』といふ唐の歌をながめければ、涙を民部卿流しけりと聞にもあはれなり」。このように、詩を詠んだのは清原滋藤とするのが正しい。他に、類聚本系『江談抄』第四・一一五話、『袋草紙』雑談、『十訓抄』一〇・五四などに見える話。〈延〉では、第二末・八五ウ10以下に、「駿河国清見関ニ宿リタリケルニ清原滋藤ト云者民部卿ニ伴テ軍監ト云官テ下ケルカ漁舟《ノ》火《ノ》影ハ寒《クシテ》焼浪《ヲ》駅路《ノ》鈴《ノ》声《ハ》夜過山《ヲ》ト云唐韻《ヲ》詠シタリケルカ折カラ優《ニ》聞ヘテ民部卿涙ヲ流テソ行ケル」とあった。該当部注解参照。「清見関」は現静岡市清水区にあった関所。

○七〇ウ3　多胡浦《ニテ》富士ノ高根《ヲ》見給《ヘリ》時シラヌ雪ナレトモ皆白妙《ニ》ミヘ亘《テ》　〈長・盛〉も同様だが、「時シラヌ」は「時ワカヌ」（〈盛〉）。〈大〉は富士の裾野に着いたとして、〈延〉などの重衡東下り（次項参照）と類似の文を記す。『東関紀行』「田籠の浦に打出て、富士の高嶺を見れば、時分ぬ雪なれども、なべていまだ白妙にはあらず、青くして天によれる姿、絵の山よりもこよなふ見ゆる」。『東関紀行』が、富士山は雪に覆われてはいなかったとするのに対して、〈延・長・盛〉では「皆白妙」であったとするが、「時シラヌ雪ナレトモ」の逆接が落ち着かない。『東関紀行』では八月中だが、〈延・長・盛〉では五月頃。「富士といえば季節を問わず雪に覆われているのが当たり前だとはいえ、夏にもかかわらず全体に真っ白に見えている」といった意に解するか。多胡（田子）の浦は、現静岡県富士市あたり。歌枕。

○七〇ウ4　浮嶋原《ニモ》至リヌ南ニハ蒼海漫々タルヲ望北《ニハ》翠嶺《ノ》峨々タルヲ顧《ル》　〈長・盛〉は、「南ニハ蒼海漫々…」の代わりに「北ハ富士ノタカネ也。東西ハ長沼アリ」（〈盛〉）とある（但し〈盛〉は七〇ウ7該当部で〈延〉に類似の語を用いる）。『東関紀行』「浮嶋が原はいづくよりもすぐれて見ゆ。北は富士の麓にて、西東へはる〳〵とながき沼有。布を引けるがごとし」とあり、〈長・盛〉に近い。〈延〉は、重衡東下りの、「北ニハ青山峨々トシテ松吹風モ冷々タリ南ニハ蒼海漫々《ト》シテ岸打波《モ》茫々タリ」（第五末・一九オ2。他本にも類似表現が多い）によって改変したか（次々項注解参照）。なお、〈南・屋・中〉は、道中の叙述をほとんど欠くが、ここで宗盛の「塩路ヨリ…」、清宗の「我ナレヤ…」歌を記す。〈南〉はその後、「原ニハ塩屋ノ煙…」と続ける（七〇ウ8注解参照。幸若舞曲「腰越」は、このあたりから〈南〉本文に近い）。

○七〇ウ5　イックヨリモ心スミテ山ノ緑《リ》影《ヲ》ヒタシ礒《ノ》浪耳《ニ》ミテリ　「礒《ノ》浪耳《ニ》ミテリ」は、〈長〉「空も水も一なり」、〈盛〉「雲水モ一也」。『東関紀行』は、前項所引部分に続けて、「山のみどり影をひたして、空も水もひとつ也」とし、〈長・盛〉に近い。

○七〇ウ6　葦苅小舟所々《ニ》棹《テ》群居《ル》鳥《モ》ソヽロ《ニ》物サワカシク　〈長〉同様。〈盛〉は、「群居《ル》鳥」以下を、「水鳥心ヲ迷ハセリ」とする。『東関紀行』「芦刈小舟所〳〵に棹さして、むれたる鳥はおほく去来る」。「葦刈」は晩秋から冬にかけて行われるので、八月中の『東関紀行』では理解できるが、『平家物語』の語る五月の宗盛下向とは季節が合わない。この点、〈盛〉は「葦分小舩」として矛盾を解消している。また、「葦刈小舟」は沼に浮いているはずであり、前々項注解に見たように沼を描く『東関紀行』及び〈長・盛〉ではわかりやすい情景だが、「ながき沼」の記述を省略してしまった〈延〉ではわかりにくくなっている。

○七〇ウ7　孤嶋ニ眼遮リ遠帆ニ　烈テ眺望何モ取々也　〈長〉「南は海上の面渺々として、雲の濤いとふかきながめ、孤嶋のまなこにさへぎる。わづかに遠帆空に連り、眺望いづれもとり〴〵にこゝろぼそく」。〈盛〉「南ハ海上漫々トシテ蒼波渺々タリ。孤嶋ニ眼遮遠帆幽ニ列レリ」。『東関紀行』「南は海のおもて遠く見わたされて、雲の波煙のなみいと深きながめ也。すべて孤嶋の眼に遮なし。はつかに遠帆の空につらなれるを望む。こなたかなたの眺望、いづれもとり〴〵に心ぼそし」。〈延〉の「遠帆ニ　烈テ」は、「遠帆空ニ烈テ」の、「空」脱落か。『東関紀行』は、『和漢朗詠集』雑・行旅「孤館宿時風帯レ雨、遠帆帰処水連レ雲」をふまえる。また、〈延〉は、『東関紀行』の「南は海のおもて…いと深きながめ也」該当部を欠く。脱落か。なお、〈延・長・盛〉とも、『東関紀行』の「孤嶋の眼に遮なし」（島が視線を遮ることもなく、ひたすら海が広がっているの意）を誤り、「孤島が眼を遮っている」意となっている。

○七〇ウ8　原ニハ塩屋ノ煙リ絶々ニ立昇リ　風松ノ梢ニハケシク　〈長〉「浦〳〵にしほやくけぶりへん〳〵たり。浦ふく風、松の梢に咽」。〈盛〉「原ニハ藻塩ノ煙片々トシテ、浦吹風ニ消上ル」。『東関紀行』「原には塩屋の煙たえ〴〵立渡りて、浦風松の梢にむせぶ」。〈延〉「風」の前の空白部は、「浦吹ク」に該当する語の脱落か。なお、〈南〉は、七〇ウ4注解に見た歌の後、「原ニハ塩屋ノ煙片々タリ。風ニナビキテ行ヘモ知ラズ立マヨヘリ」と、〈延・長・盛〉『東関紀行』に類似の文あり。

○七〇ウ9　昔シ此山海上ニ浮テ蓬莱ノ三嶋ノ如ニ有ケルニヨテ此原ヲハ浮嶋原ト名付タリケルトカヤ　〈長・盛〉もおおよそ同様だが、「此山」の語はなく、「浮嶋原」は「浮嶋」とする。『東関紀行』「此原昔は海の上にうかびて、蓬莱の三の嶋のごとくにありけるによりて、浮嶋が原となん名付たりと聞にも、をのづから神仙の栖にもやあるらむ、いとゞおくゆかしく見ゆ」。「蓬莱ノ三嶋」は、神仙の住む島とされる。『史記』秦始皇本紀「海中有二三神山一、名曰二蓬莱・方丈・瀛洲一」。

○七一オ1　千本松原ヲモ打過　〈長・盛〉同様。『東関紀行』は、「やがて此原につゞきて千本の松原といふあり」として、情景を描写する。千本の松原は現静岡県沼津市から富士市の海岸に広がる松原。

○七一オ1　伊豆国三嶋ノ社ニモ着給ヌ　三島社に着いたとして、それが伊予国の三島大明神を勧請したものであることと、能因の雨乞歌の逸話を記す点、〈長・盛〉も基本的に同様。また、〈南〉も「伊豆ノ国府ニ付給テ三嶋大明神ト聞給ヘバ」とし、能因の逸話を記す。『東関紀行』「伊豆の国府に至りぬれば、三嶋の社のみしめうちおがみ奉るに、松の嵐木ぐらくをとづれて、庭のけしきも神さびわたり」。三島社は、賀茂郡白浜から、一〇世紀中頃以降一二世紀までの間に、伊豆国府の地（現静岡県三島市）に移ったとされる（『中世諸国一宮制の基礎的研究』）。国府に近かったことは、『東関紀行』の他、『十六夜日記』『春の深山路』などにも見える。第二末・四一ウ7以下に、頼朝が三島社に千日詣をしたと記されていた。

○七一オ2　此社ハ伊与国三嶋大明神ヲ移奉ルト聞給ニモ　〈長〉同様。〈盛〉「此宮ハ伊予三島ヲ奉レ祝」。〈南〉なし。『東関紀行』「此社は伊与の国三嶋大明神をうつし奉ると聞にも」。以下の能因の逸話は、次項に見るように伊予の三島社でのことであり、この一文がない〈南〉では、伊豆の三島社から能因の逸話を想起する契機がわかりにくい。なお、三島社の祭神については、平田篤胤によって事代主説が唱えられたが、それ以前は大山祇命（伊予国大三島の大山祇神社の祭神）の遷祀説を中心とした説のみであった（『神道大系・神社編　三島・箱根・伊豆山』解題）。『春の深山路』には、「いよの三島よりは、この三島を本神と申。これよりは伊與を本社と申なるこそいとめでたけれ」とある。

○七一オ2　能因法師伊与守実綱カ命ニヨリテ哥ヨミテ奉リタリケルニ　〈長〉も同様だが「伊予守範国」とする。〈盛〉「天下旱魃シテ禾穂青ナガラ枯ケルニ伊予守実綱ガ命ニヨリ、能因入道ガ、天クダルアラ人神ノ神ナラバ雨下給ヘ天クダル神　読タリケルニ」。〈南〉は実綱のことは記さず、「昔能因ガ苗代水ト読タリシ言ノ道ニ納受シテ」とする。『東関紀行』「能因入道、伊予守実綱が命によりて歌読て奉りてけるに」。『能因法師集』下に、「長久二年之夏、有二天旱一無二降雨一、仍詠二和歌一献二霊社一、有二神感一、廻施二甘雨一一昼夜　あまの川なはしろ水にせきくだせあまくだりますかみならばかみ」（二一一）とあり、『金葉集』雑下（二度本・六二五、三奏本・六一七）、『俊頼髄脳』、『袋草紙』希代歌、『十訓抄』一〇・一〇、『古今集頓阿序注』及び『続教訓抄』一一などに同様の内容が見える。『金葉集』などでは、国司に伴って伊予に下り、歌を詠んだとあり、国司の名は、「範国」（『金葉集』）、「実綱」（『俊頼髄脳』『十訓抄』『頓阿序注』）、「実国」（『袋草紙』）などと伝えられる。しかし、『能因法師集』にいう長久二年（一〇四一）の前後、伊予守は藤原資業であった（長久元年十一月十日、同五年十一月二十四日見任―『元秘抄』三）。武久堅は、この説話が〈南〉によって『十訓抄』から取り入れられたと考えたが、佐伯真一88は、伊豆の三島の記述に伊予の三島にまつわる話が取り入れられるのは、『東関紀行』を介したものと見るべきだとして、〈南〉は〈延・長・盛〉に見るような記述の縮約であるとした。

○七一オ4　炎旱天ヨリ雨俄降テ枯タル稲葉忽ニ緑ニ成リタリケル荒人神ノ御遺リナレハユウタスキカケテモ末タノモシクホホシテ　「ホホシテ」は、「オホシテ」（思して）の誤り。〈長・盛・南〉も基本的に同様だが、〈長〉は「カケテモ」以下を「掛まくも恃しくおぼしめしけるぞあはれなる」、〈盛〉は「荒人神」以下を「現人神、木錦（ママ）ダスキ懸テ末憑シク成給ヘト祈念シテ」、〈南〉は「荒人神」以下を「目出キ神ニテマシマセバ、来世ニハ必助ケサセ給ヘト伏ヲガミ」とする。『東関紀行』「炎旱の天より雨にわかに降て、枯れたる稲葉もたちまちに緑にかへりけるあら人神の御名残なれば、ゆふだすきかけまくもかしこくおぼゆ」。類似の描写として、『十訓抄』「炎旱の天、にはかにくもりわたりて、大きなる雨降りて、枯れたる稲葉、おしなべて緑にかへりにけり」。『頓阿序注』「大雨ふり、かれたるいなばもみどりのいろとなれり」などがある。話題は「現人神」による雨乞の成就であり、「タノモシ」とは現世利益の希望と解するのが穏当か。〈長〉「あはれなる」は、宗盛が延命を期待するはかなさへの評だろう。一方、〈南〉は願いを来世の救済に転ずる。

○七一オ6　筥根山ヲモ歎越テ湯本宿ニ着給ヌレハ　〈長・盛〉同様。〈南〉「箱根ヲ越テ」。『東関紀行』は、箱根山と芦ノ湖などを描いた後、「此山をも越え下りて、湯本といふ所にとまりたれば」として、次項の描写に続く。

○七一オ6　谷川漲流テ岩瀬ノ波ニ咽ヲト源氏ノ物語ニ涙催ス瀧ノ音カナト云ヘル事サヘオホシ出ラレテ哀也　〈長・盛〉基本的に同様。「オホシ出ラレテ哀也」は、〈長〉「おぼしめし出られて、涙せきあへ給はず」、〈盛〉「思出給ケリ」。『東関紀行』は、前項所引の文に続けて、「太山颪はげしくうち時雨て、谷川みなぎりまさる。岩瀬の波高くむせび、暢臥房の夜の聞にも過たり。かの源氏の物語の歌に、『涙もよほす滝の音かな』といへる、思ひよせられてあはれなり」。「涙催す滝の音かな」は、『源氏物語』「若紫」の、「吹き迷ふ深山おろしに夢さめて涙もよほす滝の音かな」を指す。なお、『東関紀行』の「暢臥房」は、「暢師房」の誤り。『東関紀行』依拠部分はここまでである。

○七一オ8　九郎判官ハ事ニフレテ情深人ニテ道スカラモイタワリナクサメ申サレケレハ　〈長・盛〉同様。その他諸本も同様の記事あり。〈大〉は道行文の末尾、〈南・屋・中〉は京都出発の直後、〈覚〉は関の清水の記事の後に置く。義経の「情深人」としての造型は、平家滅亡後、一貫している。四六オ4注解参照。

○七一オ10　何ニモシテ宗盛父子カ命申請給ヘ法師ニ成テ心閑ニ念仏申テ後生助ラン　宗盛の言葉。〈長・盛〉ほぼ同様。〈大〉も類似。〈南・屋・覚・中〉は出家にふれない。

○七一ウ1　御命計ハサリトモトコソ存候ヘ定奥ノ方ヘソ流シ奉ラレ候ワンスラン義経カ勲功ノ賞ニハ両所ノ御命ヲ申請候ヘシ　義経の同様の言葉は諸本にあり、奥州への流罪の見通しは、〈長・盛・大・南・屋・中〉同様。〈覚〉「遠き国、はるかの嶋へもうつしぞまいらせ候はんずらん」。命は助かるだろうという見通しは、義経の現実的判断ではなく、慰めの言葉と読むべきだろう。

○七一ウ4　何ナルアクロツカロツホノ石フミ夷カ栖ナル千嶋ナリトモ　〈長・南〉同様（〈長〉「つぼの碑がすまひなる千嶋」）。〈盛〉「俘囚千嶋也トモ」、〈大〉「阿黒、津借、坪の石踏、秋田の城、毛人がすむなる千嶋なりとも」、〈屋〉「東ノ奥、遠国ノ外、夷ガ住ナル千島ナリ共」、〈覚〉「たとひゑぞが千嶋なりとも」、〈中〉「ろくろ、つがる、とはま、ゑぞがすむなる千しまなりとも」。また、〈延〉第六末・八六オ4以下には、宗親は、宗盛の言葉を意識して、「常ニハエヒスカスムアクロツカロツホノイシフミナト云方ノミニスマレ給ケルトカヤ」ともある（引用部は『発心集』七・一二とほぼ同文）。諸本、東北の奥地を指す地名などを記す。「アクロ」は、具体的な位置は不明だが、『吾妻鏡』文治五年（一一八九）九月二十八日条に、「田村麿・利仁等将軍」に滅ぼされた「賊主」として見える「悪路王」の名に関わる地名だろう。「ツカロ」は津軽。「ツホノ石フミ」は、坂上田村麻呂が文字を刻んだという伝説的な碑。陸奥の奥地にあったという。『袖中抄』一九に、「顕昭云、イシブミトハ、陸奥ノオクニ、ツモノイシブミアリ。日本ノ東ノハテト云ヘリ。但田村将軍征夷ヲ之時、弓ノハズニテ石ノ面ニ日本ノ中央ノヨシヲ書付タレバ、石文ト云ト云ヘリ」云々とある。〈延〉や『発心集』では、地名のように用いられている。「千嶋」は、北海道を指すといってもよいが、具体的な地理をどこまで意識しているかは不明で、漠然と東の果ての島を意識しているとも考えられようか。

○七一ウ5　甲斐ナキ命タニモアラハト思給ッセメテノ事トオホヘテ糸惜キ　〈長〉も同様で、末尾は「あはれなる」。〈大〉「宣けるこそあはれなれ」、〈南〉「宣ケルコソカナシケレ」、〈屋〉「宣ケルゾ糸惜キ」も同情的。一方、〈覚〉「の給ひけるこそ口惜けれ」、〈中〉「の給けるぞあさましき」は批判的。〈盛〉は評を欠き、「イトヾ涙ヲ流シ給ケリ」と結ぶ。

○七一ウ7　都ニテ聞シ大礒小礒唐原トカミカ原腰越稲村打過テ　相模の地名列挙。　〈長〉「こしごえ、稲村をもなげき過て」、〈盛〉「大礒、小磯、唐河原、相模河、腰越、稲村打過テ」。〈大・南・屋・覚・中〉なし。また、重衡東下りでは、〈延・盛・南異〉は伊豆国府着で道行を打ち切るが、他諸本は鎌倉までの道行を描いており、〈長・四・闘・覚〉などは地名が比較的多い。最も詳細な〈四〉では、「鞠児河」「酒河、児尾津、小礒、大礒、平塚宿、師腰原」「相模河」「稲村、腰越、片瀬河」を挙げ、〈長〉は「こよろぎの磯、さがみ河、八松や、とがみ河原、みこしがさき」、〈覚〉は「こゆるぎの森、まりこ河、小磯、大磯の浦々、やつまと、とがみが原、御輿が崎」としていた。なお、『東関紀行』は、「急ぐ心にのみさそはれて、大礒、絵嶋、もろこしが原など、聞ゆる所々を、見とゞむるひまもなくて打過ぬるこそ、心ならずおぼゆれ」と、大磯・絵島・唐原を名所として挙げる。「大礒」「小礒」は、いずれも現神奈川県中郡。『永久百首』「大磯に朝な夕なにかづきするあまも我がごと袖やぬるらん」（仲実。六五四）など、歌に詠まれる。「唐原《もろこしがはら》」は、『更級日記』「もろこしが原といふ所も、砂子のいみじう白きを二三日行く」によれば、古くはかなり広い地域を指したようである。謡曲「盛久」で、由比ヶ浜で斬られかけて助かった盛久が「唐土が原もこの所」と謡うところからは、鎌倉に比較的近い場所と見られるが、真名本『曽我物語』巻六では「戸上の原」と平塚の間に記す。〈延〉本段の記述などから見ても、この時代には主に平塚よりやや東側の地域を指していると見るのが穏当か〈四部本全釈・巻十〉。「トカミカ原」は、砥上が原。「トカミ」は、古くは「土甘」と表記された。現神奈川県藤沢市辺り。『西行法師家集』「しかまつのくずのしげみにつまこめてとがみが原にをじか鳴くなり」（六三〇）など、歌に詠まれる。

○七一ウ8　鎌倉ニモ入給ヌ　鎌倉に着いたとの表現は、〈長・盛・大・南・屋・覚〉同様。〈中〉は「鎌倉ちかくぞなりにける」として、その後、義経は金洗沢から追い返されたと述べる。〈延・長・盛・屋〉では、義経も鎌倉に入ったと読めるが、〈大・南・覚〉の場合、義経は金洗沢から追い返されたとするので、鎌倉に着いたのは宗盛父子である意か、あるいは金洗沢に着いたことを鎌倉に着いたと表現したと読むべきか。次々段冒頭、七二ウ4注解参照。

卅一　判官女院《ニ》能当奉事

（七一ウ）

卅一
女院《ハ》思食ワクカタナクイツトナク臥沈《テ》渡《セ》給《フ》世《ノ》聞
ヲ恐《レテ》自ラ事《ノ》ツテニタニモ申入人無《リ》ケリ判官《ハ》アヤシノ

（七二オ）

人《ノ》タメマテモ情ヲ当ケル人ナレハマシテ女院ノ御事ヲハナノメ
ナラス心苦事《ニ》思奉《リテ》御衣共サマ〳〵ニ調進ラレ女房《ノ》装
束《モ》献ラレケリ是御覧セラルヽニ付モ只夢カトノミソ被思
食ケル合戦時檀浦ニテ夷共《カ》取タリケル物《ノ》中《ニモ》御物《ト》

オホシキ物《ヲハ》皆尋出《シテ》進ラレケリ其中《ニ》先帝《ノ》朝夕御手ナラサレタリケル御遊ノ具共アリ御手習シスサマセ給タル反古御手箱ノ底《ニ》有ケルヲ御覧シ出サセ給《テ》御皃《ニ》押アテヽ忍モアヘサセ給ハスヲメキ叫セ給ケルコソ悲シケレ恩愛ノ道ナレハトテモ疎ナルマシケレトモ雲井遥《ニテ》時々見奉事ナリセハカホトハオホヘサラマシ三年カホト一船ノ内ニテ朝

（七二ウ）

夕手ナラシ奉《テ》糸惜悲シナントハナノメナラス御年ノ程ヨリモヲトナシク御皃《モ》御心ハヘモ勝レテオワシマシツル物ヲトサマ〳〵クトカセ給ソ糸惜キ

〔本文注〕

○七二オ2　調進ラレ　「調」、字体不審。「細」のようにも見える。あるいは異体字か。

○七二オ4　物《ノ》中　「物《ノ》」は重ね書き訂正があるか。

○七二オ8　アヘサセ　「サ」は重ね書き訂正があるか。

○七二ウ1　手ナラシ　「ナラシ」は擦り消しの上に書く。抹消された字は不明。

〔釈文〕

卅一（判官女院に能く当たり奉る事）

女院は思し食しわくかたなく、いつとなく臥し沈みて渡らせ給ふ。世の聞こえを恐れて、自ら事のつてにだにも申し入るる人無かりけり。判官はあやしの▼(七二オ)人のためまでも情を当たりける人なれば、まして女院の御事をば、なのめならず心苦しき事に思ひ奉りて、御衣共さまざまに調《ととの》へ進《まゐ》らせられ、女房の装束も献られけり。是を御覧ぜらるるに付けても、只夢かとのみぞ思し食されける。合戦の時檀浦にて夷共が取りたりける物の中にも、御物とおぼしき物をば皆尋ね出して進《まゐ》らせられけり。其の中に先帝の朝夕御手ならされたりける御遊びの具共あり。御手習ひしすさませ給ひたる反古、御手箱の底に有りけるを御覧じ出させ給ひて、御皃《かほ》に押しあてて、忍びもあへさせ給はず、をめき叫ばせ給ひけるこそ悲しけれ。恩愛の道なれば、とても疎《おろそ》かなるまじけれども、雲井遥かにて時々見奉る事なりせば、かほどはおぼえざらまし。三年がほど一船の内にて朝▼(七二ウ)夕手ならし奉りて、糸惜《いとほ》し悲しなんどはなのめならず。「御年の程よりもおとなしく、御皃《かほばせ》も御心ばへも勝れておはしましつる物を」と、さまざまくどかせ給ふぞ糸惜《いとほ》しき。

〔注解〕

〇七一ウ9～（判官女院ニ能当奉事）　本段は、内容的に廿二「建礼門院吉田ヘ入セ給事」を承ける建礼門院記事。該当記事は、他に〈長・盛・大〉にあり。〈四・南・屋・覚・中〉なし（〈四〉については六六ウ9～注解参照）。〈延・長・盛〉では、義経が宗盛父子を鎌倉まで送り届け、頼朝と対面する展開の間に本段の記事を挟むが、〈大〉では、宗盛・重衡被斬の後、大地震で女院の吉田の坊が崩れたとの記事に続けて該当記事を置き、女院大原入りに続ける。

〇七一ウ9　女院ハ思食ワクカタナクイツトナク臥沈テ渡セ給フ　本段該当記事を女院の悲嘆から始める点は〈長・盛〉も同様だが、〈長・盛〉では、女院は宗盛父子の関東下向を聞いて悲しんだとする。〈大〉は、前項注解に見たように、大地震後の有様から義経の情けの記述に続け、女院の悲嘆は記さない。〈延〉の場合、特に前後の宗盛父子下向には関連づけていない。水原一は、〈長・盛〉の形は前後の記事との接続を図ったものであり、本来、女院の悲嘆は宗盛父子東下りに向けられたものではないと指摘すると共に、〈延〉本項の記事は「義経との事に対する女院の悲歎を暗示」したものであると読む。

○七一ウ9　世ノ聞ヲ恐レテ自ラ事ノツテニタニモ申入人無リケリ　〈長〉ほぼ同。〈盛〉「世ノ聞エヲ恐テ言問者モナシ」。〈大〉なし。大原御幸の際、後白河院の「サテモ誰事問マヒラスル人ニテ候ソ」（第六末・六一オ9）との問に対して、女院が「カヽル憂身ニ成ヌル上ハ風ノツテヨソナカラタニモ問来ル人モ候ワス」（同10）と答えているように、平家の縁者と見られることを恐れて、誰も女院に連絡を取ったりしない状況をいう。

○七一ウ10　判官ハアヤシノ人ノタメマテモ情ヲ当ケル人ナレハ　〈長〉同様（「情ヲ」以下は「なさけありければ」）。〈盛〉「判官ハ情有シ人ニテ」（〈大〉ほぼ同）。義経を「情けある人」とする記述は、七一オ8「九郎判官ハ事ニフレテ情深人ニテ」にも見られたが、「アヤシノ人」（身分の低い人）への情けについては、他には特に見られない。なお、「情ヲ当ケル」の用例には、『閑居友』上・一六「下野守義朝の郎等の心お発す事」で、出家して禁欲生活を送る義朝の郎等「四郎入道」について、「人みなあはれみて、さまぐ〵情をあたりけれど、得さする物などは、ふつに得ずなん侍ける」がある。傍線部について、新大系脚注は『あたる』は、通常自動詞として用いられるが、ここでは他動詞として使用されている」と指摘する。同情を意味する点で類似の用例といえよう。

○七二オ1　マシテ女院ノ御事ヲハナノメナラス心苦事ニ思奉リテ御衣共サマ〲ニ調進ラレ女房ノ装束モ献ラレケリ　〈長・盛・大〉ほぼ同様だが、〈盛・大〉は「マシテ」なし。水原一は、「およそ男が女性に衣裳を贈るという厚意が並々ならぬ愛情の表現である事は、王朝の物語では常識である」として、これは義経の女院に対する愛情表現であると解する。なお、義経と建礼門院の間に醜聞があったと読める記事は、〈盛〉では、巻四八の女院の畜生道の告白の中で、宗盛との噂に加えて「九郎判官ニ虜レテ心ナラヌアダ名ヲ立候」とある他、巻四六で頼朝が「壇浦ノ軍敗テ後、女院ノ御舟ニ参会条、狼藉也」と言うのも、同じ問題を指すのだろう。〈延〉では、前者は宗盛・知盛との噂のみで義経とのことは記されず（第六末・七一オ1以下）、後者の記事はない。

○七二オ2　是御覧セラルヽニ付モ只夢カトノミソ被思食ケル　〈長・盛〉同様、〈大〉なし。前項に見た水原の読解を採れば、義経の愛情表現に茫然とする意となろう。そうした読解を採らないとすれば、義経に憐れみをかけられるような困窮への転落を、信じられないといった意となろうか。

○七二オ4　合戦時檀浦ニテ夷共ヵ取タリケル物ノ中ニモ御物トオホシキ物ヲハ皆尋出シテ進ラレケリ　〈長〉ほぼ同。〈盛〉「壇浦ニテ夷共ガ取タリケル物ノ中ニモ、御具足ト覚シキヲバ、尋出シテ進ケリ」も、文意は同じか。〈大〉も〈盛〉に近いが、「御具足」を「女院の御具足」とする。「御物」「御具足」は、〈延・長・盛〉では安徳天皇の遺品と解され、それを見て泣き崩れる次項以下の女院の描写に続く。〈大〉は「女院の御具足」として、次項以下とは接続させないわけだが、誤解があろうか。次項注解参照。

○七二オ5　其中ニ先帝ノ朝夕御手ナラサレタリケル御遊ノ具共アリ　〈長・盛〉同様。「御遊ノ具共」は、〈長〉「御あそびのぐそくども」、〈盛〉「御具足共」。「具」にも「具足」にも道具・調度などの意味があり、ここでは玩具や手習いの道具などをいうか。一方、〈大〉は、本項以下別内容。「先帝の御髪を屋嶋にてきられたりけるが、錦の袋ニ入たるを御覧じいだし給て」、出家の際に印西上人に布施として奉った御衣（六〇オ4注解参照）の片袖を添えて、その髪を縫物師に渡し、遺髪を中尊の頭に縫い込んだ弥陀三尊の縫物を作らせたとする。

○七二オ6　御手習シスサマセ給タル反古御手箱ノ底ニ有ケルヲ御覧シ出サセ給テ御皃ニ押アテ丶忍モアヘサセ給ハスヲメキ叫セ給ケルコソ悲シケレ　〈長〉ほぼ同。〈盛〉は「ヲメキ叫セ給ケル」を、「サメ〴〵ト泣給ケル」とする。幼帝の反古を見て悲しむ記述は、第一本・四五ウ6以下で、清涼殿の障子の月に近衛院が「何トナク御手マサクリニカキクモラカサセ給ケルカ少モ昔ニカハラテ有ケル」を見て、多子が「思キヤウキ身ナカラニ…」の歌を詠む場面にやや類似する。

○七二オ9　恩愛ノ道ナレハトテモ疎ナルマシケレトモ雲井遥ニテ時々見奉事ナリセハカホトハオホヘサラマシ三年カホト一船ノ内ニテ朝夕手ナラシ奉テ糸惜悲シナントハナノメナラス　〈長・盛〉ほぼ同。以下、皇子と直接会うことの少ない宮中での生活に比べ、女院は、船の中で三年も共に暮らしたため、安徳天皇への愛情がより深かったと描く。「三年」は、寿永二年（一一八三）七月の都落ちから元暦二年（一一八五）三月の壇浦合戦までを言う。宮中の暮らしでは皇子と会うことが少ないため、親密さが薄いとする記述は類例未詳。

○七二ウ1　御年ノ程ヨリモヲトナシク御皃モ御心ハヘモ勝レテオワシマシツル物ヲ　〈長・盛〉ほぼ同。安徳天皇が年齢よりも大人びて美しかったという記述は、壇ノ浦合戦の入水場面でも、「御年ノ程ヨリモネヒサセ給テ御皃ウツクシク」（三六オ7）云々とあった。

卅二　頼朝判官ニ心置給事

（七二ウ）

卅二

十七日大臣殿父子鎌倉ニ下着給ヌ判官二位殿ニ見参シ
タリケリ生虜共相具テ下タランニ二位殿何計カ軍ノ事
共尋ネ感シ悦給ワント判官被思㆒ケルニイト打解タル気
色モナクテ詞スクナニテ苦クオワスラントク〳〵ヤスミ給ヘト
テ二位殿立給ヘハ判官思ワスニ被存㆒ケル次朝使者ニテ
存ル旨アリシハラク金洗沢ノ辺ニ宿シ　給テ　大臣殿此ニ
留ル ヘキヨシアリケレハ判官コハイカニト被思㆒ケレトモ

（七三オ）

様コソ有ラメトテ即彼所ニ宿シケリ九郎ヲハオソロシキ者ナリ打トクヘキ者ニアラス但シ頼朝カ運ノ有ン程ハ何事カ有ヘキト内々宣テ十八日マテ金洗沢ニ置給テ其後ハ遂ニ鎌倉ヘ入ラレス

〔本文注〕

○七二ウ6　感シ　〈汲古校訂版〉は「シ」は「レ」にも見える、とする。

○七二ウ9　給テ　「給」の前、半角分空白。

○七二ウ9　大臣殿　「大」の前、一字分空白。

〔釈文〕

卅二（頼朝判官に心置き給ふ事）

十七日、大臣殿父子鎌倉に下り着き給ひぬ。判官、二位殿に見参したりけり。「生虜共、相具して下りたらんに、二位殿何計《いかばか》りか軍の事共尋ね、感じ悦び給はん」と判官思はれけるに、いと打ち解けたる気色もなくて、詞《ことば》ずくなにて、「苦しくおはすらん。とくとくやすみ給へ」とて、二位殿立ち給へば、判官思はずに存ぜられける。次の朝、使者にて、「存ずる旨あり。しばらく金洗沢の辺に宿し給ひて、大臣殿此に留むるべき」よしありければ、判官「こはいかに」と思はれけれども、▼七三オ「様こそ有るらめ」とて、即ち彼の所に宿しけり。「九郎をば、おそろしき者なり。打ちとくべき者にあらず。但し頼朝が運の有らん程は何事か有るべき」と内々宣ひて、十八日まで金洗沢に置き給ひて、其の後は遂に鎌倉へ入れられず。

〔注解〕

○七二ウ4～　（頼朝判官ニ心置給事）　〈延〉では、宗盛父子などを連れて鎌倉に下向した義経は、頼朝と対面はしたものの、ねぎらいの言葉もほとんどなく、金洗沢に追い返されたとする。この場面、諸本は、①義経と頼朝の対面を記し、腰越状がない〈延・盛〉、②対面を許されなかった義経が腰越状を書いたとする〈大・南・覚・中〉、③対面を記すが腰越状も収載する〈長〉、④対面を記さず腰越状もない〈屋〉の四通りに分類できる。〈四〉は該当部分なし（六六ウ9～注解参照）。①のうち、〈盛〉では義経の逗留場所は不明。②の諸本は、金洗沢で宗盛父子を受け渡し、義経は追い返したとする。そのうち、〈南・覚・中〉は、腰越に追い返されて腰越状を書いたとするが、〈大〉は腰越状を書いた場所を記さない。なお、「腰越状」の名は、腰越で書かれたとされることによる通称であり、〈大・南・覚・中〉などにはこの名称は見えない。③〈長〉は、鎌倉で対面の後、金洗沢に置かれたとするが、その後、「こしごえに追却」されたとして、腰越状を載せる（「腰越状」の名称はなし）。④〈屋〉は、義経が鎌倉に入ったように読めるが、滞在場所は記さない。腰越状は、他に『吾妻鏡』元暦二年五月二十四日条にも収載され、後代には『義経記』巻四や幸若舞曲「腰越」にも収められる他、往来物など種々の形で伝存する。腰越状の史実性については、見方が分かれる。近年の史実性肯定説では、義経から大江広元に出された「歎状」として信憑性があると見る伊藤一美の説がある。また、五味文彦は「いささか美文調ながら、義経の心情をよく伝えたもの」と評する。一方、佐伯真一は、『吾妻鏡』では、義経の腰越滞在を記すのは腰越状を記す五月二十四日条のみであり、その前後は酒匂（現神奈川県小田原市）に逗留していたとあることを指摘、五月二十四日条のみ、腰越状の伝承を採り入れたものと見る。また、菱沼一憲は、義経と頼朝がこの段階で決定的不和に陥ったこと自体を疑問視する。元木泰雄もこの時期の決裂を疑問視すると共に、腰越状の内容が頼朝・義経決裂の原因に触れていないことに疑問を提示、源氏断絶の原因を「義経に冷酷だった頼朝の所行に帰そうとした」ものと見る。なお、史実性否定説としては、腰越状は「盲僧の語り物」として作られたとする角川源義の見解もある。

○七二ウ4　十七日大臣殿父子鎌倉ニ下着給ヌ　元暦二年（一一八五）五月。六六ウ9の「七日」を受ける。〈長・盛〉同様。〈大〉は六日、〈南・覚〉は二十四日、〈屋・中〉日付不記。『吾妻鏡』十六日。『平家族伝抄』は六月二日とする。なお、〈延・長・盛・屋〉は義経も共に鎌倉に入ったと読めるが、〈大・南・覚・中〉は、宗盛のみ金洗沢で受け取り、義経は追い返されたとする（追い返した先を、〈南・覚・中〉は腰越とし、〈大〉は不記）。前項注解参照。但し、〈延・長・盛・屋〉も、巻一二該当部の土佐房昌俊に関わる記述では、義経を鎌倉に入れずに追い返したとし、矛盾する。第六末・一五オ2、同・一六ウ3注解参照。

○七二ウ4　**判官二位殿ニ見参シタリケリ**　前述のように、対面場面を描くのは他に〈長・盛〉。その他の諸本は、対面できなかったとする。なお、〈屋〉は、義経は鎌倉に入ったが、頼朝は「当時ハ労ル事有」と、対面しなかったとする。

○七二ウ5　**二位殿何計カ軍ノ事共尋ネ感シ悦給ワント判官被思一ケルニ**　〈長〉ほぼ同。〈盛〉「義経モ思ノ外ニ事違テ、合戦ノ事不二申出及一ケリ」、〈屋〉「尋給ンズ覧ト思儲ケテ被レ下タリケルニ」も類似。

○七二ウ6　**打解タル気色モナクテ詞スクナニテ**　〈盛〉ほぼ同。〈長〉「いとうちすさみたるけしきなくて」。〈長〉は、興ずる様子もない意か。「すさむ【一】②心のおもむくままに慰みごとをする。慰み興ずる」〈日国〉。

○七二ウ7　**苦クオワスラントク〳〵ヤスミ給ヘトテ二位殿立給ヘハ**　〈長〉同。〈盛〉は頼朝の言葉などは記さず、次段該当部の宗盛との対面に場面を移す。

○七二ウ8　**次朝使者ニテ存ル旨アリ存ル旨アリシハラク金洗沢ノ辺ニ宿シ給テ　大臣殿此ニ留ルヘキヨシアリケレハ**　〈長〉同。〈盛〉なし。七二ウ4「十七日…」注解で見たように、〈大・南・覚・中〉では、義経は金洗沢で追い返されている。義経の逗留場所は、〈延・長〉では金洗沢だが、〈長〉はその後、腰越まで追い返されたとする。〈南・屋・覚・中〉では腰越。〈盛・大〉は逗留場所不明。『吾妻鏡』では酒匂だが、腰越状を記す五月二十四日条のみ腰越。本段冒頭七二ウ4〜注解参照。金洗沢は、現神奈川県鎌倉市七里ヶ浜あたり。『鎌倉志』によれば、七里ヶ浜のうち、行合川西方をいう〈地名大系・神奈川県〉。

○七二ウ10　**判官コハイカニト被思一ケレトモ様コソ有ラメトテ即彼所ニ宿シケリ**　〈長〉同。他本は頼朝と会えなかった義経の心中を記し、〈屋〉は「サコソ恨メシク被レ思ケム」と第三者的視点だが、〈大・南・覚・中〉は、多大の勲功にもかかわらず鎌倉にさえ入れられない義経の悲嘆を描き、腰越状につながる構成となる。なお、〈屋〉は以下の記述がなく、次段該当部の宗盛との対面に場面を移す。

○七三オ1　**九郎ヲハオソロシキ者ナリ打トクヘキ者ニアラス…**　頼朝の発言、〈長〉同。〈覚〉は「鎌倉殿は随兵七重八重にすへをいて、我身は其中におはしましながら、『九郎はこのたゞみのしたよりはひいでんずるものなり。たゞし頼朝はせらるまじ』とぞの給ける」と、強い警戒感を描く。〈全注釈〉は、〈覚〉の記述について、「多分に物語化された義経像」があると指摘する。なお、〈南・屋・覚・中〉は、頼朝・義経両方についての動向をこれ以上記さず、腰越状で章段を終える形をとる。〈大〉はその後、腰越状が梶原景時の妨害によって頼朝には読まれなかったことを記す。

○七三オ3　十八日マテ金洗沢ニ置給テ其後ハ遂ニ鎌倉ヘ入ラレス　〈長〉ほぼ同。但し〈長〉は、この後、頼朝・宗盛対面の後に腰越状を記し、頼朝はそれを見たが帰京を命ずるのみで、軍功については「公家の御はからひ」であると述べたとする。

卅三　兵衛佐大臣殿ニ問答スル事

卅三

（七三オ）

サテ大臣殿ヲハ是ヘトアリケレハ二位殿ノオワシケル所ノ座ヲ
ヘ〔タ〕テヽ向ナル座ニスヘ奉テ二位殿簾中ヨリ見出シテ比企藤
内能員ヲシテ宣ケルハ平家ノ人々ヲ別ニ私ノ意趣思奉ル
ヘキ事ナシ其上池ノ尼御前イカニ申給トモ入道殿免シ給ハ

スハ争命生ヘキ頼朝カ流罪ニ定リシ事ハ入道殿ノ御恩也
サレハ廿余年マテハサテコソ罷過シカトモ朝敵ニ成給テ追
（七三ウ）
討スヘキ宣旨ヲ奉リシ上ハ王土ニハラマレテ詔命ヲ非レ可奉背一
者不力及カヤウニ見参シツルコソ本意ナレ又生ムヤ思食召ス
死ントヤ思召スト申セト宣ケレハ能員此由ヲ申ムトテ大
臣殿ノ御前ヘ参タリケルニ居直リ畏テ聞給ケルコソウタテ
ケレ右衛門督宣ケルハ源平両家初テ朝家ニ召仕テヨリ
以来源氏ノ狼籍ヲハ平氏ヲ以テ鎮メ平氏ノ狼籍ヲハ源
氏ヲ以テ鎮ラル互ニ牛角ノ如ニテ候キ今日ハ人ノ上明日ハ身
上ト思食テ御芳恩ニハ只トク頸ヲ被切一ヘシト申セヨトソ
宣ケル国々ノ大名小名並居タリ其中ニ京ノ者モアリ平家
〔ノ〕家人タリシ者モアリ皆爪ハシキヲシテ申ケルハサレハ居直
（七四オ）

畏タラハ命ノ生給ハンスルカヤ西国《ニテ》何《ニモ》成給ヘキ人
ノ是《マテ》サマヨイ給コソ理《リ》ナリケレトソ口々《ニ》申ケル或又涙
ヲ流《テ》猛虎在深山百獣震恐反在檻窂之中 揺
尾而求食《ト》云ヘリ猛《キ》虎《モ》深山《ニ》有トキハ諸《ノ》獣怖《ヲ》
ソル人《ヲモ》外《キ》者《ニ》思《ヘトモ》取テヲリナントニコメラレヌル後《ニハ》
人《ニ》向テ食《ヲ》求《テ》尾ヲフル猛《キ》大将軍ナレトモカヤウニ
成ヌレハ心《モ》カハル事ナレハ大臣殿《モ》カクオワスルニコソト申
人《モ》アリケリ

〔本文注〕

○七四オ３　**反在檻窂之中**　「反」、〈吉沢版〉〈汲古校訂版〉同。〈北原・小川版〉は「及」とする。注解参照。

○七四オ３　**檻窂**　〈吉沢版〉〈汲古校訂版〉同。「窂」を〈北原・小川版〉は「穽」とする。注解参照。

○七四オ３　**揺**　「扌」に「遥」の字のように見える。

○五八ウ６　**此事**《ヲ》　「ヲ」、墨色・字配り不審。

〔釈文〕

卅三（兵衛佐大臣殿に問答する事）

さて、「大臣殿をば是へ」とありければ、二位殿のおはしける所の座をへだてて、向かひなる座にすゑ奉りて、二位殿簾中より見出だして、比企藤内能員をして宣ひけるは、『平家の人々を、別に私の意趣思ひ奉るべき事なし。其の上、池の尼御前、いかに申し給ふとも、入道殿免《ゆる》し給はずは争《いか》でか命生くべき。頼朝が流罪に定まりし事は、入道殿の御恩也。されば、廿余年までは、さてこそ罷り過ぎしかども、朝敵に成り給ひて、追▼[七三ウ]討すべき宣旨を奉りし上は、王土にはらまれて、詔命を背き奉るべきに非ざれば、力及ばず。かやうに見参しつるこそ本意なれ。又生きむ（と）や思食召《おぼしめ》す、死なんとや思召す』と申せ」と宣ひければ、能員、此の由を申さむとて、大臣殿の御前へ参りたりけるに、居直り畏りて聞き給ひけるこそうたてけれ。右衛門督、宣ひけるは、『源平両家、初めて朝家に召し仕はれてより以来、源氏の狼藉をば平氏を以て鎮め、平氏の狼藉をば源氏を以て鎮めらる。互ひに牛角《ごかく》の如くにて候ひき。今日は人の上、明日は身の上と思し食して、御芳恩には、只とく頸を切らるべし』と申せよ」とぞ宣ひける。

国々の大名小名並居たり。其中に京の者もあり、平家の家人たりし者もあり。皆爪はじきをして申しけるは、「されば、▼[七四オ]畏りたらば、命の生き給はんずるかや。西国にて何《いか》にも成り給ふべき人の、是までさまよひ給ふこそ理りなりけれ」とぞ口々に申しける。或いは、又、涙を流して、『猛虎深山に在れば、百獣震ひ恐《お》づ。反《かへ》りて檻穽の中に在れば、尾を揺りて食を求む』と云へり。猛き虎も、深き山に有るときは、諸の獣、怖《お》ぢおそる。人をも外《うと》き者に思へども、取られておりなんどにこめられぬる後には、人に向かひて食を求めて尾をふる。猛き大将軍なれども、かやうに成りぬれば、心もかはる事なれば、大臣殿もかくおはするにこそ」と申す人もありけり。

〔注解〕

○七三オ5　サテ大臣殿ヲハ是ヘトアリケレハ二位殿ノオワシケル所ノ座ヲヘ〔タ〕テヽ向ナル座ニスヘ奉テ二位殿簾中ヨリ見出シテ　頼朝が宗盛と距離を置いて対面した点は諸本共通。〈長・盛・南・屋・覚・中〉は庭を隔てて対面する。〈大〉は「向あはせなる三間の小侍」に宗盛を据え置いたとする。頼朝と宗盛の位置関係や、簾の存在は、頼朝が宗盛の上位に立った形。頼朝と重衡の対面は、〈延〉では伊豆でのことだったとされ、両者の位置関係の記述はやや不明瞭な面もあるが、距離を置いて簾中に頼朝が座し、比企能員を使者として対話したとされる点は同様（第五末・一九ウ4以下参照）。なお、〈屋〉は、宗盛父子を対の屋に案内した人物を梶原景時とする。『平家族伝抄』は、対面を簡単に記した後、稲毛三郎重成に宗盛父子を預けて日数を送ったとする。

〇七三オ6　比企藤内能員ヲシテ宣ケルハ…　比企能員が会話を取次ぐ点は諸本共通。但し、〈盛〉「比企藤四郎能貞」。比企能員は頼朝の乳母比企尼の甥、後に猶子。第四（巻八）三二オ3注解参照。頼朝・重衡の対面においても使者を務めたことは、第五末・一九ウ9参照。『平家族伝抄』では、対面場面ではなく、稲毛重成に預けられた宗盛父子に対して、出家を許す旨を伝える使者として登場する。

〇七三オ7　平家ノ人々ヲ別ニ私ノ意趣思奉ルヘキ事ナシ　頼朝が平家に私怨を持っているわけではないとする点は、諸本共通。

〇七三オ8　其上池ノ尼御前イカニ申給トモ入道殿免シ給ハスハ争命生ヘキ頼朝カ流罪ニ定リシ事ハ入道殿ノ御恩也　意趣を持たないとする理由に、清盛が死罪を免じ、流罪と裁定したことを挙げる点は諸本共通だが、〈盛〉は池禅尼への言及なし。

〇七三オ10　朝敵ニ成給テ追討スヘキ宣旨ヲ奉リシ上ハ　平家を追討する理由を、朝敵となったから、とする点は〈長・盛・大・南・覚・中〉同様。〈屋〉は「悪行過レ法ニテ、天ノ責難レ遁ニヨテ、奉レ責ト云詔命ヲ被レ下」とするが、〈南〉「悪行法ニ過サセ給テ天ノ責遁レ給ガタク御座ニ依テ朝敵ト成給テ」に類似。また、〈長・盛・大〉は〈延〉のように「宣旨」とするが、〈南・覚・中〉は「院宣」とする。

〇七三ウ1　王土ニハラマレテ詔命ヲ非レ可奉背一者不力及　〈長・大・南・覚〉同様。但し、「詔命」は、〈南・覚〉同様、〈長・大〉「勅命」。〈盛・屋・中〉該当句なし。但し〈盛〉は、「叡慮」「宣旨」「勅定」によることであると強調しつつ、「源平両氏ノ互ニ昔ヨリ今ニ存ゼル事也」と加える。「王土」は、天皇の治める国の意。王地とも。類句が、第一本・九五ウ7等に見える。該当部注解参照。

〇七三ウ2　カヤウニ見参シツルコソ本意ナレ　宗盛と対面したことを「本意」とする点、〈長・盛・大・南・屋・覚〉同様。〈中〉「かやうにげんざんに入べしとこそ、存候はざりつれ」。第五末・二〇オ3において、頼朝は重衡に対して、「奉ン亡平家一事ハ案ノ内ニテ候シカトモ目当リ可見参一トコソ不思寄候シカ今ハ大臣殿ニモ見参シ候ヌトコソ覚候へ」と語り、宗盛との対面を予期していたと描かれる。

〇七三ウ2　又生ムヤ思食召ス死ントヤ思召スト申セト宣ケ

レハ…　〈長〉ほぼ同様。その他諸本なし。〈長〉には「いきんと｜やおぼしめす…」とあり、「生ムヤ」は「ト」の脱落か。また、「思食召ス」の「食召」は衍字。正面から生死に関する意志を確認する。〈延・長〉では、以下の宗盛の態度も清宗の答えも、この問いに対する反応となる。

○七三ウ4　居直リ畏テ聞給ケルコソウタテケレ　頼朝の言葉にかしこまった宗盛を批判する点は諸本基本的に同様だが、「ウタテケレ」は、〈長・覚〉同様。〈南〉「哀ナレ」、〈屋・中〉「口惜ケレ」、〈盛〉なし。〈盛〉は「深ク敬節セラレケリ」と宗盛の態度のみ記す。また、〈大〉は、頼朝の言葉に対する宗盛の言葉を詳しく語り、「命ばかりは助させ給へ」と願ったとして、それを「口惜けれ」と批判する。

○七三ウ5　源平両家初テ朝家ニ召仕テヨリ以来源氏ノ狼籍ヲハ平氏ヲ以テ鎮メ平氏ノ狼籍ヲハ源氏ヲ以テ鎮ラル互ニ牛角ノ如ニテ候キ　清宗の言葉。〈長〉ほぼ同。〈盛〉では、「右衛門督ハ不ニ居直一。国々ノ武士多ク並居タリ。右衛門督ゾ返事シケリ」とした後に清宗の言葉を記し、清宗は、頼朝が「源平両氏ノ互ニ昔ヨリ今ニ存ゼル事也」（七三ウ1注解参照）と述べたのに対して、平家が代々朝家の守護として乱を鎮めてきたと言い、「雖レ無ニ身愆一、蒙ニ朝敵咎一、是非ニ私恥一、世皆所レ知也」と、平家に非がないことは明らかだと主張する。〈大・南・屋・覚・中〉は清宗の言葉なし。重衡も頼朝との対面において、「昔ヨリ源平両家朝家ノ御守ニテ帝王ノ宮仕ヲ仕ル」」（第五末・二〇オ8）云々と、清宗と同様に語っていた。この歴史認識は、該当部注解に見たように、第一本・三〇ウ7に示されていた『平家物語』の基本的な構図である。本項について、櫻井陽子は、「清宗の返答により、平氏の威厳は保たれたが、宗盛をますます腑甲斐なく印象づける結果」となり、宗盛の「総大将失格者のイメージが増幅される」とする。また、四重田陽美は、壇ノ浦から斬首に至る宗盛の記述は、重衡との対比・対照によってなっているとする。宗盛と清宗の態度の差は、七六ウ7にも描かれる。

○七三ウ7　今日ハ人ノ上明日ハ身上ト思食テ御芳恩ニハ只トク頸ヲ被切一ヘシ　〈長〉ほぼ同。〈盛〉は「芳恩ニハ」以下同様。重衡も、「御芳恩ニハ利《ト》ク可召頸ヲ二」（第五末・二一オ2）と述べていた。命を惜しむ宗盛との対照。

○七三ウ9　国々ノ大名小名並居タリ其中ニ京ノ者モアリ平家〔ノ〕家人タリシ者モアリ　〈長・南・屋・覚〉ほぼ同。〈大・中〉も基本的に同様。〈延・長〉では、清宗の言葉も記されるにもかかわらず、人々の言葉は宗盛のみに向けられる。一方、〈盛〉は、「聞レ之武士、彼小ニ返答ノ体神妙々々トテ、落涙スル者多カリケリ。内大臣ヲバ宥毀者口々也」と、清宗を褒めた後に宗盛批判を記す。

○七三ウ10　皆爪ハシキヲシテ申ケルハサレハ居直畏タラハ命ノ生給ハンスルカヤ…　宗盛に対する批判は諸本同様。「爪ハシキ」は、弾指に同。軽蔑・非難などの気持ちを表す。

○七四オ2　或又涙ヲ流テ…　宗盛に同情する者の言葉は諸本に見られるが、〈大・屋・中〉は涙については記さない。〈盛〉は「人ノ心無二定主一、人ノ身無二定法一、尊レ之則為レ将、卑レ之又為レ虜、抗レ之則翔二青雲之上一、抑レ之又沈二深淵之底一、用為レ虎、不レ用為レ鼠、是又深理也、必シモ大臣殿限ニ非ズ」と詳細。

○七四オ3　猛虎在深山百獣震恐反在檻窂之中　揺尾而求食ト云ヘリ…　『文選』巻四一・司馬遷「報二任少卿一書」の「猛虎在二深山一、百獣震恐。及レ在二檻穽之中一、揺レ尾而求レ食」による。〈延〉「反在檻窂之中」は、「及在檻穽之中」が良い。『明文抄』五・武事部、『玉函秘抄』下にも引用されるが、『明文抄』は『文選』を正しく引用し、『玉函秘抄』では、「檻窂」と引用した上で「窂」に「セイ」と振仮名。まずこの句を引き、次項で解説する形は、〈長・盛・南・覚〉同様。〈盛〉は『文選』を正しく引用するが、〈長〉は誤記も含めて〈延〉と同様（但し、「檻窂」は「窂」）。〈南・覚〉「猛虎深山にある時は、百獣ふるひおづ。檻井のうちにあるに及で、尾を動かして食をもとむとて」（〈覚〉）。〈大・屋・中〉は次項該当の解説のみ引用する。『平家族伝抄』では、京に戻れば出家しても良いと頼朝から許可された宗盛が、片膝を立てて「達拝」したため、呆れて帰ろうとする義員を宗盛が召し返し、自ら「猛虎在二深山一時、百獣震ヒ恐ッ。彼レ捕ト後《ママ》二在二幽籬リ一時駅人求レ食ラ」と書いて頼朝に渡すよう義員に託したとする。さらに、これを解釈した「大膳大夫弘基」（大江広元）が頼朝から怒りを買ったと話が展開する。

○七四オ4　猛キ虎モ深山ニ有トキハ諸ノ獣怖ヲソル人ヲモ外キ者ニ思ヘトモ取テヲリナントニコメラレヌル後ニハ人ニ向テ食ヲ求テ尾ヲフル　諸本基本的に同様だが、「人ヲモ外キ者ニ思ヘトモ」は、〈長〉「人をも疎き者に思ふ」。〈盛・大・南・屋・覚・中〉なし。「外シ」は「ウトシ」〈名義抄〉。前項に見た「報二任少卿一書」にはない句だが、「人に対してもよそよそしい（なついたりはしない）」の意であろう。

○七四オ6　猛キ大将軍ナレトモカヤウニ成ヌレハ心モカハル事ナレハ大臣殿モカクオワスルニコソト申人モアリケリ〈長・盛・南・屋・覚・中〉基本的に同様。〈南・屋・中〉は、この言葉の後に、「恥ヲハ少シ雪メケル」（〈南〉）などとある。〈大〉は「…大臣殿もかく不覚にをはす人もありけり」とするが、文意不通。誤脱があるか。〈全注釈〉は、この宗盛弁護について、〈覚〉「…と申ける人もありけるとかや」といった言い方には、「かえって作者の嘲笑がほのかに顔を出している」と読むが、〈三弥井文庫〉は、「非難する者達（少なくともその一部）もまた、平家を裏切った者達である。宗盛への思いは単純ではないかもしれない」とする。

卅四　大臣殿父子并重衡卿京ヘ帰上事　付宗盛等被切事

卅四

同廿七日ニ改元アリテ文治元年トソ申ケル大臣以上ノ人ノ　（七四オ）
首ヲ刎ル事天下ノ御煩国土ノ歎ナレハ無左右首ヲ
（七四ウ）
被刎一ニ不及一大ナル魚ニ刀ヲ副テ大臣殿父子ヲハスル中ニ
被置タリ是ハ若シ自害ヲヤシ給トノ謀也今ヤ〱ト待トモ〱
自害シ給ハス思寄タル気色タニモオワセサリケレハ不力及一

大臣殿ヲハ讃岐権守末国ト改名シテ又九郎判官ニ請
取セテ六月九日大臣殿父子本三位中将京へ帰上ラル是
ニテ何ニモ成ムスルヤラント被思ケルニ又都へ立帰リ給へハ心得スト
ソ被思ケル右衛門督計ソヨク心得ラレタリケル京ニテ頚切テ
渡ンスル料ニト被思ケル大臣殿ハ今少モ日数ノ経ヲソウレ
シキ事ニ被思ケル道スカラモコヽニテヤ〳〵ト肝心ヲ消給ケ
〔レト〕モ国〔々〕宿々ヲ過行程ニ尾〔張〕国鳴海ト云所ニモ成ニケリ

（七五オ）

此南ハ野間内海トテ義朝カ被誅シ所ニテアンナレハコヽニ
テソ一定トオホシケルニソコヲモ過ヌサテコソ大臣殿少シ憑シ
キ心出来　御子ノ右衛門督ニ今ハ命生ナンスルヤラムト　宣
ケルソハカナキ右衛門督ハナシカハ被生ヘキカクアツキ比ナ
レハ頚ノ損セヌヤウニ計テ京近クナリテ斬レンスルトオホシ
ケレトモ大臣殿イトヽ心細思給ワンスル事ノイタワシサニモノハ

宣ハス只他念ナク念仏ニテ候ヘシトテ我身モ無隙ニ念仏
ヲソ被申ニケルサルホト都ニモヤウヤウ近クナリテ近江国篠
原ノ宿ニモ着給ニケリ昨日マテハ大臣殿モ右衛門督殿モ一所
ニオワセシヲ今朝ヨリ引分テスヘ奉リケレハサテハ今日ヲ限リ
ニオワニコ〔ソ〕ト悲クオホヘテ髪ヲソラハヤト思給ケレトモユルサ
レナケレハ力及給ハス付ナカラ戒ヲ持ムトテ小原ヨリ本覚
房湛敬ト云上人ヲ請シ給持給ケル上人最後ノ御
事ヲ被勧申ニケルニ大臣殿御涙モセキアヘ給ハスサテ右衛門
督ハイツク有ヤラン手ニ手ヲ取組テモ死頸ハ落タリトモ一ツ
蓮ニ伏ントコソ思ツレ生ナカラ別ヌル事ノ悲サヨ此十七年十一日
モ離サリツル物ヲ水ノ底ニモ沈マテウキ名ヲ流スモアレ故
ニトサメザメト泣給ケレハ上人申ケルハ今ハカク思食召マシキ御
事也最後ノ御有様ヲ見奉リ見ヘ進セ給ワンモ互ニ御心ノ

（七五ウ）

1
2
3
4
5
6
7
8
9
10

7

【中】悲シカルヘシ生ヲ受サセ給ヘシヨリ楽栄ヘ昔モ今モ【類】

〔ナシ〕御門ノ御外戚ニテ承相位ニ至リ給ヘリ今生ノ御栄花
一事残所ナカリキ今又カヽル御事モ皆前世ノ御宿業
ナリ人ヲモ世ヲモ恨ミヲホシメスヘカラス三十八年ヲ過給ツルモ
思食ツヽケヨ一夜ノ夢ノ如シ後ハ又七八十年ノ御
齢ヲ持セ給トモ幾程カ有ヘキ我心自空罪福無主
観身無心法不住法 善悪モ皆空也 観スルカ仏
ノ御心ニハ相応ノ事ナレハ何事モ有トハ思召ヘカラス今ハ
只一心不乱ニ浄土ヘ詣ムト被思召ーヘシ更ニ余念ヲワスヘカラス
ト申テ戒授ヶ奉リテ念仏勧申ケレハ忽心ヲ止テ
正ク西ニ向掌ヲ合テ高声ニ念仏百余返申給ツ橘馬
允公長カ子ニ橘三郎公忠太刀ヲ引ソハメテ大臣ノ左方ヨ

リ後ヘマワリケレハ大臣殿シリ目ニ見給テ念仏ヲ留テ右衛門督モステニカト被仰ケルコトハノ末タ終サリケルニ御首ハ落ニケリ斬テ後公忠モ上人モ涙ニソ咽ケル武モノヽノフナレトモ争カ哀ト思ワサルヘキ況公長父子ハ平家重代相伝ノ家人新中納言ノ御許ニ朝夕祗候ノ侍也人ノ世ニアラント思コソウタテケレトソ人申ケル其後右衛門督ニモ上人先ノ如ク戒授ケ奉テ念仏勧申ケレハ大臣殿ノ最後ノ御有様ハイカヽオワシツルト問給ケルコソ哀ナレ目出ク〔オ〕ワシ〔マ〕シ候ツルト上人宣ケレハ涙ヲ流テヨニウレシケニオホシテ

（七七オ）

今ハトク〳〵ト宣ケレハ堀弥三郎斬ニケリ首ヲハ九郎判官相具テ京ヘ上リヌ身ヲハ公長カ沙汰ニテ一穴ニ埋ニケリサシモ　　片時モ離シト宣ケレハカクシテケリ

〔本文注〕

○七四ウ10　〔レト〕モ　「レト」、虫損。
○七四ウ10　国〔々〕　「国」、字形不審。
○七五オ3　御子　「御」の前、一字分空白。
○七五オ3　宣　「宣」の前、一字分空白。
○七五ウ1　コ〔ソ〕　「ソ」、虫損。
○七五ウ10　給《ショリ》　「シヨ」は、重ね書き訂正があるか。
○七六オ1　承相　「承」、〈汲古校訂版〉同。〈吉沢版〉〈北原・小川版〉「丞」。
○七六ウ1　公忠　「忠」は擦り消しの上に書く。抹消された字は「長」の可能性あり。
○七六ウ7　其後　〈北原・小川版〉は「其後ハ」とする。
○七七オ3　サシモ　「サシモ」の後、三、四字分程空白。注解参照。

〔釈文〕

卅四（大臣殿父子并びに重衡卿京へ帰り上らせらるる事、付けたり宗盛等切らるる事）

同じき廿七日に改元ありて、文治元年とぞ申しける。大臣以上の人の首を刎ぬる事、天下の御煩ひ、国土の歎きなれば、左右無く首を▼七四ウ刎ねらるるに及ばず。大きなる魚に刀を副《そ》へて、大臣殿父子おはする中に置かれたり。是は「若《も》し自害をやし給ふ」との謀也。今や今やと待てども待てども、自害し給はず。思ひ寄りたる気色だにもおはせざりければ、力及ばず。

大臣殿をば讃岐権守末国と改名して、又九郎判官に請け取らせて、六月九日、大臣殿父子、本三位中将、京へ帰り上らせらる。「是にて何《いか》にも成らむずるやらん」と思はれけるに、又都へ立ち帰り給へば、心得ずとぞ思はれける。右衛門督計《ばか》りぞよく心得られたりける。「京にて頸切りて渡さんずる料《れう》に」と思はれける。大臣殿は、今少しも日数の経るをぞうれしき事に思はれける。道すがらも、ここにてやここにてやと、肝心を消し給ひけれども、国々宿々を過ぎ行く程に、尾張国鳴海と云ふ所にも成りにけり。七五オ▼此の南は野間内海とて、義朝が誅せられし所にてあんなれば、ここにてぞ一定」とおぼしけるに、そこをも過ぎぬ。さてこそ大臣殿、少し憑《たの》もしき心出で来たる。御子の右衛門督に、「今は命生きなんずるやらむ」と、宣ひけるぞはかなき。右衛門督は、「なじかは生きらるべき。かくあつき比《ころ》なれば、頸の損ぜぬやうに計らひて、京近くなりて斬られんずる」とおぼしけれども、大臣殿いとど心細く思ひ給はんずる事のいたはしさに、ものは宣はず、只「他念なく念仏にて候ふべし」とて、我身も隙無く念仏をぞ申されける。さるほどに都もやうやう近くなりて、近江国篠原の宿にも着き給ひにけり。

昨日までは大臣殿も右衛門督殿も一所におはせしを、今朝より引き分けてするゑ奉りければ、「さては今日を限り七五ウ▼であるにこそ」と悲しくおぼえて、「髪をそらばや」と思ひ給ひけれども、ゆるされなければ、力及び給はず。「付けながら戒を持《たも》たむ」とて、小原より本覚房湛敬と云ふ上人を請じ給ひて、持《たも》ち給ひける。上人最後の御事を勧め申されけるに、大臣殿御涙もせきあへ給はず。「さて右衛門督はいづくに有るやらん。手に手を取り、組みても死に、頸は落ちたりとも、一つ莚に伏さんとこそ思ひつれ。生きながら別れぬる事の悲しさよ。此の十七年は一日も離れざりつる物を。水の底にも沈まで、うき名を流すもあれ故に」と、さめざめと泣き給ひければ、上人申しけるは、「今はかく思食《おぼしめ》すまじき御事也。最後の御有様を見奉り、見え進《まゐ》らせ給はんも、互に御心の中悲しかるべし。生を受けさせ給ひしより楽しみ栄え、昔も今も類七六オ▼なし。御門の御外戚にて、丞相位に至り給へり。今生の御栄花一事も残る所なかりき。今又かかる御事も皆前世の御宿業なり。人をも世をも恨みおぼしめすべからず。三十八年を過ごし給ひつるも、思し食しつづけよ、一夜の夢の如し。是より後は又七八十年の御齢を持たせ給ふとも幾程か有るべき。『我心自空、罪福無主、観身無心、法不住法』とて、善も悪も皆空也と観ずるが、仏の御心には相応の事なれば、何事も有りとは思召すべからず。今は只一心不乱に浄土へ詣らむと思し召さるべし。更に余念おはすべからず」と申して、戒授け奉りて、念仏勧め申しければ、忽に忘心を止めて、正しく西に向かひ、掌を合はせて、高声に念仏百余返申し給ふ。橘馬七六ウ▼允公長が子に橘三郎公忠、太刀を引きそばめて、大臣の左方より後へまはりければ、大臣殿しり目に見給ひて、念仏を留めて、「右衛門督もすでにか」と仰せられけることばの末だ終らざりけるに、御首は落ちにけり。斬りて後、公忠も上人も涙にぞ咽びける。武きもののふなれども、争《いか》でか哀れと思はざるべき。況《いはむ》や、公長父子は平家重代相伝の家人、新中納言の御許に朝夕祇候の侍なり。「人の世にあらんと思ふこそうたてけれ」とぞ、人申しける。

其の後、右衛門督にも、上人先の如く戒授け奉りて、念仏勧め申しければ、「大臣殿の最後の御有様はいかがおはしつる」と問ひ給ひけるこそ哀れなれ。「目出《めで》たくおはしまし候ひつる」と上人宣ひければ、涙を流して、よにうれしげにおぼして、▼七七オ「今はとくとく」と宣ひければ、堀弥三郎斬りにけり。首をば九郎判官、相具して京へ上りぬ。身をば公長が沙汰にて一つ穴に埋みにけり。さしも「片時も離れじ」と宣ひければ、かくしてけり。

〔注解〕

〇七四オ9　同廿七日ニ改元アリテ文治元年トソ申ケル　〈長〉もここで改元を記すが、「十七日」とする。文脈上は元暦二年五月。但し〈長〉は、巻一九「源氏六人受領事」では、八月十四日除目を記し、同日に改元とする。実際の文治改元は八月十四日。その他諸本はこの位置には改元を記さないが、〈盛〉は巻四五末尾に源氏受領記事に付随して八月十七日文治改元と記す。〈四・中〉も巻一二で、源氏受領記事の前に八月十四日改元と記す。〈屋〉は巻一二で、源氏受領記事を八月六日付で記した後に、日付なく文治改元を記す。〈大・南・覚〉なし。改元については、〈長〉巻一九の記事と〈盛・屋・中〉が大まかには正しいわけで、本段の〈延・長〉の記事は不審。なお、〈延〉は本段以外では文治改元を記さない。

〇七四オ9　大臣以上ノ人ノ首ヲ刎ル事天下ノ御煩国土ノ歎ナレハ無左右首ヲ被刎不及　〈長〉「大臣殿以下の人々」とする以外はほぼ同。〈盛〉「大臣ノ首ヲ刎ヌル事容易ナラズ」。〈大・南・屋・覚・中〉は、以下七四ウ4「讃岐権守末国ト改名シテ」までなし。大臣の処刑について、第三末・九二ウ7では、恵美押勝の最期を描いて「一族親類同心合力ノ輩首アマタ都ヘ持参レリ公卿タニモ五人首ヲ切レヌ」とあったが、大臣が刑罰として斬首されたとまでは書かれていない。『律令』（養老律）「名例律第一」によれば、三位（概ね大臣）以上が死罪を犯した場合、「議」に該当する旨を上奏、さらに議定の結果を上奏し裁可を求めており、死罪執行にあたっては天皇の慎重な判断が求められた。弘仁の「死罪停止」以来、摂関期に至っても律は維持され、罪名定において死罪が断ぜられたこともあったが、「天皇の叡慮により最後に一等を減じて遠流とするのが慣例だった」（大津透）。

○七四ウ1　大ナル魚ニ刀ヲ副テ大臣殿父子ヲハスル中ニ被置タリ…　宗盛の前に料理用の刀を置いて自害を促したが、自害しなかったという。〈長〉同。〈盛〉も近似。その他諸本なし。〈盛〉は「右衛門督ハ、サモト思ハレケレ共、壇浦ニテ水底ニ沈ミハテヌハ、父ノ向後ノ窘故也。今更非レ可二先立一トオボシケレバ、自害ナシ」とあり、清宗は父とは異なり、頼朝の真意を悟ったが、父の今後を案じて行動にはうつさなかったとする。

○七四ウ4　大臣殿ヲハ讃岐権守末国ト改名シテ　〈長〉同。〈盛〉「末国」なし。その他諸本なし。〈長〉はこの改名記事の後に腰越状、その後に帰京の記事を置く。宗盛改名の件は未詳。『玉葉』元暦二年五月三日条で、宗盛の処遇について、院から「大臣之配流、被レ補二太宰権帥一定例也。而今度可レ被レ遣二関東一、仍東西参差、不レ能二左遷一。准二納言以下例一左二遷権守一、又無二其謂一歟」という諮問を受け、「於二権帥一者、一切不レ可レ然、権守之条又無レ謂。同為二新儀一者、只無二左遷一之儀如何」と答えており、やはり権守とする案には否定的である。結局このような処置が実現したのか否かは不明だが、納言以下の左遷に准えて、宗盛を「権守」とする案があったことがわかる。

○七四ウ4　九郎判官ニ請取セテ六月九日大臣殿父子本三位中将京へ帰上ラル　宗盛については諸本基本的に同様だが、重衡についても記すのは、他に〈盛〉のみ。帰洛への出発を六月九日とする点、〈長・盛・大・南・屋・覚〉同。但し、〈盛〉はこの前に「同二十一日」として時忠以下流罪の件を記し、その後に「去九日」とする。〈中〉「六月十日」。『平家族伝抄』は六月十九日とする。『吾妻鏡』元暦二年六月九日条は「廷尉此間逗二留酒匂辺一。今日相二具前内府一帰洛」とし、重衡は去年から狩野介宗茂のもとにあったが、「今被レ渡二源蔵人大夫頼兼一、同以進発」とする。同日の進発ではあったが、重衡は源頼兼が護送したとするわけである。〈延〉もこの後、卅五「重衡卿日野ノ北方ノ許ニ行事」では、重衡の護送について「源三位入道子息蔵人大夫頼兼カ奉ニテ具テ上ラル」（七七オ5）とする。しかし、『玉葉』同年六月二十二日条では、「大蔵卿泰経伝二院宣一云、前内府并息清宗・三位中将重衡等、義経相具所二参洛一也」とあり、宗盛父子も重衡も、東国からの護送には義経が責任を持っていたと考えられよう。七七オ5注解参照。

○七四ウ5　是ニテ何ニモ成ムスルヤラント被思ケルニ又都へ立帰リ給ヘハ心得ストソ被思ケル　〈長〉ほぼ同。〈盛〉

は、「心得ス」以下を「イト丶心ヲ迷給ケリ」とする。〈大・南・屋・覚・中〉なし（七四ウ8該当部で、宗盛が助かるかと思ったとの記述はあり）。

〇七四ウ7　右衛門督計ソヨク心得ラレタリケル京ニテ頸切テ渡ンスル料ニト被思ケル　〈長〉ほぼ同。〈屋〉も同内容。〈中〉「道にてぞきられ候はんずらんとて、くつろぐ心ちもし給はず」。〈盛・大・南・覚〉は、野間の内海を無事に通った後、安堵する宗盛に対する反応として記す（七五オ4以下に該当）。〈延・長〉では、七五オ4「カクアツキ比ナレハ頸ノ損セヌヤウニ計テ京近クナリテ斬レンスル」と重複する。『平家族伝抄』にも類似の記事があり、清宗は「頼朝ハ賢シキ男子」と思っており、「温季」であるため、勢多、大津で斬首され、都で大路を渡されるのだろうと記すなどやや詳しい。なお、『平家族伝抄』では、先に、宗盛は頼朝に出家を許されたとあったが、その後、清宗は処刑を覚悟し、それを悟らない父に、手紙で覚悟を促したと描く。

〇七四ウ8　大臣殿ハ今少モ日数ノ経ヲツウレシキ事ニ被思ケル　〈長・南・覚〉ほぼ同。但し、〈長・南〉は宗盛の態度について「いとおしき」（〈長〉）と評する。〈屋・中〉は、宗盛の「二度都へ立帰ル事ノウレシサヨ」（〈屋〉）という言葉を記す。〈盛・大〉は、ここでは該当の記述なし（七五オ2該当部、野間内海を過ぎた時の反応は該当記事あり）。

〇七四ウ9　道スカラモコヽニテヤ/\ト肝心ヲ消給ケ〔レト〕モ　〈長・大・屋・覚〉同様、〈盛・中〉なし。〈南〉「道スガラニテヤ丶ト仰ラレケレドモ」。『平家族伝抄』は、命が助かると思っている宗盛に対し、死が迫っていることを清宗が歌で知らせ、宗盛もそれを理解して念仏するという展開。

〇七四ウ10　尾〔張〕国鳴海ト云所ニモ成ニケリ此南ハ野間内海トテ義朝カ被誅シ所ニテアンナレハコヽニテソ一定トオホシケルニソコヲモ過ヌ　〈長・大・盛・南・屋・覚・中〉は、野間内海を遠望したのではなく、実際に通ったとする。さらに、〈屋〉は、野間で義朝の墓前に宗盛を伴い三度伏し拝んだとし、〈南〉は内海で墓の前を「三度引廻シ奉リ」とする。〈南〉の場合、義経の情深さを強調してきたこととの間に、やや齟齬あり。〈中〉は「おはりの国」という以上に詳しい地名を記さないが、往路で〈南〉と同様の記述を見せていた。義朝が内海で長田忠致に討たれたことは『平治物語』などに詳しい。だが、六九ウ4注解でも見たように、野間は現愛知県知多郡美浜町、内海は現知多郡南知多町辺り、知多半島の先端部で、東海道の往還においてここを通過したとするのは不自然。

○七五オ2　サテコソ大臣殿少シ憑シキ心出来　御子ノ右衛門督ニ今ハ命生ナンスルヤラムト　宣ケルソハカナキ　諸本、宗盛のはかない望みを描く。但し、〈盛・南・屋・中〉は、「少シ憑シキ心出来」はなく、清宗への言葉のみ記す。一方、〈大〉は「すこしたのもしき心地」のみ記し、言葉を記さない。

○七五オ4　ナシカハ被生一ヘキカクアツキ比ナレハ頸ノ損セヌヤウニ計テ京近クナリテ斬レンスル　清宗の思い。〈長・大・南・屋・覚・中〉同様。〈盛〉は最初に「平氏ノ正統也」とあり。〈延・長〉は、先に清宗が「京ニテ頸切テ渡ンスル料ニ」（七四ウ7）と思ったとの記述と重複する。

○七五オ6　大臣殿イトヽ心細思給ワンスル事ノイタワシサニモノハ宣ハス　〈長・南・覚〉ほぼ同、〈盛〉「余ニ父ノ歎給ケレバ角トハ不レ宣」。〈大・屋・中〉なし。〈屋・中〉の場合、「都近ナリテコソ切候ハンズラメトテ、無レ隙念仏ヲゾ申サレケル。大臣殿ニモス丶メ奉リ給ケリ」（〈屋〉）とあり、都近くで処刑されるだろうという推測を宗盛に告げたようにも読める。

○七五オ7　他念ナク念仏ニテ候ヘシトテ我身モ無隙一念仏ヲソ被申一ケル　〈長・盛・南・屋・覚・中〉ほぼ同、〈大〉なし。〈延・長・盛・南・覚〉では、処刑に関する推測は口にせずに、ただ念仏を勧めたと読める（前項注解参照）。

○七五オ8　都モヤウ〳〵近クナリテ近江国篠原ノ宿ニモ着給ニケリ　宗盛父子が篠原に着いたと記すのは諸本同様だが、〈延・覚〉以外は日付あり。〈長・盛・大・南・屋〉二十日、〈中〉二十一日。元暦二年六月。〈延・覚〉が日付を欠く理由は不明。また、〈延・長・大・南・屋・覚・中〉は、ここで二人が斬られたとするが、〈盛〉は斬首を勢多でのこととする。『吾妻鏡』六月二十一日条では、篠原で宗盛を斬り、次に野路口で清宗を斬ったとする。一方、『百練抄』六月二十一日条では、「前内大臣并右衛門督清宗、於ニ近江国勢多辺一斬レ首云々」、『愚管抄』巻五では、「内大臣宗盛ヲバ、六月廿三日ニ、コノセタノ辺ニテ頸キリテケリ」と、勢多での斬首と伝える。なお、『平家族伝抄』は、宗盛が野路、清宗が篠原に着いたとした後、二十八日に土肥実平が清宗に覚悟を促し、斬首。その後、野路では梶原景時が宗盛に覚悟を促し、斬首したとする。篠原は、現滋賀県野洲市大篠原。平安末から中世にかけて東山道に置かれた宿。宗盛父子の首級を洗ったとする不帰池（首洗池とも）、供養の塚などが残る〈地名大系・滋賀県〉。

○七五オ9　昨日マテハ大臣殿モ右衛門督殿モ一所ニオワセ

シヲ今朝ヨリ引分テスヘ奉リケレハサテハ今日ヲ限リテアルニコ〔ソ〕ト悲クオホヘテ　〈長・大・南・屋・覚・中〉も同様だが、〈覚〉は善知識招請の後に記す。また、〈長・大・屋〉は「二十一日」とする。〈南・中〉は、ここでは日付不記。一方、〈盛〉は二十二日、勢多で二人を引き離したとする。これらの日付は前項と対応する。

〇七五ウ１　髪ヲソラハヤト思給ケレトモユルサレナケレハカ及給ハス　〈長・屋〉同様。〈盛〉は、清宗を恋しく思って涙を流した後、「出家ハ免ナケレバ力及バズ。僧ヲ請ジテ…」と、善知識を要請したとする。〈大・南・覚・中〉は出家の願いについては記さない。〈覚〉などでは、子への妄執のみにとらわれた宗盛像が強調されるが、〈延・長・盛〉では、次項も含めて、来世への意志も明確に描かれる。

〇七五ウ２　付ナカラ戒ヲ持ム　〈長〉「かひもたもたばや」。〈盛〉「僧ヲ請ジテ、受戒、最後ノ知識ニ用バヤ」。〈大・南・屋・覚・中〉なし。「付ナガラ」は、髪を剃らず、在家の姿のままで、の意。重衡も、やはり出家の意志を持ちながら許されなかったが、法然は「出家セヌ人モ戒ヲ持事常ノ事ナリ」（第五末・一三オ3）と、授戒を施していた。

〇七五ウ２　小原ヨリ本覚房湛敬ト云上人ヲ請シ給テ持給ケル

「小原」は大原に同。小原（大原）の上人を招いたとする点は、〈盛・大・南・屋・覚・中〉同様。〈長〉「しのはらといふ所より、ひじりをめされたり」は誤りか。また、〈延・長・盛〉では、宗盛の願いに応じる形で善知識を招くが、〈大・南・屋・覚・中〉では、義経のはからいとする。『吾妻鏡』元暦二年六月二十一日条では、「大原本性上人」が、篠原・野路に来臨したとする。「本覚房湛敬」の表記は、〈長〉「今性房湛幸」、〈盛〉「金性房湛豪」。〈大・南・屋・覚・中〉は、〈大〉「大原の本成坊湛豪」、〈覚〉「大原の本性房湛豪」など。〈延〉は、第三本・卅一「皇嘉門院崩御事」では、「大原来迎院ノ本浄房湛慶」（九二ウ7）、第六本・八三オ10では「小原ノ湛敬上人」。「湛斅」がよいか。貴顕の信仰が厚く、『玉葉』文治三年三月二日条では、「末代難レ有上人也。可レ尊」とされる。第三本・九二ウ7注解に見たように、〈延〉第三本では皇嘉門院の善知識、髑髏尼説話では髑髏尼の善知識（後出・八三オ10）を務めたとされる。建礼門院出家の戒師（『吉記』文治元年五月一日条）、後白河院崩御の際の善知識（『玉葉』建久三年〈一一九二〉三月十三日条）でもあった。渡辺貞麿72は、「平宗盛父子の斬首にさいして、請われるならば近江国篠原までもその善知識として出向くといった行動半径の広さ」から、湛斅を「勧進聖としての特質」を有すると見る。

○七五ウ3　上人最後ノ御事ヲ被勧申ケルニ大臣殿御涙モセキアへ給ハス　〈長・盛〉同。〈覚〉「大臣殿涙をはら〳〵とながひて」。〈大・南・屋・中〉なし。

○七五ウ4　サテ右衛門督ハイツクニ有ヤラン手ニ手ヲ取組テモ死頸ハ落タリトモ一ツ莚ニ伏ントコソ思ツレ生ナカラ別ヌル事ノ悲サヨ　諸本基本的に同内容。但し、〈盛〉は副将（能宗）についても案じている。また、〈延・長・盛・屋・覚〉では上人に向かって語っていると読めるが、〈大・南〉は上人を呼ぶ前にこの記事があるので、義経などの武士に対して語っていると読める。

○七五ウ6　此十七年ハ一日モ離サリツル物ヲ水ノ底ニモ沈マテウキ名ヲ流スモアレ故ニ　〈長・盛・屋・覚〉ほぼ同。〈中〉は「十七年」（清宗の年齢）に言及しない。〈大・南〉については前項注解参照。清宗の年齢については五二オ8参照。なお、渡辺達郎は、清宗が頼盛の婿になっていたため、宗盛は頼盛の助力を期待した可能性があると見て、単なる子煩悩とは異なる視点を提起する。

○七五ウ8　今ハカク思食召マシキ御事也　「食召」は衍字。以下、湛敬（湛斆）の説法。斬首寸前まで子のことを気にかける宗盛に対し、恩愛の念を断ち切るように勧める。

○七六オ1　御門ノ御外戚ニテ承相位ニ至リ給ヘリ　「承相」は「丞相」がよい。宗盛の栄華について、丞相（大臣）の位まで昇り、帝の外戚となったことを確認するのは諸本共通。

○七六オ2　今又カヽル御事モ皆前世ノ御宿業ナリ　現世の栄華もここで落命することも、皆前世の宿業であると諭す点は、諸本同様。但し、〈盛〉の説法は、経文や故事などを多く引いた独自の詳細な内容だが、その中に、「更非ニ当時之災殃皆是前世之業報」、「君先世ノ怨憎ニ答テ今生ノ誅害ニアヒ給ヘリ」などとある。

○七六オ3　三十八年ヲ過給ツルモ思食ツヽケヨ一夜ノ夢ノ如シ　「三十八年」、〈長・大・南・屋・覚・中〉は「三十九年」とする。〈盛〉不記。宗盛の年齢。「三十九」が正しい。〈延〉は第二本・四五オ4で、治承三年（一一七九）当時、「今年卅三ニ成給ッ重厄ノ慎ノ為トソ聞ヘシ」と正しく記載していた。元暦二年（一一八五）の本段で三十八歳とするのは、単なる誤記だろう。

○七六オ5　我心自空罪福無主観身無心法不住法トテ善モ悪モ皆空也ト観スルカ仏ノ御心ニハ相応ノ事ナレハ　諸本同様にこの句を引く。〈長・盛・大〉は、「我心をのづから空なれば…」（〈長〉）などと、経文を読み下した解説を伴う。「我々の心は、もともと空（くう）であり、罪も福もこの心から起こるものなので、実体はない。この心を観察すると、心というものはなく、そのまま固定的にとどまるということはない」の意。『仏説観普賢菩薩行法経』に「我心自空。罪福無主。一切法如是。無住無壊。如是懺悔。観心無心。法不住法中」（大正九・三九二c）とあり、その抄出形。「我心自空。罪福無主」は、天台本覚論的な思潮に関わって、貞慶『発心講式』や『古来風躰抄』その他、多くの書に引かれる句（舩田淳一）。渡辺貞麿72は、『観普賢経』を引用して空観を説き、念仏を勧めることには「法華懺法（法華三昧）にもとづく滅罪の思想が示されている」として、湛斅を「融通念仏すゝむる聖」であるととらえる。なお、この説法は〈延・大〉では比較的簡略であり、引用する経文はこの句のみだが、〈長〉は「未レ得二真覚一恒処二夢中一。故仏説為二生死長夜一」（『成唯識論』巻七。大正三一・三九c）、〈盛〉は「三界無レ安。猶如二火宅一。衆苦充満。甚可怖畏」（『法華経』譬喩品。大正九・一四c）も引用する。また、〈長・盛・南・屋・覚・中〉では、無常を説く種々の句や故事、阿弥陀仏の本願への言及がある。

○七六オ8　更ニ余念ヲワスヘカラス　〈長・大・南・屋・覚・中〉に同義の句あり。欣求浄土以外の雑念を起こしてはならない意。「ヲワス」は「オハス」とあるべきで、「ヲ」を小書きにするのは誤り。

○七六オ9　忽ニ忘心ヲ止テ正ク西ニ向掌ヲ合テ高声ニ念仏百余返申給フ　「忘心」は「妄心」がよい。子を思う煩悩。〈長〉「西にむかひ、たなごゝろをあはせて、余言をやめて、念仏たかく二三百へん計申給けるに」など、善知識によって一度は念仏に集中したとする点は諸本同様。

○七六オ10　橘馬允公長カ子ニ橘三郎公忠　〈長・大〉同。〈盛・南・屋・覚〉は「公長」。〈中〉は「たちばなのうまのぜうともなが」。『吾妻鏡』元暦二年（一一八五）六月二十一日条「廷尉着二近江国篠原宿一、令三橘馬允公長誅二前内府一」。「橘三郎公忠」は『吾妻鏡』治承四年十二月十九日条に「右馬允橘公長参二着鎌倉一。相具子息橘太公忠。橘次公成一。是左兵衛督知盛卿家人也」と見える「橘太公忠」か。同建久四年（一一九三）八月十八日条には、曽我兄弟への与同が疑われ、伊豆へ移された範頼の家人として「橘太左衛門尉」の名が見える。なお、〈延〉では第五本・六八ウ5において、一谷合戦で平家側として参戦していた橘馬允公長の弟橘五の姿を描く。該当部注解参照。

○七六ウ1　太刀ヲ引ソハメテ大臣ノ左方ヨリ後ヘマワリケレハ　諸本基本的に同様。「ひきそばむ」は「自分の身の脇に引き寄せて持つ。刀や長刀などを隠し持つさまにもいう」〈角川古語〉。なお、『平家族伝抄』は、宗盛が、どこに座るべきかわからず、「左ッ右ッ」と教えられたと描く。山中美佳は、『平家族伝抄』の宗盛像を「恩愛に引きずられながらもある程度は武人として振舞える」ととらえるが、この部分は『平家物語』諸本の宗盛像を引き継ぐとする。

○七六ウ2　念仏ヲ留テ右衛門督モステニカト被仰ケルコトハノ未タ終サリケルニ御首ハ落ニケリ　宗盛が念仏を中断して清宗のことを尋ねた時、首を斬られたとするのは諸本同様。「右衛門督モステニカ」の言葉は、〈長・盛・南・屋・覚・中〉ほぼ同。〈大〉「右衛門督よ、たゞ今を限」。『吾妻鏡』元暦二年六月二十一日条には、「大原本性上人為二父子知識一被三来ヲ臨于其所々一。両客共帰二上人教化一。忽翻二怨念一。住二欣求浄土之志一云々」と、宗盛・清宗ともに妄念を翻し、往生を願って死んだとある。『平家物語』の宗盛像については、近世以来、否定的に描かれているとする理解が一般的だったが、渡辺貞麿61、和田英道、櫻井陽子、佐倉由泰などは、物語には宗盛に対する肯定的・同情的側面があることを指摘した。そうした評価の中で重要な位置を占めるのがこの部分であり、子息清宗への愛情を死の間際まで捨てない宗盛の描出には、作者・語り手の共感が込められているという読解が示される。一方、池田敬子は、〈覚〉を中心とした読解の中で、宗盛像はやはり「おとりたるもの」「うたてけれ」と非難されるものであり、臨終において悪念に住した宗盛には往生は不可能で、「おそらく畜生道に堕ちた」ものとして描かれていると読む。なお、「コトハノ未タ終サリケルニ御首ハ落ニケリ」という描写は、「十念高声ニ唱給ケル其御声ノ未終サルニ御頸ハ前ニ落ニケリ」（八一ウ6）という重衡の最期にも対比できるが、重衡の「御声」は念仏である（秋山寿子）。また、『平家族伝抄』では、宗盛は先に清宗の死を告げられており、こうした言葉はなく斬首される。

○七六ウ5　公長父子ハ平家重代相伝ノ家人新中納言ノ御許ニ朝夕祗候ノ侍也　知盛の侍だったとする点は諸本共通だが、父子とするのは〈延〉のみ。〈長・大〉は公忠、〈盛・南・屋・覚〉は公長の名のみ挙げる。〈中〉は「ともなが」とする。七六オ10注解参照。

○七六ウ6　人ノ世ニアラント思コソウタテケレトソ人申ケル　平家重代の家人だった者が宗盛を斬ったことへの批判。〈長・南・屋・覚・中〉も基本的に同様だが、〈長・屋・中〉は、〈長〉「此公忠は西国にていくさ最中に九郎大夫判官につきたりける者なり」、〈屋〉「世ニ有トテ東国へ落下リ、源氏ニ付テ、終ハ一家ノ主ノ頸ヲ切ルコソ悲ケレ」などと、公忠の返り忠の経緯を記す。また、〈南・覚・中〉は、「世ヲヘツラウト云ナガラ、相伝ノ主ノ頸ヲ切ル、ムゲニ情無クウタテカリケル物哉トゾ申アヘル」(〈南〉)、「…にくまぬものぞなかりける」(〈中〉)などと強く批判する。一方、〈盛〉は「身ヲ顧、世ヲ渡ラント思フコソ悲ケレトテ、涙ヲゾ流シケル」とあり、公長が自らの身を顧みて嘆いたと読める。〈大〉なし。

○七六ウ7　其ノ後右衛門督ニモ上人先ノ如ク戒授ケ奉テ念仏勧申ケレハ…　「先ノ如ク」は父と同様に、の意。以下、父を思いやりつつ従容として死を迎える清宗の姿を描くのは諸本共通。櫻井陽子は、清宗の最期が宗盛との対比によって結果的に宗盛を貶めることになりつつも、「互いを思いやる、深い愛情の絆」を描いているとする。

○七六ウ8　大臣殿ノ最後ノ御有様ハイカヽオワシツルト問給ケルコソ哀ナレ　清宗が父の最期の様子を尋ねたとする点は、諸本同様。「哀ナレ」は、〈南〉同。〈長〉「かなしけれ」、〈覚〉「いとをしけれ」。〈盛・大・屋・中〉なし。

○七六ウ9　目出ク〔オ〕ワシ〔マ〕シ候ツルト上人宣ケレハ涙ヲ流テヨニウレシケニオホシテ今ハトク／＼ト宣ケレハ　「目出ク〔オ〕ワシ〔マ〕シ候ツル」は、〈長・盛・南・屋・覚〉同様。〈大〉「優々坐《ユヽシクヲワシマス》」、〈中〉「いしうありがたうこそ、見えさせ給候つれ」。上人が清宗に、宗盛が念仏を中断して斬首されたことを知らせなかったと描く点は諸本同様。臨終間際の清宗の心を乱さないための思いやりであろう。

○七七オ1　堀弥三郎　〈長・盛・南・屋・覚〉「堀弥太郎」。〈中〉「ほりの弥太郎ともひろ」。「弥太郎」がよい。〈延〉では、壇浦合戦で宗盛を生捕にした伊勢三郎義盛に加勢し、宗盛の乳母子飛騨三郎左衛門景経を討ち取った「堀弥太郎」(三九ウ6)と同一人物であろう。『吾妻鏡』元暦二年(一一八五)六月二十一日条では、近江国野路口にて「堀弥太郎景光」が清宗を処刑したことを記す。三九ウ6注解参照。

○七七オ1　首ヲハ九郎判官相具テ京へ上リヌ　〈延・長・大〉は、本段では宗盛父子の頸の入京までを記し、首渡と梟首は、重衡の最期を記した後に記す(卅八「宗盛父子ノ首被渡ラ被懸事」)。一方、〈盛・南・屋・覚・中〉では、この直後に首渡と梟首を記す。八二ウ6～注解参照。

○七七オ2　身ヲハ公長カ沙汰ニテ一穴ニ埋ニケリ　「身　ムクロ」〈名義抄〉。埋葬を「公長」の沙汰とする点、〈盛・南・覚〉同様。〈長・大〉は「公忠がさた」(〈長〉)。〈延〉

は七六オ10で斬り手の名を「公忠」としていたので、やや不審。実際に刀を握ったのは子の公忠だが、埋葬は父の公忠が差配したとするか。〈屋〉は湛斅のはからいで、「そこにて」（篠原と考えられる）と場所が明記される。〈中〉は善知識と斬り手の両者のはからいとする。また、〈南・中〉は卒塔婆が立てられたとし、〈南〉は「思キヤ…」「フリニケル…」の二首の歌を記す。

○七七オ3　サシモ　　片時モ離シト宣ケレハカクシテケリ　〈長・盛・南・覚〉も同様だが、空白部分は「罪深ク」（〈盛〉）とある。恩愛が往生の妨げになる意だが、〈延〉の空白はその脱落か。〈大・屋・中〉なし。

卅五　重衡卿日野ノ北方ノ許ニ行事

1　重衡と大納言典侍の対面

卅五

（七七オ）

本三位中将ヲハ南都ノ大衆ノ中ニ出シテ頸ヲ切テ奈良坂ニ係ヘシトテ源三位入道子息蔵人大夫頼兼カ奉ニテ具テ上ラル京ヘハ不可奉入一トテ醍醐路ヲスチカエニ南都ヘオワシケル

ニサスカニ故郷《モ》恋《クテ》遥《ニ》都《ヲ》見亘《テ》涙クミテ木幡山ノ手向ヘ打出トシ給ヘル所《ニテ》三位中将守護《ノ》武士《ニ》宣ケルハ月来日来情《ヲ》係ツル志シウレシトモ云尽シ難シ同《ハ》最後ノ恩《ヲ》可蒙一〔ト〕事一アリ年来相具タリシ者日野《ノ》西大門

（七七ウ）

ニ有《ト》キク今一度替ヌ体《ヲモ》ミヘハヤト思《ハ》イカ《ニ》我ハ一人《ノ》子《モ》ナシ何事《ニ》付《テモ》此世《ニ》思置ヘキ事ハ一《モ》ナキニ此事《ノ》心《ニ》カヽリテヨミチモ安《ク》行ヘシトモ不覚《ト》一泣々宣ケレハ武士共《モ》サスカ石木ナラネハ各涙《ヲ》流《テ》ナニカハ苦ク候ヘキトテ免《シ》奉《テ》ケリ中将ナノメナラス喜給《テ》大夫三位《ノ》局《ノ》許ヘ尋オワシケリ彼大夫三位《ト》申ハ故五条大納言邦綱卿御娘大納言典侍殿ニハ姉也平家都《ヲ》出給《シ》時人々ノ館《ハ》皆焼レニシカハ西国ヨリ帰給　　ニモ立入給ヘキ所《モ》ナケレハ彼宿所ヘ落着《テ》忍《テ》オワシケル所ヘ尋入給《テ》大納言佐殿ハ是《ニ》オワシ〔マ〕スカ三

〔位〕中将重衡《ト》申者コソ参〔テ〕候へ此妻《ニテ》乍立〔見参セ〕

（七八オ）

〔ン〕トイワセタリケレハ北方《ハ》少モ〔覚《ト》〕《モ》思給ハス夢《ノ》心地《シテ》若ヤトテ忩キ出テミスコシニ見給へハ浄衣キタル男《ノ》ヤセ黒タルカ榹ニヨリ居　　トミナシ給ケルイカニヤ夢《カ》覚《カ》是へ入給へカシト宣ケル御音ヲ聞給ヨリ中将涙《ヲ》ハラ〱ト落《テ》袖《ヲ》良ニソアテラレケル北方モ目モクレ心《モ》消ハテヽ物モ宣アへ給ハス良久アリテ中将榹《ヨリ》ミスウチカツキテナニト云詞ヲハ出《シ》給ハネトモ北方《ニ》御目ヲ見合給《テ》ハラ〱ト涙《ヲ》被流ケレハ北方《モ》ウツフシニ伏《テ》物《モ》宣ハス互《ノ》御心中サコソハ悲《シ》カリケメ北方涙《ヲ》押へテ何様《モ》是へ入セ給《ヘト》宣ケレハ中将内へ入ラレニケリ北方忩立給テ御料《ヲ》水《ニ》アラヒテ勧ケレトモ胸《モ》喉《モ》塞カリテ見入給

（七八ウ）

へキ心地《モ》シ給ワスセメテノ志ノ切ナル事計ヲ見へ給ハントテ水計ヲソ

スヽメ入給ケル中将泣々宣ケルハコソノ春何《ニモ》成ヘカリシ身《ノ》セメテノ罪《ノ》報《ニヤ》生ナカラ被取《テ》一京田舎恥《ヲ》サラシテハテニハ奈良ノ大衆《ノ》中《ニ》出《シテ》被切一ヘシトテマカルヲ命《ノ》アラン事《モ》只今《ヲ》限レリ此世《ニテ》今一度見奉ムト思ツルヨリ外《ハ》又ニ思事無リツ今ハ思ヲクヘキ事ナシヨミチモ安ク罷ナンス人《ニ》勝《テ》罪深コソ有ンスラメトモ後世問ヘキ者モオホヘス何ナル御有様ニテオワストモ忘レ給ナ出家《ヲ》モシタラハカタミニ髪《ヲモ》進セ候ヘケレトモ夫《モ》ユルサレヌソトテ袖《ヲ》顔《ニ》押アテ給フ北方モ日来《ノ》思歎〔ハ〕事《ノ》数ナ〔ラサ〕リケ〔リ〕〔堪〕忍ヘキ心地モシ給ハス軍《ハ》常ノ〔事〕ナレ〔ハ〕必シモ去年二月六

（七九オ）

日《ヲ》限トモ不思シカトモ別奉《リ》ニシカハ越前《ノ》三位《ノ》北方《ノ》ヤウ《ニ》水《ノ》底ヘ入ヘカリシニ先帝ノ御事モ心苦ク思進セテ有シ上《ニ》正《ク》此ノ世《ニ》オワセヌトモ聞サリシカハ命有ハ今一度見奉事モヤト今日マテハ憑方モ有ツルニ今《ヲ》限《ニテ》オワスラン事ノ悲サヨ

トテ中将ノ上ニ皃ヲアテヽ涙ニ咽給フ昔今ノ事共宣通ニ付テ
ハ思ハ深ク成マサレトモナクサム心地ハシ給ハス夜ヲ重日ヲ送給トモ
余波ハツキセスソオホシケル

〔本文注〕

○七七オ7　涙クミテ　「テ」は「チ」にも見える。

○七七オ10　可蒙〔ト〕事　「〔ト〕」は、書いてから擦り消したか（〈汲古校訂版〉指摘）。〈北原・小川版〉〈吉沢版〉なし。

○七七ウ8　帰給ニモ　「給」の下、三字分空白。

○七八オ3　ヨリ居ト　「居」の下、四～五字分空白。

○七八オ6　ナニト云詞　「云」、〈吉沢版〉〈北原・小川版〉同。〈汲古校訂版〉「モ」。

○七八オ10　勧ケレトモ　「ト」は「ハ」を重ね書き訂正したか。

○七九オ4　限ニテ　「ニ」は重ね書きか。訂正された字は「ト」か。

〔釈文〕

卅五（重衡卿日野北方の許に行く事）

「本三位中将をば、南都の大衆の中に出して、頸を切りて奈良坂に係《か》くべし」とて、源三位入道子息蔵人大夫頼兼が奉りにて具して上らる。「京へは入れ奉るべからず」とて、醍醐路をすぢかへに南都へおはしけるに、さすがに故郷も恋しくて、遥かに都を見亘《みわた》して涙ぐみて、木幡山の手向《たうげ》へ打ち出でむとし給へる所にて、三位中将、守護の武士に宣ひけるは、「月来《つきごろ》日来《ひごろ》、情けを係《か》けつる志、うれしとも云ひ尽くし難し。同じくは最後の恩を蒙るべき事一つあり。年来相ひ具したりし者、日野の西、大門▼七七ウに有りときく。今一度、替はらぬ体《すがた》をもみえばやと思ふはいかに。我は一人の子もなし。何事に付けても此の世に思ひ置くべき事は一つもなきに、此の事の心にかかりて、よみぢも安く行くべしとも覚えず」と、泣く泣く宣ひければ、武士共もさすが石木《いはき》ならねば、各《おのおの》涙を流して、「なにかは苦しく候べき」とて、免《ゆる》し奉りてけり。中将なのめならず喜び給ひて、大夫三位の局の許へ尋ねおはしけり。

彼の大夫三位と申すは、故五条大納言邦綱卿の御娘、大納言典侍殿には姉也。平家都を出で給ひし時、人々の館は皆焼かれにしかば、西国より帰り給ふにも、立ち入り給ふべき所もなければ、彼の宿所へ落ち着きて、忍びておはしける所へ尋ね入り給ひて、「大納言佐殿は是におはしますか。三位中将重衡と申す者こそ参りて候へ。此の妻にて立ち乍《なが》ら見参せ▼七八オん」といはせたりければ、北の方は少しも覚《うつつ》とも思ひ給はず、夢の心地して、若《も》しやとて、忩《いそ》ぎ出でてみすごしに見給へば、浄衣きたる男のやせ黒みたるが、椽《えん》により居（給ひたりけるを、そ）とみなし給ひける。「いかにや夢か覚《うつつ》か、是へ入り給へかし」と宣ひける御音《こゑ》を聞き給ふより、中将涙をはらはらと落として、袖を㒵《かほ》にぞあてられける。北の方も目もくれ心も消えはてて、物も宣ひあへ給はず。良久《やや》しくありて、中将椽《えん》よりみすうちかづきて、なにと云ふ詞をば出だし給はねども、北の方に御目を見合はせ給ひて、はらはらと涙を流されければ、北の方もうつぶしに伏して物も宣はず。互ひの御心中、さこそは悲しかりけめ。北の方涙を押さへて、「何様《いかさま》にも是へ入らせ給へ」と宣ひければ、中将内へ入られにけり。北の方忩《いそ》ぎ立ち給ひて、御料を水にあらひて勧めけれども、胸も喉も塞がりて、見入れ給ふ▼七八ウべき心地もし給はず。「せめての志の切なる事計《ばか》りを見え給はん」とて、水計《ばか》りをぞすすめ入れ給ひける。

中将泣く泣く宣ひけるは、「こぞの春何にも成るべかりし身の、せめての罪の報いにや、生きながら取られて、京田舎恥をさらして、はてには奈良の大衆の中に出だして切らるべしとてまかるを、命のあらん事も只今を限れり。此の世にて今一度見奉らむと思ひつるより外は、又二つ思ふ事無かりつ。今は思ひおくべき事なし。よみぢも安く罷りなんず。人に勝《すぐ》れて罪深くこそ有らんずらめども、後世問ふべき者もおぼえず。何なる御有様にておはすとも忘れ給ふな。出家をもしたらば、かたみに髪をも進《まゐ》らせ候ひけれども、夫もゆるされぬぞ」とて、袖を顔に押しあて給ふ。北の方も日来の思ひ歎きは事の数ならざりけり。堪へ忍ぶべき心地もし給はず。「軍は常の事なれば、必ずしも去年の二月六▼七九オ日を限りとも思はざりしかども、別れ奉りにしかば、越前の三位の北の方のやうに、水の底へ入るべかりしに、先帝の御事も心苦しく思ひ進らせて有りし上に、正しく此の世におはせぬとも聞かざりしかば、命有らば今一度見奉る事もやと、今日までは憑《たの》む方も有りつるに、今を限りにておはすらん事の悲しさよ」とて、中将の上に皃《かほ》をあてて涙に咽び給ふ。昔今の事共、宣ひ通はすに付けては、思ひは深く成りまされども、なぐさむ心地はし給はず。夜を重ね、日を送り給ふとも、余波《なごり》はつきせずぞおぼしける。

〔注解〕

○七七オ4～（重衡卿日野ノ北方ノ許ニ行事）　本段の内容は、〈長・盛・大・南・屋・覚・中〉にあり。但し、〈盛・南・屋・覚・中〉は宗盛首渡・梟首を先に記す（七七オ1注解参照）。〈四〉は該当記事なし（六六ウ9～注解参照）。本段と卅六「重衡卿被切事」、卅七「北方重衡ノ教養シ給事」の三章段は、水原一が「重衡処刑談」と呼んだもの。語り本系諸本では、流布本・京師本や八坂系諸本など、これらを巻一二冒頭に置く本も多いが（本書注解で扱う範囲では〈中〉がその形）、水原は、これらを巻一一の末尾に一括する〈延〉などの形を本来的な形態と見た。なお、〈屋〉はこの前の宗盛東下りから巻十二としていた。

○七七オ4　本三位中将ヲハ南都ノ大衆ノ中ニ出シテ頸ヲ切テ奈良坂ニ係ヘシ　頼朝の命令内容。〈長〉同様。〈盛〉は「前内大臣父子ト相共ニ九郎判官ニ相具シテ上ケルガ、内大臣父子ハ勢多ニテ斬レヌ、重衡ヲバ南都大衆ヘ出シテ切レ頸可レ懸二奈良坂一トテ…」と、重衡は宗盛と共に義経に護送されてきたとする（次項注解参照）。一方、〈南・覚・中〉は、「本三位中将重衡卿者、狩野介宗茂にあづけられて、去年より伊豆国におはしけるを、南都大衆頻に申ければ…」〈覚〉などと、この間の経緯を説明する。〈大・屋〉もこれに近いが、「南都大衆頻に申ければ」とは記さない。いずれにせよ、頼朝は南都大衆の要請に応じて、あるいはその意志を忖度して重衡の身柄を引き渡したと読めよう。『吾妻鏡』元暦二年六月二十二日条には「重衡卿被レ遣二東大寺一、依二衆徒申請一也」とある。『玉葉』同日条には後白河院が兼実に罪人の首の措置について諮問したことが載り、その記事の末尾には割注で「但、重衡ハ遣二南都一了云々」とある。本項では、頼朝が奈良坂での梟首を指示したようにも読めるが、八〇ウ6以下の衆徒僉議によれば、重衡の処置は基本的に南都の衆徒に任されていると解され、頼朝が梟首場所まで指示したとは解し難い。「奈良坂」云々は、後に南都大衆が決めたことを先取りして述べたものか（八〇オ6以下の大納言典侍の言葉も同様）。なお、平安末期の「奈良坂」は、現在いわゆる奈良坂（般若寺の前を通る道）ではなく、より西側の道を指したことが多いようで、第二末・一一〇ウ6「奈良坂般若路ニノ道」などの例では、いわゆる「車谷道」（車路）を指すか（該当部及び第二末・一一一ウ3注解参照）。但し、「奈良坂」は、本来は平城山を越えて奈良に入る山道全般の呼称だろうし、本項から八一オ3あたりまでの用法は、特定の地点を指定したわけではなく、広く奈良の北側の山道を言ったものとも解される（八一オ2注解参照）。

〇七七オ5　源三位入道子息蔵人大夫頼兼ヵ奉ニテ具テ上ラル

源頼兼が護送したとする点、諸本同様だが、〈盛〉は前項注解に見たように、重衡は宗盛と共に義経に護送されてきたが、宗盛を勢田で処刑した後、重衡は南都へ渡すというので、「故源三位入道頼政ガ息蔵人大夫頼兼相具シテ、山階ヤ神無森ヨリ醍醐路ニ懸テ…」と、頼兼が受け取って南都へ護送したと読める。〈延〉も、先に「九郎判官ニ請取セテ六月九日大臣殿父子本三位中将京へ帰上ラル」（七四ウ4）と、義経が宗盛と共に重衡も護送したとしていたが、本段ではその受け渡しを明記しない。七四ウ4注解に見たように、『吾妻鏡』元暦二年六月九日条は、重衡は頼兼が護送したと読めるが、『玉葉』同年六月二十二日条によれば義経が責任を持って護送してきたようである。また、『吉記』同日条には「前三位中将重衡卿、蔵人大夫頼兼・右衛門尉有綱等、被レ向ニ南京ニ」とあり、頼兼が南都への護送を務めたことは確かだろう（八一オ6注解参照）。頼兼の役割は、義経の指揮下で重衡護送の具体的な任務を負い、あるいは〈盛〉が記すように畿内に入ってから南都への護送役だったものか。「源三位入道子息」は、〈長・盛・大〉同。〈南・屋・覚〉「孫」、〈中〉「ばつし」。『尊卑分脈』によれば頼兼は頼政の四男、「大内守護／蔵人・従五位」。

〇七七オ6　京ヘハ不可奉入一トテ醍醐路ヲスチカエニ南都ヘオワシケルニ

宗盛父子の処刑場となった「近江国篠原ノ宿」から奈良までの経路。〈大〉なし。〈延・長・南・屋・覚・中〉は、「京ヘハ不可奉入一トテ」（〈延〉）など、諸本とも入京しない経路を記している。『吾妻鏡』六月二十一日条には「重衡卿今日被レ召ニ入花洛一云々」とあり、一旦は入京したように読める。しかし、『玉葉』同月二十二日条によれば、院宣には「乍レ生不ニ入洛一、無音於近江辺可ミ梟ニ首其首ニとあったという。入京はなかったと見るべきだろう。記される経由点は諸本により異なるが、適宜つなぎ合わせると、北から「大津」〈南・覚〉→「神無森」〈盛〉→「山階」〈諸本〉→「醍醐路」〈諸本〉→「日野」（諸本）となろう。「大津」は現在の大津港南西部〈地名大系・滋賀県〉。また〈盛〉に見える「神無森」は、三条街道（東海道）に大津街道が合する地で、現京都市山科区小山神無森町〈地名大系・京都市〉。「醍醐路」は大津から山科を通り、醍醐に至る道。この経路は、『愚管抄』巻五「大津ヨリ醍醐トヲリ、ヒツ川ヘイテヽ、宇治橋ワタリテ奈良ヘユキケルニ」（「ヒツ（櫃）川」は山科川の古名）とも概ね一致する。なお、「醍醐路ヲスチカエニ」とする点は〈延〉独自。「スチカエ」は筋違（すじかい）で、斜めに交差している意〈日国〉。「筋違」は、勢田あたりから西方の京都へ直進せず、南西に向かう醍醐路を通ったことを言うか。但し、もし「醍醐路」に対して斜めに交差する道の意だとすれば、一旦、京都により近づいてから、渋谷越など、今熊野近辺から醍醐路へ東南に通る道を通った意と解されなくもない。

○七七オ7　サスカニ故郷モ恋クテ遥ニ都ヲ見亘テ涙クミテ木幡山ノ手向ヘ打出トシ給ヘル所ニテ　醍醐周辺から都を遠望した重衡を描く。〈長〉「なをふるさとこひしくぞおもい給ける。はる〴〵都を見わたし給ふに、『いつしか、あれにけるものかな』となみだぐみてぞまし〳〵ける」。〈盛〉は醍醐路にかかったところで「住馴シ故郷、今一度見マホシク思召ケレ共、雲井ノヨソニ想像、涙グミ給モ哀也」とする。〈大・南・屋・覚・中〉なし。次項以下の言葉を発した場所は、〈延〉では木幡山の峠に向かうあたり、〈長〉では醍醐路から都を遠望できる場所、〈盛〉では「小野里・醍醐寺ヲ過」ぎたところとなる。〈長〉は具体性を欠くが、〈延・盛〉では日野に近いところといえよう。「木幡山」は現京都市伏見区と宇治市を跨ぐ桃山御陵付近の山。京都から伏見を経て宇治へ続く宇治道の要衝だった〈角川地名・京都府〉。また、「手向」は道祖神に旅の安全を祈願するタムケの転用で、タムケをすることの多い山頂、峠のこと〈日国〉。

○七七オ9　月来日来情ヲ係ツル志シウレシトモ云尽シ難シ　以下、七七ウ3「不覚ニ」まで、重衡が守護の武士に語りかけた言葉。内容は、〈延〉では、①守護の武士への謝辞と最後の依頼をしたいこと、②正妻（大納言典侍）が日野に住んでいるので会いたいこと、③自分には子がなく、妻のことだけが気がかりであること。その他、〈盛〉では④鎌倉から手紙を送ったがその後音信不通であること、

〈南・覚・中〉では⑤彼女に後世を弔うよう依頼したいことが加わる。〈延・長・大〉①②③、〈盛〉①②③④、〈南・覚・中〉①②③⑤、〈屋〉②③と整理できる（但し③は異同が大きい。七七ウ1、同2注解参照）。

○七七オ10　年来相具タリシ者日野ノ西大門ニ有トキク　「日野ノ西大門」は未詳。「日野ノ西大門」にあたる句は、〈盛・大・南・屋・覚・中〉「日野ト云所」（〈盛〉）。〈長〉は「年ごろあひぐしたりしものゝ、日野大納言のつぼねとて、女房のあるときく」とあるが、「日野大納言」も未詳。〈麻原長門本〉は「本文の乱れ。脱文あるか」と指摘。重衡北の方大納言典侍が、姉を頼って日野に滞在したことは六三ウ2以下に見えていた。但し、実際には、重衡を待っていた時には日野殿ではなく、近くにあった行延の住坊を借り受けて住んでいたと見られることは、該当部注解参照。

○七七ウ1　我ハ一人ノ子モナシ　重衡には子が一人もないので、大納言典侍のことだけが気がかりだとする。諸本同様だが、〈南・屋・覚・中〉では、日野の女房のことを切り出す前提としてこの点を述べる。また、〈盛〉のみ、後でこのことを繰り返す（七八ウ6注解参照）。重衡に子がないとする点は、第五末・二五ウ3にも、「サテモ中将ハ御子ノ一人モオハセヌ事ヲ歎給シカハ」とあった。『尊卑分脈』は重衡の子を記さないが、『鶴岡八幡宮寺供僧次第』の「良智寺肥前律師」項に「当社最初小別当。肥前法橋息。実本三位殿息也。佐々木供僧。宮法眼社務為頼朝卿御代官被補之也」とある。日下力は、同書に平家一門出身と見られる僧が多いことを指摘、良智を重衡の男と推定する。良智の存在については、他に『鶴岡脇堂供僧次第』「良智肥前律師」、『吾妻鏡』建保七年正月二十九日条「南禅房良智」、元仁二年正月十四日条「肥前阿闍梨良智」、寛喜三年五月十七日条「肥前阿闍梨」などと見える。一方、続群本『小笠原系図』の長経男「清経」項には、「二男。母本三位中将重衡女。号源二郎。或六波羅二郎。赤沢山城守受譲。為伊豆国之守護職。任伊豆守。赤沢之祖也」とある。これによれば、重衡には女子もいたことになるが、この系図の信憑性には問題もあろうか。さらに、塩山貴奈14は、『山槐記』治承四年三月九日条や『親経卿記』同年五月八日条などに見える衡子（少将局）が、重衡の養女であると指摘する。その他、〈盛〉は、巻四七「髑髏尼御前」で、我が子の首を抱き続けて入水した髑髏尼を重衡の恋人の内裏女房とし、これによればこれも重衡の男子の一人となるが、〈盛〉は重衡には子がないと繰り返し述べているので齟齬がある（砂川博に詳しい指摘あり。七八ウ5注解参照）。髑髏尼は〈延〉では経正北の方（八三オ3注解参照）。

〇七七ウ2　何事ニ付テモ此世ニ思置ヘキ事ハ一モナキニ此事ノ心ニカヽリテヨミチモ安ク行ヘシトモ不覚ト　子がないので思い残すことはないが、妻のことだけが気にかかるという。〈長・盛〉ほぼ同。〈大〉「たゞ此事心かゝりておぼゆる也」。〈南・屋・覚・中〉は、子がないので思い残すことはないが、女房には対面したいという。含意は同様といえよう。

〇七七ウ6　彼大夫三位ト申ハ故五条大納言邦綱卿御娘大納言典侍殿ニハ姉也　大納言典侍の姉、大夫三位の紹介。〈長・盛〉同様、〈大・南・屋・覚・中〉なし。大夫三位成子については、六三ウ2でも「姉」と紹介していた。該当部注解参照。また、〈盛〉はこれに伴って、大納言典侍も「故五条大納言邦綱卿ノ御娘」と紹介する（〈盛〉は六三ウ2該当部では混乱があった）。一方、〈南・覚・中〉は、本項該当記事はないが、重衡の言葉の前に、大納言典侍を「鳥飼中納言惟実のむすめ、五条大納言邦綱卿の養子」〈覚〉と紹介する文がある。この紹介は、大原御幸記事特有の誤りが取り入れられたものか。六三オ8注解参照。なお、源健一郎は、南都にとって邦綱が称揚されるべき存在だったこと、〈盛〉では邦綱の理想化が図られていることを指摘し、「邦綱の死によって重衡の滅びが加速していく」〈盛〉の叙述に南都的視点の介在を想定する。

〇七七ウ7　平家都ヲ出給シ時人々ノ館ハ皆焼レニシカハ西国ヨリ帰給ニモ彼宿所へ落着テ忍テオワシケル所ヘ尋入給テ　「彼宿所」は大夫三位と大納言典侍が暮らしていたとされる日野殿を指す（六三ウ2、七七オ10注解参照）。大納言典侍は都に帰って、他に住むところがなかったとする。〈長〉「人々のたちに火をかけて、西国より都へ帰入給たれども」、〈盛〉「平家都ヲ落シ時、同西国ニ下給タリケルガ、壇浦軍敗レテ後、再度都へ帰上タレドモ、家々ハ都落ノ時焼ヌ」。〈延〉の空白部分はそのままでも文意が通り、〈長・盛〉本文との比較においても補うべき語句はない。また、〈盛〉は、大納言典侍が暫くは建礼門院と共に吉田にいたが、後に姉の許へ移ったとする。さらにその後、大納言典侍が女院と共に大原に住んだとする点は諸本同様で、〈盛〉も巻四八でこれを記す。従って、〈盛〉では、大納言典侍は女院のもとから姉のもとに移り、さらにその後、再び女院のもとに移ったことになる。帰洛後の大納言典侍が大夫三位に保護されていたことは、『簡要類聚鈔』第一や『愚管抄』巻五にも見える（六三ウ2注解参照）。

〇七七ウ9　大納言佐殿ハ是ニオワシ〔マ〕スカ三〔位〕中将重衡ト申者コソ参〔テ〕候へ此妻ニテ乍立〔見参セン〕　重

衡来訪の旨を告げる使者の口上。本項は、〈大〉同様。〈南・屋・覚・中〉も類同だが、「参〔テ〕候へ」の直前に「只今奈良へ御とをり候が」（〈覚〉）とある）。〈長〉は同様の言葉の後、「東国にていかにもなるべく候つるが、南都をほろぼしたりとて、衆徒の手へわたされ候なり」と、南都焼討の罪と処罰に言及する。〈盛〉は、挨拶の言葉はなく、「重衡コソ東国ニテイカニモ成ベシト思シニ、南都亡シタル者也トテ…」と、処罰の件から話を始める。また、〈盛〉は、使者を「石童丸ト云舎人」とする（「石童丸」については八〇オ3注解参照）。〈南・覚〉では使者を単に「人」とする。

○七八オ1　北方ハ少モ〔覚ト〕モ思給ハス夢ノ心地シテ若ヤトテ忩キ出テミスコシニ見給ヘハ　「覚」は「うつつ」（現実）、「ミスコシ」は「御簾越し」。〈長・大〉概ね同内容。〈盛〉「物ヲダニモ打纏給ズ、迷出テ見給ケレバ」。〈南・屋・覚〉は「北方聞もあへず『いづらやいづら』とて走りいでて見給へば」（〈覚〉）と、激しい動作を描く。〈中〉「いづくや〳〵とあきれつゝ、いでゝ見給へば」。〈覚〉の場合、巻十の内裏女房が重衡の文を受け取る時と同じ反応である（第五末・八オ8注解参照）。田中貴子は、〈覚〉の大納言典侍について、「女房としては異例の狂乱的な行動」と評する。

○七八オ2　浄衣キタル男ノヤセ黒タルカ梴ニヨリ居トミナシ給ケル　大納言典侍の目に映った重衡の様子。重衡の着衣は〈長〉「なめらかなる浄衣」、〈盛〉「藍摺ノ直垂・小袴」、〈南・覚〉「藍摺の直垂に折烏帽子」（〈覚〉）、〈屋〉「藍摺ノ直垂」。〈大〉は着衣に触れず、「梴に居給へり」のみ。「浄衣」は清浄な衣服の総称、あるいは素地のままで色に染めない白い衣服〈日国〉。五二オ7注解に見たように、流刑に処せられた者などが着る場合がある。〈延〉の空白部分に補うべき語句は、〈長〉「えんに居給たりけるを、そと見なし給ひたりけるに」の傍線部か。〈盛・南・屋・覚・中〉には「其ナリケル」（〈南〉）とある。大納言典侍には一見重衡とは思えない姿の男が目に飛び込んだのだが、よく見るとそれが重衡だった、という描き方。

○七八オ6　中将梴ヨリミスウチカツキテナニト云詞ヲハ出シ給ハネトモ北方ニ御目ヲ見合給テハラ〳〵ト涙ヲ被流ケレハ

重衡が「ミスウチカツキテ」（御簾を半ば上げて）、直に大納言典侍と見つめ合う。他本概ね同様だが、〈中〉は「たがいにてに手をとりくみ」とする。重衡が御簾を「ウチカツキテ」という描写は、内裏女房との逢瀬の場面「『ナヲリサセ給ソ、武士共ノ見ルカ恥敷キニ』トテ、我身ハ顕ハニ居テ車ノ簾ヲ打纒テ」（第五末・九オ10）に類似。自分は家の中に全身で入ることなく、女性の姿を武士たちから隠している。

○七八オ9　北方忩立給テ御料ヲ水ニアラヒテ勧ケレトモ　〈長〉「しろき御れうの二階にありけるを、水にあらひてまいらせたりけれども」、〈盛〉「先物進タリケレ共」。〈大・南・屋・覚・中〉なし。「御料」は、ここでは食物。第五本・三六ウ9「宇治川ヲ水ツケニシテカキワタル木曽ノ御レウハ九郎判官」のように、米飯などを指す。「水ニアラヒテ」は、干飯などを水に漬けて柔らかくする、あるいは水漬けにすることをいうか。行家を捕らえた常陸房昌命が、行家に「糒ヲアラワセテス丶メ」たという例がある（第六末・四六ウ8。「糒」は干飯）。〈長〉「白き御れう」は白米などの意か。なお、〈長〉の「二階」は上下二段の棚。特に扉のあるものを「厨子」、ないものを「二階」と区別する〈日国〉。

○七八オ10　胸モ喉モ塞カリテ見入給ヘキ心地モシ給ワス　重衡は胸がいっぱいで食べられなかったとする。〈長・盛〉も同様。〈大・南・屋・覚・中〉なし。なお、〈長・盛〉ではこの後、重衡に着替えをさせる記述（〈延〉では七九ウ1以下）に展開する。

○七八ウ2　中将泣々宣ケルハ…　次項以下、七八ウ8「ユルサレヌソ」まで重衡の言葉。諸本に表現・順序の揺れはあるが、総じて次のことを述べる。①一谷合戦で討死すべきだったのに生け捕られ、京・鎌倉で生き恥を晒したこと、②今回は奈良へ赴き、処刑されるための旅路であること、③大納言典侍と会いたいという願いが最後の心残りだったこと、④罪人故に出家が禁じられており髪を形見に渡せないこと、⑤どのようになっても後世を弔ってほしいこと、の五点。〈長・盛〉は和歌の贈答（〈延〉では次節・七九ウ4）を最初に置き、その後にこの言葉を置く。

○七八ウ2　コソノ春何ニモ成ヘカリシ身ノセメテノ罪ノ報ニヤ生ナカラ被取㆒テ京田舎恥ヲサラシテ　「コソノ春」は寿永三年二月六日の一谷合戦を指す。そこで死ぬべきだったのに、生け捕られて大路を渡されるなど、恥をさらしたという。「京田舎」は、〈盛・大・南・屋・覚・中〉「京・鎌倉」（〈盛〉）、〈長〉なし。伊豆や鎌倉へ下ったことを指す。「セメテノ罪ノ報ニヤ」は、諸本ほぼ同。南都焼討の罪の報いをいうか。

○七八ウ3　ハテニハ奈良ノ大衆ノ中ニ出シテ被切㆒ヘシトテマカルヲ命ノアラン事モ只今ヲ限レリ　諸本基本的に同内容。但し、〈屋〉「終ハ奈良ヲ滅シタリシ伽藍ノ敵ナリトテ既ニ被渡候ゾヤ」、〈中〉「はてはならをほろぼしたりしかばとて、けふすでにいだされ候なり」は間もなく処刑されることがやや不鮮明。

○七八ウ5　此世ニテ今一度見奉ムト思ツルヨリ外ハ又ニ思事無リツ今ハ思ヲクヘキ事ナシヨミチモ安ク罷ナンス　大納言典侍に会うことの他に思い残すことはないという。諸本基本的に同内容。「ヨミチ」は黄泉路。〈長〉は該当の位置で「今はしでの山やすく越てん」とするが、後に「いまはよみぢやすくまかりなんず」とも言う（七九オ7相当部）。〈大〉「今は死出ノ山三途ノ河をもやすく越なん」、〈屋〉「死手山ヲモ安ク越ナンズ」。〈南・覚・中〉なし。〈盛〉は、子供がないことがかえって喜びだと述べた後に「冥途安ク罷ナント思コソイト嬉ケレ」とする。重衡の子の有無については、七七ウ1注解参照。〈盛〉の場合、髑髏尼を重衡の恋人内裏女房とする点（八三オ3注解参照）、独自の齟齬を抱える。

○七八ウ6　人ニ勝テ罪深コソ有ンスラメトモ後世問ヘキ者モオホヘス何ナル御有様ニテオワストモ忘レ給ナ　南都焼討の重い罪業を負った自分の菩提を弔うよう依頼する。〈長・南・屋・中〉同様。〈盛〉では一門が滅びてしまったので後世を弔う者がないと述べ、また、「日本第一ノ大伽藍」を焼いたので「阿鼻ノ炎」に焼かれると思うと辛いと詳述する。〈大〉「人ニ勝テ罪深コソ有ンスラメトモ」なし。〈覚〉はここでは供養の依頼を欠く。

○七八ウ8　出家ヲモシタラハカタミニ髪ヲモ進セ候ヘケレトモ夫モユルサレヌソ　〈長・盛・南・屋・覚・中〉同様。〈南・覚〉はこの言葉の後、「ひたゐのかみ」（〈覚〉）を口許に届くところで食い切り、大納言典侍に形見として渡したと描く。〈大〉なし。重衡が出家を願い出て却下されたことは、第五末・一〇ウ6以下参照。

○七八ウ10　軍ハ常ノ〔事〕ナレ〔ハ〕必シモ去年二月六日ヲ限トモ不思シカトモ　以下、七九オ4まで、大納言典侍の言葉。本項は〈長・盛・大〉同様。〈屋・中〉も類同だが、〈屋〉は「二月七日」とする。〈南・覚〉なし。「去年二月六日」は、寿永三年の一谷合戦前夜をいう。第五本・四四ウ7及び四九オ9に見たように、諸本、二月七日卯刻に矢合せとしていた。ここは、合戦は（命をかけるものであるとはいえ）いつも繰り返していることなので、二月六日を限りに会えなくなるとは思っていなかった意。

○七九オ1　別奉リニシカハ越前ノ三位ノ北方ノヤウニ水ノ底へ入ヘカリシニ　諸本類同。「入ヘカリシニ」は、〈長・盛・大・覚〉同様、〈南〉「沈ムベキニ」、〈屋〉「沈マバヤトハ思シカ共」、〈中〉「いらんとこそおもひしを」。重衡が捕らわれてからは、自分も越前三位の北の方のように入水しようと思った、あるいは入水するのが当然だったが、の意（「べシ」を用いる〈延〉などでも、「入水しようと思った」とも解し得る）。「越前ノ三位ノ北方」は通盛の妻、小宰相。但し、〈延〉などは小宰相を正妻ではないとも記しており、問題がある。第五本・八〇オ10注解参照。

○七九オ2　先帝ノ御事モ心苦ク思進セテ有シ上ニ正ク此ノ世ニオワセヌトモ聞サリシカハ命有ハ今一度見奉事モヤト

大納言典侍が入水しなかった理由として、安徳天皇に仕える務めがあったことと、重衡の安否が不明だったのでもう一度会えるかもしれないと思っていたことを挙げる。〈長・盛・南・屋〉同様。「先帝ノ御事」の部分、〈覚・中〉は欠き、〈中〉はその位置に「おほいどのも二位殿もいかでか君をばすてまいらすべきとさりがたくせいせられしうへ」とある。〈大〉は本項該当文なし。なお、安徳天皇には大納言典侍と帥典侍の二人の乳母がいたが、栗山圭子は第一の乳母は帥典侍であり、大納言典侍は「重衡の妻という資格によって物語中に居場所の多くを得ている」と指摘する。

○七九オ5　中将ノ上ニ皃ヲアテヽ涙ニ咽給フ　大納言典侍の所作。御簾をかづいて差し入れている重衡の顔を両手で抱え、顔を当てる動作か。他本の該当部で描かれる所作は、〈長〉「なき給ふ」、〈盛〉「ウツフシ臥給」程度で、同様の描写は見られない。

○七九オ5　昔今ノ事共宣通ニ付テハ思ハ深ク成マサレトモナクサム心地ハシ給ハス夜ヲ重日ヲ送給トモ余波ハツキセスソオホシケル　二人の思いは尽きず、どれだけ語り合っても時間が足りないと思われたという。諸本基本的に同内容の文があるが、〈屋・中〉は、「慰ム事ハ、夜ヲ重ネ日ヲ送ル共不レ可レ尽。奈良ヘモ遠ク候ヘバ、武士ノ待ランモ心ナシ」（〈屋〉）のように、重衡の言葉とする。「余波」は「なごり」。『伊京集』「名残《なごり》　余波《同》」。

2　重衡と大納言典侍の惜別

（七九オ）

　武士共ノイツトナク待居タルランモ心
ナシウレシクモ奉見《一》ヌサラハ罷ナンヨトテ立給ヘハ北方叶ヌ物故
ニ中将ノ袂《ニ》取付《テ》コハイカニヤ今夜計ハ留リ給ヘカシ武士モ
ナトカ一夜《ノ》暇ユルサヽラン五年十年ニテ帰給ハンスル道トモ

（七九ウ）

不思トテ肝心《モ》身《ニ》ソハヌ体ニソミヘラレケルヨニシホレテミヘ給《ニ》
是《ニ》召替ヨトテ合ノ小袖白帷取出《テ》奉給ケレハ中将ウレシ
クモトテ
　ヌキカフル衣《モ》イマハナニカセン是《ヲ》限《ノ》信物トモヘハ
ト打詠給《テ》道スカラ着給タリケルネリヌキノ小袖《ニ》ヌキ替給ヘハ北
方是《ヲ》取《テ》最後《ノ》形見《ト》覚クテ御カホ《ニ》押アテヽソモタヘコカ

レ給ケル中将ハイカニモ可遁《一》道《ニ》アラネハトテ心ツヨク引チキリテ立給《フ》北方梴《ノ》際《ニ》臥マロヒテ叫給《フ》三位中将庭《マテ》被出《一》タリケルカ又立帰給《テ》御スタレノキワヘ立寄〔テ〕日来思設タリツルソカシ〔今〕更歎給ヘカラス契有ハ後ノ世ニモ又生合事モ有ナン必《ス》〔一〕蓮《ト》

（八〇オ）

祈給ヘトテ出給《ニ》ケリ北方此《ヲ》見聞給《テ》恥《ヲモ》顧給ワス御簾ノキワ《ニ》マロヒテ出給《テ》モタヘ〔コ〕カレ給《フ》御音《ノ》遥《ニ》門外《マテ》聞ヘケレハ馬《ヲ》モエスヽメ給ワスヒカヘ〳〵涙《ニ》咽ハレケレハ武士共《モ》鎧《ノ》袖《ヲソ》湿《シ》ケル中将ハ石金丸《ト》云舎人一人《ソ》具給タリケル中将鎌倉ヘ被下《一》之時八条院《ヨリ》最後《ノ》有様ミヨトテ伊豆国《マテ》付サセ給タリケリ木公馬允時信ト云侍ヲ北方召《テ》中将《ハ》木津河奈良坂《ノ》程《ニテソ》被切《一》給ワンスラン頸ヲハ奈良《ノ》大衆請取《テ》奈良坂《ニ》可懸《一ト》聞ユ跡《ヲ》隠ヘキ者《ノ》無コソウタテケレサリトテハ誰《ニカ》云ヘキ行《テ》最後ノ恥《ヲ》カクセカシムクロヲハ野ニコソ捨ンスラメ夫ヲハイカニシテカキ返セ教養セントテ地蔵

冠者ト云中間一人十力法師ト云力者一人トヲ被付一ニケリ三人ノ者共

（八〇ウ）

涙ニクレテ行先モミヘネトモ中将ノ御馬ノ左右ニ取付テ泣々
付タリケル北方ハ走出テヲワシヌヘクオホシケレトモサスカニ物ノ
オホヘ給ケルヤラン引カツキテ臥給ヌクルヽホトニヲキ上テ法戒寺
ニ有ケル上人ヲ奉請一テ御クシヲロシ給テケリ

〔本文注〕

○七九ウ8　庭マテ被出一　擦り消しの上に書く。抹消された字は不明。
○八〇オ5　トテ　「ト」は重ね書き訂正があるか。
○八〇オ5　馬允　「馬」は擦り消しの上に書くか。抹消された字は不明。

〔釈文〕

「武士共のいつとなく待ち居たるらんも、心なし。うれしくも見奉りぬ。さらば罷りなんよ」とて立ち給へば、北の方叶はぬ物故に、中将の袂に取り付きて、「こはいかにや。今夜計《ばか》りは留まり給へかし。武士もなどか一夜の暇ゆるさざらん。五年十年にて帰り給はんずる道とも▼七九ウ思はず」とて、肝心《きもこころ》も身にそはぬ体にぞみえられける。よにしほれてみえ給ふに、「是に召し替へよ」とて、合はせの小袖、白帷取り出だして奉り給ひければ、中将、「うれしくも」とて、
「ぬぎかふる衣もいまはなにかせん是を限りの信物《かたみ》ともへば」

と打ち詠《なが》め給ひて、道すがら着給ひたりける、ねりぬきの小袖にぬぎ替へ給へば、北の方是を取りて、最後の形見と覚しくて、御かほに押しあててぞもだえこがれ給ひける。中将は、「いかにも遁るべき道にあらねば」とて、心づよく引きちぎりて立ち給ふ。北の方椽《えん》の際に臥しまろびて叫び給ふ。三位中将庭まで出でられたりけるが、又立ち帰り給ひて、御すだれのきわへ立ち寄りて、「日来思ひ設けたりつるぞかし。今更歎き給ふべからず。契り有らば後の世にも又生まれ合ふ事も有りなん。必ず一蓮と▼八〇オ祈り給へ」とて出で給ひにけり。北の方此を見聞き給ひて、恥をも顧み給はず、御簾のきはにまろびて出で給ひて、もだえこがれ給ふ、御音《こゑ》の遥かに門外まで聞こえければ、馬をもえすすめ給はず。ひかへひかへ涙に咽ばれければ、武士共も鎧の袖をぞ湿《ぬ》らしける。

中将は石金丸と云ふ舎人一人ぞ具し給ひたりける。中将鎌倉へ下らるる時、八条院より「最後の有様みよ」とて、伊豆国まで付けさせ給ひたりけり。木公《もくの》馬允時信と云ふ侍を北の方召して、「中将は木津河、奈良坂の程にてぞ切られ給はんずらん。頸をば奈良の大衆請け取りて、奈良坂に懸くべしと聞こゆ。跡を隠すべき者の無きこそうたてけれ。さりとては誰にか云ふべき。行きて最後の恥をかくせかし。むくろをば野にこそ捨てんずらめ。夫《そ》れをばいかにしてかき返せ。教養せん」とて、地蔵冠者と云ふ中間一人、十力法師と云ふ力者一人とを付けられにけり。三人の者共▼八〇ウ涙にくれて行先もみえねども、中将の御馬の左右に取り付きて、泣く泣く付きたりける。北の方は走り出しておはしぬべくおぼしけれども、さすがに物のおぼえ給ひけるやらん、引きかづきて臥し給ひぬ。くるるほどにおき上がりて、法戒寺に有りける上人を請じ奉りて、御ぐしおろし給ひてけり。

〔注解〕

○七九オ7　武士共ノイツトナク待居タルランモ心ナシウレシクモ奉レ見ヌサラハ罷ナンヨ　対面を終えて立ち去ろうとする重衡の言葉。諸本に同内容の言葉あり。警護の武士をいつまでも待たせて語り合い続けるのも分別のないことだ、会えてよかった、ではそろそろお暇しよう、の意。〈長〉ではここで「いまはよみぢやすくまかりなんず」とも言う（〈延〉では七八ウ6に見えた言葉）。

○七九オ8　コハイカニヤ今夜計ハ留リ給ヘカシ武士モナトカ一夜ノ暇ユルサヽラン五年十年ニテ帰給ハンスル道ト

モ不思　留めてもかなわないと知りつつ重衡にすがる大納言典侍の言葉。〈長・盛〉も同内容だが、「五年十年ニテ…」の表現は、〈長〉ではその前に「明年、さ明年、かへり給はんずるともたのまれず」ともあり、〈盛〉では「年ヲヘテモ待得ベキ事ニ非ズ」とする。また、〈盛〉ではそれに対してさらに重衡が「一日ノ暇ヲ乞タリ共、明日ノ別モ同事…」などと答えたとして詳細。一方、〈大・南・覚・中〉は「いかにやしばし」（〈覚〉）などと簡略（〈南・覚・中〉では対面を終えて立ち去る重衡に投げかける言葉）。〈屋〉は「暫ク可レ申キ事有」として、着替えを勧める。「五年十年ニテ…」の「五…十…」は、〈盛〉巻二一「五代十代ノ末ノ世マデモ…」（〈延〉第一本・三一オ1「何ナラム末ノ代マデモ…」に該当）、『義経記』巻六「人の子は五人十人持ちたるも、一人欠くれば嘆くぞかし」などのように、多くの数を漠然という常套表現。

〇七九ウ1　ヨニシホレテミヘ給ニ是ニ召替ヨトテ　大納言典侍は重衡を引き留めたが叶わず、せめて着替えを促す。〈大・屋・中〉も同様の文脈。着替えの記事は、〈長・盛〉では重衡と対面して飲食を勧めた記述に続く（〈延〉では七八オ9に該当）。〈南・覚〉では二人が語り合った後に続く（〈延〉では七九オ7に該当）。「シホレテ」は〈南・屋・覚〉同。〈長・盛〉「シタルゲ」（〈盛〉）、〈中〉「しほたれて」。〈大〉なし。「したるげ」は汗などでじとじとしているさま、「しおたれる」は雨や露、霜、涙などにぬれるさま（以上〈日国〉）。「シホレテ」は、湿って萎え、あるいは汚れた意であろう。夏のさなかに長旅をして、衣服が汗などで湿り、みすぼらしく萎えてしまった様子。なお、重衡が大納言典侍の住居で着替えたことについては、『愚管抄』巻五にも、「コノモトノ妻ノモトニ便路ヲヨロコビテヲリテ、只今死ナンズル身ニテ、ナク〳〵小袖キカヘナドシテスギケルヲバ、頼兼モユルシテキセサセケリ。大方積悪ノサカリハコレヲニクメドモ、又カヽル時ニノミゾ、ミテハキク人カナシミノ涙ニヲボ（ホ）ユル事ナリ」と見える。

〇七九ウ2　合ノ小袖白帷取出テ奉給ケレハ　着替えを合ノ小袖と「白帷」とする点、〈長・盛・大〉同。〈南・屋・覚・中〉は合せの小袖と「浄衣」とする。「合ノ小袖」は袖口を狭くした長着に裏を付けたもので当時の肌着。「帷」は裏をつけない布製の衣類の総称〈日国〉。七八オ2に「浄衣キタル男」、八一オ10に「中将ノ浄衣ノ袖ノ左右ノクヽリテ解テ」とあり、重衡の着衣は着替える前も後も「浄衣」とされている。「浄衣」については五二オ7注解参照。松尾葦江は、大納言典侍が妻としての役目をひとつずつ果たしていると指摘する。

○七九ウ4　ヌキカフル衣モイマハナニカセン是ヲ限ノ信物トモヘハ　着替えに伴って和歌を記す点は諸本同様だが、重衡の「ヌキカフル…」歌のみを記す点は〈延〉独自で、他本は大納言典侍との贈答とし、また異同がある。〈長・盛〉では二人の対面後早々に、重衡が「脱替ル…」歌を詠み、大納言典侍が「憑ヲク契ハクチヌ物トイヘバ後ノ世マデモ忘ベキカハ」（〈盛〉による。〈長〉は第一句「いかなれど」）。一方、〈大・南・屋・覚・中〉では、「せきかねて涙のかゝるからごろものちのかたみにぬぎぞかへぬる」（〈覚〉による。第一句〈大・南〉「せきやらぬ」、〈屋〉「堰アヘヌ」、〈中〉「せきあへず」、第四句〈大〉「形見ばかりに」）との贈答とする。但し、〈大〉では大納言典侍が「せきやらぬ…」を詠むと重衡が「ぬぎ更る…」を返したとするのに対して、〈南・屋・覚・中〉では重衡が「せきかねて…」を詠むと大納言典侍が「ぬぎかふる…」を返したとする。「ヌキカフル…」は、〈延・長・盛・大〉では重衡の歌だが、〈南・屋・覚・中〉では大納言典侍の歌とするわけである。また、〈南・屋・覚・中〉では着替えた重衡がもとの服を形見にと差し出すと、大納言典侍が手跡を残してほしいと願い、歌のやりとりとなる。以上を整理すると、次の表のようになる。「ヌキカフル…」歌は、「新しい服に着替えたところで（間もなく死んでしまう私にとっては）何になりましょうか。これはもう最期の形見なのです」の意。〈盛〉はこの歌の前に「三位中将モイツマデ著ベキ小袖ナラネ共、最後ノ著替ト思召ケルニ。イトヾ袖ヲゾ絞ケル」とする。〈全注釈〉は「ぬぎかふる」歌を大

	和歌の贈答	記事の位置
〈延〉	重衡「ヌキカフル」（独詠）	別れ際
〈長〉	重衡「ぬぎかふる」→大納言典侍「いかなれど」	対面後早々
〈盛〉	重衡「脱替ル」→大納言典侍「憑ヲク」	対面後早々
〈大〉	大納言典侍「せきやらぬ」→重衡「ぬぎ更る」	別れ際
〈南〉	重衡「関ヤラヌ」→大納言典侍「ヌギ替ル」	別れ際
〈屋〉	重衡「堰アヘヌ」→大納言典侍「脱カフル」	別れ際
〈覚〉	重衡「せきかねて」→大納言典侍「ぬぎかふる」	別れ際
〈中〉	重衡「せきあへず」→大納言典侍「ぬぎかふる」	別れ際

納言典侍詠とする語り本系の展開に「少し無理な点があろう」と指摘した。高橋伸幸は、〈長・盛〉や語り本の形では歌の贈答としての意味が通らないとして、〈延〉が本来の形であると見た。〈三弥井文庫〉もこれに従い、〈集成〉や横井孝も同様の意見である。「信物」は「かたみ」。「信」でカタミとする事例は『文明本節用集』「形儀《カタ》—見《ミ》〈遺物也、又作信〉」。「モヘハ」は〈長〉「おもへば」、〈盛〉「思へバ」とあるように、「思へば」の意。たとえば西本願寺本『万葉集』巻一四・三五〇四「春に咲く藤の末葉のうら安にさ寝る夜ぞなき児ろをし思へば〈児呂乎之毛倍婆〉」。

○七九ウ5　道スカラ着給タリケルネリヌキノ小袖ニヌキ替給ヘハ　「ネリヌキノ小袖」は、重衡がこれまで着ていたもの。〈長〉「ねりいろの御小袖のしほれたる」、〈盛〉「練貫小袖ノ垢付タル」、〈南・屋・覚・中〉「もとき給へる物ども」（〈覚〉）。〈大〉なし。練貫は、縦糸が生糸、横糸が練糸の絹布（練糸は生糸を練って柔らかくした糸）。〈長〉の「ねりいろ」は、薄く黄ばんだ色。地味な色で、年配の者や僧が用いた（以上〈角川古語〉）。

○七九ウ5　北方是ヲ取テ最後ノ形見ト覚クテ御カホニ押アテヽソモタヘコカレ給ケル　大納言典侍が悲嘆に暮れる様子。〈長・盛〉も類同だが、小袖を〈長〉は胸にあてたとし、〈盛〉は「胸ニ当、顔ニ宛」と描く。〈大・南・屋・覚・中〉は該当文なし。

○七九ウ8　三位中将庭マテ被出ニタリケルカ又立帰給テ御スタレノキワヘ立寄〔テ〕　重衡が大納言典侍の嘆く声に居たたまれず折り返し、再び話しかける展開は〈延〉独自。尾崎勇は当該箇所を「重衡の優柔不断な性格が明確」な場面とし、〈延〉の重衡は一貫して「貪欲に生への執着をしめしたり、遅疑したりする凡俗の血を有する人間として造型されている」と評する。しかし、この記事が重衡の生への執着を批判的に描いていると読むことは困難であり、愛する人との今生の別れを共感をこめて描く場面と読めよう。なお、別れ際における諸本の異同は八〇オ2注解参照。

○七九ウ9　日来思設タリツルソカシ〔今〕更歎給ヘカラス契有ハ後ノ世ニモ又生合事モ有ナン必ス〔一〕蓮ト祈給ヘ

重衡が大納言典侍にかける最後の一言。日頃から覚悟していたことです、今さら嘆いてはなりません、縁があれば来世でまた会えることもあるでしょうから、浄土で一蓮の上に生まれるようにお祈りして下さい、の意。〈盛〉「契アラバ来世ニテモ可見」。〈大・南・屋・覚〉も「一蓮」に言及（〈覚〉は大納言典侍の言葉を挟んで、来世を祈れという重衡の言葉を二度記す）。〈長・中〉なし。「一蓮」は極楽浄土で同じ蓮の上に生まれること。佐伯真一は、現世の夫婦などの関係をそのまま浄土に持ち越そうとする意味での「一蓮」は、正統な仏教語ではないが、鎌倉時代のうちに広く用いられるようになったとする。

○八〇オ2　御音ノ遥ニ門外マテ聞ヘケレハ馬ヲモエスヽメ給ワスヒカヘ〳〵涙ニ咽ハレケレハ　大納言典侍の慟哭が聞こえ、進むに進めない重衡を描く点は諸本同様。「ヒカヘ〳〵」は、〈大・南・中〉同。何度も足を止める意。〈長〉「引かへし〳〵」。〈覚〉は「駒をもさらにはやめ給はず」の後、現世への未練を断つつもりだったのに返って悔いを残す結果となった旨を記す。

○八〇オ3　武士共モ鎧ノ袖ヲソ湿シケル　〈長・盛〉同様。〈大・南・屋・覚〉なし。「湿」は『色葉字類抄』に「霑ヌル／ヌラス／潤雨也」とある。なお、〈長〉は重衡と大納言典侍が別れた後に、二人を項羽と虞美人に喩える記事あり（朗詠などは千手前記事と重複する。第五末・二三ウ3注解等参照）。さらに、〈長〉は「ひつじのあゆみ、ややくちかづきければ、新野池もうち過て…」と「新野池」「光明山の鳥居のまへ」「又（丈カ）六堂」といった南都への経由点を記しつつ、以仁王の乱を思い起こす道行文を記して巻一八を閉じる。この道行文は〈盛〉も、「地蔵冠者」等の紹介の後に記す。

○八〇オ3　中将ハ石金丸ト云舎人一人ソ具給タリケル中将鎌倉ヘ被下ニ之時八条院ヨリ最後ノ有様ミヨトテ伊豆国マテ付サセ給タリケリ　〈長・盛〉同様（〈長〉は巻一九冒頭）。〈大・南・屋・覚・中〉なし。〈延・長・盛〉いずれも、大納言典侍が時信（信時）を使者とする記事に続いており、「石金丸」はこの後登場しないので、ここで紹介する意味はない。編集上、何らかの不手際があるか。「石金丸」は伝未詳。『吾妻鏡』治承五年三月十日条の墨俣合戦記事に「重衡朝臣舎人金石丸」という人物が見え、〈集成〉はこれを石金丸と同定する。なお、〈盛〉は先の七七ウ8相当部分において重衡付きの舎人「石童丸」を登場させるが、石金丸との関連は不明。「石童丸」は、『平家物語』では維盛の従者の名（第四〈巻八〉・六八オ8注解参照。なお、秋山寿子は、〈延〉が維盛と重衡の物語を結びつけていると見る観点から、「石金丸」は維盛の「石童丸」を意識した人名と解する）。

○八〇オ5　木公馬允時信ト云侍ヲ北方召テ　「木公」は「木工」がよいが、〈延〉ではしばしば通用する。「時信」に該当する人物は諸本に見えるが、名の表記に揺れが多い。〈延〉でも第五末の内裏女房記事では「信時」（この部分での表記の異同については第五末・六ウ7注解参照)。第六本でも次段以下では、八一オ7、同8、八一ウ7、同9で、いずれも「信時」とあり、本項の「時信」は単なる誤りか。以下の注解では「信時」と表記する。本段・次段該当部での他本の表記は、〈長〉「朝時」、〈盛・南〉「友時」、〈大〉「正時」、〈屋・中〉「政時」、〈覚〉「知時」。ここでは、〈長・盛〉も大納言典侍が信時を使者に立てたとする。〈大〉は、八条院が正時を遣わし、大納言典侍は「力者十人力法《(ママ)》師、中間に地蔵冠者」を遣わしたとする。〈南・屋・覚・中〉は、ここでは該当記事がなく、大納言典侍が重衡の死骸を迎えるために出した使者も別人で(次項及び八〇オ9注解参照)、信時にあたる人物は重衡被斬の場面に自らの意志で駆けつけたとする。信時は、第五末・六ウ7以下で、八条院と重衡に兼参していたと紹介され、自ら希望して捕らわれた重衡に面会し、内裏女房との連絡を引き受けていた。そのような信時がここに登場するのは自然だが、これ以前には、大納言典侍と信時の直接的な関係は記されてこなかった。

○八〇オ6　中将ハ木津河奈良坂ノ程ニテソ被切給ワンスラン頸ヲハ奈良ノ大衆請取テ奈良坂ニ可懸ト聞ユ　以下、大納言典侍が信時(「時信」)に伝えた言葉。重衡の首は南都大衆が梟首するだろうが、遺体だけでもきちんと葬りたいという。〈長・盛〉同内容。〈大〉は前項注解に見たように、八条院と大納言典侍が各々使者を出したとするが、八条院の言葉は「重衡の最後見てまいれ」のみ、大納言典侍の言葉は「頸那良《(ママ)》へとらるゝとも体は徒に捨テンずらん、取て帰れ、孝養せん」。〈南・屋・覚・中〉は、大納言典侍の同様の内容の言葉、あるいは思いを斬首後に記す。〈南〉では、大納言典侍のこうした思いにより、大夫三位が使者を遣わす。〈屋・覚・中〉では大納言典侍がこうした言葉で使者を遣わす。使者の名は観音冠者など(次々項注解参照)。なお、重衡の処刑のあり方が具体的に決まるのは八〇ウ6以下。この時点で大納言典侍が細部まで予想するのは結果の先取りだが、同様の問題は七七オ4注解に見た頼朝の発言にも見られた。

○八〇オ7　跡ヲ隠ヘキ者ノ無コソウタテケレサリトテハ誰ニカ云ヘキ行テ最後ノ恥ヲカクセカシムクロヲハ野ニコソ捨ンスラメ夫ヲハイカニシテカキ返セ教養セン　前項に続く大納言典侍の言葉。〈長・盛〉にも類似の文があるが、「サリトテハ誰ニカ云ヘキ行テ最後ノ恥ヲカクセカシ」の部分はなし。重衡の言葉「人ニ勝テ罪深コソ有ンスラメトモ後世問ヘキ者モオホヘス」(七八ウ6)を受け、重衡の葬送や供養をしてくれる者が自分以外にいるとは思えないと、遺体の回収を依頼する。「カキ返セ」は「舁き返せ」、つまり「かついで帰れ」の意。「教養」は孝養。供養に同。

○八〇オ9　地蔵冠者ト云中間一人十力法師ト云力者一人ヲ被付ニケリ　大納言典侍が重衡の遺体回収に遣わした使者。〈長・盛・大〉同（但し〈大〉は「十力法師」を「十人力法師」とする）。〈南〉は、大納言典侍に代わって大夫三位（七七ウ6注解参照）が、「観音冠者・地蔵冠者ト云中間、殊王法師・十力法師ナド云力者」を派遣。〈屋・中〉は観音冠者・地蔵冠者・十力法師の三人。〈覚〉なし。いずれも系譜未詳。〈集成〉は「寺男であろうが、或いは俊乗房重源の従者か」、〈麻原長門本〉は「ケガレ、キヨメを職掌として寺社に奉公する非人身分の者で、厳しい彼らの縄張り関係から、奈良坂の非人とかゝわる者たちか」と注する。生形貴重は彼等の名前に「地蔵信仰に根ざした説話的発想」を指摘し、砂川博は「前者は地獄の救い主たる地蔵と、後者は阿弥陀仏の『十力の功徳』にちなんでいることは明白」とし、罪人重衡を救済する文脈の伏線とする。

○八〇ウ3　クルヽホトニヲキ上テ法戒寺ニ有ケル上人ヲ奉請テ御クシヲロシ給テケリ　重衡と対面したその日の夕暮に大納言典侍が出家したと記す点、〈長・盛・大〉同様。〈南・屋・覚・中〉は、重衡被斬記事の末尾に、重衡の葬送をすませて出家したと記す。「法戒寺」は〈盛〉同。〈長・大・南・屋・覚〉「法界寺」、〈中〉「ほうかい寺」。「法界寺」は現京都市伏見区日野西大道町の真言宗寺院。日野家が創建以来管理し、特に寛治三年（一〇八九）の宣下以降は別当職を継承したが、承久の乱の戦火などにより衰微し、江戸後期に西本願寺の支援を受けて復興した〈地名大系・京都市〉。塩山貴奈13は、近衛家・覲子内親王（宣陽門院）と日野家の関係に注目し、「法界寺が大納言典侍の出家や重衡の供養にかかわる寺として語られ得る環境が整ったもの」と指摘した。

卅六 重衡卿被切事

卅六

本三位中将重衡卿南都ヘ下ルト聞ヘケレハ衆徒僉議シテ云
此重衡卿ヲ請取テ東大寺興福寺ノ大垣三度廻シテ後堀
頭ニヤスヘキ鋸ニテヤ可切ナントサマ／＼ニ議シケルニ宿老ノ僉議ニハ
此重衡ノ卿ト云ハ去治承ノ合戦ニ法花寺ノ鳥居ノ前ニ打立テ
南都ヲ滅タリシ大将軍也其時衆徒ノ力ニテモ打伏セ射モ止搦
〔取〕タラハ尤左様ニシテナフリ可殺夫武士ニ被搦テ年月ヲ経テ
後武士ノ手ヨリ請取テ我高名カヲニ堀頸ニモシ鋸ニテモ切ム
事不可有気味一且又僧徒ノ行ニ不可然只何ニモ武士カ手ニテ
切タラハ請取テ伽藍ノ御敵ナレハ奈良坂ニ可係ト僉議
一同ナリケレハ尤モ可然ト テ衆徒ノ中ヨリ使者ヲ立テ重衡

（八〇ウ）

（八一オ）

5
6
7
8
9
10
1
2

卿ヲハ般若路ヨリ内ヘ不入二而何ニテモ可切一伽藍ノ怨敵ナレハ首ヲハ請取ヘシト申タリケレハ武士是ヲ聞テ三位中将ヲ木津川ノハタニ引居テ切ラントス中将今ハ限ト思ハレケレハ信時ヲ招テ此辺ニ仏マシ〳〵ナンヤト宣フ信時走廻テ或堂ヨリ阿弥陀ノ三尊ヲ尋出奉テ来ケレハ中将悦テ川原ニ東西ニ堀立奉テ中将ノ浄衣ノ袖ノ左右ノクヽリテ解テ仏ノ御手ニ

（八一ウ）

結付テ五色糸ニ思准テ達多カ五逆罪還テ天王如来ノ記莂ニ預ル是則仏ノ御誓ノ空カラサル故也然ハ重衡カ年来ノ逆罪ヲ飜テ必ス安養ノ浄土ヘ引導シ給ヘ弥陀如来ニ四十八ノ願マシマス第十八ノ願ニハ欲生我国ト乃至十念若不生者不取正覚ト誓アリ重衡カ只今ノ十念ヲ以テ本誓誤セ給ハス早引接シ給ヘトテ十念高声ニ唱給ケル其御声ノ未終サルニ御頸ハ前ニ落ニケリ信時首ヲ地ニ付テ叫フ是ヲ見人

千万ト云事ヲ不知一皆涙ヲ流ヌハ無リケリ　8

〔本文注〕

〇八一オ7　川ノ　「ノ」は「ニテ」と書いた後、「テ」を擦り消し、「ニ」の上に重ね書き訂正で書く。

〔釈文〕

卅六（重衡卿切らるる事）

本三位中将重衡卿、南都へ下ると聞こえければ、衆徒僉議して云はく、「此の重衡卿を請け取りて、東大寺興福寺の大垣三度廻して後、堀頸にやすべき、鋸にてや切るべき」なんど、さまざまに議しけるに、宿老の僉議には、「此の重衡の卿と云ふは、去んぬる治承の合戦に法花寺の鳥居の前に打ち立ちて、南都を滅したりし大将軍也。其時衆徒の力にて、打ちも伏せ射も止めて搦め取りたらば、尤も左様にもしてなぶり殺すべし。夫れに武士に搦められて、年月を経て▼八一オ後、武士の手より請け取りて、我が高名がほに堀頸にもし、鋸にても切らむ事、気味有るべからず。且つは又僧徒の行に然るべからず。只何《いか》にも武士が手にて切りたらば、頸をば請け取りて、伽藍の御敵なれば、奈良坂に係《か》くべし」と僉議一同なりければ、「尤も然るべし」とて、衆徒の中より使者を立てて、「重衡卿をば般若路より内へ入れずして、何《いつ》くにても切るべし。伽藍の怨敵なれば、首をば請け取るべし」と申したりければ、武士是を聞きて、三位中将を木津川のはたに引き居ゑて切らんとす。

中将、今は限りと思はれければ、信時を招きて、「此の辺に仏ましましなんや」と宣ふ。信時走り廻りて、或る堂より阿弥陀の三尊を尋ね出だし奉りて来ければ、中将悦びて川原に東西に堀り立て奉りて、中将の浄衣の袖の左右のくくりを解きて、仏の御手に▼八一ウ結び付けて、五色の糸に思ひ准《なずら》へて、「達多が五逆罪、還りて天王如来の記莂に預かる。是れ則ち仏の御誓ひの空しからざる故也。然らば重衡が年来の逆罪を翻して、必ず安養の浄土へ引導し給へ。弥陀如来に四十八の願まします。第十八の願には『我が国に生ぜんと欲して、乃至十念せんに、若し生ぜずんば、正覚を取らじ』と誓ひあり。重衡が只今の十念を以て、本誓誤たせ給はず、早や引接し給へ」とて、十念高声に唱へ給ひける、其の御声の未だ終らざるに、御頸は前に落ちにけり。信時首を地に付けて叫ぶ。是を見る人、千万と云ふ事を知らず、皆涙を流さぬは無かりけり。

〔注解〕

○八〇ウ5～（重衡卿被切事）　本段の内容は、〈長・盛・大・南・屋・覚・中〉にあり。〈四〉は該当記事なし（六六ウ9～注解参照）。これを巻一二冒頭に置く異本も多いことについては七七オ4～注解参照。また、〈盛〉は、まず重衡最期の長大な独自記事を収載、その後、低書（一字下げ）で他本と類似する重衡最期を記す。独自記事は次のような内容。南都大衆僉議の後、重衡は護送役の土肥実平と共に木津川より南の旧堂に入る。重衡は、偶然見つけた老僧を招き入れ、懺悔して戒を受ける。暁、重衡が行道していると紫雲が一筋たなびき、郭公の声を聞いた重衡は歌を詠む。老僧は、野犬が食う首のない重衡の遺体を見つけて供養する。そこに友時や地蔵冠者・十力法師が訪ね、重衡の遺体を日野へ運ぶ。以上のような独自記事の後、低書（一字下げ）で、「已上ハ南都ヨリ出タリ。次ノ説ハ世ニ流布本也。異説ニ云…」として、他本（特に〈延・長〉）に類似する重衡斬首記事を載せる。従って、以下の注解では、〈盛〉は独自記事の部分を指すものとし、低書された他本との類似記事は〈盛異説〉と呼んで区別する。〈盛〉独自記事については、重衡救済を描くものといえるか否かで意見が分かれる。佐伯真一85は、〈盛〉には「仏罰・堕地獄という構図に近いもの」があるが、重衡救済の立場をとる『平家物語』諸本全体から見れば若干の異質物の混入にとどまるとした。それに対して、源健一郎02・03は、〈盛〉は南都の視点を取り入れて、積極的に重衡「非救済」のために文脈を改作しているとした。一方、砂川博は、〈盛〉でも重衡救済が描かれているとした。また、浜畑圭吾は、〈盛〉の重衡は髑髏尼説話において救済されると読む。

○八〇ウ5　本三位中将重衡卿南都へ下ルト聞ヘケレハ　〈延・長・盛〉によれば、この時点で重衡の身柄はまだ南都の手に渡っていない。〈大〉は、本項該当句がないが、僉議の後で武士に使者を遣わしているので、やはり未だ身柄を受け取っていないと読める。一方、〈南・屋・覚・中〉では「南都大衆請ケ取テ僉議シケルハ」（〈南〉）とあり、既に身柄は引き渡されている。

○八〇ウ5　**衆徒僉議シテ云**　以下の議論の内容は〈盛〉独自記事を含めて基本的に諸本同様。一方の衆徒が自ら手を下し、復讐すべきだと主張するのに対し、他方の衆徒が斬刑は武士に行わせるべきだとして、後者に決定するもの。但し、〈盛〉では最初の残虐な刑の主張が非常に詳細。最初の主張をするのは〈延〉では「衆徒」、〈長・大・南・屋・覚・中〉「大衆」、〈盛〉「若大衆」。

○八〇ウ6　**東大寺興福寺ノ大垣三度廻シテ後**　〈長・盛・大・南・覚・中〉ほぼ同。〈屋〉では僉議の前に「東大・興福両寺ノ大垣引廻シテ」いたとする。次項の「堀頸」などの刑は実行されないが、処刑後、首の引き回しは〈延〉では実際に行われたとする（八二オ8）。

○八〇ウ6　**堀頸ニヤスヘキ鋸ニテヤ可切一**　〈長・大・南・屋・覚・中〉ほぼ同。〈盛〉「七箇日間ニ、堀頭歟、鋸歟、鰯切ニ可レ殺」。「堀頸」は体を埋めて首を切る刑。鋸引きと共に、苦しみを長く与えて惨殺する方法。『平治物語』には、長田忠致が源義朝を裏切ったことを聞いた人が「忠宗父子が頸を、のこぎりにて引きらばや」（一類本巻下）と憎んだという記事がある。これらの例の後、戦国時代までの史料は少ないが、江戸時代には公事方御定書』下巻第百三条に執行方法も定められるようになる〈国史〉。御伽草子『はもち』や説経『さんせう大夫』では、竹のこぎりによる鋸引きを語る。いずれも、仇敵に対する私的報復に用いたもので、江戸時代に定められた処刑とは性格が異なる。重衡について、『日蓮遺文』「盂蘭盆御書」には「四男重衡は其身に縄をつけて京・かまくらを引かへし、結局なら七大寺にわたされて、十万人の大衆等、『我等が仏のかたきなり』とて、一刀づつきざみぬ」とある。なお、「ほりくび」を「彫頸」とし、鑿などで首を穿つ刑〈日国〉と解する説があるが、〈三弥井文庫〉は「『国語』魯語の『鑽笮』（入墨刑）を誤解した『塵袋』六に由来する誤り」とする。

○八〇ウ7　**宿老ノ僉議ニハ**　以下の穏当な意見を述べるのを「宿老」とする。〈長・盛・大・南・屋・覚・中〉「老僧」。

○八〇ウ8　**此重衡ノ卿ト云ハ去治承ノ合戦ニ法花寺ノ鳥居ノ前ニ打立テ南都ヲ滅タリシ大将軍也**　以下、八一オ3「奈良坂ニ可係一」まで、宿老の言葉。本項は〈長〉同。〈盛〉は、まず「重衡卿重犯事、衆徒ノ僉議ニ同ズ」とあり、また、「法花寺ノ鳥居ノ前ニ打立テ」を欠く。〈大・南・屋・覚・中〉なし。「去治承ノ合戦」（南都焼討）に際して、重衡が「法花寺ノ鳥居ノ前」に立って戦闘を指揮したことは、第二末・一一一ウ3に「重衡朝臣ハ法花寺ノ鳥居ノ前ニ打立テ次第ニ南都ヲ焼払」と見えていた。『百練抄』元暦二年六月二十一日条も、「三位中将重衡於二南都一又斬首〈法華寺鳥居前云々。合戦之時、於二此所一加二下知一也云々〉」と記す（この記事は処刑場所の史実性には問題がある。八一オ6注解参照）。第二末・一一一ウ3注解に見たように、池田源太はこの鳥居の位置を「一条大路の西の端、法華寺の東門近くに、東向きに立っていたのではないか」と推測し、「交通上の目標」であったと指摘した。吉川聡は鳥居の位置を「東三坊大路と一条大路の交差点の西側、つまり現在の一条高校の南東」（現在の鳥居跡とほぼ一致）と推定し、「法華寺の鳥居とは奈良の入り口にあり、そこから奈良側は、平安京中と同様、都市の内部として位置づけられていた」と指摘する。重衡がここに立って戦闘を指揮したとされるのも、そうした意味では自然であろう。但し、六八オ2注解にも見たように、法華寺は当時荒廃していたという問題もあり、この記述を「法華寺ないし般若寺の関係者」が自らの寺を「象徴的な意味を持つ場所として押し出すことを意図して」創出した伝承と考える樋口大祐の意見もある。

○八〇ウ10　夫ニ武士ニ被レ搦テ年月ヲ経テ後武士ノ手ヨリ請取テ我高名カヲニ堀頸ニモシ鋸ニテモ切ム事不可有気味一且又僧徒ノ行ニ不可然一　〈長・盛・大・屋・中〉類同。〈南・覚〉「それも僧徒の法に穏便ならず」（〈覚〉）のみ。〈延〉などでは、一度合戦の庭から逃れた者を、しかも自分達が捕えたわけでもないのに処刑するのは不都合で、また僧徒のすべきことでもない意。一旦戦場を逃げ延びた者が減刑される事例に、『保元物語』で源為義一門が処刑されるなか、唯一流罪に留められた為朝などがある。「気味」は「Qibi 様子または体裁」〈日葡〉。老僧の発話について、今成元昭は「武士的論理を以ていきりたっている」若い衆徒を「その高名心を逆手にとって」懐柔する老僧の「巧みな説得技術」を読み取る。武士が、名誉（高名）に関わる問題として復讐を重視したことについては、野口実・佐伯真一04などに論がある。ここではそうした心情が僧にも共有されていたことが示される。

○八一オ2　只何ニモ武士カ手ニテ切タラハ頸ヲハ請取テ伽藍ノ御敵ナレハ奈良坂ニ可係一ト　衆徒は直接手を下さず、重衡の首のみを受け取り梟首して酬いる案。処刑場については〈延・長・盛〉が「いづくにても」（〈長〉）とするのに対し、〈大・南・屋・覚・中〉は「木津の辺にてきらすべし」と明記。梟首場所「奈良坂」を記すのは〈延・長・盛〉のみ。頸を奈良坂でさらすことは、先に七七オ4や八〇オ6にも見えていたが、結果を先取りした記述か。「奈良坂」は、七七オ4注解に見たように、本来は平城山を越えて奈良に入る山道全般をいったものだろう。この後、重衡の頸は、「般若寺ノ大卒都婆ニ針付ニツシタリケル」（八二オ10）とされる。本項や七七オ4における「奈良坂」は、第二末・一一〇ウ6で「奈良坂般若路二ノ道」と、「般若路」と区別していた用法とは、やや異なるものか。

○八一オ4　重衡卿ヲハ般若路ヨリ内ヘ不入一而何ニテモ可切一伽藍ノ怨敵ナレハ首ヲハ請取ヘシ　衆徒が武士に送った使者の言葉。〈長・盛〉類同（〈盛〉は「般若路」を「般若野」とする）。〈大〉は使者の派遣のみを記すが、この使者派遣により、この時には重衡の身柄が鎌倉武士のもとにあったと読める。〈南・屋・覚・中〉はこれを記さず、重衡を処刑させるために身柄を武士に返したとする（八〇ウ5「本三位中将…」注解に見たように、〈南・屋・覚・中〉では重衡の身柄は衆徒に渡っている）。「般若路」は、般若寺の前を通る道、現在いわゆる奈良坂。般若寺の前の坂を下ると平城京の東京極大路に入るが、そこまでは重衡を生かしておかず、南都に入れる前に斬首する意。

○八一オ6　武士是ヲ聞テ三位中将ヲ木津川ノハタニ引居テ切ラントス　武士が衆徒の意見を汲み、重衡処刑に移る。木津川の河原での斬首を記す点は、〈長・盛異説・大・南・屋・覚・中〉同様（〈屋・中〉では衆徒が木津川の辺りで斬るように依頼して身柄を渡したとする）。〈盛〉独自記事は、本節冒頭八〇ウ5～注解に見たように、木津川より南の古堂で夜明けに斬られたとするが、大納言典侍が遺骨を高野に送ったと記した後に、一字下げで、「一説ニハ、重衡ヲ奈良坂ニテ斬首イヘリ」とも記す。『玉葉』六月二十三日条「伝聞、重衡首於二泉木津辺一切レ之、令レ懸二奈良坂一云々」、『愚管抄』巻五「重衡ヲバ、マサシク東大寺大仏ヤキタリシ大将軍ナリケリ。カク仏ノ御敵ウチテマイラスルシルシニセントテ、ワザト泉ノ木津ノ辺ニテ切テ、ソノ頸ハ奈良坂ニカケテケリ」などとあり、木津での処刑は事実である可能性が高い。但し、『醍醐雑事記』巻一〇（元暦二年六月二十二日条）は、「自二山科一通二醍醐一将下二東大寺一於奈良坂一刎レ頸了」と奈良坂での処刑とする。『吾妻鏡』六月二十三日条「今日、前三位中将重衡於二南都一殞レ首云々。是為二伽藍火災張本一之間、衆徒強申二請之一云々」は処刑場所を「南都」とする。『百練抄』同月二十一日条は、南都で斬首とした上で「法華寺鳥居前云々」と注記する（本文は八〇ウ8注解参照）。しかし、『百練抄』の記述は、ここで首が人々に見せられたという所伝（八二オ9参照）の誤解か。なお、〈長・盛異説・大〉は、処刑を差配していたのが頼兼であったと述べる。七七オ5注解に見たように、重衡の南都への護送と処刑の役は、頼兼が務めたと見られる。『醍醐雑事記』巻一〇は、「重衡頸切手」を「伊豆右衛門尉」即ち有綱とする。有綱は頼政の孫、仲綱次男で、頼兼には甥にあたる。『吉記』六月二十二日条は、頼兼・有綱を護送役とする。有綱は『尊卑分脈』「従五位下、使右衛門尉」。『吾妻鏡』文治元年十一月六日条、同二年六月二十八日条によれば、義経の聟となり、義経に従ったため討たれた。なお、〈南・覚〉はここで、「数千人の大衆、見る人、いくらといふかずをしらず」（〈覚〉）と多くの衆徒達の見物を記し、最期の場面と呼応する。八一ウ7注解参照。

○八一オ7　中将今ハ限ト思ハレケレハ信時ヲ招テ此辺ニ仏マシ〳〵ナンヤト宣フ　〈延〉では、信時は、大納言典侍から重衡の遺骸の始末などを命じられていた（前段・八〇オ5。「信時」の表記の異同については該当部注解参照）。重衡の依頼により、信時が仏像を探し出してくる点は、〈長・盛異説・大・南・屋・覚・中〉同様。〈盛〉なし。この場面で、信時が、重衡に付き添っていたと描かれる点は、〈長・盛異説・大〉同様（但し、〈大〉では八条院から遣わされていたとする）。〈南・屋・覚・中〉では、「知時」（〈覚〉）が処刑直前の重衡のもとに自らの意志で馳せ参じ、仏像を探し出したとする。

○八一オ8　信時走廻テ或堂ヨリ阿弥陀ノ三尊ヲ尋出奉テ来ケレハ　信時が重衡のために阿弥陀像を捜し出す。〈大〉ほぼ同。〈長〉は「朝時」が泣きながら走り回って捜し出したとし、〈盛異説〉は在家の人々が世間に恐れて出そうとしない中を捜し出したとする。一方、〈南・屋・覚〉は、重衡の願いに「知時」（〈覚〉）が「やすい御事候や」（〈覚〉）と答えて捜し出したとする。「或堂」は、〈長・盛異説・南・屋〉「（ある）古堂」、〈大〉「古寺」、〈中〉「ある御だう」、〈覚〉「そのへん」。「阿弥陀ノ三尊」（阿弥陀仏・観音菩薩・勢至菩薩）の像とするのは〈延〉の他に〈長・盛異説・中〉。〈大・南・覚・中〉は阿弥陀仏のみ。『山州名跡志』巻一六によれば、木津には古来、「平重衡生害ノ時、引導仏」であったとされる阿弥陀如来座像を本尊とする「哀堂」があり、現木津川市木津の安福寺とされる。境内には「平重衡塔」と称する十三重石塔があるなど、重衡関係の伝説を多く残す〈地名大系・京都府〉。なお、〈盛〉では木津川より南の旧堂を重衡最期の場とするが（八〇ウ5～注解参照）、源健一郎03は、この「旧堂」の場所としては、『保元物語』において頼長の死骸が実検された般若野の五三昧が想定されると指摘する。平安末期には、般若寺南方に共同墓地が形成されていたと考えられることについては、勝田至の考察がある。

○八一オ9　中将悦テ川原ニ東西ニ堀立奉テ中将ノ浄衣ノ袖ノ左右ノクヽリテ解テ仏ノ御手ニ結付テ五色糸ニ思准テ　〈延〉「東西ニ」は〈汲古校訂版〉が「長門本の『東向』がよいか」と注記する。阿弥陀の三尊を東西に並べて南北のいずれかから向き合うのではなく、東を向いた阿弥陀三尊に対して、重衡は西を向いて対面したものであろう。『往生要集』中・大文第六の第二臨終行儀には、「或説、仏像向レ東、病者在レ前」と見える。また、「クヽリテ解テ」は〈長〉「くゝりをときて」がよい。〈延・長・盛異説・大〉は重衡の浄衣の括り紐を解いて五色の糸に見立てたとする。〈南・屋・覚・中〉は「知時が狩衣の袖のくゝりをといて」（〈覚〉。〈中〉は「狩衣」ではなく「ひたゝれ」）用いたとする。往生を願う者が自身と阿弥陀仏像を糸で繋げたことは『日本往生極楽記』一六話、その糸が五色（青・黄・赤・白・黒）の縒り糸だったことは『法華験記』中・五一（『今昔物語集』一五・一一も同話）等に確認でき、平安中期以降の風習だったと考えられる。平安末期の事例には『吉記』寿永二年十一月八日条の吉田経房長女死去の記事「午刻許有ニ臨終行儀一、結ニ印契一、奉レ向ニ阿弥陀像一、引ニ五色糸一念仏」もある。

○八一ウ1　達多カ五逆罪還テ天王如来ノ記莂ニ預ル是則仏ノ御誓ノ空カラサル故也　以下、八一ウ6「引接シ給ヘ」まで、重衡の言葉。提婆達多の例を引き、往生を願う内容は〈長・盛異説・大・南・屋・覚・中〉も基本的に同様だが、〈南・覚〉では南都炎上は故意によるものではないという弁明が詳しい。〈盛〉独自記事では、重衡はこれまで善根を積んでこなかった上に南都炎上の罪業を積んだと述べ、弁明して僧に教えを請うが、提婆達多や阿弥陀の本願を引く言葉はなく、僧も提婆達多などにはふれない。本項は、〈長〉ほぼ同。提婆達多の例を引いて成仏の可能性を説く点は、〈盛異説・大・南・屋・覚・中〉にも見られるが、本文は多様で、〈屋・中〉は阿闍世王にも言及する。「五逆罪」は、〈長・大〉同。〈盛異説・南・覚・中〉「三逆」。〈屋〉「逆心」。「達多」（提婆達多）は釈迦の従弟で仏敵となったとされる。五逆罪は①父の殺害、②母の殺害、③阿羅漢の殺害、④仏の傷害、⑤教団和合の破壊、の五つ。三逆罪はこのうち③④⑤。提婆達多の罪は、『大般涅槃経』巻一九「如来有ニ弟提婆達多一。破ニ壊衆僧一、出ニ仏身血一、害ニ蓮花比丘尼一、作ニ三逆罪一」（大正一二・四七九b）のように三逆罪ともされるが、『入大乗論』巻下「云何名為不レ能三擁一護衆生二。提婆達多作二五逆罪一。而不三救度一以レ是当レ知。不レ能三擁一護衆生二」（大正三二・四五ａ）のように五逆罪ともされる。「莂」は「記莂」「記別」とも表記し、仏が弟子の来世・寿命等を予言すること。『法華経』提婆達多品に、釈迦が提婆達多の来世を天王如来としたことが見える（大正九・三五ａ）。

〇八一ウ2　然ハ重衡カ年来ノ逆罪ヲ飜テ必ス安養ノ浄土ヘ引導シ給ヘ　南都を焼いた重衡も、提婆達多と同じように救われるはずだと述べて、往生を願う。〈長・盛異説・大・南・屋・覚・中〉に同内容あり。〈大〉は「古ヘ今マ異といへども善根更ニ変ずべからず。名号の力には無始より已来の罪障消滅す。南無西方極楽世界阿弥陀如来」と本文が異なる。

〇八一ウ3　弥陀如来ニ四十八ノ願マシマス第十八ノ願ニハ欲生我国ト乃至十念若不生者不取正覚ト誓アリ　「四十八ノ願」は阿弥陀如来が法蔵菩薩だった過去世で立てた願。『仏説無量寿経』（大無量寿経）などに説かれる。その第十八願「設我得仏。十方衆生。至心信楽。欲生我国。乃至十念。若不生者。不取正覚」（『無量寿経』上。大正一二・二六八ａ）は、心から念仏する者を必ず浄土に迎えると説き、最重要とされる。第五末・五三オ6注解参照。

〇八一ウ6　十念高声ニ唱給ケル其御声ノ未終サルニ御頸ハ前ニ落ニケリ　最期の十念の途中で重衡の首が落ちる。「十念」は〈長・覚〉同、〈盛異説〉「百返バカリ」、〈中〉「数百へん」。〈南・屋〉は「念仏」のみ。〈大〉「御手を合せ給へば御首は前に落にけり」。声の終わらない瞬間に首が落ちるという点では宗盛の最期（七六ウ2）に類似。秋山寿子は、〈延〉の宗盛と重衡の最期は、両者を印象的に対比しているとする。なお、〈盛〉独自記事では、重衡は予告せず不意に自分の首を切るように命じたとし、殺害場面は記されない。

〇八一ウ7　信時首ヲ地ニ付テ叫フ是ヲ見人千万ト云事ヲ不知ニ皆涙ヲ流ヌハ無リケリ　信時の悲嘆と、主従の死別の様子を見た見物人の涙。〈長・盛異説〉同様。〈南・屋・覚・中〉「日比の悪行はさる事なれども、いまのありさまを見たてまつるに、数千人の大衆も守護の武士も、みな涙をぞながしける」（〈覚〉）。〈大〉なし。〈南・覚〉は、先にも多くの見物人の存在を記していた。八一オ6注解参照。

卅七　北方重衡ノ教養シ給事

卅七
サテシモ可有ナラネハ信時以下ノ者共中将ノ空キ骸ヲ輿〔ニカ〕
〔キテ〕日野ヘソ返ニケル北方車寄セニ走出テ首モ無人〔ニ〕取付　（八一ウ）
〔テ〕音モ不惜一オメキ叫給フソ無慚ナル年来ハ今一度相見　（八二オ）
事ノハヽ数《事ノ》ナラス中〳〵ニ一谷ニテイカニモ成給タリセハ今日ハ日
数モ経レハ歎モウスカラマシ花ヤカナリシ体ニテオワシツルニ
タノ風ハ何ナレハ紅深ハナラルラン只同道ニトモタヘコカレ給ヘト
モ答物モ無リケリ夜ニ入テ薪ニ積籠奉テヨハノ煙ト成シテ
後骨ヲ拾ヒ基ヲツキ卒都婆立テ骨ヲハ高野ヘ送給ニ
ケリ哀ナリシ事共也中将ノ首ヲハ南都ノ衆徒ノ中ヘ送リ
タリケレハ大衆請取テ東大寺興福寺ノ大垣ヲ三度引廻テ

法花寺ノ鳥居ノ前ニテ鉾ニ貫テ高ク指上テ人ニ見セテ
般若寺ノ大卒都婆ニ針付ニツシタリケル首ハ七日カ程ハ

（八二ウ）

有ケルヲ北方春乗房上人ニ乞請給テ高野山へ送給テケリ
北方心ノ中押量ラレテ無慚也彼春乗房上人ト申ハ右馬大
夫季重孫右衛門大夫季能○《子》也上醍醐法師也東大寺
造営ノ勧進ノ上人ニテ情オワシケレハ三位中将ノ首ヲモ北
方へ奉リニケリ権者ニテオワシケレハ慈悲モ深クオワシケルニヤ

〔本文注〕

○八二オ２　**数《事ノ》ナラス**　「数」の右に「事ノ」と傍書。傍書は本文と同筆か。

○八二オ５　**奉テ**　「奉」は重ね書き訂正があるか。

○八二オ６　**基**　〈吉沢版〉〈北原・小川版〉「墓」。〈汲古校訂版〉は「墓」に訂するが、底本「基」と注記。

○八二ウ３　**季能○《子》也**　「能」の下に○印（補入符）、「也」の右側に「子」と傍書。傍書は本文と同筆か。

○八二ウ３　**上醍醐法師**　「醍醐」は略体の「酉酉」。

〔釈文〕

卅七（北方重衡の教養し給ふ事）

さてしも有るべきならねば、信時以下の者共、中将の空しき骸を輿にかきて、日野へぞ返りにける。北の方車寄せに走り出でて、首も無き人に取り付き▼八二オて、音《こゑ》も惜しまず、をめき叫び給ふぞ無慚なる。「年来は今一度相ひ見し事のはは事の数ならず。中々に一谷にていかにも成り給ひたりせば、今日は日数も経れば、歎きもうすからまし。花やかなりし体にておはしつるに、夕の風は何《いか》なれば紅深くはならるらん。只同じ道に」と、もだえこがれ給へども、答ふる物も無かりけり。夜に入りて、薪に積み籠め奉りて、よはの煙と成して後、骨を拾ひ墓をつき、卒都婆立てて、骨をば高野へ送り給ひにけり。哀れなりし事共也。

中将の首をば南都の衆徒の中へ送りたりければ、大衆請け取りて、東大寺興福寺の大垣を三度引廻して、法花寺の鳥居の前にて鉾に貫きて、高く指し上げて人に見せて、般若寺の大卒都婆に釘付にぞしたりける。首は七日が程は▼八二ウ有りけるを、北の方、春乗房上人に乞ひ請け給ひて、高野山へ送り給ひてけり。北の方の心の中、押し量られて無慚也。

彼の春乗房上人と申すは、右馬大夫季重が孫、右衛門大夫季能が子也。上醍醐の法師也。東大寺造営の勧進の上人にて、情けおはしければ、三位中将の首をも北の方へ奉りにけり。権者にておはしければ、慈悲も深くおはしけるにや。

〔注解〕

○八一ウ9～（北方重衡ノ教養シ給事）　本段は諸本に該当記事あり。但し、〈盛〉は前段冒頭・八〇ウ5～注解に見たように特殊な構成で、南都から出たという独自記事も〈盛異説〉（低書部）も、本段に該当するのは「友時」及び地蔵冠者・十力法師が重衡の遺骸を輿に乗せて日野に帰ったとする内容のみ（「友時」等の表記は独自記事も異説も共通で、どちらもこの記事を以て終わる）。しかし、それらの記事が終わった後、続けて、「既ニ車寄ニ奉二入舁一。北方ハ兼思儲タリツル事ナレバ…」と、通常の表記に戻り、〈延〉八一ウ10以下に該当する大納言典侍の嘆きを記し、そこからは〈延・長〉に近い本文で本段の内容を記す。また、〈南・屋・覚・中〉は、本段該当記事を大納言典侍の出家を以て結ぶが、出家は〈延〉では重衡との対面直後（八〇ウ3以下）に記されていた。

○八一ウ9　サテシモ可有ナラネハ信時以下ノ者共中将ノ

空キ骸ヲ輿〔ニカキテ〕日野ヘソ返ニケル　「信時以下ノ者」は信時・地蔵冠者・十力法師の三人を指すのだろう（八〇オ9注解参照）。〈長〉は「木工馬允」（信時）のみを登場させるほか、「輿」を「あふだ」とする。「あふだ（箯輿）」はアミイタ（編み板）の転で、木や竹を網代に組んで作る即製の乗り物。輿の一種〈角川古語〉。〈盛〉は前項参照。〈大〉「体をば日野へとて帰り」。〈南・屋・覚・中〉は、まず首の行方を記し、首のない体だけでも供養したいので「輿をむかへに」（〈覚〉）派遣したとする。そのうち〈南〉は、大納言典侍に代わって大夫三位が観音冠者などを派遣したとする（八〇オ9注解参照）。〈屋・中〉は大納言典侍が観音冠者・地蔵冠者・十力法師の三人を派遣。〈覚〉は使者の名不記。

〇八二オ1　年来ハ今一度相見事ノハヽ数《事ノ》ナラス　以下、八二オ4「只同道ニ」まで、大納言典侍が重衡の亡骸に話しかけた言葉。本項は文意不明瞭。〈長〉「年来はいま一どあひみる事もなくて、さてやゝみなんと思ひつる事は、物のかずならず」。〈延〉「今一度相見事ノハ、」は、本来〈長〉のような本文から、「事」の目移りにより傍線部を脱し、さらに「事は」を「言葉」（ことのは）と解したために生じた形か。〈盛〉「今一度見事モナクテ、サテヤミナント日比思ケルハ物ノ数ナラズ」。「以前はもう一度会うこともできないのかと悲しんでいたが、それは大した悲しみではなかった（なまじ再会を果たしたために、その死がよけいに悲しい）」の意。〈南・屋・覚・中・大〉は大納言典侍の言葉なし。〈南・屋・覚〉は地の文で、〈南・覚〉「昨日まではゆゝしげにおはせしかども、あつきころなれば、いつしかあらぬさまになり給ひぬ」（〈覚〉）、〈屋〉「空キ姿ヲミ給テ、何斗ノ事カ思ハレケン、二目共見給ハズ」と描く。

〇八二オ2　中〱ニ一谷ニテイカニモ成給タリセハ今日ハ日数モ経レハ歎モウスカラマシ　〈長・盛〉同様。いっそ一谷で亡くなっていたのであれば、今頃は悲しみも薄れてくる頃だろうに（なまじ生きながらえて再会を果たしたのでよけいに悲しい）、の意。

〇八二オ3　花ヤカナリシ体ニテオワシツルニタノ風ハ何ナレハ紅深ハナラルラン　言葉。「花ヤカナリシ……タノ風ハ……」は対句調だが不完全で、かつ「タノ風ハ何ナレハ紅深ハナラルラン」も文意不明瞭。〈長〉「今朝は、はなやかなりしすがたにて見たてまつるに、ゆふべの無常の風は、いかなれば、くれなゐふかくそまるらん」、〈盛〉「今朝ハ声花ナル皃ニテ見給ツルニ、今夕ハ紅ヲ染テ頸モナケレバ、サコソハ悲シカリケメ」によれば、「朝は美しい姿だったのに、夕暮には無常の風に吹かれ、血に染まってしまった」という意味の文が崩れた形か。

○八二オ5　夜ニ入テ薪ニ積籠奉テヨハノ煙ト成シテ後骨ヲ拾ヒ基ヲツキ卒都婆立テ骨ヲハ高野へ送給ニケリ　「基」は〈長・盛〉「墓」がよい。日野の周辺で重衡の遺体を葬り、骨を高野山へ送ったという記述は〈長・盛・大〉同様。〈延〉では「夜ニ入テ」とあるので、処刑されたその日の夜に葬送をすませたと読める。〈長・盛・大〉は「夜ニ入テ」を欠くが同様に読めよう。なお、〈盛〉では「上ノ山」で火葬したとする。日野の近くの山か。一方、〈南・屋・覚・中〉では、遺体を引き取った後、重源のはからいで首も引き取り、「頸もむくろも煙になし」（〈覚〉）、その後、高野に骨を送ったと描く。〈南・覚〉では遺体が「あつきころなれば、いつしかあらぬさまになり給ひぬ。さてもあるべきならねば…孝養あり」（〈覚〉）とするので、処刑から少し経って遺体を葬り、その後に首を引き取ったと読めるが、〈中〉では「ひとつたきゞにつみこめて、けぶりとなし…」と、遺体も首も一度に火葬したように読める。また、〈南・覚〉では法界寺の僧侶を請じて葬ったとする。法界寺は八○ウ3注解参照。なお、勝田至は『中右記』保安元年（一一二〇）九月二十六日条の「日野南廿五三昧地」という記述から、平安末期の法界寺南方に共同墓地があったことを指摘する。「骨ヲハ高野へ送給ニケリ」は、平安後期から行われた高野山への納骨。〈延〉では俊寛（第二本・六三ウ5）、明雲・円恵法親王（第四〈巻八〉・六一オ8）の例がある。第二本・六三ウ5注解参照。高野山納骨と弘法大師入定信仰との関連については白井優子、高野聖と納骨信仰の関わりについては五来重などの研究がある。

○八二オ7　中将ノ首ヲハ南都ノ衆徒ノ中へ送リタリケレハ大衆請取テ東大寺興福寺ノ大垣ヲ三度引廻テ　〈長・盛〉同様。〈大・南・屋・覚・中〉なし。重衡を生きたまま引き回すことは、当初、衆徒が主張しており、また、〈屋〉では既に生前の重衡を引き回していた。八〇ウ6注解参照。重衡の首の引き回しの史実については未詳だが、都大路を引き回す首渡になぞらえたものか。なお、〈南・屋・覚・中〉では、「日来の悪行はさる事なれども、いまのありさまを見たてまつるに、数千人の大衆も守護の武士も、みな涙をぞながしける」（〈覚〉）などとし、斬首後は南都の衆徒の重衡に対する敵意を強調しない。

○八二オ9　法花寺ノ鳥居ノ前ニテ鉾ニ貫テ高ク指上テ人ニ見セテ

〈長・盛・中〉同様。〈大〉は「首をば奈良の法花寺の神門の前ニかけられ」と、般若寺ではなく、ここに梟首したとする。〈南・屋・覚〉なし。法花寺の鳥居についてはハ〇ウ8注解参照。『百練抄』ではここで斬首したとする。八一オ6注解参照。

〇八二オ10　般若寺ノ大卒都婆ニ針付ニツシタリケル　類似記事は〈長・盛・南・屋・覚〉あり、〈大〉なし（前項注解参照）。「般若寺ノ大卒都婆ニ」は、〈中〉同。〈長〉「般若野のそとばに」、〈盛〉「般若野ノ道ノハタニ大卒都婆ヲ立テ」、〈南〉「般若寺ノ大率都婆ノソバニ」、〈屋〉「般若路ノ大率都婆ノ前ニ」、〈覚〉「般若寺大鳥居のまへに」と、微妙に異なる。般若寺の中か外か、首を卒都婆そのものに付けたのか卒都婆の近くにさらしたのかなど、揺れがあろう。「針付」は〈南〉も同じだが、〈長・屋・覚・中〉の「釘付」（〈屋〉）がよいか。〈盛〉「張付」。八一オ6注解に見たように、重衡の首は、『玉葉』六月二十三日条や『愚管抄』巻五では「奈良坂」に懸けたとされる。七七オ4や八一オ2注解に見たように、「奈良坂」は般若寺周辺を含むとも考えられ、重衡の首が実際に般若寺周辺にさらされた可能性は高いといえよう。また、般若野という土地柄もあり（八一オ8注解参照）、般若寺周辺には重衡に関わる伝承が生成したようで、世阿弥時代の能とされる「重衡」（笠卒都婆）では、奈良坂に立つ笠卒都婆の陰から重衡の亡霊が現れる。但し、現在の般若寺にある笠塔婆二基は弘長元年建立（一二六一）で、般若野の五三昧にあったが近代に寺内に移したもの〈地名大系・奈良県〉。

〇八二オ10　首ハ七日カ程ハ有ケルヲ北方春乗房上人ニ乞請給テ高野山へ送給テケリ　〈長〉ほぼ同。〈盛〉も同様だが、「サシモ罪深人ナレバ、後ノ世ヲ弔バヤト思侍」云々という大納言典侍の言葉を記す。〈大〉は首を日野に送り、大納言典侍が菩提を弔ったとする。〈南・屋・覚・中〉では首も遺体も大納言典侍が引き取って葬送し、遺骨を高野に送ったと描くが（八二オ5注解参照）、首を引き取ったのは重源の助力によるとする。春乗房（俊乗房）は重源。次項注解参照。『高野春秋編年輯録』巻七、元暦元年（文治元年の誤りか）七月日条では、「木工允友時齎ニ平重衡之髑髏一。来ニ奥院一。是法然上人乞ニ得梟首一。送ニ遣日野里一。平後室令ニ友時来葬一也」と、法然の関与を記し、「友時」が髑髏を届けたとする。重衡の葬送や供養などについて、重源や法然の関与の史実性は未詳。塩山貴奈は重源と日野家の関係を指摘しつつ、重衡処刑直後に重源が供養に関与したという痕跡はほとんど見られないとして、後に勧進の語りの中で生まれた伝承と考える。

〇八二ウ2　彼春乗房上人ト申ハ右馬大夫季重孫右衛門大

夫季能・也子　以下、春乗房（俊乗房）重源に関する記事。〈長・盛〉にもあるが、〈大・南・屋・覚・中〉なし。本項はその出自。〈長・盛〉では季重を「左馬大夫」とする。また、〈盛〉はその後に「黒谷ノ法然房ノ弟子也」とする。重源（一一二一―一二〇六）は、『尊卑分脈』では紀季輔の孫で、左馬允季重の三男、「俗名刑部左衛門重定」とする。群書類従本・続群書類従本『紀氏系図』も同様だが、俗名の注記はなし（「刑部左衛門」の名は、文覚発心譚において盛遠の恋敵を重源に付会する、〈四〉などに見える所伝を誘発したかと見られるが、重源を「刑部左衛門」と呼んだこと自体、史実性は怪しい。第二末・一九オ8注解参照）。重源の出自を紀氏とする書は、紀氏系図類の他、『浄土寺開祖伝』など多い。小林剛はこの所伝に疑問を提示しつつ、「一応、この紀氏系図の説に従って、重源を紀氏の出としておきたい」とする。一方、中尾堯は紀氏出身であることは間違いないとする。また、法然の弟子とする〈盛〉の記述は、巻二五で法然が東大寺大仏殿勧進職を固辞し、代わって「門徒ノ僧中」から重源を推挙したと記すことに符合し、類似の記事は『法然上人伝』（四十八巻本）巻三〇にも見える。だが、これは浄土宗側の主張と見られ、史実性は疑わしい（田村円澄、裏辻憲道など）。なお、重源は第六末・卅三（三十五）「土佐守宗実死給事」にも登場する。

○八二ウ3　上醍醐法師也　〈長〉同。〈盛〉「上醍醐ニ蟄居シテ専憂世ヲ厭ケル程ニ」。重源が僧侶として初めて止住したのが醍醐寺であったことは、『東大寺続要録』供養篇本所収の文治元年八月二十三日付敬白文に「初住二醍醐寺一、後棲二高野山一」と見える。『浄土宗開祖伝』によれば、出家は十三歳のことであった。『法然上人伝』（四十八巻本）巻四五には「俊乗房重源は上の醍醐の禅徒にて、真言の薫修ふかゝりけるが」とあり、『醍醐寺新要録』巻五・経蔵篇からは上醍醐の円明房にいたこともわかる（小林剛）。

○八二ウ3　東大寺造営ノ勧進ノ上人ニテ情オワシケレハ三位中将ノ首ヲモ北方ヘ奉リニケリ　〈長〉同様。〈盛〉も基本的に同内容。重源は東大寺再建を勧進したことで著名。その重源が関わることにより、重衡が東大寺を焼いた重い罪業から救われるということができよう。

○八二ウ5　権者ニテオワシケレハ慈悲モ深クオワシケルニヤ　〈長・盛〉も類似の文があるが、「権者ニテオワシケレハ」はなし。「権者」は仏菩薩が衆生を救うために、仮に姿を現わしたもの〈日国〉。重源を「権者」とする記述は〈盛〉巻二五にもある。そこでは、東大寺大勧進を成し遂げれば「御房ハ一定ノ権者也」と法然から言われ、無事成し遂げて人々から「直人ニハアラジ」と言われたことや、貞慶が重源を釈迦の化身、重源が貞慶を観音の化身だと同時に夢で見たとも語る（前者の類話は『古事談』三・一〇五、『古今著聞集』一・二六にも見え、後者の類話は『東大寺縁起絵詞』『多聞院日記』にも見える）。重源は自らを「化主」と主張していたようで、『愚管抄』巻六には「大方東大寺ノ俊乗房ハ、阿弥陀ノ化身ト云コト出キテ、ワガ身ノ名ヲバ南無阿弥陀仏ト名ノリテ」とある。このような重源の伝承については追塩千尋の論に詳しい。なお、〈長・盛〉はこの後、各々独自異文の重衡評あり。〈長〉では、重衡は仁義礼智信に背いたゆえ、神明仏陀の加護に与らなかったとし、〈盛〉では南都焼討ゆえの因果応報であり、奈落の底に落ちることを思うと無慙であるとする。佐伯真一は、〈長〉の批判は哀惜すべき重衡造型の後に突然記され、唐突であると評する。〈盛〉における重衡の問題については、前段冒頭・八〇ウ5〜注解参照。

卅八　宗盛父子ノ首被渡一ラ被懸事

（八二ウ）

卅八
廿三日宗盛父子ノ首ヲ検非違使三条川原ニ出向テ武士ノ手ヨリ請取テ大路ヲ渡テ左ノ獄門ノ木ニ懸ケリ法皇三条東ノ洞院ニ御車ヲ立テ御覧アリ西国ヨリ帰テハ生ナカラ七条ヲ東ヘ渡シ東国ヨリ上テハ死〔後〕三条ヲ西ヘ被渡一生ノ恥死ノ恥何

〔モ〕不劣二ソミヘケル三位以上ノ人ノ首ヲ獄門ノ木ニ〔懸〕事先例 10

（八三オ）

〔ナ〕シ信頼卿サハカリノ罪ヲ執〔犯〕シタリシカハ首ヲ被刎一タリシ〔カ〕 1

トモ獄門ニハ不被懸一無慚ナリシ事共也 2

〔本文注〕

〇八三オ1　罪ヲ執〔犯〕シ　「執」の左側に見せ消ち記号と思われる墨点、右側に「犯」と傍書か（傍書は虫損で判読しにくい）。「執」を「犯」と訂したものか。〈吉沢版〉〈北原・小川版〉「犯」。〈汲古校訂版〉「執」。

〔釈文〕

卅八（宗盛父子の首渡され懸けらるる事）

廿三日、宗盛父子の首を、検非違使、三条川原に出で向かひて、武士の手より請け取りて、大路を渡して、左の獄門の木に懸けけり。法皇、三条東の洞院に御車を立てて御覧あり。西国より帰りては、生きながら七条を東へ渡し、東国より上りては、死して後三条を西へ渡さる。生きての恥、死しての恥、何《いづ》れも劣らずぞみえける。三位以上の人の首を獄門の木に懸くる事、先例▼（八三オ）なし。信頼卿さばかりの罪を犯したりしかば、首を刎ねられたりしかども、獄門には懸けられず。無慚なりし事共也。

〔注解〕

〇八二ウ6～　（宗盛父子ノ首被渡ラ被懸事）　本段は宗盛父子の首渡を描く。この記事の位置は、〈長・大〉は〈延〉と同様。〈盛・南・屋・覚・中〉は宗盛父子処刑の直後に置く（七七オ1注解参照）。〈四〉なし（六六ウ9～注解参照）。また、記事内容は、〈長・大・南・屋・覚・中〉は〈延〉と大差ないが、〈盛〉は、首渡の可否について議論があったことを詳述し、首渡の記事自体も比較的詳細。首渡の可否について、『玉葉』元暦二年六月二十二日条によれば、兼実は泰経を通じて後白河院の諮問を受け、「於二近江辺一可三梟二首其首一、可レ渡二使庁一哉、将可二棄置一哉」と問われて、「此事左右、只可レ在二勅定一」と答えている。その翌日、首渡が実行された。同二十三日条によれば、左大臣経宗の判断によるという。また、『吉記』同年同月二十二日条は「入レ夜内大臣宗盛首可レ被レ渡之由風聞、依レ為二希代事一、駕二幣車一遣二出於六条高倉一（中略）魁首宗盛卿首〈大臣首被レ渡レ之、恵美大臣例歟。誠希代珍事也。大蔵卿奉内々叡旨、仰合三丞相云々〉」と記し、後白河院の諮問先として左大臣経宗・右大臣兼実・内大臣実定の三名を挙げる。公卿の首渡の可否は、一谷合戦後にも議論された。第五本・九二ウ7、同10注解等参照。

○八二ウ6　廿三日宗盛父子ノ首ヲ検非違使三条川原ニ出向テ武士ノ手ヨリ請取テ　「廿三日」は〈長・盛・大・南・屋・覚・中〉同。首の受け取り場所「三条河原」は、〈南・屋・覚・中〉同。〈盛〉「六条河原」、〈長〉「大炊御門河原」。〈大〉なし。「武士ノ手ヨリ」は、〈長〉同。〈大〉「判官の手より」、〈南・屋・覚・中〉なし。「二十三日」は、『玉葉』『吾妻鏡』『百練抄』に一致。『吉記』によれば経房は二十二日黄昏に首を受け取ったとするが、『醍醐雑事記』では二十二日に入京、二十三日に首渡しがあったとしており、二十二日の夕刻に首を検非違使に引き渡し、翌日に大路を渡したものか。受け取り場所は、『吉記』二十日条、『吾妻鏡』同日条に六条河原とあり、『醍醐雑事記』に「六条ヲ渡レ西」とあることからも「六条河原」が正しいだろう。なお、〈盛〉は首を受け取った検非違使の名を「知康・範貞・信盛・公朝・明基・経弘等」と、六名列挙する。『吉記』二十二日条に「廷尉七人、府生久忠・経弘・志明基・尉□朝・信盛・章貞・大夫尉知康」、『吾妻鏡』二十三日条に「検非違使大夫尉知康・六位尉章貞・信盛・公朝・志明基・府生経広・兼康等」とあるのに多く一致する。

○八二ウ7　大路ヲ渡テ左ノ獄門ノ木ニ懸ケリ　〈盛・南・覚・中〉同。〈長・大〉「大炊御門の大路をにしへわたして」（〈長〉）、〈屋〉「三条ヲ西へ、東ノ洞院ヲ北へ渡シテ獄門ニゾ被懸ケル」。『吉記』二十二日条「其路、西行二六条一至二東洞院一、北行至二于中御門一、西行至二于西洞院一、北行至二于獄門一云々」は、首渡の経路をも示し、最終到着点を東獄とする。『玉葉』二十三日条は「及レ晩渡二使庁一了」、『愚管抄』巻五も「前内大臣頸ヲバ使庁ヘワタシケレバ」とする。検非違使庁は近衛北・堀川西、東獄は近衛南・西洞院西で、ほど近いが、ここはあるいは獄も検非違使の管轄として「使庁」と称したか。『吾妻鏡』二十三日条、『百練抄』同日条は、首を獄門に懸けたと記す。

○八二ウ7　法皇三条東ノ洞院ニ御車ヲ立テ御覧アリ　〈盛・屋・中〉類同。〈長・大・南〉も類似だが、「三条東ノ洞院」は、〈長〉「大炊御門東洞院」、〈大〉「東洞院」、〈南〉なし。〈覚〉は該当記事なし。〈屋・中〉はこの直後に、〈屋〉「指モ御糸惜ミ深カリシ近臣ニテ御坐ケレバ、サスガニ哀ニ被思召テ御涙セキアヘ給ハズ」、〈中〉「法皇御心よはくも、れうがんに御涙せきあへさせ給はず」と、後白河の悲しみを描く。さらに〈盛・南・中〉は、この直前に〈盛〉「京中・白川・辺土・近国輩、競集テ見之」、〈南〉「見人又数ヲ知ラズ」、この直後に〈中〉「公卿・殿上人・上人の車もおなじくたてならべたり」と、多くの人々が首を見に来たことを記す。後白河院が宗盛の首渡を見物したことは、『玉葉』六月二十三日条、『百練抄』同日条、『吉記』同月二十二日条、『醍醐雑事記』巻十・同日条などに確認できる。これらのうち、『百練抄』は場所を「三条東洞院」と記す。宗盛の首渡が六条から中御門まで東洞院大路を通ったと見られること、他の首渡も多く同様の経路を取ったと見られることについては、菊池暁の指摘がある（第三本・三一オ7注解、第五本・三五ウ9注解参照）。なお、後白河院が義仲の首渡や平家一門大路渡を見物した場所は六条東洞院だったとされる（第五本・三五ウ7、第六本・五三ウ10）。該当部注解参照。

○八二ウ8　西国ヨリ帰テハ生ナカラ七条ヲ東ヘ渡シ東国ヨリ上テハ死〔後〕三条ヲ西ヘ被渡一生ノ恥死ノ恥何〔モ〕不劣一ソミヘケル　〈長・盛・南・屋・覚・中〉も類同だが、次項以下の後、本段末尾の位置に記す。また、〈盛〉は「三条ヲ西ヘ」を「洞院ヲ北ヘ」とし、〈南・屋・覚・中〉は「七条」を「六条」とする。〈大〉なし。「西国ヨリ帰テハ…」は、壇浦で捕らわれて入洛した際のことをいう（〈盛〉では首渡しに反対する実定の意見の中で「先日乍レ生已ニ被レ渡二洛中一」とあり）。しかし、その時に七条大路や六条大路を通ったことは諸本に見えない。五三ウ10及び五四ウ4注解に見たように、その際の経路は不明だが、朱雀大路を北上した後、六条堀川の義経の宿所に入るまでの間に、七条または六条大路を東へ向かったとするものか。なお、金刀比羅本『保元物語』下「左大臣殿の御死骸実検の事」に、頼長を「生の恥、死ての恥、返々も口惜しかりし事共也」と批判する文があり、本段の『平家物語』諸本の中では〈中〉に最も近い。半井本『保元物語』等には見出せないものであり、『平家物語』当該部分の影響を受けた可能性があろうか。

○八二ウ10　三位以上ノ人ノ首ヲ獄門ノ木ニ〔懸〕事先例〔ナ〕シ　〈長・盛・大〉同様。〈南・覚・中〉は獄門に懸けたことだけではなく、大路を渡したことも異例とする。また、「先例ナシ」にあたる句の前に、〈南・屋・覚〉は「異国には其例もやあるらん」（〈覚〉）、〈中〉は「てんぢく・しんたんはしらず」を加える。公卿の首渡しが異例で問題とされたことについては、本段冒頭八二ウ6～注解参照。

○八三オ1　信頼卿サハカリノ罪ヲ執〔犯〕シタリシカハ首ヲ被刎一タリシ〔カ〕トモ獄門ニハ不被懸一　「執シタリシカハ」は、〈長〉に「犯たりしかば」とあるように、傍書の「犯」がよい。この点を除き、〈長・盛・大・南・屋・覚〉に類似の文あり。〈中〉なし。平治の乱の首謀者である藤原信頼ですら首渡しはなかったという先例の確認。〈盛〉は「謹考二故実一」とした後に前項該当文を記した後、恵美押勝の例を詳しく述べ、続いて信頼の例を引く。〈南・屋・覚〉は、信頼の形容に〈屋〉「希代の朝敵」、〈南・覚〉「悪行人」（〈覚〉）の語を用い、また、「平家にと（ツ）てぞかけられける」（〈覚〉。梟首されたのは平家が初めてである意）とする。

○八三オ2　無慚ナリシ事共也　他本はこの句を欠き、「生ノ恥死ノ恥何〔モ〕不劣一ソミヘケル」に当たる句で本段を結ぶ。但し〈盛〉は「死ノ恥、生ノ辱、トリ〳〵ニコソ無慙ナレ」と、「無慙」の語を用いて結び、また、その前に「如レ此例、依二時儀一被二始行一事ナレ共、両度被レ渡二大路一之条、刑法甚トゾ、人傾ケル」と記し、宗盛父子を二度大路渡しで辱めた措置を批判する。『平家物語』諸本において、宗盛は基本的に批判の対象であり、ここでも「無慚」を「恥知らず」といった批判の語と捉えることもできる（二八オ3、四〇オ1注解参照）。だが、公卿としては前代未聞のむごい扱いに、一抹の同情を見せた批評ととることも可能だろう。次段の髑髏尼説話も、「哀ニ無慚ノ事ナリ」と、類似の言葉で同情的に結ばれる。

卅九　経正ノ北方出家事　付身投給事

1　髑髏尼

卅九
故修理大夫経盛嫡男皇后宮亮経正ノ北方ハ左大〔臣伊〕
通ノ御孫鳥飼大納言ノ御娘トカヤ其腹ニ六ニナル若君ヲ
ワシケリ仁和寺ノ奥ナル所ニ忍テオワシケリ武士尋出シテ
今日六条川原ニテ首ヲキル母上モ付テオワシタリ天ニ仰キ地ニ
伏テモタヘコカレケレトモナシカハ甲斐アルヘキ若君遂ニ被切一ニ
ケリ少ケレハニヤ首ヲハ大路ヲモ渡ス獄門ニモ不被懸一川原ニ
切捨タリケルヲ右ノ膝ノ上ニ置テヲメキ叫ケルカ後ニハ息モ絶テ
音モセス折節小原ノ堪敬上人此程多ル死骸見テ無常ヲ

（八三オ）

（八三ウ）

モ観ント覚シテ六条河原ヲ下リニ通リ給ケルカ此人ヲ見給テ
立留テ宣ケルハ今ハ何ニ思召トモ甲斐アルマシ只体ヲカヘ念
仏ヲモ申テ後生ヲ訪給ヘイサヽセ給ヘ大原ヘトテ若君ノ骸ヲ
ハ共ナリケル法師原ニ持セテ大原ノ来迎院ニ送リ置ツ母上ハ
軈テ出家セラレニケリ首ヲハ母上懐ニ入テ天王寺ニ詣テ百
日無言ニテ念仏被申一ケルカ此懐ナル首日数ノ積ルマヽニハ
アタリモクサカリケレハ人髑髏尼トソ申ケルサテ百日ニ満シケ
ル日渡辺川ニ行テ西〔三〕向テ手ヲアサヘ高声念仏千返
計申テ身ヲ投給ヒニケリ哀ニ無慚ノ事ナリ

〔本文注〕

○八三ウ1　六条河原ヲ　「ヲ」は重書訂正。訂正された字は不明。

〔釈文〕

卅九（経正の北の方出家の事、付けたり身を投げ給ふ事）

故修理大夫経盛が嫡男、皇后宮亮経正の北の方は左大臣伊通の御孫、鳥飼大納言の御娘とかや。其の腹に六つになる若君おはしけり。仁和寺の奥なる所に忍びておはしけり。武士、尋ね出だして、今日、六条川原にて首をきる。母上も付きておはしたり。天に仰ぎ地に伏して、もだえこがれけれども、なじかは甲斐あるべき。若君、遂に切られにけり。少《をさな》ければにや、首をば大路をも渡さず、獄門にも懸けられず。川原に切り捨てたりけるを、右の膝の上に置きて、をめき叫びけるが、後には息も絶えて音もせず。

折節、小原の堪敬上人、此程多かる死骸見て、無常を▼八三ウも観ぜんと覚して、六条河原を下《さが》りに通り給ひけるが、此の人を見給ひて、立ち留まりて宣ひけるは、「今は何《いか》に思し召すとも甲斐あるまじ。只、体《さま》をかへ、念仏をも申して、後生を訪ひ給へ。いざ、させ給へ、大原へ」とて、若君の骸をば共なりける法師原に持たせて、大原の来迎院に送り置きつ。母上は軈《やが》て出家せられにけり。

首をば母上が懐に入れて、天王寺に詣でて、百日無言にて念仏申されけるが、此の懐なる首、日数の積るままには、あたりもくさかりければ、人、「髑髏尼」とぞ申しける。さて、百日に満じける日、渡辺川に行きて、西に向かひて手をあざへ、高声念仏、千返計《ばか》り申して、身を投げ給ひにけり。哀れに無慚の事なり。

〔注解〕

○八三オ3～（経正ノ北方出家事　付身投給事）　本節は、いわゆる髑髏尼説話。諸本のうち、〈延・長・盛〉及び城一本巻一二（以下〈城一〉。翻刻は新潟大学人文学部中世文学研究室による）に見られる説話。〈延〉は、経正遺児の物語としての本話を宗盛父子首渡記事に続けて置く。〈長〉は宗盛被斬と重衡被斬の間に置くが、経正遺児の物語としての本話を宗盛・重衡の記事に近いところに置く点では〈延〉と同様。一方、〈盛・城一〉は、重衡遺児の物語としての本話を六代説話の直前に配置する（〈盛〉は巻四七冒頭近く）。この点、浜畑圭吾は、〈盛〉が〈延・長〉のような建礼門院の大原行に繋がる「無慚」の物語の中からこの説話を取り出して、維盛と重衡それぞれの遺児を対比するべく再構成したと読む。本話の主要な登場人物は、若君、若君の母（「髑髏尼」）及び上人だが、登場人物や場の設定などの構成要素等に異同が多い。次頁に一覧しておく。一覧する限り、〈延・長〉の大原来迎院系統の説話と〈盛・城一〉の東山長楽寺系統の説話とに分類できる。その変容

	〈延〉	〈長〉	〈盛〉	〈城〉
若君の父	平経正	平経正	平重衡	平重衡
若君の母	鳥飼大納言女	鳥飼中納言女	内裏女房	内裏女房
上人	堪敬上人（湛斅）	大原の上人	阿証坊印西	阿証坊印西
乳母	登場せず	登場せず	出家・死去	出家・死去
供の法師	若君の骸を運ぶ	若君の首を運ぶ	登場せず	登場せず
髑髏尼の行方を上人が知る経緯	不記	上人自身の見聞と天王寺非人・在家人の話	天王寺の信阿弥陀仏の話	不記
若君の住居	仁和寺の奥	仁和寺の奥	一条万里小路	一条万里小路
若君斬首場所	六条河原	六条河原のだう	蓮台野奥峰ノ堂	蓮台野奥みね
上人と会った場	六条河原	六条河原	一条万里小路	一条万里小路
斬首を見た人物	若君の母	上人・母	上人	上人
母の出家	大原来迎院	大原来迎院	蓮台野池坊の地蔵堂	蓮台野池坊
住した寺院	大原来迎院	大原来迎院	東山長楽寺	東山長楽寺
若君の供養	骸を来迎院へ	六条河原で埋葬仏事	長楽寺で仏事	長楽寺で火葬
尼の行く先	天王寺	天王寺	南都↓天王寺	南都↓天王寺
若君の形見	首	首	首・小車	首・小車
尼の修行	無言念仏	無言念仏	乞食修行↓断食念仏	乞食修行↓断食念仏
尼の入水・往生の有無	渡辺川より入水・往生不記	渡辺橋から入水・往生の奇瑞	天王寺西門沖で入水・往生不記	天王寺西門沖入水・往生不記
尼の供養	不記	大原上人が遺体を引き上げ供養	印西が長楽寺で一日経供養	不記

について、渡辺貞麿は、元来は来迎院の管理下に置かれていた説話が、長楽寺念仏聖の管理下へと移動したものと推定した（八三オ10「小原ノ堪敬上人」注解参照）。また、砂川博80は、本話は四天王寺念仏比丘尼の口頭に発して、一旦〈延〉の形で定着した後、再び四天王寺の非人法師に管理した話が〈長〉の素材とされたと想定した。一方、名波

弘彰は、〈長〉の形が「中下層の念仏聖と河原の非人の共同になる語り」としての原型を伝えるものとし、〈延・盛〉はそれをより上層の聖が関与して改めているとする。その後、砂川博11は、〈盛〉に「机上の改作」を見ている。その他、小林美和の想定する、渡辺党や重源に関わる天王寺の念仏唱導など、説話の背景はさまざまに想定可能であり、諸本の改作のあり方もいくつもの可能性が考えられよう。

○八三オ3　故修理大夫経盛嫡男皇后宮亮経正ノ北方ハ左大〔臣伊〕通ノ御孫鳥飼大納言ノ御娘トカヤ　〈長〉は「鳥飼中納言」とする他は同。本話末尾にも「皇后宮亮経正のきたのかた、左大臣伊通の御孫、鳥飼中納言の御むすめとも、人はしりにけり。あはれなりし事どもなり」と重複して記す。左大臣伊通の二男は鳥飼中納言伊実。〈盛〉は本話冒頭では母の出自を明らかにしないが、話中での母の言葉の中で父を「本三位中将重衡卿」とし、また話末に地の文で「抑此女房ト申ハ故少納言入道信西ニハ孫、桜町中納言成範卿ノ女ニ新中納言御局トテ内裏ニ候ハレケル人也。本三位中将重衡ノ時々通給シ女房、最後ノ余波ヲ悲テ、八条堀川へ迎給シ人ノ事也」と記して、〈盛〉巻三九に記す内裏女房の素姓と一致する（第五末・七ウ2注解参照。〈延〉では内裏女房の出自は不記）。〈城一〉は本話冒頭の地の文で遺児を重衡子息とし、話中の「母」の言葉に「三位の中将いきながらとらはれて鎌倉へわたされ給ひし時、八条ほり河の御だうにて行あひさぶらひしに」とあることから、〈盛〉と同じく内裏女房と見られる。一方、〈延・長〉は「皇后宮亮経正」とするが、経正は、安元二年（一一七六）に任「皇太后宮亮」（『玉葉』同年正月三十日条。皇太后は後白河院皇后の忻子）、治承二年（一一七八）に「中宮職事」（中宮は平徳子。『山槐記』同年六月十九日条に）を兼任したとあり、「皇后宮亮」ではない。この点に着目した名波弘彰は、重衡は承安二年（一一七二）から治承二年まで「中宮亮」であり、徳子は皇后としても冊命されているので（『玉葉』承安二年二月十日条）、「皇后宮亮」でもあったとして、経正と重衡の官職名の類似が〈長〉から〈盛〉への変容の原因の一つとなったと推定した。また、名波弘彰は、経正北方を鳥飼中納言伊実女とすることも、重衡北方の大納言典侍の出自に関する一部の記述と重なり（六三オ8注解参照）、〈長〉から〈盛〉への変容をもたらした要因の一つとした。

○八三オ4　其腹ニ六ニナル若君ヲワシケリ　〈長〉同。〈盛・城一〉は上人（両本では「印西」。八三オ10「小原ノ堪敬上人」注解参照）の視点から「五六歳計ナル」と記す。平経正の子息については未詳。〈盛・城一〉が重衡の子息とする点は、これまでに重衡には子がないとしてきたことと齟齬するが（七七ウ1注解参照）、〈城一〉は本話冒頭で「そもしげひらのきやうの、我は一人の子なきものとのたまひけるは大き成そらごとにてぞ有ける」と、その問題に触れる。

○八三オ5　仁和寺ノ奥ナル所ニ忍テオワシケリ　〈長〉同。仁和寺本寺を中心とし、諸院家から成る地域は、一条大路末によって京中と直接的に結びつき、嵯峨野・若狭方面へと続く交通の要衝で、王権によって段階的に整備・形成された市街地であり、宗教的空間であった（上村和直）。また、経正は幼少の頃仁和寺の守覚法親王の御所に伺候していたとされ（第三末・八二オ5注解参照）、都落ちの時には琵琶「青山」を返納したと語られていた。〈盛・城一〉では、若君は一条万里小路の御所から連行されたとする。

○八三オ5　武士尋出シテ今日六条川原ニテ首ヲキル　〈長〉同。但し、〈長〉はこれに続けて、斬首の場面に「大原の上人」が居合わせたとして、以下は上人の視点から記述する。〈盛・城一〉では、若君が連行される場面に印西上人が行き合い、馬で跡をつけたところ、蓮台野の奥の「峯ノ堂」で斬首されるところを目撃したとして、以下、やはり上人の視点から記述する。

○八三オ6　母上モ付テオワシタリ天ニ仰キ地ニ伏テモタヘコカレケレトモナシカハ甲斐アルヘキ若君遂ニ被切ニケリ

〈延〉は斬首の場面を地の文で記すが、〈長・盛・城一〉では上人の視点から語られる（前項注解参照）。また、〈延〉は「母上モ付テオワシタリ」と記すのみだが、〈長〉では「（上人が）目をつけて見給へば、髪、肩のまはりなるわかぎみ、いたいけしたるを、武士、よろひのうへにいだきたり。わかぎみ、手をさし出て、『まゝや〳〵』と、なき給ふ。其のち、くち葉の衣きたる女房、年廿二三とおぼしきが、『わが子よ〳〵』と、なく〳〵はしるが有。しばしこそ、きぬもかたにかゝり、うらなしもはきたりけれ、後には、きぬもぬぎ、うらなしもはかず、『若子（我が子カ）よ』といふこゑもたてず、『あゝ』といふこゑばかりにて、はしる女ばうあり。上人、あれはいかにと見給ふに、武士、かの若君のくびをやがてかいきりて、河原にすてけり」と、女房（母）が、当初は「わが子よ」と叫び、やがてその声も出なくなりながら、若君の後を走って追ってきたと詳しく語る。〈盛・城一〉でも母・乳母は若君を追って走ってきたが、斬首の後で到着したとする。なお、〈長・盛・城一〉の走る女房の描写は、副将を追って走る乳母の姿にも似るが（六七オ7注解参照）、とりわけ〈長〉では異様な印象が強い。稲田利徳が指摘した、走る行為と狂気とが関連する一例とも言えよう。

○八三オ8　少ケレハニヤ首ヲハ大路ヲモ渡ス獄門ニモ不被懸川原ニ切捨タリケルヲ　「渡ス」は「渡さず」。〈長〉では、前項で引用した「河原にすてけり」に続けて「おさなければにや、くびをもわたさず、ごくもんにもかけられず」との類同文がある。〈盛〉は首を「古キ石ノ卒堵婆」（五輪塔）の「地輪」（五輪塔の最下段の方形石）の上に置き、骸はそばの堀に投げ入れたとする。〈城一〉は首を石の上に置き、骸を堀へ投げ入れたとし、〈盛〉に類似。骸に関しては次項および八三ウ3注解参照。幼児や少年の首を大路渡や梟首に付した例は見当たらない。

○八三オ9　右ノ膝ノ上ニ置テヲメキ叫ケルカ　〈城一〉では母が首を「かきいだ」き、乳母が堀に捨てられた骸を抱き上げて「ひざのうへにかきのせ」たとし、〈延〉での母の動作と類似する面がある。ただし〈延〉八三ウ3で「共ナリケル法師原」が若君の骸を持っていること、またこの説話における首に向けられた偏愛のさまから、〈延〉で母の右膝に置かれたのは若君の首であると読むべきだろう。〈盛〉は母が首に取り付き、乳母が骸を抱き上げたとするが「膝」に関する描写はない。〈長〉では「かの女房、よりてくびとりて、身にさしあはせて（中略）たゞいきたるおさなきものを抱たるやうにいだき」とし、首と骸の両方を合わせて乳飲み子のように抱いたと描く。

○八三オ9　後ニハ息モ絶テ音モセス　母が気絶した様子。〈盛・城一〉も、母・乳母が気を失ったとする。〈長〉は「あまりの事なればにや、なきもし給はず（中略）身にきも心もありとも見えず、ほれ〴〵としておはしけり」とし、さらに上人が後生を弔うべきであると教訓しても、若君を「はなち給はず、かゝへてなき給ける」という心神喪失の状態とする。一方、〈盛・城一〉は気を失った後に「女房人心地出来テ」とし、北条によって捕えられたことなどを上人に語る。この相違に着目した名波弘彰は、正気に戻った女房が若君の首に執着する「髑髏尼」になる、〈盛〉の心理的過程の不自然さを指摘する。

○八三オ10　小原ノ堪敬上人　〈長〉「大原の上人」。〈延〉はここで「小原ノ堪敬上人」を紹介し、語り手の全知視点から叙述するが、〈長〉は「けふ六条河原にてくびをきりてけり」と〈延〉八三オ6にあたる記述の後、「大原の上人」がたまたま若君の連行・斬首を目撃したとして、そのさまを詳しく描き、さらに女房の入水・往生までを、上人の視点から叙述する。一方、〈盛・城一〉は東山長楽寺の「印西上人」が、一条万里小路から連行される若君を目撃した場面から始め、若君の斬首と母の出家、長楽寺での法要までは「印西上人」の視点から叙述する。その後、〈盛〉では尼の出奔から難波沖での入水と追善供養までを地の文で記し、長楽寺での念仏訪問談議の場で「信阿弥陀仏」が天王寺での尼の様子を物語ったことで、印西は尼の行方を知り得たとする構成。また、〈城一〉は出奔以後については全知視点の語り手によって叙述し、〈盛〉の「信阿弥陀仏」にあたる人物を登場させない。「堪敬上人」は、宗盛父子斬首の際の授戒の師とされる湛斅（七五ウ2「本覚坊湛敬」注解参照）。「印西上人」は建礼門院出家の際の授戒の師とされる「長楽寺ノ阿称房上人印西」（六〇オ1注解参照）。但し該当部注解に見たように、『吉記』元暦二年五月一日条によれば、建礼門院に戒を授けたのは湛斅である。即ち、本話と建礼門院出家譚の双方で、印西と湛斅が入れ替わる現象が見られる。この点に着目した渡辺貞麿は、本話と建礼門院授戒の師がいずれも湛斅から印西へと置きかえられてゆくのは、両者が共に「融通念仏すすむる聖としての共通した体質」を有していたことに加えて、中世に至って、大原が声明の権威として貴族化し、良忍・湛斅が担っていた教化活動が弱体化したのに対して、印西の属した東山長楽寺近辺の聖による教化活動は民衆に深く浸透していったことがあったと指摘した。この点、〈盛〉の髑髏尼説話の唱導管理者として長楽寺の念仏聖を想定する砂川博11の見解とも共通する。一方、名波弘彰は、一貫して「大原の上人」（八三オ10）の視点から叙述される〈長〉の形が、「中下層の念仏聖と河原の非人の共同になる語り」としての原型を伝えるものとし、具体的には「渡辺別所の重源系念仏聖と河原の非人との階層的結合」を想定する。そして、〈延・盛〉はそれをより上層の聖が関与して改め、〈延〉は全知視点からの叙述に改めると同時に著名な「堪敬上人」（湛斅）を登場させ、〈盛〉は非人よりも念仏聖の姿を押し出し、長楽寺における一日経勧進供養の縁起譚として位置づけ直しているとする。本段冒頭八三オ3～注解参照。

○八三オ10　此程多ル死骸見テ無常ヲモ観ント覚シテ六条河原ヲ下リニ通リ給ケルカ此人ヲ見給テ立留テ　「上人」が若君の連行・斬首の場面に行き会った事情。「下リニ通リ」は南下するさま。「堪敬上人」は大原から京中へ入り、鴨川沿いを南下、六条河原で遺児とその母を見かけたとする。〈長〉は「けふ六条河原にてくびをきりてけり」と〈延〉

八三オ6にあたる記述に続けて「おりふし、大原の上人、このほどおほくあるなるしがいども見て無常をくはんぜんとおぼして、河原へ出られたりけるに」との本項と類同文を置いた後、若君の処刑場面を詳述し、首を抱いて茫然とする母の姿を描いてから、もう一度「上人、かはらをくだりにとをり給けるが、これをみてたちとゞまりて、の給ひけるは」との類同文を記す。〈長〉のこの重複については、説話の大枠を語る全知視点の語りと「上人」の視点からの語りを組み合わせた、本話の本来的な成り立ちを示すと見るか、〈延〉のような簡素な本文の上に「大原の上人」による語りを後次的に継ぎ合わせた結果と見るか、見方が分かれ得るところか。一方、〈盛・城一〉では、印西が栂尾明恵上人に謁した後に一条万里小路で偶然に若君連行の場面に行き会ったとする。従って、印西は栂尾から京中に戻り、東山の長楽寺への帰路、一条大路を東行する際に左京の万里小路で若君連行の場面を目撃し、一条大路を引き返すかたちで蓮台野に向かったと読める。

○八三ウ2　今ハ何ニ思召トモ甲斐アルマシ只体ヲカヘ念仏ヲモ申テ後生ヲ訪給ヘイサヽセ給ヘ大原ヘ　上人の言葉。〈長〉は「いまはいかにおぼしめすとも、かひあるまじ」との同文の後、「人は死のえんとて、まち〳〵なりといへども、根闕の罪業に過たるざい人なし。たゞ後生をとぶらひて、一業もうかべ給はん事、しかるべし」という言葉を置き、墓を立てて若君の骸を供養（次項注解参照）、その後「いざゝせ給へ、小原へ」と小原（大原）へ連れて行ったとする。〈盛・城一〉では「上人」と「母」の対話は詳細。〈盛〉では、上人A［都に戻って若君の菩提を弔うべきである］、母a［ここはどこか］、上人B［蓮台野である］、母b［かわいかった子を北条に殺され、悲しい］、上人C［蓮台野は危険なので早く京中に戻る方がよい］、母c［若君の後を追ってここで死にたい］、上人D［弔わなければ若君は悪道へ堕ちる］、母d［それではこの場で出家したい］といった内容で、その後、母は蓮台野・池坊の傍らにあった「地蔵堂」で出家する。〈城一〉は、上人A↓母b↓上人BC↓母cの会話の後、万里小路の御所から迎えの輿が到着したが、上人は「とかくけうくんして、れんだい野のいけのぼうへ入奉り」出家させたとする。〈城一〉は〈盛〉に近いが、ここでの対話は〈盛〉的本文に基づきつつ縮約したものか。

○八三ウ3　若君ノ骸ヲハ共ナリケル法師原ニ持セテ　〈長〉は、骸は河原に埋葬・供養し、首を法師に持たせたとする。「身をば河原にうづみ給けるを、上人、あひともになく〳〵

石をひろひ、はかをたて、きやうをよみ、念仏申て後は、かの女房のもち給たりけるかうべを、御ともの法師にもたせて」。河原における埋葬・供養は、本話の語り手の問題につながる可能性もあろうか。〈盛・城一〉は、首・骸をどのように運んだかについては記さないが、首は母が運んだと読むべきだろう。骸については、〈城一〉は長楽寺に到着した後に「むくろをばはいになし申されけり」とする。〈盛〉では明確に記されないが、長楽寺で「四十八日ノ念仏」「七日〳〵ノ仏事」を営んだとする。

○八三ウ4　大原ノ来迎院ニ送リ置ツ　〈長〉同（「大原」は「小原」）。〈盛・城一〉では上人と共に長楽寺に行ったとする。来迎院は京都市左京区大原来迎院町にある天台宗寺院。円仁が天台声明の道場として開き、融通念仏の祖でもある良忍が天仁二年（一一〇九）に中興開創。以後、勝林院とともに魚山声明の道場となる。長楽寺は京都市東山区円山町に存する寺院。延暦二十四年（八〇五）、桓武天皇勅願により最澄を開山として創建されたとする（『阿娑縛抄』には延喜年間に宇多天皇勅願、寛雅建立）。当初は延暦寺末寺であったが、鎌倉初期に長楽寺来迎房に住した天台僧隆寛が法然に帰依し長楽寺義（多念義）を開く。南北朝期に焼失するが、時宗国阿が住持となり再興、以後、時宗寺院となる。渡辺貞麿は本話を、来迎院に関わる説話から長楽寺に関わる説話へ展開したと想定する。八三オ10「小原ノ堪敬上人」注解参照。

○八三ウ4　母上ハ聽テ出家セラレニケリ　〈長〉は「母上」を「女ばう」とするが同内容。〈盛〉は若君が殺害された蓮台野・池坊の地蔵堂で母・乳母ともに出家、その後に長楽寺に入って仏事を営み、乳母は長楽寺で没したとする。〈城一〉も〈盛〉に同様だが、「地蔵堂」については不記。

○八三ウ5　首ヲハ母上懐ニ入テ　ここで首を懐に入れていたとするのは〈延・長・城一〉。〈盛〉はここでは「サレ共首ヲバ身ニソヘテ放給ハズ」とするのみだが、長楽寺を出奔して南都で乞食修行者の身となった際、他の修行者の視点から「五六計ナル少キ者ノ頸ヲ懐ニ入持テ、常ハ取出シテ厳キ小車ニ並テ見事ノキタナサヨ」と描く。「小車」に言及するのは〈盛・城一〉のみ（〈盛〉「此若君ナグサミニトテ常ニモチ遊給ケル小車ト二ヲ並置テ、恋シキ時ハ是ヲ見テゾ慰給ケル」）。なお、〈盛・城一〉では、この後に南都へ赴いた際、他の修行者の多くからは疎まれるものの、「如来在世ノ往昔ニ提婆提女ト云ケルハ、一子ノ女ヲ先立テ、其身ヲ干堅テ頸ニ懸テアリキケリ。タメシナキニモアラズトテ、情ヲカクル者モ有ケリ」（〈盛〉）とし、「提婆提女」の先例を引くが、この話については不明。

○八三ウ5　天王寺ニ詣テ　大原来迎院から出奔し、天王寺に向かったとするのは〈長〉も同様だが、「かうべをばふところに入て、出られにけり。そのゝち行かたをしり給はず。上人、次のとし、天王寺にまいり給たりけるに」として、上人の視点から叙述する（名波弘彰指摘）。〈盛・城一〉は長楽寺を出奔した後、「乞食修行者」に身をやつして南都へ赴き東大寺・興福寺を巡り、その後、天王寺へ向かったとする。『発心集』巻三・六「或女房参二天王寺一入レ海二事」でも天王寺に参詣後、入水往生を遂げる母娘を描く。砂川博80は、〈延・長〉の髑髏尼説話の背景に天王寺近辺に集住する非人法師の関与を想定し、また小林美和は〈延・長〉の髑髏尼からは天王寺の巫女村の系脈に連なりうる「水霊に仕える髑髏巫女」が想起されるとし、天王寺西門近辺の念仏唱導、遊芸の徒の関与を想定する。なお、〈盛・城一〉で髑髏尼が南都に赴いたのは、尼が重衡の恋人・内裏女房とされることに起因するが、京から南都に赴いた帰路、天王寺にも参詣することは、平安期を通じての一般的ルートの一つであったと推定される。治安三年（一〇二三）の道長による七大寺等・金剛峯寺・天王寺巡礼（『扶桑略記』十月十七日～十一月一日条）がそれにあたり、建久元年（一一九〇）六月の後白河院による巡礼はまず天王寺に詣でて、その後に南都に赴くという逆の経路であった（『因明入正理論疏紙背文書』十八。木村真美子紹介）。また、南都へも赴いたとすることに関して、名波弘彰は、髑髏尼説話の原型となった非人法師・渡辺別所の重源系念仏聖が東大寺別所と往還していたことが〈盛〉への変容の背景の一つにあるとする。源健一郎は、〈盛〉を「重衡の非救済を南都の復興と脈絡づける」と読む立場から、「髑髏尼による南都巡礼は、南都への鎮魂の旅でもあった」とする。

○八三ウ5　百日無言ニテ念仏被申一ケルカ　無言の観想念仏行を修していたという点は〈長〉も同様だが、地の文ではなく、天王寺に詣でた「上人」が、「非人ども」「在家人ども」から、「これに候つる髑髏のあまの、無言にて念仏申つるが」（今朝渡辺の橋から入水した）と聞いたとする。一方、〈盛・城一〉は南都では乞食修行、天王寺では七日間の断食念仏を行じたとする。「無言」から「断食」への変容は、長楽寺出奔後、南都を経て天王寺に向かった尼の様子を、天王寺に住する「信阿弥陀仏」が印西上人に伝えたとする〈盛〉の説話構成に起因するか。尼が無言行を修していたならば、南都での乞食修行の様子を実見していない天王寺の「信阿弥陀仏」は、尼自身しか知りえない出来事を印西上人に語れないという矛盾を回避したものであろう。もっとも〈城一〉は「信阿弥陀仏」を登場させないが、〈盛〉的本文に依拠しつつ、説話の後半を全知視点の単純な記述にしたものと推定されようか。

○八三ウ6　此懐ナル首日数ノ積ルマヽニハアタリモクサカリケレハ人髑髏尼トソ申ケル　遺児の首が放つ悪臭ゆえに「髑髏尼」と異名されたとする。〈長〉「日数ふるまゝに、その香、なのめならず臭かりければ、非人これをくはへず」は、悪臭故に非人達からも疎外された意。〈盛・城一〉では悪臭については言及がなく、子供の首を持ち歩き、それを「小車」に載せなどする異様な風体ゆえに南都の乞食修行者から疎外されていたとされる。柳田洋一郎は、髑髏尼は「臭さ」「汚さ」によって疎外され、その疎外の上に浄化された寺院の語りが成立していると捉えた。

○八三ウ7　サテ百日ニ満シケル日渡辺川ニ行テ西〔ニ〕向テ手ヲアサヘ高声念仏千返計申テ身ヲ投給ヒニケリ　「渡辺川」は不詳。渡辺は淀川河口域に位置した要津。したがって「淀川河口の渡辺あたり」と解すべきか。〈長〉は「わたなべのはしの上」から西に向かって高声に念仏し入水、紫雲・音楽・異香という往生の瑞相があらわれたとする。〈盛・城一〉は天王寺西門で七日間の断食念仏を行した尼は「今宮ノ前木津ト云所」から難波海に漕ぎ出し、船上から西向きに念仏を唱えて遺児の首・小車と共に入水したとする。「今宮」は天王寺西方の今宮戎神社。「木津」はさらに西にある地名。天王寺西門には日想観（『観無量寿経』）に基づく浄土信仰が存したことは著名。その後〈盛〉は、翌日に尼の遺骸を引き上げたうえで火葬し、その灰を再度海にまいて、西門で追善供養を行なったとするが、〈長〉のような往生の瑞相は描かれない。名波弘彰は、〈盛〉は髑髏尼母子の往生を、話末に記す長楽寺での一日経勧進供養の功徳によるものと描くために、入水場面での瑞相の表現を消し去ったと見る。〈城一〉は尼が難波海に入水し、尼を船に載せた海人が「こはいかにと、あわてさわいでかなしみけれ共、かいぞなき」として本話を終え、長楽寺での念仏法問談議・一日経勧進供養についても記さず、次項に対応する本文もない。なお、〈長・盛〉における「上人」は尼の入水（往生）を実見しておらず、〈長〉では天王寺の非人・在家、〈盛〉では天王寺の信阿弥陀仏からの伝聞。〈長〉はその後、渡辺に向かった上人が尼の遺骸を引き上げて供養する場面を描き、〈盛〉では長楽寺での念仏法問談議で尼の入水を知った印西上人が供養のために一日経勧進供養を行なうとする。名波弘彰は、〈長〉のように死穢がつきまとう遺体処理に関わる中下層の念仏聖・河原非人法師・渡辺別所の重源系念仏聖が関与する伝承が元来の髑髏尼説話であると見る。

○八三ウ9　哀ニ無慚ノ事ナリ　〈長〉は本話の末尾を「皇后宮亮経正のきたのかた、左大臣伊通の御孫、鳥飼中納言の御むすめとも、人はしりにけり。あはれなりし事どもなり」として、冒頭の北の方紹介と対応させる。名波弘彰はこの対応関係について、「上人」の視点から物語られる髑髏尼説話を別の語り手の視点から成される長大な物語に組み込むための〈長〉の方法であると指摘する。〈盛〉は印西上人による一日経供養について記した後、「抑此女房ト申ハ」との全知視点から、「新中納言局」すなわち内裏女房であることを明かす（八三オ3注解参照）。〈城一〉なし（前項注解参照）。

2　女院の悲嘆

（八三ウ）

女院ハ

吉田ニモ仮ニ立入セ給ト思召ケレトモ五月モタチ〔六〕月半ニ成ニ

（八四オ）

ケリ今日マテナカラエサセ給ヘクモ思召サリシカト〔モ〕御命ハ限〔ア〕

リケレハサヒシク幽ナル御有様ニテソ明《シ》闇《サセ》給ケル大臣殿父子本三位中将都ヘ帰入《ト》聞セ給ケレハ実シカラスハ思召〔ケ〕レトモ若露《ノ》命計モヤナト思召ケル程《ニ》都近キ篠原《ト》云所《ニテ》大臣殿父子被切一給《テ》御首被渡《テ》一獄門《ニ》被懸一タリシ事重衡卿《ノ》日野《ヘ》ヨラレタリシ事最後《ノ》有様ナントマテ人参《テ》細《ニ》語申ケレハ今更《ニ》消入様《ニ》被思召一ルヽモ理也都近《テ》カ様《ノ》事キヽ給《ニ》付《テハ》御物思弥《ヨ》怠《ル》時ナシ露命風《ヲ》待《ム》程《モ》深山《ノ》奥《ニモ》入ナハヤト被思食召一ケレトモサルヘキ便《モ》無《リ》ケリ

〔本文注〕

○八四オ１　前葉最終行（八三ウ10）の墨写りと見られる薄い墨付きが目立つ。「ケリ」の「リ」の右、「今」字の第二画部分、「マテ」の「テ」の周囲など。「テ」について、〈汲古校訂版〉はこれを去声清音の声点と見る。

○八四オ１　思召サリシカト〔モ〕　「サ」の右傍に墨点があるが、墨汚れか。また、「カ」は重ね書きか。

○八四オ２　闇《サセ》　「サ」、重書訂正。元来の文字は「シ」の可能性あり。

○八四オ４　思召ケル　「ル」、字体やや不審。

〔釈文〕

女院は吉田にも仮りに立ち入らせ給ふと思し召しけれども、五月もたち、六月半ばに成りに▼八四オけり。今日までながらへさせ給ふべくも思し召さざりしかども、御命は限りありければ、さびしく幽《かす》かなる御有様にてぞ明かし暮らさせ給ひける。「大臣殿父子・本三位中将、都へ帰り入る」と聞かせ給ひければ、実《まこと》しからずは思し召しけれども、「若《も》し露の命計《ばか》りもや」など思し召しける程に、都近き篠原と云ふ所にて大臣殿父子切られ給ひて、御首渡され、獄門に懸けられたりし事、重衡卿の日野へよられたりし事、最後の有様なんどまで、人参りて、細《こまや》かに語り申しければ、今更に消え入る様に思し召さるるも理り也。都近くて、か様の事、きき給ふに付きては、御物思ひ、弥《いよい》よ怠る時なし。「露の命、風を待たむ程も、深山の奥にも入りなばや」と思し食されけれども、さるべき便りも無かりけり。

〔注解〕

○八三ウ9　女院ハ…　本節は、元暦二年夏、宗盛父子や重衡が処刑された頃の建礼門院の出家後の暮らしを語る。内容的には卅一「判官女院ニ能当奉事」を承ける。対応する本文は、〈長〉巻一九の大地震記事の直前、〈長灌〉（〈長〉巻二〇。凡例参照）、〈盛〉巻四五の大地震記事・源氏受領記事の直後、〈盛灌〉（〈盛〉巻四八。凡例参照）にあり。〈四・大・南・屋・覚・中〉なし

○八三ウ10　吉田ニモ仮ニ立入セ給ト思召ケレトモ五月モタチ〔六〕月半ニ成ニケリ　〈長・盛・盛灌〉類同。〈長灌〉は「かりにたちいらせ給たりけれども、五月もなかばになりにけり」との一文を置き、続けて「さても彼所にては、いかにして過させ給ふべきなれば、六月廿一日に、吉田のほとりなる野河の御所へいらせ給ふ」との独自記事を配し、さらにこの御所は花山院が出家後に造進した山荘であるとする。この御所について角田文衞は、〈長灌〉の記述を信用するならば、花山院崩御後、建礼門院と親密な関係にあった花山源氏が伝領・管理する場となったと推測する。吉田に関しては五五ウ2注解参照。

○八四オ1　今日マテナカラエサセ給ヘクモ思召サリシカト〔モ〕御命ハ限〔ア〕リケレハサヒシク幽ナル御有様ニテソ明シ闇サセ給ケル　〈長・盛・盛灌〉類同。〈長灌〉は前項に続けて大地震について記した後、「いとよりほそき玉のをの、何にかゝりてか今日までも、ながらふべきとはお

ぼえねども、かぎりあれば、あかしくらさせ給ふほどに、秋もやう〳〵暮なんとす」と、やや類似する一文を置くが、秋の情景を描いたもので、本項とは別の本文か。但し、この一文の後に次項以下に対応する本文があるので、本来は本項に対応する本文だったとも考えられる。もしそうだとすれば、前項で見た「野河の御所」についての記事を挿入した際に混乱が生じた可能性もあろうか。

○八四オ2　大臣殿父子本三位中将都ヘ帰入ト聞セ給ケレハ実シカラスハ思召〔ケ〕レトモ若露ノ命計モヤナト思召ケル程ニ　〈長・盛灌〉類同。〈盛〉もほぼ同内容の本文を持つが、次項以下の宗盛父子・重衡が結局は斬首されたという報せを受けた後に、「もしかしたら命だけは助かるかもしれない」との思いは愚かであったとする文脈。宗盛父子・重衡が鎌倉を出発したのは元暦二年六月九日（『吾妻鏡』。七四ウ4注解参照）。〈長灌〉は宗盛父子が関東へ下ると聞いた時には奥州への配流になる可能性も考えていたが、結局は斬られて首は大路を渡されたと聞いて悲しんだとする。

○八四オ4　都近キ篠原ト云所ニテ大臣殿父子被切一給テ御首被渡テ獄門ニ被懸一タリシ事　〈長〉「大臣殿父子は、都ちかく、近江国しのはらといふ所にて失ぬ［…略…］大臣殿父子、三位中将なんどの、いまはかぎりの御ありさま、御頸わたしてかけられたり」、〈長灌〉「六月廿一日、近江国にて、つゐにきられ給て、京中をわたさる」、〈盛〉「大臣殿父子ノ首、被レ渡二大路一、被レ懸二獄門一」。「六月廿一日」については七五オ8注解参照。〈盛灌〉は「大臣殿父子ハ都近キ近江国勢多ト云所ニテ失給ヌ（中略）大臣殿父子ノ御頸、大路ヲ渡シテ獄門ノ木ニ被懸タル事」として宗盛父子斬首の場所を篠原ではなく勢多とする。

○八四オ6　重衡卿ノ日野ヘヨラレタリシ事最後ノ有様　卅五「重衡卿日野ノ北方ノ許ニ行事」参照。〈長〉は重衡については「大臣殿父子、三位中将なんどの、いまはかぎりの御ありさま、御頸わたしてかけられたり」とするのみ。〈盛・盛灌〉はやや具体的にそれぞれ「本三位中将ハ奈良坂ニテ斬レテ、卒堵婆ニ付テサラサル。彼人々ノ今ハ限ニ成給ヘル有様」「三位中将、奈良ノ大衆ノ中ヘ出サレテ、今ハ限ノ御有様、御頸ハ大卒堵婆ニ針付ニセラレ給ヘル事」等と記して、〈延〉卅六「重衡卿被切事」と対応させる。〈長灌〉は不記。

○八四オ7　人参テ細ニ語申ケレハ今更ニ消入様ニ被思召一ルヽモ理也　「被思召一ルヽ」の「ルヽ」は衍字か。吉田を訪れた「人」から宗盛父子・重衡の悲報を聞いて悲しみにくれたとする点、〈長・盛・盛灌〉同様。〈長灌〉は悲報がどのようにもたらされたかを記さない。

〇八四オ8　都近テカ様ノ事キヽ給ニ付テハ御物思弥ヨ愈ル時ナシ露命風ヲ待ム程モ深山ノ奥ニモ入ナハヤト被思食召一ケレトモサルヘキ便モ無リケリ　「被思食召一」の「食」「召」はどちらかが衍字か。〈長・盛・盛灌〉類同。〈長灌〉は本項の前半に対応する「都近て、愁の言端聞食し、走馬のいばゆるをも、ものさはがしく、心うくおぼしめすおりふし」を、宗盛処刑に関わる文（〈延〉八四オ2相当）の直前に置く。

（八四ウ）

奥書

平家物語第六本

本云

于時延慶三年庚戌正月廿七日子剋　於紀州那賀郡

根来寺禅定院之住坊書写之畢聊不可有

外見而已　執筆栄厳生年三十一

応永廿六屠維陬訾　林鐘十七日　書之　（花押）

〔本文注〕

○八四ウ　この面の墨付き全体が次丁（八五オ。遊紙）に写っている。

○八四ウ4　而已　「已」、〈吉沢版〉〈北原・小川版〉同。〈汲古校訂版〉「巳」。

○八四ウ5　応永廿六…　この一行、本奥書と筆跡が異なる。

〔釈文〕

平家物語第六本

本に云はく

時に延慶三年〈庚戌〉正月廿七日〈子剋〉、紀州那賀郡根来寺禅定院の住坊に於いて、之《これ》を書写し畢《を》はんぬ。聊《いささ》かも外見有るべからざるのみ。

執筆栄厳〈生年三十一〉

応永廿六〈屠維・陬訾〉林鐘十七日　之を書く。

〔注解〕

○八四ウ3　紀州那賀郡根来寺禅定院　第三本・奥書・九三ウ1注解参照。

○八四ウ5　栄厳　第三本・奥書・九三ウ4注解参照。

○八四ウ6　応永廿六〈屠維　陬訾〉林鐘十七日　書之　「屠維」（ちょい・とい）は、十干「己」の異称。文明本『節用集』に「己　ツチノト　屠維《チヨイ》」。「陬訾」は「娵訾」（しゅし）または「諏訾」とあるべき。星宿の名。黄道十二宮の双魚宮と相当る（〈大漢和〉「娵訾」項）。十二次（日月の天の十二のやどり）の一つで、十二支では「亥」に当たる。『晋書』志第一・天文上・十二次度数に「自二危十六度一至二奎四度一為二娵訾一、於辰在亥」。また、文明本『節用集』に「亥　大渕献、又陬訾又云二人足一」と見える。従って、「屠維／娵訾」は「己亥」の意となり、応永二十六年（一四一九）の干支として正確。「林鐘」は陰暦六月の異称。『色葉字類抄』「林鐘　リムショウ　六月名」。

引用研究文献一覧

一　判官為平家追討ニ西国ヘ下事

＊**網野善彦**「中世から見た古代の海民」（『日本の古代8 海人の伝統』中央公論社一九八七・二↓『日本社会再考—海民と列島文化—』小学館一九九四・五、『網野善彦著作集・一〇』岩波書店二〇〇七・七）

＊**上横手雅敬**『平家物語の虚構と真実』（講談社一九七三・六）

＊**武久堅**「「大臣殿物語の主人公—宗盛伝承の様式と平家物語の構想—」（『日本文芸研究』三八巻三・四号、一九八六・一〇、一九八七・一↓『平家物語の全体像』和泉書院一九九六・八）

＊**野口実**『武家の棟梁源氏はなぜ滅んだのか』一九九頁以下（新人物往来社一九九八・一二）

＊**早川厚一**「源平闘諍録考—巻立てから見た巻八下の読みについて—」（『中世文学』三一号、一九八六・五）

＊**平田俊春**『平家物語の批判的研究（中）』一一三一頁（国書刊行会一九九〇・六）

＊**水原一**「以仁王の幻影—『平家物語』広本系異本の歴史的関連にふれて—」（『二松学舎大学論集』創立百周年記念号、一九七七・一〇↓『延慶本平家物語論考』加藤中道館一九七九・六。加筆あり）

＊**宮田敬三**「元暦西海合戦試論—「範頼苦戦と義経出陣」論の再検討—」（『立命館文学』五五四号、一九九八・三）

＊**元木泰雄**『源義経』（吉川弘文館二〇〇七・二）

＊**笠栄治**「「見るべき程の事は見つ」考（上・下）—平家物語「壇の浦」合戦譚群の構成—」（『福岡教育大学国語国文学会誌』二九号・三〇号、一九八八・一、一九八九・二）、「「壇の浦」合戦譚群の形成と展開〔I〕—「一院御使　検非違使五位尉　源義経」をめぐって—」（『久留米大学文学部紀要国際文化学科編』七号、一九九五・六）

三　判官与梶原ニ逆櫓立論事

＊**上横手雅敬**『平家物語の虚構と真実』（講談社一九七三・六）

＊**川合康**『源平の内乱と公武政権』四章（吉川弘文館二〇〇九・一一）

＊**佐藤和夫**『日本中世水軍の研究』（錦正社一九九三・七）

＊**武久堅**「『畠山物語』との関連—延慶本平家物語成立過程考—」（『文学』一九七六・一〇↓『平家物語成立過程考』桜楓社一九八六・一〇）

＊**菱沼一憲**『源義経の合戦と戦略　その伝説と実像』（角

川選書二〇〇五・七）
＊**源健一郎**「仮名本『曽我物語』と関東Ⅰ―畠山重忠像の在地性をめぐって―」（『国文学解釈と鑑賞別冊『曽我物語』の作品宇宙』至文堂二〇〇三・一）
＊**山本幸司**『頼朝の精神史』（講談社一九九八・一一）

四　判官勝浦ニ付テ合戦スル事

＊**黒田日出男**「首を懸ける」（『月刊百科』三一〇号、一九八八・八）
＊**小林賢章**「『平家物語』の日付変更時刻」（『軍記と語り物』二二号、一九八六・三→『アカツキの研究―平安人の時間―』和泉書院二〇〇三・二）
＊**近藤好和**「「射向ノ袖ヲ真向ニ当テヨ」を検討する」（『延慶本平家物語考証・四』新典社一九九七・六→『中世的武具の成立と武士』吉川弘文館二〇〇〇・三）
＊**佐藤和夫**『日本中世水軍の研究―梶原氏とその時代―』三章二節（錦正社一九九三・七）
＊**須藤茂樹**『中世諸国一宮制の基礎的研究』土佐国項（中世諸国一宮制研究会編、岩田書院二〇〇〇・二）
＊**角田文衛**『平家後抄』二章（朝日新聞社一九七八・九）
＊**長谷川隆**「『平家物語』屋島の合戦における近藤六親家」（『高松工業高専紀要』二八号、一九九三・三）
＊**原田敦史**『平家物語の文学史』一部一章一節（東京大学出版会二〇一二・一二）
＊**原水民樹**「義経阿波上陸地点考」（『徳島大学教育学部国語科研究会報』一号、一九七六・三）
＊**平田俊春**「屋島合戦の日時の再検討」（『日本歴史』四七四号、一九八七・一一）、『平家物語の批判的研究』一四九六頁～（国書刊行会二〇〇〇・六）
＊**安田元久**『源義経』（新人物往来社一九七九・一）

五　伊勢三郎近藤六ヲ召取事

＊**佐伯真一**「「軍神」（いくさがみ）考」（『国立歴史民俗博物館研究報告』一八二集、二〇一四・一）
＊**角田文衛**『平家後抄』第二章（朝日新聞社一九七八・九）
＊**原田敦史**『平家物語の文学史』一部一章一節（東京大学出版会二〇一二・一二）
＊**元木泰雄**『源義経』一一五頁以下（吉川弘文館二〇〇七・二）
＊**山下知之**「阿波国における武士団の成立と展開―平安末期を中心に―」（『立命館文学』五二一号、一九九一・六）

六　判官金仙寺ノ講衆追散事

***大橋直義**「金仙寺観音講説話の系譜—『平家物語』に関わる説話利用の一端—」(『軍記と語り物』三七号、二〇〇一・三→『転形期の歴史叙述—いくさ　巡礼　物語』慶應義塾大学出版会二〇一〇・九)

***原水民樹**「阿波における義経伝承」(『徳島大学教育学部国語科研究会報』三号、一九七八・三)

七　判官八嶋へ遣ス京ノ使縛付事

***小松茂美**『手紙の歴史』一九九〜二〇八頁(岩波書店一九七六・九)

八　八嶋ニ押寄合戦スル事

***相沢浩通**「屋島合戦譚に菊王丸の矢所を追う—『平家物語』語り本を起点として—」(『古典遺産』四一号、一九九一・一二)

***麻原美子**「『平家物語』屋島合戦譚とその芸能空間をめぐって」(『国学院雑誌』八五巻一一号、一九八四・一一→『平家物語世界の創成』勉誠出版二〇一四・二)

***渥美かをる**『平家物語の基礎的研究』二九八頁(三省堂一九六二・三)

***天野文雄**「能における語り物の摂取—直接体験者の語りをめぐって—」(『芸能史研究』六六号、一九七九・七)

***井川昌文**「〈翻刻・解説〉屋島寺蔵「屋島檀浦合戦縁起」」(『言語と文芸』八五号、一九七七・一二)

***岩崎雅彦**「八島合戦譚への一視点—番外謡曲「屋島寺」の周辺—」(国学院『日本文学論究』四六号、一九八七・三→『能楽演出の歴史的研究』三弥井書店二〇〇九・六)

***大橋直義**「「嗣信最期」説話の享受と展開—屋島・志度の中世律僧唱導圏—」(『伝承文学研究』五一号、二〇〇一・三→『転形期の歴史叙述—縁起・巡礼、その空間と物語』慶応義塾大学出版会二〇一〇・一〇)

***大森亮尚**「芸能「八島」序論民俗芸能からのアプローチ」(『藝能』一七巻七号、一九七五・七)

***折口信夫**「「八島」語りの研究」(『多磨』八巻二号、一九三九年二月。旧版『折口信夫全集・一七』中央公論社一九六七、新版『折口信夫全集・二一』中央公論社一九九六・一一)

***川鶴進一**「長門本『平家物語』の屋嶋合戦譚—構成面からの検討—」(『早稲田大学大学院文学研究科紀要』四二輯、一九九七・二)

＊**北川忠彦**「八嶋合戦の語りべ」(『論集日本文学・日本語3　中世』角川書店一九七八・六↓『軍記物語論考』三弥井書店一九八九・八)
＊**後藤丹治**「屋島合戦縁起に就いて」(『芸文』一九二四・一〇)
＊**五味文彦**『院政期社会の研究』四部二章(山川出版社一九八四・一二)
＊**佐伯真一98**「屋島合戦と「八島語り」についての覚書」(青山学院大学総合研究所『研究叢書』一二号、一九九八・七)
＊**佐伯真一17**「『平家物語』における男色」(『青山語文』四七号、二〇一七・三)
＊**島津忠夫**「八島の語りと平家・猿楽・舞」(『論集日本文学・日本語』一九七八・六↓『能と連歌』和泉書院一九九〇・三)
＊**武久堅**「合戦譚伝承の一系譜—「屋島軍」の場合—」(『広島女学院大学国語国文誌』六号、一九七六年一二月↓『平家物語成立過程考』桜楓社一九八六・一〇)
＊**原田敦史**『平家物語の文学史』一部一章一節(東京大学出版会二〇一二・一二)
＊**宮田敬三**「元暦西海合戦試論—「範頼苦戦と義経出陣」論の再検討—」(『立命館文学』五五四号、一九九八・三)

九　余一助高扇射事

＊**石井紫郎**「合戦と追捕—前近代法と自力救済—」(『国家学会雑誌』九一巻七・八号、一一・一二号、一九七八・七、一二↓『日本国制史研究・日本人の国家生活』東大出版会一九八六・一一)
＊**今井正之助**「「扇の的」考—「とし五十ばかりなる男」の射殺をめぐって—」(『日本文学』二〇一四・五)
＊**今江廣道**『前田本『玉燭宝典』紙背文書とその研究』(続群書類従完成会二〇〇二・二)
＊**今成元昭**「作品鑑賞・那須与一」(『平家物語必携』学燈社一九六九・四)
＊**沖本幸子**『乱舞の中世—白拍子・乱拍子・猿楽—』(吉川弘文館二〇一六・三)
＊**梶原正昭**「いくさ物語のパターン—「那須与一」の章段を例として—」(『日本文学』一九七九・一〇↓『軍記文学の位相』汲古書院一九九八・三)
＊**川鶴進一**「長門本『平家物語』の屋嶋合戦譚—構成面からの検討—」(『早稲田大学大学院文学研究科紀要』四二輯、一九九七・二)

＊菊地仁「絵を生みだす歌、歌を生みだす絵―〝扇月〟の周辺―」（『国文学解釈と教材の研究』一九九六・三）
＊北川忠彦「景清像の成立」（『立命館文学』二七一号、一九六八・一→『軍記物論考』三弥井書店一九八九・八）
＊日下力『いくさ物語の世界―中世軍記文学を読む―』六章（岩波書店二〇〇八・六）
＊近藤好和「与一所用と伝える太刀と矢」（山本隆編著『那須与一伝承の誕生―歴史と伝説をめぐる相剋―』ミネルヴァ書房二〇一二・三）
＊佐伯真一―98「屋島合戦と「八島語り」についての覚書」（青山学院大学総合研究所『研究叢書』一二号、一九九八・七）
＊佐伯真一―14「「軍神」（いくさがみ）考」（『国立歴史民俗博物館研究報告』一八二集、二〇一四・一）
＊佐々木紀一「桓武平氏正盛流系図補輯之彦栄」（菊地靖彦教授追悼論集『人・ことば・文学』鼎書房二〇〇二・一一）
＊菅原信海「日光信仰と文芸」（『国文学解釈と鑑賞』一九九三・三）
＊鈴木正彦「小迫祭り聞書」（民俗芸能の会『芸能復興』二号、一九五三・四）
＊玉蟲敏子「日月の〝かざり〟物語―室町時代日月屏風の基盤をもとめて―」（『日本の美学』一四号、一九八九・一二）
＊津本信博「中学古典の教材化―『平家物語』「扇の的」をめぐって―」（『早稲田大学大学院教育学研究科紀要』二号、一九九一・一二）
＊徳江元正「那須与一の風流」（『華道』一五号、一九八三・八→『室町芸能史論攷』三弥井書店一九八四・一〇）
＊徳竹由明「中世期「一段」考―『今昔物語集』と『平家物語』諸本の用例を中心に―」（『駒場東邦研究紀要』二九号、二〇〇一・三）
＊服部幸雄「象引き研究―『引き合う』芸能の意義について―」（『間』九号、一九五七・一二→『さかさまの幽霊』平凡社一九八九・一〇）
＊菱沼一憲「源義経の挙兵と土佐房襲撃事件」（『日本歴史』六八四号、二〇〇五・五）
＊本田安次『延年―日本の民俗芸能Ⅲ―』（木耳社一九六九・五）
＊松尾葦江『軍記物語論究』五章三節（若草書房一九九六・六）
＊村上學「『平家物語』の〈かたり〉表現ノート」（『名古

屋大学文学部研究論集』一二四号（文学四二）、一九九六・三→『語り物文学の表現構造』風間書房二〇〇〇・一二）

＊**村松剛**『死の日本文学史』一一七頁（新潮社一九七五・五）

＊**山本隆**『那須与一伝承の誕生─歴史と伝説をめぐる相剋─』Ｉ部三章（ミネルヴァ書房二〇一二・三）

十　盛次与能盛詞戦事

＊**小此木敏明**「「詞戦」考─延慶本『平家物語』を中心として─」（『立正大学国語国文』四三号、二〇〇五・三）

＊**北川忠彦**「八嶋合戦の語りべ」（『論集日本文学・日本語　３　中世』角川書店一九七八・六→『軍記物論考』三弥井書店一九八九・八）

＊**五味文彦**「日宋貿易の社会構造」（『国史学論集』今井林太郎先生喜寿記念論文集刊行会一九八八・一）

＊**野口実04ａ**「義経を支えた人たち」（『源義経　流浪の勇者─京都・鎌倉・平泉─』文英堂二〇〇四・九）

＊**野口実04ｂ**「鎌倉武士の心性─畠山重忠と三浦一族─」（五味文彦・馬淵和雄編『中世都市鎌倉の実像と境界』高志書院二〇〇四・九）

＊**藤木久志**「言葉戦い」（『戦国の作法─村の紛争解決─』九〇～一二八頁、平凡社一九八七・一）

＊**柳田國男**「炭焼小五郎が事」（『海南小記』大岡山書店一九二五・四。『定本柳田國男集・一』筑摩書房一九六八・六、『柳田國男全集・三』筑摩書房一九九七・一二）

十一　源氏ニ勢付事　付平家八嶋被追落事

＊**小山靖憲**「源平内乱および承久の乱と熊野別当家」（『田辺市史研究』五号、一九九三・三→『中世寺社と荘園制』塙書房一九九八・一一）

＊**阪本敏行89**「『源平争乱末期に於ける熊野別当家の人々の動向について─「僧綱補任残欠」三年の熊野関係記事をめぐって─」（『くちくまの』七九号、一九八九・一一→『熊野三山と熊野別当』清文堂二〇〇五・八）

＊**阪本敏行94**「『僧綱補任』宮内庁書陵部蔵本の寿永二年・三年の熊野関係記事をめぐる覚書」（『田辺市史研究』六号、一九九四・三→『熊野三山と熊野別当』清文堂二〇〇五・八）

＊**阪本敏行04**「熊野別当家による支配権の拡大と確立」（『本宮町史・通史編』本宮町二〇〇四・三）

＊**阪本敏行09**「寿永二年・三年・元暦二年における熊野別

当家関係者と周辺の人々―「僧綱補任」岩瀬文庫蔵本考察を一連の考察の終論として―」(『和歌山地方史研究』五七号、二〇〇九・8)
＊高橋修「別当湛増と熊野水軍―その政治史的考察―」(『ヒストリア』一四六号、一九九五・三)
＊源健一郎「平家物語の「熊野別当湛増」―〈熊野新宮合戦〉考―」(『中世軍記の展望台』和泉書院二〇〇六・七)

十二　能盛内左衛門ヲ生虜事

＊川合康『源平合戦の虚像を剥ぐ―治承・寿永内乱史研究―』一五〇頁(講談社一九九六・四)
＊北川忠彦「八嶋合戦の語りべ」(『論集日本文学・日本語』一九七八・六→『軍記物語論考』三弥井書店一九八九・八)
＊小林美和「滅びに至る一つの脈絡―延慶本の阿波民部と知盛をとおして―」(『軍記物語の生成と表現』和泉書院一九九五・三→『平家物語の成立』和泉書院二〇〇〇・三)
＊高橋典幸「「史料」と軍記物語」(『平家物語の多角的研究―屋代本を拠点として―』羊書房二〇一一・一一)

十三　住吉大明神事付神宮皇后宮事

＊浅見和彦「諏訪神考―東国文学史稿(二)」(『国語と国文学』二〇〇一・五→『東国文学史序説』岩波書店二〇一二・三)
＊加地宏江「津守氏系図について」(関西学院大学『人文論究』三七巻一号、一九八七・七)
＊金沢文庫『金沢文庫の中世神道資料』(神奈川県立金沢文庫一九九六・八)
＊金光哲『中近世における朝鮮観の創出』三部三章「新羅「日本攻撃説」考」(校倉書房一九九九・六)
＊黒田彰「千木の片殺神さびて―源平盛衰記難語考―」(関西大学国文学会『国文学』七三号、一九九五・一二)
＊小島瓔禮『中世唱導文学の研究』(泰流社一九八七・七)
＊佐伯真一「神功皇后説話の屈折点」(『日本文学』二〇〇一八・一)
＊阪口光太郎「延慶本『平家物語』に見える二神協働譚について」(『延慶本平家物語考証・一』新典社一九九二・五)
＊佐々木紀一「住吉神主津守長盛伝」(『米沢史学』二〇号、二〇〇四・一〇)

＊清水由美子「延慶本『平家物語』と『八幡愚童訓』―中世に語られた神宮皇后三韓出兵譚―」（『国語と国文学』二〇〇三・七）
＊武久堅「平家物語、その変身（生成平家物語試論）―後白河院「伝奇」と「住吉大明神」を中心に―」（『軍記と語り物』三一号、一九九五・三→『平家物語発生考』おうふう一九九九・五）
＊多田圭子「中世における神功皇后像の展開―縁起から『太平記』へ―」（『国文目白』三一号、一九九一・一一）
＊筒井大祐「延慶本『平家物語』と聖徳太子伝―神功皇后新羅出兵譚をめぐって―」（『仏教大学総合研究所紀要』二一号、二〇一四・三）
＊鶴巻由美『延慶本平家物語』の神功皇后譚」（『国語国文』二〇一二・九）
＊西田長男「安曇磯良続編（下）」（『国学院雑誌』六一巻八・九合併号、一九六〇・九）
＊平田俊春「屋島合戦の日時の再検討―吾妻鏡の記事の批判を中心として―」（『日本歴史』四七四号、一九八七・一一）
＊松本真輔「古代・中世における仮想敵国としての新羅」（『日本と〈異国〉の合戦と文学』笠間書院二〇一二・一〇）
＊源健一郎「源平盛衰記と勝尾寺縁起―神宮皇后三韓出兵譚との連関から―」（『日本文学』四四巻九号、一九九五・九）
＊村井章介「中世日本の国際意識について」（『歴史学研究・大会別冊特集　民衆の生活・文化と変革主体』青木書店一九八二・一一→『アジアのなかの中世日本』校倉書房一九八八・一一）

十四　平家長門国檀浦ニ付事

＊生形貴重「「新中納言物語」の可能性―延慶本『平家物論』壇浦合戦をめぐって―」（『大谷女子短期大学紀要』三一号、一九八八・三）
＊上川通夫「東アジア仏教世界と平家物語」（『平家物語を読む』吉川弘文館二〇〇九・一）
＊黒田彰「源平盛衰記難語考―唐船には軍将の乗りたる体―」（『軍記物語の窓・一』和泉書院一九九七・一二）
＊菱沼一憲「総論　章立てと先行研究・人物史」（『シリーズ中世関東武士の研究・一四　源範頼』戎光祥出版二〇一五・四）
＊益田勝実「平家物語創造者たちの営み」（『国文学解釈と

教材の研究』一九六八・一〇）

十五　壇浦合戦事　付平家滅事

＊赤木登「壇之浦における文治元年三月二十四日の潮流」（『古代文化』三八巻一号、一九八六・一）

＊荒川秀俊「壇の浦合戦に際しての潮流の役割―黒板勝美氏の所論批判―」（『日本歴史』二二七号、一九六七・四）

＊以倉紘平「二ツの知盛像―四部合戦状本から屋代本・覚一本へ―」（『日本文学』一九六八・六）

＊池田敬子「宗盛造型の意図するもの―覚一本『平家物語』の手法―」（『軍記物語の窓・一』一九九七・一二→『軍記と室町物語』清文堂二〇〇一・一〇）

＊石井謙二『和船Ⅱ（ものと人間の文化史）』二三三頁以下（法政大学出版局一九九五・七）

＊石井由紀夫「壇之浦合戦の知盛について」（『国学院大学大学院紀要』七号、一九七六・三→『軍記物語　戦人と環境―修羅の群像』三弥井書店二〇一四・九）

＊石母田正『平家物語』（岩波書店一九五七・一一）

＊板坂耀子「知盛の位置」（『語文研究』六六・六七号、一九八九・六）

＊今井正之助「中世軍記物語と太鼓」（『中世軍記の展望台』和泉書院二〇〇六・七）

＊生形貴重78「「平家物語」の始発とその基層―平氏のモノガタリとして―」（『日本文学』一九七八・一二→『「平家物語」の基層と構造―水の神と物語―』近代文藝社一九八四・一二）

＊生形貴重83「『平家物語』の構想試論―廃帝物語と、神々の加護と放逐の構想・延慶本を中心にして―」（『日本文学』一九八三・四→『「平家物語」の基層と構造―水の神と物語―』近代文藝社一九八四・一二）

＊生形貴重88ａ「「新中納言物語」の可能性―延慶本『平家物語』壇浦合戦をめぐって―」（『大谷女子短期大学紀要』三一号、一九八八・三）

＊生形貴重88ｂ「「先帝入水伝承」の可能性」（『軍記と語り物』二四号、一九八八・三）

＊大津雄一「知盛と教経」（『観世』二〇〇五・一一）

＊刑部久84「鬼手仏心ということ―石母田正氏の平家物語論の功罪などにも触れながら―」（『文芸と批評』六巻四号、一九八四・一二）

＊刑部久96「『平家物語』壇浦合戦譚に見るいくさ語りの完成―叙事詩的作物にとって表現とは如何なるものか―」（山下宏明編『平家物語　研究と批評』有精堂一九

九六・六）
＊梶原正昭『鑑賞日本の古典11　平家物語』（尚学図書一九八二・六）
＊金指正三「壇の浦合戦と潮流」（『海事史研究』一二号、一九六九・四）
＊日下力87「『平家物語』の整合性―「教盛・経盛」の場合―」（『リポート笠間』二八号、一九八七・一〇↓『平家物語の誕生』岩波書店二〇〇一・四）
＊日下力06『平家物語転読―何を語り継ごうとしたのか―』第五章（笠間書院二〇〇六・四）
＊栗山圭子09「大納言佐という人―安徳乳母の入水未遂をめぐって―」（『国語と国文学』二〇〇九・一二）
＊栗山圭子14「池禅尼と二位尼―平家の後家たち―」（『中世の人物　京・鎌倉の時代編・一　保元・平治の乱と平氏の栄華』清文堂出版二〇一四・三）
＊黒板勝美『日本史談・一　義経伝』（文会堂書店一九一五・七）
＊黒田彰「源平盛衰記難語考―唐船には軍将の乗りたる体―」（『軍記物語の窓・一』和泉書院一九九七・一二）
＊小林美和80「『平家物語』の建礼門院説話―延慶本出家説話考―」（『伝承文学研究』二四号、一九八〇・六↓『平家物語生成論』三弥井書店一九八六・五）。
＊小林美和95「滅びに至る一つの脈絡」（『軍記物語の生成と表現』和泉書院一九九五・三↓『平家物語の成立』和泉書院二〇〇〇・三）
＊近藤好和97『弓矢と刀剣―中世合戦の実像―』「打物」（吉川弘文館一九九七・八）
＊近藤好和07『装束の日本史―平安貴族は何を着ていたのか―』（平凡社二〇〇七・一）
＊斎藤慎一74「「二つ衣」と「白き袴」―小宰相と能登殿―」（『古典教室』七号、一九七四・六）
＊斎藤慎一77「平家物語の人物形象をめぐって―教室での風俗考証―」（『国語科通信』一九六号、一九七七・五）
＊斎藤英喜「平安内裏のアマテラス―内侍所神鏡をめぐる伝承と言説―」（『物語〈女と男〉』有精堂一九九九・一一↓『アマテラスの深みへ―古代神話を読み直す―』新曜社一九九六・一〇）
＊佐伯真一96「女院の三つの語り―建礼門院説話論―」（『古文学の流域』新典社一九九六・四↓『建礼門院という悲劇』角川学芸出版二〇〇九・六）
＊佐伯真一07『平家物語』の「おごり」」（『国語と国文学』二〇〇七・一二）

＊佐伯真一15「『平家物語』と鎮魂」（『いくさと物語の中世』汲古書院二〇一五・八）

＊佐倉由泰「『平家物語』における平宗盛―その存在の特異性をめぐって―」（『信州大学教養部紀要・人文科学』二七号、一九九三・三→『軍記物語の機構』汲古書院二〇一一・二）

＊櫻井陽子「平家物語にみられる人物造型―平宗盛の場合―」（お茶の水女子大学『国文』五一号、一九七九・七）

＊佐々木紀一01「『王年代記』所引の四部合戦状本『平家物語』について（上）」（『山形県立米沢女子短期大学附属生活文化研究所報告』二八号、二〇〇一・三）

＊佐々木紀一02「渡辺党古系図と『平家物語』「鵺」説話の源流（上・下）」（『米沢史学』一八号、二〇〇二・一二、『山形県立米沢女子短期大学紀要』三七号、二〇〇二・一二）

＊佐々木紀一05「波の下の都」（『海王宮―壇之浦と平家物語―』三弥井書店二〇〇五・一〇）

＊佐々木紀一09「能登殿最期演変」（『山形県立米沢女子短期大学附属生活文化研究所報告』三六号、二〇〇九・三）

＊佐藤信彦「平家物語と人間探究」（『日本諸学振興委員会研究報告　第十二篇国語国文学』文部省教学局一九四一・一一→『人間の美しさ』私家版一九七八・二）

＊島津久基『義経伝説と文学』（明治書院一九三五・一）

＊鈴木彰「蒙古襲来と軍記物語の生成―『八幡愚童訓』甲本を窓として―」（『いくさと物語の中世』汲古書院二〇一五・八）

＊鈴木淳一「平家物語虚構の一形態―教経像をめぐって―」（『語学文学』五号、一九六七・三）

＊鈴木則郎「『愚管抄』・『吾妻鏡』と『平家物語』」（『あなたが読む平家物語3　平家物語と歴史』有精堂一九九四・九）

＊高木信「知盛〈神話〉解体―教室で『平家物語』を読むことの（不）可能性」（『日本文学』二〇〇六・六→『死の美学化に抗する―『平家物語』の語り方―』青弓社二〇〇九・三）

＊高橋昌明『平家の群像　物語から史実へ』（岩波書店二〇〇九・一〇）

＊田村睦美「『平家物語』知盛船掃除考」（『青山語文』四二号、二〇一二・三）

＊辻本恭子「乳母子伊賀平内左衛門家長―理想化された知盛の死―」（『日本文芸研究』五六巻四号、二〇〇五・三）

＊角田文衛「安徳天皇の入水」（『古代文化』二七巻九号、

一九七五・九→『王朝の明暗』東京堂出版一九七七・三）

＊**冨倉徳次郎**『平家物語研究』二章三（角川書店一九六四・一一）

＊**中川真弓**「国立歴史民俗博物館蔵『菅芥集』所収の中原広季追善願文について」（『軍記と語り物』五一号、二〇一五・三）

＊**長野甞一**『平家物語の鑑賞と批評』四三二頁（明治書院一九七五・九）

＊**中本静暁**「元暦二年三月二十四日の壇ノ浦の潮流について」（『地域文化研究』一〇号、一九九五・三）

＊**名波弘彰**「『平家物語』の成立圏（畿内）」（『軍記文学研究叢書・五　平家物語の生成』汲古書院一九九七・六）、「延慶本平家物語の終局部の構想における壇浦合戦譚の位置と意味」（『文芸言語研究・文芸篇』四五巻、二〇〇四・三）

＊**野口実**「義経を支えた人たち」（『源義経　流浪の勇者―京都・鎌倉・平泉―』文英堂二〇〇四・九）

＊**早川厚一**「『平家打聞』と『四部合戦状本平家物語』」（『名古屋学院大学論集（人文・自然科学篇）』二四巻二号、一九八八・一）

＊**牧野和夫**「延慶本「平家物語」の一側面」（『藝文研究』三六号、一九七七・三→『延慶本『平家物語』の説話と学問』思文閣出版二〇〇五・一〇）

＊**源健一郎**「『平家物語』の継体観―〈四宮即位〉と〈先帝入水〉との脈絡―」（『日本文学』二〇〇一・六）

＊**美濃部重克**「戦場の働きの価値化―合戦の日記、聞書き、家伝そして文学―」（『国語と国文学』一九九三・一二→『美濃部重克著作集・二　中世文学』三弥井書店二〇一三・七）

＊**山内譲**『中世瀬戸内海地域史の研究』（法政大学出版局一九九八・二）

＊**山下宏明**「平家物語論のために―物語と人物像―」（『日本文学』三〇巻九号、一九八一・九→『軍記物語の方法』有精堂一九八三・八）

＊**山本唯一**『易占と日本文学』（清水弘文堂一九七六・五）

＊**弓削繁76**「六代勝事記と平家物語」（『中世文学』二一号、一九七六・一〇→『六代勝事記の成立と展開』風間書房二〇〇三・一）

＊**弓削繁91**「八幡愚童訓と平家物語―鎌倉末期における平家物語の流布の一端―」（『芸文東海』一八号、一九九一・一二）

十六　平家男女多被生虜事

＊梶原正昭『平家残照』第一部・【Ⅰ】（新典社一九九八・四）
＊阪本敏行「寿永二年・三年・元暦二年における熊野別当家関係者と周辺の人々―「僧綱補任」岩瀬文庫蔵本考察を一連の考察の終論として―」（『和歌山地方史研究』五七号、二〇〇九・八）
＊佐々木紀一「橘内左衛門尉季康覚書」（『季刊ぐんしょ』再刊六二号、二〇〇三・一〇）
＊趙恩馤「王照君説話について―延慶本を中心に―」（小峯和明編『『平家物語』の転生と再生』笠間書院二〇〇三・三）
＊角田文衞『平家後抄』第一章（朝日新聞社一九七八・九）
＊宮田尚「壇浦伝承を巡って」（『海王宮―壇之浦と平家物語―』三弥井書店二〇〇五・一〇）
＊弓削繁『六代勝事記・五代帝王物語』（三弥井書店二〇〇〇・六）一八三頁

十七　安徳天皇事　付生虜共京上事

＊池内敏『大君外交と「武威」―近世日本の国際秩序と朝鮮観―』序章（名古屋大学出版会二〇〇六・二）
＊生形貴重「『平家物語』の構想試論―廃帝物語と、神々の加護と放逐の構想・延慶本を中心にして―」（『日本文学』三二巻四号、一九八三・四↓『「平家物語」の基層と構造』近代文芸社一九八四・一二）
＊岡田三津子「建礼門院と八条院の周辺―女性たちの世界―」（梶原正昭編『平家物語　主題・構想・表現』汲古書院一九九八・一〇）
＊佐伯真一「日本人の「武」の自意識」（『近代国家の形成とエスニシティ』勁草書房二〇一四・三）
＊徐萍「延慶本『平家物語』の「天人相関思想」」（『国語と国文学』二〇一一・八）
＊須田牧子「中世後期の赤間関」（『海王宮―壇之浦と平家物語―』三弥井書店二〇〇五・一〇）
＊高村圭子「『平家物語』における「天」の思想―延慶本を中心に―」（日本文学二〇一四・六）
＊武井和人『中世和歌の文献学的研究』（笠間書院一九八九・七）
＊武久堅「滅亡物語の構築―平家物語の全体像―」（『文学』五六巻三号、一九八八・三↓『平家物語の全体像』和泉書院一九九六・八）

＊角田文衞「平知盛」(『歴史と人物』第五年一〇号、一九七五・一〇→『王朝の明暗』東京堂一九七七・三)

＊鶴巻由美「「三種の神器」の創定と『平家物語』」(『軍記と語り物』三〇号、一九九四・三)

＊名波弘彰「延慶本平家物語の終局部の構想における壇浦合戦譚の位置と意味」(『文芸言語研究(文芸編)』四五巻、二〇〇四・三)

＊野口実『武門源氏の血脈―為義から義経まで―』(中央公論新社二〇一二・一)

＊松岡久人『安芸厳島社』九四～九六頁(法蔵館一九八六・一)

十九　霊剣等事

＊阿部泰郎85「中世王権と中世日本紀―即位法と三種神器説をめぐりて―」(日本文学一九八五・五)

＊阿部泰郎92「八幡縁起と中世日本紀―『百合若大臣』の世界から―」(『現代思想』二〇巻四号、一九九二・四)

＊阿部泰郎93「日本紀と説話」(『説話の講座3　説話の場―唱導・注釈』勉誠社一九九三・二)

＊阿部泰郎98「熱田宮の縁起―『とはずがたり』の縁起語りから―」(国文学解釈と鑑賞一九九八・一二)

＊阿部泰郎・佐伯真一「神代巻私見聞(高野山持明院蔵)」(『磯馴帖　村雨篇』和泉書院二〇〇二・七)

＊新井栄蔵「影印　陽明文庫蔵古今和歌集序注解説」(『和歌文学の世界・七　論集古今和歌集』笠間書院一九八一・六)

＊荒木浩「坂上の宝剣と壺切―談話録に見る皇統・儀礼の古代と中世―」(大阪大学古代中世文学研究会編『皇統迭立と文学形成』和泉書院二〇〇九・七)

＊石井由紀夫「太平記「従伊勢国進宝剣事」をめぐって」(『伝承文学研究』一九号、一九七六・六→『軍記物語　戦人と環境―修羅の群像―』三弥井書店二〇一四・九)

＊市古貞次『完訳日本の古典・十五　平家物語(四)』(小学館一九八七・三)

＊伊藤正義72「中世日本紀の輪郭―太平記におけるト部兼員説をめぐって―」(『文学』一九七二・一〇)

＊伊藤正義75「日本記一　神代巻取意文」(大阪市立大学『人文研究』二七巻第九分冊、一九七五・一二)

＊伊藤正義80「熱田の神秘―中世日本紀私注―」(大阪市立大学『人文研究』三一巻第九分冊、一九八〇・一二)

＊伊藤正義82「続・熱田の神秘―資料『神祇官』―」(大阪市立大学『人文研究』三四巻第四分冊、一九八二・一

一）
＊内田康95『平家物語』〈宝剣説話〉考―崇神朝改鋳記事の意味づけをめぐって―」（『説話文学研究』三〇号、一九九五・六）
＊内田康99「「剣巻」をめぐって―」（『軍記と語り物』三五号、一九九九・三）
＊内田康02「日本の古代・中世における〈宝剣説話〉の流通について―〈「宝剣」＝「草薙剣」〉という物語の始発をめぐって―」（『台湾日本語文学報』一七号、二〇〇二・一二）
＊内田康11「『剣巻』をどうとらえるか―その歴史叙述方法への考察を中心に―」（『平家物語の多角的研究』ひつじ書房二〇一一・一一）
＊生形貴重「「平家物語」の始発とその基層―平氏のモノガタリとして―」（『日本文学』一九七八・一二↓『平家物語の基層と構造―水の神と物語―』近代文藝社一九八四・一二）
＊岡田精司「草薙剣の伝承をめぐって」（『日本社会の変革と再生』弘文堂一九八八・一二↓『古代祭祀の史的研究』塙書房一九九二・一〇）
＊小川豊生「院政期の本説と日本紀」（『仏教文学』一六号、一九九二・三）
＊片桐洋一『中世古今集注釈書解題（二）』（赤尾照文堂一九七三・四）
＊黒田彰93「源平盛衰記と中世日本紀―熱田の深秘続貂―」（『和漢比較文学叢書・一五　軍記と漢文学』汲古書院一九九三・四）
＊黒田彰94「源平盛衰記と中世日本紀―三種宝剣をめぐって―」（『国語と国文学』一九九四・一一）
＊黒田彰99ａ「内閣文庫蔵　平家物語補闕鏡巻、剣巻（影印、翻刻）」（愛知県立大学『説林』四七号、一九九九・三）
＊黒田彰99ｂ「平家物語補闕鏡巻、剣巻をめぐって―軍記物語と日本紀―」（『国文学解釈と鑑賞』一九九九・三）
＊黒田彰・岡田美穂「校訂剣巻」（『磯馴帖　村雨篇』和泉書院二〇〇二・七）
＊小林健二「大方家所蔵文献資料調査覚書（一）―『和州布留大明神御縁記』『大念仏寺旧記』―」（『大谷女子大国文』一八号、一九八八・三↓『中世劇文学の研究―能と幸若舞曲―』三弥井書店二〇〇一・二）
＊近藤喜博「軍記物語と地方文芸―東国の語り物のために―」（『国文学解釈と鑑賞』一九六三・三）

*佐伯真一「翻刻・紹介『倭国軍記』」(『青山語文』四四号、二〇一四・三)
*佐竹昭広『古語雑談』(岩波書店一九八六・九)
*高木信「『平家物語』「剣巻」の〈カタリ〉—正統性の神話が崩壊するとき—」(『日本文学』一九九二・一二→『平家物語・想像する語り』森話社二〇〇一・四)
*高橋貞一43『平家物語諸本の研究』(冨山房一九四三・八)
*高橋貞一59「壒嚢抄と太平記」(『国語と国文学』一九五九・八→『太平記諸本の研究』思文閣一九八〇・四)
*高橋貞一67「田中本平家剣巻解説」(『国語国文』一九六七・七)
*多田圭子「中世軍記物語における刀剣説話について」(『国文目白』二八、一九八八・一二)
*津田左右吉『日本古典の研究・上』(岩波書店一九四八・八→『津田左右吉全集・一』岩波書店一九八六・九)
*鶴巻由美「「三種の神器」の創定と『平家物語』」(『軍記と語り物』三〇号、一九九四・三)
*中村啓信『信西日本紀鈔とその研究』(高科書店一九九〇・六)
*名波弘彰「延慶本平家物語の「青侍の夢」の生成と流通—高野山と比叡山の両宗教圏の交渉をめぐって—」(『文芸言語研究・文芸篇』四四巻、二〇〇三・一〇)
*西村聡「大社のシテ」(『国語と国文学』一九八七・一〇→『能の主題と役造型』三弥井書店一九九九・四)
*西脇哲夫「八岐大蛇神話の変容と中世芸能—多武峯延年風流と能「大蛇」—」(『国学院雑誌』一九八四・一一)
*沼沢龍雄「桂宮本「秋津島物語」—解説と本文—」(『松井博士古稀記念論文集』目黒書店一九三二・二→『日本文学研究資料叢書　歴史物語Ⅱ』有精堂一九七三・七)
*原克昭95「熱田の縁起と伝承—「新羅沙門道行譚」をめぐる覚書—」(『解釈と鑑賞』、一九九五・一二→『中世日本紀論考—註釈の思想史—』法蔵館二〇一二・五)
*原克昭97「「源大夫説話」とその周辺—熱田をめぐる中世日本紀の一齣—」(『説話文学研究』三二号、一九九七・六→『中世日本紀論考—註釈の思想史—』法蔵館二〇一二・五)
*牧野和夫「〔書評・紹介〕武久堅著『平家物語成立過程考』」(『国学院雑誌』一九八七・一〇)
*松本真輔02「海を渡った来目皇子—中世太子伝における新羅侵攻譚の展開」(『日本文学』二〇〇二・二→『聖徳太子伝と合戦譚』勉誠出版二〇〇七・一〇)

***松本真輔12**「古代・中世における仮想敵国としての新羅」（『日本と〈異国〉の合戦と文学』笠間書院二〇一二・一〇）

***馬目泰宏**「「平家剣巻考」序論」（茨城キリスト教学園中学校高等学校紀要『新泉』一六号、一九九二・七）

***山本岳史**『『源平盛衰記』宝剣説話考―龍神の登場場面を中心に―」（『伝承文学研究』六〇号、二〇一一・八）

***吉田研司**「熱田社と草薙剣からみた三種の神器の一側面」（『律令制と古代社会』東京堂出版一九八四・九）

***吉原浩人**「『筥崎宮記』考・附譯注」（『東洋の思想と宗教』七号、一九九〇・六）。

二十　二宮京ェ帰入セ給事

***日下力**「後堀河・四条朝の平氏―維盛北の方の再婚と定家の人脈―」（『国文学研究』一一四集、一九九四・一〇→『平家物語の誕生』岩波書店二〇〇一・四）

***角田文衛**『平家後抄』二一六～二一七頁（朝日新聞社一九八一・四）

廿一　平氏生虜共入洛事

***池田敬子**「宗盛造型の意図するもの―覚一本『平家物語』の手法―」（『軍記物語の窓・一』和泉書院一九九七・一二→『軍記と室町物語』清文堂出版二〇〇一・一〇）

***宇野陽美**「延慶本における人物対比の方法―宗盛像をめぐって―」（『同志社国文学』三四号、一九九一・三）

***木内正広**「鎌倉幕府と都市京都」（『日本史研究』一七五号、一九七七・三）

***佐倉由泰**「『平家物語』における平宗盛―その存在の特異性をめぐって―」（『信州大学教養部紀要・人文科学』二七号、一九九三・三→『軍記物語の機構』汲古書院二〇一一・二）

***櫻井陽子**「平家物語にみられる人物造型―平宗盛の場合―」（『国文』五一号、一九七九・七）

***寺尾美子**「羊のあゆみ出典考―『中務内侍日記』から遡る―」（駒沢大学大学院『論輯』一七号、一九八九・二）

***水原一60**「義仲説話の形成」（『文学語学』一八号、一九六〇・一二→『平家物語の形成』加藤中道館一九七一・五）

***水原一63**「平家物語の弱者的倫理」（『鷹』二号、一九六三→『平家物語の形成』加藤中道館一九七一・五）

***福田豊彦**『『田中穣氏旧蔵典籍古文書』「六条八幡宮造営注文」について」『国立歴史民俗博物館研究報告』四五

集、一九九二・一二↓『中世成立期の軍政と内乱』（吉川弘文館一九九五・六。初出は海老名尚との共稿）

廿二　建礼門院門吉田ヘ入セ給事

＊**今井正之助**「平家物語と宝物集—四部合戦状本・延慶本を中心に—」（『長崎大学教育学部人文科学研究報告』三四号、一九八五・三）

＊**香西精**「とらうきやう考」（『宝生』三〇七号、一九五六・一↓『世阿弥新考』わんや書店一九六二・二）

＊**小峯和明**「唐物語の表現形成」（『和漢比較文学叢書・四』汲古書院一九八七・二↓『院政期文学論』笠間書院二〇〇六・一）

＊**武久堅**「『宝物集』と延慶本平家物語—身延山久遠寺本系祖本依拠について—」（『関西学院大学文学部人文論究』二五巻一号、一九七五・六↓『平家物語成立過程考』桜楓社一九八六・一〇）

＊**角田文衞**『平家後抄—落日後の平家—』第一章（朝日新聞社一九七八・九）

＊**松岡心平**「神仏習合と翁」（『国文学解釈と教材の研究』四四巻八号、一九九九・七）

廿三　頼朝従二位之給事

＊**松薗斉**「前右大将考—源頼朝右近衛大将任官の再検討—」（『愛知学院大学文学部紀要』三〇号、二〇〇一・三）

廿四　内侍所温明殿入セ給事

＊**倉林正次**「神楽歌」（『日本の古典芸能・一　神楽』平凡社一九六九・一一）

＊**武久堅**「伝承部と著述部—延慶本平家物語成立過程考—」（『国語と国文学』一九七四・一↓『平家物語成立過程考』桜楓社一九八六・一〇）

＊**豊永聡美**『中世の天皇と音楽』一部四章（吉川弘文館二〇〇六・一二）

＊**中本真人09**「『教訓抄』における多好方の記事をめぐって」（『国語と国文学』二〇〇九・八↓『宮廷御神楽芸能史』新典社二〇一三・一〇）

＊**中本真人10**「堀河天皇と多氏の楽人—御神楽親授譚をめぐって—」（『国語国文』二〇一〇・二↓『宮廷御神楽芸能史』新典社二〇一三・一〇）

＊**中本真人13**「延慶本『平家物語』「内侍所温明殿入セ給事」をめぐって」（『宮廷御神楽芸能史』四部三章、新典

社二〇一三・一〇）
＊松前健「内侍所神楽の成立」（『平安博物館研究紀要』四輯、一九七二・一→『古代伝承と宮廷祭祀』塙書房一九七四・四）
＊水原一79「神楽秘曲「弓立宮人」—続古事談との関連」（『延慶本平家物語論考』加藤中道館一九七九・六）
＊水原一92「「ハタ」・「多」」（『延慶本平家物語考証・一』新典社一九九二・五）

廿五　内侍所由来事

＊片桐洋一「古今和歌集灌頂口伝（上）—解題・本文・注釈—」（『女子大文学・国文篇』三六号、一九八五・三）
＊木下資一「『撰集抄』と『平家物語』—その唱導的共通本文をめぐって—」（『中世文学』二四号、一九八〇・三）
＊久保田淳「二つの説話絵巻—「なよ竹物語絵巻」と「直幹申文絵詞」」（『日本絵巻大成二三　なよ竹物語絵巻・直幹申文絵詞』中央公論社一九七八・八）
＊斎藤英喜「平安内裏のアマテラス—内侍所神鏡をめぐる伝承と言説—」（『物語〈女と男〉』有精堂一九九九・一一→『アマテラスの深みへ—古代神話を読み直す—』新曜社一九九六・一〇）
＊佐伯真一「翻刻・紹介　八戸市立図書館本『古今和歌集見聞』」（『国文学研究資料館紀要』一八号、一九九二・三）
＊撰集抄研究会『撰集抄全注釈・下』（笠間書院二〇〇三・一二）
＊武久堅「伝承部と著述部—延慶本平家物語成立過程考—」（『国語と国文学』一九七四・一→『平家物語成立過程考』桜楓社一九八六・一〇）
＊徳江元正「翻刻『古今序註』其一」（『日本文学論究』四六号、一九八八・三）
＊中村義雄「直幹申文絵詞の詞書について」（『新修日本絵巻物全集・三〇　直幹申文絵詞・能恵法師絵詞　他』角川書店一九八〇・六）
＊松本昭彦「事実を超えさせるもの—実頼内侍所説話の形成をめぐって—」（『国語国文』一九九一・二）
＊水原一「天徳内裏焼亡と神鏡霊威—撰集抄・直幹申文絵巻との関連」（『延慶本平家物語論考』加藤中道館一九七九・六）

廿六　時忠卿判官ヲ聟ニ取事

＊下山忍「義経の妻妾と静伝説」（『義経とその時代』山川

出版社二〇〇五・五）

＊**角田文衞**『平家後抄―落日後の平家―』第四章（朝日新聞社一九七八・九）

＊**平藤幸02**「平時忠伝考証」（『国語と国文学』二〇〇二・九）

＊**平藤幸11**「帥典侍考」（『国文鶴見』四五号、二〇一一・三）

＊**細川涼一**「河越重頼の娘―源義経の室―」（京都橘大学『女性歴史文化研究所紀要』一六号、二〇〇八・三）

＊**本郷和人**『新・中世王権論　武門の覇者の系譜』（新人物往来社二〇〇四・一二）

＊**松薗斉**「平時忠と信範―「日記の家」と武門平氏―」（『中世の人物　京・鎌倉の時代編・一　保元・平治の乱と平氏の栄華』清文堂出版二〇一四・三）

廿七　建礼門院御出家事

＊**青木淳**『日文研叢書・一九集　遣迎院阿弥陀如来像像内納入品資料』（国際日本文化研究センター一九九九・三）

＊**久保田淳**『新古今和歌集全評釈・二』（講談社一九七六・一一）

＊**小林美和**「『平家物語』の建礼門院説話―延慶本出家説話考―」（『伝承文学研究』二四号、一九八〇・六→『平家物語生成論』三弥井書店一九八六・五）

＊**五味文彦**『書物の中世史』Ⅱ「作為の交談」（みすず書房二〇〇三・一二）

＊**白土わか**「永久年中書写出家作法について」（大谷大学仏教学会『仏教学セミナー』二一号、一九七五・五）

＊**武久堅**「『宝物集』と延慶本平家物語―身延山久遠寺本系祖本依拠について―」（『人文論究』二五巻一号、一九七五・六→『平家物語成立過程考』桜楓社一九八六・一〇）

＊**西脇哲夫**「建礼門院の「いざさらば」の歌に関する憶測」（『並木の里』三九号、一九九三・一二）

＊**水原一**「『四部合戦状本平家物語』批判―延慶本との対比をめぐって―」（『平家物語の形成』加藤中道館一九七一・五、『延慶本平家物語論考』加藤中道館一九七九・六）

＊**村松清道**「阿証房印西について」（『大正大学綜合仏教研究所年報』一五号、一九九三・三）

＊**渡辺貞麿**「平家物語と融通念仏―建礼門院の場合を中心に―」（『仏教文学研究』一一号、一九七二・五→『平家物語の思想』法蔵館一九八九・三）

廿八　重衡卿北方事

*大山喬平「近衛家と南都一条院─『簡要類聚鈔』考─」(『日本政治社会史研究（下）』塙書房一九八五・三)
*京都大学文学部国史研究室『京都大学国史研究室所蔵一乗院文書(抄)』(京都大学文学部国史研究室一九八一・三)
*近藤好和『源義経─後代の佳名を貽す者か─』(ミネルヴァ書房二〇〇五・九)
*佐伯真一「夷狄観念の受容─『平家物語』を中心に─」(『和漢比較文学叢書15・軍記と漢文学』汲古書院一九九三・四→『平家物語遡源』若草書房一九九六・九)
*塩山貴奈「『平家物語』「重衡被斬」の成立背景」(『国語国文』二〇一三・五)
*角田文衛『平家後抄─落日後の平家─』第一章（朝日新聞社一九七八・九)
*冨倉徳次郎『平家物語研究』三三五頁以下（角川書店一九六四・一一)
*菱沼一憲『源義経の合戦と戦略』四章（角川選書二〇〇五・四)
*元木泰雄『源義経』(吉川弘文館二〇〇七・二)

廿九　大臣殿若君ニ見参之事

*佐伯真一「副将の年齢とその母」(『延慶本平家物語考証・一』新典社一九九四・五)
*武久堅「宗盛伝承の様式と平家物語の構想」(『日本文芸研究』三八巻三、四号、一九八六・一〇、一九八七・一→『平家物語の全体像』和泉書院一九九六・八)
*角田文衛『平家後抄─落日後の平家─』第三章（朝日新聞社一九七八・九)

三十　大臣殿父子関東ヘ下給事

*日下力「軍記物語誕生の脈絡──武家社会への鍾鉛」(『文学』季刊七巻二号、一九九六・四→『平家物語の誕生』岩波書店二〇〇一・四)
*佐伯真一88「書評・武久堅著『平家物語成立過程考』」(『伝承文学研究』三五号、一九八八・五)
*佐伯真一94「副将の年齢とその母」(『延慶本平家物語考証・一』新典社一九九四・五)
*高木武「東関紀行と平家物語　延慶本　長門本　源平盛衰記との関係」「東関紀行と平家物語　延慶本　長門本　源平盛衰記との関係（承前)」『国語・国文』一九三四・四、

六）

＊**武久堅**『平家物語成立過程考』二篇三章（桜楓社一九八六・一〇）

＊**田中貴子**「八条院高倉の出生と生家―来迎寺文書の資料など―」（『国文学攷』一一八号、一九八八・六↓『外法と愛法の中世』砂子屋書房一九九三・六）

＊**中世諸国一宮制研究会**『中世諸国一宮制の基礎的研究』（岩田書院二〇〇〇・二）

＊**角田文衞**『平家後抄―落日後の平家―』二・三章（朝日新聞社一九七八・九）

＊**野村八良**「根来本平家物語と他書との関係」（『史学雑誌』一九一五・四）

＊**樋口大祐**「中世律宗と『平家』―法華寺・般若寺・東大寺油倉をめぐって―」（『文学』一九九六・四↓『「乱世」のエクリチュール―転形期の人と文化―』森話社二〇〇九・九）

＊**細川涼一**「中世の尼と尼寺―建礼門院とその女房を中心に―」（『日本歴史』五四四号、一九九三・九↓『中世寺院の風景―中世民衆の生活と心性―』新曜社一九九七・四）

＊**水原一**『延慶本平家物語論考』二一一頁以下（加藤中道館一九七九・六）

卌一　判官女院ニ能当奉事

＊**水原一**「六道の形成」（『平家物語の形成』加藤中道館一九七一・五↓「建礼門院説話の考察」『延慶本平家物語論考』加藤中道館一九七九・六）

卌二　頼朝判官ニ心置給事

＊**伊藤一美**「『腰越状』が語る義経」（『義経とその時代』山川出版社二〇〇五・五）

＊**角川源義・高田実**『源義経』（角川新書一九六六・九↓講談社学術文庫二〇〇五・一）

＊**五味文彦**『源義経』（岩波書店二〇〇四・一〇）

＊**佐伯真一**「注釈　腰越」（『幸若舞曲研究　五』三弥井書店一九八七・一二）

＊**菱沼一憲**『その伝説と虚像　源義経の合戦と戦略』（角川書店二〇〇五・四）

＊**元木泰雄**『源義経』（吉川弘文館二〇〇七・二）

卌三　兵衛佐大臣殿ニ問答スル事

＊**櫻井陽子**『『平家物語』にみられる人物造形―平宗盛の

場合―」(『国文』第五一号、一九七九・七)
＊四重田陽美「『延慶本平家物語』における対比・対照法の構想と読み」(『軍記物語の窓・一』和泉書院一九九七・一二)

卅四　大臣殿父子并重衡卿京ヘ帰上事　付宗盛等被切事

＊秋山寿子「宗盛と重衡・その最期をめぐって―延慶本第六本を中心に―」『文芸と批評』八巻一〇号、一九九九・一一)
＊池田敬子「宗盛造型の意図するもの―覚一本『平家物語』の手法―」(『軍記物語の窓・一』和泉書院一九九七・一二→『軍記と室町物語』清文堂二〇〇一・一〇)
＊大津透「格式の成立と摂関期の法」(『新体系日本史2　法社会史』第2章、山川出版社二〇〇一・一一)
＊佐倉由泰「『平家物語』における平宗盛―その存在の特異性をめぐって―」(『信州大学教養部紀要』二七号、一九九三・三→『軍記物語の機構』十章、汲古書院二〇一一・二)
＊櫻井陽子「『平家物語』にみられる人物造型―平宗盛の場合―」(『国文』五一号、一九七九・七)
＊舩田淳一「中世の天台・法相における懺悔と戒律について―『観普賢経』・『心地観経』の「理懺」言説の展開を中心に―」(『日本宗教文化史研究』九巻一号、二〇〇五・五→『神仏と儀礼の中世』五章、法藏館二〇一一・二)
＊山中美佳「『平家族伝抄』の「〈十六〉十一巻分　宗盛卿父子最後事」―宗盛の物語から子息たちの物語へ―」(『軍記物語の窓・第二集』和泉書院二〇〇二・一二)
＊和田英道「宗盛像の再検討」(『立教大学日本文学』二六号、一九七一・六)、「『平家物語』人物像の形成―例えば宗盛の場合―」(『立教大学日本文学』二七号、一九七一・一二)
＊渡辺貞麿61「『平家物語』に於ける人間像―宗盛を中心として―」(『大谷学報』四〇巻四号、一九六一・三→『仏教文学の周縁』和泉書院一九九四・六)
＊渡辺貞麿72「「平家物語と融通念仏―建礼門院の場合を中心に―」『仏教文学研究』一一号、一九七二・五→『平家物語の思想』二部二章二節、法藏館一九八九・三)
＊渡辺達郎『寿永・元暦の合戦と英雄像』二章二節(冬至書房二〇一一・一)

卅五　重衡卿日野ノ北方ノ許ニ行事

＊秋山寿子「二人の三位中将続論―延慶本第五末を中心に

一」（『国文学研究』一二四集、一九九八・三）
＊**生形貴重**「鎮魂と語り―重衡譚をめぐって―」（『神話・禁忌・漂泊　物語と説話の世界』桜楓社一九七六・五↓『『平家物語』の基層と構造―水の神と物語―』近代文芸社一九八四・一二）
＊**尾崎勇**「平重衡と女性たち（下）」（『防衛大学校紀要人文・社会歌学編』四二輯、一九八一・三）
＊**日下力**「軍記物語誕生の脈絡――武家社会への錘鉛」（『文学』季刊七巻二号、一九九六・四↓『平家物語の誕生』岩波書店二〇〇一・四）
＊**栗山圭子**「大納言佐という人―安徳乳母の入水未遂をめぐって―」（『国語と国文学』二〇〇九・一二）
＊**佐伯真一**「「ひとつはちす」考」（『青山語文』四二号、二〇一二・三）
＊**塩山貴奈13**「『平家物語』「重衡被斬」の成立背景」（『国語国文』二〇一三・五）
＊**塩山貴奈14**「『平家物語』重衡説話成立の一背景―大納言典侍と近衛家―」（『国語国文』二〇一三・五）
＊**砂川博**「重衡は救われなかったか―源平盛衰記論のために―」（『相愛大学研究論集』二一号、二〇〇五・三↓『軍記物語新考』おうふう二〇一一・六）
＊**高橋伸幸**「平家物語「重衡被斬」研究序説―「重衡と北方との再会」を廻る平家物語諸本の成長過程（下）―」（『伝承文学研究』二一号、一九七八・三）
＊**田中貴子**「『平家物語』の女たち」（『AERA Mook　平家物語がわかる』朝日新聞社一九九七・一一）
＊**角田文衛**「嵐の後」（『平家後抄―落日後の平家―』朝日新聞社一九七八・九）
＊**松尾葦江**「重衡の死まで」（『軍記物語原論』笠間書院二〇〇八・八）
＊**水原一**「『平家物語』巻十二の諸問題―『断絶平家』その他をめぐって―」（『駒沢国文』二〇号、一九八三・二↓『中世古文学像の探求』新典社一九九五・五）
＊**源健一郎**「〈提婆〉と〈後戸〉―源平盛衰記の重衡・続―」（『日本語日本文化論叢埴生野』二号、二〇〇三・二）
＊**横井孝**「重衡物語の輪郭―延慶本平家物語の語りと本文―」（水原一編『古文学の流域』新典社一九九六・四）

卅六　重衡卿被切事

＊**秋山寿子**「宗盛と重衡・その最期をめぐって―延慶本第六本を中心に―」『文芸と批評』八巻一〇号、一九九九・一一）

＊池田源太「平安人士の初瀬詣で」（堀井先生退官記念会編『奈良文化論叢』一九六七・一一）

＊今成元昭「日蓮、平家物語非享受説」（『平家物語流伝考』風間書房一九七一・三）

＊勝田至『死者たちの中世』六章「共同墓地の形成」（吉川弘文館二〇〇三・七）

＊佐伯真一85「重衡造型と『平家物語』の立場」（『国語と国文学』一九八五・九↓『平家物語遡源』若草書房一九九六・九）

＊佐伯真一04「復讐の論理―『曽我物語』と敵討―」（『京都語文』一一号、二〇〇四・一一）

＊砂川博「重衡は救われなかったか―源平盛衰記論のために―」（『相愛大学研究論集』二一号・二〇〇五・三↓『軍記物語新考』おうふう二〇一一・六）

＊野口実「鎌倉武士と報復―畠山重忠と二俣川の合戦―」（『古代文化』五四巻六号、二〇〇二・六）

＊浜畑圭吾『『源平盛衰記』「髑髏尼物語」の展開」（『軍記物語の窓・四』和泉書院二〇一二・一二↓『平家物語生成考』思文閣出版二〇一四・一一）

＊樋口大祐「中世律宗と『平家』―法華寺・般若寺・東大寺油倉をめぐって―」（『文学』季刊七巻二号・一九九六・四↓『「乱世」のエクリチュール―転形期の人と文化―』森話社二〇〇九・九）

＊源健一郎02「源平盛衰記の重衡―「非救済」の論理―」（『軍記物語の窓・二』和泉書院二〇〇二・一二）

＊源健一郎03「〈堤婆〉と〈後戸〉―源平盛衰記の重衡・続―」（四天王寺国際仏教大学『日本語日本文化論叢埴生野』二号、二〇〇三・三）

＊吉川聡「法華寺の鳥居」（大和を歩く会編『シリーズ歩く大和Ⅰ　古代中世史の探究』法蔵館二〇〇七・一一）

卅七　北方重衡ノ教養シ給事

＊裏辻憲道「法然上人と重源上人―続善導大師像の一考察―」（『仏教文化研究』一〇号、一九六一・三↓『日本名僧論集・五　重源・叡尊・忍性』吉川弘文館一九八三・二）

＊追塩千尋「重源伝承の諸相」（『年報新人文学』一一号、二〇一四・一二）

＊勝田至『死者たちの中世』六章「共同墓地の形成」（吉川弘文館二〇〇三・七）

＊小林剛『俊乗房重源の研究』（有隣堂一九七一・六）

＊五来重『高野聖』（角川書店一九六五・五、増補版一九

七五・六）
＊**佐伯真一**「重衡造型と『平家物語』の立場」（『国語と国文学』一九八五・九↓『平家物語遡源』若草書房一九九六・九）
＊**塩山貴奈**「『平家物語』「重衡被斬」の成立背景」（『国語国文』二〇一三・五）
＊**白井優子**『空海伝説の形成と高野山―入定伝説の形成と高野山納骨の発生―』第三章（同成社一九八六・一二）
＊**田村円澄**「重源上人と法然上人」（『重源上人の研究』南都仏教研究会一九五五・七↓『日本仏教思想史研究・浄土教篇』平楽寺書店一九五九・一一）

卅八　宗盛父子ノ首被渡ラ被懸事

＊**菊池暁**「〈大路渡〉とその周辺―生首をめぐる儀礼と信仰―」（『待兼山論叢・日本学篇』二七号、一九九三・一二）

卅九　経正ノ北方出家事　付身投給事

＊**稲田利徳**「人が走るとき―王朝文学と中世文学の一面―」（『文学・語学』一二二号、一九八九・八↓『人が走るとき―古典のなかの日本人と言葉―』第一章、笠間書院二〇一〇・七）
＊**上村和直**「御室地域の成立と展開」（『仁和寺研究』四輯、二〇〇四・三）
＊**木村真美子**「後白河法皇と東大寺大仏再興―『因明入正理論疏紙背文書』を手がかりに―」（『年報中世史研究』三一号、二〇〇六・五）
＊**小林美和**「延慶本平家物語における文覚・六代説話の形成」（『論究日本文学』三九号、一九七六・三↓『平家物語生成論』二五〇頁、三弥井書店一九八六・五）
＊**砂川博80**「長門本平家物語と「坂の者」」（『文学』一九八〇・九↓『平家物語新考』東京美術一九八二・一）
＊**砂川博11**「髑髏尼物語の形成―『源平盛衰記』論のために―」（『軍記物語新考』おうふう二〇一一・六）
＊**角田文衞**『平家後抄』上・一八二〜一八四頁（朝日新聞社一九八一・四）
＊**中尾堯**「重源の生涯―山岳と渡海の聖者―」（『日本の名僧6　旅の勧進聖　重源』吉川弘文館二〇〇四・八）
＊**名波弘彰**「『平家物語』髑髏尼説話考」（『文芸・言語研究　文芸篇』二八号、一九九五・九）
＊**新潟大学人文学部中世文学研究室**「翻刻・平家物語城一本巻第十二」（『新潟大学国語国文学会誌』三七号、一九

九五・三）

＊**浜畑圭吾**『源平盛衰記』「髑髏尼物語」の展開」（『軍記物語の窓・四』和泉書院二〇一二・一二→浜畑圭吾『平家物語生成考』思文閣出版二〇一四・一一）

＊**源健一郎**「源平盛衰記の重衡「非救済」の論理」（『軍記物語の窓・二』和泉書院二〇〇二・一二）

＊**柳田洋一郎**「平家物語と死者―首の語りの境界例―」（『梅花短大国語国文』四号、一九九一・七）

＊**渡辺貞麿**「『盛衰記』髑髏尼説話考―語りの場ということについて―」（『文芸論叢』一二号、一九七九・三→『平家物語の思想』法蔵館一九八九・三）

延慶本平家物語全注釈 第六本（巻十一）

平成三十年三月三十日発行

編　者　延慶本注釈の会
発行者　三　井　久　人
印　刷　富士リプロ㈱

発行所　汲　古　書　院
〒102-0072　東京都千代田区飯田橋二―五―四
電　話　〇三(三二六五)九七六四
ＦＡＸ　〇三(三二二二)一八四五

第十一回配本（全十二冊）

ISBN978 - 4 - 7629 - 3540 - 4　C3393